레베의 태양

테베의 태양

돌로레스 레돈도 장편소설

엄지영 옮김

이 책은 실로 꿰매어 제본하는 정통적인 사철 방식으로 만들어졌습니다.
사철 방식으로 제본된 책은 오랫동안 보관해도 손상되지 않습니다.

에두아르도에게

뼛속까지 갈리시아 사람인 아버지와 어머니에게,
그리고 가족에 대한 자부심과
변치 않는 사랑에 대한 믿음을 굳건히 만들어 준
두 분의 사랑에 이 책을 바칩니다.

사람들은 대부분 이웃이 무슨 말을 할지 신경 쓰며 살아간다.
하지만 떠돌이와 귀족들은 그렇지 않다. 이들은 앞으로
어떻게 될지 굳이 생각하지 않고 자기들 내키는 대로 산다.
내가 말하는 것은 파티에 돈을 펑펑 쓰는 상류 계급 사람들이 아니라,
여러 세대에 걸쳐 다른 이의 의견을 무시하도록 교육받은 이들이다.
애거사 크리스티, 『침니스의 비밀』

실제로 집에 있는 사람들은 모두 그것을 할 수 있었을 것이다.
애거사 크리스티, 『비틀린 집』

마이클 코를레오네는 만일의 사태에 대비했다.
그가 세운 계획은 완벽했다. 그는 참을성이 있고 용의주도했다.
지난 1년간 차분히 일을 준비하고자 했으나,
운명의 장난으로 모든 것이 그에게 불리하게 변하고 말았다.
어떤 결정으로 인해 시간이 크게 줄어들었다.
그 결정을 내린 이는 바로 대부, 위대한 코를레오네 씨였다.
마리오 푸조, 『대부』

그들은 그대 곁에 살며, 그대에게 이야기를 건네리라.
마치 네가 내 곁에 있을 때처럼 말이다.

이솔리나 카리요*,「치자 꽃잎 두 장」

* Isolina Carrillo(1907~1996). 쿠바의 작곡가이자 가수로, 라틴 아메리카 특유의
리듬인 볼레로, 과라차, 손 장르의 음악을 작곡하면서 명성을 떨쳤다. 1945년에 작곡
한 볼레로「치자 꽃잎 두 장」이 그녀의 대표곡이다. 이후의 모든 주는 옮긴이주이다.

차례

구조선 ⋯ 13

아이슬란드의 태양 ⋯ 25

메마른 삶 ⋯ 44

풍수 ⋯ 52

약점 ⋯ 58

교착 상태 ⋯ 64

무기력 ⋯ 103

비밀 정원 ⋯ 122

영웅의 작품 ⋯ 141

「테베의 태양」 ⋯ 158

계략 ⋯ 164

교차선 ⋯ 173

낯선 세계 ⋯ 199

담배 연기 ⋯ 216

부러뜨린 나무껍질 ⋯ 218

카페 ⋯ 248

사람의 노동에 관해서 ⋯ 287

후작 … 301

까마귀 … 324

비닐 랩 … 360

잔해 … 364

조악 양식 … 382

사나이들 … 400

수습책 … 413

바다를 바라보는 바보 … 434

까마귀 울음소리 … 444

벨레사르 … 462

구역질 … 488

교만이라는 죄 … 490

이성과 균형 … 511

서서히 드러나는 진실 … 536

죽은 이들을 불러내기 … 554

불면증 … 573

이중벽 … 576

음모 … 587

악어의 마음 … 612

무대 … 618

폭풍우 공포증 … 634

부탁 … 645

탄식 … 648

메아리 … 652

치자 꽃잎 … 659

이제 그만 … 663

폭풍우 … 677

기쁨의 성사 … 679

인사, 그리고 막 … 689

집으로 … 699

감사의 말 … 705

옮긴이의 말 … 707

구조선

누군가 현관문을 두드렸다. 그 소리가 왠지 고압적인 느낌을 주었다. 당장 열어 달라는 듯, 연이어 여덟 번이나 빠르게 두드렸다. 두드리는 기세로 봐서는 손님이나 수리 기사, 혹은 배달부일 것 같지 않았다. 시간이 흘러도 노크 소리는 계속되었다. 그런 상황이라면 누구든 경찰에 신고할 생각을 했을 것이다.

그는 생각에 잠긴 표정으로 마지막 문장 끝에서 깜박거리던 커서를 바라보았다. 그날 아침만 해도 일이 술술 풀리던 참이었다. 지난 3주를 통틀어서 컨디션이 가장 좋았다. 인정하기는 싫지만, 그는 집에 아무도 없고 식사 시간처럼 일을 방해하는 일상적 습관에서 벗어나 정해진 스케줄 없이 그저 기분 내키는 대로 작업할 때 글이 가장 잘 써지는 편이었다. 그런 상태에서 쓴 글은 언제나 한결같았다. 앞으로 보름 후면 「테베의 태양」도 마무리가 될 듯했다. 일이 순조롭게 풀리면 그보다 일찍 끝날 수도 있었다. 그때까지만 해도 그 이야기는 그의 삶에서 유일한 것, 아니 밤낮 없이 마음을 사로잡는 강박 관념이나 다름없었다. 그는 종일 다른 생각은 일절 하지 않았다. 소설을 쓸 때마다 경험하는 느낌이었다. 그는 기꺼이 자신을 바치고 싶어 하면서도 두려움에 떠는 제물처럼 생기가 넘치면서도 스스로 허물어지는 듯한 느낌을 받곤 했다. 하지만 그 무렵에는 이처럼 은밀하게 행하던 의식(儀式)조차 자신의 마음을 완전히 사로잡을 수 없으리라는 것을 경험으로 알고 있었다.

그는 문득 고개를 들어, 글을 쓰고 있던 거실에서 현관으로 이어진 복

13

도를 빠르게 훑어보았다. 그러곤 앞으로 써야 할 말을 품에 안은 채 파르르 떨고 있던 커서 쪽으로 시선을 돌렸다. 갑자기 거실에 무거운 정적이 흘렀다. 느닷없이 들이닥친 방문객도 포기하고 돌아간 모양이었다. 하지만 그건 오산이었다. 이내 조용하면서도 위압적인 기운이 문밖에서 느껴졌다. 어쨌든 그는 쓰고 있던 문장을 끝내기로 마음먹은 뒤 커서 쪽으로 시선을 돌리고 자판 위에 손을 올렸다. 또다시 집요하게 문 두드리는 소리가 현관에 울려 퍼지기 시작했다. 그는 몇 초간 저 소리를 아예 무시할 수 있을지 곰곰이 생각했다. 작업에 방해가 된 것도 그렇지만, 무례할 정도로 끈질긴 태도에 짜증이 치솟았다. 자리를 박차고 일어난 그는 속으로 관리인을 욕하면서 문을 향해 걸어갔다. 글을 쓸 때 방해가 되니 아무한테도 문을 열어 주지 말라고 기회가 있을 때마다 당부했건만 아무런 소용이 없었다. 그는 문에 채워져 있던 걸쇠를 신경질적으로 제쳤다.

그가 문을 벌컥 열자, 제복을 입은 두 명의 과르디아 시빌[1] 대원이 놀란 표정으로 뒷걸음쳤다. 한 명은 남자고, 다른 한 명은 여자였다.

「안녕하십니까? 실례합니다만, 여기가 알바로 무니스 데 다빌라 씨 댁이 맞습니까?」 남자 대원이 손에 들고 있던 작은 메모지를 힐끔 보면서 물었다.

「네, 맞습니다만.」 조금 전까지 화가 머리끝까지 났던 마누엘은 그런 사실도 잊은 채 대답했다.

「혹시 가족이신가요?」

「그의 배우자[2] 되는 사람입니다.」

남자는 그 대답을 듣고 놀란 듯 여자 대원을 향해 획 고개를 돌렸다. 마누엘은 이를 눈치챘지만, 그 무렵 선천적인 편집증도 많이 무디어진

---

1 스페인의 국가 헌병대로, 군 조직이면서 평시에는 각 지역의 치안을 담당한다.
2 원문에는 *marido*, 즉 〈남편〉이라고 나와 있지만 동성 결혼 관계에서는 남편-아내의 호칭이 차별적 의미를 지닐 수 있기 때문에 〈배우자〉라고 부르는 것이 일반적이다. 따라서 여기서도 〈배우자〉로 옮긴다.

상태라서 그다지 언짢게 여기지는 않았다.

「그에게 무슨 일이라도 생겼나요?」

「저는 카스트로 소위이고, 여기 있는 동료는 아코스타 하사입니다. 실례합니다만, 안으로 들어가도 될까요? 드릴 말씀이 있어서요.」

작가인 덕분에 그는 어떤 일인지 대충이나마 짐작할 수 있었다. 제복을 차려입은 두 대원이 안에 들어가서 이야기를 하자는 걸 보면 좋은 소식일 리는 없었다.

마누엘은 그들이 들어올 수 있도록 옆으로 물러섰다. 좁은 현관에 들어서자 초록색 제복 차림에 군화를 신은 두 대원이 엄청나게 커 보였다. 그들이 걸음을 옮길 때마다 니스를 칠해 짙은 빛깔이 나는 나무 바닥에서 삐걱거리는 소리가 났다. 마치 술에 취한 선원들이 좁은 갑판 위에서 비틀거릴 때 나는 소리 같았다. 그는 복도를 지나 작업용 책상이 있는 거실로 그들을 안내했다. 하지만 소파에 다다르기도 전에 갑자기 걸음을 멈추고 몸을 돌렸다. 하마터면 그들과 부딪힐 뻔했지만, 아랑곳하지 않고 다시 같은 질문을 던졌다.

「그에게 무슨 일이 생긴 건가요?」

그러나 정말 궁금해서 물었던 건 아니다. 복도를 거쳐 거실로 가는 동안 그 질문은 어느새 애원으로, 집요하게 머릿속을 맴도는 간절한 호소로 바뀌어 있었다. 〈안 돼. 제발 부탁이야. 안 돼. 안 된다고.〉 그래 봐야 아무 소용도 없으리라는 것을 잘 알고 있었지만, 절로 하소연이 나왔다. 불과 아홉 달 전, 누나가 암으로 죽어 갈 때도 빌어 봤지만 소용이 없었다. 그의 누나는 고열에 시달린 탓에 말할 기운조차 없으면서도 오히려 그를 위로하고, 너무 낙담하지 않도록 보살펴 주려고 했다. 그래서 이미 죽음의 손아귀에 사로잡힌 얼굴을 푹신한 베개에 파묻은 채 그에게 농담을 건넸다. 〈내가 이 세상을 뜨려면, 이 세상에 올 때만큼 시간이 걸릴 거야.〉 그는 자존심 따윈 내팽개친 채, 지고하지만 쓸모없는 권능을 향해 빌고 또 빌었다. 그리고 비굴한 하인처럼 발을 질질 끌며 작고 따뜻한 사무실을 향해 걸어가면서 내내 옛날에 배운 기도문을 외웠다. 하지만 의사는 누나가 그날 밤을 넘기지 못할 거라는 말만 되풀이했다. 의사의 말을 듣는 동안 어떻게든 견뎌 내려고 두 손을 꼭 모아 쥔 채 마음속으로 애원했지만 소용이 없었다. 그건 어떤 권력자의 힘으로도 막을 수 없는 판결이었다.

소위는 놀란 표정으로 거실 양쪽 벽면을 완전히 덮은 책장을 바라보더니 책상 위를 힐끗 보았다. 그러곤 다시 마누엘에게로 시선을 돌렸다.

「앉아서 이야기하는 게 좋을 것 같은데요.」 소위는 소파를 가리키며 말했다.

「난 괜찮으니까, 어서 말해 보세요.」 하지만 마누엘은 자기 말투가 너무 퉁명스러웠다고 느꼈던지, 분위기를 누그러뜨리기 위해 한숨을 쉬며 덧붙였다. 「부탁입니다.」

소위는 거북한 듯 머뭇거리면서 마누엘의 어깨 너머를 바라보았다. 그러더니 입술을 깨물면서 무겁게 입을 열었다.

「그러니까 제 말은…… 선생의…….」

「선생님의 배우자 되시는 분 말인데요.」 그때 여자 대원이 갑자기 끼어들었다. 그녀는 그제야 몰래 안도의 한숨을 내쉬는 소위를 곁눈질로 쳐다보면서 말을 이었다. 「유감입니다만, 비보를 전해 드리려고 이렇게 왔습니다. 안타깝게도 오늘 새벽에 알바로 무니스 데 다빌라 씨가 큰 교통사고를 당했습니다. 구급차가 현장에 도착했을 때, 이미 절명한 상태였습니다. 이런 소식을 전해 드리게 되어 정말 유감입니다.」

하사의 얼굴은 가지런히 빗어 넘겨 뒤로 묶은 헤어스타일 때문에 완벽한 타원형을 이루었다. 머리카락 몇 가닥이 머리 끈 밖으로 삐져나와 있었다. 그는 그녀의 입에서 흘러나온 말을 정확히 들었다. 〈알바로 씨는 이미 사망했습니다.〉 하지만 그 순간 놀랍게도 알바로의 죽음이 아니라, 그 여자의 잔잔한 아름다움에 완전히 넋을 잃고 말았다. 하마터면 머릿속을 온통 차지하고 있던 그 거북한 생각을 입 밖에 낼 뻔했다. 그녀는 정말 아름다웠다. 물론 자신의 얼굴이 완벽한 대칭을 이루고 있다는 사실을 모르는 듯했지만, 오히려 그 때문에 더 아름다워 보였다. 나중에 다시 한번 찬찬히 되짚어 보기로 하면서, 그는 그런 위급한 상황에서도 제정신을 잃지 않으려고 비상구를 찾아내는 두뇌의 능력에 감탄을 금할 수가 없었다. 그 덕분에 더할 나위 없이 아름다운 선을 그리던 여자의 얼굴로 몇 초간이라도 피신할 수 있었으니까 말이다. 당시에는 몰랐지만 그녀의 아름다운 용모는 그가 붙잡은 최초의 구명보트였다. 근사한 순간이었으나 머릿속에 어지럽게 떠오르던 의문을 막기에는 역부족이었다. 그는 단 한 마디의 말밖에 할 수 없었다.

「알바로가요?」

그 순간 하사가 그의 팔을 붙잡았다. 그녀는 자기도 모르게 범인을 체포할 때처럼 그의 팔을 잡았다. 그러곤 소파로 데리고 간 뒤, 어깨를 살짝 밀어 앉히고 자기도 그 곁에 자리를 잡았다.

「사고는 새벽에 일어났습니다. 직선 도로였던 데다 시정(視程)도 양호한 편이었는데 알바로 씨가 탑승한 차량이 도로를 이탈했습니다. 사고 당시 주변에는 차량이 단 한 대도 없었고요. 몬포르테[3]의 동료들이 통지해 준 바에 따르면, 여러 정황을 종합해 볼 때 졸음운전으로 인한 사고일 가능성이 높다고 하더군요.」

마누엘은 온 정신을 집중해서 그녀의 말에 귀를 기울였다. 물론 설명을 한마디도 놓치지 않기 위해서였지만, 사실은 마음속에서 합창하듯이 점점 더 크게 울려 퍼지는 소리를 듣고 싶지 않았기 때문이다. 〈알바로가 죽었대.〉〈알바로가 죽었다고.〉〈알바로가 죽었단 말이야.〉

그녀의 아름다운 얼굴만으로는 왠지 성에 차지 않았다. 그는 책상 위어질러진 물건들을 흥미로운 눈길로 살펴보고 있던 소위를 곁눈질로 살폈다. 커피를 마시던 컵과 그 안에 든 찻숟가락, 컵에 얹어 놓은 권위 있는 문학상 시상식 초대장, 그리고 불과 몇 시간 전에 알바로와 이야기를 나눴던 휴대 전화와 쓰다가 만 문장 끝에서 간절하게 깜박거리던 커서. 〈빌어먹을, 오늘따라 생각한 대로 글이 술술 잘 풀렸는데.〉 그러자

---

3 스페인 갈리시아 지방의 루고주 남쪽에 위치한 도시.

문득 알바로가 죽었든 말든, 그 사실은 그다지 중요치 않다는 생각이 들었다. 아니, 하사가 저렇게 말하는 걸 보면 죽은 것이 틀림없었다. 그의 머릿속에 자리 잡은 채, 귀가 먹먹해질 만큼 크레셴도로 되풀이되던 그리스 코러스의 노랫소리도 더 이상 들리지 않았다. 바로 그때 두 번째 구조선이 왔다.

「몬포르테라고 하셨나요? 그렇지만 거기는…….」

「네. 루고 주에 있는 몬포르테가 맞습니다. 우리한테 이 소식을 통지해 준 부대가 바로 거기에 있으니까요. 하지만 사고는 찬타다[4]에 속한 작은 마을에서 일어났습니다.」

「그렇다면 그건 알바로가 아니에요.」 그가 단호하게 잘라 말하자, 그때까지 책상 위의 물건들을 훑어보던 소위가 놀란 표정으로 그를 바라보았다.

「무슨 말씀입니까?」

「알바로일 리가 없어요. 그이는 그저께 고객들을 만나려고 바르셀로나로 갔으니까요. 회사에서 마케팅 업무를 맡고 있거든요. 벌써 몇 주째 카탈루냐의 호텔 체인에서 발주한 프로젝트에 매달리고 있었어요. 홍보 행사도 다양하게 준비해 두었고요. 제가 알기로는 오늘 오전에, 그것도 아주 이른 시간에 프레젠테이션을 하기로 약속이 잡혀 있었어요. 그렇게 눈코 뜰 새 없이 바쁜 사람이 루고에 갈 리가 없죠. 착오가 있었던 게 틀림없어요. 어젯밤에 그와 직접 통화까지 한걸요. 이미 말씀드렸다시피 오늘은 오전 일찍부터 회의가 잡혀 있었던 데다, 제가 평소에 일찍 일어나지 못하는 편이라서 아직 연락을 못 했습니다. 지금 한번 해보죠.」

자리에서 일어난 그는 소위 옆을 지나쳐 갔다. 두 대원은 말없이 눈빛만 교환하고 있었다. 그들의 동정 어린 시선이 납덩이처럼 마음을 짓눌렀지만, 그는 애써 무시했다. 책상에 다다른 그가 떨리는 손으로 어질러

---

4 루고주에 있는 도시로, 로마네스크 양식의 건축물과 와인으로 유명하다.

져 있던 물건들을 더듬거리면서 전화기를 찾았다. 찻숟가락이 컵에 부딪히면서 짤랑거리는 소리가 났다. 컵 안에는 남은 커피가 동그란 원을 그리며 말라붙어 있었다. 마침내 전화를 찾은 그는 번호를 누른 뒤 경멸하는 눈초리로 관찰하듯 바라보는 소위를 빤히 마주 보며 전화기에서 귀를 떼지 않았다.

마누엘은 신호가 끊길 때까지 기다렸다.

「회의 중인가 봅니다. 그러니까 전화를 안 받는…….」 그는 어떻게든 설명해 보려고 애를 썼다.

그때 하사가 자리에서 일어섰다.

「이름이 마누엘이라고 했죠?」

그는 마지못해 고개를 끄덕였다.

「마누엘 씨, 이리 와서 내 옆에 앉으세요.」

그는 손에 전화기를 든 채 소파로 가서 그녀 곁에 앉았다.

「마누엘 씨, 나도 결혼을 했습니다.」 그녀는 금빛을 거의 잃어버린 자신의 결혼반지를 힐끗 보며 말했다. 「우리 부부한테 무슨 일이 일어날지 절대 알 수 없다는 건 경험을 통해서, 특히 이런 일을 하다 보니까 잘 알고 있습니다. 그러니 불확실한 것 때문에 매 순간 마음을 졸이면서 살지 않으려고 하고요. 배우자분이 미처 당신에게 말은 못 했지만, 분명 그곳에 갈 이유가 있었을 겁니다. 어쨌든 사고를 당한 분은 당신의 배우자가 틀림없습니다. 몬포르테의 대원들이 휴대 전화를 보관하고 있기 때문에 아무도 전화를 받지 않는 거고요. 시신은 이미 루고 병원의 법의학 연구소에 안치되어 있고, 또 가족으로부터 신원 확인 절차도 마친 상태입니다. 우리가 확인한 바에 따르면 사망자의 이름은 알바로 무니스 데 다빌라, 나이는 44세, 당신의 배우자가 분명합니다.」

그는 아코스타 하사가 말을 할 때마다 머리를 절레절레 흔들며 믿을 수 없다는 반응을 보였다. 그리고 알바로가 어디 있었는지조차 몰랐다는 사실 또한 저 여자로 하여금 부부의 연이라는 절대적인 관계를 맺게 만든 빛바랜 금반지 탓으로 돌렸다. 불과 몇 시간 전에 마지막으로 통화했을 때만 해도 알바로는 루고가 아니라 바르셀로나에 있었다. 그런데 루고에서 사고를 당했다니, 정말 귀신이 곡할 노릇이었다. 그는 알바로가 어떤 사람인지, 또 평상시 어디에 있는지도 잘 알았다. 그 빌어먹을 루고의 국도에 갔다는 것만 빼고 말이다. 평소에도 마누엘은 부부 관계, 더 나아가 세상만사를 지배하는 절대적인 원리들을 끔찍이 싫어했다. 그는 눈치 빠른 저 하사가 혐오스러워지기 시작했다.

「알바로는 가족도, 친척도 없어요.」 마누엘은 하사의 말을 반박했다.

「마누엘 씨…….」

「네. 물론 그에게도 가족이 있기는 한 모양입니다. 다른 이들처럼 말이죠. 하지만 그는 가족 누구와도 연락을 하지 않았어요. 차라리 인연을 끊고 살았다고 하는 편이 옳을 겁니다. 내가 알바로를 만나기 훨씬 전부터 그랬으니까요. 아주 어렸을 때 독립을 했다고 하더군요. 그러니까 당신들이 무언가 잘못 알고 있는 겁니다.」

「마누엘 씨. 배우자분이 소지한 휴대 전화의 긴급 통화[5]에 당신의 이름과 전화번호가 저장되어 있었어요.」 그녀는 인내심을 가지고 설명했다.

「긴급 통화라면…….」 그가 혼잣말로 중얼거렸다.

기억을 더듬어 보니, 오래전부터 사람들이 사용하던 기능이었다. 긴급 통화는 교통부가 제정한 지침에 따라 사고가 발생한 경우, 이를 통보하고자 하는 대상을 미리 정하도록 한 권고 사항이었다. 마누엘은 자신의 긴급 통화에 누가 저장되어 있는지 보기 위해 휴대 전화의 연락처를 눌렀다. 알바로였다. 한동안 그는 그 이름을 한 글자씩 살펴보았다. 참았던 눈물이 왈칵 쏟아지면서 눈앞이 흐릿해졌다. 하지만 그는 실낱같은 희망을 버리지 못했다.

「그런데 아직 아무한테도 연락을 못 받았는데요. 당신이 말한 대로라면 누군가 내게 전화를 하지 않았을까요?」

5 휴대 전화 소지자가 위급 상황에 놓였을 때, 제삼자가 연락을 취할 수 있도록 미리 연락처를 지정해 놓는 기능을 말한다.

잠자코 있던 소위는 드디어 자기 차례가 와서 흡족하다는 듯한 표정으로 입을 열었다.

「2년 전까지는 규정상 그렇게 했죠. 사고가 일어나면, 우선 긴급 통화에 저장된 사람에게 전화를 걸어 통보했습니다. 거기에 이름이 없는 경우에는 연락처에서 〈집〉이나 〈아버지〉, 〈어머니〉로 저장된 번호를 눌러 알려 드렸죠. 물론 주변 분들에게 사실대로 알리는 것 자체를 나쁘다고 할 수는 없겠지만, 그에 따른 부작용이 만만치 않았습니다. 사실 그런 전화를 받으면 충격이 이만저만이 아닐 테니까 말입니다. 가령 심장 마비를 일으키거나 다른 사고가 발생하기도 하고, 또 예상치 못한 부작용이 일어난 경우도 적지 않았죠. 그래서 보완책 마련에 나름대로 많은 노력을 기울였습니다. 현행 규정에 따르면, 우선 피해자의 신원을 확실하게 확인한 뒤 고인의 주소지에서 가장 가까운 과르디아 시빌 부대에 그 사실을 통보해야 합니다. 사고 소식을 접수한 부대에서는 대원 둘을 피해자 자택으로 파견하는데, 지금처럼 한 명은 고위 간부로 구성하는 것이 관례죠. 하여간 해당 사실을 연고자에게 직접 알리고, 필요한 경우 신원 확인 절차를 위해 부대까지 동행하고 있습니다.」

그러니까 지금까지 저들이 〈여기 앉으세요〉라거나 〈진정하세요〉라고 하면서 수선을 피운 것도 다른 목적이 있어서가 아니라, 비보를 전할 때 자기들끼리 정한 절차를 따른 것에 불과했던 셈이다. 그나마 둘만 알고 있었을 뿐 마누엘로서는 애당초 알 도리가 없던 절차였다.

한동안 그들은 묵묵히 미동도 하지 않았다. 무거운 침묵이 흐르는 가운데, 소위가 여자 대원에게 눈짓을 했다.

「혹시 같이 가실 가족이나 친구한테 연락을 하시려면…….」 하사가 조심스럽게 말을 꺼냈다.

마누엘은 얼이 빠진 표정으로 그녀를 바라보았다. 그 말이 귀에 들어올 리가 없었다. 다른 세계나 물속에서 말하는 것처럼 들릴 따름이었다.

「지금 내가 해야 할 일이 뭔가요?」 그가 물었다.

「말씀드렸다시피, 시신은 루고 병원의 법의학 연구소에 안치되어 있습니다. 거기에 가면 선생님이 어떤 절차를 밟아야 할지 알려 줄 거예요. 장례를 치를 수 있도록 시신도 인도할 거고요.」

마누엘은 일부러 태연한 척하면서 자리에서 일어나 현관 쪽으로 걸어갔다. 한시라도 빨리 저 대원들을 내보내려는 속셈이었다. 저들에게서 벗어나려면 일단 침착하게 행동하는 수밖에 없었다. 그는 곧바로 알바로의 여동생한테 연락을 하겠다고 약속했다. 그러곤 문 앞에서 악수를 청했지만, 친절한 표정과는 달리 그를 바라보는 두 대원의 눈빛이 그의 마음을 꿰뚫어 보려는 듯 날카롭게 빛났다. 그는 다시 한번 고맙다는 말을 하고 문을 닫았다.

그는 뜨뜻한 기운이 감도는 나무 문에 몸을 기댄 채 잠시 서 있었다. 대원들도 문에 귀를 댄 채 안에서 나는 소리를 엿듣고 있을 게 분명했다. 그는 그 각도에서 거실로 이어지는 좁은 통로를 유심히 바라보았다. 그 자리에 멈춰 서 있던 적이 거의 없어서 생소했다. 통로는 묶인 줄기 끝에 꽃봉오리가 눈부신 빛을 내며 벌어진 모양이었다. 지난 15년간 알바로와 함께 산 집이건만, 낯선 곳에서 바라보니 꽤나 막막해 보였다. 창문을 통해 쏟아져 들어오는 햇빛 때문에 가구의 윤곽이 흐릿했고, 그 흰빛마저 희미하게 사라지면서 벽과 천장의 경계가 뒤섞였다. 그 순간 그토록 익숙하고 사랑스럽던 공간은 더 이상 그들의 보금자리가 아니라 얼어붙은 태양이 하늘에 걸려 있는 망망대해, 아니 지옥 같은 아이슬란드의 밤으로 둔갑했다. 그러자 병원에서 보냈던 그날 밤처럼 그는 또다시 혈혈단신의 외톨이가 된 기분이 들었다.

〈알바로의 여동생에게 전화를 해보자.〉 그런 생각이 들자 쓴웃음이 흘러나왔다. 〈차라리 그녀한테 먼저 연락을 했더라면 좋았을 텐데.〉 갑자기 불쾌한 느낌이 그의 가슴을 타고 올라왔다. 뜨거운 몸뚱이를 가진 달갑지 않은 짐승이 품 안으로 달려드는 듯한 느낌이었다. 그나마 유일하게 마음을 터놓을 수 있던 두 사람이 모두 죽었다는 생각이 들자, 눈물이 왈칵 쏟아질 것만 같았다.

그는 억지로 울음을 삼키며 거실로 돌아와 아까 그 자리에 앉았다. 작은 테이블 위에 놓여 있던 전화기를 들어 화면을 켜자 알바로의 이름이 나타났다. 그 이름을 멍하니 바라보다가 돌연 연락처에서 다른 이름을 찾기 시작했다.

이내 감미롭고도 다정한 목소리가 수화기에서 흘러나왔다. 메이는 10년이 넘게 알바로의 비서로 일하고 있었다.

「아, 마누엘 씨군요. 안녕하세요? 소설은 잘 되어 가나요? 전 그 소설이 나오기만을 손꼽아 기다리고 있답니다. 알바로 씨의 말로는 아주 대단한 작품이 나올 거라고 하던 ─」

「메이.」 그는 그녀의 말을 끊고 단도직입적으로 물었다. 「지금 알바로는 어디 있죠?」

그녀는 잠시 침묵을 지켰다. 마누엘은 그녀가 거짓말을 둘러대리라는 걸 충분히 짐작할 수 있었다. 심지어 세상을 움직이지만 다행히 평생 우리의 눈에는 보이지 않는 음모도 잠시나마 꿰뚫어 볼 수 있는 투시력이 생긴 듯했다.

「알바로 씨요? 글쎄요. 지금쯤 바르셀로나에 계시겠죠.」

「메이, 둘러대지 말아요.」 그는 속삭이는 듯한 목소리로 그녀를 몰아붙였다.

말이 없는 걸 보면 그녀는 안절부절못하고 있는 게 틀림없었다. 그 틈을 이용해 조금이라도 생각할 시간을 벌면서 변명거리를 찾고 있는 것이 분명했다.

「아니에요, 마누엘 씨. 제가 뭐 하러 거짓말을 하겠어요?」 당장이라도 울음을 터뜨릴 것처럼 목소리가 가늘게 떨렸다. 그녀는 구차한 변명을 늘어놓고, 엉뚱한 질문을 던지기도 했다. 모두 무슨 수를 써서라도 즉답을 피하려는 핑계에 불과했다. 「그분은 지금 바르셀로나에…… 있다고요. 카탈루냐 호텔 체인의 중역들과 회의를 하고 있어요.」

그 순간 마누엘은 손으로 전화기를 꽉 쥐었다. 얼마나 힘을 주었는지, 손마디가 다 하얗게 변할 정도였다. 그는 눈을 질끈 감았다. 전화기를 저 멀리 던져 박살 내서라도, 아니 산산조각 내서라도 거짓말을 못 하게 하고 싶은 마음이 치미는 걸 꾹 참았다. 그는 언성을 높이지 않으려고 안간힘을 쓰면서 말했다.

「조금 전에 과르디아 시빌 대원 두 명이 집에 다녀갔어요. 그런데 알바로가 바르셀로나에 없답니다. 어젯밤 교통사고로 죽었다고 하더군요. 지금은 루고에 있는 병원의 시체 안치소에 있답니다. 그런데 당신이 어떻게 그걸 모를 수 있단 말이오. 빌어먹을, 당장 말해 봐요. 지금 알바로는 어디 있죠?」 그는 분노를 삭이기 위해 일부러 속삭이듯 느릿느릿하게 말했다.

그녀는 마침내 사실을 털어놓았다. 하지만 울먹이는 목소리로 말하는 통에 무슨 말인지 알아들을 수가 없었다.

「미안해요, 마누엘 씨. 정말 죄송해요.」

그는 전화를 끊었다. 메이가 세 번째 구조선이기를 간절히 바랐지만, 그마저 물거품이 되고 말았다.

아이슬란드의 태양

　대기실에는 슬픔의 냄새가 짙게 배어 있었다. 앞쪽에 플라스틱 의자가 두 줄로 늘어서 있었는데, 그 간격이 얼마나 좁던지 지나가기도 어려울 정도였다. 대기하는 사람들의 슬픈 얼굴마저 흐릿하게 보일 만큼 탁한 공기 속으로 그들의 숨결과 어지러운 마음이 구름처럼 둥둥 떠다녔다. 그는 당황한 나머지 고개를 돌려 통로 쪽을, 그리고 자기를 계속 눈으로 좇고 있던 경비원을 바라보았다. 그러자 경비원은 고개를 끄덕이며 손가락으로 그가 있는 곳을 가리켰다. 거기서 기다리면 된다는 표시였다. 가운데에 빈자리가 하나 있었지만, 사람들 사이를 비집고 들어갈 엄두가 나지 않아 이내 포기해 버렸다. 의자에 앉아 기다리는 이들의 무릎과 발을 재주껏 피해야 할 뿐만 아니라 실례한다는 말을 계속 중얼거리면서 가야 할 테니까 말이다. 하는 수 없이 그대로 서 있기로 했다. 그는 사람들의 이목을 끌지 않으려고, 또 시원한 공기를 조금이라도 더 마시기 위해서 입구 근처의 벽에 몸을 기댔다. 물론 그 대가로 경비원의 따가운 눈초리를 피할 수 없었다.

　대기실의 분위기가 저 멀리 퍼져 나가기라도 한 것처럼 루고의 하늘은 잔뜩 찌푸린 모습으로 그를 맞이했다. 하늘빛이 염소(鹽素)를 풀어 놓은 물색 같았다. 9월 초인데도 20도 남짓한 기온은 여전히 푹푹 찌고 땡볕이 내리쬐는 마드리드의 날씨와 천지 차이였다. 냉랭한 공기는 답답하고 음울한 분위기를 연출하기 위한 문학 기법처럼 미리 치밀하게 짜놓은 듯한 인상을 주었다.

루고에는 공항이 없다. 그래서 처음에는 루고에서 가장 가까운 산티아고데콤포스텔라까지 비행기를 타고 간 다음, 거기서 차를 빌릴까도 생각해 보았다. 하지만 마음속에 도사리고 있던 그 무엇, 여전히 말로 표현할 수 없는 그 무엇 때문에 다음 비행 편까지 남은 두 시간을 기다리기도 무리였을뿐더러 객실 안에 가만히 앉아 있기도 어려울 것 같았다.

무엇보다 옷장을 열어 두 사람의 옷 속에 파묻혀 있던 작은 여행 가방을 꺼내는 일이 가장 곤혹스러웠다. 마누엘은 여행 가방을 쌀 때 꼭 필요한 물건, 혹은 그렇게 판단되는 물건만 골라 허겁지겁 그 안에다 욱여넣는 버릇이 있었다. 나중에야 알게 된 사실이지만, 그는 정작 필요한 것은 죄다 잊어버리고 아무 쓸모도 없는 옷 네 벌을 넣어 가지고 떠났다. 집을 나설 때의 광경을 머릿속으로 그려 보면 어디론가 멀리 도망가는 느낌이 강하게 들었다. 우선 마드리드에서 출발하는 비행 편을 서둘러 알아본 뒤 곧장 가방을 챙겼지만, 옷장 위에 놓인 두 사람의 사진에는 눈길 한번 주지 않았다. 그럼에도 사진 속의 모습은 쉽사리 머리에서 떨쳐지지 않았다. 그 사진은 작년 여름에 친구가 낚시하는 두 사람의 모습을 찍은 것이었다. 사진 속 마누엘은 은빛으로 반짝이던 바다를 멍하니 바라보고 있고, 그보다 젊고 날씬한 알바로가 햇빛을 받아 밝게 빛나는 노란 머리 아래로 특유의 미소 — 보일 듯 말 듯 희미한 미소 — 를 지으며 마누엘을 바라보고 있었다. 알바로가 그 사진을 액자에 넣었지만, 마누엘은 아무리 봐도 마음에 들지 않았다. 사진 속 자신이 너무 멍청해 보일 뿐만 아니라, 이제는 절대 되찾을 수 없는 소중한 순간, 정말 중요한 순간을 영원히 잃어버렸다는 느낌을 지울 수가 없었기 때문이다. 카메라가 포착한 그 짧은 순간은 그가 자신의 삶에서 현재에 온전히 존재해 본 적이 없다는 의혹을 더욱 짙게 해주었다. 오늘은 그런 의혹에 대한 심판의 날이나 마찬가지였다.

대기실에서 꼼짝 않고 있으려니 한참 달리다 급브레이크를 밟은 듯한 느낌이었다. 1분 차이로 알바로의 생사가 갈리기라도 하는 것처럼 미친 듯이 고속도로를 달리던 조금 전과는 영 딴판이었다. 떠나기 전 마누엘은 꿈결처럼 집 안을 이리저리 돌아다녔다. 방방마다 들어가 혹시라도 알바로의 물건이 있는지 빠르게 훑어보았다. 그의 사진첩과 테이블 위에 놓여 있던 스케치북, 그리고 의자 등받이에 걸쳐 있던 낡은 스웨터 — 집에서만 입던 옷으로, 색이 바래고 소맷부리가 해졌는데도 절대 버리려고 하지 않았다 — 는 어떤 면에서 알바로 본인이나 마찬가지였다. 그 물건들을 조심스럽게 살펴보던 마누엘은 갑자기 이상한 기분이 들었다. 알바로가 이 세상에 존재하지 않는데, 어떻게 그것들은 거기 그대로 있는 걸까. 그가 없으면 당연히 그의 물건도 더는 존재하지 않거나 감쪽같이 사라져야 할 것만 같았다. 마누엘은 작업용 책상 위를 빠르게 훑어보고는 반사적으로 지갑과 휴대 전화, 충전기를 움켜쥐었다. 놀랍게도 그날 오전에 썼던 글 — 그나마 작업이 순조롭게 진행되던 부분이었다 — 을 저장해 놓지 않았다는 사실이 떠올랐다. 그러고 나서 그는 떨리는 손으로 불길한 느낌을 주는 그 도시의 이름을 내비게이션에 입력했다. 500킬로미터나 되는 먼 길이었지만 지나다니는 차가 많지 않아서 도착하는 데 네 시간 반도 채 걸리지 않았다. 그곳으로 가는 동안 메이로부터 끈질기게 전화가 걸려 왔지만 받지 않았다. 집 안의 불을 다 끄고 나왔는지조차 확실치 않았다.

남자의 통곡 소리가 들리자, 마누엘의 온몸에 소름이 돋았다. 남자는 부인으로 보이는 여자의 목에 얼굴을 묻고 알아들을 수 없는 말을 속삭였다. 그는 남자의 목덜미를 어루만지던 여인의 지친 표정과 통증을 참는 아이처럼 입술을 깨문 채 깊은 한숨을 몰아쉬던 마을 사람들의 눈빛을 주의 깊게 관찰했다.

마누엘은 울지 않았지만, 과연 그게 정상적인 반응인지 알 수 없었다. 두 대원이 집에서 나간 바로 그 순간, 겁먹은 눈동자에 비친 집의 윤곽이 서서히 흐릿해지면서 갑자기 울음이 터져 나오려고 했다. 울음이 나오려면 열기가, 아니면 적어도 어떤 종류의 격정이 필요하다. 하지만 집 안을 떠돌던 한기가 그의 심장 한구석을 얼어붙게 만들었다. 그럴 바에

27

는 차라리 심장 전체가 꽁꽁 얼어붙었으면, 그리고 냉기를 뿜어내며 집 안으로 밀어닥친 유령이 그의 가슴속에서 팔딱팔딱 뛰고 있던 쓸모없는 근섬유 다발을 죄다 꼬아 버렸으면 했다. 유령은 그 대신 그의 몸속을 흐르던 혈액을 비활성 상태로 바꾸어 놓았다. 그러자 확신보다 의심을 더 많이 실어 나르던 초라하고 가엾은 생명선으로부터 심장 박동 소리가 점점 희미해지고 천천히 피를 빨아올리는 소리만 들려왔다.

깔끔하게 정장을 차려입은 두 남자가 안내소 옆에 대기하고 있었다. 한 남자가 나지막한 목소리로 속삭이자, 몇 발짝쯤 떨어져 있던 다른 남자가 그 말을 듣기 위해 몸을 숙였다. 그러고는 고개를 끄덕이더니, 그곳을 오가던 사람들을 유심히 살펴보면서 손가락으로 대기실을 가리켰다. 그가 경비원에게 다가가 무언가 물어보고 온 뒤, 다른 남자와 빠르게 몇 마디를 주고받았다. 그러고 나서 두 사람은 곧장 대기실로 걸어 갔다.

「마누엘 오르티고사 씨 맞습니까?」

두 사람의 점잖은 말투와 고급 정장 차림은 대기실에 있던 사람들의 관심을 사로잡기에 충분했다. 마누엘은 고개를 끄덕이면서 경찰이나 의사치고는 옷차림이 지나치게 화려하다고 생각했다.

말을 꺼낸 남자가 손을 내밀어 악수를 청했다.

「저는 에우헤니오 도발이라고 합니다. 제 옆에 계신 분은 아돌포 그리냔 씨고요.」 그가 말했다.

옆에 있던 남자가 그에게 악수를 청하면서 말했다.

「잠시 이야기를 나눌 수 있을까요?」

그들이 소개를 마친 뒤에도 분명히 밝혀진 건 아무것도 없었다. 다만 처음에 추측한 것처럼 의사는 아닌 듯했다. 마누엘은 사람들이 모여 있던 대기실을 손짓으로 가리키면서 안으로 들어가자고 했다.

그리냔은 자기를 빤히 바라보는 사람들의 시선을 애써 외면한 채 낮게 깔린 탁한 공기 위로 천장을 올려다보았다. 가장자리가 거무튀튀해진 누런 얼룩에 이르러 그의 눈길이 멈추었다.

「맙소사! 여긴 안 되겠어요. 이럴 줄 알았으면 좀 더 일찍 왔을 텐데 죄송하군요. 이렇게 힘든 일을 당한 분을 혼자 계시게 해서 면목이 없습니다. 혹시 일행이 있으십니까?」 그는 쓸쓸한 표정으로 서 있던 마누엘을 잠시 살펴본 뒤, 당연히 혼자일 거라고 추측하면서도 예의상 물어보았다.

마누엘은 고개를 흔들었다.

그리냔은 다시 천장의 누런 얼룩 쪽으로 시선을 돌리며 말했다.

「그럼 나가시죠.」

「하지만 이 안에서 기다리라고 했어요.」 마누엘이 돌연 날카로운 목소리로 말했다.

「그건 걱정하지 마세요. 멀리 가지는 않을 테니까요. 선생께 몇 가지 알려 드릴 게 있습니다.」 에우헤니오 도발이 그를 진정시키며 말했다.

그 대답을 듣고 꺼림칙한 느낌이 사라진 마누엘은 그들을 따라 밖으로 나갔다. 그 와중에도 저 두 남자가 대체 누구인지 물어보며 수군거리는 마을 사람들의 음습한 시선이 계속 등 뒤에 따라붙었다. 그들은 마음이 통하기라도 한 것처럼 말없이 제한 구역을 통과했다. 경비원은 그들이 복도 끝에 다다를 때까지 한순간도 눈을 떼지 않았다. 복도 끝에는 음료수 자판기와 커피 자판기가 설치되어 있었다. 도발은 불빛이 반짝거리는 기계를 손가락으로 가리키며 말했다.

「뭐라도 드시겠습니까?」

마누엘은 고개를 가로젓고는 초조한 듯이 대기실 쪽으로 몸을 돌렸다. 그러자 그리냔이 그의 앞을 가로막고 섰다.

「저는 공증인입니다. 선생님의 배우자와 일했고, 그의 유언 집행인이기도 합니다.」 그리냔은 마치 항복한 적에게 은전을 베푼다는 내용을 낭독한 사람처럼 엄숙한 표정으로 마누엘을 바라보았다.

마누엘은 갈피를 잡을 수가 없었다. 한동안 그는 눈 한번 깜박이지 않고 자신을 관찰하던 그 남자를 살펴보았다. 그러고는 마찬가지로 자신의 대답을 기다리고 있던 ― 어쩌면 그가 아무렇지 않게 던진 말에 기분이

29

상해서 비아냥거릴 것으로 예상했는지도 모른다 — 도발에게로 시선을 돌렸다.

「갑자기 이런 일을 당해서 많이 놀라셨을 거예요.」 그리냔이 말했다. 「저는 알바로 씨의 재산 관리인으로서 선생과 그의 관계에 대해 소상히 알고 있습니다.」

「그게 무슨 말이죠?」 마누엘이 의심스러운 눈길을 보내며 물었다.

공증인은 인내심을 가지고 대답했다.

「저는 두 분이 전부터 동거를 했고, 몇 해 전에 결혼했다는 사실을 알고 있습니다. 하지만 지금부터 제가 드릴 말씀은 선생님이 전혀 모르는 사실일 겁니다.」

마누엘은 한숨을 쉬며 방어 자세를 취하듯 팔짱을 꼈다. 물론 그날이 생애 최고의 날은 아니었지만, 그렇다고 최악의 날이라고 할 수도 없었다. 알바로가 죽었다는 소식을 듣고 거의 한계에 도달한 인내심마저 메이와 통화하면서 완전히 바닥을 드러내고 말았다. 하지만 그는 알바로가 왜 세상에서 가장 외진 곳에 있는 시체 안치소의 차가운 금속 테이블 위에 죽은 채 드러누워 있는지, 그 이유를 조금이라도 알려 줄 수 있는 사람이라면 누구와든 조용히 대화를 나눌 용의가 있었다. 그는 몸을 돌려 저 멀리서 여전히 자기와 두 남자에게서 시선을 떼지 않고 있던 경비원을 바라보며 말했다.

「알바로가 뭐 하러 이 먼 곳까지 왔는지 말해 줄 수 있나요? 새벽녘에 그 깜깜한 도로에서 뭘 했느냐고요? 어서 말해 주세요.」

그리냔이 도발을 힐끗 쳐다보았다. 도발은 심각한 표정을 지으며 마누엘 옆으로 다가갔다.

「알바로 씨가 이곳에 온 이유는…… 여기가 그의 고향이고, 그의 가족이 살고 있기 때문입니다. 물론 사고 당시 그가 어디로 가고 있었는지 정확히 알려진 것은 없습니다. 다만 과르디아 시빌이 알려 준 바에 따르면, 다른 차량이 사고에 연루된 것 같지는 않답니다. 여러 정황을 종합해 볼 때, 결국 졸음운전으로 인한 사고일 가능성이 높습니다. 이제 마흔네 살, 앞날이 창창한 분이 저렇게 빨리 가버리다니 안타깝기 그지없네요. 정말 좋은 사람이었는데 말입니다. 저도 개인적으로 무척 아끼는 분이었습니다.」

그 순간 마누엘은 알바로의 주민 등록증에서 봤던 출생지를 떠올렸다. 그와는 아무런 연관이 없는 곳이어서 당시에도 의아하게 여겼다. 심지어는 그가 그 지명을 입 밖에 낸 적도 없었다. 그런데 대체 무슨 일로 여기에 왔던 걸까? 처음 만났을 때 그는 마누엘에게 분명히 밝혔다. 자신이 동성애자라는 사실을 그의 가족은 도저히 용납하지 못했다고 말이다. 여느 동성애자들과 마찬가지로 마드리드에 와서 자유롭게 살게 된 뒤로 그는 가족과의 연을 끊어 버렸다.

「하지만 원래 일정대로라면 바르셀로나에 있어야 할 사람이 무슨 이유로 여기 왔단 말입니까? 더구나 내가 아는 한 그는 이미 오래전에 가족과 연락을 끊었다고요.」

「선생이 알고 있는 한이라……」 그리냔이 중얼거렸다.

「무슨 뜻으로 하는 말이죠?」 기분이 상한 마누엘이 쏘아붙이듯 물었다.

「글쎄요, 마누엘 씨. 참, 마누엘 씨라고 불러도 될까요? 전 의뢰인들을 만날 때마다 모든 걸 솔직하게 이야기해 달라고 권합니다. 특히 남편이나 부인에 대해서 말이죠. 좋든 싫든 함께 살아가야 하는 것도, 그리고 사별의 슬픔을 이겨 내야 하는 것도 바로 그들이기 때문입니다. 알바로 씨의 경우도 예외는 아닙니다. 하지만 그가 무슨 이유로 여기에 왔는지, 또 여기서 무엇을 했는지 판단하는 것은 저의 몫이 아닙니다. 그저 의뢰인에 관한 소식을 알리는 게 제 역할일 뿐이에요. 선생에게 이런 소식을 알린다고 해서 호감을 살 리도 없으니까요. 하지만 이게 직업인데 어쩌겠습니까. 알바로 씨는 제 의뢰인이기 때문에 그와 맺은 계약 조건을 끝까지 이행할 겁니다.」 그는 극적인 효과를 높이려는 듯 잠시 말을 멈춘 뒤, 다시 입을 열었다. 「알바로 무니스 데 다빌라 씨는 3년 전부터 산토 토메의 후작이었습니다. 그러니까 후작이던 부친이 세상을 뜨고 난 뒤 작위를 물려받은 셈이죠. 그의 집안은 갈리시아 지방에서 가장 유서 깊은 가문 가운데 하나예요. 사고 지점으로부터 그리 멀지 않은 곳에 그 가문의 장원(莊園)이 있습니다. 이번에는 그가 여기 왔다는 사실조차 몰랐습니다만, 그간 알바로 씨가 후작으로서 책무를 다하기 위해 우리 사무실을 자주 드나들었다는 사실만큼은 분명하게 말씀드릴 수 있습니다.」

넋이 나간 채 그의 말을 듣고 있던 마누엘이 실소를 터뜨렸다.

「지금 농담하는 거죠?」

「제가 드린 말씀은 모두 사실입니다. 만약 조금이라도 미심쩍은 부분이 있으면 뭐든지 말씀해 보세요. 제가 증거를 보여 드릴 테니까요.」

마누엘은 신경질적으로 몸을 돌려 경비원을 힐끗 보더니, 다시 그리냔을 쳐다보았다.

「그러니까 알바로가 귀족이었단 말이잖아요. 참, 후작이라고 했죠. 그뿐만 아니라 넓은 땅과 저택이 있고, 한 번도 들어 보지 못한 가족도 있다고요. 그럼 이제 아내와 자식들이 있다는 이야기만 남았겠군요.」 마누엘이 비꼬듯 말했다.

그리냔은 언짢았는지 두 손을 들어 올렸다.

「아닙니다! 제가 하는 말을 곡해하지 마세요! 이미 말씀드렸듯이 알바로 씨는 3년 전 세상을 뜨신 부친으로부터 작위를 물려받은 겁니다. 내가 그를 처음 만난 것도 바로 그 무렵이었죠. 당시에는 가족 문제를 처리하느라 눈코 뜰 새 없이 바빴어요. 아시다시피 귀족 작위는 반드시 물려받아야 할 의무라서 알바로 씨도 거기에 따른 거죠.」

마누엘은 자기도 모르게 이맛살을 찌푸렸다. 눈 뒤쪽에서 망치질하듯이 시작된 통증이 뜨거운 용암처럼 머리 전체로 분출되려 하고 있었다. 두통을 진정시키려고 얼음장처럼 차가운 손가락 끝을 이마에 갖다 댄 뒤에야 자신이 잔뜩 찡그리고 있다는 걸 알아차렸다.

「과르디아 시빌 대원들의 말로는 가족 한 명이 시신을 확인했다고 하던데요.」

「네. 그의 동생인 산티아고 씨가 확인했습니다. 알바로 씨는 세 아들 중 장남이고, 막냇동생인 프란시스코는 아버지가 돌아가시고 나서 얼마 되지 않아 세상을 떴습니다. 평소 우울증에 시달리기도 했지만, 그의 죽음은 마약과 관련이 있었던 게 분명합니다. 사인이 약물 과다 복용으로 밝혀졌으니까요. 하여간 그의 집안은 최근 몇 년 사이에 비운에 처한 셈이죠. 그의 모친은 병약한 편이지만 아직 생존해 계십니다.」

두통이 점점 더 심해졌다.

「도무지 믿을 수가 없군요. 그동안 어떻게 그런 사실을 감쪽같이 숨길 수가 있었죠?」 마누엘은 아무도 쳐다보지 않은 채 혼자 중얼거렸다.

도발과 그리냔은 침통한 표정으로 서로를 바라보았다.

「유감스럽지만 알바로 씨가 왜 그랬는지 저희로서도 알 수가 없군요. 다만 그는 이번처럼 불행한 사고로 자신이 사망할 경우에 대비해서 미리 유언장을 써놓았습니다.」

「그게 무슨 소립니까? 그럼 자기가 조만간 죽을 줄 알고 있었다는 말입니까? 알바로가요? 제 처지를 생각해서라도 제발 속 시원히 말 좀 해주세요. 알바로한테 내가 알지도 못하는 가족이 있다니요. 도대체 무슨 소리를 하는지 하나도 모르겠어요.」

반응이 심상치 않자 그리냔은 그를 진정시키려고 황급히 설명을 이어 갔다.

「마누엘 씨, 선생의 입장은 충분히 이해합니다. 혼자 감당하기에는 너무나 큰 충격일 테니까요. 하지만 단지 유언장이 있다는 말씀을 드리려고 했던 건 아닙니다. 그런 지위에 있는 사람이라면 누구나 미리 유언장을 작성하는 것이 관례거든요. 말하자면 만일의 사태에 대비해서 미리 써두는 거죠. 그가 후작의 의무를 수락하자마자 우리는 일차적으로 유언장을 작성했습니다. 최근 들어 재산 상황의 변동에 의거해서 여러 차례 수정이 이루어졌습니다. 알바로 씨는 자신이 죽은 뒤 재산을 어떻게 처분할 것인지에 관해 세부적으로 명시해 놓았죠. 정해진 시간이 되면 유언장이 공개될 겁니다. 그는 본인이 사망하고 스물네 시간이 지난 뒤,

33

유언에 대한 해명서를 발표하도록 미리 정해 놓았습니다. 굳이 말씀드
리자면, 상속자 및 유족들에게 편의를 제공하기 위한 절차인 셈이죠. 유
언을 공개하기 전에 해명서를 발표함으로써 재산 분배에 관한 고인의
의향을 미리 밝히고자 한 거니까요. 그리고 부속 조항에 따르면, 유언장
은 본인이 사망한 지 세 달 이내에 공개하기로 되어 있습니다.」

마누엘은 혼란스러우면서도 무기력한 표정으로 시선을 떨구었다.

「시내에 선생님이 머물 호텔을 예약해 놓았습니다. 도착해서 숙소를
구할 경황이 없으실 것 같아서요. 내일은 해명서를 발표하기로 한 날입
니다. 오전에 제 사무실로 모여 달라고 유족들에게 통지했습니다. 내일
아침에 선생을 모시기 위해 호텔로 차를 보내겠습니다. 마지막으로 장례
식은 내일모레 아스 그릴레이라스에 있는 가족 묘지에서 치러질 예정입
니다.」

마누엘은 머리가 터질 것만 같았다.

「장례식이라뇨? 그게 무슨 소립니까? 내게 일언반구 상의도 없이 누
가 그런 결정을 내린 거죠? 그 문제라면 나도 발언할 자격이 있어요. 안
그래요?」 마누엘은 경비원이 듣든 말든 개의치 않고 목소리를 높였다.

「그건 가문의 전통이라서…….」 도발이 자초지종을 설명하려고 했다.

「전통이고 나발이고 간에 그게 나랑 무슨 상관이에요. 대체 누가 그따
위 결정을 내린 거죠? 나는 그의 배우자란 말이에요.」

「오르티고사 씨.」 그리냔이 그의 말을 끊었다. 「마누엘 씨.」 그리고
다소 누그러진 목소리로 말했다. 「알바로 씨가 스스로 결정한 겁니다.
그는 예전부터 가족 묘지에 묻히고 싶어 했어요.」

그때 그리냔과 그의 비서가 선 자리 뒤쪽에서 닫혀 있던 문이 덜컹거
리더니 벌컥 열렸다. 세 사람은 그 소리에 놀라 뒤를 돌아보았다. 과르
디아 시빌 대원들이 나타났다. 둘 다 남자였는데, 한 명은 아직 애송이
티를 벗지 못한 청년이었고, 나머지 한 명은 아무리 적게 잡아도 오십
줄을 넘긴 것 같았다. 젊은 대원은 몸집이 호리호리한 반면, 나이 든 이
는 과르디아 시빌 대원을 희화화한 것 같은 모습이었다. 키는 165센티

미터가 될까 말까 한 정도여서, 신장 기준이 그리 까다롭지 않던 시대의 과르디아 시빌 대원을 연상시켰다. 더군다나 잘 다려 입은 제복 아래로 간신히 숨기긴 했지만 불룩 튀어나온 배가 요즘 같았으면 우베다 사관학교¹의 엄격한 신체검사를 통과할 수 있었을지 의문이 들 정도였다. 입술 위로는 콧수염이 유난히 돋보였는데, 드문드문 새치가 섞여 있었다. 오래전부터 헤어스타일 견본을 바꿔 놓지 않은 이발사가 면도칼로 대충 다듬은 듯 울퉁불퉁한 귀밑털과 구레나룻도 희끗희끗했다.

그 대원은 그리냔과 도발이 입고 있던 고가의 옷을 경멸하는 눈초리로 훑어보더니 확인하는 투로 물었다.

「저는 과르디아 시빌 소속의 노게이라 중위입니다. 알바로 무니스 데 다빌라 씨의 유족이십니까?」

「우리는 그의 법률 대리인입니다.」 그리냔이 자신을 소개하면서 손을 내밀어 악수를 청했지만, 그는 거들떠보지도 않았다. 「이분은 마누엘 오르티고사 씨입니다.」 그리냔이 마누엘을 가리키며 말했다. 「알바로 씨의 배우자예요.」

중위는 의아한 표정을 감추지 않았다.

「누구의 배우자라고요?」 그는 엄지손가락을 어깨 위로 들어 올리더니 등 뒤 어딘가를 가리켰다. 그러곤 역겨운 표정을 지으며 옆에 있던 젊은 대원을 바라보았다. 하지만 젊은 대원은 작은 수첩에서 빈 페이지를 찾느라 정신이 팔린 나머지 그의 눈길을 전혀 눈치채지 못했다. 그럼에도 그는 기분이 상한 것 같지 않았다. 「내가 알고 싶은 건…….」 그가 중얼거렸다.

「무슨 문제라도 있나요?」 마누엘이 턱을 치켜들며 물었다.

중위는 대답 대신 다시 동료를 힐끗 쳐다보았다. 그제야 눈이 마주친 젊은 대원은 상황을 제대로 파악하지 못했는지 어깨만 으쓱할 뿐이었다.

1 과르디아 시빌 대원 양성 학교로, 1943년 스페인 안달루시아의 우베다시(市)에 설립되었다.

「진정하고 제 말부터 들어 보세요. 여기서 문제가 있는 유일한 사람은 지금 부검 테이블 위에 있으니까 말입니다.」 땅딸막한 대원이 말을 꺼내자 공증인들의 표정이 이내 굳어졌다. 마누엘은 말없이 그의 눈을 노려보았다.

「몇 가지 물어볼 게 있습니다.」

마누엘은 고개를 끄덕였다.

「그를 마지막으로 본 게 언제죠?」

「그저께 늦은 밤이었습니다. 그날 출장을 떠났거든요. 우린 마드리드에 살고 있습니다.」

「마드리드라…….」 중위는 젊은 대원이 제대로 적고 있는지 확인하면서 같은 말을 여러 번 중얼거렸다.

「그럼 그와 마지막으로 연락을 한 건 언제입니까?」

「어젯밤입니다. 1시쯤 알바로한테 전화가 와서 대략 10분에서 15분간 이야기를 나누었습니다.」

「어제라……. 혹시 그때 자기가 어디 있다고, 아니면 어디로 간다고 말하던가요?」

마누엘은 잠시 머뭇거리다 대답했다.

「아뇨. 하지만 이곳에 왔으리라고는 상상도 못 했습니다. 고객을 만나려고 바르셀로나에 간 줄로만 알았죠. 알바로는 회사에서 광고 마케팅을 담당하고 있거…… 있었거든요. 거기로 출장을 간 것도 호텔 체인의 홍보 프로젝트를 마무리 짓고, 또…….」

「고객이라…….」

나이 든 대원이 자신이 한 말을 느릿느릿하게 곱씹을 때마다 마누엘은 모욕적이고 불쾌한 기분이 들었다. 단지 비웃는 듯한 말투 때문만은 아니었다. 여태까지 알바로에게 감쪽같이 속고 있었다는 정황이 분명하게 드러나자 치욕스러워서 견딜 수가 없었다.

「두 분이 또 무슨 이야기를 했죠? 그가 했던 말 중에 기억나는 게 있나요?」

「아뇨. 별로 떠오르는 게 없네요. 피곤해서 빨리 집에 돌아가고 싶다고는 했는데 그 밖에는…….」

「혹시 그때 특별히 불안해하면서 짜증을 부리거나 화를 내지는 않던가요?」

「아뇨. 그저 피곤하다는 말만 했어요.」

「그럼 누군가와 언쟁을 벌였다는 말은 하지 않던가요?」

「네. 그런 말은 없었습니다.」

「혹시 당신의…… 그러니까 배우자에게 원한을 품을 만한 사람은 없었습니까? 가령 알바로 씨에게 복수를 하려고 벼르던 사람이라든지.」

예상치 못한 질문에 당황한 마누엘은 대답하기 전에 공증인들을 힐끗 쳐다보았다.

「아뇨. 아니, 잘 모르겠어요. 하지만 내가 알기로는 그런 사람은 없었어요. 근데 왜 그런 걸 묻는 거죠?」 이제 그의 목소리에는 지친 기색이 역력했다.

「당신이 알기로는…….」 중위는 또다시 그의 말을 곱씹으며 중얼거렸다.

「왜 대답을 안 해주는 거죠? 그에게 원한을 품은 사람이라니, 그런 걸 왜 물어보는 거예요? 혹시…….」

「당신이 어제 새벽 1시에 마드리드에 있었다는 사실을 입증해 줄 사람이 있습니까?」

「이미 말했다시피 우리는 단둘이 살았던 데다 어제는 그가 바르셀로나에 있었어요. 나는 한 번도 집 밖에 나가지 않아서 만난 사람도 없고요. 내가 마드리드에 있었다는 사실을 증명할 방법은 없어요. 그렇지만 오늘 오전에 당신 동료들이 소식을 전하기 위해 우리 집을 방문했습니다. 그들에게 물어보면 금방 확인할 수 있을 겁니다. 그런데 대관절 왜 그런 말을 하는 거죠?」

「요즘엔 통화 기록만 조회해도 발신자와 수신자의 위치를 확인할 수 있습니다. 설령 오차가 있더라도 10미터 내외니까 꽤나 정확한 편이죠.

이런 사실을 알고 있었나요?」

「아뇨, 놀랍군요. 그건 그렇고 왜 그런 말을 하는 건지 모르겠다고요. 무슨 일 때문인지 속 시원하게 말 좀 해줘요, 네? 아침에 만난 당신 동료들은 알바로가 직선 도로를 달리다가 조는 바람에 사고가 났다고 했어요. 사고 당시 주변에는 차량이 단 한 대도 없었다고 했고요.」 마누엘의 목소리는 절규에 가까웠다. 그런데도 중위가 입을 다물자, 그는 속이 타서 미쳐 버릴 것만 같았다.

「생계는 어떻게 유지하고 있습니까?」

「난 작가예요.」 마누엘은 지친 목소리로 대답했다.

중위는 고개를 갸우뚱하면서 묘한 미소를 지었다.

「아주 고상한 취미를 가지고 있군요. 그럼 어떻게 먹고살죠?」

「방금 말했잖아요, 작가라고.」 마누엘은 더 이상 참지 못하고 소리를 질렀다. 저 얼간이 같은 작자와는 도무지 말이 통하지 않았다.

「작가라…….」 그는 같은 말을 되풀이했다. 「한 가지 더 묻겠습니다. 당신이 소유한 자동차의 모델과 색은 어떤 겁니까?」

「파란색 BMW예요. 이번엔 내가 물을 차례니까 꼭 대답해 줘요. 알바로의 죽음에 뭔가 수상쩍은 점이라도 있습니까?」

중위는 젊은 대원이 마누엘의 진술을 수첩에 다 쓸 때까지 기다리는 눈치였다.

「누구든 교통사고로 사망하면 판사가 사고 현장에서 시신을 옮기도록 명령합니다. 그리고 다른 원인으로 사망했다고 의심할 만한 증거가 충분히 존재하지 않는 한 부검은 실시하지 않습니다. 당신의…… 그 배우자의 차량 후면에…….」 중위는 잠시 말을 멈추고는 한숨을 내쉬었다. 「작기는 하지만 최근에 어떤 충격으로 인해 움푹 들어간 흔적이 남아 있고, 또 거기에 다른 차량의 페인트가 살짝 묻어 있었습니다. 그리고…….」

그 순간 그의 등 뒤에서 덜컹거리며 문이 열리더니, 제복을 입은 과르디아 시빌 대원이 나타났다. 그는 마누엘에게 열심히 상황을 설명하고 있던 대원을 제지했다.

「노게이라, 지금 대체 뭘 하고 있는 건가?」

그러자 두 대원은 그 자리에서 부동자세를 취했다.

「대위님. 마누엘 오르티고사 씨는 고인의 유족으로, 방금 마드리드에서 도착했습니다. 그의 진술을 받던 중이었습니다.」

대위는 두 대원을 지나 마누엘을 향해 걸음을 옮겼다. 그리고 마누엘에게 굳은살이 박인 손을 내밀었다.

「오르티고사 씨, 먼저 사랑하는 가족을 잃으신 데 대해 심심한 애도의 뜻을 표합니다. 그리고 노게이라 중위가 성급하게 폐를 끼쳐 드린 데 대해서도 사과의 말씀을 드립니다.」 대위는 싸늘한 눈빛으로 중위를 노려보며 말했다. 「이미 들으신 바와 같이 당시 주변에 차량이 한 대도 없었던 점을 감안할 때 알바로 씨가 사고로 인해 사망했다는 데에는 의심의 여지가 없습니다.」

비록 대위의 커다란 몸집에 가려 잘 보이지는 않았지만 노게이라의 콧수염 아래 가려진 입술이 실룩거리는 걸 보면서 마누엘은 그가 내심 불쾌해하고 있다는 사실을 알 수 있었다.

「하지만 방금 중위의 말로는 의심 가는 점이 전혀 없었다면 시신을 이곳으로 옮기지도 않았을 거라고…….」

「그건 중위가 잘못 판단한 겁니다.」 대위는 노게이라에게 눈길 한번 주지 않고 말했다. 「시신을 이리 옮긴 건 고인의 사회적 지위와 그의 가문에 대한 예우를 갖추기 위해서였습니다. 이곳에서는 아주 유명하고 존경받는 가문이니까요.」 그가 설명했다.

「그럼 부검을 할 거란 얘긴가요?」

「그럴 리가 있겠습니까.」

「그렇다면 그를 볼 수 있을까요?」 마누엘이 애원하듯이 말했다.

「물론이죠. 제가 모셔다드리겠습니다.」 대위는 흔쾌히 허락했다.

대위가 마누엘의 어깨에 손을 얹고 가볍게 밀면서, 네 사람 사이를 지나 덜컹거리던 문 쪽으로 데리고 갔다.

호텔 방은 온통 새하얬다. 대여섯 개나 되는 쿠션이 침대를 절반가량 덮고 있었다. 할로겐등과 천장 조명, 앰비언트 조명[2] 등 다양한 불빛이 한데 어우러져 침대 위를 화려하게 수놓았을 뿐만 아니라, 마치 신기루에 갇힌 것 같은 느낌을 주었다. 아침만 해도 그의 집을 차지한 채 무겁게 마음을 짓누르던 아이슬란드의 태양이 500킬로미터나 떨어진 루고까지 쫓아올 기세였다. 다행히도 잔뜩 찌푸린 루고의 하늘을 보자 눈이 다소 편안해졌다. 편두통의 증세, 즉 수백 개의 면을 가진 프리즘을 통해서 세상을 보는 것처럼 모든 게 희미하고 가짜 같던 느낌도 잠시 가라앉는 듯했다.

그는 방 안의 조명을 모두 끄고, 구두를 벗었다. 그러곤 미니바를 살펴봤지만 마음이 끌리는 것이 없어 룸서비스로 위스키 한 병을 주문했다. 웨이터는 위스키에 곁들여 먹을 수 있는 음식도 있는데 어떠냐고 물어보았다. 하지만 마누엘이 괜찮다며 사양하자, 그의 목소리에 언짢은 기색이 묻어났다. 그는 방으로 위스키를 들고 온 뒤, 마누엘의 어깨 너머로 방 안을 이리저리 훑어보았다. 그간의 경험으로 볼 때, 문제를 일으킬 손님이 분명하다는 듯한 눈초리였다.

그리냔은 유언 집행인의 자격을 내세워 한시도 그의 곁에서 떨어지지 않으려고 했다. 그러면서 자기 딴에는 뭔가 석연치 않은 점, 다시 말해 자신이 반드시 알고 있어야 하는데 알바로가 미처 말해 주지 않은 것을 해결한답시고 호텔로 가는 내내 쉴 새 없이 떠들어 대면서 프런트까지 따라왔다. 나머지 일을 책임지고 있던 도발이 거기서 그들을 기다리고 있었다. 엘리베이터 앞에 서 있는 동안 그리냔은 마누엘이 너무 지쳐서 혼자 있고 싶어 한다는 것을 눈치챘다.

짙은 갈색의 위스키를 더블로 따른 그는 다리를 끌면서 침대로 갔다. 그러곤 이불 속으로 들어가는 대신 쿠션을 모아서 만든 푹신한 등받이에 기댄 채 쓴 약을 삼키듯 위스키를 두 번에 걸쳐 마셔 버렸다. 그는 힘

2 쾌적한 환경을 만들기 위해 천장과 벽, 바닥에서 특정 공간을 비추는 조명.

겹게 몸을 일으킨 뒤 다시 테이블로 가서 술잔에 위스키를 따랐다. 침대로 가기 전에 그가 잠시 멈칫하더니 위스키병을 통째로 들고 왔다. 그는 눈을 감고 속으로 욕을 퍼부어 댔다. 그럼에도 빌어먹을 밤의 태양은 여전히 또렷했다. 달갑지 않은 유령이 나타나기라도 한 것처럼 흐릿하게 빛나는 화상흔이 그의 망막에 남았다.

그는 뭔가를 더 생각해야 할 필요성과 더 이상 생각하지 않기로 한 결심 사이에서 갈등을 겪고 있었다. 그래서 잔을 채우자마자 재빨리 비워 버렸다. 너무 빨리 마신 탓인지 갑자기 먹은 것이 다 올라오려고 했지만 간신히 참아 냈다. 눈을 감자 다행히 태양이 서서히 사그라들었다. 그 대신 그날 나누었던 대화들이 머릿속에 울려 퍼지기 시작했다. 그것들은 생생한 기억과 당시에는 모르고 지나쳤을지도 모르지만 수십 가지 세부적인 상황이 부각되며 떠오르기 시작한 또 다른 기억과 뒤섞이면서 거대한 이야기의 흐름을 이루었다. 3년 전 알바로의 아버지가 세상을 뜨고 난 뒤 며칠 지나지 않아 찾아온 동생의 죽음.

3년 전 9월, 온 세상이 무너진 것 같은 허탈감에 빠졌던 때가, 그리고 알바로가 영원히 떠나 버렸다고 믿었던 때가 있었다. 지금도 마음만 먹으면 그때 매 순간을 생생하게 되살려 낼 수 있었다. 무언가에 의해 짓눌리고 있는 듯 전과는 인상이 확연하게 달라진 모습. 그러면서도 며칠간 다녀올 데가 있다고 마누엘에게 차분히 말하던 모습. 무표정한 얼굴로 옷가지를 차곡차곡 개서 여행 가방에 집어넣던 모습. 「어딜 가는데?」 마누엘이 물어볼 때마다 알바로는 말없이 괴로운 표정을 지으며 평생의 반려자로 여기던 마누엘의 어깨 너머 어딘가를 망연히 바라보곤 했다. 애가 탄 마누엘이 제발 떠나지 말라고 애원도 해보고, 위협도 해보았지만 아무런 소용이 없었다. 현관으로 향하던 그는 몸을 돌리고 이렇게 말할 뿐이었다. 「마누엘, 내가 지금껏 당신한테 뭔가 요구한 적이 없었잖아. 지금 나한테 필요한 건 딱 한 가지야. 어떤 일이 있어도 나를 믿어 주는 거. 그래 줄 수 있지?」 마누엘은 말없이 고개를 끄덕였다. 물론 경솔한 판단일 수 있었지만, 그렇다고 해서 무조건적인 수긍이나 마음에서 우러나온 결정은 아니었다. 마누엘은 누구보다 잘 알고 있었다. 그런 상황에서 달리 무슨 수가 있겠는가? 사랑하던 이가 결국 떠나고 말았다. 물에 젖은 소금이 손가락 사이로 새어 나가듯, 떠나가는 그의 모습이 눈물에 가려 아른거렸다. 그 순간 마누엘은 무슨 수를 써도 그를 붙잡을 수 없으리라는 생각이 들었다. 어떻게 해도 그는 결국 떠났을 테니까 말이다. 차라리 조금 전에 했던 약속이 그를 붙잡아 둘 수 있는 유일한 매듭이라는, 그리고 다소 위험하기는 해도 그의 목에 매단 자유와 믿음의 사슬이야말로 앞으로도 인연을 계속 이어 갈 수 있게 하는 유일한 수단이라는 확신이 들었다.

알바로는 작은 여행 가방을 들고 집을 나섰다. 막상 그가 떠나자 마누엘은 걱정과 두려움, 그리고 영원히 돌아오지 않을 거라는 불길한 예감 때문에 격렬한 감정의 소용돌이 속으로 빨려 들고 말았다. 그가 떠난 뒤 며칠간 마누엘은 두 사람이 함께한 지난 시절, 특히 아슬아슬하게 유지되던 균형이 무너져 버렸던 순간만을 골라내 곰곰이 따져 보았다. 그러자 여덟 살이라는 나이 차가 새삼 부담스럽게 느껴졌을 뿐만 아니라, 평소 책과 조용한 생활에 지나치게 집착한 데 대해 죄책감이 들었다. 여전히 젊고 잘생긴 그로서는 이런 것들을 감당하기 어려웠을지도 모른다. 주변의 세계가 하나씩 허물어지고 있는데 그런 사실조차 모르고 있었던 자신이 너무나도 한심스럽게만 느껴졌다. 집을 떠나 있던 닷새 동안 알바로는 변변히 연락도 하지 않았다. 어쩌다 밤에 잠깐씩 통화를 했는데, 그마저도 금방 끊기 일쑤였다. 그는 마누엘이 뭐라도 물으면 요리조리 말을 돌리다가 집을 나서던 순간 받아 낸 다짐을 상기시키곤 했다.

그때마다 마누엘은 막연히 불안해졌다. 이내 좌절감과 자괴감이 번갈아 나타났고, 결국엔 급격히 정서가 불안해졌다. 한동안 까맣게 잊고 있던 불안 증세가 누나가 죽은 뒤 처음으로 도진 셈이었다. 나흘째 되던 날 밤, 마누엘은 한순간도 전화기를 놓지 못한 채 연락이 오기만을 애타게 기다렸다. 시간이 흐르면서 절망감에 사로잡혀 자포자기 상태에 빠지고 말았다.

마침내 전화가 왔을 때, 마누엘은 자신이 애원조로 말하고 있음을 깨달았다.

「이삼일이면 된다고 했잖아. 오늘이 벌써 나흘째라고.」

알바로는 한숨을 내쉬며 말했다.

「그사이에 일이 좀 있었어. 전혀 예상치 못했던 일이 일어나는 바람에 상황이 복잡해졌거든.」

마누엘은 다시 용기를 내서 속삭이듯 물었다.

「알바로, 돌아올 거지? 솔직히 말해 줘.」

「물론이지. 꼭 돌아갈 거야.」

「정말?」 마누엘은 자칫하면 모든 걸 잃을 수도 있다는 걸 잘 알면서도 밀어붙여 보기로 했다. 그래서 자신의 속내를 언뜻 내비쳤다. 「우린 결혼한 사이니까.」

알바로는 숨을 깊이 들이쉬었다가 천천히 내뱉었다. 지친 기색이 역력했다. 마누엘의 재촉에 짜증이 난 걸까? 아니면 골치 아픈 일을 해결하느라 힘이 들어서 그런 걸까?

「무슨 일이 있어도 돌아갈 거야. 거긴 내가 사는 곳이기도 하지만, 무엇보다 진심으로 가고 싶으니까. 사랑해, 마누엘. 당신 곁에 영원히 머물고 싶어. 이 세상에서 내가 돌아갈 곳은 우리 집밖에 없어. 어떤 일도 우리 사이를 갈라놓지는 못할 거야.」

마누엘은 절망감이 짙게 배어 있는 알바로의 말을 그대로 믿었다.

메마른 삶

9월 중순, 어느 날 아침에 알바로가 돌아왔다. 하지만 그로부터 몇 주 동안 마누엘은 그가 집에 왔다는 사실조차 실감하기 어려웠다. 그는 시차 문제로 인해 정신은 그곳에 남겨 둔 채 껍데기만 온 사람처럼, 숨도 쉬지 않고 맥박도 뛰지 않는 사람처럼 종일 무기력하게 지냈다. 그렇지만 마누엘은 자신에게 고향과도 같은 알바로의 몸을 꼭 껴안고 꽉 다문 입술에 키스를 해주었다. 그러곤 지그시 눈을 감고 그에게 조용히 고마움을 전했다.

알바로는 자초지종을 낱낱이 털어놓지도, 그렇다고 적당히 둘러대지도 않았다. 지난 닷새 동안 무슨 일이 있었는지 일언반구 언급도 없었다. 그가 집에 돌아온 첫날 밤, 그들은 사랑을 나눈 뒤 꼭 껴안은 채 침대에 누워 있었다. 그러다가 어느 순간 알바로가 나직한 목소리로 속삭였다. 「믿어 줘서 고마워.」 그 한마디로 알바로는 지옥과 같은 곳에 갔던 이유를 완전히 숨길 수 있었다. 마누엘은 뜨거운 애무에 몸을 맡기듯 그의 말을 받아들였다. 어쨌든 무사히 돌아온 것만으로도 고맙고 다행스러운 일이었으니까 말이다. 하지만 죄를 용서받은 사람처럼 기쁨에 취해 있던 마누엘의 마음 한구석에서 돌연 모욕감과 수치심이 고개를 쳐들기 시작했다. 마누엘은 속이 메슥거리고 구역질이 나던 증세가 감쪽같이 사라진 것에 조용히 감사했지만, 그다음 몇 주 동안 알바로와 떨어져 있을 때마다 가슴 아픈 소식을 알리는 신호처럼 심각한 공황 발작과 구토 증상이 되살아났다. 고통스러운 증세가 완전히 사라지기까지는 몇 달이 걸렸다. 마누엘은 그사이 한 글자도 쓰지 못했다.

둘이 함께 영화를 보거나 알바로가 잠들어 있을 때, 마누엘은 그를 유심히 살펴보곤 했다. 다른 이와의 관계가 우리의 살갗에 남겨 놓는 희미하지만 결코 지울 수 없는 흔적, 즉 배신의 흔적을 찾으려고 말이다. 물론 그 과정에서 수상쩍은 관계의 증거와 여기에 매달리는 마누엘의 집착에 관한 소문이 주변에 파다하게 퍼졌다. 그럼에도 마누엘은 자신의 삶을 송두리째 무너뜨릴 수도 있는 흔적을 찾아 나섰다.

몇 가지 징후가 드러났다. 우선 알바로의 얼굴에 숨길 수 없을 정도로 수심이 가득했다. 그는 예전보다 더 빨리 퇴근하기 시작했고, 교외에서 진행할 예정이던 프로젝트 발표회를 아예 메이에게 맡겨 버리기도 했다. 마누엘이 기분 전환도 할 겸 영화를 보러 가거나 외식을 하자고 해도 피곤하다는 이유로 번번이 거절했다. 그럼에도 마누엘은 그냥 넘어갈 수밖에 없었다. 알바로가 엄청난 부담을 짊어지고 있거나 심한 죄책감에 시달리고 있기라도 한 것처럼 지쳐 보였던 것이다. 그 무렵 알바로에게 자주 전화가 걸려 오기 시작했다. 그는 뭔가 먹거나 저녁 식사를 하는 동안 — 그들은 이때를 〈우리만의 시간〉이라고 불렀다 — 을 제외하곤 정상적으로 전화를 받았다. 그리고 통화를 하기 위해 방에서 나오기 시작했다. 그는 아무렇지 않게 전화를 받으면서도 떨떠름한 기색을 감추지 못했다. 그때마다 마누엘은 그나마 굴욕감이 덜어지는 느낌이었다. 하지만 마음속에 똬리를 틀고 있던 의심이 자꾸 되살아나 마누엘을 괴롭혔다. 두려움에 빠진 그는 몇 날 밤을 뜬눈으로 지새웠다.

그 무렵 마누엘은 삶의 가장 미세한 부분에서조차 배신의 흔적을 찾아내려고 애쓰는 편집증 환자로 변하고 말았다. 강박 관념에 사로잡힌 그는 알바로의 말 한마디, 몸짓 하나도 빼놓지 않고 꼼꼼히 따져 보았다. 그가 자신을 대할 때 드러나는 애정이 예전에 비해 줄지도, 그렇다고 늘지도 않았다는 점이 오히려 의심스러워 보였다. 사람들은 후회가 들 때 균형을 맞추려는 보상 심리로써 수치심을 상쇄시키는 행동을 하는 경우가 있었다. 하지만 알바로에게서는 그런 행위가 전혀 발견되지 않았다. 그는 이따금 출장을 가더라도 외박을 하는 경우가 드물었다. 딱 한 번 이틀 밤을 외박한 적이 있었는데, 그때도 마누엘이 그렇게 하라고 우겼기 때문이었다. 「빨리 집에 오려고 무리하게 운전하지 마. 피곤하면 거기서 자고 다음 날 아침에 일찍 오면 되니까.」

그렇지만 알바로가 집에 돌아오지 않으면 마누엘은 온종일 녹초가 될 때까지 이리저리 돌아다니곤 했다. 알바로가 있는 곳이라면 설령 저 먼 도시라 해도 끝까지 쫓아가서 보란 듯이 그의 앞에 나타나고 싶은 충동을, 그리고 그가 자기를 뜨겁게 안아 주기를 바라는 욕망을 떨쳐 버리고 싶었다. 그런 마음이 너무나 간절해서 때로는 온몸이 아플 정도였다. 겉으로는 모든 것이 평소와 다름없이 정상적으로 돌아가고 있는 것처럼 보였다. 알바로도 웃으려고 애를 쓰곤 했다. 여전히 우울한 기색에 어쩌다가 입꼬리가 살짝 올라가는 정도에 불과했지만 그 모습에서 애정이 엿보였다. 그 덕분에 마누엘은 알바로가 자신의 곁에 계속 머물 것이라는 희망의 끈을 놓지 않을 수 있었다. 그 표정에서 마누엘이 사랑하던 모습이 어렴풋하게 드러나기 시작하자, 며칠 더 버틸 수 있을 것 같은 자신감이 생겼다. 다만 알바로의 태도에서 어떤 낌새가, 도무지 의미를 알 수 없는 낯선 조짐이 나타났다. 알바로가 집에 돌아오면 마누엘은 가끔 건성으로 책을 읽거나 글을 쓰는 척하다가 갑자기 고개를 돌려 알바로를 깜짝 놀라게 하곤 했다. 그러면 알바로는 영리한 어린아이처럼 미소를 지었다. 마누엘이 많이 놀랐느냐고 물어보면, 알바로는 말없이 고개를 젓고는 조난자가 구명줄을 붙잡듯 마누엘을 와락 껴안았다. 마치 두 사람 사이에 의심이 생길 만한 여지를 모두 없애 버리려는 듯, 그리고 마누엘의 심장을 일시적으로 멎게 만들기라도 할 것처럼 있는 힘껏 말이다. 그때마다 마누엘은 오히려 가슴이 상쾌해졌지만, 그렇다고 사실대로 말할 용기가 나지 않았다.

더 이상 괴로워하지 않는 것도 하나의 결심이다. 그즈음 출판사 편집장의 전화가 부쩍 잦아졌다. 그동안 병이라든지 독감, 검진 등 온갖 변명을 대면서 버텨 왔지만, 이제는 통하지 않았다. 마누엘은 고지식한 성격 탓에 허풍을 떨거나 부득부득 우겨 대지도 못했다. 불과 몇 달 뒤면 베스트셀러가 될 수도 있을 그 작품은 그의 소설 중에서도 단연 최고였다.

마누엘은 어려서 부모님을 여의고 누나와 함께 친척 할머니 댁에 얹혀살았다. 누나는 성년이 되자마자 곧장 마누엘을 데리고 부모님의 소유로 되어 있던 — 그때까지는 비어 있었다 — 집으로 돌아갔다. 그때부터 독서는 그의 유일한 도피처가 되었다. 성(性)에 눈뜰 무렵, 그는 쾌락을 갈구하는 욕망과 승산 없는 전쟁을 치르기 시작했다. 그럴 때조차도 독서는 자신을 지킬 수 있게 하는 유일한 요새였다. 또한 자신을 지키기 위한 무기이자, 소심한 성격에 이런저런 능력을 부여해 주는 방패였다. 반면 글쓰기는 내면의 궁전이자 비밀의 장소였고 이 세상에서 가장 아름다운 공간이었다. 그는 그 무한한 공간에서 웃으며 돌아다니거나 맨발로 뛰어다니다가도 어느 순간 멈춰 서서 그곳에 숨겨진 아름다운 보물들을 어루만지곤 했다.

그는 성적이 우수했던지라 학업을 마치자마자 마드리드의 명문 대학에서 스페인 역사를 강의해 달라는 요청을 받았다. 비록 짧은 기간이었지만 강의를 하는 동안에는 한 번도 글을 쓰고 싶다는 생각이 들지 않았다. 글을 쓰려면 엄청난 슬픔을 받아들여야 할 테니까 말이다.

슬픔에는 두 가지가 있다. 우선 눈에 보이는 슬픔이 있는데, 상복을 입고 사람들이 보는 앞에서 눈물을 흘리며 사랑하는 이의 죽음을 애도하는 것이 여기에 해당된다. 반면 겉으로는 조용하지만 백만 배는 더 고통스러운 슬픔도 있다. 마누엘이 경험한 것은 분명 눈에 보이는 슬픔이었다. 어린 시절 부모를 잃고 눈물과 외로움 속에서 불행한 어린 시절을 보내야 했던 그는 자신의 가혹한 운명과 맞서 싸우고자 했다. 그리고 그는 페스트 환자처럼 불행한 운명의 낙인이 찍히기라도 한 듯, 유독 사람들의 눈에 띄던 검은 상복을 당장 벗어던지고 싶었다. 그는 언제 또다시 그런 비극이 일어날지 모른다는 두려움, 또 극심한 공포에 떨며 눈물로 지새우던 수많은 밤을 저주했다. 그는 누나의 품에 꼭 안긴 채, 누나에게서 어떤 일이 있어도 자기 곁을 떠나지 않겠다는 맹세를 그리고 그들이 겪고 있던 고통 또한 더 강한 존재가 되기 위해 치러야 할 대가라는 다짐을 받아냈다.

마누엘은 누나와 그런 믿음을 나눠 가지게 되었다. 그리고 성인이 되는 동안 이제는 그런 불행이 일어나지 않으리라는 확신으로 엄청난 행복을 누릴 수 있었다. 물론 그 행복이 마지막으로 남은 병사의 용감함 혹은 유일한 생존자의 용기와 비슷한 것 같다는 생각이 종종 들곤 했다. 어쨌든 남매는 부모의 죽음으로 자신들이 감당해야 할 불행의 몫을 이미 다 치렀으며, 그간의 고통도 언젠가 반드시 쓸모가 있으리라고 생각하게 되었다. 또한 자신들이 겪은 불행과 고통을 한계점에 이를 때까지 기록한 사람이 이 세상 어딘가에 있을 거라고 믿기도 했다. 이런 낙관은 희망 사항에 불과했다. 결국 운명이 그들의 유일한 약점을 파고들었다.

병원에서 마지막 순간을 기다리던 누나가 그에게 말했다.

「내가 너를 배신하더라도 부디 용서해 줘. 난 말이야, 네가 나의 약점이라고 생각했단다. 너를 볼 때마다 느끼던 고통이 끝내 나를 무너뜨리고 말 거라고 여겼지. 하지만 이젠 내가 너의 약점이 될 차례가 온 것 같구나.」

「제발 조용히 해!」 마누엘은 울면서 애원했다.

누나의 목소리는 그가 흐느끼는 소리에 묻혀 거의 들리지 않았다. 마누엘이 진정되기를 기다리던 그녀가 그에게 가까이 오라고 손짓했다. 그는 그녀의 갈라진 입술에 얼굴이 스칠 만큼 다가갔다.

「그래서 말인데, 내가 떠나고 나면 깨끗이 잊어야 해. 어떤 일이 있어도 나를 생각하거나 내 기억을 떠올리면서 괴로워하지 마. 알았지? 지금도 눈만 감으면 여섯 살 때 네 모습이 눈에 선하단다. 벌벌 떨면서 서럽게 울던 모습 말이야. 홀로 남겨 두면 네가 어릴 때처럼 울까 봐 걱정이 되는구나. 솔직히 말하면 그때 너 때문에 밤마다 한숨도 못 잤거든. 그런데 또 그렇게 울면 내가 어떻게 편히 쉴 수 있겠니.」 그는 그다음에 나올 말을 듣지 않으려고 누나에게서 얼굴을 떼려고 했지만 한발 늦었다. 그녀는 가늘고 긴 손가락으로 그의 머리를 꽉 잡았다. 「나랑 약속하자, 마누엘. 더 이상 괴로워하지 않겠다고, 나를 네 삶의 약점으로 삼지 않겠다고 약속해. 그리고 나뿐만 아니라, 어느 누구도 너의 약점이 되도록 해서는 안 돼.」

마누엘은 맹세를 하듯이 굳게 약속했다. 곧 누나가 눈을 감자, 이루 말할 수 없을 만큼 큰 슬픔이 그의 가슴속으로 소리 없이 밀려왔다.

사람들은 그에게 무엇 때문에 글을 쓰는지 묻곤 했다. 작가가 된 뒤에 수십 번도 넘게 들은 질문이었다. 그래서 상황에 따라 적절하게 써먹을 수 있도록 그럴싸한 대답 두어 가지를 미리 준비해 두었다. 물론 어느 정도는 진실이었다. 가령 소통의 즐거움이라든지, 다른 존재와 진정한 만남을 이루고 싶은 욕망이 바로 그것이었다. 하지만 사실은 그게 다가 아니었다. 그가 글을 쓰기 시작한 이유는 더 이상 운명과 싸우지 않기 위해서였다. 전투가 중단된 동안에는 깊은 슬픔이 들어올 수 없는, 그래서 누나와 한 약속을 배신하지 않아도 되는 유일한 장소인 그 궁전으로 돌아갈 수 있었다. 그렇다고 오랜 생각 끝에 글을 쓰기로 결심했거나 오랫동안 가슴에 품고 있던 소망을 이루기 위해 글을 쓰기로 한 것은 아니었다. 그는 한 번도 작가가 되겠다는 생각을 해본 적이 없었다. 그저 어느 날 백지 앞에 앉아 있다가 무작정 글을 써 내려가기 시작했다. 그러자 어딘가에서 시원한 물처럼 문장들이 솟아올랐다. 그는 이름은커녕 어디에 있는지조차 모른 채 그저 딴 세계 같기만 하던 그곳을 찾아내기 위해 많은 책을 썼다. 그곳의 모습은 그의 상상 속에서 수시로 변했다. 거센 풍랑이 이는 북해 같다가도 마리아나 해구[1] 처럼 보이기도 하고, 가끔은 안달루시아 지방의 양지바른 안마당 한복판에 있는 세련된 이슬람식 분수대[2]로 나타나기도 했다. 다만 그 바다나 해구 혹은 분수대가

1 지구의 지각 표면에서 가장 깊숙한 위치에 있는 해구.
2 안달루시아 지방은 오랫동안 아랍인들이 지배했기 때문에 이슬람 유적이 많다.

모두 그의 마음속 어딘가에 있다는 사실만이 분명했다. 그렇게 해서 마침내 그 궁전을 발견하게 되었다. 그는 원하기만 하면 그곳으로 돌아갈 수 있었다. 무엇 하나 부족한 것 없이 행복이 넘치던 그곳은 그를 따뜻하게 품어 주면서 영감을 주었을 뿐만 아니라, 마르지 않는 샘물처럼 끊임없이 새로운 말을 선사해 주었다.

첫 소설이 상상을 초월하는 판매량을 기록하자, 그는 그 즉시 대학에 휴직원을 제출하고 2년 유급 휴가를 신청했다. 누구도 그렇게 말하지는 않았지만, 주변에서는 그가 영원히 학교를 떠날 거라고 믿는 눈치였다. 학장과 교수들은 그를 위해 파티를 열어 주었다. 이제 일요판 신문과 문화부 담당 기자들이 첫 소설로 일약 베스트셀러 작가가 된 젊은 교수를 취재하고 사진을 찍는답시고 캠퍼스로 몰려들어 법석을 떨 것이 분명한데도 개의치 않았다. 다만 그들은 그의 미래를 걱정하면서 여럿이 함께, 아니면 혼자 그를 찾아와 행운을 빌어 주거나 자기들도 맛보지 못한 실패의 쓴맛과 출판 세계의 냉혹한 현실에 대해 자상하게 일러 주었다. 안정적이고 평탄한 교육계에 몸담고 있던 이들이라 현실을 제대로 알 턱이 없었지만, 그가 다시 돌아오면 언제든 반갑게 맞아 줄 사람들이었다. 그들은 그가 소설이라는 문학의 창부(娼婦)와 모험을 마치고 나면 대학으로 돌아올 걸로 믿고 있었다.

어떤 면에서는 고통과 슬픔도 하나의 결정이다. 그는 자기가 스스로를 속이고 있다는 걸 알았다. 더 이상 글을 쓸 수 없다고, 너무 괴로워서 꼭 필요한 영감을 얻을 힘조차 없다고 속으로 되뇌면서 말이다. 새빨간 거짓말이었다. 오히려 정반대였다. 그가 찾던 궁전은 속죄의 상징이자, 병든 영혼과 마음의 상처를 치유하는 곳이었다. 다시 돌아가지 않겠다는 마조히즘적인 집착에 사로잡힌 그는 천국의 밖에서 잠들어 버린 천사처럼 서서히 타락하고 있었다. 그가 걸친 영혼의 옷 또한 누더기처럼 변해 버리고 말았다. 그의 피부에는 여전히 아물지 않은 상흔이 남아 있었다. 처음에는 놀란 마음에 서둘러 상처를 가라앉히려 했지만, 이내 심하게 자책하면서 고통이 지나가는 길을 따라 그의 살갗이 다시 핏빛으로 변해 버렸다.

결정은 언제나 사람을 촉박하게 만든다. 출판사 편집장은 그에게 전화를 걸어 약속한 날짜까지 원고를 보내라고 독촉했다. 그리고 알바로는 여전히 그 자리에 있었다. 그사이 마누엘은 위협이 닥치고 있음을 어렴풋하게나마 느끼곤 했다. 위협의 정체가 분명하게 밝혀지지 않은 채 몇 달이 흘렀다. 어쨌든 그의 생활에는 큰 변화가 없었다. 알바로의 얼굴에 다시 미소가 감돌기 시작했다. 때때로 슬픔에 잠기던 순간도 반복되는 일상의 평온함 속에 서서히 사라졌다. 시도 때도 없이 걸려 오던 전화도 거짓말처럼 잠잠해졌다. 이미 지나간 일, 그의 세계를 무너뜨리려고 사방에서 몰려들던 것들이 죄다 뒷전으로 물러났다. 그가 다시 궁전으로 돌아가 글을 쓰기 시작하자마자 이런 일들이 일어났다.

풍수

　언젠가 풍수(風水)에 관한 글에서, 쉴 때나 잠을 잘 때 우리 모습이 비치는 곳에 거울을 두는 것은 큰 잘못이라는 내용을 읽은 적이 있다. 이 호텔의 실내 장식을 담당한 사람은 그런 원리를 전혀 몰랐던 모양이다. 방의 불빛이 희미한 편이었음에도 마누엘은 거울에 비친 제 모습을 분명하게 알아볼 수 있었다. 심지어 쿠션에 기대고 있던 자세는 물론이고, 마시던 위스키조차 아주 아늑하게 보일 정도였다. 한편으로는 잔뜩 긴장한 몸과 핏기라고는 없이 창백한 얼굴이 빈 술잔을 가슴에 올려놓은 채 두 손으로 꽉 쥐고 있던 모습과 겹쳐지면서 영안실에 안치된 시신을 보는 듯했다. 그 순간 차가운 금속 테이블 위에 놓여 있던 알바로의 모습이 떠올랐다. 그 모습을 보자마자 알바로가 아니라는 확신이 들었다. 그 느낌이 너무나 강렬한 탓에 그는 과르디아 시빌 대위에게 그렇게 말하려고 몸을 돌렸다. 하지만 대위는 예의를 차리기 위해 마누엘로부터 몇 발자국 물러나 있었다. 경찰이 온 탓인지 평소보다 더 엄숙한 표정을 짓고 있던 담당 직원은 시신을 덮은 천을 조심스럽게 접어 가슴까지 보이도록 한 뒤 대위 옆으로 물러섰다.
　누르스름한 불빛 때문인지는 몰라도 알바로의 얼굴은 옛날 가면처럼 납빛을 띠고 있었다. 마누엘은 그 자리에 선 채 꼼짝도 할 수 없었다. 바로 뒤에서 대위가 지켜보고 있는 터라 더더욱 어찌할 바를 몰랐다. 하마터면 알바로의 시신을 만져 봐도 되는지 물어볼 뻔했지만, 그래 봐야 아무 소용도 없으리라는 것쯤은 잘 알고 있었다. 한때 열렬히 사랑했지만 눈앞에서 사라지기 시작한 이를 어설프게 모방한 것처럼 보이는 그 얼굴에 다시는 입을 맞출 수 없으리라. 마누엘은 마지못해 알바로에게로 시선을 돌렸다. 하지만 끝까지 그의 죽음을 부인하기로 작심한 것처럼 그 얼굴이 눈에 들어오지 않았다. 마누엘은 눈앞에 있는 것조차 보지 못했지만, 사실 알바로의 모습은 생경하게 느껴질 만큼 상세하게 드러나 있었다. 물에 젖은 채 반듯하게 뒤로 넘긴 긴 머리카락. 그런데 머리가 왜 젖어 있는 걸까? 그리고 습기 때문에 서로 들러붙은 채 작은 물방울이 맺혀 있는 속눈썹. 핏기 하나 없이 반쯤 벌어진 입술. 무언가에 베인 듯 왼쪽 눈썹 위쪽에 작게 나 있는 상처. 도드라져 보이는 상처 언저리가 유독 거무스름한 빛을 띠고 있었다. 그것이 전부였다. 마누엘은 오히려 낯선 사람을 바라보듯 눈 하나 깜짝하지 않는 자신이 괴물처럼 느껴져서 괴롭기만 했다. 그러다가 이내 돌덩어리가 무겁게 가슴을 짓누르는 듯해서 점점 견디기 어려워졌다.

차라리 목 놓아 울고 싶었다. 그는 자신의 마음속 어딘가에서 울음이 터지지 않도록 막고 있는 수문에 금이 갔다는 것을, 그리고 고통을 단단히 가두고 있는 벽 또한 언젠가 허물어지리라는 것을 잘 알고 있었다. 하지만 도저히 울 수가 없어서 더 절망스러웠다. 숨을 쉬고 싶은데 허파가 없어서 공중에 떠 있는 산소라도 마시려고 입을 뻐끔거리는 꼴이라고나 할까. 차라리 산산이 부서져 죽고 싶었다. 그러나 고통이 잠들어 있는 감방 열쇠를 찾지 못한 채, 온몸이 얼어붙은 듯 거기에 그대로 서 있었다.

그때 시신을 덮고 있던 하얀 천 아래로 알바로의 손이 삐져나왔다. 길고 억세기까지 한 구릿빛 손가락이 가지런히 드러났다. 죽은 자의 손은 움직이지 않는 법이다. 애무를 가득 머금고 있던 그의 손은 편안한 휴식을 취하는 것처럼 조금 벌어진 채 힘없이 늘어졌다. 마누엘은 그 손을 잡았다. 그러곤 철제 테이블을 타고 올라와 손끝을 얼어붙게 만든 한기를 느껴 보려고 했다. 비록 싸늘하게 굳어 버리기는 했지만, 그가 그토록 사랑하던 알바로의 손이었다. 손등을 쓰다듬었다. 굳은살이 박여 거친 손바닥과는 달리 손등에서는 부드러운 감촉이 느껴졌다. 「광고 일을 하는 사람 중에 벌목꾼의 손을 가진 이는 당신밖에 없을 거야.」 그는 알바로의 손을 볼 때마다 이렇게 말하곤 했다. 그 손을 입술에 갖다 대기 위해 들어 올리는 순간, 고통을 가두고 있던 마음의 수문이 거대한 폭발과 더불어 산산이 부서졌다. 마치 해일이 일어난 듯 거대한 물결이 영혼의 좁다란 가장자리를 할퀴며 지나갔다. 마누엘은 얼음장처럼 차가운 손에 입술을 대보다가 결혼반지를 끼던 자리가 비어 있는 것을 발견했다. 희뿌연 자국을 유심히 살펴보던 그가 뒤돌아보며 직원에게 물었다.

「결혼반지는요?」

「실례지만 뭐라고 하셨죠?」 직원은 마누엘 쪽으로 다가오며 물었다.

「늘 결혼반지를 끼고 다녔어요.」

「그렇지만 없었습니다. 여기 일은 제가 다 처리하는데, 그걸 못 볼 리 있겠습니까. 시계는 차고 있었지만, 반지는 없었어요. 시계는 소지품 옆에 있습니다. 확인해 보시겠습니까?」

마누엘은 알바로의 손을 천천히 내려놓고, 더는 안 보이게 천으로 덮었다.

「아뇨. 괜찮습니다.」 그는 짧게 대답한 뒤, 두 사람을 지나쳐 밖으로 나갔다.

그는 다시 잔에 위스키를 따르고는 입술에 갖다 댔다. 술 냄새가 콧속으로 밀려들자 갑자기 구역질이 나려고 했다. 그는 술잔을 배에 올려놓고, 그 너머 거울에 비친 자신의 모습을 물끄러미 바라보았다.

「무엇 때문이지?」 그는 거울 속의 남자에게 물었다.

그자는 답을 알고 있었지만, 아무 말도 하지 않았다.

3년 전, 아버지가 세상을 뜨고 난 뒤 며칠 지나지 않아 맞닥뜨린 동생의 죽음으로 깊은 슬픔에 빠진 알바로는 걸려 오는 전화조차 받을 수 없었다. 지옥 같던 닷새, 빈손으로 쓸쓸히 돌아오던 모습 그리고 구역질,

불면증, 염증에 시달리며 보낸 몇 달……. 그런데 모든 것이 새빨간 거짓말이었다. 알바로는 그에게 터무니없는 약속을 남발하며 그럴싸한 변명으로 일관했다. 다시 술잔을 든 마누엘은 구역질을 삼키려고 서둘러 술을 마셔 버렸다. 그러곤 건너편의 남자를 바라보며 물었다.

「넌 믿니?」

그러자 거울 속의 남자는 경멸하는 눈초리로 그를 쏘아보았다. 마누엘은 거울을 향해 술잔을 집어 던졌다. 그 순간 날카로운 소음과 함께 남자의 찌푸린 얼굴은 산산조각 나고 말았다.

아니나 다를까, 5분쯤 지나 문을 두드리는 소리가 들렸다. 소리가 워낙 크게 났으니 놀라서 올라올 만도 했다. 그는 자기가 무슨 짓을 한지 전혀 모른다거나 저질러 놓고 곧장 후회할 정도로 취한 상태는 아니었다. 이 시간에 저렇게 문을 두드리는 걸 보면, 당장 호텔에서 나가 달라고 할 모양이었다. 그는 손에 들고 있던 술병을 어딘가에 버려야겠다고 생각하면서, 그리고 그럴듯한 변명을 꾸며 내면서 느릿느릿하게 문으로 걸어갔다. 오늘따라 자기를 찾아온 이들이 왜 하나같이 급하고 무례하게 문을 두드리는지 모르겠다는 생각도 들었다.

방 안이 보이지 않을 만큼 살짝 연 문 틈새로 웨이터와 프런트 직원의 모습이 보였다.

「안녕하세요, 손님. 괜찮으신지요?」

마누엘은 막연한 기대를 품고 고개를 끄덕였다. 어쨌거나 이곳은 5성급 호텔이었으니까 말이다.

「늦은 시간에 실례합니다만, 옆방 손님들로부터 연락이 와서요. 조금 전에 여기서 큰 소리가 났다는데 무슨 일인지요?」

마누엘은 침통한 표정을 지으며 입술을 깨물었다.

「네. 방 안의 거울 때문에 가벼운 사고가 일어났거든요. 이게 다 풍수 때문입니다.」 급한 마음에 적당히 둘러대기는 했지만, 아무래도 너무 취한 것 같았다.

「풍수라고요?」 놀란 직원들이 한목소리로 물었다.

「인간과 땅의 기운이 균형을 이루어야 잘 살 수 있다는 동양의 이론이 죠.」 마누엘은 그들을 바라보며 진지하게 말했다.

두 남자는 어리둥절한 표정으로 그를 바라보았다. 마누엘은 터져 나오려는 웃음을 참느라 애를 썼다.

「나는 거울이 기(氣)의 흐름을 방해하면 잠을 잘 수가 없거든요. 거울은 정말 해롭습니다. 이런 고급 호텔에서 실내 장식을 할 때 그런 점을 고려하지 않았다니 참 놀랍군요. 그래서 이 방에 다시 생기가 흐르도록 거울의 위치를 바꾸려고 하다가 그만……. 어쨌든 걱정하지 마세요. 거울값은 변상할 테니까 말입니다. 제 숙박료에 얹어 놓으세요.」

「물론 그래야죠.」 프런트 직원이 떨떠름한 투로 말했다.

「괜찮으시다면, 지금 청소하는 사람을 보내 드리겠습니다.」 웨이터가 한 걸음 다가서며 말했다.

「지금은 좀 피곤해서요. 안 그래도 막 자려던 참이었거든요.」

「저런. 발을 베이셨군요.」 웨이터가 바닥을 가리키며 말했다.

마누엘은 발아래를 내려다보았다. 깨진 유리 조각에 베였는지 발꿈치에서 피가 흘러나와 양탄자에 얼룩이 져 있었다.

「약 바르고 잘 테니까 걱정하지 마세요.」

「하지만 얼룩이 졌는데요.」 프런트 직원이 양탄자를 가리키며 말했다.

「저것도 물어 드리죠.」 마누엘이 퉁명스럽게 대답했다.

「물론 그러셔야죠.」 프런트 직원이 당연하다는 표정을 지으며 말했다.

그들이 가자마자 마누엘은 문을 닫아 버렸다. 그러곤 불을 켜고 방 안을 둘러보았다. 유리 조각이 흩어진 침대 발치에서부터 문까지, 그가 맨발로 걸은 길을 따라 핏자국이 삐뚤삐뚤하게 이어졌다. 거울이 있던 곳에는 이제 칙칙한 빛깔의 나무판자만 남아 있었다.

「풍수라.」 그가 중얼거렸다. 「빌어먹을.」

갑자기 속이 메스꺼워지면서 무언가 올라오려고 했다. 그는 다급한 나머지 손으로 전기 스위치를 치면서 화장실로 들어갔다. 그러다가 피가 묻은 타일 바닥에서 미끄러지며 발목이 꺾이고 말았다. 그대로 바닥에 쓰러진 채 그는 속에 있는 것을 다 게워 냈다.

약점

　그가 알바로를 만난 건 서른여섯 살 때였다. 그 무렵 마누엘은 이미 여섯 권의 소설을 출간한 중견 작가였다. 그해 5월 말에서 6월 중순까지 세 번의 주말에 걸쳐 진행된 마드리드 도서 전시회[1]에 『부인(否認)의 대가』 홍보차 참여한 그는 책에 사인을 하고 있었다.

　처음 봤을 땐 알바로에게 눈길조차 주지 않았다. 토요일 오전에 마누엘은 그가 가져온 책에 사인을 해주었다. 그날 오후, 그가 다시 찾아왔지만 눈치채지 못한 채 습관적으로 헌사를 쓰던 페이지를 펼쳤다가 마누엘은 놀란 표정으로 미소를 지었다.

　「이미 사인을 해드렸는데요.」

　그 청년은 말없이 싱긋 웃기만 했다. 마누엘은 그제야 그를 유심히 살펴보았다. 나이는 채 서른이 안 돼 보였고, 영리한 소년처럼 크고 반짝거리는 눈 위로 짙은 갈색 머리카락이 비스듬히 내려와 있었다. 그는 예의 바르게 조용히 미소 짓는가 하면, 몸가짐도 조심스러웠다. 마누엘은 그의 단단한 구릿빛 손을 느껴 보기 위해 악수를 청했다. 그리고 그가 중얼거리듯 고맙다고 말하는 모습에 한동안 정신이 팔렸다. 사실 전시회장 스피커를 통해 흘러나오는 소음과 아우성을 치며 밀려드는 독자들로 인해 그의 목소리는 거의 들리지 않았다. 다만 촉촉한 입술이 움직이는 모양을 보고 무슨 말을 하는지 알아차릴 수 있었다. 일요일 오전,

　1 매년 마드리드에서 열리는 국제 도서 전시회로, 1933년 레콜레토스 대로에서 시작되었다. 1967년부터는 마드리드 시내에 위치한 레티로 공원에서 열린다.

그가 전시회장에 다시 찾아오자 마누엘은 아무 말도 하지 않았지만 적잖이 놀랐다. 오후에 그가 또다시 책을 자기 앞에 내려놓자 놀라움은 의심으로 변하기 시작했다. 아무래도 누군가가 장난을, 아니 자기를 놀리려고 몰래카메라를 찍는 것 같았다. 마누엘은 진지한 표정으로 사인을 한 다음, 혹시라도 장난이 아닌지 확인하려고 그의 눈치를 살폈다.

후원하는 서점이 달라서 오전과 오후에 각각 사인회 장소가 바뀌었다. 그런데도 알바로는 어떻게 알아냈는지 매번 옆구리에 책을 끼고 그를 찾아왔다. 그때마다 마누엘은 놀라다가도 의구심이 들었고, 호기심이 발동하다가도 게임을 할 때처럼 마음이 조마조마해졌다. 그가 다시 와주기를 은근히 바라면서도 한편으로는 안 와도 그만이라는 식으로 도무지 갈피를 잡을 수가 없었다. 그 수상쩍은 독자의 집요한 노력을 떠올릴 때마다 화들짝 놀라다 보니 그 주는 유독 느리게 지나가는 듯했다. 하지만 다음 토요일에는 그의 존재를 까맣게 잊어버렸다. 그가 다시 모습을 드러내자, 마누엘은 당황한 나머지 입을 다물지 못했다.

「왜 이러는 거죠?」 마누엘은 그가 내민 책을 받아 들고는 용기를 내서 물었다.

「그야 사인을 받고 싶어서 그러죠.」 그는 당연하다는 듯이 대답했다.

「이미 해드렸잖아요.」 마누엘은 어리둥절한 표정을 지으며 말했다. 「이번이 벌써 다섯 번째예요.」

알바로는 뒤에 서서 기다리던 사람들이 듣지 못하도록 그에게로 몸을 숙였다. 마누엘은 그의 입술이 머리카락에 스치는 느낌을 받았다.

「나라고.」 그가 속삭이듯 말했다. 「그러니 한 번 더 사인해 달란 말이야.」

마누엘은 당황한 나머지 순간적으로 그에게서 떨어졌다. 그러곤 기억을 떠올리려고 애쓰면서 그의 얼굴을 살펴보았다.

「알바로?」 마누엘은 휘둥그레진 눈으로 다시 그의 이름을 읽으면서 물었다. 「정말 너야?」

그는 웃으며 고개를 끄덕이더니 조용히 자리를 떴다.

마누엘은 결코 수도승 같은 타입은 아니었다. 물론 다시는 가슴 아픈 일이 없도록 아무한테도 정을 주지 않겠노라고 다짐했지만 인간관계를 일절 끊고 산 것은 아니었다. 그의 집에서 밤을 보내거나 눌어붙으려고 하는 사람을 제외하고 오다가다 만나는 친구들은 늘 곁에 두었다. 그다음 날, 마누엘은 사인 옆에 자기 전화번호를 적어 주었다.

그다음 주 내내 마누엘은 그의 전화를 기다렸지만, 끝내 연락이 오지 않았다. 그 이유에 대한 추측과 상념이 잡다하게 뒤섞여 그의 머릿속을 어지럽혔다. 어떤 이유로든 기분이 상했을 수도 있고, 그가 사인을 받으러 올 때마다 써준 헌사를 거들떠보지 않았을 수도 있고, 아니면 무슨 꿍꿍이속인지 책은 펴보지도 않은 채 내팽개쳐 버렸을 수도 있었다. 마누엘은 한시도 잡념을 떨쳐 버리지 못한 채 토요일이 오기만을 간절하게 기다렸다.

토요일 정오부터 시작된 사인회는 2시까지 계속되었다. 마누엘은 밀려오는 독자들의 책에 사인을 해주거나 결코 보지 못할 사진을 찍기 위해 포즈를 취해 주면서 내심 그가 오기를 기다렸다. 끝날 시간이 가까워질 무렵, 무심코 고개를 들자 줄을 서서 기다리는 그의 모습이 눈에 들어왔다. 그 순간 심장이 멎는 듯했다. 알바로의 차례가 되었을 때, 마누엘은 불안감을 감출 수가 없었다. 그는 알바로를 만나면 무슨 말이든 해보든지, 사인회가 끝나자마자 후덥지근한 전시회장 안에 있는 혼잡한 바로 가서 커피나 시원한 맥주라도 마시면서 이야기를 나눠 보든지 하자고 마음먹고 있었다. 하지만 알바로가 앞으로 다가오자 조바심을 숨길 수가 없었다. 그에게 말을 걸기는커녕 얼굴만 멀뚱멀뚱 쳐다보았다. 알바로는 흰 셔츠를 입고 있었는데, 소매를 반쯤 걷어 올려서 구릿빛 피부와 근육질의 팔뚝이 두드러져 보였다. 마누엘은 그가 내민 책에 새로운 헌사를 쓰려고 떨리는 손으로 페이지를 넘겼다. 그때 자신의 전화번호 아래로 반듯하면서도 자신감 넘치는 글씨가 눈에 들어왔다. 〈아직은 안 돼.〉

마누엘은 누가 듣든 말든 간에 간절하게 애원하는 눈빛으로 그를 쳐다보며 물었다.

「그럼 언제쯤이면 되는 거지?」

알바로는 말없이 그를 바라보기만 했다. 결국 체념한 마누엘은 고개를 숙이고 사인을 휘갈긴 뒤 화가 난 듯이 책을 건네주었다.

마누엘은 사람들 사이에서 벌어지는 미묘한 심리 싸움을 좋아했다. 특히나 서로 밀고 당기는 유혹의 과정은 노장(老莊) 철학의 본질을, 아니 잠재된 쾌락의 속성을 지니고 있어서 각별히 마음이 끌렸다. 아무리 그래도 알바로의 태도는 너무나 당황스러웠다. 그의 행동에는 어떤 암시도 없었다. 다만 그는 주말 오전, 그리고 오후마다 다른 독자들처럼 사인을 받으려고 줄을 서서 끈기 있게 기다릴 뿐이었다.

마누엘은 더 이상 그의 심리전에 말려들지 않기로 단단히 마음먹었다. 그래서 그다음부터는 알바로가 오더라도 다른 페이지에 사인을 해주고 처음 만났을 때처럼 친절한 태도로, 다른 독자들한테 하듯이 상냥한 미소를 지으며 책을 건네주기만 했다. 무슨 일이 있어도 그의 노림수에 절대 걸려들지 않으려고 각별히 조심했다. 그러자 일요일의 사인회가 끝날 무렵에는 알바로가 일종의 스토커나 정신 나간 팬, 아니면 사인 수집가일 거라는 확신이 들었다.

그날은 6월 중순, 도서 전시회의 마지막 일요일이었다. 레티로 공원의 중앙 도로는 쉴 새 없이 밀려드는 사람들로 인해 발 디딜 틈도 없었다. 토요일 오전과 오후 내내 마누엘이 독자들에게 사인을 해주는 동안 알바로의 모습은 보이지 않았다. 일요일 오전이 다 지날 무렵에도 알바로가 나타나지 않자, 마누엘의 얼굴에는 체념의 빛이 역력했다. 그러자 헛헛한 느낌이 들기 시작했다. 다행히 출판사 측에서 공원 근처에 있는 레스토랑에 송별회를 겸한 회식 자리를 마련해 둔 터라 사인회가 끝나자마자 그곳으로 달려갔다. 하지만 마누엘은 다른 작가들이 사인을 하면서 겪은 일을 이야기하는 동안 말없이 듣기만 하며 밥도 먹는 둥 마는 둥 했다. 식사가 끝나 갈 무렵에 전시회 홍보 담당자가 그를 찾아왔다.

「마누엘 씨, 안색이 별로 안 좋군요. 과로하신 건 아닌가요? 하긴 주

말마다 나와 사인을 하셨으니 그럴 만도 하지요.」 그러면서 그는 커다란 서류 한 장을 꺼내 마누엘에게 내밀었다. 「이젠 레에 서점 부스에 가서 사인을 하실 차례입니다. 피곤하실 텐데 이런 부탁을 드려 죄송하군요. 거기에는 아주 좋은 분들이 계시니 선생님이 불편하지 않도록 편의를 봐줄 겁니다. 연기된 사인회가 남아 있기는 한데, 선생님은 이번이 마지막입니다.」

하는 수 없이 마누엘은 사인회 장소로 갔다. 한낮의 더위가 철제 부스를 뜨겁게 달구고 있었다. 서점 직원들은 소용없는 줄 알면서도 공기를 통하게 하려고 부스 뒷문을 열어 두었다. 하지만 찌는 듯한 더위도 전시회를 찾은 이들에게는 별문제가 되지 않는 듯 보였다. 그들은 무리 지어 수다를 떨면서 부스 사이를 어슬렁거렸다. 8시 무렵만 해도 인산인해를 이루던 공원이 9시가 되자 인적이 뜸해졌다. 사람들로 북적거리던 자리에서 인부들이 임시로 설치한 바를 철거하고 각종 자판기를 화물차에 싣느라 부산하게 움직였다. 여느 날과는 달리 서점 직원들도 부스의 덧문을 내리지 않았다. 그 주변으로 책을 담은 상자들이 산더미처럼 쌓였고, 직원들은 전시회 기간 내내 펼쳐 놓았던 판매대를 접느라 애를 썼다.

마누엘은 행사가 성황리에 치러진 것에 대해 주최 측 인사들과 치사의 말을 주고받느라 한동안 그곳에 머물렀다. 하긴 그가 3년 연속 판매 기록을 깨뜨렸으니 그럴 만도 했다. 마지막으로 그들과 작별 인사를 나누자 더 이상 거기에 머물러 있을 이유가 없었다. 전시 부스를 헤치고 나온 마누엘은 인근 벤치에 앉아 전시회가 열렸던 중앙 도로와 부스를 철거하는 이들의 움직임을 조용히 살펴보았다.

그때 알바로가 그의 곁에 앉았다.

「제시간에 도착하지 못할까 봐 마음이 조마조마했다고.」 그는 미소를 지으며 변명했다. 「가지 않고 기다려 줘서 정말 다행이야.」

마누엘은 가슴이 얼마나 뛰던지 목덜미로 피가 한꺼번에 몰리는 것 같았다. 목소리가 제대로 나오지 않을까 봐 두렵기까지 했다.

「난 홍보 담당자를 기다리고 있었어.」 그는 자기도 모르게 거짓말을 했다.

알바로는 그의 눈을 바라보기 위해 고개를 돌렸다.

「마누엘. 네가 기다린다는 홍보 담당자는 이미 가고 없어. 오는 길에 그녀와 마주쳤는데, 작가들과 함께 공원 밖으로 나가던걸.」

마누엘은 웃으며 고개를 끄덕였다.

「맞아.」

「그렇다면…….」 알바로의 눈동자에는 예전과 마찬가지로 젊은이다운 무구함과 청년 특유의 도전 의식 그리고 확신이 간직되어 있었다. 오랜 세월이 지난 뒤에도 그의 눈빛은 알아볼 수 있을 것 같았다.

「사실은 네가 오기를 기다리고 있었어.」 마누엘은 그제야 속내를 털어놓았다.

「이번에도 사인해 줄 거야?」 그는 책을 마누엘에게 내밀면서 말했다.

마누엘은 그를 보며 웃었다. 그뿐이었다. 그 상황에서 무슨 속셈으로 그런 말을 했겠는가?

알바로가 다시 말했다.

「당신은 이런 책을 또 쓸 때까지 계속 내게 사인해 줘야 할 거야.」

교착 상태

공증 사무소는 시내 한복판에 있는 호화로운 빌딩의 한 층을 다 쓰고 있었다. 얼마 되지 않는 거리였지만 유언 집행인인 그리냥은 약속한 대로 차를 보내 그를 자기 사무실로 데려왔다. 도발은 그를 부속실보다 더 큰 방으로 안내한 뒤 커피와 과자 한 접시를 놓고 갔다. 마누엘은 과자에는 손도 대지 않은 채, 커피만 간신히 몇 모금 마셨다. 마지막으로 음식을 먹은 것이 전날 아침, 그러니까 그 소위와 하사가 집으로 찾아와서 끔찍한 소식을 알려 주기 전이었지만, 음식을 삼킨다는 생각만 해도 속이 뒤집어질 것 같았다.

자리에서 일어서는 순간, 하필 어제 깨진 거울에 베인 부위가 바닥에 닿는 바람에 가벼운 신음이 흘러나왔다. 상처가 깊지는 않았지만, 발뒤꿈치 쪽으로 길게 이어졌다. 날카로운 파편의 모서리를 밟은 게 분명했다. 다행히 발목 통증은 그리 심하지 않았다. 잠에서 깼을 때는 좀 쑤셨지만, 샤워를 하고 걸어 보자 한결 나았다. 머리는 맑은 편이었다. 그에게 위스키 마시는 방법을 가르쳐 준 노부인 덕분이었다. 「글을 쓰는 사람에게는 위스키가 제격이지. 마시고 취해도 생각을 할 수 있으니까 말이야. 더군다나 숙취가 없어서 다음 날에도 멀쩡하게 글을 쓸 수 있으니 얼마나 좋은가.」 하지만 그 노인은 속에 대해선 아무 말도 해주지 않았다. 간밤에 위스키를 마신 뒤 그는 간신히 침대까지 기어갔지만, 두 번이나 화장실로 돌아가 속에 있는 것을 다 게워 내야 했다. 정말이지 속이 뒤집힌 것 같았다. 물론 푹 자고 일어나자 기분은 괜찮아졌지만, 핏속에 여전히 알코올이 많이 남아 있는 탓에 몸을 제대로 가눌 수가 없었다.

유리로 된 여러 개의 문이 공간을 나누고 있었다. 마누엘은 의자 끄는 소리에 이끌려 유리문 쪽으로 걸어갔다. 건너편에서 그리냥이 언짢은 얼굴로 지시를 내리고 있었다. 그는 좌석이 아니라 관의 배치라도 지시하는 것처럼 상냥한 성격과는 달리 무거운 표정을 짓고 있었다. 그러다가 유리문 너머에서 마누엘을 발견하자 미소를 지으며 다가왔다.

「오르티고사 씨, 안색이 별로 좋지 않군요.」

그 솔직한 표현에 마누엘은 웃을 수밖에 없었다.

「이제 마누엘이라고 불러 주세요.」 그가 엉뚱한 대답을 했다.

「어젯밤에 잘 주무셨는지 알아보려고 호텔에 전화를 했는데, 작은 사고가 있었다고 하더군요.」

마누엘이 자초지종을 설명하려고 하자, 그리냥이 말을 가로챘다.

「제 잘못입니다. 그런 상황에서 제대로 주무시기 어려우리라는 건 미리 예상했어야 하는데 말이죠. 제 아내가 의사라서 사정을 이야기했더니 이걸 주더군요.」 그리냥은 작은 금속제 약통을 건넸다. 「이 약을 드리기 전에 선생님의 혈압이 정상인지, 혹시 심장에 문제가 있진 않은지 꼭 여쭤 보라고 신신당부를 하더라고요.」

마누엘은 문제가 없다고 답하면서, 그리냥 부인의 처방이 단순히 심장이나 혈압 문제에 그치는 것이 아님을 알아차렸다. 약통에는 알약이 두 알 들어 있었다. 지난밤 거울을 깨뜨리는 바람에 이런 파장을 몰고 온 셈이었다.

「잠자리에 들기 전 이 약을 먹으면 아기처럼 깊이 잠들 수 있을 겁니다. 하여간 대수롭지도 않은 일 때문에 괜히 신경 쓰지 마세요. 그 호텔 사장은 내 고객인 데다, 나한테 몇 차례 신세를 진 적이 있거든요. 다 처리됐으니 걱정하지 마세요.」

그다지 대수롭지도 않은 일 때문에 마누엘은 구석에 흩어져 있던 유리 파편을 줍고, 휴지로 토사물을 다 닦아 내고, 양탄자에 묻은 핏자국을 지우느라 한 시간 동안이나 끙끙거렸다. 심지어 욕실 수건에 샤워 젤을 묻혀 벅벅 문지르기까지 했지만, 얼룩은 사라지기는커녕 더 넓게 번지고 말았다. 샤워와 면도를 마친 다음, 그는 가방에 뒤엉켜 있던 셔츠 가운데 그나마 덜 구겨진 것을 꺼내 입었다. 가방에 옷가지를 되는대로 쑤셔 넣은 게 바로 전날 아침이었는데, 수천 년은 지난 것처럼 아득하게 느껴졌다. 그러곤 역겨운 토사물 냄새 — 마치 오래전부터 호텔 방에 배어 있던 냄새 같았다 — 를 없애려고 창문을 활짝 열어 둔 채 방을 나섰다. 1층에서 마누엘은 지명 수배자처럼 서둘러 로비를 지나쳤고, 다행히 어젯밤에 방으로 찾아온 프런트 직원과는 마주치지 않았다. 그 자리에는 젊은 여자가 있었는데, 방금 도착한 손님들을 맞이하느라 여념이 없었다. 그래서인지 프런트 앞을 지나가는 그에게 아침 인사를 건네면서도 그다지 신경 쓰지 않는 눈치였다. 하기는 로비를 지나다니는 이들에게 인사를 건네는 것도 저들에게는 업무의 일부일 테니 딱히 이상할 게 없었다. 그는 경계를 늦추지 않고 자연스럽게 답례한 뒤, 곧장 자기를 기다리고 있던 차로 향했다.

그리냔은 인접한 사무실로 연결된 문을 전부 닫았다.

「선생님은 여기서 기다리도록 하세요. 도발이 선생의 처가 쪽 식구들을 담당하게 될 겁니다. 블라인드를 내리면 밖에서는 이 방이 전혀 안 보이거든요. 모두 착석한 다음, 제가 선생님을 정해진 자리로 모시고 가면 그때부터 시작되는 겁니다. 그분들이 도착할 때까지는 응접실보다 여기에 있는 편이 훨씬 편하실 거예요.」 그리냔은 테이블 위에 있던 작은 램프를 켠 다음, 생각에 잠긴 얼굴로 마누엘을 바라보면서 블라인드를 내렸다. 그리고 곧바로 그의 곁에 앉았다. 「먼저 알아 두셔야 할 것이 하나 있습니다.」 그가 불안한 표정으로 말했다. 「선생님도 놀라셨겠지만, 우리는 두 분이 결혼했다는 사실이 그분들에게 더 충격일 걸로 예상했습니다.」

「물론 그렇겠죠.」 마누엘이 대답했다.

그리냔은 고개를 가로저었다.

「산토 토메 후작 집안은 우리 나라에서도 유서 깊은 가문이지만, 갈리

66

시아에서는 가장 유력한 가문이죠. 그들은 자신의 성(姓)을 대단히 영
광스럽게 생각합니다. 특히 고인이 되신 알바로 씨의 부친은 가문과 성
의 명예를 지키는 것이 그 무엇보다 중요하다고 여긴 분이었어요. 다
른 어떤 것보다 말입니다.」 그는 그 말을 재차 강조했다. 「그분은 알바
로 씨가 동성애자라는 사실을 도저히 받아들일 수 없었지만, 장남에게
작위가 돌아간다는 것은 잘 알고 있었죠. 그래서 오랜 세월 동안 병마에
시달리면서도 그 사실을 알바로 씨에게는 절대 알리지 못하게 했습니
다. 자신이 세상을 뜬 뒤에도 말입니다. 후작이 어떤 분이었는지 충분히
짐작할 수 있는 대목이죠.」

「도무지 이해가 안 가는군요. 알바로가 그렇게 싫었다면, 다른 아들에
게 작위를 물려주었으면 될 것 아닙니까? 가령 곧 작위를 물려받게 될
그 아들이라든가 말이죠.」

「장자의 상속권을 박탈하면 가문의 명예에 큰 오점을 남기게 되는 셈
이니까요. 아무리 완고한 분이라도 그럴 수는 없었겠죠. 그리고 제 판단
으로도 분명히⋯⋯. 자, 그 문제에 관해서라면 차츰 아시게 될 거예요.」
그리냥은 자리에서 일어나 램프를 껐다. 「이리로 오세요.」 그는 유리문
으로 다가가면서 말했다. 「결론부터 말하자면, 그들은 우리와 전혀 다른
부류의 사람들이라는 겁니다.」

「그러니까 나를 적대시할 거라는 말인가요?」

「적대시한다고요? 그게 아니라 쌀쌀맞을 거라는 말입니다. 그 사람
들과는 마음이 맞지 않으실 거예요. 마치 물과 기름처럼 말입니다. 그러
니까 그들이 어떻게 나오든 불쾌하게 여기지는 마세요. 개인적으로 감
정이 있어서 그러는 건 절대 아닐 테니까요. 제가 알바로 씨의 일을 맡
게 된 건 그가 작위를 물려받은 직후였죠. 우리 공증 사무소는 법률 자
문을 주로 하지만 각종 기장(記帳) 업무라든지, 소득세나 재산세 신고
등을 대리하기도 합니다. 그의 부친은 가문과 친분이 있는 원로 변호사
의 도움을 받아 그런 일을 처리했던 모양이에요. 한동안 나는 영지와 농
장 문제로 그 가문 사람들을 자주 보게 되었죠. 그뿐만 아니라 한두 번

은 가족들의 문제를 해결해 주기도 했습니다. 그런데 그때마다 그들의 눈에 나는 하인, 아니 종놈에 지나지 않을 거라는 느낌을 지울 수가 없었어요. 무슨 말인지 이제 곧 알게 될 겁니다.」 그는 말을 하며 어깨를 으쓱했다. 「그 사람들은 남을 대할 때 늘 그런 식이니까요.」

「그럼 알바로도 그랬나요?」

문 앞에 서 있던 그리냔이 마누엘을 돌아보았다.

「아뇨. 전혀 그렇지 않았어요. 알바로 씨는 사업가답게 냉철한 데다가 업무에 관한 아이디어가 풍부했죠. 그의 말을 이해하기 어려울 때도 있었지만, 언제나 놀랄 만한 성과를 올렸습니다. 하여간 3년 만에 무니스 데 다빌라의 회계 장부는 우리가 관리하는 것 중에서 가장 중요한 업무가 되었죠.」 그는 우쭐해하며 미소를 지었다. 「앞으로도 계속 그렇기를 바랄 뿐이죠.」 그는 회의실을 힐끗 보더니, 빨리 그쪽으로 가자고 손짓했다. 마누엘은 진저리가 난다는 듯이 한숨을 쉬면서 사람들이 모여 있는 곳으로 갔다.

여러 사람들이 회의실로 들어서고 있었다. 일흔 살은 되어 보이지만 다부진 체격에 위아래로 검은색 옷을 갖춰 입은 여성 뒤로, 한눈에 알바로의 동생임을 알 수 있는 남자가 뒤따랐다. 그는 알바로보다 키는 작지만, 더 건장하고 투박한 인상이었다. 형과 마찬가지로 밤색 머리에 초록빛 눈을 가지고 있었고, 오른손에는 붕대가 감겨 있었다.

「저분이 알바로 씨의 모친이에요. 이미 짐작하셨겠지만 그 뒤의 남자는 동생입니다. 참, 이제는 새 후작이죠. 두 사람 뒤를 따라오고 있는 여자가 그의 부인이고요. 카타리나라고 하는데, 쇠락한 귀족 가문 출신입니다. 이제는 영지조차 없는 형편이지만, 유명 가문인 것은 틀림없습니다.」

그때 세 살쯤 되어 보이는 남자아이가 가녀린 외모의 젊은 여성을 따라 회의실 안으로 뛰어 들어왔다. 녀석은 의자 사이를 지그재그로 뛰어다니다가 남자의 다리를 껴안았다. 남자가 아이를 번쩍 들어 머리 위로 올리자, 녀석은 신난 듯 까르르 웃어 댔다. 그러자 노인이 언짢은 표정으로 젊은 여자를 바라봤고, 그녀의 얼굴이 순간 빨개졌다.

「저 여자는 엘리사라고, 알바로 씨의 막냇동생인 프란의 애인이죠. 아마 모델이었거나 미인 대회 출신일 겁니다. 아니면 패션 업계와 관련이 있을 거예요. 그리고 저 꼬마는 프란의 아들인 사무엘입니다. 지금으로선 저 집안의 유일한 자손이죠.」 그리냔은 카타리나를 가리키며 말했다. 그녀는 노인의 화난 표정에는 아랑곳하지 않은 채 아이를 간질이는 남편과 소리를 지르며 몸을 비트는 아이의 모습을 멍하니 바라보고 있었다. 「결혼한 사이는 아니지만 엘리사는 프란이 세상을 떠난 뒤로 영지에서 저들과 함께 살고 있죠. 물론 저 아이 덕분입니다.」

「오늘 내가 여기 오는 걸 저분들이 알고 있나요?」

「제 입장에서는 선생의 존재를 알릴 수밖에 없었어요. 선생님께 모든 걸 알려 드렸던 것처럼 말입니다. 그래서 저분들도 선생님이 누군지는 알고 있어요. 하지만 여기에 무슨 일로 왔는지는…….」

「그럼 내가 왜 왔는지 모른다는 겁니까?」 마누엘은 의심의 눈초리로 그를 바라보며 물었다.

「곧 알게 될 테니까 걱정하지 마세요.」 그리냔은 회의실을 향해 고개를 돌리며 대답했다. 도발은 이미 테이블 옆 자기 자리에 앉아 있었다. 그리냔이 문을 열며 말했다. 「다 모인 것 같군요. 들어가실까요?」

마누엘은 그리냔이 미리 마련해 둔 자리에 앉았다. 방의 뒤편에 있어서 남의 눈에 띄지 않고 모두를 살펴보기에 안성맞춤인 자리였다. 그리냔의 자상한 배려에 고마운 마음이 들다가도 속에서 구역질이 치밀고 식은땀이 나기 시작했다. 그는 땀으로 미끈거리는 손바닥을 바지에 벅벅 문지르면서 마음속으로 넋두리를 되뇌었다. 〈빌어먹을. 내가 여기서 뭘 하고 있는 거지? 저들과 눈이 마주치면 어떤 반응을 보여야 하지?〉 유언 집행인은 말없이 의자 사이를 지나 앞으로 나아갔다. 그는 정중한 자세로 테이블 뒤에 자리하더니 엄중하게 입을 열었다.

「우선 저와 도발 씨는 커다란 슬픔을 겪으신 여러분에게 삼가 애도의 뜻을 표하고자 합니다.」 그리냔은 도발이 고급 서류 가방에서 봉투를 꺼내는 사이 잠시 말을 멈추고 자리에 앉았다. 「여러분이 아시는 바와 같이 저는 예전부터 산토 토메의 후작인 알바로 무니스 데 다빌라 씨의 공증 업무를 담당해 왔을 뿐만 아니라, 지금은 그분의 유언 집행인이기도 합니다.」 그는 봉투에서 서류를 꺼내 든 뒤 설명을 이어 갔다. 「제가 여러분을 이 자리에 모신 이유는 유언 집행이 법적 효력을 발생하기 전에 알바로 무니스 데 다빌라 씨의 유언장을 낭독하기 위해서입니다. 이미 여러분에게 알려 드렸다시피, 유언 집행은 유언장에 기재된 대상 목적물 및 상속 재산과 관련된 법적 분쟁에 일정 기간 적용될 것입니다. 물론 지금 읽어 드리고자 하는 것이 유언의 효력을 갖지는 못하지만, 주요 사항들을 알린다는 점에서 중요하다고 볼 수 있습니다. 어쨌든 제가 말씀드릴 내용은 유언장에 기재된 바를 충실히 반영한 것일 뿐만 아니라, 본인이 사망할 경우 지체 없이 공개해 달라던 후작의 뜻에 따라 이루어지는 것임을 미리 밝히는 바입니다.」 그는 테이블 위에 놓아두었던 안경을 쓰고, 혹시라도 이견이 있는지 살피기 위해 좌중을 둘러보았다. 아무런 이견이 없자 그는 말을 이었다. 「본격적으로 유언장을 낭독하기 전에 몇 가지 사항에 대해 말씀드릴까 합니다. 어쩌면 여러분이 전혀 모르는 문제일 수도 있지만, 또한 관심을 가질 만한 문제일 것으로 사료됩니다. 알바로 씨의 부친이신 노(老) 후작이 세상을 뜨신 이후, 가산(家産) 상황이 어땠는지는 여러분과 직접적으로 관련된 일이기 때문입니다. 사실대로 말씀드리자면, 그동안 잘못된 결정과 투자 실패로 인해 가문의 자산이 크게 감소했을 뿐만 아니라, 담보 대출과 약속 어음 발행 등으로 인해 아스 그릴레이라스 장원과 아로우사 여름 별장, 그리고 리베이라 사크라 양조장을 포함한 모든 부동산에 대해 압류 절차가 진행될 위기에 처해 있었습니다.」

가슴이 답답한지 노부인이 헛기침을 했다.

「그 문제라면 더 길게 말씀하실 필요는 없을 것 같군요. 내 남편이 이 집안을 어떤 꼴로 만들어 놓았는지 잘 알고 있으니까 말이에요.」 노인은 쌀쌀맞게 대꾸한 뒤 자기 키보다 높은 의자에 앉아 심심한지 다리를 흔들고 있는 아이를 사나운 눈초리로 쏘아보았다.

그리냔은 안경 너머로 그녀를 바라보면서 고개를 끄덕였다.

「네. 최근 3년 동안 알바로 씨는 본인의 개인 재산을 모두 날릴 위험을 무릅쓰고 엄청난 노력을 기울였습니다. 가문에 닥친 재앙을 어떻게든 막아 보려고 말입니다. 제가 극구 만류했음에도 알바로 씨는 탁월한 수완을 발휘해서 약속 어음을 모두 사들이고 은행과 담보 계약 및 각종 원리금 상환 조건을 재조정해 놓았습니다. 그 덕분에 현재는 가문 명의의 채무 관계가 모두 청산된 상태입니다. 그리고 알바로 씨는 최근에 가족 구성원이 저마다 정해진 금액을 매달 지급받을 수 있도록 조치해 놓았습니다. 가령 사무엘 군의 경우, 앞으로 학업에 들어가는 비용이 되겠지요.」 그는 잠시 말을 멈추었다. 「이런 말씀을 굳이 드리는 이유는 알바로 씨가 가문의 채무를 본인의 돈으로 청산했다는 점을 여러분이 알아주셨으면 하는 바람에서입니다.」

그러자 노부인은 물론, 작위를 물려받은 남자도 그의 말을 수긍했다.

「그 결과, 가문의 모든 재산에 대한 소유권이 그에게 이전되었습니다.」

사람들이 불편한 듯 의자에서 자세를 바꾸는 동안 두 모자(母子)는 말없이 서로를 물끄러미 바라보았다.

「그게 무슨 말이죠?」 새로 후작이 된 아들이 물었다.

「예전에 은행과 채권자들이 가지고 있던 토지와 부동산의 소유권이 알바로 씨, 그러니까 후작님의 형님에게 넘어왔다는 말입니다.」

「그래서요?」

「이 문서를 낭독하기 전에 이런 과정만큼은 여러분에게 꼭 알려 드려야 한다고 생각했습니다. 아주 짧은 내용이지만, 유산 상속과 관련된 세부 조항들이 포함되어 있습니다. 원하신다면 나중에 전부 읽어 드리도록 하죠. 어쨌든 요점만 추리면 다음과 같습니다. 〈나는 사랑하는 배우자 마누엘 오르티고사 마르틴을 내 전 재산의 상속인으로 지정하는 바이다.〉」 그리냔은 잠시 말을 멈추었다. 「재산 상속에 관해서는 더 이상 언급이 없습니다.」

그의 말이 끝나기가 무섭게 좌중은 찬물을 끼얹은 듯 일순간 조용해졌다. 잠시 뒤 그리냔은 손에 들고 있던 문서로 마누엘이 앉아 있는 곳을 가리켰다.

모두가 그를 보기 위해 몸을 돌렸다. 심지어 지루해하던 꼬마 녀석은 그를 향해 손뼉을 치기도 했다. 그러자 노인이 자리에서 일어나더니 꼬마의 뺨을 철썩 때렸다.

「이 녀석은 가정 교육을 제대로 시켜야겠어. 안 그러면 제 아비 꼴이 나고 말 테니까.」 그녀는 젊은 여자를 노려보며 말했다.

그러고 나서 노인은 말없이 회의실을 나가 버렸다. 울상을 짓던 꼬마가 울음을 터뜨리자, 엄마는 얼굴이 빨개진 채 황급히 아이를 안아 주었다. 새로 후작이 된 남자가 자리에서 일어나 그녀의 손에서 아이를 낚아채더니 꼭 껴안고 벌겋게 부풀어 오른 뺨에 입을 맞추었다.

「미안합니다.」 그는 누구에게도 시선을 주지 않은 채 말했다. 「아무쪼록 제 어머니의 행동을 너그럽게 용서해 주시기 바랍니다. 요즘 워낙 건강 상태가 좋지 않으셔서요.」

그는 울음을 그친 아이를 안고 방을 나갔다. 얼굴이 파랗게 질린 그의 아내가 뒤따라갔다. 반면 젊은 여자는 방을 나서기 전에 잠시 몸을 돌려 웅얼거리는 목소리로 사람들에게 작별 인사를 했다. 마누엘은 방금 눈앞에서 무언가 희한한 장면이 펼쳐졌다는 느낌을 받았다. 그리냔이 안경을 벗고 한숨을 푹 내쉬더니 마누엘을 바라보았다.

「나를 여기에 오라고 한 이유가 바로 이것 때문이로군요.」 마누엘은 그제야 모든 것을 이해했다는 표정으로 말했다.

그리냔은 말없이 고개를 끄덕였다.

마누엘은 호텔로 돌아왔다. 그가 로비를 지나가는데, 자신을 호텔 총지배인이라고 밝힌 남자가 다가오더니 악수를 청했다. 그러곤 침대 바로 앞에 거울을 배치한 실내 장식 담당자의 어처구니없는 실수에 대해 변명을 늘어놓았다. 심지어 더 좋은 스위트룸으로 방을 옮기는 것은 물론, 의료 보험이 적용되는 병원에 가서 호텔 측의 부담으로 발의 상처를 치료하는 게 어떻겠냐고 제안하기까지 했다. 마누엘은 괜찮으니까 신경 쓰지 말라고 둘러대며 그의 제안을 뿌리친 다음, 방으로 올라갔다. 어느새 유리 파편이 깨끗이 치워져 있었다. 그뿐만 아니라 토사물의 냄새와 도저히 지울 수 없을 것 같던 양탄자의 핏자국도 말끔하게 사라지고 없었다.

그리냔이 호텔까지 차로 데려다주겠다고 했지만 거절했다. 마누엘은 비구름이 길게 이어지며 묘한 분위기를 풍기던 하늘 아래로 걷고 싶었다. 그리냔이 했던 말을 곰곰이 생각하면서 말이다.

「저분들과는 마음이 맞지 않을 테니까 어떤 반응을 보이든 신경 쓰지 말라고 미리 말씀드렸잖아요. 예상한 대로예요. 선생님도 그랬겠지만, 저들도 굉장히 놀랐을 겁니다. 하긴 알바로 씨가 그동안 모든 걸 감쪽같이 숨겼으니까 그럴 만도 하죠. 다른 건 몰라도 돈 문제 때문에 큰 충격을 받았을 겁니다. 어쨌든 너무 괘념치 마세요.」 그는 고개를 숙이면서 덧붙였다. 「그런데 한 가지 걸리는 건 있어요. 어쩌면 그 노부인에게는 유산이 한 푼도 돌아가지 않을지도 모릅니다. 남편의 그 잘난 수완 덕분에 반평생을 그렇게 살았는데도 말입니다.」 그는 말하면서 인상을 찌푸렸다. 「하지만 다른 사람들 때문에 골치 썩을 일은 없을 겁니다. 지금까지 단 한 번도 문제를 일으킨 적이 없는 이들이니까요. 알바로 씨는 그들의 속셈을 재빨리 알아챘죠. 그러니까 저들은 원하는 것을 할 수 있을 만큼의 돈만 받으면 된다는 점을 말입니다. 알바로 씨가 저들이 지급받는 금액을 매년 인상하도록 한 것도 바로 그런 이유 때문이었죠. 그렇게만 해주면 저들의 입장에서는 더 바랄 것이 없을 테니까 말입니다. 물론 아스 그릴레이라스 장원과 아로우사 별장의 관리 비용도 거기에 포함되어 있고요.」

자리에서 일어난 그리냔은 손에 들고 있던 문서를 도발에게 건넸다. 그때까지 잠자코 기다리던 도발은 그 문서를 재빨리 서류 가방에 집어

넣었다. 테이블 뒤에서 빠져나온 그리냔이 의자 하나를 돌려 마누엘 앞에 앉았다.

「저분들은 알바로 씨가 이미 결혼했다는 사실을 알고 굉장히 놀랐을 겁니다. 하지만 일단 알게 된 이상, 그가 선생께 자신의 전 재산을 물려주는 게 당연하다고 생각할 거예요. 더군다나 알바로 씨가 자기 돈으로 가문 명의의 채무를 모두 청산하고, 은행 대출 관계 또한 재조정했다는 걸 알게 된 마당에 더는 할 말이 없을 테고요. 사실 그 돈은 알바로 씨가 광고 일을 통해 벌어들인 돈이잖아요. 조금이라도 생각이 있는 사람이라면 결혼 생활을 하면서 번 돈은 배우자에게 남기는 게 당연하다고 여길 겁니다. 그만큼 논리적으로 따져 보면 합당한 결정이니까 가족이 아닌 사람의 입장에서는, 그러니까 제 말은 보는 관점에 따라, 즉 그 사람이 누구냐에 따라 순순히 받아들일 거라는 이야기죠. 시간이 흐를수록 차츰 익숙해질 겁니다. 알바로 씨가 상속권을 박탈당했다고 생각하다가 막상 부친이 그에게 모든 걸 물려주었을 때 모두 그 뜻을 따를 수밖에 없었던 것처럼 말이에요. 동생인 산티아고 씨는 좀 실망했을지도 모르죠. 작위까지 물려받았는데 상속 재산이 하나도 없으니 말입니다. 그렇지만 산티아고 씨가 말썽을 피우는 일은 결단코 없을 테니 걱정하지 마세요. 그는 사업에 눈곱만큼도 관심이 없으니까요. 전에 말씀드렸다시피 애당초 노 후작이 산티아고 씨에게 집안을 물려줄 가능성은 전혀 없었던 셈이죠.」

「돈이 굉장히 많은 것 같던데요.」 마누엘이 의아하다는 듯이 말했다.

「그런가요. 그렇지만 지금 부자가 된 사람은 바로 선생님입니다.」 그리냔이 대답했다.

「물론 귀족이라고 다 부자는 아닐 테지만……. 그런데 알바로의 집안은 어떻게 재산을 모은 거죠? 그의 부친은 대체 무슨 일을 하신 건가요?」

「누누이 말씀드렸지만, 알바로 씨의 집안은 갈리시아에서 가장 유력한 가문입니다. 그 혈통이 수백 년 전으로 거슬러 올라갈 만큼 유서 깊은 가문인데, 처음에는 교회 권력과 밀접히 관련되어 있었다고 합니다. 하여간 그들은 넓은 땅을 가진 대지주일 뿐만 아니라, 중요한 예술품도 많이 물려받았죠.」

「여느 귀족들과 다를 바가 없군요.」 마누엘이 나서며 말했다. 「가보로 전해 내려오는 예술품을 처분하는 건 다들 싫어하니까 말입니다. 그렇지만 루고와 오렌세¹ 사이에 있는 엄청난 땅은 제대로 관리를 못하면 수익보단 들어가는 비용이 더 크겠어요.」

그리냔은 그를 호의적인 시선으로 바라보았다.

「선생님이 역사가라는 사실을 잊고 있었네요. 실제로 오늘날 많은 귀족들이 그런 이유로 궁핍하게 살고 있습니다. 하지만 알바로 씨의 부친은 젊은 시절에 손대는 일마다 성공을 거두었죠. 그래서 각종 개발권과 위탁 업무, 토지 등을 취득했습니다. 이래저래 돈은 잘 벌었지만, 불행하게도 재산을 지키는 데에는 영 재주가 없었던 모양이에요.」

마누엘은 그제야 관심이 생긴 듯 그리냔을 쳐다보았다. 일반적으로 저 정도 위치에 있는 사람이라면 심중에 있는 말을 잘 하지 않는 법이니 생소하게 느껴질 만도 했다. 하여간 그가 무슨 말을 하려는 것인지는 명확해진 셈이었다.

「지금 말씀하신 사업이라면 모두 1940~1960년대에 이룬 것이 틀림없겠군요. 서슬이 퍼렇던 프랑코² 독재 정권 시절 말입니다.」 그리냔은 가볍게 고개를 끄덕였다. 마누엘의 말이 계속되었다. 「잘 알려진 바대로 그 무렵 해외에 망명 중이던 왕실에 계속 충성한 귀족들에게는 그다지 혜택이 돌아가지 않았으니까요.」

「그렇게 해서 후작은 막대한 재산을 모으기는 했지만, 원래 세상일

---

1 갈리시아의 주도로, 포르투갈과 인접해 있다.
2 Francisco Franco(1892~1975). 스페인의 군인이자 파시스트 정치인으로, 1936년 공화국을 쿠데타로 전복시킴으로써 4년에 걸친 스페인 내전을 일으킨 장본인이다. 내전에서 승리한 그는 사망할 때까지 총통으로 군림하면서 스페인 민주주의의 발전을 가로막았다. 특히 무정부주의자, 공산주의자, 사회주의자는 물론, 노동조합을 철저하게 탄압하면서 일부 귀족과 가톨릭교회, 부르주아지에게 일방적인 특권을 주었다.

이라는 게 돌고 돌기 마련이죠. 심한 낭비벽과 방만한 사업 경영, 그리고 잘 알려진 바와 같이 도박까지……. 그것도 모자라 최소한 두 명의 정부(情婦)³와 딴살림을 차렸는데, 그 여자들에게 아코루냐³에 있는 고급 아파트를 얻어 주었다는 소문까지 돌았죠. 말년에는 투자에 대한 노련한 안목마저 잃었던 것 같아요. 그렇다고 그가 우둔했다는 건 아닙니다. 오히려 가족들이 예전과 다름없이 편안하게 살 수 있도록 언제나 방법을 짜낼 정도로 명민했죠. 상류 계급 사람들이라고 다 그런 건 아니잖아요?」

마누엘은 그 가족들이 로비에서 어떤 반응을 보이고 있을지 생각했다.

「저들은 아마 산티아고가 기분이 상했을 걸로 생각할 겁니다.」 마누엘이 자기 생각을 밝혔다.

그리냔은 그렇지 않다는 듯이 손을 내저으며 말했다.

「부친인 후작은 둘째 아들이 무능하다는 것을 이미 알고 있었습니다. 사람들이 보는 앞에서 산티아고 씨에게 톡톡히 망신을 주었다는 이야기가 지금껏 돌고 있으니까요. 물론 후작은 장남이 동성애자라는 사실을 끝까지 받아들이지 못했죠. 그렇지만 알바로 씨만이 가문의 명예를 지킬 수 있다는 걸 잘 알고 있었습니다. 따지고 보면 그가 다른 형제들보다 재능이 훨씬 뛰어나니까요. 물론 그 노인의 입장에선 재능이 다른 허물을 덮을 수는 없었겠죠. 하지만 조금 전에 말씀드린 것처럼 후작은 가문의 명예를 지키는 것, 그러니까 가문의 생활 방식을 그대로 보존하는 것을 최우선으로 생각했습니다. 이를 위해서라면 어떤 일이라도, 심지어 알바로 씨의 손에 가문의 운명을 맡기는 것도 마다하지 않을 위인이었죠. 그는 자기가 무슨 일을 해야 하는지 정확히 알았던 겁니다. 한마디로 능구렁이 같은 노인이었어요. 어쨌든 그 덕분에 알바로 씨가 3년 만에 가문의 재정 상태를 정상화했을 뿐만 아니라, 시골과 양조

---

3 갈리시아의 북쪽에 위치한 도시로, 갈리시아어로는 〈아코루냐〉지만 스페인어로는 〈라코루냐〉라고 한다.

장 등지에서 망해 가던 사업을 다시 일으켜 막대한 수익을 올릴 수 있었죠.」

「도무지 이해가 안 가는군요. 그런 엄청난 일을 그가 어떻게 마드리드에서 처리할 수 있었던 거죠?」 마누엘은 도저히 믿지 못하겠다는 듯이 고개를 흔들며 중얼거렸다.

「대부분은 전화로 처리했습니다. 알바로 씨는 자기가 무슨 일을 어떻게 해야 하는지 분명하게 알고 있었으니까요. 우리는 여기서 일련의 법률 조언을 제공하고, 필요한 절차 및 처리를 대행했습니다. 함께 일하는 파트너를 통해서 말이에요. 물론 그들도 전문가죠. 그러다 보니 다들 무엇을 해야 하는지 분명하게 알고 있었습니다. 어쩌다가 중요한 법적 구속력을 갖는 결정을 내려야 할 때만 제가 직접 알바로 씨에게 연락을 했죠. 일반적으로 재산 관리인에게는 그런 권한이 없거든요. 제가 소통의 채널이었던 셈입니다.」

「그럼 가족은요?」 마누엘은 로비에 있던 가족들을 가리키며 물었다.

「그런 역할을 하는 사람은 저밖에 없었습니다.」 그리냔이 말했다. 「알바로 씨는 자신이 바라는 바를 시종일관 분명히 했으니까요.」

그 순간 부드럽기만 하던 그리냔의 얼굴에 어두운 그림자가 드리워졌다. 마누엘은 호기심이 발동했다. 그래서 다시 한번 물어보려는데 그리냔이 먼저 자리에서 일어났다.

「오늘 수고 많으셨습니다. 승용차는 호텔에 반환하시면 됩니다. 그리고 필요하면 아까 드린 알약을 먹고 잠자리에 들도록 하세요. 내일은 장례식에 가야 하니까 아침에 제가 호텔로 모시러 가겠습니다. 장례식이 끝나면 잠깐 이야기를 나눌 수 있을 거예요. 지금으로선 선생님이 회사의 주도권을 쥐기 위해 애쓰실 필요가 없다는 것만 해도 얼마나 다행인지 모릅니다. 제 말을 믿으셔도 됩니다. 오늘 만난 이들은 누구도 사업에 손을 대본 적이 없을뿐더러 눈곱만큼도 관심이 없으니까요. 평생 일이라는 걸 해본 적이 없는 사람들이에요. 물론 나무를 기르거나 사냥하고 말 타는 걸 일이라고 한다면야 또 모르지만요.」

마누엘은 신선한 공기를 마시고 싶어서 서둘러 공중 사무실을 나섰다. 그러나 거리에 나오자마자 갈리시아 지방에서만 맛볼 수 있는 9월의 서늘한 공기가 온몸을 휘감으면서 고통스러운 현실로 돌아오고 말았다. 온몸이 나른하고 허기가 졌다. 조용히 생각에 잠길 장소를 찾기는커녕 구름 사이로 비치는 햇빛 때문에 눈을 제대로 뜰 수조차 없었다. 자신을 원치 않는 도시를 정처 없이 헤매는 이방인이 된 것처럼 외롭고 쓸쓸한 기분이었다. 그는 눈이 부신 햇살과 웅성거리는 소음 그리고 머릿속에서 계속 울려 퍼지는 그리스 코러스의 노랫소리를 피하기 위해 그곳에서 도망치고 말았다.

그는 그리냔이 준 알약 두 알을 반병가량의 물과 함께 삼킨 뒤, 옷을 벗으면서 창밖을 내다보았다. 온통 잿빛으로 물든 정오의 하늘 탓에 인근 건물들이 죄다 칙칙해 보였다. 곧장 커튼을 치고 침대 속으로 들어갔다. 그리고 눈을 감자마자 잠이 들었다.

꿈에 울음을 그치지 않는 여섯 살짜리 어린아이가 나타났다. 아이 울음소리 때문에 잠에서 깨고 말았다. 짙은 어둠 속에서 그는 잠시 그 아이가 어디 있었는지 떠올리다가 잠이 들었다. 다시 깨어났을 때도 세상은 여전히 짙은 어둠에 잠겨 있었다. 그는 룸서비스로 음식을 푸짐하게 주문했다. 그리고 텔레비전 앞에 앉아 심야 뉴스를 보면서 저녁을 먹었다. 다 먹은 다음에는 다시 침대에 누워 잠을 청했다. 새벽 5시쯤 눈을 떠보니 텔레비전 화면에서 클린트 이스트우드[4]가 손가락을 권총 모양으로 말아 쥔 채 그를 겨냥하고 있었다. 영화 속 장면이기는 해도 섬뜩한 기분이 들었다.

이제야 모든 것이 분명해졌다. 마드리드에서 아름다운 하사가 소식을 전해 준 이후 연옥의 영혼처럼 갈피를 못 잡고 혼란스러워하던 그는 드디어 고통에서 벗어날 수 있었다. 마음이 점차 평온해지면서, 알바로의 사망 소식을 전해 들은 이래로 쉴 새 없이 머릿속을 어지럽히던 환청도

---

4 Clint Eastwood(1930~). 미국의 영화배우이자 감독으로, 1960~1970년대 마카로니 웨스턴 영화에서 총잡이 역할로 인기를 끌었다.

마침내 잠잠해지기 시작했다. 마누엘은 그제야 자신이 원래의 차분하고 고요한 상태로 되돌아왔음을 깨달았다. 그간의 혼란과 어수선한 분위기는 차분하면서도 온화한 그의 성격과 전혀 어울리지 않았다. 그는 길게 한숨을 내쉰 뒤 자신이 한밤의 깊은 정적 속에 홀로 있다는 걸, 아니 자기 말고는 아무도 없다는 걸 깨닫고 갑자기 사방을 두리번거렸다.

「여기서 뭘 하는 거지?」 그가 속삭이듯 말했다.

클린트 이스트우드는 여전히 날카로운 시선으로 그를 쳐다보고 있었다. 그의 눈빛이 이렇게 말하는 것 같았다. 〈어서 돌아가게나. 공연히 낭패 보지 말고.〉

「안 그래도 그러려고요.」 그는 텔레비전에 대고 대답했다.

샤워와 면도를 하고 몇 개 되지도 않는 짐을 챙기는 데만 꼬박 40분이 걸렸다. 그는 텔레비전 앞에 앉아 7시가 될 때까지 가만히 기다렸다. 그러곤 그리냔에게 전화를 걸려고 휴대 전화를 들었다. 전날부터 진동 모드로 해두었던 탓에 그사이 부재중 전화가 마흔세 통이나 와 있었다. 모두 메이로부터 온 것이었다. 그때 진동이 울리기 시작했다. 받지 않으려고 했지만 쉬이 끊길 것 같지 않았다. 그는 말없이 전화를 받았다. 너무 피곤해서 입이 떨어지지 않았다.

메이는 다짜고짜 울먹이기 시작했다.

「미안해요, 마누엘 씨. 정말 미안해요. 지금 제가 얼마나 힘든지 모르실 거예요. 요 이틀은 제 인생에서 최악의 날이었답니다. 마누엘 씨, 짐작하시겠지만 저도 사실대로 다 말씀드리고 싶었어요.」

그는 눈을 지그시 감고 아무 대답도 하지 않은 채 듣기만 했다.

「물론 마누엘 씨 입장에서는 화가 날 만도 하죠. 그렇지만 저는 알바로 씨가 시킨 대로 한 것뿐이니까 양해해 주세요. 그분이 다 마누엘 씨를 위해서 그러는 거라고 했거든요.」

「나를 위해서 그랬다고요?」 그동안 참았던 분노가 폭발하고 말았다. 「나를 위해서 거짓말을 했다고요? 대체 사람이 왜 그래요? 나를 위한다면서 그따위 거짓말을 했다니 그게 말이 됩니까?」

메이는 이제 울부짖기 시작했다.

「미안해요. 정말 미안해요. 제가 뭐라도 할 수 있다면 얼마나 좋을까요.」

메이가 순순히 수긍하자 마누엘은 오히려 화가 더 치밀었다. 그는 분노를 주체하지 못해 자리에서 벌떡 일어났다.

「당신이야 미안하다고 하면 그만이겠지만 그 때문에 망가진 내 인생은 어떡하란 말입니까? 지나간 세월은 그렇다 치더라도 앞으로 살아갈 일이 막막하기만 하다고요. 철석같이 믿었던 것들이 알고 보니 다 거짓이었다니…… 나만 바보가 된 셈이죠. 하여간 둘이 나를 가지고 놀면서 즐거웠기를 바랍니다.」

「그게 아니라니까요.」 메이는 여전히 울먹이면서 목소리를 높였다. 「절대 그렇지 않아요. 알바로 씨가 선생님을 얼마나 사랑했는데요. 그건 저도 마찬가지고요. 우리 마음을 잘 알면서 왜 그런 말을 하는 거죠? 알바로 씨와 제가 뭐 하러 선생님을 골탕 먹이겠어요? 알바로 씨가 꼭 그렇게 해야 한다고 했어요. 무슨 일이 있어도 선생님을 지키고 싶다면서요.」

「나를 지킨다고요? 대체 무엇으로부터 지킨다는 겁니까? 메이, 지금 무슨 이야기를 하는 거예요?」 마누엘은 자기도 모르게 고함을 질렀다. 그제야 정신이 든 그는 목소리를 낮추며 손으로 얼굴을 쓸어내렸다. 그러고는 속삭이듯 말했다. 「조금 전에 그의 가족을 만났어요. 메이, 그들은 머리가 두 개 달리고 아이들을 잡아먹는 그런 괴물이 아니에요. 내가 만난 이들은 이번 일로 인한 충격에서 벗어나지 못하고 있는 평범한 사람들일 뿐이었어요. 사실 이번 사건으로 아무런 타격도 받지 않은 이는 알바로밖에 없더군요. 이런저런 일에 대해 구구절절 설명하거나 그가 부끄럽게 여기던 나와의 관계도 굳이 드러내지 않았으니까요. 그러니까 스페인의 귀족 노릇을 하면서, 동시에 남의 눈에 띄지 않게 동성애도 즐긴 거죠. 이중생활을 하던 참에 위기를 잘 모면한 셈이에요.」

「스페인의 귀족 노릇이라니, 그건 또 무슨 소리죠?」 그가 말을 마치기도 전에 메이가 불쑥 물었다. 목소리로 봐서는 정말 놀란 것 같았다.

「당신이 그 사실을 모르고 있었다니 놀랍군요. 알바로의 집안은 스페인에서도 손꼽히는 귀족 가문인 모양입니다. 그도 작위를 가지고 있었고요.」

「뭐라고 생각할지 모르겠지만, 저는 정말 아무것도 몰랐어요. 다만 3년 전 부친이 돌아가셨을 무렵에 알바로 씨가 이런 말을 하더군요. 어쩔 수 없이 자기가 가업을 이어받게 됐는데, 앞으로는 사무실에서 관련 업무를 처리할 거라고요. 그러면서 가족들과는 마음이 맞지 않아서 사업과 관련된 문제를 제외하면 연락조차 하지 않는다고 했어요. 더군다나 남에게 워낙 피해를 주는 이들이라서, 웬만하면 그들 근처에는 얼씬도 하고 싶지 않다고요. 그래서 선생님이 그들에 대해 까맣게 몰랐던 거고, 저도 그 일에 관해서는 언급을 피할 수밖에 없었어요.」

「어쩔 수 없었다는 말이에요?」

「마누엘 씨, 그럼 그런 상황에서 제가 어떻게 했으면 좋았을까요? 알바로 씨가 그렇게 해달라고 간곡히 부탁했을 뿐만 아니라, 기어이 다짐까지 받아 냈는데 말입니다. 그리고 제가 보기엔 알바로 씨가 그렇게 이상한 것 같지 않았어요. 선생님도 잘 아시겠지만, 동성애자들이 가족을 등지고 사는 건 흔한 일이니까요.」

마누엘은 아무 말도 하지 않았다. 더 이상 말할 기운도 없었다.

「마누엘 씨, 제가 거기로 갈게요. 이미 표를 끊어 놓았거든요. 오늘 12시에 출발—」

「아뇨. 오지 말아요.」

「선생님과 함께 있고 싶어요. 그런 곳에 선생님을 혼자 내버려 둘 수는 없다고요.」

「됐어요.」 마누엘은 단호하게 거부했다.

「마누엘 씨.」 그녀는 다시 울음을 터뜨렸다. 「제가 가는 게 정 싫으시면 제발 친구한테라도 연락을 하시라고요.」

기운이 빠진 그는 자리에 털썩 주저앉았다. 그러곤 깊은 한숨을 몰아 쉬었다.

「메이, 그들한테 무슨 말을 하라는 거죠? 여기 있어도 뭘 해야 할지, 무슨 영문인지 나로서도 도통 알 수가 없는데 말이에요. 도대체 알바로는 뭘 하려고 이 먼 곳까지 온 걸까요? 아무튼 얼른 이 악몽에서 깨어나 집으로 돌아가고 싶을 뿐이에요.」

전화기 너머에서 그녀가 울부짖는 소리가 들려왔지만, 마누엘은 인상을 찌푸린 채 듣고만 있었다. 마음만 먹으면 언제든지 울 수 있는 그녀가 내심 부럽기까지 했다. 무슨 이야기든 하고 싶었지만, 가슴을 짓누르는 고통에 목이 잠겨 말이 잘 나오지 않았다. 마침내 그는 괴로움과 분노 속에서 끓어오른 불안감을 절규하듯이 토해 냈다.

「메이, 내가 벌써 쉰둘이에요. 다시는 이런 아픔을 겪지 않겠노라고 단단히 다짐했건만⋯⋯. 애당초 알바로가 내 마음을 그렇게 흔들어 놓으리라곤 생각지 못했어요. 솔직히 말해서, 뭐가 뭔지 하나도 모르겠어요. 여기에 온 지도 벌써 이틀이 되었는데 말이죠. 두 시간 후에는 알바로의 장례식에 가야 해요. 지금까지 마음 놓고 울 틈도 없었어요. 왜 그런지 알아요? 지금 이 상황이 도무지 이해가 가지 않거든요. 아무리 생각해도 앞뒤가 맞지 않아요. 이게 말이 된다고 생각해요? 마치 누군가가 날 괴롭히려고 짓궂은 장난을 치는 것 같다고요.」

「마누엘 씨, 너무 상심하지 말아요. 차라리 실컷 우세요. 그러고 나면 가슴이라도 후련해질 테니까요.」 그녀가 속삭이듯 말했다.

「그는 결혼반지도 끼고 있지 않았어요. 여기서 죽은 남자는 내가 알던 그가 아니란 말이에요. 모르는 남자 때문에 울 순 없잖아요.」

그리냔은 곧장 전화를 받았다.

「가능하다면 지금 좀 만났으면 하는데요. 결심이 섰거든요.」

「30분 내로 가겠습니다. 호텔 커피숍에서 뵙죠.」 그가 대답했다.

전화를 끊자마자 마누엘은 짐을 챙겼다. 그는 가방을 든 채 방 안을 둘러본 뒤 문을 닫았다. 다시는 그곳으로 돌아오지 않을 생각이었다.

그리냔은 제시간에 도착했다. 그는 커피를 주문한 뒤 자리에 앉기 전에 마누엘의 홀쭉한 가방을 유심히 바라보았다.

「가시게요?」

「장례식이 끝나자마자 떠날 생각이에요.」

그리냔은 그의 얼굴을 빤히 쳐다보면서, 그가 어떤 결정을 내렸을지 추측해 보았다. 마누엘이 물었다.

「혹시라도 내가 하는 말에 잘못된 점이 있으면 말해 주세요. 지금으로서는 당신이 내 법률 대리인이니까요. 그렇죠?」

「선생께서 다른 대리인에게 사건을 맡기지만 않는다면……」

마누엘은 고개를 저었다.

「몇 가지 부탁드릴 게 있습니다. 우선 내가 유산 상속을 포기한다는 걸 오늘 안으로 알바로의 가족들에게 통지해 주길 바랍니다. 무슨 대가를 바라고 그러는 건 아니니까 걱정할 필요 없다는 말도 전해 주세요. 이 문제에 대해서라면 아무것도 알고 싶지 않으니까요. 그리고 상속권 양도에 관한 서류를 속히 준비해 주세요. 다 되면 집으로 보내 주시고요. 우리 집 주소는 알고 있을 것 같은데요.」

그리냔은 묘한 미소를 지었다.

「이게 우스운가요?」

「알바로 씨가 선생의 마음을 정확히 꿰뚫어 보고 있기는 했던 모양입니다. 정 원하신다면 그의 가족들에게 선생님의 뜻을 전달할 수는 있어요. 하지만 배우자분이 유언장에 다음과 같은 조항을 끼워 놓았습니다. 본인이 사망한 뒤 3개월이 지날 때까지, 그러니까 유언장이 공개될 때까지는 유산 상속권을 절대 포기할 수 없도록 말입니다.」

마누엘은 성난 눈빛으로 그를 쏘아보다가 이내 마음을 풀었다. 일을 이토록 꼬이게 만든 장본인은 어쨌든 알바로였다.

「도저히 믿을 수가 없군요.」 마누엘이 지긋지긋하다는 듯이 말했다. 「하여간 가족들에게 제 뜻을 전해 주세요. 그리고 말씀드린 서류는 12월까지 제게 보내 주시고요.」

「네, 그렇게 하겠습니다.」 그리냔이 대답했다. 「그 사이에 다시 한번 생각해 보시기 바랍니다.」

마누엘은 다시 감정을 추스르며 그리냔을 쳐다보았다. 하지만 이번에는 마음대로 되지 않았다.

「다시 생각하고 말 것도 없어요. 알바로는 자신의 정체는 물론, 삶도 철저하게 숨겼어요. 바로 나한테 말입니다. 결국 나는 전혀 모르는 남자와 15년이나 되는 세월을 함께 보낸 셈이라고요. 단 한 번도 들어 보지 못한 가족들이 나타나지를 않나, 어느 날 갑자기 원치도 않는 엄청난 재산의 상속자가 되어 있지를 않나……. 이미 충분히 생각하고 내린 결정이니까 마음이 바뀌는 일은 없을 겁니다.」

시종일관 무표정하게 듣고만 있던 그리냔이 시선을 떨어뜨리고는 커피를 한 모금 마셨다. 그 순간 마누엘은 이상한 느낌이 들어 주변을 둘러보았다. 커피숍에 있던 몇 안 되는 손님들이 아무것도 못 들은 척 시치미를 떼고 있었다. 그제야 그는 자기가 너무 큰 소리로 떠들었음을 깨달았다.

그는 그리냔이 모는 아우디를 따라 45분간 고속도로를 달린 뒤 다시 15분간 국도를 탔다. 일기 예보에서 비가 온다고 하더니 언제라도 쏟아질 것처럼 하늘이 거무칙칙한 구름으로 뒤덮여 있었다. 구름 사이로 비치는 한 줄기 햇살 덕분에 세상이 한결 선명하고 또렷한 색깔로 되살아나기 시작했다. 얼마 지나지 않아 번잡한 도시가 자취를 감추고 농촌 풍경이 눈앞에 펼쳐졌다.

도로 옆으로 한 무리의 주민들이 나란히 걸어갔고, 국도와 철길 양옆으로는 농장들이 드문드문 나타났다. 샛길로 들어서자 농장은 사라지고 오래된 돌담과 예술적인 정취를 자아내는 토담으로 둘러싸인 에메랄드빛 초원이 한가득 펼쳐졌다. 사진작가들이 봤다면 그냥 지나치지 못할 만큼 인상적인 풍경이었다. 그뿐만 아니라 초록빛과 은빛으로 물결치듯 일렁이는 작은 인공림이 놀랄 만큼 아름다웠다. 바람에 흔들리는 유칼립투스 나무와 여전히 노란 꽃이 피어 있지만 전체적으로 거무스름한 빛깔을 띤 가시금작화[5]는 도로 가장자리에 자라난 장밋빛의 히스[6]와 묘한 대조를 이루었다. 그리냔은 갑자기 차를 오른쪽으로 돌려 숲을 향해 1백 미터쯤 가더니, 활짝 열려 있는 커다란 쇠창살 대문 앞에 멈추고는 내렸다. 천천히 차에서 내린 마누엘은 다소 들뜬 표정으로 대문 앞에 서 있던 그리냔에게 다가갔다.

「물론 차를 타고 들어갈 수도 있죠.」 그리냔이 나란히 걸어가면서 설명했다. 「하지만 그녀와 처음 만나는 순간을 놓치게 하고 싶지는 않았어요.」

길은 수명이 족히 1백 년은 넘었을 법한 나무들로 에워싸여 작은 바늘로 뒤덮인 듯 보였다. 나무로 된 장미꽃처럼 활짝 벌어진 솔방울이 여기저기서 눈에 띄었고, 일부는 나뭇가지에 대롱대롱 매달려 있기도 했다. 땅은 잘 관리된 잔디밭과 단층 석조 건물 그리고 두 개의 커다란 나무 문이 달린 반원형 아치 쪽으로 살짝 경사져 있었다.

마누엘은 그리냔을 쳐다보았다. 그는 마누엘이 어떤 반응을 보일지 잔뜩 기대하는 눈치였다.

「매우 아름답군요.」 마누엘은 하는 수 없이 그렇게 말했다.

그러자 그리냔은 흡족한 미소를 지었다.

「그럼요. 저기는 관리인들이 머무는 곳입니다. 마구간은 저 아래에 있고, 저택은 저쪽에 있습니다.」 그는 걸음을 멈추고 오른쪽을 가리키며 말했다. 「오르티고사 씨, 여기가 바로 아스 그릴레이라스 장원입니다. 알바로 씨가 태어난 곳이면서, 산토 토메 후작 가문이 17세기부터 살아온 곳이기도 하죠.」

조금 전에 본 것보다 세 배 정도 큰 직사각형 건물이 나타났다. 밝은 갈색의 돌벽에 창문이 깊게 박혀 있었다. 저택은 완만한 경사를 이룬 언덕 위에 세워진 채 가문의 소유지 전체를 내려다보고 있었다. 언덕 뒤쪽으로 깊은 골짜기가 자리했고, 앞쪽으로는 넓은 평원이 펼쳐지면서 ―

5 콩과에 속한 소관목으로, 송이로 피는 꽃은 노란색이며 달콤한 향기가 난다.
6 진달랫과의 관목으로, 겨울에서 봄에 걸쳐 흰색 또는 연붉은색 꽃이 핀다.

오래전에 촘촘하게 심어 놓은 올리브 숲에 막혔지만 — 묘한 대조를 이루었다. 지면에 서 있으면 숲에 가려 앞이 전혀 보이지 않았지만, 저택의 2층에서는 분명 저 먼 곳까지 훤히 내다보일 것 같았다. 바티칸풍의 건물 앞에는 철제 가로등과 꽃을 한가득 심어 놓은 돌 수반(水盤)이 길 양쪽으로 줄지어 서 있었다. 그 주변으로 반짝거리는 잎사귀와 저 멀리까지도 그윽하게 향기가 퍼질 정도로 향긋한 하얀 꽃이 그득했다.

「저건 치자꽃이에요. 아스 그릴레이라스에 있는 치자나무 재배지는 넓이로 볼 때 유럽, 아니 세계 최대 규모일 겁니다. 특히 산티아고 씨의 부인인 카타리나가 전문가예요. 결혼한 뒤로 나무를 재배하고 관리하는 일은 모두 그녀의 몫이 되었죠. 그뿐만 아니라 그 분야에서 가장 권위 있는 경연 대회들을 휩쓸기도 했고요. 연못 옆에 근사한 온실이 하나 있는데, 그녀는 거기서 매우 흥미로운 교배종을 재배해 왔어요. 원하시면 나중에 둘러보도록 하죠.」

마누엘은 치자나무 울타리로 다가가서 밀랍으로 만든 것처럼 윤이 없는 크림색 꽃을 한동안 바라보았다. 그는 손톱으로 줄기를 잘라 한 송이를 꺾은 뒤, 그것을 손바닥에 올려놓은 채 손가락 사이로 배어드는 꽃향기를 들이마셨다. 그사이에도 그리냔은 형제들, 형수들, 처남들 간에 수시로 벌어지는 갈등과 도무지 서열이라고는 찾아볼 수 없는 집안 분위기에 관해서 말해 주었다. 하지만 마누엘은 그의 말이 왠지 적대적이고 교활하게 느껴졌다. 그러자 수치스럽고 창피한 기분이 들어 당장이라도 달아나고 싶었다. 그의 말에 답하기는커녕, 잠시도 더 거기 머물고 싶지 않았다. 그렇다고 그리냔의 호의를 무시할 수도 없어서 그는 엉뚱한 질문을 던졌다.

「그런데 아스 그릴레이라스가 무슨 뜻이죠? 마치 〈아 그리예라스〉[7]처

7 이 소설의 무대는 스페인의 북서부 갈리시아 지방으로, 로망스어 계통인 갈리시아어가 스페인어와 함께 공용어로 사용되는 곳이다. 마누엘이 말한 〈아 그리예라스 *a grilleras*〉는 스페인어로 〈귀뚜라미 집〉 혹은 〈정신 병원〉을 의미하는데, 현재 상황을 비꼬려는 의도로 보인다.

럼 들려서요.」

「그렇게 들릴 수도 있겠군요. 하지만 그것과는 관계가 없습니다.」 그리냔이 웃으며 말했다. 「아스 그릴레이라스는 〈에르바메이라〉라고도 하는데, 놀라운 치료 효과를 지닌 신비의 약초를 뜻합니다. 전설에 따르면 연못이나 저수지, 샘물가에서 자라는데, 신비한 약효가 있다고 해요. 스페인어로 〈새싹〉을 의미하는 〈그릴로〉 혹은 〈그렐로〉에서 유래한 말입니다. 아마 처음 땅에서 돋아나는 새순 때문에 그런 이름이 붙은 것 같아요.」

마누엘은 다시 한번 향기를 맡은 뒤, 꽃을 재킷 주머니에 넣고 그리냔을 따라갔다.

「여기서 2백 미터 떨어진 곳에 가문 소유의 묘지가 있고, 그 옆으로 교회가 하나 있습니다.」

「가족 묘소와 교회인가요?」

「사실 교회라고 하기에는 작고, 개인 예배당치고는 큰 편이죠. 그 중간쯤 될 거예요. 몇 년 전 교구 교회 탑에 벼락이 떨어진 적이 있었는데, 후작 가문은 복구 작업이 끝날 때까지 몇 달 동안 자신들의 교회당을 사용하도록 해주었습니다. 신이 난 주임 신부는 일요일은 물론, 매일같이 미사를 집전했어요. 이곳에서 미사를 드리자 사람들이 평소보다 더 많이 몰려들었거든요. 제 생각으로는 후작의 장원이 어떻게 생겼는지 궁금해서 그랬던 것 같아요. 이곳 사람들은 지금도 그런 식이에요.」

「그런 식이라니, 무슨 소리죠?」

「아시다시피 대중에게는 속물근성이 있어요. 신분이 낮을수록 심한 편입니다. 산토 토메 후작 가문은 지난 수백 년 동안 이 땅을 다스리던 영주였어요. 그동안 후작 가문을 위해 일한 집안이 적어도 절반가량은 될 겁니다. 그러다 보니 귀족이 자기를 보호해 주는 대가로 그를 위해 일한다는 봉건적 사고방식이 여전히 남아 있습니다. 과거에 자기 조상이 후작을 위해 일했다면 대개는 부끄럽게 여길 텐데, 여기서는 오히려 집안의 명예로 여기는 거죠.」

「무지한 사람들의 명예로군요.」

「글쎄요. 꼭 그렇지는 않아요.」그리냔이 그의 말에 이의를 제기했다. 「요즘 우리나라의 귀족들은 대부분 예의 바르고 품위가 있으니까요. 연예 잡지에 자주 등장하는 네 가문만 빼면, 나머지는 아주 점잖은 편이죠. 일부 계층의 사람들 사이에서는 지금도 귀족과의 관계나 연줄을 과시하는 것이 자랑거리로 여겨지는 경향이 있습니다. 어떤 계약을 성사시키거나 외교 관련 직책을 얻으려 할 때, 귀족이 천거한다거나 힘을 써주면 상대적으로 유리한 위치를 차지하게 되는 경우도 있으니까요. 그런 걸 누가 마다하겠어요.」

시골 교회들보다는 확연히 컸다. 1백여 그루의 올리브 나무 사이로 수많은 통로들이 모여드는 공터에 교회가 있었다. 그 터는 완벽한 원을 그렸다. 교회 건물과 묘지를 짓기 위해 미리 확보해 둔 땅이 분명했다. 출입구는 정면에 있지만, 옆쪽에도 문이 나 있었다. 문 옆으로 스테인드글라스로 된 좁은 창문 두 개와 너무 가팔라서 오르내리기에 불편해 보이는 계단 두 개가 보였다.

1백여 그루의 나무들이 힘겹게 막아 내고는 있었지만, 어디선가 바람이 줄기차게 불어와 입구 앞 여기저기에 솔방울들이 떨어졌다. 바람은 거기서 그치지 않고 교회의 삼면을 둘러싼 황량한 공터와 묘지를 거침없이 휩쓸며 지나갔다. 짧게 다듬어 놓은 잔디밭 사이사이에 소박한 돌십자가가 스무여 개 세워져 있을 뿐 특별히 눈에 띄는 것은 없었다. 다만 최근에 파헤친 듯한 무덤구덩이 옆으로 보기 흉하게 흙이 수북했다. 그 주변은 줄로 둘러치지도 않은 채 그대로 방치되어 있었다. 모든 것이 자기 소유인데, 대체 왜 그랬던 것일까?

알바로가 묻히고 싶어 했던 곳이 바로 거기였다. 그리고 아무도 이의를 제기하지 않았다. 만약 그가 미리 결정해 두지 않았다면 마누엘은 어떻게 했을까? 아마 M-30 장례식장의 영안실이나 알무데나 공동묘지[8]

8 M-30 장례식장은 마드리드의 동부 지구에 위치해 있으며 1984년에 준공되었다. 알무데나 공동묘지는 마드리드의 동부인 라스 벤타스 지구에 위치한 묘역이다.

의 납골당에 시신을 안치했을 것이다. 두 사람은 그런 문제에 대해 대화를 나눈 적이 없었다. 주변 풍경이 아름다울 뿐만 아니라 여기저기에 흩어진 오래된 돌들이 소박한 정감을 불러일으켰지만, 왠지 쓸쓸하고 처량한 느낌을 지울 수가 없었다. 이곳이 공동묘지와 다른 건 무얼까? 마누엘은 눈앞의 현실을 대하며 자신의 선입관을 인정할 수밖에 없었다. 어떤 이유로든 이보다는 더 웅장하고 화려한 무덤을 예상했던 것이다.

「다른 귀족들과 마찬가지로 저들도 아주 독실한 가톨릭 신자입니다. 그래서 현세에서 이루지 못한 금욕과 고행의 길을 내세에서 걷고자 하는 것이죠.」 그리냔은 교회 입구로 걸어가면서 말했다. 교회에는 이미 족히 1백 명이 넘는 사람들이 모여 있었다.

교회 앞 공터에서 사람들은 점점 더 강하게 휘몰아치는 바람을 막기 위해 검은색 재킷으로 몸을 감싼 채 조용하게 이야기를 나누고 있었다. 마누엘이 나타나자 다들 그쪽으로 고개를 돌렸지만 아무도 다가오지 않았다. 서늘한 아침 공기를 피하려고 벽에 달라붙어 있던 도발만이 여느 때와 마찬가지로 그들에게 인사를 하기 위해 걸어 나왔다. 그제야 두 사람이 검은색 정장을 말끔하게 차려입었다는 것을 알아차린 마누엘은 자신이 입고 있던 파란색 재킷과 쭈글쭈글한 셔츠로 눈을 돌렸다. 장례식에 전혀 어울리지 않는 차림인 탓에 거기 모여 있던 이들이 호기심과 의심이 뒤섞인 눈빛으로 일제히 그를 노려보았다. 마누엘은 얼굴이 화끈거려 고개를 들 수가 없었다. 그 순간 어깨에서 그리냔의 따뜻한 손길이 느껴지자 겨우 마음이 놓였다. 그리냔은 사람들의 따가운 시선을 뒤로한 채 그를 교회 입구로 데려갔다.

「사람이 그렇게 많지는 않네요. 하긴 이른 시간이라…….」 도발이 두 사람의 눈치를 살피며 말했다.

「사람이 많지 않다고요?」 마누엘은 그를 쳐다보지도 않은 채 반문했다. 굳이 뒤를 돌아보지 않아도 웅성거리는 소리가 점점 더 커지고 있을 뿐만 아니라, 교회 앞에 모인 사람들이 그사이 두 배로 불어났다는 걸 알 수 있었다.

「그동안 가족들도 숨죽여 지냈습니다.」 그리냔이 단호하게 말했다. 「너무나도 갑작스럽게 세상을 뜨셔서 말이죠. 그러니까 제 말은 알바로 씨가 그렇게 돌아가시지 않았더라면…….」

마누엘이 슬픈 눈빛으로 쳐다보자, 그리냔은 횡설수설하면서 그의 시선을 피해 버렸다. 도발이 그를 돕기 위해 나섰다.

「자, 안으로 들어가시죠. 곧 가족들이 도착할 겁니다. 아, 죄송합니다.」 그는 필요 이상으로 흠칫 놀라며 덧붙였다. 「그게 아니라 나머지 식구들 말입니다.」

교회 안은 이미 사람으로 가득 차 있었다. 조금 전까지만 해도 마누엘은 건물 밖에 모여 있던 이들이 전부인 줄 알았고, 사실 그 정도만 해도 많이 온 거라고 생각했다. 하지만 문턱을 넘는 순간, 저들이 단지 교회 안으로 들어오지 못했을 뿐이라는 걸 깨달았다. 그는 주눅이 들고 현기증이 나서 길 잃은 어린아이처럼 고개를 푹 숙였다. 자신의 어깨를 꽉 잡은 채 중앙 통로를 따라 제단 쪽으로 안내하는 그리냔의 든든한 손길이 고맙게만 느껴졌다. 그가 걸음을 옮기려고 할 때, 좌중에서 깊은 탄식이 흘러나왔다. 그는 흐느낌 소리가 나는 곳을 찾아 두리번거리다가 이내 소스라치게 놀랐다. 상복 차림의 여인들이 서로 부둥켜안은 채 울고 있었다. 그녀들의 탄식과 울음소리가 교회 안 둥근 천장에 반사되어 그의 귓전에 울려 퍼졌다. 그는 놀란 표정으로 그녀들을 바라보았다. 여기에서 벌어질 일을 모두 머릿속으로 그려 보았다고 생각했지만, 알바로가 죽었다고 해서 저렇게 슬피 우는 이가 있을 줄은 몰랐다. 저 사람들은 왜 여기에 온 걸까? 저들은 대체 누구인가? 마누엘은 장례식이 이런 식으로 진행되는 것을 도무지 받아들일 수가 없었다. 드물기는 하지만 어쩌다 장례식에 가보면 유족과 친구, 지인 수십 명이 참석하는 게 보통이었다. 대부분은 화장을 하기 전 영안실에서 고인을 위한 간단한 기도를 드리고 식을 마쳤다. 그런데 이건 대체 뭐란 말인가? 그는 이 땅의 고루한 풍습과 장원의 촌스러운 장례식 절차 그리고 그리냔의 태도에서 보이듯이 전통에 맹목적으로 순종하는 태도에 대해 속으로 저주를 퍼부었다. 그로서는 수치스럽고 불쾌하기만 했다. 한데 모여 슬픔을 나누는 이들을 보는 순간, 마누엘은 사람들로부터 버림받아 외톨이가 된 듯한 기분이 들었을 뿐만 아니라 모욕감마저 느꼈다.

애당초 알바로와 마누엘이 부부의 인연을 맺은 이상, 정상적인 사회 생활을 할 여지는 희박했다. 특히 마누엘은 신간 홍보 투어를 마치고 나면 오랜 기간 집에 틀어박혀 글만 써댔다. 그러다 보니 안 그래도 넓지 않던 두 사람의 교우 관계가 최근 몇 년 동안에는 더욱 소원해지고 말았다. 물론 친구들이 몇 있기는 했지만, 마누엘은 그들에게라도 이 소식을 알리자는 메이의 제안을 단호히 거절해 버렸다. 그조차 어서 끝나기만을 바랄 만큼 기막힌 상황에 함께하려는 사람이 있을 리 만무했다. 더군다나 자신도 좀체 이해할 수 없는 상황을 친구들에게 일일이 설명하기란 불가능했다.

마누엘은 의자 사이를 지나가면서 사람들을 관찰했다. 나이가 지긋한 남자들이 눈가가 촉촉해진 채로 정성스럽게 다린 손수건을 손에 꼭 쥐고 있었다. 그들은 슬픔과 고통으로 일그러진 얼굴을 하고 반짝거리는 검은 관을 뚫어지게 바라보았다. 그 관조차 강아지의 눈처럼 촉촉하고 슬퍼 보였다. 마누엘은 그리냔의 손을 뿌리치고 무언가에 이끌리듯 알바로가 누워 있는 곳을 향해 걸어갔다. 그나마 관 뚜껑이 닫혀 있어서 다행이었다. 끊이지 않는 여인들의 통곡 소리와 나무에서 나는 광채에 홀린 채 그는 자기도 모르게 관을 향해 손을 뻗었다. 그 순간 화음처럼 나직이 울려 퍼지던 흐느낌이 잠잠해지면서 웅성거리는 소리가 점점 더 커졌다. 그 소리는 천재지변처럼 교회 안을 에워쌌다. 알바로의 가족들이 입장하고 있었다. 마누엘은 주변을 힐끗 둘러보았다. 제일 앞에 있는 의자 두 줄이 비어 있었다. 그는 재빨리 오른쪽 자리에 앉았다. 소음은 이내 멈추었다. 뒤를 돌아보니, 검은 상복을 입은 노부인이 걸음을 멈추고 아들의 부축을 받은 채 그리냔의 귀에 대고 무언가 소곤거렸다. 그러자 그리냔은 서둘러 마누엘에게 달려와 몸을 숙이고 귀엣말을 했다.

「여기에 앉으시면 안 됩니다. 이곳은 가족석이라서요.」 그는 나무라는 투로 말했다.

　당황한 마누엘은 자리에서 일어나 통로 쪽으로 두 발짝 뗐다. 하지만 이내 얼떨떨하고 난처하던 기분이 분노로 바뀌자 걸음을 멈추었다.

　「나도 가족이에요. 저분들이 내 곁에 앉기 싫다고 해도, 그건 내가 상관할 바 아닙니다. 저기 관 속에 누워 있는 이가 내 배우자니까요. 내가 착각한 것이 아니라면, 여기는 내 자리예요. 내 것이란 말입니다. 저분들에게 여기에 앉든지, 정 싫으면 아무 데나 앉으라고 해주세요. 나는 여기서 한 발짝도 움직이지 않을 테니까요.」

　어정쩡하게 서 있던 마누엘이 다시 자리에 앉자, 그리냥의 얼굴이 새파랗게 질렸다. 마누엘은 여전히 분이 가라앉지 않아서 손끝이 파르르 떨렸다. 찬물을 끼얹은 듯 조용해진 교회 안에서 이따금 수군거리는 소리가 들렸다. 다시 제단 쪽으로 걸음을 옮기기 시작한 그들은 왼쪽 첫 번째 줄에 앉았다. 마누엘은 장례식이 진행되는 동안 그들과 눈 한번 마주치지 않았다.

　미사는 두 시간 가까이 진행되었다. 장례 미사를 집전한 사제는 마흔 언저리쯤으로 보였는데, 그 가문과의 친분을 노골적으로 드러냈다. 진심으로 슬퍼하는 걸로 봐서는 평소 알바로와 알고 지낸 사이 같았다. 제단에는 늙고 거만해 보이는 신부들이 아홉 명이나 나와 있었는데, 장례 미사라고 하기에는 이상할 정도로 많았다. 그들은 미사를 집전하는 젊은 사제를 보좌하기 위해 제단을 중심으로 반원을 그리며 서 있었다.

　마누엘은 자리에 앉아 사제의 강론을 흘려들었다. 일부 참석자들이 장례식에 대해 불만을 드러내는가 하면, 많은 이들이 슬픔을 이기지 못하고 울음을 터뜨리는 바람에 사제는 잔뜩 풀이 죽어 있었다. 미사가 진행되는 동안 그들은 여러 차례 일어섰다 앉았다 했다. 마누엘은 어느 순간 이상한 느낌이 들어 고개를 들었다. 영성체를 기다리던 여인들이 호기심 어린 눈빛으로 그를 내려다보고 있었다. 당장이라도 뛰쳐나가고 싶은 욕망을 억누르면서 그는 그 눈길을 피해 시선을 내리깔았다.

　장례식이 끝나자 잘 다린 손수건을 들고 있던 남자들과 솥뚜껑 같은 손을 가진 사내들이 관을 들고 묘지로 향했다. 마누엘은 시간이 흐르면서 잠잠해진 바람과 낮게 깔린 구름 사이로 비치는 밝은 햇살이 그렇게 고마울 수가 없었다.

「후작께 선생님의 뜻을 전했습니다.」 그리냔이 교회 문 앞에서 그에게 소곤거렸다.

마누엘은 대답 대신 고개만 끄덕이면서, 그가 언제 후작에게 말을 전했을지 생각해 보았다. 아마 장례식이 거행되는 동안이었을 것이다. 전에 말했던 것처럼 무니스 데 다빌라의 회계 장부는 그리냔에게 가장 중요한 업무였다. 재산 관리인으로서 주된 일거리를 놓치지 않으려고 그는 망설임 없이 재산의 새 주인을 위해 일하기 시작했다. 다른 이들이 하관식을 보기 위해 무덤 주변을 둘러싸는 동안 마누엘은 뒤에 남았다. 가까이 다가갈 엄두가 나지 않아, 그는 묘지 끝자락에 서서 그들을 지켜보았다. 교회에서 너무 진을 뺀 나머지, 온몸에 맥이 풀리고 걸을 힘조차 없었다.

지루하게 이어지던 장례식과 달리, 하관식은 예상외로 빨리 끝났다. 그들은 무덤가에서 고인을 위한 기도를 올렸다. 하지만 북적거리는 사람들에 가려, 마누엘은 관을 어떻게 내리는지 보지 못했다. 식이 끝나자 조객들은 하나둘씩 자리를 뜨기 시작했다. 사제들은 유족과 일일이 인사를 나눈 뒤, 교회 옆문 쪽으로 걸어갔다. 성구 보관실로 가는 듯했다. 그 순간 그는 자신의 손에 자그마한 손이 와 닿는 것을 느꼈다. 고개를 돌려 보니 그 가족의 꼬마였다. 아이에게 말을 하려고 고개를 숙이자 녀석이 갑자기 목을 껴안고는 볼에 입을 맞추었다. 그러곤 곧장 저 멀리서 기다리던 엄마한테 쪼르르 달려가더니, 집으로 가기 전에 그를 향해 미소를 지었다.

「오르티고사 씨.」

목소리가 난 쪽으로 몸을 돌리자, 신임 후작인 산티아고가 바로 앞에 서 있었다. 몇 미터 뒤에서 여자들을 따라 저택으로 걸어가던 그리냔이 그를 향해 고개를 끄덕였다.

「산티아고 무니스 데 다빌라라고 합니다. 알바로의 동생입니다.」 그는 붕대를 감은 손을 내밀어 악수를 청하면서 말했다.

마누엘은 어리둥절한 표정으로 그를 쳐다보았다.

「걱정하지 마세요. 별것 아니니까요. 말을 타다 떨어지는 바람에 손가락 하나가 골절되고 약간 긁혔을 뿐입니다.」

산티아고는 깁스가 제대로 붙어 있는지 확인한 뒤, 조심스럽게 붕대를 감았다.

「그리냔 씨로부터 선생님이 결정하신 바는 전해 들었습니다. 우선 제 이름으로, 그리고 우리 가족의 이름으로 감사의 뜻을 표하고 싶습니다. 우리가 다소 차갑고 무례하게 대했던 것에 대해 사과드립니다. 사실 최근 며칠 동안 일련의 사건들 때문에 다들 경황이 없었습니다.」 그는 몸을 돌려 무덤을 바라보면서 말했다.

「아뇨. 사과하실 필요는 없습니다. 여러분의 심정이 어떨지 잘 알고 있으니까요.」

마누엘은 더 이상 아무 말도 하지 않았다. 산티아고는 가볍게 고개를 숙여 작별 인사를 한 다음, 아내가 있는 곳을 향해 걸음을 재촉했다. 그러곤 아내를 대신해서 어머니를 부축했다.

젊은 신부가 묘역을 가로질러 그에게 다가왔다. 묘지에는 봉분 작업을 하던 이와 이를 돕는 인부들만 덜렁 남아, 교회 담벼락 앞에 옹기종기 모여 선 채 담배를 피우고 있었다.

「잠시 선생님과 이야기를 나누었으면 하는데요. 저는 알바로와 어릴 적부터 함께 자란 친구 사이입니다. 학교도 같이 다녔으니까요. 먼저 이것부터 벗어야겠어요.」 그는 몸을 덮고 있던 제의(祭衣)를 만지며 말했다. 「조금만 기다려 주시면 금방 돌아오겠습니다.」

「글쎄요.」 마누엘은 길 쪽으로 시선을 돌리며 말했다. 「사실 급히 갈 데가 있어서요.」

「잠깐이면 됩니다. 정말이에요.」 그는 말을 마치기가 무섭게 교회 옆문으로 달려갔다.

마누엘은 묘지 근처에서 담배를 피우며 잡담을 즐기고 있는 인부들을 멍하니 바라보았다. 그러다가 유일하게 작업복을 입지 않은 채 봉분 작업을 하던 이가 자기를 유심히 관찰하고 있다는 것을 알아차렸다. 그가 무언가 말하기 위해 무리에서 벗어나 이쪽으로 다가올 것만 같은 느낌이 들었다. 마누엘은 황급히 고개를 숙여 그에게 인사를 건넨 뒤, 아직 흙을 덮지 않은 무덤 쪽으로 걸어갔다. 그는 여기저기에 세워진 십자가를 피해 가면서 아래에 새겨진 글귀를 훑어보았다. 아무래도 그리냔의 말대로인 듯했다. 묘비명에는 탄생과 사망 일자만 나와 있을 뿐, 작위나 직위 등은 기록되어 있지 않았다. 자세히 보니 18세기에 만들어진 무덤도 있었다. 최근에 세워진 무덤과 다른 점은 십자가의 돌 빛깔뿐이었다. 구덩이 옆에는 리본으로 예쁘게 묶인 화려한 꽃다발들이 나중에 무덤 위에 놓이기를 기다리면서 장작더미처럼 수북이 쌓여 있었다. 리본을 보면 그 꽃을 누가 보냈는지, 또 가격은 얼마인지 알 수 있었다. 마누엘은 자기도 모르게 주머니에 손을 집어넣었다. 여기로 오던 길에 꺾은 밀랍 같은 치자꽃을 꺼내자, 그 향기가 사방으로 퍼져 나갔다. 그는 마지막으로 관을 보기 위해 걸음을 재촉했다. 하지만 관은 고인을 위한 기도를 올릴 때 유족이 뿌린 흙가루를 덮어쓰고 이미 광택을 잃은 상태였다. 기이하게도 관 위에는 꽃이 한 송이도 없었다. 그리냔이 깜빡하고 챙기지 못한 모양이었다. 저 화려한 꽃다발들은 모두 눈에 띄게 무덤을 장식할 목적으로 사용될 예정이었으니 말이다.

그는 더 이상 윤이 나지 않는 관과 수척한 모습으로 죽어 가는 예수 그리스도의 십자가상을 번갈아 보았다. 그리고 치자꽃을 입술까지 들어 올려 향기를 들이마시고 꽃잎에 입을 맞춘 뒤, 무덤구덩이 위로 손을 뻗었다. 눈을 감고 괴로움이 마음속 어디에 도사리고 있는지 찾아내려고 했지만 뜻대로 되지 않았다. 그때 등 뒤에서 인기척이 났다. 그는 주먹을 쥐며 손 안으로 꽃을 감추었다.

마누엘은 몇 발짝 뒤에서 기다리고 있던 신부를 향해 몸을 돌렸다. 그는 여전히 로만 칼라를 착용하고 있었지만, 그래도 평상복을 입으니 훨씬 젊어 보였다.

「시간이 더 필요하시면…….」

「아뇨.」마누엘은 딱 잘라 말한 뒤, 꽃을 상의 주머니에 넣으면서 그에게 다가갔다.「여기 일은 다 봤습니다.」

퉁명스러운 대답에 놀랐는지, 신부는 눈썹을 치켜세웠다. 마누엘은 그가 당황하는 모습을 보며 측은한 마음이 들었지만 겉으로는 내색하지 않았다.

「말씀드렸다시피 시간이 그리 많지 않습니다.」마누엘은 다급한 표정을 지으며 말했다. 묘지의 음울한 분위기를 견디기 어려웠다. 당장이라도 여기서 벗어나고 싶었다.

「차는 어디에 두셨죠?」

「입구의 철문 옆에 있습니다.」

「그럼 그곳까지 바래다드리죠. 저도 나가는 길이니까요. 우리 교구의 교회로 돌아가야 합니다.」

「아, 그런가요? 저는 이 교회가…….」마누엘이 손으로 교회를 가리키며 말했다.

「아닙니다. 오늘은 특별히 부탁을 받아서 이곳에 온 것뿐이에요. 유족과의 친분 때문이죠. 여기서 가장 가까운 교구의 주임 신부가 오늘 미사에서 저를 보좌해 준 사제들 중 한 분이에요. 이 교회에는 별도의 주임 사제가 지정되어 있지 않습니다. 개인적 용도로 사용되는 교회니까요. 특별한 행사가 열리는 경우에만 사람들에게 개방됩니다.」

「그랬군요. 전 신부님들이 워낙 많이 계시기에…….」

「아무래도 이곳을 잘 모르는 분들에게는 이상하게 보일 테죠. 하지만 이 지역의 전통입니다.」

「전통…….」그는 경멸 조로 나직이 중얼거렸다.

그러다가 신부가 자기 말을 들었을지 모른다는 생각에 마음이 쓰였다. 우려한 대로 신부는 아주 냉랭한 말투로 대답했다.

「이곳 사람들이 죽은 이들에게 경의를 표하는 방식입니다.」

마누엘은 아무 말도 하지 않았다. 그저 입을 꽉 다문 채 간절한 눈길로 출구 쪽을 바라보았다.

그들은 나란히 걷기 시작했다.

「저는 루카스라고 합니다.」 신부는 다시 친근한 표정으로 그에게 손을 내밀며 말했다. 「말씀드렸다시피 알바로와 함께 신학교를 다녔죠. 물론 그곳에는 다른 학생들도 있었지만, 대부분 저희보다 어려서 잘 어울리지는 않았습니다.」

마누엘은 계속해서 걸음을 옮기며 그와 악수를 했다.

「신학교라고요?」 마누엘의 눈이 휘둥그레졌다.

「네.」 신부는 미소를 지으며 말했다. 「하지만 이상하게 생각하지는 마세요. 당시 이 지역에서 웬만큼 사는 집 아이들은 모두 신학교를 다녔으니까요. 이 근방에서 가장 좋은 학교이기도 했고요. 더군다나 후작 가문은 예전부터 그 학교의 든든한 후원자였기 때문에 그 자제들이 거기서 공부하는 건 당연한 일이었죠. 그리고 이름만 그렇지 실제로는 성직과 아무런 관련도 없는 학교였습니다.」

「알바로를 보면 그런 것 같군요.」

두 사람은 모처럼 유쾌하게 웃었다.

「하지만 저는 예외였죠. 우리 집안에서도 사제 서품을 받은 사람은 저밖에 없으니까요.」

「그럼 신부님도 부자인가요?」

둘은 또다시 웃었다.

「그 점에서도 저는 예외였어요. 후작께서는 가난하지만 장래가 촉망되는 아이들을 골라 장학금을 주셨습니다. 저도 그 장학금을 받고 다녔죠.」

마누엘은 알바로가 신학교에 다녔다는 것이 믿기지 않았다. 그는 간혹 대학 시절 마드리드의 기숙사에서 있었던 일을 이야기하곤 했지만, 어린 시절에 관해서는 한마디도 하지 않았다. 도회적인 분위기를 풍기던 알바로가 이런 목가적인 세계에서 유년 시절을 보냈으리라고는 상상도 못했다. 함께 걸어가는 동안 발밑으로 자갈이 밟혔다. 어느덧 대화가 끊기고 침묵이 길어졌지만, 마누엘은 거북하기는커녕 마음이 가라앉으면서 편안해졌다. 울창한 나무들이 차가운 바람을 막아 주고 있는 데다, 구름 사이로 비치는 정오의 햇빛 덕분에 등이 따뜻했다. 저택 주변을 둘러싸고 있는 울타리로부터 치자 꽃향기가 은은하게 퍼져 나갔다.

「마누엘 씨, 우리 서로 말을 놓는 게 어떨까요? 알바로와 마찬가지로 저도 마흔네 살입니다. 그런데 존칭을 쓰면서 이야기하려니까 좀 거북하게 느껴지는군요.」

마누엘은 아무 대답도 하지 않았다. 다만 아직 마음을 정하지 못했다는 듯 애매한 몸짓을 취했다. 보통은 이런 경우가 다른 무례한 행동을 하기 위한 변명에 불과하다는 걸 경험으로 잘 알고 있었기 때문이다.

「지금 기분이 어때? 괜찮아?」

그 말을 듣고 마누엘은 화들짝 놀랐다. 그의 태도 때문이었다. 자신에게 관심을 가져 준 사람은 처음이었다. 죄책감과 후회에 시달리고 있는 착한 메이조차 그렇게 물어 온 적이 없었다. 그가 아무리 괴롭고 당황스러워 보여도 그녀는 그런 말을 할 생각조차 하지 못했다. 기분이 어떠냐고? 마누엘도 알 수 없었다. 그는 자기가 어떤 기분이기를 바라는지 짐작해 보았다. 아무런 의욕도 없이 무기력하고 절망의 나락에 빠진 느낌? 동시에 모든 일에 무관심해지고 환멸스러울 뿐만 아니라, 홀로 감당해야 하는 현실에 수치스럽고 비분한 마음이 들기도 했다. 그뿐이었다.

「괜찮아.」 마누엘은 곰곰이 생각한 끝에 대답했다.

「그럴 리 없다는 건 자네나 나나 다 알고 있잖은가.」

「괜찮다니까. 이런 일을 겪고 나니 그저 슬프고 허무할 뿐이라네. 다만 여기서 빨리 벗어나 모든 것을 깨끗하게 잊고 다시 일상으로 돌아가고 싶어.」

「무감동 상태로군.」 신부가 단언하듯이 말했다. 「그건 사랑하는 이의 죽음을 애도하는 과정에서 겪게 되는 단계 중 하나라네. 다시 말해 죽음을 거부하고 부정한 뒤에, 그리고 그것을 어느 정도 극복하기 전에 나타나는 현상이지.」

마누엘은 그렇지 않다고 말하려다가, 알바로의 죽음을 알리러 온 아
코스타 하사가 말을 할 때마다 일일이 반박하던 자신의 모습이 떠올라
단념했다. 그때 그는 그 말을 끝내 받아들이지 않으면서 있지도 않은 구
조선을 찾는가 하면, 인정하기 싫은 말에 대해서는 심한 거부 반응을 나
타냈다.

「물론 그런 문제라면 자네만큼 잘 아는 사람도 없겠지.」 마누엘은 퉁
명스럽게 말했다.

「그렇다네. 나야 영혼의 병 외에도 매일 죽음과 삶의 비애를 다루니
까 말일세. 그게 내가 할 일인데 어쩌겠나. 더군다나 알바로는 어릴 적
친구였으니까.」 그는 잠시 말을 멈추고 마누엘이 어떤 반응을 보이는지
지켜보았다. 「아마 최근까지 그와 연락하면서, 그가 처한 현실을 상세히
알고 있는 사람은 나 말고는 없을 거야.」

「그럼 나보다 훨씬 더 많이 알고 있겠군.」 마누엘은 못마땅한 듯이 중
얼거렸다.

신부는 걸음을 멈추고 심각한 표정으로 그를 바라보았다.

「너무 자책하지 말게. 알바로가 가족과 관련된 일을 숨긴 건 자네
의 존재를 부끄럽게 여겨서가 아닐세. 오히려 자기 가족이 부끄러웠던
거지.」

「자네도 똑같은 말을 하는군. 이미 내게 그런 이야기를 한 사람이 또
있었거든. 그런데 대체 무슨 뜻으로 그런 말을 하는 건지 모르겠어. 사
실 알바로의 가족을 만나기 전까지는 나도 그런가 보다 했지. 하지만 만
나 보니 그렇게 형편없는 사람들 같지는 않더라고.」

신부는 빙긋이 웃었다.

「알바로는 아주 어릴 적에 마드리드로 공부하러 떠난 뒤로 가족 누구
와도 일절 연락을 하지 않았다네. 그도 그럴 것이, 어쩌다 집에 돌아올
때마다 가족들에 대한 거부감이 점점 더 커져만 갔으니까. 그러다 언젠
가부터 발길을 끊더군. 그의 부친은 결국 자식의 얼굴도 보지 못한 채

세상을 뜨고 말았다네. 그렇다고 해서 그가 모든 법적 의무를 팽개친 건 아니야. 부친이 세상을 뜨자 고향으로 돌아와서 집안일을 처리하고 앞으로 가족들이 받을 돈을 분명하게 정해 놓은 뒤 홀연히 사라졌으니까. 아마 유언 집행인 말고 그의 행방을 아는 건 나밖에 없었을 거야.」 신부가 다시 걸음을 옮기며 말했다. 「돌이켜 보면 그 친구는 행복하게 살다 간 셈이지. 특히 자네를 만나면서 굉장히 행복해했다네.」

「어떻게 그의 속마음까지 그리 속속들이 알고 있는 거지? 혹시 자네한테 고해 성사라도 했던 건가?」 마누엘이 다그치듯이 물었다.

루카스는 눈을 감고 숨을 깊게 들이마셨다. 주먹으로 가슴을 얻어맞기라도 한 것처럼 얼떨떨한 표정이었다.

「뭐, 그런 셈이지. 예식은 따르지 않았지만 말이야. 그때마다 우린 자네 이야기를 많이 했다네.」 그는 이내 냉정을 되찾으며 말했다.

마누엘은 갑자기 걸음을 멈추더니 신부 쪽으로 몸을 획 돌렸다. 그러곤 비웃음이 가득한 눈으로 그를 노려보며 도도하게 말했다.

「대체 무슨 저의로 그런 말을 하는 거지? 동성 배우자가 자기 사생활을 숨겼다고 해서 사제인 자네가 나를 위로하려고 한다는 게 좀 우습지 않은가? 명색이 배우자라는 사람이 나보다 자네를 더 믿었다는 걸 알게 되었을 때 내 기분이 어떨지 생각이나 해봤어? 한 가지 분명한 점은 지금까지 같이 살았으면서도 나는 그가 어떤 사람인지 전혀 몰랐다는 거야. 아니, 그동안 내내 그가 나를 속였다는 게 맞겠지.」

「자네의 심정이 어떤지는 잘 알고 있네.」

「빌어먹을. 자네가 알긴 뭘 알아!」

「그럴 수도 있고, 아닐 수도 있을 걸세. 지금은 내가 무슨 말을 해도 자네 귀에 들어가지 않겠지. 하지만 며칠 지나고 나면 사정이 달라질 거야. 그때 나를 찾아오게.」 그는 폰테베드라[9]에 있는 어느 성지의 주소가 적힌 명함을 마누엘에게 건넸다. 「알바로라는 사람은 자네가 알고 있던

9 스페인 북서부의 항구 도시로, 갈리시아 지방 폰테베드라주의 주도이기도 하다.

그대로일세. 그 밖의 것은 다 꾸며 낸 것에 불과하니까.」신부는 철문 너머로 내려다보이는 장엄한 거리를 껴안는 듯한 몸짓을 취했다.

마누엘은 명함을 구겨 내던져 버리려다가 어떤 충동에 이끌려 주머니 속에, 남몰래 품고 다니던 향긋한 꽃 옆에 슬쩍 집어넣었다.

두 사람은 아무 말 없이 문을 지나 거리로 향했다.

그들이 다가오자, 자동차 트렁크에 기대서 있던 남자가 몸을 일으켜 그들 앞으로 걸어왔다. 가까워지기 전까지는 얼굴이 잘 보이지 않았지만, 어딘가 낯익은 데가 있었다. 그 남자는 상관인 대위가 올 때까지 마누엘과 이야기를 나누었던 과르디아 시빌 대원이었다. 이름은 기억나지 않았지만, 동성애를 지독히도 혐오하던 배불뚝이 대원이 분명했다. 다행히 불룩 나온 배는 엉덩이에 걸친 바지의 허리 주름과 위쪽으로 셔츠 단추가 불거진 부드러운 브이넥 스웨터에 가려 제복을 입었을 때보다 잘 보이지 않았다.

마누엘도 나이가 들면서 거친 사람을 알아보는 눈치가 빨라진 터였다. 보아하니 문제를 일으킬 작자가 분명했다. 정작 남자는 신부가 마누엘에게 귓속말로 소곤거리는 모습을 보고 자못 놀란 눈치였다.

「이 남자는 여기 왜 온 거지?」

「마누엘 오르티고사 씨 맞죠?」남자는 마누엘을 분명 알고 있으면서도 그렇게 물었다. 「저는 과르디아 시빌 소속의 노게이라 중위입니다.」 그는 주머니에서 신분증을 꺼내 내밀어 보이더니 금세 다시 집어넣었다. 「그저께 병원에서 만난 적이 있죠.」

「네, 기억납니다.」마누엘은 조심스럽게 대답했다.

「어디 가시는 길입니까?」남자는 차 뒷좌석에 있던 여행 가방을 가리키며 물었다.

「집에 가려고요.」

그는 대답을 듣더니 머리를 가로저었다. 다소 언짢은 표정이었다.

「드릴 말씀이 있는데요.」남자가 확신에 찬 얼굴로 말했다.

「말씀하세요.」마누엘이 퉁명스럽게 대꾸했다.

그러자 과르디아 시빌 대원은 무서운 눈초리로 신부를 쏘아보았다.

「단둘이서 이야기하고 싶습니다만.」 그가 단호하게 잘라 말했다.

어쩌면 그는 동성애자들에게만 적대감을 품은 것이 아닐지도 몰랐다. 하긴 동성애자들이야 어제오늘의 일이 아니었으니까. 하지만 이번에는 신부도 순순히 물러서지 않았다.

「자네가 원하면 여기 있을게.」 루카스는 남자의 차가운 눈초리를 애써 무시하면서, 몸을 돌려 마누엘에게 말했다.

「고맙지만 그럴 것까지는 없네.」 마누엘은 단호하게 답했다.

신부는 끝까지 남고 싶어 하는 눈치였다. 마누엘을 혼자 두고 가기에는 그 남자가 미덥지 못했다. 잠시 망설이던 신부는 결국 자리를 피해 주기로 했다. 한동안 머뭇거리던 그가 과르디아 시빌 대원을 외면한 채 마누엘과 작별의 악수를 했다. 그러곤 바로 뒤에 주차되어 있던 작은 승용차에 올라탔다.

「꼭 오게나.」

마누엘은 그가 떠나는 모습을 말없이 지켜보다가 남자에게로 몸을 돌렸다.

「자리를 옮깁시다.」 그가 말했다. 「일반 도로로 들어가는 길목에 바가 하나 있어요. 그 입구에 공터가 있는데, 거기 차를 세우세요. 내 차를 따라오면 됩니다.」

마누엘은 그의 일방적인 태도에 화가 났지만, 일단은 참기로 했다. 그와 이야기를 나누려면, 진입로가 하나밖에 없는 아스 그릴레이라스 — 더군다나 거기엔 그리냔의 차도 세워져 있었다 — 보다는 공공장소가 나을 것 같았다.

무기력

밖은 선선했지만, 차 안은 한낮의 햇볕이 뜨겁게 달구는 바람에 가마솥처럼 후텁지근했다. 땅을 단단하게 다진 공터로 들어선 뒤, 마누엘은 과르디아 시빌 대원의 낡은 BMW 옆에 차를 세웠다. 그 옆으로 여섯 대의 스테이션왜건¹이 나란히 서 있었다. 차에서 내린 마누엘은 재킷을 차 안에 던져 놓고 문을 닫았다. 바의 입구로 걸어가는데, 갑자기 과르디아 시빌 대원이 그를 멈춰 세웠다.

「여기가 좋겠어요. 잠깐만 기다리세요.」 그는 플라스틱 테이블과 낡은 비치파라솔이 놓인 테라스에 멈춰 선 채 말했다.

그가 블랙커피 두 잔과 비프스튜로 보이는 요리를 가져와 테이블 위에 놓았다. 그러곤 말을 하기에 앞서 담배에 불을 붙였다. 그가 굳이 테라스를 택한 것은 바로 그 때문이었다.

「굉장히 빨리 떠나는군요.」 그는 커피에 설탕을 두 스푼 넣으면서 말했다.

「장례식도 다 끝난 마당에 여기 있어 봐야 뭐 하겠습니까.」 마누엘은 쌀쌀맞게 말했다.

「가족들과 며칠 더 지내다 가지 그러세요.」

「그들은 배우자의 가족이지, 내 가족이 아니에요.」 그는 일부러 〈배우자〉라고 했지만, 남자는 눈치채지 못한 것 같았다. 「전에는 만난 적도

1 접이식 좌석이 있고, 좌석을 젖혀 뒤쪽에도 짐을 실을 수 있도록 한 자동차.

103

없는걸요. 이 일이 있기 전에 말입니다.」

「참, 그렇죠. 병원에서 만났을 때 그런 말을 했죠.」 그는 생각에 잠긴 듯 중얼거렸다. 「혹시 부대에서 전화로 몇 가지 설명을 해드리지 않던 가요?」

「네. 오늘 아침에 전화가 와서 다 잘 처리되고 있다고 하더군요. 와서 알바로의 개인 소지품을 가져가도 좋다고 했어요. 그리고 며칠 내로 증명서도 보내 준답니다. 혹시 보험금을 청구하려면 서류를 제출해야 할 테니까 말이죠.」

「그런 망할 자식들이 있나!」 과르디아 시빌 대원이 버럭 고함을 질렀다. 「기어코 일을 저지르고 말았군. 또 그런 짓을 하다니, 정말 겁이 없구먼!」 그는 연기가 피어오르는 담배로 삿대질을 하면서 소리쳤다.

「또 그런 짓을 저지르다니, 대체 무슨 말입니까?」

그는 대답 대신 엉뚱한 질문을 했다.

「그 댁 사람들은 어떤 것 같습디까?」

마누엘은 적당히 둘러댔다.

「어떤 사람들인지 알 새도 없었어요.」 그는 거짓말을 했다. 그들이 어떤 사람들인지 알았지만, 굳이 그에게 밝히고 싶지는 않았다. 「겨우 두어 마디 나누었을 뿐이니까요.」

「내 생각에는…….」

「어찌 된 영문인지 속 시원하게 말해 줄 건가요?」

노게이라는 필터가 기분 나쁜 소리를 내며 타들어 갈 때까지 담배를 깊이 빨았다. 그러곤 테이블 위에 재떨이가 있는데도 꽁초를 아래로 휙 집어 던지고 구두코로 비벼 껐다. 마누엘은 그가 접시를 자기 쪽으로 끌어당기며 포크로 고기 한 점을 찍어 드는 모습을 못마땅하게 바라보았다.

「어찌 된 영문이냐 하면, 사실 알바로 무니스 데 다빌라 씨는 사고를 당하지 않았다는 겁니다. 적어도 사고 때문만은 아니라는 거죠.」 그 말을 듣고 마누엘은 어안이 벙벙해졌지만, 노게이라는 천연덕스럽게 고기를 입안에 집어넣었다. 그는 마누엘이 자기 말을 듣고 큰 충격을 받을 것으로 예상했다. 고기를 다 먹은 뒤 그는 설명을 시작했다. 「알바로 씨가 탑승한 차는 직선 도로 밖으로 이탈했습니다. 노면에 급브레이크를 밟은 흔적이나 사고 당시 주변에 차량이 있었다는 증거는 전혀 없었죠. 시체 안치소에서는 갑자기 상관이 나타나는 바람에 끝까지 이야기를 못 드렸지만, 승용차의 램프는 박살 난 정도는 아니더라도 깨져 있었고, 후면에는 흰색 페인트가 묻어 있었습니다.」

「네, 그 이야긴 들었습니다. 안 그래도 오늘 아침에 대위한테 전화가 왔을 때, 다시 물어봤어요. 그랬더니 이번 사고와는 아무런 관련이 없는 것으로 본다고 하더군요. 그 정도는 주차하면서 얼마든지 생길 수 있고, 며칠 전에 난 흠집일 수도 있다면서요.」

「그건 그렇죠. 그럼 무니스 데 다빌라 씨의 옆구리에 난 자상(刺傷)은 뭐라고 합디까?」 그는 다시 고기 한 조각을 삼키면서 말했다.

「자상이라뇨?」

「작지만 깊은 상처예요. 칼에 찔린 것 같은데, 크지는 않아도 상황이 굉장히 급박했던 걸로 보입니다. 누군가로부터 습격을 당한 뒤 그를 피해 차를 타고 무작정 달릴 만큼 말이에요. 다만 움직이지 못할 정도로 내출혈이 심했던 건 아닌 듯해요. 추측일 뿐이지만, 자동차가 도로 밖으로 이탈하기 전에 사망했다면 출혈 때문일 가능성이 높습니다. 주변에 도움을 줄 만한 사람이 없었다면 그랬을 수 있어요.」

「하지만 대위는 그것에 관해선 아무런 언급도 하지 않았어요.」

「당연히 안 했겠죠. 귀족 나리들이 칼에 찔려 죽는 일은 도통 없으니까요. 마약 중독자나 창녀들한테나 어울리는 일이죠. 하지만 알바로 무니스 데 다빌라 씨의 오른쪽 옆구리에는 자상이 있었습니다. 정확히 말하자면 하복부 쪽입니다. 사고 현장을 조사할 때 검시관이 이를 발견했죠. 그녀는 내 친구라서 지금이라도 부탁하면 만나 줄 겁니다. 이런 유의 일이라면 그녀도 넌더리를 내니까요.」

「이런 일이라뇨? 지금 무슨 말을 하는 거죠? 그러니까 알바로가 죽은 게 누군가로부터 습격을 받았기 때문이라는 겁니까? 아니면 사고로 인한 중증 외상, 그러니까 신체 손상 때문이라는 겁니까?」

테라스에는 아무도 없었지만, 노게이라는 주변을 둘러본 뒤 조심스럽게 입을 열었다.

「그의 죽음에 얽힌 정황을 볼 때, 의심스러운 점이 적어도 한 가지는 있단 이야깁니다.」

「그런 이야기를 왜 나한테 하는 거죠? 왜 아침까지도 단순히 사고사라고 한 겁니까? 그렇게 의심스러운 구석이 있으면 조사를 해야 하는 거 아닙니까?」

「안 그래도 말하려던 참입니다. 그의 죽음을 둘러싸고 여러 가지 사건들이 동시에 일어났는데, 우연의 일치라고 보기엔 석연치 않은 점이 너무 많아요. 앞으로도 조사할 것 같지는 않지만 말입니다. 하기는 이런 일이 처음은 아닐 겁니다. 알바로 무니스 데 다빌라 씨는 이 지역의 대지주 가문 사람이니까요. 그들은 누구라도 가문의 명예에 먹칠을 하면 어떤 대가를 치르면서라도 자신들의 명예를 지키려고 하죠. 오래전부터 내려온 부끄러운 전통입니다.」 그가 씁쓸한 표정을 지으며 말했다.

마누엘은 그 말이 무슨 뜻인지 곰곰이 되새겨 보았다.

「그러니까 지금 그 말은…….」

「태곳적부터 이 세상은 계급으로 나뉘어 있다는 겁니다. 우리는 평생 뼈 빠지게 일만 하다 죽죠. 물론 운 좋게 무사히 은퇴하는 이들이 있기는 하지만, 대부분은 가엾게 죽어 갑니다. 그런가 하면 우리 같은 사람들의 피와 땀으로 대대손손 먹고살아 온 지주와 귀족들도 있어요. 그런 사람들은 특별히 하는 일 없이 놀고먹으면서 쾌락만 좇고 살죠.」

「하지만 알바로는 여기서 산 적 없잖아요. 더구나 그는 절대…….」

「그분도 그런 사람들 중 하나였습니다.」 노게이라 중위가 단호하게 그의 말을 가로막고 나섰다. 「전에 만났을 때, 그에게 가족이 있는지도 몰랐다고 했죠? 하여간 그런 식의 말이었던 것 같아요. 지금까지 확인해 본 바로는 알바로 씨가 이중생활을 하고 있었던 게 분명합니다. 물론 어떤 일에 연루되었는지는 여전히 모르겠어요. 하지만 그는 겉으로 드러난 것과 전혀 다른 사람이었습니다.」

마누엘은 방금 들은 말을 이해하려고 애쓰면서 잠시 침묵을 지켰다. 그는 맞은편에 앉아 있는 남자를 바라보았다. 그의 속셈을 알아차리려고 애를 썼지만, 그가 그토록 분노하는 이유를 도무지 이해할 수가 없었다. 배신의 조짐이 점점 가시화되던 최근 몇 시간 동안 노게이라의 일거수일투족을 떠올려 보면 어디 한 군데 의심하지 않을 만한 구석이 없었다. 그 문제에 지나치게 신경을 쓴 탓인지 급기야 클린트 이스트우드의 충고가 떠올랐다. 마누엘은 충고를 따르기로 마음먹었다. 결론적으로 알바로는 여태껏 그에게 거짓말을 했고, 마치 사랑스러운 아기 다루듯 속여 온 셈이었다. 한마디로 모든 게 허튼소리이자 거짓이었다. 그랬다. 마누엘은 그 속임수에 넘어가 버린 바보 천치였다. 무엇보다 자신이 멍청이라는 사실을 인정하는 것이 가장 어려웠지만, 그렇게 할 수밖에 없었다. 그런 그가 앞으로 무엇을 할 수 있을까?

「앞으로 어떻게 될까요?」 마누엘이 심드렁하게 물었다.

그를 찬찬히 살펴보던 중위는 믿을 수 없다는 듯 양손을 벌렸다.

「무엇이 말이죠? 여태껏 하나도 듣지 않은 모양이로군요.」

「아뇨. 다 들었습니다.」

중위는 초조한 듯이 한숨을 푹 내쉬곤 다시 입을 열었다.

「앞으로 어떻게 될지 말씀드리죠. 아무 일도 일어나지 않을 겁니다. 이번 사건은 곧 종결될 테니까요. 사실 이미 매듭지어진 것이나 마찬가지예요. 공식적인 기록에 따르면, 다른 혐의점이 발견되지 않았기 때문에 알바로 무니스 데 다빌라 씨의 사인은 교통사고로 되어 있습니다.」

「하지만 당신은 그 결론을 받아들이지 않고 있잖아요. 그래서 앞으로 수사를 계속할…….」

그는 다시 담배를 꺼내 불을 붙이고는 이상한 소리를 내며 한 모금 빨았다.

「어제가 내 마지막 근무일이었습니다. 어제 자로 전역했거든요.」 그는 커피가 남아 있는 잔을 저쪽으로 치우며 말했다. 그 잔 속에 불쾌한 생각이라도 담겨 있는 것처럼 말이다. 「한 달 휴가를 다녀온 다음, 예비군에 편성될 겁니다.」

마누엘은 말없이 고개를 끄덕였다. 그가 제복을 입지 않고 온 이유를 그제야 알게 된 셈이었다. 공식적으로 그는 더 이상 과르디아 시빌의 중위가 아니었다. 물론 차 옆에 서서 기다리다가 그에게 다가왔을 때, 잠시 신분증을 내밀기는 했지만 말이다. 그래도 여전히 미심쩍은 구석이 있었다. 대체 저 남자는 여기서 뭘 하려는 걸까? 동성애자뿐만 아니라 알바로의 가족까지 저토록 혐오하면서……. 그렇다면 저자는 대체 뭘 원하는 걸까? 마누엘은 갑자기 의자를 뒤로 밀면서 몸을 꼿꼿이 세웠다. 이제 대화를 끝낼 참이었다.

「노게이라 중위님.」 마누엘이 조심스럽게 입을 열었다. 「여태까지 말씀 잘 들었습니다. 여러모로 걱정해 주신 데 대해 감사드리고요. 한 가지 궁금한 게 있어요. 말씀하셨다시피 사건은 이미 종결된 상태지만, 중위님은 그 결론에 동의하지 않는 유일한 분이잖아요. 이런 이야기를 내게 하는 이유가 뭐죠? 중위님이 주변 사람들을 설득할 수 없는 상황이라면, 내가 대체 뭘 할 수 있겠어요?」

「할 수 있는 게 많죠. 선생은 그 가족의 일원이니까요.」

「그렇지 않아요.」 마누엘이 씁쓸한 표정을 지으며 말했다. 「나는 가족이 아니에요. 여태껏 그랬던 적도 없는 것 같고요.」

「그렇지 않아요. 선생도 어엿한 가족입니다.」 노게이라는 단호하게 잘라 말했다. 「그래서 말입니다만, 선생이 도와주기만 한다면 우리가 종결된 수사를 본격적으로 진척시킬 수 있어요.」

「하지만 이제 더 이상 과르디아 시빌 소속이 아니라고 하셨잖아요.」

그 순간 구름 한 점이 지나가면서 노게이라의 눈빛이 어두워졌다. 잠깐이지만 마누엘은 그가 어떤 일에서든 쉽게 물러서지 않는 사람일 거라는 확신이 들었다. 그런데 어째서인지 노게이라는 자제하는 기색이 역력했다. 그로서는 속엣말을 시원스럽게 하기가 껄끄러울 수도 있겠다는 생각이 들었다.

「그는 당신의…… 당신의 배우자였습니다. 그러니까 마음만 먹으면 당신은 검시를 요청할 수도 있어요.」

놀란 표정으로 그를 바라보던 마누엘은 고개를 가로저었다.

「아뇨, 그건 안 돼요. 당신은 전혀 이해를 못 하는군요. 난 방금 그 사람을 땅에 묻었다고요. 삶을 함께했던 사람을 말이에요. 물론 당신한테는 별문제가 아닐 수도 있겠죠. 하지만 나는 우리가 함께했던 소중한 삶을 그의 곁에 묻었어요. 그가 어떤 사건에 휘말렸든, 마지막 순간에 누구와 함께 있었든, 그건 내가 관여할 바도 아니고 상관도 없는 문제예요. 나는 한시라도 빨리 여기를 떠나 집으로 돌아가고 싶을 뿐이라고요. 이 악몽 같은 일들을 깨끗이 잊고 싶단 말입니다.」 그는 자리를 박차고 일어나며 말했다. 「여러모로 신경을 써주셔서 고맙습니다. 하지만 이제 더 이상 견딜힘이 없어요.」 그가 손을 내밀어 악수를 청했지만, 노게이라는 거들떠보지도 않았다. 그 대신 마누엘의 눈을 빤히 쳐다보며 어깨를 으쓱하더니 주차장 쪽으로 고개를 돌렸다.

「알바로는 살해된 겁니다.」 노게이라가 그의 등에 대고 말했다.

마누엘은 얼어붙은 듯 그 자리에 멈춰 섰다.

「그는 사고로 죽은 게 아니에요. 살해된 겁니다. 이대로 그냥 넘어가면 모든 게 묻힐 거예요. 평생 그 짐을 안고 살 수 있겠어요?」

마누엘은 온몸이 마비된 듯 그 자리에 꼼짝 않고 서 있었다. 그 순간 어떤 느낌이 들었는지, 혹은 무엇을 하려고 했는지는 더 이상 중요치 않았다. 무시무시하면서도 불가해한 어떤 힘이 그를 현실로 내던져 버린 이상, 자신에게 어떤 상황이 닥치든 별반 차이가 없었다. 그는 막막한 현실 앞에서 할 일은커녕 아무런 열의도 갖지 못한 채 무기력에 빠져 허우적거렸다. 그저 세상이 흘러가는 대로 따라가기만 했다. 누구라도 마누엘처럼 주변의 모든 것이 적대적으로 여겨지는 상황에 처하면 문제를 찾아 나서기보다는 클린트 이스트우드의 조언을 따를 수밖에 없었으리라. 그러던 차에 불쾌하기 짝이 없는 저 남자가 나타나 그에게 치욕의 상처를 안긴 것이었다. 그 순간 그는 자신의 손을 떠난 폭탄이 터지면서 충격파가 온몸을 강타해 정신이 흐릿해지는 듯한 느낌을 받았다. 얼마 뒤 정신이 돌아왔다. 아니, 단 몇 초 사이의 일이었는지도 모른다. 그는 왔던 길을 되돌아가서 천천히 의자에 앉았다.

그가 돌아오자 노게이라는 물론 쾌재를 불렀겠지만 겉으로는 감정을 드러내지 않았다. 오히려 느긋한 표정을 지으며 담배 연기를 깊게 들이마셨다. 다급해진 마누엘이 물었다.

「이제 뭘 할 생각이죠?」

노게이라는 필터 끝까지 타들어 간 꽁초를 바닥에 내던지고는 테이블에 팔꿈치를 괸 채 몸을 앞으로 기울였다. 그는 주머니에서 작은 검은색 수첩을 꺼내더니 검은 글씨가 빼곡히 적힌 페이지를 펼쳤다.

「가장 먼저 할 일은 검시관을 만나서 이야기를 나누는 겁니다. 그래야 제가 드린 말씀에 대한 의구심을 말끔히 씻을 수 있을 테니까요. 그런 다음, 알바로 씨의 최근 행적을 재구성해 보는 거죠. 어디에, 누구와 함께 있었는지, 또 누구를 만났는지 알아내야 합니다. 그리고 가능하면 지난번에 여기 왔을 때 뭘 했고 일상생활은 어땠는지, 또 어딜 갔는지도 알아봐야 할 겁니다. 전반적으로는 내가 지휘하겠지만, 앞서 말한 것들은 선생이 직접 나서서 처리해야 할 거예요. 그래도 의심하는 사람은 없을 테니 걱정하지 마세요. 그건 선생의 당연한 권리인 데다, 사랑하는 이가 갑자기 세상을 떴을 때 그가 왜 죽었는지 알아보는 건 가족으로서 너무나 당연한 일이니까 말입니다. 만일 조사 과정에서 이를 불쾌히 여기는 사람이 있다면, 그는 이 사건과 모종의 관련이 있을 가능성이 높아요. 그리고 미리 말씀드리지만, 선생의 입장에서는 이런 일을 하는 것이 탐탁지 않을 수도 있습니다. 어떤 사건이든 파헤치다 보면 종종 구석에 묻혀 있던 추악한 사실들이 하나둘씩 떠오르기 마련이니까요.」

마누엘은 고개를 끄덕였다.

「그렇겠죠.」 그는 힘없는 목소리로 수긍했다.

「한 가지만 더요. 선생이 조사 과정에서 뜻밖의 사실을 발견하게 되면 해를 입을 수도 있습니다. 내 예감은 거의 틀린 적이 없습니다만, 왠지 무니스 데 다빌라 씨가 멍청한 짓을 저지른 것 같아요. 그런데 내가 그의 행적을 조사하고 있다는 게 드러나면 문제가 심각해질 겁니다. 사실 나는 너무 오랫동안 일했어요. 그 덕분에 아직 연금도 못 탔으니 말이죠. 하여간 지금까지 이 사실을 아는 건 선생과 나밖에 없어요. 참, 검시관도 있군요. 하지만 난 그녀를 철석같이 믿습니다. 만약 우리 세 사람 외에 다른 이가 이 사실을 알게 된다면, 선생이 누설한 걸로 간주할 겁니다. 정말 그런 일이 일어난다면, 선생을 산으로 끌고 가서 총으로 쏴 버릴 테니까 그런 줄 아세요. 무슨 말인지 알겠어요?」

「네, 잘 알겠습니다.」 마누엘은 짧게 대답했다. 노게이라라면 그러고도 남을 사람이라는 생각이 들었다.

노게이라는 시계를 힐끗 쳐다보았다.

「그 검시관으로 말하자면, 다년간의 경험을 갖춘 최고의 전문가죠. 3시에 교대 근무가 끝나니까, 지금쯤이면 집에 도착했을 겁니다. 아마 우리를 기다리고 있을 거예요.」

「내가 어떻게 나올 줄 알고 미리 약속을 잡아 둔 거죠?」

노게이라는 당연하다는 듯 가볍게 어깨를 으쓱했다.

「내 제안을 거부할 리가 없다고 생각했으니까요. 만약 그랬다면, 수상하다고 여겼을 겁니다.」 그는 곁눈질로 마누엘을 힐끔거리며 말했다. 「선생 차는 여기에 두고, 내 차로 가죠. 여관에 방을 잡아 두었습니다. 괜찮으면 그곳에 잠시 머무셔도 되고요. 우선 은행 계좌 정보와 최근 거래 명세서가 필요할 겁니다. 그러니까 선생의…… 가족 되시는 분 것 말이에요. 현재 채무가 남아 있는지도 알면 더 좋고요. 알바로 씨의 부친인 노 후작은 감언이설로 사채업자 같은 이들을 구워삶는 데 일가견이 있는 분이었죠. 잘은 모르지만, 최근에 그들이 다시 활개를 치는 것 같더군요. 하여간 누가 상속을 받았는지 알면 좋을 것 같습니다. 좀 이른 감은 있지만 말이에요. 선생이 재치 있게 기회만 잘 활용한다면 전날 함께 있었던 공증인의 입에서 뭔가 나올 거예요. 어쨌거나 선생은 그의…… 가족이니까 말입니다. 그리고 되도록 빨리 병원과 과르디아 시빌 부대에 들러 알바로 씨의 소지품을 달라고 하세요. 아마 오펠리아가 조만간 그의 옷을 다시 검사할 겁니다. 우리는 휴대 전화를 살펴볼 거니까, 유품을 찾을 때 그것이 있는지 꼭 확인하세요. 그리고 통신사에 들러 피해자의 통화 기록을 발급해 달라고 하는 게 좋겠군요. 뽑아 주면 쭉 훑어보되, 옛날 것까지 다 확인하십시오. 만약 못 해준다고 버티면, 제일 마지막에 청구된 요금을 환불해 달라고 으름장을 놓으세요.」

「그럴 필요 없어요.」마누엘이 그의 말을 가로막고 나섰다. 「전화 요금 청구서는 인터넷으로 확인할 수 있으니까요. 요금뿐만 아니라, 통화 기록도 상세하게 볼 수 있거든요.」

노게이라는 인자한 표정으로 그를 바라보았다. 하지만 그의 동정 어린 표정을 보자, 마누엘은 그가 자기를 의심하거나 비웃는 것보다 더한 모욕감을 느꼈다. 마누엘은 말없이 시선을 떨어뜨렸다. 그의 얼굴이 수치심으로 붉게 달아올랐다. 〈우리 사이엔 어떤 비밀도 없다는 말만 하면 됐을 텐데……. 나는 정말 바보 천치야.〉 그는 속으로 중얼거렸다.

노게이라는 앞으로 조사해야 할 항목을 하나하나 나열했다.

「계좌, 수첩, 통화, 유품 그리고 승용차도 넘겨 달라고 하세요. 아마 과르디아 시빌 부대의 보관 창고에 있을 테니까요. 내가 직접 보면 좋겠는데……. 우선은 이 정도면 될 것 같군요.」말이 끝나기가 무섭게 그는 수첩을 주머니에 집어넣고는 몸을 뒤로 젖히면서 담배를 피워 물었다.

마누엘은 조금 전에 노게이라가 그랬던 것처럼 몸을 앞으로 숙이고 테이블 위에 팔을 괴었다.

「말씀드릴 게 두 가지 있어요. 첫 번째로 나는 알바로 무니스 데 다빌라가 남긴 전 재산의 상속인입니다. 어제 공증인이 유족들 앞에서 유언장을 낭독했어요. 현재 가문 명의의 채무 관계가 모두 변제되었기 때문에 재정은 실제로 매우 양호한 상태랍니다. 그런데 나는 오늘 오전에 유언 집행인한테 3개월 후에 유언의 법적 효력이 발생하는 즉시 상속받은 재산을 모두 포기하겠다는 뜻을 유가족에게 전해 달라고 했어요.」

그 말을 듣자 노게이라는 놀랐는지 눈을 치켜떴다. 그가 그런 표정을 짓는 것은 처음이었다.

「그래요? 그렇다면 자칫 선생이 주요 용의 선상에 오를 수도 있을 텐데요. 하지만 상속을 포기했으니 일부 혐의…… 그러니까 최소한 경제적인 동기에 의한 범죄 혐의만큼은 벗을 수 있겠군요.」 노게이라는 슬쩍 농담을 던진 뒤 슬며시 미소를 지었다.

마누엘은 그를 사나운 눈초리로 쏘아보았다.

「그리고 두 번째로 알바로는 내 사촌도, 처남도 아닙니다. 그는 내 배우자였어요. 그 말을 입 밖에 내기가 그렇게 거슬리면 그냥 〈알바로〉라고 하세요. 앞으로 〈가족〉이라든가 〈피해자〉라는 말은 절대 쓰지 말라고요.」

그러자 노게이라는 피우던 담배를 바닥에 내던지고 자리에서 벌떡 일어났다.

「알았어요.」 노게이라는 마누엘이 여태껏 손도 대지 않은 채 남겨 둔 비프스튜가 못내 아쉬운 듯이 슬쩍 쳐다보고는 차를 향해 성큼성큼 걸어갔다.

노게이라의 BMW는 구형 모델인 데다, 차체가 우중충한 색조로 도색되어 있었다. 심지어 자동차 윗면에는 습기로 인해 부식된 흔적이 허옇게 남아 있었고, 실내도 그리 청결하지 않았다. 다만 시트커버는 최근에 진공청소기로 청소를 했는지 비교적 깨끗했고, 계기판에 씌운 가죽도 얼마 전에 윤을 낸 듯 반짝거렸다. 에어컨 통풍구에는 방향제가 걸려 있었다. 그가 차 안에서만큼은 담배를 피우지 않는 것이 분명했다. 그는 운전하는 내내 단 한 마디도 하지 않았다. 어색한 침묵이 이어지면서 좁은 공간에 숨소리만 가득 들어찼다. 라디오라도 틀면 좋으련만. 마누엘은 속이 타들어 가는 것만 같았다. 그가 노게이라와 함께 있는 것이 얼마나 역설적인 상황인지 분명하게 드러내 주는 셈이었다.

커브 길과 비탈길이 이어지는 가운데, 노게이라는 법정 제한 속도를 지키며 운전했다. 그는 기어를 저속으로 바꾸면서 샛길로 접어들었고,

그 틈을 이용해 담배 한 개비를 꺼내 물었다. 하지만 어느 집 철문 앞에 차를 세울 때까지 불을 붙이지 않은 채 담배를 입에 물고만 있었다. 다양한 털빛을 가진 크고 작은 개 네 마리가 그들을 향해 사납게 짖어 댔다. 노게이라는 차에서 내리자마자 담배에 불을 붙이고, 철문의 쇠창살 사이로 손을 넣어 빗장을 열었다. 누군지 알아본 개들이 이내 반갑다고 꼬리를 흔들며 달려들었지만, 그는 손으로 물리치며 앞으로 걸어갔다. 닭 쫓던 개 꼴이 된 녀석들은 그제야 마누엘에게 관심을 두기 시작했다.

집의 옆문에서 쉰다섯 정도 되어 보이는 여자가 모습을 드러냈다. 그녀는 체구가 왜소하고 무뚝뚝해 보였으며, 어깨에도 닿지 않을 정도로 짧은 머리를 머리띠로 올려 얼굴이 훤히 드러나 있었다. 계속 달려드는 개들과 실랑이를 벌인 끝에 그녀가 노게이라의 뺨에 두 번 입을 맞추었다. 두 사람을 집 안으로 데리고 들어간 뒤 그녀는 마누엘에게 반지나 팔찌를 끼지 않은 억센 손을 내밀어 악수를 청했다. 그러곤 환한 미소를 지었다. 누구에게나 쉽게 호감을 주는 미소였다.

「저는 오펠리아예요.」 그녀는 직책이나 직업은커녕, 성도 밝히지 않고 단지 이름만으로 자기를 소개했다.

노게이라가 짐작했던 대로 그녀는 두 사람을 기다리고 있었다. 부엌에서 맛있는 냄새가 진동하는 걸 보면, 한참 전부터 준비를 한 모양이었다. 거실의 흰 식탁보 위에는 이미 세 잔의 커피와 먹기 아까울 정도로 예쁜 비스킷, 그리고 작은 잔에 미리 따라 놓은 백포도주 한 병이 놓여 있었다.

「무엇보다 이곳까지 와주셔서 뭐라 감사의 말씀을 드려야 할지 모르겠어요. 사실 우리는 선생님이 어떻게 생각하실지 전혀 예상할 수가 없었거든요.」

마누엘은 심드렁하게 고개만 끄덕였다.

「두 분 다 아시다시피 우리 말고는 이런 사실을 아는 사람이 없어요.」 그녀는 노게이라가 마누엘을 노려보며 쉰 목소리로 했던 경고를 상기시켰다.

「나는 지난 토요일 새벽부터 일요일까지 근무를 섰습니다. 새벽 1시 45분쯤 과르디아 시빌에서 급한 연락이 왔어요. 교통사고가 났다고 말이죠. 곧바로 구급차가 사고 현장으로 출동했지만, 도착했을 때는 이미 늦은 뒤였어요. 그곳까지 가는 데 20분이나 걸렸거든요.」 그녀는 한숨을 쉬고 말을 이었다. 「지금부터 내가 드리고자 하는 말은 아주 가슴 아픈 이야기일 수도 있습니다. 견디기 어려우면 당장 말해 주세요. 이야기를 중단할 테니까요.」

마누엘은 천천히 고개를 끄덕였다.

「승용차는 분명히 직선 도로를 벗어났지만, 이상하게도 도로나 들판에 브레이크를 밟은 흔적이 전혀 없었어요. 차는 그렇게 들판을 가로질러 50미터 정도 나가다가 경계에 세워진 벽에 부딪히면서 멈춰 섰습니다. 선생님의 배우자는 이미 사망한 상태였는데, 무언가에 베인 듯 눈썹 위쪽에 상처가 있었어요. 아마 자동차가 벽에 충돌하는 순간 핸들에 부딪히면서 생긴 상처 같아요. 당시 차의 위치뿐만 아니라 벽이 크게 파손되지 않았다는 점 그리고 에어백이 작동하지 않았다는 점을 종합해 보면, 차가 도로를 벗어나면서 속도가 크게 줄었는데 이때 운전자는 이미 의식을 잃은 상태였던 것으로 보입니다. 그렇지만 눈썹 위의 상처에서 피가 한 방울도 나지 않았다는 게 좀 의아하더군요. 일반적으로 그런 상처는 출혈이 심하거든요. 자줏빛으로 변한 상처 부위를 자세히 살펴본 다음, 몸 어디에 또 다친 곳이 없는지 찾아보았죠. 그러다가 복부가 벌겋게 부어 있는 걸 발견했어요. 모양새로 봐서는 내출혈로 인한 염증의 흔적 같았어요. 언뜻 보기에 그 외에는 상처가 없었습니다. 그런데 시신을 들것에 올리다가 셔츠 안쪽에서 날카로운 것에 찔린 걸로 보이는 작은 상처를 발견했어요. 대략 폭이 2센티미터, 그리고 깊이가 15센티미터가 넘는 깊은 열상(裂傷)이었죠. 제 판단으로는 사고와 아무런 관련이 없는 상처였습니다. 차 안을 샅샅이 뒤져 봐도 그런 상처를 입힐 만한 것이 전혀 없었으니까요. 사망 원인이 비교적 명확한 교통사고의 경우에는 부검이 이루어지지 않아요. 보통 사망 진단서를 작성한 뒤, 서명

115

만 하면 끝이죠. 제가 시신을 병원 법의학 연구소로 보내도록 요청한 것은 선생의 배우자가 이미 사망한 상태였기 때문에 승용차가 도로를 이탈한 것이지, 그 반대가 아니라는 합리적 의심 때문이었습니다. 그런데 우리가 차 안에서 증명 서류를 발견하고 신원을 확인할 때, 갑자기 거기 있던 이들이 수군거리기 시작하더군요. 죽은 사람이 바로 무니스 데 다빌라라는 겁니다. 하여간 시신을 병원으로 이송한 다음, 부검할 준비를 하고 있는데 당장 취소하라는 요구를 받았어요. 사망자의 신원을 알아낸 누군가가 이미 사망 원인이 교통사고로 밝혀진 마당에 굳이 검시를 해서 유가족을 더 고통스럽게 만들 필요가 있겠느냐는 뜻을 전달한 거예요. 물론 나는 단호하게 거부했죠. 그랬더니 이건 상부의 지시라서 더 이상 재론의 여지가 없다고 하더군요.」

「그럼 누군가 부검을 중단하도록 지시했다는 겁니까?」 마누엘이 못 믿겠다는 듯이 반문했다.

검시관은 쓸쓸한 미소를 지었다.

「여기서는 모든 일이 교묘하게 이루어지죠. 중단하라고 지시한 것이 아니라, 유가족의 고통을 덜어 주라고 권유했으니까 말이에요.」

「담당자의 의견을 묵살한 채 말입니다.」 노게이라가 끼어들며 말했다.

「그렇다니까요.」 그녀는 그의 말에 맞장구쳤다.

「그런데 대체 누가 그런 권유를 했다는 거죠? 혹시 그의 가족이……」 마누엘이 물었다.

「그렇지는 않을 거예요.」 노게이라가 나서며 말했다. 「그들이 굳이 그런 요구를 할 필요가 없으니까요. 이미 설명해 드렸다시피, 무니스 데 다빌라 가문은 이곳에서 수 세기 동안 권력을 행사해 오고 있어요. 과거에는 봉건 영주로서, 나중에는 지주로서 말입니다. 그들 말고는 누구도 편하게 살아 보지 못한 이 땅에서 말이죠. 그런데도 이곳에서는 그 가문 사람들이 어떤 이들이든, 또 어떤 행동을 하든지 간에 무조건 존경한다는 걸 선생도 꼭 알아 두셔야 할 겁니다. 지난 수백 년 동안 그들은 온갖 특권을 누리면서 악행과 추행, 그리고 방종을 일삼아 왔을 뿐만 아니라, 이런저런 사소한 범죄 또한 수없이 저질렀죠. 그들이 아무리 못된 짓을 저질러도 다들 묵인해 주었습니다. 굳이 봐달라고 간청할 필요도 없었죠.」

마누엘은 두 손을 모은 채 생각하려고 애쓰면서, 길게 숨을 내쉬었다.

「그럼 박사님은 알바로가 살해되었다고 생각하세요?」

「네, 그렇게 생각하고 있어요. 그런 상처는 저절로 생기지 않으니까요. 제 판단으로는 분명 길고 뾰족한 물체에 찔린 겁니다. 가령 단도나 긴 송곳 같은 것 말이죠. 찔리고 나서도 차에 탈 정도의 힘은 남아 있었지만, 곧바로 출혈이 일어난 것 같습니다. 내출혈이었던 셈이죠. 눈썹 위의 상처 외에 혈흔이 전혀 없었던 것도 바로 그 때문입니다. 내출혈로 인한 쇼크 때문에 결국 의식을 잃고 도로를 벗어난 거예요. 그가 어디를 가려고 했던 건지는 모르겠어요. 어쩌면 중상을 입은 가운데 얼마간 의식이 있어서 도움을 구하려고 했던 건지도 모릅니다. 그가 운전한 방향으로 50킬로미터 정도 떨어진 곳에 군(郡) 병원이 하나 있으니까요. 그게 아니면 자신을 습격한 자로부터 멀어지려고 했던 것인지도 모르죠. 사실 그가 어디에서 피습을 당했는지, 그리고 의식을 잃기까지 얼마나 운전을 했는지 현재로서는 알 방도가 없습니다.」

마누엘은 손으로 얼굴을 감쌌다. 요 며칠 사이에 오르락내리락하던 열이 다시 머릿속에서 불덩이처럼 타오르는 것만 같았다. 그래도 차가운 손을 눈에 대자 좀 살 만했다. 계속 그러고 있는데, 작으면서도 억센 손이 무릎 위에 와 닿는 것이 느껴졌다. 그는 박사를 보기 위해 얼굴에서 손을 뗐다. 그 순간 그녀의 눈빛에서 단호한 의지, 어쩌면 희망을 찾을 수 있었다.

「얼마나 고통스러웠을까요? 그러니까 제 말은 상처가 그렇게 깊다니까……. 아, 생각만 해도 끔찍하군요. 그 정도로 깊이 찔렸는데 어떻게 운전을 할 수 있었을까요?」

「일단 찔리면, 순간적으로 극심한 통증을 느끼지만 금세 가라앉기 마

117

런이죠. 그런 종류의 상처는 대부분 치명적이지만 그렇게 고통스럽지는 않아요. 상처를 입고도 내출혈로 인해 온몸에서 힘이 빠질 때까지 사태의 심각성을 깨닫지 못하는 게 보통입니다. 하지만 의식이 혼미해지기 시작하면 이미 너무 늦은 거죠. 뭉툭한 상처는 밖으로 벌어진 자상처럼 출혈이 두드러지지 않아요. 정상적인 자세로 있으면 찢어지거나 베인 부위가 자연스럽게 붙는 경우도 있고, 외상의 크기도 벌레한테 쏘인 정도밖에 되지 않기 때문이죠. 송곳을 빼낼 때 느꼈던 고통도 대개 사라지면서 어느 정도 견딜 만해요. 이는 수많은 사례를 통해 밝혀진 사실입니다. 특히 교도소에서 이런 부상이 흔히 일어나요. 거기서는 생활용품의 끝을 갈아서 송곳으로 만들어 쓰는 일이 비일비재하니까요. 안에서 싸우다가 흉기에 찔린 사람이 몇 시간 뒤 감방 바닥에 쓰러진 채 죽어 있는 경우도 많아요. 물론 본인은 부상의 심각성에 대해 전혀 모른 채 죽겠지만요. 그러니 이를 눈치채지 못했다고 해서 이상한 건 아니죠. 노게이라 중위도 그 순간 저와 같은 생각을 했대요. 우리는 이를 살인 사건으로 다루려고 하다가 누군가로부터 똑같은 권유를 받았던 거죠. 선생의 존재를 알게 되었을 때, 선생도 이 사건의 진실을 알고 싶어 할 거라고 생각했어요.」

「그렇다면 누군가 부검을 중단하라고 권유한 것이 근본적으로 살인일 가능성이 있는 사건에 대한 수사를 미리 차단하려는 의도라고 보시는 건가요?」

박사는 한동안 차가운 눈빛으로 그를 쳐다본 뒤, 입을 열었다.

「솔직히 말하자면, 그렇게 보지는 않아요. 어떤 면에서는 말이죠, 우리도 사회와 관습에 깊게 뿌리내린 악습의 피해자예요. 특권 계층에 무조건 굴종하는 태도 말입니다. 그건 일종의 인플루엔자와 같아서, 어떤 것이든 여태까지 해오던 대로 해야 한다는 식의 논리를 무조건적으로 받아들이게 되죠. 가령 어떤 경우라도 시장의 자녀들한테는 절대로 교통 법규 위반 범칙금을 부과하지 않아요. 보통 사람들이 법을 위반하거나 불복하면 당장 체포되겠지만, 정치인들이나 사회 고위층은 슬그머니 넘어가는 경우가 대부분입니다. 이런 점을 감안하면, 사고 피해자의 성명을 확인한 누군가가 가문의 명예를 더럽힐 수도 있는 어떤 사건을 무마하기 위해 미리 손을 썼다고 볼 순 있겠죠.」

눈이 휘둥그레진 마누엘이 물었다.

「그러면 살인자가 아무런 처벌을 받지 않는데도 말입니까?」

「물론 증거가 분명하다면 그럴 리는 없겠죠. 하지만 이미 말씀드렸듯이 폭력의 흔적을 찾기가 어려웠습니다. 사고 당시 알바로는 검은색 셔츠를 입고 있어서 찢어진 자국이 눈에 띄지 않았어요. 더군다나 외출혈의 흔적이 있었으면 상처를 확인할 수 있었을 텐데, 그마저도 없었고요. 나 같은 전문가는 복부에 발생한 가벼운 염증을 보고 금세 내출혈일 수도 있다고 판단하지만, 문외한들은 그게 염증인지조차 모르거든요. 또 시신에서 싸움이나 방어의 흔적도 전혀 찾을 수 없었습니다. 하여간 어떤 상황에서 도로를 이탈했는지 지금으로서는 알 수가 없다는 거예요. 그래도 노게이라 중위는 무언가 수상한 점이 있음을 직감적으로 알아차렸지만, 이 분야에 경험이 부족한 이들이 보기에는 단순한 교통사고에 불과했을 겁니다. 가령 졸음운전을 했다거나 시신에서 알코올 냄새가 풍겼다면 도로에 차가 없는 시간이다 보니 만취 상태에서 운전을 했다는 의심을 피하기 어려웠겠죠. 귀족 가문의 사람들은 어떻게든 이런 종류의 사건에 휘말리지 않으려고 합니다. 하여간 부검을 시작하려고 하는데, 그 사고에 대한 당국의 공식적인 발표가 이미 돌고 있더군요. 제가 경험한 바로는 어떤 조직의 톱니바퀴가 일단 돌아가기 시작하면 몇몇 사람의 힘만으로는 멈추기가 불가능합니다.」

「한 가지 더 궁금한 게 있어요. 두 분은 왜 이런 일을 하려는 거죠? 물론 옳은 일이라는 건 나도 잘 알아요. 하지만 방금 말씀하셨다시피 그 과정에서 수많은 난관에 부딪힐 수도 있잖아요. 왜 굳이…….」

마누엘의 말이 끝나기도 전에 그녀가 대답했다.

「진부하게 들릴지도 모르지만, 그게 내가 해야 할 일이기 때문입니다. 내 업무이기도 하고요. 그래서 하려는 겁니다. 부검 테이블에 누워 있는 피해자의 시신을 볼 때마다 나는 그와 굳게 약속을 하는 기분이 들어요.

나라도 안 해주면 해줄 사람이 아무도 없을 것 같아서요.」

박사의 말이 옳았다. 그녀의 말은 진부한 만큼이나 신빙성이 있었다. 마누엘은 고개를 끄덕이다가, 뭔가 못마땅한 듯 혀를 쯧쯧거리고 있는 노게이라를 보았다. 피해자와 약속을 한 것도 아니고 마땅히 해야 할 의무를 행하는 것도 아니라면, 저 남자는 왜 굳이 무모한 일에 뛰어들려는 것일까? 그 이유를 도통 짐작할 수가 없었다. 그가 마음속에 품고 있는 상류 계급에 대한 반감과 동성애 혐오 그리고 기성 체제에 대한 반항심 등을 감안하고도 어떤 강력한 이유가 있는 것이 틀림없었다. 마누엘은 그가 수상한 이유를 숨기고 있지 않기만을 바랐다.

「그게 전부예요?」 마누엘이 뭔가를 캐내려는 듯이 물었다.

그녀는 그렇다고 했다.

「나는 누군가가 부당하게 내 일에 간섭하거나 내 권한을 침해하는 게 싫어요. 부검을 할지 말지를 결정하는 것은 업무 규정상의 문제지만, 일단 시신이 테이블 위에 있으면 전적으로 내 소관입니다. 누군가가 특권을 이용해 내 업무에 끼어드는 것은 딱 질색입니다.」 그녀는 고개를 끄덕이며 동의를 표하는 노게이라를 쳐다보면서 말했다.

오펠리아가 빈 잔에 다시 커피를 따랐다. 모두 잠자코 마시기만 했다. 다들 하고 싶은 말은 다 한 듯 입을 다물고 있자, 그들 사이에 어색한 침묵이 흘렀다. 따지고 보면 잘 알지도 못하는 이들이 피치 못할 사정이나 운명의 힘에 이끌려 모이게 된 것이다 보니 분위기가 거북할 수밖에 없었다. 노게이라는 박사에게 다시 한번 감사의 뜻을 표하면서 악수를 나눈 뒤, 차를 세워 둔 곳으로 걸어갔다. 반갑다고 달려들던 개들도 이제는 흥미를 잃었는지 현관에 엎드린 채 오후의 햇살을 받으며 꾸벅꾸벅 졸고 있었다. 그러면서도 녀석들은 실눈을 뜨고 그를 살펴봤다. 대문 앞에 이르자 노게이라는 그녀의 엉덩이를 가볍게 두드리고 입술에 재빠르게 키스를 하면서 작별 인사를 나누었다. 그녀는 미소를 지은 채 문을 닫았다. 그 광경을 지켜보던 마누엘은 그들 사이의 저런 애정 어린 접촉이 박사의 결단에 영향을 미쳤을지 생각해 보았다. 그는 적어도 부분적으로는 그럴 수 있다고 결론지었다. 반면 노게이라의 마음을 움직인 것이 무엇인지는 여전히 오리무중이었다. 불현듯 그가 그리 좋은 사람은 아닐 거라는 생각이 들기 시작했다.

비밀 정원

　그는 아침 일찍 잠에서 깼다. 여전히 텔레비전이 켜져 있었다. 전날 밤, 두 차례에 걸쳐 잠을 자려고 애썼지만 소용이 없었다. 여관이 너무 적막한 나머지 전날 나누었던 대화와 미처 하지 못했던 말이 머릿속을 계속 맴도는 것도 모자라, 어디선가 여섯 살쯤 된 아이의 울음소리가 들려와 도저히 잠을 이룰 수가 없었다. 하는 수 없이 그는 텔레비전을 켰다. 그러곤 희미하게 들릴 만큼 소리를 줄였다. 별것 아닌 것 같지만 그 소리는 자다가 가위에 눌리더라도 깨어나 정신을 차릴 수 있도록 해주는 구명줄이나 다름없었다. 그러면서 몇 시간이나 계속 클린트 이스트우드의 말을 되새기다 보니, 어느 순간 자신이 새로운 임무를 맡음으로써 거기에 있게 되었다는 걸 분명하게 깨닫는 듯했다. 깊이 잠든 다섯 시간 동안에는 허황된 꿈을 꾸었지만, 다행히 과거의 기억은 떠오르지 않았다. 그는 침대에서 일어나 샤워와 면도를 한 뒤, 마지막 남은 셔츠를 입기로 했다. 그 셔츠는 가방에서 처음 꺼낸 것인데도 어제 입은 셔츠만큼이나 초라해 보였다. 그나마 재킷 속에 받쳐 입으니 그럭저럭 봐줄 만했다. 그는 어젯밤에 작성해 놓은 목록을 한번 훑어본 다음, 여관 주인에게 부탁해 출력한 알바로의 전화 요금 청구서와 함께 반으로 접어 재킷 주머니에 집어넣었다. 주머니에 손을 찔러 넣는 순간, 아스 그릴레이라스에서 가져온 치자꽃이 부드럽게 손끝을 스치며 힘없이 늘어졌다. 그는 시든 꽃을 테이블 위에 올려놓고 밖으로 나갔다. 하지만 방문을 닫기 직전, 다시 안으로 들어와 그 꽃을 서랍 속에 집어넣었다.

아스 그릴레이라스의 정문 앞에 그리냔의 아우디가 서 있었다. 마누엘은 그 뒤에 차를 세우려고 했지만 그리냔이 창밖으로 손을 내밀어 자기 차를 따라오라고 손짓했다. 그들은 저택을 둘러싸고 있는 큰길가의 울타리 옆에 나란히 차를 세웠다.

차에서 내린 그리냔은 서둘러 마누엘의 차 문을 열었다. 그의 얼굴에 흡족한 미소가 번져 있었다. 전날 마누엘이 전화를 걸어 이곳에 며칠 더 머무르면서 아스 그릴레이라스를 방문하고 싶다는 뜻을 전했을 때, 그는 약속 시간을 정하는 것 말고는 별다른 말을 하지 않았다. 하지만 마누엘은 그가 소리 없이 미소 짓고 있음을 알아차렸다. 마누엘은 누구에게든 속마음을 들키고 싶지 않았다. 무엇보다 그렇게 보이는 것이 싫었지만, 이번만큼은 달랐다. 그가 자신의 속셈을 알아차렸다면, 오히려 더 쉽고 빠르게 일을 처리할 수 있을지도 모른다는 생각이 들었다.

「그럼 며칠 더 머무르기로 하신 거죠?」 그는 예감이 적중해서 만족스러운지 다소 들뜬 목소리로 말했다.

「그런 셈이죠. 그런데 궁금한 게 있어요. 알바로가 어린 시절을 보낸 곳이 어디죠?」

그리냔은 그의 얼굴을 빤히 쳐다보았다. 부담스러운 눈길을 피하기 위해 마누엘은 보도를 따라 걸음을 옮기기 시작했다.

「그것뿐이에요?」

「아무래도 이번 기회를 통해서 그의 가족에 대해 좀 더 알아 두는 게 좋을 것 같아서요.」

「아, 그건 좀 어려울 수도 있을 거예요.」 그리냔은 안타까운 표정을 지으며 말했다. 「산티아고와 카타리나 씨 부부는 오늘 아침에 여행을 떠났고, 후작 부인은 장례식 뒤로 건강 상태가 좋지 않아서요.」

마누엘은 장례식 날 며느리의 안내를 받으면서 묘지를 떠나던 노부인의 모습을 떠올렸다. 그날 부인은 부축이 필요 없을 만큼 꼿꼿한 자세로 그에게 눈길 한번 주지 않은 채 집으로 걸어갔다. 그가 의심스러운 눈빛으로 바라보자, 그리냔이 서둘러 해명했다.

「어제 선생이 이곳을 방문하겠다는 뜻을 전했을 때, 곧장 전화로 그들에게 이 사실을 알렸습니다. 그러니 부디 오해가 없기를 바랍니다. 그들에게 미리 연락을 한 이유는 예정에 없이 불쑥 찾아갔다가 혹시라도 불미스러운 사건이 일어나지나 않을까 걱정스러웠기 때문이에요. 소식을 듣고 후작께서는 선생께 안부와 더불어 양해를 구한다는 뜻을 전해 달라고 하셨어요. 이미 오래전에 여행사에 예약을 해둔 터라 도저히 일정을 바꿀 수 없다고요.」

그리냔은 워낙 눈치가 빠르고 입에 발린 말을 잘하는 터라, 자기가 섬겨야 할 주인이 누구인지 이미 정해 둔 상태였다. 그는 그냥 〈산티아고〉에서 단 몇 시간 만에 〈후작 나리〉로 변신한 새 주인에게 조금이라도 도움이 될 기회가 생기면 지체하지 않았다. 그가 오늘 집에 없는 것도 그리냔에게는 적이 다행스러운 일이었다. 그렇다고 그리냔을 나무랄 수도 없었다. 어제 그에게 전화했을 때 마누엘은 그저 아스 그릴레이라스를 보고 싶다고 했을 뿐이지 알바로의 가족과 만날 약속을 잡아 달라고 한 것이 아니었기 때문이다. 일은 결국 그렇게 되었다.

저택 옆길은 말발굽 모양의 작은 광장으로 이어졌다. 이곳을 따라가면 관리인들이 사는 곳이 나왔다. 광장 한구석에는 여러 개의 기둥을 나란히 세운 석조 현관이 있었는데, 거기로 들어가니 마구간이었다. 두 남자가 윤기 나는 털을 가진 잘생긴 말의 뒷발을 살펴보고 있었다.

「저 사람은 수의사예요.」그리냔이 설명했다.「저 말은 산티아고 씨가 가장 최근에 산 건데, 데려온 날부터 계속 말썽이네요.」

「말을 잘못 샀다는 건가요?」마누엘이 넌지시 물었다.

그리냔은 양팔을 벌리면서 고개를 갸웃거렸다. 자세로 봐서는 그 사실을 인정하는 것 같기도 하고, 아닌 것 같기도 했다. 끝내 대답은 하지 않았다.

「그 옆에 있는 이는 다미안이라고 하는데, 관리인이죠. 그는 장원의 일을 조금씩은 다 합니다. 마구간을 돌보거나 정원 손질을 하고, 자질구레한 수리와 보수 작업도 하고요. 또 장원에 외부인이 무단으로 출입하지 못하도록 아침저녁으로 정문을 여닫는 일도 합니다. 그는 아내인 에르미니아와 함께 여기서 살고 있어요. 그녀는 이 집의 가정부이자 요리사로 일하고 있는데, 노 후작의 자녀들을 도맡아 키우다시피 했죠. 한마디로 이 집을 총괄적으로 관리하는 셈입니다.」

「장원에서 일하는 이들이 모두 몇 명이죠?」

「글쎄요. 때에 따라 다릅니다. 우선 숙소에 사는 관리인들과 후작 부인을 간호하는 에스텔라 양이 있어요. 선생이 부인을 본 건 건강 상태가 비교적 양호할 때였습니다. 부인은 관절염이 심해서 이따금 몇 주 동안 거동조차 못 할 때도 있어요. 그래서 그 간호사는 팔로 부인을 들어 올릴 수 있을 만큼 힘이 세답니다. 에스텔라 양이 부인의 방에 거주하고 있는 것도 그런 이유 때문이죠. 그리고 사리타도 있군요. 그녀는 매일 아침 여기로 출근해서 에르미니아를 도와 집안일을 합니다. 카타리나와 함께 치자나무를 관리하는 비센테와 집사 역할을 하는 알프레도도 있어요. 참, 알프레도는 어제 장례식 때 봤을 겁니다. 무덤을 파던 이 말이에요. 그의 주 업무는 농장 일과 정원 관리 그리고 가지치기 등을 할 일꾼들과 도급 계약을 맺는 겁니다. 가끔 과실수를 보살피러 오는 남자와 소들을 돌봐 주는 목동도 있어요. 평소에는 여덟에서 열 명가량의 사람들이 저마다 맡은 일을 하고 있습니다. 밤이나 사과, 올리브 열매를 따거나 감자를 캐기도 하죠. 과거에 이 정도 규모의 장원들은 완전히 자립적인 세계로 여겨졌어요. 보신 대로 이 안에는 교회와 공동묘지도 있어서 작은 마을 같은 느낌이 듭니다. 아스 그릴레이라스는 우물과 농지를 갖추고 있을 뿐만 아니라, 여기서 2킬로미터 정도 떨어진 목장에서 소, 돼지, 양들을 키우고 있어요. 그리고 수력 제분소와 자체 올리브 착유장도 갖고 있습니다.」

그들이 다가가자 마구간에서 일하던 두 남자가 대화를 멈추곤 자리에서 일어났다.

그리냔은 그들에게 마누엘을 소개하면서, 여기에 왜 왔는지에 대해서는 언급하지 않았다. 수의사는 악수를 하면서 마누엘의 손을 꽉 쥐었다. 반면 다미안은 조금 떨리는 손으로 힘없이 악수한 뒤, 쓰고 있던 베레모를 벗더니 포도 덩굴처럼 가늘고 마른 손가락으로 말아 쥐었다. 그 자리를 뜬 뒤에도 마누엘은 등 뒤에서 다미안의 촉촉한 시선을 느꼈다.

「그리냥 씨가 여기 온 걸 보고도 별로 놀라는 눈치가 아니더군요.」 마누엘이 말했다.

「우리 공증 사무소에는 장원의 세부 운영과 일상 업무를 담당하는 회계 직원이 따로 있습니다. 저는 유언 집행인으로서 업무를 총괄하기에 일이 그렇게 많지는 않아요. 하지만 특별한 일이 없어도 틈날 때마다 이곳에 들르곤 합니다. 여기가 마음에 들거든요.」

그들은 말없이 양옆으로 나무들이 줄지어 서 있는 길을 따라 걸어갔다. 교회로 이어진 그 길에는 작은 돌멩이들이 깔려 있어서 걸음을 옮길 때마다 사각거리는 소리가 났다. 교회 앞의 원형 광장에 다다르자, 그리냥은 갑자기 걸음을 멈추더니 머뭇거리면서 손가락으로 묘지 쪽을 가리켰다.

「혹시 저기…….」 그리냥이 말을 잇지 못한 채 어물거렸다.

「아뇨.」 마누엘은 묘지 쪽으로 고개를 돌리지도 않고 딱 잘라 말했다.

그리냥이 굳게 닫혀 있는 교회 앞을 지나치면서 설명했다.

「교회 문은 늘 닫혀 있어요. 이 가문에서는 남자가 태어나면 교회 열쇠를 선사받게 되는데, 이를 평생 보관하는 것이 이곳의 전통이랍니다. 물론 그 열쇠는 교회 문을 열고 닫는 데 쓰이지만, 무엇보다 이 가문 대대로 내려오는 진기한 보물이기도 하죠. 그 전통은 이 가문이 교회의 중요한 후견인, 혹은 보호자 역할을 하던 시절로 거슬러 올라갑니다. 사실 이 가문은 과거에 막강한 권력을 지닌 어느 성직자로부터 비롯되었거든요. 그래서 누구든 교회 안에 들어가려면 자기 열쇠를 사용해야 합니다. 가끔 신부님이 여기 와서 미사를 집전할 때가 있어요. 그럴 때면 교회 문을 열고 닫는 일은 순전히 남자들의 몫입니다. 그렇지만 전통에 따라 아무리 엄격하게 관리한다 해도 불미스러운 일이 생기더군요. 얼마 전에 제단에 있던 오래된 은촛대가 감쪽같이 사라졌거든요. 산티아고

씨는 비슷한 거라도 찾으려고 사방팔방을 뒤지고 다녔다죠. 불행하게
도 지금은 슬픈…… 네, 그런 일이 있을 때만 교회 문을 엽니다.」 그는 말
을 잇지 못한 채 우물거렸다.

　교회 오른쪽으로는 좁은 오솔길이 구불구불하게 아래로 이어졌다.
그리냔은 구두가 불편하다고 투덜대더니 점점 걸음이 느려졌다. 그가
멈칫거리는 틈을 이용해 마누엘은 몇 미터 앞서 나가기 시작했다. 잠시
라도 그리냔의 손아귀에서 벗어나고 싶었다. 사실 장원에 도착한 직후
부터 그가 줄곧 그림자처럼 붙어 다니는 바람에 감시당하는 느낌이 들
었다. 마치 이송 중인 포로나 의심스러운 방문자가 된 것 같았다. 이내
등 뒤에서 그리냔의 거친 숨소리가 들려왔다.

　「이곳이 처음부터 아스 그릴레이라스라고 불렸던 건 아닙니다. 17세
기에는 산타클라라 장원이라고 불렸는데, 당시 왕의 총애를 받던 부유
한 수도원장 소유의 땅으로 알려져 있습니다. 그분은 이 가문의 먼 조상
이 되죠. 그가 세상을 뜨자 유일한 혈족이던 조카, 그러니까 산토 토메
후작이 재산을 물려받았어요. 그는 여기에 겨울 별장을 짓고 아스 그릴
레이라스라는 이름을 붙였죠. 제 생각인데, 그 이름을 들었다면 수도원
장은 죽어서도 고이 잠들지 못했을 겁니다. 말씀드렸듯이 그 이름은 이
지방 전설에서 유래했기 때문이죠.」

　비탈길을 다 내려왔을 무렵, 마누엘은 오래된 묘상[1]을 발견했다. 볕과
온기가 최대한 잘 들도록 계단 위에 돌로 된 모종판들이 얹혀 있었다.
거기서부터 넓게 평지가 펼쳐졌는데, 그 위에 누군가가 직선으로 반듯
하게 구획해 놓은 정원이 있었다. 정원에는 얼마 안 되는 장미꽃과 자줏
빛, 장밋빛 그리고 연보랏빛 방울 모양으로 벌어진 국화꽃이 사방에 흐
드러지게 피어 있었다. 하지만 쓰러지지 않도록 몇 그루씩 다발로 묶어
버리는 바람에 꽃들은 화려한 빛을 잃고 말았다. 마누엘은 그리냔을 기
다리지 않고 계속 흙길을 따라가 보기로 했다. 좀 더 가다 보니 여러 종

---

1 꽃이나 나무, 채소 등의 모종을 키우는 자리.

류의 식물들이 서로 뒤엉켜 터널처럼 둥그렇게 위를 덮고 있었다. 마치 전설이나 자궁 속에 들어온 듯 신비스러운 느낌마저 들었다. 길 끝에 이르자, 마찬가지로 인간의 손길이 묻어 있는 작은 숲이 나타났다. 둥그런 숲의 한가운데에 둥근 연못이 있었는데, 수련 잎이 잔뜩 내려앉아서 물은 거의 보이지 않았다.

지금까지 걸어 내려온 길과 자로 잰 듯이 반듯한 국화 정원 사이로 산책로가 깔려 있었다. 작은 돌멩이들이 서서히 모래가 섞인 부엽토로 바뀌었다. 그 덕분에 발소리가 훨씬 줄어들었을 뿐만 아니라, 식물이 많아 비가 잘 스며든 탓인지 습해 보이는 곳이 많았다. 땅바닥을 뒤덮은 덩굴 식물들이 살금살금 길 위로 넘어오고 있었는데, 일부러 방치해 둔 것인지는 몰라도 오히려 예뻐 보였다.

마누엘은 자기도 모르게 걸음을 늦추다가 거의 멈추어 선 채 살랑거리는 바람 소리를 들었다. 그러곤 유칼립투스 나무 꼭대기를 보기 위해 고개를 들었다. 유칼립투스와 무화과나무, 밤나무, 떡갈나무 그리고 다른 것에 비해 키가 작은 나무고사리[2] 가지들이 번갈아 가며 바람에 흔들리자, 안 그래도 어렴풋하던 하늘이 사라져 버렸다. 길은 다시 내리막으로 이어졌다. 습기로 인해 거무죽죽해진 데다 이끼로 덮인 돌계단이 군데군데 드러났는데, 이를 따라가다 보니 그늘지고 전망이 좋은 곳이 나타났다. 천사상의 부풀어 오른 뺨과 눈먼 괴물 석상[3]의 목구멍에서 오래된 쇠 파이프가 튀어나와 시원한 물이 콸콸 쏟아지고 있었다. 마누엘은 충동에 이끌려 좁은 길을 따라 올라가기 시작했다. 볕이 거의 들지 않아 눅눅한 흙냄새를 풍기던 길은 어찌나 구불구불한지 한 치 앞도 내다볼 수가 없었다. 그 길이 끝나는 곳에 이르자 간신히 하늘이 보였다. 9월의 따스한 햇볕이 내리쬐자, 고요한 초록빛 연못의 수면이 은빛으로 반짝거렸다. 물 밖으로 고개를 내민 예쁜 새싹들이 햇빛을 조금이라도 더 많이 받으려고 애를 쓰고 있었다. 연못 주변으로 오랜 세월 풍파를 견디느

2 줄기가 나무 모양을 이룬 고사리로, 열대나 난대 지방에서 자란다.
3 고딕 건축물에서 홈통이나 식수대의 주둥이 부분을 장식하는 괴물 형상.

라 지친 고목들의 뿌리가 약해져 이리저리 구부러진 채 드러났다. 어떤 나뭇가지는 수면에 닿을 정도로 휘어져 있었다. 땅 위로 불룩하게 솟아오른 나무뿌리 때문에 한때 연못 주변에 가지런히 자리 잡고 있었을 벤치마저 기우뚱하게 비틀어져 있었다. 어찌 보면 돌보는 이가 없어 버려진 채 기울어진 납골당 같았다. 땅이 울퉁불퉁해서 걷기가 여간 힘들지 않았지만, 마누엘은 그곳의 아름다운 경치에 매료되었다. 그는 그리냔을 의식해서 뒤를 돌아보았다. 그제야 그가 숨을 헐떡이며 다가오고 있었다.

「이곳은 정말이지…… 엄청나군요.」

「이 정원은 원래 잉글랜드에서 착상을 얻었습니다만, 거기에 대서양 스타일을 가미했죠. 시대마다 적어도 수십 명의 조경사와 정원사들이 당시 유행하던 양식으로 이 정원을 가꾸었다고 합니다.」 여전히 숨을 헐떡거리며 이끼로 뒤덮인 의자를 못마땅하게 살펴보던 그리냔은 이내 포기했는지 풀썩 주저앉았다. 「제 아내는 심장이 안 좋다고 늘 걱정입니다만, 오히려 제 심장이 더 문제인 것 같네요.」

마누엘은 그에게 눈길조차 주지 않았다. 고요한 정원에 매료된 그는 넋을 잃은 채 사방을 둘러보았다. 아무리 저택이라고 해도 어떻게 집 안에 이런 곳이 있을 수 있단 말인가. 이토록 멋진 정원이 한 개인의 소유라는 것이 도무지 믿기지가 않았다. 이런 곳에서 행복한 어린 시절을 보냈을 알바로를 생각하면서 그는 놀라움을 금할 수가 없었다. 그러자 갑자기 자신의 유년 시절이 아련하게 떠올랐다.

교통사고로 부모를 모두 잃고 졸지에 고아가 된 그와 누나를 거두어 준 사람은 어머니의 이모였다. 언제나 무거운 정적에 휩싸여 있던 집. 집 안에 아이들이 있는 것을 견디지 못하던 괴팍스러운 노부인. 세월이 지나면서 벽을 뚫고 방에 눌어붙은 것 같던 삶은 채소 냄새. 그들 남매가 유일하게 대화할 수 있는 장소이던 아파트의 발코니. 그 발코니에서 누나와 속삭이듯 나누던 대화. 앞 건물이 불그스레하게 물드는 것 외에 별다를 건 없지만 왠지 아름답게만 보이던 마드리드의 저물녘 풍경.

수명이 족히 1백 년은 돼 보이는 무화과나무 한 그루가 엄숙하게 연못을 내려다보고 있었다. 햇빛을 받아 두 가지 빛깔로 반짝거리는 나뭇잎들이 폭포처럼 쏟아져 내릴 것 같았다. 나무는 핏줄처럼 울뚝불뚝한 뿌리 때문에 위엄이 넘칠 뿐만 아니라, 스스로 살아 움직이는 듯했다. 거기 있는 인간의 힘이 아니라 자신의 욕망에 따르겠다는 듯이, 그리고 원하기만 하면 언제든지 그 자리를 떠날 수 있기라도 한 것처럼 말이다.

그 위풍당당한 자태에 사로잡힌 마누엘은 껍질에 손이 닿을 때까지 천천히 다가갔다. 나무껍질이 살아 있는 동물의 살갗처럼 부드럽고 따뜻했다. 그는 정확히 쳐다보지는 않았지만, 그리난 쪽을 돌아보면서 미소를 지었다. 며칠 사이에 처음으로 웃는 것이었다. 그러곤 쭉 펼쳐진 오솔길을 바라보았다. 저 멀리 어렴풋이 물레방아가 보였다. 그쪽으로 달려가고 싶은 충동을 억누르며 그곳을 향해 걸음을 옮겼다. 그리고 사암으로 만든 사자상 두 마리가 지키고 있는 돌계단을 따라 내려갔다. 사자상은 비바람에 닳아 어린아이가 그린 그림처럼 둥글둥글한 모습으로 변해 있었다. 그는 물레바퀴를 통과하면서 약해진 물길 옆으로 난 계단을 따라 오래된 기와지붕 건물 주위를 돌았다. 계단에는 양치류 식물들이 자라고 있었고, 그 옆 산비탈로 내려갈수록 수풀이 무성해졌다. 길모퉁이마다 미로처럼 길이 여러 갈래로 갈라지는 바람에 왔던 길로 되돌아갈 수밖에 없었다. 그러면 또다시 처음 보는 길모퉁이와 식수대 그리고 또 다른 풍경이 눈앞에 펼쳐지곤 했다. 마누엘은 무엇에 홀린 듯이 미소를 지었다. 그는 걸음을 옮길 때마다 그곳에서만 느낄 수 있는 특이한 혼란, 즉 고요하면서도 무질서한 아름다움 그리고 길들여진 야생의 분위기를 물씬 풍기는 수풀을 보며 감탄을 금치 못했다. 이런 곳에서 어린 시절을 보낸 알바로가 얼마나 행복했을지 생각했다. 그러자 별안간 길모퉁이와 굽잇길이 눈앞에서 사라지고 자신의 어린 시절 모습이 떠올랐다. 그가 천사상의 항아리에서 뿜어 나오는 물에 손을 갖다 대자, 어린 누나의 웃음소리가 물소리에 섞여 어렴풋이 들려왔다. 그 희미한 웃음소리는 시리도록 차가운 물방울로 변해 그의 살갗으로 튀어 올랐다. 그러자 구슬을 잃어버린 목걸이를 볼 때처럼 가슴이 시려 왔다. 그는 눈앞의 풍경과 어울리는 놀이들, 즉 달리기, 고함지르기, 숨바꼭질 등을 머릿속으로 떠올렸다. 그러면서 길모퉁이를 돌아 앞으로 나아갔다. 조금만 더 빨리 왔더라면, 땀이 흘러 앞머리가 이마에 달라붙은 채 웃음을 터뜨리며 양치류 식물들 사이로 도망치는 누나의 모습을 볼 수 있었으리라는 아쉬움이 남았다. 그는 그녀의 모습과 웃음소리를 조금 이라도 더 오래 간직하고 싶어서 눈을 감았다. 그러자 그녀가 바로 곁에 있는 것 같은 느낌이 들었다. 그는 웃음 띤 얼굴로 누나와 자신이 남긴 발자국, 그리고 둘이 놀다가 허공에 남겼을지도 모르는 흔적을 하나둘 씩 모으며 걸어갔다. 걸음을 옮길 적마다 그런 어린 시절을 보냈으면 좋았겠다는 생각이 들었다. 하지만 화가 난다든가, 쓸쓸하거나 서운한 감정이 들지는 않았다. 오히려 그가 느낀 감정은 멜랑콜리, 다시 말해 과거에 있지도 않을뿐더러 더 이상 존재할 수도 없지만 그렇다고 단념해버리기에는 너무 아름다운 그 무언가에 대한 향수에 가까웠다.

상념에 잠긴 채 걷다 보니 다시 수련으로 덮인 연못이 나타났다. 그는 자리에 앉아 그리냔을 기다리면서, 누나가 세상을 떠난 뒤 처음으로 담담하게 그녀에 대해 생각할 수 있었을 뿐만 아니라, 비록 상상으로 지어낸 것이기는 하지만 행복했던 어린 시절 그녀의 모습을 떠올릴 수 있었다는 걸 깨달았다. 그는 누나가, 아니 남매가 함께 하늘나라에서 살 수 있게 되기를 진심으로 빌었다. 그리고 그 하늘나라가 바로 이 정원이기를 간절히 바랐다. 언젠가 두 사람이 만나 아무런 걱정 없이 함께 뛰어놀 낙원이 바로 이 정원 같았다.

그리냔이 다가오는 소리가 들렸다. 그는 재킷을 벗어 팔에 걸친 채 가쁜 숨을 몰아쉬었다.

「괜찮아요? 안 보이기에 숲속에서 길을 잃은 줄 알았어요.」

「잠시 혼자 있고 싶어서요. 괜찮으니까 걱정하지 마세요.」 마누엘이 대답했다. 그 말이 사실이라는 것을 그는 잘 알고 있었다.

그리냔은 이해한다는 표정을 지으며 알아들을 수 없는 말을 중얼거렸다. 마누엘은 그리냔이 옆에 앉을 수 있도록 자리를 비켜 주었다. 그러곤 그가 숨을 돌릴 때까지 기다린 다음, 벤치에서 일어섰다.

「이쪽으로 가면 온실이 나옵니다.」 다시는 마누엘이 자기를 따돌리는 일이 없도록 하겠다고 굳게 마음먹은 그리냔이 손가락으로 왼쪽 방향을 가리키며 말했다.

다양한 크기의 나무 수십 그루가 온실 주변을 늠름하게 둘러싸고 있었다. 수종과 나이, 품종을 적은 표지판이 나뭇가지에 걸려 있거나 관목 아래쪽에 압정으로 고정되어 있었다. 그곳에서는 여러 단계의 꽃들을 볼 수 있었다. 가령 도토리처럼 잔뜩 오므라든 꽃봉오리부터, 거의 뒤집어질 정도로 활짝 벌어진 창백한 빛깔의 치자꽃까지 아주 다양했다. 이 온실을 설계한 사람이 잉글랜드 정원 양식에서 영향을 받았다면, 분명 타원형 아치를 갖춘 목조 건물이나 전체적으로 오각형인 건물을 머릿속에 떠올렸을 것이다. 그렇지만 한쪽 면이 산기슭에 맞닿아 있는 온실 건물은 잿빛을 띤 갈리시아산 석재[4]로 지어져 있었다. 유리 사이 격벽은 하얀색이었고, 박공 구조의 지붕[5]은 유리로 덮여 있었다. 유리에는 사람 키 높이까지 진흙이 튀고 먼지가 잔뜩 끼어서 안이 보이지 않았다.

「이 온실은 산티아고 씨가 결혼해서 장원에 살러 왔을 때, 부친인 후작이 결혼 선물로 지어 준 겁니다. 후작은 며느리가 친정집에 있던 온실을 그리워한다는 이야기를 듣고 곧장 이걸 지었죠. 그녀의 집에 있던 것보다 열 배나 더 크게, 현대식으로 말입니다. 이 온실은 두상(頭上) 관개 시스템뿐만 아니라, 공기 분사식 난방 장치와 음향 설비도 갖추고 있어요.」

마누엘은 아무 대꾸도 하지 않았다. 이처럼 터무니없는 사치와 낭비에는 마음이 전혀 끌리지 않았다. 떵떵거리며 잘사는 이들은 이렇듯 돈을 물 쓰듯 하는 경향이 있었다. 마누엘은 그런 천박한 꼴을 보는 데에

---

4 일반적으로 갈리시아 돌에는 반짝거리는 결이 있어서 부분적으로 어두운 빛을 띤다.
5 지붕면이 양쪽 방향으로 경사져 시옷 자 모양을 이루고 있다.

진절머리가 났다. 그렇지만 장원의 정원이 탁월한 미적 직관을 잘 드러
내고 있다는 점만큼은 인정할 수밖에 없었다. 주변 환경을 고요하고 조
화롭게 다스려 나가는 모습에서 각별한 인내심을 엿볼 수 있었고, 걷잡
을 수 없이 자라나는 숲의 무질서와 혼란을 눈에 띄지 않게 억제하는 면
에서 이것을 만들도록 지시한 사람의 정신을 읽을 수 있었다.

그리냔은 온실 문을 밀었다. 다행히 문은 열려 있었다. 안으로 들어가
자 머리 위에서 딸랑거리는 종소리가 났고, 누군가의 멋진 노랫소리가
저 안쪽에서 흘러나왔다.

「비센테가 일하고 있는 모양입니다.」 그리냔이 혼잣말하듯 중얼거
렸다.

뜨거운 공기로 인해 수백 송이의 꽃이 활짝 피어 있었다. 취할 정도로
진한 향기가 노랫소리와 뒤섞인 채 물씬 퍼져 나갔다. 입구에서부터 길
게 이어진 다섯 개의 작업 테이블 위에 수백 개의 화분이 놓여 있었다.
그 안에서 다양한 식물들이 자라고 있었다. 마누엘은 이름을 정확히 기
억하지는 못했지만 몇몇을 금세 알아봤다. 특히 치자나무는 헝겊으로
뿌리를 감싸 놓은 새싹부터, 밖에 있는 것만큼이나 큰 나무에 이르기까
지 생장 단계별로 모여 있었다.

키가 큰 젊은 남자가 흙이 든 자루를 들고 중앙 통로를 따라걸어왔다.
그는 그들을 보자마자 자루를 바닥에 내던지더니 장갑을 벗고 억센 손
을 내밀며 악수를 청했다.

「안녕하세요? 카타리나 씨를 만나러 오신 것 같은데 어쩌죠? 오늘은
여기 안 계시거든요. 제가 뭐 도와드릴 일이라도……」

「아뇨. 마누엘 씨에게 장원을 구경시켜 드리려고 이곳저곳을 돌아다
니고 있는 겁니다.」

그의 이름을 듣자 비센테는 흠칫 놀라는 듯하더니 이내 표정을 감추
었다.

「그럼 연못은 둘러보셨나요? 정말 근사한 곳이거든요.」

「전체적으로 아주 멋진 정원이더군요.」 마누엘이 대답했다.

「네……」 남자는 말끝을 흐리며 온실 안쪽을 멍하니 바라보았다. 「그나저나 카타리나 씨가 없어서 안타깝네요. 계셨더라면 좀 더 자세하게 안내해 드렸을 텐데 말입니다. 최근 2년 동안 우리는 식물학 분야에서 괄목할 만한 성과를 거두었으니까요.」 그는 자기를 따라오라는 손짓을 하며 앞으로 걸어 나갔다. 「카타리나 씨는 치자나무를 기르는 데에 특히 재주가 뛰어나요. 식물학을 공부한 것도 아닌데, 매 순간 치자나무에 필요한 것이 무엇인지 정확히 알아내거든요. 주요 잡지에서 올해 최고의 원예사로 선정될 만큼 그 능력을 인정받았죠. 특히 원예 전문지인 『라이프 가든스』는 그녀를 세계 최고의 치자나무 재배자로 평가하기도 했답니다.」 그는 높이가 50센티미터에 불과하지만 손바닥만 한 크기의 꽃으로 뒤덮인 치자나무를 가리키며 말했다. 「우리는 단지 꽃의 크기나 개화 지속 기간뿐만 아니라, 향기에 있어서도 중요한 성과를 이루었습니다. 파리에 있는 향수 연구소 두 군데에서 우리가 재배한 꽃에 깊은 관심을 보이고 있어요. 향수의 원료로 사용하기 위해서 말이죠.」

마누엘은 그의 말에 관심이 있는 척했다. 하지만 정작 그의 관심을 끈 것은 말이 아니라 동작이었다. 특히 카타리나에 관해 말하기 시작하면서 그의 몸짓이나 표정이 어떻게 바뀌는지를 관찰하는 것이 흥미로웠다. 큰 키 때문에 어정쩡한 발걸음이 더 바빠지면서 테이블 사이로 미끄러지듯이 움직이는 모습을 확인하기 위해 마누엘은 일부러 뒤처져 걸었다. 남자는 손가락을 벌려 단단하고 반짝거리는 잎을 부드럽게 스치며 지나갔다. 특히 치자나무 앞에 이르러 카타리나의 출중한 재주를 언급할 때는 나뭇잎을 애무하듯이 어루만졌다. 나뭇잎에 허옇게 석회 자국이 묻어 있으면, 손가락 끝으로 부드럽게 문질러 닦아 내기도 했다. 그의 목소리에서는 존경심마저 배어났다.

그 남자는 치자나무의 성장이나 병충해에 대한 저항력에 매료되어 있었지만, 마누엘은 그의 과장된 모습에 도무지 공감이 가지 않았다. 하지만 그 낯선 꽃들이 지닌 야성적이고 강인하면서도 비현실적인 아름다움은 그의 시선을 끌기에 충분했다. 그는 윤이 나지 않는 창백한 꽃잎

속에 움츠리고 있는 연약한 존재를 살며시 어루만지고 싶은 욕망을 견딜 수가 없었다.

그 순간 알바로와 함께 묻을 뻔했다가 주머니 속에 종일 넣고 다닌 그 꽃의 보드라운 촉감을 떠올렸다. 우유처럼 부드럽고 따뜻한 촉감을 지닌 꽃잎에는 묘한 중독성이 있었다. 그래서인지 인간의 살갗처럼 덧없이 느껴지기도 했다. 그 덧없음을 느끼기 위해 다시 한번 꽃을 만져 보고 싶었다. 마누엘은 자기도 모르게 손을 들어 활짝 벌어진 꽃잎을 쓰다듬었다. 그러자 손가락 사이로 말로 다 할 수 없는 부드러움이 살며시 전해져 왔다. 그는 정중하게 고개를 숙여 은은한 향기를 들이마셨다. 갑자기 알바로의 열린 무덤 위에서 작별 인사를 하며 꽃을 들고 있던 순간이, 자신의 마음과 함께 묻어 버린 관을 망연히 내려다보던 순간이 눈앞에 떠올랐다. 모든 것이 희미하게 변했다. 눈을 뜨고 있는데도 온실 안 물건의 형체들이 너무 희미해 제대로 알아볼 수 없었다. 버티기 어려운 원심력에 빨려 들어가기라도 한 것처럼 그는 두어 걸음 비틀거리다 바닥에 넘어졌다. 정신을 잃지는 않았다. 사람들이 허둥대며 달려오는 모습이 어렴풋하게 보였고, 곧이어 차가운 손길이 이마에 와 닿는 것이 느껴졌다. 그는 눈을 떴다.

「아마 더운 공기와 습기 때문에 그럴 거예요.」 비센테가 말했다. 「이런 경우가 처음은 아니에요. 바깥과 온도 차가 12도 가까이 나는 데다, 평소 혈압 문제가 있으면 습기로 인해 호흡 곤란이 올 수도 있으니까요. 더군다나 꽃향기가 너무 진해서…….」

마누엘은 그들의 부축을 받으며 일어났다. 그는 이미 구깃구깃해진 셔츠에서 모래를 털어 내며 자기 몰골이 얼마나 흉할지 떠올리고는 몸서리를 쳤다.

「아침에 뭘 드셨죠?」 그리냔이 걱정스러운 표정으로 물었다.

「커피 한 잔이요.」

「커피 한 잔이라…….」 그리냔은 터무니없는 대답을 들었다는 듯 고개를 절레절레 저었다. 「당장 주방으로 갑시다. 거기 가면 에르미니아가

요깃거리라도 줄 테니까요.」 그리냔은 마누엘의 팔을 꽉 붙잡고 출구 쪽으로 걸어가며 말했다.

저택의 정면에는 대칭으로 된 두 개의 아치문이 달려 있었다. 하나는 정문으로 사용되었고, 다른 하나는 과거에 마차를 세워 두던 주차장으로 이어졌다. 하지만 지금은 굳게 닫혀 있었다. 그 옆으로 뚱뚱한 검은 고양이 한 마리가 들창이 달린 문 앞을 지키고 있었다. 열린 들창을 통해 음식 냄새가 솔솔 풍기는 걸 보면 그리냔의 말이 틀리지는 않은 듯했다.

두 여자가 현대식이기는 해도 여전히 장작을 땔 때는 아궁이 앞에서 땀을 뻘뻘 흘리고 있었다. 한 명은 나이가 있었고, 다른 하나는 젊었다.

「안녕하세요?」 그리냔이 밖에서 큰 소리로 인사를 건네자, 두 여자는 놀란 표정으로 뒤를 돌아보았다. 「에르미니아, 여기 계신 이분에게 드릴 음식이 있는지 좀 봐주세요. 지금 졸도하기 일보 직전이니까요.」

에르미니아는 앞치마에 손을 닦으면서 문 쪽으로 다가왔다. 문을 연 그녀는 그 자리에 서서 미소 띤 얼굴로 마누엘을 빤히 쳐다보았다. 마누엘은 그녀가 누구인지 알아차렸다. 장례식 때, 여인들 사이에 섞여 하염없이 울던 그 여자였다. 잠시 뒤 그녀는 몸을 앞으로 숙이더니 그리냔은 거들떠보지도 않은 채 마누엘의 손을 잡고 더운 실내로 이끌었다. 한동안 마누엘과 젊은 여자를 번갈아 보던 에르미니아는 그를 넓은 목제 식탁 앞으로 데리고 갔다.

「저런, 이게 웬일이에요. 요 며칠간 난 당신 생각만 했다오. 지금 얼마나 마음이 아프겠어요. 사리타, 당장 상 좀 치우고 포도주 한 잔 내와! 그리고 마누엘 씨, 옷은 나한테 주고 여기 앉아요.」 그녀는 그의 옷을 의자에 걸쳐 놓으면서 말했다. 「이 에르미니아가 알아서 보살펴 줄 테니까 걱정하지 말아요. 사리타, 옥수수 엠파나다⁶ 하나 가져와.」

당황한 마누엘은 그녀가 하는 대로 가만히 내버려 두었다. 그러자 등 뒤에서 그리냔이 익살스러운 표정을 지으며 말했다.

6 밀가루 반죽에 채소, 고기, 생선 등 다양한 속을 넣고 접어서 굽거나 튀긴 스페인 전통 요리.

「에르미니아, 정말 해도 너무하는군요. 마누엘 씨한테는 그렇게 지극 정성으로 대하면서, 나는 본체만체하니 말이에요.」

「저분의 말은 신경 쓰지 말아요.」 그녀는 일부러 그리냔을 무시한 채 마누엘 쪽으로 고개를 돌리며 말했다. 「그리냔 씨는 저기 있는 뚱뚱한 고양이만큼이나 먹는 걸 밝히니까요. 아니, 고양이하고 똑같아요. 부엌에 함께 있다가 내가 잠시 한눈이라도 팔면 눈에 띄는 대로 다 먹어 치우니까 말이죠. 사리타, 그리냔 씨한테도 엠파나다 한 접시 갖다드리렴.」

사리타는 쟁반만큼이나 큰 엠파나다를 식탁 위에 올려놓은 뒤, 에르미니아가 지켜보는 가운데 썰기 시작했다.

「더 크게 잘라야지!」 에르미니아는 사리타의 손에서 칼을 빼앗으며 소리쳤다. 그러곤 크게 두 조각을 잘라 두 사람 앞에 있던 하얀색의 두꺼운 도자기 접시 위에 하나씩 올려놓았다.

마누엘은 한입 먹어 보았다. 잘게 썬 양파 덕분에 고기 향이 살아나 더 부드럽게 느껴졌다. 옥수수빵은 향을 더해 주었을 뿐만 아니라, 손으로 잡고 먹어도 쉽게 부서지지 않을 만큼 단단했다.

「맛이 괜찮아요? 자, 어서 들어요. 많이 먹어요.」 에르미니아가 접시에 또 한 조각을 덜면서 말했다. 그러곤 그리냔에게 고개를 돌리며 나직한 목소리로 덧붙였다. 「사리타가 선생님께 전할 말이 있답니다. 사리타, 무슨 일인지 그리냔 씨에게 어서 말씀드리렴.」

「노부인께서 뵙기를 원하십니다. 선생님이 도착하는 대로 말씀드리라고 했어요.」 사리타가 기어들어 가는 목소리로 말했다.

그 말을 듣고 그리냔은 자리에서 벌떡 일어났다. 그는 양파와 고기가 잔뜩 든 따끈따끈한 노란 빵에 미련이 남는지 아쉬운 눈으로 바라보았다.

「일이 먼저지.」 그가 자리에서 일어선 채로 말했다. 「에르미니아, 내 엠파나다 잘 놔둬요. 저 고양이 녀석이 훔쳐 먹지 못하게 말이에요.」 말을 마치자마자 그는 계단으로 이어진 안쪽 문을 향해 걸어갔다.

그가 문을 열자, 어린 사무엘이 주방 안으로 쪼르르 뛰어 들어오더니 에르미니아의 다리에 매달렸다. 꼬마 뒤로 엄마가 따라 들어왔다.

「이게 누구신가요?」 마누엘을 보자 엘리사가 목소리를 높였다. 「집 안의 어른께서 오셨군요!」 그녀는 일부러 그를 치켜세우며 말했다.

꼬마는 한동안 마누엘을 뚫어지게 바라보다가 부끄러운지 쏜살같이 달려가 엘리사 뒤로 숨어 버렸다. 엘리사는 다정한 눈길로 아들을 보며 미소 지었다.

「엄마.」 사무엘이 어리광을 부리며 엄마를 불렀다.

「왜 그러니? 저분이 누군지 몰라?」 엄마는 사랑스러운 눈길로 아이를 타일렀다.

「알아요. 마누엘 아저씨잖아요.」 꼬마가 대답했다.

「그럼 인사드려야지?」 엘리사가 재촉했다.

「안녕하세요, 아저씨?」 꼬마는 미소 지으며 인사를 건넸다.

「사무엘, 잘 있었니?」 마누엘은 녀석의 순수함에, 그리고 아저씨라는 말에 담긴 인연의 무게에 정신이 팔린 나머지 멍한 표정으로 대답했다.

녀석은 다시 문 쪽으로 쪼르르 달아났다.

「애가 오늘은 힘이 넘치네요. 밥을 조금만 먹여야 할까 봐요.」 엘리사는 작별 인사를 대신해서 말한 뒤, 서둘러 아이를 뒤쫓아 갔다.

모자의 모습을 지켜보던 에르미니아가 마누엘에게 몸을 돌리며 말했다.

「엘리사는 참 좋은 사람이에요. 엄마로서도 만점이고요. 그녀는 프란의 연인이었죠. 알바로의 동생 말이에요. 안타깝게도 저 아이가 배 속에 있을 때, 프란이 세상을 떠나고 말았어요.」

마누엘은 그가 약물 과다 복용으로 사망했다던 그리냔의 말을 떠올렸다.

「자기 아들도 보지 못했죠.」 에르미니아의 말이 계속되었다. 「그때부터 엘리사가 여기 살게 됐어요. 사무엘은 보신 바와 같이 이 집의 귀염둥이죠. 저 아이가 태어나면서 늘 무겁던 집 안 분위기가 한결 밝아졌답니다.」 말을 마친 그녀의 얼굴이 어두워졌다.

바로 뒤에 서 있던 사리타가 한숨을 내쉬며 그녀의 어깨에 손을 얹었다. 그러자 에르미니아는 서둘러 사리타의 손을 잡으며 고마움과 애정의 표시로 고개를 기울였다.

그때 그리냔이 심각한 표정으로 돌아왔다. 그는 엠파나다에 손도 대지 않은 채 포도주로 입술만 축였다. 그러곤 휴대 전화를 꺼내 보였다.

「마누엘 씨, 미안합니다. 우리 공증 사무소에 전혀 예상치 못한 일이 일어나서 지금 당장 루고로 돌아가야 할 것 같아요.」 그가 거짓말을 하고 있다는 것을 목소리에서 단번에 느낄 수 있었다. 부엌에 있던 두 여인도 눈치를 챘는지, 목소리를 낮추고 일하는 척했다.

「걱정하지 마세요. 나도 할 일이 있으니까요.」 마누엘은 거짓말을 했다.

마누엘이 자리에서 일어나 의자에 걸쳐 놓은 재킷을 집어 들었다. 작별 인사를 하려는데, 갑자기 에르미니아가 그의 팔을 붙잡으며 안으려고 했다. 지나친 애정 표현이 부담스러웠지만, 무엇보다 금세 놓아줄 낌새가 보이지 않아 하는 수 없이 그녀를 안아 주는 척했다.

「웬만하면 여기로 오세요.」 에르미니아가 그의 귀에 대고 속삭였다.

그는 재킷을 입고 문간에서 기다리고 있던 그리냔에게로 다가갔다.

「아저씨!」 그 순간 등 뒤에서 꼬마가 소리를 질렀다.

마누엘이 뒤를 돌아보자, 녀석이 그를 향해 달려오고 있었다. 뛰는 모습이 얼마나 어설픈지 — 하기는 저 또래 아이들은 다 저렇게 달린다 — 곧장 바닥에 고꾸라질 것만 같았다. 오전의 선선한 공기 때문인지 뺨이 빨개진 데다, 두 팔을 한껏 벌리고 달려오는 모습이 어찌나 귀엽던지 마누엘도 활짝 웃으며 팔을 벌렸다. 그는 아이가 유독 자기에게 관심을 보이자 감격한 나머지 녀석을 안아 번쩍 들어 올렸다. 커다란 물고기처럼 단단하면서도 뻣뻣한 몸이 가슴에 와 닿았다. 곧 덩굴손처럼 여린 팔이 있는 힘껏 그의 목을 감더니 볼에 입을 맞추었다. 차갑고 축축한 느낌이 한동안 뺨에서 사라지지 않았다. 엘리사가 아이를 데리러 달려왔다. 그녀가 올 때까지 마누엘은 뭘 해야 할지 몰라서 멍하니 아이를 안고 있었다.

「그냥 얌전하게 있는 줄만 알았어요.」 엘리사는 숨을 헐떡이며 말했다. 그녀가 팔을 벌리자 녀석은 엄마를 향해 쪼르르 달려갔다. 「또 오세요. 저도 그렇지만 아이가 너무 좋아해서요.」

마누엘은 그렇게 하겠다고 답한 뒤, 그리냔과 함께 말없이 차를 세워둔 곳으로 갔다. 차 앞에 이르러 뒤를 돌아보자, 아이와 엄마가 그 자리에 선 채 그를 바라보고 있었다. 마누엘은 차에 타기 전에 그들을 향해 손을 흔들어 주었다. 그들도 손을 흔들며 인사를 건넸다.

영웅의 작품

그동안 마누엘이 오기를 기다리고 있었던 모양이다. 유품을 가져가기 위해 부대로 찾아간 마누엘은 알바로 무니스 데 다빌라의 유족이라고 밝히자마자 대원의 안내를 받았다. 대위의 사무실로 들어서는 순간, 그는 책상 위에서 자신의 소설을 발견했다. 그는 놀란 척하며 대위와 악수를 나누었다. 대위는 다시 한번 애도의 뜻을 표한 뒤, 마누엘 앞에 종이 상자를 올려놓고는 목록에 적힌 물품의 이름을 하나씩 읽어 나갔다.

「지갑, 현금 80유로, 열쇠 두 벌, 자동차 등록 서류 및 신분증, 휴대 전화 두 개, 옷과 허리띠 그리고 구두가 든 봉투 하나. 이것들은 모두 병원에서 수거한 겁니다. 그가…….」 그는 목이 답답한지 헛기침을 했다. 「그가 병원으로 이송되었을 때 말입니다.」

「휴대 전화가 두 개라고요?」 마누엘이 놀란 듯이 물었다.

「두 개가 아니었나요?」 대위는 의아해하는 눈치였다.

「아, 아니요. 아마 그럴 거예요.」 그제야 마누엘은 노게이라의 말이 옳았음을 알아차렸다. 따지고 보면 놀랄 일도 아니었다. 열쇠 두 벌, 휴대 전화 두 개 그리고 이중생활에 이르기까지 모든 것이 두 개였으니까 말이다.

「미안합니다만, 아직 결혼반지를 찾지 못했어요.」 대위가 안타까운 듯이 말했다.

마누엘은 무슨 말을 해야 할지 몰라 고개만 끄덕이다가 자리에서 일어났다.

「자동차 열쇠도 주셨으면 하는데요.」

「물론이죠. 이 서류에 서명만 해주십시오. 물품을 인도할 때는 늘 이런 요식 행위를 따라야 하니까요.」 그는 마누엘에게 볼펜을 건넨 다음, 서류를 그의 앞으로 돌려놓았다.

마누엘이 사인을 하자 대위는 그에게 열쇠를 내밀었다. 하지만 아직 할 이야기가 남았는지 열쇠를 손에 쥔 채 건네주지 않았다.

「오르티고사 씨. 제 아내에게 주려고 하는데, 여기에 사인 좀 부탁드려도 될까요?」 그는 손가락으로 책을 가리키며 말했다. 어찌 된 일인지 조금 전까지 차분하던 모습은 온데간데없이 안절부절못했다.

마누엘은 책의 표지를 살펴보았다. 출판사에서 두 가지 시안을 보내왔을 때, 알바로와 궁리 끝에 선택한 표지였다. 그 무렵 알바로와 그는 새로운 표지가 나올 때마다, 그리고 다른 나라 말로 번역된 책이 나올 때마다 샴페인을 마시며 축하하곤 했다. 그러나 곧 대위가 주절주절 변명을 늘어놓는 통에 추억에서 깨어났다.

「물론 지금 선생께 사인을 청할 때가 아니라는 것은 저도 잘 알고 있습니다. 그래서 말인데 혹시 싫으시다면……. 아무래도 괜한 말씀을 드린 것 같군요.」

「아닙니다. 당연히 해드려야죠.」 그는 열쇠를 주머니에 집어넣고 책을 집어 들었다. 「부인의 성함이 어떻게 되는지요?」

밖으로 나온 뒤 마누엘은 상자를 트렁크에 집어넣었다. 그는 어제 만난 검시관이 옷을 검사할 수 있도록 밤에 노게이라에게 그 상자를 건네줄 생각이었다. 하지만 두 대의 휴대 전화는 상자에서 빼내 상의 주머니에 넣어 두었다. 그러곤 알바로의 차를 찾기 위해 주차장을 돌아봤다. 차는 저 안쪽, 두 대의 순찰차 사이에 세워져 있었다. 멀리서 보면 사고를 당하기는커녕 멀쩡한 듯했다. 차를 몰고 갈 생각은 아니었다. 그렇게 하려면 몰고 온 차를 거기에 놓고 가야 할 테니까 말이다. 애당초 그럴 생각은 없었다. 그는 차에 다가가 손차양을 하고 안을 들여다보았다. 차 안은 비교적 깨끗하게 정돈되어 있었다. 다만 시트와 핸들에 피 몇 방울이 말라붙은 정도였다. 그는 리모컨으로 문을 열었다.

그런데 그가 거기에 있었다. 마치 바로 옆에 있기라도 한 것처럼 그의 존재가 느껴졌다. 그의 살냄새와 흔적 그리고 향까지 말이다. 너무도 실감이 난 나머지, 그의 유령이 먼저 도착해 거기에 앉아 있는 게 아닐까 하는 생각이 들 정도였다. 죽은 알바로와 다시 만났다는 놀라움과 충격이 채 가라앉기도 전에 코안으로 진한 향수 냄새가 스며들자 그는 비틀거리며 뒷걸음쳤다. 심장이 터질 것처럼 숨이 가빠지고 눈에 가득 고인 눈물이 출렁거렸을 뿐만 아니라, 다리가 후들거려 제대로 서 있을 수조차 없었다. 마누엘은 옆에 있던 초록색 순찰차에 등을 기댄 채, 알바로의 차를 손으로 짚고서 주춤거렸다. 작은 향수병이 방금 폭발이라도 한 것처럼 좁은 차 안을 가득 메운 향수 냄새에서 그의 존재가 느껴졌다. 마누엘은 겁을 잔뜩 집어먹은 채 가쁜 숨을 몰아쉬었다. 그러곤 세상에서 흘러든 역겨운 냄새, 그리고 돌아온 알바로와 재회한 기적의 순간을 한순간에 앗아가 버린 야릇한 냄새와 뒤섞여 빠르게 희미해지던 그 향기를 끝까지 맡아 보려고 눈을 감았다. 하지만 그의 능력으로는 역부족이었다. 마누엘은 이런 모진 고통을 남기고 떠난 그에게 마음속으로 욕을 퍼부으면서 고개를 세차게 흔들었다. 그는 알바로를 붙잡아 두려고 마지막으로 혼신의 힘을 다했다. 얼마 남지 않은 향마저 사라지지 않도록 아예 자동차 문을 잠가 버렸다. 하지만 향기와 더불어 그의 존재마저 어디론가 사라져 버리자 마음이 천 갈래 만 갈래로 찢어지는 것만 같았다. 자신의 무기력함에 대해 분노가 끓어오르면서 뜨거운 눈물이 뺨을 타고 주르륵 흘러내렸다. 그 순간 낯선 기척이 느껴져 눈을 떠보니, 젊은 과르디아 시빌 대원이 걱정스러운 표정으로 지켜보고 있었다. 분위기가 심상치 않음을 직감한 그 젊은이는 감히 다가올 생각도 하지 못한 채 망설였다.

「괜찮으십니까?」 그가 딱딱한 말투로 물었다.

마누엘은 그를 쳐다보다 피식 웃음이 새어 나올 뻔했다. 과르디아 시빌 순찰차에 기댄 채 주저앉아 서럽게 울고 있는 사람에게 물어본다는 말이 고작 그 정도라니 정말 어이가 없었다. 〈그래. 너무 괜찮아서 미칠 지경이다.〉 그는 속으로 투덜거렸다. 그러곤 손수건이 없다는 걸 뻔히 알면서도 주머니를 뒤적거렸다. 그때 또 다른 전화기가, 또 다른 삶의 역겨운 감촉이 손끝에 전해졌다. 그러자 한때 잘 안다고 믿었던 그 낯선 자에 대한 기억만 흐릿하게 남을 뿐, 알바로의 모습은 머릿속에서 깨끗하게 사라져 버렸다. 가슴에서 모멸감이 치밀어 오르며 조금 전까지 쏟아져 내리던 눈물마저 말라 버렸다. 그는 갑자기 차로 시선을 돌리고는 리모컨으로 문을 닫았다. 그리고 자리에서 일어나 옷을 털면서 대답했다.

「네. 전 괜찮으니 걱정하지 마세요. 좀 어지러워서 그랬던 것뿐이니까요.」

젊은 대원은 말없이 이해한다는 표정을 지으며 입술을 깨물었다.

마누엘은 운전석에 앉은 채 미동도 하지 않았다. 너무 피곤한 데다 정신이 사나워서 운전은커녕 어떤 결정도 내릴 수 없었다. 문득 손에 쥐고 있던 아이폰을 불안한 마음으로 살펴보았다. 그것은 여태 한 번도 본 적이 없던 최신형 모델로, 혐오스러운 갑충처럼 검은빛으로 반짝였다. 어쩌면 그 안에는 인류에게 가장 중요한 비밀이 담겨 있을지도 몰랐다. 전원 버튼을 누르자 시작 화면이 나타났다. 배터리가 방전되어 꺼지기 직전이었다. 마누엘은 그 휴대 전화를 자동차에 꽂혀 있던 충전기에 연결한 뒤 메이에게 전화를 걸었다.

「마누엘 씨로군요.」

「메이, 알바로한테 휴대 전화가 하나 더 있더군요. 평소에 쓰던 것과는 다른 거라고요.」

메이가 아무런 대답도 하지 않자, 마누엘은 부아가 치밀어 올랐다.

「이봐요, 메이. 지금 물어보는 게 아니에요. 내 손에 그 전화기가 들려 있다고요. 알바로는 이미 죽었어요. 더 이상 숨겨 봐야 아무런 의미가 없어요.」

144

「죄송해요, 마누엘 씨. 하지만 일부러 숨기려고 했던 건 아니에요. 다만 너무 갑작스레 벌어진 일이라 도저히 믿기지가 않아서 그만…… 맞아요. 알바로 씨는 또 다른 휴대 전화를 가지고 있었어요.」

「내가 전혀 몰랐던 걸 보면, 전화 요금 청구서가 회사로 갔겠군요.」

「네, 여기로 왔어요. 법인 계좌에서 자동으로 납부되니까요.」

「알았어요. 그건 그렇고 지금 이 전화의 납부 명세서가 필요해요.」

「전화기를 가지고 계신다면, 사용 기록 앱에서 확인할 수 있어요. 혹시 제가 보내 드리는 게 편하시면, 그렇게 할게요. 주소 좀 불러 주세요.」

「지금은 여관에 있어요. 전화 끊자마자 와츠앱¹으로 보내 줄게요. 그리고 그가 쓰던 다이어리도 필요해요. 그간의 회의와 출장 일정이 다 적혀 있는 수첩 말이에요.」

「그거라면 아이폰에 다 들어가 있을 거예요. 필요하시면, 그것도 보내 드릴게요.」

마누엘은 홈 버튼을 눌러 화면을 켠 다음, 아이콘을 쭉 훑어보다가 캘린더를 찾아냈다. 거기에는 여러 색깔의 글자로 된 기록들이 빽빽이 들어차 있었다. 물품 공급일, 작업과 회의 일정 그리고 내용을 알 수 없는 각종 글자와 숫자……. 하지만 그가 찾는 것은 끝내 나오지 않았다.

「메이, 아무래도 나를 좀 도와줘야 할 것 같아요. 너무 복잡해서 그러는데, 어떻게 하면 내가 원하는 자료를 쉽게 찾을 수 있죠?」

「글쎄요. 그건 저도 잘 모르겠는데……. 지금 뭘 찾고 있는데요?」

「갈리시아 출장에 관한 자료를 찾고 있어요. 알바로의 유언 집행인이 그러는데, 그가 틈날 때마다 여기에 왔답니다. 그렇다면 당연히 일정에 기록이 남아 있을 것 아니에요?」

「두 달에 한 번 정도 갔을 거예요.」 마누엘이 화가 났음을 직감한 메이는 잔뜩 주눅이 든 목소리로 말했다.

---

1 페이스북이 운영하는 메신저.

마누엘은 메이를 좋아했다. 그리고 그녀도 자기를 무척이나 따를 뿐만 아니라, 알바로를 흠모했다는 사실을 잘 알고 있었다. 충격과 분노가 어느 정도 가라앉자, 그녀가 지금 어떤 처지에 놓였는지도 이해할 수 있었다. 하지만 악몽 같은 시간을 보내고 있는 입장에서, 자신이 그렇게 지나친 행동을 하지 않았다는 점 또한 분명했다. 알바로라도 그렇게 했을 테니까 말이다. 하여간 아직 그녀를 용서할 만큼 화가 풀린 건 아니었다. 그는 마음을 가라앉히고 대답했다.

「아무리 찾아봐도 캘린더에는 그런 기록이 없어요.」

「아마 〈영웅의 작품〉과의 회의라고 되어 있을 거예요.」

　〈영웅의 작품〉은 광고 대행사의 주 고객 중 하나였다. 하지만 구체적으로 무슨 일을 하는 회사인지 정확히 기억나지 않았다. 느낌으로는 화학 관련 업체 같기도 했지만, 이름이 워낙 특이했다. 다시 살펴보니 최근 몇 년 동안 〈영웅의 작품〉과 회의를 했다는 기록이 알바로의 캘린더에 반복해서 등장하고 있었다. 두 달에 한 번씩, 이틀에서 사흘 정도의 일정이었다.

「회의 때문에 여길 왔다는 겁니까?」

「마누엘 씨, 〈영웅의 작품〉은 알바로 씨의 회사예요.」

「그건 또 무슨 말이죠?」

「그분 소유의 회사였다고요.」

　그 말을 듣는 순간, 모욕감을 느낀 마누엘은 얼굴이 화끈거렸다. 금방이라도 울음이 터질 것 같다가도, 한편으로는 끓어오르는 수치심 때문에 눈물이 모두 증발해 버린 것 같았다. 그는 간신히 마음을 추슬렀다.

「두 달에 한 번씩 가셨어요. 그런 지는 대략 3년쯤 됐을 거예요.」

　마누엘은 전화를 끊기 전에 마지막으로 물었다.

「그런데 〈영웅의 작품〉은 대체 뭘 하는 회사죠?」

「바로 저희 모기업이에요. 여러 자회사를 거느리고 있답니다. 와인을 제조하고 수출하는 일을 주로 하고 있어요.」

욕조가 너무 좁아 몸을 제대로 움직일 수가 없었다. 두꺼운 샤워 커튼에 핀 곰팡이가 더러운 바지 밑단처럼 아랫부분까지 길게 이어졌다. 그는 역겨움을 참으며 무기력한 몸을 추스르기 위해 물을 뿌려 더러운 커튼을 욕조 벽에 붙여 버렸다. 샤워기에서 굵은 물줄기가 세차게 뿜어 나왔지만, 몸을 완전히 적시기 위해서는 허리를 약간 구부려야 했다. 머리가 띵할 정도로 물줄기가 센데도 그는 오히려 수도꼭지를 있는 대로 다 열었다. 그리고 눈을 감은 채 뜨거운 물이 지친 사지를 타고 흘러내리도록 가만히 있었다. 물줄기가 보이지 않는 주먹처럼 어깨를 내리쳤지만, 오히려 기운이 솟아나기 시작했다. 등이 아프고, 손과 다리에서도 통증이 느껴졌다. 게다가 눈 안쪽과 복부에서 불덩어리가 타오르는 듯했다. 온몸에 골병이 든 느낌이었다. 지금 쓰러지지 않고 버틸 수 있게 하는, 또 유일하게 온몸을 기댈 수 있는 작지만 아주 강한 힘이 바로 분노라는 것을 그도 잘 알고 있었다. 그는 마음속 깊은 곳에서 분노가 서서히 타오르는 걸 느꼈다. 그 분노는 깨지기 쉬운 유리 증류기를 통해 순수한 독액 결정으로 응결되면서 그의 영혼을 위한 유일한 양식으로 변하려 애쓰고 있었다.

그로서는 분노가 꼭 필요했다. 달아나지 않기 위해, 차를 타고 그 지긋지긋한 곳을 벗어나고 싶은 충동에 굴복하지 않기 위해 그리고 온갖 거짓말과 고통, 또 자신의 존재를 경멸하고 혐오하던 그 과르디아 시빌 대원과 한 어리석은 약속을 피하지 않기 위해서는 분노가 필요했다.

욕실을 제외한 나머지 부분은 그런대로 봐줄 만했다. 수건과 침대 시트는 깨끗했다. 몇 안 되는 가구는 그나마 아주 오래된 것들이었다. 바닥은 나무로 되어 있었는데, 몇 군데에서 삐거덕거리는 소리가 났다. 한쪽 벽에 빗장이 걸린 문이 하나 달린 걸로 봐서는 원래 옆방과 이어져 있었던 게 틀림없었다. 그가 그토록 싫어하는 싱글 침대의 크기에 맞추기 위해 문을 폐쇄한 것 같았다. 매트리스가 푹 꺼지는 느낌이 드는 걸 보면 철제 침대의 스프링이 어떤 상태인지 능히 짐작이 갔다. 무엇보다 이모할머니의 집에 얹혀살 때, 절망감에 쉬이 잠 못 이루던 수많은 밤을 떠올리게 했다. 침대 위에는 과르디아 시빌 부대에 가기 전, 시내 쇼핑센터에서 산 물건이 담긴 쇼핑백들이 여기저기 널려 있었다. 재킷 두 벌과 바지 세 벌, 셔츠 여섯 장과 양말, 팬티 등이었다. 그는 당장 입을 옷을 고른 다음, 나머지는 옷장에 넣어 두었다. 그리고 쇼핑센터 안 서점에서 산 책을 테이블 위에 올려놓았다. 그곳은 전통적인 서점의 모습을 그대로 간직하고 있었다. 하지만 그는 시간도 없었던 데다, 혹시라도 서점 주인이 자기를 알아볼까 봐 겁이 났다. 그래서 그는 작가보다 유튜버를 더 잘 아는 소년처럼 해맑은 표정으로 환한 미소를 지어 보이기로 했다. 그러곤 심드렁하게 서점 안을 돌아다녔다. 마음이 어수선해서 소설이나 에세이를 읽기가 망설여지던 차에 우연히 예전에 읽었던 책이 눈에 들어왔다. 그 책이 거기 있다는 사실에 놀란 그는 충동적으로 그것을 사기로 마음먹었다. 이런 상태라면 차라리 글쓰기에 몰두할 때처럼 그 책을 다시 읽는 편이 좋을 듯했다. 그것은 에드거 앨런 포의 작품 선집으로 「고자질하는 심장」과 「검은 고양이」 그리고 「까마귀」 등이 수록되어 있었다.

그 외에도 몇 가지를 더 샀다. 그는 그것들을 기계적으로 검은빛이 도는 책상 위에 올려놓았다. 그곳이 가장 적당한 장소로 보였다. 그리고 당장 입을 옷을 고르는 동안에 일부러 그쪽을 쳐다보지 않았다. 〈A4 용지 두 묶음과 볼펜 한 상자.〉 그는 작가로 데뷔한 직후에 쓴 글이자, 문학 창작에 관해서 쓴 유일한 글에 그런 제목을 붙였다. 첫 소설이 출판되고 얼마 지나지 않아 50만 부나 팔린 뒤, 유명 문예지의 끈질긴 설득으로 자신의 글쓰기 방법 — 연금술이 행해지는 실험실, 그리고 어떻게 언어의 마술을 부리는지 — 에 대해 쓴 글이었다. A4 용지 두 묶음과 볼펜 한 상자. 그는 작가가 소설을 쓰는 데 필요한 모든 것을 이 두 단어로 요약했다. 정말 그렇게 믿었고, 스스로도 그런 경험을 했다. 그는 글이라는 것이 인간으로서 겪게 되는 필연성, 즉 영혼의 결핍과 오직 글을 쓸 때만 일시적으로 가라앉는 내면의 굶주림과 추위로부터 솟아나는 것이라고 믿었다. 하지만 그 글을 쓰고 난 뒤 동료 문인들로부터 그야말로 적나라한 비판이 쏟아졌다. 데뷔한 지 얼마 되지도 않은 자가, 문학에 대해 쥐뿔도 모르면서 우연히 성공을 거둔 자가 어떻게 감히 자기들을 가르치려 드느냐는 식이었다. 더 나아가 그가 쓴 책의 판매 부수를 볼 때, 그 글은 팔릴 만한 내용을 여기저기서 끌어모은 것에 지나지 않는다는 주장도 있었다.

그 후로도 많은 책을 냈고, 인터뷰도 수없이 했다. 그는 벽면을 뒤덮은 책과 유리 테이블, 커다란 창문을 통해 비스듬히 들어오는 햇살, 하얀 꽃이 피는 난초와 정적에 둘러싸인 채 이야기를 써 내려갔다. 그런데 뭔가 불쾌하고 부자연스러운 분위기가 후광처럼 그의 글을 둘러쌌다. 자연히 그의 글은 알코올과 마약, 폭력 그리고 독창성의 보고(寶庫)나 마찬가지인 타락과 퇴폐주의처럼 이 세상에서 가장 사악하고 불행한 것들만 찬양하게 되었다. 그는 분명하게 믿고 있었다. 의지할 데가 없다는 것이 큰 힘이 되고, 불행이 소중한 영감의 원천이 될 뿐만 아니라, 이 세상으로부터 무시당하는 것이 오히려 큰 자부심의 계기가 된다는 것을 말이다. 게다가 타인들이 보내는 멸시의 눈초리가 새로운 삶을 위한 동기가 되고, 잊힌 것들이 강력한 무기이자 끊임없이 솟아나는 내면의 샘으로 되살아나리라는 것을 말이다. 그러면서도 또한 확고하게 믿고 있었다. 저 깊은 곳을 흐르면서 작가의 마음을 휩쓸고 가는 시원한 물길, 혹은 불타는 용암의 강은 사람들의 눈에 보이지 않을 때만 소중하다는 것을, 그리고 그런 거침없는 물길을 밖으로 드러내는 것이 빛이 잘 드는 서재와 비싼 컴퓨터, 문학 박사 학위만 있으면 누구든 작가가 될 수 있다고 주장하는 것만큼이나 터무니없는 짓이라는 것을 말이다. 그는 술탄처럼 집에서 가장 좋은 방을 차지하고 있었다. 컴퓨터와 종이뿐만 아니라 멋진 유리 테이블과 부드럽게 스며드는 빛, 그리고 거의 항시 꽃이 피어 있는 난초가 그의 곁을 지켜 주었다. 더불어 그가 글을 쓰는 동안 곁에서 조용히 책을 읽던 알바로의 존재는 행운의 상징이자 더할 나위 없는 행복 그 자체였다. 물론 글을 쓰다 가끔 고개를 들어 아늑한 집 안을 둘러볼 때면 머릿속에서 솟아오르던 창조적 영감이 감쪽같이 사라져 버리는 일도 있었다. 그렇지만 그는 행복해지기 위해서 그 모든 것이 필요하지 않다는 점을 잘 알고 있었다.

그는 멍하니 백지를 내려다보다가 언제부터 글 쓰는 것을 소홀히 했는지 자문해 보았다. 사실 그간 바닥을 알 수 없는 불행과 이루 말할 수 없는 고통 그리고 우리와 함께 사라질 비밀로부터 글이 나온다는 것을 까맣게 잊고 있었다. 글쓰기의 마술은 그런 것들을 분명하게 드러내지 않고 어렴풋하게 암시함으로써 — 그렇다고 벌거벗은 영혼을 감정의 포르노로 둔갑시켜서는 안 되지만 — 이루어질 수 있었다. 그는 몸에 두른 수건이 서서히 차가워지는 것을 느끼면서 책상으로 다가갔다. 그리고 손을 뻗어 손가락 끝으로 부드러운 종이 포장지를 어루만졌다. A4용지 두 묶음과 볼펜 한 상자. 그뿐이었다. 그는 한숨을 내쉬면서 그 앞을 벗어났다.

마누엘은 수건으로 거울에 뿌옇게 서린 수증기를 닦아 내고, 셔츠 단추를 채웠다. 시간이 다 된 듯했다. 그는 새로 산 재킷을 하나 골라 입은 뒤, 습관적으로 켜놓은 텔레비전 소리를 낮추었다. 방을 나서기 전, 그는 구겨진 재킷 주머니에서 지갑과 휴대 전화 두 대를 꺼냈다. 그러곤 안에 뭐가 더 있는지 뒤져 보았다. 손으로만 만져 봐도 무엇인지 알 수 있었지만, 분명히 하기 위해 꼭 꺼내 보고 싶었다. 그것은 주머니 속에 오랫동안 갇혀 있던 기색이 완연했지만, 그래도 여전히 부드럽고 단단할 뿐만 아니라 강하면서도 우아한 향기를 내뿜고 있었다. 치자꽃. 그는 손바닥 위에 꽃을 올려놓은 채 자신의 재킷과 번갈아 보면서 이 꽃이 어떻게 주머니 속에 있는 것인지 생각해 보았다. 그리고 어리둥절한 채로 서랍을 열었다. 그 안에도 꽃이 있었다. 많이 시들었지만 못 알아볼 정도는 아니었다. 오늘 아침, 방문을 나서기 전 서랍에 집어넣은 그 꽃이 틀림없었다. 그는 윤이 나지 않는 테이블 위에 두 송이의 꽃을 나란히 놓고 찬찬히 살펴보았다. 둘 중 하나는 온실에 있을 때 정신을 잃고 쓰러지면서 손에 쥔 것이 분명했다. 치자꽃을 보면서 놀라움을 금치 못하다가 갑자기 쓰러졌으니 아마 그 순간 꽃 한 송이가……. 그러나 뭔가 석연치 않은 구석이 있었다. 온실에서 본 꽃들은 이 꽃보다 두 배 정도는 더 컸으니까 말이다. 아무튼 희한한 경험을 한 날이었다. 돌이켜 보면 그 뒤로도 희한한 일만 벌어졌다. 실은 최근 며칠간 계속해서 이상한 일만 일어나는 바람에 혼란 속으로 휘말린 삶에서 논리적인 질서를 파악하기가 정말 어려웠다. 어쩌면 정신을 잃으면서 자기도 모르게 — 예전 묘지에서처럼 — 꽃을 꺾어 주머니 속에 집어넣었는지도 모를 일이었다.

그때 갑자기 문을 두드리는 소리가 들렸다. 그는 화들짝 놀랐다. 그리고 막연히 여관의 안주인이기를 바라면서 문을 열었다. 손님이 아무 기척도 없이 방에서 나오지 않는 것을 수상히 여긴 그녀가 먹을 것이나 깨끗한 수건을 주려고, 아니면 텔레비전에서 축구 중계를 한다는 걸 — 물론 축구를 좋아하지 않는다고 이미 말하기는 했지만 — 알려 주려고 문을 두드린 것이 아닐까 생각했다. 그런데 문을 열어 보니 메이 리우의 피로에 찌든 얼굴이 나타났다. 그녀는 두려우면서도 미안한 표정을 지은 채 문 앞에 어정쩡하게 서 있었다.

「메이, 여긴 웬일이에요?」

그의 목소리에는 그녀를 향한 원망의 가시가 돋쳐 있지 않았다. 다만 뜻밖의 출현에 놀라고 안타까운 마음뿐이었다. 그가 두 팔을 벌려 맞이해 주자 그녀는 울음을 터뜨리고 말았다. 그녀를 안고 있는 동안 마음속에 쌓여 있던 분노가 봄눈 녹듯 사라졌다. 물론 몇 시간만 지나면 더 세차게 일어나겠지만, 그 순간만큼은 품속에서 느껴지는 그녀의 온기가 그의 마음을 편안하게 해주었다. 그러자 알바로가 집을 떠난 이후로 어린 사무엘을 제외하면 그 누구도 안아 준 적이 없다는 사실이 떠올랐다.

그는 메이의 감정이 가라앉을 때까지 한동안 그녀를 안고 있었다. 그러다가 울음이 잦아들기 시작하자 그녀에게 종이 타월을 건네주었다. 그녀는 눈물을 닦은 뒤 방 안을 살펴보았다. 목소리로 봐서는 방이 다소 음산하게 보인 듯했다.

「여기서 뭘 하시는 거예요?」

「꼭 해야 할 일이 있어서요. 그나저나 무슨 일로 온 거죠?」

메이가 그의 품에서 벗어나 창가로 걸어갔다. 그녀는 핸드백을 내려놓고 얇은 외투를 벗었다. 한동안 창밖을 내다보던 그녀가 다시 방 안을 훑었다. 마누엘은 그녀가 낡은 책상 위에 쌓인 종이를 유심히 보고 있다는 걸 알아차렸다. 그녀는 말없이 종이를 응시했다. 거기에서 자기가 하려는 말이 나오기라도 하는 것처럼 말이다.

「제가 오는 걸 원치 않으시기에 웬만하면 선생님의 뜻을 따르려고 했는데……. 마누엘 씨, 저를 용서해 달라는 건 아니에요. 다만 제 입장만큼은 이해해 주셨으면 해요. 알바로 씨가 자기 가문의 사업 문제를 해결하려고 나서는 순간부터 이 일만큼은 비밀로 해달라고 신신당부하셨거든요. 그때는 이 일이 선생님의 마음에 이리도 큰 상처를 주리라고는 전혀 생각지 못했어요. 솔직히 말해 그런 일인 줄도 몰랐으니까요. 전 그저 그 사업에 뭔가 중대한 문제가 생긴 줄로만 알았어요. 저한테도 말하고 싶지 않은 그런 문제 말이에요.」

「알았어요. 듣고 보니 메이의 말에 수긍이 가요. 시간이 좀 더 흐르면 당신의 입장을 완전히 이해할 수 있을 거예요. 메이, 당신한테는 아무 잘못도 없어요. 다만 지금 한 말은 이미 전화로도 했던 건데, 굳이 여기까지 온 이유가 뭐죠?」

그녀는 그의 의중을 알겠다는 듯이 고개를 끄덕이며 가볍게 미소를 지었다.

「드릴 말씀이 있어서요. 저번에 알바로 씨의 휴대 전화에 관해 알고 싶다고 하셨잖아요? 그때 전화를 끊고 난 뒤 기억난 게 있어서 말씀드리려고요.」

마누엘은 그녀를 유심히 바라보았다.

「그 아이폰은 늘 알바로 씨의 책상 위에 있었어요. 전화가 걸려 오는 경우는 극히 드물었지만, 그가 직접 받았죠. 어쩌다 제가 받을 때도 있기는 했어요. 그런데 신기한 건 전화를 받을 때마다 매번 상대가 같은 사람이었어요. 갈리시아 지방의 억양이 살짝 남아 있지만, 완벽한 표준 말을 쓰더군요. 목소리에서 아주 신중하고 교양 있는 분이라는 게 느껴졌답니다. 그분은 바로 그리냔 씨였어요. 이미 만나 보셨겠지만 말이에요.」

마누엘은 고개를 끄덕였다.

메이의 말이 이어졌다.

「어느 금요일, 알바로 씨와 제가 사무실에서 일을 하고 있었어요. 그날 오전에 그리냔 씨로부터 전화가 왔답니다. 알바로 씨가 인사를 건넬 때부터 그분인 줄 알았죠. 그러다가 오후에 다시 전화가 걸려 왔어요. 그런데 이번에는 그리냔 씨가 전화기에 대고 고함을 지르는 거예요. 얼마나 크게 소리를 지르는지 옆에서 다 들릴 정도였어요. 정확한 내용은 모르겠지만, 단단히 화가 난 모양이었어요. 알바로 씨가 저한테 잠깐 나가 있으라고 하더군요. 잘 아시겠지만, 알바로 씨의 사무실과 제가 일하는 곳은 겨우 유리문 하나로 나뉘어 있잖아요. 한동안 듣고만 있던 알바로 씨가 짧게 몇 마디 하더니 전화를 끊었어요. 사무실에서 나왔을 땐 얼굴에 수심이 가득했죠. 함께 오래 일하다 보니 알바로 씨의 기분이 어떤지 금세 알아차릴 수 있으니까요. 하여간 그는 밖에서 커피 한잔 마시고 오겠다며 나갔어요.

그러곤 다시 전화벨이 울렸어요. 혹시 오해하실까 봐 말씀드리는데, 알바로 씨가 부재중이면 제가 그 전화를 받게 되어 있답니다. 제가 전화를 받으면 상대는 대부분 〈알바로 씨한테 전화해 달라고 전해 주세요〉라든지 〈알바로 씨한테 전해서, 서명 받을 문서를 모아 우편으로 보내도록 해요〉라고 말하곤 했어요. 그럼 저는 〈네, 그렇게 전하겠습니다〉라거나 〈지금 회의 중이세요〉라고 대답했죠. 지금 굳이 이런 말씀을 드리는 이유는 그 전화와 관련해서 알바로 씨의 행동에 특별히 이상한 점이 없었다는 걸 알려 드리려고…….」 메이는 눈에 띄게 불안한 표정을 지으며 아랫입술을 꼭 깨물었다. 「전화벨이 울렸을 때, 저는 곧장 받지 않고 잠시 뜸을 들였죠. 화면에 뜬 숫자가 낯설었거든요. 처음 보는 서너 자리 숫자가 뜨니까, 저도 모르게 바짝 긴장하게 되더군요. 공증 사무소에는 내선 번호가 많아서, 그리냔 씨가 거는 전화가 알바로 씨의 휴대 전화에 등록이 되지 않은 경우도 종종 있기는 했어요. 어쨌든 전화를 받았죠. 그런데 수화기를 들자 공중전화에서 동전이 떨어지는 소리가 들리더군요. 정말 오래간만에 듣는 소리였어요. 전화를 건 사람은 그리냔 씨가 아니었어요. 남자였는데, 굉장히 긴장한 목소리였죠. 전화를 받자마자 그는 제가 누군지 밝힐 틈도 주지 않고 자기 말만 하더군요. 〈더 이상 그를 모른 체할 수는 없을 거야. 내 말 듣고 있지? 네가 그 사람을 죽였다는 걸 그도 잘 알고 있으니까 말이야. 물론 증거도 다 가지고 있으니까 잘 생각하는 게 좋을 거야. 그러지 않으면 그가 다 폭로해 버릴 테니까. 내 말 명심하라고.〉」

말을 마친 메이가 입을 다물었다. 그녀는 온몸에 힘이 풀렸는지 줄이 끊어진 꼭두각시 인형처럼 비틀거리더니 창문 옆 벽에 간신히 몸을 기댔다. 마누엘에게 하려고 한 말을 다 하고 나서 온몸에 기운이 빠져 버린 것 같았다.

마누엘은 놀란 표정으로 그녀를 바라보았다.

「네가 그 사람을 죽였다는 걸 그도 잘 알고 있다고요? 그게 사실이에요?」

메이는 말없이 고개만 끄덕이면서 눈을 감았다. 다시 떴을 때 그녀의 눈빛에는 슬픔이 잔뜩 묻어 있었다.

「결국 아무 말도 하지 못하고 전화를 끊었어요. 그런데 곧바로 또 전화가 걸려 왔어요. 저는 그 남자가 다시 건 걸로 생각했죠. 중간에 끊겼으니까요. 그래서 일부러 전화를 받지 않으려고 카페로 달려갔답니다. 당장 그곳을 뛰쳐나가고 싶은 마음밖에 들지 않더군요. 얼마 뒤 사무실로 돌아왔더니, 알바로 씨가 와 있었어요. 다행히 전화가 더 걸려 오진 않았구나 했죠. 물론 한참 후에 알바로 씨가 그 전화로 통화를 하는 모습은 봤어요. 그날 일과가 끝나자 알바로 씨는 퇴근하면서 아무래도 〈영웅의 작품〉 측과의 회의 일정을 당겨야 할 것 같다고 하더군요. 공식적으로는 콘달 호텔 회의 참석차 출장을 가서 바르셀로나에서 주말을 보내게 될 거라고요.」

마누엘은 그녀의 말을 묵묵히 듣고만 있었다. 사실 무슨 말을 해야 할지 알 수 없었다. 그 순간 거울을 통해 모든 것이 정상적인 논리에서 벗어난 세계, 그러니까 좀 황당한 세계로 뛰어든 느낌이었다. 〈네가 그 사람을 죽였다는 걸 그도 잘 알고 있으니까 말이야.〉 그 사실을 안다는 사람이 누굴까? 대체 누구를 죽였단 말인가? 그는 차가운 손을 이마에 갖다 댔다. 이마에서 요 며칠 동안 자신을 안에서부터 서서히 좀먹게 하던 열이 끓어오르고 있었다. 메이는 고개를 숙인 채 그의 반응을 살폈다. 그가 고통으로 몸부림칠 줄 알았던 이들은 의외로 차분한 모습을 보고 적잖게 실망하곤 했다. 그가 불쑥 질문을 던졌을 때 화들짝 놀란 걸 보면 그녀 또한 내심 실망한 눈치였다.

「알바로가 그렇게 돈이 많다는 걸 메이도 알고 있었어요?」

그녀는 망연자실한 표정으로 그를 바라보았다. 좀 더 자세히 설명해야 할 것 같았다.

「그러니까 최근 몇 년 사이 회사에서 중요한 계약들을 성사시킨 걸로 알고 있어요. 가령 스포츠 회사라든지 제약 회사 등과 말이에요. 참, 쉐보레 자동차와 일본 기업도 있었죠. 그 회사 이름이 뭐더라, 타켄시였나요?」

「타케시예요.」 메이가 바로잡아 주었다.

「맞아요. 그런데 유언 집행인의 말로는 그가 돈이 많다고, 아주 어마어마하게 많다고 하던데…….」

그 말을 듣고 메이는 어깨를 으쓱했다.

「맞아요. 엄청난 부자라고 할 수 있으니까요.」

「그렇군요. 물론 일이 잘 풀리고 있다는 건 알았지만 상상치도 못하게…….」

「마누엘 씨, 조금 전까지 다른 이야기를 하고 계셨는데요. 출장과 책건 말이에요.」

다른 이야기라……. 메이의 말에 비난의 뜻이 숨겨져 있는 걸까? 그래서 그가 현실에 등을 돌리고 살 수 있었던 걸까? 알바로의 주변 사람들마저 마누엘이 알바로의 성격이나 삶에 대해 아무것도 모르는 걸 아주 당연하게 여겼다. 알바로의 출장과 자신의 책을 핑계 삼아 그런 사실을 너무 모르고 지냈던 건 아닐까?

그는 뭐든 생각해 보려고 애썼지만 뜻대로 되지 않았다. 메이로부터 충격적인 말을 들은 터라 일종의 자기방어적 마비 상태에 빠진 것이 분명했다.

「마누엘 씨, 전 이만 가봐야 해요.」

그제야 그는 고개를 들었다. 외투를 입은 메이가 핸드백 안에서 무언가를 찾고 있었다. 그녀는 검은색 표지로 된 중간 크기의 수첩을 건네주었다. 그는 빠르게 훑어보다가 더 이상 알바로의 글씨를 보고 싶지 않아서 테이블 위에 던져 버렸다.

「저는 이미 살펴봤어요.」 메이가 턱짓으로 수첩을 가리키며 말했다. 「저기에 적혀 있는 건 모두 휴대 전화에 기록되어 있어요. 제 말을 못 믿으시겠으면 직접 살펴보세요.」

그 목소리에는 비난이나 원망이 섞여 있지 않았다. 오히려 자기 잘못으로 인해 그의 마음을 아프게 하고 견딜 수 없을 정도로 무기력하게 만든 데 대한 죄책감이 잔뜩 묻어 있었다. 그녀는 고개를 떨어뜨린 채 별다른 목적도 없이 핸드백을 뒤적였다. 그러다가 그가 자기를 주시하고 있다는 걸 눈치채고는 다시 창가로 고개를 돌리더니 눈물을 참기 위해 손끝으로 눈을 눌렀다. 눈물을 원래 자리로 돌려보내려는 것처럼 말이다. 그는 그녀가 어디에 묵고 있는지, 갈리시아에는 어떻게 왔는지 여태껏 물어보지 않았다는 걸 깨달았다.

「어느 호텔에 묵고 있죠?」

「아무 데도요. 오늘 마드리드로 돌아갈 거예요.」

마누엘은 휴대 전화로 시간을 확인했다.

「너무 늦은 것 같군요. 지금 출발해도 새벽 2시는 되어야 도착할 거예요.」

「선생님과 통화한 뒤 마음이 착잡했어요. 다시 전화를 걸어 다 털어놓을까도 생각했죠. 하지만 직접 찾아뵙고 말씀드리는 게 좋을 것 같아서 여기까지 온 거예요. 저는 알바로 씨를 그리고 마누엘 씨를 누구보다 좋아하니까요. 혹시라도 선생님이 저를 배신자로 여길까 봐 견딜 수가 없었어요.」

마누엘은 숙연한 표정으로 그녀를 바라보았다. 그녀는 침대 위에 걸터앉은 채 꾸물거리며 핸드백을 뒤적거리고 있었다. 거기 계속 있겠다는 의사 표시였는지도 모른다. 그는 자리에서 일어나 그녀를 껴안고 싶었지만, 그렇게 하지 않았다. 아직 완전히 용서할 마음이 들지 않았다. 하지만 그런 속마음과는 달리 그녀에게 감사의 뜻을 전했다.

「당신을 배신자라고 생각하지 않아요. 이 먼 곳까지 와서 모든 걸 솔직히 이야기해 준 게 고마울 따름이에요.」

아직 마누엘이 자기를 완전히 용서하지 않았음을 알아차린 메이는 실망한 표정으로 천천히 핸드백의 지퍼를 올리더니 어깨에 멨다.

「그럼 이만 가볼게요.」

마누엘은 그녀가 가엾게 느껴졌다.

「오늘은 여기서 묵고, 내일 아침에 출발하는 게 어때요?」

「여기 온다는 말을 아무한테도 하지 않았어요. 심지어 남편한테도요. 그냥 충동적으로 온 거예요. 전화를 끊고 나서 가봐야겠다는 생각밖에 안 들었거든요.」

메이는 문 쪽으로 걸어갔다. 마누엘도 자리에서 일어나 뒤따라갔다. 그녀가 문손잡이를 돌리는 순간, 그는 그녀의 팔을 붙잡았다.

「메이, 당장은 너무 혼란스러워서 제대로 생각할 여력이 없어요. 하지만 내가 원망한다고 여기지는 말아요. 앞으로 이야기를 더 나누게 될 겁니다. 다만 지금은 도저히 그럴 수가 없군요.」

그녀가 까치발을 들었고, 마누엘은 그녀의 볼에 입을 맞추기 위해 몸을 숙였다. 그는 작별 인사로 짧게 그녀를 안아 준 다음, 그녀가 떠나자마자 문을 잠갔다.

「테베의 태양」

알바로는 맨발에 바지 밑단을 걷어 올린 채 소파에 기대 원고를 읽었다. 그는 글을 매우 빨리 읽는 편이었다. 아침 일찍부터 그 소설을 읽기 시작해서, 정오 무렵에는 이미 4백여 페이지 가운데 절반가량을 읽은 상태였다.

그사이 마누엘은 주방에서 요리를 했다. 평소에는 대개 알바로가 식사 준비를 했지만, 그가 자신의 소설을 읽을 때만큼은 가사를 분담했다. 그럴 때면 그가 어떤 방해도 받지 않고 원고를 읽을 수 있도록 마누엘이 집안일을 도맡다시피 했다.

다시 거실로 돌아온 마누엘은 서재에 있던 두꺼운 이탈리아 요리책을 뒤적거리는 척하면서 곁눈질로 알바로를 힐끔힐끔 쳐다보았다. 독서에 푹 빠진 채 빠르게 페이지를 넘기는 모습부터 시시각각으로 변하는 표정에 이르기까지 하나도 놓치지 않고 살펴보았다.

「그러고 있으니까 집중이 안 되잖아.」 그는 원고에서 눈을 떼지 않고 중얼거렸다.

알바로가 푸념은커녕 가까이 와달라고 애원이라도 한 것처럼 마누엘은 핑계 삼아 들고 있던 두꺼운 요리책을 놓고 그에게 다가갔다. 그리고 의자 팔걸이에 걸터앉았다.

「어떤지 말해 봐.」 그가 간절하게 부탁했다.

「알았어. 하지만 다 읽을 때까지 좀 내버려 둬.」 알바로는 그를 거들떠보지도 않은 채 대답했다.

「알다시피 아직 결말을 쓰지 못했어. 당신이 그걸 다 읽고 나면 마무리 지을 거라고. 늘 그랬듯이 말이야.」

「무슨 말인지 잘 알아. 그러니까 다 읽을 때까지 아무 말 하지 말고 저리 가 있어.」

마누엘은 특히 손이 많이 가는 뇨키[1]를 만들었다. 우선 감자 껍질을 벗기고 자른 다음, 끓는 물에 삶아 기계에 넣고 으깼다. 그러곤 덩어리를 만들어 칼로 길게 자르거나 조각낸 뒤, 거기에 소스를 곁들였다. 만들기는 비교적 간단하지만, 시간이 오래 걸리는 요리였다. 그런데도 시간이 남아돌았다. 그는 테라스에 서서 지붕 위를 어슬렁거리며 돌아다니는 고양이를 지켜보다가, 셔츠를 정리했다. 그러고 나서 신문을 보는 둥 마는 둥 뒤적거리다, 이번 소설이 끝나기만을 기다리고 있는 책들 중에서 한 권을 골라 읽기 시작했다. 어쩌면 신문을 보지 않으려고 책을 집어 든 건지도 몰랐다. 그렇게 신경을 쓰지 않으려고 일부러 이것저것 닥치는 대로 하는 와중에도 알바로가 있는 거실을 몰래 엿보곤 했다. 마누엘은 그렇게 알바로를 보는 걸 무척이나 좋아했다. 햇빛이 셔츠를 벗은 채 편안한 자세로 의자에 기댄 그의 등을 타고 내려오면서, 약간 긴 밤색 머리카락과 독서에 골몰하고 있는 평온한 얼굴을 밝게 비추었다. 알바로는 다 읽은 페이지를 뒤집어 옆자리에 쌓아 놓고 있었는데, 얼핏 보니 얼마 남지 않은 것 같았다. 그가 마지막 페이지를 읽을 무렵에는 8월의 마지막 햇살도 어느덧 뉘엿뉘엿 사라지려 하고 있었다.

마누엘은 테이블 위에 와인 한 병과 잔 두 개를 올려놓았다. 그리고 잔에 와인을 가득 따른 다음, 알바로에게 건넸다.

「어때?」

알바로는 와인 잔을 방금 읽은 원고 위에 올려놓았다.

「아주 멋진데, 마누엘.」

「정말?」

1 고대 로마 시대부터 먹었던 음식으로, 감자와 치즈와 밀가루를 반죽해 익혀 만드는 일종의 파스타이다.

「독자들이 굉장히 좋아할 거야.」

마누엘은 와인 잔을 테이블 위에 올려놓고, 몸을 앞으로 숙였다.

「그럼 당신은? 당신 마음에도 들어?」

「정말 훌륭해.」

「내가 물어본 건 그게 아니야. 당신 마음에 들어?」

그 순간 알바로가 카지노 딜러처럼 손으로 읽은 종이를 밀치는 장면이 그의 눈에 들어왔다.

「만약 『부인의 대가』만큼 괜찮은 작품이냐고 물어보는 거라면, 그렇지는 않아. 그 정도는 아니야.」

「방금 멋지다고 했잖아.」

「물론 그랬지. 그리고 독자들이 굉장히 마음에 들어 할 거라고도 했고.」

「그런데 왜 당신 마음에는 안 들지?」

「마누엘, 당신은 글을 아주 잘 써. 그러니까 작가가 된 거라고. 하지만 이건 아닌 것 같아. 이번 작품은 왠지 진심이 느껴지지 않아. 『부인의 대가』가 지니고 있던 그런 느낌이 없어.」

자리에서 벌떡 일어난 마누엘은 그에게 등을 돌린 채 거실 한복판으로 걸어갔다.

「이미 수백 번도 넘게 말했잖아. 다시는 『부인의 대가』 같은 작품을 쓸 수 없다고 말이야.」

「못 쓰는 거야, 아니면 쓰기 싫다는 거야?」

소파로 돌아간 마누엘은 그를 똑바로 보기 위해 몸을 옆으로 돌려 앉았다.

「내가 『부인의 대가』를 쓴 건 그 이야기를 하지 않고는 견딜 수 없을 때였어. 그 작품은 내 삶의 필연적인 결과이자 속죄나 마찬가지야. 그 이야기를 하기 위해 나는 고통과 추억을 더듬으면서 수많은 밤을 지새워야 했지. 어떻게 하다 고아가 되었는지부터 우리 남매를 끔찍이도 미워하던 이모할머니와 함께 살던 일, 그리고 힘든 일은 이미 다 일어났기에 더 이상 우리에게 시련이 닥치지 않으리라 굳게 믿던 시절, 마지막으로 누나의 죽음까지 말이야.」

「누가 뭐래도 그건 최고의 작품이야. 그런데 그 작품에 관해서라면 당신은 어떤 인터뷰에도 응하지 않았지.」

「그건 내 삶 그 자체였으니까. 알바로, 그건 내가 실제로 겪은 일들이었어. 그 이야기를 하려고 그토록 괴롭고 쓰라린 날들을 보내야 했던 건지……. 알바로, 난 말이야. 그 이야기만큼은 쓰고 싶지 않아. 그때 일이라면 다시 떠올리기조차 싫단 말이야.」 마누엘은 자리에서 벌떡 일어서며 말했다.

알바로가 입을 열었다.

「마누엘, 그때 일을 다시 떠올리라는 말이 아니야. 이제 아무것도 당신을 괴롭히지 못해. 내가 곁에 있잖아. 더구나 당신은 더 이상 여섯 살짜리 아이가 아니라고. 〈테베의 태양〉은 좋은 소설이야. 당신의 독자들이 아주 마음에 들어 할 작품이지. 하지만 진심이 느껴지지 않는 건 사실이야. 내 말이 정 듣기 싫으면, 물어보지 않는 편이 좋을 거야.」

「당연히 당신 의견이 듣고 싶지. 오로지 당신만을 위해서 글을 쓰는 거니까. 하지만 내 입장도 이해해 주면 좋겠어. 나는 문학이 현실에서 자라나는 거라고 생각해. 단순히 고통을 드러내는 것이 아니란 말이지.」

「당신이 착각하고 있는 게 바로 그거라니까. 문제는 뭔가를 드러내는 것이 아니야. 사실 당신이 어디서 문학적 영감을 얻는지 그 누구도 알아야 할 이유가 없어. 당신 말고는 말이야. 하지만 당신이 더 솔직해진다면, 글을 읽는 이들도 간접적으로나마 느낄 수 있어. 왜 『부인의 대가』가 최고의 작품으로 평가받는지 알아?」

마누엘은 자리에 앉은 채 손으로 머리를 감싸 쥐었다. 그러자 손가락 사이로 머리카락이 미끄러졌지만 가만히 내버려 두었다.

「잘 모르겠어.」 그가 대답했다.

알바로는 그에게 가까이 다가갔다.

「천만에, 마누엘. 당신은 알고 있어. 울면서 잠에서 깬 여섯 살짜리 아이가 여전히 당신의 마음속 어딘가에 살고 있다고. 내가 보기엔 그래. 그리고 그 아이는 지금도 아빠와 엄마, 누나를 그리워하고 있지. 특히 자기를 달래 줄 누나가 곁에 없다는 것이 못내 서글픈 모양이야. 마누엘, 당신이 얼마나 힘들고 괴로운지 잘 알아. 당신이 훌륭한 작가가 된 것도 따지고 보면 그 때문인 것 같기도 해. 그러니까 어린 시절의 그 끝없는 궁전에 숨어 지내면서, 거기서 이야기를 하나씩 끄집어낼 수 있는 능력 말이야. 하지만 당신의 마음속에는 어엿한 어른도 살고 있지. 그런 고통에 당당히 맞설 뿐만 아니라, 그 아이를 위로하면서 부모와 누나를 묻어 주고, 이를 책으로 쓴 사람 말이야. 나는 그 사람과 사랑에 빠지고 말았어. 그러니 나더러 그처럼 강건한 정신에 감격하지 말라거나 내 삶의 가장 큰 행복을 포기하라고 요구하지는 말라고.」

마누엘은 그를 바라보면서 세차게 고개를 흔들었다.

「내가 지금까지 그 삶에서 도망치려고, 그 모든 걸 잊으려고 얼마나 애를 썼는지 당신은 몰라. 물론 난 성공을 거두었어. 수많은 독자와 돈 그리고 이 집……. 이 정도면 뭐 하나 부족한 게 없지. 당신 말마따나 〈테베의 태양〉도 독자들의 마음에 들 테고. 그들이 좋아하는 작품이니까 말이야. 내가 정말 행복해지기 위해서라면 글을 쓸 때 왜 그런 고통을 겪어야 하는 거지?」

「그게 진실이기 때문이지.」

마누엘은 감정을 억누르지 못하고 자리에서 벌떡 일어났다.

「알바로, 나는 진실을 원하는 게 아니야. 어린 시절 내내, 아니 당신을 만날 때까지 줄곧 진실이 무엇인지 알고 있었어. 나는 지금 이대로가 좋아.」 마누엘은 몸을 숙여 원고 뭉치를 손에 쥐었다. 그러곤 그것을 가슴에 갖다 대면서 소리쳤다. 「이거야말로 내가 원하는, 아니 내가 감당하고 받아들일 수 있는 유일한 진실이라고.」

알바로는 가만히 그를 바라보다가 눈을 감고 숨을 내쉬었다. 그는 자리에서 일어나 마누엘에게 다가갔다.

「용서해 줘. 듣고 보니 당신 말이 옳아.」 말을 마친 알바로는 원고를 그의 손에서 떼어 낸 뒤 따뜻하게 안아 주었다.

「미안해, 알바로. 다만 내 어린 시절이 어땠는지 당신이 잘 모르는 것 같아서…….」

「맞아. 내가 잘 몰라서 그랬던 거야.」 그가 속삭이듯 말했다.

계략

여관의 바에서는 동네 사람들이 스무 명가량 모여 시끌벅적하게 떠들고 있었다. 그들 사이로 노게이라 중위가 눈에 띄었다. 그는 스탠드에 팔을 얹은 채 기름으로 번들번들한 냅킨 여러 겹을 두른 베이컨을 씹고 있었다. 그러곤 잔에 남은 맥주를 비우더니 두어 장의 냅킨을 뽑아 입과 콧수염을 정성스럽게 닦았다.

「밖에 나가서 이야기를 나누는 게 좋을 것 같군요.」 노게이라가 인사를 겸해서 말했다.

마누엘도 그의 말에 동의했다. 그리고 그가 웨이터를 불러 마실 것을 주문한 뒤, 테라스로 가겠다고 손짓하는 모습을 옆에서 지켜보았다.

노게이라는 문을 나서자마자 담배에 불을 붙였다. 그는 담배 연기를 깊게 들이마시면서 골초들처럼 흐뭇한 표정을 지었다. 그러곤 입구에서 좀 떨어진 곳에 있던 우중충한 빛깔의 테이블을 가리켰다.

「아스 그릴레이라스에 갔던 일은 잘 됐나요?」

「그럭저럭요. 어젯밤에 그리냔이 우리가 간다고 미리 전화로 알린 모양이에요. 그래서인지 모친은 오늘따라 몸이 안 좋고, 산티아고와 카타리나는 여행을 떠났더군요. 가서는 엘리사, 그러니까 프란의 아내만 잠깐 만났어요. 아이와 함께 돌아다니는 걸 우연히 마주쳤는데, 겨우 인사만 나누었죠.」

노게이라는 씁쓸하게 입맛을 다셨다.

「그 그리냔이라는 자는 병원에서 처음 만났을 때부터 왠지 마음에 안 들더군요.」

「글쎄요. 그 사람이야 자기가 맡은 일을 할 뿐이죠.」그리냔을 두둔하기는 했지만 마누엘도 새 후작의 지시를 받을 때 지나치게 서두르는 그를 보며 의구심을 떨쳐 버릴 수가 없었다.

물론 어떤 이유로든 그리냔을 비난할 수는 없었다. 처음 만난 날, 그리냔은 마누엘이 알바로의 상속인이라고 여기고는 그를 치켜세우기 바빴다. 하지만 그 후로 태도가 빠르게 변한 걸 보면 진심이라고 보기는 어려울 듯했다. 마누엘은 그토록 어수룩한 자신에게 화가 치밀었다. 처음 봤을 때만 해도 그는 그리냔이 마음에 들었다. 알바로에게 바치던 칭찬과 존경심도 모두 진심인 듯 보였다. 사실 그리냔이 자기에게 떨어질 후한 경제적 보상 때문에 그런 태도를 보였다는 것이 여전히 믿기지 않았다. 그렇지만 노게이라 앞에서 이를 인정하고 싶지 않았다.

「그가 장원을 구경시켜 주었어요. 정원이 믿을 수 없을 정도로 아름답더군요.」

「네. 정말 예쁜 곳이죠.」노게이라는 그의 말에 맞장구를 쳤다.

마누엘은 의아한 눈빛으로 그를 쳐다보았다. 정말 예쁘다는 표현이 왠지 노게이라와 어울리지 않았다.

이를 눈치챘는지 노게이라는 잔뜩 인상을 쓰면서 담배를 빨았다.

「하지만 거기를 구경시켜 준 걸로 선생을 도와주었다고 착각하진 마세요. 그 친구는 가족에게 먼저 알린 다음, 당신에게 정원을 구경시켜 주는 척하면서 그들을 빼돌린 거예요.」

「그럴지도 모르죠. 하지만 그 덕분에 장원에서 일하는 분들을 만날 수 있었어요. 관리인과 수의사, 치자나무를 재배하는 카타리나의 조수, 또 관리인의 아내인 에르미니아와 그녀를 도와 잡일을 하는 사리타까지 말이죠.」

「그들과 말은 해봤습니까?」

「에르미니아와 잠시 이야기를 나누었어요. 몇 분도 채 안 되지만, 아주 다정하게 대해 주더군요.」마누엘은 그녀의 포옹을 떠올리며 말했다. 「장원을 돌아다니는 내내 그리냔이 한시도 내 곁을 떠나지 않았어요.」마누엘은 그제야 그 사실을 인정했다. 「하기는 내가 갑작스레 장원에 나타났으니 다들 당황했겠죠. 그리냔이 이를 무마하려고 중간에서 애를 썼지만, 노 후작 부인은 몹시 언짢았던 모양이에요. 나중엔 그리냔더러 자기 방으로 오라고 지시하더군요. 그곳에 다녀오자마자 그리냔은 당황해하는 기색이 역력했어요. 그러더니 회사에 급한 일이 생겨서 가봐야겠다는 둥 군색한 변명을 늘어놓으면서 허둥지둥하는 거예요. 그가 거짓말을 하고 있다는 걸 에르미니아도 금세 눈치챌 정도였죠.」

노게이라는 천천히 고개를 가로저었다.

「그리고 과르디아 시빌 부대에도 들렀어요.」마누엘이 말했다. 「차 안에 알바로가 입던 옷과 소지품이 든 상자를 넣어 두었어요.」

「좋아요. 내가 오펠리아에게 전해 주겠소.」

「차는 지금도 부대 주차장에 세워져 있어요. 그걸 몰고 오려면 내 차를 두고 가야겠더라고요. 그래서 내일 택시를 타고 갈까 생각 중입니다.」

「그 생각을 미처 못 했군요.」노게이라가 짜증스러운 목소리로 말했다. 「그럼 내게 차 열쇠를 줘요. 거기 있는 친구한테 이 부근으로 차를 몰고 와서, 열쇠는 이 바에 맡겨 두라고 부탁해 볼 테니까요. 그리고 차는 나중에 내가 갖고 가면 될 거고요.」

마누엘은 잠시 딴 곳을 쳐다보면서 천천히 심호흡을 했다. 자기가 바보처럼 보일 거라는 점을 인정하기가 너무 힘들었다.

「거기서 휴대 전화 두 대를 건네주더군요. 하나는 내가 알고 있던 전화기인데, 다른 하나는 처음 보는 거예요. 이 전화로 회사 일을 처리했던 것 같아요.」그는 상의 주머니에서 아이폰을 꺼내 테이블 위에 올려놓았다. 그 순간 그 전화를 받던 메이의 모습이 눈앞을 스치고 지나갔다. 「모든 소유지와 부동산 그리고 축산업과 농산물 생산 등이 하나로 합쳐진 거대한 기업 구조였어요. 결코 무시할 수 없는 규모라고요.」마누엘은 전화기를 노게이라가 있는 쪽으로 밀었다. 「일정표를 보면〈영웅의 작품과의 회의〉라는 제목 아래로 방문 기록이 다 나와 있습니다.」

노게이라는 연이어 말하는 마누엘에게서 시선을 떼지 않은 채 전화기를 집어 들었다.

「〈영웅의 작품〉은 기존에 있던 회사에 양조장 두 곳 그리고 갈리시아 와인 수출 회사가 합쳐진 거대 기업이에요. 이 전화의 요금은 회사로 청구되었기 때문에 나로서는 이런 게 있는지 상상조차 못 했던 거죠.」 마누엘은 쓴웃음을 지으며 말했다. 「그렇지만 이제는 알바로가 〈영웅의 작품〉과 했던 회의에 대해서 속속들이 알게 되었어요. 알바로의 비서가 업무 회의 스케줄에 가지런히 정리해 두었더군요. 다른 회의 일정과 함께 말입니다. 계산해 보면 정확히 두 달에 한 번꼴인데, 그때마다 알바로는 VIP 고객을 만난다며 이틀 동안 집에 들어오지 않았어요. 그런데 그 중요하다던 고객이 바로 자기 자신이더라고요. 3년 전부터 두 달에 한 번씩 말이에요.」

웨이터가 주문한 맥주를 가져오자, 마누엘은 무거운 침묵 속으로 가라앉았다. 그때 〈네가 그 사람을 죽였다는 걸 그도 잘 알고 있으니까 말이야〉라는 메이의 말이 머릿속에 울려 퍼졌다. 그는 접시에 담긴 음식 ─ 그곳에서 술을 주문하면 무조건 딸려 나오는 음식이었다 ─ 은 내버려 둔 채 맥주만 들이켰다.

마누엘은 맥주를 마시면서 메이가 한 말을 노게이라에게 해야 할지 고민했다. 확신이 서지 않았다. 그 대화 내용이 그들에게 중요하다는 것은 잘 알고 있었지만, 막상 했다가는 평소 무니스 데 다빌라를 못마땅하게 여기던 노게이라가 기회다 싶어 함부로 비난을 퍼부을 것만 같았다. 마누엘은 고개를 들어 그를 쳐다보았다. 그는 손가락으로 화면을 터치하면서 아이폰에 기록된 일정을 꼼꼼히 살펴보고 있었다. 그러더니 갑자기 놀란 눈으로 마누엘을 쳐다보면서 벌떡 일어났다. 그 바람에 의자가 옆으로 밀려났다.

「이것 좀 봐요.」 그가 화면을 보여 주면서 말했다. 「당신이 말한 것처럼 〈영웅의 작품〉과의 회의가 일정한 간격으로 반복되고 있어요. 두 달에 한 번, 이틀 동안 말입니다. 그런데 9월은 좀 달라요. 여기를 보면 일정이 닷새간 잡혀 있어요. 그것 말고는 차이가 없다시피 하다고요. 날짜도 정확히 똑같고 말입니다. 마지막 회의는 지난 6월 2일과 3일 양일간이었어요. 그런데 그다음 약속은 이번 주말에 잡혀 있었네요.」

「그가 정기적으로 회의를 했다는 걸 알려 준 사람은 그리냔이었어요. 그런데 그 회의를 여기서 했다는 건 자기도 까맣게 몰랐다고 하더라고요. 심지어 알바로가 여기 와서 연락조차 하지 않았다고요.」

노게이라는 깊게 한숨을 쉬면서 전화기를 테이블 위에 내려놓았다. 그는 작은 접시에 있던 음식을 두 입에 먹어 치운 뒤 맥주를 벌컥벌컥 들이켰다. 그러곤 또 다른 접시를 내려다보았다.

「이거 안 드실 겁니까?」

마누엘은 고개를 가로저었다. 그러자 노게이라는 토마토와 고기가 든 마카로니를 게걸스럽게 먹어 치웠다. 그는 담배에 불을 붙이고 한 모금 빨아들인 뒤 매우 흡족한 표정을 지었다.

「이 전화의 요금 청구서는 받으셨습니까?」 그가 물었다.

마누엘은 전화기를 들고 화면을 켠 다음, 아이콘을 찾기 시작했다.

「그럴 필요 없어요. 이 안에 사용 기록 앱이 있으니까요. 거기서 수신과 발신 기록을 모두 확인할 수 있어요. 설령 지워졌다고 해도 말이죠.」

통화 기록에 따르면 이달에는 그 전화기로 몇 통을 걸었던 반면, 받은 전화는 얼마 되지 않았다. 수신된 통화가 다섯 건이었다. 우선 네 자리 번호, 그러니까 메이가 말했던 그 수상한 번호로 연속해서 세 통의 전화가 걸려 왔다. 다른 두 개는 같은 번호였는데, 이 역시 누가 걸었는지 확인이 되지 않았다. 아무튼 모두 알바로가 갈리시아로 출장을 간 그날 이루어진 통화였다.

마누엘은 고개를 들며 물었다.

「어떻게 생각하세요?」

「공중전화에서 전화를 걸면 그렇게 네 자리 숫자가 뜨죠.」 노게이라가 대답했다. 메이의 예감이 들어맞았다. 「물론 공중전화의 위치를 확인할 수는 있지만, 큰 도움은 되지 않을 겁니다. 그래도 한번 알아보죠. 혹시 사건을 푸는 데 실마리가 될 수도 있으니까 말입니다. 다른 번호는 일반 전화번호 같은데, 지역 번호가 여기군요.」

노게이라는 수첩을 꺼내 번호를 갈겨썼다. 그러곤 자기 휴대 전화를 꺼내 어디론가 전화를 걸었다. 그는 전화기를 귀에 갖다 대더니 이내 마누엘에게 건네주었다. 전화기에서 메시지의 일부가 흘러나왔다. 「……저희 공증 사무실의 업무 시간은 오전 8시부터 오후 4시까지입니다. 예약을 원하시면, 삐 하는 소리가 난 후에 전화번호를 남겨 주시기 바랍니다. 저희가 빠른 시간 내로 연락을 드리겠습니다.」

삐 소리가 들리자 마누엘은 전화기를 귀에서 뗐다. 노게이라가 버튼을 눌러 전화를 끊었다.

「아돌포 그리냔 공증 사무실이에요. 그런데 알바로가 출장을 가기로 한 날에 맞춰 유언 집행인이 매번 전화를 했다면, 우연의 일치라기엔 좀 이상하지 않아요? 더구나 그리냔이 그 번호로 알바로와 연락할 수 있는 사람은 자기밖에 없다고 했다면서요. 알바로가 여기 왔다면, 그건 그리냔이 그에게 전화를 했기 때문일 겁니다. 아마 공중전화로 말이에요.」

마누엘은 다른 전화번호에 대해 곰곰이 생각했다. 그리고 어떤 남자, 메이가 절대 그리냔은 아니라고 했던 남자의 목소리를 떠올렸다. 〈네가 그 사람을 죽였다는 걸 그도 잘 알고 있으니까 말이야.〉 하지만 그 남자의 존재를 알려 주는 건 알바로를 못마땅하게 여기는 노게이라의 장단에 맞춰 놀아나는 꼴이 될 것 같았다. 아직은 때가 아니었다.

「그래서 말인데 선생이 내일 아침 일찍 연락 없이 공증 사무실로 찾아갔으면 합니다. 가서 그리냔이 뭘 하고 있든지 간에 못 하게 한 뒤, 해명을 해보라고 그러세요. 대꾸할 틈을 줘서는 절대 안 됩니다. 알바로가 그의 전화를 받고 여기 왔다는 걸 다 알고 왔으니까 변명할 생각은 하지 말라고 몰아붙이세요. 그러고 나서 그가 어떻게 나오는지 한번 지켜보자고요. 아까도 말했지만 난 그자가 별로 마음에 안 들어요.」 노게이라가 거친 목소리로 말했다.

마누엘은 생각에 잠긴 채 고개를 끄덕거렸다. 사실 그건 노게이라가 생각하듯 비장의 카드가 아니라, 기껏해야 상대를 위협하는 속임수에 불과했다.

「여기서 이러지 말고 아스 그릴레이라스로 돌아가요. 당신은 그럴 권리가 있단 말입니다. 어쨌든 법적으로 당신이 그곳의 주인이니까 말이에요. 그리냔이 중간에서 농간만 부리지 않는다면, 가족 중에 당신한테 호감을 갖는 이가 분명 있을 겁니다.」

마누엘은 노게이라에게 두 대의 휴대 전화와 함께, 알바로의 유품과 자동차 열쇠를 건네주었다. 그는 노게이라가 떠나는 모습을 지켜보면서, 그리냔과 검시관이 말한 이 지역 사람들의 노예근성에 대해 생각했다. 그리고 다시는 아스 그릴레이라스로 돌아가지 않으리라 다짐했다.

공증 사무실의 안내 데스크에 앉아 있던 직원은 그를 보자마자 미소를 지었다. 그도 그녀에게 미소 섞인 눈인사를 보내고 그리냔의 사무실로 이어진 복도를 따라 걸어갔다. 그는 가는 도중에 직원과 비서, 상담사 등과 일일이 인사를 나누었다. 사무실 여기저기서 그가 유명 작가라고 소곤거리는 소리가 나지막이 들려왔다. 그러자 모두의 시선이 그에게 집중되었다. 호기심 어린 눈빛으로 희미한 미소를 보내는 이도, 넋을 잃고 쳐다보는 이도 있었다. 그 순간 도발이 그의 앞을 가로막았다.

「오늘 오전에 온다고 하셨나요? 그리냔 씨가 아무 말도 안 하던데요.」 그가 웃으며 말했다.

「그리냔 씨는 내가 여기 온지도 모르니까 그럴 수밖에 없어요.」

도발은 어리둥절한 표정으로 그를 바라보다가 이내 정신을 가다듬었다.

「아, 그렇군요. 괜찮으시다면 응접실에서 잠시만 기다려 주시겠습니까? 그리냔 씨에게 오셨다고 말씀드릴 테니까요.」

「아뇨, 괜찮지 않아요. 이제 남아 있던 인내심도 다 바닥이 나고 말았거든요.」 그는 대답을 마치자마자 비서를 지나쳐 문을 두드렸다.

「하지만 그러시면 안…….」 도발이 뒤에서 그의 어깨를 잡으며 말했다.

마누엘은 손잡이를 놓고 부드럽게 몸을 돌렸다.

「내 몸에 함부로 손대지 말아요.」 마누엘이 그에게 경고했다.

그 말을 듣자 도발은 마치 감전된 듯 흠칫하며 손을 뗐다.

마누엘은 문을 벌컥 열고 들어가 유언 집행인 앞으로 다가갔다. 갑작스러운 그의 출현에 그리냔은 당황스러움을 감추지 못했다.

「오르티고사 씨, 이 시간에 여긴 웬일이시죠? 혹시 제가 도와드릴 일이라도 있습니까?」

「도와주실 건 없고, 이제부터 나를 속일 생각일랑 하지 마세요.」 마누엘은 그를 사납게 노려보며 말했다.

그 순간 본디 호감을 주던 그리냔의 얼굴이 심하게 일그러졌다. 그는 마누엘의 뒤에 서 있던 비서를 보면서 말했다.

「도발, 내가 모실 테니까 가서 일 보게. 오늘 오르티고사 씨와 처리해야 할 문제가 있었는데 깜박했어. 여기로 커피나 좀 갖다주게나.」

그리냔은 마누엘이 안으로 들어오도록 옆으로 비켜선 다음, 문을 닫았다.

「나는 선생을 속인 적이 없습니다.」 그리냔은 문이 잠겼는지 확인한 뒤 심각하게 말했다.

「알바로가 여기에 온 건 당신이 전화를 했기 때문이죠.」 마누엘은 그가 자리에 앉을 틈도 주지 않고 몰아붙였다.

그리냔은 고개를 숙인 채 아무 말도 하지 않았다. 다시 입을 열었을 때 그의 목소리에는 슬픔이 짙게 배어 있었다. 이번만큼은 진심인 듯 보였다.

「그 일 때문에 평생을 두고 후회할 것 같아요. 하지만 선생을 속인 적은 없습니다. 나는 알바로 씨가 여기 온 걸 전혀 몰랐어요. 다른 이들이 귀띔해 주어서 알게 된 겁니다.」

「그렇다면 왜 그에게 전화를 한 거죠?」 마누엘은 여전히 차가운 목소리로 물었다.

그리냔은 발을 질질 끌다시피 하면서 소파로 가더니, 그에게 앉으라고 권했다.

「경제적 문제 때문에……. 갑자기 큰돈이 필요하게 된 산티아고 씨가 내게 부탁을 하러 왔더군요. 그래서 알바로 씨에게 그 사실을 알려 주었죠. 재산 관리인으로서 나는 농지 및 토지 관리인이 요청할 경우, 임시 경비로 매달 최대 1만 유로까지 인가해 줄 수 있는 권한이 있습니다. 긴급 상황이 발생한 경우, 즉시 처리할 목적으로 정해 놓은 비용이었어요. 그런데 산티아고 씨는 내가 처리할 수 있는 범위를 크게 넘어서는 액수를 요구했습니다.」

「얼마를 요구했죠?」

그리냔은 잠시 기억을 더듬었다.

「30만 유로였습니다.」

「어디에 쓴다고 하던가요?」

그는 고개를 가로저었다.

「말은 안 했지만 굉장히 급한 눈치였어요. 그에게는 매우 중요한 일이었던 모양입니다. 그래서 알바로 씨한테 전화를 걸어 알렸죠. 그게 다예요. 어떤 경우에도 선생에게 거짓말을 한 적은 없습니다. 아까도 말씀드렸지만, 나는 알바로 씨가 여기 왔다는 것조차 몰랐어요. 산티아고 씨로부터 그가 죽었다는 소식을 들을 때까지 까맣게 모르고 있었습니다.」

마누엘은 사무실을 나가려다가, 커피를 은쟁반에 담아서 들여오던 도발과 마주쳤다. 그는 그리냔을 돌아보며 말했다.

「그리냔 씨. 오늘 내가 여기서 한 말은 절대 아스 그릴레이라스에 알려서는 안 됩니다. 아스 그릴레이라스의 주인은 나라는 사실을 잊지 마세요.」

그리냔은 주눅이 든 모습으로 고개를 끄덕였다.

교차선

　최근 며칠간 계속 찌푸렸던 하늘이 맑게 개면서 밝은 햇빛이 세상을 내리비추었다. 그러자 도로 양편에서 은빛과 초록빛으로 일렁이는 어린 유칼립투스 나무와 초록과 검은빛으로 반짝이는 가시금작화가 선명하게 드러났다. 이끼로 뒤덮인 오래된 돌담, 비바람에 시달리느라 퇴락한 나무 울타리 그리고 도심에서 멀어질수록 드문드문 나타나는 농가들. 마치 연초록빛 물감을 풀어 놓은 듯 모든 것이 새로워 보였다. 그는 앞 유리창으로 하늘을 보려고 몸을 구부렸다. 구름은 유화로 그려 놓은 것처럼 푸른빛이 돌았다. 한 붓으로 쭉 이어 그리다가 물감이 떨어진 곳에서 군데군데 흰 점이 나타나는 그런 그림 같았다. 저 앞쪽에 바람이 부는 모양이었다. 땅 위에는 나뭇잎 한 장 구르지 않았지만, 공기 중에 습기가 가득했다. 곧 비가 쏟아질 것 같았다.

　마누엘은 전날 그리냔이 주차했던 장소에 차를 세워 두었다. 저택 어디에서나 차가 보이겠지만, 그건 중요하지 않았다. 노게이라의 말마따나 그가 거기에 간 것은 인사를 하기 위해서가 아니라, 그들에게 대답을 듣기 위해서였으니까 말이다.

　빨간색 닛산 자동차 한 대가 정문 쪽으로 천천히 다가왔다. 바퀴가 굴러가면서 길에 깔린 작은 돌멩이들이 주변으로 튀어 올랐다. 마누엘은 운전석을 힐끗 보았다. 거기엔 왠지 낯익은 남자가 타고 있었다. 기억을 더듬어 보니 알바로의 장례식 날 교회에 있던 사람이었다. 그 차는 점점 속도가 줄어들더니 그의 옆에 이르러 멈추다시피 했다. 운전하던 남자는 놀란 표정을 감추지 않았다. 마누엘은 그가 차를 멈추고 자기에게 무슨 말을 할 것으로 여겼다. 하지만 예상과는 달리 차는 속도를 내며 정문을 빠져나가 버렸다.

차 문을 닫고 저택으로 가려던 마누엘은 하얀 꽃에 정신이 팔려 잠시 멈추어 섰다. 순백의 꽃잎 때문에 초록빛으로 반짝거리던 울타리가 거무스름하게 보였다. 그 순간 전날 밤, 테이블 서랍 속에 넣어 두고 온 두 송이의 치자꽃이 머릿속에 떠올랐다. 마누엘은 넋을 잃은 채 창백하리만큼 하얗고 매끄러운 꽃부리를 어루만졌다. 그때 차 소리를 듣고 창문으로 밖을 내다보던 에르미니아가 들어오라고 손짓을 했다.

그는 집을 지키고 있는 듯이 문 앞에서 꿈쩍도 하지 않는 뚱뚱한 검은 고양이를 물끄러미 내려다보았다. 이내 에르미니아가 녀석에게 소리를 지르는 모습을 보고 가볍게 미소 지었다.

「저리 가, 이 녀석아!」 그녀는 발을 동동 구르며 고양이를 쫓아냈다.

고양이는 마지못해 1미터쯤 걸어가더니 도로 앉았다. 그러곤 에르미니아가 뭐라고 하든 못 들은 척하면서 태연하게 꼬리털을 핥았다.

「어서 들어와요, 도련님.[1] 얼굴 좀 보게 들어오라니까요.」 에르미니아는 그를 주방 안으로 끌어당기며 소리쳤다. 「이렇게 찾아온 걸 보면 나를 잊지 않은 모양이구려. 사실 나도 그동안 마누엘 씨가 어떻게 지낼지, 오로지 그 생각만 했다오. 우선 여기 앉아서 이것 좀 들어요.」 그녀는 그의 앞에 커다란 갈리시아 빵을 놓더니 길게 썰었다. 그리고 고소한 향기가 나는 짙은 빛깔의 빵에 초리소[2]와 치즈를 얹어 주었다.

마누엘은 미소를 지었다.

「사실 배가 고프지 않아요. 여관에서 아침을 먹고 왔거든요.」

「그럼 따뜻한 걸 드릴까요? 계란 프라이를 두 개 해드릴 테니까 잠깐

---

1 원문에 나온 *fillo*는 갈리시아 말로 〈아들〉이라는 뜻이다. 직역하면 〈내 아들〉 혹은 〈내 새끼〉 정도 되지만, 여기서는 문맥상 〈도련님〉이라고 옮긴다.
2 돼지고기와 비계, 마늘, 빨간 파프리카 가루 등으로 만든 스페인의 대표적인 소시지.

만 기다려요.」

「아니에요, 정말이에요. 배가 고프지 않아요.」

그녀는 안타까운 표정으로 그를 바라보았다.

「하기는 그렇게 큰일을 겪었는데, 밥이 목구멍으로 넘어가겠어요.」 그녀는 깊은 한숨을 내쉬었다. 「그러면 커피는 어때요? 커피 정도는 괜찮겠죠?」

「네, 그러세요.」 마누엘은 웃으며 대답했다. 커피마저 거부하면 에르미니아는 온종일 물어볼 기세였다. 「그럼 커피 한 잔만 주세요. 그런데 그 전에 산티아고 씨를 만나서 처리해야 할 문제가 있어요.」

「여행에서 아직 안 돌아왔는데요. 오늘 아침에 연락이 오긴 했어요. 밤에 도착한다고 그러더군요.」

마누엘은 생각에 잠긴 채 고개를 끄덕였다.

「지금 이 집에는 까마귀밖에 없어요.」

마누엘은 어리둥절한 표정으로 그녀를 바라보았다.

「까마귀는 저기서 늘 무언가를 감시하고 있죠.」 그녀는 천장을 손으로 가리키며 말했다.

마누엘은 그제야 이해했다는 표정을 지었다. 전날 밤에 읽은 에드거 앨런 포의 작품[3]에서 반복되던 불길한 말, 〈네버모어〉[4]라는 말이 자꾸만 머릿속을 맴돌았다. 에르미니아가 냅킨을 깐 접시에 비스킷을 담아 내

---

3 시 「까마귀」를 가리킨다.
4 「까마귀」에서는 각 연의 끝마다 *Nevermore*가 후렴처럼 반복되어 나타난다. 그런데 각 연마다 그 의미가 다르기 때문에 여기서는 〈네버모어〉라고 옮긴다. 그 내용을 간단히 요약하면 다음과 같다. 화자가 사랑하는 레노어를 상실한 슬픔을 달래려 독서에 몰입하고 있는데 갑자기 창문을 두드리는 소리가 난다. 창문을 열자 까마귀 한 마리가 어둠 속에서 날아 들어와 아테네의 흉상 위에 앉는다. 화자가 이 새에게 이름을 묻자 뜻밖에 까마귀는 〈네버모어〉라고 대답한다. 놀란 화자가 날이 새면 이 새도 날아갈 것이라고 혼잣말을 하자 새는 〈결코 날아가지 않을 거야〉라고 답한다. 다시 화자가 약을 먹고 레노어를 잊겠노라고 혼잣말로 다짐하자 이번에도 새는 〈결코 그럴 수 없을걸〉이라고 말한다. 결국 화자는 자신이 이 까마귀의 그림자로부터 영원히 벗어나지 못할 것을 직감하면서 시를 끝맺는다.

오는 동안 그는 조용히 자리에 앉았다.

「그리고 엘리사와 아이도 있지요.」 그녀가 목소리를 가다듬고 말했다. 「지금쯤 틀림없이 묘지에 있을 거예요. 엘리사는 언제나 거기에 있으니까요.」

그녀는 늘 아궁이 위에 올려놓아 온기를 유지하는 주전자에서 커피 두 잔을 따라 테이블로 가져왔다. 그러곤 그의 옆자리에 앉아 다정스러운 눈길로 그를 바라보았다.

「이를 어쩌나! 말 안 해도 지금 견디기 어려울 정도로 힘들다는 걸 잘 알아요. 내가 아무것도 모르면서 함부로 나선다고 생각할지도 모르죠. 하지만 나는 마누엘 씨가 어떤 분인지 잘 안답니다. 알바로라면 어느 누구보다 잘 알고 있으니까요. 알바로 도련님이 선택한 사람이라면 틀림없이 너그러운 마음씨를 지니고 있을 거예요.」

「지금 내 이야기를 한 거예요?」

「꼭 그런 건 아니지만 경험상 미소나 시선만 봐도 그게 느껴지는 사람이 있답니다. 이 집안의 아이들은 모두 내 손으로 키우다시피 했죠. 아이들이 태어나고 자라서 어른이 되는 모습을 쭉 지켜봤으니까요. 그러면서 그 애들을 세상 누구보다 아끼고 사랑하게 됐어요. 아이들의 눈빛만 봐도 마음을 읽을 수 있을 정도죠.」

「그렇군요.」 마누엘이 나직이 말했다.

그녀는 살며시 마누엘의 손을 잡았다. 찻잔을 잡고 있었던 탓인지 여윈 손에서 온기가 느껴졌다.

「알바로를 너무 원망하지 말아요. 혹시라도 마누엘 씨가 그런 생각을 할까 봐 마음이 조마조마하다오. 이 집안의 아들들은 모두 내 자식 같아서 말이에요. 다들 착하고 좋은 사람들이지만, 나는 그중에서 알바로가 제일 좋아요. 어릴 때부터 힘이 세고 용감해서 다른 아이들보다 눈에 띄었죠. 하지만 그런 성격 탓에 아버지와 자주 갈등을 빚기도 했답니다.」

「그 이야기라면 이미 그리냔한테 들었어요. 안타깝게도 자식을 있는 그대로 받아들이는 부모는 없는 모양이에요.」

「알바로가 동성애자라서 아버지와 문제가 생겼다고 그러던가요?」

「네.」 그는 얼떨결에 대답했다.

그녀는 자리에서 일어나 벽장을 열더니 핸드백을 꺼내 안을 뒤지기 시작했다. 지갑을 꺼낸 그녀가 안에서 사진 한 장을 빼내 마누엘 앞에 내려놓았다. 사진은 보존 상태가 비교적 좋았지만, 지갑 안에 오래 넣어 둔 탓에 — 몇 년은 족히 된 것 같았다 — 귀퉁이가 구부러져 있었다. 사진 속에는 어린아이 세 명이 있었는데, 한 아이만이 카메라를 응시하고 있고 나머지 둘은 그 아이를 바라보고 있었다.

「가장 큰 애가 바로 알바로랍니다. 그 옆에는 친구 루카스, 지금은 신부님이고요. 그리고 이 아이가 동생 산티아고예요. 이때 알바로가 열 살, 산티아고는 여덟 살쯤 됐을 거예요.」

마누엘은 손가락으로 부드럽게 사진을 어루만졌다. 어린 시절의 알바로를 본 건 그때가 처음이었다. 「당신은 어릴 때 참 예뻤을 것 같아.」 마누엘은 자주 그런 말을 했다. 「아냐. 그냥 평범했어.」 그때마다 알바로는 그렇게 대답했다. 햇빛에 반짝이는 밤색 머리카락과 커다란 눈을 보면, 그의 말처럼 그냥 평범한 아이 같지는 않았다. 사진 속에서 알바로는 카메라를 보고 환히 웃으며, 우정의 표시로 루카스의 어깨에 손을 얹고 있었다. 반면 산티아고는 형 뒤에 반쯤 숨은 채, 의존하거나 뭔가를 애원하듯이 그의 왼팔을 붙들고 있었다.

「남편이 바로 여기, 주방 앞에서 사진을 찍었죠. 그의 생일에 카메라를 선물했는데, 그걸 받자마자 이 사진을 찍었답니다. 그저 그래 보이지만 어릴 적 도련님들의 모습이 이보다 더 잘 나온 사진도 없다고요.」

한가운데에 서서 정면을 응시하는 아이에게서 리더의 자질이 엿보였다. 즐거운 듯 미소를 띤 루카스의 표정에는 이 세상 끝까지 친구를 따라가겠다는 의지가 서려 있었다. 산티아고는 토라진 듯 보였지만, 형의 팔을 꽉 잡고 있는 걸로 봐서는 질투심에 사로잡혀 있는 게 분명했다. 마치 사진이 형의 기운을 다 빼앗아 가리라고 여기는 것처럼 말이다.

에르미니아는 사진에서 눈을 떼지 못하는 마누엘을 감격스러운 표정으로 지켜보았다.

「알바로가 동성애 성향 때문에 아버지와 갈등을 빚은 것은 아니라고
봐요. 물론 그것이 관계에 도움을 주었다고 할 수는 없겠지요. 알바로가
남들처럼 살았더라면, 사정은 전혀 달랐을 테니까요. 하지만 실상 알바
로와 아버지의 갈등은 훨씬 전부터, 그러니까 아주 어릴 때부터 시작되
었죠. 아, 그 어린 꼬마가 자기 아버지와 맞서던 모습이 지금도 눈에 선
하네요. 빤히 노려보면서 한마디도 지지 않고 말대꾸하는데, 정말 대단
했답니다. 그 바람에 노 후작은 화가 나서 어쩔 줄 몰라 했죠. 사실 그분
은 살아생전에 누구를 특별히 싫어한 적이 없는 분이었어요. 하지만 알
바로만큼은 끔찍이 싫어하면서 내심 탄복하기도 했죠.」그녀는 말을 멈
추고 심각한 표정으로 마누엘을 보았다.「내가 지금 무슨 말을 하는 건
지 아실까 모르겠어요. 노 후작은 무엇보다 용기를 중시하는 사람이었
어요. 진정 용감한 이라면, 적이라도 높게 평가할 정도로 말이죠.」

마누엘은 고개를 끄덕이며 공감을 표했다.

「네. 무슨 말인지 잘 알아요. 하지만 성격이 안 맞는다고 해서 자기 아
들을 그렇게 식구들로부터 떼어 놓았다니 이해하기가 어렵네요.」

「단순히 성격 차이라고 보기에는 상황이 너무 심각했어요. 알바로의
부친은 굉장히 위압적인 분이었으니까요. 이 집안 사람들은 누구나 그
분이 시키는 대로 했답니다. 물론 알바로만 빼고 말이죠. 그는 그런 숨
막히는 분위기를 특히 못 견뎌 했어요. 한번은 이런 일이 있었어요.」그
녀의 말이 이어졌다.「알바로가 여덟인가, 아홉 살 때였을 거예요. 그 무
렵 두 살 어린 산티아고는 잠시도 가만히 있지 못하고 자기 마음 내키는
대로만 하는 개구쟁이였죠. 어느 날 자기 아버지 방에서 라이터를 몰래
집어 온 산티아고가 마구간에 쌓아 둔 건초 더미에 불을 붙일 생각을 했
던 모양이에요. 그런데 제대로 끄지 않고 그냥 가는 바람에 잠시 뒤 불
길이 타오르기 시작했어요. 다행히 일꾼 한 사람이 그곳을 지나가다가
산티아고를 보고 수상쩍은 생각이 들더랍니다. 평소 도련님이 거기에
나타나는 일은 거의 없었으니까요. 그래서 달려가 보니 아닌 게 아니라

건초 더미에서 불길이 치솟고 있었던 거죠. 그 사실을 알게 된 노 후작은 화가 나서 허리띠를 들고 도련님을 잡으러 다녔어요. 산티아고는 겁먹은 나머지 곧장 숨어 버렸죠. 그런데 알바로가 길을 가다 아버지와 마주치자 그 자리에서 자기가 불을 질렀다고 말했답니다. 그때 알바로를 바라보던 노 후작의 눈빛은 영원히 잊을 수 없을 거예요. 그분은 지금 무슨 일이 일어났는지는 중요치 않다는 듯이 알바로 도련님을 무섭게 노려보더군요. 그러다가 천천히 입을 열었어요. 〈내가 지금 무슨 생각을 하는 줄 아느냐? 네가 거짓말을 하고 있다고, 날 속이려고 말이야. 감히 나를 조롱하려 들다니, 도저히 용납할 수 없구나.〉 그는 벌로 알바로를 그 자리에 세워 두었죠. 온종일 대문 앞에 선 채로 앉기는커녕 밥도 못 먹고 화장실도 못 가게 했어요. 오전 10시경부터 비가 부슬부슬 내렸죠. 그런데도 집 안으로 들여보내지 않더라고요. 오히려 두 시간에 한 번씩 검은색 우산을 쓰고 나와 계속 물어보는 거예요. 〈누가 그랬지?〉 그때마다 알바로도 똑같은 말만 반복했죠. 〈내가 그랬어요, 아버지.〉」

　마누엘은 에르미니아의 말을 귀담아들었다. 어린 알바로의 밝은 갈색 머리카락과 도도한 눈빛 그리고 눈 하나 깜짝하지 않고 아버지와 맞서는 모습이 어렵지 않게 떠올랐다.

「정확히 언제였는지 기억은 나지 않지만, 겨울이었던 것 같아요. 아주 추웠으니까요. 오후 5시 반쯤 갑자기 어둠이 깔리면서 폭풍우가 몰아치기 시작했어요. 바람이 세차게 불면서 천둥 번개가 내리치더니 6시경에 전기가 나가 버렸죠. 그 이튿날에 간신히 전기가 들어올 때까지 온 세상이 암흑천지였어요. 저녁 시간에 모두 식탁에 둘러앉았는데, 살얼음판 위를 걷는 듯 아슬아슬한 분위기였죠. 힐끔힐끔 눈치를 살피던 산티아고가 울음을 터뜨리며 아버지에게 사실대로 털어놓았답니다. 그런데도 노 후작은 몸을 돌린 채 아들에게 눈길 한번 주지 않고 당장 자러 가라고 하더군요. 결국 나와 노 후작만 빼고 모두 일어나 자기 방으로 갔답니다. 둘만 있는데, 나한테 한마디도 안 하시는 거예요. 나 같으면 그렇게 추운 날 절대로 아이를 밖에 세워 두지는 않을 거라고요. 하여간 새벽 1시경에 노 후작이 이곳, 주방으로 내려오셨죠. 그때만 해도 남자들이 부엌에 들어오는 일이 거의 없었기 때문에 무척 놀랐어요. 아직 전기가 들어오지 않은 터라, 그는 양초를 들고 있었답니다. 촛불에 비친 그의 얼굴은 정말이지 무자비해 보이더군요. 그는 유리창 앞에 멈춰 서더니 이렇게 말했어요. 〈용기로 따진다면, 내가 아는 이들을 다 합쳐도 저 놈만 못할 거야.〉 그의 목소리에는 긍지와 탄복이 뒤섞여 있었죠. 그러곤 나더러 좀 기다리다가 자기가 잠자리에 든 다음에 들여보내라고 했답니다. 그 후로도 여러 번 노 후작은 그런 눈빛을 보였어요. 그 정도로 미워했던 거죠. 하지만 아들이 자기한테 대드는데도 마음에 끌리는 뭔가가 있었던 모양이에요. 참, 그렇다고 애정이 있었다고 생각하지는 마세요. 사실 그는 자기 아들 중 누구도 좋아한 적이 없으니까요. 알바로는 노골적으로 싫어했고, 산티아고는 아주 어린 시절부터 망신을 주곤 했답니다. 가엾은 아이는 조금이라도 사랑을 받으려고 강아지처럼 아버지를 졸졸 쫓아다녔어요. 자기 아버지의 손이라도 핥으려고 했지만, 돌아오는 건 무시밖에 없었죠. 그래도 산티아고는 존경의 눈빛으로 아버지를 바라보더군요. 마치 자기 형을 볼 때처럼 말이에요.」

「산티아고와 알바로는 사이가 어땠나요?」 사진 속 어린 꼬마의 의젓하고 당당한 모습에 흥미를 느낀 마누엘이 물었다.

그녀는 사진을 가리키며 말했다.

「좋았죠. 잘 지냈어요. 서로를 무척이나 아꼈으니까요. 산티아고는 이 중에서 나이도 가장 어렸지만 제일 작고, 또 약간 뚱뚱했답니다. 그가 다른 아이들과 싸움이 붙을 때면, 알바로는 어김없이 그의 편을 들었어요. 항상 자기 동생을 보살펴 주었고, 그가 걷기 시작한 때부터 어디를 가든 손을 잡고 다녔죠. 한번 손을 잡으면 결코 놓는 법이 없었어요. 그러니 산티아고가 자기 형을 좋아하고 따를 수밖에 없었죠. 알바로가 밟은 곳이면 어디든 입을 맞출 정도였어요. 하여간 알바로가 하는 것이라면 가리지 않고 따랐답니다. 세 아들 중에서 산티아고가 제일 마음이 여리고 정에 약한 편이에요. 가장 예민하고요. 동생인 프란이 죽었을 때는 정말이지 제정신이 아니었죠. 그렇지만 알바로가 세상을 떠났을 때만큼은 아니었어요. 정말 실성한 줄 알았다니까요. 저러다 무슨 엉뚱한 짓이나 저지르지 않을지 걱정될 정도였어요.」

마누엘은 최근 이틀 동안 산티아고와 마주쳤을 때를 떠올렸다.

「글쎄요. 여러 면에서 알바로와 무척 달라 보이던데…….」

「그렇긴 하죠. 좀 엉뚱하긴 하지만, 언제나 죽이 잘 맞았어요. 사실 알바로는 동생에 대해 일종의 의무감이 있었어요. 마치 그를 평생 책임져야 할 것처럼 말이에요. 알바로는 이 동네 저 동네에 친구가 많았답니다. 반면 산티아고는 사람을 대하는 걸 꽤나 어려워했어요. 알바로가 곁에 없었더라면, 산티아고는 어린 시절 내내 외톨이였을 거예요.」

「그럼 두 사람은 막내와도 오랫동안 같이 살았던 셈이네요.」

「막내가 태어났을 때 알바로는 열한 살, 산티아고는 아홉 살이었죠. 알바로는 막냇동생과도 마음이 잘 통했어요. 그렇게 오래 같이 살지는 않았지만요. 프란이 태어나고 얼마 뒤에 알바로가 마드리드의 기숙 학교로 보내졌거든요. 그러고 나서는 방학 때나 왔으니까……. 둘이 다시 만나게 된 건 아버지가 돌아가시고 나서예요. 하지만 프란도 그다음 날 세상을 뜨고 말았죠. 어휴, 불쌍한 것! 어떤 면에서 노 후작이 나름대로 애정을 품은 자식은 프란뿐이었어요. 다만 오냐오냐하면서 다 받아 주다 보니 아이를 망치고 말았죠.」 그녀는 안타깝다는 듯이 가슴을 쳤다. 「따지고 보면 우리가 그렇게 만든 거죠. 하여간 알바로나 산티아고와 나이 차가 나다 보니, 프란은 언제나 가족의 사랑을 독차지하는 귀염둥이였답니다. 늘 웃고 까불면서, 노래하고 춤추곤 했어요. 원래 성격이 명랑하고 애교도 많았어요. 휴, 지금도 눈에 선하네요. 틈만 나면 여기로 쫓아와서는 나한테 안기면서 뽀뽀를 하고 앞치마를 풀었죠. 그러곤 돈을 달라고 조르곤 했어요. 하는 짓이 너무 귀여워서 그때마다 돈을 집어 주었죠.」 그녀는 아이를 그렇게 만든 데 자기도 책임이 있다고 인정하면서 서글픈 표정을 지었다.

마누엘은 놀란 얼굴로 그녀를 바라보았다.

「모두가 아이를 버릇없이 크도록 방치했군요.」그가 나직이 말했다.

「그렇죠. 나도 그렇지만 형들도 그가 돈을 달라고 할 때마다 주곤 했으니까요. 사실 이 집안 아이들에게는 돈이 필요 없었어요. 그 당시에 이미 운전면허도 있었죠. 성년이 되면 곧바로 좋은 차부터 사주었으니까요. 그뿐 아니라 여행, 승마, 펜싱, 폴로, 사냥…… 하여간 하고 싶은 건 다 하고 살았다니까요. 아버지는 언제나 아이들의 지갑을 두둑이 채워주었어요. 후작의 자식들이 어디를 가든 돈이 없으면 안 된다는 생각에서였죠. 하지만 프란은…….」그녀는 갑자기 비통한 표정을 지으며 고개를 저었다. 「프란은 늘 돈에 쪼들렸어요. 모두가 외면하고 싶어 했지만, 혹시나 했던 것이 사실로 드러났을 때는 이미 너무 늦은 뒤였죠. 어느 날 내가 화장실을 치우려고 프란의 방에 들어가려는데, 문이 닫혀 있었어요. 아무리 두드려도 대답이 없는 거예요. 하는 수 없이 남편하고 다른 사람을 불러와서 문짝을 뜯어냈답니다. 안으로 들어갔더니, 글쎄 프란이 팔에 주사기를 꽂은 채 바닥에 쓰러져 있지 뭐예요. 그는 마약 중독자였어요. 애인인 엘리사도 마찬가지였고요.」

「그동안 아무도 몰랐나요? 눈치챈 사람이 아무도 없었다는 거예요?」

「일부러 안 보려고 하는 이들이 장님보다 더하다는 옛말이 있잖아요. 완전히 그 짝이었죠. 물론 다들 수상하게 여기거나 이상한 낌새를 눈치채기는 했지만, 설마 그 정도일 줄은……. 프란은 날이 갈수록 중독 증상이 심해졌어요. 이를 보다 못한 노 후작이 용하다는 병원을 찾아 보내려고 했죠. 포르투갈에 있는데, 굉장히 비싼 병원이라고 하더군요. 프란은 엘리사와 함께라면 입원하겠다고 했어요. 거기서 거의 한 해를 보냈어요. 크리스마스나 아버지의 생신처럼 특별한 날에만 집에 왔는데, 잠깐 머물다가 치료를 계속하기 위해 곧바로 돌아가곤 했죠. 그런데도 프란과 아버지의 관계는 전혀 달라지지 않았답니다. 후작은 막내 아들이라면 여전히 눈에 넣어도 아프지 않을 만큼 예뻐했어요. 하지만 그의 어머니는 이를 견디지 못했죠. 프란을 제대로 보지도 못할 정도였어요. 그녀가 보기에는 프란 같은 마약쟁이가 바보 천치보다 나을 것이

182

없었나 봐요. 하지만 아버지는 달랐어요. 아무리 나쁜 짓을 해도 자기 자식만큼은 남들과 다르다고 생각하는 게 있잖아요. 하기는 내 생각도 그래요. 가령 알바로처럼 모든 걸 잘 이겨 내는 사람들이 있는 반면, 프란처럼 너무 약해서 옆에서 받쳐 주지 않으면 안 되는 이들도 있기 마련이니까요.」

「그러니까 잠깐 집에 왔다가 죽은 거로군요.」 마누엘이 말했다.

「죽을 때가 가까워졌음을 직감한 노 후작은 프란을 불렀어요. 그는 여러 해째 암으로 투병 중이었죠. 한동안은 치료 덕분에 암세포가 전이되는 걸 막을 수 있었어요. 그런데 어느 순간부터 암세포가 되살아나서 온몸으로 퍼지는 바람에 더 이상 가망이 없는 지경에 이르게 됐죠. 차마 눈 뜨고 못 볼 정도로 고통스러워했어요. 그렇게 두 달여를 보내다가 모르핀으로 연명하는 신세가 되고 말았죠. 프란은 임종을 지키기 위해 돌아와서는 며칠 동안 아버지 곁을 잠시도 떠나지 않았답니다. 노 후작도 프란 외에는 아무도 보지 않으려고 했고요. 심지어는 산티아고도 말이죠. 프란은 잠도 거의 자지 않고 지극정성으로 아버지를 보살폈어요. 그 모습을 보고 있자니, 이젠 어엿한 어른이 된 것 같더라고요. 그는 아버지의 손을 꼭 잡아 주고 흘러내린 침을 닦아 주는가 하면 말도 먼저 걸었어요. 언제나 단둘이서…… 돌아가실 때까지 말이에요.」

그녀는 그때를 회상하며 잠시 말을 멈추었다. 그러곤 쓰라린 기억을 떨쳐 버리기라도 하듯 머리를 세차게 흔들었다.

「그렇게 슬프게 우는 사람은 태어나서 처음 봤답니다. 프란은 아버지의 손을 꼭 잡은 채 미동도 없이 그 자리에 서 있었어요. 그러다가 아버지의 손이 힘없이 미끄러지자 심장이 터질 듯이 목멘 소리로 울기 시작했어요. 그 모습을 보고 방에 있던 이들, 그러니까 가족과 의사, 신부님, 장의사 직원에 이르기까지 모두 울음을 터뜨렸답니다. 그렇지만 돌아가신 노 후작을 위해 눈물을 쏟은 사람은 프란뿐이었어요. 어린애처럼 슬프게 울었죠. 얼굴이 눈물로 범벅이 될 정도로요. 본인은 몰랐겠지만, 길을 잃은 아이 같았죠. 정말 그랬어요. 어둠 속에서 길을 잃고 잔

뚝 겁에 질린 어린아이의 모습이었다고요. 그때 그의 어머니가 방에 들어왔어요. 그런데 그가 통곡하는 모습을 본 순간, 그녀의 얼굴에 떠오른 표정만큼은 절대 잊지 못해요. 뭐랄까, 극도로 경멸하는 눈초리였죠. 그 눈빛에는 동정심이라든지 애처로움이 눈곱만큼도 없었어요. 오히려 역겹다는 듯이 시선을 돌리더니 방을 나가 버리더군요. 그런 아들이 꼴도 보기 싫었던 거죠. 결국 장례식 다음 날, 프란은 아버지의 무덤 위에서 죽은 채로 발견되었어요. 사인은 약물 과다 복용이었죠.」

에르미니아는 말을 멈추고 한숨을 내쉬었다. 마누엘은 숨죽인 채 그녀를 쳐다보며 이야기가 계속되기를 기다렸다. 그녀는 눈물을 참으려는 듯 두 눈을 질끈 감았다. 하지만 참았던 눈물이 두 뺨을 타고 주르륵 흘러내렸다. 숨소리조차 내지 않으며 한동안 그 자리에서 버티고 있었다. 마침내 길게 한숨을 내쉰 그녀가 손바닥으로 얼굴을 가렸다.

「미안해요.」 그녀가 울음 섞인 목소리로 말했다.

예상치 못한 상황에 심란해진 마누엘은 그녀를 꼭 껴안아 주고 싶은 충동과 다른 이의 슬픔에 끼어든 듯한 느낌 사이에서 갈등했다. 고심 끝에 위로의 뜻을 전하기 위해 손을 뻗어 그녀의 팔을 살짝 잡았다. 그러자 그녀는 그 손을 살며시 맞잡았다. 다행히 마음이 좀 가라앉은 듯했다.

「추한 꼴을 보여서 미안해요.」 마음을 진정시킨 그녀가 눈물을 훔치면서 말했다. 「프란, 그다음에 알바로까지…….」 그녀는 식탁 위에 있던 사진으로 손을 뻗었다.

「괜찮아요.」 마누엘은 사진을 그녀 쪽으로 밀어 주면서 대답했다.

그녀는 다정한 눈빛으로 그를 바라보았다.

「가엾은 사람 같으니. 오히려 내가 위로를 해도 모자랄 판인데. 그 사진은 가져도 돼요.」 그녀가 손을 꼭 잡으며 말했다.

동정 따윈 받고 싶지 않았던 마누엘은 그녀의 손을 홱 뿌리쳤다.

「아니에요, 에르미니아. 이 사진은 당신 거잖아요. 그렇게 오랫동안 간직해 온 걸…….」

「마누엘 씨가 이걸 가졌으면 해요.」 그녀도 물러서지 않았다.

마누엘은 고개를 숙인 채 사진 속 아이의 눈을 빤히 바라보았다. 그 맑은 눈빛이 날카로운 비수처럼 저 먼 과거로부터 날아와 그의 가슴에 꽂혔다. 가슴이 미어질 듯했지만 아무렇지도 않은 척하며 사진을 집어 들고는 그 눈빛과 다시 마주치지 않기 위해 상의 주머니에 재빨리 집어 넣었다. 그 순간 자신을 쳐다보는 에르미니아의 시선을 느끼고는 다시 대화를 시작했다.

「그럼 엘리사는요?」

「엘리사는 아들이 살린 거나 마찬가지예요. 그 무렵에 임신한 걸 알게 되었거든요. 그 덕분에 다시는 마약에 빠지지 않았죠. 하여간 손을 씻고 나서 지금은 완전히 건강을 회복했어요. 그것만 빼면 엘리사는 나무랄 데 없는 사람이랍니다. 아들은 정말 눈에 넣어도 아프지 않을 만큼 예쁘죠. 어떨 땐 내 손자 같아요. 게다가 영리하기 이를 데 없어요. 이제 세 살밖에 안 됐는데, 글을 다 읽을 정도예요. 엘리사가 가르쳤죠. 가끔은 제법 어른스러운 말도 한다니까요. 하긴 이 장원에서 온종일 어른들하고만 지내다 보니 그렇게 됐는지도……」

마누엘은 자기도 모르게 고개를 흔들었다. 그것이 에르미니아가 그 이야기를 더 하도록 부추기는 꼴이 되고 말았다.

「아, 그렇다고 아이에게 무슨 문제가 있다는 건 아니에요. 여기는 아이를 교육하기에 적절한 환경이니까요. 하지만 여태껏 유치원 문턱에도 못 가봤어요. 아이를 데리고 잠시 나갔다 오라고 해도 엘리사는 들은 척도 하지 않는답니다. 아마 주변 공원에도 데리고 간 적이 없을 거예요. 아이들이 제대로 자라려면 또래와 어울려야 한다고요.」

마누엘은 놀란 표정으로 그녀를 바라보았지만, 에르미니아는 그의 시선을 외면했다.

「엘리사가 늘 묘지에 있다고 말씀하셨죠?」

「매일 오전, 오후에 거길 가죠. 여름에는 해가 질 때까지 있어요. 교회 앞 공터에서 아이와 놀기도 해요. 물론 그 모습이 눈에 거슬리는 건 아니지만, 종일 아이와 단둘이 무덤 사이에서 시간을 보내니까요.」

「다른 가족들은 그녀를 어떻게 대하나요?」

그때 사리타가 들어오는 소리가 들렸고 둘은 일제히 고개를 돌렸다.

사리타는 손에 옷가지와 세제를 들고 있었다. 에르미니아가 목소리를 가다듬으며 말했다.

「사리타, 산티아고 씨의 서재로 가서 창문 좀 닦아.」

「아까는 냉장고를 청소하라고 했잖아요.」 사리타가 따지듯 물었다.

「그건 나중에 하면 되잖아.」 에르미니아가 대답했다.

「지금 안 하면 오늘 안으로 못 끝낸다고요.」 사리타가 투덜거렸다.

「오늘 못 끝내면 내일 하면 되지 뭐.」 에르미니아가 빈정거리는 어투로 대답했다. 「지금은 서재 유리창부터 닦으라고.」

사리타는 계단 쪽으로 몸을 휙 돌리더니 문을 닫고 나갔다.

한동안 문을 빤히 쳐다보던 에르미니아가 마침내 입을 열었다.

「아주 착한 아이랍니다. 여기 온 지는 그리 오래되지 않았지만요. 그리냔도 마찬가지죠. 그런데 어제 그가 갑자기 나가면서 했던 말이 사리타나 나한테는 핑계로 들리더군요.」

「조금 전까지 엘리사에 관해 말하고 있었어요.」 마누엘은 혹시 그녀가 하던 이야기를 잊었을지도 모른다는 생각에 상기시켜 주었다.

「참, 그렇죠. 모두 그녀한테 잘 대해 준답니다. 아주 잘해 줘요. 물론 아이 때문이죠. 특히 산티아고와 카타리나는 아이를 무척이나 사랑해요. 본인들이 자녀가 없다 보니까 사무엘만 보면 사족을 못 씁니다. 사무엘은 보물과도 같은 존재예요. 보셨다시피 아이가 워낙 붙임성이 좋아 아무한테나 잘 안기는 데다, 늘 생글거리니까 그럴 수밖에요. 알바로도 녀석을 참 귀여워했죠. 아이와 단둘이 있을 땐 몇 시간 동안이나 이야기를 나누곤 했으니까요. 특히 사무엘이 어른처럼 차분하게 뭔가를 설명하면, 흐뭇한 표정으로 바라보곤 했답니다.」

「그런데 있잖아요.」 마누엘은 갑자기 목소리를 낮추더니 천장을 가리키며 말했다. 「공증 사무실에서 그녀를 잠깐 본 적이 있는데, 엘리사나 아이에게 그리 살갑게 대하지 않는 것 같던데요.」

「까마귀[5] 말이군요.」에르미니아가 고개를 설레설레 저으며 말했다. 「그 누구한테도 상냥하지 않아요. 하지만 사무엘은 프란의 아들이자 자기 손자예요. 아무리 아이의 부모에 대해서는 악담을 퍼붓고 얼굴도 안 쳐다보려고 한다지만, 어쨌든 무니스 데 다빌라 가문의 자손이잖아요. 사무엘은 무니스 데 다빌라 가의 어엿한 자손일 뿐만 아니라, 산티아고 부부에게 자식이 생기지 않는 한 이 가문의 유일한 상속인이 될 거라고요. 그녀를 포함한 이 가문 사람들에게 지금 그보다 더 중요한 문제는 없답니다.」

마누엘은 숲에 난 오솔길을 따라 걸었다. 하늘이 갈수록 우중충해지는 가운데, 나무 사이로 스미던 희미한 빛마저 사라졌다. 전날 바닥에 영롱하게 드리워지던 햇빛도 잿빛으로 변해 버렸다. 나무 사이로 이어진 길이 터널 안처럼 어두컴컴해지면서, 환한 빛이 나타날 조짐은 전혀 보이지 않았다. 다행히 무성한 나뭇잎이 세찬 바람을 막아 주었지만, 기온이 내려가면서 온몸에 소름이 돋았다. 〈곧 비가 쏟아지겠군.〉그는 속으로 생각했다. 〈다들 내가 슬픔에 젖어 있을 거라고 여기고 있어. 그리냔, 에르미니아 그리고 나 자신마저도 말이야.〉 그는 그 슬픔의 정체가 무엇인지 생각해 보았다.

그는 분명 슬펐지만, 예상한 것만큼은 아니었다. 만약 한 달 전에 알바로를 잃게 된다는 사실을 알았다면, 아마 괴로움을 견뎌 내지 못했을 것이 분명하다. 하지만 마누엘은 어떤 마음의 준비도 하지 못한 채 그의 죽음을 알게 되었다. 문득 부모님이 돌아가셨을 때가 떠올랐다. 그때 누나는 밤마다 그의 침대로 와서 그를 꼭 껴안곤 했다. 혼자서는 도저히 울음을 그칠 수 없을뿐더러, 그가 곁에 없으면 한순간도 견딜 수 없었기 때문이다. 그 어린 나이에 고아가 되었다는 것이 얼마나 끔찍하고 두려웠을까. 누나가 암으로 세상을 떠난 뒤로 오랫동안 마누엘은 그 누구도

5 앞서 언급된 바 있지만, 여기서 〈까마귀〉는 노 후작 부인의 별명이다.

사랑하지 않겠노라고 다짐을 거듭했다. 그가 나타날 때까지 말이다.

요 며칠 사이 알바로 때문에 울지 않기로 마음먹은 것은 도저히 그의 배신을 용납할 수가 없어서이기도 했지만 대체 무슨 일이 일어난 건지, 누가 그를 살해했는지, 또 그 이유가 뭔지 도통 이해할 수 없어서이기도 했다. 게다가 알바로를 잃은 슬픔과 고통으로부터 거리를 두면서 마누엘은 다른 관점에서 그 사건을 보게 되었다. 그런데 오늘 뜻밖의 일이 일어났다. 오래된 사진을 통해 또 다른 시간과 공간을 여행하다가 끝내 눈동자에서 강렬한 빛을 뿜어내는 그를 만난 것이다. 자신감 넘치는 눈빛, 아니 처음 만난 순간부터 사랑했지만 며칠 동안 잊고 지낸 확신에 차고 단호한 눈빛이자 영웅의 눈빛을 지닌 그와 만나고 말았다.

그는 손을 들어 옷 안의 사진을 더듬어 보았다. 구부러진 귀퉁이가 갈고리처럼 재킷의 부드러운 안감에, 혹은 그의 심장에 박혀 있는 듯했다.

그때 그들의 목소리가 들렸다. 교회 문을 골대 삼아 어설프게 공을 찬 사무엘이 깔깔거리며 웃는 소리였다. 엘리사는 교회 입구에 버티고 선 채 골을 막는 척하면서, 아이를 기쁘게 해주기 위해 일부러 한두 번씩 공을 뒤로 빠뜨려 주었다. 골을 넣을 때마다 사무엘은 두 팔을 벌리고 날아가는 모양으로 원을 그리며 이리저리 뛰어다녔다.

아이는 마누엘을 보자마자 쪼르르 달려왔다. 그리고 전날처럼 품에 안기는 대신 그의 손을 덥석 잡더니 문 쪽으로 끌고 갔다.

「골키퍼! 골키퍼! 골키퍼 해주세요!」 녀석은 마누엘을 교회 문 앞으로 끌고 가는 내내 소리를 질렀다. 엄마는 흐뭇한 미소를 지으며 두 사람을 기다렸다. 「엄마는 골을 잘 못 막아요. 그러니까 아저씨가 골키퍼 해요.」 아이가 졸라 댔다.

엘리사는 웃으면서 하는 수 없다는 듯이 어깨를 으쓱했다. 그러곤 입구 계단에 놓아둔 재킷을 집어 든 뒤 그에게 자리를 물려주었다.

마누엘은 재킷을 벗어 문 앞 계단에 올려놓았다.

「꼬마야, 나를 만만하게 보다가는 큰코다칠걸. 이래 봬도 철벽 골키퍼라고.」 그 사이 녀석은 공을 팔에 끼고 공터 한복판으로 달려갔다.

마누엘은 그렇게 15분간 아이와 축구를 하며 놀았다. 녀석은 마누엘이 공을 잡을 때마다 분한 듯이 고래고래 소리를 질렀고, 일부러 골을 먹어 주면 기뻐 날뛰었다. 엘리사는 웃음 띤 얼굴로 그들의 모습을 지켜보다가 가끔 아이에게 응원을 보내기도 했다. 얼마 뒤 아이의 얼굴에 지친 기색이 역력하게 나타나기 시작했다. 다행히 그때 태어난 지 몇 주 되지 않은 새끼 고양이 네 마리가 길가에 나타나자 녀석의 얼굴에 다시 생기가 돌았다.

아이가 고양이들과 노는 사이, 마누엘은 엘리사에게 다가갔다.

「때마침 와주셔서 얼마나 다행인지 몰라요. 너무 지쳐서 손가락 하나 움직일 힘도 없었거든요. 더구나 아이도 종일 나하고만 놀다 보니 슬슬 지루해했고요.」 그녀는 마누엘에게 감사를 표했다.

「저도 덕분에 즐거웠습니다.」 그는 몸을 돌려 아이를 보면서 말했다. 그제야 새끼 고양이 네 마리가 모두 검은색이라는 걸 알았다.

「어떻게 지내고 있어요?」 그녀는 그를 유심히 살펴보며 물었다. 예의상 물어보는 말도, 그렇다고 인사말도 아니었다.

「잘 지내고 있어요.」 마누엘이 대답했다.

그녀는 고개를 한쪽으로 기울인 채 그를 주의 깊게 바라보았다. 마누엘은 그 태도가 무엇을 의미하는지 잘 알고 있었다. 그의 말을 믿지 못하겠다는 표시였다. 그녀는 의심스러운 눈빛으로 그가 거짓말을 하고 있진 않은지 샅샅이 살폈다. 그러곤 갑자기 시선을 돌리더니 무덤 쪽으로 천천히 걸어갔다. 마누엘도 그녀를 따라 걸었다.

「다들 그럴 거예요. 지금은 힘들어도 다 지나갈 테니까 조금만 참으라고요. 세월이 약이라고 말이죠. 하지만 그건 거짓말이에요.」

그는 아무 대답도 하지 않았다. 이 순간이 악몽처럼 지나가고 알바로의 사망 원인이 분명하게 밝혀져 모든 걸 잊고 평온한 일상으로 돌아갈 수 있기만을 간절히 바랐는데, 그게 모두 거짓말이라니 순간 말문이 막혔다. 어쨌든 엘리사는 자신이 겪은 고통을 말하고 있는 게 분명했다.

「안타깝군요.」 그는 무덤을 향해 고개를 돌리며 말했다. 「무슨 일이 있었는지 그리냔 씨를 통해 들었어요. 그리고 오늘은 에르미니아가 좀 더 자세히 설명해 주었고요.」

「그렇다면 마누엘 씨는 진실을 모르고 있는 거예요.」 그녀가 그의 말을 자르더니 목소리를 차분하게 가라앉힌 다음 계속했다. 「물론 에르미니아가 나쁜 뜻으로 그렇게 말하지는 않았을 거예요. 그녀는 진심으로 프란을 아끼고 사랑했으니까요. 다만 그녀나 그리냔 씨는 여기서 무슨 일이 있었는지 다 알지는 못해요. 사실 그걸 정확하게 알고 있는 사람은 아무도 없어요. 아버님은 평생 프란을 지나칠 정도로 귀여워했죠. 그가 하는 말이라면 다 들어주었으니까요. 그 바람에 그는 나약한 인간이 되고 말았던 거고요. 아버지뿐만 아니라, 이 집안 사람들 눈에는 그가 어린애에 불과했답니다. 늘 그렇게 대했고, 또 그렇게 행동하기를 바랐던 거죠. 프란이라는 남자를 제대로 알고 있던 건 나밖에 없어요. 그는 절대 자살하지 않았어요.」 그녀는 혹시라도 그가 자기 말을 수긍하지 못하는 건 아닌지 날카로운 눈빛으로 살피면서 말을 마쳤다.

「에르미니아가 그러더군요. 아버지가 돌아가셨을 때 그렇게 슬퍼하는 사람은 처음 봤다고요.」

그러자 엘리사는 깊게 한숨을 내쉬었다.

「맞아요. 그때 그이의 모습을 보고 나도 깜짝 놀랐을 정도니까요. 그냥 울기만 했던 게 아니에요. 말도 안 하고, 식음을 전폐하고 말았죠. 설득 끝에 겨우 칼도[6]를 좀 먹이기는 했지만 제대로 서 있지도 못했어요. 그런데도 밤새워 빈소를 지키고 다음 날 아침에는 관을 교회로 옮겨 미사를 올린 다음, 형제들과 함께 무덤까지 운구했죠. 그러면서 서서히 아버지의 죽음을 현실로 받아들이더군요. 하관을 할 무렵에는 더 이상 울지 않고 깊은 침묵 속에 잠겨 있었어요. 혼자 있고 싶다면서 우리더러 다 가라고 했어요. 그러곤 무덤을 만들려고 파낸 부드러운 흙 위에 앉아

6 스페인의 전통 요리로, 걸쭉한 수프와 비슷하다. 특히 갈리시아 칼도는 양배추와 순무 이파리, 돼지비계, 초리소 등을 넣어 끓인 뒤 〈쿤카스〉라는 자기 대접에 담아낸다.

하루를 보내더군요. 특별히 하는 일도 없이 봉분 작업을 하던 인부를 멍하니 바라보면서 말이죠. 어두워지자 알바로가 간신히 설득해서 교회 안으로 데려왔어요. 자기 전에 내가 먹을 것을 가지고 갔는데, 의외로 차분하더군요. 그는 시간이 흐르면 나아질 테니까 너무 걱정하지 말라고 했어요. 또 아버지의 죽음을 통해 많은 것을 깨달았다는 말도 하더라고요. 그러면서 내게 방에서 기다리라고 했답니다. 루카스와 이야기를 나눌 게 있어서 시간이 좀 더 걸릴 것 같다면서 말이죠. 이야기가 끝나는 대로 방으로 가겠다고 했어요.」

「루카스라면 신부님 말인가요?」

「네. 알바로의 장례 미사를 집전한 신부님이죠. 그는 어릴 적부터 우리 집 식구들과 가깝게 지냈답니다. 프란뿐 아니라 온 식구가 독실한 가톨릭 신자니까요. 신자가 아닌 나로서는 선뜻 말하기 뭐하지만, 프란은 믿음을 아주 중요하게 여겼어요. 재활하는 과정에서 큰 버팀목이 되어주었으니 그럴 만도 하죠. 물론 나는 그에게 도움이 됐거나 힘을 주었다면 그게 무엇이든 따지고 싶지 않아요. 하지만 알바로 씨가 당신을 놔두고 굳이 신부와 이야기를 나누려고 했다는 건 이해하기 어렵군요.」

마누엘은 그 말에 적극 공감하며 고개를 끄덕였다.

「루카스는 경찰에서 한 말을 내게도 해주었죠. 그날 프란은 루카스 신부에게 고해 성사를 하고, 그 뒤로 한 시간가량 대화를 나누었어요. 그리고 아주 평온한 표정으로 교회를 나섰다고 해요. 그때까지만 해도 자살할 기미가 전혀 보이지 않았답니다. 내가 마지막으로 그를 본 것이 바로 그때였어요. 다음 날 아침에 눈을 떴는데, 그이가 방에 돌아오지 않았더군요. 그래서 여기로 한달음에 달려왔는데…… 죽어 있었어요.」 그녀는 눈물을 보이고 싶지 않은지 고개를 약간 돌렸다.

그는 엘리사가 혼자 있을 수 있도록 일부러 천천히 걷다가 멈추어 섰다. 그러곤 몸을 돌려 사무엘을 바라보았다. 아이는 여전히 새끼 고양이들과 놀고 있었다. 잠시 뒤 그녀가 그의 곁으로 돌아왔다. 눈가에 눈물이 맺혀 있기는 했지만, 한결 마음이 가라앉은 표정이었다.

191

「엘리사, 혹시 밖에 아는 사람이 없나요? 가족이나 친구 말입니다.」

「그러니까 내가 왜 바깥출입을 안 하는지, 왜 여기서 사는지 궁금하신 거죠? 엄마는 여동생들과 함께 한 해 대부분을 베니도름[7]에서 보낸답니다. 우리 집은 그다지 화목한 편이 아니었어요. 아버지가 돌아가시자마자 엄마는 곧장 해안으로 떠났죠. 그래도 크리스마스나 생일 때는 연락을 해요. 엄마는 내가 근사하게 사는 줄 아세요. 지금도 만나는 사람한테 죄다 그렇게 이야기하시나 봐요.」 그녀는 서글픈 웃음을 터뜨렸다. 「남동생이 하나 있는데, 아주 점잖아요. 지금은 결혼해서 딸이 둘 있죠. 그런데 예전에 내가 워낙 많은 잘못을 저질러서 서로 연락을 안 한 지 오래됐답니다. 내 주변에는 이제 아무도 없어요. 옛 친구들이라고 해봐야 죽었거나…… 여길 나가도 의지할 데가 전혀 없어요. 그래도 사무엘은 여기 있는 게 낫잖아요. 최소한 가족이라도 있으니까요.」

문득 어른에게만 둘러싸여 자라는 것이 어린아이한테 그다지 좋지 않을 수도 있다는 에르미니아의 말이 떠올랐다.

「장원 밖에 살더라도 가끔 찾아와 만날 수 있잖아요.」

「단지 그 때문만은 아니에요. 어쨌든 지금은 나갈 수가 없어요.」 그녀는 비석 귀퉁이에 십자가 모양으로 새겨진 프란의 이름을 손으로 쓰다듬으며 말했다. 「아직은 안 돼요. 좀 더 확실해질 때까진 말이에요.」

「뭐가 확실해진다는 거죠? 대체 무슨 일이 있었던 겁니까?」

「저도 잘 몰라요.」 그녀는 지친 목소리로 중얼거렸다.

「의사 말로는 약물 과다 복용에 의한 사망이라고 했다던데요.」

「의사가 뭐라고 했든 상관없어요. 마누엘 씨, 나는 그이를 잘 알아요. 이 세상에 나보다 더 그이를 잘 아는 사람은 없다고요. 그가 정말 돌아올 생각이 없었다면, 임신한 나더러 혼자 방에 가서 기다리라고 하지는 않았을 거예요.」

마누엘은 그제야 알바로의 무덤가까지 왔다는 사실을 깨닫고 걸음을

7 스페인 발렌시아 지방의 동부 알리칸테주에 위치하며, 지중해에 면한 휴양 도시이다.

멈추었다. 장례식 때 놓고 간 꽃들이 셀로판 포장지에 둘러싸인 채 시들어 있었다. 다만 카네이션 화환만이 원래 형태를 잃지 않고 있었다.

마누엘도 한 남자를 이 세상 그 누구보다도 잘 안다고 믿었다. 그는 비석에 새겨진 그 남자의 이름을 보지 않으려고 고개를 돌렸다.

그때 저쪽에서 하녀인 사리타가 걸어왔다. 그녀는 사무엘에게 인사를 건네기 위해 잠시 걸음을 멈추었다가, 곧장 묘지로 다가왔다.

「사리타, 웬일이야?」

「후작 마님께서 아드님을 보고 싶으니 데려오시라는데요. 지금 당장 보고 싶으시답니다.」

「그래, 알았어.」엘리사는 고개를 들어 저택 창문을 보며 대답했다.

2층 발코니에서 난간에 몸을 기댄 채 서 있는 사람의 형체가 희미하게 보였다. 〈저기서 늘 우리를 감시하고 있죠.〉 그 순간 에르미니아의 말이 귓전에 맴돌았다.

사무엘은 인사도 하지 않은 채 사리타의 손을 잡고 저택으로 향했다. 그는 풀 죽은 모습으로 걸어가는 아이를 멍하니 바라봤다. 무슨 일인지 걱정도 되고, 갑자기 녀석의 빈자리가 허전하게 느껴지는 것이 놀랍기도 했다. 반면 엘리사는 그 모습을 흐뭇한 표정으로 지켜보았다.

「정말 특별한 아이죠. 그렇지 않아요?」

그는 고개를 끄덕이며 물었다.

「그런데 왜 아이의 이름을 사무엘이라고 지은 거죠?」

「왜 아빠 이름으로 짓지 않았느냐는 건가요?」

마누엘은 고개를 옆으로 기울였다.

「죽은 이를 추모한다고 아이에게 그분의 이름을 붙이지는 않잖아요. 그건 돌아가신 분에 대한 예의가 아니라, 오히려 결례를 범하는 거예요.」그녀는 정색을 하며 단호하게 잘라 말했다. 그러더니 이내 미소를 지으며 누그러진 목소리로 덧붙였다.「이 세상의 모든 이름은 예전 분들의 것이죠. 이미 돌아가셨겠지만 누구든 그 이름을 처음 쓴 사람이 있을 테니…….」그녀의 얼굴에 다시 그늘이 드리워졌다.「하지만 프란은 급작

193

스레 세상을 떠났어요. 그것도 너무 이른 나이에 말이죠. 이곳 사람들은 아이한테 갑자기 죽은 사람의 이름을 붙이지 않아요. 그러면 혼령이 그 아이를 데려간다고 믿거든요.」

마누엘은 놀란 표정으로 그녀를 바라보았다. 가톨릭 신자가 아님에도 그녀는 이 지역의 풍습에 사로잡혀 있었다. 큰 충격을 받은 나머지 그는 무슨 말을 해야 할지 머뭇거렸다. 그사이 엘리사는 아들의 뒤를 쫓아 나무 사이로 난 오솔길을 따라갔다.

「엘리사.」 그가 그녀를 불렀다.

엘리사는 걸음을 멈추지 않고 고개만 돌렸다. 그러곤 미소를 지으며 작별 인사를 하려다가 그마저도 하지 않았다.

그는 썰렁한 묘지에 홀로 남았다. 하늘 높은 곳에서 바람이 휘몰아치자 머리카락이 헝클어지고, 힘겹게 버티고 있던 카네이션 꽃잎마저 우수수 떨어졌다. 그러자 솜씨 좋은 사람이 꽃을 고정시키기 위해 박아 둔 철사 갈고리와 아스파라거스 잎으로 덮인 뼈대가 앙상하게 드러났다. 수백 장의 빨간 꽃잎들이 바람에 날리다가 핏방울처럼 후드득 무덤 위로 떨어져 내렸다. 마누엘은 꽃을 고정시킨 철사 줄을 보면서 깊은 생각에 잠겼다. 어떻게 세상의 위선과 거짓 — 철사 줄, 노끈, 균형추, 먼지가 뽀얗게 낀 램프의 기름통, 믿고 또 믿어야 하는 갖가지 망상들 — 이 훤히 내다보이는 망루의 자리를 최근 며칠 사이에 차지한 것 같았는지에 대해서 말이다.

「모든 게 거짓말이야.」 그는 하늘을 향해 중얼거렸다.

그가 교회 계단에 올려 둔 재킷을 집어 들자, 비가 내리기 시작했다. 그는 걸음을 재촉했다. 그 순간 어디선가 고통스러운 탄식이, 목이 쉰 듯하면서도 속에서 끓어오르는 것 같은 울부짖음이 빗소리에 섞여 구슬프게 들려왔다. 분명히 남자의 울음소리였다. 닫힌 줄로만 알았던 교회 문이 조금 열려 있었다. 양초와 나무 냄새가 애끓는 울음소리와 고통 그리고 절망으로 변한 깊은 슬픔과 섞인 채 교회 안에서 새어 나왔다. 마누엘은 반질반질 윤이 나고 가장자리를 금속으로 덧댄 나무 문에 살

194

짝 손을 갖다 댔다. 그러자 그 남자의 고통과 슬픔이 날카로운 창끝처럼 문을 뚫고 날아오는 것만 같았다. 마누엘은 감정을 억누른 채 안을 들여다보았다. 누가 저리도 슬피 우는 걸까? 그는 에르미니아의 말에서 해답을 찾았다. 늘 우는 사람. 날카로운 눈빛에 태도도 거칠지만, 형을 어린아이처럼 아끼고 좋아할 정도로 여린 마음을 가진 남자. 그래서 다른 이도 형만큼이나 아낄 수 있는 남자. 또한 교회 열쇠를 가지고 있을 정도의 나이와 특권을 지닌 유일한 남자. 바로 산티아고였다. 그는 여행을 간 것이 아니라, 장원에 있었다. 에르미니아가 거짓말을 했거나 아니면 그가 돌아온 것조차 모르고 있었던 모양이다. 살짝 밀자 문은 소리도 내지 않고 몇 센티미터가량 움직였다. 제단 오른쪽의 철제 독서대 위에서 서른여 개의 촛불이 타오르며 그의 얼굴을 환하게 비추었다. 산티아고는 기도대에서 무릎을 꿇고 두 손으로 얼굴을 감싸 쥔 채 울고 있었다. 그러다가 간간이 옷으로 입을 틀어막고 소리 죽여 흐느끼기도 했다. 마누엘은 그 남자에게서 깊은 연민의 정과 부끄러움을 느꼈다. 고통으로 몸부림치는 그 모습에 질린 나머지 자신이 울지 않을 수 있다는 게, 아니면 적어도 복받쳐 오르는 울음을 참을 수 있다는 게 처음으로 고맙게 느껴졌다. 소낙비가 쏟아지는 가운데 마누엘은 차를 향해 뛰어갔다.

사납게 퍼붓는 비와 쌀쌀해진 날씨 때문인지 평소 동네 사람으로 북적거리던 바도 그날따라 한적했다. 물론 전날보다 늦은 시간이어서 그런지도 몰랐다. 노게이라는 가급적이면 밤 11시 이후에 만나자고 했다. 마누엘은 몇 시에 만나든 상관이 없었다. 아스 그릴레이라스에서 돌아온 뒤, 그는 여관에서 수프와 스테이크를 먹고 오후 내내 잠을 잤다. 온종일 비가 내려 날이 침침하고 음울한 탓에 침대에 눕자마자 스르르 눈이 감겼다. 눈을 떴을 때는 이미 어두운 밤이었다. 마누엘은 어린 누나가 옆에서 자기를 꼭 껴안고 있던 꿈속에 조금이라도 더 오래 머무르기 위해 다시 눈을 감았다. 하지만 애쓴 보람도 없이 누나는 사라지고 말았다. 그는 창밖을 내다보았다. 물에 젖어 거무죽죽한 색깔로 변한 건물 외벽과 비를 흠뻑 머금어 무거워진 몸을 간신히 가누고 있는 나무들이 보였다. 어린 시절 이모할머니의 집에서 보내던 일요일처럼 모든 것이 멈춰 버린 듯이 쓸쓸하기만 했다. 그는 창문을 열고 습기 가득한 공기와 한밤의 정적으로 인해 더 진하게 풍기는 흙냄새를 가슴 깊이 들이마셨다. 글을 쓰기에는 더할 나위 없이 좋은 기후라는 생각이 다시 들었다. 그러곤 뭔가를 찾으려고 방 안으로 고개를 돌리다가 칙칙한 빛깔의 책상 위에서 하얀 종이를 발견했다. 여전히 투명한 셀로판지에 싸여 있었다. 그는 불현듯 글을 쓰기 싫어진 것이 터무니없는 이유 때문인지 모른다는 생각이 들었다. 따지고 보면 괴로워하면서, 그리고 영혼을 쥐어짜는 고통을 질질 끌면서 묘한 쾌감을 느꼈기 때문인지도 몰랐다. 또다시 그는 천국에 들어가기를 완강히 거부하면서 노숙하는 고집 센 천사가 된 셈이었다. 그는 창문을 열어 둔 채 침대로 돌아가 이불을 푹 뒤집어썼다. 그리고 한 손으로 포의 음산한 단편집을 들고 읽으면서, 노게이라와 약속한 시간이 오기를 기다렸다.

노게이라는 맥주를 마시면서 그를 기다렸다. 그 옆 접시에는 먹다 만 안주가 남아 있었다. 마누엘은 생맥주 한 잔을 주문하고, 딸려 나오는 토르티야 데 파타타[8]는 사양하려다가 노게이라에게 물어보았다.
「혹시 드실 겁니까?」
노게이라는 고맙다고도 하지 않고 고개만 끄덕이면서 말했다.
「뭐든 소중히 여길 줄 알아야죠. 먹을 걸 함부로 버려서야 되겠소?」
〈나도 알아요. 그러니까 당신한테 물어본 거잖아요.〉 마누엘은 그의 배를 바라보며 생각했다. 배가 얼마나 불룩한지 얇은 스웨터로는 채 가려지지도 않았다.
「처음 만난 날, 내가 무슨 말을 했는지 기억납니까?」
「물론 기억나죠. 그걸 어떻게 잊어버리겠어요? 산으로 끌고 가서 총

8 계란에 감자와 채소 등을 넣어 만든 스페인식 오믈렛.

으로 쏴버린다고 했잖아요.」

그러자 노게이라는 포크질을 멈추고 무표정한 얼굴로 대답했다.

「오늘은 기분이 꽤 좋은가 보군요. 어쨌든 진심으로 한 말이니까 명심해 두는 게 좋을 거요. 이건 우리의 운명이 걸린 문제니까 말입니다.」

「잘 알고 있어요.」

「앞으로도 절대 잊어서는 안 됩니다. 그건 그렇고 조금 있다 내가 아는 여자를 찾아갈 거예요. 선생한테 해줄 이야기가 있답니다.」

「오펠리아요?」

노게이라의 콧수염 아래로 잔잔한 미소가 번졌다.

「아뇨. 그녀와는 다른 부류의 친구죠. 미리 말해 두지만, 오늘 듣게 될 이야기는 선생의 입장에서 그리 달갑지 않을 겁니다.」

마누엘은 고개를 끄덕였다.

「좋습니다.」

노게이라는 계산을 한 뒤 밖으로 나갔다. 그러곤 비를 피하기 위해 입구의 처마 아래에 기대선 채 흐뭇한 표정으로 담배를 피워 물었다.

「참, 공중전화의 위치를 확인했습니다. 이상한 번호로 걸려 온 그 전화 말이에요. 큰 도움은 안 되겠지만, 하여간 루고에 있는 공중전화였습니다. 자기가 사는 동네에서 걸었을 수도 있고, 아니면 추적을 피하기 위해 일부러 시내 공중전화를 골랐을 수도 있겠죠.」

마누엘은 아무 말 없이 고개만 끄덕였다.

「공증인은 뭐라고 하던가요?」

「알바로와 통화했다는 사실은 인정했지만, 그 외에는 같은 소리만 되풀이하더군요. 산티아고가 사고 소식을 알려 줄 때까지 알바로가 여기 온 줄은 꿈에도 몰랐다고요. 그리고 산티아고가 급하게 돈을 구하러 왔었다는 말도 했어요. 그것도 그가 도저히 처리할 수 없을 만큼 많은 돈을 말입니다.」

「얼만데요?」

「30만 유로예요.」

「와!」노게이라가 갑자기 활기를 띠며 외쳤다. 「무언가 수상쩍군요! 대체 그 많은 돈을 어디에 쓰려고 했답디까?」

「그건 끝까지 밝히지 않더랍니다. 급히 쓸 데가 있다고만 하더래요.」

「그렇다면 형이 마드리드에서 급히 올 만큼 중요한 일이었던 모양이 로군요. 원래 계획대로라면 알바로는 일주일 뒤에 오기로 되어 있었는 데, 그걸 기다리지 못할 정도로 촉박한 일이 있었던 게 분명해요.」노게 이라가 말했다. 「산티아고는 뭐라고 그럽디까?」

「여행에서 아직 돌아오지 않았어요. 오늘 밤에 온답니다.」마누엘은 교회 안에서 두 손으로 얼굴을 감싸 쥔 채 숨죽여 울던 그의 섬뜩한 모 습을 떠올리며 거짓말을 했다.

「정말로 그리냔이 그 말밖에는 안 했습니까?」

마누엘은 공중 사무실을 박차고 나올 때, 풀 죽은 표정으로 멍하니 자 기를 바라보던 그리냔의 모습을 떠올렸다.

「네. 앞으로도 마찬가지일 거예요.」

「그렇군요.」노게이라는 한숨을 내쉬었다. 「그래도 선생 덕분에 어느 정도 성과를 거둔 셈입니다. 하지만 아무리 생각해도 앞뒤가 맞지 않는 게 하나 있어요. 사정이 그렇게 다급했다면 산티아고는 왜 알바로에게 직접 전화를 하지 않았을까요?」

「산티아고는 그의 전화번호를 몰랐습니다. 가족이 그와 연락하려면 그리냔을 통하는 수밖에 없었거든요.」

노게이라는 잠시 생각에 잠긴 듯했다. 그러곤 그럴 리 없다는 듯이 고 개를 흔들었다.

「일단 내 차로 갑시다.」그는 담배꽁초를 입구 옆에 있던 재떨이에 내 던지고는 비를 맞으면서 주차장에 세워 둔 차로 걸어갔다.

낯선 세계

와이퍼가 느릿느릿하게 움직이면서 유리창에 맺힌 물방울을 닦아 냈다. 무거운 정적이 흐르던 차 안에는 와이퍼가 유리를 부드럽게 긁어 대는 소리만 가득했다. 차가 간선 도로에 접어들고 나서야 비로소 그들은 이야기를 나누기 시작했다.

「잠깐이기는 하지만 에르미니아 그리고 엘리사와 이야기를 나눌 수 있었어요. 둘 다 막내인 프란에 대해서 말해 주더군요.」

노게이라는 그가 누군지 잘 알고 있다고 했다.

「에르미니아도 예전에 그리냔이 해준 것과 비슷한 이야기를 하더라고요. 프란이 아버지가 숨을 거두자 힘없이 픽 쓰러졌는데, 그 뒤 스스로 목숨을 끊기 위해 헤로인을 과다 복용했다고요.」 마누엘은 잠시 말을 멈추곤 생각에 잠겼다. 「하지만 엘리사는 프란이 절대로 자살한 것이 아니라고 하더군요. 중독 증세도 사라진 마당에 무엇 하러 그런 짓을 하겠느냐는 거죠. 그래서 나는 다 잘 해결될 거라고 그녀를 다독여 주었어요. 물론 그녀의 말만 듣고 자살이 아니라고 단정 짓기는 어렵겠죠.」

노게이라는 아무 대답도 하지 않았다. 그는 갑자기 오른쪽 방향 지시등을 켜고 공터로 들어서더니 차를 세웠다. 습기가 찬 앞 유리창으로 깜박거리는 바의 불빛과 주차된 자동차 몇 대가 보였다.

「저번에도 말했다시피, 이건 정말 엿 같은 일이라고요.」 노게이라는 그를 향해 고개를 획 돌리며 짜증스럽게 말했다.

마누엘은 잠자코 있었다.

199

「무니스 데 다빌라 가문이 이런 끔찍한 사건을 무마하려고 한 적이 한 두 번이 아니었다고요. 그날 새벽 나는 수사 팀을 이끌고 아스 그릴레이라스로 갔죠. 거기서 우리가 제일 먼저 발견한 게 뭔지 압니까? 주사기 바늘을 팔에 꽂은 채 자기 아버지 무덤 위에서 죽어 있던 젊은 마약 중독자였어요. 가족은 물론 관리인들도 일치된 증언을 하더군요. 그의 부친이 이틀 전에 돌아가시고, 그다음 날 장례식을 치렀죠. 그런데 프란은 장례식이 끝난 뒤에도 충격을 이기지 못하고 가족들에게 혼자 있고 싶다고 했다더군요. 가족들의 말을 종합해 보면, 굉장히 침울한 상태였던 게 분명합니다. 그는 애인과 함께 병원에서 1년 동안 재활 치료를 받다가, 아버지의 임종을 지키기 위해 집으로 돌아왔죠. 가족들 말로는 그 며칠간 한순간도 아버지 곁을 떠나지 않았다고 하더군요. 가족들의 말투로 보건대, 프란이 마약 중독에서 완전히 벗어나지 못해 자살이라는 극단적인 선택을 한 걸로 여긴다는 느낌을 받았습니다. 그의 애인만 이를 받아들이지 못하고 있었어요. 그래서 그녀와 이야기를 나눠 보았는데, 선생한테 한 것과 똑같은 말을 하더군요. 처음에는 그녀가 그런 생각을 하는 것을 전혀 이상하게 느끼지 않았어요. 사랑하는 이가 스스로 목숨을 끊었는데, 이를 순순히 받아들일 사람이 누가 있겠습니까. 하지만 시신을 옮기다가 갑자기 그녀의 말이 옳을지도 모른다는 생각이 들더군요.」

마누엘은 놀란 표정으로 그를 쳐다보았다.

「팔에 꽂혀 있던 주사기 바늘 외에도 몇 가지 이상한 점이 있었어요. 우선 프란의 머리에 뭔가에 세게 부딪힌 흔적이 남아 있었죠. 그리고 정신을 잃은 상태에서 누군가에 의해 질질 끌려간 것처럼 구두코가 심하게 긁혀 있더군요. 어쨌든 통상적인 수사를 시작하려는데, 사망 원인이 이미 밝혀진 마당에 굳이 유가족을 더 고통스럽게 만들지 말라는 전갈을 받았습니다. 물론 현장 조사는 이루어졌죠. 조사 결과에 따르면, 직접적인 사망 원인은 헤로인 과다 복용으로 밝혀졌어요. 더구나 교회 안에서 마약 주입에 필요한 각종 도구들이 발견되었고요. 따라서 프란은 교회 안에서 마약을 주사한 뒤, 비틀거리며 묘지로 갔던 걸로 추측됩니다. 어둠 속에서 무덤 사이를 걷다가 무언가에 이마를 세게 부딪힌 것같아요. 순간적으로 정신을 잃었지만, 아버지의 무덤까지 기어가지도 못할 만큼 큰 충격은 아니었던 모양입니다. 하지만 거기에 이르자마자 정신을 잃고 사망한 것이죠.」

마누엘은 어깨를 으쓱했다.

「그렇다면 앞뒤가 맞지 않는다는 게 대체 뭐죠?」

「그건 말이죠.」 노게이라는 말을 잇기 전에 크게 한숨을 내쉬었다. 「바로 구두코의 긁힌 자국 때문입니다. 그가 이마를 부딪히고 난 뒤 사망한 곳까지 기어갔다는 것은 확실하게 밝혀진 셈이에요. 그런데 정말 그랬다면 바짓가랑이 부분이 진흙투성이여야 하는데 말짱했단 말이에요. 밤사이 비를 맞아서 젖어 있기는 했지만 깨끗했어요. 더군다나 축축한 잔디 위를 기거나 무릎걸음으로 갔다면, 구두코만 그렇게 긁힐 리는 없죠. 그리고 받힌 부위가 내려앉은 걸 보면 둥글고 뭉툭한 것에 이마를 부딪힌 게 분명해요. 상처 모양으로 봐서는 타원형에 표면을 부드럽게 다듬은 물건 같았어요. 이런 물건으로 맞거나 부딪혀야 살이 찢어지지 않거든요. 그래서 그날 묘지에 있는 비석과 십자가들을 일일이 조사해 봤습니다만, 상처 모양과 일치하는 건 없더군요.」

마누엘은 그의 말을 귀담아들었다. 그의 논리는 상당한 설득력을 가지고 있었다.

「그리고 열쇠 말인데요. 그 집안에는 남자들이 태어나면 교회 열쇠를 받는 것이 전통으로 내려오고 있죠. 은으로 된 열쇠인데, 십자가 모양에 가운데에는 보석이 박혀 있습니다. 유력 성직자 가문의 전통을 상징하는 물건인 셈이죠. 그들은 대대로 고위 성직자를 배출해 온 명문가인 걸로 압니다. 장원의 본래 주인은 그 지역의 고명한 수도원장이었다고 하더군요. 어쨌든 그날 오전, 교회 문은 분명 닫혀 있었습니다. 교회를 나갈 무렵 그 친구의 상태를 고려하면, 열쇠로 문을 잠글 때 꾸물거리느라 시간이 다소 소요됐을 겁니다. 그래서 당연히 열쇠를 가지고 있을 걸로 생각하고 그의 몸을 수색했지만 아무것도 나오지 않더군요. 교회 입구부터 시신이 발견된 곳까지 샅샅이 찾아본 것도 모자라, 금속 탐지기를 동원해 풀밭까지 다 뒤졌지만 끝내 찾지 못했어요.」

「그렇다면 누군가가 교회 문을 닫고 열쇠를 가져간 거로군요.」

「일단 그의 형제들은 아니라고 봐야죠. 다들 자기 이름의 이니셜이 멋있게 새겨진 열쇠를 가지고 있는데, 무엇 하러 그의 열쇠를 가져가겠어요? 더구나 그날 그들은 자기 열쇠를 흔쾌히 우리에게 보여 주기도 했고요.」

「그러면 세 개가 있었나요?」

「모두 네 개였죠. 노 후작의 열쇠는 그의 무덤 속에 묻혀 있어요. 그것도 그 집안의 빌어먹을 전통이라고 합디다. 추측건대 그 꼬마도 태어날 때 열쇠를 하나 받았을 거예요. 하지만 지금까지 확실히 파악된 것은 형제들의 열쇠죠. 우리는 그 신부와도 이야기를 나누어 보았어요. 어쨌든 프란을 마지막으로 본 사람이 바로 그 신부니까 말입니다. 그에 따르면 고해 성사를 한 뒤 두 사람은 잠시 이야기를 나누었다고 해요. 하지만 무슨 대화를 나누었는지 끝내 말해 주지 않더군요. 고해한 내용은 절대 발설하면 안 된다는 이유 때문이었죠. 그런데 신부도 프란이 스스로 목숨을 끊으리라고 생각한 적은 없다고……. 그래서 그 친구는 아버지를 잃은 슬픔을 이기지 못하고 헤로인 과다 복용에 의해 죽은 것으로 되어 있어요. 공식적으로 말입니다. 이로써 무니스 데 다빌라 가문이 그동안 특별한 대우를 받아 왔음이 분명해진 셈이죠. 늘 그랬듯이 이번에도 내막이 밝혀지기 전에 서둘러 사건을 덮어 버렸으니까요.」

「이유가 대체 뭐죠? 죽은 뒤에 시신을 옮겼다면 뭔가 이유가 있을 것 아닙니까? 혹시 약쟁이라는 오명을 씻기 위해 그의 사망 원인을 숨기려 했다고 생각하는 거예요?」

노게이라는 일고의 가치도 없다는 듯 잘라 말했다.

「그럴 리가요! 프란이 마약 중독자라는 사실은 이 지역에서 모르는 사람이 없다고요. 어떻든 간에 그들을 좀 더 인간적으로 보이게 만들려고 한 거라고 생각하면 됩니다.」

마누엘은 도무지 이해할 수 없다는 표정을 지었다.

「지난 1980~1990년대에 갈리시아의 수많은 청년들이 마약에 빠졌어요. 마약 밀매 조직이 갈리시아의 실질적인 지배자로 군림하게 되었죠. 당시 이곳 가정에서 아이들이 마약에 중독되지 않은 경우를 찾기가 어려웠을 정도니까요. 어떤 집에서는 여러 명이…… 엄청난 비극이었죠. 그 후유증은 지금도 계속되고 있어요. 과다 복용으로 죽은 아이들이 하루가 멀다 하고 발견되었죠. 빌어먹을 놈의 마약 중독이 전염병처럼 휩쓸고 지나가더군요. 특히 프란 같은 부잣집 아이들이 마약 밀매 업자들의 가장 손쉬운 먹잇감이 되었어요. 후작의 아들이 마약에 빠졌다는 사실만으로도 많은 이들의 동정을 받기에 충분했죠. 사람들은 아무리 돈이 많아도 불행에서 벗어날 수 없다는 것을 두 눈으로 목격하면서 위안을 얻었던 거예요. 돈이 많은 이들도 울 때가 있죠. 어떤 면에서 세상은 공평하다는 생각이 들기도 해요.」

마누엘은 그의 말에 공감했다.

「그래서요?」

「그 친구는 계속 진흙탕 속에서 허우적거렸죠. 비싼 재활 병원에서 중독을 이겨 내려고 무진 애를 썼지만, 결국 그 유혹을 이겨 내지 못하고 또 마약에 손을 대고 만 겁니다. 하지만 나도 엘리사처럼 그가 자살할 리는 없다고 생각했어요. 한 가지 확실한 점은 그가 단지 현실로부터 도피하려고 했다는 겁니다. 사실 오래전에 마약을 끊었다가, 아버지가 돌아가시고 나서 그 충격으로 다시 손을 댔을 뿐이니까요. 그는 아마 교회 안에서 죽었을 거예요. 거기서 주사를 맞고 정신을 잃은 것 같습니다. 이마에 난 상처 모양이 의자 팔걸이의 둥근 모서리와 거의 일치해요. 그리고 나서 가족 누군가가, 물론 그런 상황에서 누가 선뜻 나서고 싶었겠습니까만 일하는 사람, 그러니까 관리인이나 그를 잘 아는 사람이 시신을 발견했을지도 모르죠. 누구인지는 몰라도 그는 자기가 뭘 해야 하는지 잘 알고 있었던 듯합니다.」

「하지만 무엇 때문에요? 대체 그렇게 한 이유가 뭐죠?」

노게이라는 그동안 참고 있던 분노를 터뜨렸다. 그의 목소리에 노기가 서려 있었다.

「여태 설명을 했잖소. 그 잘난 집안에는 약쟁이나 오입쟁이, 강간범 따위가 있어서는 안 되니까 그런 거죠. 만약 그런 작자가 나타나면, 가급적 티가 나지 않게 하려고 애를 쓰니까요. 그런데 한심한 것은, 그들이 한 번만 봐달라고 사정하지 않아도 알아서 덮어 준다는 겁니다. 지난 수백 년 동안 그래 왔는데, 지금이라고 달라진 것이 있겠어요. 그게 바로 무니스 데 다빌라 가문의 실체죠. 언제나 그들에게 유리한 방향으로 일을 처리해야 해요. 그리고 어떤 경우에도 그들이 고통스럽거나 불명예스럽거나 수치스러운 일을 당하는 법이 없도록 해야 합니다. 하물며 그 집 아들이 마약 과다 복용으로 교회 안에서 죽었다는 추악한 소문이 돌면 되겠어요? 수단과 방법을 가리지 않고 이야기가 돌지 않도록 막아야죠. 그들한테는 가문의 명예에 먹칠을 하는 그런 일이 절대 일어나서는 안 되니까 말입니다. 그렇지만 아버지가 돌아가시고, 그 충격을 이기지 못한 아들이 무덤 위에서 죽은 채 발견되었다는 사실만 보면 시적인 느낌이 들기도 해요. 하여간 그런 이들입니다. 그들한테는 그렇게 추접스러운 일을 일으키고도 고개를 빳빳이 들고 돌아다닐 수 있는 특별한 재주가 있나 봅니다. 우리 같은 이들이라면 매장당하고도 남을 텐데 말이죠.」

마누엘은 계속해서 퍼붓는 비 때문에 희미해진 불빛을 향해 시선을 돌렸다. 그사이 자신이 또 다른 세상, 미지의 신비로운 세계로 내던져진 느낌이 들었다. 기존에 알던 것과는 전혀 다른 법칙이 사람들의 행동과 반응 그리고 관계를 지배하는 그런 세계 말이다. 눈앞에서 카오스가 펼쳐지자 그는 가위에 눌린 듯이 꼼짝도 할 수 없었다. 하지만 감각이 마비된 덕분에 상황을 냉정하게 돌이켜 보고, 노게이라가 한 말을 하나씩 따져 볼 수 있었으며 눈앞에서 벌어지고 있는 어지러운 광경을 차분히 지켜볼 수 있었다. 자신을 파괴시킬 수도 있는 열정에 휘말리지 않고,

판단력을 잃지 않도록 거리를 두고 사물을 관찰하는 사람처럼 말이다. 그러자 오히려 그런 분위기가 고맙게만 느껴졌다.

「그럼 알바로도 똑같은 일을 당했다고 보세요?」 그는 노게이라에게 고개를 돌리며 물었다.

이번에도 노게이라는 아무 망설임 없이 대답했다.

「이미 말했다시피 어느 정도는 그렇다고 봐야죠. 하지만 한 가지 다른 점이 있습니다. 이번에도 가문의 명예를 지키려는 듯하지만, 실제로는 우발적인 약물 과다 복용으로 위장한 자살보다 더 심각한 무언가를 덮어 버리려 하고 있어요. 이건 분명 살인 사건입니다.」

마누엘이 무언가를 물어보려 했지만, 노게이라는 그의 말을 가로막았다.

「자.」 노게이라가 손으로 바의 불빛을 가리키며 말했다. 「바로 여깁니다.」

자동차 유리창에 뿌옇게 낀 김 때문에 희미하게 보였지만, 빨갛고 파란 네온사인이 건물 정면에서 휘황찬란하게 빛나고 있었다. 마누엘은 노게이라를 향해 고개를 돌리면서 눈빛으로 물었다.

「네. 여긴 푸티클룹¹이에요.」 그가 대답했다. 「이런 데는 처음 와 보죠?」

백발에 가까운 머리카락에 포마드를 잔뜩 바른 남자가 정문을 지키고 있었다. 그는 술 장식이 달린 감청 셔츠 차림에 카우보이 부츠를 신고 있어서 컨트리 가수 같은 분위기를 풍겼다. 그들을 보자 웃으면서 군인처럼 두 손가락으로 경례를 했다. 2미터 정도 앞에 서 있었는데, 푸른색 네온사인 불빛 아래로 그의 치아가 반짝거렸다.

안으로 들어가 보니 제 딴에는 분위기를 낸답시고 꽤 화려하게 꾸며져 있었다. 싸구려 방향제와 비싼 향수 냄새가 코를 찔렀지만, 워낙 습기가 많아 퀴퀴한 냄새도 진하게 배어 나왔다. 습기 때문인지 바닥에 가

---

1 스페인의 한적한 국도 변에 있는 클럽으로, 주로 매춘이 이루어진다.

까운 벽면은 페인트가 군데군데 벗겨진 것이 눈에 띄었다. 더구나 복도는 어두컴컴해서 음습한 분위기를 풍겼다. 비교적 훈훈한 편이었지만, 벽을 통해 보이지 않게 스며들어 실내를 가득 메우고 있는 습기를 없애기에는 역부족이었다. 마누엘이 갈리시아에 도착한 이래로 그 눅눅한 공기는 무거운 갑옷처럼 그의 어깨를 짓누르고 있었다.

열댓 명의 남자들이 인조 가죽 의자에 앉아 있고, 비슷한 수의 창녀들이 여기저기 흩어져 있었다. 스탠드에서는 남자 둘이 가까이 다가와 귓속말을 하는 여자들에게 술값을 내고 있었다. 한쪽 귀퉁이가 비어 있는 것을 발견한 노게이라는 흡족한 표정으로 걸어갔다. 그는 자리에 앉자마자 마누엘에게 오라고 손짓하면서 안에 있는 이들을 뻔뻔스럽게 쳐다보았다.

쉰 살은 족히 되어 보이는 바텐더가 서둘러 그들 쪽으로 다가왔다.

「안녕하세요, 중위님. 오늘은 뭐로 드릴까요?」

「진 토닉 한 잔 주고…….」 그가 턱으로 마누엘을 가리키며 말했다.

「나는 맥주 한 잔 주세요.」

「맥주라니.」 노게이라는 비아냥거리듯 말했다. 「이왕이면 센 걸로 한 잔하라고요!」

「그냥 맥주로 주세요.」

바텐더는 고개를 끄덕인 뒤 주문받은 술을 준비하기 시작했다.

「이봐, 카를로스. 니에베스한테 우리 여기 있다고 알려 줘.」

바텐더는 위층을 가리키며 말했다.

「니에베스는 지금 바빠요. 하지만 곧 내려올 거예요.」

그는 진 토닉과 맥주 그리고 감자튀김과 말린 과일이 담긴 접시 두 개를 스탠드 위에 올려놓았다.

그걸 보고 마누엘이 미소를 지었다.

「이런 곳에서도 술을 시키면 꼭 안주가 딸려 나오는군요.」

노게이라는 술을 한 모금 들이킨 뒤, 의심스러운 눈빛으로 마누엘을 바라보았다.

「그게 뭐 잘못됐소?」

「아뇨. 그런 건 아니고 그냥 신기해서요. 마드리드에서 생맥주를 시키면 토르티야가 안주로 나오는데, 2유로 안 되게 받거든요.」

「토르티야 하나 먹는 데 2유로나 내다니, 정신이 나갔군요.」 노게이라는 단정적으로 말했다. 「알다시피 여긴 갈리시아예요. 이곳 사람들은 그런 식으로 바가지 씌우는 것은 딱 질색이죠. 다만 우리가 낸 돈만큼 받기를 원할 뿐이니까요. 만약 이곳에서 술을 주문했는데 안주를 내놓지 않는 바가 있다면, 곧 문을 닫게 될 겁니다. 아무도 가지 않을 테니까요.」

어디로 이어졌는지 알 수 없지만, 저 끝에 있는 계단으로 한 여인이 내려왔다. 그녀가 등장하자 푸티클럽 안의 분위기가 묘하게 변했다. 그녀를 의심스러운 눈길로 쳐다보던 여자들도 곧장 자세를 똑바로 고쳐 앉을 만큼 긴장하는 분위기가 역력했다.

외모만 봐서는 나이를 가늠하기 어려웠지만 아무래도 니에베스는 30~40대 사이인 듯했다. 그녀는 어깨까지 내려오는 금발의 생머리 외에는 키가 작고 몸매도 그다지 좋은 편이 아니었다. 미간이 너무 넓어서 이상해 보이는 눈동자는 원래 푸른빛이 도는 듯했지만 실내가 어두운 탓에 검게 보였다. 꽉 다문 입술과 축 처진 입꼬리로 봐서는 이런 곳을 운영할 만큼 모질고 냉정한 구석이 있어 보였다. 노게이라는 그녀의 볼에 두 번 입을 맞추며 인사를 했고, 마누엘은 악수를 청했다.

그녀가 술을 주문하자, 노게이라는 재빨리 지갑을 꺼내 술값을 냈다. 마누엘은 그녀가 술을 홀짝거리는 동안 옆에서 안절부절못하는 노게이라를 지켜보았다.

「어제 했던 말을 다시 한번 해줄 수 있지?」

「전부 다요?」 그녀가 넌지시 물었다.

「무슨 말인지 다 알면서 그래.」 노게이라는 콧수염 아래로 번지는 미소를 감추며 능청스럽게 말했다.

그 여자는 짐짓 정숙한 척하며 술잔 너머로 두 사람을 바라보았다.

「사람 난처하게 왜 이러실까. 하지만 우리 중위님의 체면을 봐서 이야기해 드리죠.」 그녀는 당당한 목소리로 말했다. 「우리 클럽에서 가장 중요하게 여기는 게 뭔지 아세요? 여기서 일어난 일에 대해서는 철저하게 비밀을 보장한다는 거예요.」

노게이라는 조바심을 치며 고개를 끄덕거렸다.

「여긴 중요한 분들이 많이 오세요.」 그녀는 조금 전에 한 말을 금세 뒤집기라도 하듯 술술 털어놓았다. 「군대 지휘관이나 기업 임원 그리고 시장 같은 분들 말이에요.」

성미가 급한 노게이라는 참지 못하고 독촉했다.

「이봐, 니에비냐스.[2] 오늘 밤새울 참이냐고.[3]」

그녀는 언짢은 표정으로 그를 바라보았다.

「중위님. 어제도 말씀드렸지만, 산티아고 씨는 우리 집 단골이라고요. 적어도 보름에 한 번꼴로 왔으니까요. 어떨 땐 매주 오기도 했어요. 또 형인지 동생인지를 데리고 올 때도 있었죠.」

노게이라는 휴대 전화를 꺼내더니, 알바로의 사진을 그녀에게 보여주었다.

「이 사람이 여기 마지막으로 온 게 언제지?」

「두 분이 같이 온 건 오래전이에요. 세 달도 넘었을걸요. 하지만 산티아고 씨는 보름 전쯤 왔었어요. 아, 맞아요. 바로 이분이에요.」 그녀는 인조 손톱으로 휴대 전화 화면을 툭툭 치며 말했다. 「이름은 모르지만, 이분이 맞아요. 아주 잘생긴 분이죠.」

마누엘은 어리둥절한 표정으로 휴대 전화 화면과 그 여자를 번갈아 보았다.

「확실해요?」

「두말하면 잔소리죠. 이분은 언제나 니냐를 찾았거든요. 이름만 그렇

---

2 니에베스의 애칭이다.
3 고딕체는 갈리시아어로 된 문장이다.

지, 걔는 어린애가 아니라고요.⁴」그녀가 서둘러 설명했다. 「열아홉 살이나 된걸요. 그런데도 니냐라고 부르는 건 우리 중에서 나이가 가장 어리고 몸매도 가녀리기 때문이죠. 지금은 일하느라 바쁘네요.」그녀는 어느 손님의 무릎 위에 걸터앉아 있는 여자를 가리키며 말했다.

확실히 어려 보이기는 했다. 검은색의 긴 머리가 등을 덮고 있는 반면, 까무잡잡하고 날씬한 다리는 드러나 있었다. 그녀가 몸을 움직이는 순간, 팽팽한 근육에서 젊음의 힘이 용솟음쳤다. 마누엘은 상체를 숙이고는 그녀를 살펴보았다. 자그마하고 앳된 얼굴이었다. 그는 그녀의 부드러운 움직임과 능수능란한 손동작을 홀린 듯이 바라보았다. 저 멀리서 그녀의 목소리가 희미하게 들려왔다.

「산티아고 씨는 늘 밀리와 어울렸죠. 물론 어쩌다 다른 여자를 붙여줘도 싫은 내색 한번 하지 않았어요. 하지만 밀리는 지금 여기 없어요. 어머니가 위독하시대요. 올해만 벌써 두 번째예요.」그녀가 못마땅하다는 투로 말했다. 「그렇게 한바탕 소란을 피우고 이틀쯤 잠잠하다 싶으면 그다음 날 돌아오죠. 그래서 내가 밀리한테 이렇게 경고한 적도 있어요. 네 엄마가 모든 걸 분명하게 밝히고 세상을 떠나시든지, 아니면 아예 돌아가시지 말든지 양단간에 결정을 내리라고요.」

「알았어.」노게이라가 대답했다. 「그럼 저 아이하고 이야기를 나누면 좋겠는데.」

「잠시 기다리셔야 할 것 같네요. 지금 일하는 중이라서. 그렇게 오래 걸리지는 않을 거예요.」니에베스가 대답했다.

그 말이 끝나기가 무섭게 니냐는 자리에서 일어나 손님을 이끌고 복도 끝 계단으로 향했다. 그 순간 그녀는 마누엘을 향해 고개를 돌렸다. 두 사람의 눈길이 잠시 마주쳤지만, 그녀는 다시 걸음을 옮기기 시작했다. 그 검은 눈동자가 마누엘의 가슴속에 어둠의 심연을 파놓았음에도 그녀는 아무런 관심이 없어 보였다. 마누엘은 그녀가 어둠 속으로 완전

4 *Niña*. 스페인어로 〈어린 여자아이〉, 〈소녀〉라는 뜻이다.

히 사라질 때까지 눈을 떼지 못했다. 그러곤 낮잠에서 깨어난 사람처럼 노게이라 쪽으로 고개를 돌리며 애원조로 말했다.

「이제 그만 가요.」

「조금만 더 기다려 봐요. 그렇게 오래 걸리지는 않을 테니 말이오. 니에베스가 뭐라고 하든 여기서 잠시라는 말은 대개 30분을 넘지 않아요.」

니에베스는 그들을 향해 눈을 찡긋하고 웃더니, 남자들이 앉아 있는 의자 사이로 빠져나갔다. 그녀는 딱 한 번 걸음을 멈추고 고개를 돌려 노게이라를 쳐다보았다. 그리고 말없이 고개만 살짝 숙였다. 노게이라도 그녀를 따라 가볍게 고개를 숙였다. 아무리 성미가 급한 그라도 어쩔 수 없는 모양이었다. 「금방 올게요.」 그는 혼잣말하듯 중얼거렸다. 그러곤 스탠드 위에 50유로짜리 지폐를 던지면서, 바텐더를 향해 자기 손님에게 잘 대해 줘서 고맙다는 손짓을 했다.

마누엘은 당황스러운 데다 위화감마저 느낀 나머지, 바텐더가 정중한 태도로 컵에 맥주를 따를 때도 멍하니 바라볼 수밖에 없었다. 차라리 병째 마시고 싶은 기분이었다. 그는 고개를 채 들지 못하고 술만 들이켰다. 스탠드 위쪽에서 칙 소리와 함께 뿜어져 나온 방향제가 잔 속에 들어갔는지 맥주에서 이상한 맛이 났다. 그는 호박색의 표면 위에서 빠르게 사라지는 거품을 말없이 지켜보았다. 그러다가 반질반질한 스탠드 위에 조용히 술잔을 내려놓고는 밖으로 나갔다.

빗줄기가 다소 가늘어지기는 했지만, 밤새 오기라도 할 것처럼 부슬부슬 내리고 있었다. 마누엘은 한 치 앞도 못 보고 차를 가져오지 않은 자신이 너무나 원망스러웠다. 그는 언짢은 기분으로 노게이라의 낡은 BMW를 바라보았다. 유리창에 뽀얗게 김이 서릴 만큼 차 안에는 아직 온기가 남아 있었다. 휘황찬란하게 빛나는 네온사인 때문에 조금 전까지 유원지에서 놀다 나온 듯한 착각마저 들었다. 시간이 흐를수록 기온이 떨어지는 데다, 습기 찬 공기가 축축한 수의(壽衣)처럼 온몸을 치덕치덕 휘감았다. 그는 주차장을 빠져나와 비를 맞으며 국도 변으로 걸어갔다.

길이 두 갈래로 갈라졌지만, 푸티클럽의 불빛마저 집어삼켜 버린 짙은 어둠 탓에 촘촘히 그려진 차선이나 노면 표시는 거의 보이지 않았다. 인적이라고는 눈을 씻고 봐도 없었다. 비가 계속 내리는 가운데 도로에서는 차들이 쌩쌩 달리고 있었다. 빗줄기를 뚫고 날아왔다 사라지는 헤드라이트 불빛 때문에 몇 초마다 한 번씩 눈이 부셔 앞이 보이지 않았다.

국도를 따라 걷던 마누엘은 이내 발걸음을 돌려 푸티클럽 주차장으로 향했다. 거기에 그대로 있기는 싫었지만, 그렇다고 떠날 수도 없었다. 그는 주변을 둘러보았다. 주차장에는 십여 대의 차가 서 있었다. 갈림길까지 태워다 달라고 부탁할 요량으로 차 안을 들여다보았지만, 아무도 없었다. 입구 쪽을 돌아보니 인조 가죽 의자에 앉아 있던 카우보이 복장의 남자가 보이지 않았다. 그는 현관문 틈새로 얼굴을 빼꼼 내민 채 마누엘의 동태를 살피고 있었다. 마누엘은 모든 걸 단념하고 입구로 돌아가면서, 차라리 담배라도 피울 줄 알면 좋겠다고 생각했다. 그랬다면 담배를 피우러 나갔다 왔다고 변명이라도 할 수 있을 테니 말이다. 그는 카우보이 쪽으로 걸어가면서 괜히 재킷 주머니를 뒤졌다.

「휴. 잃어버린 줄 알았네.」

그러자 남자는 자기 의자로 돌아오면서 무슨 일인지 알겠다는 표정을 지었다. 마누엘은 휴대 전화를 꺼내면서 어색한 팬터마임을 마무리했다. 그런데 그 순간 주머니에서 시든 꽃잎이 죽은 나비처럼 힘없이 바닥으로 떨어졌다. 조금 전 카우보이에게 궁색한 변명을 늘어놓았다는 사실도 잊은 채 그는 몸을 숙이고 손가락 끝으로 조심스레 꽃잎을 만졌다. 바닥의 진흙이 묻어 더러워지기는 했지만 치자 꽃잎은 화려한 네온사인 불빛 아래에서 고운 자태를 뽐냈다. 그는 꽃잎의 단단하면서도 섬세한 결을 느끼면서 손으로 진흙을 살살 털어 낸 다음, 얼굴에 갖다 대고 눈을 감은 채 향기를 깊게 들이마셨다.

문이 열리면서 클럽 안의 음악 소리와 온기 그리고 악취가 흘러나왔다. 다행히 카우보이는 담배를 피우러 나온 손님과 유쾌하게 잡담을 나누고 있었다. 마누엘은 문자 메시지를 보내는 척 휴대 전화를 만지작거리면서, 현관을 통해 건물 옆쪽으로 천천히 걸어갔다. 정면의 돌출부를 발견한 그는 그 뒤로 몸을 숨겼다. 현란한 불빛 아래 비에 젖어 번들거리는 주차장은 이 세상 풍경이라고 믿기가 어려웠다. 마누엘은 주차장을 멍하니 바라보면서 손에 들고 있던 휴대 전화 화면을 수시로 힐끔거렸다. 화면이 꺼져 있으면 공연히 카우보이의 의심을 살 수 있었다. 그러면서도 다른 손으로는 상의 주머니의 매끄러운 꽃잎을 부드럽게 어루만졌다. 몇 시간이 지난 뒤에도 손에는 꽃향기가 남아 있을 것만 같았다.

그때 갑자기 노게이라가 문을 열고 나오더니 담배를 꺼내 물었다. 그러자 카우보이가 잽싸게 불을 붙여 주었다. 주변을 두리번거리던 그는 마누엘을 발견하고 소리쳤다.

「빌어먹을! 대체 거기서 뭐 하는 거요? 내뺀 줄 알았지 뭐요.」

마누엘은 아무 대답도 하지 않았다. 그는 휴대 전화를 주머니에 넣고 노게이라를 지나쳐 비를 맞으며 차를 향해 걸어갔다.

잠시 그를 바라보던 노게이라는 중얼거리듯 욕을 뱉어 냈다. 그러곤 방금 불을 붙인 담배를 물웅덩이에 휙 던져 버리고는 차 문을 열었다. 두 사람은 시동을 걸지 않은 차 안에 나란히 앉아 있었다. 잠시 어색한 침묵이 흐르다가, 노게이라가 핸들을 주먹으로 내리치며 소리쳤다.

「그래서 미리 경고했잖소. 이런 일은 언제든지 일어날 수 있다고 말이오. 이번 사건은 파헤칠수록 추접스러운 일을 겪게 될 거라고 여러 차례 말했잖소.」 그는 어떤 결론도 언급하지 않은 채 같은 말만 되풀이했다.

「맞아요. 그렇게 말했죠.」 마누엘은 힘없는 목소리로 그 사실을 인정했다.

노게이라는 지나치게 흥분한 듯 숨을 헐떡거렸다.

「당신이 나간 사이 그 여자아이와 이야기를 해봤어요. 그 애가 말하기로는…….」

「그 이야기라면 듣고 싶지 않군요.」 마누엘이 그의 말을 막았다.

그는 실망한 표정으로 마누엘을 바라보았다.

「여러모로 애써 주신 데 대해 감사드립니다. 물론 이런 일이 있을 거

212

라고 미리 여러 번 경고하신 것도 사실이에요. 하지만 그 이야긴 듣고 싶지 않군요. 이미 다 알고 있는 일인데요. 그렇지 않나요? 그러니까 괜히 힘들게 일일이 설명하지 않으셔도 돼요.」

노게이라는 말없이 자동차에 시동을 걸었다.

「좋을 대로 하시오. 사실을 확인했다는 것만큼은 말씀드리죠.」

「네.」 마누엘은 짧게 대답했다.

노게이라는 머리를 흔들며 도로 쪽으로 차를 몰고 갔다. 하지만 얼마 가지 않아 뭔가 기억난 듯 차를 세웠다. 그는 허리를 쭉 펴더니 몸을 뒤로 젖힌 채 바지 주머니에 손을 넣고 무언가를 찾았다. 그러곤 주머니에서 금반지를 꺼내 손가락에 꼈다. 밖에서 푸티클럽의 네온사인이 휘황찬란하게 반짝였지만, 빛바랜 결혼반지에서는 광채가 나지 않았다.

차를 타고 가면서 두 사람은 한마디도 하지 않았다. 출발하기 전, 노게이라가 다음 날 무슨 일을 해야 할지 대충 알려 주었지만 맥이 풀린 마누엘은 아무 말도 할 수 없었다. 마치 같은 극끼리 만난 두 자석처럼, 온통 치자 꽃잎에 대한 생각으로 가득 차 있던 머릿속이 순식간에 노게이라의 빛바랜 결혼반지에 대한 생각으로 채워져 버렸다. 세상 어딘가에 저런 남자를 기다리는 이가 있다는 사실이 도저히 믿기지 않았다. 그가 몸 파는 여자를 만나러 갈 때 뺐던 결혼반지를 나오면서 다시 끼는 모습은 차마 눈을 뜨고 보기가 역겨울 정도였다. 마누엘은 오펠리아의 집에 찾아간 날, 그녀와 다정스럽게 작별 인사를 나눌 때 그가 반지를 끼고 있었는지 기억을 더듬어 보았다. 시신에 반지가 없었던 걸 보면 혹시 알바로도 그날 밤 그런 짓을 한 게 아닐까? 어쩌면 남자들은 창녀를 찾을 때 그런 행동을 하는지도 모른다. 반지를 슬쩍 내려다보거나 엄지손가락으로 슬쩍슬쩍 만지는 걸 보면 노게이라도 이를 의식하고 있는 게 분명했다. 그런 행동이 적어도 두 번은 눈에 띄었다. 반지를 끼고 있으면 무슨 심한 염증이라도 일어나는 것처럼 말이다. 마누엘은 여전히 자신의 손가락에 끼여 있던 결혼반지를 물끄러미 내려다보았다. 왜 여태 빼지 않았는지 스스로도 이해가 되지 않았다. 가슴 깊은 곳에서 부끄러움과 체념이 섞인 한숨이 새어 나왔다. 마침내 여관 앞에 도착하자 그는 차에서 내리면서 힘없는 목소리로 〈안녕히 가세요〉라고 했다. 노게이라는 그와 만난 뒤 처음으로 정중하게 대답했다.

스위치를 올리자 희미한 불빛이 그를 맞이했다. 하지만 시간이 흐를수록 방 안은 점점 환해졌다. 그는 문 앞에 선 채로 좁은 일인용 침대를 물끄러미 바라보았다. 저런 침대를 볼 때면 어린 시절 하얗게 지새우던 수많은 밤이 떠오르곤 했다. 그는 천천히 책상 쪽으로 다가갔다. 그러곤 책상 다리 사이에서 불편한 의자를 꺼내 앉았다.

우선 포장지를 뜯고 종이는 꺼내지 않은 채 냄새만 맡았다. 그는 책을 읽기 시작할 때도 먼저 냄새부터 맡곤 했다. 종이에서 표백제 냄새가 은은하게 풍겼다. 아직 설익은 이 냄새가 잉크의 독특한 향과 뒤섞일 때 비로소 완숙의 경지에 이르게 되었다. 문득 4백 페이지의 종이를 남몰래 가슴에 꼭 껴안고 감격스러워하던 그날의 모습이 눈앞에 선히 떠올랐다. 「테베의 태양」. 알바로가 죽었다는 소식을 들을 무렵 마무리 단계에 있던 그 소설은 거기서 5백 킬로미터 떨어진 곳에 잠들어 있었다. 독자들이 마음에 들어 할 것이라던 소설, 전반적으로 무난하지만 썩 좋지는 않다던 그 소설은 두어 장(章)만을 남겨 놓고 있었다. 25페이지 정도의 분량이었다. 〈다시는 『부인의 대가』 같은 작품을 쓸 수는 없다고 말이야.〉 그는 알바로에게 그렇게 말했다. 〈이거야말로 내가 원하는, 아니 내가 감당하고 받아들일 수 있는 유일한 진실이라고.〉

그는 책상 위를 깨끗이 정리한 다음, 한 움큼의 종이를 꺼내 앞에 놓았다. 그러곤 상자에서 볼펜을 꺼내 종이 상단에 제목을 썼다.

거부당한 모든 것에 관해서

누군가 현관문을 두드렸다. 그 소리가 왠지 고압적인 느낌을 주었다. 당장 문을 열어 달라는 듯, 연이어 여덟 번이나 빠르게 두드렸다. 두드리는 기세로 봐서는 손님이나 수리 기사, 혹은 배달부일 것 같지 않았다. 시간이 흘러도 노크 소리는 계속되었다. 그런 상황이라면 누구든 경찰에 신고할 생각을 했을 것이다.

그는 생각에 잠긴 표정으로 마지막 문장 끝에서 깜박거리고 있던 커서를 바라보았다. 그날 아침만 해도 일이 술술 풀리던 참이었다. 지난 3주를 통틀어서 컨디션이 가장 좋았다. 인정하기는 싫지만, 그는 집에 아무도 없고 식사 시간처럼 일을 방해하는 일상적 습관에서 벗어나 정해진 스케줄 없이 그저 기분 내키는 대로 작업할 때 글이 가장 잘 써지는 편이었다. 그런 상태에서 쓴 글은 언제나 한결같았다. 앞으로 보름 후면 「테베의 태양」도 마무리가 될 듯했다. 일이 순조롭게 풀리면 그보다 일찍 끝날 수도 있었다. 그때까지만 해도 그 이야기는 그의 삶에서 유일한 것, 아니 밤낮을 가리지 않고 그의 마음을 사로잡고 있는 강박 관념이나 다름없었다. 그는 종일 다른 생각은 일절 하지 않았다. 소설을 쓸 때마다 경험하게 되는 느낌이었다. 그는 기꺼이 자신을 바치고 싶어 하면서도 두려움에 떠는 제물처럼 생기가 넘치면서도 스스로 허물어지는 듯한 느낌을 받곤 했다. 하지만 그 무렵에는 이처럼 은밀하게 행하던 의식조차 자신의 마음을 완전히 사로잡을 수 없으리라는 것을 경험으로 알고 있었다.

그는 문득 고개를 들어, 글을 쓰고 있던 거실에서 현관으로 이어진 복도를 빠르게 훑어보았다. 그러곤 앞으로 써야 할 말을 품에 안은 채 파르르 떨고 있던 커서 쪽으로 시선을 돌렸다. 갑자기 거실에 무거운 정적이 흘렀다. 느닷없이 들이닥친 방문객도 포기하고 돌아간 모양이었다. 하지만 그건 오산이었다. 이내 조용하면서도 위압적인 기운이 문밖에서 느껴졌다.

담배 연기

노게이라는 셔츠와 반바지 차림으로 어둠 속을 멍하니 바라보며 담배를 피웠다. 그의 집으로 이어진 도로에는 가로등이 워낙 띄엄띄엄 세워져 있어서, 까만 밤하늘에 오렌지색 공들이 서로 겹치지 않고 둥둥 떠있는 것처럼 보였다. 희미한 장밋빛 램프를 켜둔 탓에 밖에서 보면 아이 방 벽으로 자신의 그림자가 선명히 드리워질 듯했다. 그는 담배를 쥔 손을 창문 밖으로 내밀고 있었다. 연기가 안으로 들어가지 않도록 한 모금 빨 때마다 창밖으로 몸을 내밀었다. 물론 하루의 마지막 담배를 그렇게 청승맞게 피우기는 싫었지만, 그녀가 담배 냄새라면 워낙 질색하는 터라 어쩔 수 없었다. 어쨌든 어두운 방에서 혼자 담배를 피우다 보면 잡생각이 사라지면서 사건의 퍼즐 조각을 맞추는 데에만 집중할 수 있었다. 거리의 불빛이 방으로 스며들었지만 너무 희미한 탓에 그의 결혼반지에서는 여전히 빛이 나지 않았다. 하지만 반지에 불이라도 붙은 것처럼 손가락이 뜨거웠다. 분명히 존재하는 것이 어떻게 우리 눈에는 안 보이는데 다른 누군가에게는 보이는 걸까? 마치 닳고 닳아 형체마저 사라진 물질이 원래 모습으로 돌아간 것처럼, 그리고 다른 이들의 시선이 그 사물에 실체를 되돌려 주기라도 한 것처럼 말이다. 노게이라는 손가락의 반지를 물끄러미 내려다보았다. 그러곤 자신을 밤새 뒤척이게 만들 — 그는 이미 알고 있었다 — 그 생각을 떨쳐 버리려고 머리를 세차게 흔들었다.

그가 폐 깊숙한 곳에서도 열기를 느낄 만큼 담배를 깊고 세게 빨아들인 다음, 집에서 최대한 멀리 날아가도록 연기를 뿜어냈다. 그러곤 담배를 바깥벽에 문질러 끄고, 꽁초가 수북한 비닐봉지 속에 집어넣었다. 마지막으로 봉지를 묶고 반으로 접어서 창턱에 올려놓았다. 창문은 담배 냄새가 완전히 빠질 때까지 열어 두기로 했다. 다시 방 안으로 고개를 돌렸다. 이불 위에서 미니 마우스가 그를 빤히 쳐다보며 웃고 있었다. 그는 아무 말 없이 인상을 찌푸렸다. 그리고 베개 위에 널려 있던 인형과 쿠션을 모두 치운 뒤 이불 속으로 파고들었다. 마침내 그가 디즈니의 공주들이 그려진 램프를 껐다.

부러뜨린 나무껍질

마누엘이 눈을 떴을 때, 방 안은 여전히 짙은 어둠에 잠겨 있었다. 텔레비전이 꺼진 걸로 봐서는 자다가 무심결에 일어난 모양이었다. 꿈속에서 어린아이의 울음소리가 어렴풋이 들렸지만, 다시 그녀가 달려와서 달래 주었다. 그는 침대에서 일어나, 덧문과 나뭇잎 사이로 새어 들어오던 희미한 빛을 따라 더듬거리며 창문 쪽으로 걸어갔다. 그사이에 비가 그쳤는지, 군데군데 웅덩이가 남았지만 땅은 대부분 말라 있었다. 길에 드리워진 그림자를 보니, 아직 해가 중천에 뜨지는 않은 것 같았다. 그는 헝클어진 이불 속을 뒤지며 텔레비전 리모컨을 찾았지만 끝내 나오지 않았다. 다급한 마음에 침대 주변을 돌아다니다가 테이블 서랍을 열어 보았다. 그러곤 서랍 속에서 더 시들기 전에 꺼내 달라고 애원하는 치자 꽃잎을 외면한 채 시계만 꺼냈다. 황급히 서랍을 닫아 버렸지만, 오래된 나무와 나프탈렌 냄새를 제치고 꽃향기가 콧속으로 스며들었다. 시든 꽃잎에 둘러싸여 있던 사진은 한 아이의 자신감 넘치는 눈빛 때문인지 죽은 이의 사진 같지 않았다.

마누엘은 거울에 비친 자신의 눈빛을 유심히 살펴보았다. 새벽까지 글을 쓰느라 잠을 제대로 못 잔 탓인지 얼굴이 잿빛으로 변해 있었다. 그는 책상 위에 수북이 쌓인 원고 더미를 보려고 몸을 돌렸다. 눈사태라도 일어난 듯 몇 장이 책상에서 떨어져 바닥을 뒤덮고 있었다. 하얀 눈길이 침대까지 이어진 것처럼 보였다. 그는 바닥에 널브러진 종이를 멍하니 바라보다가 다시 거울 앞으로 갔다. 이른 아침 갈리시아의 하늘만큼이나 흐릿한 눈동자가 슬픔에 젖어 반쯤 풀려 있었다. 그는 나른함을 떨쳐 내기 위해 손으로 얼굴을 문지르고 짙은 색의 짧은 머리카락을 손가락으로 빗어 넘겼다. 관자놀이 옆으로 듬성듬성 나던 흰머리가 며칠 사이에 눈에 띄게 늘었다. 그뿐만 아니라 턱수염에도 드문드문 새치가 나기 시작했다. 다행히 입술은 여전히 붉은빛을 잃지 않았지만, 슬픔에 잠긴 어릿광대의 입처럼 힘없이 축 처졌다. 그는 거울을 보고 웃음을 지어 봤지만, 가면처럼 변해 버린 얼굴 전체로 가벼운 경련이 스치고 지나갔다. 술 취한 치과 의사가 마취제를 과도하게 주사했거나 보툴리누스균[1]에 감염되어 얼굴이 마비되어 버린 것 같았다.

「계속 이럴 수는 없어.」 그는 거울 속의 낯선 남자에게 말했다.

다시 서랍을 열었다. 그는 꽃잎을 한쪽으로 치우고, 장원 입구에서 신부가 건네준 명함을 집어 들었다. 그리고 서랍을 닫기 전, 갑자기 사진을 꺼내 재킷 안주머니에 집어넣었다. 사진의 구부러진 귀퉁이가 상의 안감 위로 불룩하게 튀어나왔다. 그는 사진이 살아 있기라도 한 것처럼 단단히 붙잡았다.

여관 복도로 나오자 빈방 앞에서 한 무더기의 침대 시트를 치우고 있던 주인이 보였다. 방문이 열려 있는 걸 보면 침대를 정리하고 있는 모양이었다. 그녀는 콧노래를 흥얼거리고 있었는데, 퉁퉁한 몸매와 달리 목소리만큼은 소녀처럼 낭랑해서 절로 웃음이 나왔다.

「여기는 어떻게 가면 되죠?」 마누엘은 자리에 선 채 그녀에게 명함을 내밀며 물었다.

여자는 흥미로운 표정으로 명함을 살펴보았다.

「거긴 오 메이가요[2]를 없애는 곳이에요. 무슨 말인지 알아요?」

「뭘 없앤다고요?」 그가 어리둥절한 표정으로 물었다.

「오 메이가요 말이에요. 그러니까 악마나 흉안[3] 그리고 마녀 일당들

---

1 식품을 매개로 전파되는 신경 독소 박테리아로, 이 독소를 지닌 음식을 먹으면 식중독을 일으킨다.
2 *O meigallo.* 〈마술〉, 〈마법〉 혹은 〈저주〉를 의미하는 갈리시아 말이다.

을 말하는 거랍니다.」

마누엘은 그녀의 말을 듣고 놀라 눈이 휘둥그레졌다. 그 말을 농담, 아니 장난쯤으로 여긴 그는 그녀가 웃기만을 기다렸다. 그녀는 끝내 웃지 않았다.

「……그렇군요. 괜찮으면 자세히 설명해 주세요.」

「물론 설명해 드리죠.」 그녀는 빠르게 대답했다. 그리고 하던 일을 내팽개친 채 손에 명함을 들고 그의 곁으로 다가왔다. 「여기에 적힌 성지는 오래전부터 순례지였을 뿐만 아니라, 갈리시아에서 가장 신성한 곳으로 여겨진답니다. 보통은 오 메이가요나 악귀를 쫓아내기 위해 거길 가죠.」

마누엘은 그것이 진담인지 알아볼 생각으로 고개를 숙여 그녀의 얼굴을 빤히 쳐다보았다. 그 의도를 알아차렸는지, 그녀는 굳은 표정으로 그를 바라보며 말했다.

「이봐요. 지금 진지하게 하는 말이니까 흘려듣지 말라고요.」

당황한 마누엘은 아무 말도 못 하고 고개만 끄덕였다.

「하느님이 계시듯이, 이 세상에는 악마도 분명 존재해요. 악귀는 우리에게 해코지하려는 자들을 통해서, 아니면 스스로가 원해서 우리 속으로 들어온답니다. 그러고는 우리를 견딜 수 없을 정도로 고통스럽게 하죠.」

마누엘은 명함을 돌려받으려고 손을 내밀었다. 그녀가 지껄이는 허황된 말을 더 이상 듣고 싶지 않았다. 그녀는 명함을 손에 꼭 쥔 채 뒷걸음쳤다. 그리고 아주 언짢은 표정으로 그를 나무라기 시작했다.

「무슨 일인지 이제 알겠군요. 당신은 내가 하는 말을 전혀 믿지 않아요. 그렇죠? 그렇다면 이제부터 내가 하는 이야기를 잘 들어 봐요.」

앞으로 이어진 복도를 보면서 마누엘은 그녀를 남겨 둔 채 도망가고 싶었다. 하지만 여관에 머물게 된 이후로 친절하게 대해 주며 성심껏 도와준 그녀에게 그럴 수는 없었다. 더구나 작가인 그는 아무리 터무니없

---

3 악의가 담긴 눈초리로 저주를 내린다고 알려져 있다. 여러 문화권에서 흉안을 보게 되면 불운이 닥친다고 믿는다.

는 이야기라고 해도 마다한 적이 없었다. 그는 어깨를 으쓱하고는 그녀의 이야기를 들었다.

「코루냐에 내 조카 부부가 살고 있답니다. 조카는 중학교에서 수학을 가르치는 선생이고, 부인은 아주 예쁜 아이인데 사회 복지사로 일하고 있죠. 그들은 결혼한 지 8년이 됐고, 다섯 살 먹은 딸아이가 하나 있어요. 그런데 1년 전쯤일 거예요. 아이가 네 살이 되면서 밤마다 악몽에 시달리는 거예요. 자주 비명을 지르며 잠에서 깨어나곤 했어요. 그러곤 잔뜩 겁에 질린 채 방 안에 사람들이, 그것도 아주 나쁜 사람들이 있다는 거예요. 보기만 해도 무시무시한 사람들이 자기를 자꾸 깨우고 겁을 준다면서 말이죠. 처음엔 부모도 그다지 대수롭지 않게 여겼어요. 유치원에서 겪은 일 때문에 그러려니 했던 거죠. 가령 짓궂은 남자아이한테 맞았다든지…… 그 나이에 흔히 겪는 일들 있잖아요. 하지만 악몽은 매일 밤 계속되었어요. 아이가 비명을 지르면, 부모는 방으로 달려가 아이를 깨우는 일이 매일같이 반복되었답니다. 심지어 아이가 두 눈을 부릅뜬 채로 저기 사람들이 있다면서 엄마, 아빠 뒤 벽을 손가락으로 가리키더래요. 어찌나 공포에 짓눌려 있던지, 그제야 부모도 사태가 심각하다는 걸 깨달았답니다.

그래서 아이를 소아과로 데려갔죠. 그랬더니 의사가 하는 말이 야간 공포증이라는 거예요. 그건 어린아이들이 꾸는 일종의 악몽인데, 너무 생생해서 눈을 뜨고도 꿈속에서 본 장면이 보인다고 해요. 의사는 몇 가지 조언을 했답니다. 우선 스트레스를 피하고 재우기 전에 활동적인 놀이를 할 것, 저녁은 푸짐하게 먹이고 목욕을 한 다음 마사지를 해줄 것 등이었죠. 하지만 의사가 시킨 대로 해도 달라지는 것이 없었답니다. 아이는 매일같이 악몽에 시달렸으니까요. 다급해진 조카 내외는 이 병원 저 병원을 전전하기 시작했죠. 우여곡절 끝에 소아 정신과 의사를 찾아가게 되었답니다. 진료를 마친 의사는 아이가 지극히 정상이라고 하더래요. 상상력이 풍부한 아이들은 상상한 것을 눈으로 보았다고 믿는 경우가 종종 있다는 거예요. 듣고 보니 그럴듯했지만, 아이의 부모는 그 말만 믿고 안심할 수가 없었어요. 의사는 아이에게 수면제를 처방했답니다. 그 사람 말로는 아주 약하다지만, 어쨌든 그 어린것한테 마약을 준 셈이죠.

그 부부가 얼마나 노심초사했을지 쉬이 짐작이 될 거예요. 그들은 어깨가 축 늘어진 채 집으로 찾아와 우리 언니에게 저간의 사정을 모두 이야기했답니다. 마침 그날, 언니의 가장 친한 친구가 집에 놀러 왔거든요. 그런데 잠자코 듣고 있던 그분이 이런 말을 하더래요. 〈그럼 성지에 데려가 보는 게 어떨까?〉 그러자 그들이 대답했죠. 〈에이! 별말씀을 다 하시네요. 우리는 그런 건 믿지 않아요. 솔직히 말해, 우리 아이를 퇴마사한테 데려간다는 생각은 추호도 해본 적이 없다고요.〉 〈그렇다면 정신과 의사한테 데려가 네 살짜리 아이한테 마약을 줄 생각도 못 해봤겠구먼.〉 언니의 친구가 쯧쯧거리더래요. 〈괜히 고집부리지 말고, 일단 한번 데려가 보게. 더구나 자네들은 가톨릭 신자 아닌가. 저 아이도 세례를 받았고, 또 자네들도 교회에서 결혼을 했으니까 말이야. 거기서 미사를 드린다고 해서 자네들이 잃을 건 없잖은가.〉

그들 내외는 그 말에 꿈쩍도 하지 않더군요. 심지어는 의사가 처방해 준 그 독한 약을 아이에게 주기 시작하는 것 같더라고요. 하지만 차도가 전혀 없자, 결국 미사일에 맞춰 성지로 갔답니다. 아이와 함께 미사를 드린 뒤에 우리 조카가 신부님에게 다가가서 자초지종을 설명했대요. 〈이제 곧 성모 마리아상을 제단에서 모시고 나와 성당 주위를 돌며 행렬을 할 겁니다. 그때 아이의 손을 잡고 성모 마리아상을 모신 가마 아래로 지나가세요.〉 신부님이 차분한 목소리로 말했답니다. 〈그리고요?〉 〈그렇게만 하면 됩니다.〉

성당 밖으로 나온 조카는 사람들 틈에서 몇몇이 성모 마리아상을 모신 가마 아래로 지나가는 모습을 지켜보았다고 해요. 다들 그렇게 하면 자기 아이가 아무런 해도 입지 않을 거라고 믿는 눈치였대요. 우리 조카도 아이의 손을 잡고 가마 근처로 다가가려고 했답니다. 그런데 아이가 갑자기 미친 듯이 소리를 지르더래요. 발을 동동 구르면서 소리 지르다가 숨이 찬지 헐떡거리더니 다시 울부짖었대요. 〈싫어! 싫다고! 안 갈 거야!〉 그러자 아이를 데려온 부모들이 얼굴이 파랗게 질린 채 그 주변에 몰려들어 무릎을 꿇더랍니다. 모두가 깊은 충격을 받아서 어찌할 바를 모른 채 어안이 벙벙한 눈으로 그냥 쳐다만 봤다고 해요. 아이의 모습을 보고 공포에 사로잡힌 거죠. 그 순간 신부님이 쫓아와서는 계속 울어 대는 아이를 품에 안고 가마 아래로 지나갔다고 합니다.

내 말을 믿든 안 믿든 상관없어요. 하지만 가마 밑을 통과해서 맞은편으로 나온 뒤, 놀랍게도 아이가 울음을 그쳤답니다. 그뿐 아니라, 마치 아무 일도 없었던 듯이 조용해지더래요. 더 기가 막힌 건, 전에 자기가 했던 말이나 행동을 전혀 기억하지 못하더라는 겁니다.」

마누엘은 숨을 들이마셨다.

「내게서 무슨 말을 듣고 싶은 거죠?」

그녀는 한숨을 내쉬며 명함을 돌려주었다.

「우리 조카 내외가 전보다 더 신앙심이 깊어졌는지는 잘 모르겠지만, 그 후로 딸아이는 더 이상 악몽에 시달리지 않았답니다. 이제는 미사가 있을 때마다 거기 가서 아이와 함께 성모 마리아상 아래로 지나가곤 한대요.」

그는 차를 몰고 일반 국도를 따라 50킬로미터를 달렸다. 여러 마을과 작은 도시를 지나는 동안에도 여관 주인이 했던 이야기가 머릿속을 떠나지 않았다. 관광지와 건축 문화유산임을 알려 주는 표지판이 두어 번 정도 나타났다. 샛길로 접어들자 그런 표지판도 자취를 감추고 말았다. 내비게이션에서는 계속 직진하라는 안내 음성이 흘러나왔지만, 아무래도 길을 잃은 것 같은 느낌이 들었다. 하지만 문제 될 건 없었다. 도리어 아름다운 풍경 덕분에 그날 아침에 있었던 일을 모두 잊고 짜릿한 해방감을 만끽할 수 있었다.

허름한 대여섯 채의 농가가 교회와 부속 건물을 둘러싸고 있었다. 그 주변을 차로 한 바퀴 돌자 주차장이 나타났는데, 텅 비었지만 엄청난 크기여서 적지 않게 놀랐다. 그는 곧장 정문으로 가서 여전히 푸른 잎이 우거진 단풍버즘나무 아래에 차를 세웠다. 차에서 내린 뒤 교회 건물까지 두 갈래로 이어진 계단을 쳐다보았다.

인기척이 들려 돌아보니, 두어 명의 남자들이 그에게는 눈길도 주지 않은 채 알루미늄 문으로 된 입구로 들어가고 있었다. 고색이 완연해서 골동품 가게에 가져가면 꽤 많은 돈을 받을 수 있을 것 같은 나무판자 위에 색이 바랜 슈웹스⁴ 광고를 붙여 놓은 걸 보면 바가 틀림없었다. 성당에 올라가기 전, 그는 단풍버즘나무로 다가가 잿빛 껍질을 벗겨냈다. 이내 누렇고 울퉁불퉁한 얼룩이 줄기에 남았다. 며칠 지나면 색이 돌아올 터였다. 그의 누나는 나무껍질 벗기는 걸 참 좋아했다. 마드리드에 있는 공원을 산책할 때면, 그들은 비늘처럼 생긴 플라타너스 껍질을 누가 더 많이 벗기는지 시합을 하곤 했다. 이따금 껍질에서 벗어나려고 발버둥이를 친 것처럼 금이 가고 잔뜩 뒤틀렸지만 단 한 군데도 벗겨진 곳이 없는 나무를 발견할 때도 있었다. 그런 나무가 눈에 띄면, 오누이는 즉시 비늘 같은 껍질을 떼어 내면서 짜릿한 기쁨을 맛보곤 했다. 누가 더 큰 껍질을 부서지지 않게 벗겨 내느냐를 놓고 시합을 하기도 했다. 그는 나무를 보며 조용히 미소 지었다. 그리고 오랜 세월 동안 고통에 시달리느라 까마득히 잊고 있었지만, 추억만이 슬픔을 달래 줄 수 있다는 걸 깨닫고 다시 한번 미소 지었다.

마누엘은 나무껍질을 손에 쥔 채 계단을 따라 올라갔다. 정문은 잠긴 듯해서 열어 보지도 않고, 대신 성당 주변을 한 바퀴 돌아보기로 했다. 키 큰 사람이나 손이 닿을 정도의 높이에 십자가가 그려져 있었는데, 그 위로 긁힌 자국이 눈에 띄었다. 그때 단발머리 여자가 몸에 걸치려는 듯 양모 재킷을 뒤로 펼치면서 교회 옆문으로 나왔다. 그 과장된 행동은 추워서라기보다는 평소 버릇인 것 같았다. 눈이 마주치자 그녀는 먼저 말을 걸었다.

---

4 닥터페퍼 스내플 그룹이 만드는 음료 브랜드.

「성당 문은 열려 있어요. 하지만 이쪽으로 들어가셔야 할 거예요. 초나 성물을 사시려는 거면 문을 열어 드리죠.」 그녀는 작은 석조 건물을 가리키며 말했다. 거기에는 〈성모 마리아 기념품〉이라고 쓰인 간판이 걸려 있었다.

「아닙니다.」 마누엘이 퉁명스럽게 대답했다. 「루카스 신부님을 만나러 온 거예요. 그런데 만날 수 있을지 모르겠군요. 미리 연락을 하고 오는 건데…….」

실망한 기색이 역력하던 그녀는 이내 놀란 표정을 지었다. 곧 납득이 간다는 듯 고개를 끄덕이며 대답했다.

「아! 루카스 신부님을 만나러 온 거군요. 물론 계시죠. 어서 들어가 보세요. 지금 성구실에서 일하고 계시니까요.」 그녀는 그에게서 시선을 돌리고 구겨진 상의 주머니에서 스무 개가량의 열쇠가 걸린 고리를 꺼내더니 엉성하기 짝이 없는 기념품 가게 입구로 걸어갔다.

해가 중천에 뜨자 바깥 공기도 따뜻해졌다. 높은 곳에 달린 창문을 통해 희미한 빛 한 줄기가 들어오기는 했지만, 교회 안은 어두컴컴했다. 그 빛을 따라 먼지가 춤을 추고 있었다. 그는 어둠에 눈이 익을 때까지 그 자리에 서 있을 수밖에 없었다.

대부분 여자인 신자들이 첫 줄에 앉거나 서 있었다. 언뜻 보기에는 일행인 듯싶었지만, 띄엄띄엄 있는 걸 보면 따로 온 것이 분명했다. 그는 제단 앞을 지나가지 않기 위해 일부러 의자 옆으로 돌아 입구 쪽으로 걸어갔다.

제단 뒷면을 장식하고 있는 그림과 성상은 울긋불긋하기만 해서 조잡한 느낌을 주었다. 제단에 세워진 봉헌물 역시 시대에 맞지 않는 것 천지였다. 말이 조각이지 머리, 다리, 팔은 물론 인체를 누런 밀랍으로 만든 아기와 사람까지 죄다 혐오감을 주는 것밖에 없었다. 더구나 먼 옛날 제단에서 묵묵히 타오르던 초마저 이젠 자판기에서 파는 양초가 대신하고 있었다. 동전 투입구에 50유로센트를 넣으면 합성수지 양초가 나오는데, 거기에 불을 붙이면 메타크릴 수지 용기 안에서 밝은 빛이 났다. 그 자판기는 현대식 헌금함이나 다름없었다. 그는 열심히 기도문을 외우고 있는 신자들을 피해 빙 둘러 성구실로 걸어갔다. 그러다가 도중에 그들의 시선을 따라 제단 위를 쳐다보았다. 거기에는 놀라울 만큼 젊은 성모 마리아가 한 살쯤 되어 보이는 아기 예수를 안고 있었다. 성모 마리아와 아기 예수가 환하게 웃는 모습이나 망토의 색깔, 화려한 치장이 기쁨과 찬양의 뜻을 분명하게 보여 주었다. 이 성지의 웹 사이트를 방문한 뒤 마누엘은 슬픈 성모상, 그러니까 견딜 수 없는 고통으로 몸부림치며 깊은 슬픔에 빠진 성모상을 떠올렸다. 하지만 그와는 정반대인 성모상을 보자 자신이 유서 깊은 성당과 이를 둘러싼 무겁고 음습한 분위기를 떠올리며 지레짐작한 거라는 생각이 들었다.

성구실 안으로 들어가자 안내 데스크에 여자가 앉아 있었다. 조금 전 만났던 여자의 동생인지, 둘의 생김새가 흡사했다. 그녀는 누군가와 통화를 하고 있었는데, 일요일 미사 때 나눠 줄 주보 용지를 주문하고 있는 게 분명했다.

「실례합니다만, 루카스 신부님을 만나러 왔는데요.」마누엘이 먼저 말을 꺼냈다.

그러자 옆방에서 의자 끄는 소리가 들리더니, 이내 문간에 신부가 나타났다. 마누엘을 본 신부는 환하게 웃으며 악수를 청했다.

「마누엘이로군. 이렇게 찾아와 줘서 뭐라 감사의 말을 해야 할지 모르겠네.」

마누엘은 말없이 그와 악수를 했다.

책상에 앉은 채 의심과 확신이 뒤섞인 표정으로 그의 눈치를 살피던 여자는 초등학교 선생 같은 분위기를 풍겼다. 그녀는 무슨 기억을 자아내려고 애를 쓰는지, 남의 눈에 띄지 않게 머리를 긁적거렸다.

「안으로 들어오게나.」루카스가 옆방을 가리키며 말했다. 하지만 그는 마누엘이 거북해하는 것을 눈치채고는 산책을 제안했다. 「아니면 주변 산책이나 할까? 내가 안내를 할 테니까. 어제는 종일 비가 퍼붓더니 다행히 활짝 개어서 산책하기에 딱 좋군.」

마누엘은 여전히 아무 말도 하지 않은 채, 성당 안을 가로질러 입구 쪽으로 걸어갔다. 신부는 제단 앞에서 잠시 한쪽 무릎을 살짝 구부리며 예를 표했다. 뒤따라오던 그는 신자들을 지나친 다음에야 마누엘을 따라잡았다.

교회를 나오자 밝은 햇살이 눈이 부실 정도로 쨍쨍 내리비추었다. 공기가 시원해서 마누엘은 숨을 깊이 들이마셨다. 둘은 약속이라도 한 듯이 외벽을 따라 걸음을 옮기기 시작했다.

「자네가 이렇게 와주어서 얼마나 기쁜지 몰라. 안 그래도 이제나저제나 오기만을 기다리고 있었다네. 물론 확신은 없었지만 말이야. 여기 계속 있는지, 아니면 마드리드로 돌아갔는지 몰라서……. 그건 그렇고 잘 지냈나?」

「응. 잘 지냈어.」 마누엘은 단박에 대답했다.

신부는 입을 꽉 다문 채 고개를 갸우뚱했다. 그런 질문을 한 사람들이 흔히 보이는 반응이었다. 마누엘은 여전히 무언가를 기다리면서 침묵을 지켰다. 그는 루카스가 끝까지 포기하지 않으리라는 걸, 그 누구도 하지 못한 일을 해내리라는 걸 잘 알고 있었다. 장례식이 끝난 뒤 마누엘은 루카스의 의중을 꿰뚫고 있었다. 그가 보기에 루카스는 그 사건을 낱낱이 파헤치려면 사제인 자신이 가장 적합하다고 믿는 듯했다.

「성지는 어떤가?」 루카스는 종탑을 올려다보면서 물었다.

신부는 다른 방식으로 대화를 시도하려고 했다. 그의 의중을 꿰뚫고 있던 마누엘은 조용히 웃기만 했다.

「멀리서 볼 때는 참 아름답더군.」 마누엘이 한참 만에 입을 열었다.

「그럼 와보니까 어떤가?」

「글쎄.」 그는 조심스럽게 운을 뗐다. 「뭐랄까, 조금은……. 아, 내 말을 오해하진 말게. 아담해서 좋긴 하지만 조금은 쓸쓸해 보이는군. 낡은 병원, 그러니까 정신 병원이나 요양원 같은 데 온 기분이라고 할까.」

그 말을 듣고 루카스는 깊은 생각에 잠긴 듯했다.

「무슨 말인지 알겠어. 옳은 말이야. 지난 수백 년 동안 여기는 불행과 병마에 시달리는 사람들이 의지하던 곳이었으니까. 그래서인지 여기 온 이들은 주님의 영광이 아니라, 죄에서 벗어나는 것만 생각한다네.」

「죄라…….」 마누엘이 얼굴을 찌푸리며 중얼거렸다. 「그런데 여기서 마귀를 쫓는 의식을 한다는 게 사실인가?」

그 말을 듣고 신부가 갑자기 걸음을 멈추자, 마누엘도 따라서 멈추어 섰다.

「사람들은 조금이라도 고통을 덜기 위해서 이곳에 온다네. 자네도 그래서 온 것 아닌가?」 그가 공손한 어투로 말했다.

마누엘은 공연히 쓸데없는 말을 한 것 같아 기분이 착잡했다. 그는 천천히 한숨을 내쉬면서, 대체 무슨 이유로 이 사람에게 그런 심한 말을 했는지 생각해 보았다. 그 순간 엘리사가 했던 말이 머릿속에 떠올랐다. 〈하지만 알바로 씨가 당신을 놔두고 굳이 신부와 이야기를 나누려고 했다는 건 이해하기 어렵군요.〉 그녀의 말마따나 루카스도 뭔가를 숨기고 있는지도 몰랐다. 설령 그렇다고 해도 그가 상황을 이렇게 만든 장본인은 아니었다. 마누엘은 아무 말도 하지 않고 다시 발걸음을 옮겼다. 그의 행동에 기분이 상한 듯 신부는 잠시 머뭇거리다 그를 따라왔다. 마누엘은 우선 생각을 정리하고 말을 하려고 했지만, 그곳에 도착할 때까지도 자기가 무슨 목적으로 거기에 갔는지 모르고 있었다. 그제야 그는 자신이 나무껍질 조각을 손에 쥐고 있음을 알아차렸다. 마치 행운의 부적을 되찾기라도 한 것처럼 손에 꼭 쥐고 있었다. 하지만 걷다 보니 어느새 엄지손톱으로 껍질을 분지르고 말았다. 껍질은 뚝 하는 소리와 함께 손안에서 산산조각이 났지만, 그 소리는 그의 기억에 선명하게 남아 있었기에 굳이 들으려고 애쓸 필요도 없었다. 오랜 세월이 지나면서 잊어버린 줄로만 알았던 그 소리와 촉감은 신기하게도 기억 속에 생생하게 살아 있었다.

먼저 말을 꺼낸 것은 신부였다.

「마누엘. 나는 알바로의 죽마고우라네. 그 친구의 죽음이 누구보다 슬프고, 평생 슬퍼할 걸세. 지금 자네 기분이 어떨지 잘 알고 있어. 그럼에도 이 먼 곳까지 찾아와 줘서 얼마나 기쁜지 몰라. 하지만 마누엘, 이 왕 이곳에 머물기로 했으면 요모조모 따지고 드는 인텔리 티일랑 벗어 버리고 이곳의 관습을 존중하는 마음으로 대하게나. 이곳 사람들은 알 바로를 무척이나 아끼고 사랑했지. 자네가 전혀 몰랐다고 해도, 알바로 에 대한 그들의 애정이 사라지지는 않을 거야. 웬만하면 이 말은 안 하 려고 했어. 말해 봐야 별로 진지하게 여길 것 같지 않아서 말이야. 하지 만 이왕 이렇게 된 김에 말하겠네. 알바로의 장례식에 사제들이 왜 아홉 명이나 왔는지 아나? 바로 에르미니아 때문이었어. 알바로의 집에서 기 별이 왔는데, 노 후작 부인이 장례식을 최대한 간소하게 치러 달라고 당 부하는 내용이었지. 곧바로 교구 주임 신부님께 이를 알렸어. 사실 나머 지 신부님들에게 드린 돈은 모두 에르미니아의 주머니에서 나온 거라 네. 그녀가 신부님들께 50유로씩 드리면서 꼭 와주십사 당부를 했다더 군. 자기 아들처럼 사랑했으니, 마지막 가는 길만이라도 외롭지 않게 보 내 주고 싶었겠지. 아니, 그녀는 남의 눈에 띌까 봐 쉬쉬하면서 그를 땅 에 묻어 버리는 것만큼은 용납할 수 없었던 거야. 그래서 장례식이 열린 다는 걸 동네방네 알리고 다녔어. 장례식에는 최소한 다섯 명의 신부가 참석하는 게 관례지. 그런데 그런 유서 깊은 귀족 가문에서 신부 한 명 만 달랑 부른다는 게 상식적으로 납득이 되지 않았을 거야. 아마 알바로 에 대한 모욕으로 여겼을 테지. 결국 끝까지 그의 명예를 지켜 준 건 에 르미니아였다네.」

마누엘은 놀란 표정으로 그를 바라보았다.

「그렇다네, 마누엘. 이곳의 전통, 아니 관습이 시대에 뒤떨어지고 촌 스럽다고 비웃을지 모르겠지만, 그 밑바탕에는 존중심과 순수한 사랑 이 깔려 있다네. 알바로가 죽고 나서 양조장 노동자들이 십시일반으로 돈을 모아 여기에서 9일 기도회[5]를 연 것도 바로 그런 이유 때문이지. 솔

5 개인이나 공동체가 특별한 은총을 받기 위하여 9일 동안 계속해서 기도하는 것을 말한다. 사도들이 성모 마리아와 함께 예수 승천 후 성령 강림을 기다리며 기도했던 데 서 비롯되었다는 설이 있는가 하면, 당시 로마에서 위대한 인물이 죽었을 때 9일간 슬

직히 말해서, 이미 저세상으로 간 사람의 혼을 달래 주려고 그렇게 신경 쓰는 것보다 더 큰 사랑은 없을 거야. 자네도 지금은 상처받고 괴로워하고 있지만, 참 좋은 사람이라는 생각이 드는군. 하지만 그렇다고 해서 이곳의 관습을 비웃을 자격은 없다네. 마누엘, 솔직하게 말해 봐. 여긴 무엇 하러 온 거지?」

깊이 한숨을 내쉰 마누엘은 입술을 꽉 깨물고 눈썹을 치켜세우면서 그의 질책을 받아들였다. 〈욕먹어도 싸지.〉 그는 속으로 중얼거렸다.

「엘리사를 만나러 온 거야.」

「엘리사.」 신부는 나직한 목소리로 그녀의 이름을 불러 보았다. 놀란 표정이었지만, 신중한 태도를 잃지 않았다.

마누엘은 그에게 거짓말을 할 생각은 없었지만, 그렇다고 갈리시아에 머무르기로 결심한 진짜 이유를 밝히고 싶지는 않았다. 그런 상황에서도 자존심을 내세우는 자신이 심히 부끄럽게 느껴졌다. 그에게 모든 걸 털어놓고 싶기도 했지만, 그 문제를 정면으로 다루기에는 아직 시기상조였다.

「알바로의 묘소를 둘러볼까 하고 어제 아스 그릴레이라스에 갔다네.」 그는 거짓말을 섞어 둘러댔다. 「그런데 거기서 우연히 엘리사를 만났게 됐지. 그녀는 여전히 프란이 절대 자살하지 않았다고 믿더군.」

루카스는 고개를 숙인 채 말없이 걸었다. 그 말을 듣고도 전혀 놀라는 기색이 없었다. 마누엘은 이왕 말이 나온 김에 대화의 고삐를 좀 더 죄기로 했다. 만일 루카스가 프란의 죽음에 관해 뭔가 미심쩍은 느낌을 받았다면, 알바로에 대해서도 입을 열지 모른다는 생각이 들었던 것이다. 자기 입으로 말했듯이, 사업 관계를 떠나서 어린 시절부터 줄곧 알바로를 만나 온 사람은 루카스밖에 없었으니까 말이다.

「혹시 장례식이 끝나고 문 앞에서 나를 기다리던 과르디아 시빌 대원 기억나? 그 사람도 프란의 죽음에 자살이라고 보기에는 석연치 않은 구

퍼하던 풍속을 그리스도교화한 것이라는 설도 있다. 보통 규정된 기도문과 함께 고해 성사, 영성체 등으로 이루어진다.

석이 있다고 하더군.」

그 말이 끝나자 루카스는 고개를 들어 그의 눈을 빤히 쳐다보았다. 마누엘이 이 사건에 대해 얼마나 알고, 또 무엇을 숨기고 있는지 살펴보는 눈치였다.

마누엘은 내친김에 단도직입적으로 말했다.

「그 사람이 그러더군. 몇 가지 미심쩍은 점에 대해 자네한테 물어보았지만, 아무 대답도 안 했다고 말이야.」

「그건 절대 밝힐 수 없는 비밀…….」

「나도 알고 있어. 고해한 내용은 어떤 일이 있어도 발설할 수 없다고 말했다지. 그리고 자네도 프란이 자살한 걸로 생각지는 않는다고.」

「지금도 그렇게 생각하고 있다네.」

「정말로 그렇게 생각한다면, 그러니까 프란의 죽음을 둘러싼 의혹이 있다면 왜 진실을 밝히려고 하지 않는 거지? 그의 급작스러운 죽음으로 인해 엘리사가 얼마나 고통스러워하는지 잘 알고 있으면서 왜 가만히 있는 거냐고?」

「잘 알지도 못하면서 떠들어 대는 것보다, 차라리 침묵하는 편이 나을 때가 있으니까.」 신부는 차분한 목소리로 대답했다.

그동안 참았던 울분과 역겨움이 또다시 마누엘의 가슴에서 끓어오르기 시작했다.

「루카스, 한 가지만 대답해 주게. 지금 나한테도 뭔가 숨기는 건가? 괜히 말을 빙빙 돌리고 싶지 않아서 묻는 거라네. 만나는 사람마다 내게 거짓말을 하는 통에 이제 신물이 난단 말이야. 알바로는 물론, 그의 비서와 에르미니아까지……. 다들 입만 열면 거짓말이라니까.」 그는 계곡 쪽으로 고개를 살짝 돌리며 말했다. 「자네 말마따나 날씨가 기가 막히게 좋군. 이런 좋은 날에 여기서 거짓말이나 듣고 있느니 차라리 다른 일을 할 걸 그랬어.」

잠시 굳은 표정으로 그를 바라보던 루카스는 다시 걸음을 옮기기 시작했다.

마누엘은 자신이 버럭 소리를 질렀음을 깨달았다. 그만큼 끓어오르는 분노를 참기가 어려웠다. 그는 크게 심호흡을 하고, 신부 옆으로 성큼성큼 다가갔다. 신부가 뭐라고 중얼거렸지만, 목소리가 너무 작아서 알아들을 수가 없었다. 그는 무슨 말을 하는지 들으려고 신부 옆에 바짝 다가섰다.

「무슨 뜻인지는 알겠지만, 나로서는 더 할 말이 없다네. 다시 한번 말하지만, 고해한 말은 절대 발설해서는 안 되니까 말이야.」 그는 단호한 목소리로 말했다. 「하지만 내가 보고 느낀 것과 이를 통해 내린 결론은 말해 줄 수 있어.」

마누엘은 아무 대답도 하지 않았다. 그런 상황에서는 무슨 말을 해도 적절할 것 같지 않았다. 기껏 루카스의 말을 반박하고, 또다시 그를 침묵에 빠지게 할 것만 같았다.

「나는 장원 내의 교회에서 거행된 노 후작의 장례 미사를 집전했다네. 모두 슬픔에 잠겨 있었지. 좀 특이한 분위기이긴 했지만 말이야. 제일 앞에는 알바로가 앉아 있었어. 무거운 짐을 물려받은 탓인지 굉장히 심각한 표정이었지. 산티아고는 비통해하면서도 감정이 점점 변하는 게 눈에 띄더군. 처음엔 크게 낙담한 듯하더니, 나중에는 뭔가 못마땅한지 부루퉁한 얼굴을 하고 있더라고. 마치 돌아가신 아버지한테 실망이라도 한 것처럼 말이야. 물론 전에도 그런 모습을 본 적이 있어. 어떨 때 보면 그 집안 아들들은 부모가 언제나 그 자리에 있을 거라고 믿는 것 같았어. 그래서인지 그들의 반응은 그야말로 각양각색이더라고. 하지만 모두 마음속에 분노를 품고 있었지. 그리고 프란도 그 자리에 있었어. 산티아고에게는 아버지가 꼭 필요한 존재였던 반면, 프란은 아버지를 무척이나 사랑했지. 그러니 아버지를 잃은 고통이 얼마나 컸겠나.

식구들도 프란을 걱정하는 기색이 역력했어. 어쨌든 그가 겪던 고통과 슬픔은 자식으로서 너무나도 당연한 일이었으니까. 장례식이 끝나고, 프란은 집에 들어가지 않고 아버지의 무덤 옆에 홀로 남았다네. 문 앞까지 나를 배웅해 준 알바로는 동생 때문에 도무지 마음이 놓이지 않

는다고 하더군. 나는 일단 그를 안심시켰어. 프란의 슬픔은 지극히 정
상적인 거고, 아버지를 그토록 사랑한 대가로 반드시 치러야 할 고통이
라고 말일세.」 루카스는 고개를 약간 돌려 그를 보면서 말했다. 「그러
곤 프란이 편할 때 언제든지 나한테 연락하라고 당부했어. 물론 그가 나
를 만나고 싶어 할 경우에 말이야. 자네도 경험해 봤겠지만, 그런 경우
누군가 도움의 손길을 내밀면 거부감이 일기 마련이지. 사실 그런 행동
속에 혹시라도 과도한 동정심이나 선입견이 숨어 있을까 봐 두렵거든.
하여간 밤 10시쯤 프란이 전화를 걸어와 나를 만나고 싶다더군. 그래
서 11시가 다 될 녘에 찾아갔어. 교회 문이 반쯤 열려 있기에 들어가 보
니까, 신도석 제일 앞줄에 앉아 있더라고. 후작의 장례식 때 썼던 촛불
만 켜져 있어서 교회 안은 어두컴컴했어. 자세히 보니 샌드위치와 코카
콜라를 손도 대지 않은 채 옆에 놓아두었더군. 나를 보자마자 그는 고해
성사를 하겠다고 했네. 이번만큼은 철없는 아이가 아니라 선량한 신자
로서 자신이 지은 죄를 솔직하게 고백하겠다고 말이야. 자신으로 인해
빚어진 고통을 잘 알고 있고, 자기 잘못을 깊이 뉘우치고 있기에 반드
시 속죄하겠다는 확고한 뜻을 내비치더군. 나는 그의 죄를 사해 주고 보
속을 내린 다음, 영성체를 주었네. 고해 성사를 마친 뒤, 그는 미소를 지
으며 의자로 돌아왔어. 그러더니 〈배고파 죽는 줄 알았어요〉라고 하면
서 옆에 두었던 샌드위치를 먹기 시작하더군.」 갑자기 걸음을 멈춘 그
는 마누엘을 똑바로 바라보면서 말했다. 「그 말이 무엇을 의미하는지 아
나? 고해 성사와 영성체를 하려고 그때까지 꼬박 굶었던 걸세. 사실 그
는 몇 년 전부터 고해 성사를 하지 않았지만, 완전히 잊지는 않았던 모
양이야. 가톨릭 교리를 따르는 사람은 절대 자살하지 않아. 물론 이를
불가지론자나 경찰에게 설명하기는 쉽지 않겠지만 말일세. 하지만 마
누엘, 내 말을 믿어 주게. 프란은 절대로 자살한 것이 아니야.」

마누엘은 그의 말을 곰곰이 생각하면서 천천히 걸음을 옮겼다. 루카
스가 불가지론자라고 한 것이 계속 마음에 걸렸다. 그런데 그때 자매라
고 여겼던 두 여자가 교회 옆문 앞에 서 있는 것이 눈에 띄었다. 표정으

로 봐서는 여태 그들이 오기만을 기다리고 있던 모양이었다. 눈을 크게 뜬 채 설핏 불안한 미소를 지으며 서로 팔꿈치로 쿡쿡 찌르는 모습이 조바심을 내는 여자아이들 같았다.

그들을 보자 루카스는 놀란 표정을 지었다. 하지만 이내 무슨 일인지 알아차리고는 귓속말로 마누엘에게 양해를 구했다.

성구실의 안내 데스크에 앉아 있던 여자가 먼저 말을 꺼냈다.

「마누엘 오르티고사 씨 맞죠?」

마누엘은 웃으며 고개를 끄덕였다. 뭐라고 설명할 수는 없지만 모르는 사람이 자기를 알아보는 것이 고맙기도 하고, 놀랍기도 했다.

「선생님을 처음 봤을 때, 아는 분 같다는 생각이 들었어요. 어떻게 아는지 전혀 기억이 나지 않았지만 말이에요. 그런데 좀 있다가 루카스 신부님이 마누엘이라고 부르시는 걸 들었죠. 그 이름을 듣자마자 제 사촌한테 뛰어갔답니다.」 다른 여자는 긴장한 듯 두 손을 꼭 쥔 채 어색한 웃음을 짓고 있었다. 「선생님의 책을 발견한 건 여기 있는 제 사촌이에요. 그뿐만 아니라 이곳에 있는 예비 신자 교리반 학생들과 농촌 여성회 회원들 그리고 우리 사촌들한테 모두 읽게 만든 장본인도 바로 얘고요.」

마누엘이 손을 내밀자, 두 여자는 허둥지둥하면서도 웃으며 그와 악수를 했다. 아무 말도 하지 않던 여자는 감격의 눈물을 참으려고 입술을 꼭 깨물었다. 그 절절한 애정에 감동한 마누엘은 그녀를 꼭 껴안아 주었다. 그러자 그녀는 끝내 눈물을 터뜨리고 말았다.

「저, 정말 바보 같죠?」 그녀는 흐느끼면서 간신히 말을 꺼냈다.

「무슨 소리예요. 나야말로 당신의 아름다운 마음씨에 감동한걸요. 내 책을 읽어 준 것도 모자라, 다른 이들에게 권하기까지 했다니 그저 고마울 따름입니다.」

그러자 그녀는 사촌에게 안긴 채 더 큰 소리로 울기 시작했다. 그녀의 등을 토닥거려 주는 와중에도 사촌은 쉴 새 없이 떠들었다.

「이렇게 오시는 줄 알았으면 선생님한테 사인을 받게 책을 다 갖고 올걸 그랬어요. 언젠가 다시 여기 들르실 기회가 있으면…….」

「글쎄요. 그건 잘 모르겠는데…….」 마누엘은 일부러 먼 곳을 쳐다보며 대답했다.

그 순간 루카스가 나서며 말했다.

「자, 이제 그만들 해요. 보는 내가 다 민망할 정도라고요. 마누엘 씨는 여기 사인해 주러 온 게 아니니까 귀찮게 하지 말아요.」 그는 마누엘의 팔을 붙잡고 끌어당기면서 말했다.

「귀찮게 하다니. 괜찮으니까 신경 쓰지 말게.」 그가 루카스의 팔을 뿌리치며 말하자, 여자들의 표정이 다시 밝아졌다.

「그럼 같이 사진 한 장만 찍어도 될까요?」 말수가 적은 여자가 용기를 내어 말했다.

루카스는 짐짓 화난 표정을 짓고 있었지만, 마누엘은 아랑곳하지 않고 두 여자 사이에 서서 포즈를 취했다. 그녀들은 너무 흥분한 나머지 손이 떨려 촬영 버튼을 누르지도 못했다. 하는 수 없이 마누엘이 휴대 전화를 받아 들고 사진을 찍었다.

마침내 작별 인사를 나눈 뒤에도 그녀들은 그 자리에 서서 팔짱을 낀 채 웃는 얼굴로 두 남자를 바라보았다. 두 사람은 그녀들의 목소리가 들리지 않을 때까지 말없이 걷기만 했다. 먼저 말을 꺼낸 건 마누엘이었다.

「내 생각도 그래. 자네 말이 옳아. 노게이라도 프란이 고해 성사를 드렸다는 사실은 물론, 그날 밤 행적으로 봤을 때 일반적으로 자살을 결심한 사람과 전혀 다르다고 했거든. 물론 자살하기 전에 신변을 정리하기 위해 그랬다고 할 수도 있겠지. 어떤 이들은 자살하기 전에 모든 문제를 해결하려고 하니까 말이야.」

루카스는 고개를 끄덕였다.

「그렇긴 하지. 하지만 다른 사람들을 걱정하는 경우는 드물다네. 자살하는 이들은 다른 이들을 생각해서라도 계속 참고 살 정도의 공감 능력이 결여된 상태니까 말이야. 그들의 마음을 아프게 하는 건 대부분 가족과 관련된 일이지. 어떤 식으로든 책임감을 느낄 수밖에 없을 테니까.

프란이 무슨 일로 그렇게 걱정하고 신경을 썼든지 간에 문제를 회피하려고 한 사람의 행동이라고 보기는 어렵네. 오히려 그는 나름대로 문제를 해결하려고 애를 썼던 거야. 불행한 일이지만, 나는 자살로 삶을 마감한 사람들을 알고 있다네. 그런데 그들 중 누구도 그런 행동을 한 적이 없었어. 프란은 전혀 달랐지. 더군다나 우리는 고해 성사를 마치고 한 시간 동안이나 이야기를 나누기도 했다네.」 그는 그때가 떠오르는 듯 잠시 말을 멈추었다. 「주로 그의 아버지와 형제들 그리고 행복했던 어린 시절에 대해서 말이야. 꼬맹이 때 짓궂은 장난을 쳤던 기억을 떠올리면서 같이 웃기도 했어. 그는 이런 말도 하더군. 살아생전에 자기를 진심으로 보살펴 주는 사람을 만나는 게 얼마나 중요한지 아버지가 돌아가시고 나서야 깨달았다고 말이네. 아버지의 손이 힘없이 떨어지던 순간 자기는 천애 고아가 되었다고, 이 세상에 홀로 남았다고…… 헤어질 무렵, 프란은 이미 샌드위치를 다 먹어 치웠더군. 그때 그의 얼굴에는 새로운 삶을 시작하려는 사람처럼 희망이 가득했어. 절대로 생을 마감할 사람의 얼굴이 아니었다네.」

「그렇다면 이 사건을 어떻게 설명할 텐가?」

「한 가지 분명한 점은 자살의 가능성을 배제해야 한다는 걸세.」

「그럼 사고였다는 건가?」 마누엘은 노게이라의 추정을 떠올리며 넌지시 물었다. 「충격에서 벗어나 마음의 안정을 되찾아 가고 있기도 했고, 또 도저히 감당할 수 없을 것 같던 슬픔도 웬만큼 진정되었으니까…….」

「마누엘. 자네는 그날 그를 못 봤지만, 나는 직접 만났네. 그는 작별 인사를 하더니 나보고 먼저 가라고 하더군. 좀 있다가 불을 끄고 문도 잠가야 한다면서 말이야.」

「그러니까 자네 말은 누군가가…….」

「꼭 그렇다고 단정 지을 수는 없어.」 루카스는 자못 심각한 목소리로 말했다. 「하지만 그가 고해 성사 때 했던 말이 계속 마음에 걸리더군. 그 문제로 인해 자칫 위태로워질 수도 있겠다는 생각이 들었으니까.」

「그렇다면 그가 가족 문제로 괴로워하고 있었단 말인가?」

신부는 말없이 고개만 끄덕였다.

「그 사실을 알고 있는 사람이 또 있다고 하던가?」

「아니. 하지만 거기 연루된 사람, 혹은 사람들도 그 사실을 알고 있을 가능성이 높다네.」

「사람, 혹은 사람들이라…….」 마누엘은 그 말을 되풀이해서 중얼거렸다. 「그게 대체 누구지?」

「설령 안다고 해도 말할 수는 없네. 알다시피 고해 성사에서 들은 비밀은 함부로 발설할 수 없으니까. 한 가지 분명한 점은 그가 그것에 관해 아무 말도 하지 않았다는 거야.」 신부가 언짢은 표정으로 대답했다.

「나는 프란이 고해를 한 줄 알았네만…….」

「고해는 경찰이 취조하는 것과 달라. 고해 성사를 하는 이가 속마음을 다 털어놓도록 해야 하는데, 그게 그렇게 쉬운 일이 아니야. 그래서 고해 성사가 여러 번에 걸쳐 이루어지는 경우도 종종 있지. 더군다나 프란은 오랫동안 영성체를 모시지 않은 터라, 더 이상 부담을 주지 않는 편이 나을 것 같더군. 어쨌거나 그는 집으로 돌아오는 어린 양에 불과했으니까. 일단 그가 마음이 편안해질 때까지 기다리다 보면, 언젠가 마음의 문을 열고 모든 걸 고백할 날이 오리라는 생각이 들었거든.」 그는 잠시 말을 멈추었다. 「단지 내 느낌에 불과하지만, 그는 그 문제에 대해 골똘히 생각하는 것 같았어. 뭐랄까, 심각한 일이 터지지나 않을까 전전긍긍하는 눈치였지. 확실치는 않지만, 그가 가급적 말을 삼갔던 것도 그 때문이 아니었나 싶어.」

「그래서 어떻게 됐지? 프란만 남겨 두고 거길 떠났나?」

「아, 그건…….」 루카스의 얼굴에 주저하는 기색이 역력했다.

「그게 아닌가?」

신부는 이야기를 해야 할지 고민이라도 하는 것처럼 선뜻 대답하지 못했다. 마누엘은 문득 그의 말 한마디로 모든 것이 뒤바뀌리라는 예감이 들었다.

「교회를 나오고 나서, 어둠에 싸인 숲길을 가로질러 가야 했지. 랜턴으로 비추며 걸어가는데, 갑자기 무슨 소리가 들려오더군. 깜짝 놀라 몸을 돌려 보니, 어떤 사람이 교회 안으로 들어가고 있더라고.」

「누구였지?」

「잘 모르겠어. 워낙 깜깜했던 데다, 2백 미터는 떨어져 있어서 제대로 보이지가 않았으니까. 그런데 교회 문이 열리면서 안에 켜놓은 촛불의 빛이 밖으로 새어 나오더군. 그때 아주 잠깐이기는 하지만, 그 사람의 모습이 슬쩍 보이기는 했어. 그러곤 바로 문을 닫아 버리는 바람에…….」

「하지만 자네는 그게 누구였는지 알고 있잖아.」 마누엘은 집요하게 캐물었다.

「확실히는 몰라. 그래서 차라리 말을 안 하려고 했던 거라네.」

「누구야?」 마누엘도 물러서지 않았다. 「어서 말해 봐. 그게 누구였지?」

「알바로였던 것 같아.」

마누엘은 그 자리에 멈추어 섰다.

「그게 정말 알바로였다고 해도 딱히 이상할 건 없어.」 신부는 서둘러 자기 생각을 말했다. 「그날 아침 장례식이 끝나고 그를 만났을 때, 동생 때문에 걱정이 태산이라고 했으니까. 그다음 날 프란이 죽었다는 소식을 들었을 때, 교회로 들어가던 그의 모습이 가장 먼저 떠오르더군. 하지만 확신이 들지는 않았어. 그 일을 생각할수록 의구심만 커졌지. 심지어 내가 알바로를 봤는지조차 의심이 들 정도였으니까.」

「그래서?」

「직접 물어보았지.」

「알바로한테 물어보았다는 거야?」

「응. 그 친구 말이 절대 자기가 아니라는 거야. 그날 밤 자기는 교회 근처에 얼씬거리지도 않았다고 하더군. 그래서 내가 잘못 봤구나 싶었어. 다른 이를 알바로로 착각한 거지. 하여간 그때 교회로 들어간 사람이 누군지 모르겠어. 그게 전부라네.」

「그러니까 자네는 교회 근처에 가지 않았다는 그의 말을 그대로 믿은 거로군.」

「알바로는 절대로 거짓말을 하지 않으니까.」

「루카스. 미안하지만 내 생각에는 그가 대충 둘러댄 것 같은데…….」

루카스는 못 들은 척하면서 하던 이야기를 계속했다.

「알바로에게도 이야기해 줬다네. 프란이 가족과 관련된 문제로 속을 태우고 있었다고 말이야. 평소 같았으면 그런 이야기는 절대로 안 했을 텐데, 프란이 워낙 급작스럽게 세상을 떠난 터라……. 어쨌든 알바로는 그 집안을 책임지는 가장이니까 알려 줘야겠다는 생각이 들었어. 그는 내 말을 주의 깊게 들었지만 무슨 이야기인지 다 알고 있는 눈치더라고.」

마누엘은 그가 더 이상 빠져나갈 틈을 주지 않으려고 곁에 바짝 다가섰다.

「프란은 자네한테 무언가 엄청난 일이 일어나고 있는 것 같아서 두렵다고 말한 뒤에 싸늘한 주검으로 발견된 거야. 자네는 그 이야기를 알바로에게 했고, 그 또한 얼마 뒤 죽었어.」

그 말을 듣고 루카스는 기분이 상한 듯 얼굴을 찌푸렸다. 그런 생각을 했다는 것만으로도 불쾌한 모양이었다.

「그건 아무 상관도 없는 일이라네. 이미 3년 전에 일어난 일인 데다, 알바로는 불의의 사고로 세상을 떠났으니까.」

마누엘은 누군가를 믿는다는 것이 맹신을 전제로 한다는 걸 알고 있었다. 한마디로 허공 속으로 뛰어내리는 것이나 다름없었다. 한 번의 실수가 곧바로 죽음을 의미하던 먼 옛날, 인류를 진화하도록 만들어 준 순수한 본능을 믿는 수밖에 없었다. 우리 안에 있는 대초원을 누비던 사냥꾼의 원초적인 직감 능력을 이용하는 것 외에는 달리 선택의 여지가 없었다. 하지만 최근 닷새 동안 분명하고 확실하다고 믿었던 것들이 모두 무너져 버리자, 그는 다시 무기력의 수렁 속으로 빠져들 것만 같은 예감이 들었다. 더는 아무것도 할 수가 없었다.

마누엘은 눈을 감은 채 기도하듯 한숨을 내쉬었다.

「어쩌면 그게 아닐지도 몰라.」 마누엘이 조용히 말했다.

「그게 무슨…….」

「내가 여기를 떠나지 못하는 것도 바로 그 때문이라네. 이 상태로는 도저히 발걸음이 떨어지지 않아서……. 알바로가 사고로 죽은 게 아닐 수도 있다는 정황이 몇 가지 있거든.」

그러자 루카스 신부는 다소 누그러진 표정으로 그를 바라보았다.

「마누엘. 살다 보면 납득하기 어려운 일이 종종 —」

「빌어먹을! 이봐, 지금 내 생각을 말하고 있는 게 아니라고. 이 일을 수상히 여기기 시작한 이는 그 과르디아 시빌 대원이란 말일세. 그를 만나지만 않았어도 난 진작 이곳을 떠났을 거야.」

루카스는 어린아이를 달래듯 인내심을 가지고 천천히 말했다.

「소식을 듣자마자 나는 산티아고를 데리고 병원으로 갔지. 병원 측에서 알바로가 사망한 것을 확인시켜 주었을 때도 그와 함께 있었다네. 그 사건을 담당한 과르디아 시빌 대원이 분명히 사고사라고 했어. 알바로가 몰던 차가 직선 도로 밖으로 이탈하는 바람에 그런 참변을 당한 거라고 하더군. 더군다나 사고 당시 주변에는 다른 차량도 없었다고 했네. 마누엘, 그건 사고였어.」

「물론 그렇겠지. 프란도 자살한 거고. 하지만 프란의 머리에는 둔기로 맞은 흔적이 있고, 누군가에 의해 질질 끌려간 것처럼 구두코에 심하게 긁힌 자국이 남았다네. 더구나 교회 문은 잠겨 있었는데 열쇠는 온데간데없이 사라졌고……. 프란은 혼자서 일어서지도 못하는 상태였는데 말이야. 내가 보기에 이 집안에는 공식적으로 알려진 견해와 진실 사이에 언제나 깊은 심연이 가로놓여 있는 것 같더군. 그렇지 않아?」

루카스 신부의 안색이 창백해졌다.

「그런 것까지는 몰랐네.」 그는 깊은 한숨을 내쉬었다. 「그럼 대체 알바로에게 무슨 일이 일어난 거지?」

그 순간 마누엘은 모두 털어놓고 싶은 충동을 느꼈다. 그렇게 믿고 있는 이는 사건에서 배제된 검시관과 퇴역한 과르디아 시빌 대원 그리고 자신뿐이라고 털어놓은 뒤 알고 있는 것을 일일이 설명하면서 고통과 슬픔을 그와 나누고 싶었다. 하지만 어떤 일이 있어도 비밀을 지키겠다고 노게이라와 오펠리아에게 다짐을 한 터였다. 진실의 길은 언제나 두 갈래로 갈라진다는 걸 마누엘도 잘 알고 있었다. 또한 루카스에게 먼저 무언가를 주지 않으면 아무것도 얻을 수 없다는 것도 알고 있었다. 그렇지만 그를 무조건적으로 믿기에는 너무 이르다는 생각이 들었다.

「그건 나도 몰라. 앞으로 밝혀 볼 생각이야. 솔직히 말해 지금 자네를 믿어도 되는지, 그리고 자네한테 이런 이야기를 하는 것이 과연 옳은 일인지도 모르겠네.」

그때 차분한 눈매를 가진 사진 속 소년이 살아 있는 것처럼 그의 재킷 주머니에서 절규했다. 그는 그 소년을 달래 주기라도 하듯 주머니 위에 손을 갖다 댔다.

루카스는 그의 눈을 빤히 바라보았다.

「나를 믿어 주게나.」

마누엘은 그를 찬찬히 뜯어보았다.

「자네를 믿고 있어.」 그가 대답했다. 「하지만 자네도 내 말을 믿어야 하네. 물론 자네 말처럼 모든 것을 솔직하게 털어놓으려면 시간이 좀 필요할 수도 있겠지만 말이야.」

「필요하면 언제든지 도와줄 테니까 내게 마음을 열게나.」

마누엘은 고개를 끄덕였다.

「좀 더 생각을 해봐야 할 것 같아. 지금은 너무 혼란스러워서 말이야. 오늘 말한 것만으로도 큰 문제에 휘말릴 수도 있을 테니까.」

「마누엘, 대체 무슨 일을 벌이고 있는 거지?」

「그보다 알바로가 무슨 일을 하고 있었는지나 말해 봐.」 그가 짜증스럽게 대꾸했다.

「그는 절대 나쁜 일에 손을 대지 않았어. 그건 장담할 수 있네.」

「장담한다고? 장담한다고 했나?」 마누엘이 갑자기 목소리를 높이며 되물었다. 「대체 어떻게 장담한단 말인가? 그의 일거수일투족을 다 알기라도 했다는 거야? 그가 죽을 때 결혼반지를 끼고 있지 않았다는 것도 안단 말인가? 그가 동생과 창녀들한테 간 것도 알고 있었느냐고?」그 순간 메이가 전해 주었던 말이 귓전에 울려 퍼졌다. 〈네가 그 사람을 죽였다는 걸 그도 잘 알고 있으니까 말이야.〉 누군가가 공중전화에서 알바로와 통화하고 있다고 믿으며 한 말이었다.

루카스는 눈을 감더니, 아무것도 보기 싫다는 듯 두 손으로 눈을 가렸다. 하지만 마누엘은 계속해서 그를 몰아댔다.

「루카스, 동성애자인 자네 친구는 결혼을 한 뒤에도 창녀촌을 전전했다고. 거기 가면 늘 찾던 창녀도 있었다더군. 이런데도 그런 말을 하는 거야? 무슨 사정이 있는지는 모르겠지만, 계속 그렇게 그를 감싸기만할 건가? 앞으로도 내 얼굴을 빤히 쳐다보면서 그는 절대 거짓말할 줄모른다고 말할 건가?」 그는 고함을 치다시피 했다. 분노로 온몸이 와들와들 떨리면서 뜨거운 눈물이 차올랐다. 그는 신부에게 등을 돌리고 몇발짝 걸어갔다. 그에게 눈물을 보이고 싶지는 않았다.

루카스는 얼굴에서 손을 떼고 눈을 떴다. 큰 충격을 받은 모습이었다.

「그런 일이 있었는지는 전혀 몰랐네.」

「상관없어.」 마누엘은 냉정하게 잘라 말했다. 「설령 알고 있었다고해도 내게 사실대로 말하진 않았을 테니까. 그렇지 않나?」

「마누엘.」 그는 마누엘의 등 뒤로 다가서며 누그러진 목소리로 말했다. 「내가 알던 알바로는 선량한 사람이었네. 그가 그런 일을 했다면, 분명 그럴 만한 이유가 있었을 거야.」

마누엘은 계곡으로 우울한 시선을 던지며 고개를 흔들었다.

「물론 이런 말을 듣고 싶지는 않겠지만, 지금 자네 기분이 어떨지 잘알고 있네. 겉으로는 애써 태연한 척해도 늘 우울하고, 뜬눈으로 밤을지새우거나 잠을 자도 악몽에 시달리겠지. 수시로 분노가 치밀어 오를테고. 어쩌면 그게 정상일 거야.」 루카스는 마누엘의 어깨에 손을 얹으며 말했다.

마누엘은 그의 손을 치우더니 몸을 홱 돌리며 말했다.

「그따위 심리학 나부랭이 가지고 장난치지 말라고! 신학 공부를 하면서 귀신이나 쫓는 신부한테 그런 말을 듣고 싶지는 않단 말이야. 물론 분노가 치밀지. 어떨 땐 너무 화가 나서 속이 다 타버리면 어쩌나 싶을 정도니까. 하지만 무엇보다 사람들의 위선과 거짓말에 정나미가 떨어질 지경이라고. 입장을 바꾸어 생각해 봐. 그 사람에 대해서만큼은 정말 잘 안다고 믿었는데, 실제로는 아는 게 전혀 없었다고 말이야. 그런데도 화가 안 날 수 있겠어? 귀족 가문 출신에 대기업을 운영하고 있지 않나, 독실한 가톨릭 신자면서도 창녀촌을 들락거리지 않나…… . 매일 눈만 뜨면 그에 관한 놀라운 사실이 산더미처럼 밝혀지는데, 어떻게 화가 안 나겠어? 정작 이 모든 것을 해명해야 할 그는 저세상에 가버렸으니, 내가 그 치욕을 대신 겪어야 한단 말일세. 더군다나 그는 상, 아니 그 치욕에 대한 보상을 주기라도 하듯이 내게 모든 것을 물려주었다고. 〈자, 받으시오. 이제 그대에게 이 빌어먹을 것들을 모두 물려주리다.〉 이런 말을 한 거나 다를 게 뭐가 있나.」 마누엘은 끓어오르는 분노를 이기지 못하고 악의에 찬 말을 마구 퍼부어 댔다.

마음속 깊은 곳에서 토해 낸 그 말에는 슬픔과 분노가 진하게 배어 있었다. 그 와중에도 그는 자신이 여태껏 경험해 보지 못한, 그리고 자신을 지배하면서 더 강하게 만들어 준 분노로 인해 이성을 잃은 채 날뛰고 있음을 느꼈다. 여전히 흥분을 가라앉히지 못한 그가 입을 다물고 몸을 부들부들 떨었다. 얼마나 이를 악물었는지, 턱에 경련이 일었다. 이미 자제심을 잃은 그는 그곳을 떠나야만 했다.

「루카스. 정말 나를 도와줄 수 있나?」 그는 체념한 듯 힘없는 목소리로 물었다.

「원한다면 무엇이든 도와주겠네.」 분노로 치를 떠는 마누엘과 달리, 신부는 상냥하게 대답했다.

「더 이상 숨기거나 거짓말은 하지 말아 줘.」 그는 애원하듯 말했다.

「약속하지.」 그의 등 뒤에서 신부의 목소리가 들려왔다.

마누엘은 한 번도 뒤돌아보지 않고 성당 주변의 공터를 떠났다. 몇 걸음 걸어가는 동안에도 등 뒤에서 루카스의 시선이 부담스럽게 느껴졌다. 입구 계단에 들어서자 주변을 둘러싼 벽 덕분에 마침내 그 시선으로부터 벗어날 수 있었다.

울창한 단풍버즘나무 아래를 지나갈 때쯤, 그는 한숨을 돌리며 걸음을 늦추었다. 너무 빨리 걸었는지 숨이 찼다. 그때 마음속에서 목소리가 들렸다. 〈계속 이럴 수는 없어.〉 거인처럼 자신을 굽어보고 있는 나무들을 보자, 마음이 다소 가라앉는 듯했다. 상처 입은 짐승이 숨을 곳을 찾아들듯이, 그는 망설이지 않고 나무 그늘 아래로 들어갔다.

그가 마음의 안정을 되찾기 위해 숨을 깊이 들이마셨다. 전날 종일 비가 내린 탓에 축축하게 습기가 밴 공기에서 건초와 나무 냄새가 났다. 마음속에서 들려온 말이 옳다는 것을 그는 잘 알고 있었다. 걸음을 옮길 적마다 피로가 몰려왔다. 들끓는 분노를 이기지 못해 온몸에 힘이 빠진 듯 걸음을 옮기기조차 어려웠을 뿐만 아니라, 루카스와 언쟁을 벌이는 통에 혼이 반쯤 나갔는지 정신이 멍했다. 메이, 노게이라, 루카스……. 스스로 몸을 가누지 못할 정도가 되자 그는 잠시 쉬어 갈 곳을 찾으려고 주위를 두리번거렸다. 그때 색이 바래고 가장자리가 녹슨 음료수 광고 간판이 눈에 들어왔다. 오아시스를 만난 듯 반가우면서도 선뜻 들어가기가 꺼려졌다. 하지만 너무 지친 나머지 그는 달콤한 휴식을 꿈꾸며 그곳으로 발걸음을 옮기기 시작했다.

스탠드 뒤에서 두 남자가 일하고 있었다. 그중 나이가 많아 보이는 남자는 그가 안으로 들어설 때 힐끔 쳐다보던 동네 사람 둘 그리고 이들과 합석해서 하얀 도자기 잔에 포도주를 마시던 두 사내와 즐겁게 웃고 떠들면서 빵과 치즈를 자르고 있었다. 스탠드가 20제곱미터 정도 되는 바의 한쪽 면을 다 차지했다. 안에는 테이블이 두 개밖에 없었고, 입구 양옆으로 대여섯 개의 의자가 놓여 있었다. 가게 안에 문이라고는 직접 쓴 글씨로 표지판을 붙여 놓은 화장실뿐이었다. 스탠드 안으로 들어가려면 반쯤 열린 주방을 거쳐야 했다. 그 틈으로 얼핏 가정집이 보였다. 안에서는 바깥의 남자와 비슷한 연배로 보이는 여자가 집안일을 하느라 분주하게 오갔다. 슬쩍 엿본 거실 가운데에 두꺼운 나무 테이블이 있고, 창문에는 고풍스러운 커튼이 드리워져 있었다. 스탠드 뒤 선반에는 다른 바처럼 여러 종류의 술병이 가지런히 놓인 대신, 잔과 하얀색 자기 주전자들이 가득했다. 또한 가족사진이 담긴 작은 액자들이 각양각이하게 장식되어 있을 뿐만 아니라 장의사에서 만들어서인지 괜히 음울해 보이는 달력 그리고 주방에서 풍기는 냄새로 알 수 있듯이 〈오늘은 칼도〉라고 쓰인 추천 메뉴가 걸려 있었다. 청결하고 정리 정돈이 잘 된 주방과 뭔가 허술하면서도 딱딱한 분위기를 풍기는 바 안은 묘한 대조를 이루었다. 각 영역을 담당하는 사람의 성격이 잘 드러났다. 부부가 서로의 영역을 분명히 정해 놓고 사는 모양이었다.

그는 남자들이 마시고 있던 와인을 턱으로 가리키며 중얼거렸다.

「와인 한 잔만 주시겠어요?」

젊은 남자가 와인을 따르는 동안 나이 많은 남자는 작은 접시 두 개에 각각 치즈 두 조각과 빵을 올려놓더니 아무 말 없이 마누엘 쪽으로 밀었다. 그는 와인을 한 모금 마시고 치즈를 조금 먹어 보았다. 놀랍게도 진한 뒷맛이 입안에 오래 남았다. 서둘러 치즈를 다 먹어 치우고, 와인을 또 한 잔 주문했다. 그제야 그는 자기가 무척 허기져 있었다는 것을 깨달았다.

테이블에 앉아 있던 남자들은 여전히 갈리시아 말로 즐겁게 이야기를 나누다가 이따금씩 웃음을 터뜨리기도 했다. 귀 기울여 들어 보면 몇 마디 정도는 알아들을 수 있겠지만, 별로 흥미가 생기지 않았다. 마누엘은 자리에 앉은 채, 주방에서 일하느라 여념이 없는 여인과 친구들을 반갑게 맞는 대부(代父)처럼 두 손으로 계산대를 짚고 서 있는 남자를 힐끔힐끔 살펴보았다. 그러다 보니 상대가 거북하지 않도록 적당히 무관심하게 대해 주는 저 사람들의 집에 몰래 들어온 듯한 느낌이 들었다. 그사이 영혼의 해변으로 거세게 몰아치던 파도가 서서히 가라앉으면서 제정신이 돌아왔다. 마누엘은 조금 전까지 자신을 사로잡았던 분노가 흔적을 남겼는지 살피려고 두 손을 물끄러미 내려다보았다. 아무것도 찾을 수 없었다. 다만 엄지와 검지의 손톱이 황갈색으로 물들어 있었다. 단풍버즘나무의 껍질을 반달 모양으로 부러뜨릴 때 물이 든 모양이었다. 그렇게 손톱 사이에 한번 물이 들면 호두 열매를 만졌을 때처럼 며칠은 가기 마련이어서 비누로 씻고 문질러도 아무 소용이 없었다.

「칼도 좀 먹을 수 있을까요?」 마누엘이 물었다.

그러자 젊은이는 손으로 테이블을 가리키며 저기로 가서 앉으라고 했다. 테이블 위에는 와인이 담긴 유리병과 고소한 향기를 풍기는 짙은 색의 둥근 빵 반쪽 그리고 천 조각 두 장이 놓여 있었다. 하나는 냅킨이고, 다른 하나는 식탁보였다.

그는 문을 등진 채 앉았다. 그곳은 텔레비전이 잘 보이는 자리였다. 텔레비전에서 갈리시아 방송이 소리 없이 화면만 흘러나왔다. 곧 두 손으로 잡기 어려울 만큼 커다란 대접에 칼도가 담겨 나왔다. 짭짤하면서도 강한 향이 코에 스며들었다. 음식을 가져온 젊은이는 〈뜨거우니까 조심하세요〉라고 한 뒤 물러갔다. 마누엘은 칼도를 한 숟가락 떠서 후후 입김을 불었다. 육류의 강한 맛과 채소의 씁쓸한 맛이 더해진 국물이 속에 들어갈 때마다 마음이 점점 진정되는 것 같았다. 칼도가 나그네들의 지친 심신을 회복시키고 한겨울 추위를 달래기 위해 만들어진 음식이라는 말이 과히 틀리지 않은 듯했다. 그는 아예 숟가락을 내려놓고 손으로 대접을 든 채 국물을 조금씩 마시기 시작했다. 국물이 목을 타고 내려가면서 속이 뜨끈뜨끈해졌다. 가장 원시적인 본능에 몸을 맡기자 대접밖에 보이지 않았다. 그는 짙은 색의 빵을 남은 국물에 꾹꾹 찍어 먹었다. 어찌나 맛이 좋은지, 빵을 태어나서 처음 먹어 보는 것 같았다. 후식으로는 치즈 한 조각과 여자가 유리잔에 담아서 내온 카페 데 포타[6]를 먹었다. 그녀는 커피를 가져오기 위해 집 밖으로 나가 주변을 빙 돈 뒤, 다시 바 안으로 들어와야 했다.

그가 먹은 음식은 진수성찬이라고 할 만큼 풍성한 데 비해 믿을 수 없

6 갈리시아식 커피로, 포트에 물과 계피 나뭇가지, 설탕을 넣고 끓인 뒤 마지막으로 커피를 넣어 만든다.

을 정도로 저렴했다. 마누엘은 그 가족에게 깊은 감사의 뜻을 표하며 작별을 고했다. 잠깐이나마 집에 돌아온 것처럼 생기를 되찾을 수 있었다. 크리스마스 광고에나 나올 법한, 모든 이들이 꿈꾸는 그런 집 말이다. 밖으로 나온 그는 단풍버즘나무가 있는 곳으로 돌아가 나무껍질을 조금 뜯어냈다. 그러곤 그것을 언제든지 볼 수 있도록 자동차 계기판 위에 올려놓았다. 그는 자신이 아스 그릴레이라스로 돌아가리라는 것을 이미 알고 있었다.

카페

마누엘은 치자나무 울타리 옆에 차를 세우기 위해 정문 철책을 넘어 길을 따라 들어갔다. 거기에는 이미 차 두 대가 세워져 있었다. 한 대는 수의사가 몰던 검은색 사륜구동 승용차였고, 다른 한 대는 정원 입구에서 봤던 하얀색 픽업트럭이었다.

저쪽에서 소매까지 단추를 채운 파란색 셔츠에 바지를 승마용 부츠 안으로 말아 넣은 옷차림새의 산티아고가 길을 가로질러 마구간을 향해 걸어가고 있었다. 길 한복판에서 갑자기 걸음을 멈춘 채 주차장 쪽을 응시하는 걸 보면 그도 마누엘을 본 것이 틀림없었다. 그는 예고도 없이 나타난 마누엘을 보고 언짢은 기색이 역력했다. 그래서인지 가던 길을 멈추고 그 자리에 얼어붙은 듯 꼼짝도 하지 않았을 뿐만 아니라, 오솔길에 우뚝 선 채 한눈팔지 않고 마누엘의 일거수일투족을 살펴보았다. 천국의 입구를 지키는 대천사가 이리로 오라고 부른 뒤, 당장 싸움이라도 벌이려는 듯한 모습이었다.

그러나 마누엘은 기죽지 않고 차분하게 움직였다. 먼저 천천히 재킷을 벗은 다음, 조심스럽게 펴서 자동차 뒷좌석에 놓았다. 그러곤 차 문을 잠그고, 후작이 된 산티아고를 향해 당당한 자세로 걸어갔다. 산티아고는 그가 다가서기 전에 먼저 말을 걸었다. 아무렇지도 않은 척하려고 애를 썼지만, 그가 다가오자 곤혹스러워하는 기색이 역력했다.

「여기에 있는지 몰랐어요. 장례식이 끝나고 곧장 간 줄로만 알았거든요.」

마누엘은 조용히 웃었다.

「원래는 그러려고 했어요. 그런데 몇 가지 해결해야 할 일이 생기는 바람에 이렇게 발이 묶이고 말았네요.」

「아, 그랬군요.」 산티아고는 감정을 억누르며 대답했다.

갑자기 그의 얼굴에 그늘이 드리워졌다. 호기심이 발동한 마누엘은 이왕 이렇게 된 김에 솔직하게 물어봐야겠다고 생각했다.

「도와만 주신다면 최대한 빨리 해결하고 돌아갈 겁니다.」

산티아고는 거북한 상황이 조속히 해결될 수 있다는 말에 귀가 솔깃한 모양이었다. 어쨌든 그는 신중하게 대답했다.

「내 손에 달린 문제라면 당연히 도와드려야겠죠.」

「그렇습니다.」 마누엘은 단정적으로 말했다. 「알바로는 당신을 만나러 여기에 왔던 거니까요.」

그 순간 산티아고는 시선을 딴 데로 돌렸다. 그러다가 잠시 뒤 자신감을 되찾은 듯 다시 그를 쳐다보았다. 그의 눈에는 마누엘에 대한 경멸이 가득 차 있었다.

「지금 도대체 무슨 말을 하는 건지 알 수가 없군요.」 말을 마친 그는 마구간으로 가려는 듯 급하게 몸을 돌렸다.

「당신이 관리인을 찾아가서 급히 돈을 융통해 달라고 했다는 걸 알고 있어요. 그것도 자그마치 30만 유로나 말이죠. 그래서 알바로가 당신한테 전화를 걸었던 거고요. 둘이서 무슨 이야기를 나누었는지는 모르지만, 알바로가 당장 여기로 올 만큼 사태가 심각했던 건 분명해요.」

산티아고는 시선을 돌리면서 어린아이처럼 입술을 꽉 깨물었다. 그는 자신의 삶을 책임지는 데에 익숙하지 않을뿐더러 그런 척하기조차 싫어하는 것이 분명했다. 마누엘은 학창 시절에 산티아고처럼 고집이 센 친구들을 몇 번 만난 적이 있어서 어떻게 다루어야 하는지 잘 알고 있었다. 그는 명령을 내리면서 짜릿한 쾌감을 느꼈다.

「날 똑바로 보라고!」

산티아고는 그가 시키는 대로 했다. 그의 눈동자에서 굴욕과 분노의 불길이 이글거렸다.

「알바로가 여기 왔지만, 당신에게 돈을 주지는 않았죠. 내가 알고 싶은 건 그 많은 돈을 어디에 쓰려고 했느냐, 그뿐이라고요.」

입을 꽉 다무는 바람에 산티아고의 얼굴에는 칼에 베인 것처럼 깊은 주름이 생겼다. 그는 눈을 반쯤 감은 채 코로 크게 숨을 들이쉬면서 경멸감을 노골적으로 드러냈다.

「이건 당신이 관여할 일이 아니……..」 그는 치솟는 감정을 억누르느라 말을 다 마치지도 못했다. 그러곤 더 이상 말을 하지 않으려는 듯 아랫입술을 꽉 깨물었다.

「이 정도 말했으면 충분히 알아들었을 텐데요. 이건 분명 내 문제입니다.」 마누엘은 차분한 목소리로 대답했다.

산티아고는 체념한 듯 한숨을 내쉬었다.

「알았어요.」 그는 언짢은 대화를 한시라도 빨리 끝내려고 서둘러 실토했다. 「말을 사려고 했어요. 작년에 알바로 형이 마구간 확장 공사에 투자하기로 합의했거든요. 관리인도 다 알고 있었고요. 몇 달 안에 여러 마리를 구입해서 마필(馬匹)을 늘릴 계획이었죠. 그래서 여기저기 알아보는데 경주마 한 마리가 경매에 나왔더군요. 아주 좋은 놈이었어요. 서둘지 않으면 절호의 기회를 놓칠 것 같아서 형에게 돈을 달라고 청했죠. 하지만 그 직전에 내가 일을 하다 실수를 저지르는 바람에 형은 내 능력을 그다지 신뢰하지 않더군요. 그래서 없던 일로 했죠. 그게 전부예요.」

「그럼 돈을 못 주겠다는 말을 하려고 알바로가 여기까지 왔단 말이에요?」

「내가 형의 머릿속에 들어갔다 나온 것도 아니고, 그걸 어떻게 알겠어요? 알다시피 형은 여러 가지 사업을 벌이고 있었던 데다 언제 오고, 또 언제 가는지 한 번도 말해 준 적이 없다고요.」 그는 표정을 누그러뜨리면서 엷은 미소를 지었다. 「보아하니 당신한테도 아무 말 안 했던 모양이로군요.」

마누엘은 흥미로운 표정으로 그를 바라보았다. 어쨌든 배짱 하나는

250

두둑한 친구였다. 대체 어디까지 물어봐야 할지 확신이 서지 않았다. 마누엘은 그가 마지막에 한 말을 못 들은 체하며 도발적인 질문을 던졌다.

「제가 형제를 지키는 사람입니까?」[1]

그 말을 듣자 산티아고는 고개를 번쩍 쳐들었다. 그의 얼굴이 벌겋게 상기되어 있었다. 두려움과 불안감 때문일까, 아니면 모욕감 때문일까? 넌지시 떠보기만 했는데, 왜 저렇게 놀라고 질겁하는 걸까? 그건 동생 아벨을 죽인 뒤, 하느님이 동생의 행방을 물어보자 카인이 한 대답이었다.

그 순간 사무엘이 웃고 고함치는 소리가 들려왔다. 둘은 일제히 저택 쪽으로 고개를 돌렸다. 카타리나가 녀석을 안고 있었고, 그 옆에는 엘리사와 비센테가 꽃을 한 아름 안고 있었다. 그들은 마누엘이 도착할 무렵에 본 픽업트럭의 적재함에 꽃을 실었다. 사무엘이 다시 새된 소리를 질렀다.

「아저씨. 아저씨.」

일행은 그제야 산티아고와 마누엘이 있는 쪽으로 시선을 돌렸다. 카타리나는 품 안에서 발버둥이를 치는 아이를 안고 넓은 오솔길로 이어지는 길 가장자리까지 걸어갔다. 그녀가 땅에 내려놓자마자 녀석은 두 사람을 향해 쏜살같이 달려오기 시작했다. 사무엘이 몇 미터 앞에 이르렀을 때, 산티아고는 아이를 안아 주려고 몸을 숙인 채 두 팔을 벌렸다. 하지만 아이는 그를 본체만체하고 마누엘의 다리를 와락 껴안았다. 마누엘은 녀석의 돌발적인 행동에 당황했지만, 이내 감격한 표정으로 아이를 물끄러미 내려다보았다. 산티아고는 허리를 펴고 일어나 녀석의 목을 쓰다듬어 주었다. 그런데도 아이가 눈길 한번 주지 않자 말없이 집을 향해 걸음을 옮기기 시작했다. 카타리나 옆에 이르러 걸음을 멈춘 그는 몸을 굽힌 채 그녀에게 무어라 속삭였다. 그러자 그녀가 고개를 숙인

---

1 『구약 성경』창세기 4장 9절의 한 구절로, 원문은 다음과 같다. 〈야훼께서 카인에게 물으셨다. 《네 아우 아벨은 어디 있느냐?》 카인은 《제가 아우를 지키는 사람입니까?》〉 여기서는 문맥상 〈아우〉 대신에 〈형제〉로 옮긴다.

채 앞서 걸어갔고, 그는 말없이 그녀의 뒤를 따라갔다. 마누엘은 그들이 무슨 말을 나누었는지 알 수가 없었지만, 엘리사와 비센테는 조금이라도 들었을지 몰랐다. 그 순간 엘리사와 비센테가 서로를 멀뚱히 바라보는 것이 눈에 띄었다. 엘리사는 일하느라 바쁜 척하면서 이내 고개를 돌렸지만, 비센테는 트럭 뒤쪽으로 걸어가더니 사람들이 화들짝 놀랄 정도로 큰 소리가 나게 적재함의 문을 닫았다. 산티아고를 포함한 모두의 시선이 일제히 그에게로 쏠렸다.

마누엘은 사무엘과 이야기를 나누는 동안에도 미묘하게 돌아가는 상황을 주시하면서 아이를 번쩍 들어 안았다. 산티아고 후작은 이미 사라지고 없었지만, 나머지는 멀찍이 떨어진 채 일렬로 서 있었다. 카타리나는 엘리사와 비센테 그리고 마누엘의 중간쯤에 있었다. 억겁의 시간만큼이나 길게 느껴지던 몇 초가 지나자, 마침내 카타리나는 비틀거리면서 그가 있는 쪽으로 걸어오기 시작했다. 마누엘은 그녀가 눈물을 훔치기 위해 머리를 매만지는 시늉을 하고 있다는 걸 알아챘다. 그럼에도 그의 앞에 이르렀을 때, 여전히 눈시울이 젖어 있었다.

「안녕하세요.」 그녀는 작은 손을 내밀어 악수를 청하면서 말했다. 손에는 여기저기 긁힌 자국이 있고, 짧게 깎은 손톱은 초록색으로 물들어 있었다. 몸집이 크지는 않았지만, 단단한 근육과 오랜 시간 야외에서 일하느라 햇볕에 그을린 건강한 피부가 작은 체구를 상쇄하고도 남았다. 「카타리나예요. 전에 공증 사무실에서 잠시 뵌 적이 있죠. 그날은 경황이 없어서 인사도 못 드렸네요.」

「반갑습니다.」 마누엘은 그녀와 악수를 하기 위해 아이를 다른 팔에 안았다.

「저번에 온실에 오셨을 때, 뵙지 못해 아쉬웠어요. 아, 몸은 좀 괜찮아지셨나요? 비센테 말로는 현기증으로 고생하셨다던데요.」

그는 괜찮다는 몸짓을 해보이며 미소를 지었다.

「그날 어쩌다 그런 일이 일어났는지 지금도 잘 모르겠어요.」

여자도 빙긋이 미소를 지었다. 방금 남편과 나눈 대화에 대한 언급을 피할 수 있어서인지 한결 마음이 놓인 듯 보였다.

「그런 경우가 종종 있어요. 온실 안이 너무 덥고 습한 데다, 꽃향기가 너무 진해서 그럴 수 있답니다.」

「꽃이 정말 예쁘네요.」 마누엘은 손으로 픽업트럭을 가리키며 말했다. 「전부 파는 겁니까?」

「네.」 그녀는 자랑스러운 표정을 지으며 말했다. 「대부분 향수 회사에 판매하고 있어요. 나머지는 화훼업자에게 가고요. 특별한 행사가 있을 때는 제가 직접 꽃꽂이를 해서 화환이나 꽃다발을 만들기도 하죠. 저 트럭에 실은 꽃은 친정 부모님의 장원으로 가져갈 거예요. 이번 주말에 거기서 결혼식이 열리거든요. 하여간 저는 꽃을 기르고 가꾸는 일이 세상에서 제일 좋아요.」 갑자기 걸음을 멈춘 그녀의 얼굴에 어두운 그림자가 드리워졌다. 그녀는 저택을 바라보더니 사과의 표시로 고개를 숙였다. 「하지만 산티아고는 제가 이 일을 하는 걸 별로 좋아하지 않아서…….」

마누엘은 수긍이 간다는 듯 고개를 끄덕거렸다. 다소 생뚱맞은 말이긴 해도 따지고 보면 이상할 게 없었다. 그때 픽업트럭에 시동을 거는 소리가 들리면서 대화가 중단되었다.

「그만 가봐야겠어요.」 그녀가 아이를 향해 두 팔을 들어 올리며 말했다. 그러자 녀석은 겁 없이 그 팔로 폴짝 뛰어내렸다. 「시간이 되면 온실에 들러 주세요. 오전에는 항상 있으니까요.」

「조만간 한번 찾아뵐 수도 있을 거예요.」 마누엘이 대답했다.

마누엘은 그 자리에 선 채로 그들이 차를 타고 떠나는 모습을 지켜보았다. 차가 옆을 지나갈 때, 안에 타고 있던 엘리사와 사무엘이 그를 향해 손을 흔들었다. 그는 트럭이 아스 그릴레이라스의 정문 철책을 지나가는 모습을 멍하니 바라보았다. 차가 시야에서 사라지자 짙은 정적만이 감돌았다. 해는 이미 중천에 떠 있었다. 나뭇잎이 산들바람에 가볍게 흔들거렸지만, 9월 오후의 늦더위에 놀랐는지 새들은 숨을 죽인 채 조용히 나뭇가지에 앉아 있었다. 그는 주머니에서 휴대 전화를 꺼내 그리냔의 번호를 눌렀다.

전화기에서 잠에 취한 목소리가 흘러나오자, 마누엘은 아차 싶어 시계를 봤다. 오후 4시였다. 아마 시에스타를 즐기고 있던 모양이었다. 어쨌든 그는 별로 대수롭지 않게 넘겼다.

「방금 산티아고를 만나 이야기를 해봤어요. 일단 돈을 빌려 달라고 한 건 부인하지 않더군요. 다만 알바로가 마구간을 확장한다고 해서, 거기에 필요한 말을 사려고 했답니다. 당신도 잘 알 거라고 하던데요.」

「아, 네. 잠깐 생각 좀 해보고요.」 허둥대는 걸로 봐서는 자다가 전화를 받은 것이 분명했다. 「작년 한 해 동안 그런 목적으로 여러 필의 말을 사들인 건 사실입니다. 그중에는 산티아고 씨가 끝까지 우겨서 샀다가 두고두고 후회한 잉글랜드산 말도 있어요. 그 말을 사는 데에만 엄청난 돈이 들어갔죠. 하지만 그 후로는 새로 사들인 말이 없습니다. 두어 달 전쯤에 새끼 암말을 살까 말까 한 적은 있지만 말이에요. 그 말들은 내 소유가 아니지만, 거기에 들어가는 비용을 처리하는 건 내 소관이죠. 하지만 여태까지의 경험을 토대로 분명하게 말씀드리자면, 새끼 암말 한 마리 사는 데 30만 유로씩이나 낼 사람은 아무도 없다는 겁니다. 게다가 산티아고 씨가 정말 그 돈으로 말을 사려고 했다면, 나한테 말을 안 했을 리가 있겠습니까? 그럴 때면 가장 먼저 나와 상의를 했는데요.」

마누엘은 잠시 속으로 그리냔의 말을 곰곰이 따져 보았다.

「마누엘 씨, 산티아고 씨한테 들으셨다는 이야기가 제가 드린 말과 다르다는 점을 알아주셨으면 좋겠군요.」

「그리냔 씨, 지금 그런 건 하찮은 문제에 불과하다고요.」 마누엘은 말을 마치자마자 전화를 끊었다.

그 순간 저택의 위층 창문가에 그림자가 어른거렸다. 그는 손으로 햇빛을 가리며 위층을 쳐다보았다. 크고 검은 형체가 꼼짝도 않고 서 있었다. 자신의 모습을 분명하게 드러내지 않았지만, 그렇다고 숨기지도 않았다. 〈저기서 늘 무언가를 감시하고 있죠.〉

그는 깊은 생각에 잠겨 있다가 마구간에서 시끄러운 소리가 들려오자 정신을 차렸다. 이곳에 도착해서 산티아고와 마주쳤을 때, 그가 마구간으로 걸어가고 있었다는 사실이 떠올랐다. 물론 그를 만나고서 생각이 바뀌기는 했지만 말이다. 마누엘은 댄스 스텝이라도 밟는 듯이, 저 먼 창문을 향해 고개를 기울이고는 마구간 쪽으로 몸을 돌렸다.

전에 왔을 때 인사를 나누었던 수의사는 생각보다 젊은 남자였다. 마흔이 넘지 않을 듯했다. 그는 잘생긴 말을 이끌고 마구간으로 들어가고 있었다. 마누엘은 그가 빗장을 걸어 잠그고 올 때까지 그 자리에서 기다렸다. 그는 마누엘을 보자 미소를 지었다.

「며칠 전에 뵌 적이 있지요. 그런데 여길 또 오신 걸 보면……」

「이곳의 새 주인입니다.」 마누엘은 위압적인 목소리로 말했다. 이왕 협조를 얻을 생각이라면 빙빙 돌려서 말할 필요가 없었다. 어쨌든 거짓말은 아니었으니까 말이다.

남자는 깊게 숨을 들이마시면서 천천히 가죽 장갑을 벗더니 손을 내밀어 악수를 청했다. 그사이 속으로 생각을 정리하는 눈치였다.

「아, 그러셨군요. 그러니까 제 생각으로는…… 하여간 이렇게 만나 뵙게 돼서 영광입니다.」

「다름 아니라 말에 관해 궁금한 점이 몇 가지 있는데, 좀 도와줄 수 있나요?」

그는 싱긋 웃으며 대답했다.

「도와드릴 수만 있다면 당연히 그래야죠.」

「현재 여기에 말이 몇 마리나 있죠?」

「지금은 열두 마리입니다. 대부분 스페인산인데, 아주 좋은 말들이에요.」 그는 마구간을 손으로 가리키며 말했다. 「그리고 아랍산 암말 한 마리와 슬렌더라고 잉글랜드산 경주마도 있어요. 며칠 전에 그리냔 씨하고 오셨을 때, 제가 돌보던 바로 그 말입니다.」

「그때 그 말한테 무슨 문제가 있다고 했던 것 같은데요.」 마누엘은 넌지시 그의 속을 떠보았다.

그러자 수의사는 가쁜 숨을 몰아쉬며 대답했다.

「문제가 있다고 말한 건 기대에 못 미친다는 뜻이에요. 슬렌더는 뒷발이 선천적인 기형이랍니다. 다른 말이라면 큰 문제가 되지 않을 텐데, 하필 저 녀석은 경주마라서요. 저 상태로 달리면 통증을 느끼기 때문에 경주에서 기량을 발휘하기가 여간 힘든 게 아닙니다.」

「그 말을 언제 샀죠?」

「1년쯤 됐어요.」

「선천성 기형이라면 태어날 때부터 그랬다는 거잖아요. 그럼 말을 반환하고 돈을 돌려받으면 될 텐데, 왜 그렇게 하지 않은 거죠? 그런 경우라면 거래가 무효화될 것 같은데요.」

마누엘의 말을 들으면서 연신 고개를 끄덕이던 수의사는 마구간을 향해 몸을 돌렸다.

「이리 따라오세요.」 그는 마누엘을 데리고 마구간으로 들어갔다. 그러곤 칸마다 멈춰서 말들을 보여 주었다. 문에는 말의 이름이 적힌 금색 팻말이 붙어 있었다. 「여기에는 명마들이 많습니다. 누아르는 아주 좋은 아랍산 암말인데, 힘이 넘치고 성격도 좋아요. 그리고 스위프트, 오웰, 캐럴은 스페인산으로 모두 작년에 들여왔어요. 전부 산티아고 씨와 함께 가서 사 온 겁니다. 성격이 차분한 데다 말도 잘 듣고, 무엇보다 말 박람회나 전시회에 안성맞춤인 녀석들이죠.」

두 사람은 잠겨 있는 칸 앞에 이르렀다. 수의사는 재빨리 빗장을 풀고 작은 들창을 열었다. 안에 있는 말은 여태까지 봤던 말과는 비교도 안 될 정도로 몸집이 컸다. 녀석은 약간 흥분하는가 싶더니 이내 잠잠해졌다. 그러곤 의심스러운 눈초리로 곁눈질하면서 슬그머니 그들의 동태를 살폈다.

「산티아고 씨는 작년 여름, 제가 휴가 중일 때 혼자 가서 슬렌더를 샀어요. 얼마나 주고 샀는지 지금까지 일절 언급이 없어요. 아무리 경주마라고 해도 시세보다 훨씬 더 주고 산 게 틀림없어요. 녀석은 경마 대회에 두 번 출전했지만, 모두 중도에 포기해야 했죠. 그 사실을 알고 알바로 씨도 무척 화를 내셨어요. 앞으로 저와 상의 없이는 말을 한 마리도

사지 말라고 엄명을 내리실 정도였으니까요. 하지만 산티아고 씨는 자신의 잘못을 인정하려고 하지 않았어요. 오히려 이틀에 한 번꼴로 저를 여기로 불러내서 녀석의 뒷발을 살펴보도록 한답니다. 마치 치료하면 금방 나을 수 있는 부상인 양 소염제를 바르고, 마사지와 얼음찜질도 하고 있어요. 슬렌더는 좋은 말이기는 해요. 이 종이 대개 그렇듯이 기운이 넘치는 데다 하중도 잘 견디니까요. 그렇지만 경주마로서는 실패작입니다. 멋진 말이기는 해도 아주 비싼 대가를 치른 실패작이죠.」

수의사는 들창을 닫고 마구간 입구로 걸어가기 시작했다.

「그래서 말을 고르는 문제를 놓고 그렇게 왈가왈부했던 거로군요.」

「네, 그런 셈이죠.」 수의사는 사실대로 인정했다. 「이번에 스페인산 암말은 아주 제대로 고른 것 같아요. 제가 직접 나서서 평소 알고 지내던 사육사와 만나도록 주선했거든요. 다행히 일이 순조롭게 풀려서 조만간 계약이 성사될 듯합니다. 다만 암말이 새끼를 배서 낳을 때까지는 일단 계약을 보류한 상태예요. 암말을 고를지, 아니면 새끼를 택할지는 두고 봐야겠지만 말입니다.」

「그 사육사가 암말 한 마리에 얼마나 달라고 하던가요?」

「글쎄요. 정확한 가격은 흥정을 해봐야 알겠지만, 4만 유로 정도면 살수 있을 겁니다. 하지만 새끼를 사게 되면 상황에 따라 가격이 달라질수 있어요. 좋은 놈이 태어나면 가격이 오를 수도 있지만, 반대로 내려갈 수도 있으니까요. 반면에 어미는 앞으로 몇 달 동안 새끼를 낳지 못할 테니 거의 변동이 없다고 봐야죠.」

「혹시 최근 며칠 사이, 아니 일주일 전후로 해서 산티아고 씨가 경주마를 또 사려고 한다는 뜻을 내비친 적이 있나요?」

수의사는 놀란 표정으로 그를 바라보았다.

「경주마를 또 산다고요? 아뇨. 슬렌더 때문에 큰 낭패를 봤는데, 그런 생각을 할 리가 있겠습니까. 그런데 그건 왜 물어보시는 거죠?」

「산티아고가 며칠 전에 기막히게 좋은 말을 살 기회를 잡았다고 하더군요. 서둘지 않으면 기회가 날아가 버린다면서 말이죠.」

수의사는 고개를 설레설레 저었다.

「물론 그럴 수도 있겠죠. 하지만 그 말은 사실이 아닐 겁니다. 정말이라면 적어도 저한테 귀띔이라도 했을 거예요. 절대로 산티아고 씨가 혼자 말을 보러 갔을 리는 없어요. 더구나 급하게 계약을 하려고 했다는건 더더욱 불가능한 이야기죠. 만에 하나 제 승인 없이 함부로 말을 샀다가 알바로 씨한테 무슨 소리를 들을지 뻔히 아는데, 왜 그런 무모한 짓을 하겠습니까.」 그는 뭔가를 생각하는 듯 잠시 말을 멈추었다. 「정말로 급하게 팔려고 내놓은 말이라면, 이야기를 꺼내기도 전에 이미 다른 사람에게 넘어갔을 거예요.」

마누엘은 측면으로 난 복도를 따라가다가 안쪽에서 개 짖는 소리가나자 걸음을 멈추었다.

「사냥개들이에요. 낯선 목소리를 들어서 신경이 잔뜩 날카로워진 모양이네요. 한번 보시겠습니까?」

사냥개들은 낯선 사람의 출현에 불안한 듯 안절부절못했다. 마누엘은 개집 앞을 지나가면서 사납게 으르렁거리는 개들에게 냄새를 맡게하려고 철망에 손을 갖다 댔다. 그러면서 복도 끝에 이르렀다. 마지막칸에는 잡종으로 보이는 작은 개 한 마리가 짚 위에 웅크리고 있었다. 녀석은 겁먹은 눈으로 그를 쳐다보더니, 해진 털실 같은 꼬리를 힘없이흔들었다. 커다랗고 검은 눈에 깊은 연못처럼 촉촉한 눈물이 고여 있었다. 털은 까칠까칠한 데다 몇 오라기가 길게 삐져나와 부스스한 느낌을주었다. 마치 정전기로 인해 온몸의 털이 곤두선 것 같았다. 줄곧 한쪽송곳니를 드러내고 있었는데, 자세히 살펴보니 입이 제대로 다물어지지 않는 탓이었다. 입술 안에 있어야 할 송곳니가 밖으로 드러나는 바람에 으르렁대는 것처럼 보였다. 한마디로 처량하기 이를 데 없는 모습이었다. 밖이 덥지만 않았어도 추워서 벌벌 떠는 줄 알았을 것이다. 하지만 마누엘은 녀석이 두려움에 떨고 있다는 것을 알았다.

「얘는 카페라고 하는데, 가여워 보여서 그런지 눈에 잘 띄는 편이죠.」

「이름이 카페라고요?」

까칠까칠하면서도 뻣뻣한 털 색깔이 밀크 커피와 비슷해서 그런 이름이 붙은 모양이었다. 하지만 따뜻한 느낌을 주는 그 이름은 녀석의 처지와 썩 어울리지 않았다. 수의사는 알바로가 거리를 떠돌던 그 개를 데리고 왔다고 했다. 아니나 다를까, 몸속에 신원 확인용 마이크로칩도 없던 터라 그대로 집에서 키우게 된 것이었다. 그래도 녀석은 운이 좋은 편이었다. 만약 동물 보호소로 데려갔더라면, 일차 선별 과정도 통과하지 못했을 게 분명했다. 예쁜 강아지들이 많은데, 누가 이런 개를 데리고 가겠는가.

수의사가 개집 문을 열자, 그 개는 천천히 기지개를 켜고 일어섰다. 하지만 그 자리에서 한 발짝도 움직이지 않았다.

「자, 카페! 그렇게 빼지만 말고 이리 와.」

그러자 녀석은 코를 여러 번 핥으면서 느릿느릿하게 다가오더니 그들 앞에 멈추어 섰다. 마누엘은 손을 내민 채, 녀석이 자주 눈을 깜박거리고 고개를 숙이는 걸 눈여겨보았다.

「저러는 걸 보면, 사람들한테 많이 맞은 것 같아요. 그런데 신기하게도 알바로 씨 앞에만 가면 활발해졌답니다.」 수의사가 개의 이상 행동에 관해 설명했다.

마누엘이 계속 손을 뻗고 있자, 녀석은 머리가 그의 손바닥 아래에 올 때까지 슬금슬금 다가왔다. 개가 잔뜩 움츠러든 탓에 쓰다듬어 주려면 손을 뻗고 있는 수밖에 없었다. 마누엘은 손가락으로 선을 그리듯이 부드럽게 녀석의 머리와 뻣뻣한 털로 덮인 눈썹을 어루만져 주었다. 다행히 앞쪽은 정상적인 상태로 보였다. 그는 부드럽게 등을 쓸어내리면서 척추뼈를 하나하나 조심스럽게 만져 보았다. 그러다가 옆구리에 지나칠 정도로 살이 없다는 걸 알아차렸다.

「뒷발이 왜 이렇죠?」

수의사는 어깨를 으쓱하면서 대답했다.

「문제가 한둘이 아닙니다. 일차적으로 영양실조 때문이에요. 녀석은 어릴 때부터 제대로 먹지 못해서 허약하고 체구가 작은 편입니다. 아직

259

두 살, 혹은 세 살 정도밖에 되지 않았는데, 여기 오기 전까지는 종일 움직이질 않았던 모양이에요. 게다가 장에는 기생충까지 있었답니다. 이곳에 데려오자마자 급한 대로 치료부터 했지만, 단시간 내에 해결될 수가 없는 상태였죠. 그래도 지금은 많이 좋아진 편입니다. 알바로 씨가 처음 데려왔을 땐 너무 처참해서 눈 뜨고 못 볼 정도였으니까요.」

마누엘은 개에게서 손을 떼고 무릎을 짚은 채 가만히 서 있었다. 개는 천천히 그의 다리 사이로 다가오더니 조심조심 냄새를 맡기 시작했다. 녀석은 서두르지 않았다. 마르고 까진 코가 피부에 닿지 않도록 조심하면서 그의 손바닥과 손등, 손가락, 손목과 그곳의 주름, 또 몸에서 나는 열을 하나하나 확인했다. 그러곤 고개를 들어 촉촉한 검은 눈으로 마누엘이라는 남자를 쳐다보았다. 그 순간 마누엘은 알바로가 왜 이 개를 집으로 데려왔는지 알 것 같았다. 녀석에게서 희망을 발견한 것이다.

「작은 기적이로군요.」 마누엘은 감격한 듯 떨리는 목소리로 속삭였다.

「죄송합니다만, 뭐라고 하셨죠?」 수의사가 놀란 표정으로 물었다.

「이름은 누가 붙였죠?」 마누엘은 그를 돌아보며 물었다. 수의사는 빨리 여기서 나가자고 재촉하듯이 이미 복도 끝에 가 있었다.

「아마 알바로 씨가……」 그가 머뭇거리며 대답했다.

「급한 일이 있나 보군요. 바쁜 사람에게 쓸데없는 이야기를…….」

「아닙니다. 아까 도착하셨을 때 가려던 참이었거든요. 괜찮습니다.」 그가 둘러댔다.

마누엘은 그 자리에서 꿈쩍도 하지 않았다.

「한 가지만 더 물어볼게요.」 마누엘은 그의 주의를 끌려고 잠시 말을 멈추었다. 그러자 수의사가 그의 말을 듣기 위해 가까이 다가왔다.

「뭐든 물어보세요.」 그는 재빨리 대답했다. 왠지 상당히 부담스러운 질문일 것 같은 예감이 든 듯했다.

「혹시 알바로가 죽던 날, 그를 봤습니까?」

그는 어두운 그림자가 내려앉은 얼굴로 고개를 끄덕였다.

「네, 봤어요. 정오쯤이었을 거예요. 밖으로 나가던 길에 우연히 마주쳤죠.」

「그때 무슨 대화를 나누었죠? 말 이야기였나요, 아니면 산티아고에 대해서였나요?」

「아뇨. 절 보더니 카페에 대해서 물어보시더군요. 그러곤 곧바로 헤어졌습니다. 장원을 나서면서 자동차 룸미러로 보니까 마구간 쪽으로 걸어가고 계셨어요. 카페를 보러 가시는 걸로 여겼죠. 여기 오시면 늘 녀석부터 찾았으니까요.」

마누엘은 개에게서 시선을 돌리지 않은 채 고개를 끄덕였다.

「고맙습니다. 오늘 시간을 너무 뺏어서 미안하군요. 먼저 가보세요. 난 여기 조금 더 있다 갈 테니까요.」

「그럼 이만 가보겠습니다. 필요한 일이 있으면 언제든지 연락 주세요. 제 연락처는 입구의 게시판에 있어요. 궁금한 점이 있으면 전화 주세요.」 그는 중앙 복도를 향해 걸어가면서 말했다. 그러더니 잠시 머뭇거리다가 발걸음을 돌려 마누엘에게 다가왔다. 「한 가지 말씀드릴 게 있어요. 여길 나가실 때 카페의 우리 문이 제대로 잠겨 있는지 꼭 확인해 주세요. 산티아고 씨가 녀석이 나돌아 다니는 걸 보면 질색하시거든요.」 그는 여태 잊고 있던 게 떠올라서 다행이라는 표정이었다. 「괜찮으시다면⋯⋯.」

「물론이죠.」 마누엘이 대답했다.

수의사는 자기가 한 부탁, 아니 산티아고가 원하는 바를 그가 제대로 이해했는지 확신하지 못한 채 자리를 떠났다.

마구간은 침묵에 잠겼다. 낯선 사람의 냄새를 맡고 흥분해서 짖고 날뛰던 사냥개들도 조용해졌다. 저 멀리 중앙 진입로로 이어진 아치문을 통해 자동차가 서서히 멀어지는 소리가 들렸다. 차 소리가 잦아들자 여름 한낮의 나른한 소리만이 남았다. 말들이 숨을 내쉴 때마다 마구간이 쩌렁쩌렁 울렸고, 몸을 풀 때마다 근육에서 삐거덕하는 소리가 났다.

「카페.」 그가 속삭이듯 부르자, 녀석은 너무 좋아하는 표를 내기가 두려운지 눈치를 보며 꼬리를 살랑살랑 흔들었다. 「넌 네가 얼마나 놀라운 존재인지 모르겠지.」

그는 마법에라도 걸린 것처럼 자기도 모르게 자리에서 벌떡 일어났다. 그러나 녀석이 주춤하면서 조금 뒤로 물러서자 그 마법은 순식간에 사라져 버렸다. 신기하게도 마누엘이 앞으로 나가거나 뒤로 물러설 때, 녀석은 작은 위성처럼 그와 일정한 거리를 유지했다.

「산책하고 싶니?」 따져 보니 그 강아지와 대화를 나누는 것은 처음이었다. 그는 조용히 미소를 지으며 부드러운 목소리로 말했다.

녀석은 좋다는 듯 꼬리를 살랑살랑 흔들었지만, 그가 움직일 때까지 자리에서 꼼짝도 하지 않았다. 그는 녀석이 잘 따라오는지 확인하기 위해 한 걸음 내디딜 때마다 뒤를 돌아보며 출구로 향해 갔다. 그가 걸음을 멈추면 녀석도 따라 멈추었다. 마구간 입구에 이르렀을 때, 그는 어느 쪽으로 가면 좋을지 결정하려고 사방을 둘러보았다. 그 순간 승용차 한 대가 중앙 도로로 진입했다. 관리인들이 사는 집을 둘러싼 채 장원의 다른 진입로 — 처음 왔을 때 그리냔이 보여 준 길이었다 — 로 이어지는 길이었다. 거칠게 돌아가는 엔진 소리만 듣고도 누가 차를 모는지 금세 알 것 같았다. 전날 오후, 그의 앞을 가로질러 갔던 빨간색 닛산 자동차가 분명했다. 그때와 마찬가지로 운전석에 앉은 이는 그를 보고 흠칫 놀랄 것이 분명했다. 차는 그를 지나치며 속도를 늦추더니 몇 미터 앞에 멈추어 섰다.

마누엘은 길에 서서 강아지가 잘 따라오고 있는지 확인하기 위해 고개를 돌렸다. 한 남자가 천천히 차에서 내리더니, 그의 앞에 이르자 손을 내밀어 악수를 청했다.

「마누엘 씨? 혹시 기억하실지 모르겠는데, 장례식 날 만났죠. 다니엘 모스케라라고 합니다. 양조장에서 일하는 와인 양조 기술자예요. 안 그래도 만나 뵙고 싶었는데 다행이군요. 어제도 뵌 것 같기는 한데…….」 남자는 마침내 마누엘의 손을 놓았다. 「실은 여기 계신 걸 보고 깜짝 놀랐습니다. 산티아고 씨 말로는 이미 떠나셨다고 하던데요. 그래서 어제 뵈었을 때 하여간 깜짝 놀랐어요.」

「편하게 말씀하세요.」 마누엘이 나서며 말했다.

「네, 알겠습니다.」 그는 싱긋 웃으며 대답했다.

그가 다시 손을 내밀어 악수를 청했다. 그리고 다른 손으로 마누엘의 팔을 잡았다. 예상 밖의 태도에 마누엘은 적이 당황했다.

「어쨌든 여기 계시다니 정말 기쁩니다.」 이어서 작별 인사를 건넨 그는 차로 두어 걸음 걸어가다 갑자기 몸을 돌렸다. 「실례합니다만, 여기서 계속 머무르실 겁니까?」

마누엘은 솔직하고 꾸밈이 없는 그의 태도가 마음에 들었다. 그는 웃으며 대답했다.

「그럴 생각이에요.」

남자는 눈을 반쯤 감은 채 마누엘을 바라보았다. 속으로 주판알을 튕기고 있는 게 분명했다. 그는 잡생각을 떨쳐 버리려는 듯 머리를 세차게 흔들더니 질문을 던졌다.

「지금 해야 할 일이라도 있나요?」

마누엘은 대답하기 전에 어느 쪽으로 가야 할지 정하려고 주변을 두리번거렸다. 그러곤 카페에게 물어보는 듯한 표정을 지었다. 녀석은 꼬리를 흔들었다.

「아뇨. 특별히 할 일은 없습니다.」

남자는 조용히 미소를 지었다.

「그럼 저와 함께 가시죠.」 마누엘이 강아지를 보면서 망설이는 걸 눈치챈 남자가 말했다. 「카페도 데려가요.」

차로 향하면서 남자가 뒤를 돌아보며 말했다.

「신발 사이즈가 어떻게 되죠?」

「43입니다.」 엉뚱한 질문에 마누엘은 어안이 벙벙해서 대답했다.

다니엘은 마구간으로 들어가더니 고무장화 한 켤레와 에스키모 털모자가 달린 파카 한 벌을 가지고 왔다. 그러곤 그것들을 사륜구동 자동차 뒷부분에 던져 넣고는 몸을 숙여 강아지를 안아서 뒷좌석에 올려 주었다.

다니엘은 랄린[2]으로 차를 몰고 가는 내내 한마디도 하지 않았다. 샛길로 접어든 차는 구불구불한 비포장도로를 따라 천천히 내려갔다. 아래로 갈수록 급커브 길이 이어져서 연신 핸들을 돌려야만 했다. 유리창을 통해서 내다보니, 실강[3]으로 이어진 야산의 등성이에 선을 그어 놓은 듯 굽이굽이 휘어진 산길이 한눈에 들어왔다.

갈리시아 특유의 잿빛 돌이 잔뜩 섞인 계단식 밭이 산등성이를 따라 수백 개나 이어졌다. 계단과 계단 사이 좁은 공간에 포도나무가 줄지어 서 있었고, 곳곳에 흙이 아래로 무너져 내리지 않도록 단단한 축대가 세워져 있었다. 벽 위로 군데군데 옹이가 박힌 짙은 갈색의 포도나무 줄기가 삐져나왔고, 늦여름의 눈부신 햇살을 받아 반짝거리는 초록 이파리들이 그 위를 잔뜩 뒤덮었다. 나뭇잎 사이로 불그스레한 것이 언뜻언뜻 눈에 띄는 걸 보면 벌써 수확할 때가 된 모양이었다. 주변을 뒤덮은 초록으로 인해 빛이 다소 바래기는 했지만, 검은빛을 띤 열매들이 무성한 잎에 가려진 채 나무 사이사이에 매달려 있었다. 그 높이에서는 불가능한 일이지만 서리를 맞은 보석처럼 보였다. 강변에 다다른 차는 산에 딱 달라붙은 듯이 좁은 도로를 따라 앞으로 나아갔다.

다니엘은 경사면 갓길에 일렬로 주차된 차들을 피해 조금 더 간 뒤에 사륜구동 차를 세웠다. 그곳은 선착장이 갖추어진 어느 집 마당이었다. 그들은 차에서 내렸다. 놀랍게도 카페는 주저하지 않고 앞으로 달려 나갔다. 그러곤 최신식 부잔교[4] 끝에 정박 중이던 배로 달려가더니, 이내 뱃머리로 올라갔다.

시끄러운 엔진 소리와 묘한 기름 냄새가 뒤섞인 가운데 배가 출발했다. 다니엘은 강줄기를 따라 배를 몰았다. 배는 아치 모양의 벨레사르 다리를 거쳐, 유람선들이 줄지어 서 있는 넓은 선착장을 지나갔다. 유람

2 갈리시아의 폰테베드라주에 있는 작은 도시이다.
3 이베리아 북서쪽의 강으로, 레온과 오렌세 그리고 루고를 지나간다.
4 부두에 상자 모양의 부체(浮體)를 띄워, 수면의 높이에 따라 위아래로 자유롭게 움직이도록 한 다리.

선 갑판에는 관광객을 위한 좌석이 쭉 이어져 있었다. 그사이 카페는 살아 있는 선수상(船首像)처럼 뱃머리에 선 채로 겁 없이 밖을 내다보면서 꼬리를 살랑살랑 흔들었다. 녀석은 배 앞으로 드넓게 펼쳐진 강의 장엄한 분위기에 더없이 흡족한 모양이었다.

「지금 어디로 가는 거죠?」 문득 이상한 느낌이 든 마누엘은 다니엘에게 물었다.「포도밭에 가는 줄 알았는데요.」 그는 산등성이 쪽을 가리키며 말했다.

「거기로 가고 있는 겁니다.」 다니엘은 그를 보고 재미있다는 듯이 웃으며 대답했다.

「배로 말이에요?」

「물론이죠. 마누엘 씨, 여기가 바로 리베이라 사크라[5]잖아요. 그 유명한 와인 산지 말입니다. 포도밭이 강기슭에 늘어서 있으니, 저기에 가려면 이렇게 배를 타고 강을 건너는 수밖에 없어요. 다행히 우리 포도밭은 대부분 강변에 있죠. 강변에서 재배된 포도가 와인을 만드는 데에는 최고니까요.」 그가 자랑스러운 듯 힘주어 말했다.

「나는 리베이라 사크라가 이 지역에 남아 있는 수많은 로마네스크 양식의 유적과 관련된 말인 줄 알았어요.」

「물론 그런 신성한 유물도 중요하지요. 하지만 이 지역을 대표하는 것은 뭐니 뭐니 해도 우리만의 고유한 포도 재배 방식이라고 할 수 있어요. 그러니까 편암과 화강암이 잔뜩 섞여 있는 계단식 밭 말입니다. 로마인들이 이곳을 다스리던 시절부터 쭉 그렇게 농사를 지어 오고 있어요.[6] 물론 수도사들이 여기 와서 수도원을 짓고 살기 전에도 마찬가지였

5 루고의 남쪽과 오렌세의 북쪽에 넓게 퍼져 있는 유명 와인 산지로, 실강과 미뇨강 사이의 계곡에 있는 계단식 포도밭으로 유명하다. 〈신성한 강변〉이라는 뜻을 가진 리베이라 사크라는 1996년에 스페인 와인 원산지 증서를 받았다.
6 스페인의 와인 생산은 기원전 12세기경 페니키아인들이 안달루시아에 도착하면서부터 시작된다. 기원전 8세기부터 남부 지방을 중심으로 본격적인 와인 생산이 이루어지다가, 이후 로마가 스페인을 지배하면서 주로 타라고나와 베티카 등을 중심으로 와인 산업이 융성하게 된다.

죠. 전해지는 이야기에 따르면, 수도사들이 오 세브레이로[7]를 지나가지 않으려고 이쪽으로 왔다더군요. 그런데 그보다 더 중요한 건 그들이 왜 떠나지 않고 여기에 머물러 살았느냐 하는 겁니다. 그건 로마인들과 마찬가지로 아름다운 예술 작품만이 아니라, 와인에 매료되었기 때문이에요.」 그가 웃으며 말했다.

마누엘은 고개를 들어 진입로나 차로, 아니면 비포장도로라도 있는지 찾으려고 두리번거렸다.

「다른 길은 없는 겁니까?」

「우리 양조장으로 가는 길은 포장이 되어 있어요.」 다니엘은 손으로 좁은 길을 가리켰다. 겨우 차가 한 대 들어갈 수 있을 정도의 길이었다. 「강을 통해서만 들어갈 수 있는 포도밭도 있기는 해요. 어떤 포도밭은 경사가 너무 가팔라서 수확할 때 인부들이 몸에 로프를 묶고 위에서 내려와야 하는 경우도 있고요.」

오른쪽 끝에는 작은 강어귀가 있었는데, 그 안으로 작은 마을이 희미하게 보였다. 강가에는 물에 잠겨 지붕만 보이는 집들이 몇 채 있었고, 그 위쪽으로 깨진 데 없이 멀쩡한 문과 유리창 틈새로 물이 가득 들어찬 집들도 눈에 띄었다. 말없이 그 모습을 지켜보던 다니엘이 착잡한 심정을 털어놓았다.

「저런 집을 보고 있으면 기분이 이상해져요. 그렇지 않아요?」

---

7 갈리시아의 루고에 있는 마을로, 산티아고 순례 길에서 갈리시아 지방으로 진입하는 첫 관문이다. 갈리시아 지방 특유의 석조 건물 — 지붕을 짚으로 엮어 놓는다 — 과 9세기에 지어진 산타마리아 교회로 유명하다. 이 교회에는 12세기 로마네스크 양식의 성배가 보관되어 있다. 이 성배에 관해서 흥미로운 전설이 전해진다. 1300년 어느 겨울, 한 주민이 심한 비바람을 맞으며 미사를 드리려고 교회에 도착했는데 신도가 한 명밖에 없자 신부는 성의 없이 대충 미사를 집전하려 했다고 한다. 그런데 신부가 성체와 포도주에 축성을 하는 순간, 기적이 일어났다. 성체는 살로, 포도주는 피로 변한 것이다. 이후 스페인을 통일한 이사벨 여왕이 산티아고 순례에서 돌아오는 길에 이 이야기를 듣고, 기적의 성배를 안전한 곳으로 옮기려고 했다. 하지만 성배를 실은 말이 전혀 움직이지 않자, 사람들은 이를 하느님의 뜻으로 여기고 그곳에 영구히 보관하게 되었다고 한다.

「왜 저 집들을 철거하지 않고 그대로 두었는지가 궁금하네요.」

「그건 여기만의 독특한 방식이 아닐까 싶습니다. 사실 이 강물 아래에 벨레사르처럼 큰 마을이 일곱 개나 가라앉아 있답니다. 저수지를 만든다고 그런 못된 짓을 한 거죠. 배를 타고 강을 따라 내려가다 보면 집, 예배당과 교회, 옛날 공동묘지와 학교, 그리고 올리브와 포도밭 위를 지나가고 있다는 느낌을 지울 수가 없어요.」 다니엘이 생각에 잠긴 얼굴로 말했다. 「믿기지 않겠지만, 처음 여기 왔을 때는 이곳이 끔찍이도 싫었어요. 나는 중부 지방의 대규모 양조장에서 일하다 왔거든요. 이곳과는 전혀 달랐죠. 거긴 모든 생산 과정이 기계화되어 있어서 대량 생산이 가능했어요. 그 당시만 해도 와인 생산 방식에 대해 나름대로 선입견이 있었던 셈이죠.」 그는 과거 무지했던 자신의 모습을 떠올리며 씁쓸한 웃음을 지었다. 「노 후작은 와인에 그다지 관심이 없어서 사업이 지지부진했는데, 3년 전쯤부터 알바로 씨가 대규모로 사업을 추진하기 시작했지요. 그 덕분에 지금 우리 양조장은 와인 생산의 본보기가 되었습니다.」

「그럼 다니엘 씨를 이곳에 데려온 사람이 알바로였습니까?」

다니엘은 키를 조종하면서 고개를 끄덕였다.

「사실 알바로 씨는 와인의 세계에 몸담은 적이 전혀 없었는데도 사업 수완 하나만큼은 놀랄 정도로 뛰어나더군요. 무엇보다 탁월한 직관을 타고났는지, 이 지역의 장점과 단점을 금세 파악하더라고요.」

마누엘은 조용히 그의 말을 듣고 있었지만, 쉽사리 믿기지가 않았다.

「앞으로 이곳을 떠나지 않을 생각입니다. 사실 알바로 씨한테 연락이 왔을 때만 해도 확신이 서지 않았어요. 믿으실지 모르겠지만, 처음 이곳에 왔을 때 왠지 모를 적의가 느껴졌답니다. 시대에 너무 뒤떨어진 데다 사람들도 굉장히 거칠어 보였으니까요.」

마누엘은 그의 말에 공감했다. 그가 자신의 마음을 훤히 읽고 있는 듯해서 온몸에 전율이 흘렀지만 아무 말도 하지 않았다.

「만약 알바로 씨가 전권을 주었더라면, 여기 도착하자마자 모조리 뜯어고쳤을지도…….」 다니엘은 자기 말에 놀란 듯 머리를 흔들었다. 「안 그랬기에 망정이지 하마터면 일을 망칠 뻔했어요. 그는 뚜렷한 사업 계획이 있었죠. 현대적인 방법으로 사업을 운영하되, 이곳의 지리적 조건이 허용하는 범위를 벗어나지 않겠다는 것이었습니다. 그가 가장 먼저 손을 댄 것은 우리 양조장의 이름과 상표 그리고 대담한 포도 재배법의 개발이었죠.」 다니엘은 마누엘이 자신의 말을 잘 듣고 있는지 확인하려는 듯 줄곧 그를 바라보며 말했다.

「〈영웅의 작품〉은 알바로 씨가 우리 와인을 외국에 수출하려고 만든 회사 이름입니다. 보통은 〈영웅〉, 혹은 〈에로이카〉라고 불리죠. 지난 수백 년 동안 이름 모를 사람들이 바친 땀과 노력 그리고 대담한 포도 재배법을 기리는 뜻에서 그렇게 부르게 되었어요. 솔직히 말해, 그보다 더 멋진 이름을 고르기는 불가능할 것 같아요.」

마누엘은 아름다운 시골 정경을 바라보면서 다니엘의 이야기를 들었다. 마음이 어수선하고 착잡하기 이를 데 없었다. 그는 알바로가 대단한 재능과 능력의 소유자임을 잘 알았다. 뛰어난 업무 능력, 그리고 어떤 일에서든 쉽게 물러서지 않는 강한 자존심. 그가 광고 회사를 운영하면서 충분히 보여 준 모습이었다. 그런데도 그가 다니엘이 말한 바와 같이 그토록 강한 소속감과 전통 의식을 가지고 있었다는 건 왠지 낯설게만 느껴졌다. 다니엘의 말을 듣고 있으면 알바로가 전혀 모르는 사람 같았다. 마누엘로서는 쉬이 이해가 가지 않는 점들이 너무 많았다. 정말로 그가 한 일이 그렇게 훌륭한 것이었을까? 모든 것이 순수하고 깨끗했던가? 그렇다면 왜 나에게 한마디도 하지 않았을까? 마누엘은 두 사람 다 온전한 과거를 지니고 있지 않다는 점을 익히 알고 있었다. 갑작스러운 부모의 죽음과 뒤이은 누나의 암 발병. 그 때문에 그의 길지 않은 삶의 이력이 단번에 절단 나고 말았다. 이제 마누엘의 유년 시절은 두 분 모두 심각한 표정을 짓고 있는 부모님의 흑백 결혼사진 몇 장과 정말인지는 모르겠지만 어느 화창한 날 식탁에 오순도순 둘러앉아 아침 식사를 하던 추억으로만 남아 있었다. 그러던 차에 우연히 알바로에게 가족이 있다는 사실을 알게 되었다. 어쩌면 다들 막연히 그에게 가족이 없으리라고 여겼던 건 아닐까? 그는 가족에 관한 이야기가 나올 때마다 〈단 한 번도 나를 한 식구로 받아들여 주지 않았어〉라면서 얼버무리곤 했다. 그런 그가 소속감을 가지고 있었다는 말에 마누엘은 모욕감을 느낄 수밖에 없었다. 무엇보다 자신이 알바로의 삶에서 완전히 소외된 느낌을 지울 수가 없었다. 메이는 그가 〈무슨 일이 있어도 당신을 지켜 주고 보호하려고 했다〉고 말했다. 그런데 대체 뭘 어떻게 지켜 주고 보호하려 했다는 말인가?

뱃머리에 앉아 있던 카페가 그들 쪽으로 다가왔다.

「응, 카페가 왔구나.」 다니엘이 녀석을 반기면서 말했다.

다니엘은 엔진이 공회전을 할 때까지 서서히 배의 속도를 늦추었다. 그러곤 관성의 힘을 이용해서 배를 강가로 몰고 갔다.

배를 세운 곳에는 얇은 석판을 쌓아서 만든 축대가 하나 있었다. 그 위로 계단식 포도밭이 이어졌다. 그러니까 포도밭이 수면보다 1미터가량 높은 강가까지 내려와 있는 셈이었다. 다니엘은 계선주[8]를 대신하던 굵은 말뚝에 배를 맸다. 강물이 축대와 선체에 부딪히며 철썩거리는 소리가 끊이지 않고 이어지는 박수 소리처럼 들렸다. 엔진 소리가 사라진 뒤 정적이 찾아들자 또 다른 풍경이 눈앞에 선명하게 펼쳐졌다. 푸르른 나뭇잎을 부드럽게 애무하는 산들바람, 배가 물결에 흔들릴 때마다 말뚝에 묶어 둔 밧줄에서 나는 소리 그리고 저물어 가는 오후에 들뜬 마음으로 주위를 자유롭게 날아다니면서 수줍은 듯 지저귀는 새들.

마누엘은 다니엘이 건네준 두꺼운 양말과 고무장화를 신으면서 미심쩍은 눈초리로 가파른 비탈길을 쳐다보았다. 발 하나도 디디기 어려울 만큼 좁을 뿐만 아니라, 고장 난 지퍼처럼 삐뚤삐뚤한 계단이 강을 향해 쭉 내려오고 있었다.

축대 위로 올라간 다니엘은 그에게 손을 뻗었다. 마누엘은 마음을 정하지 못한 듯 갑판 위를 이리저리 서성거리던 강아지에게로 몸을 돌

---

8 배를 매어 두기 위해 계선안이나 부두, 잔교에 세워 놓은 기둥.

렸다.

「자, 가자꾸나.」 마누엘이 녀석에게 말했다.

강아지는 불안한지 그의 옆에 딱 달라붙은 채 코를 훑으면서 곁눈질로 눈치를 살폈다. 마누엘은 녀석을 번쩍 들어 팔에 안은 뒤 그에게 넘겨주었다. 겉보기와 다르게 녀석의 몸은 상당히 무겁고 단단했다. 그가 다니엘의 손을 잡고 축대 위로 올라서는 순간, 몸이 뒤로 휘청했다. 축대 위는 두 사람이 서 있기도 어려울 만큼 비좁았다. 다니엘은 산비탈 쪽으로 몸을 돌리며 말했다.

「한 발씩 천천히 올라가야 합니다. 몸이 기우뚱하면 곧장 앞으로 숙이세요. 그럼 굴러떨어지지는 않을 테니까요.」

마누엘은 미심쩍은 기분이 들었지만, 그를 따라 올라가기 시작했다. 카페는 이미 다니엘을 앞질러 달리고 있었다. 뒷발에 다소 문제가 있기는 해도 삐뚤삐뚤한 계단을 올라가는 데에는 무리가 없었다. 일부러 색다르게 만들려고 한 것처럼 계단마다 높이와 폭이 제각각이었다. 물론 발끝으로 디뎌야 할 만큼 좁기도 했지만, 그 위에 덮인 석판이 너무나도 무질서해서 더욱 힘들게 느껴졌다. 더구나 층계의 높이가 제각각이라, 계단이 없는 곳에 발을 디디거나 진짜 계단에 발이 걸리기도 했다.

마누엘은 발을 헛디딜까 봐 전전긍긍했다. 새삼 자신이 굼뜨고 우둔한 도시인에 불과할 뿐, 그런 시련과 역경에 맞서 헤쳐 나가려는 의지가 부족하다는 사실이 안타까웠다. 그때 주머니 속에서 휴대 전화가 울리기 시작했다. 그 소리를 듣자 저 먼 곳에 두고 온 듯 너무나도 낯선 또 다른 삶이 떠올랐다. 왕궁에서 왕을 알현하는 도중에 전화벨이 울리기라도 한 것처럼 그의 얼굴이 달아올랐다.

다행히 전화벨 소리가 금세 그친 덕분에 마음의 평온을 되찾을 수 있었다. 저 위에서 개 짖는 소리가 들렸다. 녀석은 쉬지 않고 꼭대기까지 올라간 자신이 대견한지 신이 나서 짖어 댔다.

다니엘이 오른쪽으로 몸을 틀자, 마누엘도 그를 따라서 폭이 1미터가 넘는 계단 위로 발을 디딘 뒤 몸을 돌려 강을 내려다보았다. 발아래로 돌투성이인 계단식 포도밭이 울퉁불퉁하고 꾸불꾸불한 선을 그리며 강으로부터 올라왔다. 땅속에서 바위들이 여기저기 솟아나 있었고, 그 위로 줄지어 선 포도나무의 초록 잎이 산들바람에 살랑살랑 흔들리자 에메랄드빛 파도가 넘실대는 것 같았다. 저 아래 짙은 빛깔의 강물 위에서 배가 물결을 따라 가볍게 흔들렸다. 배에 타고 있을 때는 전혀 느끼지 못했지만, 저 강물은 줄기차게 흐르고 있는 것이 분명했다.

강에서 사람들이 웃고 떠드는 소리가 희미하게 들려왔다. 강의 굽이를 따라 무성히 자란 나무들 사이로 이상하게 생긴 배 한 척이 나타났다. 세 여자가 배에 타고 있었다. 스무 살 남짓 되어 보이는 여자들은 웃으면서, 아이들이 모래성을 쌓을 때 사용하는 양동이로 희한하게 생긴 뗏목 안에서 열심히 물을 퍼냈다. 그 뗏목은 어시장에서 생선을 담을 때 쓰는 나무 상자 같았다.

「이 지역에서 흔히 볼 수 있는 배랍니다. 사실 용골⁹도 없기 때문에 배라기보다는 상자처럼 생긴 뗏목에 가까워요. 주로 수확한 포도를 수송하는 용도로 쓰이죠.」 다니엘이 설명했다.

「그런데 문제가 생긴 모양인데요.」 마누엘이 양동이로 물을 퍼내는 여자들을 보면서 어리둥절하게 말했다.

「아뇨, 그렇지 않아요. 저 배는 완전히 물에 잠긴다고 해도 절대 가라앉지 않으니까요. 바지처럼 말이죠. 다만 엔진이 물에 젖으면 안 되니까 저러고 있는 겁니다. 저 여자들의 표정을 한번 보세요. 전혀 걱정하는 눈치가 아니잖아요.」

「그렇긴 하네요.」 그녀들이 깔깔대고 웃자 마누엘은 겸연쩍은 듯 미소를 지었다.

「난 저 아이들을 잘 알아요. 강에서 태어난 애들이라 전혀 걱정할 것 없습니다.」

그는 마누엘을 안심시키려는 듯 손나발을 하고 그녀들을 향해 소리

___

9 뱃머리에서 꼬리에 걸쳐 바닥의 중심선을 따라 설치된 길고 큰 재목으로, 골격처럼 선체를 받치는 구실을 한다.

를 질렀다.

「이봐! 괜찮은 거야?」

그녀들이 소리가 난 쪽으로 고개를 돌린 뒤 그를 알아보고는 더 큰 소리로 웃어 대기 시작했다.

「아무 문제 없어요.」 한 여자가 소리쳤다. 「오늘 죽진 않을 테니까 안심하세요.」 그러자 나머지 여자들도 배에서 물을 퍼내면서 큰 소리로 웃었다.

두 사람은 그녀들이 왁자지껄한 웃음소리와 함께 사라지는 모습을 말없이 지켜보았다.

그 순간 또다시 전화벨이 울렸다. 휴대 전화를 꺼내서 확인해 보니 노게이라였다. 마누엘은 곧바로 버튼을 눌러 무음 상태가 되게 했지만, 전화가 끊어질 때까지 화면에서 눈을 떼지 않았다. 부재중 전화를 확인한 결과, 비탈길을 걸어 올라올 때 전화를 건 이도 노게이라였다.

「급한 전화 같은데 받으시죠.」 다니엘이 말했다.

「괜찮아요.」 마누엘이 단호하게 말했다. 「중요한 전화가 아니니까 안 받아도 돼요.」

중요한 전화든 아니든 상관없었다. 나중에 걸면 그만인 데다 그 자리에서만큼은 전화를 받고 싶지가 않았다. 마음대로 말하기가 어려워서는 아니었다. 다만 허공으로 퍼져 나가는 여자아이들의 웃음소리와 산비탈 꼭대기까지 올라온 강아지가 의기양양하게 짖어 대는 소리를 노게이라가 듣는 게 꺼림칙했다. 그의 의심스러운 눈초리, 술과 창녀, 불룩 나온 배와 결혼반지, 은근히 난잡한 행동거지와 끊임없이 의심하는 버릇, 못마땅한 듯 경멸이 가득한 표정 그리고 언제나 변덕스럽고 무례한 태도. 당장 노게이라를 만나고 싶지도, 굳이 통화하고 싶지도 않았다. 그다음 날 만난다고 해도 상황이 크게 달라지지는 않을 테니까 말이다. 더구나 그날은 그를 상대할 힘조차 없었다. 전날 잃어버린 것들을 되찾기 위해서는 신부한테서 고해 성사에 관한 이야기를 듣고 한 접시의 칼도를 먹은 다음, 전 주인으로부터 몽둥이로 두들겨 맞은 개를 만나고, 배로 강을 건너 가파른 비탈길을 걸어 올라가야 했다. 그는 노게이라뿐 아니라 누구라도 더 이상 자기를 성가시게 하도록 내버려 두지 않을 작정이었다.

그들은 포도 덩굴을 피해서 계단식 밭을 이리저리 돌아다녔다. 다니엘은 가끔 몸을 숙여 나뭇잎에 가려진 열매를 조심스럽게 살펴보았다. 커다란 금빛 포도송이를 두 손 위에 올려놓고 간절한 눈빛으로 만져 보기도 했다. 그러다 포도 한 알을 떼어서 두 손가락으로 꽉 눌렀다. 얼마나 힘을 줘야 단단한 껍질이 터지는지 가늠해 보려는 것 같았다.

「오늘 오전에 와인 원산지 연구소 소속 연구원들과 함께 우리 포도밭을 둘러보았어요. 멘시아 포도[10]는 수확하려면 아직 일주일 정도 기다려야 합니다. 그런데 이 종, 고데요 포도[11]는 이제 따도 돼요. 이번 주말에 수확 작업을 할 예정입니다. 그날 마누엘 씨도 우리와 같이 포도를 따면 참 좋겠네요. 다른 이들도 기뻐할 거예요.」

마누엘은 그가 건네준 포도를 받았다. 손가락 사이로 흐르는 미지근한 즙과 달리 시원하고 신선한 향기가 풍겼고, 포도 껍질에는 반들반들 윤기가 흘렀다.

「다른 이들이라뇨?」

「양조장에서 일하는 사람들 말입니다.」

「아, 네.」 그는 얼떨떨한 표정으로 대답했다. 「그럼 같이 하겠습니다.」 불현듯 수상한 느낌이 들었지만 일단 오겠다고 했다. 「그런데 내가 도움이 될지 모르겠네요. 한 번도 그런 일을 해본 적이 없어서 말이죠.」

그러자 다니엘이 껄껄 웃었다.

「도움이 되고말고요. 내 말을 믿으세요. 정말 큰 도움이 될 거예요.」

10 적포도 멘시아는 주로 스페인의 북서쪽에서 자라는 토착 품종이다. 이 품종은 한때 가볍고 묽은 와인용 포도로 사용되었지만, 1990년대에 들어 일부 와인 생산자가 높은 고도의 척박한 토양에서 적은 양의 멘시아 포도로 와인을 만들기 시작하면서 풍미가 더 강하고 복합적인 와인으로 재탄생했다.
11 고데요는 화이트 와인을 만드는 품종으로, 주로 갈리시아 지방에서 재배되고 있다.

다니엘은 여기저기서 포도를 맛보느라 뒤처졌다. 그사이 마누엘은 이곳에 처음 와본 것이 아니라는 듯 앞장서서 길을 인도하는 강아지를 따라갔다. 그는 손바닥으로 까칠까칠한 나뭇잎을 쓸면서 지나가다가, 몸을 숙여 축대에서 스며든 열로 따뜻해진 흙을 만져 보기도 했다. 숨 막힐 듯 건조한 열기가 난로처럼 땅에서 스멀스멀 올라왔다.

「저 개가 이곳을 잘 아는 것 같네요.」 마누엘이 말을 꺼냈다.

「알바로 씨가 녀석을 구해 낸 다음부터 틈날 때마다 포도밭에 데려오 곤 했으니까요.」

「수의사 말로는 길을 떠돌아다니던 개를 데려온 거라고 하던데요.」

「그런 이야기까지 했어요?」 그가 발뺌하듯이 대답했다. 그러더니 자 세한 설명을 피한 채 강을 가리키며 나직한 목소리로 덧붙였다. 「빨리 내려가야겠네요. 벌써 날이 저물고 있어요.」

그들은 올라온 길을 따라 산자락 앞에 세워 둔 배까지 걸어 내려갔다. 저 위 낭떠러지에서 생각했던 것보단 내려오기가 훨씬 수월했다. 산기 슭을 따뜻하게 데워 주던 해도 이미 강물 속으로 가라앉고 있었다. 배가 천천히 강기슭을 거슬러 올라가자, 온몸에 끈적끈적하게 밴 땀이 마르 면서 한기가 느껴졌다.

「파카 입으세요.」 어느새 파카를 챙겨 입은 다니엘이 그에게 귀띔해 주었다. 「아직 낮에는 무덥지만, 8월 말부터는 아침저녁으로 무척 쌀쌀 하답니다. 특히 강에 있으면 해가 지기 무섭게 더 춥게 느껴지죠.」

마누엘은 파카를 입고 목까지 지퍼를 올린 다음, 주머니에 손을 집어 넣었다. 다행히 몸에 딱 맞았다. 하지만 이내 징그러운 벌레라도 만진 것처럼 화들짝 놀라 입을 벌리며 손을 빼냈다. 굳이 눈으로 확인하지 않 아도 무엇인지 알 수 있었다. 우유처럼 보드랍고 매끈매끈한 꽃잎과 단 단하고 질긴 줄기. 그는 아무렇지도 않은 듯 태연하게 배를 조종하던 다 니엘을 바라보았다. 그러곤 당황한 표정을 들키지 않으려고 몸을 돌렸 다. 배가 목적지에 다다를 때까지 그는 일곱 개의 마을을 수몰시킨 채 고요히 흐르는 강물을 말없이 지켜보았다. 잠시 뒤 해가 지자 강물은 검게 변해 버렸다. 그는 저 강을 증오하려고, 강 위로 불길한 그림자가 드리워진 모습을 상상하려고 애를 써봤지만, 어둠에 잠긴 강은 전보다 더 아름답게만 보였다.

배가 벨레사르에 도착했을 땐 9월 오후의 햇빛이 빠르게 사그라진 뒤였다. 가을이 깊어지면서 해가 점점 짧아져 날이 금방 어두워졌다. 고즈넉한 분위기를 풍기던 오후의 도로도 금세 칠흑 같은 어둠에 잠기고 말았다. 잎이 무성한 밤나무만이 하늘에서 내려온 희미한 빛을 걸신들린 듯 집어삼키고 있었다. 마누엘은 배를 조종하면서 즐겁게 떠들어 대던 다니엘을 물끄러미 바라보았다. 지금으로서는 그를 의심할 이유가 전혀 없었다. 그가 말했듯이 장례식 날, 그리고 그 전날에도 길에서 우연히 마주치기는 했지만, 실제로 인사를 나눈 것은 그날 오후가 처음이었다. 그는 무슨 까닭으로 마누엘에게 빌려준 파카 주머니에 치자꽃을 한가득 채워 놓았을까? 그가 아니라면 대체 누가, 무슨 이유로 그랬단 말인가?

다니엘은 그가 차를 세워 둔 곳까지 데려다주었다. 그리고 그다음 날 데리러 올 시간을 정한 뒤 차에서 내려 주면서 작별 인사를 건넸다.

「장화하고 파카는 어쩌죠?」 마누엘이 파카를 벗으며 말했다.

「그냥 가지고 계세요. 어차피 내일 또 필요할 테니까요.」

「하지만 저기서 일할 때 필요하지 않겠어요?」 마누엘은 마구간을 가리키며 물었다.

그러자 다니엘의 얼굴에 어두운 그림자가 드리워졌다.

「아니에요. 사실 그건 알바로 씨 거예요. 그가 포도밭에 갈 때 늘 입던…….」 다니엘은 전혀 몰랐던 사실을 알게 된 사람처럼 한동안 말을 잇지 못했다. 「그리고 녀석은 길에서 데려온 게 아니에요.」

「잠깐만요. 그건 또 무슨 소리죠?」

「카페 말이에요. 녀석은 길거리를 떠돌던 개가 아닙니다. 물론 보통은 그렇게 알고 있어요. 아마 알바로 씨가 사람들한테 그렇게 이야기하고 다녔는지도 모릅니다. 우리는 양조장에 가다가 물은커녕 먹이도 없이 늘 밖에 묶여 있던 녀석을 봤죠. 그는 이따금씩 걸음을 멈추고 녀석에게 먹을 것과 마실 것을 주기도 했답니다. 그러다가 내게 저 개의 주인이 누구인지 알아보라고 하더군요. 수소문해 보니 아주 한심한 인간이었어요. 그날 오후, 돌아가는 길에 그 사람 집 앞에 차를 세우더군요. 그때 알바로 씨는 화가 머리끝까지 나 있었답니다. 표정으로만 봐서는 그놈을 만나자마자 면상을 후려갈길 줄 알았어요. 다행히 그러지는 않았지만요. 하여간 나는 좀 떨어진 곳에 있었는데, 알바로 씨가 그놈과 이야기를 나누면서 손으로 개를 가리키더군요. 그러더니 지갑을 꺼내 돈을 건네주더라고요. 얼마나 주었는지는 모르지만, 나중에 보니까 그놈이 문 앞에 서서 돈을 세고 있었습니다. 알바로 씨는 곧장 개를 풀어 준 다음, 안고서 차에 탔어요. 자세히 보니까 목줄이 묶여 있던 곳에 상처가 깊고, 심한 악취도 풍기더군요. 나는 아무 말도 할 수가 없었어요. 알바로 씨는 칭찬받아 마땅한 일을 한 거니까요. 하지만 저 녀석을 데려오려고 그렇게 많은 돈을 썼다는 것은 아무래도 납득할 수가 없었어요. 녀석의 상태로 봐서는 그날 밤을 넘기기 어려울 것 같았거든요. 그런데…….」다니엘은 몸을 돌려 그를 바라보았다. 「지금도 저렇게 건강하게 살아 있네요.」

길에 앉아 있던 카페는 고개를 숙인 채 곁눈질로 그들을 살폈다.

「하여간 고맙습니다.」 마누엘은 고개를 가볍게 끄덕이며 중얼거리듯 말했다.

다니엘도 슬픈 얼굴로 고개를 끄덕거렸다. 그러곤 말없이 시동을 걸더니 창밖으로 손을 흔들면서 어둠 속으로 사라졌다. 다니엘이 알바로를 높이 평가했다는 것만큼은 분명했다. 마누엘은 그가 얼마만큼 알바로를 흠모했을지 궁금했다. 주머니에 치자꽃을 한가득 채워 놓을 만큼? 하지만 그가 다니엘을 만난 건 그날 오후였다. 그렇다면 꽃은 그 이전에 집어넣었다는 이야기가 된다. 대체 어떻게 설명할 수 있을까?

「이 무슨 해괴한 일이람.」 그는 혼잣말로 중얼거렸다.

마누엘은 한동안 어둠 속에 서 있었다. 저택 주변을 둘러싼 가로등에서 노란 불빛이 희미하게 허공 속으로 퍼져 나갔지만, 길은 여전히 어둠에 잠겨 있었다. 그의 눈은 이미 누르스름한 어둠에 익숙했다. 그는 휴대 전화의 라이트를 켜고 화면을 확인했다. 노게이라로부터 전화가 다섯 통이나 와 있었다. 나중에 연락하겠지만 왠지 뒷맛이 씁쓸했다.

마누엘은 마구간 쪽으로 걸음을 옮겼지만, 카페가 따라오지 않았다. 그는 휴대 전화 라이트로 차 옆을 비추었다. 녀석은 그 자리에서 꼼짝도 하지 않았다.

「자, 가자니까!」 그가 재촉했다.

하지만 카페는 제자리에서 한 발도 움직이지 않았다.

마침내 녀석이 곁으로 다가오자, 마누엘은 라이트로 비추어 보았다. 곁눈질로 눈치를 살피는 녀석의 모습에 절로 웃음이 나왔다.

「이제 들어가야지.」 그가 타이르듯이 말했다. 「여기 이러고 있으면 안 돼. 자, 들어가자꾸나.」 그가 먼저 걸어가는 척해 봤지만 녀석은 꼼짝도 하지 않았다.

그는 하는 수 없이 다시 돌아와 몸을 숙이면서 손을 뻗었다. 오후에 녀석이 손바닥 아래로 슬금슬금 다가왔을 때처럼 말이다. 마누엘은 통로의 개집과 그 끝에 있던 카페의 집을 떠올리며 녀석을 쓰다듬어 주었다. 그리고 자리에서 일어나 차 문을 열었다.

카페가 차 안으로 폴짝 뛰어올랐다. 하지만 마지막 순간 뒷발에 힘을 주지 못해 미처 올라서지 못하고 좌석에 대롱대롱 매달렸다. 그가 살짝 밀어 주자, 강아지는 조수석에 떡하니 자리를 잡고 앉았다.

출발하기 전에 그는 마지막으로 저택을 힐끗 쳐다보았다. 그의 차가 정문으로 난 길을 따라가는 동안, 위층 발코니에는 검은 형체가 미동도 않고 서 있었다.

가여운 생각이 들어 무작정 데려오기는 했는데 저 강아지를 어떻게 해야 할지 난감하기만 했다. 운전하는 내내 그는 경솔하게 내린 결정이 그렇게 후회스러울 수가 없었다. 다행히 여관 주인은 그리 까다롭게 굴지 않았다. 방값을 두 배로 낸다면, 강아지를 방에 두어도 된다고 했다.

물론 안에서 용변을 보지 않고, 바닥에서 잔다는 조건이 따라붙었다. 마누엘은 지키지 못할 약속이라는 걸 알면서도 기계적으로 고개를 끄덕였다. 그러곤 복도에 우두커니 선 채 주인이 낡은 담요를 가져오기를 — 마누엘이 강아지에 대해 아무것도 모른다는 걸 눈치챈 주인이 먼저 갖다주겠다고 했다 — 기다리는 동안에도 계속 후회했다. 누가 녀석이 집 안에 똥오줌을 누지 않도록 훈련이라도 시켰을까? 하지만 이제 와서 다른 말을 할 수도 없었다. 잠시 뒤 주인은 담요와 물통으로 쓸 싸구려 그릇 그리고 그의 부인이 강아지 먹을 것과 함께 올려 보낸 스테이크 샌드위치를 가지고 왔다. 강아지의 먹이가 샌드위치만큼이나 먹음직해 보였다. 식사를 마친 그는 카페가 누울 자리를 만들어 주고 텔레비전 소리를 낮춘 다음, 노게이라에게 전화를 걸었다.

「빌어먹을! 오후 내내 연락이 안 돼서 얼마나 속을 끓였는지 압니까? 대체 어디 있었던 거요?」

마누엘은 감정을 억누르면서 입술을 꽉 깨물었다. 그러곤 대답에 앞서 머리를 흔들었다.

「좀 바빴어요.」

「바빴다……」 자신의 대답을 따라 하는 그 말투가 몹시 귀에 거슬렸다. 「혹시 아스 그릴레이라스에 갔던 겁니까?」

「네. 그 전에 루카스, 아니 루카스 신부를 만났고요.」 마누엘이 말했다. 「어제 중위님과 이야기를 나누면서 몇 가지 의문점이 생겨서요.」

「그럴 줄 알았어요.」 노게이라가 으스대며 말했다. 「이제는 내가 이래라저래라 하지 않아도 알아서 움직이니 축하할 만한 일이네요. 두 분이 무슨 말을 나누었는지는 모르지만, 마누엘 씨가 다녀간 뒤 신부가 나한테 말해 줄 게 있다면서 연락을 했습니다. 프란이 죽은 날 밤에 무슨 일이 있었는지, 그리고 다른 이들이 그를 어떻게 대했는지 자세하게 설명해 주더군요. 물론 고해 성사 때 했던 말은 빼고요.」

마누엘은 그 말을 듣고 깜짝 놀랐다. 신부가 그날 밤 교회 안으로 들어간 사람에 대해, 그리고 그의 정체에 대해 노게이라에게 이야기를 했을지도 모른다는 생각이 들었다.

「듣고 보니 우리가 알던 것과 별반 차이가 없더군요. 그래도 한 가지 확실해진 것은 루카스 신부의 관점에서 사건을 재구성해 보더라도 프란이 자살할 이유가 없다는 점입니다. 그렇다고 사고로 인한 사망 사건이라고 보기도 어렵겠지만요. 루카스 신부는 프란이 고통에서 벗어나려고 마약에 손을 댔을 리는 없다고 확신하더군요. 하여간 프란이 절대 자살하지 않았다는 것이 그의 판단입니다. 현재로서는 나도 같은 생각인데……. 더군다나 신부가 교회를 나온 뒤에 누군가가 안으로 들어간 것이 사실이라면 우리의 판단이 정확하다고 봐야죠.」

마누엘은 노게이라의 말을 들으면서 숨을 참았다. 동시에 그동안 좀 더 신중하게 생각하고 행동하지 못한 것에 대해 심한 자책감이 들었다. 가장 의심이 가는 사람이 알바로라면 그가 혐의를 받는 것은 당연한 일이었다. 그런데 왜 이런 사실을 완강하게 부인하려고 했던 걸까? 그날 밤 프란에게 일어난 일에 알바로가 어떤 식으로든 연루되었다는 점을 인정할 수도 있지 않았을까? 더 이상 생각하고 싶지 않았다. 그렇지만 지금 알바로를 의심한다고 해서 그를 비난할 사람이 누가 있겠는가? 사실 알바로는 그동안 다른 사람들의 눈에 띄지 않도록 마누엘을 꼭꼭 숨기고 살았다. 그가 수치스러운 비밀이라도 되는 것처럼 말이다. 체면이 그토록 중요했던 걸까? 그의 아버지가 그랬듯이 가문의 명예를 지키는 일이 알바로에게는 더없이 중요했던 걸까?

〈그게 아니라는 건 잘 알고 있잖아.〉 내면의 목소리가 조용히 그를 타일렀다.

〈나는 그이를 잘 알아요. 이 세상에 나보다 더 그이를 잘 아는 사람은 없다고요.〉 그리고 엘리사의 말이 그의 귓전에 맴돌았다.

〈입 좀 닥치고 있지 못해!〉 그가 내면의 소리에게 고함을 질렀다.

「루카스 신부는 그게 누구였는지 정확히 못 봤다고 하더군요. 하지만 그 정도만으로도 상황은 크게 달라집니다. 누군지는 모르지만 그 사람이 프란을 마지막으로 본 셈이니까요. 그런데 루카스 신부가 사건과 아무 관련이 없다고 해도 왜 프란이 변사체로 발견된 시점에 그 말을 하지 않았나 하는 점은 여전히 의문으로 남아요. 말하자면 그렇다는 겁니다.」 노게이라는 한숨을 내쉬었다. 「그건 그렇고 아스 그릴레이라스에 가서 얻어 낸 게 있나요?」

마누엘은 안도의 한숨을 내쉬면서도, 죄책감으로 가슴 한편이 아렸다.

「산티아고가 나를 보더니 상당히 불쾌해하더군요. 게다가 돈 문제까지 꺼냈으니 더할 나위 없었겠죠. 얼마나 화를 내던지, 나보고 당신이 관여할 문제가 아니라고 내뱉으려다 말더군요.」

노게이라는 재미있다는 듯 코웃음을 쳤다.

마누엘은 그가 흐뭇하게 웃고 있다는 걸 알았다. 그가 가장 즐거워하는 게 바로 그런 일이었으니까 말이다. 그는 무엇보다 무니스 데 다빌라 가문의 명예에 먹칠을 하는 사건이 일어날 때면 가장 기뻐했다. 신기하게도 남의 불행을 보고 그렇게 좋아하는 모습이 그리 나쁘게만 보이지는 않았다. 마누엘은 그 이유가 궁금했다.

「어쨌든 돈을 달라고 했다는 사실은 인정한 셈이죠. 아, 이건 그리냔도 시인했습니다. 산티아고에 따르면, 1년 전부터 마구간 증축 공사를 하면서 말을 몇 마리 더 사들이기로 했답니다. 그 과정에서 누군가가 급하게 내놓은 말을 사려고 급전이 필요했다는 거죠.」

「말 한 마리 사는 데 30만 유로나 든다고요?」

「잉글랜드산 경주마니까요. 1년 전에도 산티아고는 엄청난 가격으로 말 한 마리를 샀다고 하더군요.」

「빌어먹을!」

「그런데 그 말은 완전히 실패작이었대요. 발에 문제가 있어서 경주에 나갈 수가 없었답니다. 하여간 산티아고가 끝까지 우겨서 샀기 때문에 무를 수도 없었다고 해요. 그 많은 돈을 날려 버린 셈이죠. 알바로는 그후로 전문가와 상의 없이는 단 한 마리의 말도 사지 말라고 산티아고한테 엄명을 내렸답니다. 이에 대해서는 수의사와 그리냔의 주장이 일치하고 있어요. 따라서 산티아고가 직접 가서 그 가격으로 말을 사려고 했다는 주장은 완전히 설득력을 잃게 되는 셈이죠. 수의사와 그리냔에 따르면, 전문가의 조언이나 동의 없이 말을 사려고 하면 알바로가 승인하지 않으리라는 걸 산티아고도 잘 알고 있었다는 겁니다.」

「그러니까 동생이라는 자가 뻔뻔스럽게 거짓말을 하고 있다는 거군요.」

「글쎄요. 산티아고가 그렇게 경솔한 것 같진 않아요. 오히려 자신의 이익을 챙기려고 용의주도하게 일을 꾸미는 편이라고 봐야죠. 알바로가 자기에게 돈을 주지 않으려 했던 이유를 스스로 밝힌 것만 봐도 그가 어떤 사람인지 알 수 있어요.」

「그런데 말이에요. 전문가의 동의 없이는 돈을 얻어 낼 방법이 없다는 걸 본인도 아는데 무엇 하러 돈을 달라고 했던 걸까요? 그래 봐야 형은 거들떠보지도 않을 텐데 말입니다. 그리고 그 말대로라면 안 된다는 말 한마디 하려고 알바로가 이 먼 곳까지 왔다는 건데, 도무지 앞뒤가 맞지 않아요.」

「내 생각도 그래요.」

「또 있어요?」

「네. 산티아고는 자기 부인이 일하는 걸 그다지 달가워하지 않는다고 하더군요.」

「달가워하지 않는다니! 이런 젠장! 다른 일도 아니고 꽃을 기른다는데, 그마저 싫다니! 우리 마누라처럼 병원에서 환자들 똥구멍이나 닦아 주는 일이면 어쩌려고…….」

노게이라가 가족과 관련된 말을 한 건 이번이 처음이었다. 〈말 잘했어요. 아내가 병원에서 남의 똥구멍이나 닦아 주는 게 그렇게 딱한 사람이 오입질을 하러 다녀요? 그러면서 나쁜 짓인 줄은 아는지 그 짓거리를 하는 동안 결혼반지는 빼더군요.〉 마누엘은 그렇게 쏘아붙이고 싶었지만 꾹 참고 그의 말을 머릿속에 새겨 두었다.

「카타리나의 조수도 산티아고가 아내를 대하는 태도가 마음에 안 드는 눈치였어요. 오늘 그 부부가 사람들 앞에서 눈살 찌푸려지는 장면을 보여 주었거든요. 그 친구는 감정을 억누르질 못하는 것 같더군요.」

「그럼 두 사람이 그렇고 그런 사이란 말입니까?」

모든 일을 단순하게만 생각하는 노게이라의 태도에 절로 한숨이 나왔다.

「그건 잘 모르겠지만, 조수가 카타리나를 특별하게 여기고 있는 건 분명해요. 그런데 문제는 다른 데에 있어요.」 마누엘은 온실에서 카타리나에 대해 말하던 비센테의 모습을 떠올리며 말했다. 「노게이라 씨. 내가 말하려고 하는 건 오늘은 만나기가…….」

「네, 그래요. 내가 여러 번 전화한 것도 바로 그 때문입니다. 오늘은 만나기가 어려울 것 같아요.」

그 말을 듣자 마누엘은 어린아이처럼 실망감을 감추지 못했다. 그는 노게이라가 만나자고 하면 단호하게 거부할 생각이었다. 오늘만큼은 따라다니지 않겠다고 단호하게 잘라 말하려고 그사이 머릿속으로 연습까지 해둔 터였다. 그렇게 말했을 때, 버럭 화를 내는 노게이라의 모습을 떠올려 보기도 했다.

「혹시 기억해요? 내가 아는 사람한테 부탁해서 사령부 보관소에 있던 알바로의 차를 이곳까지 몰고 와달라고 했잖아요. 차는 오펠리아와 함께 조사를 했어요. 지금은 알바로의 통화 기록을 살펴보고 있습니다.」

「전화 요금 청구서에서 이미 필요한 정보를 얻어 낸 줄 알았는데요.」

잠시 침묵을 지키던 노게이라가 큰 비밀이라도 알려 주듯이 소리를 죽인 채 말을 꺼냈다.

「알다시피 요즘은 누구나 휴대 전화 한 대쯤은 들고 다니죠. 그런데 전화의 다양한 기능에 대해서 제대로 아는 사람은 그리 많지 않을 겁니다. 알바로의 전화는 최신 모델이었어요. 요즘 나온 기기들이 다 그렇듯이 알바로한테 전화를 건 사람들과 그의 전화를 받은 사람들의 번호는 물론, 통화 시간까지 모두 휴대 전화로 확인할 수 있어요. 그리고 위치 추적 앱을 통해서 통화가 이루어진 순간의 정확한 위치도 알아낼 수 있습니다. 좀 더 복잡한 문제이기는 하지만, 알바로에게 전화를 건 사람들과 그로부터 전화를 받은 사람들의 신원을 일일이 확인하고 있습니다.」

「새로 밝혀진 게 있나요?」

「통화 기록 분석 작업은 이제 막 시작해서 아직 뭐라고 말할 단계는 아니에요. 하지만 자동차는 이미 조사를 마쳤습니다. 오늘 마누엘 씨와 급하게 통화를 하려고 했던 것도 이 문제 때문이에요.」

마누엘은 가만히 그의 말이 이어지기를 기다렸다.

「오펠리아 말로는 사고 당일 시신을 조사하려고 차 안에 들어갔을 때만 해도 분명 내비게이션이 있었답니다. 그런데 온데간데없이 사라져 버렸더군요.」

「맞아요. 알바로는 차에 내비게이션을 놓고 다녔어요. 톰톰이라는 제품이었죠. 몇 년째 그것만 사용했거든요. 차를 새로 샀을 때 내장형을 선택할 수도 있었지만, 계속 그걸 쓰겠다고 고집부리더군요. 자기가 자주 다니는 경로가 모두 저장되어 있는 데다 1백 퍼센트 믿을 만하다면서요.」

「그렇군요.」 노게이라는 떨떠름하게 혀를 찼다. 「아는지 모르겠지만, 내장형 내비게이션에는 경로와 주소가 모두 기록됩니다. 실수로 지워지거나 초기화되더라도 메모리에서 복원할 수 있고요.」

「그게 무슨 말이죠?」

「자신의 행적을 노출하지 않으려는 사람들이 거치형 내비게이션을 택하는 경우가 있다는 겁니다. 간편하게 들고 다닐 수도 있고, 또 상황이 급박한 경우에는 차에서 뜯어내지 않고도 부숴 버리면 그만이니까요.」

「다른 가능성도 있어요.」

이번에는 노게이라가 가만히 그의 말이 계속되기를 기다렸다.

「누군가가 가져갔을 수도 있다는 거죠. 교통사고가 났는데 차에 혼자 타고 있던 사람이 사망했다고 칩시다. 그럼 거기 거치형 내비게이션이 있었는지 누가 알겠어요. 도로 달라고 할 사람도 없을 테고……」

283

그의 말이 채 끝나기도 전에 노게이라가 갑자기 언성을 높이며 말했다.

「말도 안 되는 소리 말아요. 과르디아 시빌이 처리하는 사고만도 매년 수천 건이 넘습니다. 하지만 우리는 한 치의 부끄러움도 없이 정직하게 일한다고 자부해요. 목숨을 걸고 일한다고요. 사람들을 돕다가 정말 목숨을 잃기도 하니까요. 무엇보다 우리 과르디아 시빌의 고결하고 정직한 정신만큼은 내가 보장합니다. 과르디아 시빌에 도둑놈은 없어요.」

「내 말은 그럴 수도 있다는 것뿐이에요.」 마누엘도 물러서지 않았다.

「그런 일은 절대 일어날 수 없어요. 만에 하나 그랬다면, 다른 상자에 넣어 두었다가 깜박한 거라고요. 내가 알아볼 테니까 더 이상 그런 생각은 하지 말아요. 지금 우리한테 필요한 건 알바로가 어디에 있었는지, 또 어디로 가던 길이었는지 알아내는 겁니다. 내비게이션에 그런 정보가 담겨 있을지도 몰라요.」

「내일 다시 전화드릴게요.」 마누엘이 한발 물러서며 말했다.

「그럼 오후에 여관 앞으로 가겠습니다. 자정쯤 될 거예요. 클럽에 가서 그 여자와 이야기를 나누어 봐야 할 것 같아요. 내일 저녁에 일하러 나오니까 그때 가면 만날 수 있을 겁니다.」

마누엘은 하마터면 발끈해서 소리를 지를 뻔했다. 전날 밤, 그는 이제 다시는 그런 곳에 가지 않으리라 다짐했다. 그렇지만 이번만큼은 그를 따라가야 했다. 단지 노게이라의 기분을 맞춰 주기 위한 건 아니었다. 내키지는 않지만, 진실을 밝혀내고야 말겠다는 노게이라의 의지가 자기보다 월등히 강했던 것이다. 그 점만큼은 인정할 수밖에 없었다. 루카스 앞에서는 사건을 철저히 파헤치겠다며 의지를 불태웠지만, 불과 몇 시간도 지나지 않아 노게이라에게 사실대로 털어놓고 싶지 않았다. 그를 따라가기로 마음먹은 것도 바로 그 때문이었다. 그는 작별 인사를 건네고 전화를 끊었다. 당장은 그 모든 것으로부터 벗어날 필요가 있었고, 실제로 그렇게 했다.

그는 적어도 네 시간 동안 한 번도 쉬지 않고 글을 썼다. 그사이 강아지는 그의 발치에 엎드린 채 꼼짝도 하지 않았다. 그 모습을 보면서 순간적인 충동을 이기지 못하고 녀석을 데려온 것이 그다지 그릇된 선택만은 아니었다는 생각이 들었다.

거부당한 모든 것에 관해서

마누엘은 온몸이 마비된 듯 그 자리에 꼼짝 않고 서 있었다. 그 순간 어떤 느낌이 들었는지, 혹은 무엇을 하려고 했는지는 더 이상 중요치 않았다. 무시무시하면서도 불가해한 어떤 힘이 그를 현실로 내던져 버린 이상, 자신에게 어떤 상황이 닥치든 별반 차이가 없었다. 그는 막막한 현실 앞에서 할 일은커녕 아무런 열의도 갖지 못한 채 무기력에 빠져 허우적거렸다. 그저 세상이 흘러가는 대로 따라가기만 했다.

2시가 되어 가자 녀석도 졸음을 참기가 어려운지 연신 하품을 해댔다. 그는 펜을 놓고 파카를 입었다. 자기 전에 카페가 용변을 볼 수 있도록 데리고 나갈 생각이었다. 다시 방에 돌아오자마자 그는 파카 주머니에 있던 것을 모두 테이블 서랍으로 옮겨 놓았다. 그러곤 한동안 치자꽃을 멍하니 바라보았다. 그렇게 보고 있으면 꽃에서 무슨 의미라도 알아낼 수 있을 것처럼 말이다. 그는 꽃에서 시선을 떼지 않은 채 철거덕 소리가 날 때까지 천천히 서랍을 닫았다. 그 순간 종일 몸에 지니고 다닌 사진이 떠올랐다. 사진을 꺼내려고 하자 구부러진 귀퉁이가 갈고리처럼 재킷의 부드러운 안감에 걸렸다. 사진 속 아이의 자신감 넘치는 눈빛이 시선을 끌었다. 그는 꼬마들의 천진난만한 표정과 손짓, 그리고 산티아고를 외면한 채 알바로를 향해 숨김없이 우의를 드러내는 루카스와 질투심에 사로잡힌 채 형의 팔을 꼭 붙잡고 있는 산티아고, 또 동화 속의 왕자님처럼 맑은 눈동자에 자존심이 강하고 도도해 보이는 알바로의 모습을 하나씩 뜯어보았다.

마누엘은 사진을 집어넣으려고 서랍을 열었다가, 꽃을 보고 흠칫 놀랐다. 그는 결국 사진을 주머니 속에 도로 집어넣었다. 그러곤 텔레비전만 소리 없이 켜둔 채 불을 다 끄고 침대 안으로 들어갔다. 혹시 텔레비전 불빛이 녀석이 자는 데 방해가 되지 않을까 신경이 쓰였지만, 곧 터무니없는 생각을 한 자신이 한심하게 느껴졌다. 담요 위에 엎드린 카페는 앞발에 머리를 고인 채 그를 살펴보고 있었다. 마누엘도 녀석을 측은한 눈빛으로 바라보았다. 마음은 아팠지만, 과연 데려온 것이 잘한 일인지 판단이 서질 않았다. 어쨌든 촉촉이 젖은 눈동자를 보자 마음이 더욱 심란해졌다. 살아 있는 동물이 바로 앞에서 네가 누구인지 다 안다는 눈빛으로 빤히 쳐다보자 불안한 마음을 감출 수 없었다. 그는 살면서 단한 번도 반려동물을 키워 본 적이 없었다. 어린 시절, 강아지를 키워 보고 싶을 때가 있었지만 언감생심 꿈도 꾸지 못했다. 좀 더 크고 나서는 자기만을 의지하고 사는 동물을 감당할 자신이 없었다. 물론 그는 동물을 아끼고 사랑했다. 하지만 바이올린이나 보테로[12]의 조각을 좋아하는 정도지, 꼭 기르고 싶은 마음이 들지는 않았다. 그는 텔레비전을 힐끔 쳐다보고는 잠깐이라도 켜두기로 했다. 그러곤 눈을 감자마자 뭔가가 침대 위로 뛰어올랐다. 화들짝 놀라 일어나 보니 카페였다. 녀석이 침대 발치에 네발로 서서 그를 뚫어지게 쳐다보고 있었다. 마누엘과 개는 그렇게 몇 초 동안 꼼짝하지 않은 채 요구를 받아들이고 대답을 기다리면서 서로를 응시했다.

「다른 손님들처럼 숙박료만 낸다면, 침대에서 자도 될 텐데.」

녀석은 아랑곳하지 않고 침대에 자리를 잡은 뒤 몸을 웅크렸다. 마누엘은 미소를 지으며 다시 자리에 누웠다. 잠시 뒤 텔레비전을 껐다.

갈리시아에 온 이후로 밤에 아이의 울음소리가 들리지 않은 건 그날이 처음이었다.

---

12 Fernando Botero(1932~). 콜롬비아 출신의 화가이자 조각가로, 부풀려진 소재를 이용하여 사회 비평적인 패러디와 풍자 작품을 선보인다.

사람의 노동에 관해서

〈에로이카〉 건물은 산기슭에 위태롭게 서 있었다. 입구는 잘 가꾸어져 있었지만, 도로에서 보면 의욕이 넘치는 건축가가 만든 기발한 마을 같은 느낌을 주었다. 사람 만나기를 그다지 좋아하지 않는 작가가 겨울철 글을 쓰기에 적당한 곳이었다.

경사진 땅을 이용해 만든 네 개의 층계나 그 옆 경사로를 따라 올라가면 건물에 이르게 되었다. 건물 입구에는 커다란 산업용 저울이 하나 놓여 있었는데, 포도의 무게를 재는 용도인 듯했다. 다른 시골 저택들과 마찬가지로 포도를 실은 생산자들의 짐수레나 짐마차가 드나들 수 있도록 문이 양쪽으로 열리게 되어 있었다. 문 바로 옆에는 쇠창살이 달린 커다란 유리창이 있어서, 이 건물이 현대 전원주택의 양식에 따라 지어졌다는 것을 알 수 있었다. 벽에 고정된 철제 등과 오래된 항아리로 만든 화분이 문 앞을 지켰다. 현관 위 대들보에는 작은 제라늄꽃이 가득한 밤나무 바구니가 매달려 있었다. 그 아래로 지나가면 머리에 닿을 정도로 낮게 내려온 꽃바구니에서 사과 향기가 코로 스며들었다.

스무 명, 아니 그보다 더 될지도 모르는 사람들이 층계와 현관 여기저기에 흩어져 있었다. 자동차 소리가 들리자 그들은 깜짝 놀란 듯 일제히 그쪽으로 몸을 돌렸다.

「안녕하세요.」 다니엘은 차에서 내리면서 그들에게 인사를 건넸다.

사람들도 그에게 인사를 했지만, 눈으로는 마누엘을 쳐다보고 있었다. 그 순간 카페가 그들을 향해 달렸고, 그들은 녀석을 맞으려고 몸을 숙였다.

「와! 이게 누구야? 카페잖아! 네가 여기 웬일이야?」 직원 한 사람이
나서며 농담을 했다.

「보다시피 오늘은 마누엘 씨가 우리와 함께 포도밭에 계실 거라네.」
다니엘이 마누엘을 향해 고개를 돌리며 말했다. 그러곤 그들을 휙 둘러
보면서 덧붙였다. 「저들이 차례로 인사를 드릴 겁니다. 사람이 워낙 많
지만 온종일 같이 있을 테니까 천천히 인사를 나누셔도 될 거예요.」

그러자 사람들은 손을 들거나 고개를 숙이며 그에게 인사를 건넸다.
마누엘도 똑같이 답례했다.

「우선 마누엘 씨에게 양조장을 보여 드릴 테니까, 오늘도 활기차게 일
을 시작하자고.」 그가 분위기를 돋우며 말했다. 「나중에 우리 주인께서
자네들이 일하는 모습을 보시게끔 강가의 포도밭 쪽으로 내려갈 테니
까 그렇게 알고 있으라고.」

마누엘은 〈우리 주인〉이라는 말에 당황한 나머지, 무슨 말이든 하려
고 몸을 돌렸다. 하지만 사람들은 이미 삼삼오오 짝을 지어 양조장 옆문
을 향해 가고 있었다.

「어느 양조장이든 사람들이 한데 어울려 일할 때 가장 활기찬 모습을
볼 수 있죠. 제가 보여 드리겠습니다. 물론 마누엘 씨가 직접 그 활기를
느낄 수도 있을 거예요. 특히 오늘 오후에 저들이 포도밭에서 일을 마치
고 돌아올 때와 내일 농부들이 수확한 포도를 팔려고 여기로 가지고 올
때, 가장 생생하게 느낄 수 있을 겁니다.」 다니엘이 문을 열며 말했다.

그가 차례로 문을 열자 마침내 마누엘의 눈앞에 놀라우리만큼 커다
란 방이 나타났다. 바닥에서 천장까지 온통 타일로 되어 있는 데다 페인
트칠이라도 하려는 것처럼 그 위에 두꺼운 투명 비닐이 덮여 있었다. 방
은 보기보다 더 컸다.

「밖에서 볼 땐 이렇게 넓은 줄 몰랐어요.」 마누엘이 놀란 얼굴로 그를
쳐다보며 말했다.

마누엘은 천천히 안으로 걸어갔다. 이름 모를 기계들이 투명한 공간

속을 둥둥 떠다니는 듯한 느낌이 들었다. 그래서인지 뒤쪽 창문을 통해서 들어오는 햇빛이 한층 더 밝게 느껴졌다.

「이 건물 1층이 원래 양조장 터였습니다. 현재 양조장 건물은 뒤로 이어진 계단식 지형을 이용해 지은 거죠. 그러니까 일부는 기존 건물 위에 올리고, 나머지 부분은 커다란 기둥을 이용해 절벽 쪽으로 세운 겁니다. 그 기둥은 언덕에 깊게 박혀 있으면서 동시에 밖으로 드러난 건물의 토대 역할을 하는 셈이죠.」

마누엘은 산의 경사면이 한눈에 보이는 창문으로 다가갔다. 여러 비탈길이 한데로 모여들고 있었다. 산비탈의 끝자락으로 내려올수록 대칭을 이루며 갈라지던 수백 개의 계단식 포도밭은 강물에 닿을 정도로 가지를 길게 늘어뜨린 밤나무들이 당당한 모습으로 줄지어 서 있는 계곡에 이르자 자취를 감추었다. 산 중턱에는 구름 한 자락이 걸려 있어 신비로운 느낌을 자아냈다. 옅은 구름 사이로 어슴푸레하게 보이던 포도밭이 강에서 올라오는 물안개에 흠뻑 젖은 채 아침 햇살을 받아 반짝거리기 시작했다.

다니엘이 옆문을 열자, 마누엘의 눈앞으로 놀랍기 그지없는 방의 풍경이 펼쳐졌다. 바깥쪽을 향하는 벽은 모두 유리였고, 안쪽 벽과 바닥은 나무로 장식되어 있었다. 천장에는 가로로 길게 이어진 짙은 빛깔의 대들보가 드러나 있었다. 방은 절벽 위에 매달린 발코니 쪽으로 이어지며, 마치 공중에 떠 있는 듯한 느낌을 주었다. 발코니에서 뿌연 아침 햇살을 받으며 비탈길을 내려가는 사람들이 보였다. 아직 이른 시간이라서 그런지 모두 외투를 입고 있었다. 그들은 안개 속으로 잠시 사라졌다가 몇 미터 아래에서 다시 모습을 드러냈다. 거무스레하고 널찍한 1층 계단을 따라 올라가면 식당이 나타났다. 식당은 철제 난간으로 둘러싸인 넓은 공간으로 이어졌다. 쇠창살이 달린 유리창 옆 구석에 진열대가 있고, 그 안에 상표가 붙은 와인이 전시되어 있었다. 금전 등록기가 한구석에 조용히 자리 잡고 있는 걸 보면, 그곳에서 와인을 판매하는 모양이었다.

마누엘은 조심스럽게 와인 한 병을 집어 들었다. 〈에로이카.〉 알바로가 양조장과 와인에 붙인 이름이 빛나고 있었다. 순백색의 바탕에 은빛으로 새겨진 글자가 돋보였는데, 은을 녹여 쓴 것처럼 자신감 넘치고 당당한 필체였다. 특히 H 자[1]는 끓는 은을 쏟아붓기라도 한 것처럼 도드라져 보였다. 은이 다 떨어질 때까지 대담하게 이어 쓴 듯 끝 글자의 마지막 획이 길게 뻗어 있었다. 그것이 알바로의 서체임을 알아차린 마누엘은 심장이 멎는 듯했다. 그는 병을 제자리에 갖다 놓기 전에 글자를 손으로 부드럽게 어루만졌다.

「다른 생산자들이 수확한 포도를 가져올 거라고 했죠? 그럼 협동조합 체제로 운영되는 겁니까?」

「알바로 씨가 사업을 떠맡았을 때만 해도 우리 밭에서 나는 포도로 충분했죠. 얼마 지나지 않아 그것만으로는 도저히 수요를 충당할 수가 없게 되었어요. 그래서 최고가 입찰자에게 포도를 파는 수백의 중소 재배 농가로부터 일정 분량을 사들이고 있습니다. 보시다시피 여기서는 와인이 이런 방식으로 생산되죠. 누구든 산비탈에 땅을 가지고 있으면, 그걸 가족들한테 조금씩 나누어 주는 식이에요. 포도 재배가 가능한 최소한의 땅이 남을 때까지 말입니다. 그래서 이곳 사람들은 아무리 작은 땅이라고 해도 쉽게 팔려고 하지 않아요.」 다니엘은 갑자기 말을 멈추었다. 뭔가 더 말하고 싶어 하는 눈치였지만, 끝내 입을 열지 않았다.

두 사람은 건물을 나와 조금 전 사람들이 지나간 비탈길을 따라 내려갔다. 곧 공터가 나왔다. 그곳은 트럭 한 대가 충분히 드나들 수 있을 만큼 넓었고, 위에서는 보이지 않던 시멘트 포장도로로 이어졌다. 그 길을 따라가자, 위쪽 건물이 거꾸로 된 층계처럼 얹혀 있는 창고가 나타났다. 그들은 벽면 전체를 차지할 정도로 커다란 문 앞에 섰다.

「여기 포도주 탱크가 있어요. 우리가 대부분의 시간을 보내는 곳이 바로 여깁니다. 물론 지금은 다들 강가에 가 있지만 말이에요. 자, 들어가서 인사나 나누도록 하죠.」 다니엘이 말했다.

1 스페인어로 *Heroica*이다.

다니엘은 반쯤 열려 있던 문짝을 밀고 들어갔다. 안에서는 네 명의 남자들이 고압 세척기처럼 생긴 기계의 주둥이를 강철로 된 포도주 탱크 속에 집어넣으려 애쓰고 있었다.

안은 굉장히 추웠다. 남자들도 남경목면[2]으로 만든 파란색 작업복 위에 두꺼운 누비 조끼를 껴입고 있었다. 마누엘은 어릴 때 이후로 그런 작업복을 처음 보았다. 그들이 내쉬는 입김이 기계가 용처럼 내뿜는 수증기와 뒤섞인 채 희뿌연 나선을 이루면서 올라갔다. 실내 온도가 바깥보다 훨씬 낮은 모양이었다.

마누엘과 다니엘이 들어서자, 그들은 시끄러운 기계를 껐다. 그리고 탱크 아래에 달린 둥그런 유리문으로 다섯 번째 남자가 모습을 드러냈다. 마누엘은 그가 천천히 허리를 펴면서 힐끔힐끔 자신의 눈치를 살피고 있다는 것을 알아차렸다. 혹시 마누엘이 자기에게 적대적인 감정을 품고 있진 않은지 알아내려는 눈치였다. 두 사람은 가볍게 인사를 나누었다. 그들의 목소리가 희미한 메아리처럼 창고 안에 울려 퍼졌다.

「새 포도주를 담으려고 탱크 안을 세척하는 중이에요. 안에 들어가서 구석구석 청소하는 것이 가장 확실한 방법이죠.」 다니엘이 설명했다. 「저 중에 마리오가 가장 날씬해서 안에 들어간 겁니다.」 다니엘은 유리문 안에서 몸을 잔뜩 웅크린 채 겸연쩍은 듯 어깨를 으쓱하며 인사를 건네는 남자를 가리켰다.

「바쁜데 괜히 방해한 것 같네요.」 마누엘은 제자리에 선 채 꼼짝도 않고 있는 남자들을 향해 용서를 구한 뒤 손을 들어 작별 인사를 건넸다.

그들은 첫 번째 포도밭에서 몸을 잔뜩 구부린 채 수확한 포도를 파란색 플라스틱 통 속에 담아 두던 인부들을 지나쳤다. 계단식 밭 앞쪽마다 파란 통이 겹겹이 쌓여 있었다.

다니엘은 비탈길을 따라 강가로 내려가던 예닐곱 명의 남자들을 불

2 중국의 난징(南京) 지방에서 산출되는 면직물로, 굵은 무명실로 씨와 날을 한 올씩 엇바꾸어 짠 무명이다.

렀다. 그러곤 아무도 없는 계단식 밭으로 마누엘을 데리고 가 몸을 숙이더니 흠나지 않게 포도를 따는 방법을 보여 주었다. 그는 왼손으로 포도송이를 떨어지지 않을 만큼 단단히 — 갓난아이를 손으로 들어 올리는 것 같았다 — 그렇지만 알맹이가 터지지 않도록 조심해서 잡은 다음, 오른손에 든 낫으로 꼭지를 단번에 잘랐다. 포도송이는 잠든 아이처럼 얌전하게 그의 손바닥 위에 놓였다.

「막상 해보면 아주 재미있을 거예요.」 다니엘이 말했다. 「무척 원시적이면서 정감이 가는 작업이니까 말입니다. 인간은 포도를 재배하기 전부터 이미 자연이 준 선물을 거두어들이고 있었죠. 고기를 먹기 전에 열매를 먹었으니까요.」

마누엘은 장갑도 끼지 않은 채 몸을 숙여 손에 딱 맞는 낫을 쥐었다. 과거의 기억을 그대로 간직하고 있는 듯 능숙한 자세였지만, 흉기를 들고 있다는 생각이 들자 조심스러워졌다. 그는 다니엘이 한 것처럼 신선하고 부드러운 포도송이를 골라 손으로 잡은 다음, 낫으로 꼭지를 단번에 잘랐다. 완벽하게 해내는가 싶었는데, 아차 하는 사이에 포도 몇 알이 손가락 사이에서 으깨지고 말았다. 포도송이를 두 손으로 받치고 있지 않은 탓이었다. 그렇지만 다니엘은 잘했다며 엄지손가락을 세워 보였다.

「걱정하지 마세요. 손에 힘을 적당히 줘야 포도가 으깨지지 않는데, 그게 생각처럼 쉽지 않아요. 그것 말고는 처음 해본 솜씨가 아닌 것 같은데요.」

마누엘은 미소를 지으며 허리를 폈다.

「조금 지나면 그런 말이 안 나올걸요?」

다니엘은 한동안 말없이 그를 따라다녔다. 그러다가 마누엘이 낫으로 손가락을 자르지 않을 거라는 확신이 들자, 그를 혼자 내버려 두었다. 마누엘은 일을 하다 갑자기 감시당하는 느낌이 들어 주변을 둘러보다가 일꾼들과 시선이 마주쳤다. 그들은 악의나 책망이 아니라 단지 호기심 때문에, 그리고 나중에 알게 된 사실이지만 일말의 기대를 품고 그를 힐끔힐끔 쳐다보곤 했다.

마누엘은 다른 이들로부터 멀찍이 떨어진 채, 조용히 혼자서 일했다. 따뜻한 햇볕을 받아서인지 포도에서 향긋한 냄새가 물씬 풍겼다. 그는 오래된 포도밭에서 나는 나무 향기 그리고 계단식 밭 언저리에서 자라는 향긋한 풀 냄새와 땅바닥의 화강암 냄새를 전부 구별할 수 있었다. 어디선가 귤 냄새처럼 신선하고 상큼한 향기도 났다. 그는 그 향기가 어디서 나는지 찾기 위해 고개를 두리번거리다가 북쪽 끄트머리 땅에서 레몬 나무와 오렌지 나무를 발견했다. 그런 험준한 곳에서 나무가 자란다는 게 그저 놀라울 따름이었다. 카페는 일꾼들한테 일일이 인사를 하려는 것처럼 계단식 밭을 이리저리 뛰어다니며 자유를 만끽했다. 그러곤 얼마 되지 않아 마누엘이 옆에 벗어 놓은 외투 위에 털썩 주저앉더니 따스한 햇볕을 받으며 꾸벅꾸벅 졸기 시작했다. 해가 높이 솟아오르면서 축대의 돌이 따뜻해지고, 새벽안개가 완전히 걷히면서 푸른 하늘이 선명히 드러났다. 그는 여전히 자신에게 향하는 눈길을 느끼면서, 잠든 강아지를 부드럽게 쓰다듬어 주었다. 이어서 고개를 숙인 채 녀석에게 윙크를 하고, 다시 일하기 위해 밭으로 돌아갔다.

「아, 후작 나리가 오셨군요!」

그는 깜짝 놀라며 위쪽으로 고개를 돌렸다. 어떤 농부가 와인용 가죽 부대를 들고 서 있었다. 그는 마누엘에게 보여 주려고 술 부대를 높이 치켜들었다.

「와인 좀 드실래요?」

마누엘은 웃으면서 제안을 받아들인 뒤 그가 내민 가죽 부대를 받기 위해 밭 가장자리로 다가갔다.

「나는 후작이 아니에요.」 그는 와인 부대를 받아 들며 말했다. 자기도 모르게 웃음이 나왔다.

그 남자는 어찌 된 영문인지 모르겠다는 듯 어깨를 으쓱했다.

와인은 예상한 것보다 더 맛이 좋았다. 향이 강한 편이었는데, 가죽 부대에 담아서 그런 모양이었다. 무엇보다 맛이 깔끔했다. 여름의 성성한 활기가 선사한 딱 적당한 정도의 신맛이 입안에 오래도록 감돌았다.

「쭉 들이켜세요. 어서요.」 남자가 더 마시라고 권유했다.

마누엘은 한 모금 더 마신 다음, 그에게 부대를 돌려주었다.

「이제 잠시 일손을 놓고 점심을 먹을 겁니다.」 아부[3]라고 불리던 그 남자가 구수한 냄새를 풍기는 검은 빵에 거친 치즈 조각을 얹은 점심을 나눠 주고 있던 일꾼들을 가리키며 말했다. 그는 유일하게 마누엘에게 말을 건 일꾼이었다.

점심을 먹으면서 마누엘은 신기하게 생긴 배 한 척이 유유히 지나가는 모습을 지켜보았다. 그러자 다니엘은 무슨 생각을 하는지 다 안다는 눈빛으로 그를 바라보았다.

「아부. 어제 고데요 품종 포도밭에 있는데, 따님들이 배를 타고 가더군요. 그런데 통으로 계속 물을 퍼내니까 마누엘 씨가 걱정이 이만저만이 아니었다고요. 저러다 배가 가라앉는 것 아니냐면서 말이죠.」 다니엘이 재미있다는 듯 웃으면서 말했다.

마누엘은 자기 이야기가 나오자 깜짝 놀라 고개를 들었다.

「뭔 소리를. 그 배는 절대 가라앉지 않는다고요!」 아부는 우스워 죽겠다는 듯 다른 일꾼들을 둘러보며 소리쳤다. 「만약 타이태닉호에 저런 배가 있었더라면, 계속 떠 있기라도 했을 거예요.」

그 말을 듣고는 모두가 일제히 웃어 댔다. 마누엘도 강 위로 메아리치던 그녀들의 목소리, 아무 근심 걱정 없이 해맑기만 하던 웃음소리, 그리고 두 팔을 흔들어 대며 인사하던 모습을 떠올리고는 조용히 미소 지었다.

「당신의 따님들이었군요.」

「전에도 내 딸이었고, 지금도 그래요.」 남자는 시골 사람답게 능청을 떨며 말했다. 「지금쯤 이 근처의 우리 밭에서 포도를 따고 있을 거예요.」

「그럼 포도밭을 가지고 있다는 말이에요?」 마누엘은 그들과 나눌 이

---

3 〈할배〉라는 뜻이다.

야기가 생겨서 다행이라는 듯 웃으며 물었다. 그는 시골 사람들이 가까우면서도 쉽게 다가설 수 없는 존재로 느껴졌다.

「리베이라 사크라에 사는 이들은 모두 아주 작더라도 자기 땅을 가지고 있어요. 그래 봐야 〈에로이카〉 땅에 비하면 진짜 아무것도 아니에요. 손바닥만 한 땅뙈기에 불과하니까요. 더구나 얼마나 경사져 있는데요. 그렇지만 원산지 표시 제도가 실시되고 나서부터 우리 딸애들도 밥벌이는 하고 있어요. 다른 이들처럼 고향을 떠날 필요는 없어진 셈이죠.」

「그래요? 그것참 잘됐군요.」 마누엘은 진심으로 축하해 주었다. 「하여간 따님들에게 안부나 전해 주세요. 그리고 배가 가라앉지 않아 다행이라는 말도요.」

아부는 쓸데없는 소리라는 듯 고개를 설레설레 흔들며 점심을 먹었다.

한낮이 되자 햇볕에 달구어진 땅 위로 축축한 아지랑이가 피어오르기 시작했다. 강을 타고 시원한 강바람이 불어오면서 검게 그을린 일꾼들의 살갗 위로 흐르는 땀을 식혀 주었다. 밭 끄트머리에 놓아둔 통도 어느덧 다 채워졌다. 수확을 마친 일꾼들은 일렬로 쭉 늘어서더니 포도로 가득 찬 통을 강가 옹벽까지 내려보내기 시작했다. 강가에서 기다리던 뱃사람이 이상하게 생긴 배 위로 통을 하나씩 쌓아 올렸다. 얼마나 높이 쌓던지, 나중에는 통에 가려 사람이 보이지 않을 지경이었다.

「〈에로이카〉는 저 높은 곳에서 수확한 포도를 나르기 위해 금속 가이드 레일을 설치한 몇 안 되는 양조장 중 하나예요. 리베이라 사크라에 이런 현대식 장비가 도입된 것은 아마 2천 년 만에 처음일 겁니다.」 다니엘이 설명했다. 「하지만 이처럼 경사가 심한 계단식 포도밭에서는 그런 신식 장비도 그다지 쓸모가 없어요. 그보다는 수확한 포도를 배에 실어 벨레사르 선착장까지 간 다음, 거기서 도로를 따라 양조장으로 옮기는 것이 훨씬 더 실용적입니다.」

오후 5시경 작업이 다 끝나자 다니엘은 모두에게 한턱내겠다고 약속했다. 일꾼들은 비탈길을 따라 올라가기 시작했다.

마누엘은 천천히 기지개를 켜곤 계단식 밭 옆에서 자기를 느긋하게 기다리고 있던 카페에게 손짓했다. 밭에 통을 쌓아 놓아서 지나갈 수가 없었다. 녀석은 몸을 쭉 펴고 부르르 떨면서 일어났다. 마누엘은 녀석을 안고 아부를 따라 올라가기 시작했다. 아부는 그보다 스무 살은 많아 보였다. 하지만 어찌나 빠른지, 숨이 턱까지 차오르고 다리가 후들거려 뒤따라 걷기도 힘들었다. 꼭대기에 이른 마누엘은 카페를 바닥에 내려놓고 몸을 숙인 채 숨을 골랐다. 녀석은 배은망덕하게도 저만큼 달아나더니, 안 보는 척 곁눈질로 그의 눈치를 살폈다.

「주말에는 젊은 애들이 일하러 와요. 매일 헬스클럽에 나가 시간이나 때우는 녀석들이죠.」 아부가 말했다. 「그 애들이 도착하면 일이 생각보다 훨씬 힘들다고 미리 주의를 준답니다. 그러면 녀석들은 나를 비웃으면서 큰소리를 쳐대요. 〈아저씨. 우린 젊으니까 걱정 붙들어 매라고요. 설마 이 허우대를 가지고 이런 일도 못 할까 봐서요.〉 그런데 딱 토요일 하루 일하고 나더니, 일요일 아침에는 일어나지도 못하더라고요.」

「정말 그럴 것 같아요.」 마누엘은 여전히 숨을 헐떡거렸다.

「그래도 마누엘 씨는 양호한 편이에요.」 아부가 그를 치켜세운 뒤 곧장 카페를 쫓아갔다. 그는 다시 홀로 남게 되었다.

한 테이블에 서른 명가량이 앉아 왁자지껄하게 떠드는 걸 보니 잔치라도 벌어진 듯했다. 테이블 위에는 구운 감자와 채소 샐러드가 차려져 있었고, 잠시 뒤 포도나무 잔가지를 땔감 삼아 석쇠에 구운 추라스코[4] 요리가 쟁반 한가득 담겨 나왔다. 이어서 모두 잔에 와인을 한가득 따르고는 서로 술잔을 부딪치며 다음 해의 풍작을 기원하는 축배를 들었다. 바로 옆에 앉은 다니엘이 그에게 잔을 건네면서 와인의 색깔을 한번 살펴보라고 했다.

「호벤 와인은 보통 보랏빛을 띠지만, 오크 통에서 숙성시킨 크리안사는 짙은 갈색으로 변하게 되죠.[5] 어제 강가에서 보여 드린 멘시아 포도

4 고기와 채소, 과일을 꼬챙이에 꽂아 석쇠에 구운 요리.
5 스페인 와인은 보통 네 가지로 나뉜다. 갓 빚은 포도주를 숙성시키지 않고 1년 내

296

기억나세요? 지금처럼 날씨가 좋으면 그 포도도 일주일 안에 수확할 수 있습니다.」

마누엘은 온기가 느껴지던 포도송이를 떠올렸다. 유리처럼 투명한 과육에 두꺼운 껍질. 어떤 곳에서 본 포도송이들은 유난히 검은빛을 띠고 있어서 서리가 덮인 듯 차가운 느낌을 주었다. 그는 맑게 빛나는 와인을 가볍게 흔들었다. 그러곤 보랏빛과 검붉은 빛 사이의 가는 고리가 와인 표면과 잔 둘레로 어떻게 나타나는지 조심스럽게 관찰했다.

그들은 지나치게 예의를 차리지는 않았지만, 그렇다고 눈에 거슬릴 만큼 상스럽게 먹지도 않았다. 식사가 끝나자 디저트 대신에 향기로운 카페 데 포타가 철제 포트에 담겨 나왔다. 마누엘은 평소와 달리 커피에 아무것도 넣지 않고 마셨다.

몇몇 사람이 다리를 펴기 위해 자리에서 일어나자, 아침에 양조장에서 봤던 사람들이 다가와 빈자리에 앉기 시작했다. 다니엘이 현장 주임이라고 소개했던 남자가 천천히 그에게 다가오면서 다니엘을 힐끔 쳐다보았다. 아마 인사를 나눠도 좋은지 허락을 구하는 듯했다.

「보세요, 후작님.」

그는 어정쩡하게 한 손을 들어 마누엘을 불렀다.

「마누엘이라고 불러 주세요.」

남자는 또다시 어쩔 줄 몰라 전전긍긍했다.

「알겠습니다, 마누엘 씨. 양조장이 어떻게 돌아가는지에 대해서는 다니엘 씨가 이미 말씀드렸을 거고요. 상세한 내용은 그리냔 씨로부터 들어서 알고 계실 거예요.」

마누엘은 의자에 앉은 채 거북하게 몸을 움직이는 그의 모습을 보면서 애처로운 느낌이 들었다. 그는 무슨 말을 해야 할지 머리를 짜내느라 안절부절못하는 기색이 역력했다. 다른 이들이 다른 곳을 바라보면서

로 출시하는 와인은 〈비노 호벤〉, 양조장에서 최소 2년간 숙성시킨 와인은 〈크리안사〉, 양조장에서 최소 3년 동안 숙성시킨 와인은 〈레세르바〉, 그리고 오크 통에서 2년, 병에서 3년, 도합 5년 이상의 숙성 기간을 거친 최상급 와인은 〈그란 레세르바〉라고 한다.

도 그의 말 한 마디 한 마디에 신경을 곤두세우고 있는 걸 보면 중요한 인물인 것은 분명했다.

「우리가 어떻게 일하는지 이미 보셨겠지만······.」 그가 계속 말했다. 「여기선 보잘것없는 포도나무 한 그루 그리고 손바닥만 한 땅이라도 더 없이 소중하답니다.」

마누엘은 심각한 표정으로 고개를 끄덕였다. 표정이나 손짓으로 봤을 때 남자는 자신의 소신을 당당하게 밝히고 있었다.

「보시다시피 지금은 계절이 계절이니만큼 출하량이 최고치에 이르렀습니다만, 겨울이 되면 사정은 달라집니다. 그래서 우리는 몇 달 전부터 인근의 포도밭을 사는 방안을 면밀하게 검토해 왔습니다. 그 밭의 소유주는 평생 포도 농사만 짓던 남자였는데, 몇 달 전에 세상을 뜨고 말았죠. 그런데 상속받은 조카딸은 그 땅을 팔 생각만 하고 있어요. 지금으로서는 그 포도밭과 주택 그리고 양조장 주차장 바로 옆에 있는 땅을 하나로 합치는 것이 가장 좋은 방법입니다. 그 땅은 1헥타르가 좀 안 되는데, 지금까지 한 번도 농사를 지어 본 적이 없어요.」

남자는 테이블 위에 있던 코르크 마개를 집더니, 무심결에 스탬프 찍듯이 꾹꾹 누르기 시작했다. 갑자기 이상한 행동을 하는 걸 보면 껄끄러운 이야기를 하려는 모양이었다.

「사고가 났던 그날이었죠. 알바로 씨가 오전에 여기 들러 포도밭을 사기로 했다고 하더군요. 그런데 그 조카딸은 금시초문이라고 펄펄 뛰는 거예요. 우리는 그녀가 그리냔 씨와 미처 이야기를 나누지 못한 걸로만 여겼죠. 아, 그 오래된 포도밭을 사들임으로써 얻는 이익에 관해서는 저보다 다니엘 씨가 말씀드리는 게 더 좋을 것 같네요. 어쨌든 포도밭을 넓히려면 사들인 땅에 계단식 밭을 만들어야 하는데, 이게 은근히 손이 많이 가는 일이에요. 땅을 고르고 포도나무를 심으려면 양조장 직원을 전부 동원한다 해도 겨우내 일을 해야 할 겁니다. 물론 농부가 살던 집은 창고로 개조할 수도 있는데, 그러려면 2층을 모조리 철거해야 할 거예요. 그러니까 단도직입적으로 말씀드리자면 우리는 마누엘 씨가 그

계획을 계속 추진하실 건지, 아니면 중단하실지 알고 싶습니다.」

어렵게 말을 마친 남자는 굳게 입을 다물었다. 모두의 시선이 마누엘에게 모이는 동안 그는 가만히 숨을 죽이고 있었다.

「네.」 마누엘이 입을 열었다. 「나는 그런 일이 있었는지 전혀 몰랐습니다. 그리냔 씨한테도 들은 바가 없었고요.」

「어쨌든 끝까지 밀고 나가실 생각이세요?」 마리오라는 남자가 대뜸 물었다. 몸이 호리호리해서 포도주 탱크 안으로 들어가 청소를 하던 그 남자였다.

마누엘은 적에게 포위되기라도 한 것처럼 당황스러웠다. 그들은 간절한 눈빛과 기도하듯이 모은 두 손 그리고 엉거주춤하게 앞으로 숙인 자세로 그에게 대답을, 그것도 확실한 대답을 요구했다.

「땅 주인이 다른 양조장에서 그 밭에 눈독을 들이고 있다고 슬쩍 흘리던데, 다른 건 몰라도 다른 양조장에 밀릴 수는 없죠. 특히 이 협곡만큼은 절대 양보할 수 없습니다.」

다행스럽게도 다니엘이 대신 대답을 해주었다.

「이 협곡은 포도를 재배하기에 최적의 조건을 갖추고 있습니다. 이미 말씀드렸듯이 기후와 관련된 조건이 그렇죠. 그뿐만 아니라 이곳은 해발 250미터에 위치하고 있는 데다, 리베이라 사크라의 다른 지역과 마찬가지로 토양에 화강암과 편암 성분은 많은 반면 점판암이 섞여 있지 않아요. 포도를 재배하기에 더할 나위 없이 좋은 땅이죠. 일전에 나는 알바로 씨와 함께 땅 주인을 만나러 가기도 했어요. 이런저런 이유로 계약이 반드시 성사될 걸로 봤습니다.」

「언제쯤 그리냔 씨와 이야기할 수 있을지 잘 모르겠네요.」 마누엘이 꽁무니를 빼듯 말했다.

그 순간 예상 밖의 일이 일어났다. 마누엘이 말을 마치자마자 다들 기대하던 답변을 듣기라도 한 것처럼 반색을 했다. 현장 주임은 손을 내밀어 악수를 청하더니, 그를 바라보며 감사의 뜻을 전했다. 나머지 직원들도 하나둘 자리에서 일어나며 그에게 고맙다는 인사를 했다.

그러자 다니엘이 그의 말을 가로막고 나섰다.

「대체 무슨 일이 있었기에 알바로 씨가 포도밭 문제를 마무리 짓지 못하고 우왕좌왕했는지 곰곰이 생각해 봤어요. 그사이에 무언가 이상한 일이 일어난 겁니다.」 그는 생각에 잠긴 표정으로 말했다. 「땅 주인과 이야기를 나누는데, 알바로 씨가 전화 올 데가 있는지 자꾸 휴대 전화를 만지작거리는 거예요. 아닌 게 아니라, 그녀와 이야기를 마치고 밖으로 나오는데 전화가 걸려 왔어요. 알바로 씨는 내 옆에 있다가 통화를 하려고 다른 데로 가더군요.」

「그때가 몇 시쯤이었죠?」

「그 여자를 만난 게 오후 4시쯤이었는데, 오래 있지 않았어요. 20분도 채 되지 않았을 거예요.」 그는 어깨를 으쓱했다. 「그런데 알바로 씨가 심각한 얼굴로 듣고 있더니 갑자기 〈날 협박하지 마〉라고 하더군요.」

후작

　사람들이 저마다 자기 차로 돌아가자, 다니엘은 그를 차로 데려다주겠다고 했다. 마누엘은 그 말이 그렇게 고마울 수가 없었다. 그들은 닛산에 올라탔다. 마누엘은 차가 양조장을 벗어날 때까지 침착한 태도를 잃지 않으려고 안간힘을 써야 했다. 양조장이 멀어지자 그는 오만상을 찌푸렸다.

　「휴. 온몸이 쑤시고 아프네요.」

　그러자 다니엘이 너털웃음을 터뜨리며 글러브 박스[1]를 열었다.

　「이부프로펜[2] 좀 드세요. 생수는 그쪽 문짝에 있을 겁니다.」

　마누엘은 그가 시키는 대로 알약을 꺼내 물과 함께 삼켰다.

　「두 알을 드시면 좋을 거예요. 나머지는 가져가세요. 내일 오전에 또 필요할지 모르니까요. 아부 말마따나 이 일이 보기보다 많이 고되답니다.」

　「보기에도 어지간히 힘들어 보여요.」 마누엘이 생각에 잠긴 표정으로 말했다. 「궁금해서 그러는데, 다니엘 씨도 내가 없을 때 나를 후작이라고 부릅니까?」

　「너무 부담스러워하지 마세요.」 그가 웃으며 말했다. 「생각하시는 것과는 완전히 다르니까요. 이곳 사람들은 벌써 수백 년째 대대로 후작 가문을 위해서 일해 왔답니다. 그렇다고 해서 그들이 노예처럼 사는 건 아

---

　1 조수석 앞쪽 대시 보드 하단에 있는 수납공간.
　2 류머티즘 등의 치료에 쓰이는 비스테로이드성 소염 진통제.

301

니니까 오해하진 마세요. 오히려 후작을 통해 안전을 보장받고 있는 셈이니까요. 노 후작, 그러니까 알바로 씨의 부친은 와인 산업에 별 관심이 없었죠. 1996년에 원산지 표시 상표권을 획득했을 때도 대수롭지 않게 여겼어요. 우리 양조장이 버틸 수 있었던 건 당시 와인 업체들이 대부분 그런 식으로 운영되었기 때문입니다. 큰 수익은 올리지 못했지만, 그렇다고 비용이 많이 들어가지도 않았으니까요. 비용이라고 해봐야 몇 되지도 않는 일꾼들에게 주던 노임뿐이었죠. 장원은 그 정도 수입으로도 그런대로 잘 굴러갔어요. 그런데 알바로 씨가 사업을 물려받고 나서부터 모든 게 바뀌었답니다. 어떻게 말씀드려야 할지 모르겠지만, 이곳 사람들이 2천 년 가까이 이렇게 살아온 것은 순수한 자부심과 대지에 대한 사랑을 면면히 지니고 있었기 때문이에요. 만약 어떤 이가 그 일을 존중해 주고 현재 모습에 자부심을 느끼도록 해준다면, 그는 여기서 아주 중요한 인물이 될 겁니다.」

마누엘은 아무 말 없이 듣고만 있었다.

「어제 포도밭에 갔을 때 그랬죠? 한 번도 이런 일을 해본 적이 없어서 도움이 될지 모르겠다고요. 내가 분명히 큰 도움이 될 거라고 말씀드렸잖아요. 오늘 내 말이 옳았다는 게 증명됐군요. 오늘 여기서 저들과 자리를 함께하신 것만 해도 엄청난 일이에요. 사실 알바로 씨가 세상을 떠난 뒤로 이곳도 분위기가 어수선하답니다. 노 후작과 마찬가지로 새로 후작이 되신 분도 와인에는 전혀 관심이 없어서 말이죠. 물론 양조장은 그대로 둘 겁니다. 여기서는 포도밭 정도는 가지고 있어야 귀족 행세를 할 수 있으니까요. 더구나 자체적으로 생산하는 와인이 있다는 것만으로도 가문의 명예를 크게 빛내 주거든요. 하지만 그뿐만이 아닙니다. 알바로 씨는 이 양조장을 일으켜 세웠을 뿐만 아니라, 자주 이곳을 찾았죠. 오늘 마누엘 씨가 한 것처럼 포도밭에 와서 저들과 함께 일하고 이야기도 나누었답니다. 그러다 보니 저들도 신이 나서 일을 하게 되고, 양조장 사업이 계속되리라는 확신을 갖게 된 거죠. 알바로 씨가 시작한 사업뿐만 아니라, 자신들의 생활도 나날이 발전을 거듭하리라는 믿음

302

을 가지게 된 거예요.」

마누엘은 말없이 자신의 손을 물끄러미 내려다보면서, 다니엘의 말을 곰곰이 되새겨 보았다. 손은 여전히 쑤시고 아팠지만, 이제는 그 느낌이 그리 불쾌하게 여겨지지 않았다. 그의 말에 전적으로 수긍이 갔다. 그 말마따나 포도 수확은 원시적이면서도 문명화된 요소를 내포하고 있어서, 자신의 본모습을 받아들이고 화해할 수 있게 해주었다. 무엇보다 일을 하는 동안 알바로와, 그가 알던 알바로와 화해하고 다시 가까워진 느낌을 받았다. 카페와의 첫 만남에서 시작되어 〈에로이카〉를 보면서 계속되던 느낌이었다. 은밀하게 드러나던 자부심, 가파르고 척박한 땅을 이겨 내기 위한 고된 노동, 와인의 이름, 상표에 남긴 자신감 넘치고 당당한 필체에 이르기까지 모든 것이 모두가 존경하고 사랑할 수밖에 없던 남자, 알바로의 진면목이었다.

그렇지만 그들에게 섣불리 희망을 줄 수는 없었다. 따가운 햇살이 내리쬐는 강가에서 달랑 하루 일했다고 해서, 자신이 농사일에 어울리지도 않을뿐더러 여기에 계속 머물 수도 없다는 사실마저 잊을 수는 없었다.

「괜히 와서 오해나 불러일으킨 건 아닌지 모르겠어요.」 마누엘은 한숨을 쉬었다. 「어떻게 말해야 좋을지 모르겠지만, 이 모든 게 나한테는 너무 생소해요. 불과 일주일 전만 해도 이런 세계가 있는지 상상조차 못 했으니까요. 언제가 될지는 몰라도 나는 조만간 집으로 돌아가야 합니다.」

말을 마치자마자 현실의 끄트머리부터 게걸스럽게 먹어 치우면서 거실로 밀려들던 불길한 빛과 텅 빈 침실, 서랍장 위에 있던 둘만의 사진, 교수형을 당한 이처럼 늘어진 채 옷장 속에 걸려 있던 알바로의 옷, 마지막 문장이 끝나기를 어쩌면 영원히 기다리며 컴퓨터 화면 속에서 깜박거리던 커서가 눈앞에 어른거렸다. 집으로 돌아가고 싶지도, 그렇다고 거기에 계속 머물고 싶지도 않았다. 이제 돌아갈 집조차 없었다. 마누엘은 상념을 떨쳐 버리려는 듯 머리를 세차게 흔들었다. 그 후로 한마

디도 하지 않았기 때문에 다니엘은 이를 자기 말에 대한 대답으로 여겼
을지도 모른다.

마누엘은 카페를 침대 위에 올려 준 다음, 그 옆에 벌러덩 누웠다. 그
러곤 눕자마자 곯아떨어졌지만, 귀를 찢는 듯 날카로운 소리가 연이어
방 안에 울려 퍼지는 바람에 잠에서 깨고 말았다.

여관에 도착할 무렵, 바깥 공기를 가득 메우고 있던 노란 불빛도 다
꺼진 채 창가에 있는 가로등 불빛만이 방 안을 희미하게 비추었다. 자리
에서 일어난 그는 알람을 끄기 위해 나이트 테이블 위를 더듬으며 휴대
전화를 찾았다. 하지만 소리는 그치지 않았다. 마누엘은 그제야 낡아 빠
진 테이블 위에 있던 오래된 전화기에서 나는 소리라는 걸 알아차렸다.
그는 비틀비틀 전화기가 있는 곳으로 걸어가면서도 비몽사몽간이라 지
금이 몇 시인지, 무슨 요일인지조차 기억하지 못했다. 그가 전화를 들어
귀에 갖다 댔다.

「오르티고사 씨, 손님이 오셨네요. 지금 바에서 기다리고 있어요.」

그는 전화를 끊고 책상머리의 작은 스탠드를 켰다. 이미 자정이 넘
은 것을 알고는 아연실색했다. 곧장 녹내가 나는 물로 세수를 했다. 스
무 시간, 아니 20분을 자고 일어났더니 더 빽빽하고 무거운 공기를 가
진 행성에 와 있기라도 한 것처럼 얼떨떨하고 무엇인가에 홀린 기분이
었다. 그 순간 온몸이 욱신거리고 쑤시면서 비로소 제정신이 돌아왔다.
다리는 타들어 가는 느낌이었고, 허리가 끊어질 듯 아팠다. 그는 세면대
가장자리에 있던 허연 빛깔의 줄무늬 컵이 왠지 마음에 걸려서, 두 손을
모아 받은 물로 이부프로펜 두 알을 삼켰다.

카페가 문 옆에서 기다리고 있었다. 마누엘은 나가려다 말고 모든 것
을 쉽사리 체념해 버리는 — 아예 무시해 버린다고 하는 게 정확할 듯하
다 — 녀석의 태도를 호기심 어린 눈빛으로 살펴보았다.

「어련하겠어? 자, 가자.」 그가 불을 끄며 녀석에게 말했다.

1층으로 내려가자 창밖에서 노게이라가 담배를 피우고 있었다. 한 모금 피울 때마다 부족한 생명의 힘을 얻어 내려는 듯 힘껏 담배를 빨아들이는 모습이 전과 다름없었다. 그는 줄담배를 피우느라 여관에서 준 기름진 요깃거리도 채 먹지 못한 것 같았다.

「몰골이 말이 아니군요! 왜 그래요? 무슨 일이 있었어요?」 노게이라는 그를 보자마자 다짜고짜 물었다.

「리베이라 사크라에서 포도 수확하는 걸 거들었어요.」

노게이라는 아무 말도 하지 않았지만, 콧수염 아래로 입꼬리가 좀 올라갔다. 그러곤 다소 의외라는 표정으로 고개를 끄덕였다. 혹시 이해한다는 뜻이었을까?

그는 담배를 재떨이에 내던지며 말했다.

「갑시다.」 그러더니 텅 빈 주차장 쪽으로 성큼성큼 걸어가기 시작했다.

「통화 위치 추적 건은 어떻게 됐죠? 뭐 특별한 거 없어요?」

「그 이야기는 나중에 하고…….」 노게이라는 대답을 피했다. 「일단 거기로 갑시다. 늦게 가면 바빠서 그녀와 이야기하기가 어려울 테니까 말이오.」

노게이라는 그제야 뒤따라오던 카페를 봤다.

「아니, 저건 또 뭡니까?」

「〈저건〉 내 강아지예요. 카페라고 하는데, 늘 나랑 붙어 다니죠.」 마누엘은 일부러 아무 일도 아니라는 듯이 대답했다.

「내 차에 태우면 안 돼요.」 노게이라가 단호하게 말했다.

마누엘은 걸음을 멈추고 그를 찬찬히 살펴보았다.

「내 차로 가려고 했어요. 노게이라 씨가 거기 좀 더 있다 올 수도 있을 것 같아서요. 원하시다면…….」

그 말을 듣자 노게이라는 팔을 내려 결혼반지 낀 손을 뒤로 숨겼다.

「말씀드렸다시피, 이따 통화 위치 추적 건에 관해서 이야기를 나누어야 해요.」

「알겠습니다. 그럼 내 차로 가시죠.」마누엘은 리모컨으로 차 문을 연 뒤, 카페를 태우기 위해 뒷문을 열었다.

노게이라는 주차장 한복판에 선 채 잠시 머뭇거렸다.

「혹시 대신 운전 좀 해줄 수 있나요? 힘이 너무 없어서 운전할 엄두가 나지 않아서요.」몇 걸음 걷지도 않았는데 다리가 천근만근 무겁게 느껴지자 마누엘은 하는 수 없이 그에게 부탁했다.

그러자 노게이라의 얼굴에 희색이 돌았다. 그는 운전석 쪽으로 성큼성큼 걸어갔다.

「열쇠는요?」

「열쇠는 없어도 돼요. 자동 시동 장치가 설치되어 있으니까요.」마누엘이 버튼을 가리키며 말했다. 그가 버튼을 누르자 곧바로 시동이 걸렸다.

노게이라는 룸미러가 저절로 펴지고, 어둠을 감지하면서 전조등이 켜지고, 자동으로 밝기가 조절되는 모습을 말없이 지켜보았다. 그는 한마디도 하지 않았지만, 마누엘은 그가 내심 감탄을 금치 못하고 있다는 걸 알아차렸다. 평소에도 자기 차에 엄청난 애착을 보이던 노게이라였기에 최신 모델을 보면 어린아이처럼 좋아할 것이 뻔했다. 그때 노게이라가 룸미러를 보며 고개를 설레설레 저었다.

「이놈은 어디서 난 거예요?」그는 카페를 가리키며 물었다.

마누엘은 자초지종을 듣고 나면 그가 어떤 반응을 보일지 상상하면서 조용히 미소 지었다.

「아스 그릴레이라스에서 데려왔어요. 알바로가 길에 버려진 개를 집으로 데려왔답니다.」마누엘은 미리 준비한 대로 첫 번째 이야기를 하기로 했다. 물론 누군가로부터 구해 왔다는 것이 더 인간적으로 느껴질 수도 있겠지만, 왠지 노게이라에게 속마음을 내보이는 것 같아 찝찝했다. 그는 그런 행동을 비웃고도 남을 위인이었다.

마누엘은 그의 표정을 살폈다. 노게이라는 다소 놀란 듯 눈썹을 치켜세우며 룸미러를 힐끗 보았다. 물론 어둠 속에서 무언가를 본 건지도 몰랐다.

「그럼 아스 그릴레이라스에 있던 개란 말입니까?」

「네. 1년 전쯤에 양조장으로 이어진 도로에서 발견했는데, 상태가 아주 좋지 않았다고 해요. 곧장 장원으로 데려와서 수의사에게 맡겼답니다. 그런데 보아하니 산티아고가 저 녀석을 꼴도 보기 싫어하더군요.」

「이번만큼은 젊은 후작을 편들 수밖에 없군요. 이 세상에 저렇게 못생긴 개새끼도 없을 테니까 말이에요.」

「노게이라 씨!」 마누엘이 고함을 질렀다.

노게이라는 수염 아래에 감추어진 입꼬리를 올리며 미소를 지었다. 얼마나 천진난만하게 웃던지, 눈 깜짝할 사이에 20년은 젊어 보였다.

「이봐요, 작가 양반. 눈에 뭐가 씌어도 유분수지, 저놈만큼 못생긴 개가 있을 것 같아요?」

마누엘은 뒤를 돌아보았다. 카페는 두 사람의 대화를 알아듣기라도 한 양 뒷자리에 꼿꼿한 자세로 앉아 있었다. 뻣뻣한 털은 정전기가 일어 곤두섰고, 귀는 축 늘어졌으며, 송곳니는 여전히 밖으로 드러나 있었다. 다시 고개를 돌린 마누엘은 피식 웃으며 그의 말을 인정한다는 듯이 가볍게 고개를 숙였다.

그날따라 푸티클룹의 주차장은 네온사인이 뿜어내는 장밋빛과 파란빛으로 온통 물들어 있었다. 노게이라는 주차장을 한 바퀴 돌아 입구에서 가장 멀리 떨어진 곳에 차를 세웠다. 차가 멈춰 선 뒤 그는 핸들을 쓰다듬듯이 손으로 부드럽게 쓸어내렸다.

「아주 훌륭한 차군요. 대단해요. 이 정도 차라면 돈 꽤나 썼겠는데요.」

「작년에 책이 많이 팔린 덕분이죠.」 마누엘이 노게이라로부터 비웃음을 살 각오로 겸연쩍게 웃으며 말했다. 하지만 노게이라는 비웃지 않았다.

「그만한 값어치가 있는 차예요.」 그는 손으로 계기판을 쓰다듬으며 말했다.

노게이라가 기분이 좋아진 틈을 타, 마누엘은 용기를 내어 말했다.

「노게이라 씨. 어떻게 말해야 좋을지 모르겠지만, 저기 들어가기가 너무 싫어요.」

「그럼 차 안에서 기다릴래요?」 노게이라는 그의 말뜻을 알겠다는 듯 시원스레 대답했다.

「그래도 된다면야……..」

아무 대답도 하지 않은 채 차에서 내린 노게이라는 푸티클럽의 입구 쪽으로 걸어갔다. 마누엘은 차 안에서 그가 걸음을 옮길 때마다 깜박거리는 네온사인 빛을 받아 인조 가죽 재킷의 색깔이 바뀌는 모습을 지켜보았다. 어느 틈에 카페가 운전석을 차지하고 앉아 있었다. 마누엘은 라디오를 켜고 음악이 나오는 방송을 찾았다. 그렇게 기다릴 준비를 하고 있을 때, 다음 날 일어나면 온몸이 쑤시고 아플 거라고 친절하게 알려 주던 다니엘의 말이 떠올랐다.

눈을 감고 생각에 잠겨 있던 마누엘은 누군가 유리창을 두드리는 소리에 화들짝 놀랐다. 밖을 내다보았지만 명멸하는 네온사인 때문에 누군지 보이지 않았다. 젊은 여자의 얼굴이 유리창에 어른거렸다. 니냐라는 이름을 가진 창녀였다. 그가 문을 열려고 하자, 그녀는 오히려 몸으로 막았다. 다만 창문을 내리라는 손짓을 했다.

「안녕하세요.」 그녀가 먼저 인사를 건넸다. 겉보기와는 달리 목소리가 그다지 좋지 않았다. 마치 실성증[3]에 걸리기라도 한 것처럼 깊게 잠긴 목소리였다.

그는 어안이 벙벙해서 그녀를 쳐다보았다. 이번에도 그녀가 먼저 말을 꺼냈다.

「내가 누군지 알아요?」 그녀는 쭈그리고 앉다시피 하면서 유리창에 얼굴을 바싹 갖다 댔다.

「네, 알아요.」

「말하고 싶은 게 있는데, 차 안에 들어갈 수는 없어요.」

---

3 성대에 이상이 생겨서 소리를 내지 못하는 병.

그녀는 속옷 위에 얇은 실크 가운 하나만 걸치고 있었다.

「어서 타요. 추운데 어쩌려고 그래요?」

「안 돼요. 만일 문을 열면, 마무트가 불빛을 보고 이리로 올 거라고요. 규정상 손님과 직접 접촉하지 못하게 되어 있어요. 혹시라도 우리가 자기들 몰래 무슨 거래라도 할까 봐 주차장 근처에는 얼씬도 못 하게 하거든요.」 그녀는 푸티클럽의 입구를 지키고 있는 카우보이 옷차림의 남자를 가리키며 말했다.

마누엘은 푸티클럽의 규정에 대해서라면 훤히 알고 있다는 듯이 고개를 끄덕였다. 그 틈을 이용해 그녀를 자세히 살펴보았다. 정말 예쁜 얼굴이었다. 그녀 역시 크고 대담해 보이는 눈으로 마누엘의 나이와 옷 그리고 짐을 뜯어보았다. 어린아이처럼 립스틱을 바르지 않았는데도 앵두같이 빨갛고 탐스러운 입술. 얼굴 양옆으로 부드럽게 흘러내린 자연색의 검은 머리카락. 그리고 그날 아침 이 세상에서 가장 고통스러운 소식을 전해 주기 위해 집으로 찾아왔던 아름다운 하사를 연상시킬 만큼 완벽한 계란형 얼굴. 어쩌면 그녀의 출현이 불길한 징조 — 그러니까 그 하사보다 더 좋은 소식을 전해 주지는 않으리라는 징조 — 일지도 모른다는 생각이 들었다. 그러자 그녀에 대한 호감이 갑자기 증오의 감정으로 변해 버렸다.

「무슨 말을 하고 싶은 거죠?」 그는 의심스러운 눈초리로 물었다.

「우린 아무 짓도 안 했어요.」 그녀가 느닷없는 말을 던졌다.

「뭐라고요?」 그는 어리둥절한 표정으로 물었다.

「당신 친구와 아무 짓도 안 했다고요.」

마누엘은 너무 놀라 벌어진 입을 다물지 못했다.

「일종의 이중 부정인 셈이죠.」 여자는 알 듯 모를 듯한 농담을 던지고는 혼자서 씩 웃었다. 「그와 만나기는 했지만 이야기만 나누었답니다. 그러니까 내가 하고 싶은 말은 한 번도 그와 살을 섞은 적이 없다는 거예요.」

마누엘은 할 말을 찾지 못한 채 조용히 그녀를 보기만 했다.

「하지만 그의 동생은 달라요. 그는 여기 단골손님이에요. 그 사람은 혼자서도 여기를 자주 찾는데, 당신 애인은 언제나 그와 함께 왔어요.」

「애인이 아니라, 내 배우자예요.」 그는 들릴락 말락 한 목소리로 간신히 말했다. 그녀는 그의 말을 제대로 못 알아들었는지 혼자서 계속 떠들어 댔다.

「알바로 씨는 여기 처음 왔을 때 잔뜩 취해 있었어요. 여자를 고르는 데 무지 까다롭게 굴더라고요. 결국 나를 골랐죠. 그런데 같이 방에 들어가자마자 변명을 막 늘어놓더라고요. 자기는 동생한테서 벗어나려고 핑계 삼아 위로 올라온 거라고 말이죠. 그러면서 자기 배우자에게 충실하고 싶다더군요. 그래서 그날 우린 아무 짓도 하지 않았어요. 산티아고 씨가 올라오기 전에 이미 돈을 냈는데, 그가 또 돈을 주면서 아무 말도 하지 말라고 당부하더라고요. 나야 이러나저러나 마찬가지죠. 안 그래요? 그가 어떻게 하든 나야 상관이 없으니까요. 게다가 참 잘생겼으니까 말이죠. 그런데 요전 날 당신을 보고서 문득 깨달았어요. 그가 단지 친절해서 그랬던 건 아니라는 걸 말이죠.」 그녀는 고개를 옆으로 살짝 기울이며 미소 지었다. 「사실 그가 여기 온 건 두 번, 아니 세 번 정도에 불과해요. 올 때마다 똑같았죠. 매번 위로 올라가서는 이야기를 나누다가 내게 돈을 주었으니까요. 그뿐이었죠. 일전에 당신이 노게이라와 같이 왔을 때 봤어요. 그런데 여기 주인이 조금 전에 밀리와 나를 부르더니, 당신들이 알바로에 관해서 이것저것 물으려고 하니까 조심하라고 하더군요. 하지만 그에게서 따로 돈을 받았다는 사실을 주인한테 털어놓을 수는 없어요. 그녀는 언제나 계약한 대로 하라고 우긴다고요. 명단 같은 것을 들고 다니면서 돈을 내놓으라고 해요. 물론 이번 일은 그런 경우에 해당되지 않겠지만, 그가 돈을 두 번이나 준 사실을 알면 주인은 자기 몫을 내놓으라고 할 거란 말이에요.」

그녀는 가녀린 손을 들어 올리더니, 몸의 균형을 잡으려고 자동차 문을 붙잡았다. 검은색 매니큐어를 바른 손톱이 눈에 띄었다.

「왜 내게 그런 이야기를 하는 거죠?」

그녀는 나이에 비해 지나치게 우울하면서도 고혹적인 미소를 보내면서 그를 바라보았다.

「이 세상에 당신처럼 고상하고 점잖은 남자는 거의 없어요. 그러니까 그 정도는 알고 계셔야 해요.」

마누엘은 감동한 듯 고개를 끄덕였다.

「이제 그만 가봐야 해요. 아마 지금쯤 나를 찾느라 난리가 났을 거예요. 나는 담배를 안 피워서 적당히 둘러댈 변명거리도 없어요.」 그녀는 갑자기 놀란 듯 눈을 크게 떴다. 「그렇다고 마약을 하지도 않는다고요. 이래 봬도 건강하게 살려고 노력한답니다. 저축도 하고요.」 그녀는 그를 빤히 바라보면서 침묵을 지켰다.

「아 참!」 마누엘은 청바지 주머니에 넣어 둔 지갑을 꺼내려고 쑤시는 다리를 폈다.

그는 지갑에서 50유로를 꺼냈다. 그러곤 잠시 생각한 뒤에 50유로를 더 꺼내 열린 유리창 틈으로 내밀었다. 그녀는 라스베이거스의 카지노 딜러처럼 능숙한 솜씨로 돈을 낚아챘다.

「고마워요, 착한 아저씨! 그리고 예쁜 강아지!」 그녀는 말을 마치자마자 몸을 웅크린 채 자동차 사이로 빠져나갔다.

마누엘은 유리창을 올리고 카페를 바라보았다.

「카페야, 봤니? 1백 유로면 누구든 미남이 된단다.」

녀석은 기분이 좋은 듯 꼬리를 살랑살랑 흔들면서도 늘 그렇듯 딴 곳을 쳐다보았다. 마누엘도 늘 그렇듯이 방금 일어난 일에 대해 크게 신경 쓰지 않는 척했다.

그럼에도 무엇 하나 분명하지 않다는 사실이 견딜 수 없을 만큼 고통스러웠다.

하사가 알바로의 죽음을 알려 준 그 순간부터 고통은 쉴 새 없이 돌아가는 드릴처럼 그의 마음을 후벼 팠다. 거짓 증거 그리고 노게이라와 산티아고의 말에 담긴 조소는 마음의 상처가 채 아물기도 전에 속으로 깊숙이 파고들어 그를 수치심과 굴욕감으로 몸서리치게 만들었다. 물론 그는 혼자 속을 태울 바에야 다 무시하기로 마음먹었다. 사람들의 시선을 피하되 고개를 뻣뻣이 든 채, 그 모든 것은 자신과 무관한 일이라고 당당히 외치려고 했다. 여태껏 자기 삶을 철저하게 숨겨 온 알바로에 대한 배신감으로 치를 떨며, 다른 이들에게 진실을 은폐하지 말라고 윽박지르며 그 또한 자신을 속이고 있었다.

그는 거짓으로부터 벗어날 수 있다는 확신을 정당화하기 위해 그런 핑계를 내세웠지만, 실제로 그가 피한 것은 진실이었다. 그는 무언가가 자신의 영혼을 완전히 파괴시킬 때까지 서서히 갉아먹고 있다는 신호를 애써 외면하다가, 급기야는 헤라클레스의 과업[4]과 같은 것을 즉흥적으로 꾸며 내기도 했다. 이는 보이지 않는 힘에 사로잡혀 자기 의지와 상관없이 무기력하게 끌려다니고 있다는 핑계로 요새 안에서 싸움을 계속하려는 것이나 다름없었다.

마누엘은 그렇게 스스로를 속이면서, 자기 자신에게 저지를 수 있는 가장 큰 실수를 범했다. 그러면서 어린 시절부터 마음에 새겨 둔, 그리고 언제나 자랑스럽게 여겨 온 근본적인 원칙마저 무너뜨리고 말았다. 그는 이 세상에 유일무이하고, 언제나 진실을 알고 있는 존재인 자신마저 철저하게 속였다.

아무것도 확신할 수 없다는 사실이 그를 고통스럽게 했다.

이처럼 궁지에 몰린 처지였지만, 어리석게도 그는 별 어려움 없이 살 수 있을 거라고 믿었다. 또한 자신이 누구한테도 사랑받은 적이 없다 할지라도 두려워하거나 절망하지 않고 계속 당당하게 살아갈 수 있을 거라고 믿었다. 마침 학대받은 강아지와 비탈길을 따라 이어진 포도밭 그리고 소녀 같은 인상의 창녀가 차례로 등장하면서, 걷잡을 수 없이 밀려오던 불행과 고통에서 벗어나 조금이나마 아픈 마음을 달랠 수 있었다. 다만 여전히 알바로가 처음 보는 사람처럼 낯설게만 느껴졌다. 카페가

---

4 헤라가 내린 광기로 자기 자식들을 죽인 헤라클레스가 죗값을 치르기 위해 열두 가지 과업을 수행하게 된 것을 말한다. 신탁은 그가 과업을 다 이루면 죄를 씻고 불멸의 존재가 될 자격이 주어질 것이라고 했다.

주인한테 맞아 죽거나 굶어 죽기 직전에 가까스로 돈을 주고 산 남자. 포도밭에서 일꾼들과 어깨를 맞대고 땀을 흘리며 일한 남자. 창녀의 손끝 하나 건드리지 않았으면서도 후하게 돈을 준 남자. 이런 모습들은 그가 산토 토메 후작이었다는 사실만큼이나 생소하기만 했다. 여전히 밝혀지지 않은 의문점이 너무나 많았지만, 그 순간 어떤 식으로든 해답을 찾고 싶었다. 그런데 아무리 생각해도 카페와 강가의 포도밭 그리고 창녀는 서로 어울리지 않았다. 어쩌면 이는 다른 현실 — 거짓과 위선에 대한 수치심으로 얼굴이 화끈거려 생각하기조차 싫으면서도, 그 여자는 끝내 듣지 못했지만 알바로가 자신의 배우자임을 밝히기 시작한 현실 — 이 있음을 알려 주는 증거였다.

마누엘은 카페에게 손을 내민 채 녀석이 손가락 가까이 다가올 때까지 기다렸다. 그는 녀석을 부드럽게 쓰다듬어 주었다. 그러곤 의심하던 버릇을 조금씩 버리고 눈을 지그시 감은 채 처음으로 자신의 손길에 몸을 맡기고 있는 녀석을 조용히 바라보았다.

「나도 그럴 수 있으면 얼마나 좋을까.」 그가 속삭이듯 중얼거리자 카페는 눈을 뜨고 그를 바라보았다. 「눈 감고 있어, 카페.」

노게이라가 차로 다가왔다. 마누엘은 시계를 봤다. 들어간 지 20분도 채 되지 않았다. 한잔하기에도 빠듯한 시간이었다. 노게이라가 문을 열자, 밤의 한기와 클럽의 달짝지근한 향기가 차 안으로 몰려 들어왔다.

「다 됐어요. 방금 그 여자와 이야기를 나누고 오는 길입니다.」 운전석에 앉은 그는 당장이라도 차를 몰려는 듯이 핸들에 손을 얹고 말했다. 시동은 걸지 않았지만, 이번에는 결혼반지를 계속 끼고 있었다는 것을 과시하려는 듯 핸들에서 손을 내리지 않았다. 「일전에 니에비냐스가 우리한테 그랬죠. 산티아고가 한 달에 두어 번 정도 왔는데, 보통 밀리와 2층에 올라갔다고 말이에요. 그건 사실로 확인됐어요. 그런데 밀리가 해준 말 중에 관심을 끌 만한 대목이 있었어요. 산티아고가 여기 와서 어떻게 행동했는지 알려 주었는데, 흔하지 않은 경우였어요.」

마누엘은 의아한 표정으로 눈을 치켜떴다.

「그럼 통상적인 방식이 있다는 겁니까?」

「그럼요.」그가 설명했다. 「사람들이 여기 오는 이유야 말 안 해도 뻔하지요. 대부분은 스탠드에 앉아 술을 주문하고 두리번거리다 여자를 꼬시는 과정을 즐깁니다. 뻔한 수작이지만, 의식을 치르듯이 매번 반복하는 겁니다. 마음에 드는 여자만 있으면 누구나 하룻밤을 즐길 수 있으니까요.」

「여기는 1백 유로만 있으면 누구든 미남이 되는 곳이죠.」마누엘은 방금 뒷자리로 돌아간 카페를 힐끔 돌아보면서 말했다.

「그런 거라면 1백 유로도 필요 없어요. 밀리가 그러는데, 산티아고는 거꾸로 했다고 하더군요. 이곳에 도착하면 그녀의 팔을 덥석 잡고는 곧장 2층으로 올라간다는 겁니다. 그러고는 내려와서 스탠드에 앉아 조용히 한잔한다는 거예요.」

「서둘러 내려오는 모양이로군요.」마누엘은 짐작되는 바가 있었다.

「네. 어쩌면 약효 지속 시간 때문에 그렇게 서둘렀는지도 모릅니다.」

「그럼 기운을 써보려고 파란 알약을 복용한다는 말이네요.」

「심지어 산티아고는 그녀가 시간이 되는지 미리 전화로 확인까지 한답니다. 그런데 그가 정말 파란 알약을 먹는다면 좀 더 여유 있게 행동할 텐데, 그게 좀 이상해요.」

마누엘은 이해가 가지 않는다는 표정으로 그를 바라보았다.

「비아그라는 복용한 지 30분에서 60분 사이에 약효가 나타나기 시작해 세 시간에서 여섯 시간 동안 지속됩니다. 아, 그렇다고 발기 상태로 여섯 시간 동안 있을 수 있다는 말은 아니에요. 하지만 성적인 자극이 있으면 그 시간 동안은 아무 문제 없이 발기될 수 있죠.」노게이라가 설명했다.

「그쪽 문제에 전문가이신 모양이네요.」마누엘이 말했다.

노게이라는 턱을 들어 올리며 어깨를 으쓱했다.

「무슨 뜻으로 하는 말이죠? 혹시 내가 그 약을 필요로 한다고 생각하는 거요? 그런 약 따윈 전혀 필요 없어요. 난 성 기능이 왕성하니까 말이오.」

「아무 말도 안 했는데…….」마누엘은 전에 노게이라가 지었던 것처럼 엉큼한 미소를 지으며 말했다.「아무튼 그런 문제에 관해 많이 알고 있는 건 사실이잖아요.」

「이런 젠장! 대체 무슨 소리를 하는 거요? 난 수사관이오. 제대로 수사를 하려면 책도 많이 읽어야 하고, 또 배워야 할 것도 많다고요. 당연히 이것저것 아는 게 많을 수밖에요. 무슨 말인지 알겠소?」

마누엘은 여전히 미소를 지으며 고개를 끄덕였다.

「네. 분명히 알아들었어요.」

「그건 그렇고, 새 후작이 여기 올 때마다 그렇게 서두른다는 게 좀 이상해요. 밀리의 말로는 산티아고가 그 짓을 하다가 중간에 그만둔 적이 두어 번 정도 있었대요. 그때마다 불같이 화를 내면서 한바탕 난리를 피우더라는 겁니다. 상식적으로 납득하기 어려운 대목이죠. 물론 그러곤 너무 심하게 굴어서 미안하다고 하더랍니다.」

그 순간 마누엘은 산티아고가 자신과 말다툼을 벌일 때 짓던 묘한 표정을 떠올렸다. 입가로 번지던 잔인한 미소와 경멸하듯 가늘게 뜬 눈, 단호한 걸음걸이와 무슨 말인가를 하려고 부인 곁에 잠시 멈춰 서던 모습 그리고 결국 울음을 터뜨리고 만 부인의 얼굴이 눈앞에 선명하게 떠올랐다.

「그녀를 때렸다는 거예요?」

「그 정도는 아니었다고 하더군요. 그래도 단골인데, 그걸로 뭐라고 하기는 어려웠겠죠. 단골을 잃지 않으려면 말이에요. 하지만 그런 일을 겪고 나서 그녀는 산티아고를 그다지 달갑지 않게 여기는 것 같더라고요. 그래서 곰곰이 따져 보니까, 그가 복용한 것이 비아그라가 아닐 수도 있겠다는 생각이 들더군요.」

마누엘은 조용히 고개를 끄덕였다.

노게이라는 차분하게 자기 생각을 풀어놓았다.

「어쩌면 그 문제로 병원에 가기가 창피했는지도 모릅니다. 일단 병원에 가면 심장이 어느 정도 견뎌 낼 수 있는지, 혹시 몸에 이상이 있는 건 아닌지, 이를테면 요도가 막혔는지…… 무슨 말인지 알죠? 그도 아니면 생리 활성 물질에 대한 알레르기가 있는지 확인하기 위해 검사를 받아야 하니까요. 사실 상당수의 남자들이 그 약을 복용하고 나면 심근 경색을 일으키거나 세상이 퍼렇게 보이기 시작한답니다. 그러니 의사 앞에서 성 기능 장애를 밝히고 싶어 하지 않는 이들은 보통 코카인 같은 흥분제에 의존하기 마련이죠. 그것만 있으면 말 못 할 고민을 남한테 털어놓을 필요가 없으니까요. 약효도 즉시 나타나고요. 물론 상습적으로 복용하다 보면 효과가 들쑥날쑥하고, 지속 시간이 좀 짧아지는 게 흠이기는 하지만요.」

「밀리에게도 물어봤어요?」

「그럼요. 대답은 예상한 대로였지만 말이죠. 니에비냐스가 그사이 철저하게 교육을 했더군요. 저기서 일하는 동안에는 죽었다 깨어나도 절대로 마약을 하지 않을 거라고 말입니다. 더군다나 저 애들은 내가 경찰이라는 걸 잘 알고 있어요. 겉으로는 다정하게 대해도 저 애들에게는 짭새일 뿐이죠. 그나저나 다른 애는 만나지도 못했어요. 얼마나 바쁜지 코빼기도 안 보이더군요.」

「그 여잔 여기 나랑 있었어요.」 마누엘이 말했다.

노게이라는 놀란 표정으로 그를 돌아보았다.

「갑자기 차 옆에 나타나더니, 자기가 여기 왔다는 걸 주인한테 절대 말하지 말라고 신신당부를 하더군요. 그러니까 이 이야기는 아무한테도 하면 안 됩니다. 아시겠죠? 안 그러면 그녀에게 무슨 일이 일어날지 몰라요.」

「알았어요. 하지만 내가 정보원을 밀고할 만큼 니에비냐스와 가깝다고 여기지는 말아요.」 노게이라는 다소 언짢은 표정으로 말했다.

「그렇게 생각한 적 없어요. 그냥 걱정이 돼서 말한 것뿐이라고요.」

노게이라는 말없이 고개만 끄덕였다.

「그녀가 그러는데, 산티아고가 하도 채근해서 알바로도 두어 번 그녀와 위로 올라간 적이 있답니다. 하지만 올라가서는 이야기만 했다고 해요. 그가 내려오기 전에 돈을 또 주면서 아무 말도 하지 말라고 하더래요. 혹시라도 주인이 알까 봐서 말이죠.」

노게이라는 여전히 핸들에 손을 얹은 채, 천천히 고개를 끄덕였다. 하지만 아무 말도 하지 않았다. 마누엘은 의심스러운 눈초리로 그를 바라보았다.

「전혀 놀라지 않는 눈치네요. 이틀 전만 해도 알바로가 자주 창녀를 찾는 것 같다고 내게 귀띔하더니 말이에요.」

노게이라는 별안간 시동을 걸더니, 네온사인이 번쩍이는 주차장을 벗어나 도로로 향했다. 차 안의 희미한 불빛 덕분에 마누엘은 그의 콧수염 아래로 꽉 다물린 입을 볼 수 있었다. 한동안 그는 어둠이 깔린 도로와 맞은편에서 오는 차의 불빛을 피하는 데 집중하면서 말없이 운전만 했다. 마누엘은 별로 신경 쓰지 않았다. 노게이라가 적의를 드러내도 이젠 그러려니 했다. 그는 혼자 비밀을 간직하고 있다가 적절한 때에 폭로하면서, 어뢰를 발사해 배에 정확히 맞추기라도 한 듯이 짜릿한 쾌감을 즐기고 있었다. 무언가를 숨기고 있으면서도 지금은 어린아이처럼 운전을 즐기고 있는 게 분명했다. 차는 오래전에 마누엘이 묵고 있던 여관을 지나쳐 버렸다. 마누엘은 그가 착각한 걸로 여기고, 여관까지 한참 걸어가야 할지도 모른다고 생각했다. 하지만 놀랍게도 노게이라는 거기서 몇 킬로미터나 더 가서 토요일이라 동네 사람들로 시끌벅적한 바 앞에 차를 세우더니 들어가서 한잔하자고 했다.

바에는 40대 이상이 대부분이었다. 부부가 함께 온 경우가 많았지만, 혼자 온 이들도 더러 눈에 띄었다. 음악도 그렇지만 술잔의 크기나 모양새도 1980년대를 연상시켰다. 음악 소리가 적당해서 대화를 나누기에 어려움이 없었다. 마누엘이 계산한 바로는 아스 그릴레이라스에서 북쪽으로 20킬로미터가량 떨어진 곳인 듯했다. 이성애자들이 모이는 곳인 데다 장원으로부터 멀찌감치 떨어져 있어서, 토요일 밤에 남자 둘이 술을 먹는다고 해서 이상하게 보일 리도 없었다.

마누엘은 주변을 두리번거리다가 안쪽에서 좀 어둡지만 조용히 이야기를 나누기에 적당한 곳을 찾아냈다. 하지만 노게이라는 굳이 스탠드의 불편한 철제 스툴에 앉겠다고 했다. 그에게 익숙해진 탓인지 마누엘도 별로 대수롭지 않게 여겼다. 자리에 앉자마자 그는 진 토닉 두 잔을 주문했다. 웨이터는 술잔에 색색의 열매를 넣어서 건네주었다. 노게이라는 술잔에 얹힌 빨대와 장식들을 다 치우고, 지골로 스타일[5]로 팔꿈치를 스탠드에 괸 채 잔을 들어 술을 쭉 들이켰다. 마누엘은 그 모습을 보면서 웃음보가 터져 나오려는 것을 가까스로 참았다.

바 안에는 펫 숍 보이스의 「웨스트 엔드 걸스」[6]가 흐르고 있었다. 마누엘은 술을 한 모금 들이켰다. 약간 썼고, 어린이용 오드콜로뉴 같은 향기가 났다.

「여기 뭐 하러 왔는지 말해 줄 수 있나요?」 그가 착 가라앉은 목소리로 물었다.

노게이라는 의외라는 듯 그를 바라보았다.

「뭐 하다니요? 토요일 밤이니까 편하게 한잔하면서 이런저런 이야기나 나눌까 하고…….」

「친구처럼 말입니까?」

그 말을 듣자 노게이라의 표정이 어두워졌다. 그러곤 한숨을 내쉬며 못마땅한 표정으로 그를 바라보았다.

「통화 위치 추적에 대해 이야기를 나누기로 했잖아요.」

「그럼 어서 말해 봐요.」 마누엘은 여전히 가라앉은 목소리로 말했다.

노게이라는 불편한 듯 스툴에 걸터앉은 채, 심각한 표정을 지으며 한 손으로 얼굴을 반쯤 가렸다.

「이미 말했지만 가장 주목해야 할 점은 누가 전화를 걸었고 누구와 통

5 매춘을 하는 남성, 즉 제비족 스타일을 말한다.
6 펫 숍 보이스는 1981년에 결성된 영국의 2인조 밴드로, 신시사이저를 이용해 정교한 팝 음악을 만들어 낸다. 「웨스트 엔드 걸스」는 1986년에 발표된 데뷔 앨범 「플리즈」에 수록되어 있다.

화했는지만이 아니라, 그 통화가 어디서 이루어졌는지를 밝혀내는 겁니다.」 노게이라가 나직한 목소리로 말했다.

마누엘은 진 토닉을 한 모금 더 들이켰다. 이번에는 맛이 그리 나쁘지 않았다.

「나는 현역도 아니고, 수사도 이미 종결된 상태예요. 따라서 쓸 수 있는 수단은 그리 많지 않아요. 그래도 알바로 씨의 휴대 전화에 남아 있는 번호들이 누구 것인지 이미 상당수 확인되었고, 나머지 작업도 순조롭게 진척되고 있어요. 알바로 씨는 그리냔과 산티아고로부터 여러 번 전화를 받았고, 그가 다닌 학교, 그러니까 그의 가문이 지금도 후원하고 있는 신학교와 리베이라 사크라의 양조장 그리고 그리냔과 산티아고에게도 여러 차례 연락을 했더군요. 또……」 그는 잠시 말을 멈추었다. 「그 지역 업자한테도 전화를 했고요.」

「업자라뇨?」

「영세하다고 하기도 어려울 정도의 마약 밀매 업자죠. 그 업자가 그런 짓을 하는 건 오로지 자기 마약을 살 돈을 구하려고예요. 이미 경찰에 잘 알려진 놈이에요.」

「그런데 알바로가 왜 마약 업자한테 연락을 한 거죠?」

「글쎄요. 그건 나보다 마누엘 씨가 더 잘 알고 있을 텐데요.」

마누엘은 자세를 고쳐 앉았다.

「알바로는 마약을 하지 않았다고요.」

「분명합니까?」

「그렇고말고요.」 마누엘이 단호하게 잘라 말했다.

「마약을 한다고 다 폐인처럼 보이는 건 아니에요. 더구나 요즘엔 종류가 아주 다양해요. 알바로 씨도 마약을 복용했을 가능성이 있습니다. 그럴 경우, 그가 위험 수준에 이를 때까지 마누엘 씨는 알아차리기가 어렵죠.」

「아뇨.」 마누엘이 단호하게 말했다. 「절대 그럴 리 없어요.」

「어쩌면……」

「분명 아니라고 했어요.」 마누엘은 목소리를 높였다.

노게이라가 차분한 눈길로 그를 빤히 쳐다보더니, 진정하고 목소리를 좀 낮추라는 손짓을 했다.

「미안해요.」 마누엘이 사과했다. 「하지만 그가 마약에 손을 대지 않았다는 것만큼은 분명해요.」

「알겠습니다.」 노게이라도 그의 말에 수긍했다. 「그 업자와 관련된 이들이 더 있을 테니까요. 프란이 죽고 나서 조사를 해보니까 그자가 관련되어 있더군요. 그가 프란에게 마약을 공급했다는 게 드러났거든요. 그런데 상부에서 사건을 서둘러 종결시키는 바람에 미처 잡아다 심문할 새도 없었죠.」

「그럼 알바로가 마약 밀매 업자와 연락을 했던 이유가 대체 뭔가요? 그것도 동생이 죽은 지 3년이나 지난 마당에 말입니다.」

「이미 말했던 것처럼 또 다른 가능성이 있습니다.」 노게이라는 서둘러 술을 들이켠 뒤에 여전히 술잔을 손에 쥐고 있었다. 웨이터가 술을 더 따라 주기를 기다리는 모양이었다. 「토니노는 자기 마약을 살 돈을 구하려고 밀매를 했어요. 그 외에도 남창 노릇까지 했죠.」

노게이라가 그를 이곳으로 데려온 건 바로 그 때문이었다. 어뢰를 발사해 배를 침몰시키기 위해서. 알바로가 니냐와 아무 짓도 안 했다는 사실을 그가 한 번도 입 밖에 내지 않은 이유를 그제야 알 것 같았다. 노게이라는 적절한 때를 기다리면서 불명예와 치욕으로 가득 찬 폭탄을 여태껏 숨겨 두고 있었던 것이다.

마누엘은 술잔을 놓고 손님들을 헤치며 밖으로 나갔다. 뒤따라 나온 노게이라는 차 옆에 이르러서야 그를 따라잡았다.

「어딜 가려는 겁니까? 아직 이야기가 끝나지도 않았는데 말이오.」

「더 이상 할 말이 없어요.」 매몰차게 돌아선 마누엘은 노게이라에게 운전을 맡기지 않으려고 운전석 쪽으로 걸어갔다.

노게이라가 차에 타자마자, 마누엘은 시동을 걸고 출발했다.

「무니스 데 다빌라 가문의 과거를 뒤지다 보면 추악한 사실이 하나둘 떠오를 거라고 미리 경고했잖소.」그는 고함을 지르지는 않았지만 흥분한 듯 큰 소리로 말했다.

마누엘이 룸미러를 힐끔 쳐다보니, 카페가 몸을 잔뜩 웅크린 채 부들부들 떨고 있었다.

「그건 나도 알아요.」마누엘이 말했다. 「내가 도저히 이해할 수 없는 건 그런 이야기를 할 때마다 당신이 가학적인 쾌감을 느낀다는 거예요. 표정에 훤히 드러난다고요.」

「가학적이라고요?」노게이라가 화를 내며 그의 말을 맞받아쳤다. 「이봐요! 그래도 나는 당신을 위한답시고 성심껏 대해 왔어요. 그런 이야기도 술 한잔 나누면서 최대한 부드럽게 하려고 여기까지 데려온 거고요.」

「성심껏 대했다고요? 당신이? 지나가던 개가 웃을 일이로군요.」마누엘은 쓸쓸한 웃음을 지으며 말했다.

「그럼 내가 알바로 씨, 아니 당신의 배우자가 몸 파는 여자와 그 짓을 안 했다는 걸 푸티클럽 입구에서 큰 소리로 떠들어 대면 좋았겠어요?」

「그래요? 그럴 바에는 차라리 처음부터 여기 와서 알바로가 마약쟁이였다든지, 아니면 이상한 작자와 놀아났다든지 둘 중 하나만이라도 먼저 털어놓았더라면 나았을지도 모르죠. 수작 부리지 말아요! 당신은 그런 일을 은근히 즐기고 있단 말이에요.」

마누엘이 이미 어두워진 여관 주차장에 차를 세울 때까지 노게이라는 입을 굳게 다문 채 한마디도 하지 않았다. 이내 냉정을 되찾고 입을 열었을 때, 그는 처음처럼 서먹서먹하고 쌀쌀맞은 말투로 돌아가 있었다.

「아스 그릴레이라스로 돌아가서, 에르미니아와 이야기를 나누어 봐요. 그녀는 정말 많은 걸 알고 있으니까요. 아마 그녀 자신이 생각하는 것보다 훨씬 더 많이 알고 있을 거예요. 그런 다음, 장원에 있는 알바로 씨의 방을 한번 둘러볼 수 있으면 더 좋고요. 방에서 아무거나 찾아봐요. 문서든 약이든 영수증이든 식당 계산서든 말입니다. 하여간 그가 무엇을 했고 누구와 있었는지, 그리고 왜 그랬는지에 관한 단서가 될 만한 것이라면 무엇이든 상관없어요.」차에서 내린 노게이라는 문을 닫기 전에 몸을 구부리며 말했다. 「몇 가지는 당신 말이 옳아요. 우선 내가 그런 빌어먹을 인간들의 불행을 보면서 가학적으로 쾌감을 느꼈을 수도 있어요. 그렇다고 당신이 모든 걸 알고 있는 건 아니에요. 그런 생각일랑 아예 하지 말아요. 어쩌면 난 당신의 친구가 아닐지도 몰라요. 그래도 여기 와서 당신이 만난 사람 중에 친구라고 할 수 있는 건 나밖에 없을 겁니다.」그는 문을 닫고 자기 차에 탔다. 짙은 어둠 속에 마누엘을 혼자 남겨 둔 채 말이다.

마누엘은 핸들 위로 고개를 숙였다. 큰 잘못을 저지른 듯 부끄러움에 얼굴이 화끈 달아오르고, 아드레날린이 과하게 분비되어 심장이 멎을 것 같았다. 잠시나마 하는 데까지 해보자고 마음먹었던 자신이 어리석게만 느껴졌다. 그는 한때 자부심을 주었지만 이후로 자신을 고통스럽게 만들었던 그 말, 그리고 언제나 진심이었지만 한편으로 수치심을 안겨 주었던 그 말을 그날 밤 두 번째로 되뇌었다. 〈그는 내 배우자였어요.〉

눈앞으로 쓸쓸한 내면의 풍경이 펼쳐지자 그는 넋이 나간 채 어둠 속을 멍하니 바라보았다. 그는 여태껏 몸을 숨기고 있던 곳이 더 이상 자신을 안전하게 지켜 주지 못하리라는 것을 깨달았다. 피난처 구실을 하던 요새를 자기 손으로 무너뜨렸기 때문이다. 불과 몇 시간 전에 더 이상 스스로를 속이지 않겠다고 맹세하면서 거짓으로 꾸며 낸 가짜 위안을 버렸다. 그렇지만 사랑하는 이의 잘못을 끝끝내 인정하지 않으려는 소년처럼 가혹한 진실이 드러나자 곧장 달아나고 말았다. 마침내 눈앞에 모습을 드러낼 때, 왜 진실은 늘 가혹하게만 느껴지는 것일까? 모든 것이 점점 불확실해지는 상황에서 드러난 진실은 잠시 마음을 가볍게 해줄 수는 있겠지만 결국 우리를 다시 고통의 늪에 빠뜨리지 않을까? 만약 진실이 상처를 낫게 해주기는커녕 더 강한 독이 되어 온몸에 퍼진다면?

겉만 번지르르한 대답 대신 진정한 깨달음을 얻고자 끈기 있게 기다리던 욥처럼[7] 마누엘은 며칠 동안 알바로가 누구인지 속으로 묻고 또 물었다. 그날 밤, 그는 마침내 바라던 답을 찾았다. 〈그는 내 배우자였어요.〉 그는 이 말이 평생 운명처럼 짊어지고 가야 할 형벌이라는 것을 깨달았다.

그 순간 눈앞이 뿌옇게 흐려지기 시작했다. 그때껏 참았던 눈물이 왈칵 쏟아졌다. 뜨거운 눈물은 소리 없이 얼굴을 적시면서 턱을 타고 흘러내려 차 바닥으로 방울방울 떨어졌다. 그동안 설움이 복받쳐 올라도 알량한 자존심 때문에 애써 울음을 삼켰지만, 이번만큼은 참을 힘이 없었다. 천하의 로마도 배신자들로 인해 치욕의 눈물을 뿌리며 종말을 고하고 말았으니까 말이다. 그때 강아지가 주둥이로 그의 팔을 살짝 밀었다. 녀석은 살금살금 다가와 앞발을 그의 허벅지 위에 올려놓았다. 그러곤 팔꿈치 아래로 슬쩍 끼어들더니, 그때까지 슬픔과 절망만이 밀어닥치던 그의 품에 다소곳이 안겼다. 그는 차오르는 슬픔을 가누지 못한 채 녀석을 꼭 안아 주었다. 강아지의 뻣뻣한 털 위로 그리고 마른 코 위로 눈물이 뚝뚝 떨어졌다. 옛 사진이 그의 가슴에 갈고리처럼 박혀 있다가 부드러운 재킷 안감 위로 불룩 튀어나왔다.

7 『욥기』는 유대교에서는 타나크 성문서 케투빔 시서의 세 번째 권이며, 교회에서는 구약의 시가서에 해당한다. 주인공인 욥을 통해 하느님이 인간의 고통과 어떻게 연관이 되는가를 다루고 있다. 악마는 보호의 울타리를 없애고 나서도 욥이 하느님을 저주하지 않는지 보자고 제안한다. 이야기가 전개됨에 따라, 욥의 고통은 더욱더 심화된다. 고통이 너무 강렬한 나머지 그는 똥거름 무더기에 앉아 자신이 태어난 날을 저주하며 울부짖는다. 심지어 아내는 그에게 하느님을 저주하고 죽어서 고뇌를 덜라고 말한다. 욥이 대답을 요구하자 하느님은 직접적인 대답 대신 이러한 고통 속에서도 믿음을 발견할 수 있는가를 깨닫게 한다.

까마귀

잠에서 깬다는 것은 남의 눈에 띄지 않을 만큼 깊고 안전한 곳에 자신을 붙들어 매주던 닻을 잃어버리는 것이나 마찬가지였다. 혹은 밤사이 깜박 잊고 열어 둔 창문으로 새어 들어와 방 안을 음산한 분위기로 물들이던 희뿌연 빛 속에서 부활하는 것이나 다름없었다.

몸을 일으켜 베개에 기대자 새벽의 차가운 기운이, 동틀 녘 일어나는 이들만이 잘 아는 냉기가 어깨로 파고드는 듯했다. 그 순간 난방이 들어오는지 낡은 주철 라디에이터에서 딱딱거리며 금속성이 났다. 그는 그것을 빤히 바라보았다. 이곳에 도착한 후로 잠에서 깰 때마다 그날이 무슨 요일인지 기억이 희미했다. 차라리 알고 싶지 않았다고 하는 편이 정확할 것이다. 카페는 반갑지 않은 손님처럼 방 안에 스며든 새벽 냉기에도 아랑곳하지 않고 옆에서 곤히 자고 있었다. 얇은 시트와 무거운 양털 담요 사이로 녀석의 온기가 느껴졌다. 등이 뻐근하고 머리가 지끈지끈했다. 그는 나이트 테이블 위에 있던 이부프로펜 두 알을 집어 물 없이 삼키면서 통증이 한시라도 빨리 가라앉기만을 바랐다. 무거운 것을 들어서 그런지 손이 욱신거리고 허리가 끊어질 듯 아팠을 뿐만 아니라, 다리는 천근만근 무겁게 느껴졌다. 그렇지만 이것은 또 다른 고통, 즉 마음속 깊은 곳에 묶여 있던 고통이 닻줄이 끊어지면서 오랫동안 바닷속에 가라앉아 있던 유령선처럼 천천히 올라오기 위한 구실이었는지도 모른다. 가슴 한복판에, 그러니까 심장과 폐가 있던 곳에 무언가 묵직한 것이 얹혀 있는 느낌이었다. 바닷물 때문에 불어나고 비밀로 가득 차오른 그것이 가슴안을 무겁게 짓누르는 바람에 제대로 숨을 쉴 수조차 없었다. 이제는 아무것도 할 수가 없었다. 그는 결국 판도라의 상자를 열고 만 셈이었다. 그 때문에 눈물이 그렁그렁하던 카페의 눈과 포도밭 일꾼들이 보내 준 믿음 그리고 창녀가 해준 말로부터 새싹처럼 솟아나던 희망마저, 또 어쩌면 우월한 존재의 이름으로 기만과 잘못을 용서해 줄 정당성과 웅장하면서도 영웅적인 이유가 조금이라도 있을지 모른다는 희망마저 모두 사라질 위기에 처했다.

그는 강아지를 쓰다듬기 위해 몸을 숙였다. 낡은 라디에이터에서 전해져 오는 온기가 반가울 만큼 맨살이 드러난 어깨에 소름이 돋았다. 그는 전화를 들고 다니엘의 밝고 유쾌한 목소리가 들려오기를 기다렸다.

「안녕하세요, 마누엘 씨? 오늘도 수확하는 데에 오실 거죠? 아니면 아부가 말한 그 청년들처럼 종일 침대에 누워 있을 건가요?」

「안 그래도 그 일 때문에 전화한 겁니다. 아무래도 오늘은 못 나갈 것 같아요. 빨리 해결해야 할 문제가 생겨서 말이죠. 오늘은 가기가 힘들 것 같군요.」

다니엘의 실망한 목소리가 흘러나왔다.

「오늘 오후에 생산자들이 주말 동안 수확한 포도를 모두 가져오기로 했거든요. 놓치기 아까운 기회인데…….」

다니엘이 실망스러워하자, 그는 지키지도 못할 약속을 하고 말았다.

「오후 늦게라도 가도록 해볼게요. 일이 다 끝날 무렵이 될 수도 있고…… 언제가 될지는 잘 모르겠어요.」

목소리가 너무 심각해서였는지, 아니면 한번 들으면 누구나 알아차릴 수 있을 만큼 단호했던 탓인지 다니엘은 아무 대답도 하지 않았다.

공기 중에 뿌옇게 끼어 있던 염소가 세상 만물의 표면을 적시면서 땅바닥으로 서서히 내려왔다. 그동안 마주친 차가 두어 대밖에 안 될 정도로 도로는 한적했다. 세상이 다 멈추어 선 것 같았다. 그는 고개를 들어 해를 쳐다보았다. 짙은 안개가 끼어 햇빛은 희미했지만, 아주 작은 유리 파편들이 쏟아지기라도 하는 것처럼 눈이 따가웠다. 하지만 이른 아침의 추위를 막기에는 역부족이었다. 정오가 되자 부연 안개가 완전히 걷혔다.

그는 전과 마찬가지로 치자나무 울타리 옆에 차를 세웠다. 두 번이나 불렀지만 카페는 차 안에서 기다리겠다는 듯 꿈쩍도 하지 않았다. 하는 수 없이 혼자 걸어가던 마누엘은 치자나무를 보기 위해 잠시 걸음을 멈추었다. 먼지가 뽀얗게 내려앉은 치자나무에는 뒤늦게 내린 이슬이 눈물처럼 방울방울 맺혀 있었다. 어찌 된 영문인지 이슬방울은 나무 위에 둥둥 떠 있는 것 같았다. 해가 질 무렵에야 꽃에서 퍼질 향기는 숨죽인 채 추위와 습기의 눈치만 살피고 있었다. 하긴 이른 아침에는 치자꽃은커녕 빽빽한 관목에서도 나무와 흙 냄새가 나지 않았다. 그는 달짝지근한 꽃향기를 맡으려고 몸을 숙이다가 자기도 모르게 재킷의 주머니에 손을 넣었다. 그 순간 트럭 문이 닫히는 소리가 들렸다. 나무 울타리 너머를 살펴보자, 저번에 봤던 픽업트럭이 정원 진입로 옆에 서 있었다. 흰색 트럭의 적재함은 꽃을 잔뜩 담아 색색의 비닐로 싸놓은 바구니들로 가득 차 있었다. 그쪽으로 천천히 걸어가자, 카타리나가 눈에 띄었다. 그녀는 픽업트럭에서 굉장히 무거워 보이는 자루를 꺼내 어깨에 메고는 정원 입구로 들어갔다.

마누엘은 트럭을 찬찬히 둘러보았다. 앞 좌석의 흙받기 하나가 최근에 교체된 것이 눈에 띄었다. 새로 바꾼 듯한 한쪽 램프와 그 주변 페인트도 자잘하게 흠이 난 방향 지시등이나 빛바랜 부분들과는 달리 광택이 났다. 그는 샛길을 따라 온실로 갔다. 누군가가 문이 닫히지 않도록 조금 전에 카타리나가 지고 갔던 것과 같은 자루를 입구에 괴어 놓은 것이 눈에 띄었다. 문턱에서 인사를 했지만 그의 목소리는 온실 안에 울려 퍼지던 음악에 묻혀 버렸다. 문이 열려 있음에도 치자꽃의 진한 향기가 코로 스며들었다. 그러자 여관의 서랍 속에 넣어 둔 사진부터, 저번에 온실을 찾았을 때 서둘러 주변을 살피다가 정신을 잃고 쓰러졌던 일까지 온갖 기억과 감정이 밀물처럼 몰려왔다. 마누엘은 카타리나를 찾으려고 입구에서부터 길게 이어진 다섯 개의 작업 테이블 사이로 지나갔다. 그녀는 온실 안에 있는 것이 분명했다. 밖으로 나가는 길이 하나뿐이었다. 한 곡이 끝나고 다음 노래로 이어지려던 찰나, 어디선가 화난 목소리가 들렸다.

비센테와 카타리나가 통로 한복판에 멈추어 선 채 말다툼을 벌이고 있었다. 말이 다툼이지 그녀가 일방적으로 몰아붙이는 가운데 비센테는 초조한 듯 기어들어 가는 목소리로 어물거릴 뿐이었다.

「어찌 됐든 갑작스럽게 결정을 내려야 한다니 참 안타깝네요. 난 당신을 좋아해요. 진심이에요. 당신하고 일하는 게 즐겁기도 하고요. 내게 있어 최고의 전문가니까요. 그런데 앞으로 더 이상 못 만난다면, 내가 도저히 감당할 수 없을 것 같군요.」

비센테가 우물거리는 바람에 무슨 말을 하는지 알아듣기가 어려웠다. 하지만 카타리나의 말은 또렷하게 들렸다.

「심정이 어떤지 잘 알아요. 또 그렇게까지 말해 주니 몸 둘 바를 모르겠어요. 하지만 한 가지는 분명히 해두고 싶군요. 당신의 소원은 절대 이루어질 수 없어요. 나는 산티아고의 아내이고, 또 영원히 그의 곁에 있고 싶으니까요. 내가 당신을 착각하게 만든 적은 단 한 번도 없었다고 믿어요. 다만 상처를 주지 않으려고 분명하게 말하지 않았을 뿐, 내 마음은 변함이 없어요.」

「당신은 그에게 과분한 사람이에요.」 비센테는 마음이 착잡한지 착 가라앉은 목소리로 말했다.

「물론 못마땅한 점도 있지만, 여전히 그를 사랑하고 있어요. 여태껏 헤어지겠다는 생각은 한 번도 해본 적이 없는걸요.」

「카타리나, 그 말은 도저히 믿을 수가 없어요.」 그는 흐느끼다시피 하면서 말했다.

「아무튼 더는 방법이 없어요. 이제 그만 나를 단념하든지, 아니면 갈라져서 따로 일하든지 둘 중 하나예요.」 말을 마친 그녀는 몸을 돌려 마누엘이 있는 쪽으로 걸어왔다.

마누엘은 재빨리 이삼 미터 정도 뒷걸음질한 다음 뒤돌아섰다. 그러곤 아무것도 모르는 척하면서 그녀에게 인사를 건넸다.

「누구시죠?」

카타리나가 미소를 지으며 나타났다. 표정으로만 봐서는 조금 전까지 비센테와 언쟁을 벌이던 사람이라고는 믿기지 않았다.

「아, 마누엘 씨가 오셨군요. 초청에 응해 주셔서 감사합니다.」

「안녕하세요. 편하게 대하셔도 돼요.」 마누엘은 악수를 청하며 말했다. 「문이 열려 있기에 그냥…….」

「안 그래도 친정 농장에 갔다가 이제 막 돌아왔답니다. 퇴비가 다 떨어져서 가지러 갔었거든요. 그 바람에 이제야 문을 열었어요.」 그녀는 문에 괴어 놓은 자루를 번쩍 들어 올리며 말했다.

「도와드릴까요? 상당히 무거워 보이는데요.」 마누엘이 나서며 말했다.

그녀는 웃는 얼굴로 돌아보았다.

「이거요? 하나도 안 무거워요.」 그녀가 재미있다는 듯이 말했다. 「여자가 힘쓰는 일을 하면 남자들은 왜 못 도와줘서 안달이죠? 이래 봬도 힘이 세다고요.」 그녀는 조금 전에 했던 대로 자루를 어깨에 둘러메면서 말했다.

그때 구석의 유리 칸막이로 된 방에서 등을 돌린 채 일하는 척하던 비센테의 모습이 보였다. 그녀는 그에게 눈길 한번 주지 않았다. 오히려 마누엘의 팔짱을 낀 채 소녀처럼 생글생글 웃으며 온실 여기저기를 안내해 주었다. 마누엘은 그녀의 살가운 태도에 적지 않게 놀라면서, 농담을 건네고 함께 웃기도 했다. 분명히 카타리나는 매사에 조심스럽고 격식에 얽매일 뿐만 아니라 허세가 심한 아스 그릴레이라스의 분위기와 전혀 어울리지 않았다. 마누엘은 까마귀가 왜 그리도 그녀를 싸고도는지 알 것 같았다. 카타리나의 자태에서는 타고난 기품이 배어났다. 그녀는 늘 하얀 블라우스를 입었는데, 간혹 일하다 흙이 묻어도 우아한 분위기를 잃지 않았다. 그녀가 즐겨 입는 감색 바지도 수수해 보이지만 비싼 옷 같았다. 어깨까지 내려오는 검고 구불구불한 머리카락 사이로 작은 다이아몬드 귀걸이가 빛났다. 그것은 그녀가 낀 다이아몬드 결혼 반지와 절묘한 조화를 이루었다. 자신감 넘치는 여자였다. 밝은 미소, 빛나는 눈동자 그리고 솔직한 태도가 이러한 면모를 여실히 드러내 주었다.

「마누엘 씨. 시치미를 잘 떼는군요.」 그녀가 웃으며 말했다. 「우리가 다투는 소리를 들었을 텐데요.」

마누엘은 그녀를 쳐다보며 고개를 끄덕였다. 왠지 카타리나에게 마음이 끌렸다.

「그랬군요. 다 들었다면 구구히 설명할 필요가 없겠네요. 흔히 있는 일이니까요.」 그녀는 어깨를 으쓱하며 웃었다.

뚱뚱한 검은 고양이가 또다시 경비를 서려는 듯 부엌문 옆 계단 위로 느릿느릿하게 올라갔다. 입구 위 돌출부에 가려진 덕분에 계단은 습기의 영향을 많이 받지 않아서 비교적 깨끗한 상태였다. 부엌문이 열리면서 에르미니아가 달려 나왔다. 전과 마찬가지로 이번에도 그녀는 마누엘을 보자마자 과장된 몸짓으로 와락 껴안았다. 그는 으레 그러려니 하면서 가만있었다. 그러곤 계속 미소를 지으면서 음식과 커피, 과자를 부드럽게 거절했다. 차분하게 기다린 끝에 마침내 에르미니아가 베푸는 환영 의식이 끝나자 그는 입을 열었다.

「에르미니아, 사실은 부탁할 게 있어서 왔어요.」 그는 짐짓 중요한 일인 듯 심각한 목소리로 말했다.

그녀는 손을 닦던 행주를 테이블 위에 놓았다.

「뭐든 말해 봐요, 도련님.」

「알바로의 방을 좀 봤으면 해요.」

그 말을 듣는 순간 에르미니아는 숨이 멎은 듯 몇 초간 꼼짝도 하지 않았다. 잠시 뒤 정신을 차린 그녀가 주방으로 가서 국이 끓고 있는 아궁이의 불을 줄였다. 다시 돌아온 그녀는 앞치마 주머니를 뒤적이더니 열쇠 꾸러미를 꺼내 든 채 장원 내부로 이어진 문을 향해 갔다.

「따라오세요.」 그녀가 말했다.

주방 입구를 나서자 단단한 나무 계단이 나타났다. 모양새로 봐서는 건물의 중앙 계단인 듯했지만, 에르미니아는 거기를 그냥 지나쳤다. 그녀를 따라 다른 문으로 들어서자, 커다란 홀이 나타났다. 위층으로 이어진 홀에는 고상한 스타일의 입구와 정사각형 현관이 있었다. 또한 두 개의 단단한 아치형 문이 마주 보고 있었는데, 그 사이로 하얀 석조 계단이 장엄한 자태를 뽐냈다. 창백하리만큼 하얀 석회암 층계는 입구의 테라초[1] 바닥 그리고 벽면뿐만 아니라 두 갈래로 갈라지는 계단 난간에 대리석 대신 사용된 마호가니의 검은 빛깔과 묘한 대조를 이루었다. 계단은 중앙 홀을 둘러싼 회랑으로 이어졌다. 그 주변으로 많은 방이 있었다.

그는 에르미니아를 따라 계단을 올라가다 희귀한 가구들 그리고 수많은 그림과 태피스트리들로 장식된 홀을 돌아보았다. 위층 석벽에 깊숙이 끼워 넣은 유리창으로 새어 든 빛이 미끄럼틀에서 미끄러져 내리듯 정확하게 입구의 포석(鋪石)까지 드리워졌다. 회랑 바닥은 짙은 빛깔의 나무로 되어 있어서 불안하면서도 단단한 느낌을 주었다. 그는 불현듯 마차를 세워 두던 주차장이 떠올라서, 과거에도 그런 목적으로 사용되던 곳일지 생각해 보았다. 그사이 에르미니아는 복도로 향했다. 좁고 깊은 복도를 따라 두꺼운 문들이 늘어서 있었는데, 늘 닫혀 있는지 어두컴컴했다. 그녀는 주방에서 나올 때 미리 챙겨 온 덕분에 열쇠를 따로 찾거나 하지 않았다. 곧장 첫 번째 문의 자물통에 열쇠를 넣고 부드럽게 돌리자 들릴락 말락 한 소리와 함께 문이 열렸다. 그러자 그녀는 집 안을 훤히 알고 있다는 걸 과시라도 하듯 한 치의 망설임도 없이 어둠 속으로 들어갔다. 아무리 오래 일했다고 해도 믿기지 않는 광경이었다. 단 한 번도 어딘가에 부딪히지 않고 어떤 일이든 척척 해내는 걸 지켜보면서 그는 혀를 내두를 수밖에 없었다. 한 치 앞도 분간할 수 없을 만큼 짙은 어둠이 펼쳐지자 마누엘은 감히 들어갈 엄두가 나지 않았다. 그가 문

---

1 대리석 등의 부스러기를 다른 응착재(凝着材)와 섞어 굳힌 뒤에 표면을 닦아 대리석처럼 윤이 나게 만든 돌로, 주로 바닥에 사용된다.

앞에서 머뭇거리고 있을 때, 창문이 열리는 소리가 들렸다. 에르미니아가 창의 덧문을 열고서야 비로소 방이 제 모습을 드러냈다. 그는 흠칫 놀랐다. 당장 눈앞에 나타난 모습은 그의 상상과는 거리가 멀었다. 검은빛을 띤 목재가 문에서 바닥, 창틀과 소박한 가구에 이르기까지 방 안을 온통 뒤덮고 있었다. 가구들은 아주 오래된 것이 분명했다. 그 검은빛은 수도원처럼 아무 장식도 없는 흰 벽과 묘한 대조를 이루었다. 방 안의 세간들은 아주 고급인 데다 수백 년 동안 잘 보존된 듯했지만, 썰렁하기 그지없는 여관방과 크게 다를 바가 없었다. 일인용 침대는 남자 한 명이 눕기도 어려울 정도로 좁긴 해도 정교하게 세공된 나무 머리 판과 가로 널 덕분에 수수하면서도 우아한 멋이 느껴졌다. 침대 위에는 새하얀 솜이불이 덮여 있었지만, 쓸쓸한 분위기를 지울 수는 없었다. 은빛 거울이 달린 화장대, 침대와 짝을 이루듯 짙은 색인 육중한 옷장도 있었다. 나이트 테이블 위 두 개의 청동 램프에서는 하늘색 베일로 몸을 살짝 가린 요정들이 팔을 들어 베네치아산 유리 튤립을 떠받치고 있었다. 침대 위에는 십자가상이 걸려 있었고, 그 앞으로 왠지 방과 어울리지 않는 텔레비전과 굳이 그림으로 가리지 않아도 금세 알아볼 만한 금고 하나가 있었다.

방 안에 들어서자 생소하면서도 편안한 느낌이 들었다. 알바로의 방은 새로운 손님을 맞기 위해 늘 청결을 유지하면서 환기를 잘 시켜 놓을 뿐만 아니라, 누구든 자기 방처럼 사용할 수 있도록 완벽하게 설비를 갖춘 호텔 객실처럼 깨끗해 보였다. 개인 물건은 하나도 눈에 띄지 않아서 누가 이 방을 쓰는지 전혀 알 수가 없을 정도였다.

마누엘은 단 하나라도 알바로의 흔적을 찾기 위해 주변을 두리번거렸다. 하지만 어떤 것도 찾을 수가 없었다. 어쩌면 사고가 난 이후에 누군가가 그의 소지품을 죄다 치웠을지도 모른다는 생각이 들었다. 그는 뒤에 말없이 서 있던 에르미니아에게 몸을 돌리며, 그의 물건에 손을 댄 적이 있는지 물었다.

「아뇨. 있던 그대로예요. 손끝 하나 대지 않았다고요.」 그녀는 부엌일을 핑계로 조용히 방을 빠져나갔다.

마누엘은 창문으로 걸어가 밖을 내려다보았다. 모판과 집 뒤의 처마 그리고 푹 꺼진 곳에 자리 잡은 마법의 정원과 그 주위를 둘러싸고 있는 나무들이 보였다.

그는 속이 비었는지 확인하기 위해 화장대의 서랍을 하나씩 열어 보았다. 커다란 옷장 안에는 평소 알바로가 입던 셔츠 몇 벌이 잘 다려진 채 굵은 옷걸이에 걸려 있었다. 살랑살랑 흔들거리는 셔츠를 보자, 머릿속이 혼란스러워졌다. 갑자기 셔츠를 만지고 싶은, 부드러운 천을 어루만지고 싶은 충동이 일었다. 정처 없이 떠도는 그의 존재를 손가락 끝으로 만져 보고 싶었다. 잠시 알바로의 셔츠를 뚫어지게 바라보던 그는 마법에서 풀려나기라도 한 것처럼 옷장 문을 닫았다. 차라리 알바로의 물건들이 그와 함께 사라졌더라면 더 좋았을 거라는 생각이 들었다. 이 세상에 아무것도 남기지 않고 죽을 수만 있다면 얼마나 좋을까. 이미 멸종한 앵무조개의 빈 껍질처럼 말이다. 고대 이집트의 파라오처럼 죽으면서 이름은 물론, 존재의 흔적도 다 같이 사라진다면 얼마나 홀가분할까. 장롱 옆 작은 장에는 알바로의 구두 두 켤레와 여행 가방이 있었다. 그 가방은 마누엘이 그곳으로 오기 전에 입지도 않을 옷을 마구 쑤셔 넣었던 여행 가방과 한 세트였다. 그는 급히 몸을 숙여 가방을 열어 보았다. 안에는 아무것도 없었다. 나이트 테이블 위에는 알바로가 읽던 책이 놓여 있었다. 그가 짐을 꾸리면서 그 책을 가방 안에 던져 넣던 모습이 떠올랐다. 다른 테이블에는 영수증과 티켓이 한데 모여 있었는데, 대부분 얼마 되지 않는 액수였다. 그중에서도 어느 주유소 로고가 눈에 띄었다. 일단 나중에 살펴보기로 하고 그냥 내버려 두었다.

그는 방에 딸린 화장실로 들어갔다. 수건과 비누 등이 가득 들어찬 상자 속에 그의 여행용 세면 가방이 들어 있었다. 컵에 꽂힌 칫솔은 이 화장실을 누군가가 사용했음을 알려 주는 유일한 흔적이었다.

밖으로 나온 그는 다시 금고를 유심히 살펴보았다. 네 자리 숫자로 열리는 전자 키가 달린 흔한 모델이었다. 문은 굳게 닫혀 있었다. 그는 굳이 숫자를 눌러 보지 않았다.

그는 침대에 걸터앉은 채 주변을 둘러보았다. 그 방은 여전히 어린 시절의 시간 속에 머물러 있는 듯했다. 빛바랜 포스터와 빠르게 사춘기로 접어들면서 내팽개친 장난감만 있었더라도 덜 낯설게 느껴졌을지 모른다. 알바로의 흔적이라고는 눈 씻고 찾아봐도 없었다. 아무리 뛰어난 범죄 심리 분석관이라고 해도 그 방에 있는 물건만 가지고 알바로의 성격상 특질을 추론해 내기는 어려울 것 같았다. 그 정도로 알바로와 방은 서로 어울리지 못한 채 따로 놀았다. 한편으로 마누엘은 그가 여기 머무는 동안 다른 이들의 눈을 감쪽같이 속이려고 그 어떤 흔적도 남기지 않았다는 것을 두 눈으로 확인하자 마음이 놓였다. 최근 며칠 동안 틈날 때마다 알바로의 행적을 곰곰이 되짚어 보았지만, 그는 아스 그릴레이라스를 암시하는 그 어떤 낌새도 보인 적이 없었다. 그가 이곳에 정을 붙이지 않으려 했다는 사실을 확인하자 흐뭇한 기분이 들기도 했다. 그곳은 그의 추억이 깃든 방이라고 할 수 없었다. 그 집 또한 그의 보금자리라고 할 수 없었다.

그는 티켓과 영수증을 모아 재킷 주머니에 집어넣었다. 그러곤 다시 옷장으로 돌아와, 여행 가방 안쪽 주머니를 일일이 뒤져 보았다. 그는 잠시 머뭇거리다 셔츠 옆에 걸린 두 벌의 재킷 주머니도 손으로 뒤적거렸다. 재킷 한 벌에서는 티켓 두 장이, 그리고 다른 한 벌에서는 누렇게 변했지만 원래의 모습을 그대로 간직한 치자꽃이 나왔다. 생기를 잃은 채 퇴폐적인 아름다움을 은근히 풍기는 꽃을 보자 나비가 떠올랐다. 원래 두껍던 꽃잎은 그의 손이 훤히 비칠 정도로 얇아져 있었다. 죽은 나비를 떠올리자 등에 축축하고 징그러운 것이 달라붙기라도 한 듯 등골이 오싹해졌다. 마누엘은 저도 모르게 미신에 사로잡혀 꽃잎을 주머니 속에 밀어 넣었다. 그러곤 죽음의 그림자를 떨쳐 버리려는 듯 옷에 손을 비벼 댔다. 문으로 걸어가던 그는 갑자기 발걸음을 돌려 금고 쪽으로 향했다. 그리고 직감에 따라 알바로와 결혼한 날짜를 눌렀다. 2, 5, 1, 2.[2] 그

---

2 스페인에서는 일, 월의 순으로 표기한다. 따라서 마누엘이 누른 숫자는 12월 25일을 의미한다.

러자 잠금장치가 해제될 때 나는 특이한 소리와 함께 문이 열리면서 내부 표시등이 켜졌다. 금고 안쪽에는 작은 액자가 놓여 있었다. 둘이 함께 찍은 사진이었다. 마드리드 집의 옷장 위에 올려놓은 사진과 같은 것이었다. 마누엘은 집을 나설 때, 차마 그 사진을 볼 수가 없어서 고개를 돌리고 말았다. 더불어 그의 결혼반지가 『부인의 대가』 위에 고이 간직되어 있었다. 책 표지는 여전히 반짝였지만, 사인을 해서 준 지가 15년이나 지난 탓인지 귀퉁이가 약간 말려 올라가 있었다.

「『부인의 대가』」 뜻밖의 발견에 좀 놀라기는 했지만 마누엘은 이내 엷은 미소를 지으며 혼잣말로 중얼거렸다. 「『부인의 대가』」 그는 다시 중얼거렸다. 그 책이 눈앞에 나타났다는 것은 거기에 결혼반지가 있었다는 것만큼이나 큰 의미를 지녔다.

붙박이 금고가 가슴 높이인 덕분에 그는 반지를 자세히 볼 수 있었다. 반지 안쪽에는 그의 이름과 알바로가 금고의 비밀번호로 정한 결혼 날짜가 새겨져 있었다. 마누엘은 손을 뻗어 손끝으로 반지를 살짝 건드려 보았다. 마치 알바로가 조금 전에 빼놓기라도 한 것처럼 반지에서 온기가 느껴졌다.

그 순간 복도에서 고함 소리가 들렸다. 흠칫 놀란 그는 서류들은 내팽개쳐 둔 채 반지만 챙기고 금고 문을 닫았다. 금고는 부드러운 신호음과 함께 다시 잠겼다. 방문을 열고 나가려는 순간, 그는 하마터면 산티아고와 부딪힐 뻔했다. 산티아고는 화가 머리끝까지 나서 깁스한 손으로 문을 밀치려던 참이었다. 에르미니아가 계단 옆 모서리에 서서 침통한 표정으로 말없이 두 사람을 쳐다보았다.

산티아고가 마누엘에게 다가섰다. 그는 분노를 삭이지 못해 얼굴이 붉으락푸르락 달아올랐다. 마치 바이러스에 감염되기라도 한 것처럼 귀와 목까지 벌게져 있었다. 고함을 지르던 그가 잠긴 소리로 간신히 말했다.

「대체 여기서 뭘 하는 거요? 누가 여기 들어오라고 했소? 여기는 절대 들어오면 안 된단 말이오. 당신이 뭐라도 되는 줄…….」

그 말을 듣는 순간 마누엘은 그에게 주먹을 날릴 뻔했다. 그런 상황이라면 누구라도 그렇게 했을 것이다. 하지만 그의 얼굴에 치밀어 오른 분노가 좌절감이나 다름없다는 생각이 들었다. 아이들이 시합을 하다가 도저히 승산이 없을 때 울상을 짓는 것과 마찬가지였다. 그때 복도 끝 반쯤 열린 문 앞에 사람의 검은 형체가 눈에 띄었다. 마누엘은 일단 부드럽게 나가기로 마음먹었다.

「난 그저 알바로의 방을 보고 싶었을 뿐이에요.」

「당신에겐 그럴 자격이 없어요.」그사이 산티아고의 목소리는 더 잠겨 있었다.

「아뇨. 그럴 권리가 있어요. 알바로는 내 배우자니까요.」

그러자 좌절감으로 어둡던 표정이 거만하게 변하면서 그의 입가에 냉소적인 비웃음이 번졌다. 그는 마누엘을 처음 만났을 때도 그런 표정을 지었다. 비록 잠깐이었지만 마누엘은 그 표정에서 그가 자신을 얼마나 증오하고 경멸하는지 알 수 있었다. 그렇지만 그는 그다지 용감하지는 못했다. 금세 표정이 어두워지더니 어린아이처럼 울상을 지었다.

「곧 떠난다고 해놓고 여기 계속 머무는 이유가 뭡니까? 우리를 무시해도 유분수지. 더군다나 좀도둑처럼 몰래 주변을 캐고 다니기나 하고 말이죠. 대체 여기서 무엇을 얻어 냈어요?」

마누엘은 손에 든 금반지를 꽉 쥐었다. 그러곤 결혼반지를 낀 손가락 옆에 그 반지를 슬쩍 끼워 넣었다. 그사이 산티아고는 방 안을 살펴보기 위해 그의 어깨를 스치듯 지나갔다.

마누엘은 제자리에서 한 걸음도 물러서지 않고 에르미니아를 바라보았다. 그녀는 졸음을 이기지 못해 칭얼거리는 아이나 고주망태가 된 친구를 용서해 줄 때처럼 두 눈을 치켜뜬 채 〈미안해요〉라고 나직이 중얼거렸다. 산티아고는 방 안이 자기 마음만큼 쓸쓸하게 여겨졌던지 금세 밖으로 나왔다.

「여기는 뭘 하러 온 거죠?」산티아고는 다시 소리 높여 물었다. 「대체 뭘 찾는 거예요? 에르미니아! 왜 이 사람을 여기에 들여보낸 거야?」

「저분을 못 들어가게 하는 것이 내가 할 일인가요?」 그녀는 침착하게 대꾸했다.

그녀의 말에 실망한 산티아고는 다시 그를 몰아세웠다.

「하여간 들어가면 안 돼요. 여긴 당신이 아무 때나 들락날락할 수 있는 곳이 아니란 말이오. 여긴 절대로…….」

마누엘은 그를 빤히 노려보았다.

「난 이곳을 드나들 권리가 있어요. 그리고 앞으로 원하는 답을 찾을 때까지 필요하다면 수십 번, 아니 수백 번이라도 올 겁니다.」

산티아고의 얼굴은 터질 듯이 달아올라, 이제는 쓰러지기 일보 직전으로 보였다. 그러다가 그에게 아무런 관심도 없다는 듯이, 아니면 기막힌 묘수라도 떠오른 듯이 단번에 표정이 변했다.

「그렇다면 경찰을 부르겠소.」

그 말을 듣자 마누엘은 씩 웃었다. 계단 쪽으로 걸어가던 산티아고는 이를 눈치챘는지 갑자기 걸음을 멈추고 뒤를 돌아보았다. 마누엘이 그 정도 위협에도 끄떡하지 않자 당황스러웠는지도 모른다.

「아, 그래요? 경찰한테 뭐라고 하게요? 주인을 집에서 쫓아내 달라고 할 건가요?」 마누엘의 눈가에 흐르던 조소는 산티아고의 자존심에 큰 상처를 주었다.

다시 그의 앞으로 돌아온 산티아고는 거지반 울상이 되어 있었다. 그가 힘겹게 말을 꺼냈다.

「결국 그거였군요. 그렇죠? 진즉에 알아차렸어야 하는데……. 원래 물에 빠지면 지푸라기라도 잡으려고 하니까 말이죠. 결국 돈 때문이로군요.」 산티아고는 기어이 심중에 묻어 두었던 말을 토해 냈다.

그 순간 복도 끝의 문이 완전히 열리면서 빛이 쏟아져 들어왔다. 그 속에서 키가 크고 호리호리한 사람의 형체가 드러났다.

「산티아고, 이제 그만해! 어리석게 굴지 말라고.」 교양 있는 말투였지만, 어떤 반대도 용납하지 않을 만큼 단호했다.

「어머니!」 산티아고는 엄마한테 혼난 아이가 투정을 부리듯이 항의했다.

「오르티고사 씨.」 복도 끝에서 여자의 목소리가 들려왔다. 「잠깐 이야기를 나누고 싶은데, 괜찮으시겠어요?」

분노에 차 있던 산티아고의 얼굴이 굴욕감으로 참담하게 일그러졌다. 그렇지만 그는 물러서지 않고 다시 볼멘소리로 대꾸했다.

「어머니.」 하지만 말투로 봐서는 꼭 그녀의 대답을 바라진 않는 듯했다.

분노가 극에 달한 순간, 산티아고는 그리 위험해 보이지 않았다. 오히려 굴욕감이 치밀어 오르는 지금 이 순간이 더 위험할 수도 있겠다는 생각이 들었다. 마누엘은 그에게서 시선을 떼지 않은 채 그녀의 요청을 받아들였다. 하지만 뒷걸음치던 산티아고가 몸을 돌려 계단으로 내려갈 때까지 잠시 기다려야 했다. 그 순간 그는 벽을 주먹으로 내리쳤다. 석고 부스러기가 사방으로 튀었다.

문은 여전히 열려 있었지만, 복도 끝에 서 있던 사람의 형체는 사라지고 없었다. 그 방으로 들어오라는 신호인 모양이었다. 참을성 많은 유모처럼 산티아고를 따라 계단을 내려가던 에르미니아는 고개를 흔들며 근심스러운 표정으로 마누엘을 바라보았다.

그런 종속 관계가 위층 서쪽 부근을 지배하고 있는 것으로 보였다. 방으로 들어서니 수많은 창문이 입구를 향하고 있어서 흡사 묘지 같은 느낌을 주었다. 창가에는 밖이 훤히 내다보일 정도로 얇은 커튼이 드리워져 있었다. 투박한 돌로 만든 갈리시아식 굴뚝이 안쪽 벽을 차지했고, 바닥과 옆면이 시꺼멓게 그을린 벽난로에서 장작이 탁탁 소리를 내며 활활 타올랐다. 장원 안의 다른 곳과 마찬가지로 짙은 빛깔의 나무로 된 테두리 장식이 문과 바닥의 일부 그리고 천장을 가로지르는 대들보에서 눈에 띄었다. 붉은색과 금빛이 아우러진 페르시아 양탄자에 가려 바닥은 거의 보이지 않았다. 방은 유리창으로 덮인 채 굳게 닫혀 있는 발코니까지 길게 이어졌다. 발코니 옆으로 여인의 형체가 어렴풋이 보였다. 처음에는 유리창으로 쏟아져 들어오는 햇빛 때문에 잘 보이지 않았지만, 가까이 다가가자 점점 뚜렷해지기 시작했다. 그녀는 그저 몸에 딱 달라붙는 옷을 입었을 뿐인데도 왠지 허약해서 감기에 걸렸거나 추위에 떨고 있는 것처럼 보였다. 방 안은 따뜻했고, 그녀도 편안해 보였다. 머리는 목덜미가 훤히 드러날 정도로 말아 올렸고, 귀에는 굵은 회색 진주 귀걸이 한 쌍이 달려 있었다. 그녀는 악수를 청하지도 않은 채 단호하면서도 교양 있는 목소리로 말을 꺼냈다.

「나는 세실리아 무니스 데 다빌라예요. 산토 토메 후작 부인이죠. 생각해 보니 여태껏 정식으로 인사를 나누지도 못했네요.」

「저는 마누엘 오르티고사라고 합니다. 먼저 세상을 떠난 아드님의 배우자예요.」 마누엘은 그녀처럼 낮으면서도 단호한 목소리로 대답했다.

그녀는 차가운 미소를 흘리며 그를 바라보다가 손으로 벽난로 맞은편의 소파를 가리켰다. 그러곤 자신은 안락의자에 앉았다.

「산티아고가 손님에게 결례를 저지르고 말았네요. 아무쪼록 그 아이를 용서해 주기 바랍니다.」 그녀는 자리에 앉자마자 말했다. 「워낙 욱하는 성격이거든요. 어릴 때부터 늘 그랬답니다. 무언가 마음에 들지 않으면, 장난감이든 뭐든 손에 집히는 대로 집어 던지곤 했죠. 그러곤 몇 시간 동안이고 울기만 했어요. 하지만 거기에 넘어가면 안 돼요. 아무리 내 아들이라고는 하지만 쟨 배짱이 없어요. 하여간 머리끝부터 발끝까지 모두 거짓이라고요.」

마누엘은 놀란 눈으로 그녀를 바라보았다.

「정말 그렇다니까요, 오르티고사 씨. 우리 집안의 수치예요. 하긴 저 아이만 그런 건 아니죠. 우리 아이들 모두 실패작이니까 말이에요. 이리 따라오세요. 같이 차나 드시죠.」 그녀는 눈으로 등 뒤를 가리키며 말했다.

마누엘은 그녀의 시선을 따라 뒤를 돌아보았다. 전에 본 적이 없는 여자가 다가왔는데, 소매가 길고 거친 천으로 된 구식 간호복을 입고 있었다. 거기에 두꺼운 흰색 스타킹을 신고, 단발이지만 왁스를 잔뜩 발라 풍성해 보이는 머리 위에는 풀을 먹인 캡을 쓰고 있었다. 머리가 어찌 보면 광택이 나지 않고 단정한 모양의 헬멧 같았다. 그녀가 다가오자 스프레이 화장품의 향기가 진하게 풍겼다. 갑자기 어린 시절 이모할머니에게서 나던 역겨운 냄새가 떠올랐다.

여자는 두 사람 앞에 찻잔을 내려놓고 차를 따랐다. 그리고 자기 잔에도 따른 뒤 말없이 후작 부인 앞에 앉았다.

「오르티고사 씨, 혹시 자녀들이 있나요?」

그는 고개를 저었다.

「그렇군요. 물론 없을 거라고 예상했어요. 그런 면에서는 나보다 팔자가 좋군요.」 후작 부인은 차를 한 모금 마신 다음 말을 계속했다. 「물론 자녀 문제를 다룬 통속 소설도 많지만, 한 가지 분명한 점은 아이들이 대부분 우리의 기대에 어긋나기 마련이라는 거예요. 사람들은 이런 사실을 받아들이려고 하지 않죠. 이렇듯 진실을 외면하는 건, 실망스러운 자녀들의 모습에서 실패한 자기 삶을 보기 때문이라는 생각이 들어요. 하지만 내 경우는 좀 달라요. 우리 아이들이 잘못된 길로 빠진 게 나 때문이라고 여기지는 않으니까요. 아이들이 저렇게 된 건 전부 쟤들 아버지 탓이랍니다. 정말이에요. 남편은 살림살이부터 애들 교육까지 할 줄 아는 게 아무것도 없었어요. 정말이지 있으나 마나 한 존재였다고요. 조금 전에 산티아고가 어떤 아이인지 보셨잖아요. 아이들이 그렇게 된 게 내 탓이라고요? 그건 말도 안 되는 소리예요.」 그녀는 간호사를 쳐다보면서 말했다. 간호사는 심각한 표정으로 고개를 끄덕였다.

「그렇기는 하지만 아무쪼록 그 아이를 용서해 주기 바랍니다.」 그녀가 말했다. 「어릴 때부터 균형 감각이라고는 전혀 없었으니까요. 솔직히 말하면 정신적으로 약간 장애가 있는 아이죠. 그런데 그런 아이가 언젠가부터 잔뜩 들떠서 정신을 못 차리지 뭡니까. 어쩌면 형이 죽고 난 다음에 자기가 가업을 다 물려받게 될 거라고 생각했는지도 몰라요. 하지만 그 아인 그럴 능력이 없어요. 그나마 알바로가 세상 물정에 밝아서 다행이었죠.」 그녀는 그를 바라보며 말했다.

「그럼 알바로의 결정이 옳다고 보시는 겁니까?」

「아무리 못난 남편이지만 잘한 일도 있다는 거예요. 가문을 물려줄 사람을 미리 점찍어 둔 것만 해도 칭찬할 만한 일이죠. 어쩌면 수백 년 동안 물려 내려온 귀족 혈통만의 직감인 것 같아요. 그게 아니라면 그렇게 오랜 세월 동안 무슨 수로 가문의 명맥을 이어 올 수 있었겠어요? 자칫 제삼자에게 우리 운명을 맡겨야 할 상황에서 집안을 물려주는 순간에 직감적 판단을 내리지 못했다면 귀족 가문은 옛날에 다 사라지고 말았을 거예요. 남편은 알바로에게 유산을 모두 물려주었죠. 그건 아주 잘한 일이에요. 하여간 알바로도 수 세기 동안 이어진 귀족의 직감력을 물려받았기 때문에 당신을 전면에 내세운 거겠죠.」

마누엘은 그녀의 말에 구미가 당겼다. 정말 그랬을까? 집안에서 아무리 미움을 받는다고 해도 귀족 가문에서는 후계자로서의 자질이 그 어떤 것보다 더 중요한지도 모른다.

「알바로와 부친의 관계가 썩 좋지는 않았던 걸로 압니다만…….」

「〈썩 좋지는〉이라…….」 그녀는 간호사에게 눈을 돌리며 조롱하듯이 말했다. 「오르티고사 씨, 말해 보세요. 당신의 부모님은 그 문제에 대해 어떻게 생각하나요? 평소에 당신한테 뭐라고 하죠? 그분들도 그런가요? 당신의 특이한 성향을 인정하는 척하나요? 아, 불쌍한 분들이라고 슬쩍 넘어갈 생각은 하지 말아요.」

「우리 부모님이라면 흔히 말하듯 〈동성애〉라고 할 겁니다. 하지만 그렇게 말할 기회가 없었어요. 두 분은 제가 아주 어릴 때 사고로 돌아가셨으니까요.」

그녀는 눈 하나 깜짝하지 않았다.

「그렇다면 두 분은 정말 운이 좋았던 거예요. 솔직히 말하면 두 분이 부럽기까지 하군요. 알바로는 아버지와 관계가 그리 좋지 않았어요. 그건 남편 탓이 아니에요. 그 애는 어릴 때부터 늘 우리에게 대들었어요. 그럴 때마다 속으로 짜릿한 기쁨을 느꼈는지도 모르죠. 하여간 보다시피 아들 둘은 소심하기 짝이 없고, 하나는 대담하지만 그걸 엉뚱한 데 쓰고 말았죠.」

마누엘은 그녀의 말을 들으면서 고개를 가로저었다.

「말해 봐요.」그녀가 앙칼진 목소리로 쏘아붙였다. 「지금 무슨 생각을 하는 거죠? 어서 말해 보라고요.」

「부인은 성격이 모질고 고약한 데다, 비정상적인 분이라는 생각을 했어요.」

후작 부인은 우스운 이야기라도 들은 듯이 폭소를 터뜨렸다. 그러곤 놀란 표정으로 간호사를 쳐다보았다.

「들었지? 저 사람이 나보고 비정상이래.」

간호사는 가당치 않거나 터무니없는 일을 겪었을 때처럼 고개를 절레절레 흔들며 웃었다.

「호모 녀석에 줏대 없는 겁쟁이 그리고 아버지가 응석받이로 키우는 바람에 결국 어른이 되지 못한 채 저세상으로 떠난 지체아.」그 순간 그녀의 얼굴이 어두워졌다. 「그게 바로 내 자식들이라고요. 하느님께서 예쁜 딸이라도 하나 내려 주셨으면 얼마나 좋았을까요. 하지만 어쩌겠어요, 그게 내 팔잔데. 그 어리석은 녀석들은 우리 가문을 이을 어엿한 후손도 남기지 않았어요.」

「사무엘이 있잖아요.」마누엘이 그 꼬마를 떠올리며 중얼거렸다.

「아, 그래요. 어린 사생아 사무엘이 있기는 하죠.」그녀는 확인이라도 하려는 듯 간호사에게 고개를 돌리며 말했다. 「오르티고사 씨. 옛말에도 있잖아요. 딸의 아이들은 틀림없이 내 손주지만, 며느리의 아이들은 내 손주일 수도 있고 아닐 수도 있다고요.」

마누엘의 입가에 증오인지 경멸인지 모를 야릇한 미소가 피어올랐다.

「정말 비열하군요.」그는 그 잔인한 말에 분노를 참지 못하고 소리를 지르고 말았다.

「그래요? 그거야 어떻게 보느냐에 달려 있죠. 내가 보기에는 당신이 비열한데요.」그녀가 살짝 웃으며 대답했다.

「그럼 카타리나는요?」

「카타리나는 그래도 좋은 가문 출신이죠. 경제적으로 몰락하기는 했

341

지만 말이에요. 물론 요즘엔 귀족치고 안 그런 이들이 없기는 해요. 안 그런가요?」 그녀는 쌀쌀맞은 표정을 지으며 말했다. 「그렇지만 카타리나는 예의 바르고 교양 있는 여자예요. 더구나 웬만한 남자들보다 더 강하고요. 솔직히 말해서 카타리나가 뭘 보고 내 아들과 결혼했는지 모르겠어요. 아무리 내 아들이지만 말이죠.」

「만약 카타리나가 아이를 낳으면 손주로 인정하실 건가요?」

그러자 그녀는 험악한 표정을 지으며 찻잔과 접시를 테이블 위에 내동댕이쳤다. 쨍그랑하는 소리가 났지만 아무것도 깨지지는 않았다.

「내 아들이 아무리 애를 써봤자 카타리나의 발끝도 못 따라간다고요. 이 집안에서 나 말고 자기 분수를 아는 사람은 그 아이밖에 없으니까요. 차라리 그 아이가 내 딸이라면 얼마나 좋겠어요. 그럴 수만 있다면 당장 우리 아이들하고 바꿔 버릴 거예요.」

악담을 퍼부어 대는 그녀의 모습에 질렸는지 마누엘은 고개를 절레절레 흔들었다.

「오르티고사 씨. 나한테 성격이 모질다고 그랬나요? 내가 그렇게 매정해 보이나요? 그럼 이것 하나만 생각해 보세요. 남편이 왜 알바로에게 집안일을 맡겼다고 생각해요? 그 아이의 성격이 어질어서 그런 줄 알아요? 절대 그렇지 않아요. 그건 그 아이가 우리 가문과 재산을 지키기 위해 필요한 냉정한 판단력과 추진력을 두루 갖추고 있었기 때문이에요. 그러니까 이것 하나만큼은 분명하게 말씀드릴 수 있답니다. 그 아이는 어떤 일이 있어도……」 그녀는 갑자기 고개를 빳빳이 들더니 마치 왕관을 쓰기라도 하는 듯이 머리를 가볍게 흔들었다. 「우리의 기대를 저버리지 않았다는 것을 말이죠. 언제나 우리가 바라던 바를, 아니 그 이상을 멋지게 해냈으니까요. 오르티고사 씨. 당신 말마따나 내가 아무리 피도 눈물도 없는 독한 인간이라고 해도, 당신이 그토록 사랑하는 알바로와 견주면 그 발끝도 못 쫓아간답니다. 그 아이는 가문의 명예를 최우선으로 여겼죠. 그 애의 아버지는 알바로가 충분히 해낼 거라고 믿었고요. 왜냐고요? 예전부터 그랬지만 필요하다면 무슨 일이든 수단과 방법을 가리지 않고 해낼 아이였으니까요. 그리고 실제로 그렇게 했죠. 당신은 나를 지독히도 미워하는 모양이로군요. 하지만 나는 말이에요, 알바로가 당신에게 전 재산을 물려주었다면 무슨 이유가 있을 거라고 생각해요. 나는 그 아이의 뜻을 받아들일 겁니다. 나뿐만 아니라, 우리 가족 모두 같은 생각일 거예요. 그러니 산티아고는 신경 쓰지 말아요. 오늘 일은 응석받이가 투정 한번 부려 본 것뿐이니까요. 시간이 지나면 괜찮아질 거예요. 결국 알바로의 결정이 우리 모두에게 최선이라는 걸 이해하게 될 겁니다.」

처음에는 노골적으로 무시하던 그녀가 갑자기 상냥하게 나오자 마누엘은 어안이 벙벙했다. 그녀의 태도가 워낙 오락가락해서 정신병에 걸린 사람과 대화를 나누는 것 같았다. 점차 평상심을 되찾은 듯 그녀는 한결 차분하고 부드러워 보였다. 웃음기 없는 목소리에서 수백 년 동안 핏속에 전해 내려온 단호함과 깊은 내력이 묻어났다.

「우리와 끝까지 맞서려고 한다든지 법적 분쟁을 일으키지만 않는다면, 포도 수확을 계속하면서 와인 생산에 직접 뛰어들 수도 있어요. 물론 관심이 있다면 말이죠.」 그녀는 그가 포도밭과 양조장에 들른 것을 훤히 알고 있었다.

마누엘은 혹시 다니엘이 그녀에게 알려 준 건 아닌지 의심했다. 그러다가 이내 까마귀처럼 아테네의 흉상³ 뒤에 몸을 숨긴 채 다니엘의 차에 타는 자신의 모습을 몰래 살펴보던 검은 형체를 떠올렸다.

「물려받은 재산으로 마음껏 즐기며 살도록 해요. 사업과 재산을 제대로 관리해서, 불쌍한 이 늙은이가 죽는 날까지 경제적으로 쪼들리지만 않게 해주고요.」 그녀는 이 상황이 재미있다는 듯이 웃으며 말했다. 그때마다 핏빛처럼 붉은 잇몸이 드러났다. 문득 끔찍하게도 그 잇몸에서 피가 나는 모습이 떠오르자 마누엘은 온몸에 소름이 돋았다. 후작 부

---

3 에드거 앨런 포의 시 「까마귀」에 나오는 장면으로, 레노어를 상실한 슬픔을 달래려 독서에 몰입하던 화자의 방 안으로 까마귀 한 마리가 날아 들어와 아테네의 흉상 위에 앉으며 대화가 시작된다.

인은 갑자기 말을 멈춘 뒤 웃음을 거두고 정색했다. 그녀는 입을 일자로 굳게 다물었다. 「하지만 이런 식으로 한 가문을 이길 수 있다고 믿는다면, 그건 크나큰 오산이에요. 당신은 이곳에 아무런 연고도 없잖아요. 어떤 소유권 조항도 이를 바꿀 수는 없다고요. 아무리 애를 써도 여기는 당신 집이 될 수 없을뿐더러, 우리가 당신과 한 가족이 되는 일도 없을 거예요. 그러니 조용히 여기를 떠나서 다시는 돌아오지 말아요.」

두 여자는 자리에서 일어나 굴뚝 가까이에 있는 문으로 걸어갔다. 간호사는 문을 연 뒤, 후작 부인이 먼저 나가도록 옆으로 비켜섰다. 잠시 뒤 밖으로 나갔던 후작 부인이 다시 안으로 들어왔다. 그녀는 여전히 그 자리에 앉아 있던 그를 놀란 듯 빤히 바라보았다.

「이야기는 다 끝난 걸로 아는데요.」 그녀가 말했다. 「어디로 나가는지는 아실 테죠.」 그녀를 따라 들어온 간호사가 경멸하는 눈초리로 그를 노려보더니 조용히 문을 닫고 나갔다.

그는 여전히 벽난로 앞에 머물렀다. 테이블 위 찻잔에 차가 조금 남아 있었다. 그 순간 누군가가 방에 들어왔다면, 조금 전까지 정중하게 대화가 오가던 모습을 떠올렸을 것이다. 그는 몸에서 힘이 쭉 빠져나간 느낌이었다. 저 까마귀가 흡혈귀로 변해 그의 목에 얇은 입술을 대고 피와 활기를 다 빨아먹기라도 한 것처럼 말이다. 그 비열한 말투와 비웃는 듯한 표정이 화살처럼 그의 가슴 깊숙이 꽂혔다. 물론 그에게 상처를 주기보다는 스스로 쾌감을 만끽하기 위한 의도였을지도 모른다. 그럼에도 뜻하지 않게 저들의 웃음거리가 됐다는 생각이 들자, 마누엘은 분노로 온몸이 와들와들 떨렸다. 푹신한 양탄자를 밟으며 소파를 돌아서 문으로 걸어가는 동안에도 누군가가 자신을 감시하는 듯한 느낌이 들었다. 방을 나서면서 그는 속으로 다짐했다. 〈다시는 안 올 거야.〉

그는 계단 쪽으로 쏟아져 내리던 은은한 빛을 따라 걸어갔다. 알바로의 방 앞을 지나가는데, 방문이 반쯤 열려 있었다. 그는 다시 방 안으로 들어갔다. 먼저 나이트 테이블로 가서 책을 집어 들었다. 그리고 방을 나가기 전에 재빨리 비밀번호를 눌러 금고를 열었다. 그러고는 안에 있던 문서는 물론 『부인의 대가』까지 모두 꺼냈다. 금고 벽에 기대어 있던 액자에서 귀퉁이의 고리를 풀어 사진을 꺼낸 다음, 보지도 않고 다른 문서와 함께 책갈피에 끼워 두었다. 그 순간 반지가 떠올랐다. 그는 손을 들어 손가락에 끼워진 반지를 쳐다보았다. 두 개의 반지가 하나인 것처럼 보였다. 그제야 그는 방을 나갔다.

주방으로 돌아온 마누엘은 아궁이 앞에 있던 의자에 풀썩 주저앉았다.

「에르미니아. 이번엔 사양하지 않을 테니까 커피 좀 주세요. 후작 부인하고 차를 마셨는데, 독이라도 탔는지 속이 뒤집혀서 견딜 수가 없어요.」

그녀는 바로 앞에서 슬픈 표정으로 그를 바라보았다.

「까마귀가 어떤 사람인지 이제 충분히 알았을 거예요. 하여간 이런 몹쓸 일을 겪게 해서 정말 미안해요. 아까 산티아고가 마구간에 있다가 마누엘 씨가 여기로 들어오는 걸 봤나 봐요. 곧장 여기로 달려와 따져 묻는 바람에…… 도저히 거짓말을 할 수가 없었어요.」

「그럴 수밖에 없었겠죠. 에르미니아, 너무 걱정하지 말아요. 산티아고는 한번 심사가 뒤틀리면 불같이 화를 내는 성격이잖아요. 어찌 보면 그가 저러는 것도 당연하다는 생각이 들어요.」

「나도 그런 생각이 들더군요.」 그녀는 그의 앞으로 의자를 끌고 와 앉으며 말했다. 「알다시피 저 애들이 태어났을 때부터 키우다 보니까 미운 정 고운 정이 다 들었죠. 어쩌면 내가 친엄마보다 더 저 애들을 아끼고 사랑할 거예요. 나는 산티아고를 잘 알아요. 정말 착한 아이랍니다.」

마누엘이 따지려고 하자, 그녀가 그의 말을 가로막았다.

「알아요. 산티아고는 아주 충동적이니까요. 성격이 너무 물러서 그래요. 어렸을 적에 그는 알바로만 졸졸 따라다녔답니다. 사춘기 무렵이 되어서는 아버지의 사랑을 얻으려고 갖은 애를 다 쓰더군요. 산티아고는 이 집에서 늘 있으나 마나 한 아이였죠. 그런 걸 보면 참 불쌍해요. 알바로는 배짱이 있고, 프란은 애교라도 있죠. 산티아고는 뚱뚱한 데다 울보였어요. 그의 아버지도 산티아고를 쳐다볼 때만큼은 경멸에 찬 눈초리를 숨기지 않았답니다. 그는 그렇게 온갖 구박을 다 받고 자랐어요.」 그녀가 말했다. 「그렇지만 산티아고는 이 세상 그 누구보다도 자기 형제들을 사랑했어요.」

「에르미니아. 그건 지금 이 문제와 아무 상관도 없는 이야기라고요.」 그가 따지듯이 말했다.

「내 말을 끝까지 들어 봐요!」 그녀도 물러서지 않았다. 「프란이 세상을 떠났을 때, 산티아고는 며칠이고 침대에 누워 울음을 그치지 않았죠. 저러다 덜컥 병이라도 나면 어쩌나 싶을 정도였어요. 그리고 지난주, 알바로가 사고를 당했다는 소식을 듣자마자 그는 한달음에 병원으로 달려갔어요. 거기서 형의 시신을 확인하고 집에 돌아왔을 때, 자기 엄마가 아니라 나한테 먼저 오더라고요. 나한테 말이에요. 마누엘 씨, 왜 그랬는지 알아요? 이 집에서 그래도 자기 마음을 알아줄 사람은 나밖에 없다고 생각한 거예요. 저기 입구에 서서 말없이 나를 바라보더군요. 〈무슨 일이래요?〉 넋이 나간 사람처럼 우두커니 서 있는 모습을 보고 내가 놀라서 물었죠. 〈알바로 도련님은 어떻게 된 거죠?〉 그러자 그는 울음을 터뜨리며 주먹으로 벽을 내리치기 시작했어요. 그러곤 슬픔을 이기지 못해 몸부림치면서 자기 형이 죽었다고 울부짖더군요. 양손이 피투성이가 될 때까지 벽을 쳤답니다. 그 바람에 손가락뼈가 몇 개나 부러졌어요. 그러니 내 말에 이러쿵저러쿵하지 말라고요! 나만큼 산티아고를 잘 아는 사람도 없으니까 말이에요. 그날 이후로 저렇게 잔뜩 풀이 죽어 있어요. 산티아고는 내가 아무것도 모르는 줄 알아요. 하지만 그는 알바로가 죽고 나서 몰래 울려고 오후마다 교회에 간답니다.」

그가 그토록 괴로워한 것이 슬픔 때문일까, 아니면 죄책감 때문일까? 마누엘은 그 의중이 궁금했다.

그의 마음을 읽기라도 한 것처럼 에르미니아가 말했다.

「그는 죄책감에 시달리고 있는 것 같아요. 사고가 나던 날, 형과 말다툼을 벌인 것이 두고두고 가슴에 맺히나 봐요.」

346

마누엘은 관심을 가지고 그녀를 바라보았다.

「아무 일도 아니었어요.」 그녀는 손사래를 치며 말했다. 「그날 산티아고는 여기서 커피를 마시고 있었죠. 그때 알바로가 들어와서 말했어요. 〈도대체 너는 그까짓 촛대로 누구를 속이려는 거지?〉 산티아고는 아무 대답도 하지 않았지만, 얼굴이 사과처럼 벌게지더군요. 알바로는 부엌을 한 바퀴 돌아본 다음, 곧장 차를 세워 둔 곳으로 갔어요. 산티아고는 화가 난 듯이 문을 쾅 닫고 위층으로 올라가 버렸죠. 대체 무슨 일이었는지 잘 모르겠어요. 그래도 내 눈에는 그 애들이 예쁘게만 보인답니다. 둘 다 특이한 데가 있는 만큼 남들 눈에는 그렇게 보이지 않을 수도 있겠지요. 하여간 그날 둘이 무슨 말을 한 건지는 잘 모르겠지만, 산티아고가 마음을 가라앉히려고 무진 애를 쓴 것은 분명해요. 그는 어떤 일이든 다른 이로부터 허락을 받아야 하는 사람이에요. 하물며 자기 형이 허락을 해주지 않았으니 기분이 언짢을 수밖에 없었겠죠. 물론 그건 나중에 큰 사건이 벌어지면 대수롭지 않게 보일 만큼 하찮은 일에 불과했을 거예요. 하지만 내가 아는 산티아고라면 그렇게 얼굴을 붉히고 나서 알바로가 죽었기 때문에 상당한 가책에 시달리고 있을 겁니다.」

마누엘은 입구의 벽 쪽으로 고개를 돌렸다. 에르미니아가 표백제로 문질러 허옇게 변하기는 했지만, 핏자국이 희미하게 남아 있었다.

「산티아고는 지금 어디 있죠?」

「다미안이 병원에 데려갔어요. 아까 주먹으로 벽을 치는 바람에 깁스가 부서졌나 봐요. 하여간 그놈의 욱하는 성격 때문에……. 하지만 어쩌겠어요, 어릴 때부터 그랬는데.」

「그럼 카타리나는 어떤가요? 산티아고가 그리 잘 대해 주지는 않는 것 같던데요. 그리고 그녀한테 직접 들었는데, 그는 그녀가 일하는 걸 좋아하지 않는다고 하더군요.」

「그 전에 한 가지 알아 둘 것이 있답니다. 어떤 부분에서 저 두 사람은 생각하는 게 우리와 전혀 달라요. 요즘 사람들이 들으면 이상하다고 하겠지만, 두 사람은 밥벌이하는 것을 아주 수치스럽게 여기죠. 카타리나

347

는 우리 나라에서 가장 유서 깊은 가문 출신이에요. 하지만 최근 몇 년 동안 여러 가지 이유로 말미암아 가세가 기운 탓에 생계를 유지할 방법을 찾아야 했죠. 그래서 가지고 있던 토지와 전답을 다 팔고 나니까 집 한 채만 달랑 남더랍니다. 더구나 그 저택마저 2년 전쯤에 결혼식이나 연회, 축하 행사 등을 여는 레스토랑으로 개조했다고 해요. 그런데 산티아고는 이런 사실을 전혀 받아들이지 않으려고 한다고요. 마누엘 씨도 이 점을 잘 이해해야 해요. 카타리나는 그 일에 대해 별다른 반응을 보이지 않지만, 산티아고는 수치스럽게 여기는 것 같아요. 일자리를 잃은 사람들이 먹고살기 위해 어쩔 수 없이 거리에서 구걸하는 심정이나 마찬가지일 거예요.」

「에르미니아, 그건 비교가 되지 않아요. 연회장으로 만들기 위해 저택을 개조하는 것과 먹고살기 위해 거리에서 구걸하는 것은 엄연히 다르니까요.」

「물론 당신이나 내가 보기에는 전혀 다르죠. 하지만 저 부부한테는 매한가지로 수치스러운 일이라고요. 저택을 일반에 개방한 후부터 산티아고는 다시는 거기에 발걸음을 하지 않았어요. 하지만 그가 단지 그 때문에 카타리나가 일하는 것을 꺼리는 건 아니랍니다. 오히려 그녀를 보호하려는 거예요.」

마누엘은 놀란 표정으로 그녀를 쳐다보았다.

그녀가 갑자기 목소리를 낮추며 말했다.

「문제가 없지는 않았어요. 여자들의 일이죠. 두 사람은 그동안 아이를 가지려고 애를 썼답니다. 그러다가 지난 연말에 그녀가 임신을 했지만, 얼마 되지 않아 자연 유산이 되고 말았죠. 마누엘 씨는 전혀 눈치채지 못했을 거예요. 나와 같이 있을 때, 그 일이 일어났어요. 바로 이곳에서요. 카타리나가 갑자기 통증을 느끼면서 하혈을 하기 시작했죠. 급히 병원에 데려갔더니 소파 수술⁴을 하더군요. 다행히 수술이 잘 끝나서 곧

4 자궁의 병을 치료하거나 유산을 했을 때, 혹은 인공 유산을 시키기 위해 자궁 속의 내용물을 긁어내는 수술.

회복됐어요. 그런데 카타리나는 깨어나서 나를 보자마자 그 일을 아무한테도 말하지 말라고 신신당부를 하더라고요. 어쩌다 그녀가 사무엘을 바라보는 모습을 보면 마음이 아파요. 아이를 갖고 싶은 마음이 얼마나 간절하면 저렇게 바라볼까 싶어요. 산티아고는…… 이미 말했다시피 산티아고도 마음이 여린지라 그 일로 상처를 입었죠. 그가 카타리나에게 일을 하지 말라고 닦달하기 시작한 것도 그 무렵부터였어요. 의사는 첫 임신 때 흔히 있는 일이니까 너무 신경 쓰지 말라고 두 사람을 위로하더군요. 다음번에는 틀림없이 아이를 가질 수 있을 거라는 말도 잊지 않았죠. 그렇지만 산티아고는 아이한테 아예 관심이 없어요. 오로지 아내의 건강 상태와 간호에만 정신이 팔려 있죠. 자나 깨나 그 생각뿐이에요. 모든 게 자기 잘못인 것처럼 말이죠. 산티아고는 그런 사람이에요. 매사를 너무 심각하게 생각한다고요.」

마누엘은 고개를 끄덕였다.

「그럼 비센테는요?」

에르미니아는 심드렁하게 대답했다.

「카타리나를 도와주는 사람일 뿐이죠.」

「내가 무슨 말을 하는지 잘 알잖아요. 그저께 산티아고가 그녀를 나무랄 때, 비센테의 얼굴에 분노의 감정이 역력하게 드러나더군요. 당장이라도 그에게 달려들어 욕이라도 퍼붓고 싶은데 간신히 참는 것 같더라고요. 카타리나를 그만큼 특별하게 여기고 있다는 증거죠.」 에르미니아는 잠자코 듣기만 했다. 「두 사람 사이가 수상쩍지는 않아요?」

「카타리나는 절대 그렇지 않아요. 어쩌면 비센테는 딴마음을 품고 있을지도 모르죠. 그녀를 쳐다보는 눈빛이 수상하거든요. 젊은 남자와 아름다운 여인이 온종일 꽃 사이에서 일을 하니까…… 하지만 그녀는 산티아고를 헌신적으로 아끼고 사랑한다고요. 늘 자상하게 보살펴 준답니다. 프란이 세상을 떠났을 때, 그를 우울증에서 벗어나게 해준 것도 바로 그녀였어요. 몇 주 동안이나 밥을 떠먹여 주고, 그가 싫다는 걸 억지로 정원에 데리고 나가기도 했으니까요. 그러곤 연못 옆에 나란히 앉

아 몇 시간 동안이고 그에게 이 이야기 저 이야기를 해주었죠. 산티아고
는 고개를 푹 숙인 채 그녀의 말을 듣고만 있었어요. 지금이라고 사정이
다르지는 않아요. 가끔 산티아고가 우는 소리가 들릴 때가 있어요. 그때
문틈으로 방 안을 살짝 들여다보면 언제나 카타리나가 곁에 앉아 그를
위로하고 진정시키고 있답니다. 알다시피 산티아고가 때때로 성질을
부리곤 하니까 끈기 있게 달래는 수밖에요. 그러다 보니 비센테가 그녀
를 지켜 주고 싶은 마음이 드는 것도 무리는 아닐 거예요. 어쩌면 그 이
상의 감정을 느낄지도……. 하지만 바보가 아닌 바에야 이미 자기 분수
를 깨달았을 거예요.」 그녀는 다분히 경멸 조로 말했다.

「에르미니아, 무슨 말이죠?」

그녀는 쌀쌀맞은 표정으로 어깨를 으쓱했다.

「마누엘 씨의 생각이 크게 틀리지 않을 거라는 이야기예요.」

그녀는 속이 타는지 한숨을 내쉬었다. 마누엘은 이어질 말을 기다리
면서 그녀를 바라보았다.

「보세요, 도련님. 나는 결혼하기 전부터 이 집에서 일했답니다. 저 아
이들도 모두 내 손으로 키웠어요. 밥도 해주고, 아플 땐 간호도 해주면
서요. 이 장원에 평생을 바친 셈이죠. 하지만 내가 한 식구가 되었다든
지, 적어도 이 집안의 일원이라고 생각해 본 적은 단 한 번도 없어요. 그
처럼 어리석은 일도 없을 테니까요. 나는 그저 이 집에 고용된 가정부예
요. 월급도 후하게 받는 편이죠. 물론 이 집안 사람들은 우리에게 따뜻
하고 다정하게 대해 줘요. 그동안 지저분한 것을 다 치워 주면서 오랫동
안 일하다 보니 그들의 비밀을 많이 알고 있기도 하죠. 하지만 아무리
그래도 우리는 하인이자 가정부에 지나지 않아요. 만약 우리 중에 제 분
수를 모르고 날뛰는 이가 있으면, 집안 식구들이 금세 정신이 번쩍 나게
해줄 거예요.」

마누엘은 그녀의 단호한 말투에 눌려 자기도 모르게 움츠러들었다.
에르미니아는 후작 부인과 같은 주장을 펴고 있었다. 이곳의 모두가 받
아들이지만 노게이라만 그토록 혐오하는 귀족 계급의 우월성 말이다.

마누엘은 그런 의식이 이들의 마음속에 얼마나 뿌리 깊게 박혀 있는지 이제야 알 것 같았다.

「에르미니아, 혹시 내게 뭔가 말하려는 건가요?」

그녀는 놀란 눈으로 그를 쳐다보았다.

「아뇨. 도련님이나 알바로를 말하는 게 아니에요. 알바로야 우리와 크게 다르지 않았으니까요. 지금은 비센테 이야기를 하는 거예요.」

「비센테요?」

그녀는 말을 하기 전에 못마땅하다는 듯 입맛을 다셨다. 마누엘은 그녀가 그 이야기를 계속하는 게 기분이 상해서 그런 건지 아니면 아는 게 전혀 없어서 그런 건지 알 수가 없었다.

「네. 자세한 내막은 모르겠지만, 그는 지난 12월에 해고됐어요.」

「비센테를 해고했다는 말이에요?」

「성탄절 전날이었죠. 아무런 설명도 없이 갑자기 쫓아내 버렸어요. 글쎄, 자고 일어나 보니까 비센테를 내보냈다는 거예요. 그 말을 듣고 우리 기분이 어땠을지 생각해 보세요. 물론 여기서 일하던 사람을 해고한 게 처음은 아니었지만, 그렇게 흔한 일도 아니었어요. 마을에는 25년째 철마다 여기 와서 일하는 사람들이 있을 정도예요. 매번 같은 이들을 부른답니다. 이 가문의 특징이죠.」

마누엘은 이곳 사람들이 장원에 와서 일하는 것을 일종의 영광으로 여긴다던 그리냔의 말을 떠올리며 고개를 끄덕였다.

「내 기억으로는 일꾼을 내보낸 적이 두어 번 있었어요. 마구간 청년은 말을 학대하다가, 또 나무꾼은 돈을 훔치다가 그렇게 됐죠. 그들도 비센테처럼 갑작스럽게 해고됐어요. 다른 점이 있다면 비센테는 쫓겨난 지 두 달 만에 다시 돌아왔다는 거죠.」

「다시 받아들인 이유가 뭐랍니까?」

「해고할 때나 마찬가지로 묵묵부답이었어요. 카타리나가 그를 다시 불러들인 걸로 알고 있어요. 비센테가 고맙게 여기는 것도 바로 그 때문일 거예요. 이 집안에서 자기 분수를 아는 사람은 카타리나밖에 없다고요. 정말이에요.」

조금 전 후작 부인이 했던 말을 에르미니아가 똑같이 하자 마누엘은 놀라서 입이 딱 벌어졌다. 어쨌거나 카타리나에게 무언가 특별한 점이 있다는 사실을 확인한 셈이었다.

에르미니아는 자리에서 일어나 그에게 커피를 가져다주었다. 따뜻한 커피가 목을 타고 부드럽게 내려갔다. 마누엘은 커피를 마시면서 카타리나가 산티아고 때문에 울던 모습 그리고 현기증이 날 정도로 진한 꽃 향기를 떠올렸다.

「알바로의 상의 주머니에 말라붙은 치자꽃이 들어 있던데…….」

그러자 에르미니아가 쓸쓸한 미소를 지었다.

「어릴 때부터 그랬어요. 주머니 속에 늘 꽃을 넣고 다녔죠. 그래서 옷을 빨기 전에 언제나 주머니를 뒤져 봐야 했어요.」

「알바로의 그런 습관에 대해 알고 있는 사람이 또 누가 있죠?」

「누가 있느냐고요?」 에르미니아는 어깨를 으쓱했다. 「글쎄요. 사리 타하고 나밖에 없을 거예요. 알바로의 옷을 세탁한 건 우리 둘이니까요. 하지만 그가 주머니에 꽃을 넣고 다니는 걸 우연히 본 사람이 있을지도 모르죠. 그런데 그런 걸 왜 묻는 거죠?」

「아무것도 아니에요.」 그는 말끝을 흐렸다. 「에르미니아, 한 가지만 더 물어볼게요. 그 방, 그러니까 알바로의 방 말이에요. 그가 여기 머물 때 늘 거기서 잤나요?」

주방 안을 이리저리 왔다 갔다 하던 그녀가 걸음을 멈추더니 그의 앞에 섰다.

「아니에요. 거긴 손님들이 묵던 방이라고요. 알바로가 없을 때는 늘 잠겨 있었어요. 어릴 때 알바로는 복도에 있는 방을 썼어요. 동생들이 쓰는 방 바로 옆이었죠. 그러다 그가 마드리드의 기숙 학교로 떠나자, 부친이 그 방을 다 치우고 물건은 죄다 지하실로 옮기라고 하셨어요.」

마누엘은 그것이 어린 알바로에게 얼마나 치욕스러운 일이었을지 생각했다. 어쩌면 그건 아버지가 나머지 가족들에게 보낸 일종의 경고였을지도 모른다.

「아들이 죽었거나 다시는 돌아오지 않을 것처럼 말이죠.」그는 생각나는 대로 말했다.

「따지고 보면 그날 이후로 알바로를 죽은 아들로 친 셈이죠. 어쩌다 여기 오면 알바로는 손님방을 썼어요.」

「에르미니아, 이유가 뭡니까? 그때 알바로가 몇 살이었는데요? 열두 살쯤 됐나요? 도대체 무슨 일이 있었기에 그런 거죠?」

에르미니아는 잠시 고개를 숙였다.

「나도 잘 모르겠어요. 말하기 나름이죠. 어느 날 무슨 일이 있었다고 딱 꼬집어 말할 수가 없어요. 기억이 잘 나지 않네요. 하지만 마누엘 씨도 오늘 까마귀를 만났으니까 알바로가 어땠을지 충분히 짐작이 갈 겁니다.」

후작 부인의 비열함을 떠올리자 여전히 몸서리가 났다.

「에르미니아, 오늘 본의 아니게 폐를 끼쳐 미안하네요. 아무쪼록 나 때문에 피해를 보는 일이 없으면 좋겠군요. 혹시라도 그런 일이 생기면, 나한테 곧바로 연락해 주세요. 어떤 일이 있어도 당신에게 해가 간다면, 절대 용납하지 않을 겁니다.」

그녀가 흐뭇한 미소를 지었다.

「알바로가 왜 당신을 선택했는지 이제야 알겠군요.」그녀가 말했다.

마누엘은 어리둥절한 표정으로 그녀를 바라보았다.

「노 후작이 돌아가시고 집안일을 물려받자마자 알바로는 관리인 주택의 사용권을 나와 남편에게 일임했답니다. 더구나 원한다면 오늘 당장 일을 그만두어도 될 만큼 봉급도 두둑이 주었죠. 그 누구도 우리를 여기서 쫓아낼 수 없어요. 알바로가 미리 세세한 것까지 신경을 써준 덕분이죠.」

에르미니아는 마누엘을 안아 주면서 볼에 입을 맞춘 다음, 실오라기도 허용치 않으려는 듯이 정성스럽게 옷을 털어 주었다. 그러곤 그를 놓아주기 전 귀에 대고 속삭였다.

「부디 조심해요.」

그 말을 듣자 그는 코끝이 찡했다.

문가로 걸어가던 그는 잠시 걸음을 멈추고 벽에 남아 있는 불그스레한 얼룩을 살펴보았다. 그는 다시 에르미니아를 향해 몸을 돌리며 말했다.

「참, 에르미니아. 프란이 죽던 날 밤에 관해 말해 주었잖아요. 그가 다시 마약에 손을 댄 것 같다고요. 왜 그런 말을 한 거죠? 당신은 이 집 안을 다 돌아다닐 수 있어요. 혹시 그날 뭔가를 봤나요?」

「무슨 뜻인지 모르겠지만, 그가 죽던 날 주사기나 주삿바늘 같은 건 못 봤어요. 하지만 그날 프란에게 마약을 팔던 자가 여기 나타나서, 무언가 심상치 않은 일이 일어나리라는 것쯤은 쉽게 알 수 있었죠. 프란이 죽던 날 밤, 그자를 봤어요. 그 며칠 전에도 장원을 기웃거리더군요. 당장 과르디아 시빌에 신고했죠. 알고 보니까 그놈이 틀림없었어요. 나는 그 애를 잘 알아요. 오스 마르티뇨스에 사는 아이죠. 그 집안 식구들과도 한 가족처럼 지냈답니다. 참 좋은 사람들이에요. 하지만 아무리 좋은 사람들이라도 집안에 마약 귀신이 들면 어쩔 수가 없나 봐요.」

「그를 어디서 봤죠?」

「그날 엘리사가 프란에게 샌드위치를 갖다주었어요. 프란이 거기 있다는 것을 알고 있었기 때문에 나도 편하게 잠자기는 틀린 것 같더라고요. 그래서 여기 일이 끝나자마자 곧바로 집으로 갔어요. 나중에 코트를 입고 프란한테 가볼 생각이었죠. 그때 마구간이 보이는 창문으로 그 한심한 녀석이 뒷길을 통해 올라오는 모습이 보이더군요. 그 녀석은 나무 울타리 사이로 몸을 숨긴 채 곧장 교회로 가더라고요.」

「당신도 교회에 갔나요?」

「원래 그러려고 했죠. 그런데 하필 그때 엘리사가 집에서 나오더니 그쪽으로 가지 뭐예요.」

「엘리사가요? 정말 그녀가 분명해요?」

「이 늙은이가 눈 하나만큼은 정말 좋답니다. 집 앞 가로등 불빛에 그녀가 나오는 모습이 비치더군요. 좀 가서는 어두우니까 손전등을 켜더라고요. 그래서 그녀를 분명하게 알아볼 수 있었죠.」

「그래서 안 가기로 한 거군요.」

「당연하죠. 젊은 여자가 자기 낭군을 만나러 가는데, 이 늙은이가 주책없게 끼어들 수는 없잖아요. 그냥 집에 눌러앉아 남편하고 텔레비전이나 봤죠.」

「그녀가 돌아올 때도 봤나요?」

「그럼요. 실은 간간이 창밖을 내다봤어요. 얼마 뒤에 집으로 돌아오더군요. 혼자 오기에 프란이 안 따라오려고 하나 보다 싶었죠.」

「그럼 엘리사도 마약 판매업자를 봤을까요?」

「아마 못 봤을 거예요. 사실 프란이 좀 미심쩍기는 했어요. 둘이 병원에서 나왔을 때, 엘리사는 완전히 회복된 상태였어요. 아이도 가졌고요. 그러다 보니 자기 건강은 물론, 앞으로 프란과 어떻게 살지에 대해서도 아주 진지하게 생각하더군요. 만약 그 놈팡이가 어떤 놈인지 조금이라도 알았다면 프란과 단둘이 있게 내버려 두지는 않았겠죠.」

그녀의 말을 곱씹어 보던 마누엘은 다시 돌아와 물었다.

「에르미니아. 혹시 그날 밤에 알바로를 봤어요?」

「물론 봤죠. 저녁 먹을 때요. 다 먹고 나서는 자러 올라갔으니까요. 그런데 그건 왜 묻죠?」

「아, 아무것도 아니에요.」

마누엘은 밖으로 나갔다. 아침 안개가 서서히 걷히고 있기는 했지만, 날은 여전히 흐리고 날씨도 서늘한 편이었다. 그는 알바로의 파카를 여관에 놓고 온 걸 후회하면서 차가 있는 곳으로 걸어갔다. 차 안에 갇혀 있던 카페는 그를 보자 꼬리를 살랑살랑 흔들었다. 녀석은 차 문을 열자마자 밖으로 폴짝 뛰어내리더니 어디론가 냅다 달려가기 시작했다. 녀석이 뛰어가는 쪽으로 고개를 돌려 보니 엘리사가 사무엘의 손을 잡고 다가오고 있었다. 〈어린 사생아.〉 갑자기 까마귀가 했던 말이 머릿속에 맴돌았다. 마누엘은 길 한복판에 선 채, 강아지를 보고 즐거워하는 사무엘과 반갑다고 그 주변을 뱅글뱅글 도는 카페를 번갈아 보았다. 녀석은

355

사무엘이 귀엽다고 쓰다듬어 주려고 해도 가만있지 않았다. 마누엘은
고개를 들어 저택 서쪽 창문을 쳐다보았다. 예상한 대로 베란다에서 창
가에 몸을 기대고 서 있는 음산한 형체를 발견하고는 흐뭇한 기분이 들
었다. 〈아테네의 흉상 위에.〉 사무엘은 그를 큰 소리로 불렀다. 마누엘도
함박웃음을 지으며 팔을 벌려 아이를 안고 번쩍 들어 올렸다. 그가 사무
엘을 끌어안은 건 단지 엘리사가 지켜보고 있기 때문만은 아니었다. 그
는 그런 행동이 그녀의 마음에 조금이라도 위로가 되기를 바랐을 뿐만
아니라, 그 순간 자신이 사무엘을 진정으로 사랑하고 있음을 깨달았다.

　그가 다시 창문 쪽을 쳐다보았을 때, 까마귀는 여전히 그 자리에 있
었다.

　엘리사는 마누엘을 보고 미소 지었다. 그러곤 그의 팔짱을 끼고 천천
히 걸음을 옮겼다. 그녀는 사무엘이 카페를 쫓아 달려가자 기다렸다는
듯이 말했다.

「고마워요, 마누엘 씨.」

그는 놀란 듯이 그녀를 바라보았다.

「어제 루카스 신부님이 오셨어요. 그날 밤 프란이 했던 말을 전해 주
더군요. 물론 다 알고 있는 이야기였지만, 일단 들어야 했어요.」

마누엘은 당황한 표정으로 고개를 끄덕였다.

「신부님이 그러는데, 마누엘 씨를 만나고 나서 내게 그 이야기를 해주
기로 마음먹었답니다. 프란과 함께하면서 요 몇 년 사이에 내가 얼마나
힘들고 괴로웠을지 충분히 짐작하실 거예요. 모든 게 불확실했으니까
요. 물론 나름대로 확신은 있었지만, 어쩌다 의심이 들 때가 전혀 없는
건 아니었어요. 고마워요, 마누엘 씨.」

「엘리사, 혹시 그날 밤…….」

「네?」

「저번에 만났을 때, 다시 교회로 갔다는 말은 안 했잖아요.」

「에르미니아한테 들은 모양이로군요. 나도 그녀가 자기 집 창문가에
서 있는 걸 봤어요. 저번에 만났을 때 그 말을 하지 않은 건 내가 교회 안

에 들어가진 않았기 때문이에요. 교회 앞 공터에 이르렀을 때, 마침 산티아고 씨가 교회에서 나오더군요. 나를 보더니 대뜸 프란은 괜찮다고 하더라고요. 그리고 그가 지금 기도 중이라서 아무도 들어오지 말라고 했다는 거예요.」

그 순간 마누엘은 그녀의 앞을 가로막았다.

「그래도 프란을 보기는 했죠?」

「산티아고가 나온 뒤, 그가 문을 닫는 걸 봤어요.」

「경찰에 그 사실을 말했나요?」 마누엘은 그녀가 무슨 대답을 할지 뻔히 알면서도 그렇게 물었다.

「글쎄요. 정확히 기억이 나지 않네요. 그런데 그게 뭐 그리 중요한가요? 안에 들어가지도 못했는데요. 안 그래도 그 때문에 지금까지 죄책감에 시달리고 있단 말이에요. 차라리 못 들은 척하고 들어갔어야 하는 건데……. 무슨 일이 있어도 그이 곁을 지켰어야 하는데…….」 그녀의 목소리에는 괴로움과 슬픔이 짙게 배어 있었다. 마누엘은 그녀가 그런 생각에 내내 시달렸으리라는 걸 잘 알고 있었다.

그는 다시 그녀의 팔을 잡고 걷기 시작했다.

「그날 밤 알바로를 봤어요?」

「알바로 씨요? 아뇨, 못 봤는데요.」

「그럼 다른 사람은요?」

이번에는 그녀가 걸음을 멈췄다.

「마누엘 씨, 대체 무슨 말을 하고 싶은 거죠? 도대체 왜 나한테 그런 걸 묻는 거예요?」

마누엘은 더 이상 숨길 수가 없었다.

「프란이 세상을 떠나기 전날, 이 지역의 마약 판매상이 장원에 몰래 숨어 들어왔답니다. 그날 밤, 그자가 교회로 가는 모습을 에르미니아가 봤다고 하더군요.」

「절대 그럴 리 없어요.」 그녀가 발끈하며 나섰다. 하지만 얼굴에 당황해하는 기색이 역력했다. 「루카스 신부님한테 이미 들었을 텐데요. 프란은 절대로 자살하지 않았다고요. 살려는 의지가 얼마나 강했는데요. 그는 우리와 함께 단란한 가정을 꾸리고 싶어 했어요.」

「한 가지 분명한 점은 설령 그런 마음을 먹었다고 해도 습관적으로 마약에 손을 댈 수 있다는 겁니다.」 그는 에르미니아의 말을 떠올리며 말했다. 「어쩌면 프란은 당신만큼 완전히 회복이 안 된…….」

「마누엘 씨. 절대 그렇지 않아요. 당신이 잘못 알고 있는 거라고요.」 그녀는 그의 손을 단호하게 뿌리쳤다. 그러곤 사무엘이 있는 쪽으로 성큼성큼 걸어갔다.

엘리사는 사무엘의 손을 잡더니 작별 인사도 하지 않고 집을 향해 가버렸다. 문 앞에 이르자 사무엘이 뒤를 돌아보며 고사리 같은 손으로 그에게 인사를 했다.

마누엘은 차 문을 열고, 카페가 조심해서 올라타도록 도와주었다. 그러곤 금고에서 꺼내 온 책을 좌석 위에 올려놓았다. 누가 부르기라도 한 것처럼 그는 저 위를 쳐다보았다. 위층 창가에서 까마귀의 검은 그림자가 여전히 그를 감시하고 있었다. 그는 휴대 전화를 꺼내 그날 아침에 저장해 놓은 번호를 검색했다.

「잘 지냈나? 마누엘이야.」 그는 루카스 신부에게 인사를 건넸다.

「마누엘이로군. 잘 지내지?」

「그럼.」 마누엘은 창가에 어른거리는 검은 그림자에게서 눈을 떼지 않고 말했다. 「지금 아스 그릴레이라스에 있어. 조금 전에 엘리사와 이야기를 나누었는데, 자네가 그녀에게 다 말해 주었다더군. 쉽지 않은 결정이었을 텐데, 하여간 고맙네.」

「자네에게 한 약속을 지켰을 뿐이야. 더 이상 숨기거나 거짓말은 하지 말아 달라던 자네의 부탁 말이네. 어떤 일이 있어도 그 약속만큼은 지킬걸세.」

「그게 내가 자네한테 전화를 한 이유라네. 노게이라가 자네와 이야기를 나누었다고 하더군. 그런데 그가 한 말을 곰곰이 따져 보니까, 자네가 그날 밤에 봤다던 의혹의 인물에 관해서는 한마디도 하지 않았다는

358

걸 알 수 있었지.」

「마누엘, 그 문제라면 이미 이야기를 했잖아. 그 사람이 누구인지 낸들 어찌 알겠나.」루카스가 대답했다.

「하지만 자네는 그게 알바로라는 걸 직감으로 알아차렸어. 간혹 뇌가 우리에게 무언가를 지시할 때가 있지. 그건 어떤 식으로든 우리가 그 결론에 도달하는 데 필요한 정보를 받았기 때문이야.」

「마누엘, 도대체 무슨 말을 하려는 거지? 이 문제에 대해서라면 이미 수차례에 걸쳐 이야기를 나누었잖아. 그리고 자네도 나와 생각이 다르지 않은 것 같은데.」

「루카스, 좀 더 구체적으로 이야기를 나누어 봐야 할 것 같아.」무슨 엉뚱한 소리인가 싶을 수도 있었지만, 루카스 신부는 그의 의중을 훤히 꿰뚫어 보았다.

「오늘 오후에는 뭘 할 건가?」

「양조장에 가보기로 다니엘과 약속했어.」

「잘됐군. 그럼 거기서 만나세.」루카스 신부가 말했다. 「이제 그만 전화를 끊어야 할 것 같아. 어디 갈 데가 있어서.」

「뭐가 그리 급한가?」이야기를 좀 더 나누고 싶던 마누엘이 볼멘소리로 말했다.

루카스 신부는 잠시 머뭇거리다가 폐쇄된 카타리나의 창고와 아스 그릴레이라스로 가는 길이 한적하다는 둥 이야기를 늘어놓았다. 모든 것이 완벽하게 들어맞았다. 그날 아침, 다람쥐 쳇바퀴 돌듯 매일 같은 일을 되풀이해야 하는 처지를 한탄하느라 그날이 무슨 요일인지 잊고 있었다는 것만 제외하면 말이다.

「오늘이 일요일이잖은가. 벌써 12시가 다 되어 가는군. 어서 미사를 집전하러 가야 해.」

마누엘은 루카스 신부가 아무 말 않고 전화를 끊은 것이 고마웠다. 사실은 둘 다 속으로 생각하고 있었으니 말이다. 그날은 알바로가 세상을 떠난 지 일주일째 되는 날이었다.

비닐 랩

노게이라는 집 앞에 차를 세웠다. 그를 반갑게 맞이해 주는 듯 2층에는 불이 환하게 켜져 있었다. 그는 그대로 운전석에 앉은 채 잠시 대문을 살펴보았다. 퇴직한 지 채 일주일도 지나지 않았지만, 실로 견디기 어려운 나날이었다. 벌써 쉰여덟이었다. 최근 2년 동안 그는 당장 그만두라는 부인의 잔소리를 들으며 살아야 했다. 어쨌든 나이로 보나 규정으로 보나 당장이라도 퇴직을 신청할 수 있었다. 직장을 그만두면 두 딸아이와 즐거운 시간을 보낼 수 있을 것 같았다. 그러면 최소한 막내딸과는 큰딸처럼 사이가 틀어지지 않을 수도 있을 것 같았다. 물론 퇴역 신청 서류에 서명을 하면서도 그게 얼마나 터무니없는 생각인지 잘 알고 있었지만, 그만큼 라우라를 생각하면 마음 한구석이 늘 무거웠다. 아마 그래서였는지도 모른다. 그는 그동안 메모해 둔 내용을 한번 훑어보려고 작은 수첩을 꺼냈다. 그러면서 모든 것이 마무리되고 난 이후, 자신의 운명이 어떻게 될지 생각해 보았다. 앞으로는 이 문제를 진지하게 생각해 보기로 마음먹었다. 수첩을 주머니에 집어넣는데 손가락에 끼워진 결혼반지에 눈이 갔다. 그는 빛바랜 반지를 유심히 보다가 조금이라도 더 광택이 나는 부분을 찾으려는 것처럼 자기도 모르게 두어 번 돌렸다. 그러곤 다시 대문으로 시선을 돌리더니 괴로운 듯 깊은 한숨을 내쉬었다. 그는 천천히 차에서 내려 집으로 터덜터덜 걸어갔다.

문을 열자 은은한 레몬 카스텔라 향기가 코끝을 스쳤다. 거실에서 텔레비전 소리가 희미하게 흘러나왔다.

「여보, 나 왔어.」 현관에 들어선 그는 옷걸이에 재킷을 걸면서 말했다.

물론 대답을 들으리라고는 아예 기대조차 하지 않았다. 그리고 안에서는 아무 소리도 들리지 않았다. 그는 곧장 주방으로 갔다. 꼬박 두 시간 동안 운전을 하느라 몹시 시장했다.

늘 그렇듯이 부엌은 깨끗했다. 싱크대에 빵 부스러기는 물론 음식 찌꺼기가 묻은 접시나 숟가락 그리고 국물이 남은 냄비 하나 보이지 않았다. 별 기대는 하지 않으면서도 그는 카스텔라 향기를 쫓아 오븐을 열어 보았다. 빵은 흔적도 없었지만, 열기와 달콤한 향은 그대로 남아 있었다. 창고 앞에 달린 롤러 블라인드를 올리자, 소금이 들어가지 않은 스콘이 보였다. 그는 무엇을 발랐는지 번쩍거리기만 하는 그 빵이 어지간히도 싫었다. 가만히 보고 있으면 방사선이 나오는 것 같아서 찝찝한 기분을 지울 수가 없었다. 그는 냉장고 문을 열고 서글픈 표정으로 안을 들여다보았다. 냉장고에는 아르수아 치즈와 랄린 초리소,[1] 그리고 라콘 햄 한 조각과 하몬, 모르콘 한 조각[2] 이 남아 있었다. 누가 봤다면 저 못된 여자가 남편을 생각해서 사놓은 줄 알았을 것이다.

그릇 하나에는 고기 스튜가, 다른 그릇에는 그가 그토록 좋아하는 크림소스가 든 하몬과 치즈 크로켓이 담겨 있었다. 그의 아내는 먹잇감을 끈질기게 동여매는 거미처럼 음식을 뒤섞은 다음, 비닐 랩으로 친친 말아 놓는 버릇이 있었다. 물론 그가 함부로 음식에 손을 대지 못하게 하려는 속셈이었지만, 그는 그 안에 무엇이 들었는지 금방 알아냈다. 이따금 그렇게 부엌에 들어와 아내가 요리해서 넣어 둔 맛난 음식을 멍하니

---

1 아르수아 치즈는 갈리시아의 아르수아시에서 생산되며, 갈리시아산 루비아 품종의 우유로 만든다. 갈리시아의 도시인 랄린은 스페인식 소시지인 초리소로 유명하다.
2 라콘은 돼지의 어깨에서 앞다리 부분을 소금에 절여 말린 일종의 햄으로, 갈리시아에서만 생산되는 음식이다. 하몬은 돼지 뒷다리를 소금에 절여 말린 음식인데, 라콘에 비해 숙성 기간이 길다. 모르콘은 초리소의 일종으로, 주로 안달루시아와 에스트레마두라 등지에서 생산된다. 초리소에 비해 비계가 적은 고기를 돼지의 창자에 넣어 만든다.

바라보곤 했다. 그녀는 그가 음식을 보는 건 전혀 신경 쓰지 않았다. 하지만 거기에 손끝이라도 대면 독 오른 거미처럼 방 안에서도 금방 낌새를 알아차렸다. 이번에는 어떨지 한번 실험을 해보기로 했다. 그는 손을 뻗어 아내가 랩으로 철저하게 싸놓은 치즈를 살짝 들어 올렸다. 냉장고에서 꺼낼 용기는 나지 않았다. 그 순간 거실에서 텔레비전 소리보다 더 큰 목소리가 들려왔다.

「지금은 아무것도 먹지 말아요. 당신 저녁거리로 채소를 준비해 놓았다고요. 못 기다리겠으면 우선 사과라도 먹어요.」

그는 아내의 그런 능력이 놀랍기도 하고 무섭기도 해서 고개를 절레절레 저었다. 그러곤 냉장고 문을 닫고, 동화에 나오는 것처럼 반짝거리는 빨간 사과를 멍하니 바라보았다. 거실로 걸어가는데 혼잣말하듯 중얼거리는 아내의 목소리가 들렸다. 보지는 못했지만 실실 웃으면서 말하는 것 같았다.

「싫으면 차라도 한잔 마시든지요.」

그는 거실 안을 살짝 들여다보았다. 안락의자 몇 개가 텔레비전 앞에 놓여 있었다. 방 안쪽에 앉아 있던 아내가 그를 보자 고개를 숙이며 인사를 건넸다. 딸들은 커다란 소파에 나란히 누워 있었다. 막내는 그의 볼에 입을 맞추기 위해 기지개를 켜면서 소파에서 천천히 일어섰다. 그가 좀 더 안아 주려고 했지만, 아이는 그의 팔 사이로 쏙 빠져나가고 말았다. 큰아이는 그에게 눈길 한번 주지 않고 인사 대신 손을 살짝 들어올렸다. 평소 같았으면 그의 차지일 오른쪽 의자에는 너무 말라 볼품이 없는 남자아이가 떡하니 앉아 있었다. 보아하니 딸아이의 남자 친구인 것 같은데, 왠지 처음부터 마음에 들지 않았다. 노게이라가 눈치를 줘도 녀석은 인사하는 법이 없었다. 테이블 위에는 여러 개의 빈 찻잔과 현관문을 열자마자 은은한 향기를 풍기던 카스텔라가 절반가량 남아 있었다. 비록 6년 전부터 입에 대지도 못했지만, 아내만큼 카스텔라를 잘 만드는 사람도 없었다. 아이들이 시시한 미국 드라마를 보는 동안 아내는 책을 읽고 있었다. 옆에 램프를 켜둔 채로 그녀가 반쯤 읽은 책을 무릎

위에 엎어 놓았다. 노게이라는 책 표지를 유심히 살폈다. 그러더니 책을
가리키며 말했다.

「마누엘 오르티고사군.」

그녀가 화들짝 놀라자, 그는 괜히 우쭐한 기분이 들었다.

「아는 사람이야.」 아내가 눈을 동그랗게 뜨고 관심을 보이자, 그는 의
기양양하게 말했다. 「내 친군데, 요즘 무슨 일이 있어서 내가 좀 도와주
고 있지.」

「술리아!」 그녀가 큰딸을 보며 말했다. 「아빠 좀 앉으시게 일어나.」

아내가 자기를 유심히 쳐다보자 으쓱해진 노게이라는 소파에 앉았다.

「당신이 마누엘 오르티고사를 아는지 누가 알았겠어.」

「마누엘 말이야? 아, 물론 아주 친한 사이라고.」

「그리고 술리아.」 그녀는 다시 큰딸을 보며 말했다. 「당장 부엌에 가
서 접시랑 포크 가져와. 아빠도 저 카스텔라를 드시고 싶을 테니까 말
이야.」

그녀의 말이 떨어지기가 무섭게 큰딸은 부엌으로 갔다.

잔해

밖에서 작별 인사를 나누던 포도 농가 사람들이 다 떠났는지 이젠 떠들썩한 말소리도, 트럭 엔진 소리도 들리지 않았다. 유리창으로 내다보니 아직 남은 이들과 즐겁게 이야기를 나누고 있는 다니엘의 모습이 보였다. 뭐라고 하는지 들리지는 않았지만 표정이나 손짓으로 봐서는 포도가 예상외로 잘 팔린 모양이었다.

마누엘이 도착했을 때, 양조장 정문과 그 옆 공터에는 이미 자동차들이 가득 들어차 있었다. 좁은 도로에서는 움직이지도 못할 정도로 큰 견인차에 연결된 화려한 색깔의 트레일러부터 소형 트럭까지 차종이 다양했다. 그는 진입로에 차를 세운 뒤 차량과 포도를 담은 상자 사이 비좁은 틈에 옹기종기 모여서 담소를 나누던 포도 농가 사람들을 피해 일부러 먼 길로 돌아서 정문까지 걸어갔다. 그러나 낯선 이를 힐끔거리며 쳐다보는 시골 사람들의 호기심 어린 시선마저 피할 수는 없었다. 그러면서도 그들은 경험이 풍부한 농사꾼들답게 이른 오후의 눈부신 햇살을 받아 보석처럼 반짝거리는 다른 이들의 포도를 능숙하게 평가했다.

그날만큼은 활짝 열린 양조장 문 앞에서 다니엘이 저울 위에 포도 상자를 올려놓고 무게를 잰 다음 안으로 들고 들어가는 인부들을 두루 살피고 있었다. 잠시 시선을 돌리다 마누엘을 발견한 그는 환한 미소를 지으며 어서 오라고 손짓했다.

「마누엘 씨, 안녕하세요.」 그가 반가운 듯이 인사했다. 「때마침 잘 오셨어요. 우리도 이제 막 시작했거든요. 내 옆에 붙어 계시면, 지금 무슨 일을 하는 건지 자세히 설명해 드릴게요.」

다니엘은 농부들이 포도 상자를 다섯 단이나 쌓아 올린 다음, 저울 위에 올려놓는 모습을 지켜보았다. 그러곤 카본지 장부에다 무게와 재배자의 인적 사항을 꼼꼼히 적어 두더니, 무게를 다 잰 뒤 사본을 뜯어 포도 주인에게 건네주었다. 그는 수확한 포도의 무게를 다 잴 때까지 이 과정을 되풀이했다. 그 뒤 일꾼들이 상자를 안으로 끌고 가 철제 테이블 위에 쏟아부었다. 소매를 팔꿈치까지 걷어 올린 남자 넷이 — 그들 사이에서 루카스 신부가 눈에 띄었다 — 수확할 때 포도송이 안에 섞여 들어온 이파리와 잔가지, 흙덩어리와 돌멩이를 골라냈다. 원산지 표시 연구소의 여자 연구원이 테이블을 살펴보면서 재배 농가별로 목록을 작성했다. 처음 얼마간 마누엘은 사람들이 하는 작업을 유심히 관찰했지만, 이내 빠르게 움직이는 저들의 손놀림과 풍작을 기뻐하는 웃음소리의 소용돌이 속으로 빨려 들어갔다. 그들이 손에 쥔 포도는 색깔이 진하고 즙이 가득 차 탱글탱글해 보였다.

마누엘은 소매를 걷어 올리고 테이블로 다가갔다. 그가 도착한 순간부터 한순간도 눈을 떼지 않고 있던 다니엘이 그에게 작업복을 주라고 직원에게 손짓했다. 마누엘은 수술을 앞둔 의사처럼 앞쪽으로 작업복을 입었다. 이물질을 걸러 낸 포도가 압착기로 들어가 으깨지면서 햇빛과 짙은 안개를 머금어 달콤하고 진한 즙이 흘러나왔다. 포도즙은 압착기 뚜껑으로 난 구멍을 통해 저 아래에서 기다리고 있던 차가운 통 속으로 흘러 들어갔다. 그렇게 작업을 하느라, 포도를 보느라 그날 오후는 정신없이 지나갔다.

마지막 트레일러가 도착했을 때, 해는 서산으로 뉘엿뉘엿 넘어가고 있었다. 풍작의 기쁨에 들떠 모두 흥겨운 마음으로 일하는 모습을 보면서 마누엘도 흐뭇한 기분이 들었다. 그는 루카스 신부에게 손짓을 했다. 루카스는 소매를 팔꿈치까지 걷어붙인 채 양조장 직공들을 도와 포도 줄기 제거 기계에 쌓인 찌꺼기 — 나중에 소주로 만들거나 분쇄해서 밭에 비료로 주기도 한다 — 를 통에 밀어 넣고 있었다. 두 사람은 압착 가공실과 양조장의 나머지 공간을 가르는 문을 통해, 옆으로 이어진 어두운 방에 들어갔다. 그러곤 자석에 이끌린 것처럼 발코니 쪽으로 향했다. 산기슭을 붉게 물들인 9월의 석양이 한 폭의 그림 같았다. 〈아직은 여름의 생동감과 싱그러움이 남아 있어.〉 마누엘은 가만히 생각했다. 〈하지만 그리 오래가지는 않겠지.〉

사람들이 웅성거리며 웃는 소리와 고무호스로 물이 흐르는 소리가 압착 가공실로부터 들려왔다. 인부들이 물로 기계를 씻어 내고 있었는데, 물이 끓어오르는 소리가 났다. 포도즙의 향기가 위로 올라가면서 천장에 흰 구름처럼 향긋한 수증기가 자욱해 사람들의 모습은 거의 보이지 않았다.

어둠 속에서 마누엘은 자신 있다는 듯 조용히 미소를 지었다. 그러곤 포석 위를 걸어다니는 카페의 발소리에 귀 기울이면서 손을 더듬어 스위치를 찾았다. 그가 기분이 나아진 것은 장소와 관련이 있었다. 사실 그곳에 도착했을 때만 해도 마음이 쓰리고 아팠다. 알바로의 방이 썰렁했던 탓도 있었지만, 엘리사가 화를 내면서 인사도 하지 않고 가버렸기 때문이다. 자신의 마음을 헤아려 주지 못하는 그녀가 야속하기만 했다. 그러자 갑자기 까마귀의 말이 귓전에 맴돌았다. 〈아무리 애를 써도 여기는 당신 집이 될 수 없을뿐더러, 우리가 당신과 한 가족이 되는 일도 없을 거예요.〉 그녀의 말은 사실상 판결이나 다름없었다. 그는 마음이 아픈 게 엘리사 때문만은 아니라는 걸 알고 있었다. 그보다는 사무엘의 작은 손이 남겨 놓은 공허, 웃을 때 훤히 드러나던 녀석의 작고 고른 이, 소리 지를 때 내던 높고 날카로운 목소리, 까르르 웃던 모습, 앙증맞지만 밧줄을 목에 감은 것 같던 힘찬 포옹 때문이었다.

그리고 마음 깊이 남은 상처. 그는 자기도 모르게 그 노파의 입에서 흘러나온 말을 수없이 되뇌었다. 그에게 최대한 상처를 입히려던 말 한 마디 한 마디가 비수처럼 마음을 찔렀다. 그녀는 행동거지는 물론, 그와의 만남 자체에도 그다지 솔직하고 자연스럽게 대응하지 못했다. 여러 날에 걸쳐 준비하고 연습한 것이 분명했다. 물론 전에도 한 적이 있는 이야기일 테지만, 연습한 대로 자기주장만을 내세웠을 뿐이다. 그녀가 아무리 허튼소리를 해도 세뇌된 광신도처럼 귀를 기울이며 연신 고개를 끄덕이던 간호사의 모습을 보면서, 노파의 말 한 마디 한 마디가 진심에서 비롯된 것이라는 생각이 들었다. 하지만 동시에 일부러 잔인하고 비열한 척하려는 의도도 느낄 수 있었다. 어떤 공연을 보러 갔는데 이래저래 미루어지는 바람에 자리만 차지하고 있다가 뜻하지 않게 자기만 모르는 작품을 관람한 꼴이 되고 말았다. 곰곰이 더듬어 본 결과, 그녀가 자기를 이용해 계략을 꾸미고 있다는 것을 깨달았다. 어떤 일이 있어도 거기에 빠지지 말아야겠다는 생각이 들었다. 일단 그녀의 계략에 휘말려 독배를 조금씩 마시면 독이 천천히 온몸으로 퍼지면서 결국 그의 마음을 갈가리 찢어 버리고 말 테니까 말이다. 그는 그 이유를 잘 알고 있었다. 그녀가 쏟아 내던 갖은 비열함과 순전한 증오심 사이에서, 그는 날카로운 비수가, 다시 말해 치명적인 독극물이 든 캡슐이 원한 속에 감추어져 있다는 것을 알고 있었다. 그건 그녀의 진심이나 다름이 없었다. 진심이야말로 이 세상에서 가장 날카로운 무기라는 것을 그녀 또한 분명히 알고 있었으니까. 더군다나 그녀는 마누엘이 절대 바보가 아니라는 것을 잘 알고 있었다. 그리고 자기가 아무리 심한 말을 퍼부어 댔다고 해도, 또 그 순간 그를 충격에 몰아넣었다고 해도 그것이 자기를 지켜 줄 든든한 알리바이가 될 리가 없다는 것쯤은 분명히 알고 있었다. 예리한 검사만 만나면 앞뒤도 맞지 않는 허술한 알리바이라는 것이 금방 드러날 테니까 말이다. 그렇다. 마음속의 증오심만으로는 단연코 잔인한 솔직함만큼 해를 줄 수 없었다. 그녀는 그 사실을 잘 알고 있었다. 그 악랄한 진심과 살짝 스치기만 했는데도 그의 살갗에는 아물기 힘든 상처가 남고 말았다. 혈관으로 불쾌한 이물질이 흐르는 듯했고, 그 느낌이 귀신에 씐 것처럼 소름 끼치고 바이러스에 감염된 것처럼 생생했다. 그건 바로 그녀의 진심이었다.

마누엘은 발코니에 설치된 해먹 앞에서 신부에게 이쪽으로 오라고 손짓했다. 그러곤 와인 두 잔을 따라 하나는 신부에게 건넸다. 루카스 신부는 말없이 미소를 지으며 잔을 받았다. 두 사람은 한동안 고요히 어둠이 내려앉는 언덕의 실루엣을 바라보았다. 두 사람이 포도주를 마시듯이 어둠은 천천히 빛을 마셨다.

「있잖아.」 루카스 신부가 마침내 입을 열었다. 「알바로가 양조장 일을 맡게 되면서 매년 수확기가 되면 나도 여기 온다네. 아무리 바빠도 하루는 시간을 내서 오고 있지. 일이 끝나면 언제나 여기서 포도주를 마신다네.」

마누엘은 구불구불한 시간의 주름 속에서 루카스가 불러일으킨 이미지의 일부를 희미하게나마 찾을 수 있을 것처럼 주변을 두리번거렸다.

「왜 그러는 거지?」

「왜라니? 뭐가 말인가?」 루카스가 어리둥절한 표정으로 되물었다.

「왜 신부가 포도 수확을 하러 오느냐, 이 말일세.」

그 말을 듣고 루카스는 살며시 웃었다.

「글쎄. 테레사 성녀¹가 이런 말을 한 적이 있지. 〈하느님은 찌개 사이에도 돌아다니신다〉라고 말이네. 그 말이 사실이라면, 포도밭 사이로도 돌아다니시지 않겠는가.」 신부는 잠시 생각에 잠긴 듯 말이 없다가 천천히 입을 열었다. 「나는 어떤 곳에서도 하느님을 만날 수 있다네. 하지만 말이야, 여기 와서 일하기만 하면 나도 저들과 다를 바가 없다는 걸 알게 돼. 그러니까 그저 일하는 사람일 뿐이라는 말이네. 육체노동에는 모든 이들이 골고루 가지고 있는 일종의 영광이 깃들어 있다는 생각이 들어. 다시 말해서, 그 영광은 일상적이지만 거칠고 상스럽지 않은 모든 일에 스며들어 있다는 말일세. 그래서 여기에만 오면 하느님의 영광을 되찾게 되는 모양이야.」

두 사람 사이에 또다시 침묵이 흘렀다. 마누엘은 빈 잔에 와인을 채웠다. 그도 어렴풋하게나마 느끼고 있었다. 한마디로 〈에로이카〉는 우리

---

1 Teresa de Cepeda y Ahumada(1515~1582). 스페인 태생으로, 신비주의자이자 수도원 개혁에 앞장선 성녀이다. 〈예수의 테레사 성녀〉, 혹은 〈대(大) 테레사〉라고 불리기도 한다.

가 종종 잊고 사는 노동과 미덕 그리고 태도를 다시 끌어모았다. 그런 속성들이 마치 레이 라인[2]처럼 모여들면서 그곳은 신성한 장소로서의 면모를 갖추게 되었다. 그 장소는 인간 세계의 결함과 두려움, 천박함을 모두 깨끗이 씻어 냄과 동시에 상처받은 영혼을 차분하게 가라앉혀 준 다음, 영웅의 새로운 튜닉으로 살며시 덮어 줄 수 있었다.

마누엘은 루카스를 살펴보았다. 그는 노을이 붉게 타오르는 지평선을 바라보면서 온화한 미소를 짓고 있었다. 고즈넉한 저녁 풍경을 즐기고 있는 그를 방해하고 싶지는 않았지만, 마누엘은 하는 수 없이 말을 꺼냈다.

「아까 전화로도 말했지만, 엘리사한테 다 말해 준 데 대해서 다시 한 번 고마움을 전하고 싶네. 그리고 노게이라한테도 말이야.」

루카스는 별거 아니라는 듯 천천히 고개를 흔들었다.

「나는 둘이 아는 사이인지 전혀 몰랐어. 자네하고 노게이라 말이야.」 마누엘은 생각을 가다듬느라 잠시 말을 멈추었다. 「물론 알바로의 장례식 날, 우리가 아스 그릴레이라스를 떠날 무렵에 둘이 마주친 건 알고 있어. 그런데 자네가 노게이라의 전화번호까지 알고 있으리라고는 생각지 못했다네.」

「글쎄. 그와 잘 아는 사이라고 할 수 있을지 모르겠군.」 루카스 신부가 나직한 목소리로 말했다. 「프란이 죽었을 때, 그를 봤던 기억이 나네. 그날 새벽, 현장에 제일 먼저 도착한 이들 사이에 끼어 있었으니까. 제일 먼저 구급차가, 그다음에 그 과르디아 시빌이 도착했지. 그러고 나서 내가 종부 성사를 하려고 왔던 거야. 사실 그의 인상이 좋지는 않다네. 뭐랄까, 적대감을 노골적으로 드러내지는 않았지만 상당히 차갑고 냉소적인 분위기를 풍기더군. 직업의 특성 때문인지, 모든 사람을 경멸하듯이 보는 것 같더라고.」

2 영국의 아마추어 고고학 연구가인 알프레드 왓킨스가 1922년에 출판한 『영국의 고대 유적』이란 책에서 제기한 이론으로, 고리처럼 동그란 형태의 거석이나 돌기둥, 석총, 교회 같은 고대 유적이나 성지가 일정한 법칙으로 정렬되어 있는 것을 의미한다.

「무슨 말인지 알 것 같아.」마누엘은 노게이라의 입가에 번지던 기분 나쁜 미소를 떠올리며 말했다.

「그때 아스 그릴레이라스 정문 앞에서 그를 다시 보고 집에 가자마자 전화번호를 찾아보았네. 예전에 내게 진술을 받은 다음, 혹시 더 생각나는 게 있으면 언제든지 연락을 달라면서 자기 번호를 알려 주었거든. 그걸 저장해 두었던 것이 기억나더군.」

「그럼 3년 동안이나 그 번호를 저장해 두었단 말인가?」

루카스는 아무 대답도 하지 않았다.

「언젠가 그에게 전화를 할 생각이었던 모양이지?」

루카스는 대답 대신 고개를 흔들었지만, 자신이 없는 표정이었다.

마누엘은 심각한 표정으로 그를 바라보았다.

「자네한테 말하고 싶었던 게 바로 그 문제일세.」그는 잠시 말을 멈추었다. 「지난번 성지에서 자네한테 뭐라고 했는지 기억하네. 그런데 아무래도 미심쩍은 기분을 지울 수가 없어.」

〈네가 그 사람을 죽였다는 걸 그도 잘 알고 있으니까 말이야.〉그 순간 갑자기 그 말이 마누엘의 머릿속을 스치고 지나갔다.

「미심쩍다니, 대체 무슨 소린가? 교회 안으로 들어간 이가 알바로일 리 없다고 이미 이야기했잖은가. 만에 하나 그게 알바로였다고 쳐보세. 달라지는 게 뭔가? 형이 자기 동생이 어떤지 보러 간 게 뭐가 그렇게 수상쩍다는 거지? 자네도 이미 수긍했듯이, 프란한테 일어난 일이나 노게이라의 말처럼 시신의 위치가 바뀐 데에도 알바로가 연루되었을 리는 절대 없어.」그는 마누엘을 빤히 쳐다보며 잠시 침묵을 지켰다. 마누엘은 그의 시선을 피해 땅만 내려다봤다. 「안 그런가?」

마누엘이 잔을 단숨에 비워 버렸다.

「아무래도 나는 확신이 서질 않아.」

〈네가 그 사람을 죽였다는 걸 그도 잘 알고 있으니까 말이야.〉마누엘은 그 불길한 생각을 떨쳐 버리려고 이를 꽉 깨물었다.

루카스는 걱정스러운 눈빛으로 그를 바라보았다.

「확신이 서지 않는다니, 그게 대체 무슨 말인가? 나한테는 일언반구 설명도 하지 않고 밤사이 속으로만 끙끙 앓다가 확신이 서지 않는다고 하면 어쩌자는 건가. 그래도 나는 우리가 서로 숨기고 말고 할 것도 없는 사이라고 여겼는데 말이야.」

마누엘은 어둠이 내리면서 보일락 말락 한 지평선을 바라보며 길게 한숨을 내쉬었다. 땅과 하늘이 맞닿은 곳이 여전히 푸르스름하게 빛났다. 그는 다시 신부에게로 고개를 돌렸다.

「예전에 알바로가 동생과 함께 창녀들한테 갔다고 했는데, 그 말 기억나?」

루카스는 씁쓸한 표정으로 고개를 끄덕였다.

「그가 만난 창녀와 이야기를 나누어 보았네. 그녀의 말에 따르면, 알바로는 산티아고 때문에 어쩔 수 없이 따라온 거라고 하더군. 그 말이 맞을 거야. 산티아고는 심할 정도로 동성애자들을 혐오하니까. 어느 정도인고 하니 내가 알바로를 〈배우자〉라고 부를 때마다 뇌졸중으로 쓰러질 것 같은 표정을 짓는다네.」

「어쨌든 사실이 밝혀져서 한결 마음이 놓였겠군.」 루카스가 조심스럽게 말했다.

「그것도 잠시였지. 몇 시간 뒤에 그의 통화 기록을 확인해 보니까 그 지역의 남창과 줄곧 연락을 주고받았더라고.」

그 말을 듣자 루카스도 역겨운 표정을 숨기지 못했다.

「남창이 뭔지는 알지?」

「물론이지. 사제라고 해서 세상일과 담쌓고 사는 건 아니니까.」 그가 따지듯 말했다. 「그런데 뭔가 꺼림칙하군. 내가 알던 알바로의 모습과는 너무 동떨어진 느낌이어서 말이야.」

「루카스. 자네는 여전히 그를 학교 다닐 때의 모습으로만 생각하는 것 같아. 그는 마드리드에서 오랫동안 혼자 살았어. 처음 만났을 때 내게 이런 말을 하더군. 자기는 한동안 누군가를 만나려고 눈이 벌게서 돌아다녔다고 말이야. 그 말 그대로였어. 다행히 나를 만난 뒤로 그런 버릇은 깨끗이 사라졌다네. 알바로는 자기 과거를 이야기할 때, 조금도 숨기는 것이 없었어. 물론 그런 데에 갔다는 이야기도 전혀 없었고. 하여간 나는 그의 말을 철석같이 믿었지. 따지고 보면 그는 그런 곳에 갈 필요가 없었으니까.」

「대체 무슨 일이 있었기에 자네 생각이 달라진 거지?」

「무슨 일 때문이냐고? 루카스. 그보다 어떻게 내 생각이 달라지지 않을 수 있겠나 말해 보라고. 솔직히 말해서 이젠 알바로가 누구인지도 잘 모르겠어. 마치 낯선 사람에 대해 이야기하고 있는 것 같다니까.」

「바로 그거라네. 자네도 알다시피 나는 오랜 세월 동안 그와 알고 지냈어. 그는 전혀 달라지지 않았어. 알바로는 죽는 그 순간까지도 용감한 청년이었네. 적어도 내가 아는 한 그런 사람이었지. 그런데 자네가 말하는 사람은 내가 알던 알바로가 아닐세. 전혀 달라.」

마누엘은 아무 말도 하지 않았다. 갑자기 좌절감이 밀려오면서 머릿속이 멍해졌다. 아무도 자기 마음을 몰라주는 게 답답하기만 했다. 그는 다시 잔을 채웠다.

「어쨌거나 일단 노게이라를 만나서 그날 밤 자네가 본 것, 아니 봤다고 생각하는 걸 다 말해 주면 좋을 것 같네.」

「그렇게 하면 오히려 수사에 악영향을 미칠 테고, 노게이라도 그런 사실을 알면 다른 방향으로는 아예 수사를 하지 않을 거라고 자네가 생각하는 것 같아서 말을 안 했던 거야.」

「그렇지. 그때 내가 뭐라고 했는지 기억나네. 하지만 그날 밤, 교회와 그 주변에 더 많은 사람들이 있었다는 걸 그 후로 알게 됐어.」 마누엘은 손을 들어 손가락을 꼽으며 말했다. 「에르미니아는 나가려다 엘리사가 다시 교회로 가는 걸 보고 도로 들어왔다고 하더군. 엘리사는 교회 문 앞에서 작별 인사를 나누던 프란과 산티아고를 봤고. 그녀가 도착했을 때, 프란은 교회 안으로 들어가고 길을 나서던 산티아고와 마주쳤다네. 산티아고는 그녀를 보자마자 아무 일 없으니까 걱정하지 말고 집으로 돌아가라고 했다더군. 프란이 기도 중이니 방해하지 말라고 했다는 거야. 잠시 뒤 에르미니아는 자기 집 창문으로 아까 말한 그 남창이 올라오는 모습을 봤다고 하더군. 녀석은 프란에게 마약을 공급하던 그 지역 판매업자이기도 했지.」

「빌어먹을!」 루카스가 소리를 질렀다.

신부의 입에서 험한 말이 튀어나오자, 마누엘은 놀라서 쳐다보다가 이내 가볍게 미소 지었다.

「내가 대놓고 물어보기까지 했지만, 교회에서 알바로를 봤다는 사람은 아무도 없었어. 물론 산티아고한테는 물어볼 기회가 없었네. 앞으로도 그런 기회가 있을 것 같지 않고, 설령 있다 해도 그가 협조적으로 나올 것 같지는 않아. 오늘 아침에도 아스 그릴레이라스에서 나를 보자마자 언짢은 표정부터 짓더군.」

루카스는 깜짝 놀란 표정으로 그를 쳐다보았다.

「무슨 일이 있었어?」

「몇 가지 서류를 가지러 알바로의 방에 올라갔었네.」 마누엘은 자기도 모르게 결혼반지에 손을 갖다 대며 말했다. 「내가 거기에 있는 걸 어떻게 알았는지 씩씩거리면서 올라오더군.」

「혹시 자네한테 해코지라도 하던가?」

마누엘은 놀란 듯이 그를 바라보았다.

「갑자기 그런 걸 물으니까 당황스럽군. 아냐. 분을 참지 못해 몇 분간 고래고래 소리만 지르더라고. 그러더니 벽을 주먹으로 내리치더군. 그 모습이 안쓰러워 보였네. 사람들 말로는 화가 나기만 하면 그렇게 난폭한 행동을 한다더라고.」 그는 주방 벽에 남아 있던 불그스레한 얼룩을 떠올리며 말했다.

루카스는 그가 한 말을 심각하게 느끼는지 몸을 살짝 숙였다.

「마누엘. 부디 조심하게. 내 생각인데, 이번 사건은 노게이라에게 맡기고 자네는 빠지는 게 좋을 것 같아. 어쨌거나 그건 당연히 그가 해야 할 일이니까 말이네.」

「루카스. 과르디아 시빌은 이미 이 사건을 단순 교통사고로 종결시켜 버렸어. 더구나 노게이라는 얼마 전에 은퇴를 했다네. 알바로가 죽고 이틀 후에 그만두었지.」

「그렇다면 자네 마음은 충분히 이해가 가네. 누구든 자네 입장이라면 사건의 진실을 알고 싶어 할 테니까. 그런데 노게이라는? 그는 무슨 이유로 수사를 계속하려는 거지?」

마누엘은 고개를 저으며 어깨를 으쓱했다.

「솔직히 나도 잘 모르겠어. 그런 사람은 처음이라서…… 무엇 하나 마음에 드는 구석이 없는 데다, 종종 혐오스럽기까지 하다네.」 그는 살짝 웃으며 말했다. 「물론 그도 나를 탐탁지 않게 여길 거야. 그는 특이할 정도로 자존심이 강한 사람인 것 같아. 한번 맡은 일은 끝을 볼 때까지 절대 손에서 놓지 않으려고 하는 부류란 말일세. 내가 자네더러 그를 만나서 본 대로 다 말해 주라고 당부한 것도 바로 그 때문이야. 그 사람 때문에 화가 날 때도 많지만, 나로서는 그 사건에 알바로가 조금이라도 연루되었다는 점을 받아들이기가 어려우니까 말일세.」

루카스는 전혀 내키지 않는다는 듯 고개를 절레절레 흔들었다.

「물론 산티아고도 처음부터 내게 적대적으로 나오기는 했지만, 그보다 더한 사람이 있더군.」

루카스가 다시 걱정스러운 표정으로 그를 바라보았다.

「후작 부인이 자기 방에서 같이 차나 마시자고 하더군. 거기서 그녀의 말을 듣고 있자니 등골이 오싹했어. 그 섬뜩한 느낌은 샤워를 열 번 넘게 해도 지워지지 않을 것 같아. 자식을 미워하는 부모들이 있다는 이야기는 여러 번 들어 봤지만, 직접 본 적은 없었거든.」

「성격이 여간 까다로운 게 아니지.」

「까다롭다고? 천만에. 증오와 멸시의 감정을 노골적으로 드러내는데, 역겨워 죽는 줄 알았네. 그렇다고 알바로만 미워했던 건 아닌 것 같아. 세 아들을 모두 싫어하는 것 같았어. 하지만 원래 알바로의 성격이 그리 유순하지는 않다 보니, 셋 중에서 가장 속을 썩였다는 식으로 말하더군. 나머지 두 아들이 마약쟁이인데, 설마 그럴 리는 없겠지. 아무리 그래도 그 어린아이를 집과 부모 그리고 형제들로부터 떼놓을 만큼 긴박한 이유가 뭐였는지 도무지 모르겠어. 그 바람에 알바로는 그 집에서 있으나 마나 한 존재가 되고 말았으니까. 참, 알바로가 마드리드로 떠난 뒤에 그의 방을 다 치운 건 알고 있었나? 어쩌다 이곳에 내려오면 그는 낯선 방문객처럼 손님방에서 잤다고 하더군.」

루카스가 그 말을 곱씹어 보는 동안 마누엘은 잠시 입을 다물었다.

「자네는 알바로와 함께 공부한 사이니까 말해 보게. 혹시 그때부터 성적 정체성이 드러나기 시작해서 열두 살 된 아이를 그렇게 멀리 보낸 거라고 생각하나?」

「알바로는 열두 살 때 여자아이 같거나 허약하지도, 그렇다고 특별히 예민하지도 않았어. 그런 뜻으로 물어본 거라면 절대 아닐세. 오히려 정반대였지. 물론 그는 수척하고 신경질적인 데다, 힘도 그리 센 편은 아니었어. 늘 무릎이 까져 있던 게 기억나는군. 특별히 싸움질을 좋아하진 않았지만, 어쩔 수 없는 경우라면 피하지 않았어. 그가 주먹질하는 모습을 몇 번 본 적이 있는데, 그건 전부 산티아고를 지켜 주기 위해서였지.」

「에르미니아가 그러더군. 산티아고는 어릴 때 친구가 별로 없었다고 말이야.」

「산티아고는 무엇보다 말이 많아서 여러 번 곤경을 치러야 했거든. 그런데 알바로가 늘 곁에서 지켜 주다 보니 커서도 나아지질 않더군. 내 기억으로는 어떤 친구도 산티아고를 견뎌 내지 못했어. 우리한테 딱 달라붙어 떨어지지 않았거든. 보통 어린 막냇동생한테서 흔히 볼 수 있는 모습인데, 어쨌거나 골치 아픈 상황이었지. 알바로가 무슨 일을 해도 산티아고의 눈에는 멋져 보였나 봐. 쉬는 시간이나 학교가 끝났을 때, 우리는 녀석을 따돌리려고 별의별 짓을 다 했다네. 지금 생각해 보면, 좀 심하게 대했던 것도 사실이야. 그때는 우리도 어렸으니까. 하지만 산티아고가 그만큼 골칫거리였다는 점을 잊어서는 안 되네.」

「그의 어머니도 대놓고 험담을 하더군. 프란과 산티아고는 소심하고 나약하기 짝이 없는 반면, 알바로는 배짱이 두둑했지만 엉뚱한 데에 쓰고 말았다고 말이야.」

루카스는 입술을 꽉 깨물며 절대 그렇지 않다는 듯 완강하게 고개를 저었다.

「후작 부인이 무슨 뜻으로 한 말인지는 알겠네. 알바로는 성격이 고분고분하지 않아서 자주 부모에게 대들곤 했으니까. 특히 친구 문제로 부딪힌 적이 많았어. 다들 한동네에 살던 가난한 아이들이었거든. 우린 항상 동네에서 모여 모험을 하러 산에 올라가거나 헤엄을 치러 강으로 나가곤 했어. 지금 생각해 보면 전혀 이상할 것도 없는 일이지. 하지만 알바로의 아버지에게 사회 계급이란 건널 수 없는 경계선이나 마찬가지였다네. 자기 아들이 그런 아이들과 어울려 다닌다니 그로서는 얼마나 체면이 상했겠나. 그 때문에 알바로는 적어도 8년에서 12년은 외출 금지를 당했을 거야. 물론 그 정도로는 눈 하나 깜짝하지 않았지만 말이야. 그는 몰래 장원을 빠져나와 들판을 가로질러 우리가 모이던 버려진 농가로 걸어오곤 했지. 그의 아버지는 틈만 나면 기숙 학교로 보내 버린다고 으름장을 놓더니, 결국 그렇게 하고 말았네.」 루카스는 어깨를 으쓱했다. 「당시에는 이름 있는 집안의 자식들이 삐뚤어지면 비싼 기숙 학교로 보내는 게 흔한 일이었지. 거기선 아무리 망나니 같은 아이라도 자신의 계급에 걸맞은 대우를 받을 수 있었으니까 말이야. 첫해에 그는 방학이 되자마자 이곳으로 내려왔어. 하지만 그 후로는 방학 때도 안 내려오더라고. 어쩌다 성탄절에 잠시 들르기는 했지만, 오래 있지는 않았어. 이삼일 정도 지나면 부모들이 다시 마드리드로 보내 버렸으니까.」

「그럼 여름 방학에도 내내 마드리드에 있게 했단 말이야?」

「야영을 하거나 여름 캠프에 가면 갔지, 집에는 오지 않았네. 성인이 된 다음에도 마찬가지였어. 아버지가 돌아가셨을 때를 빼면 한 번도 내려오지 않았을 거야. 적어도 다들 그렇게 알고 있어.」

마누엘은 해먹 사이에 있던 작은 테이블에 잔을 내려놓았다. 그는 몸을 숙이고 루카스를 빤히 쳐다보면서 그의 말이 계속되기를 기다렸다.

「이미 들어서 알겠지만 알바로의 소식, 특히 그가 자네와 결혼한 사이였다는 사실은 이곳 사람들에게 꽤나 충격적이었다네.」

「그랬을 테지.」

「물론 모두가 까맣게 모르고 있었던 건 아니야. 그의 아버지가 생활비와 학비 등을 계속 책임져 준 덕분에 알바로는 전적으로 독립적인 생활을 누릴 수 있었고 말이야. 나는 후작이 어떤 종류의 아량이나 보살핌을 베풀기 위해 그렇게 했다고는 생각지 않아. 오히려 스페인 귀족 가문의 아들이 슈퍼마켓의 계산대에서 일하는 상황만큼은 피하고 싶어서 그랬을 거야. 그건 후작에게 견딜 수 없는 수치가 될 테니까. 그는 사람들이 아들에 관해 알게 될까 봐 노심초사했다네. 그러니 빗나간 아들이 어중이떠중이들과 어울리게 놔두는 것보단 차라리 계속 돈을 대주는 편이 훨씬 나았을 거야. 알바로가 어쩌다 집에 내려와도 둘은 말 한번 섞지 않았어. 그나마 집에 발길을 끊은 뒤로는 그럴 기회도 없었지만 말이야. 그의 부친은 알바로가 마드리드에서 어떻게 지내는지 훤히 알고 있었지. 노 후작은 자기가 좋아하는 친구는 물론, 자신의 적들, 특히 문제를 일으킬 소지가 있는 이들은 반드시 손안에 쥐고 있어야 직성이 풀리는 사람이었네. 그런 그에게 알바로는 고민거리였지.」 그는 말을 계속하기 위해 단숨에 잔을 비웠다. 「노 후작이 돌아가실 때까지 알바로는 가족과 연락을 끊어 버렸다고 아까 말했잖아. 하지만 그건 사실과 다르다네. 10년 전쯤에 알바로가 여기 잠시 들른 적이 있었어. 부친이 이야기할 것이 있으니 내려오라고 한 거야.」

마누엘은 자세를 고쳐 앉았다. 그는 깊게 숨을 쉬고, 이미 짙은 어둠이 내려앉은 지평선과 무수한 별들이 반짝이는 9월의 맑은 밤하늘을 망연히 바라보았다. 하늘을 보면 내일도 화창한 날씨가 이어질 것이 분명했다. 10년 전, 그때를 어찌 잊을 수 있겠는가. 알바로와 마누엘은 적지 않은 세월을 함께 보냈다. 그러다 2005년, 모든 사람들에게 동등하게 결혼할 수 있는 권리를 인정한 법안이 통과되자 날짜를 정하고 다음 해 성탄절에 결혼식을 올렸다. 돌아오는 12월이면 결혼 10주년이었다.

「계속해 봐.」 마누엘이 재촉했다.

루카스는 말하기도 전에 마음이 아픈지 일그러진 표정으로 고개를 끄덕였다. 앞으로는 그에게 거짓말을 하지 않겠다고 약속한 터라 더 괴로운 듯했다.

　「노 후작이 그에게 제안을 했다네. 물론 이야기하는 내내 그의 이름을 단 한 번도 부르지 않았다고 하더군. 하여간 노 후작은 사설탐정을 통해 마드리드에서 지내는 동안 그의 생활이나 형편은 물론, 했던 일까지 속속들이 알고 있었대. 그런데도 오랜 세월 동안 원하는 대로 살도록 그를 일부러 내버려 두었다고 했다더군. 심지어는 자네의 존재도 알고 있었지만, 그건 전혀 상관하지 않겠다는 뜻을 내비치더래. 〈누구나 결점은 있기 마련이야. 나도 나쁜 버릇이 많으니까, 그런 거라면 너무나 잘 알고 있지. 도박이나 내기, 여자…… 남자라면 쌓인 걸 풀 줄도 알아야 하거든.〉 알바로는 자기 귀를 의심할 수밖에 없었어. 〈그런데 내가 지금 몸이 좋지 않아. 암에 걸렸거든. 이틀 뒤면 죽을지도 몰라. 언제가 될지는 몰라도 결국 그렇게 되겠지. 만약 내가 죽고 나면, 누군가 우리 집안과 가업을 떠맡아야 할 텐데 걱정이야. 네 동생들은 능력이 모자라고, 네 엄마한테 물려주면 교회에 다 갖다 바칠 거고.〉 그러더니 알바로가 어릴 때부터 남다른 점이 많았지만, 자신은 그 진가를 알아보았다고 했다더군. 물론 모친은 그의 결점을 절대 받아들이지 못할 테고, 자기도 이해하긴 어렵지만 용인할 순 있다고도 하더래. 자기도 약점이 많다면서 말이야. 그 말을 듣고 알바로는 여태껏 자기가 잘못 생각했는지도 모른다는 생각이 들더래. 아버지는 자기와 다른 세대일 뿐만 아니라, 다른 환경에서 교육받고 자라났으니까. 그럼에도 자신을 어느 정도 받아들일 수 있다는 사실을 확인했으니 그런 생각이 들 만도 했지.

　〈이제 그만 집으로 돌아오거라. 네가 당장 사업을 맡아 주어야겠어. 내가 살아 있는 동안 가문을 물려받을 수 있도록 상속 절차도 밟아야 할 테니까 말이다. 참, 작위는 내가 죽고 나면 곧바로 물려받게 될 거다. 이 문제를 당장 처리할 수는 없을 게다. 일단 모든 것이 철저하게 준비되었는지 확인하고, 또 내가 세상을 떠난 뒤에도 네가 우리의 이권을 지킬 수 있도록 남은 시간을 최대한 이용할 생각이야. 우리 집안에서 이를 감당할 수 있는 건 너밖에 없단다. 너라면 어떤 일이 있어도 우리 가문의 명예를 지키리라 믿는다. 그러니 이제 집으로 돌아와서 명문가 자제와 결혼해 체통을 지키도록 하거라. 중매결혼이야 귀족 가문에서 아주 흔한 일이니까. 나와 네 엄마도 양가 부모님들이 만나서 결정한 거란다. 따지고 보면 그런 식의 혼인이 양쪽 모두에게 더 편할 수도 있어. 그러고 나면 너도 가끔 바람이나 쐬러 마드리드에 갈 수 있을 테고 말이다.〉 말을 멈춘 루카스는 딴 데를 바라보는 척하면서도 힐끔힐끔 마누엘의 눈치를 살폈다. 자기가 한 말이 그에게 적잖이 부담을 주었을 게 염려되면서도, 그가 명백한 사실 앞에서 순순히 고집을 꺾는지 확인하고 싶었던 것이다.

「마누엘. 알바로가 부끄러워한 게 자네가 아니라 가족이었다면 어땠겠나. 내가 자네한테 잘못 생각한 거라고 말한 적이 있지. 알바로는 아버지의 말을 들으면서 어쩌면 기적이 일어난 건지도 모른다는 생각에 그 제안을 받아들였지만, 곧 마음속에서 끓어오르는 거부감과 증오심을 막을 수 없었다네. 그는 자리에서 일어나 아버지의 눈을 빤히 바라보면서 대답했어. 〈당신이 내 앞에 절하면 이 모든 것을 당신에게 주겠소.〉[3]」

「그건 마귀가 예수에게 천하와 그 영광을 보여 주면서 했던 말인데…….」 마누엘이 중얼거렸다.

루카스는 힘차게 고개를 끄덕였다. 당당한 자세라든지, 마누엘을 쳐다보는 도전적인 눈빛에서 친구인 알바로에 대한 자부심이 묻어났다.

「그의 아버지는 아무 대답도 하지 않았어. 다만 아주 경멸스러운 표정으로 시선을 딴 데로 돌리며 무시해 버리더래. 그러고 나서는 자네가 알고 있는 그대로야. 알바로는 마드리드로 돌아갔고, 자네와 결혼했지. 그 후로 몇 년 동안 그는 가족과 연락을 완전히 끊어 버렸어. 자기도 아버

---

3 『신약성경』 「마태복음」 제4장 9절에 나오는 말이다.

지의 요구를 따르지 않았지만, 아버지도 자신의 청을 거부했기 때문에
가족과의 관계는 영원히 끝난 거라고 확신했지. 그 일로 인한 충격에서
벗어나지 못하고 있던 차에 그리냔으로부터 상속자가 되었다는 연락을
받은 거야.」

「결국 알바로는 이를 받아들였지.」 마누엘이 진절머리를 치며 중얼
거렸다.

「달리 방법이 없었을 거야. 노 후작이 동생들에 관해 한 말은 사실이
었으니까. 더군다나 프란의 죽음으로 주변 상황이 급격하게 악화되었
어. 나는 당시 알바로에게 선택의 여지가 있었다고 생각지 않네. 물론
그는 선택을 했지만, 아버지의 뜻과는 정반대였지. 그래서 자신이 바라
던 대로 마드리드에서 자네와 함께 지내다가, 몰래 여기 내려와서 일을
처리하는 이중생활을 할 수밖에 없었던 거야.」

「그런데 루카스, 왜 그런 거지? 자네 이야기를 들으면 그는 영웅이나
다름없네. 부모가 아무리 경멸하고 무시해도 자기 삶을 살겠다고 굳게
마음먹었고, 또 오직 나를 위해서 아버지가 제안한 조건을 모두 뿌리쳤
어. 그런데 왜 그 후로는 그러지 않았던 거지? 아버지가 돌아가시고 나
서도 왜 가족들에게 내 존재를 숨긴 거냐고? 그의 어머니, 아니 동생들
때문에? 어서 속 시원하게 말 좀 해봐! 지금은 21세기야. 3년 전에 나의
존재를 알았다고 해서 지금보다 더 큰 충격을 받았을 거라고 생각해?」

루카스는 못마땅하게 그를 쳐다보았다. 그에게 속 시원한 대답만 할
수 있다면 뭐라도 할 수 있을 것 같은 표정이었다.

마누엘은 체념한 듯 한숨을 내쉬었다. 술기운이 올라오는지 머릿속
이 몽롱해지기 시작했다. 처음에는 분노가 끓어올라 냉정한 판단이 어
렵더니, 급기야는 아무 생각도 할 수 없을 정도로 멍해졌다.

「그의 어머니가 그러더군. 노 후작이 알바로를 상속자로 정한 것은
그가 가족을 위해 필요하다면 어떤 일도 마다하지 않을 만큼 냉혹하
고 확신에 차 있었기 때문이라고 말이야. 그런 능력과 소질을 타고났다
는 거지. 그리고 이런 말도 했어. 그가 그런 일을 한 것이 처음은 아니라

고……. 그의 아버지도 같은 말을 했군. 〈너는 우리 가문을 지키기 위해서라면 어떤 일이라도 할 수 있을 거야.〉 루카스. 그의 아버지가 왜 그렇게 확신했을까? 그의 어머니도 알바로에 관해서는 자기 판단이 어긋난 적이 한 번도 없었다고 하더군. 그게 무슨 뜻일까? 그가 부모의 속을 썩이기는 해도 워낙 냉정하고 무자비한 면이 있어서 가문의 운명을 맡겼다는데, 그게 대체 무슨 말이지?」

루카스는 세차게 머리를 흔들었다.

「마누엘. 그녀가 무슨 말을 했건 신경 쓰지 말게. 절대 그렇지 않으니까. 괜히 자네한테 무안을 주려고 한 말일 뿐이야.」

물론 그건 그랬다. 하지만 까마귀의 말은 틀림없는 사실이었다.

그 순간 다니엘이 등 뒤에서 소리 없이 나타났다.

「오늘 작업은 끝났습니다. 양조장 일꾼들도 다 갔고요. 내일 아침 일찍 다시 일을 시작할 겁니다.」 그는 테이블 위에 놓여 있던 빈 술병을 물끄러미 바라보며 말했다. 「여기 좀 더 계실 거라면 열쇠를 드릴게요. 그런데 웬만하면 지금 집으로 돌아가시는 편이 좋을 듯싶네요.」

「네, 그게 좋겠어요.」 힘들게 자리에서 일어난 마누엘은 다리를 쭉 뻗으면서 늘어지게 하품하는 카페를 보고 웃으며 말했다.

조악 양식

마누엘은 눈을 뜨기도 전에 창문으로 쏟아져 들어오는 아침 햇살을 느꼈다. 밤에 나무로 된 덧문을 닫고 잔다는 걸 깜박 잊고 말았다. 그런데 막상 눈을 떠보니 예상과 달리 하늘은 화창하기는커녕 온통 잿빛으로 물들어 있었다. 물방울이 유리창으로 떨어지면서 쉿소리가 났다. 구름 사이로 서서히 모습을 드러낸 해는 하늘 꼭대기에 달린 스포트라이트처럼 나무와 건물 위로 눈 부신 빛을 쏟아붓기 시작했다. 그 모습이 마치 실험극의 한 장면 같았다.

막연히 새벽일 거라는 생각은 들었지만, 정확히 몇 시쯤인지 감을 잡을 수가 없었다. 그 순간 자신이 얼마 전부터 시간을 재는 새로운 방법을 고안했다는 사실이 떠올랐다. 하루하루가 다 똑같다고 여기는 달력을 따르는 것이었다. 처음 그 방법을 시도할 때만 해도 무질서하고 혼란스럽기 짝이 없었지만, 일단 익숙해진 다음부터는 마음이 그렇게 평온할 수가 없었다. 사실 알바로의 갑작스러운 죽음으로 인해 하루하루가 전혀 다르게 느껴질 수밖에 없었다. 하지만 매일이 똑같다고 여김으로써 마음의 평화를 얻었을 뿐만 아니라, 공허함과 허무, 즉 자비로운 허무를 순순히 받아들이게 되면서 고통으로 마음이 갈가리 찢기지 않을 수 있었다. 카페가 낮게 코를 고는 소리와 유리창에 떨어지는 빗소리가 한데 어우러지면서 평온하고 한적한 느낌을 주었다. 그는 자신의 다리에 딱 붙어 잠든 작은 몸뚱이에서 가느다란 숨소리를 들었다. 녀석이 깨지 않도록 살짝 몸을 일으켰다. 그러다가 전날 밤 덧문만 잊은 게 아니라는 걸 알고 깜짝 놀랐다. 주변을 둘러보니 누워 있던 자리가 잔뜩 구겨진 채 눌려 있었다. 옷을 벗지도 않고 이불 위에 그대로 쓰러져 잠든 모양이었다. 그는 강아지를 쓰다듬어 주려고 몸을 숙였다.

「네가 나를 여기 데려다주었구나. 고맙다, 카페야.」

녀석은 부스스 눈을 뜨며 하품을 했다. 그러곤 딴청을 부리면서 곁눈질로 그를 힐끔 쳐다보았다.

「네 덕분에 여기까지 올 수 있었어. 사실 어제 일이 하나도 기억이 안 나거든.」 그가 웃으면서 말했다.

카페는 대답이라도 하듯 침대에서 뛰어내려 방문 쪽으로 가더니, 그 앞에 자리 잡고 앉았다. 이제 나가야 할 시간이라는 걸 알려 주는 듯했다. 그때 테이블 위에 놓여 있던 휴대 전화가 울리면서 윙윙거리는 소리가 연속으로 났다. 전화를 받자 노게이라의 고압적인 목소리가 흘러나왔다.

「여관에 다 와갑니다. 지금 아래로 내려와요. 오늘 할 일이 많아요.」

마누엘은 대답 없이 휴대 전화 화면에서 시간을 확인했다. 오전 9시였다. 그는 문 앞에서 차분하게 기다리고 있던 카페를 의아한 표정으로 슬쩍 보더니, 다시 전화로 시선을 돌렸다.

「오늘 만나기로 했는지 기억이 잘…….」

「아뇨. 만나기로 하지는 않았어요. 그런데 새로운 소식이 있어서 온 겁니다.」

마누엘은 노게이라의 말을 들으면서 거울에 비친 자신의 모습을 살펴보았다. 그런 몰골로 그를 만날 수는 없었다. 일단 샤워와 면도를 하고, 옷도 새걸로 갈아입어야 할 것 같았다.

「노게이라 씨. 잠깐만 기다려 줘요. 여관 주인한테 계란 프라이와 초리소를 만들어 달라고 하세요. 여기 계란은 주인이 기르는 암탉이 낳은 거라서 맛있거든요. 계산은 나한테 달아 두고요.」

노게이라는 싫다는 소리를 하지 않았다.

「알았어요. 대신 서둘러요.」

전화를 끊으려는 순간, 문 앞에서 꼼짝도 않고 있는 카페가 눈에 들어왔다. 그는 다시 전화에 대고 말했다.

「노게이라 씨. 그런데 카페가 밖에 나갈 시간이에요. 지금 내려보낼 테니까 녀석이 밖으로 나갈 수 있도록 바 문을 좀 열어 주세요. 녀석이 이미 눈치채고…….」

마누엘은 방문을 열어 카페를 내보낸 뒤 웃으면서 전화를 끊었다. 노게이라의 화난 목소리가 전화기에서 새어 나왔다.

노게이라는 창가에 앉은 채, 머핀에 곁들인 커피를 홀짝거리고 있었다. 기름이 덕지덕지 묻은 접시에는 마누엘이 권한 음식이 담겨 있었다. 마누엘은 아무것도 먹지 않고 커피만 서둘러 마셨다. 바를 나설 때, 노게이라가 커피에 딸려 나온 비스킷 — 마누엘은 맛도 보지 못했다 — 을 주머니에 집어넣는 걸 보고 절로 웃음이 나왔다. 그가 담배를 피우는 동안 마누엘은 고개를 들어 하늘을 쳐다보았다. 소리 없이 부슬부슬 내리는 이슬비를 보자 전날 밤하늘이 떠올랐다. 크고 작은 별들이 총총히 떠 있어서 비가 오리라고는 전혀 예상하지 못했다.

「내 차로 갑시다.」 노게이라가 말했다.

그는 노게이라를 카페와 비슷한 눈빛으로 힐끔힐끔 곁눈질했다. 그러면서 다시는 일방적으로 노게이라에게 끌려다니지 않겠다고, 또 상황이 여의치 않으면 언제든지 자기 뜻대로 행동하겠다고 다짐한 바를 떠올렸다. 그제야 차를 양조장에 놓고 왔음을 알아차렸다. 전날 밤, 다니엘이 와인 두 병을 마시고 취한 두 사람을 집에 데려다주었던 것이다. 다니엘은 다음 날 아침에 일꾼을 시켜 차를 숙소로 갖다주겠다고 약속했다.

「그럼 카페는요?」

「차 안에 담요를 깔아 두었어요.」 노게이라는 마누엘이 놀란 눈으로 자기를 쳐다볼 것을 알고 있었다는 듯 일부러 시선을 딴 데로 돌리며 말했다.

마누엘은 강아지를 담요 위에 올려놓고 차에 탔다. 그들은 차가 도로에 들어설 때까지 아무 말도 하지 않았다.

「이렇게 일찍 어디를 가려는 거죠? 이 시간에는 클럽도 문을 닫았을 텐데요.」

그러자 노게이라는 의미심장한 눈빛으로 그를 슬쩍 쳐다보았다. 그 순간 마누엘은 차에서 내려 비를 맞으며 걸어가고 싶다는 생각이 들었다. 잠시 뒤 노게이라는 의외로 담담하게 말했다.

「지금 안토니오 비달의 집에 가고 있는 겁니다. 흔히 토니노라고 부르는데, 알바로가 종종 연락을 하던 남창 말이에요.」

마누엘은 자세를 고쳐 앉으며 무언가 말하려고 했지만, 노게이라가 가로막았다.

「오늘 아침에 그 녀석의 주소를 알아내려고 과르디아 시빌 사령부에서 일하는 친구한테 전화를 했어요. 그런데 며칠 전에 녀석의 가족이 실종 신고를 하러 왔더랍니다. 대체 무슨 일인지 확인하러 가는 거예요.」

마누엘은 그의 끈질긴 추적을 원망하면서 잠시 생각에 잠겼다. 제발 그자의 집에 가지 말자는 말이 불쑥 튀어나오려는 것을 겨우 되삼켰다. 거기서 새로운 사실을 알게 되면 간신히 진정된 마음이 다시 찢어질 듯 아플까 봐 두려웠다. 그는 샛길로 접어든 뒤 운전에만 열중하고 있는 노게이라를 몰래 힐끔거렸다. 강아지를 데려갈 수 있도록 바닥에 담요를 깔아 둔 것도 그렇지만, 아까 기다리라고 했는데도 군말이 전혀 없는 걸 보면 그에게 한바탕 퍼부었던 것이 효과가 있는 모양이었다. 이런 모습은 나름대로 마누엘에게 용서를 구하거나 최소한 휴전을 하자는 뜻으로 비쳤다. 노게이라가 감정을 조금만 자제한다면, 못 그럴 이유가 없었다.

오스 마르티뇨스는 길 중간까지만 아스팔트 포장이 된 언덕 위에 있었다. 거기서부터 2킬로미터가량은 울퉁불퉁한 시멘트 길이어서 차체가 요동을 쳤다. 그나마 시멘트 도로가 끝나고 단층집들이 옹기종기 모여 있는 곳으로 가려면 돌멩이 부스러기와 진흙으로 범벅이 된 길을 지나야 했다. 그래도 몇몇 주민들은 플라스틱 화분에 제라늄을 심어 놓거나 짝이 맞지도 않는 타일로 보도 ─ 그나마 입구까지만 이어져 있는 데다 진흙에 파묻혀 울퉁불퉁한 모양새였다 ─ 를 만들어 놓는 등 품위를 지키려고 애를 쓴 흔적이 역력했다. 대부분의 집들이 어수선한 분위기를 풍겼다. 갈리시아에 온 이후로 자주 목격한 건물 형태였지만, 이 동네만큼 지저분한 곳은 처음이었다. 골목 어귀에 각종 자재들을 잔뜩 쌓아 놓은 데다, 곳곳에 공사가 끝나지 않은 집들이 널려 있는 탓인지 동네 전체가 이가 빠진 것처럼 허전한 느낌을 주었다. 더구나 집 위로 부슬부슬 가랑비가 내리면서 공기가 눅눅해지자, 동네 전체가 슬픔에 잠긴 듯 보였다.

「이게 바로 갈리시아 지방에서만 볼 수 있는 조악 양식[1]이죠.」 노게이라가 말했다.

「뭐라고 했죠?」 혼자서 골똘히 생각에 잠겨 있던 마누엘이 화들짝 놀라며 물었다.

「조악 양식이라고요. 여기서 흔히 볼 수 있듯이 모든 걸 어중간하게 만드는 전통을 말하죠. 이 빌어먹을 관습은 집이라도 지으라고 자식들에게 땅뙈기를 나눠 주던 전통에서 비롯된 겁니다. 예전에는 벽을 쌓고 지붕을 올린 다음 안에 들어갈 공간만 생기면 무조건 결혼부터 했어요. 그리고 틈날 때마다 야금야금 공사를 해서 마무리하는 거죠. 이곳 사람들은 집을 지을 때 미리 구체적으로 계획을 세우지 않아요. 상당수가 허가를 받지도, 그렇다고 업자들한테 맡기지도 않는다고요. 어떤 건물이든 미적인 요소보다 그때그때 필요에 맞추어 짓는 거죠. 그게 바로 조악 양식이에요.」

마누엘은 마침 눈에 띈 벽돌 벽을 자세히 살펴보았다. 이음새 주변으로 모르타르 찌꺼기가 덕지덕지 들러붙어 있었고, 건물 정면 벽에 끼워

---

1 주로 갈리시아 지방의 건축이나 도시 설계 등을 가리키는 말로, 1960년대부터 사용되기 시작했다. 구체적으로 갈리시아의 도시 변두리 및 농촌에서 건물을 지을 때 주변 환경과의 조화나 미관을 고려하지 않고 어중간하게 마무리하는 양식을 의미한다. 원래 〈추함의 미학〉을 의미하는 이 용어는 추한 것에 미적 가치를 부여하는 예술적 경향을 가리키기도 한다.

넣은 창문은 대부분 아귀가 맞지 않아서 공사용 포대를 괴어 놓은 상태였다. 또한 집집마다 대문 앞에 시멘트와 모래, 돌 부스러기 등이 수북하게 쌓여 있었다.

「왜 하필이면 조악 양식이라고 하죠?」

「왜긴요. 누가 봐도 흉하니까 그렇게 부르는 거죠.」

「그렇군요.」 마누엘은 목소리를 낮추어 말했다. 「저런 건축 방식은 이곳의 경제가 침체되어 있다는 이야기겠죠.」

「침체되어 있다니, 천만의 말씀!」 갑자기 노게이라가 고함을 질렀다. 「5만 유로나 하는 이런 차들이 집 앞마다 늘어서 있는데, 그게 무슨 소리요. 집이 허름한 건 이곳의 경제 사정이 나빠서가 아니라고요. 오히려 〈자, 이 정도면 됐어〉라든지 〈그 정도면 오케이야〉 같은 문화 때문이에요. 다음 세대에 와서야 공사가 마무리될 정도니까 말 다 했죠.」

노게이라는 가죽 표지로 된 작은 수첩을 꺼내 주소를 확인한 다음, 자그마한 집 앞에 차를 세웠다. 사각형으로 된 지붕에 텔레비전 수신용 안테나가 망루의 깃발처럼 삐죽 솟아나 있는 집이었다. 안으로 들어가는 문과 오랜 세월 동안 열린 적이 없는 듯한 차고 사이로 흰색 난간이 길게 이어졌다. 폭이 2미터 정도 되는 길에 타일이 깔려 있었다. 문 양옆에는 콘크리트 블록으로 만든 화분 몇 개가 놓여 있었는데, 그 안에서 두어 그루의 나무가 잔뜩 구부러진 채 자라고 있었다. 타일 위에는 시커먼 기름때가 남아 있었다. 집 안에는 아무도 없는 듯 인기척이 느껴지지 않았다. 잠시 뒤 이웃집 유리창 너머로 그들을 유심히 지켜보고 있던 노파의 주름진 얼굴이 언뜻 비쳤다.

「오늘은 내가 이야기할 거니까 아무 말도 하지 말아요.」 차에서 내리기 직전, 노게이라가 그에게 미리 다짐을 두었다. 「저들은 우리가 기관에서 나온 걸로 생각할 겁니다. 절대로 우리 정체가 탄로 나서는 안 돼요. 그러니까 개는 차 안에 두고 갑시다.」 그는 뒤를 돌아보며 말했다. 「저 녀석을 데려갔다가는 우리의 신뢰성만 실추될 거예요.」

말귀를 알아들었는지 카페는 사나운 눈초리로 노게이라를 노려보았다.

두 사람은 비를 맞으며 문으로 달려갔다. 노게이라는 벨을 누르는 대신에 페인트칠을 한 나무 문을 연속해서 빠르게 두드렸다. 그 소리를 듣자 마누엘은 며칠 전 과르디아 시빌 대원 둘이 자기 집 현관문을 두드리던 장면이 눈앞에 떠올랐다.

예순 살가량 된 여자가 양털 가운을 걸치고 앞치마를 두른 채 문을 열어 주었다. 여자는 백내장에 걸렸는지 눈동자가 뿌옇게 보였을 뿐만 아니라, 촉촉하게 물기가 고인 오른쪽 눈은 커다란 물고기처럼 시뻘겋게 충혈되어 있었다.

「안녕하세요?」 노게이라는 오랜 세월 동안 과르디아 시빌에 복무한 대원답게 능숙한 톤으로 인사를 건넸다. 그가 말을 계속하는 사이사이에 그녀는 속삭이는 목소리로 대답했다. 「안토니오 비달 씨의 실종 신고를 한 분이 부인입니까?」

여자가 깜짝 놀라며 두 손으로 입을 막았지만, 말은 이미 입 밖으로 새어 나오고 말았다.

「어떻게 됐어요? 우리 토니노를 찾았나요?」

「아닙니다, 부인. 안타깝지만 아직 못 찾았습니다. 잠시 안에 들어가도 될까요?」

표정으로 보건대 그녀는 두 사람을 경찰로 여긴 듯했다. 그래서인지 노게이라가 말하는 도중에 문을 활짝 열더니 옆으로 비켜섰다.

「들어오세요.」 그녀는 손으로 안쪽을 가리키며 말했다.

집의 한복판을 차지한 거실 주변으로 방방이 연결되어 있었다. 여자는 거실을 집에 비해 지나치게 격식을 갖춘 식당으로 바꾸어 놓았다. 커다란 타원형 테이블 둘레에는 여덟 개의 의자, 벽 쪽으로는 검은 빛깔의 왁스를 입힌 찬장이 놓여 있었다. 그 안에는 한 번도 사용한 적이 없는 듯한 고급 도자기 세트와 장미 조화를 꽂아 놓은 점토 화병 그리고 성녀를 모신 작은 제단이 있었다. 관습에 따라 교구 신자들이 교대로 집에 모셔 놓는 제단이었다. 그 앞에서 작은 기름 램프가 타고 있고, 한끝에는 여러 개의 약상자가 가지런히 놓여 있었다.

「나는 경찰 나리들이 찾아볼 생각도 하지 않는 줄 알았어요. 그 아이가 워낙 마약 때문에 문제를 일으키고 다녀서 말이죠. 이젠 아무도 녀석한테 신경을 쓰지 않는답니다.」 그녀는 말을 하다 말고 마누엘을 향해 고개를 돌렸다.

「신고를 하신 분이 부인입니까?」 노게이라가 물었다.

「네, 맞아요. 나는 그 아이의 고모예요. 토니노는 12년 전부터 나와 함께 살았죠. 이 집엔 우리 둘뿐이에요. 아이의 아버지는 세상을 떴고, 엄마는 오래전에 떠나 버렸죠. 그 후로 어떻게 사는지 아무도 몰라요. 의사들은 그 애의 아버지가 심장병 때문에 죽었다고 하더라고요. 하지만 실제로는 속이 썩어서 죽었을 거예요. 워낙 못돼 먹은 여자라서 말이죠.」 그녀는 어깨를 으쓱하며 말했다.

「부인의 성함이 로사 맞습니까?」 노게이라는 그녀의 말을 자르며 물었다.

「네. 정확히는 로사 마리아 비달 쿤케이로랍니다. 이번 5월이면 예순네 살이 되고요.」 말을 마친 그녀는 앞치마 주머니에서 손수건을 꺼내 구름이 낀 듯 뿌연 오른쪽 눈을 닦았다. 그 눈에서 끈적끈적한 눈물이 한 방울 흘러내렸다.

마누엘은 시선을 딴 데로 돌렸다.

「네. 잘 알았습니다, 로사 마리아 씨. 당신이 지난주, 그러니까 지난 월요일에 조카의 실종 신고를 했지요. 맞습니까?」

마누엘은 다시 노게이라를 쳐다보았다. 노게이라는 한 번도 들어 본 적이 없는 생소한 목소리와 톤으로 그녀와 이야기를 나누었다. 마치 어린아이와 대화를 나누듯 참을성 있게 정성을 기울였다.

「그래요.」 그녀가 진지하게 대답했다.

「안토니오가 언제부터 집에 안 들어왔죠?」

「그게…… 그러니까 금요일 밤에 집에서 나간 뒤로 안 들어왔어요. 평소 같으면 신경도 안 쓰죠. 아직 젊다 보니 주말에는 늘 나돌아 다니니까요. 그래도 집에 안 들어오는 날이면 내게 늘 연락을 한답니다. 오늘은 어떤 친구네 집에서 자고 갈 테니까 걱정하지 말라고요. 어떨 땐 새벽에 전화하기도 한다고요. 그런데 이번에는 좀 이상한 느낌이 들었어요. 토요일에도 안 돌아오니까 슬슬 걱정이 되기 시작하더라고요.」

마누엘은 크게 한숨을 내쉬고도 괴로운 마음을 이기지 못해 창 쪽으로 고개를 돌렸다. 창문이 너무 낮게 달려 있어서 비가 내리는 정원의 삭막한 풍경만 보일 뿐이었다. 노게이라가 그냥 지나칠 리 없겠지만, 마누엘 또한 작가이기에 사태를 종합해 볼 줄 알았다. 알바로의 방문과 우연하게 겹치는 안토니오의 실종. 이 두 가지를 종합한 결과, 그의 마음속에서 또다시 굴욕감과 수치심이 치밀어 올랐다.

「그 후로 조카의 행방에 관해 전혀 모른다는 말씀이죠?」 노게이라는 여전히 여자에게 관심을 기울이고 있었다.

「네, 전혀요. 내가 아는 모든 친구와 일가친척들에게 전화를 걸었어요.」 그녀는 벽에 붙은 구식 전화기를 손으로 가리키며 말했다. 전화기와 문틀 사이에 긴 종이가 붙어 있었는데, 거기에 커다란 글씨로 전화번호가 쭉 쓰여 있었다.

노게이라는 갑자기 생각난 듯이 손가락을 튀기며 물었다.

「참, 조카의 친구 이름이 뭐라고 했죠? 자주 어울려 다닌다는 그 친구 말입니다.」

「리카르도라고 해요. 이미 전화를 해봤는데 아무것도 모르더라고요.」

「그와 통화한 게 언제쯤인가요?」

「아마 토요일…… 아니, 일요일이었어요.」

「그 친구가 다시 연락을 하거나 여기 찾아온 일은 없습니까?」

「네. 리카르도한테 연락이 온 적은 없어요. 그보다 매일 통화하던 다른 친구가 있는데, 이름이 기억나지 않네요. 경찰에 실종 신고를 하라고 한 게 바로 그 친구였어요.」

「정리하자면 조카분은 금요일 밤에 집에 들어오지 않았죠. 그런데 주말에도 소식이 없자 부인은 걱정이 된 나머지 월요일에 실종 신고를 하신 거고요.」노게이라가 작은 수첩에 무언가를 적는 척하면서 말했다.

「네, 맞아요. 그 아이의 신변에 뭔가 문제가 생겼다는 걸 알아차렸죠.」

마누엘은 걱정스러운 표정으로 노게이라를 쳐다보았다.

「부인. 그걸 어떻게 알아차린 거죠?」노게이라가 심문하듯 따져 물었다.

그녀는 다시 손수건으로 눈을 닦았다.

「보세요, 나리. 나는 우리 조카가 어떤 아이인지 잘 알아요. 세상 사람 모두가 이런저런 문제점을 가지고 있지만, 녀석은 정말이지 결점투성이라고요.」그녀는 다시 마누엘에게 고개를 돌렸다. 「물론 나도 결점이 많아요. 그건 인정해야죠. 하지만 토니노는 정말 착한 아이랍니다. 녀석은 전화를 안 하면 내가 걱정한다는 걸 잘 알아요. 그래서 어느 정도 크고 나서부턴 주말만 되면 늘 놀러 나가면서도 어쩌다 친구 집에서 자고 오는 날이면 꼭 연락을 했답니다. 〈고모. 나 이 친구, 아니 저 친구 집에서 자고 갈 거니까 걱정하지 말고 푹 주무세요.〉이런 식으로 말이에요. 혹시라도 잊고 전화를 안 하면 내가 잠을 못 잔다는 걸 잘 아니까요. 그만큼 착한 아이라서 혹시라도 내게 연락을 안 했다면…….」

그녀는 다시 손수건을 꺼내 눈물을 훔쳤다. 어느새 울고 있었다. 마누엘은 어리둥절한 표정으로 그녀를 쳐다보았다. 그녀가 우는 걸 전혀 알아차리지 못한 탓에 당황하지 않을 수 없었다.

「그 아이에게 안 좋은 일이 일어난 거라고요. 나는 알아요.」노파는 울먹거리며 말했다.

노게이라는 그녀 곁으로 다가가 팔로 어깨를 감싸 주었다.

「아닙니다, 부인. 곧 나타날 테니까 두고 보세요. 친구들과 함께 돌아올 겁니다. 노는 데 정신이 팔려 깜박 잊고 부인께 전화를 못 드린 것뿐이에요.」

「선생님은 그 아이를 잘 몰라서 그래요.」여인이 볼멘소리로 말했다. 「그 아이에게 무슨 일이 일어난 게 분명해요. 녀석은 내 눈에 안약을 넣어 주어야 한다는 것을 알고 있다고요.」노파는 찬장에 가지런히 놓아

둔 약상자를 손으로 가리키며 말했다. 「언제나 그 아이가 내 눈에 약을 넣어 주거든요. 하루에 두 번씩 말이죠. 아침에 한 번, 저녁에 한 번.」 그녀는 손수건을 펴더니 그걸로 얼굴을 감싼 채 서럽게 울기 시작했다.

노게이라는 콧수염 아래로 입을 꽉 다물었다. 그러곤 범인을 체포하듯 그녀의 팔을 붙잡고 조심조심 의자로 데리고 갔다.

「부인, 고정하세요. 그만 울고 여기 앉으세요. 눈에 넣어야 하는 약이 어떤 겁니까?」

그녀는 그제야 얼굴에서 손수건을 뗐다.

「저기 분홍색 상자예요. 눈마다 두 방울씩…….」

노게이라는 사용 설명서를 쭉 훑어본 뒤, 몸을 숙여 그녀의 눈에 약을 넣었다.

「잠시 눈앞이 뿌옇게 보일 겁니다. 그러니까 잘 보일 때까지 움직이지 말고 가만히 앉아 계세요. 걱정하지 마세요, 부인. 문은 잘 닫고 나갈 테니까요.」 노게이라는 마누엘에게 문 쪽으로 가라고 손짓하면서 말했다.

「하느님의 축복이 있기를!」 그녀는 천장을 쳐다보며 말했다. 「제발 토니노만 찾아 주세요! 만약 못 찾으면 어떡하죠?」

문 앞에 멈추어 선 노게이라는 밖을 한번 둘러보더니 바닥 타일에 묻은 검은색 기름 자국을 유심히 살펴보았다. 그러곤 다시 부인을 향해 몸을 돌렸다.

「부인, 조카가 평소에 차를 몰았나요?」

「네. 일하는 데에 필요하다고 해서 내가 한 대 사줬죠. 그런데 하던 일이 잘 안 되는 바람에…….」

「그럼 신고할 때 과르디아 시빌에도 차가 사라졌다는 걸 알렸습니까?」

노파는 흠칫하며 손으로 입을 막았다.

「아뇨. 그게 그렇게 중요한가요? 거기까지는 미처 생각하지 못했는데요.」

「걱정하지 마세요. 제가 돌아가서 동료에게 말할게요. 한 가지만 추가하면 되니까요. 그런데 차가 무슨 색깔이죠?」

「흰색이에요.」

문을 닫은 뒤 노게이라는 깊게 한숨을 내쉬었다. 비는 그쳤지만 대기 속의 습기가 천천히 밀려오면서 지상의 모든 것을 축축하게 적셨다.

집에서 어느 정도 떨어지자 마누엘이 한참 만에 입을 열었다.

「흰색이라……」

「그래요.」 노게이라가 생각에 잠긴 표정으로 대답했다. 「하지만 그렇게 중요한 정보는 아니에요. 소형 화물차 중에서 제일 값이 싸고 흔한 게 바로 흰색이니까요. 특히 농촌 지역에서 흔히 볼 수 있는 색깔이고요. 대부분의 농장에 흰색 화물차 한 대씩은 있다고 할 정도죠.」

「저 부인의 말대로 그에게 무슨 일이 생긴 걸까요?」

「글쎄요. 하지만 저 노파의 말 중에서 적어도 한 가지는 맞아요. 토니노 같은 경우, 경찰에서도 그렇게 찾으려고 애를 쓰지 않아요. 마약쟁이인 것으로도 모자라 남창이기까지 하니까요. 어쩌면 누군가가 같이 멀리 떠나자고 했을지도 몰라요. 정말 그랬다면 그놈은 두 번 생각하지도 않았을 겁니다. 매춘을 하는 자들은 다 그래요. 하지만 말이에요.」

「하지만이라뇨?」 마누엘이 물었다.

「나도 로사 마리아의 말을 믿어요. 물론 그녀는 고모니까 그놈이 천사처럼 착하다고 믿는 것도 당연하죠. 하지만 이상한 점이 있더라고요. 분명히 저 노파는 앞을 제대로 못 보는데도 집 안이 티끌 하나 없이 깨끗하더군요. 아무리 생각해도 저 여자가 그랬을 것 같지는 않아요. 더구나 손마디가 뒤틀린 걸 보면 관절염을 앓고 있는 것 같거든요. 그리고 혹시 전화기 옆에 붙어 있던 종이를 봤나 모르겠네요. 전화번호가 쭉 적혀 있던 종이 말이에요. 고모가 알아볼 수 있도록 녀석이 큼지막한 글씨로 써놓은 것 같아요. 그가 집에 못 들어오는 날에는 언제나 전화를 했다는 말도 사실일 겁니다. 우리 어머니도 그랬거든요. 아들이 돌아오기를 기다리느라 날밤을 새워 녹초가 된 어머니의 모습을 보는 것도 모자라 종일 잔소리를 듣느니, 귀찮더라도 전화 한 통 하는 게 훨씬 나으니까 말입니다.」

노게이라는 엉겁결에 자기 사생활을 입 밖에 내고 나면 치부라도 드러낸 것처럼 흠칫하며 마누엘의 시선을 피해 버렸다. 마누엘은 놀란 눈으로 그를 쳐다봤다. 조금 전 노파를 대하던 애정 어린 모습에 뜻밖의 고백이 더해지면서 그가 어느 때보다 가깝게 느껴졌다.

잠시 뒤 노게이라는 자기가 관찰한 것을 설명하기 위해 다시 그에게로 고개를 돌렸다.

「먼지 하나 없이 깨끗한 집 안과 벽에 붙여 놓은 전화번호만 이상한 게 아니에요. 찬장에 있던 약상자도 복용 시간별로 가지런히 정리되어 있더군요. 제각기 무슨 약인지 쉽게 알아볼 수 있도록 사인펜으로 큼지막하게 써두었고요. 그만큼 자기 고모를 끔찍이 생각하는 안토니오가 일체 연락이 없는 걸로 봐서는 노파 말마따나 무슨 일이 있는 것 같아요. 봐서 알겠지만, 저 노파는 혼자서 아무것도 못 하니까요.」

「따뜻한 마음을 가진 악어로군요.」

「잔인하기 이를 데 없는 놈도 그런 경우가 있어요. 정말 헷갈리는 게 바로 그겁니다. 만약 착한 사람은 무조건 착하고 나쁜 인간은 무조건 나쁘다면, 정말 편할 거예요. 특히 나 같은 사람한테는 말이죠. 일단 리카르도, 보통 리치라고 하는데 그 녀석의 행동이 좀 수상쩍어요. 두 놈은 둘도 없는 친구 사이인데, 저 노파가 전화로 토니노가 집에 안 들어왔다고 했는데도 태연했다고 하잖아요. 둘 중 하나예요. 토니노가 어디 있는지, 아니면 무슨 일로 몸을 숨겼는지 알고 있어요. 그의 실종이 알바로의 방문과 우연히 겹쳤다는 사실도 이미 알고 있을 거고요.」

기분이 언짢아진 마누엘은 시선을 딴 데로 돌렸다.

「어쩌면 알바로와는 아무 연관이 없을지도…….」 노게이라는 그의 입장을 고려해서 한발 물러섰다.

하지만 마누엘로서는 전혀 고맙게 여겨지지 않았다. 그는 화제를 돌리려고 일부러 다른 질문을 던졌다.

「그럼 다른 친구는요? 매일 전화했다던 그 친구 말입니다.」

「글쎄요. 그냥 거래처 사람일지도 몰라요. 더구나 노파에게 실종 신고를 하라고 한 걸 보면, 그의 행방에 대해 전혀 모르는 것 같고요.」

울적해진 마누엘은 따닥따닥 붙은 채 언덕 아래까지 이어진 오스 마르티뇨스의 집들을 멍하니 내려다보았다.

「이젠 어떻게 할 건가요?」

「일단 여관에 모셔다드릴 테니까 좀 더 자도록 해요. 당신이나 개나 아직 술에서 덜 깬 모습이라고요.」 노게이라는 뒷자리 담요 위에서 웅크린 채 꼼짝도 않고 있는 카페를 돌아다보며 말했다. 「나는 사령부에 있는 친구한테 연락해서 토니노의 자동차를 수사 대상에 포함시키라고 할 테니까요. 사실 사람보다 차를 추적하기가 훨씬 더 용이하니까 말입니다. 그리고 오늘 밤에는 리치를 만나러 루고로 떠날 거예요. 친한 친구가 사라졌는데 왜 그렇게 태평한지 물어봐야죠. 그런데 그 전에…….」 그는 턱 끝으로 옆집을 가리키며 말했다. 「저 이웃집 할머니한테 인사라도 합시다. 여기 도착했을 때부터 창가에서 우리를 유심히 살피고 계셨는데, 아는 체라도 해줘야죠.」

노게이라가 앞장서서 옆집으로 걸어갔다. 자세히 보니 할머니가 창가에 바짝 붙어 서서 가까이 오라고 손짓하고 있었다.

커튼 뒤에 몸을 숨긴 채 서 있던 노파는 토니노의 고모와 달리 남의 험담이나 하고 다닐 것 같은 인상을 풍겼다. 거기 도착할 무렵부터 그들을 지켜보던 뻔뻔스러움은 그렇다 치더라도, 현관에서 그들을 맞이하는 모습이 과연 예상한 대로였다. 그녀는 문을 조금 열더니 그 틈으로 뾰족한 코를 내밀고는 사냥개처럼 킁킁대며 그들의 냄새를 맡기 시작했다. 문을 더 열자 가운을 입은 모습이 살짝 보였다. 가운 아래로 속옷 끝자락이 삐져나와 있었다.

「두 분, 경찰 맞죠?」 그녀는 대답을 듣지도 않고 떠들어 댔다. 「두 분을 보자마자 토니노 때문에 왔다는 걸 알았죠. 녀석이 또 잡혔나요? 하긴 며칠 전부터 안 보이더라고요.」

노게이라는 아무 대답도 하지 않았다. 다만 활짝 웃어 보이며 경찰 같은 말투로 청했다.

「안녕하세요, 부인? 잠시 시간을 내주시겠습니까?」

그녀는 반가운 표정으로 가운의 허리띠를 조여 매고 정숙한 척 옷깃을 여미었다.

「물론이죠. 이런 옷차림으로 나와서 미안하구려. 야단법석을 떠느라 옷을 제대로 갖춰 입을 여유가 없었거든요.」

「아, 충분히 이해하니까 걱정하지 마세요. 그보다 귀한 시간을 내주셔서 감사합니다.」

노파는 옆으로 물러서며 그들이 집 안으로 들어갈 수 있을 만큼 문을 열어 주었다. 안으로 들어서는 순간, 비스킷과 고양이 오줌 냄새가 코를 찔렀다.

「집이 아주 예쁘네요!」 노게이라는 얇은 커튼이 드리워진 창가로 다가가며 말했다. 거기서 보니 옆집 마당이 훤히 건너다보였다. 「더군다나 전망도 아주 좋고요.」 그가 짓궂게 웃으며 말했다.

창틀 아래에 짜 맞춘 듯한 긴 벤치가 놓여 있었다. 그 위를 다양한 크기와 색깔의 쿠션들이 뒤덮고 있었는데, 모두 그녀가 손수 만든 것 같았다. 마누엘은 그 주변을 찬찬히 살펴보았다. 벤치 옆에 뜨개질용 코바늘과 실, 편물 바구니가 놓여 있었고, 그 위에서 살찐 고양이 한 마리가 졸고 있었다. 집 안에서 풍기는 악취의 절반은 저 녀석 때문인 듯싶었다.

「괜히 남의 일에 참견하기 좋아하는 여자라고 생각하진 마세요. 절대 그렇지 않아요. 난 다른 사람의 일 따위에는 털끝만큼도 관심이 없으니까요. 그저 바느질하고 뜨개질할 때가 제일 좋아요. 여기 창가에 볕이 얼마나 잘 드는지 보세요. 물론 그런 걸 싫어하는 여자도 있겠지만…….」 그녀는 어깨를 으쓱하며 말했다.

「물론이죠, 부인.」 노게이라가 그녀의 말에 맞장구쳤다.

「솔직히 말해서 로사 마리아만 보면 마음이 아프답니다. 한 동네에서 이웃사촌으로 살아온 지가 벌써 40년째라오. 그동안 얼굴 붉히는 일 한

번 없이 사이좋게 살았죠. 그런데 그 조카 말이에요. 그 아이는 사정이 좀 달라요. 따지고 보면 불쌍한 녀석이죠. 엄마가 달아나는 바람에 졸지에 고아가 되고 말았으니까요. 하지만 불쌍하다고 아이를 감싸고돌기만 하니 버릇이 나빠질 수밖에요. 그건 다 로사 마리아 탓이라고요.」 그녀가 근엄한 표정을 지으며 말했다. 「물론 나도 그 아이가 나쁜 짓은 안 하길 바랐어요. 어쨌든 사고를 치면 조카든 뭐든 마땅히 신고를 해야죠. 백 번이든 천 번이든 말이에요. 옛날에는 말이죠, 허구한 날 그 아이의 친구들이 찾아와 저 집 앞에서 소리를 질러 대곤 했답니다. 그것도 새벽녘에 말이죠.」

「가장 최근에 그런 게 언제죠?」 노게이라가 물었다.

「한동안 조용히 지냈어요. 어디 보자, 지난주에 있었던 일은 빼고…….」 노게이라가 관심을 보이자 그녀는 사정을 털어놓기 시작했다. 「아, 그게 녀석이 예전에 하던 짓과는 전혀 다른 거라서……. 그러니까 내 말은 마약쟁이나 그런 자들이 관련된 게 아니란 이야기예요.」

「계속 이야기해 주세요.」 노게이라는 그녀의 비위를 맞추려고 무진 애를 썼다. 그는 그녀를 조심스럽게 벤치로 데려가 앉힌 뒤, 자기도 그 옆에 자리를 잡았다.

「언젠가 로사 마리아가 나한테 그러더군요. 자기 조카가 이제 마음을 잡고 열심히 산다고 말이죠. 더군다나 신학교에 있는 자기 삼촌과 일을 하기 시작했다고 하더라고요.」

마누엘이 나서며 물었다.

「신학교라고요? 산소안[2] 신학교 말인가요?」

「그 학교 말고 더 있나요?」 그녀가 차갑게 쏘아붙였다. 「그 신학교의 원장이 바로 로사 마리아의 동생이랍니다. 그러니까 토니노 아버지의 동생이기도 하죠. 사실 그는 전에도 여러 번 조카를 도와주려고 했어요. 정원 관리를 시킨 적도 있고, 수도원의 소규모 공사나 수리 같은 걸 맡

---

2 〈산소안 데 리오〉는 갈리시아의 오렌세주에 위치한 도시이다.

기기도 했죠. 하지만 어떤 일을 맡겨도 진득하게 하질 못하고 금세 그만 두더군요. 이번에도 마찬가지였고요.」 그녀가 독설을 퍼부었다.

「계속해 보세요.」 노게이라가 말했다.

「며칠 전에 여기서 일을 하다가 문득 이상한 기척이 느껴져서 창밖을 내다보았죠. 그랬더니 오늘 두 분이 왔을 때처럼 차 한 대가 입구에 멈춰 서더군요. 차에서 누군가 내렸는데, 자세히 보니까 신학교 원장이었어요. 여기 자주 들르는 편은 아니지만, 나야 금세 알아봤죠. 그의 얼굴을 아니까요. 그런데 그가 성큼성큼 걸어가더니 대문을 두드리면서 큰 소리로 조카를 부르는 거예요. 로사 마리아가 나왔는데, 안으로 들어오지도 못하게 하더라고요. 그러곤 문간에서 심하게 말다툼을 벌였어요. 토니노는 고모의 치마폭에 숨어서 뭐라고 대꾸하는 것 같더군요. 하지만 감히 나올 생각은 못 하고 계속 뒤에 숨어 있었죠.」

「그게 언제쯤입니까?」

「토요일 이른 오후였어요. 점심 먹은 뒤였으니까요.」

마누엘은 놀란 눈으로 노게이라를 쳐다보았다. 노게이라는 이미 토니노의 고모가 거짓말을 했다는 걸 알고 있던 눈치였다. 그건 실종 신고 때문일 가능성이 높았다.[3] 사실 정신이 멀쩡한 성인이 사라졌다고 해서 하루 만에 실종 신고를 하는 경우는 드물 테니까 말이다.

「토요일이 틀림없습니까? 혹시 다른 날, 가령 금요일인데 착각한 건 아니죠?」

「확실하다니까 그러네. 분명 토요일이었다고요.」 그녀는 불퉁한 목소리로 대답했다.

「그들이 무슨 이야기를 하는지 들리던가요?」

「보세요. 그 사람들이 고래고래 소리를 지르니까 어쩔 수 없이 듣게 된 거죠. 내가 이웃 사람들의 대화나 엿듣겠어요. 절대 그런 적 없다고요.」

3 로사 마리아가 과르디아 시빌에 실종 신고를 한 것은 지난 월요일이었다.

「물론이죠, 부인.」 노게이라는 앞서 한 말을 되풀이했다. 물론 이번에는 좀 빈정대는 투로 들리기는 했지만 말이다.

어쨌든 간에 노파의 목소리가 한결 누그러졌다.

「원장이 그러더군요. 〈네가 건드린 사람이 누군지, 넌 전혀 모를 거야. 너 때문에 내가 끝장나게 생겼단 말이다.〉 그리고 이런 말도 했어요. 〈더군다나 이번 일은 절대 조용히 넘어갈 문제가 아니야.〉」

「그렇게 말한 것이 분명합니까?」

그러자 노파는 노기 띤 눈빛으로 노게이라를 쏘아보았다.

「내가 말한 그대로예요.」 그녀는 심각한 목소리로 대답했다.

「그리고 어떻게 됐죠?」

「별일 없었어요. 원장은 가버렸고, 잠시 뒤 토니노가 슬그머니 나오더니 차를 타고 어디론가 내빼더라고요. 그러곤 지금까지 나타나지 않고 있는 거죠.」

사나이들

불카노의 존재를 알려 주는 표식은 문 위에서 변변찮은 간판을 비추는 작은 전구뿐이었다. 그 문이 좁은 골목에 있었더라면 화장실쯤으로 여기고 그냥 지나쳤을 것이다.

두어 블록 떨어진 곳에 차를 세운 뒤, 마누엘은 비를 맞으면서 노게이라의 뒤를 따라갔다. 바가 밀집한 지역이었는데, 그날이 월요일 밤만 아니었더라도 북적거리고 떠들썩한 분위기였을 게 분명했다. 그들이 다가가자, 바의 입구 앞 벽에 붙어 비를 피하고 있던 두 청년이 길을 비켜 주었다.

누가 했는지는 몰라도 불카노의 실내 장식에는 고민의 흔적이 별로 보이지 않았다. 어두운 빛깔의 벽에 대담하게도 추상화 한 점이 걸려 있었는데, 형광 물감으로 그렸는지 네온 불빛을 받아 빛나고 있었다. 그렇지만 안에는 젊음의 활기가 넘쳤다. 스탠드 앞에서 여러 커플이 즉흥적으로 춤을 추고 있었다. 바 안을 빠르게 둘러본 노게이라는 맥주를 병째 마시고 있는 젊은이들 쪽으로 곧장 걸어갔다.

「이게 누구야! 리치, 자네가 여기 웬일인가?」

리치는 인상을 잔뜩 찌푸린 채 씩씩거리며 뒤를 돌아보았다. 그사이 같이 있던 친구들은 재빨리 자리를 피했다.

「젠장! 중위님 때문에 간 떨어질 뻔했잖아요!」

노게이라는 늑대처럼 음흉한 미소를 지으며 그를 바라보았다.

「또 무슨 나쁜 짓을 모의하고 있었던 것 같은데…….」

「무슨 말씀이세요. 절대 그런 일 없어요.」 그가 억지웃음을 지으며 말했다. 「그런데 중위님이 여기 오실 줄은 정말 몰랐어요.」

마누엘이 보기에 20대 초반, 아니 그보다 좀 더 많을 수도 있었다. 어쨌든 녀석이 자신의 앳된 얼굴을 최대한 이용하고 있는 것만큼은 분명했다. 마누엘은 느닷없이 토니노가 어떻게 생겼을지 궁금했다. 저 친구만큼 어려 보일까? 아니면 보통 남창들이 그런 것처럼 병약한 모습을 하고 있을까? 그는 갑자기 속이 메스꺼워졌다.

리치는 노게이라가 혼자 온 것이 아니라는 걸 알아차린 모양이었다.

「이번엔 어쩐 일로 친구분이랑 함께 오셨네요?」

「리치, 내 친구한테는 신경 쓸 것 없어. 물론 처음 봐서 좀 낯설겠지. 하지만 자기 친구야 어떻게 되든 관심도 없는 자네가 물어볼 말은 아닌 것 같은데.」

「대체 무슨 말씀을 하시는 건지 잘 모르겠는데요.」 그가 발뺌하듯이 대답했다.

「그럼 자세히 알려 주지. 자네의 둘도 없는 단짝 친구, 토니노가 실종된 지 벌써 일주일이 됐어. 보통은 궁금해서라도 집에 한번 들를 텐데, 자네는 코빼기도 내밀지 않더군. 그가 어디에 있는지, 그리고 왜 몸을 숨겼는지 알고 있다는 거지.」

그러자 청년이 억울하다는 듯 항변하려고 했다.

「속일 생각은 마!」 노게이라는 그의 말을 가로막으며 소리쳤다. 「그의 고모한테 걱정하지 말라고 했다면서. 자, 네 친구가 지금 무슨 일을 벌이고 있는지, 그리고 우리가 왜 걱정하지 않아도 되는지 순순히 털어놓는 게 좋을 거야.」

리치는 두 눈을 지그시 감고 깊게 한숨을 내쉬더니 입을 열었다.

「보세요, 중위님. 정말 아무것도 모른다고요. 아시겠어요? 토니노가 해준 이야기 말고는요.」

노게이라가 손짓을 하자, 웨이터는 스탠드에 에스트레야 갈리시아 맥주 세 병을 갖다주었다. 노게이라는 마누엘에게 한 병을 밀어 주었다.

「말해 봐.」 노게이라가 리치 앞에 있던 빈 병을 치우고 새 맥주를 놓으면서 말했다.

청년은 말하기 전에 맥주를 한 모금 마셨다.

「얼마 전부터 자기도 이제야 운이 좀 트이는 것 같다고 하더라고요. 좋은 건수가 생겨서 한몫 잡을 수 있을 거라면서요.」

「어떤 일이지?」

「그건 몰라요. 아무리 물어도 말을 안 하더라고요.」

「나더러 그걸 믿으라는 거야?」 노게이라가 진절머리 난다는 표정을 지으며 말했다.

「정말이에요, 중위님. 끝까지 이야기를 안 하더라고요. 그냥 한 방에 인생 역전을 해서 꼭 지긋지긋한 이곳을 떠날 거라는 말만 했어요.」 그는 스탠드 쪽으로 팔을 크게 벌려 보였다. 「뭔지는 모르겠지만, 큰 거 하나 물은 게 틀림없어요. 사라지기 전날에도 이제 모든 준비가 끝났다고 하더라고요. 그러다 보니 녀석이 사라졌다고 해도 하등 이상할 게 없었죠.」

「그러니까 자네의 둘도 없는 단짝 친구, 떼려야 뗄 수 없는 친구인 토니노가 횡재를 했는데도 자네와 함께 축하하기는커녕 소리 소문도 없이 꼬리를 감추었다는 말을 나더러 믿으라는 거야?」

리치는 맥 빠진 표정으로 어깨를 으쓱했다.

「우리가 무슨 해병이라도 되는 줄 아세요? 우리 같은 놈들한테 지킬 명예라도 남아 있는 줄 아시느냐고요? 우린 그저 친구일 뿐이에요. 여기 애들은 다 그래요. 각자 알아서 갈 길 가는 거죠. 이 지긋지긋한 곳에서 벗어날 수 있는 기회만 생긴다면, 그래서 이 지옥 같은 생활을 잊을 수만 있다면 무슨 수를 써서라도 떠나지 않을까요? 나라면 당장 그렇게 할 겁니다.」

「그런데 혹시 그가 한몫 잡았다는 게 후작 집안과 관련이 있다고 하지 않던가?」

「아스 그릴레이라스에 사는 분들 말씀이세요?」 그가 웃으며 물었다.

402

「아뇨. 난 모르는 일이라고요. 하지만 그렇지는 않을 거예요. 그들과 이런저런 일로 엮여 있었으니까…….」

「조금 전에 토니노가 큰 거 하나 물었다고 했잖아. 혹시 공갈 협박이라도 한 거야? 그러니까 어떤 이가 자기한테 마약을 샀던 사실이나 또 다른 비밀을 폭로하겠다고 협박했다든지…….」

「뭐라고요? 지금 제정신이 아니시군요. 토니노는 바보가 아니라고요. 솔직히 말해 녀석은 장원에서 가장 고상한 여자한테까지 검은손을 뻗쳤다니까요. 더군다나 계속 젖이 나오는 소를 잡을 사람이 어디 있겠어요?」

마누엘은 정원에서 사무엘을 쫓아 뛰어가던 엘리사의 모습과 에르미니아가 했던 말 ─〈엘리사는 아들이 살린 거나 마찬가지예요〉─ 을 떠올렸다. 생각만 해도 진저리가 났다. 그는 고개를 돌려 스탠드 위에 맥주병을 놓고 출구 쪽으로 걸어갔다. 노게이라가 그를 따라왔다.

「저 녀석은 정말 아무것도 모르네요.」

비가 추적추적 내리면서 거리에는 인적이 드물었다. 두 사람은 비를 맞으며 차로 돌아갔다. 그때 어디선가 낯선 목소리가 들렸다.

「이런, 이런! 여기들 있었구먼!」

소리가 난 쪽으로 몸을 돌리자, 인도 한가운데에 선 채 이쪽을 보며 웃고 있는 남자들이 눈에 띄었다. 마누엘은 세 번째 남자를 주시했다. 그는 도로에 주차된 승용차에서 내리더니 썰렁한 거리를 신경질적으로 휙 둘러보고는 두 사람 앞을 가로막았다. 저 멀리서 경찰차의 파란 불빛이 보이는 듯했다. 마누엘은 그자의 목소리가 왠지 귀에 익었다.

「호모 녀석들이 종일 붙어 다니다 이제 뒤로 그 짓거리를 하려고 집에 가는군.」

노게이라가 한 손을 들어 올리며 말했다.

「너희 지금 실수하는 거야.」

그러자 그자는 가소롭다는 듯이 피식 웃었다. 나머지는 가만히 서 있었다. 마누엘은 멀찌감치 떨어져 있던 남자가 어느새 그들 주위를 빙빙 돌고 있다는 걸 알아차렸다.

「내가 실수하고 있다고 하셨나. 그 짓거리를 하려는 게 아니면, 서로 물고 빨면서 난리 치는 걸 더 좋아하려나.」

「뒤는 너나 조심해.」 노게이라가 말했다.

「자, 이거나 먹어!」 그 말과 함께 마누엘은 등 뒤에 있던 자를 향해 주먹을 날렸다.

그자는 마누엘이 그렇게 나오리라고는 전혀 예상하지 못한 모양이었다. 왼쪽 눈에 불의의 일격을 당한 그는 비틀거리다가 인도와 주차된 차 사이에 발이 끼어 몸의 균형을 잃고 말았다. 그는 손으로 얼굴을 감싼 채 넘어지지 않으려고 발버둥을 쳤다. 그러면서도 거의 본능적으로 주먹을 휘둘러 마누엘의 왼쪽 귀를 강타했다. 나머지 둘은 덤벼들 엄두도 내지 못하고 있었다. 노게이라가 능숙한 솜씨로 총을 겨누자, 그들은 얼어붙은 듯 꼼짝도 하지 못했다.

「더 지껄여 보시지.」 노게이라가 여전히 그들에게 총구를 겨눈 채 말했다. 「누가 호모라고? 어서 말해 보라고, 이 개자식들아! 뭘 하려고 했던 거야?」

「노게이라 씨.」 마누엘이 멀리서 다가오는 파란 불빛을 가리키며 말했다.

「망할 놈들아, 당장 꺼져.」 마누엘의 옆으로 다가온 노게이라가 발로 강하게 바닥을 구르며 소리쳤다. 그 모습을 보자 부엌 앞에 버티고 선 고양이를 쫓아내던 에르미니아가 떠올랐다.

둘은 자동차 사이에 발이 낀 자를 부축해 질질 끌고 가다시피 하면서 달아났다.

「여기서 또 얼굴이 보이는 날에는 네놈들 똥구멍에 총질을 해줄 테니까 알아서들 해!」 노게이라는 뒤도 돌아보지 않고 줄행랑치는 그들의 뒤통수에 대고 소리를 질렀다.

두 사람은 순찰차와 마주치기 전에 첫 번째 골목길로 접어들었다.

노게이라는 차에 시동을 걸 때까지 한마디도 하지 않았다.

「귀는 괜찮아?」

마누엘은 깜짝 놀란 표정으로 그를 쳐다보았다. 그가 처음으로 말을 놓았던 것이다. 얻어맞은 귀가 화끈거려 절로 손이 올라갔지만, 만지지 않기로 마음먹었다.

「괜찮아.」

「손은?」 노게이라는 여전히 꽉 쥔 그의 주먹을 가리키며 물었다.

「좀 붓기는 했는데 괜찮아.」

그 순간 노게이라는 두 손으로 핸들을 내리치며 소리 질렀다.

「잘했어, 마누엘! 등신 같은 놈에게 멋지게 한 방 먹였으니 말이야!」

마누엘은 천천히 한숨을 내쉬면서 고개를 끄덕였다. 그러자 긴장이 풀리면서 온몸이 나른해졌다.

「정말 잘했어, 마누엘!」 잔뜩 흥분한 노게이라가 다시 소리쳤다. 「자, 그럼 우리 둘이서 한잔하러 가야지. 바이킹처럼 거나하게 마셔 보자고. 자네는 어떤지 모르겠지만, 빌어먹을! 나는 꼭 마셔야겠어.」

「좋지.」 마누엘은 머리부터 발끝까지 떨렸지만, 간신히 대답했다.

그들은 반쯤 내려진 셔터 아래로 들어갔다. 불은 대부분 꺼졌고, 테이블 위에 의자가 뒤집힌 채 올라가 있었다. 스탠드 뒤쪽에서 텔레비전으로 권투 시합을 보던 중년의 남자가 이따금씩 두어 명의 술꾼들과 슬롯머신에 동전을 집어넣던 도박 중독자의 술잔을 채워 주곤 했다. 마누엘과 노게이라는 스탠드 앞에 선 채로 두 잔을 마셨다. 세 잔째 마실 무렵, 노게이라가 구석에 있는 테이블을 가리켰다. 바로 옆 화장실 문이 열려 있는 탓에 표백제 냄새가 진동했다. 마누엘은 갑자기 취기가 올라오기 시작했다. 예상한 대로 손이 퉁퉁 부어오르고 욱신거렸지만, 술을 마시고 나니 통증이 사라져 견딜 만했다. 반면 노게이라는 술을 마실수록 정신이 말짱해지는 것 같았다.

「조금 전 일은 정말 미안하게 됐네.」 노게이라가 근심스러운 표정으로 말했다.

마누엘은 어리둥절한 얼굴로 그를 바라보았다.

「거리에서 있었던 일 말인가?」

「그래.」

마누엘은 고개를 저었다.

「자네 때문에 벌어진 일도 아닌데 뭘.」

「아니야. 내 탓이 큰 것 같네.」 노게이라가 그의 말을 가로막았다. 「그런 식으로 생각해 왔었네.[1] 그러니까 그 멍청한 놈들처럼 말이야. 잘못된 거지.」

마누엘은 납득이 간다는 듯 고개를 끄덕였다.

「정말 그랬다면 자네가 잘못한 것이 맞네.」 마누엘은 진지한 얼굴로 말했다.

「미안하네.」 노게이라는 같은 말을 되풀이했다. 「어쩌다 그렇게 됐는지 모르겠어. 하지만 이미 엎질러진 물인데 이제 와서 후회하면 무엇 하겠나.」 노게이라는 술에 취해 횡설수설했다.

「많이 취했나 보군.」 마누엘이 웃으며 대답했다.

노게이라는 굳은 표정으로 손가락을 들어 그를 가리켰다.

「암, 좀 취했지. 하지만 내가 무슨 말을 하는지는 알고 있다고. 난 자네한테 실수를 했어. 잘못을 저질렀으면 적어도 그것을 인정할 줄 알아야 사나이라네.」

마누엘도 진지한 표정으로 그를 바라보면서 그 말이 진심인지 헤아려 보았다.

「솔직히 왜 그런지는 나도 잘 모르겠어. 하지만 말이야, 게이들을 증오할 이유가 전혀 없다는 생각이 들더군.」

「동성애자들이지.」 마누엘이 그의 말을 고쳐 주었다.

「그렇지. 동성애자들 말이야.」 노게이라가 대답했다. 「자네 말이 옳아. 내가 하려던 말은 그게 아닌데……. 하여간 내가 무슨 말을 하려는지

---

1 그들과 마찬가지로 동성애 혐오 발언을 한 것을 의미한다.

잘 알겠지? 그건 그렇고 바에서, 그러니까 일반 바에서 커피를 마시고 있는 자네를 보면 말이야.」 그가 말했다. 「자네가 동성애자라는 생각이 전혀 안 든다고.」

「그래서 뭘 어쨌다는 거지?」 마누엘이 대답했다.

「그러니까 내 말은, 그런 모습을 보면 아무도 자네가……..」

「하지만 사실인 걸 어쩌겠어. 노게이라, 난 동성애자라네. 그것도 태어날 때부터 말이야. 내가 어떻게 보이는지는 그렇게 중요한 문제가 아니라고.」

노게이라는 연거푸 손사래를 쳤다.

「이런 망할! 게이들하고 말해 먹기 정말 힘들구먼! 그러니까 내 말은, 자네가 좋은 사람이라는 거야. 하여간 미안하게 됐어.」 그는 다시 진지한 표정을 지었다. 「나도 그렇지만, 자네가 어떤 사람인지 전혀 모르는 세상 모든 멍청이들 때문에 그동안 얼마나 마음고생이 심했겠나. 우선 그에 대해 용서를 구하고 싶네.」

마누엘은 자기 속마음을 두서없이 늘어놓느라 허둥대는 그의 모습을 보고 웃으며 고개를 끄덕였다. 그리고 얼마 전까지만 해도 동성애자들을 그토록 혐오하던 그가 갑자기 변한 것이 기쁜 나머지 잔을 높이 들었다.

「자, 위하여!」

노게이라는 그에게서 시선을 떼지 않고 잔을 단숨에 들이켰다.

「자네가 이상한 게이가 아니라는 걸 확실히 알았으니까, 이젠 내 이야기를 할 차례일세.」

마누엘은 천천히 고개를 끄덕이며 그가 말하기를 기다렸다.

「내가 하고 싶은 말은, 우리가 어떤 이들을 제대로 알기도 전에 이러니저러니 판단하는 경우가 있다는 거야. 나도 조금 전에 처음으로 그런 사실을 인정했으니 큰소리칠 입장은 못 돼. 하여간 내가 하고 싶은 말은…… 알고 보면 나도 그렇게 나쁜 놈이 아니라는 거야.」

「이보게, 노게이라.」

「내 말 아직 안 끝났어. 요전에 자네가 나더러 피도 눈물도 없는 못된 인간이라고 한 적이 있지. 남의 불행을 보고 즐거워하는 가학적인 놈이라고 말이야.」

「그건 그냥 한번 해본 말—」

「자네 말이 옳아.」 노게이라가 그의 말을 가로막았다. 「나는 무니스 데 다빌라 가문을 증오하고 있어. 아침에 일어나서 잠자리에 들 때까지, 그들이 숨 쉬는 공기를 저주한다네. 죽는 그날까지 그들을 저주할 걸세.」

마누엘은 말없이 그를 바라보다가 손짓을 했다. 웨이터가 다가와 빈 잔에 술을 채워 주었다.

「그건 여기 두고 가세요.」 마누엘이 술병을 가리키며 말했다.

남자가 인상을 찌푸리며 무슨 말인가를 하려고 했다. 하지만 마누엘이 손에 지폐 두 장을 쥐여 주자, 웨이터는 다시 어둠 속으로 사라졌다.

「우리 아버지도 과르디아 시빌이었지. 어느 비 오던 날 밤, 이 부근에서 사고가 있었어. 철도 건널목에서 일어난 사고였는데, 아버지 일행이 제일 먼저 도착했다더군. 그런데 아버지는 다친 사람들을 차에서 끄집어내다가 반대편에서 달려오던 열차에 치이고 말았어. 그 자리에서 돌아가셨다네. 어머니는 졸지에 아들이 셋이나 딸린 과부가 됐고, 나는 장남일세.」

「원, 세상에. 어쩌다 그런 일이……」 마누엘이 중얼거렸다.

노게이라는 방금 아버지를 잃은 듯 슬픈 표정으로 천천히 고개를 끄덕거렸다.

「그때는 세상이 지금 같지 않아서, 집에 먹을 게 하나도 없었어. 다행히 엄마는 바느질 솜씨가 좋아서, 얼마 지나지 않아 장원에 일자리를 얻을 수 있었다네.」

「아스 그릴레이라스에 말인가?」

노게이라는 괴로운 듯 눈을 지그시 감으며 고개를 끄덕였다.

「그때만 해도 세상이 지금과는 달랐지. 그 집안의 부인들은 자주 옷을 지어 입었다네. 일상복은 물론, 연회복까지 말일세. 바느질 솜씨가 소문이 나면서 엄마는 다른 돈 많은 부인들의 옷도 만들어 주기 시작했어.

어느 날 오후, 엄마는 후작 부인이 입어 볼 수 있도록 옷 몇 벌을 가지고 장원에 갔다네. 어쩌다 우리가 엄마를 따라가는 경우가 있었는데, 그럴 때면 밖에서 놀면서 기다렸지. 내가 그 정원을 알고 있는 것도 바로 그 때문이야. 거기서 오후 내내 동생들과 함께 엄마를 기다렸으니까. 하지만 그날 우리는 엄마를 따라가지 않았어.」

그 순간 마누엘의 머릿속에 노게이라가 장원의 정원에 관해 언급하던 장면이 떠올랐다. 그때 받은 이상한 느낌도 함께였다. 〈네. 정말 예쁜 곳이죠.〉

「그날 부인은 집에 없었어. 알바로의 부친만 빼고 전부 외출했던 모양이야. 그의 부친은 당시 사십 줄에 접어들었는데, 더러운 개자식이었지.」

노게이라가 입을 꽉 다물자, 콧수염 아래로 입술이 씰룩거리며 뒤틀렸다.

「나는 길에서 축구를 하다가 무릎이 까지는 바람에 집으로 갔어. 곧장 욕실로 들어갔는데, 엄마가 거기에 있는 거야. 옷을 입은 채 욕조에 누워 있더라고. 그런데 옷이 온통 구겨지고 찢어진 데다, 허리께까지 말려 올라가 있었어. 피가 흘러나오고 있더라고…… 바로 거기서 말이야. 다리를 따라 흘러내린 피가 욕조 바닥의 물과 뒤섞이고 있었지. 아직 아무것도 모를 때라 나는 엄마가 죽는 줄로만 알았어.」

마누엘은 머릿속에 떠오르는 끔찍한 장면을 물리치려고 눈을 질끈 감았다.

「그때 난 열 살이었어. 엄마는 아무한테도 알리지 않겠다는 다짐을 내게서 받아 냈지. 나는 엄마를 부축해서 침대에 뉘었어. 그리고 엄마가 일주일 넘게 침대에 누워 있는 동안 식구들을 보살폈다네. 그때 동생들은 너무 어려서 무슨 일이 일어났는지도 까맣게 몰랐지.」

「하느님 맙소사!」 마누엘은 고통스럽게 신음하며 말했다. 「노게이라, 그렇게 어린 나이에…….」

노게이라는 천천히 고개를 끄덕였다. 그러곤 멍한 눈으로 허공을 응시하며 그즈음 어느 날인가를 떠올렸다.

「어느 날 오후, 후작 부인의 자가용이 우리 집 앞에 멈추었다네. 운전사가 차에서 내리더니 비스킷, 초콜릿, 하몬 등 먹을 것이 가득 담긴 바구니를 들고 문으로 다가오더군. 사실 우리한테는 그림의 떡이나 마찬가지인 것들이었지. 바구니를 보고 기뻐서 어쩔 줄 모르던 동생들의 모습이 떠오르는군. 마치 크리스마스 선물을 받은 것처럼 좋아했다네. 후작 부인은 엄마와 방으로 들어가더니, 오랫동안 이야기를 나누더라고. 방에서 나온 뒤 후작 부인은 우리에게 동전을 한 닢씩 주었지. 나는 곧장 방으로 들어갔네. 엄마 말로는 장원으로 돌아가지는 않겠지만 후작 부인의 옷은 계속 지을 거라고 했어. 그 후로 때만 되면 운전사가 와서 가봉할 옷을 가져오고 가져가곤 했지. 그때마다 음식뿐만 아니라 수건, 침대 시트, 장원에서 입는 잠옷 등이 담긴 바구니도 꽤나 자주 왔어. 마누엘, 우리 엄마한테는 아주 용감한 면이 있었다네.」

「그래야만 했겠지.」 마누엘도 공감을 표했다. 「남은 자식들을 위해서라도 아주 용감해야 했을 거야.」

「엄마는 어려운 처지에서 나와 동생들을 공부시키느라 고생하셨지. 그러면서도 불평 한마디 없으셨네. 하여간 당신이 할 수 있는 일은 다 하신 거야. 어떤 시련이 닥쳐도 절대 포기하지 않으셨네. 마누엘, 절대 포기하지 않았다고.」

마누엘은 말없이 그를 바라보았다.

「그러다 2년 전에 돌아가셨네. 아주 오래 사셨지.」 말을 마친 그는 가볍게 미소를 지었다. 「어머니가 돌아가시기 전에 나더러 방에 있는 큰 옷장을 열어 보라고 하시더군. 옷장을 여니까 무니스 데 다빌라 가문의 문장(紋章)이 수 놓인 수건과 시트가 곱게 개어져 있었어. 장롱 바닥부터 꼭대기까지 말이야. 무슨 말인지 알겠어? 엄마는 오랜 세월 동안 그 많은 고급 시트를 단 한 번도 사용하지 않았던 거라고. 장례식 날, 나는 그것들을 꺼내 마당에서 모두 태워 버렸어. 한 장도 남기지 않고 말이야.」 그가 갑자기 웃음을 터뜨렸다. 「그때 제수씨들이 나더러 미쳤다고 고래고래 소리 지르던 모습이 지금도 눈에 선하다네.」

마누엘도 그를 따라 웃었다. 두 사람은 잠시 껄껄댔다.

「난 말이야, 지금도 성탄절 저녁 식사 때만 되면 그 모습이 떠오른다
네. 못된 여자들 같으니!」

그는 갑자기 웃음을 멈추더니 자리에서 일어나 문 쪽을 가리켰다.

「나는 이 이야기를 아무한테도 한 적이 없다네. 동생들은 물론 아내에
게도 말이야.」 그가 출구 쪽으로 걸어가면서 말했다.

노게이라는 바에서 나와 여관으로 가는 동안 한마디도 하지 않았다.
사실 할 말도 없었을 것이다. 마누엘은 그가 어떤 기분일지 너무나 잘
알고 있었다. 새삼 성사실에서 자신의 죄를 고백하는 사람과 사제 사이
에 칸막이가 설치되어 있는 이유를 알 것 같았다. 아쉽게도 차 안에는
칸막이가 없었다. 그는 하는 수 없이 차창에 비친 자기 모습만을 말없이
바라보았다.

차가 여관 앞에 멈추어 서자 마누엘이 물었다.

「내일 신학교에 갈 건가?」

「물론이지. 수도원장한테 직접 들은 말이 있는데, 자네도 알고 있는지
모르겠네. 그 수도원 땅이 후작 소유라고 하더군. 그러니까 이제는 자네
것인 셈이지.」

「혹시 내가 같이 가기를 원하면…….」

「사실 그를 어떻게 대해야 할지 생각 중이라네. 수도원장과 나는 오래
전부터 아는 사이라서 말이야. 섣불리 잘못 건드리기라도 하면 도리어
긁어 부스럼이 되고 말 테니까. 그 사람 성격으로 보아 당장 사령부에
전화할 거고, 그렇게 되면 내 입장이 정말 난처해질 거야. 우리는 진퇴
양난에 빠질 테지. 그러니 이번에는 나 혼자 가고, 혹시 나중에 필요하
면 그때 같이 가도록 하세. 일단 자네가 땅 주인이라는 사실만으로도 그
영악한 인간의 말문을 막아 버릴 수 있을 거야. 어떻게 하면 좋을지 한
번 두고 보자고.」

마누엘은 천천히 차에서 내린 뒤 곤히 잠든 카페를 품에 안았다.

「마누엘.」 노게이라가 차 안에서 그를 불렀다. 그의 목소리가 좀 이상했다. 그는 잠시 말을 꺼내지 못하고 머뭇거렸다. 「내 아내가 자네를 저녁 식사에 초대하고 싶어 한다네.」

마누엘은 그의 말이 너무 뜻밖이라 긴가민가했지만, 곧 미소 띤 얼굴로 물었다.

「나를?」

「그래. 자네 말이야.」 노게이라는 무언가 더 하고 싶은 말이 있는 눈치였다. 「무슨 이야기를 하다가 그랬는지 모르겠지만, 하여간 자네 이름이 불쑥 튀어나왔다네. 내가 자네를 안다고 했거든. 그랬더니 내 큰딸과 아내가 자네 책을 읽었다면서 꼭 좀 만나게 해달라는 거야. 그래서 내가 안 될 거라고 하기는 했는데…….」

「기꺼이 가겠네.」 마누엘이 말했다.

「뭐라고?」

「간다고 했어. 자네 가족들과 함께 저녁 식사를 하겠다고. 나도 자네 부인을 만나 보고 싶거든. 언제쯤 가면 되겠나?」

「언제냐고? 그럼 내일이 괜찮을 것 같은데…….」

마누엘은 주차장에 홀로 남아 노게이라의 차가 멀어지는 모습을 바라보았다. 그는 까칠까칠한 카페의 머리에 입을 맞추고는 웃으면서 여관으로 들어갔다. 갑자기 글을 써야겠다는 생각이 들었다.

거부당한 모든 것에 관해서

그는 속이 비었는지 확인하기 위해 화장대의 서랍을 하나씩 열어 보았다. 커다란 옷장 안에는 평소 알바로가 입던 셔츠 몇 벌이 잘 다려진 채 굵은 옷걸이에 걸려 있었다. 살랑살랑 흔들거리는 셔츠를 보자, 머릿속이 혼란스러워졌다. 갑자기 셔츠를 만지고 싶은, 부드러운 천을 어루만지고 싶은 충동이 일었다. 정처 없이 떠도는 그의 존재를 손가락 끝으로 만져 보고 싶었다.

수습책

    마을 사람들 사이에는 신학교로 알려져 있지만, 산소안 수도원에서 학교는 이미 사라진 지 오래였다. 이전에 학생들이 사용하던 공간은 순례자나 피정을 온 사람들을 위한 숙소로 이용되었다. 노게이라는 어떻게 그런 터무니없는 짓을 할 수 있느냐면서 분개했다. 차가운 맥주를 배 위에 올려놓고 일광욕을 하지 않을 거라면 휴가를 가봐야 무슨 의미가 있겠느냐는 논리였다.

    노게이라는 우선 수도원장님을 찾아뵙고 싶다며 전화를 걸었다. 그러자 전화기에서 불안한 듯 머뭇머뭇하는 남자의 목소리가 흘러나왔다. 남자는 무슨 일인지 꼬치꼬치 캐물으며 신경질적인 반응을 보였다.

    「좀 민감한 문제라서 직접 뵙고 말씀드리고 싶습니다.」 노게이라는 즉답을 피한 채 대충 얼버무렸다. 그러곤 자신의 전략이 흡족한 듯 슬그머니 미소를 지었다.

    「좋으실 대로 하세요.」 남자는 냉랭한 목소리로 대화를 마무리했다.

    정문에서 그를 기다리고 있던 수도원장의 얼굴에는 초조해하는 기색이 역력했다. 노게이라는 차에서 내리면서 정원과 교회 입구 그리고 수도원 진입로로 이어지는 철창 옆에서 자기를 기다리던 신부의 속이 바짝 타들어 가고 있으리라고 짐작했다. 정중하게 인사를 나눈 뒤 수도원장은 늘 하던 대로 아름다운 주변 경치에 관해 알려 주면서 그를 데리고 사무실로 들어갔다. 사무실에서 그는 노게이라에게 커피를 권하고는 수도원에서나 볼 수 있는 두꺼운 책상 뒤에 앉았다.

「무슨 일로 오셨나요, 중위님?」

노게이라는 커피를 한 모금 마신 뒤, 옆쪽 벽난로 위에 걸린 초상화를 물끄러미 바라보았다. 그러곤 무슨 말이든 해야 할 것 같아 수도원장에게로 고개를 돌렸다.

「지난 월요일에 원장님의 누님이 사령부에 조카의 실종 신고를 냈습니다.」

노게이라는 수도원장의 얼굴에 어떤 반응이 나타나는지 살폈다. 그는 일순 안색이 변하면서 놀라는 듯했다. 하지만 노게이라가 굳게 입을 다물자 천천히 고개를 끄덕였다.

노게이라는 그 틈을 놓치지 않고 파고들었다.

「원장님은 그 사실을 알고 계셨나요? 언제부터죠?」

「네. 누님이 전화로 알려 주더군요. 화요일쯤이었을 거예요.」

깊게 한숨을 내쉬며 자리에서 일어난 수도원장은 창가로 걸어갔다.

「혹시 그 일에 내가 무슨 관련이 있다고 생각하신 거라면 잘못 짚으셨어요. 그동안 조카 때문에 겪은 일을 생각하면 신물이 납니다. 녀석이 무슨 짓을 할 때마다 깜짝깜짝 놀랄 정도니까요.」

「네, 잘 알겠습니다.」 노게이라가 말했다. 「하지만 누님 말로는 조카가 고모한테는 끔찍했다고 하더군요. 집에 늦게 들어갈 것 같으면 꼭 전화를 했다고요.」

「누님이 아이를 너무 버릇없이 키웠어요. 무조건 감싸고돌기만 했으니 그 모양이 될 수밖에요.」

「누님을 찾아간 게 토요일이었나요?」

수도원장이 깜짝 놀란 듯, 아니 겁먹은 듯 그를 쳐다보았다.

「누님이 그러던가요?」

「아뇨. 이웃집 여자가 알려 주더군요. 두 분이 문 앞에서 말다툼을 벌이더라고요.」

수도원장은 화분을 이리저리 옮겨 햇빛이 잘 드는 곳으로 돌려놓는 척하면서 대화를 피하려고 했다.

「무슨 문제로 다투신 겁니까?」

「개인적인 일입니다. 우리 가족과 관련된 건데, 사소한 일이에요.」

「이웃집 여자가 진술한 바에 따르면······.」 노게이라는 수첩에 적힌 메모를 읽는 척하면서 〈진술〉이라는 말을 강조했다. 「원장님이 굉장히 화를 내면서 누님에게 따졌다고 하더군요. 어떤 일로 인해 원장님이 끝장나게 생겼을 뿐만 아니라, 절대 조용히 넘어갈 문제가 아니라고 했답니다.」

화가 나 얼굴이 벌게진 수도원장이 노게이라를 향해 고개를 돌렸다.

「그 수다쟁이 할망구는 남의 일이라면 안 끼어드는 데가 없다고요.」

「맞습니다. 아주 고약한 여자이기는 하지만, 증인으로서는 꽤 믿을 만하더군요. 이런 질문을 해도 이해해 주시리라 믿습니다만, 보아하니 원장님의 조카가 여기서 몇 가지 일을 맡았던 모양인데요. 그리고 원장님이 화가 나서 그의 집에 찾아간 날, 그 친구가 사라졌습니다.」

「중위님, 지금 무슨 저의로 그러는지 모르겠지만 불쾌하군요.」

「원장님 가족을 도와드리려는 거지, 다른 저의는 없습니다. 누님이 토니노를 찾으려면 어떻게 해야 하는지 물어보려고 사령부로 전화하셨기 때문이죠.」 그는 거짓말을 했다. 「계속 협조를 안 해주시면 누군가는 영문도 모르고 속이 타들어 갈 텐데요.」

그러자 수도원장의 안색이 점차 변하더니 백지장처럼 하얗게 질렸다. 마침내 간신히 입을 연 그는 들릴락 말락 한 목소리로 말했다.

「안토니오가 내 사무실에서 뭔가를 들고 갔어요. 물론 알고 있겠지만 녀석이 물건을 훔친 게 처음은 아니니까요.」

「뭘 가져갔죠?」

수도원장은 잠시 머뭇거렸다.

「돈이요.」 그가 대답했지만 거짓임이 분명했다.

「그럼 신고를 했겠군요.」

수도원장은 말을 꺼내기 전에 다시 주저했다.

「중위님. 그 아이는 내 조카예요. 더구나 누나의 기분을 상하게 하고 싶지는 않고요.」

「그렇군요. 알겠습니다. 그래도 조카가 수도원의 돈을 훔쳐 갔다는 걸
알았다면…….」

「그건 내 돈이었어요. 내 지갑에서 슬쩍 꺼내 갔거든요.」

노게이라는 일부러 몇 초 정도 말을 하지 않았다.

「설령 그 사실이 알려진다 해도 원장님을 끝장낼 정도로 심각한 일인
가요? 그리고 원장님의 개인 돈을 훔쳐 갔는데 조용히 끝나지 않을 거
라는 게 대체 무슨 말이죠? 평소 지갑에 돈을 얼마나 들고 다니시는지
잘 모르겠지만…….」

「그 여자는 항상 엉뚱하게 말을 옮겨요. 나는 〈너 때문에 내가 제명
에 못 죽을 거야〉라고 했어요. 그 녀석 때문에 하도 화가 나서 한 말이지,
다른 뜻은 없습니다.」

「그랬군요.」 노게이라는 아까 본 그림 쪽으로 고개를 돌리며 말했다.
「노 후작의 초상화를 걸어 놓았네요.」

수도원장은 일순간 당황한 기색이 역력했지만, 이내 정색을 하고 말
했다.

「그거야 우리 신학교의 최고 후원자였으니까요. 그리고 후작 가문은
지금도 후원을 계속하고 있고요.」

「아, 그런가요?」 노게이라는 흥미롭다는 듯 되물었다.

「이 수도원도 그 가문 소유의 땅에 지은 겁니다.」

노게이라는 그가 어떤 반응을 보이는지 주시하면서 화제를 바꾸었다.

「아시다시피, 그분의 아드님이 세상을 떠났죠.」

수도원장은 잠시 고개를 떨구었다.

「그러게 말입니다. 참 얄궂은 운명이에요.」

「그분도 어릴 때 여기서 공부했다고 하던데…….」

「네. 두 동생도 마찬가지였죠. 하지만 그는 여기 그리 오래 있지 않았
어요.」

노게이라는 수도원장이 한숨 돌릴 틈을 주기 위해 일부러 문 쪽으로

걸어갔다. 그러곤 몸을 돌려 말했다.

「지난 토요일에 알바로 무니스 데 다빌라 씨가 여기 왔었나요?」

수도원장은 발작이라도 일으킬 것 같은 표정이었다.

「토요일에요? 아뇨. 여기 안 왔어요.」

「하지만 전화는 했죠.」

「전화도 없었어요.」

「그의 휴대 전화 통화 기록에 나와 있습니다.」

수도원장은 두 손가락을 콧등에 갖다 댔다.

「아, 맞아요. 미안합니다. 그사이 잊어 먹었네요. 그가 전화했습니다. 잠깐 이야기하고 끊었어요.」

노게이라는 한동안 제자리에 선 채 말없이 그를 바라보았다. 수도원장의 표정으로 보건대, 굳이 요구하지 않아도 알아서 다 털어놓을 것 같았다.

「내게 고해 성사를 하고 싶다고 했어요.」 수도원장이 천천히 말했다. 「그에게 괜찮은 시간을 두 개 알려 주었죠. 그런데 시간이 맞지 않아서 일단 연기하기로 했어요.」

노게이라는 아무 말도 하지 않았다. 그는 아주 천천히 문을 열고 최대한 느리게 밖으로 나갔다. 그러다 한번 뒤를 돌아보았는데, 수도원장이 당장이라도 심장 발작을 일으킬 것 같은 표정으로 서 있었다.

「나오실 필요 없습니다.」 노게이라는 그에게 작별 인사를 건넸다.

밖으로 나온 그는 한숨을 몰아쉬고 담배를 피워 물었다.

그때 뒷짐을 진 채 돌이 깔린 오솔길을 산책하던 수도사가 미소를 지으며 그에게 다가왔다.

「그놈의 나쁜 습관 때문에 참 오랫동안 고생했죠. 그런데 얼마 전에 깨끗이 끊어 버렸답니다. 그때부터 잃었던 입맛까지 돌아오더군요.」

「나라도 그렇게 했을 겁니다.」 노게이라는 그와 함께 천천히 정문 쪽으로 걸어가며 말했다. 「하지만 그게 워낙 힘들어서……..」

「나처럼 하세요. 기도하면, 하느님께서 도와주실 겁니다.」

그들은 문이 열린 차고 앞을 지나갔다. 노게이라는 여러 대의 차가 주차된 차고 안을 힐끔 쳐다보았다.

「하느님이 정말 그런 일까지 하신다고 믿습니까?」

「하느님은 지상의 모든 것을 위해 존재하십니다. 큰 것이든 작은 것이든 말이에요.」 그 순간 수도사의 휴대 전화가 울렸다. 「실례합니다.」 그는 양해를 구하면서 전화를 받았다.

노게이라는 괜찮다는 몸짓을 해보이고 차고 안을 들여다보았다. 안에는 경운기와 소형 오토바이, 회색 세아트 코르도바[1] 1999년도 모델, 그리고 앞 범퍼가 움푹 들어간 흰색 소형 화물차가 있었다. 노게이라가 뭔가 물어보려고 뒤를 돌아봤더니 수도사의 표정이 싹 바뀌어 있었다. 그는 전화를 받으면서 2층 창문을 올려다봤다. 수도원장이 창문 뒤에 몸을 반쯤 숨긴 채 노게이라를 지켜봤다. 그 역시 귀에 전화기를 대고 있었다. 창문을 통해 두 사람이 시선을 교환했다. 전화를 끊자마자 수도사는 차고로 걸어가더니 올라가 있던 셔터를 내려 버렸다.

다시 돌아왔을 때, 수도사의 얼굴에서 상냥함이라고는 흔적도 찾아볼 수 없었다.

「정문까지 바래다드리죠.」

전화를 받자마자 마누엘은 노게이라가 뭔가 망설이고 있다는 것을 그의 목소리에서 단번에 알아챘다. 그는 노게이라의 말이 이어지기를 기다렸다. 루카스 신부가 말한 바 있지만, 마누엘도 그런 경험을 한 적이 있었다. 고해 성사를 하고 나면 종종 수치심과 후회가 갑자기 밀려오곤 했다. 고백한 게 부끄러워서가 아니었다. 그보다는 서두르다가 엉뚱한 사람한테 속마음을 보여 주었다는 느낌, 삶의 일부를 쉽게 드러내 버리고 말았다는 생각을 지울 수가 없었던 것이다. 좀 부담스럽기는 해도 그런 것들은 비밀로 간직할 때 더 든든한 힘이 되는 법이니까 말이다.

---

1 스페인의 자동차 제조 업체인 세아트가 1993~2009년까지 생산한 소형 승용차 모델이다.

노게이라도 새로운 친구가 생겼다는 기쁨에 취해 자신의 속마음을 털어놓은 것을, 특히나 자기 집에 초대한 것을 그 순간이 지나고 후회하고 있는지도 몰랐다.

마누엘은 화제를 돌리려고 태연스럽게 물었다.

「수도원에 갔던 일은 잘 됐나?」

전화기에서 흘러나오는 목소리가 홀가분하게 느껴졌다. 노게이라는 알 듯 모를 듯한 대답을 했다.

「생각하기 나름이야.」

마누엘은 미소를 지으며 그의 말을 들었다.

「나한테는 아무 말도 안 하려고 하더군. 그런데 자기도 모르게 이미 많은 것을 드러냈다네. 본인은 인정하지 않겠지만 말이야. 그의 말로는 조카가 자기 지갑에서 돈을 훔쳐 가서 화를 낸 거라는데 아무래도 거짓말 같아. 녀석이 지금 어디에 있든 딱히 개의치 않는 눈치였거든. 줄행랑을 친 게 어쩌면 당연하다는 투였다네. 그런데 흥미로운 일이 있었어. 알바로가 당신을 만나러 가려고 했던 것 같다고 넌지시 떠보았거든. 그랬더니 아니라고 딱 잡아떼는 거야. 알바로가 정말 전화라도 했던 것처럼 말이지. 그래서 그의 통화 기록을 확인해 봤다고 하니까 생각을 더듬어 보는 척하더니 그렇다고 하더군. 언젠가 자기한테 전화를 걸어 고해성사를 받고 싶다고 했다네. 결국 시간이 안 맞아서 만나지는 못했지만 말이야.」

「말도 안 되는 소리지. 루카스 신부가 알바로는 고해 성사를 한 적이 없다고 그랬거든. 가톨릭 의식은 따랐지만 고해 성사만큼은 하지 않았다고 말이야.」 마누엘이 단호하게 말했다. 「루카스를 만나면 다시 물어봐야겠어.」

「그리고 또 하나 있어. 수도원에서 나오다가 오른쪽 앞 범퍼에 충돌 흔적이 있는 흰색 차를 봤네. 알바로의 차에 남아 있던 자국과 얼추 비슷했어. 가까이 다가가서 보려는데, 어떻게 알았는지 갑자기 나를 쫓아내더군.」

「그럼 이제 어쩌면 좋을까?」

「자네가 한번 나서 보는 것이 좋을 듯싶네. 하지만 경솔하게 행동해서는 안 돼. 나한테 좋은 생각이 떠올랐거든. 오늘 저녁을 먹고 차근차근 설명해 줄 테니까 자네 생각을 말해 주게.」

비록 저녁 초대를 취소하지는 않았지만, 노게이라는 여전히 망설이는 눈치였다.

「마누엘. 사실 이 이야기를 하려고 전화한 건 아니고……. 오늘 우리 집에 오기 전에 자네한테 미리 알려 줄 게 있어.」

「자네 부인의 요리 솜씨가 형편없다는 말만 아니면 된다네.」 마누엘은 분위기를 바꾸려고 농담을 했다. 「집에서 만든 맛있는 음식을 먹을 생각에 잔뜩 들떠 있으니까 말이야.」

그 말을 듣고 노게이라가 껄껄 웃었다.

「아냐, 그런 이야기가 아니야. 아내는 요리를 아주 잘한다네. 요리 솜씨 하나는 정말 일품이지. 그런데 요즘 우리 부부 사이가 그리 좋은 편이 아니라서……. 밥 먹으러 왔다가 괜히 우리 때문에 불편할까 봐 걱정이 돼서 미리 말하는 거야.」

「무슨 말인지 알았으니까 너무 걱정하지 말게.」 마누엘은 끝까지 들어 봐야 괜히 기분만 언짢아질까 봐 그의 말을 막고 나섰다.

「우리 큰딸도 마찬가지야. 조금 있으면 열아홉이 되는데, 사춘기가 늦게 왔는지 사사건건 나한테 대드는구먼. 올해만 해도 일곱 과목이나 낙제를 하는 바람에 유급이 되고 말았다네. 여름 내내 책 한 번 안 들여다보더니 당해도 싸지. 내가 화가 나서 뭐라고 하면 아내는 그 아이를 감싸고돌기만 하니 말다툼이 끊일 날이 없어.」

「알았네.」

「그리고 사내 녀석도 하나 있어.」

「딸만 둘인 줄 알았는데.」

「아, 그 아인 술리아의 애인이라네.」 그는 말을 하다 말고 한숨을 내쉬었다. 「오늘 식사 자리에 그 녀석도 올 거야. 늘 우리 집에 죽치고 있거든. 집에서는 오히려 녀석이 내 상전일세. 더 이상 참을 수가 없어. 내색은 안 하지만 아내도 부담스러운 눈치야. 집에 들어갈 때마다 그 녀석은 인사는커녕 멍청한 얼굴로 나를 빤히 쳐다보면서 성질을 돋운다네.」

그 아이의 출현으로 노게이라가 얼마나 힘들지 추측하면서 마누엘은 살며시 미소를 지었다.

「어떤 상황인지 짐작이 가는군.」

「내가 어떻게 사는지 자네는 상상도 못 할 거야.」

현관 벨을 누르기 전에 마누엘은 다시 한번 카페를 보았다.

「얌전하게 있어야 해.」 그가 카페에게 말했다.

그 말에 기분이 상하기라도 한 듯 카페는 곁눈질로 그를 흘끔거렸다.

벨 소리가 잦아들자 집 안에서 왁자지껄하게 떠드는 어린아이의 목소리가 들려왔다. 여덟 살 정도 되어 보이는 여자아이가 문을 열어 주었다.

「안녕하세요? 전 안티아라고 해요.」 아이가 인사를 건넸다. 「기다리고 있었어요. 어서 들어오세요.」 말이 끝나기가 무섭게 아이는 마누엘의 손을 잡더니 안으로 끌어당겼다. 「와, 강아지도 왔네요!」 그제야 카페를 발견한 아이가 외쳤다. 아이는 카페를 보자 마누엘을 거들떠보지도 않았다. 「만져 봐도 돼요? 이 강아지는 아이들을 좋아하나요?」

「그럼. 만져도 돼.」 마누엘이 대답했다. 「잘은 모르겠지만 아이들도 좋아할 거야.」 마누엘은 아이의 호들갑에 떠밀리다시피 대답했다.

「마누엘 아저씨예요. 꽃하고 와인을 가져오셨어요. 그리고 강아지도 왔어요.」 아이가 복도에서 소리쳤다.

주방에서 나온 노게이라는 마누엘에게서 와인을 건네받고 그를 안으로 안내했다. 큼지막한 테이블이 거실 한복판을 차지하고 있었다. 주방 옆에는 까무잡잡한 피부에 긴 머리를 동여맨 미모의 여성이 서 있었다. 40대 중반 정도 되어 보이는 여인이 앞치마를 벗어 황급히 뒤로 숨기더니 미소를 지으며 다가와 그에게 악수를 청했다.

「마누엘. 여기는 내 아내 라우라고, 문을 열어 준 애는 막내딸 안티아일세. 그리고 이 아이는…….」 노게이라는 뒤에 있던 여자아이를 돌아보며 말했다. 막내에게 정신이 팔려 마누엘은 미처 그 아이를 보지 못했다. 「큰딸 술리아라네.」

예쁘장한 술리아의 얼굴에는 자기 엄마의 젊은 시절 모습이 그대로 담겨 있었다. 머리를 길게 늘어뜨린 그녀는 자기 아버지처럼 검은 눈망울로 그를 바라보며 손을 내밀어 악수를 청했다.

마누엘은 라우라에게 꽃다발을 건넸다.

「부인께 드리려고 가져왔습니다.」

「편하게 대해 주세요. 꽃이 너무 예뻐요. 그런데 뭘 이런 것까지 가져오고 그러세요.」 그녀는 반가운 듯 웃으며 꽃을 꼭 껴안았다. 「꽃이 정말 마음에 들어요.」 그녀는 남편을 힐끗 쳐다보면서 말했다. 「그리고 선생님의 책도요.」 갑자기 그녀의 얼굴이 빨개졌다. 그 모습을 본 마누엘과 노게이라는 놀라서 눈이 휘둥그레졌다.

안티아가 카페를 안고 주방으로 들어갔다.

「저런! 죄송합니다. 강아지 넣어 둘 것을 가져온다는 게 깜박 하고 말았네요. 신경 쓰이시면 녀석을 차 안에 넣어 두고 오겠습니다.」 마누엘이 용서를 구했다.

「안 돼요. 그러지 마세요.」 막내가 사정했다.

「걱정하지 마세요. 나도 개를 좋아하니까요.」 라우라가 나서며 말했다.

마누엘은 식탁의 상석에 앉아 있는 남자아이를 힐끗 보았다. 그 아이는 누가 뭘 하든 신경 쓰지 않는 눈치였다. 녀석은 휴대 전화에서 한 번도 눈을 떼지 않았다.

「저 애는 알렉스라고, 술리아의 애인일세.」 노게이라가 턱 끝으로 그 아이를 가리키며 말했다.

「남자 친구라고요.」 큰딸이 쏘아붙이듯 말하자 노게이라는 당황한 듯했다. 정작 남자아이는 아무런 반응도 보이지 않았다.

마누엘은 저 남자아이가 왜 노게이라를 그토록 화나게 만드는지 어렵지 않게 짐작할 수 있었다. 그처럼 괄괄한 성격의 소유자가 저런 좀비 같은 아이를 견디기란 여간 어렵지 않았을 것이다.

노게이라가 와인을 따면서 화를 삭이는 동안 라우라는 마누엘에게 자리를 권했다.

「알렉스.」 그녀는 테이블 상석에 앉아 있던 아이에게 다가가 말했다. 「술리아의 옆에 가서 앉도록 해. 그 자리에는 안드레스 아저씨가 앉아야 하니까.」

분위기가 갑자기 썰렁해지자 마누엘은 놀란 얼굴로 그들을 바라보았다.

「여긴 내 자린데 왜 그래야 해요?」 아이가 투덜거리며 말했다.

「오늘은 안 돼.」 하지만 그녀는 얼굴빛 하나 바꾸지 않고 말했다.

남자아이는 마지못해 일어나더니 두 자리 옆으로 가 털썩 주저앉았다.

그러자 노게이라가 그 자리에 앉았다. 마누엘이 그의 이름을 들은 건 그때가 처음이었다. 노게이라의 말대로 라우라는 요리 솜씨가 일품이었다. 그렇게 즐겁게 식사를 한 건 실로 오래간만이었다. 라우라가 자랑으로 여기는 갈리시아식 요리를 푸짐하게 차린 식탁에 온 가족이 오순도순 둘러앉아 정겨운 대화를 나누면서 보기만 해도 군침이 도는 근사한 음식을 즐겼다. 마누엘로서는 정말 꿈같은 일이었다. 식사를 하면서 그들은 마누엘의 소설, 특히 초반부를 어떻게 쓰는지에 대해서, 그리고 문학에 관해서 기탄없이 이야기를 주고받았다. 라우라는 마누엘이 가장 아끼는 작품들뿐만 아니라, 주요 작가들의 작품도 빠짐없이 섭렵하고 있었다. 그사이 마누엘은 그녀가 자신과 노게이라를 어떻게 바라보는지 유심히 관찰했다.

「그런데 마누엘 씨, 안드레스는 어떻게 만난 거예요? 저 사람한테 아무리 물어봐도 이야기를 안 해줘요.」

마누엘은 노게이라를 힐끔 쳐다보았다. 그는 그 틈에 새 와인을 따려고 자리에서 일어났다.

「내가 아무한테도 말하지 말라고 부탁했거든요.」 마누엘은 자신의 말이 어떤 영향을 미칠지 알고 있었다.

「새로 출간할 소설 때문이에요.」 엄마와 뭔가 알겠다는 듯 눈빛을 교환하던 술리아가 상기된 표정으로 마누엘을 쳐다보며 소리쳤다. 「그렇죠?」

「맞아요. 지금은 비밀이라는 것도 잘 알겠죠?」

「물론이죠!」 술리아와 라우라가 합창하듯 소리쳤다.

모녀는 노게이라를 감탄의 눈으로 바라보았다. 그 모습을 지켜보면서 마누엘은 흐뭇한 기분이 들었다.

「그럼 이번에 나올 소설의 무대가 리베이라 사크라인가요?」 술리아가 물었다.

마누엘은 어렴풋이 미소를 지었다.

「아직 완전히 결정된 건 아니에요. 구상 단계라서 구체적인 장소와 사건 등을 하나씩 파악하고 있으니까요. 이 과정에서 술리아 양의 아버지에게 큰 도움을 받고 있답니다.」

「딸아이의 무례를 용서해 주세요.」 라우라가 미소를 지으며 양해를 구했다. 「나는 마누엘 씨의 책이라면 하나도 빼놓지 않고 다 읽었죠. 술리아도 1년 전쯤 우연히 선생님의 책을 발견했는데, 얼마 되지 않아 다 읽더라고요. 그 정도로 푹 빠졌어요.」

「와! 고마워, 술리아. 다른 책도 많이 읽니?」

「올해는 서른다섯 권 정도 읽었어요. 대부분 탐정 소설이나 역사 소설이에요. 하지만 가장 좋아하는 건 선생님의 소설이랍니다.」

그때까지 잠자코 있던 노게이라가 불쑥 끼어들었다.

「그럼 그렇지! 죄다 소설이구먼. 학교에서 배우는 책에는 손도 대지 않더니.」

그러자 술리아가 짜증스러운 표정을 지었고, 알렉스는 여전히 휴대전화에서 눈을 떼지 않은 채 키득거렸다.

라우라는 남편을 흘겨보더니 빈 접시를 치우고 디저트를 가져오려고 자리에서 일어섰다. 노게이라도 그녀를 돕기 위해 황급히 일어났다.

「술리아는 작가가 되고 싶어 해요.」 라우라가 치즈와 과일 젤리, 케이크가 담긴 쟁반을 마누엘 앞에 놓으며 말했다.

마누엘이 관심을 보이자, 술리아는 얼굴이 빨개진 채 조용히 고개를 끄덕였다. 옆에서 알렉스가 콧방귀를 끼면서 엉덩이를 의자 끝에 걸친 채 턱이 테이블에 닿을 때까지 허리를 쭉 뻗었다.

그 아이를 못마땅한 듯이 바라보던 노게이라가 딸아이에게 고개를 돌리며 말했다.

「그거 좋은 생각이구나! 그런데 그 성적으로 어떻게 작가가 되려는 거지?」

라우라는 마누엘 곁에 와서 앉더니 붉으락푸르락 핏대를 올리는 남편을 재미있다는 듯이 쳐다보았다. 그가 언제 분통을 터뜨릴지 마음속으로 계산하는 눈치였다.

「아이참! 아빠, 또 시작이야!」 술리아는 이제 진절머리가 난다는 듯이 머리를 절레절레 흔들었다. 그러곤 아버지의 잔소리를 한 귀로 흘려보내면서 마누엘한테 다가갔다.

「사실 이번 학기에는 딴 데 신경 쓰느라 공부를 별로 못 했어요.」 그녀는 어색한 표정으로 고개를 숙이며 말했다. 「어쩔 수 없이 유급해야 할 것 같아요. 하지만 이제부터 열심히 할 거예요.」

「이제부터라…….」 노게이라가 그녀의 말을 따라 했다. 「넌 한 학기 내내 그 말만 했다고. 그런데 하긴 뭘 해? 전 과목 낙제밖에 더 했어?」

「문학 과목은 낙제가 아니라고요.」 여자아이는 발끈하고 나섰다.

옆에서 남자아이가 다시 키득거리자, 노게이라는 그쪽으로 고개를 획 돌렸다.

「넌 왜 그렇게 실실 웃는 거냐?」 그가 짜증 섞인 목소리로 물었다.

그러자 남자아이는 비웃듯이 손가락으로 술리아를 가리켰다.

「작가?」 그 아이가 다시 비웃음을 흘렸다. 「내가 그런 말을 했으면 다들 배꼽을 잡고 웃느라 정신을 못 차렸을 텐데 말이야.」

술리아의 얼굴이 귀밑까지 빨개졌다. 마누엘은 아이가 창피해서 그런 게 아니라는 걸 눈치챘다. 그녀는 차분한 표정으로 고개를 빳빳이 세우고 있었다. 잠시 뒤 술리아가 알렉스를 쳐다보며 말했다.

「알렉스. 이제 그만 집에 가는 게 어때? 그 이야기는 나중에 하기로 하고.」 그녀의 목소리는 낮으면서도 단호했다.

「뭐라고?」 그는 몹시 당황한 듯 우물쭈물했다. 「이따가 같이 나가기로 했잖아. 오늘 로데이로²에서 파노라마 악단³ 공연이 있는 날이라고.」 그는 휴대 전화 화면을 그녀에게 보여 주며 말했다.

「저건 오르케스타스 데 갈리시아예요.」 안티아가 마누엘에게 휴대 전화 화면을 보여 주며 말했다.

마누엘은 어깨를 으쓱했다.

「오르케스타스 데 갈리시아는요.」 막내가 설명했다. 「스마트폰의 앱인데요. 이걸 보면 매일 어떤 악단이 공연하는지 알 수 있어요.」

그러자 노게이라가 나서서 설명을 해주었다.

「이곳 사람들한테는 유일한 낙이라네. 악단을 따라 마을과 도시를 돌아다니면서 여름을 보내니까 말이야. 그러다 보니 공부는⋯⋯.」

「아빠!」 술리아가 소리를 질렀다. 하지만 그녀는 곧 알렉스에게 시선을 돌리고는 같은 말을 되풀이했다. 「이제 그만 집에 가. 오늘은 그만하고 내일 만나서 이야기하자.」 그녀는 냉정한 목소리로 또박또박 말했다. 저런 모습은 아버지한테 물려받은 것인 듯했다. 그 순간 마누엘은 약속을 안 지키면 산으로 끌고 가서 총으로 쏴버리겠다고 위협하던 그의 목소리를 떠올렸다.

「아직 디저트도 안 먹었는데⋯⋯.」 알렉스는 접시를 내려다보며 투덜

---

2 갈리시아 지방의 폰테베드라주에 위치한 도시이다.
3 1988년 갈리시아의 오 로살시에서 창단된 악단으로, 주로 축제 전야제에 음악 공연을 펼친다. 처음에는 여덟 명의 남성으로 시작했지만, 1993년에 오늘날의 모습으로 확대 재편되었다.

거렸다.

「알렉스. 당장 꺼지란 말이야!」술리아가 명령조로 말했다.

그러자 라우라가 자리에서 일어나 찬장에서 알루미늄 포일을 꺼내더니 케이크 한 조각을 싸서 알렉스에게 건네주었다. 뾰로통한 얼굴로 그것을 건네받은 아이는 작별 인사도 하지 않고 현관으로 걸어갔다. 그에게서 눈을 떼지 않던 술리아는 문이 닫히자마자 마누엘 옆으로 가 앉았다. 하지만 정작 마누엘에게 먼저 말을 건넨 건 막내였다.

「이해해 주세요. 저 오빠 그다지 영리하지 못해요. 한번은 바짓단을 올리려다 발목에 스테이플러를 찍었다니까요.」

그 말을 듣고 기분이 상한 술리아가 팔꿈치로 안티아를 쿡 찔렀다. 마누엘은 소리 없이 옥신각신하는 자매를 보며 살며시 미소 지었다.

「바짓단을 올리려다 발목에 스테이플러를 찍었다고?」

술리아가 지켜보는 가운데 마누엘의 입가에 천천히 미소가 번지더니 급기야 웃음보가 터지고 말았다. 다른 이들도 터져 나오려는 웃음을 참느라 애를 쓰고 있었다.

웃음소리가 잦아들자 안티아가 말을 계속했다.

「그때 저 오빠 바지가 너무 길어서 땅에 질질 끌렸어요. 그러자 허락도 없이 내 스테이플러를 가져가더라고요.」막내는 손가락을 들어 올리며 또박또박 말했다. 그 모습 또한 노게이라를 연상시켰다. 「바짓단을 걷어 올려 고정시키려고 한 거죠. 그러다 결국 스테이플러로 발목을 찍은 거고요.」

그들은 알렉스에 얽힌 일화를 들으면서 디저트를 먹었다. 라우라는 커피와 향긋한 오루호 술[4]을 내왔다. 마누엘은 테이블 상석에 앉은 채 콧수염 아래로 흐뭇한 미소를 숨기고 있는 노게이라를 찬찬히 살펴보았다. 그리고 식사 준비뿐만 아니라, 각자 정해진 위치에 앉도록 자리를

---

4 포도 과즙을 짜내고 남은 껍질에 알코올을 혼합하여 발효시킨 술로, 알코올 함량이 50퍼센트 이상인 투명 주정이다. 특히 스페인 북서부에서 인기가 높으며, 지역마다 전통 오루호가 존재한다.

배정하고, 남편으로 인해 어색해진 분위기를 바꾸려고 동분서주하는 라우라의 모습도 유심히 담아 두었다. 그녀는 아직 그를 사랑하고 있는 것이 분명했다.

「혹시 괜찮으면 다른 날에 한번 만나도록 할까?」 마누엘이 술리아를 바라보며 말했다. 「네게 적합한 독서 목록을 줄 수도 있어. 술리아처럼 장차 작가가 될 사람한테는 내 소설보다 그런 작품을 두루 읽는 것이 더 도움이 될 테니까. 하지만 무엇보다 목표를 정하는 것이 중요하단다.」 술리아는 넋을 잃은 채 그의 말을 들으면서 살며시 미소 지었다. 그러면서도 콧수염 아래로 입술을 씰룩거리는 노게이라를 곁눈질로 흘끔거렸다. 「누구나 특별한 이유 없이 정신 나간 사람처럼 멍하게 시간을 보낼 때가 있어.」 마누엘은 술리아와 노게이라를 번갈아 보면서 말했다. 자신의 입에서 언제 들어도 옳지만 한동안 그의 뇌리에서 사라졌던 말이 아득하게 울려 퍼지고 있었다.

「아빠, 들었지?」 술리아가 노게이라를 쳐다보며 의기양양하게 말했다.

「어떤 일이 있어도 그 상황이 앞으로 계속되거나 삶의 방식으로 굳어지도록 두어서는 안 돼.」 마누엘이 말을 마쳤다.

「잘 알아들었지?」 이번에는 노게이라가 술리아에게 말했다.

술리아는 아버지를 바라보며 천천히 고개를 끄덕였다.

마누엘이 현관에서 술리아 그리고 라우라와 작별 인사를 나눌 때는 이미 새벽 2시가 넘은 시각이었다.

안티아는 소파에서 카페를 안고 깊이 잠들어 있었다. 이제 가야 할 시간이라고 손짓했는데도 녀석은 무언가 자기를 붙들고 있기라도 한 것처럼 꾸물거렸다. 마누엘은 이내 그 이유를 알아차렸다. 바깥은 안개가 짙게 깔려 기온이 뚝 떨어져 있었다. 차가운 공기로 인해 동네 입구에 서 있는 신호등 불빛이 지나가는 거리마다 고통과 슬픔을 뿌리고 가는 데르비시[5] — 갈리시아의 산타콤파냐[6] 같기도 했다 — 처럼 을씨년스러워 보였다. 황량하고 쓸쓸한 한밤의 거리를 보자 테이블에 둘러앉아 커피를 마시던 아늑한 집 안이, 그리고 작별 인사를 나누면서 다시 오겠다는 말이 절로 나올 만큼 포근히 안아 주던 라우라의 넉넉한 마음이 벌써 그리워졌다.

앞서 걸어간 노게이라는 집에서 좀 떨어진 곳에 세워 둔 차 옆에서 그를 기다리고 있었다. 그 부근에 패어 있던 웅덩이가 신호등 불빛을 받아 노랗게 물들었다. 마누엘은 카페를 자리에 앉힌 다음, 뒷좌석에 있던 알바로의 파카를 꺼내 입으면서 무슨 이야기를 나눌지 머릿속으로 떠올려 보았다. 노게이라는 예의상 거기까진 따라오지 않고 그 자리에 가만히 서 있었다. 마누엘이 먼저 말을 꺼냈다.

「초대해 줘서 고맙네.」

노게이라는 짙은 안개에 싸여 흐릿해진 집을 힐끔 돌아보았다. 몇 시간 동안이나 참았던 담배를 피우고 싶은데, 혹시라도 부인이 창밖을 내다보고 있진 않은지 확인하는 것이 분명했다. 그가 담배를 한 모금 깊게 빨고 내뱉자, 푸르스름한 연기가 리베이라 사크라의 추운 밤을 밝히는 가로등 불빛을 따라 나선을 그리며 올라갔다. 수 킬로미터나 떨어진 강에서 밀려온 습기가 차가운 공기 속으로 스며들고 있었다.

노게이라는 담배를 문 채 흡족한 표정을 지으며 고개를 끄덕였다.

「부인이 참 좋은 분이더군.」 마누엘은 그의 눈을 쳐다보며 말했다.

노게이라는 마누엘에게서 눈을 떼지 않은 채, 담배를 깊이 빨고는 머리 위로 연기를 힘껏 내뿜었다.

「그 이야기는 그쯤 해두세.」 노게이라가 차가운 목소리로 말했다.

「난 아무 말도 안 했어, 노게이라.」

「그쯤 해두자고.」 노게이라는 그의 말을 가로막고 나섰다.

마누엘은 답답한 듯 길게 한숨을 내쉬었다.

5 신비로운 경험을 얻기 위해 극도로 금욕적인 수행을 하는 이슬람 수도승.
6 산 자들의 세계에 죽은 이들이 나타난다는 믿음이다. 이베리아반도의 북서부, 특히 갈리시아와 아스투리아스에 널리 퍼져 있다. 〈에스타데아〉, 〈에스탄티가〉 혹은 〈롤다〉 등의 이름으로 불린다.

「알았어. 하여간 고맙네. 자네 덕분에 정말 즐거운 시간을 보냈어. 맛있는 음식도 먹고 말이야.」

자기 뜻대로 된 것이 좋은지 노게이라는 흡족한 표정을 지으며 고개를 끄덕였다. 하지만 마누엘도 쉽게 물러서지 않았다.

「나 같으면 1년에 책을 서른다섯 권씩이나 읽는 딸 때문에 걱정하지는 않을 걸세. 그 아이는 자기가 뭘 해야 할지 잘 알고 있어. 엄마의 지혜와 아빠의 배짱을 골고루 물려받은 것 같아.」

노게이라는 도로 쪽으로 고개를 돌렸다. 다시 마누엘을 돌아보았을 때, 그는 여전히 심각한 표정이었지만 입꼬리가 살짝 올라가 있었다. 그가 외투 안주머니에서 봉투를 꺼냈다.

「저번에 자네가 건네준 문서라네. 알바로가 영수증을 모두 보관하고 있어서 그나마 다행이야. 그 덕분에 그가 마지막 날에 어디를 갔는지 확실하게 파악할 수 있었으니까.」

마누엘은 말없이 고개를 끄덕였다. 추적이 용이한 카드 대신 알바로가 주로 쓰던 현금 영수증과 또 다른 전화기 그리고 휴대용 내비게이션. 아주 사소한 것들이기는 했지만, 종합해 보면 그가 자신의 흔적과 자취를 지우려는 의도를 가지고 있었다는 것을 알 수 있었다.

「통화 기록을 보면, 알바로가 신학교에 전화한 것이 오전 11시 2분으로 되어 있네. 그렇다면 30분 후쯤 거기에 도착했을 거야. 산소안 주유소 영수증이 하나 있었는데, 시간을 보면 수도원에서 나와 돌아가는 길에 잠깐 들른 것 같아. 거기에 12시 35분이라고 찍혀 있거든. 공식적으로 하는 수사가 아니라서 아쉽기는 하지만, 사건이 일어난 지 일주일밖에 되지 않았네. 우선 주유소에서 사진을 입수할 수 있을 거고, 또 당시 근무했던 직원을 찾아내서 그의 차가 어땠는지 확인할 수도 있을 거야. 알바로의 차는 그리 흔한 모델이 아니라서 기억이 날지도 몰라. 이 부근에서 기름을 넣는 건 대부분 주민들이기 때문에 외지인이 왔다면 기억이 쉽게 떠오를 수도 있어. 물론 주유소에 들렀다는 사실만으로 그가 수도원에 갔다고 특정할 순 없다네. 만일 수도원장이 끝까지 부인한다면,

우리 생각은 그야말로 추정에 그치게 되겠지.」

노게이라는 그에게 봉투를 내밀었다.

「자네가 준 서류 뭉치 속에 있던 거야. 수사와 직접적으로 관련은 없지만, 그리냔은 아마 이것들이 사라진 걸 눈치챘을 걸세. 양조장과 관련된 문서들이거든.」

마누엘은 그 서류들을 대충 훑어본 다음, 다시 봉투에 집어넣었다.

「그런데 수도원장은 왜 거짓말을 하는 걸까?」

노게이라는 그를 유심히 쳐다보더니 잠시 생각에 잠겼다.

「수도원장은 왜 거짓말을 할까, 그의 누나는 왜 거짓말을 할까, 사람들은 왜 거짓말을 할까. 그런 걸 내가 어찌 알겠나. 범죄를 은폐하거나 도움을 얻기 위해 그럴 수도 있고, 자기 자신도 부끄러워 고개를 들 수 없을 만큼 어리석은 짓을 저지른 뒤 감추기 위해 그럴 수도 있겠지. 어쨌든 의심스러운 점들이 수두룩하다네. 우선 알바로의 차에 흰 페인트가 묻어 있었잖아. 신학교에 주차된 흰색 소형 화물차 앞 범퍼에도 움푹 들어간 자국이 남아 있더라고. 더군다나 사고가 나고 한참이나 지났는데도 차를 아직 정비소에 맡기지 않았어. 숨기려는 게 분명해. 그리고 그 조카가 아무리 막돼먹었기로서니 지갑에서 돈을 가져갔을 리는 없어. 그는 마약쟁이야. 물론 약을 하는 놈들도 돈을 훔치기는 하지. 그의 손이 닿는 곳에 지갑을 놓아두었다는 건 그냥 가져가라고 하는 것이나 마찬가지일세. 문제는 알바로가 수도원장뿐만 아니라, 그의 조카한테도 전화를 걸었다는 점이야. 그는 우리가 모르는 어떤 문제에 대해 이야기하려고 수도원에 간 것이 틀림없어. 그건 그가 마드리드에 있다가 예정에도 없이 내려와서 제일 먼저 처리해야 할 정도로 중요한 문제였을 거야.」

마누엘은 주눅이 든 채 고개를 끄덕였다. 노게이라는 다시 담배를 피워 문 뒤, 연기를 깊게 들이마셨다. 그러곤 손가락을 꼽으며 말을 계속했다.

「그로부터 몇 시간 뒤, 수도원장은 잔뜩 화가 난 채 씩씩거리며 누나의 집에 나타났고, 조카는 이제 한몫 잡아서 지긋지긋한 가난으로부터 벗어날 수 있을 거라고 친구한테 큰소리쳤지. 그렇지만 삼촌이 〈너 때문에 내가 끝장나게 생겼단 말이다〉라고 고래고래 소리를 지르자 겁이 나서 문밖으로 나오지도 못했어. 수도원장이 떠나자마자 그는 차를 타고 어디론가 자취를 감춰 버리고 말았지. 모두 알바로가 살해당한 날에 있었던 일이라네.」

말을 마친 노게이라는 잠시 침묵을 지켰다. 마누엘은 전기 자극이라도 받은 것처럼 뇌에서 탁탁 튀는 소리가 들리는 듯했다.

「뭘 그리 생각하나?」 마누엘이 중얼거렸다.

「이번 사건은 어째 갈수록 복잡해지는 것 같네. 어떤 식으로든 실마리를 풀어 나가야 할 텐데.」

「아까 통화할 때 좋은 생각이 떠올랐다고 했잖아.」

「그랬지. 그사이에 생각이 났다네. 더구나 아까 아내와 딸아이의 반응을 보니 잘될 것 같은 확신이 드는군.」

「그게 무슨 소린가?」

「그러니까 수도원장이나 다른 수도사들에게 단도직입적으로 물어보면 아무도 사실을 털어놓을 것 같지 않다는 거야.」

「그래서?」

「자넨 유명 작가가 아닌가.」

「글쎄…….」

「맞아. 자넨 유명 작가야. 내가 처음에 자네를 몰라봤던 건 평소에 소설을 잘 읽지 않기 때문이라고. 하지만 알 만한 사람들은 다 자네를 알고 있지. 내 아내와 딸아이만 봐도 알 수 있잖은가. 자네를 만나면 책에 꼭 사인을 받아 달라고 부탁한 동료도 있을 정도니까.」

마누엘은 말없이 고개만 끄덕였다.

「인정하게나. 사람들은 유명인한테 반응을 보이니까 말이야. 그리고 자네도 유명인이잖아.」

「이제 그만하게. 자네가 무슨 말을 하려는 건지 도무지 모르겠어.」

「자네가 수도원에 잠입해 보는 게 어떨까?」

거부당한 모든 것에 관해서

자신의 마음을 헤아려 주지 못하는 그녀가 야속하기만 했다. 그러자 갑자기 까마귀의 말이 귓전에 맴돌았다. 〈아무리 애를 써도 여기는 당신 집이 될 수 없을뿐더러, 우리가 당신과 한 가족이 되는 일도 없을 거예요.〉 그녀의 말은 사실상 판결이나 다름없었다. 그는 마음이 아픈 게 엘리사 때문만은 아니라는 걸 알고 있었다. 그보다는 사무엘의 작은 손이 남겨 놓은 공허, 웃을 때 훤히 드러나던 녀석의 작고 고른 이, 소리 지를 때 내던 높고 날카로운 목소리, 까르르 웃던 모습, 앙증맞지만 밧줄을 목에 감은 것 같던 힘찬 포옹 때문이었다.

그리고 마음 깊이 남은 상처.

바다를 바라보는 바보

밤이 확연히 길어진 탓에 몇 시간이고 집중해서 글을 썼지만 아침마다 일찍 잠에서 깼다. 오랜만에 구체적인 계획이 생겼기 때문인지도 몰랐다. 그는 며칠 전 무력감에 빠져 허우적거리던 때를 떠올리다가, 그 지긋지긋한 느낌으로부터 벗어나고자 확신은 없지만 노게이라의 지시를 따르기로 했다.

일단 도움을 청하기 위해 그리냔에게 전화를 걸어 정오에 만나기로 약속했다. 그러곤 메이의 전화번호를 눌렀다. 너무나 뜻밖인지 긴가민가하던 그녀는 그의 목소리를 확인하자마자 울다 웃다 본의 아니게 일이 그렇게 돼서 미안하다는 말만 되풀이했다. 그는 계속 울먹이는 그녀를 달래느라 진땀을 뺐다. 그러면서 이제 오해가 풀렸으니 걱정하지 말라고 당부했다.

「메이, 내 말 잘 들어요. 오늘 전화한 건 두어 가지 필요한 게 있어서예요.」

「그게 뭔지 어서 말씀해 보세요, 마누엘 씨.」

「알바로는 열두 살 때부터 마드리드의 살레지오 학교에서 공부했어요. 거기에 전화해서 그의 입학 일자가 정확히 언제인지 물어봐요. 그가 사망해서 그런다고 하세요. 당신은 그의 비서인데, 사망 신고서를 작성하기 위해 필요하다고요.」

「네, 알았어요.」 그녀는 메모를 하고 있는 모양이었다. 「다른 건 뭔가요?」

「내 법률 대리인하고 이야기해야 하는데……. 아, 메이도 알다시피 여태까지 알바로가…….」

「마누엘 씨.」 메이는 말하다 말고 한숨을 쉬었다. 「이런 일로 신경 쓰게 하고 싶지는 않지만, 최근 며칠간 마누엘 씨의 대리인뿐만 아니라 출판사에서 계속 연락이 왔어요.」

「혹시 뭐라고 했어요?」

「아뇨. 그분들 전화를 받기가 가장 힘들었어요. 벌써 열흘이나 지났네요. 마누엘 씨. 여긴 예나 다름없이 다들 자기 일을 하고 있어요. 물론 직원들도 다 알죠. 난 그저 울기만 했어요. 그러다 보니 더 이상 숨길 수가 없었답니다. 모든 것이 낯설기만 하네요. 고객들한테 뭐라고 하면 되죠? 어떤 직원은 나한테 이제 회사 주인이 누군지, 또 무슨 변화가 있는건 아닌지 자꾸 물어봐요.」

마누엘은 말없이 듣기만 했다. 뜻밖의 말을 들은 터라 뭐라고 답해야 할지 알 수 없었다.

「마누엘 씨. 여러 일로 경황이 없는 줄 알지만, 사람들한테 뭐라고 해야 할지 좀 알려 주세요.」

그 순간 마누엘은 누가 목덜미에 얼음을 집어넣기라도 한 것처럼 등골이 오싹했다. 움직이려고 해도 몸이 말을 듣지 않았다. 그는 잠시 생각을 더듬어 보려고 애를 썼다. 알바로가 운영하던 회사는 규모가 그리 크지 않았다. 잘은 모르지만 직원이라고 해봐야 네다섯 명 정도일 터였다.

「회사 직원이 모두 몇 명이죠?」

「나까지 포함해서 열두 명이에요.」

「열두 명이라고요?」 마누엘은 예상외로 많은 숫자에 놀랐다.

「네.」 메이가 대답했다.

그녀는 아무 말도 하지 않았지만, 속으로 마누엘을 힐난하고 있을 것만 같았다. 〈정말 몰랐어요? 아니, 여태 그것도 모르고 있었단 말이에요? 어떻게 그럴 수가 있죠? 그래도 당신 배우자의 회사인데 말이에요.

당신은 회사 축제에 와서 직원들과 식사도 했잖아요. 마누엘 씨, 그 정도는 알고 있어야죠.〉

「직원들한테 걱정하지 말라고 전해 줘요. 나중에 전화할 테니까 그때 다시 이야기합시다.」 그는 약속했다. 「회사에 전화하기 싫어서 그러는데, 대리인의 전화번호만 알려 줘요.」

그는 번호를 받아 적고 전화를 끊었다. 비록 입 밖에 내지는 않았지만 메이의 핀잔이 계속 뇌리에 울려 퍼졌다. 하기는 정말로 모르고 있었으니 그럴 만도 했다. 그는 알바로의 직원이 몇 명인지 기억하지 못했다. 대여섯 명에 불과하던 직원이 그사이 두 배로 늘어날 만큼 회사가 커졌다는 것도 전혀 모르고 있었다. 회사 매출이 얼마나 되는지도 몰랐다. 다만 알바로가 냉장고에 붙여 놓던 회의 일정표를 보고 고객들의 이름만 희미하게 기억하고 있었다.

테이블 위에는 손때가 묻은 『부인의 대가』가 놓여 있었다. 그 책을 보자 무덥기만 하던 마드리드 도서 전시회에서 알바로에게 스무 번도 넘게 사인을 해준 기억이 떠올랐다. 마누엘은 바스크 지방에 전해 내려오던 전설에서 그 책의 제목을 따왔다. 잿빛 물질에서 불행이 싹튼다는 전설이었다. 그에 따르면, 사실을 아니라고 부인하면 그것은 서서히 녹아서 투명해지다가 자취를 감추고, 결국에는 불행을 키우는 양분이 된다고 한다. 가령 어떤 농부가 풍년이 들었음에도 아니라고 거짓말을 하면, 그가 부인한 몫만큼 불행으로 바뀐다는 것이다. 송아지가 열 마리 태어났는데 주변에는 네 마리밖에 없다고 하면, 나머지 여섯 마리는 불운이 닥쳐 결국 죽게 된다고 한다. 이런 현상은 비단 곡식이나 가축에게만 일어나는 것은 아니다. 예를 들어 사랑하는 사람이나 숨겨 놓은 자식이나 재산이 없다고 발뺌해도 똑같은 일이 일어난다. 이처럼 부인의 대가는 불행의 씨앗으로 돌아왔다. 진짜 임자가 포기했다는 뜻이기에 모두 사라져 우주의 검은 기운이 차지해 버린 것이다.

그가 『부인의 대가』를 출간한 것은 누나가 세상을 떠난 지 7년 만이었다. 누나가 죽고 얼마 지나지 않아서 처음으로 글을 써야겠다는 생각이 들었다. 그때만 하더라도 자신의 유년 시절이나 부모, 누나 그리고 고통에 대해서 소설을 쓰리라고는 전혀 생각지 못했다. 마누엘은 어떤 일이 있어도 누나를 약점으로 삼는 일이 없도록 하겠다는 약속을 지킨 셈이었다. 그는 누나를 생각할 때마다 솟구치는 눈물을 삼키곤 했다. 눈물이 나려고 할 때면 누나의 말이 생생하게 들리는 듯했다. 〈울지 마. 네가 어릴 때 하도 울어서 한숨도 못 잤거든. 그런데 또 그렇게 울면, 내가 어떻게 편히 쉴 수 있겠니.〉

어느 날 아침, 그는 누나의 향기는 물론 얼굴조차 기억나지 않아서 겁에 질린 적이 있었다. 그녀에 관한 어떤 기억도 떠오르지 않았다. 가슴에 차오르는 슬픔과 고통을 끈질기게 거부하던 그는 모든 것을 〈부인〉에 바치고 말았다. 그러자 〈부인〉은 누나에 대한 기억이 완전히 사라질 때까지 모조리 집어삼켜 버렸다. 그녀에 대한 기억이 원래 존재하지도 않았던 것처럼 말이다. 바로 그날, 그는 글을 쓰기 시작했다. 다섯 달 내내 백지 위에 심혈을 쏟아부은 끝에 고통과 눈물마저 말라 버렸다. 〈부인의 대가〉는 오랜 세월 동안 말하고 싶지 않았던 것을 말하기 위해, 그리고 이름 붙이고 싶지 않았던 것에 이름을 붙이기 위해 선택한 제목이었다. 결국 『부인의 대가』는 그가 쓴 최고의 소설이 되었다. 하지만 그는 그 책에 관해서 단 한 번도 인터뷰에 응하지 않았을뿐더러, 다시는 그런 소설을 쓰지 않겠다고 속으로 굳게 다짐했다.

그는 고개를 들어 방 한구석에 있는 어두운 빛깔의 책상을 물끄러미 바라보았다. 책상 위에서 검은색 글씨로 휘갈겨 쓴 원고가 홀로 반짝거리고 있었다. 원고 상단에 쓰인 네 마디의 제목이 흐릿하게나마 눈에 들어왔다. 처음 펜을 잡는 순간 충동에 이끌려 쓴 것이 어느덧 2회 분량의 소설이 되었다. 하지만 아직 진심을 털어놓지 못했다는 점은 인정할 수밖에 없었다. 「거부당한 모든 것에 관해서」는 진실을 외면하지 말고 직시하라던 알바로의 당부가 은은하게 울려 퍼지는 작품이었다. 알바로의 진솔함이 담긴 당부이자, 지금까지 누구도 한 적이 없는 이 세상에서 가장 아름다운 사랑 고백이었다. 과거에 마누엘은 어리석게도 이를 거부함으로써 그가 마음을 열 기회마저 단번에 차버리고 말았다.

그는 원고 더미에서 알바로가 금고에 보관해 둔 사진을 꺼냈다. 장원에서 나올 때만 해도 그 사진을 보고 싶지 않았고 볼 엄두도 나지 않았는데 이제야 그 이유를 알 것 같았다.

사진 속에서 알바로는 그를 바라보고 있었고, 그는 바다를 응시하고 있었다. 마누엘은 전부터 자주 뭔가를 잃어버린 듯 멍한 느낌에 사로잡히곤 했다. 그날은 그런 느낌에 작가로서의 변덕과 독선, 이기주의마저 더해졌다. 마음속에서 이미 등을 돌려 버린 진실을 알고 싶다는 목소리가 아우성쳤다.

마누엘은 자질구레한 일상사를 알바로에게 맡겨 둔 채 끊이지 않고 언어가 솟아나는 샘물 곁 수정궁에 틀어박혀 살았다. 마누엘이 가공의 세계에 파묻혀 어린아이로 변해 가는 동안 알바로는 평온한 일상을 깨뜨리지 않기 위해 안간힘을 썼다. 이미 오래전부터 계약서 작성, 입고(入稿) 기한 설정, 출판사 선금 관리, 해외 번역 계약, 인세 및 세금 지불 등 세세한 일은 모두 알바로가 처리했다. 그는 마누엘이 거부해 온 현실적이고 거북한 일과 골치 아픈 문제를 모두 해결하면서 천박한 현실로부터 그를 보호해 주었다. 그뿐만 아니라 마누엘을 대신해서 여행이나 인터뷰 일정을 짜고, 각종 예약을 하고, 전화를 받고, 언론사 기자들로부터 보호해 주는 등 아주 사소한 일부터 큰 문제에 이르기까지 모든 것을 처리해 주었다.

그러나 마누엘은 그의 회사 직원이 몇 명인지도 모르고 있었다. 그 가운데 세 사람의 이름이나 외울 수 있을지 자신이 없었다. 그날 아침, 마누엘은 수첩에서 대리인의 전화번호를 찾으면서 그동안 자신이 바다나 바라보면서 얼마나 바보처럼 살았는지 깨달았다. 이 세상에 사는 이라면 누구든 짊어져야 할 현실의 무게를 모두 알바로의 어깨 위에 올려놓았던 셈이다. 결국 알바로는 그를 보호하고 지켜 주기 위해 두 사람 몫을 짊어진 채 살아야만 했다. 마치 마누엘이 특별한 존재, 아니 천재나 정신 장애자라도 되는 듯이 말이다.

그는 그 책을 펴볼 용기가 나지 않았다. 15년 전, 장차 자신을 사랑하게 될 남자에게, 모든 희생을 감수하면서까지 기꺼이 자신의 모든 것을 받아들일 남자에게 써준 헌사를 읽어 볼 엄두가 나지 않았다. 책 표지에 쓰인 제목이 너무 부담스러운 나머지 사진에서 눈을 뗄 수조차 없었다. 그는 작은 테이블 위에 책을 올려놓고 천 번도 넘게 읽었는지 잔뜩 주름진 책등 —〈부인의 대가〉라는 제목이 선명히 보였다 — 에 사진을 세워놓았다. 그러곤 전화기를 들고 메이 리우가 알려 준 번호를 눌렀다.

「아, 마누엘 씨! 안녕하세요? 안 그래도 알바로 씨와 이야기할 게 있는데 며칠 전부터 연락이 안 되더라고요.」

마누엘은 조용히 미소를 지었다. 알바로의 대리인은 언제나 쾌활하고 활력이 넘쳤다. 속으로 고민하고 망설이다가도 그녀와 이야기를 나누다 보면 절로 힘이 솟았다. 그러곤 어떤 일에도 의지를 굽히지 않고 늘 앞으로 나아가는 그녀와 뜻을 함께할 수밖에 없었다.

마누엘은 하마터면 그녀에게 거짓말을 할 뻔했다. 자기도 모르게 알바로가 죽었다는 사실을 숨기려고 했다. 그녀도 차라리 그렇게 해주기를 바랄 것 같았다. 알바로의 이름을 부르는 그녀의 목소리에서 그런 마음이 분명히 드러났다. 마누엘은 그녀가 알바로를 얼마나 편하게 대했는지 잘 알고 있었다. 사실 그 쾌활하고 대담한 성격은 배짱이 두둑하고 유쾌한 —평소의 절도 있는 모습보다 — 알바로와 잘 맞았다.

「아나 씨. 슬픈 소식이 있어요. 알바로가 지난주에 교통사고로 세상을 떠났어요. 그동안 그와 연락이 안 닿았던 것도 바로 그 때문이고요. 그건 나도 마찬가지였어요.」

「오, 맙소사! 어떻게 그런 일이……」 그녀는 끝내 말을 잇지 못했다.

마누엘은 그녀가 울고 있다는 것을 알아차렸다. 그는 전화기를 귀에 댄 채 한동안 멍한 표정으로 허공만 바라보았다.

그녀가 몇 가지 질문을 던졌지만, 그는 아무 대답도 하지 않았다. 다만 그녀의 진심 어린 애도는 기꺼이 받아들였다. 얼마 지나지 않아 슬픔에 잠긴 그의 목소리가 그녀의 선천적인 보호 본능을 불러일으켰다.

「마누엘 씨. 아무 걱정 말아요. 내가 다 알아서 처리할 테니까요. 지금 당장 출판사 편집자들한테 전화할게요.」 그녀는 깊은 한숨을 내쉬었다. 「알바로 씨와 마지막으로 통화했을 때 〈테베의 태양〉이 끝나 가고 있다는 이야기를 들었어요. 계약서에 기재된 출판 예정일이 성탄절 전이라는 건 알고 있을 테고요. 그렇지만 힘이 없거나 일이 손에 안 잡히면 일단 쉬도록 해요. 내년 1월이나 책의 날[1] 까지 연기할 수도 있을 거예요. 나중에 일정을 알려 주면, 출판사와 협의해서 시간을 최대한 벌어 볼게요. 그렇다고 당장 알려 달라는 건 아니니까 천천히 생각해 보세요. 지금은 시간이 필요할 테니까요.」

「지금도 쓰고 있어요.」 마누엘은 가만히 중얼거렸다.

「아, 그렇군요. 어느 부분을 쓰고 있는지 모르겠네요. 지금 글을 쓸 기운이 있어요? 놔두었다가 나중에 해도 돼요. 아까 말했다시피, 출판은 좀 연기해도 되니까요.」

「다른 소설을 쓰고 있어요.」

「뭐라고요? 다른 소설요?」 대리인 특유의 직감이 또다시 깨어나자, 평소 그녀가 타고 날아다닌다고 상상하던 바람이 그 주변으로 몰려들기 시작했다.

「지금으로서는 〈테베의 태양〉을 넘기지 않을 생각이에요. 출판하고 싶지도 않고요.」

「그렇지만…….」

「잘 모르겠지만 어쩌면 언젠가……. 하지만 당장은 출판할 생각이 없어요. 지금 쓰고 있는 소설을 먼저 출판할 겁니다.」

그녀는 약속과 책임을 언급하면서 따지기 시작했다. 너무나 많은 일이 한꺼번에 닥치는 바람에 마음이 조급해지고 상실감에 빠져 그런 생각이 든 것뿐이라고 달래기도 했다. 그러곤 여느 때와 마찬가지로 침착

1 〈세계 책의 날〉은 독서, 출판, 저작권 보호의 촉진을 목적으로, 유네스코에 의해 1995년에 제정된 기념일이다. 매년 4월 23일인데, 그날은 세계적인 문호 세르반테스와 셰익스피어가 사망한 날(1616년)이기도 하다.

함을 잃지 않은 채, 최종 결정을 내리기에 앞서 조금만 더 기다려 보라고 당부했다. 하지만 그는 그녀의 말을 가로막고 분명하게 말했다.

「알바로가 마음에 들어 하지 않았어요.」

그녀는 아무 말도 하지 않았다.

「아나 씨, 부탁인데 제발 한 번만 도와줘요.」

「알았어요. 그럼 그렇게 하세요.」

해가 중천에 뜨자 기온이 올라갔고, 전날부터 시작해서 오전 내내 리베이라에 짙게 깔렸던 안개도 완전히 걷혔다. 마누엘은 그리냔을 만났다. 그는 예전과 다름없이 신중한 모습이었지만, 마누엘이 다시 자기를 찾아온 데 대해 만족스러우면서도 홀가분해하는 눈치였다. 직업의식이 발동했는지 그는 안경을 쓰더니 전날 노게이라가 건네준 문서들을 훑어보았다. 그사이 전화가 두 통이나 걸려 왔지만, 그가 문제를 해결하는 데에는 30분도 걸리지 않았다.

「여기 계속 머무실 생각이죠?」 그리냔은 마누엘을 출구 쪽으로 안내하면서 물었다. 「요전 날 내게 말씀하신 것 때문에 여쭤본 거예요. 오늘 나를 만나자고 한 것도 그렇고…….」

마누엘은 살며시 미소를 지으며 입을 뗐다. 그는 어쩌면 대답을 하기 위해, 아니면 그의 말이 옳다고 하기 위해 입을 열었지만 끝내 아무 말도 하지 못했다. 너무나 오랫동안 바다만 바라보고 있었던 탓인지 무슨 말을 어떻게 해야 할지 몰랐다.

「하지만 이 문제는 내가 해결하겠습니다.」 그가 단호한 말투로 대답하고 엘리베이터에 올라타자, 그리냔은 공증 사무소 문 앞에 선 채 당황한 표정으로 그를 바라보았다.

마누엘은 카페와 함께 차에 탄 뒤 경사진 산기슭의 굽잇길을 따라 〈에로이카〉로 내려갔다. 정문은 굳게 닫힌 채 정적이 감돌았지만, 지하 진입로 옆의 공터에 여러 대의 차가 세워진 걸 보면 안에 직원들이 있는 것이 분명했다. 그때쯤이면 첫 번째 여과 작업을 마치고 문을 닫은 채 포도즙을 짓고 있을 시간이었다. 마누엘은 정문 앞에 차를 세우고 다니엘에게 전화를 걸었다.

「지금 양조장에 계세요?」 그제야 미리 확인을 하고 왔어야 했다는 생각이 들었다.

「그럼요. 오늘 오실 겁니까?」

마누엘은 조용히 미소 지었다.

「정문으로 나오세요.」

미처 전화기를 주머니에 넣기도 전에 다니엘의 모습이 보였다. 그는 남경목면으로 만든 파란색 작업복을 입고, 건물 정면에 난 좁은 틈새 ─ 칼로 도려낸 모양이었다 ─ 로 빠져나왔다.

「여기서 뭐 하는 거예요?」 다소 놀란 표정으로 미소를 짓던 다니엘이 차에 기댄 채 서 있는 마누엘에게 다가오면서 물었다. 「왜 연락을 안 했어요? 미리 했더라면 바비큐 파티라도 준비했을 텐데요.」

「금방 갈 거예요.」 마누엘은 핑계를 댔다. 「오늘은 시간이 별로 없어요. 이걸 보여 드리고 싶어서 온 겁니다.」 마누엘은 서류 봉투를 꺼내며 말했다.

다니엘이 의아한 표정으로 그를 바라보았다.

「예전에 말한 포도 농장 땅문서예요. 다들 알다시피, 알바로는 세상을 떠나기 전에 서둘러 포도밭을 사려고 했어요. 마무리 단계에 있었는데 갑자기 사고가 일어나는 바람에……. 그동안 쭉 생각해 봤는데, 아무래도 이곳 사람들이 이 문제에 대해 가장 궁금해하는 것 같더군요.」

다니엘은 장갑을 벗고 그에게서 서류를 건네받았다.

「와! 이거 정말 놀라운 소식이군요! 자, 이리 오세요. 이건 마누엘 씨가 들어가서 직접 알려 주는 게 좋을 것 같아요.」 그가 현관을 가리키며 말했다.

마누엘은 웃으며 사양했다.

「다니엘 씨가 전해 주세요. 이건 언제 하루 날 잡아서 함께 축하하기로 해요. 오늘은 정말 바빠서 이만…….」 그는 거기서 시작되는 도로를 어정쩡하게 가리키며 말했다.

다니엘은 환한 미소를 지으며 다가와 그에게 손을 내밀었다.

「이게 어떤 의미인지 마누엘 씨는 잘 모르실 겁니다.」 다니엘은 감격한 표정으로 문서를 들어 올리며 말했다.

다니엘은 그의 손을 꽉 쥐었다. 그리고 잠깐 놓는가 싶더니, 이번에는 그를 와락 껴안았다. 그러곤 약간 겸연쩍은 표정으로 그에게서 떨어졌다.

「고맙습니다. 정말 고마워요!」 그는 마누엘에게서 눈을 떼지 않은 채 현관으로 걸어갔다.

「그런데 한 가지…….」 마누엘이 말했다.

다니엘은 그가 두 장의 문서를 손에 들고 있었다는 것을 그제야 알아차렸다.

「아, 미처 못 봤네요!」 다니엘이 다시 다가가 문서를 받으려고 손을 내밀었다.

「아뇨. 그 말을 하려던 게 아니에요.」 마누엘이 설명했다. 「조금 전에 드린 문서는 사본이에요. 사람들하고 같이 보라고 가져온 거니까 그냥 가져도 됩니다. 다만 저번에 벨레사르에서 타고 온 배에 관해 물어보려고 했던 거예요.」

다니엘은 미소를 지으며 여러 개의 열쇠가 주렁주렁 매달린 고리를 꺼냈다. 그는 거기서 두 개를 빼내 마누엘에게 건네주었다.

「자, 받으세요. 이제부터 그 배는 마누엘 씨의 것입니다. 그리고 걱정하지 마세요. 운전만 할 줄 알면 충분히 몰 수 있을 테니까요.」

까마귀 울음소리

마누엘은 여관 주인이 권한 바비큐 식당에 자리를 예약했다. 그러곤 9시에 초대한 손님들이 나타나기를 느긋한 마음으로 기다렸다.

그 모임의 필요성에 대해 루카스 신부를 설득하기는 어렵지 않았지만, 노게이라는 영 마뜩지 않은 모양이었다.

「젠장! 마누엘, 그는 신부란 말이야. 사제더러 그런 데에 오라고 하면 어떨 것 같아? 별로 내키지 않을 거라고.」

「아냐, 노게이라. 자네가 잘 몰라서 하는 소리야. 그는 아주 어릴 때부터 알바로의 단짝이었다네. 그동안 알바로가 여기서 유일하게 연락을 주고받던 사람이라고. 그만큼 그를 믿었던 거지. 그건 나도 마찬가질세.」

「두고 보면 알 테지.」 노게이라가 퉁명스럽게 대답했다. 「내 생각은 달라. 그건 그렇고 수도원 일은 어떻게 되어 가고 있어?」

「우리가 예상한 대로 법률 대리인이 전화해서 내 이름을 댔더니 놀라운 일이 일어났다네. 내가 새 소설을 구상하기 위해 여기 내려와 있는데, 신학교에 관심이 많다고 했다는 거야. 그랬더니 갑자기 목소리가 달라지면서 필요한 게 있으면 뭐든지 도와줄 용의가 있다고 하더래. 그러면서 내일 오전에 나를 기다리겠다고 했다는군. 아무래도 루카스하고 먼저 상의해 보는 게 좋을 것 같아. 그도 거기서 공부했고, 알바로의 가장 친한 친구니까 말이야. 그곳이 이번 사건과 관련된 점이 있다면, 루카스가 우리에게 큰 힘이 될 테니까.」

처음 얼마간은 냉랭한 분위기가 감돌았다. 하지만 화덕에서 장작불

444

이 타오르고, 식당 주인이 테이블 위에 가정식 요리를 푸짐하게 차려 놓고, 마누엘이 〈에로이카〉에서 직접 골라 온 와인 한 병을 꺼내 놓자 어색하던 분위기도 서서히 풀어졌다.

식사를 마치고 커피가 나오자, 마누엘은 루카스에게 자신의 계획을 설명했다. 물론 노게이라는 못마땅한 표정을 짓고 있었지만, 그는 토니노의 실종과 수도원장의 이상한 반응에 관해 알고 있던 바를 하나도 빠뜨리지 않았다.

그때 노게이라가 끼어들었다.

「그가 전화 통화와 방문 사실을 부인한다는 게 이상해요. 심지어는 알바로가 신학교에 다녔다는 사실조차 모른다고 딱 잡아떼고 있어요. 비록 얼마 다니지는 않았지만 말이에요.」

「그렇게 짧지도 않았어요. 네 살부터 열두 살까지 다녔으니까요.」 루카스가 차분한 목소리로 말했다. 「그가 마드리드로 떠난 것은 우리가 7학년일 때였죠.」

「그럼 7학년에서 8학년으로 올라갈 때였다는 겁니까?」 노게이라가 물었다.

「아니요.」 루카스 신부는 중요한 이야기라도 하려는 듯이 잠시 말을 멈췄다. 「학기 중간에 떠났던 것이 분명해요.」

노게이라와 마누엘은 서로를 마주 보며 빠르게 무언의 눈빛을 주고받았다.

「혹시 학교에서 쫓겨난 건가? 그래서 그의 아버지가 더 이상 참지 못하고 마드리드의 기숙 학교로 보내 버린 게 아닐까?」 마누엘은 나름의 생각을 밝혔다.

「꼭 그렇지는 않아.」 루카스가 설명했다. 「물론 당시 학생들 사이에서 그런 소문이 돌기는 했지만 말이야.」

「그럼 대체 어떻게 된 거지? 자네는 알고 있나?」 마누엘이 물었다.

「그로부터 한참 지난 뒤에야 알바로가 말해 주더군. 지금 기억나는 건, 당시 학교에 시끄러운 일이 있었다는 것뿐이네. 수도사 한 명이 자

445

기 방 대들보에 목을 매 자살한 사건이었지. 그때 알바로가 그를 처음 발견했던 게 분명해. 그가 자네한테 말 안 해주던가?」 눈이 휘둥그레진 마누엘을 보면서 루카스가 걱정스럽게 물었다.

마누엘은 진절머리가 난다는 듯이 고개를 저으며 말했다.

「아니. 그런 말 한 적 없어.」

루카스는 힐끔힐끔 마누엘의 눈치를 살피면서 말을 계속했다.

「물론 학교 측에서 발표한 내용은 전혀 다르다네. 학교에서는 베르다게르 수도사가 간밤에 세상을 떠났다고만 했지. 알바로에 관해서는 한마디 언급도 없었어. 다 헛소문이니까 신경 쓸 것 없다는 말만 했다네. 알바로는 그때 받은 충격으로 학교 의무실에 실려 갔지. 그의 아버지가 학교로부터 소식을 전해 듣자마자 그를 데리러 달려왔더군. 그 후로 알바로는 수업은커녕 학교에도 모습을 드러내지 않았다네.」

「그에게 직접 물어봤나요?」 노게이라가 흥미롭다는 듯이 루카스에게 물었다.

「그럼요. 다시 만났을 때 물어보았죠. 그랬더니 이미 죽은 수사를 보고 나서 쇼크를 받았다고 하더군요. 처음에 학교 측은 그의 입을 막으려고 의무실로 보냈답니다. 그런데 몇 시간이 지나도 차도가 없자 슬슬 걱정이 되기 시작한 거죠. 그래서 어쩔 수 없이 알바로의 아버지한테 연락한 거고요. 이야기를 나눈 끝에 그들은 일단 아이를 거기서 데리고 나가는 것이 최선의 방법이라는 데 합의했답니다. 아직 어려서 계속 학교에 다닐 경우, 그때 받은 충격에서 벗어나기가 어려울 거라면서 말이죠. 이후의 일, 그러니까 알바로가 마드리드에 있는 기숙 학교에 들어갔다는 이야기는 그의 동생을 통해 들었어요. 그 뒤로는 고향에 내려오는 경우가 드물긴 했지만, 두어 번 정도 만났던 것 같아요. 그사이 많이 변했더군요. 우선 표정이 눈에 띄게 우울해졌어요. 그때는 나도 어렸지만, 그가 그 문제에 관해 말하고 싶어 하지 않는다는 걸 금세 알아차렸죠. 내가 사제 서품을 받을 때, 어머니가 마드리드에 있는 그의 학교로 초대장을 보냈어요. 혹시나 했는데 서품식 날 보니까 저 뒤에 앉아 있더라고요. 그 뒤로는 쭉 연락을 주고받았죠.」

「그럼 그의 동생은요?」 노게이라가 다시 물었다.

「산티아고는 계속 다녔죠. 사실 알바로가 떠나자 산티아고는 되레 활기를 되찾는 것 같더군요. 지금 생각해 보면, 그의 마음속에는 형에 대한 존경심과 질투심이 뒤섞여 있었던 것 같아요. 어쨌든 형이 없으니까 그가 두각을 나타내기 시작했어요. 심지어 학교 성적도 많이 올랐어요. 내가 한 번 유급을 하는 바람에 그와 같은 학년이 되고 말았죠. 그때 산티아고는 성적이 가장 좋은 학생 중 하나였어요. 그렇게 고등학교에서 내내 우등생으로 지내다가 대학교에 갔죠.」

「혹시 두 분이 친구 사이인가요?」

「글쎄요. 며칠 전에 마누엘에게 했던 말이긴 한데, 알바로를 제외하고 무니스 데 다빌라 가문의 사람들은 선천적으로 다른 인간에 대해 일종의 혐오감을 느끼는 것 같아요. 나는 교사의 아들이라서 장학금을 받고 신학교에 들어갔죠. 물론 그 학교의 학생 대부분이 좋은 집안이나 적어도 부유한 집안 출신이기는 했지만, 무니스 데 다빌라 가문만큼 강력한 귀족은 없었어요. 그중에서 산티아고와 어울리던 친구가 있었는지는 잘 모르겠어요.」

마누엘은 노게이라를 유심히 관찰했다. 그는 루카스의 말을 들으면서 천천히 고개를 끄덕거렸다. 아무래도 루카스가 무니스 데 다빌라 가문에 대해 준엄한 평가를 내린 덕분에 노게이라로부터 점수를 딴 듯했다.

대화가 길어지는 바람에 식당에는 그들만 남게 되었다. 노게이라가 담배를 꺼내 식당 주인에게 흔들어 보이자, 주인은 고개를 끄덕이며 열쇠로 문을 잠가 버렸다.

「실례가 안 된다면⋯⋯.」 그는 양해를 구한 뒤 담배에 불을 붙였다.

루카스와 마누엘은 그의 말을 못 들은 척했다. 노게이라는 담배를 한 모금 빤 뒤 이야기를 계속했다.

「그 당시 나는 젊은 과르디아 시빌 대원이었죠. 내 근무지는 여기가 아니었던 터라 잘은 모르지만, 신부님 이야기를 듣다 보니 그때 동생들

447

이 하던 말이 기억나는군요. 목을 맨 채 발견된 수사 이야기 말입니다. 혹시 자살한 그 수사에 대해 생각나는 게 있으면 말해 줄 수 있나요?」

「글쎄요. 그분에 대해서는 잘 기억이 나지 않아서요. 저학년 학생들을 가르치던 분이었는데……. 당시 학교 측에서는 자다가 돌아가셨다고 했어요. 물론 학생들 사이에는 자살했다는 소문이 파다했지만 말이죠. 그분은 암에 걸린 상태였는데, 말기 단계라 굉장히 고통스러워했던 것 같아요. 교회 측에서 그런 사실을 숨기려고 했다는 말이 있는데, 나는 그게 맞는다고 봐요. 안타깝지만 교회에서는 흔히 있는 일이니까요.」

노게이라는 뜻밖의 말에 기분 좋게 놀란 표정을 지으며 루카스를 바라보았다.

「그럼 자살이라고 보는 겁니까?」

「그런 셈이죠. 물론 나는 자살이 정당하다고 생각하지 않아요. 다만 그 고통을 견뎌 내기는 정말 어려웠을 겁니다. 그때만 해도 지금처럼 말기 암 환자들을 위한 통증 완화 치료법이 발전되어 있지 않았어요. 그런 고통을 직접 겪어 보지 않았다면, 다른 이들을 판단할 자격이 없다고 생각해요. 하여간 진실은 진실이니까요.」

노게이라는 그의 말에 공감하는 듯 고개를 끄덕였다.

그 이야기는 마누엘의 머릿속을 떠나지 않았다.

「그런데 알바로가 그 사건에 대해 다른 말은 안 해주던가요?」

「네. 사실 다시 만났을 때 물어보기는 했어요. 그런데 그 일은 이미 잊은 것 같더군요. 그게 아니더라도 아주 어렴풋하게만 기억하고 있었어요.」

노게이라는 그 이야기에 관해 곰곰이 생각하는 듯했다. 마누엘은 눈썹을 찡그린 채 천천히 담배를 피우는 노게이라를 유심히 살펴보았다.

「내 생각에는 토니노가 신학교에서 일하다가 원장한테서 한몫 단단히 챙길 만한 무언가를 발견한 것 같아요. 그런데 말기 암 판정을 받은 수도사가 스스로 고통에서 벗어나는 길을 선택했다는 것이 알려진다고 해서 그리 큰 문제가 될 리는 없어요. 아무리 수도원이라고 해도 말이죠. 반대로 숨기려고 했던 것까지 사실대로 털어놓았더라면 이해를 구하기가 훨씬 쉬웠을 거예요. 하기야 그때는 세상이 달랐으니까…….」 노게이라는 생각에 잠긴 표정으로 말했다.

그사이 마누엘도 깊은 생각에 잠겼다. 알바로는 시체를 본 뒤로 충격에서 벗어나지 못한 가엾은 아이였을까? 어떤 이유로 돌연 학교에서 출교당한 걸까? 무엇 때문이었을까? 그는 대체 무엇을 봤던 걸까?

마누엘이 갈리시아에 도착한 뒤 처음으로 구름 한 점 없이 맑은 아침이 밝았다. 그는 그날 아침에 옷을 신중하게 골랐다. 그리고 수도원으로 향하기 전, 작은 문구점에 들러 파일 홀더와 접착테이프, 공책 두 권 그리고 자신의 의도에 신빙성을 부여해 줄 볼펜 여섯 자루를 샀다.

그는 울타리 옆에 차를 세우고, 알바로의 파카 위에서 체념한 듯 웅크린 채 곁눈질로 흘금거리던 카페에게 작별 인사를 했다. 젊은 수사 한 명이 그를 맞이하기 위해 푸른 잔디밭 사이로 이어진 잿빛 포석을 따라 걸어왔다. 서른 살 정도 되어 보이는 걸로 봐서는 그를 맞이하기로 되어 있던 도서관 사서 훌리안 수사인 것 같았다. 수사는 악수를 청하면서 멕시코인 특유의 억양으로 인사말을 건넸다.

「안녕하세요, 오르티고사 씨? 저는 훌리안 수사입니다. 원장님은 개인적인 문제로 출장을 가셔서 지금 안 계세요. 내일쯤 돌아오실 겁니다. 그래서 저한테 모든 일을 일임하고 떠나셨어요. 오르티고사 씨에게 수도원을 구경시켜 드리고, 또 필요한 일이 있으면 무엇이든 도와드리라고요.」

마누엘은 실망감을 감추지 못했다.

「아, 안타깝네요! 연배가 높으신 수도사님과 이야기를 나누고 싶었는데……. 여기서 학생들을 가르칠 당시에 신학교가 어땠는지 전해 듣고 싶었거든요. 하지만 괜찮으니까 신경 쓰지 마세요.」

「그러셨군요. 그 일이라면 너무 걱정하지 마세요. 법률 대리인이 수도원장님에게 이미 상세하게 말씀드렸으니까요. 원장님이 내일 오전에 오셔서 다 말씀해 주실 겁니다. 그때까지는 마티아스 수사님이 도와드릴 거예요. 우리 수도원의 원로 수사님이랍니다. 이미 은퇴하셨지만 아직 정정하세요. 기억력이 얼마나 좋으신지, 당시 일이라면 입에서 술술 나올 정도죠. 정말이에요.」 그가 웃으면서 말했다. 「여기 수사들이 그때 이야기를 해달라고 찾아가면 얼마나 좋아하시는지 모른답니다.」

마누엘은 두 시간 동안 훌리안 수사를 따라 넓은 수도원 곳곳을 돌아다녔다. 그사이 수도원에 남아 있던 열댓 명의 수도사들과 인사를 나누었다. 시골 수도원으로 작가가 찾아왔다는 소식에 그들은 다소 들뜬 모습이었다. 더군다나 훌리안 수사가 아주 유명한 작가라고 귀띔해 준 탓에 잔뜩 기대에 찬 표정으로 자기들 수도원이 새 소설의 주 무대가 되는지 묻기도 했다.

「그런 셈이죠. 이 신학교에 다닌 한 학생의 삶을 주로 다룰 생각이에요. 하지만 이야기가 어떻게 전개될지는 아직 잘 모르겠어요.」 그는 일부러 모호하게 대답했다.

산소안 교회, 아트리움,[1] 파티오,[2] 주방, 식당, 예배당. 그리고 학교 의무실은 신기하게도 원형 그대로 보존되어 있었다. 철제 침대와 각종 의료 기기로 가득 찬 유리 진열장이 왠지 음산한 느낌을 주었다. 수사의 말에 따르면, 의무실은 수도원을 자주 찾는 의사들이 가장 좋아하는 곳이라고 했다. 이를테면 작은 박물관 같은 곳이었다. 마누엘은 골동품 애호가라면 누구나 탐을 낼 만한 칠기(漆器) 상자를 발견하고는 깜짝 놀라기도 했다. 피정 온 사람들이 묵을 수 있도록 교실을 개조해 만든 방 — 방마다 욕실이 딸려 있었다 — 은 현대적이면서도 예전의 소박한 정취를 그대로 간직하고 있었다. 그리고 널찍한 도서관에는 수도원 건물의 하중을 지탱하고 있는 반원 아치마다 서가가 빼곡했다. 가구는 물론 책들도 정성껏 보살피고 있는 듯했다. 도서관에서 가장 눈길을 끈 것은 거

---

1 중세 기독교 건축물에 딸린 안마당으로, 건물이나 회랑으로 둘러싸인 홀 중앙에 분수나 연못이 있다.
2 스페인 특유의 정원 양식으로, 보통 가정집 내부에 위치한 안뜰을 가리킨다.

대한 제습기와 현대식 난방 시스템이었다. 그 덕분에 과거에는 음침한 지하실이었을 그곳이 쾌적하고 일정한 온도를 유지하고 있었다. 실내 조명과 난방 장치 그리고 훌리안 수사의 최신 컴퓨터 작업에 필요한 배선 케이블이 도서관 한구석에 복잡하게 얽혀 있었다.

「제가 이 수도원에 온 지도 벌써 2년이나 됐네요. 솔직히 말해, 그동안 도서관을 벗어난 적이 없답니다.」 수사가 조용히 미소 지으며 말했다. 「평생을 바쳐 필사본 하나를 만들었던 수도사들의 전통을 잇고 있다는 생각이 들 때마다 가슴이 뿌듯해집니다. 비록 제가 작업하는 방식은 너무 현대적이라서 재미는 없지만 말입니다.」 그는 어두운 곳에 줄지어 서 있는 철제 서가를 향해 두 팔을 벌리며 말했다.

책장에 꽂혀 있는 서류철들은 아주 오래된 것으로 보였지만, 순서대로 잘 정리되어 있었다.

「설마 저기에 있는 것이 모두 신학교 관련 문서란 말인가요?」 마누엘이 놀란 표정으로 물었다.

수사는 그의 반응이 만족스러운 듯 미소를 지으며 고개를 끄덕였다.

「제가 여기 처음 왔을 때도 저렇게 가지런히 정리되어 있었죠. 사실 우리 수도원에는 별도로 도서관을 담당하는 수도사가 없었어요. 여러 수도사들, 저는 그분들을 〈도서관의 고양이〉라고 부르는데, 하여간 그분들이 각종 장서와 문서들을 관리해 왔던 겁니다. 물론 무슨 보상을 바라고 한 것은 아닙니다. 다들 그저 혼신의 힘을 다해 도서관을 보존해 온 셈이죠.」 수사가 웃으며 말했다. 「제가 여기 왔을 때만 해도 저 자료들이 전혀 전산화가 안 되어 있었습니다. 문서와 서류철들을 상자에 담아 안쪽 벽 앞에 높이 쌓아 놓았더군요. 천장에 닿을 정도로 말이죠.」

「전산화 작업은 몇 년도까지 진행되었죠?」

「1961년까지 되어 있습니다.」

1961년이라면 알바로가 아직 태어나지도 않았을 때였다. 생활 기록부가 전산화되어 있지 않다면, 알바로가 출교당한 해에 여기서 대체 무슨 일이 일어났는지 단서조차 찾기 어려울 것 같았다.

마누엘의 얼굴에 실망한 기색이 역력했는지, 홀리안 수사가 서둘러 말했다.

「지금 무슨 생각을 하시는지 알아요. 최근 50년간 학교에서 일어난 일을 알 방도가 없을 테니까요. 선생님이 알고 싶으신 게 바로 그건데 말이죠. 하지만 걱정하지 마세요.」 수사는 책상 위를 거의 다 차지하고 있는 컴퓨터를 가리키며 말했다. 「늘 그렇지만 정보 기술에 대해 전혀 모르는 사람들은 문서를 전산화하는 작업이 긴 빵을 덩어리째 토스터에 집어넣는 거나 마찬가지라고 생각한답니다. 처음 여기 왔을 때, 제가 해야 할 작업량이 어마어마하더군요. 그래서 외부 전산 업체에 맡기면 저 많은 문서들을 다 스캔할 수 있다고 원장님을 설득하기 시작했죠.」 수사가 아이콘을 하나 클릭하자 이미지 파일로 변환된 문서들이 모니터 화면에 나타났다.

「이러면 작업하기가 한결 수월하겠군요.」 마누엘은 마음이 한층 가벼워졌다.

「아직 자세히는 모르실 거예요. 제가 일일이 수작업을 하고는 있지만, 그 업체 덕분에 일하기가 엄청 수월해졌으니까요. 여기 있는 문서들을 모두 업체에서 스캔하고 있답니다. 가끔 알아보기 힘들 정도로 심하게 손상된 문서도 있지만, 그들의 손을 거치면 대부분 최상의 품질로 처리되죠. 그뿐만 아니라, 이 상자 안에 있는 문서들을 연도별로 정리해 주기도 한답니다.」 그는 상자 안에 있는 서류철을 손가락으로 툭툭 치면서 말했다.

마누엘은 곳곳에 흩어져 있는 수도원의 튼튼한 책상을 바라보면서 머뭇거렸다.

「어디 앉으면 되죠?」

「아, 제 책상에 있는 컴퓨터로 보시면 됩니다. 수도원장님이 당부하셨어요. 선생님이 원하는 서류가 있으면 뭐든 보여 드리라고요. 아쉽지만 이 수도원에는 정성스레 보살펴야 할 만큼 소중한 문학 작품은 없답니다.」 그가 미소 지으며 말했다. 「단 한 가지 유념하실 점은 과거 학생들의 사생활 보호 차원에서 기밀문서로 분류된 자료는 내려받거나 복사해서는 안 된다는 겁니다. 물론 선생님께서 그런 문제에 관심이 있으리라고는 생각지 않지만 말이에요. 저라면 예전에 이 학교가 어땠는지 알기 위해서 주로 사진 폴더를 살펴볼 것 같아요. 그렇죠, 이런 것 말입니다. 자료를 보다가 복사할 게 있으면 말씀하세요. 제가 출력해 드릴 테니까요.」

그는 훌리안 수사에게 고마움을 전했다. 그리고 한 시간가량 각종 문서들을 닥치는 대로 훑어보았다. 거기에는 학생들의 생활 기록부부터 오래된 영수증, 신학교에 입학할 당시 쓴 각서는 물론이고 스페인 내전 당시 수도원 주변에 버려진 아기들에 관한 문서도 있었다. 그사이 마누엘은 그 문서들에 관해 몇 가지 의견을 제시하기도 했는데, 훌리안 수사도 전적으로 공감을 표했다. 그런 다음 그는 수사가 권한 대로 사진 폴더를 살펴보기 시작했다.

루카스는 알바로가 네 살 때 신학교에 들어갔다고 했다. 당시 학년별로 나이를 환산해 보면 알바로는 1975~1976년도나 1976~1977년도에 입학했을 가능성이 높았다. 마누엘은 어린 학생들의 사진을 살펴보다가 그의 이름을 발견했다. 한쪽으로 가르마를 탄 아이가 카메라를 향해 미소 짓고 있었다. 그는 내친김에 〈루카스 로블레도〉라는 이름도 찾아보았다. 카메라를 보고 놀란 듯이 눈을 휘둥그레 뜬 루카스의 어린 시절 모습을 보자 절로 웃음이 나왔다. 반면 산티아고는 형들과 달리 차분한 모습이었다.

드디어 알바로가 학교를 그만둔 1984년도 폴더가 나왔다. 마누엘은 그의 학생 기록부를 찾아보았다. 사진이 한 장 붙어 있었다. 에르미니아가 건네준 사진 속의 모습처럼 알바로는 자신에 찬 시선으로 정면을 응시하고 있었다. 학과 성적과 1차 시험 결과밖에 없었지만, 그리 나쁘지 않은 편이었다. 학적 기록란에는 〈타 학교로 전학〉 외에 아무것도 적혀 있지 않았다. 마누엘은 다른 검색어를 입력해 보기로 했다. 〈전학〉을 입력했더니, 아무것도 나타나지 않았다. 다시 〈자퇴 및 탈퇴〉로 찾아보았더니, 화면에 여러 건의 결과가 나타났다. 쭉 훑어본 결과, 전산 업체 측이 실수로 자퇴 및 탈퇴와 전학을 사망과 한데 섞어 놓았다는 것을 알아냈다. 잠시 뒤 마누엘은 알바로의 성적표를 찾아냈다. 거기에는 학년별 성적과 선생의 소견이 빼곡히 적혀 있었다. 마지막에는 학생 기록부와 마찬가지로 성적이 표기되어 있었는데, 12월 초부터 갑자기 빈칸으로 남아 있었다. 당황한 그는 뒤로 돌아가 문서들을 다시 훑어보기 시작했다. 그러다가 어떤 이름이 눈에 띄었다. 마누엘은 전날 밤 루카스 신부와 이야기를 나누면서 수첩에 메모해 둔 내용을 뒤져 보았다. 그 이름이 왜 낯이 익은지 그제야 알 수 있었다. 베르다게르. 학교 측의 공식적인 발표에 따르면 암으로 세상을 떠났지만, 학생들 사이에서는 자살한 것으로 알려진 그 수도사의 이름이었다.

마누엘은 전산 업체가 설정해 놓은 정렬 기준이 자퇴한 날짜순이라는 사실에 주목했다. 그는 다시 돌아가서 내용을 찬찬히 읽기 시작했다. 그리고 마침내 그해 12월 13일, 베르다게르 수사와 알바로 말고도 신학교를 떠난 사람이 한 명 더 있다는 것을 알아냈다. 바로 마리오 오르투뇨 수사였다. 그의 인사 기록을 열어 보았지만, 사진이 없었다. 기록에 따르면, 그는 원래 학교 의무실 담당 수사였는데 본인의 청에 의해 수도원을 탈퇴한 것으로 되어 있었다. 한 가지 흥미로운 것은 알바로가 출교당한 그날, 마리오 오르투뇨 수사도 수도원을 떠났다는 점이었다. 더군다나 그는 그날 베르다게르 수사의 사망 증명서에 증인으로 서명을 한 사람이었다. 어느 시골 의사의 알아보기 힘든 서명 아래에 그의 서명이 보였다. 더 놀라운 것은 베르다게르 수사의 사망 원인이 〈고의적 자해〉로 기재되어 있다는 점이었다. 당시 수도원 내부에서 많은 소문이 떠돌고 의혹의 눈길이 사라지지 않았지만, 다른 이유로 그 수도사의 죽음을 은폐하거나 왜곡하려고 하지는 않았던 셈이었다.

마누엘은 다시 돌아가 마리오 오르투뇨 수사에 관한 기록을 읽기 시작했다. 그는 아코루냐의 코르메[3] 출신으로, 3형제 중 막내였다. 열아홉

3 갈리시아 지방 아코루냐의 북쪽에 위치한 곳이다.

살에 견습 수사로 수도원에 들어온 이후, 베르다게르 수사의 사망 증명서에 증인으로 서명을 하고, 알바로가 의무실에서 하룻밤을 보낸 뒤 출교 조치당한 그날까지 거기에 머물렀다. 마누엘은 그 내용을 수첩에 메모한 뒤 훌리안 수사에게 물었다.

「수사님. 수도사 본인의 청에 의해 탈퇴했다는 게 무슨 뜻이죠?」

그러자 수사는 궁금한 듯 컴퓨터 모니터 쪽으로 다가왔다.

「흔치는 않지만, 어쩌다 그런 일이 일어나기는 하죠.」 그가 침통한 표정을 지으며 설명했다. 「그건 수도사가 수도 서원[4]을 파기하고 교단을 떠나기로 결심한 것을 말합니다.」 그가 마누엘 옆에 선 채로 몇 가지 단어를 입력하자 오르투뇨 수사에 관한 기록이 화면에 나타났다. 「이 수사님처럼 아주 심각한 신앙의 위기를 경험한 경우에 그런 일이 일어나죠. 수도원에서는 그런 수사의 마음을 돌리려고 노력합니다. 가령 다른 수도원으로 보내 영성 훈련을 하도록 한다거나……. 하지만 이 수도사는 원장님이 그런 과정 없이 곧장 집으로 돌려보내기로 결정한 것 같네요.」 훌리안 수사가 자기 노트북 컴퓨터를 힐끗 보면서 말했다.

마누엘은 수사가 다시 자기 일에 몰두할 때까지 몇 분 동안 되는대로 문서를 넘겨보는 척했다. 곧이어 그가 검색창에 〈의무실〉을 입력하자, 수백 건에 달하는 자료가 화면에 나타났다. 이번에는 알바로의 이름을 입력해 보았지만, 관련 자료가 한 건도 없었다. 다시 날짜별로 검색을 하자, 놀랄 만한 문서 하나가 화면에 등장했다. 그 문서는 의무실 출입 기록부라는 것을 한눈에 알 수 있을 정도로 화질이 좋았다. 학생이 의무실에 입실하고 퇴실할 때마다 필요한 정보를 기재하도록 몇 부분으로 나뉘어 있었다. 날짜와 시간 아래에 학년과 이름을 적는 칸이 있었다. 누군가가 그 당시 학교에서 요구하던 깔끔한 글씨체로 자기 이름을 적어 놓았다. 〈무니스 데 다빌라〉. 그 아래 넓은 칸에는 〈진단〉이라는 표제가 붙어 있었는데, 다음과 같은 내용이 쓰여 있었다.

4 가톨릭에서 수도자가 예수의 가르침을 지키며 수도 생활을 할 것을 하느님 앞에 맹세하는 일.

상기 어린이는 초기 검사에서 중요한 �… 보여 주고 있으며
▅▅▅▅▅▅▅▅▅▅▅▅▅▅▅▅▅▅ 정신적 충격으로 혼란
▅▅▅▅▅▅▅▅▅▅▅▅▅▅▅▅▅▅ 미열이 있고,
비록 함께하기는 어렵겠지만 ▅▅▅▅▅▅▅▅
▅▅▅▅▅▅▅▅▅▅▅▅▅▅▅▅▅▅▅▅▅
▅▅▅▅▅▅▅▅▅▅▅▅▅▅▅▅▅▅▅▅▅
▅▅▅▅▅▅▅▅▅▅▅▅▅▅▅▅▅▅▅▅▅
▅▅▅▅▅▅▅▅▅▅▅ 여덟 시간 경과 후 병세가 호전되고 있고
▅▅▅▅▅▅▅▅▅▅▅▅▅▅▅▅▅▅▅▅▅
의사로서 무엇을 권하든지 간에 ▅▅▅▅▅▅▅
▅▅▅▅▅▅▅▅▅▅▅▅▅▅▅▅▅▅▅▅▅
▅▅▅▅▅▅▅▅▅▅▅ 주변 상황으로 인해 ▅▅▅
▅▅▅▅▅▅▅▅▅▅▅▅▅▅▅▅▅▅▅▅▅
내 소견에 따르면, 상기 어린이는 ▅▅▅▅▅▅
▅▅▅▅▅▅▅▅▅▅▅▅▅▅▅▅▅▅▅▅▅

그의 주치의로서, 혹은 해당 분야 전문의로서 나는 다음과 같이 간곡한 당
부를 드리고자 한다. ▅▅▅▅▅▅▅▅▅▅▅▅▅
건강 상태로 보아 ▅▅▅▅▅▅▅▅▅▅▅▅▅▅
▅▅▅▅▅▅▅▅▅▅▅▅▅▅▅▅▅▅▅▅▅

제 맡은 바 직분에 따라 이상의 소견을 밝힘과 동시에 하느님께서 우리를
좋은 길로 인도해 주시기를 기원하면서 본 진단서에 서명하는 바이다.

서명:
수도사 마리오 오르투뇨

진단서는 거의 한 면을 다 차지하고 있었다. 촘촘한 글씨체를 감안하면 훨씬 더 많은 내용이 담겨 있던 것으로 보였지만, 대부분은 불길한 느낌을 주는 검은 줄로 가려 놓아서 스페인 내전 당시 즉결 재판의 선고문이나 세계 대전 때 비밀 정보 기관의 문서 같은 느낌마저 들었다.

마누엘은 수사가 자기 일을 하고 있는지 확인하려고 뒤를 슬쩍 돌아본 다음, 휴대 전화 카메라로 화면에 나온 문서를 찍었다. 그러곤 희미하게 나온 사진에서 마리오 오르투뇨의 얼굴을 찾느라 30분을 보냈다. 그는 의무실 진단서가 거의 다 삭제될 정도로 엄청난 내용을 쓴 사람이 어떻게 생겼는지 꼭 보고 싶은 충동을 느꼈다. 〈상기 어린이는〉으로 시작되지만 그중 몇 마디 말만 살아남은 진단서를 제출한 뒤, 본인의 청에 의해 수도원을 탈퇴한 수도사. 알바로가 출교 조치를 당한 그날, 몇 마디 말만 남기고 수도원을 떠난 남자. 그가 남긴 몇 마디 말이 계속 마누엘의 머릿속을 맴돌았다. 〈상기 어린이는 초기 검사에서 중요한…… 보여 주고 있으며〉. 그는 자살한 수도사의 시체를 보고 알바로가 받은 충격에 관해 말하려고 했던 것일까? 그가 숨김없이 진술한 보고서의 내용이 얼마나 심각했기에 대부분 삭제된 것일까? 혹시 토니노가 우연히 그 문서를 발견하고는 단단히 한몫 잡을 수 있다고 큰소리쳤던 건 아닐까? 아니면 그 진단서에서 지워진 내용을 알아냈던 걸까? 마누엘은 어둠 속으로 이어진 철제 서가를 침통한 표정으로 쳐다보았다. 저기 어딘가에 삭제되지 않은 보고서의 사본이 있을지도 모를 일이었다. 하지만 토니노가 저기서 그 사본을 발견했을 것 같지는 않았다. 더구나 그것을 우연히 찾아냈을 가능성은 매우 희박했다. 아니, 혹시 모른다. 어쩌다 다른 곳에서 찾았을 수도 있을 테니까 말이다.

「혹시 수도원장님의 조카를 아세요?」 마누엘이 슬쩍 물어보았다.

「아, 토니노 말인가요?」 수사는 놀란 듯이 되물었다. 마누엘은 그 말투를 듣고 괜한 질문을 한 것 같아서 후회스러웠다.

「이름은 모르겠어요. 사실 나는 그 사람이 누군지 몰라요. 오늘 아침에 여기로 오다가 마을에 잠깐 들렀거든요. 그랬더니 어떤 부인이 나더러 수도원에서 일하던 원장님의 조카가 아니냐고 묻더라고요.」 어쨌든 마누엘은 자신의 실수를 만회하고자 했다.

「네, 그럼 토니노가 맞아요. 조카는 그 사람뿐이니까요. 그런데 어떻게 선생님을 토니노로 착각했는지 모르겠네요. 전혀 안 닮았는데 말이죠.」

「그가 여기서 일했나요?」 마누엘은 대수롭지 않은 듯 물었다.

「도서관에서요?」 수사가 웃었다. 「아니에요. 아마 그는 지금껏 도서관 문턱도 못 밟아 봤을 거예요. 그저 손님들 숙소와 원장님 사무실에 페인트칠을 했던 걸로 알아요. 그건 그렇고 별 희한한 일도 다 있네요. 그 말을 한 부인이 누구인지는 몰라도 빨리 안과에 가봐야 할 것 같은데요.」

마누엘은 끝내 마리오 오르투뇨의 사진을 찾지 못했다. 그렇지만 베르다게르 수사의 이름이 등장하는 문서는 수두룩하게 찾아냈다. 루카스가 수도원에서 가장 사랑받던 인물로 그를 꼽은 이유를 단박에 이해할 수 있었다. 통통한 얼굴에 흑백 사진인데도 선명하게 드러날 정도로 발그스레한 뺨을 가진 그는 운동과 소풍, 놀이 등 학교 안팎의 일에 앞장서고 있었다. 수도사 복장을 한 채 참가한 시합마다 늘 일등을 한 모양이었다. 팀 옆에 서서 우승 트로피를 치켜든 사진과 성탄절 축하 행사에서 합창단을 지휘하는 사진, 교회 옆벽에 대고 펠로타 바스카[5]를 하는 사진도 있었다. 특히 펠로타 바스카를 할 때, 한 손으로는 수도복의 허리춤을 잡고 다른 손으로 공을 치는 모습이 인상적이었다. 마누엘은 훌리안 수사에게 그 사진을 인쇄해 달라고 부탁했다. 그리고 베르다게르 수사가 소년들과 함께 찍은 사진과 수도원 항공 사진, 옛날 교실 모습을 담은 사진 등 스무여 장의 사진도 함께 부탁했다. 수사가 인쇄를 하느라 바쁜 사이, 그는 늙은 마티아스 수사가 시간을 보내고 있다는 텃밭에 혼자 갈 수도 있으리라고 생각했다.

5 스페인 북부인 바스크 지방의 전통 스포츠로, 두 명 혹은 두 팀이 번갈아서 〈프론티스〉라고 하는 벽에 공을 쳐 득점한다.

「여자 때문인 것이 분명해요.」마누엘이 밖으로 나가려고 할 때 홀리안 수사가 말했다.

뒤돌아선 마누엘은 어리둥절한 표정으로 그를 바라보았다.

「오르투뇨 수사님이 신앙의 위기를 겪었던 건 여자 때문입니다. 탈퇴 기록에 수사님이 수도원을 떠날 때 스물아홉 살이었다고 기재되어 있어요. 분명 여자 문제 때문이었을 거예요. 그렇지 않았다면 다시 돌아오셨겠죠.」

마누엘은 그를 바라보며 한숨을 쉬었다.

그는 밖으로 나갔다. 그리고 뒤편의 들판으로 가는 대신, 어떤 수도사와도 마주치지 않기를 바라면서 주변을 한 바퀴 돌다가 차고 입구에 이르렀다. 노게이라가 말한 것처럼 차고 문은 활짝 열려 있었다. 마누엘은 그날 아침에 산 접착테이프를 주머니에서 꺼내 적당한 길이로 떼어 낸 다음, 소형 화물차의 페인트가 벗겨진 부분에 붙였다. 그러곤 테이프를 있는 힘껏 떼어 냈다. 흰색 페인트 조각이 묻어 나왔다. 그는 페인트가 묻은 테이프를 다시 롤에 안전하게 붙여 놓았다.

마티아스 수사가 이야기하기를 좋아한다던 말은 틀리지 않았다. 그는 마누엘을 붙잡아 놓고 수도원에 얽힌 이야기를 쏟아 내기 시작했다. 신학교 학생들과 텃밭에 관해서는 물론, 지금은 재미 삼아 기르지만 내전 당시만 해도 그들의 유일한 생존 수단이었던 채소, 그만큼 자주 먹어야 했던 탓에 〈수사들 잡는 풀〉이라고 부를 정도로 싫어했던 근대에 이르기까지 이야기는 쉴 새 없이 흘러나왔다. 좁은 띠 모양의 정원을 중심으로 텃밭과 묘지가 나뉘어 있었다. 두 사람은 그곳까지 천천히 걸어갔다. 그러면서 노 수사가 3백 년도 넘은 무덤들을 손으로 가리켰다. 그렇게 오래된 것치고는 얼마나 소박한지, 자연스레 아스 그릴레이라스에서 봤던 무덤들이 떠올랐다. 다른 점이 있다면, 갈리시아 특유의 돌 십자가 대신 수수한 철 십자가에 수도사의 이름과 탄생 및 사망 일자가 적힌 작은 동판이 달려 있다는 것뿐이었다. 그들은 말없이 무덤 사이를 거닐었다. 무덤 앞마다 멈춰 묘비명을 조심스럽게 읽어 내려가던 마누엘은 베르다게르 수사의 무덤 앞에 이르렀다.

「참 이상한 일도 다 있네!」 그가 갑자기 소리치자, 노 수사는 놀란 표정으로 뒤를 돌아보았다.

「뭐가요?」 수사는 몸을 약간 움츠린 채 작은 십자가와 마누엘을 번갈아 쳐다보며 물었다.

「아, 아무것도 아닙니다. 좀 신기해서요. 여기 잠들어 계신 수사님의 이름이 왠지 낯이 익더라고요. 그래서 생각해 보니까 오늘 오전에 우연히 이분에 관한 문서를 봤어요. 사인이 자살로 기재된 사망 증명서였죠. 그런데 가톨릭에서는 스스로 목숨을 끊은 이들의 경우, 무덤을 다르게 만든다고 알고 있었는데…….」

그 순간 노 수사의 얼굴에서 웃음기가 싹 사라졌다. 그는 혼자서 걸어가기 시작했다. 마누엘은 그의 말을 듣기 위해 뒤를 쫓아갔다.

「최근에 세상이 참 많이 변했어요. 교단에서 만장일치로 결정을 해서 베르다게르 수사를 다른 형제들 곁에 나란히 묻어 주었죠. 이 수사는 말기 암으로 엄청난 고통을 받았으니까요.」 그는 마누엘을 향해 날카로운 시선을 보내며 심각한 목소리로 말했다. 「워낙 오랜 세월 동안 투병 생활을 하느라 육체와 정신이 모두 황폐해졌죠. 더군다나 그는 치료를 거부했어요. 사람들이 상상할 수 있는 것 이상으로 끔찍한 고통을 홀로 견뎌 냈습니다. 하지만 계속된 고통으로 지칠 대로 지치고 말았죠. 더 이상 움직일 수도 없게 되자, 그는 모든 것을 내려놓기로 결정한 겁니다. 물론 우리는 어떤 경우든 자살을 용인하지 않지만, 그를 심판하는 것은 하느님의 몫이니까요.」

마누엘은 그의 옆으로 가서 나직한 목소리로 말했다.

「아무래도 괜한 질문을 한 것 같네요. 그럴 생각은 전혀 없었지만, 어쨌든 가슴 아픈 기억을 떠올리게 했으니 말입니다. 갑자기 호기심이 일어나서 여쭤본 것뿐이에요.」

「걱정할 것 없어요. 난 정에 약한 가엾은 늙은이라서 그런 것뿐이니

460

까. 그리고 조금 피곤하기도 하고요.」 그가 말했다. 「어쩌면 내일 다시 오는 편이 더 좋을지도 모르겠구려. 나는 여기 좀 더 있으며 기도를……」

마누엘은 말없이 그를 바라보았다. 말마따나 정말 피곤한 모양이었다. 그는 워낙 마른 탓에 언제라도 부서질 것 같은 약골로 보였다.

「그렇게 하세요, 수사님.」 마누엘은 노인의 등을 부드럽게 두드린 뒤 걸어 나왔다.

수도원 건물 모퉁이를 돌 때, 마누엘은 뒤를 돌아보았다. 노 수사는 묘지 한복판에 선 채 그를 무섭게 노려보고 있었다.

벨레사르

마누엘은 어디론가 달아나기라도 하는 것처럼 무턱대고 차를 몰았다. 그사이 그는 이따금 수도원의 오래된 사진을 떠올리게 하는 이성의 요구뿐만 아니라 당장 달아나라고, 마치 폭풍이 오기 전에 정전기가 일어나듯이 몸에 느껴지는 공포로부터 몸을 숨기라고 고래고래 소리 지르는 감정의 명령과도 싸우고 있었다. 그는 노게이라의 집 앞에 차를 세웠다. 어쩌다 거기까지 갔는지, 무엇보다 무슨 이유로 거기에 갔는지 그리고 하필이면 왜 거기에 몸을 숨기려고 했는지 스스로도 도저히 납득할 수가 없었다.

그는 차 안에서 노게이라의 전화번호를 눌렀다. 하지만 지금은 전화를 받을 수 없다는 기계음만 들렸다. 그는 다시 차에 시동을 건 다음, 떠나기 전 마지막으로 그의 집을 흘깃 쳐다보았다. 그때 문 앞에 라우라가 나타났다. 그녀는 그를 향해 잠깐만 기다리라고 손짓했다.

그녀는 마누엘이 차를 멈추기도 전에 바로 앞까지 다가왔다. 그러곤 열린 창문에 기댄 채 미소 지으며 말했다.

「안드레스는 지금 집에 없어요. 볼 일이 있다면서 루고에 갔답니다. 그이와 만나기로 했나요? 나한테는 아무 말도 없던데요.」

그는 천천히 고개를 저었다.

「아뇨. 만나기로 한 건 아니에요. 나는 그저…….」

그 말을 듣는 순간, 라우라의 얼굴에 갑자기 수심의 그림자가 드리워졌다.

「마누엘 씨, 무슨 일이 있었나요?」

그는 그녀를 쳐다보았다. 그녀는 열린 차창 틈으로 두 팔을 포갠 채 그 위에 턱을 얹고 있었다. 초롱초롱 빛나는 눈동자 그리고 거짓이 없는 눈빛. 그녀는 마음을 열 수 있는 진정한 친구였다.

마누엘은 고개를 가볍게 끄덕이고는 아무리 힘들어도 이 모든 것을 자신의 운명으로 받아들이겠다는 듯이 두 눈을 질끈 감았다. 천천히 눈을 뜬 그는 다니엘이 지상에서 가장 아름다운 곳으로 데려다주면서 했던 말을 똑같이 되풀이했다.

「지금 해야 할 일이 있나요?」

배는 선착장의 계선주에 묶여 있었지만, 작은 요트가 그 부근을 지나가면서 일으킨 물살로 인해 흔들거렸다. 술리아와 안티아는 배에서 내리기를 꺼리는 눈치였다. 그들은 흔들거리는 뱃고물에 선 채, 수달이 선창에 달라붙어 있던 말조개를 능숙한 솜씨로 떼어 내는 모습을 흥미롭게 관찰했다. 금빛 밤송이가 주렁주렁 달린 밤나무가 이어졌고, 그 그림자가 길게 늘어진 실강을 따라 벨레사르에 도착했다. 그들은 선착장에서 계단식 포도밭이 구불구불하게 이어진 산기슭을 황홀한 듯이 바라보았다. 그사이 굽이쳐 흐르는 강을 따라 물속에 잠긴 일곱 개의 유령 마을 위를 지나왔다. 마누엘은 예전에 다니엘이 그곳을 지나면서 해준 설명을 그대로 들려주었다. 그의 말을 들을 때는 이상하리만큼 무관심 했는데, 이번에는 왠지 흐뭇한 기분이 들었다. 마누엘은 귀를 쫑긋 세우고 이야기를 듣는 술리아와 안티아를 보며 미소를 지었다. 동시에 그는 마음 한구석에서 〈대체 왜 그러는 거지?〉라고 소리치는 목소리를 애써 진정시켰다.

라우라는 강물 위의 테라스에 마누엘과 나란히 앉은 채, 두 딸의 즐거운 웃음소리를 들으며 조용히 미소 지었다. 그녀는 벨레사르를 무척이나 좋아하면서도 그간 왜 아이들을 데리고 오지 않았는지 스스로에게 물었다. 물론 그 이유를 너무나 잘 알고 있었다. 관광객들을 태우고 떠나는 저 배를 타지 않을 거라면 굳이 아이들을 실망시키면서까지 실강에 놀러 나올 필요가 없었다. 아이들이 배 타는 것을 너무나 좋아해서 내심 꺼렸던 것이다. 그녀는 와인을 한 모금 마셨다. 그러곤 자줏빛으로 물든 잔 가장자리를 신기한 듯이 바라보았다. 라우라는 배를 좋아하지 않았다. 심지어는 혐오했다. 어릴 때 이후로 다시는 선착장에 발을 들이지 않았다. 사납게 몰아닥친 폭풍우가 모든 것을 바꾸어 놓았던 것이다. 그날 그녀는 마누엘의 표정에서 숨 막히는 고통을 느낄 수 있었다. 그는 괴로움에 짓눌려 옴짝달싹도 못 하고 있던 터라, 누구든 마음만 먹으면 그를 영혼의 감옥 속에 영원히 가두어 둘 수 있을 것 같았다. 그가 두려움에 사로잡혀 있다는 것을 그녀처럼 알아차리기만 해도 그의 마음을 송두리째 뒤흔들고, 결국에는 엄청난 고통이 다가올 것이라는 불길한 예감 앞에 말없이 굴복시킬 수 있을 것 같았다. 그녀는 흔들 때마다 아름다운 자줏빛으로 물드는 유리잔을 통해 새로운 친구를 차분하게 살펴보았다. 병에서 흘러내리는 와인 방울을 손가락으로 쫓아가던 마누엘은 비스듬하게 기울어진 〈에로이카〉라는 이름을 한 획 한 획 따라 그렸다. 그는 서글픈 생각에 사로잡힌 듯 어두운 눈빛으로 고개를 푹 숙였다.

그때 어디선가 웃음소리가 들려와 그를 부르는 것 같았다. 마누엘은 강 쪽으로 고개를 돌렸다. 며칠 전 희한하게 생긴 배에 타고 가던 세 여자가 마치 꿈결처럼 어렴풋이 보였다. 구릿빛 다리, 단단한 팔, 대충 묶어 모자 아래로 삐져나온 머리카락 그리고 해맑은 웃음소리. 그녀들의 목소리는 작은 종이 산들바람에 흔들릴 때 나는 소리처럼 아름답게 들렸다. 강의 요정처럼 아름다운 그녀들을 다시 보자, 마누엘은 까닭 없이 즐거웠다. 그는 자기도 모르게 손을 들어 테라스 쪽을 멍하니 바라보고 있던 여자들에게 인사를 건넸다. 하지만 세 여자는 빤히 쳐다보기만 할 뿐, 아무런 반응도 보이지 않았다. 잠시나마 그녀들을 보면서 느꼈던 신비로운 연대감이 물거품처럼 사라지면서 환상이 산산이 깨지고 말았다. 그는 주책없는 늙은이가 된 것 같아 얼굴이 화끈거렸다. 그녀들은 그를 알아보지 못했다. 그런데 왜 그를 부르려고 했던 것일까? 그 순간 여자 하나가 미소를 지으며 소리쳤다.

「후작이다! 얘들아, 후작이야!」

나머지 두 여자도 같이 호들갑을 떨며 소리를 지르자, 바 안에 있던 손님들이 마누엘에게로 시선을 돌렸다. 그제야 그녀들은 자지러지게 웃으며 그를 향해 모자를 흔들었다.

「와, 후작님! 아버지가 인사 전해 달래요. 조만간 우리 집에 놀러 오세요.」 한 여자가 손나발을 하고 소리쳤다.

「그럴게요.」 마누엘은 웃음을 띤 채 그녀들이 탄 배가 멀어지는 것을 지켜보며 대답했다. 하지만 워낙 나직하게 말해서 라우라밖에 듣지 못했다.

「당신은 절대 여기를 못 떠날 거예요.」 라우라가 단정적으로 말했다.

마누엘은 그녀를 가만히 바라보았다. 며칠 전 같았으면 저주로 여겼을 그녀의 장담이 이제는 행운처럼, 아니 쉽게 믿기지 않는 예언처럼 느껴졌다. 그의 의구심을 풀어 주려는 듯, 혹은 더 키우려는 듯 라우라가 덧붙여 말했다.

「원치 않아도 이곳에 발을 붙이게 될 거예요. 이 땅이 지닌 신비로운 힘이랍니다. 반드시 그렇게 될 거예요. 당신은 절대 여기를 못 떠날 겁니다.」

그는 아무 대답도 하지 않았지만, 그녀의 말이 믿기지 않았다. 강이 지닌 신비로운 힘, 불가능하다고 여겼지만 〈에로이카〉에서 포도 수확 작업을 하면서 되찾은 마음의 평화 그리고 왠지 친근하게 느껴지는 강의 요정들. 모두가 그에게는 믿을 수 없을 만큼 놀라운 경험이었다. 하지만 그것만으로는 자신을 거기로 이끈 진정한 이유를 잊어버리기에 충분치 않았다.

그는 다시 와인을 한 모금 마셨지만, 마치 영성체를 하는 것 같아 삼키기가 힘들었다. 와인이 입안에서 굳어 버릴 것 같았다. 그는 병에 붙은 알바로의 독특한 글씨를 살폈다. 그러곤 손으로 쓴 것처럼 반짝이는 은빛 글씨를 손가락으로 부드럽게 어루만졌다.

그녀는 해답을 찾기라도 한 것처럼 놀란 눈으로 그를 쳐다보았다.

「마누엘 씨. 여기 자료를 모으러 온 게 아니죠?」

그는 고개를 들다가 라우라와 눈이 마주쳤다. 와인병의 글씨를 더듬던 손이 테이블 위로 힘없이 떨어졌다. 그는 슬픔에 잠긴 목소리로 대답했다.

「네.」

천천히 해가 저물기 시작했다. 온종일 구름 한 점 없이 맑았던 탓인지, 하늘도 금세 어두워지기는커녕 은빛으로 빛났다. 그 덕분에 노게이라의 집으로 이어진 길 양편에 늘어선 나무들의 실루엣이 더 도드라져 보였다. 노게이라는 현관 난간에 기댄 채 담배를 피웠다. 그러면서 푹푹 찌는 무더위와는 대조적으로 모처럼 텅 빈 집의 고요한 분위기와 저물녘의 고즈넉한 풍경을 즐기고 있었다. 집 안에서 뜨거운 공기가 열린 문을 통해 이따금씩 빠져나갔다. 그는 방금 켜진 가로등 아래로 몰려들기 시작한 모기떼를 잡아먹으러 온 제비들의 울음소리에 깜짝 놀라 고개를 들었다. 마누엘의 차가 다가오고 있었다. 그는 조수석에 앉아 있는 아내의 모습이 선명하게 보이기 전까지 느긋하게 담배를 피웠다. 그러곤 황급히 담배를 끄고, 난간에 걸려 있던 화분의 꽃 사이에 꽁초를 숨겼다. 차가 집 앞에 멈춰 서자, 뒷문으로 두 딸이 카페를 안고 내렸다. 막내 안티아가 아빠에게 조르르 달려오더니, 품 안에 안기며 속사포 쏘듯이 말했다.

「아빠, 있잖아? 마누엘 아저씨가 자기 배로 우리를 벨레사르에 데려다줬어. 저 아래까지 말이야. 그런데 우리가 지나온 강물 아래에 마을이 일곱 개나 있대. 교회하고 학교도 다 물속에 잠겨 있다는 거야. 그리고 밭에서 포도도 봤어. 이번 주말에 딴다는데, 우리더러 오라고 했어. 엄마하고 술리아 언니 그리고 나 이렇게 셋이서 가기로 했어. 그러면 강변에서 우리 마음대로 포도를 딸 수 있게 해준다고 약속했다고. 생각만 해도 너무 신나. 아빠도 우리하고 같이 갈 거지?」

노게이라는 막내딸의 수다에 정신이 팔린 채 아이의 머리에 입을 맞추었다. 아빠의 품에서 벗어난 안티아는 카페의 뒤를 따라 집 안으로 뛰어 들어갔다.

라우라가 마누엘과 작별 인사를 나누느라 잠시 꾸물대는 사이, 술리아는 아빠 옆으로 다가가 다정하게 인사를 건넸다.

「아빠, 안녕!」

노게이라는 깜짝 놀라 뒤를 돌아보았다. 큰딸이 신바람이 나서 달려와 상냥하게 말한 것이 얼마 만인지 몰랐다. 평소 같았으면 아빠를 보자마자 가시 돋친 말을 쏘아붙여 분위기가 험악해졌을 텐데, 그저 어안이 벙벙할 따름이었다. 그러자 얼마 전까지만 해도 어린아이에 불과하던 딸아이의 모습이 눈에 선했다. 퇴근하고 돌아오면 문 앞으로 조르르 달려와 품에 안기곤 하던 모습 말이다.

노게이라는 계단을 내려가 차가 있는 곳으로 다가갔다. 그때 아내가 작별 인사로 마누엘과 포옹을 하자 순간적으로 질투심이 일었다.

집으로 들어가던 라우라가 그의 곁에 잠시 멈춰 선 채 말했다.

「아까 담배 피우는 것 봤어요.」 그녀는 살짝 미소를 짓기는 했지만 심각한 투로 말했다. 「어쨌든 꽁초를 내 화분에다 버리지 말라고요. 한 번만 더 그러면 가만히 안 있겠어요.」 그러곤 곧장 집으로 걸어갔다.

노게이라는 억지웃음을 지어 보이며 마누엘에게 다가갔다.

「자네가 보낸 메시지는 봤네. 루카스 신부와 9시에 어제 그 장소에서 만나기로 했어. 그건 그렇고 가끔이라도 전화를 좀 받지 그러나.」

「배를 몰던 중이라서.」

마누엘은 그를 곁눈질로 살폈다.

「그랬겠지. 우리 가족을 데리고……. 그것만 해도 그래. 미리 나한테 귀띔이라도 해줄 수 있었잖아.」

차에 탄 마누엘은 노게이라가 옆에 앉기를 기다렸다.

「오해하지는 말게. 오늘 수도원에 간 일이 생각보다 빨리 끝났어. 모처럼 좋은 날씨를 그냥 보내려니 아쉽던 차에 갑자기 배를 몰아 보고 싶은 마음이 들더라고. 그런데 혼자 가기는 그렇고 해서 여길 들렀더니 자네가 없더군. 자네 딸들이 좋아할 것 같아서 데려간 것뿐이야.」

노게이라는 아무 대답도 하지 않았다. 하지만 마누엘이 차에 시동을 걸자 입을 열었다.

「자네 혹시 잊은 것 없나?」

「카페 말인가? 돌아오는 길에 데리고 갈 테니까 걱정하지 말게. 자네 딸이 녀석을 아주 좋아하는군. 카페도 마찬가지일 거야.」

「그건 그렇고, 수도원장을 만난 일은 어떻게 됐지?」

「잘된 것도 있고, 실망스러운 점도 있다네.」 마누엘은 미소를 지으며 노게이라처럼 잠시 말을 아꼈다. 「수도원장은 만나지 못했어. 그들 말로는 개인 사정으로 어디 갔다고 하더군. 나머지는 루카스를 만나서 이야기하도록 하자. 거기서 알아낸 것이 몇 가지 있는데, 루카스가 있어야 실마리를 풀 수 있을 것 같아. 그리고 이거 가져가게.」 마누엘은 페인트 조각을 찍어 낸 접착테이프 롤이 담긴 비닐봉지를 노게이라에게 건넸다. 「내 생각으로는 연구소에서 이것과 알바로의 차에 묻어 있던 자국을 비교해 보면 같은 페인트인지 충분히 알아낼 수 있을 것 같아.」

노게이라는 고개를 끄덕이며 봉지 안에 든 테이프를 살펴보았다.

「보아하니 자넨 수사관이 될 자질이 충분하구먼. 내일 다시 수도원에 갈 거야?」

「그럴 필요는 없을 거야.」 마누엘이 어깨를 으쓱하며 대답했다. 「아무래도 토니노 이야기를 괜히 꺼낸 것 같아. 그 말을 꺼내자마자 경계하는 빛이 역력하더군. 나도 어디서 들은 이야기라고 황급히 둘러대기는 했는데, 그 수사가 수도원장에게 이야기를 할 것 같아.」

식당의 화덕 옆에 앉아 있던 루카스가 미소를 지으며 그들을 맞이했다. 모처럼 날씨가 쾌청해서 기분이 홀가분했지만, 저녁이 되자 이른 시간임에도 쌀쌀해지기 시작했다. 주차장은 식당 입구에서 1백 미터가량 떨어진 곳에 있었다. 마누엘은 다니엘이 준 이후로 늘 들고 다니던 알바로의 파카를 입고 식당까지 걸어갔다. 그리고 아무 내색도 하지 않다가 루카스 신부가 자기를 보고 깜짝 놀라는 표정을 놓치지 않았다. 그는 수도원에서 발견한 사실을 한시바삐 알려 주고 싶어 음식이 나올 때까지 기다릴 수가 없었다.

「수도원장은 자리에 없었어. 그들 말로는 개인 사정이라고 하는데, 하여간 생각지도 않은 일이 생기는 바람에 출장을 갔다고 하더군. 그 대신 훌리안 수사를 만나게 됐지. 아주 젊은 친군데, 2년 전부터 수도원의 기록을 전산화하는 작업을 하고 있었어. 이미 예상한 대로 수도원을 구경시켜 주고, 필요한 것이 있으면 무엇이든 도와주겠다고 하더라고. 일단 무언가를 알아내려면 어떻게든 그 수사를 따돌려야 하는데 쉽지 않을 것 같더군. 그런데 그가 어떻게 작업하는지 설명하더니 자기 자리를 나한테 넘겨주는 거야. 그 덕분에 알바로는 물론, 산티아고와 루카스 자네의 학생 기록부까지 볼 수 있었지.」 마누엘이 웃으며 말했다. 「그땐 아주 참하게 생겼더군.」

그러자 루카스는 웃으며 고개를 저었다.

「참하기는. 난 어릴 때도 별로였어.」

「알바로의 1984년도 성적은 12월 13일까지만 나와 있었네. 기록부의 끄트머리에 비고란이 있는데, 거기에 〈전학〉이라고만 쓰여 있더라고. 그런데 말이야, 그 시기의 〈자퇴 및 탈퇴〉를 검색하다가 놀랍게도 베르다게르 수사의 사망 증명서를 발견했다네. 읽어 보니까 그의 사망 원인이 우리가 알던 것과는 달리 자살로 기재되어 있었어.」

「그렇다면 철저히 은폐할 생각은 없었던 거군.」 루카스가 말했다. 「어쩌면 아이들이 놀랄까 봐 자다가 죽었다고 한 모양이야.」

「어제 자네는 알바로가 베르다게르 수사의 시신을 목격한 뒤 의무실에 실려 갔다고 했지.」

「그렇지. 알바로가 밤에 시신을 발견하고 나서 의무실로 실려 간 것은 분명하다네. 학교에서 그의 아버지한테 소식을 알린 것은 그다음 날이었고.」

그때 식당 주인이 고기와 감자, 샐러드가 담긴 접시를 가져와 테이블 위에 하나씩 올려놓았다. 하지만 아무도 음식에 손을 대지 않았다.

마누엘은 휴대 전화를 꺼내, 수도원의 컴퓨터 모니터를 찍은 사진을 찾았다.

「이걸 인쇄해 달라고 했으면 아마 눈치를 챘을지도 몰라.」 마누엘은 온통 검은 줄이 그어져 불길한 느낌마저 드는 사진을 그들에게 보여 주며 말했다. 「이건 의무실 책임자가 그날 밤에 작성한 보고서라네. 보다시피 이름하고 날짜 그리고 처음 몇 글자만 알아볼 수 있고 나머지는 전부 지워 놓았어. 〈상기 어린이는 초기 검사에서 중요한…… 보여 주고 있으며〉.」 마누엘이 앞부분을 읽었다. 「별로 중요하지 않은 내용만 남겨 놓은 셈이지. 그런데 그 어린이가 〈보여 주고 있다〉는 것이 무엇인지 전혀 알 도리가 없어.」

그의 말을 들으면서 루카스와 노게이라의 안색이 하얗게 변했다. 노게이라는 마누엘의 손에서 전화기를 가져가더니, 세부를 확인하기 위해 화면 크기를 확대했다.

「정말 철저하게 지워 놓았군.」 그가 믿을 수 없다는 표정을 지으며 말했다.

「이 보고서에 무슨 내용이 있었을 것 같은가? 이렇게 싹 지워 버렸을 정도라면 엄청난 내용이 쓰여 있었던 게 아닐까? 더구나 아무리 놀랐기로서니 의무실 책임자가 소견을 한 페이지씩이나 썼을 정도라면 아이의 상태가 예상외로 심각했다는 것 아닐까?」 마누엘이 말했다.

「빌어먹을 놈들!」 노게이라는 화면을 뚫어지게 바라보면서 중얼거렸다.

루카스의 얼굴은 백지장처럼 창백했다. 그는 무슨 말을 할 듯하다가 고개를 절레절레 흔들며 목멘 소리로 부르짖었다. 「오, 하느님!」

「가장 놀라운 점은 12월 13일, 바로 그날 의무실 책임자이던 마리오 오르투뇨 수사가 본인의 청에 따라 수도원을 탈퇴했다는 사실이라네.

수도원장은 다른 보고서에 그 이유를 〈신앙의 위기〉라고 써놓았지만 말이야.」 마누엘이 말했다.

「루카스 신부님, 그 수사가 누군지 기억납니까? 오르투뇨라고 했던가요?」 노게이라가 물었다.

「네.」 루카스가 가느다란 목소리로 대답했다. 그는 그때 일을 기억해내려고 안간힘을 쓰는 것 같았다. 「그분은 학생들을 가르치지는 않았죠. 그 수사님이 신학교를 떠난 건 알았지만 알바로의 출교와 관련이 있으리라고는 상상도 못 했어요. 그저 다른 데로 가시나 보다 했죠. 그건 수도사들 사이에서 아주 흔한 일이니까요.」

「혹시 알바로가 의무실에 입실한 시간을 봤나? 새벽 4시야. 어린아이가 그 시간에 깨어 있었다는 것이 좀 이상하지 않아? 자네들은 어떤지 모르겠지만, 나는 열두 살 때 침대에 눕자마자 곧바로 잠이 들었어. 자네는…….」 마누엘은 루카스를 보며 말했다. 「알바로가 운동을 아주 좋아했다고 했지. 그건 잠시도 가만히 있지 못하는 아이라는 말일 거야. 그런 아이였다면 그 시간에 곯아떨어져야 정상이겠지.」

루카스는 괴로운 표정으로 고개를 끄덕였다.

「그렇게 야심한 시각에 알바로가 그 수도사의 방에서 대체 무엇을 했던 걸까?」

마누엘이 던진 질문에 답할 수 있는 사람은 물론 아무도 없었다. 불안한 분위기가 감도는 가운데 세 사람은 서로 얼굴만 쳐다볼 뿐 선뜻 말을 꺼내지 못했다.

「그리고 베르다게르 수사에 관해서도 다시 한번 살펴봐야 할 것 같아.」 마누엘이 덧붙여 말했다. 「수도원에서는 그가 자살했다는 사실을 다 알고 있는 눈치였어. 사망 증명서에 그렇게 나와 있기도 하고. 오늘 수도원에서 가장 원로인 마티아스 수사를 만났는데, 비록 스스로 목숨을 끊었지만 베르다게르 수사를 수도원 묘지에 묻어 주기로 교단에서 만장일치로 결정을 내렸다고 하더군. 마티아스 수사의 말에 따르면, 베르다게르 수사는 굉장히 오랫동안 투병을 했어. 매우 고통스러운 암에 걸렸는데, 치료를 일절 거부하는 바람에 견딜 수 없을 정도로 통증이 심했다고 해. 그래서 그가 내린 결정에 대해 지지하거나 심판하지 않았다는 거지. 그것은 하느님의 몫이니까.」

「어제 내가 여러분에게 말한 것도 바로 그런 맥락이었죠.」 루카스가 말했다.

「맞아. 하지만 뭔가 석연치 않은 점이 있어.」

마누엘은 그날 오전 훌리안 수사가 인쇄해 준 사진 중에 골라 온 열두 장을 주머니에서 꺼냈다. 베르다게르 수사가 운동이나 게임을 하고 있거나 트로피를 들고 운동부 아이들과 함께 찍은 사진이었다. 그중에서도 그가 수도복의 소매를 걷어 올린 채 펠로타 바스카를 하고 있는 사진이 가장 눈길을 끌었다.

「이 사진은 12월 11일에 찍은 거라네.」 마누엘이 마지막 사진을 가리키며 말했다. 「사진에 기록된 날짜가 맞는다면, 이날은 병세가 너무 악화돼서 스스로 목숨을 끊기로 결심한 날로부터 불과 이틀 전이야. 자네들 생각은 어떤지 모르겠지만, 아무리 봐도 그토록 오랫동안 병에 시달린 사람 같지가 않아. 사진으로만 보면…….」 마누엘은 손가락으로 사진을 가리키며 말했다. 「이 사람은 아주 건강한 모습이야.」

두 사람은 마누엘의 말에 고개를 끄덕였다. 결국 세 사람 모두 속으로만 생각하던 말을 밖으로 꺼낸 이는 노게이라였다.

「물론 누군가가 그 어린아이를 성폭행했을 가능성에 대해서는 생각하기조차 싫지만……. 내 경험상 여러 정황으로 미루어 볼 때 성폭행을 은폐하려는 것일 가능성이 높아. 하지만 아이가 정말 봐서는 안 될 것을 보았을 가능성도 염두에 둬야 해. 그러니까 내 말은, 그게 살인을 은폐하기 위해 가장 많이 사용하는 수법이라는 거지. 목을 매어 자살한 것처럼 위장하는 거야. 특히 그 수도사가 치료를 거부했다는 게 수상쩍어. 그렇게 하면 사건 해결의 실마리가 될 수 있는 의료 기록이 없다는 것을 완벽하게 정당화할 수 있으니까 말이야.」 노게이라가 말했다.

살인 사건을 은폐한다. 그렇지만 대체 누가 살인을 했다는 걸까? 마누엘은 종일 그 문제와 씨름했다. 문득 그가 도저히 받아들일 수 없는 해답이 메이의 말과 함께 머릿속을 맴돌았다. 시간이 흐를수록 루고의 어느 공중전화 부스에서 전화를 건 남자의 긴박한 목소리가 더 또렷하게 들리는 듯했다. 자기 말고도 모든 걸, 그러니까 알바로가 그를 죽였다는 걸 아는 사람이 있을 뿐만 아니라 증거도 가지고 있으니 자기 말을 가볍게 듣지 말라고 타이르듯 말하던 그 남자의 목소리 말이다. 그 목소리를 떨쳐 버리려고 애쓸수록 머리가 터질 것만 같았다. 테이블에 앉아 있는 이들을 둘러보자, 괜히 저들을 배신한 것 같으면서도 공범이 된 듯한 느낌이 들었다. 여전히 그 생각이 머릿속에서 꿈틀거렸지만 말로 표현할 수도, 그렇다고 드러낼 방법을 찾을 수도 없었다. 단지 그날 밤 신학교에서 상상도 할 수 없을 만큼 끔찍한 일이 일어났을지도 모른다는 생각에 몸서리가 날 뿐이었다. 어쩌면 알바로는 그때 겪은 사건으로 인해 감정을 밖으로 드러내려고 하지 않았을 뿐만 아니라, 마누엘을 자신의 이상한 세계로 끌어들이려고 하지 않았던 건지도 모른다. 그런데 알바로는 누구를 죽였던 것일까? 자신의 동생? 베르다게르? 아니면 둘다? 마누엘은 더 이상 그 생각만 하지 않아도 살 수 있을 것 같았다. 아니면 적어도 제정신이라도 찾을 수 있을 것 같았다.

루카스는 마누엘의 휴대 전화를 손에 든 채 문서와 검은 줄 그리고 말미의 서명을 유심히 살펴보았다.

「혹시 토니노가 손에 넣었다는 것이 이 문서가 아닐까?」

「나도 그 생각을 해봤지만, 아니었네. 혹시 토니노가 도서관에 들어온 적이 있는지 물었더니, 훌리안 수사가 배꼽을 잡고 웃더라고. 그에 따르면, 토니노는 피정 온 사람들의 숙소 두어 군데와 원장 사무실에 페인트칠을 했다고 하더군.」

「그렇다면 거기서 그 문서를 발견한 것이 틀림없어.」 노게이라가 자기 생각을 밝혔다.

「자네의 말이 맞는다면, 그의 손에 들어간 건 이게 아닐 거야.」 마누엘이 사진을 가리키며 말했다. 「원래 내용이 그대로 담겨 있는 원본일 가능성이 높아. 그렇다면 토니노가 그걸 보고 대체 무엇을 노렸는지 알아내야 해. 그러니까 내 말은, 그 문서가 무엇인지도 모르는 상태에서 이용하기는 어렵다는 말이네. 하여간 그는 이 문서에서 삭제된 부분을 다 알고 있을 거야. 사건의 심각성을 감안해서 수도원장이 그 문서를 자기 사무실에 보관했다고 가정해도 무리는 아니니까. 그런데 말이야, 아무리 수도원장이라도 외부 업체가 무더기로 스캔한 문서 속에 이런 것이 있으리라는 걸 어떻게 알았겠나 싶어.」

노게이라는 고개를 끄덕이며 루카스가 들고 있던 휴대 전화의 화면을 가리켰다.

「토니노가 찾아낸 문서는 누가 보더라도 무슨 내용인지 훤히 알 수 있는 것이겠지. 그 친구는 알바로에게 연락을 하려고 했지만 방법이 없었을 거야. 그래서 산티아고를 찾아가 그 문서를 넘겨주는 대가로 30만 유로를 달라고 했던 거지. 그 정도 돈이면 친구인 리치의 말마따나 한 방에 인생 역전을 할 수 있을 테니까. 산티아고는 마음이 다급했지만 형한테 연락이 닿지 않았어. 그래서 유언 집행인에게 전화를 걸어 얼토당토 않은 말 이야기를 꺼낸 거야. 그러면 형한테 곧장 연락이 올 거라는 걸 알고 있었으니까. 하여간 그 이야기를 듣자마자 여기 내려온 알바로는 곧장 수도원장을 만나러 간 거라네. 당연히 두 사람은 언쟁을 벌였겠지. 결국 수도원장이 사태를 수습하기로 했을 걸세. 알바로가 떠나자마자 수도원장은 조카를 만나러 가서 이웃집 여자가 지켜보고 있는 줄도 모르고 한바탕 폭언을 퍼부어 댄 거지. 수도원장이 사라지자 토니노는 곧바로 자기 차를 타고 어디론가 떠났다네. 흰색이었지. 모델은 달랐지만 수도원에 있던 차와 마찬가지로 흰색이었어. 알바로의 차에 묻은 것과 같은 흰색 페인트에 충돌 자국도 비슷한 수도원 화물차 말이야.」

루카스는 휴대 전화 화면을 끈 뒤, 조심스럽게 테이블 위에 내려놓았다. 그러곤 몇 센티미터 떨어진 곳으로 슬쩍 밀었다.

「그럼 토니노가 알바로를 죽인 거라고 보세요?」 루카스가 노게이라를 빤히 쳐다보며 물었다.

노게이라는 잠시 생각에 잠겼다.

「나는 오래전부터 토니노를 알고 지냈어요. 녀석은 착실한 편은 아니지만, 폭력 전과가 없는 데다 싸움질을 즐기는 편도 아니에요. 오히려 여기저기 싸돌아다니기나 좋아하는 부류죠. 하지만 여러 정황으로 미루어 볼 때, 알바로는 굉장히 화가 난 상태였을 테니까 만약 토니노를 만났다면 시비가 붙었을 거예요. 그런 상황이라면 어떤 일이든 일어날 수 있으니까요.」

〈날 협박하지 마.〉 갑자기 알바로의 목소리가 마누엘의 기억 속에 생생하게 되살아났다. 그렇다면 그를 협박한 게 토니노였을까? 공중전화에서 그에게 전화를 건 남자도 토니노였단 말인가?

「그럼 수도원의 소형 화물차는 이번 사건과 무슨 관련이 있는 거지?」

「그건 아직 모르겠어. 하지만 이웃집 여자가 목격한 바로는 수도원장이 그 일로 인해 자기가 끝장나게 생겼다면서 고함을 질렀다고 하잖아. 만약 알바로가 그를 협박한 거라면…… 하여간 모든 것은 사람이 어느 정도까지 절망하는지에 달려 있어.」

그때 식당 주인이 걱정스러운 표정으로 그들에게 다가왔다.

「손님들, 웬일이죠? 여태 전혀 안 드셨네요. 음식이 입에 맞지 않나요? 정 그러시면 다른 거라도 가져다드릴까요?」

세 사람은 음식에 손도 대지 않았다는 것을 그제야 알아차렸다.

「어이쿠, 미안합니다.」 노게이라가 사과했다. 「이야기하는 데에 정신이 팔려 음식이 나온 것도 몰랐네요.」 그가 쟁반에서 고기 한 점을 집어 들며 말했다.

주인은 쟁반을 치우면서 불쾌한 듯이 그들을 바라보았다.

「음식이 다 식어 버렸다고요! 잠깐만 기다리세요. 따뜻한 걸로 내올 테니까요. 하지만 이번에는 꼭 드셔야 합니다. 좋은 음식인데, 이렇게 버리면 아깝잖아요.」

잠시 뒤 그는 새 음식을 쟁반에 담아 왔다. 그러곤 테이블 옆에서 그들이 음식을 먹는지 확인했다.

줄곧 이어지던 어색한 침묵을 깬 것은 마누엘이었다.

「하루 종일 그날 무슨 일이 일어났을지 골똘히 생각해 봤어. 그런데 검은 줄이 그어진 보고서를 읽은 다음부터 끔찍한 장면들이…… 머릿속을 떠나지 않는다네.」 그는 포크를 테이블 위에 내려놓으며 말했다.

「아까 자네가 관련 정보를 모두 메모해 두었다고 했지. 그 오르투뇨라고 했던가…….」 노게이라가 말했다.

마누엘은 고개를 끄덕였다.

「메모한 것 좀 주겠나. 전화 한 통만 하고 올게.」 자리에서 일어난 노게이라는 마누엘이 적어 온 종이쪽지와 전화기를 들고 입구 쪽으로 걸어갔다.

5분 뒤 노게이라는 미소를 지은 채 자리로 돌아왔다.

「좋은 소식이 있어. 가령 어떤 이가 같은 주소지에 계속 살고 있는 걸로 나와 있다고 해보세. 정작 그곳을 찾아가 보면 딴 데로 이사했거나 2년 전에 죽었다는 말을 들을 수도 있지. 그럴 때 그가 마지막으로 갱신한 신분증을 보면 주소가 쭉 나온다고.」

「직접 가보려고요?」 루카스가 모처럼 활기를 띠며 물었다.

「자네도 같이 가지. 신부도 하루 휴가를 낼 수만 있다면 말이야.」

루카스는 미소를 지으며 고개를 끄덕거렸다.

「그 정도는 할 수 있어.」

식당을 나설 때, 루카스는 다시 마누엘을 유심히 살펴보았다. 그가 식당 안으로 들어왔을 때처럼 말이다.

「마누엘, 지금 자네가 입고 있는 외투는…….」

「아, 이건 알바로 거야. 며칠 전 강변으로 내려가는 길에 다니엘이 주더라고.」

「그랬군. 언젠가 알바로가 그 옷을 입은 걸 본 적이 있어. 아까 자네가 식당 안으로 들어설 때, 문득 그 기억이 떠오르더군. 내가 교회 옆에서 본 그날 밤에도 그는 그 옷을 입고 있었네. 후드를 뒤집어쓰고 있었는데, 밖으로 삐져나온 머리카락을 봐서는 분명 알바로였어.」

「그런데 이 외투는 누구든 입을 수 있었을 거야.」 마누엘이 말했다. 「다니엘이 마구간에서 꺼내 온 거니까. 나중에 돌려주러 갔더니, 이젠 아무도 찾는 사람이 없으니까 가지라고 하더군. 알바로는 들판에 나갈 때 들고 가려고 이 옷을 언제나 마구간에 두었다는 거야.」

마누엘은 노게이라의 집 앞에 차를 세웠다. 그러곤 노게이라가 카페를 데리고 나올 때까지 차 안에서 기다렸다.

마누엘은 그의 품에 안긴 녀석을 보자 절로 미소가 나왔다.

「젠장! 막내가 이 녀석을 꼭 껴안고 제 엄마 침대에서 자고 있더라니까. 그런데도 집사람은 아무 말도 안 하고 말이야.」 그가 강아지를 차 안으로 쑥 밀어 넣으면서 말했다.

「그사이에 말 잘 듣고 있었구나. 그렇지, 카페?」 마누엘이 녀석을 쓰다듬으며 말했다.

「우리 가족과 잘 논 모양이야. 그런데 말이야, 아이들이 자네가 내일 녀석을 다시 맡기면 무엇을 할지 벌써 계획을 다 세워 놓았더라고. 나하고는 온종일 같이 있어도 그런 적이 없더니만······.」

마누엘은 정색한 얼굴로 노게이라를 쳐다보았다.

「노게이라. 오늘 자네 부인과 아이들을 데리고 놀러 갔던 일에 대해 부디 오해가 없기를 바라네. 솔직히 말하자면, 수도원에서 나오니까 뭐랄까······ 그곳의 음산한 분위기에 전염되었는지 공연히 우울하고 심란해지더라고. 당장에 정상적인 사람들을 만나고 싶었어. 정신 건강을 위해서 말이야.」

노게이라는 고개를 끄덕이더니 카페를 뒷자리에 앉혔다. 그러곤 문을 닫지 않은 채 조수석에 앉았다.

「나도 알아. 그때 기분이 어땠을지 충분히 이해하네. 하루 일을 마치고 나면, 나도 그런 기분에 휩싸일 때가 종종 있었으니까.」

「술리아한테 앞으로 읽을 책의 목록을 주기로 약속했네. 그리고 작가가 되려면 어떻게 하는 게 좋은지 조언도 해주기로 했어. 아무래도 그게 좋을 것 같아서…….」

「걱정하지 말게. 자네 덕분에 아이들이 활기를 되찾은 것 같아.」 노게이라가 대답했다.

마누엘은 고개를 돌려 그를 쳐다보았다.

「내 생각인데, 자네가 부인과 이야기를 나눠 보는 게 좋을 것 같아.」

「마누엘, 그 이야기는 그만두세.」 노게이라가 머리를 흔들며 말했다.

「라우라는 아주 특별한 사람이야. 다른 이들이라면 라우라 같은 사람과 사는 걸 자랑스럽게 여길 걸세.」 마누엘도 물러서지 않았다.

「내가 그걸 모를 줄 알아?」 노게이라는 짜증스럽게 대꾸했다.

「물론 잘 알고 있겠지. 하지만 자네가 오펠리아와 엉뚱한 짓이나 하고, 또 푸티클룹에서 창녀들과 어울리는 걸 볼 때면 의심이 들 수밖에 없어.」

「마누엘, 이제 그만하자고.」 노게이라가 다시 경고하듯 말했다.

「마음을 터놓고 이야기해 봐.」

하지만 노게이라는 고개를 저었다.

「왜 안 된다는 거지?」

그 말에 노게이라는 참았던 분노를 터뜨리고 말았다.

「마누엘. 그녀는 더 이상 나를 사랑하지 않아.」

「그렇지 않아.」

「자네는 아무것도 몰라. 우리가 서로에 대해 알게 된 지 이틀밖에 지나지 않았네. 그러니 이 정도 일이라면 자네가 나서서 충분히 해결할 수 있을 거라고 생각했을 수 있지.」 그는 힘없는 목소리로 말했다. 「어쨌든 나를 생각해서 그렇게 애를 써주니 고맙기 이를 데 없네. 하지만 아무 소용도 없을 거야.」

「자네가 좀 더 노력만 하면 될 거라고.」 마누엘이 말했다.

「나를 미워해, 마누엘. 그녀는 나를 싫어한단 말이야.」 노게이라가 볼멘소리로 투덜거렸다.

「아냐. 그럴 리 없어.」 마누엘도 고집을 꺾지 않았다.

478

노게이라는 잠시 그를 바라보다가 다른 곳으로 시선을 돌리며 말했다.

「내가 아이 방에서 잔 지 벌써 6년째야.」

마누엘은 너무 놀란 나머지 입을 다물지 못했다.

「그러니까 안티아가 두 살 되던 해부터 줄곧 그 아이의 방에서 자고 있지. 밤마다 침대 위에 널려 있는 인형이며 하트 모양의 쿠션을 치우고 나서, 미니 마우스나 디즈니 공주의 그림이 그려진 시트 위에서 잔다네.」 이제는 체념한 듯 노게이라가 씁쓸하게 웃으며 말했다.

그 말을 듣자 마누엘은 헛웃음만 나왔다.

「하지만 그렇다고 해서…….」

「그래, 말도 안 되는 소리지. 그 방에 있는 물건은 내 마음대로 옮기지도 못한다네. 어쨌든 아이의 방이니까. 그렇다고 해서 우리 방으로 갈 수도 없어. 오래전부터 안티아가 우리 침대에서 아내와 함께 잔다네. 나는 그 아이의 침대에서 자고.」 그가 말했다. 「그렇지만 그건 그녀가 나에게 복수하는 방법 가운데 하나에 불과해. 저번에 내가 어떤 음식을 먹는지 봤지?」

마누엘은 고개를 끄덕였다.

「나를 굶겨 죽이려는 거야.」 그가 심각한 얼굴로 말했다.

그가 그렇게 침통한 표정만 짓지 않았더라도 마누엘은 한바탕 웃음을 터트렸을지도 모른다.

「봐서 알겠지만, 우리 식단이 그래.」 노게이라가 계속 말했다. 「그러니까 6년 전부터 나한테는 삶은 채소만 주더군. 스튜나 케이크, 과자처럼 내가 좋아하는 것들은 모두 자기나 아이들 차지라네.」 그는 한숨을 내쉬며 말했다. 「나는 냄새도 못 맡게 한다니까.」

「무슨 말인지는 알겠는데…… 어쨌든 자네 집이니까 원하는 걸 먹을 수도 있잖아.」

노게이라는 고개를 절레절레 흔들었다.

「그녀는 말이야, 자기가 장 본 거나 요리해 놓은 건 죄다 그 빌어먹을 투명 비닐 랩으로 둘둘 싸놓는다니까. 우리 집에선 음식을 맛보는 것보다 미라를 푸는 게 훨씬 더 쉬울지도 몰라. 퇴근해서 집에 돌아오면, 내가 먹을 음식이 뭔지 종이에 다 적힌 채 붙어 있다네. 물론 그걸 음식이라고 할 수 있다면 말이지.」

「알았어, 노게이라. 더 이상 자네의 아픈 곳을 건드리고 싶지는 않네. 하지만 라우라는 자네가 건강에 좀 더 신경 쓰기를 바라고 있어. 그건 내 생각도 마찬가지야. 평소 자네가 즐겨 먹는 걸 보면 죄다 콜레스테롤 덩어리라고.」

노게이라가 슬며시 웃었다.

「그건 나름대로 복수하려는 거지.」

「그런 복수라면 해봐야 자네 몸만 망가질 테지. 부인은 자네의 건강을 염려하고 있어.」

「걱정하지 마, 마누엘. 내가 어떻게 되든 집사람은 신경도 안 쓸 테니까. 그녀는 내가 먹는 걸, 특히나 그녀가 손수 만든 음식을 좋아한다는 걸 잘 알기 때문에 그런 식으로 괴롭히는 거지.」

「말이 지나친 것 같네.」

「그리고 아이들도…….」

마누엘은 심각한 표정으로 그를 바라보았다.

「자네가 여기 온 이후로 아이들이 나를 대하는 태도가 싹 달라졌어. 눈으로 보고도 믿기지 않을 정도라니까. 마누엘, 그건 다 자네 덕분이야. 아이들이 자네에게 존경과 동경의 마음을 품다 보니까, 나를 보는 눈빛도 달라진 거지. 하지만 지난 6년 동안 라우라와 사이가 멀어지면서 딸아이들하고도 서먹해지더군. 라우라가 아이들을 그렇게 만든 셈이지.」

마누엘이 그의 말을 반박하려고 했다. 그러나 노게이라는 멈추지 않았다.

「아니, 집사람이 아이들한테 이상한 생각을 심어 주었다는 말이 아니야. 오히려 나에 관해서는 한마디도 안 했을 걸세. 다만 아이들은 한창 눈치가 빠를 때라서 아내가 나를 좋아하지 않는다는 걸 금세 알아차렸을 거야. 그래서 자기들이 본 대로 따라 하는 것뿐이라는 말이네. 집사람이 나를 무시하니까 아이들도 똑같이 따라 한다는 거지. 특히 술리아와는 사이가 완전히 어그러져 버렸어. 내 볼에 마지막으로 입을 맞춘 지가 언제인지 기억도 나지 않을 정도라네. 서로 눈만 마주쳐도 으르렁거리기 바빴으니까. 집사람이 그냥 내버려 두니까 얘가 나한테 대드는 게 아닌가 싶기도 해. 그 사내 녀석만 해도 그래. 나는 그 자식이라면 꼴도 보기 싫다고. 기분이 좋다가도 녀석만 보면 열불이 나서 참을 수가 없다네. 어떨 때 보면 집사람도 녀석 때문에 인상을 찌푸리더군. 아내도 나만큼이나 속이 터지는 모양이야. 그런데 녀석이 그렇게 버릇없이 굴어도 그녀가 다 참아 주는 이유가 뭔지 아나? 그 자식이 멍한 얼굴로 내 자리를 떡하니 차지하고 있는 걸 보면 내 속이 뒤집어지리라는 걸 잘 알고 있기 때문이네.」

길게 한숨을 내쉰 그는 담배를 꺼내 피워 물었다. 그러곤 바깥 공기가 쌀쌀한데도 문을 열어 놓고 의자에 걸터앉은 채 연기를 밖으로 내뿜었다.

「더 견디기 어려운 건, 이제 안티아마저도 내게서 멀어지고 있다는 거야.」 그가 쓸쓸한 표정으로 말했다. 「아직 어리기는 하지만, 여자들이라는 게 원래 다 그렇잖아. 여자들은 말이야, 자기들 중 하나의 뜻을 거스르면 이유도 모른 채 달려들어 공격을 한다네.」

「빌어먹을! 노게이라. 무슨 이야기가 그렇게 복잡한지 모르겠지만, 그토록 중요한 일이라고 여기고 해결하고 싶은 거라면 자네 힘으로 충분히 할 수 있다고.」

노게이라는 풀 죽은 모습으로 그를 바라보았다.

「해결할 방법이 없네.」 그는 힘없는 목소리로 중얼거렸다.

「자네 혹시 불륜이라도 저지른 거야?」 마누엘이 물었다. 「그러니까 내 말은…….」

「그러든 말든 집사람은 신경도 안 쓸 거야. 아까도 말했지만, 라우라는 더 이상 나를 사랑하지 않는다네. 그렇다고 완전히 나 몰라라 할 거라는 이야기는 아니야. 내게서 수상한 낌새가 보이면 바보가 아닌 이상 당연히 의심하겠지.」

　잠시 노게이라의 말을 곱씹어 보던 마누엘이 나직한 목소리로 말했다.

　「그렇다면 그녀가 무슨 이유로 여기에 계속 있는다고 생각하나? 이보게, 노게이라. 라우라는 정말 좋은 여자라고. 현명하고, 이런 일로 자네 눈치 안 보고 살 수 있을 정도로 돈도 꽤 모아 놓았더군. 더구나 아름답기까지 하잖아. 그녀 정도면 얼마든지 좋은 남자를 구할 수 있을 걸세.」 마지막 말을 듣고 노게이라는 날카로운 눈빛으로 그를 노려보았다. 하지만 마누엘은 아랑곳하지 않고 하던 말을 계속했다. 「조금 전에 라우라가 자네와 딸들이 잘 지낼 수 있도록 애를 쓰지 않는다고 했지. 그렇다면 말이야, 그녀가 무엇 하러 지금까지 여기 남아 있었겠나. 자네와 같이 살고 싶지도 않은데 말이야. 한참 전에 자네 곁을 떠났겠지.」

　노게이라는 잔뜩 화난 표정으로 마누엘을 쏘아보았다.

　「지금까지 내가 한 말은 모두 사실이야. 그녀가 자네를 버리고 떠나지 않았다면, 그건 무언가가 있다는 것이라고.」 마누엘이 말했다.

　「자네는 라우라가 어떤 사람인지 몰라서 그래. 그녀는 내 곁을 떠나지 않으면서 사는 동안 끝까지 나를 괴롭힐 속셈이라고.」

　「이제 그녀를 좀 내버려 두게. 이런 식으로 서로 마음을 아프게 하는 일은 당장 그만두고 같이 행복하게 살 기회를 찾으라고. 설령 각자 제 갈 길을 가게 된다고 해도 말이야.」

　노게이라는 희미하게 미소 지으며 고개를 흔들었다. 그녀 곁을 떠난다는 건 도저히 상상할 수도 없다는 투였다.

　「안 돼. 절대 그럴 순 없어.」 노게이라가 단호하게 대답했다.

　「대체 이유가 뭔가? 왜 평생을 불행 속에서 보내려고 하는 거지?」

　노게이라는 꽁초를 있는 힘껏 집어 던졌다. 담배는 길 위에 떨어지면서 불꽃을 일으켰다. 그는 화난 얼굴로 마누엘을 노려보았다.

「왜냐고? 나는 그래도 싼 놈이니까.」그가 고함을 질렀다. 「난 그렇게 살아도 싸단 말이야. 무슨 말인지 알겠어? 내 말이 무슨 뜻인지 알겠느냐고? 만일 라우라가 나보고 나가라고 하면, 나는 그렇게 할 거야. 그렇지만 그런 말을 하기 전까지는 여기서 꿋꿋하게 버틸 거라고.」

마누엘은 결코 물러서지 않았다.

「무슨 짓을 한 거지?」그가 불쑥 물었다.

그 순간 노게이라가 그의 옷깃을 잡았다. 당장이라도 한 대 칠 것 같은 분위기였다.

「무슨 짓을 한 거야?」마누엘은 그의 코앞에 얼굴을 바짝 들이대며 질문을 되풀이했다.

노게이라는 그를 치지 않았다. 다만 잡고 있던 옷깃을 놓더니 두 손으로 얼굴을 감싸 쥐고 소리 죽여 흐느끼기 시작했다. 얼마나 처절하게 울부짖던지 아픈 사람처럼 온몸에 경련이 일어났다. 그는 연신 손으로 눈을 문지르면서 얼굴이 흥건하게 젖을 정도로 많은 눈물을 쏟아 냈다. 조금 전의 행동으로 말미암아 견딜 수 없는 모멸감을 느끼기라도 한 것처럼 말이다. 그가 흐느끼며 뭐라고 말했지만, 손으로 얼굴을 가린 탓에 도저히 알아들을 수가 없었다.

「뭐라고?」

노게이라는 눈물을 흘리며 말했다.

「그녀를 강간했어.」

마누엘은 어리둥절한 얼굴로 그를 바라보았다.

「노게이라, 방금 뭐라고 했지?」마누엘이 흠칫 놀라며 물었다. 내심으로는 자기가 잘못 들은 것이기를 바랐다.

노게이라는 마침내 울음을 멈췄다. 그는 손으로 눈물을 훔치고는 수치심으로 일그러진 자신의 얼굴을 보라는 듯이 그에게로 고개를 돌렸다.

「그녀를 겁탈했어.」그는 담담히 했던 말을 되풀이했다. 그러곤 앞으로 영원히 죗값을 받겠다는 듯이 가만히 몸을 앞으로 숙였다. 「아내를 겁탈했단 말이네, 마누엘. 나는 지옥에 떨어져야 마땅한 놈이라고. 그녀가 나를 어떻게 대하든지, 내게 어떤 벌을 내리든지 간에 그것만으로는 내가 저지른 죄의 대가를 다 치르지 못할 거야.」

마누엘은 온몸이 굳어 버린 듯했다. 그 말에서 전해지는 공포와 전율로 인해 꼼짝할 수가 없었다. 정신이 아득해서 아무 생각도, 아무 말도 떠오르지 않았다. 어떤 반응도 보일 수 없었다.

「오, 맙소사!」 그가 맥없이 중얼거렸다.

그 순간 마누엘의 머릿속에 노게이라의 어머니가 떠올랐다. 고작 서른 살밖에 되지 않은 여인이 강간을 당해 피를 흘리던 모습. 그리고 어린 아들의 손을 잡고 아무한테도 말하지 말라고 당부하던 모습.

「어쩌다 그랬어? 어렸을 때 그런 일을 겪어 놓고…….」

노게이라는 치밀어 오르는 치욕을 견디지 못하고 두 손으로 얼굴을 감싸며 다시 울음을 터뜨렸다.

또다시 흐느끼기 시작한 노게이라를 보면서 마누엘은 만감이 교차했다. 정신을 집중하려고 했지만 노게이라의 말이 날카로운 드릴 소리처럼 뇌리에 울려 퍼지는 바람에 한 가지만 생각할 여유가 없었다. 그 순간 노 수사가 베르다게르의 무덤 앞에서 중얼거리던 말이 떠올랐다. 인간을 심판하는 건 하느님의 몫이라던 그 말을 받아들여 자신은 그런 책임에서 벗어날 수 있기를 바랐지만 그럴 수 없었다. 그는 금수만도 못한 짓을 저지른 노게이라를 증오했다. 그런 잔인하고 야만적인 짓을 하다니……. 동시에 가슴이 찢어질 듯 슬퍼하는 남자, 자기 앞에서 진심을 드러내며 괴로워하는 죄인을 보자 인간적으로 그리고 본능적으로 마음이 흔들리기 시작했다. 그의 마음속에 자리 잡은 두려움에는 혐오감과 형제애가 복잡하게 뒤엉켜 있었다. 그 잔악무도한 일, 인류 초기부터 세상 모든 여성들에게 가해진 학대와 폭력에 자신도 일말의 책임이 있었다. 그는 남자라는 사실만으로도 세상 모든 고통의 근원이 될 수 있다는 사실을 어렴풋하게나마 깨달았다.

그는 천천히 손을 뻗어 노게이라의 어깨에 얹었다. 그의 몸은 여전히 경련하듯 떨렸다. 노게이라는 대답이라도 하듯 며칠 전 사리타의 위로에 에르미니아가 보여 준 반응을 그대로 따라 했다. 그는 손을 들어 마누엘의 손 위에 포갠 다음, 자신의 어깨를 꽉 눌렀다.

노게이라는 다시 담배를 피워 물었다. 그러곤 차 바깥쪽을 올려다보며 연기를 힘껏 내뿜었다. 그는 너무 울어서 기운이 다 빠졌는지, 실이 끊어진 꼭두각시 인형처럼 축 늘어져 있었다. 담배를 피우면서도 힘을 아끼려는 듯 느릿느릿했지만 동작에 군더더기가 없었다. 그는 자동차 앞 유리창으로 집을 쳐다보았다. 그럼에도 그의 시선은 아내와 딸들이 잠든 보금자리를 가로질러 어딘가로 향했다. 어쩌면 슬픔에 젖은 눈으로 자신의 미래를 보고 있는지도 몰랐다.

「술에 취해 있었어.」 그가 갑자기 말을 꺼냈다. 「취했지. 하지만 정신을 잃을 정도는 아니었어. 물론 그 이유로 내 행동을 변명할 생각은 없네. 막내가 두 살쯤 됐을 거야. 아이가 태어나고 라우라는 육아 휴직을 냈지. 큰딸이 태어났을 때도 그랬어. 당시에는 내 수입만으로도 충분히 생활할 수 있었기에 그렇게 한 거라네. 안티아가 18개월이 되었을 무렵, 라우라는 다시 직장에 나가기 시작했어. 그때부터 일이 틀어진 거지. 전부 내 탓이야.」 그가 서둘러 말했다. 「나는 집안일과 육아를 모두 그녀에게 떠밀었다네. 어릴 때부터 그렇게 교육받았으니까. 우리 엄마는 나나 동생들이 접시도 못 만지게 했어. 물론 구차한 변명이라는 것쯤은 잘 알고 있네. 엄마가 가르쳐 주지 않아도 내가 알아서 배워야 하는 거니까. 그래도 술리아만 있을 때는 이럭저럭 생활이 돌아갔지. 그런데 막내가 태어나면서 일이 꼬이기 시작하더군. 애가 이가 나려고 하는지 밤마다 시끄럽게 울어 댔다고. 라우라는 늘 녹초가 돼서 집에 돌아왔지만 집안일과 아이들 때문에 잠시도 쉴 틈이 없었지. 그때부터 나를 거들떠보지도 않더군. 주말이면 집에 혼자 있고 싶어 했어. 음식 만들고 집 안 청소를 마치고 나면 언제나 파김치가 되어 잠자리에 들었다네. 항상 피곤에 절어 있다 보니까 아예 외출을 하려고 하지 않았어. 어쩌다 함께 나갈 일이 생겨도 아이들을 맡길 데가 없었지.」

마누엘은 잠자코 그의 말을 들었다. 그는 감정을 밖으로 드러내지 않으려고 애썼지만, 노게이라는 금방 눈치챘다.

「자네가 무슨 생각을 하는지 알고 있네. 〈형편없는 마치스타[1]로군. 라우라는 뭐가 아쉬워서 저런 놈하고 같이 살았을까.〉 자네 생각이 옳아. 어느 날, 동료들과 축하할 일이 있어서 하여간 밤늦게까지 밖에 있었네. 술에 잔뜩 취한 채 새벽녘이나 돼서 집에 들어갔어. 오후 교대 근무를 마치고 병원에서 막 돌아온 라우라가 잠든 아이를 안고 서 있더군. 옷도 갈아입지 못한 채로 말이야. 그러곤 한마디도 하지 않고 내 곁을 지나쳐서 아이를 침대에 누이더라고. 잔뜩 화가 난 표정이었어. 하긴 그땐 늘 그랬으니까. 워낙 취해서 침대까지 어떻게 간지도 모르겠어. 그러다 그녀가 침대에 눕자 그 곁으로 다가갔네.」 그는 잠시 입을 다물었다.

마누엘은 그가 다시 울음을 터뜨리리라는 것을 알고 있었다. 이번에는 천천히, 숨죽여 흐느끼기 시작했다. 눈물이 그의 얼굴을 타고 흘러내렸다. 조금 전까지만 해도 억지로 눈물을 참으려다가 경련을 일으켰지만, 이제는 모든 것을 체념한 듯 편안해 보였다.

「난 아내의 품이 그리웠네. 그래서 그녀를 만지고 싶었을 뿐이야. 정말이네, 마누엘. 옆에 있는 그녀를 한번 만지고 싶었을 뿐이라고. 그런데 뭐가 어떻게 된 건지 모르겠어. 잠시 뒤 그녀가 겁에 질린 채 악을 쓰면서 울더라고. 내가 그녀한테 몹쓸 짓을 했던 거야. 그녀의 손을 꽉 붙들고 베개에 대고 누르면서 말이야. 그때 그녀가 나를 물었다네.」 그는 윗입술에 손을 갖다 대면서 말했다. 「이 상처를 가리려면 평생 콧수염을 길러야 할 것 같아. 통증이 심해지자 정신이 번쩍 들더군. 악몽에서 깨어난 기분이었어. 하지만 이미 그녀에게 몹쓸 짓을 하고 난 뒤였지. 그 사이 무슨 일이 일어났는지 제대로 알지도 못했지만, 하여간 흠칫 놀라 그녀에게서 떨어졌다네. 그러곤 그녀를 멍하니 바라보았지. 라우라는 핏기 하나 없이 창백하게 질린 채 불안과 공포에 파르르 떨고 있었어. 겁을 잔뜩 집어먹고는 내 눈길을 피하더군. 영원히 자기를 사랑하고 보

---

1 남성 우월주의자, 혹은 남존여비 사상에 물든 남자.

살피겠노라고 약속한 배우자의 눈을 말이야. 마누엘, 그때 그녀의 얼굴에서…….」 노게이라는 자신의 얼굴이 훤히 보이도록 마누엘 쪽으로 몸을 돌렸다. 「냉소와 고독을 보았다네. 그 순간 그녀의 마음이 내게서 영원히 떠났다는 걸 알았어.」

「그녀가 뭐라고 하던가?」

노게이라는 다시 고개를 돌려 그의 눈을 빤히 쳐다보았다.

「아무 말도 없었어. 그날 밤, 나는 비칠거리면서 방을 나왔네. 약을 먹고 속에 있는 것을 다 게워 냈어. 하지만 다시 방으로 들어갈 엄두가 나지 않더군. 그래서 거실 소파에서 잤네. 그녀가 다시는 나와 말을 하지 않을 거라는 생각이 들었어. 다행히 그러지는 않았지만, 그녀의 목소리를 들을 때마다 모멸감을 느낀다네. 그럴 때면 왜 같이 사는지 회의감이 들곤 하지.」

「그래도 언젠가는 그 일에 대해 이야기를 나누게 되지 않을까?」

노게이라는 고개를 가로저었다.

「그날 밤 이후로 그 일에 대해 둘이서 이야기를 나눈 적이 없다고 했지? 그때부터 자네는 딸아이의 방에서 잤다고 했잖아?」

노게이라는 아무 대답도 하지 않았다. 다만 입술을 꽉 깨문 채 절망감에서 벗어나려는 듯 코로 깊은 한숨을 내쉬었다.

「그럼 그녀한테 한 번도 용서를 구한 적이 없단 말인가?」

그 순간 노게이라의 얼굴이 심하게 일그러졌다.

「나도 그러고 싶네.」 노게이라가 소리쳤다. 「하지만 도저히 못 하겠어, 마누엘. 안 되는 걸 어떻게 해. 아내를 볼 때마다 어머니의 모습이 떠오른다네. 찢어진 옷이 허리께까지 말려 올라가 있고, 다리 사이로 피가 줄줄 흘러나오던 모습 말이야. 아내의 얼굴을 볼 때면 어머니의 얼굴에서 미소를 앗아 가버린 그 개자식이 떠오른다고. 그런 몹쓸 짓을 해놓고 어떻게 용서를 구할 수 있겠나. 내가 지금껏 그 개자식을 용서할 수 없듯이, 아내도 나를 용서할 수 없을 걸세.」

구역질

마누엘은 잠을 이룰 수 없었다. 모멸감과 의구심이 뒤엉킨 채 요동치면서 쉴 새 없이 구역질이 났다. 보고서에 굵게 그어진 검은 선, 베르다게르 수사의 발그스레한 뺨, 찢어진 옷이 허리께까지 말려 올라간 채 욕조에서 두려움에 떨던 노게이라의 어머니, 아이 방 침대에 깔린 미니 마우스 시트. 마누엘은 명치끝에서 올라오는 구역질이 노게이라에 대한 알 수 없는 동정심에서 비롯된 것임을 알고 있었다. 노게이라가 자학에 빠진 것도 어쩌면 권위에 대한 뮌하우젠 증후군[1]의 일종일지도 모른다는 생각이 어렴풋이 들었다. 자기 엄마에게 몹쓸 짓을 한 자를 응징하기 위해서는 그것만이 유일한 방법이었을 테니까 말이다. 게다가 노게이라가 무니스 데 다빌라 가문에 대해 품고 있는 증오심 또한 자기 자신에 대한 경멸에 지나지 않을 거라는 생각이 들었다.

그는 노게이라와 자기 자신 그리고 이 세상 누구도 벗어날 수 없는 고통의 질곡에 대해 생각했다. 또한 우리가 마음속 깊은 곳에 잠들어 있는 괴물과 얼마나 많이 싸워야 하는지에 대해서도 생각했다. 정의를 추구한다는 것은 실제로 이루어질 수 없는 보상을 바라는 것이나 다름없다. 그 괴물은 우리가 과거로부터 끌고 온 악몽 속에서 영원히 살아갈 테고, 결국 우리를 파괴하기 전까지는 영영 사라지지 않을 것이기 때문이다.

---

1 신체적인 징후나 증상을 의도적으로 만들어 내서 관심과 동정을 이끌어 내려는 정신 질환을 말한다. 주로 어린 시절 애착 관계를 형성하는 데 실패했거나 심한 박탈감을 경험한 사람이 타인에게서 보호와 애정을 받고자 하는 욕구에 의해 발생한다.

그는 이제 노숙을 하기에도 신물이 나서 궁전으로 돌아갔다.

거부당한 모든 것에 관해서

　나는 길에서 축구를 하다가 무릎이 까지는 바람에 집으로 갔어. 곧장 욕실로 들어갔는데, 엄마가 거기에 있는 거야. 옷을 입은 채 욕조에 누워 있더라고. 그런데 옷이 온통 구겨지고 찢어진 데다, 허리께까지 말려 올라가 있었어. 피가 흘러나오고 있더라고⋯⋯ 바로 거기서 말이야. 다리를 따라 흘러내린 피가 욕조 바닥의 물과 뒤섞이고 있었지. 아직 아무것도 모를 때라 나는 엄마가 죽는 줄로만 알았어.
　그때 난 열 살이었어. 엄마는 아무한테도 알리지 않겠다는 다짐을 내게서 받아 냈지. 나는 엄마를 부축해서 침대에 뉘었어. 그리고 엄마가 일주일 넘게 침대에 누워 있는 동안 식구들을 보살폈다네. 그때 동생들은 너무 어려서 무슨 일이 일어났는지도 까맣게 몰랐지.

교만이라는 죄

마리오 오르투뇨는 예순 살 정도 되어 보였다. 아니, 그보다 더 많을 지도 몰랐다. 마누엘이 봤던 사진 속의 모습에서 차가운 눈빛과 머리 위로 넓어진 까무잡잡한 피부만이 남아 있었다. 사진 속에서 윤기가 흐르던 수도사 스타일의 머리카락은 한 올도 남아 있지 않았다. 그는 레알데 코르메 거리에서 운영하는 바의 스탠드 뒤에 선 채, 그들을 무섭게 노려보았다. 같은 거리의 끝에 있는 집에는 그의 아내인 수사뿐이었다. 그들이 한사코 사양했지만, 수사는 그들을 안내하겠다고 고집을 부렸다. 바 안으로 들어가자마자 수사는 남편한테 다가갔다.

「마리오. 이분들은 찬타다에서 왔는데, 당신하고 할 이야기가 있대. 내가 안에 들어갈 테니까 이리 나와 봐.」 그녀는 스탠드 한쪽의 작은 문으로 들어가려고 몸을 숙이면서 말했다.

하지만 남자는 그 자리에서 꿈쩍도 하지 않은 채, 계속 그들을 노려봤다. 그 태도로 보건대 쉽게 나올 것 같지 않았다.

「알았어, 수사. 커피 좀 내주겠어?」 그가 아내에게 고개를 돌리며 말했다. 그러곤 조금 전 그녀가 들어갔던 문을 통해 밖으로 나왔다.

그는 구석진 자리의 테이블을 손으로 가리키고는 그들을 뒤따라갔다.

「어제 수도원장이 찾아왔을 때, 이런 일이 있을 줄 예상했어야 하는데……. 당신은 사제로군요.」 그는 루카스를 가리키며 말했다. 「굳이 말하지 않아도 그런 것쯤은 금방 알 수 있죠. 그런데 이 두 분은 누군지…….」 그는 불쾌감을 숨기지 않고 그들을 바라봤다.

노게이라는 그가 자리를 권할 때까지 기다렸다.

「루카스 신부는 신학교 출신입니다. 어렸을 때지만 당신을 기억하고 있어요.」 노게이라는 수사관 같은 말투로 루카스를 소개했다. 「그리고 마누엘과 나는 1984년 12월 13일 밤, 산소안 신학교에서 발생한 사건을 수사하고 있습니다.」

루카스의 얼굴을 찬찬히 뜯어보던 오르투뇨는 그 말을 듣고 놀란 표정을 지었다. 그러더니 눈을 치켜뜨며 마누엘에게로 고개를 돌렸다.

「우리는 당신이 과거 신학교 의무실의 책임자라는 것과 사건 다음 날, 신앙의 위기를 사유로 돌연 교단을 탈퇴했다는 사실도 알고 있습니다.」

마누엘은 스탠드 쪽을 보기 위해 고개를 돌렸다. 홀리안 수사의 말처럼 32년 전 오르투뇨 수사가 수도원을 떠난 것이 저 매력적인 여인 때문일지 생각해 보았다. 그의 마음을 읽기라도 한 것처럼 오르투뇨는 고개를 들어 마누엘을 쳐다보았다.

「수사와 결혼한 건 10년 전입니다. 아내는 내가 교단을 떠난 것과 아무런 관련이 없습니다.」

「어제 수도원장이 여기 찾아왔습니까?」 노게이라가 물었다.

「말하자면 상반된 두 가지 일 때문에 왔더군요. 첫 번째는 내 기억을 상기시키기 위해서고, 두 번째는 그 사건을 잊으라고 설득하러 온 거죠.」 그는 불쾌하다는 투로 말했다.

마누엘은 곁에 앉은 그에게서 잠시도 눈을 떼지 않았다. 아직 화가 풀리지 않은 표정이라서 그가 자기들을 기꺼이 맞이하는 건지 판단이 서지 않았다.

「그럼 그중에서 뭘 하기로 결정했죠?」 노게이라가 사무적인 어투로 말했다.

「그 문제는 전부터 쭉 생각해 오다가 적당한 시기에 결정한 거예요. 그래서 더 이상 수도원에 있을 수 없었던 겁니다. 그사이 내 모습도 많이 변했죠? 하지만 알츠하이머병에 걸리지만 않는다면, 그날 밤 거기서 본 장면은 절대 잊지 못할 거예요.」

마누엘은 휴대 전화에서 전날 찍은 사진을 찾아 남자에게 보여 주었다. 그는 손가락으로 화면을 밀면서 학생의 이름이 나오는 문서 상단부터 자신의 서명이 적힌 말미까지 꼼꼼히 살펴보았다.

「빌어먹을!」 그가 소리쳤다. 「이걸 태워 버리지 않았다니 이상하네요. 하긴 그 당시, 그것도 12월에 한 학년 치 기록을 다 없애 버렸다면 도로 의심을 받았을 테니까 그럴 만도 하죠. 더군다나 쪽마다 일련번호가 매겨져 있으니 함부로 뜯어낼 수도 없었을 테고요. 어떤 면에서는 전형적인 모습입니다. 파시스트 정권이나 세계 대전 당시 나치들처럼 교회도 만약의 사태에 대비하는 습관이 전혀 없어요. 자기들은 절대 무너질 리 없다고 믿는 이들한테 문서를 파기한다는 것은 불필요한 행동에 불과할 테니까 말입니다. 다들 디오게네스 증후군[1]에라도 걸렸는지 자기들을 무너뜨리는 것에서 벗어나지 못해요.」

자기가 우월하고 신성할 뿐만 아니라, 전능하고 지고한 존재라고 믿는 자의 오만과 자만. 마누엘은 그 문서를 처음 봤을 때, 프랑코 정권의 서류철이 떠올랐다. 자신들이 자행한 잔혹 행위를 검은 잉크로 죄다 지워 버린 그 많은 서류들 말이다.

「우리는 저 검은 줄 아래 무슨 내용이 쓰여 있는지 알고 싶습니다. 그리고 그날 밤 대체 무슨 일이 있었는지도 알았으면 해요.」 마누엘은 자신의 마지막 질문이 절실하게 느껴지리라는 것을 잘 알고 있었다.

그렇지만 오르투뇨는 마누엘의 절박한 심정을 알아차리지 못한 것 같았다. 그는 말없이 휴대 전화 화면을 응시했다. 그러곤 아내가 커피를 가져다주자 설탕을 집어넣고 가볍게 저은 다음 한 모금 마셨다. 마누엘도 잔에 입을 댔지만, 커피는 여전히 뜨거웠다.

「마티아스 수사가 내 방에 왔을 때가 새벽 3시 반쯤이었을 거예요. 그런데 무슨 일인지 서두르는 기색이 역력했어요. 내가 수도복을 입을 시

---

1 정리하고 계획하는 능력이 결여된 정신 장애로, 극심한 자기 부정과 은둔 성향을 띤다. 주로 노인들에게서 나타나며 강박 장애의 일종인 저장 강박증이 나타나기도 한다.

간도 주지 않았으니까요. 잠옷 차림으로 그의 손에 이끌려 도착한 곳이 바로 베르다게르 수사의 방이었죠. 방에 들어서자마자 무언가 끔찍한 일이 일어났다는 것을 직감했어요. 정신을 차리고 보니 베르다게르가 러닝셔츠만 입은 채 의식을 잃고 바닥에 쓰러져 있더군요. 얼굴은 땀으로 뒤범벅되어 붉게 변해 있었죠. 수도원장이 옆에서 무릎을 꿇고 그의 몸을 뒤집으려고 했지만 소용이 없었어요. 나는 뒤에 서 있었는데, 그의 목에 가죽 허리띠가 감겨 있는 게 훤히 보였어요. 그건 학생들에게 교복과 함께 지급한 허리띠였습니다. 그때 군인처럼 부동자세로 선 채 놀라 휘둥그레진 눈으로 우리를 쳐다보고 있던 아이가 눈에 띄더군요. 다른 아이는 좀 더 어려 보였는데, 벽 앞에서 얼굴을 가린 채 울고 있었어요.」

「다른 아이도 있었다고요?」 마누엘은 겁에 질린 표정으로 물었다.

오르투뇨는 천천히 고개를 끄덕였다.

「무니스 데 다빌라…… 그래서 이름으로 안 부른 거죠.」 노게이라가 나름대로 추측했다. 「그러니까 알바로와 산티아고, 두 형제가 맞죠?」

오르투뇨는 괴로운 표정으로 고개를 끄덕거렸다.

「동생이었어요. 작은 아이는…… 벽 쪽으로 몸을 돌리고 있어서 잠옷 바지의 엉덩이 부분에 묻은 핏자국이 훤히 드러났죠. 얼마나 급하게 바지를 끌어 올렸는지, 잠옷 상의 주머니가 밖으로 튀어나와 있더라고요. 아무리 그래도 핏자국을 가리지는 못했죠. 처음에는 온몸이 얼어붙는 줄 알았어요. 돌이켜 보면 그때 큰 아이의 겁에 질린 표정과 얼굴을 벽에 댄 채 벌벌 떨던 작은 아이 그리고 바지도 입지 않고 바닥에 널브러져 있던 베르다게르의 시신을 몇 시간이나 바라보고 있었던 것 같은 기분이 드는군요.

얼마나 놀랐던지 나는 마티아스 수사가 밧줄을 가지고 돌아올 때까지 내 곁에서 사라진 줄도 몰랐죠. 내가 온 것도 모르고 있던 수도원장은 베르다게르의 목에서 간신히 가죽 허리띠를 벗겨 낸 뒤 자리에서 일어났습니다. 그는 허리띠를 침대 위에 집어 던지고는 마티아스 수사의 손에서 밧줄을 낚아챘어요. 그제야 그는 내가 온 것을 알아차렸죠. 〈이 아이들을 의무실로 데려가서 상태를 살펴보세요. 하지만 누구와도 만나서는 안 됩니다. 수사님도 저들한테 말을 시키지 마세요. 지금 강한 쇼크를 받아서 착란 상태에 빠져 있어요. 가엾게도 천장 대들보에 목을 매달아 자살한 베르다게르의 시신을 보고 말았거든요.〉 원장이 천장을 가리키며 말하더군요.

　내가 이의를 제기했죠. 그랬더니 원장은 〈지금부터 아무 말도 하지 말아요. 명령입니다. 내가 시킨 대로 하세요〉라는 거예요. 그러곤 다시 시신 위로 몸을 숙이더니, 마티아스 수사가 매듭지어 놓은 밧줄을 목에 걸더군요. 〈베르다게르 형제는 오래전부터 끔찍한 암과 싸워 왔어. 하지만 끝내 고통을 이기지 못하고 정신이 나간 상태에서 스스로 고된 삶에 종지부를 찍은 거야. 너희는 대들보에 걸쳐 놓은 밧줄이 무게를 견디지 못하고 풀어져 버리는 바람에 시신이 바닥으로 떨어지는 소리를 듣고 이리 달려온 거고. 일이 이렇게 된 거란다. 애들아, 무슨 말인지 알아들었니?〉 하지만 큰 아이는 대답을 하지 않았어요.」

「알바로.」 마누엘이 속삭이듯 그의 이름을 불렀다.

　오르투뇨는 놀라면서도 왠지 가슴이 찡한 표정으로 그를 바라보았다.

「맞아요, 알바로.」 그가 음미하듯이 천천히 알바로의 이름을 불렀다. 「그 아이는 아무 대답도 하지 않았어요. 시신을 뚫어지게 바라보면서 고개를 젓기만 하더군요. 그런데 그 아이를 자세히 살펴보니까 이상한 점이 눈에 띄더라고요. 야심한 시각인데도 잠옷 차림이 아니라 교복을 입고 있었던 데다가, 바지에 허리띠를 매고 있지 않았어요. 하지만 작은 아이는 대답을 하더군요. 여전히 벽 쪽으로 얼굴을 돌린 채 기어들어 가는 목소리로 말이죠. 〈네, 일이 그렇게 된 거예요.〉 바로 그때, 그 아이의 다리에서 피가 흘러내리는 걸 봤어요. 발에 고여 엉겨 있을 정도였죠.」

「망할 자식!」 노게이라가 분을 삭이지 못하고 중얼거렸다. 루카스도 연민에 찬 눈빛으로 노게이라를 쳐다보는 걸로 봐서는 그의 목소리에 진하게 배어 있던 슬픔을 느낀 모양이었다.

　마누엘은 노게이라의 눈앞으로 그 모습이 떠올랐다는 걸 알고 있었다. 마누엘조차도 생생하게 떠올릴 수 있는 그 어머니의 모습 말이다.

오르투뇨가 계속 말했다.

「나는 너무 놀란 나머지 그 아이를 가리키며 원장에게 말했죠. 〈저 아이가 피를 흘리고…….〉

〈이 아이는 궤양성 대장염을 앓고 있어요. 조금 놀라기만 해도 증세가 나타나면서 설사가 쏟아지죠. 그때 피가 약간 섞여 나오는 것뿐이니까 너무 걱정하지 말아요. 수사님도 방금 저 아이가 하는 말을 들었잖아요.〉

〈베르다게르 수사는 암에 걸리지 않았습니다. 게다가 이 아이가 궤양성 대장염을 앓고 있다는 말은 금시초문이에요. 나는 이 신학교에 하나뿐인 의무 책임자라고요. 만약 저 아이가 병을 앓고 있었다면 내가 모르겠습니까. 절대 그럴 리 없어요.〉 나는 화가 나서 수도원장에게 따지듯 말했죠. 〈일단 과르디아 시빌에 신고하는 게 좋을 것 같습니다.〉

그러자 수도원장은 베르다게르 수사의 목에 밧줄을 매다 말고 나를 노려보며 자리에서 일어나더군요. 〈이곳의 책임자는 나란 말이오. 숲속에 있는 수도원에 갇히고 싶지 않으면, 시키는 대로 하는 게 좋을 거요.〉

나는 큰 아이가 있는 곳으로 다가갔어요. 그 아이는 잔뜩 겁을 먹은 채 시신에서 눈을 떼지 못하더군요. 일단 밖으로 데리고 나가려고 했는데, 아이가 꼼짝도 하지 않았어요. 그래서 시신이라도 못 보게 하려고 아이 앞을 가로막고 서서 말했죠. 〈네 동생을 여기서 데리고 나가야 해.〉 그랬더니 아이가 갑자기 악몽에서 깨어난 것처럼 몸을 흠칫하더라고요. 그러곤 고개를 끄덕거리더니 동생의 손을 잡았어요. 나는 아이들이 시신을 보지 못하도록 조심하면서 방에서 데리고 나갔죠. 하긴 내가 그러지 않았어도 둘 다 밖으로 나가는 내내 눈을 질끈 감고 있었기 때문에 아무것도 못 봤을 겁니다.」

말을 마친 오르투뇨는 시계를 힐끔 내려다보더니, 스탠드에서 동네 손님들을 맞고 있던 아내를 쳐다보았다.

「왜 그러는 거죠?」 노게이라가 불안한 듯 물었다.

「아무것도 아니에요.」 남자가 대답했다. 「한잔하기에 너무 이른 시간인가 싶어서요. 아내가 어떻게 생각할지…….」

노게이라가 적극 찬성하고 나서자, 나머지 사람들도 동의했다.

「좋은 생각이에요.」

잠시 뒤 수사가 작은 병에 담긴 오루호 술과 잔 네 개를 테이블 위에 내놓았다. 그녀는 영 마뜩지 않은 표정이더니 술을 잔에 따라 주지도 않고 그냥 스탠드로 가버렸다. 술을 돌린 것은 루카스였다. 마누엘은 술을 따르는 그의 손이 가늘게 떨리는 것을 보았다.

오르투뇨는 두 잔을 연거푸 마신 뒤에 말을 계속했다.

「작은 아이는 새벽 내내 울음을 그치지 않았어요. 가까이 다가가려고만 해도 큰 소리로 우는 바람에 상태가 어떤지 살펴볼 엄두도 내지 못했죠. 바지와 속옷을 벗겨야 하는데 말도 꺼내지 못하게 하는 거예요. 형이 나서서 설득한 끝에 다음 날 아침에야 옷을 벗길 수 있었어요. 동생은 침대에 앉아 있던 형 옆에서 몸을 잔뜩 웅크린 채 밤을 지새웠죠. 하는 수 없이 형에게 손짓을 해서 동생의 출혈이 멈추었는지 확인해 보고, 충분치는 않지만 진정제 몇 알이라도 물과 함께 삼키도록 동생을 설득하라고 시켰습니다. 두 시간쯤 지난 뒤에 수도원장이 의무실로 왔어요. 베르다게르 수사의 사망 증명서를 든 채 말입니다. 의사가 서명을 했으니까, 의무실 책임자로서 나도 서명을 해야 한다고 하더군요. 그래서 서명을 했죠. 그는 방을 나서다 말고 갑자기 뒤를 돌아보며 말했어요. 〈아무한테도 말하면 안 됩니다.〉

오전 8시경에 수도원장이 다시 찾아왔어요. 그는 이미 잠든 동생을 힐끗 보더니, 출혈이 멎었는지 묻더군요. 그러곤 그 아이의 옷을 달라고 하더니, 그걸 침대 시트에 둘둘 말아서 가지고 나갔어요. 알바로는 동생이 누워 있는 침대 곁에서 꼼짝도 않고 말없이 수도원장을 쳐다봤어요. 아이의 눈에서 불꽃이 일었죠.

수도원장이 정오에 다시 찾아와 의무실 보고서에 〈아이들은 유행성 독감에 걸려 있었다〉라고 쓰라는 거예요. 그래서 나는 〈이 아이는 그런

496

말을 한 적이 없습니다〉라고 대꾸했죠. 그랬더니 원장이 고개를 돌려 병사처럼 그 자리에 선 채 자신을 노려보고 있던 알바로를 힐끗 쳐다보더군요. 그는 알바로와 이야기할 것이 있다면서, 나더러 밖에 나가 있으라고 했어요. 밖으로 나가면서 보니, 동생은 좀 진정된 것 같았어요. 입맛이 도는지 뭐든 먹으려고 하더군요. 하지만 형, 그러니까 알바로는 아무것도 입에 대지 않으려고 했어요. 그의 눈에서는 계속 불꽃이 일었어요. 참, 여러분에게 할 말이 있습니다.」 그가 갑자기 세 사람을 둘러보며 말했다. 「나이로 보면 알바로는 아직 어린아이에 불과했지만, 어쩌면 그날 밤 갑자기 어른이 되어 버린 것인지도 몰라요. 나와 마찬가지로 그의 눈에서도 분노의 불꽃이 쉴 새 없이 타오르고 있었습니다. 알바로도 그런 분노의 성(城)에서 쉽게 벗어나지 못하리라는 예감이 들더군요. 그날 운전사가 딸린 차 한 대가 큰 아이를 데리러 왔어요. 아버지가 수도원장과 이야기를 나누는 동안 그 아이는 짐을 챙겨 복도에서 기다리고 있었어요. 원장실에서 나온 아버지는 아이에게 손짓을 하고는 문 쪽으로 걸어갔죠. 알바로는 손에 가방을 들고 아버지 따라갔습니다. 그것이 내가 마지막으로 본 알바로의 모습이었죠. 그런데 의아했던 건 아버지가 동생이 어떤지 보러 가지도 않았다는 점입니다. 보통은 걱정이 돼서라도 찾아갔을 텐데 말이죠. 하여간 언쟁을 하거나 화를 내지도 않고 그냥 알바로만 데리고 나가더라고요. 수도원장이 뭐라고 했는지는 모르겠지만요. 그 후로 그 아이를 다시는 보지 못했고요. 하긴 그 동생도 마찬가지였어요. 의무실 보고서에 서명을 하고 나도 수도원을 나가 버렸으니까요. 아, 물론 독감 이야기는 쓰지 않았습니다.」

그가 말을 마치자 네 남자 사이에 무거운 침묵이 흘렀다. 마누엘은 의심스러운 눈길로 그들을 바라보면서 전화기를 들어 번호를 눌렀다.

「그리냔 씨. 산소안 수도원 부지가 언제부터 알바로 가문의 소유가 되었는지 알려 주셨으면 합니다.」

그리냔이 컴퓨터에서 관련 자료를 찾는 동안 마누엘은 말없이 기다렸다.

심각한 표정으로 그리냔의 말을 듣던 마누엘은 전화를 끊고 부정이라도 탈 것처럼 전화기를 멀찌감치 밀어 놓았다.

「1984년 12월, 노 후작과 수도원장이 당시 수도원 소유이던 신학교 부지의 매매 계약서에 서명을 했답니다. 그것도 1페세타²라는 상징적인 액수로 말이에요.」

「땅을 대가로 입을 막은 거로군.」

루카스는 손을 바르르 떨면서 다시 사람들의 잔에 술을 따랐다. 그러곤 약이라도 되는 듯이 인상을 쓰며 술을 쭉 들이켰다. 마누엘은 걱정스러운 눈빛으로 그를 바라보았다. 루카스는 불안과 눈물이 그렁그렁하게 차오른 눈으로 바로 앞에 무슨 틈이라도 열린 것처럼 허공을 멍하니 바라보았다. 곱씹어 보면 무시무시한 뜻이 담겨 있는 말과 기억 그리고 표정을 떠올리려고 애쓰는 듯 천장을 올려다보았다.

마누엘은 그를 위로해 주고 싶었다. 하지만 오르투뇨의 말 한 마디 한 마디가 그의 가슴속 깊은 곳에 묻혀 있던 아픈 기억을 들추어내고 말았다. 오르투뇨의 말은 마치 쟁기처럼 그의 마음을 갈가리 찢었을 뿐만 아니라, 그동안 잊고 있던 공포와 두려움에 다시금 휩싸이게 만들었다. 영혼 깊숙한 곳에 가라앉아 있던 으스스한 한기와 무감각 상태 그리고 최근 며칠 동안 이제 다시는 오지 않으리라 믿었던 고통과 슬픔이 그의 내면에서 폭발하고 말았다.

루카스는 속울음을 삼켰다. 그러다가 가슴속으로 조수처럼 밀려오는 슬픔에 휩쓸려 버린 나머지 자기도 모르게 울고 있었다. 눈물이 고여 눈앞이 아릿하게 번져 보이더니, 급기야는 굵은 눈물이 쉴 새 없이 흘러내렸다. 얼마나 애달피 울던지, 모두 놀라 입을 다물지 못했다. 하지만 이내 세 사람은 오래전부터 존재해 온 어떤 강한 힘에 이끌린 듯 그가 겪고 있는 슬픔과 괴로움을 이해할 수 있고 자기 일처럼 가슴 아파했다.

곁에 앉아 있던 노게이라는 전날 마누엘이 그랬던 것처럼 손을 들어

---

2 유로로 통합되기 전 스페인에서 통용되던 화폐 단위.

루카스의 어깨에 얹었다. 루카스는 분노의 눈물이 그렁그렁한 채로 자리에서 일어나 마누엘에게 다가간 뒤 그를 꼭 껴안았다. 오르투뇨는 복받치는 감정을 억누르는 기색이 역력했다. 그는 두 주먹을 불끈 쥐고 입을 꽉 다문 채 사나운 표정으로 아내를 쳐다보았다. 그사이 이쪽을 유심히 살펴보던 아내는 그를 향해 고개를 끄덕였다. 오르투뇨는 테이블 위로 손을 뻗어 마누엘의 손을 잡았다. 마누엘은 핏기 하나 없이 창백하게 질린 채 아무런 반응도 보이지 않았다. 그러다가 마침내 격하게 솟구치는 감정을 억누르지 못하고 뜨거운 눈물을 쏟기 시작했다. 괴로움과 충만함이 뒤섞이면서 몽롱한 상태에 이르자 그는 자신을 무감각하게 만들어 준 격한 감정이 고맙기까지 했다.

테이블에 앉은 네 남자가 모두 울고 있었다. 오르투뇨는 수도원을 나온 뒤로 온갖 세파에 시달린 터라, 힐끔거리며 돌아다보는 동네 사람들의 시선을 의식하지 않을 수 없었다. 이를 눈치챈 수사는 손님들을 다 내보내고, 아예 바의 문을 걸어 잠갔다. 그러자 스탠드 안쪽의 희미한 불빛과 뒤쪽 창문으로 스미는 저물녘 햇빛만이 비쳐 들었다.

선량한 사람을 크나큰 불행에서 건져 낼 수 있는 유일한 수단은 타인의 고통이다. 우선 자신이 가장 증오하던 괴물이 되어 버렸다는 자책감으로 인해 고통에서 벗어나지 못하고 있는 노게이라. 뜻하지 않게 끔찍한 장면을 목격하고, 전체적으로 보면 앞뒤가 맞아떨어지는 여러 사건들이 눈앞에서 벌어지는 모습을 겁에 질린 채 지켜봐야만 했던 루카스. 그리고 믿을 수 없을 만큼 처참한 장면을 두 눈으로 직접 목격했을 뿐만 아니라, 그날 밤의 공포와 두려움을 형벌처럼 평생 가슴에 안고 살아야 하는 남자. 마누엘은 자신의 손을 꼭 잡고 있는 이들을 바라보았다. 그들과 함께 울면서 괴로움을 나누는 동안만큼은 버텨 낼 수 있을 것 같았다. 타인의 슬픔에 함께 가슴 아파하는 사람들. 마누엘은 그들에게, 타인의 처참한 경험과 부당한 행위마저 자신의 책임으로 여기는 그 사람들에게 마음속 깊이 고마움을 느꼈다. 하지만 그는 울음을 멈출 수 없었다. 마치 그동안 쌓이고 쌓인 슬픔이 한꺼번에 폭발이라도 한 것처럼 목이 멜 정도로 눈물이 하염없이 흘러나왔다. 그렇지만 그는 이제 혼자가 아니었다. 그의 곁에는 저들이 있었다. 마누엘은 노게이라의 손을 잡은 채 루카스를 꼭 안아 주었다. 그리고 다른 손으로 오르투뇨의 손을 꼭 쥔 채 말없이 그를 바라보았다.

한참 뒤 수사가 다시 커피를 내왔다. 오르투뇨는 그들을 쳐다보았다. 마치 치열한 전투를 벌인 듯한 표정이었다. 그는 팔꿈치를 테이블에 괸 채, 맞잡은 두 손을 입술에 갖다 댔다. 그 상태로 한참 동안 수사가 술을 깨게 하려고 갖다준 커피에는 입도 대지 않은 채 무슨 기도나 의식을 행하는 듯했다. 그렇게 한동안 입을 꽉 다물고 있던 오르투뇨가 천천히 주변을 둘러보았다. 그 순간 그날 밤으로 되돌아가기 위해 온갖 물질과 시간의 장벽을 꿰뚫기라도 한 것처럼 그의 눈에서 빛이 났다.

「벌써 30년이나 지났지만 한순간도 그 아이들을 잊은 적이 없어요. 시간이 흐르면서 동생은 점점 나아졌지만 큰 아이는 자신의 행동에 대한 죄책감 때문에 많이 힘들어했죠. 하지만 자신을 무너뜨린 바로 그 사건으로 인해 오히려 더 강해지고 단련된 측면도 있어요. 동생이 잠들자 나는 같이 아침을 먹자고 알바로를 설득했어요. 그때 그 아이가 밥을 먹는 모습을 보고 깜짝 놀랐습니다. 몇 년 뒤 간호사로 보스니아에 간 적이 있는데, 그때 군인들한테서 똑같은 모습을 봤어요. 워낙 배가 고프다 보니까 허겁지겁 삼키는데, 절대로 음식을 보지 않아요. 그저 허공만 쳐다본답니다. 〈베르다게르 형제의 방에서 무슨 일이 있었니?〉 애를 쓴 끝에 간신히 아이가 어느 정도 평상심을 되찾았어요. 〈무슨 일이 있었느냐 하면요, 내가 사람을 죽였어요.〉 알바로는 어떤 사실을 인정하는 사람처럼 아주 차분하게 말하더군요. 그러곤 자초지종을 설명했어요.

베르다게르 수사는 공부가 뒤처지는 학생들을 직접 가르쳤죠. 당시만 해도 동생은 성적이 그다지 좋지 못했던 것 같아요. 그래서 하루 수업이 다 끝나면 한 시간씩 수업을 더 받았죠. 요즘은 몰라도 당시에는 아주 흔한 일이었어요. 많은 아이들이 그런 식으로 부족한 부분을 메워 나갔으니까요. 그런데 베르다게르 수사는 하루도 빠지지 않고 산티아고를 자기 사무실로 불러 한 시간씩 보충 수업을 하려고 했죠. 큰 아이가 뭔가를 알아차렸는지, 아니면 동생이 뭔가 이야기했는지는 확실치 않아요. 하지만 알바로는 일주일 내내 옷을 입고 잤습니다. 매일 밤, 동생이 다른 아이와 함께 쓰던 방을 살피기 위해 중간에 일어나려고 그랬던 거죠. 그날 밤, 알바로는 피곤에 못 이겨 그만 잠이 들고 말았어요. 그러다 화들짝 놀라 일어나서 동생의 방으로 갔는데, 산티아고가 침대에 없더랍니다. 그래서 한걸음에 베르다게르 수사의 방으로 달려간 거죠.」

오르투뇨는 깊게 한숨을 내쉬며 머릿속에 떠오르는 혐오스러운 말을 손으로 지워 버리기라도 하려는 듯이 두 손으로 얼굴을 벅벅 문질렀다. 어느 틈엔가 곁에 앉은 아내가 두 손으로 그의 손을 꽉 잡아 주자, 오르투뇨는 다시 마음의 평온을 되찾았다. 그는 고개를 돌려 그녀에게 간신히 미소를 지어 주고는 이야기를 계속했다.

「알바로가 방에 들어가자, 베르다게르는 바지를 벗은 채 침대에 엎드려 있더랍니다. 그자는 덩치가 크고 뚱뚱한 편이었어요. 그런 상황에서 굳이 동생을 찾을 필요는 없었겠죠. 그 짐승 같은 자의 몸에 깔려 숨죽인 채 흐느끼고 있는 아이가 산티아고라는 걸 바로 알았을 테니까요. 알바로는 소리를 지르지 않았습니다. 고함은커녕 아무 말도 하지 않았죠. 그는 바지에서 허리띠를 끄른 다음, 베르다게르의 등으로 돌진했어요. 그러곤 허리띠로 그의 목을 감기 시작한 거죠. 갑작스러운 공격에 베르다게르는 몸을 비틀면서 목에 감긴 허리띠를 벗기려고 안간힘을 쓰더랍니다. 그사이 어린 동생은 빠져나왔지만, 베르다게르는 몸의 균형을 잃고 무릎을 꿇은 채 앞으로 쓰러졌죠. 하지만 알바로는 그를 놓아주지 않았습니다. 베르다게르가 계속 몸부림을 치더니 얼마 안 가 잠잠해지더랍니다. 그래도 그는 끝까지 허리띠를 놓지 않았다고 해요. 그자가 언제라도 벌떡 일어날까 봐 두려웠다는 거죠. 그 당시 알바로는 키는 컸지만, 아주 마른 편이었어요. 몸무게도 그리 많이 나가지 않았을 겁니다. 베르다게르에 비하면 그야말로 플라이급에 불과한 셈이었죠. 하지만 몸집이 어마어마하던 베르다게르가 결국 그 어린 소년에 의해 끝장이 나고 만 거예요. 나중에 의사 소견서를 읽어 보면 알겠지만, 알바로가 처음 허리띠를 잡아당겼을 때 그의 기도가 막혀 버린 모양입니다. 의사 말로는 알바로가 목을 계속 조르지 않았어도 몇 분 만에 질식해서 죽었을 거랍니다.」

마누엘은 눈을 감았다. 그러자 까마귀의 목소리가 생생하게 들리는 듯했다. 〈그건 그 아이가 우리 가문과 재산을 지키기 위해 필요한 냉정한 판단력과 추진력을 두루 갖추고 있었기 때문이에요. 그러니까 이것 하나만큼은 분명하게 말씀드릴 수 있답니다. 그 아이는 어떤 일이 있어도 우리의 기대를 저버리지 않았다는 것을 말이죠. 언제나 우리가 바라던 바를, 아니 그 이상을 멋지게 해냈으니까요.〉

그때 오르투뇨가 테이블 위에 놓여 있던 마누엘의 휴대 전화를 가리켰다.

「나는 두 아이의 건강 상태에 관해 장문의 보고서를 썼어요. 내가 확인한 사실은 하나도 빠뜨리지 않았죠. 분명하게 말하지만 거기에 유행성 독감이라는 표현은 단 한 번도 나오지 않아요. 내 보고서가 새까맣게 삭제된 것도 바로 그런 이유 때문이에요.」

「혹시 사진을 찍어 둔 게 있습니까? 아니면 다른 증거라도 있나요? 여기에 썼던 내용이 나오는 또 다른 문서가 존재하지는 않습니까?」 노게이라가 물었다.

오르투뇨는 고개를 가로저었다.

「당시는 1980년대였어요. 아동 성폭력 사건이 발생할 경우, 보건 인력이 취해야 할 행동 절차가 존재하지도 않았을 때죠. 어떤 종류의 성폭행에 대해서도 말입니다. 다만 나는 고발장에 수도원을 떠나게 된 이유를 조목조목 밝힌 다음, 수도원장과 대주교에게 제출했어요.」

「그럼 수도원에서 무슨 일이 있었는지 대주교도 알고 있었다는 이야기인가요? 이후에 혹시 대주교한테 연락이 왔습니까?」 그 말을 듣고 놀란 마누엘이 물었다.

「아뇨. 그런 일은 없었습니다. 그쪽에서야 굳이 그럴 이유가 없었겠죠. 뭐 하러 나한테 먼저 연락하겠어요? 나도 더 이상 문제를 일으키지 않는 편이 낫겠다는 생각이 들더군요. 문제가 된 수도사는 이미 죽은 데다, 말썽을 일으킨 아이는 출교 조치된 상태였으니까요. 어쩌면 수도원장은 그런 난잡한 사건을 빈틈없이 처리하고 축하를 받았을지도 모르죠.」 오르투뇨가 역겨운 표정을 지으며 말했다.

세월이 지나면, 하루 일을 마친 뒤 바의 셔터를 내리고 아내에게 몸을 비스듬히 기댄 채 집으로 걸어가던 마리오 오르투뇨의 모습이 아련히 떠오를지도 모른다. 그날 오후, 그들이 바 안에 들어섰을 때 스탠드 뒤에 서서 노려보던 그의 사나운 표정과 어두운 낯빛은 기억에서 사라지고 없었다. 그들이 차를 타고 코르메를 벗어나는 동안 레알가를 따라 점점 멀어져 가던 그의 모습이, 과거의 아픈 상처를 가슴에 묻고 살아가는 그 쓸쓸한 모습만이 기억에 남았다.

세 사람은 차를 타고 가는 내내 아무 말도 하지 않았다. 자동차 좌석에 돌덩어리라도 얹어 놓은 것처럼 방금 오르투뇨에게서 들은 이야기가 그들의 마음을 무겁게 짓눌렀다. 조금 전까지만 해도 서로 마음을 열고 아픔을 나누었지만, 이제는 무거운 침묵 속에서 각자 오르투뇨가 했던 말을 곰곰이 되새기고 있었다.

「그 사실을 아무한테도 알리지 않았어요. 오랜 세월이 지난 뒤 아내를 만날 때까지 누구한테도 그 이야기를 꺼낸 적이 없으니까요. 그동안 그날 밤과 다음 날 아침 사이에 대체 무슨 일이 일어났는지 수도 없이 생각했죠. 수도원을 나온 직후, 이 사건을 고발할 것인지 심각하게 고민한 적도 있어요. 하지만 그래 봐야 무슨 소용이 있겠어요? 내가 나서서 고발한다고 해도 수도원장과 마티아스 수사 그리고 사망 증명서에 서명한 시골 의사의 주장을 일일이 반박해야 할 거고……. 심지어 두 아이와도 맞서야 했을 테니까요. 그런 상황이 닥쳤다면 알바로는 진실을 말했을 거예요. 문제는 동생이었죠. 수도원장이 자살 현장을 교묘하게 조작하자, 그 아이는 오히려 안도하는 기색이었으니까요. 이런 상황에서 뭐 하러 고발을 하겠어요? 만약 했더라도 지루한 소송에 휘말렸을 거고,

503

또 응당 해야 할 일을 한 어린아이가 살인죄를 뒤집어썼을 겁니다. 그렇게 되면 알바로만 피해를 봤을 거예요. 베르다게르는 이미 죽었기 때문에 어쩔 수 없는 데다, 어린 동생은 간신히 위기를 모면한 상태였죠. 하지만 알바로와 나는 사정이 달랐어요. 일단 거기서 벗어나는 게 최선이었습니다.」

차 안은 무거운 정적에 휩싸여 있었다. 음악이라도 틀면 나을 텐데, 무슨 이유인지 노게이라는 끝내 라디오를 켜지 않았다. 마누엘로서는 왜 그러는지 이해가 가지 않았다. 그때 무거운 정적을 깨뜨리며 전화벨이 울렸다. 노게이라의 휴대 전화였다. 그는 불쾌한 표정으로 전화기를 노려보았다. 코르메와 말피카[3] 사이에 험한 굽잇길이 이어지자 그는 운전에 온 신경을 쏟았다. 전화벨은 몇 초 후에 다시 울렸다.

「누구한테 온 건지 좀 봐주시겠어요?」 노게이라는 옆에 앉은 루카스에게 부탁했다.

마누엘이 뒷좌석에서 눈을 지그시 감고 있었지만, 노게이라는 그가 자고 있지 않다는 것을 알았다. 〈가엾은 친구 같으니! 차라리 잠들 수 있다면 마음이라도 조금 편할 텐데.〉 그는 세상일에 아예 눈을 감아 버리고 싶은 마누엘의 심정을 충분히 이해할 수 있었다.

루카스는 전화기를 들고 화면을 보았다.

「오펠리아라는 사람이네요.」

그러자 노게이라는 도로 양편에서 차를 세울 만한 곳을 찾기 시작했다. 마침내 그는 엄청나게 큰 유칼립투스 나무가 떠받치고 있는 벼랑 바로 옆 빈터에 차를 세웠다.

「잠깐만 실례하겠습니다. 전화할 데가 있어서요.」 그는 양해를 구했다.

노게이라는 차에서 내린 뒤 몇 걸음 걸어갔다. 루카스는 놀란 표정으로 상대방의 말을 듣는 노게이라를 유심히 살펴보았다. 그가 차로 돌아

---

3 갈리시아의 아코루냐에 위치한 도시이다.

올 때 다시 전화벨이 울렸다. 루카스는 그가 전화를 받으면서 자세를 똑바로 하는 것을 눈여겨보았다. 노게이라는 차 문을 열더니 타기 전에 뒷좌석으로 몸을 숙이면서 말했다.

「마누엘, 오펠리아야. 저번에 만난 검시관 말일세. 오늘 이른 오후에 토니노의 차가 발견되었다는군. 풀숲에 반쯤 가려져 있더래. 그런데 차에서 1백 미터 정도 떨어진 곳에서 나무에 목을 맨 청년의 시체가 발견됐다네. 오펠리아와 통화를 마치고 난 다음에 곧바로 사령부에서도 연락이 왔어. 이틀 전인가, 내가 토니노의 자동차를 찾으라고 알려 주었잖아. 나더러 오라고 하는군. 대위가 할 이야기가 있다면서 말이야.」

그 말을 듣자 마누엘은 몸을 일으켜 앞 좌석 사이로 머리를 내밀었다.

「젠장! 자네가 엉뚱한 문제에 휘말리지 않아야 할 텐데. 필요하면 내가 졸라서 함께 토니노의 집에 찾아갔다고 하겠네. 우리는 단 한 번도 경찰을 사칭한 적은 없잖아. 그쪽에서 요구하면 언제든지 가서 증언하겠네.」

노게이라는 미소를 지으려고 했지만, 걱정스러운 기색이 역력했다.

「아무 일도 아닐 테니까 걱정하지 마. 통상적인 절차에 따라 그냥 몇 가지 물어보려는 것뿐이니까.」

「그가 자살했대요?」 갑자기 루카스가 나서며 물었다.

노게이라는 말없이 그를 바라보면서 차에 시동을 걸더니 곧장 국도로 나갔다.

「조금 전에 나무에 목을 맸다고 했잖아요? 자살한 건가요?」 루카스가 다시 물었다.

노게이라는 하고 싶은 말을 참는 듯 손으로 콧수염과 입을 어루만졌다. 그러더니 룸미러를 통해 마누엘을 힐끗 쳐다보며 말했다.

「오펠리아가 그러는데, 시신이 온통 시커멓게 변해서 귀신 같더래. 그렇지만 구타를 당한 건 분명한 모양이야. 그의 고모가 실종 신고를 했을 때 말한 것과 같은 옷을 입고 있었는데, 맞아서 얼굴이 으깨지는 바람에 알아볼 수도 없을 정도라네. 시신의 상태로 보건대, 의식을 잃을 때까지 두드려 패다가 목에 밧줄을 걸어 나무에 매단 것 같아. 부검 결과를 보면 좀 더 자세히 알 수 있겠지만, 지금으로서는 실종 당일에 살해당했을 가능성이 높은 모양이야.」

그 말이 무슨 뜻인지 알아차린 마누엘은 룸미러에 비친 노게이라의 눈에서 시선을 떼지 않았다.

「알바로가 살해당한 그날이야. 그렇다면 두 사건은 밀접히 관련되어 있다는 생각이 드는군.」

「그건 잘 모르겠네.」 노게이라가 생각에 잠긴 표정으로 말했다. 「지금까지 우리가 알아낸 사실을 바탕으로 정리를 해보세. 토니노는 자기 삼촌의 사무실에서 페인트칠을 하다 오르투뇨 수도사의 고발장을 봤을지도 몰라. 그랬다면 한 번만 훑어봐도 금세 알아차렸을 걸세. 그걸 이용해서 단단히 한몫 잡을 수 있으리라는 걸 말이야. 그만한 정보라면 알바로와 산티아고한테 30만 유로 이상의 가치가 있을 거라고 판단했겠지. 그래서 그는 산티아고에게 전화해 돈을 요구한 거야. 하지만 알바로가 그런 반응을 보일 줄은 미처 예상하지 못했을 걸세. 실제로 알바로는 그 일을 알고 격분해서 곧바로 수도원에 찾아와 원장에게 해명을 요구했으니까. 알바로가 떠나자마자, 다급해진 수도원장은 곧장 조카를 찾아간 거야. 그 문서를 돌려 달라고 했을 수도 있지만, 내가 보기에는 일이 뜻대로 되지 않을 거라고 경고했을 가능성이 높아. 수도원장을 찾아갔을 때, 토니노가 어디 있는지 묻자 반응이 수상쩍더군. 녀석이 어디에 있든 별로 대수롭지 않다는 투였어. 그건 어디 있는지 알고 있다는 거야. 더구나 원장은 알바로가 자기를 찾아왔다는 것조차 부인했지. 궁지에 몰리니까 마지못해 그가 전화했다는 사실을 인정하기는 했지만, 고해 성사니 뭐니 터무니없는 말을 꾸며 냈다고.」

「전에도 말했지만, 절대 그럴 리 없어요.」 루카스가 나서며 말했다.

「그것만 제외하면, 그러니까 그것 말고는 전혀 걱정하는 눈치가 아니었어요. 어쩌면 문제를 이미 처리했기 때문일지도 모릅니다. 알바로는 벌써 세상을 떠났고, 아는 바와 같이 원장의 조카도 결국 죽었어요. 아직 확실치는 않지만 같은 날에 말이죠.」

「32년 전에 일어난 사건을 묻어 두려고 그런 짓까지 했을까요?」

「사람들이 전혀 중요하지도 않은 일을 숨기려고 어떤 짓을 하는지 알면 아마 놀랄 겁니다. 조금 전에 오르투뇨의 말을 듣고 나니까 수도원장이 어떤 사람인지 알겠더군요. 한마디로 절박한 상황이 닥치면 필사적으로 해결할 수 있을 정도로 수완이 뛰어난 사람이에요. 눈 하나 깜짝하지 않고 베르다게르 살해 사건을 자살로 둔갑시키거나 당시 신학교에서 자행되던 아동 성폭력을 은폐할 만큼 담력도 센 사람이죠. 게다가 자기 조카까지 협박하는 걸 직접 봤다는 사람도 있어요. 아까 오르투뇨가 그랬잖아요. 아무 말도 하지 말라고 설득하기 위해 여기까지 찾아왔다고 말입니다. 그는 수도원의 명예를 지키기 위해서 어떤 짓까지 할 수 있었을까요? 자기 조카를 때려죽이고 시체를 나무에 매달 수 있었을까요? 아니면 알바로의 차를 일부러 도로 밖으로 밀어낼 수 있었을까요? 그는 아주 대담한 인간인지도 모릅니다. 어쨌든 지금까지 우리가 알고 있는 건 그가 살인 사건을 자살로 위장했다는 거예요. 적어도 한 번은 말이죠.」

「하지만 그도 벌써 일흔입니다. 어쩌면 그보다 많을지도 몰라요.」 루카스가 나서며 말했다. 「더구나 관절염인지 골관절염인지는 잘 모르겠지만, 아무튼 골격계 질환을 앓고 있어요. 키가 작고 체중도 60킬로그램이 안 되거든요.」

「그래요, 맞습니다.」 노게이라가 말했다. 「수도원장이 알바로와 싸우다 그를 칼로 찔렀다……. 그건 상상하기 어려운 일이죠. 물론 그의 조카는 체격이 건장한 편도 아니고, 마약 때문에 몸이 허약해진 것도 사실입니다. 하지만 수도원장이 그를 마구잡이로 패서 나무에 매달아 놓을 수 있을 리는 만무하죠. 사람을 바닥에서 들어 올리려면 상당한 기술도 필요하지만, 무엇보다 힘이 있어야 해요.」

마누엘은 룸미러에 비친 노게이라한테서 시선을 떼지 않았다. 그는 왠지 마누엘의 시선을 피하려고 했다.

「아무튼 확실한 증거를 확보할 때까지는 지금 한 이야기도 가정에 불과합니다. 토니노의 부검 결과가 나올 때까지 기다려 봐야 합니다. 그리고 알바로의 차에 묻은 페인트 자국이 수도원의 화물차에서 나온 것인지 실험실에서 분석하고 있으니까 조만간 결과가 나올 거예요.」 노게이라가 말을 마무리했다.

「저번에 말했던 그 가능성은 왜 배제하는 거지?」 마누엘이 따지듯 말했다. 「수도원장은 이번 사건과 전혀 관련이 없을 수도 있다는 것 말이야. 오히려 알바로가 수소문 끝에 토니노를 만나서…….」

그 순간 메이 리우가 의문의 전화를 통해 들었다던 말이 더 의미심장하게 다가왔다. 〈네가 그 사람을 죽였다는 걸 그도 잘 알고 있으니까 말이야.〉

「이제 그만해, 마누엘!」 절망감이 짙게 밴 루카스의 목소리를 듣자, 마누엘은 더 이상 말을 이을 수 없었다. 하지만 그의 머릿속은 여전히 이번 사건에 대한 생각으로 가득 차 있었다.

마누엘은 고개를 들다가 노게이라와 시선이 마주쳤다. 노게이라도 같은 생각을 하는 듯했다. 마누엘은 말을 계속했다.

「둘이 싸웠을 수도 있다는 말이네. 알바로는 토니노에 비해 훨씬 힘이 센 편이니, 마음만 먹으면 그를 두드려 패서 나무에 매달아 놓을 수도 있었을 거야. 오펠리아가 말한 바로는 알바로의 옆구리에 난 상처에선 출혈이 서서히 이루어졌기 때문에 차를 타고 몇 킬로미터 정도는 운전할 수 있었던 거고.」 그 순간 까마귀의 말이 다시 또렷하게 들리기 시작했다.

「자네가 어떻게 그런 생각을 할 수 있는지 도무지 모르겠어.」 루카스가 화난 표정으로 그를 돌아봤다.

「내가 알던 알바로에 관해 이야기하는 거라면 나도 그렇게 말했을 거야. 하지만 내가 알던 알바로는 진짜 알바로가 아니었네. 솔직히 말해, 그가 얼마나 다른 모습을 가지고 있었는지 나도 잘 모르겠어.」

「말도 안 되는 소리 하지 마!」 루카스가 분노를 터뜨렸다.

「그의 어머니가 했던 말을 생각해 봐. 나는 그 말을 도저히 잊을 수가 없다네.」 마누엘이 말했다.

「말했다시피 그녀는 자네를 괴롭히기 위해 그런 말을 했을 뿐이야. 결국 자네는 그녀가 뿌린 의혹의 씨앗에서 싹을 틔운 거라고.」 루카스가 곧장 마누엘의 말을 되받아쳤다.

「그 여자가 자네한테 뭐라고 그랬나?」 노게이라가 흥미롭다는 듯이 물었다.

「알바로는 자기 아버지를 이어 가문을 계승할 수 있을 만큼 냉정한 판단력과 추진력을 두루 갖추고 있다더군. 그들은 마누엘이 앞으로 어떤 일이든 잘 해낼 거라고 확신했다는 거야. 예전부터 자기들이 바라던 것 이상으로 해냈기 때문에 늘 든든하게 생각했다는 이야기였지.」

「그럼 자네는 그 말이 신학교에서 일어난 일과 관련이 있다고 생각하는 건가?」

「아직 자네들한테 하지 않은 이야기가 있네. 노게이라. 자네는 알겠지만 알바로의 장례식이 끝나고 며칠 뒤에 과르디아 시빌로부터 그의 물건을 돌려받았지. 무엇이 있나 살펴보다가 한 번도 본 적이 없던 휴대전화를 발견했어. 저장된 통화 기록을 하나씩 확인하는데 발신자를 알수 없는 번호가 눈에 띄더라고. 공중전화로 건 전화였어. 그의 비서 말로는 알바로가 이곳에서 하던 사업과 관련된 통화를 할 때면 늘 그 전화를 이용했다는 거야.」 노게이라는 고개를 끄덕이며 그의 말을 들었다. 「그런데 알바로가 이곳으로 급히 출장을 오기 전날, 그 전화기로 전화가 걸려 와서 비서가 받았다더군. 누구인지 묻기도 전에 그쪽에서 다짜고짜 이런 말을 하더래. 〈그가 그 사실을 조만간 모두 폭로할 거야. 네가그 사람을 죽였다는 사실뿐만 아니라 내 문제까지 말이야. 어떻게든 네가 나서서 막지 않으면 다 까발릴 거라고.〉」

루카스는 얼굴이 붉으락푸르락한 채 자리에서 돌아앉았다시피 했다.

「제발 그만해! 그럼 알바로가 살인자라는 말이야? 마누엘, 자네의 말이 옳을지도 몰라. 어쩌면 자네는 알바로가 어떤 사람인지 전혀 몰랐을 수도 있어. 하지만 나는 달라. 내가 아는 한 알바로는 절대 살인을 저지를 사람이 아니야.」

「내 말은 알바로에게 전화를 한 사람이 바로 그의 동생이라는 거야. 상황이 절박해지자 그는 어떻게 하다 알바로의 전화번호를 알아낸 거지. 지금 와서 생각해 보면 그리냔이 알려 주었을 가능성도 없지 않아. 산티아고가 급히 돈이 필요하다고 그에게 전화를 걸었잖아. 그때 산티아고는 무슨 일에 쫓기고 있는 사람처럼 굉장히 다급해하는 눈치였다더군. 그가 한 말을 다시 생각해 보라고. 〈네가 그 사람을 죽였다는 걸 그도 잘 알고 있으니까 말이야.〉 최근까지 그 사실을 알고 있던 사람은 토니노밖에 없었는데, 그도 변사체로 발견됐어. 검시관에 따르면 그는 실종 당일, 그러니까 알바로가 그 문제를 수습하려고 여기 내려온 그날 사망한 것으로 추정된다네. 〈날 협박하지 마.〉」

루카스는 마누엘을 노려보며 고개를 흔들었다. 꽉 다문 입에서 깊은 실망감과 흔들리지 않는 마음이 엿보였다.

그때 좁은 차 안에 마누엘의 휴대 전화 벨 소리가 쩌렁쩌렁 울려 퍼졌다. 화면을 본 마누엘은 전화를 받았다. 메이 리우였다. 그는 한마디도 하지 않고 그녀의 말을 듣기만 하다 전화를 끊었다. 그러자 차 안은 다시 폭풍 전야와 같은 무거운 정적 속에 잠기고 말았다. 마누엘은 카페가 보고 싶었다.

노게이라는 여관 주차장에 차를 세웠다. 루카스와 마누엘이 차에서 내리자, 그는 아무 말도 하지 않고 곧장 사건 현장으로 떠났다.

그들은 그사이 한마디도 하지 않았다. 두 사람 사이에 팽팽한 긴장감이 감도는 와중에 마누엘은 자기 차가 있는 곳으로 걸어갔다.

「마누엘, 어디 가는 거야?」 루카스가 그를 따라오며 물었다.

「아스 그릴레이라스에 가려고. 나하고 같이 가든지, 여기 있든지 알아서 해. 이젠 생각만 해도 지긋지긋해. 나는 그게 대체 누구였는지 알고 싶어. 답을 알고 싶을 뿐이라고.」

루카스는 고개를 끄덕인 뒤, 차를 한 바퀴 돌아 조수석에 앉았다.

이성과 균형

어느새 해가 지고 땅거미가 깔리기 시작했다. 장원에 도착할 무렵, 건물 정면이 노을빛을 받아 금빛으로 물들었다. 그날의 마지막 햇살로 물든 장원은 여느 가정집처럼 아늑하게 보였다.

그들은 곧장 주방으로 걸어갔다. 예상한 대로 안에는 에르미니아와 다미안이 있었다. 부부는 손을 맞잡은 채 테이블에 앉아 있었는데 표정이 왠지 불안해 보였다. 두 사람은 갑작스러운 인기척에 화들짝 놀라며 고개를 돌렸다. 에르미니아는 그들을 보자마자 자리에서 벌떡 일어나 루카스의 팔을 덥석 잡고 애원했다.

「이 일을 어쩌면 좋아! 세상에 어떻게 이럴 수가 있어요! 하느님도 무심하시지……」 그녀는 말을 채 마치지도 못하고 울음을 터뜨렸다. 그 모습에서 그들은 뭔가 심상치 않은 일이 일어났음을 직감했다.

「에르미니아, 왜 그래요? 무슨 일이죠?」 마누엘은 깜짝 놀라며 물었다.

「무슨 일이라뇨? 아직 모르세요? 그럼 산티아고 때문에 온 게 아니란 말이에요?」

「산티아고한테 무슨 일이 생겼나요?」 루카스가 부들부들 떠는 에르미니아를 부축하다가 놀란 눈으로 마누엘을 쳐다보며 물었다. 마누엘은 눈이 휘둥그레진 채 어깨를 으쓱했다.

「도련님. 이 집에 액운이 들었나 봐요. 이제 우리 도련님들을 다 잃게 생겼다고요. 다들 내 곁을 떠나려고 해요.」

511

마누엘은 입을 굳게 다문 채 꼼짝 않고 테이블에 앉아 있던 다미안을 돌아보았다. 그는 자기와는 아무 상관도 없는 일이라는 듯, 아니면 별일 아니라는 듯 그들을 지켜보고 있었다. 마누엘은 그의 이름을 기억해 내려고 안간힘을 썼다.

　「다미안. 산티아고에게 무슨 일이라도 생긴 거예요?」

　「구급차에 실려 갔습니다. 카타리나가 따라갔어요. 사람들 말로는 약을 한 움큼 집어 먹었다고 하더군요. 그 아이가 아니었더라면 정말 큰일 날 뻔했답니다. 다행히 그때 방에 들어간 아이가 그를 흔들어 깨운 덕분에 목숨이라도 건진 셈이죠.」

　「사무엘 말입니까?」

　남자는 고개를 끄덕였다.

　「그 아이가 아니었더라면 죽었을지도 몰라요.」

　「아이는 어디 있죠? 많이 놀랐을 텐데, 괜찮나요?」

　그때 에르미니아가 루카스의 팔을 뿌리치며 대답했다.

　「아이는 괜찮으니까 걱정하지 말아요. 그 애는 무슨 일이 일어났는지도 모른답니다. 놀이인 줄 알고 있으니까요. 가엾은 녀석 같으니……. 지금 위에 있어요. 제 엄마가 동화책을 읽어 주고 있을 거예요.」

　테이블로 다가간 마누엘은 의자에 힘없이 풀썩 주저앉았다. 주변의 모든 것이 허물어져 가고 있었다. 그는 차분히 생각을 정리해 보기로 마음먹었다. 일단 어떻게든 산티아고를 구석으로 몰아붙여 자백을 받아 낼 작정이었다. 어둠에 잠긴 교회 안에서 혼자 울던 산티아고의 모습이 머릿속에 떠올랐다. 어쩌면 그는 겉으로 보기보다, 아니 자신이 견딜 수 있는 것보다 훨씬 더 큰 고통과 슬픔을 가슴에 품고 살아왔는지도 모른다.

　루카스는 마누엘이 생각에 잠긴 사이, 에르미니아에게 물었다.

　「에르미니아, 대체 어떻게 된 일이죠? 산티아고를 잘 알잖아요. 그의 행동에서 무슨 낌새라도 없었습니까? 아무런 이유도 없이 갑작스럽게 자살을 결심하는 사람은 없으니까요. 무엇 때문에 그렇게 서두른 거죠?」

그녀의 앙다문 입술 위로 모진 미소가 스치고 지나갔다. 깊은 슬픔이
서려 있던 얼굴은 모멸감으로 비참하게 일그러졌다.

「무슨 일이 있었는지 나도 잘 안다고요! 늘 일어나던 일이 일어난 거
죠. 저 무서운 여자는 자기 아들들을 모두 땅에 묻을 때까지 절대 그만
두지 않을 거예요. 자기 자식이 행복한 걸 보면 배가 아픈 여자니까요.」
그녀는 여전히 이를 악문 채 화난 표정을 짓고 있었다. 「망할 놈의 여편
네!」 그녀가 마침내 욕을 뱉어 냈다. 「어제 카타리나가 모처럼 희소식
을 전해 주었죠. 다시 임신을 했다는 거예요. 자나 깨나 그녀의 건강만
생각하던 산티아고가 그 소식을 듣고 어땠을지는 잘 아실 거예요. 그들
은 일찍 저녁을 먹고 잠자리에 들었답니다. 그런데 그 마녀 같은 여자가
그런 꼴을 가만히 두고 볼 리 없었죠.」 그녀는 말을 하다 말고 다시 서럽
게 울기 시작했다.

다미안은 고개를 들어 착잡한 표정으로 그녀를 쳐다보았다.

마누엘은 자리에서 일어나, 며칠 전 그녀가 자기를 위로할 때처럼 손
을 잡고 의자로 데리고 가서는 손을 놓지 않은 채 그녀 앞에 앉았다.

그녀가 울먹이는 목소리로 말을 계속했다.

「오늘 아침에 사리타와 위층 방을 청소하는데, 둘이서 다투는 소리가
들리더라고요. 아시겠지만 나는 그 여자의 방에는 절대 들어가지 않아
요.」 그녀가 당당한 목소리로 말했다. 「잠시 뒤 산티아고가 울면서 방을
뛰쳐나오더군요. 그런데 그 여자가 깔깔대고 웃으면서 뒤따라 나오는
거예요. 그러곤 사리타와 내가 거기 있거나 말거나 자기 아들을 놀리고
비웃더라고요. 현관문이 쾅 닫힐 때까지 말이에요. 창밖을 내다보니까
산티아고 도련님이 말을 타고 어디론가 가더군요. 화가 나면 언제나 그
랬으니까요. 하지만 손을 그렇게 다쳐 가지고 나가긴 어딜 나가요.」

「두 사람이 무슨 일로 다투었는지 아세요?」

에르미니아는 고개를 저었다.

「그럼 약은 언제 먹은 거죠?」

513

「한 시간도 채 안 됐어요. 아이가 같이 놀려고 그를 찾아다니다가 방에 들어갔는데, 아직 자고 있으니까 이상했겠죠. 다행히 바로 엘리사에게 알린 덕분에 목숨이라도 건진 거예요.」

「에르미니아. 산티아고가 그럴 줄은 꿈에도 몰랐어요. 그를 그렇게 아꼈는데, 얼마나 마음이 아프시겠어요.」 마누엘이 심각한 표정으로 말했다.

그녀는 위로의 말을 듣더니 조용히 미소를 지었다.

「오늘은 한 가지 물어볼 게 있어서 온 거예요.」

에르미니아는 궁금한 듯이 그를 쳐다보았다.

「며칠 전에 알바로 이야기를 하다가 열두 살밖에 안 된 아이를 어떻게 그 먼 곳으로 보냈는지 물어봤잖아요. 그때 에르미니아가 그랬지요. 그날 알바로와 아버지 간에 어떤 일이 일어났다고요.」

에르미니아는 잠깐 시선을 딴 데로 돌렸다.

「구체적으로 어떤 날이라고 말하지는 않았어요. 두 사람은 늘 사이가 좋지 않았으니까요. 알바로가 학교에서 쫓겨난 터라, 아버지는 그를 못마땅해했죠.」

「맞아요. 그렇게 말했죠.」 그는 차분하게 말했다. 「알바로가 산소안에서 출교당한 날은 12월 13일인데, 방금 마드리드에서 알려 준 바에 따르면 그가 기숙 학교에 들어간 날이 같은 달 23일이에요. 전통적인 가톨릭 집안에서, 그것도 성탄절 전날에 열두 살밖에 안 된 아이를 보내 버리기로 결정했다면, 그 열흘 동안 무슨 일이 일어난 게 틀림없어요.」

「특별한 일은 없었어요.」 에르미니아는 자리에서 일어나더니 화덕에 올려놓은 국을 휘휘 젓는 척하면서 대답했다.

「내 생각으로는 알바로와 아버지 사이에 무슨 일이 있었던 게 분명해요. 그것도 아이를 그 먼 곳으로 당장 보내 버릴 만큼 심각한 일 말입니다. 알바로의 어머니도 지나가는 투로 말했어요. 에르미니아, 정말 알바로를 아끼고 사랑했다면…….」 그가 갑자기 목소리를 높이자, 에르미니아는 화들짝 놀라며 돌아보았다. 「속 시원히 말씀해 주세요. 만약 끝까지 입을 다물면, 위층에 올라가 까마귀한테 물어볼 겁니다. 그녀라면 주저하지 않고 다 이야기해 줄 테니까요. 그것도 가장 잔인한 말투로 말이죠.」

그러자 에르미니아는 손에 들고 있던 국자를 내려놓고 테이블로 돌아왔다. 그녀는 아까 앉았던 자리에 앉아서 목소리를 죽인 채 이야기를 시작했다. 하지만 적당한 말을 찾기가 어려운 듯했다. 루카스와 마누엘은 바로 옆에 앉아 있는데도 말소리가 너무 작아서 몸을 숙여야 했다.

「알바로가 학교에서 쫓겨나고 며칠 뒤였어요. 산티아고가 아직 집에 오지는 않았을 때니까, 성탄절 휴가 며칠 전이었을 거예요.

그날 노 후작은 사냥을 나갔어요. 그럴 때면 언제나 산티아고를 데려갔죠. 알바로야 사냥을 워낙 싫어했으니까요. 산티아고는 아버지의 마음에 드는 일이라면 뭐든 가리지 않았죠. 아무튼 알바로는 데려가지 않았어요. 사냥을 마치곤 정오쯤 돌아왔을 거예요. 늘 그랬듯이 사냥개용 트레일러를 매단 지프가 주방 앞에 멈춰 서더군요. 그런데 그날따라 노 후작이 사냥개 한 마리 때문에 단단히 화가 나 있었어요. 녀석이 그 무렵 부쩍 말을 안 듣던 데다, 그날 사냥감을 놓쳐 버린 모양이더라고요. 그는 트레일러에서 사냥개들을 모두 꺼낸 뒤에 그 녀석만 붙잡아 두고는 발길질을 해댔어요. 개의 비명이 온 장원에 울릴 정도로 말이죠. 나는 마음을 졸이면서 밖으로 나갔어요. 처음에는 녀석이 하도 고통스럽게 울부짖어서 일꾼들이 번갈아 두드려 패는 줄 알았거든요. 그때 알바로가 쫓아 나오더니 자기 아버지 앞을 가로막고 서더군요. 아버지가 손을 치켜들기에 뺨을 때리는 줄로만 알았어요. 그런데 노 후작은 차로 가서 엽총을 꺼내 오더니, 그걸 알바로의 손에 쥐여 주더라고요.

〈이 개는 사냥을 못해서 아무짝에도 쓸모가 없어. 네가 이놈을 쏘는 게 어떠냐? 쏴 죽이라고.〉

알바로는 엽총과 개를 번갈아 보더군요. 그러더니 손에 총을 든 채 아버지에게 다가서면서 싫다고 했어요.

〈뭐라고? 당장 쏘지 못해.〉 아버지가 다시 명령했어요.

〈싫어요.〉알바로도 물러서지 않고 단호하게 거부했죠.

그러다 알바로가 총을 들어 어깨에 대더니 아버지에게 총구를 겨누는 거예요.

〈분명히 싫다고 했어요.〉그의 목소리는 차분하면서도 단호했어요.

그 순간 알바로는 고개를 들어 위를 쳐다보았어요. 엄마가 창문가에 서서 그 모습을 지켜보고 있었다는 걸 알아차린 거죠. 사실 나뿐만 아니라, 장원에 있던 모든 사람들이 개가 울부짖는 소리에 놀라 몰래 창문을 내다보고 있었어요. 당연히 노 후작은 화가 나서 길길이 날뛰었죠. 그의 말이라면 모두가 설설 기는데, 자기 자식이 그랬으니 얼마나 화가 났겠어요. 더구나 모두가 보는 앞에서 그런 일이 일어났으니 노 후작으로서는 정말이지 치욕을 견디기 어려웠을 거예요.

모두 숨죽이고 있는 가운데, 아버지와 아들이 서로를 무섭게 노려보았죠. 그러다가 어느 순간, 노 후작이 갑자기 웃기 시작하더군요. 조금 전 개가 고통에 못 이겨 울부짖던 소리처럼 그의 웃음소리가 장원에 울려 퍼졌어요.

〈개는 못 쏘겠다 이거지. 개 한 마리도 못 죽이는 녀석이 사람한테는 눈 하나 깜짝하지 않고 그런 짓을 하다니 놀랍구나. 안 그래, 살인마 녀석아?〉

그 광경을 엿보던 모두가 똑똑히 들었어요. 아버지가 아들을 살인마라고 부르는 걸 말이죠. 하지만 알바로는 여전히 아버지에게 총구를 겨눈 채 노려보더군요. 노 후작은 말없이 몸을 돌려 집 안으로 걸어 들어갔어요. 그러다가 주방 앞을 지나가면서 갑자기 나한테 소리를 지르는 거예요. 〈에르미니아. 전에도 말했지만, 너는 웬만한 남자는 찜 쪄 먹을 여자야!〉

그 일이 있고 이틀 후에 알바로를 마드리드로 보냈죠. 아이가 떠나던 날, 노 후작은 그 개를 길에 끌고 나오더니 총으로 머리를 날려 버렸답니다. 물론 알바로가 떠날 때까지 기다리다 그랬어요. 다미안이 길에 쏟아진 뇌를 주워 담아 땅에 묻어 주었죠. 어리석게 들릴지도 모르겠지만,

내가 보기에 노 후작은 알바로를 내심 두려워했던 것 같아요.」

루카스는 손을 이마에 갖다 대더니 얼굴을 조금 가렸다. 마누엘은 크게 한숨을 내쉬고 나서 입을 열었다.

「그런 사실을 왜 여태까지 숨긴 거죠?」

에르미니아는 대답하기 전에 눈짓으로 루카스의 얼굴을 가리켰다.

「왜냐고요? 두 분이 지금처럼 그런 생각을 할까 봐 걱정스러워서요. 알바로 도련님은 정말 착하고 정의로운 분이랍니다. 지금껏 내가 만난 사람 중에서 가장 좋은 분이라고요.」

다미안은 아내가 말을 할 때마다 고개를 끄덕거렸다. 그 순간 에르미니아가 벌떡 일어나더니 주방과 계단 입구를 가르는 문을 벌컥 열었다. 문 뒤에는 너무 울어 눈이 퉁퉁 부은 엘리사가 겁먹은 표정으로 꼼짝 않고 서서 그들을 바라보고 있었다.

「거기 얼마나 있었던 거죠?」 마누엘이 어안이 벙벙한 얼굴로 물었다.

「한참 됐어요, 마누엘. 나만 알바로 씨를 의심한 게 아니라는 걸 알게 됐을 정도로요.」

무언가가 그의 마음속에서 심하게 흔들리기 시작했다. 마누엘이 그 땅에 발을 디딘 지도 열흘이 넘었다. 도착하자마자 그를 맞이한 것들은 온통 적대적이었다. 잔뜩 찌푸린 잿빛 하늘과 서둘러 달아나던 여름 그리고 여태 알던 알바로의 삶 전체가 거짓일지도 모른다는 의심. 사막을 따라 걷다가 작은 길에서 새로 알아낸 것들은 치욕스러운 상처와 고통을 안겨 주었고, 여태껏 믿은 것들이 죄다 거짓에 불과하다는 것을 새삼 깨닫게 해주었다. 그는 결국 굴복한 채 무릎을 꿇고 말았다. 그리고 며칠 동안 저 아래 바닷속에 묻혀 있던 유령들 — 노게이라가 말한 그 유령들 말이다 — 이 무덤을 가르고 나와 부패한 유골과 함께 수면으로 떠오르기만을 기다렸다. 사랑하는 이의 흔적을 발견할 때마다 떠다니던 무덤들이 하나씩 수면으로 솟아오르면서 그를 다시 절망의 늪으로 빠뜨렸다. 돌이켜 보면 알바로는 헨젤처럼 그가 따라올 수 있도록 가면서 빵 조각을 하나씩 떨어뜨려 놓은 셈이었다. 그중 일부는 쥐들이 물어 가고, 또 일부는 새들이 쪼아 먹었을 것이다. 나머지는 빗물에 젖어 흙과 뒤섞여 버렸을 것이다. 그럼에도 워낙 부지런한 알바로는 길 위에 수백, 아니 수천 개의 빵 조각을 남겨 놓았다. 그리고 그가 남긴 가장 중요한 빵 조각 덕분에 마누엘은 다른 것들도 찾을 수 있었다.

지난 오랜 세월 동안 그는 바다만 바라보고 산 바보였다. 알바로가 그를 보살펴 주고 모든 것을 처리해 주었다. 마누엘은 이제야 깨달았다. 그도 열두 살 때부터 혼자 세상을 떠안은 채 살아왔다는 것을 말이다. 그 모든 것이 알바로라는 인간을 만든 셈이었다. 어린 나이에도 다른 이들을 먼저 보살필 줄 알았던 알바로. 가족으로부터 갖은 모욕과 비난을 뒤집어쓰면서도 어린 동생을 공포와 수치에서 벗어나게 하려고 모든 책임을 달게 받아들인 알바로. 그리고 바다만 바라보고 살던 천치들. 하지만 이제 알바로는 더 이상 그렇게 살지 않을 것이다. 다른 이들도 더 이상 그에게 기대 살 수 없을 것이다. 물론 아직도 그런 생각을 하는 이가 있다면, 자신이 당장 목을 부러뜨릴 테지만 말이다.

「엘리사, 제발 그런 말만은 하지 말아요.」 마누엘이 간절히 청했다.

「나도 그렇게 생각하고 싶지는 않았어요. 정말이에요, 마누엘. 그런 생각을 하고 싶지는 않았다고요.」

「그런데요?」

「그런데 노 후작이 돌아가신 날에 어머니가 알바로 씨에게 하는 이야기를 들었어요. 프란은 돌아가신 아버지의 손을 잡고 통곡하느라 정신이 없었고요. 어머니는 그이와 같은 방에 있는 것조차 못 견뎌 하셨죠.」

엘리사의 말을 들으며 에르미니아가 심각한 표정으로 고개를 끄덕였다.

「프란은 완전히 이성을 잃은 상태였어요. 단 한 순간도 아버지의 시신 곁에서 떨어지지 않으려고 했으니까요. 나는 너무 지쳐서 잠시 쉬려고 나가다가 두 사람이 하는 이야기를 우연히 엿듣게 됐어요. 알바로 씨는 창밖을 물끄러미 내다보고 있었는데, 어머니가 이런 말씀을 하시더군요. 〈이젠 네가 이 가문을 이끌어야 한다. 그건 네가 짊어져야 할 책임이야. 우선 모자란 네 동생과 그 애의 아이를 가진 천박한 계집년부터 어떻게 좀 처리해.〉」

「알바로가 뭐라고 했죠?」

「알바로 씨가 그러더군요. 〈내가 해야 할 일이 무엇인지 잘 알고 있어요.〉」

「그건 별 뜻 없이 한 말이에요.」 루카스가 나서며 말했다.

엘리사의 말이 이어졌다.

「다음 날, 장례식이 끝난 뒤에도 프란은 집에 들어가지 않겠다고 했어요. 그러곤 자기 혼자 남아 있겠다면서 묘지에서 다 나가라고 했죠. 날씨가 아주 쌀쌀했던 데다 당장이라도 비가 쏟아질 것 같았어요. 하지만 별수 없었죠. 나는 방으로 올라가 창가에서 그이를 살펴보았답니다. 그이는 일꾼들이 수북하게 쌓아 놓은 흙더미 옆에 앉아 있었죠. 너무 걱정이 돼서 가만히 앉아 있지 못하겠더군요. 하지만 뭘 어떻게 해야 할지 몰랐던 데다, 의논할 사람조차 없어서 발만 동동 구르고 있었지요. 그이는 슬프다기보다는 넋이 나간 것 같았어요. 실성한 사람 같았죠. 그때 알바로 씨가 다가오더니 그이 곁에 앉아 잠시 이야기를 나누더군요. 그러다가 갑자기 비가 쏟아지는 바람에 두 사람은 교회 안으로 들어갔어요. 그이를 묘지에서 벗어나도록 설득할 수 있는 사람은 알바로 씨밖에 없었어요. 당시만 해도 알바로 씨한테 그렇게 고마울 수가 없었어요.」

「그런데 지금은 왜 그렇게 생각하는 거죠?」

「나도 잘 모르겠어요, 마누엘. 어쨌든 이 집에서 알바로라는 존재는 음산한 신비의 베일 속에 가려져 있어요. 방금 말씀하신 것처럼…….」

「뭐라고요?」 마누엘이 버럭 소리를 질렀다. 「맙소사! 개를 총으로 쏘아 죽이라는 아버지의 명령도 거부했던 아이라고요. 그것만으로도 그가 어떤 사람인지 충분히 알 수 있잖아요. 그땐 너무 어려서 그랬을 뿐이에요.」

하지만 그녀도 쉽게 물러서지 않았다.

「아무리 어려도 그렇지, 자기 아버지한테 총을 겨눴다고요. 오죽하면 아버지가 아들더러 살인마라고 했겠어요. 아이가 얼마나 두려웠으면 집에서 쫓아냈겠어요. 어머니가 알바로 씨한테 동생을 책임지라고 한 건, 어느 순간부터 프란이 집안의 골칫덩어리가 되었기 때문이에요. 더군다나 두 분도 프란이 절대 자살했을 리 없다고 했잖아요.」 그녀는 루카스와 마누엘을 번갈아 보면서 말했다.

「그건 이 문제와 아무 관련도 없는 이야기라고요.」 마누엘은 짜증 섞인 목소리로 말했다.

「그럼 그날 밤 나한테 알바로 씨를 봤는지 물은 이유가 뭐죠?」

그녀의 말이 떨어지기가 무섭게 에르미니아가 흠칫 놀랐다. 마누엘이 그녀에게도 똑같은 것을 물어봤기 때문이었다.

루카스는 질문이라도 하려는 듯, 손을 번쩍 들어 올렸다.

「그날 밤 내가 알바로를 본 것 같다고 해서 물어본 거예요. 실제로 그때 그를, 아니면 그의 외투를 입은 사람을 봤거든요. 하지만 그건 전혀 중요하지 않아요. 나중에야 알았는데, 그 옷은 늘 마구간 옷걸이에 걸려 있었다고 하더군요. 부인이 말한 것처럼 그날 밤은 날씨가 아주 추웠기 때문에 교회까지 걸어가려면 누구라도 그 옷을 입어야 했을 겁니다.」 그는 빈정거리는 투로 말했다. 「사실 그날 밤에는 다들 교회에 가려고 했던 것 같군요. 여러분 모두 거기에 갔거나, 아니면 적어도 거기서 아주 가까운 곳에 있었으니까 말입니다.」

모두가 대답 없이 고개를 푹 숙였다.

마누엘은 가슴속에서 분노가 끓어오르는 것을 느꼈다. 공기 중을 떠다니던 정적이 의혹으로 가득 찬 뇌우가 되어 그들의 머리 위에서 우지직 소리를 냈다.

마누엘은 그들을 둘러보았다. 다미안은 오래전에 주인한테 받은 걸로 보이는 양털 모자를 쓰고 있었다. 오랜 세월 동안 후작을 섬기면서 신중하고 조심스러운 태도가 몸에 밴 그는 시선을 내리깔고 있었다. 좋으나 궂으나 이 집 아들들의 엄마 노릇을 하느라 고생한 에르미니아는 너무 울어 눈이 퉁퉁 부어 있었다. 겁 많은 소녀에 불과한 엘리사는 모든 것을 체념하고 자신의 운명을 남의 손에 맡기고 사는 모습이었다.

마누엘은 자리에서 벌떡 일어나더니, 주방을 가로질러 계단 쪽으로 성큼성큼 걸어갔다.

「어디 가려고? 대체 뭘 하려는 거야? 마누엘!」

그는 사람들의 만류를 뿌리치고 계단을 뛰어서 올라갔다. 모퉁이를 돌자 양편으로 육중한 문들이 닫힌 채 늘어서 있는 어두컴컴한 복도가 나타났다. 복도 끝에 다다른 그는 신고를 받고 출동한 경찰처럼 다급하게 문을 두드렸다.

문이 스르르 열리더니 후작 부인이 나타났다.

「오르티고사 씨. 여기서 다시 만날 일은 없을 거라고 생각했는데요. 그날 내가 알아듣게 이야기한 것 같은데, 그렇지 않은 모양이죠?」

방 안에는 텔레비전이 켜져 있었고, 간호사가 저번과 같은 자리에 앉아 있었다. 그곳이 간호사의 자리인 모양이었다. 그녀는 자리에 앉은 채 불청객이라도 대하듯 미심쩍은 표정으로 마누엘을 쳐다보았다. 후작 부인은 안으로 들어오라고 권하지도 않았지만, 마누엘로서도 오히려 그편이 편했다.

「네, 그래요. 그날 분명하게 말씀하신 건 아닙니다. 내가 알아들을 정도로 말이죠.」 그는 바로 앞에 서 있는 부인을 빤히 쳐다보며 말했다.

후작 부인은 이제 진절머리가 난다는 듯이 고개를 약간 옆으로 기울인 채 그의 말을 들었다.

「뭘 원하는 거죠, 오르티고사 씨?」 그녀의 목소리에 초조해하는 기색이 역력했다.

「저번에 만났을 때, 남편분이 알바로를 상속자로 정한 것이 아주 잘한 일이라고 하셨죠. 그리고 알바로는 무슨 일이든지 두 분이 기대한 것 이상으로 잘 해냈다고도 하셨고요.」

그녀는 눈을 가늘게 뜨면서 당연하다는 듯이 어깨를 으쓱했다.

「그런데 무슨 이유로 열두 살짜리 아이를 그 먼 곳으로 보내 버린 거죠?」 마누엘이 따지듯이 물었다.

「그 아이가 사람을 죽였기 때문이죠.」 그녀가 쌀쌀맞게 대꾸했다.

「그건 사실이 아닙니다.」 마누엘이 단호하게 말했다.

그녀는 이미 결말을 뻔히 아는 영화라도 보는 것처럼 지겹다는 표정을 지었다. 그러곤 문에 몸을 기댄 채, 마누엘을 넘어 복도 끝에 모여 있는 사람들을 살펴보았다. 그녀가 돌연 미소를 지으며 말했다.

「더 이상 숨길 필요 없어요. 안 그래도 어제 수도원장이 내게 연락했으니까요. 그나저나 수도원 컴퓨터를 이용했으면 당연히 검색 기록을 지웠어야죠. 깜박 잊은 건가요? 거기까지 갔으면 알바로가 그 사람을 냉혹하게 죽였다는 것도 알게 되었을 텐데요.」

그 순간 마누엘은 혈관 속의 피가 끓어오르는 것을 느꼈다. 그렇지만 복도 끝에 모여 있는 이들이 듣지 못하도록 최대한 목소리를 낮춰 말했다.

「알고 계셨네요. 그날 무슨 일이 벌어졌는지 다들 알고 있었어요. 그런데도 한 아이만 처벌하고 다른 아이는 마치 아무 일도 없었던 것처럼 거기 그대로 놔두었죠.」

「한 가지 분명한 것은 그날 알바로가 수사를 죽였다는 거예요. 평생 하느님을 섬기고 아이들을 가르치는 데에 헌신해 온 선량한 분을 말이죠.」

「당신이 말한 그 선량한 분은 정말이지 추악한 인간이었어요. 어린아이들을 성폭행한 인면수심의 악마란 말입니다. 알바로는 단지 동생을 지키려고 했을 뿐이에요. 그런데 당신들은 그까짓 땅이나 얻으려고 아들을 팔아먹은 셈이라고요.」

「남편이 그들과 합의한 것은 그 문제와 아무 관련도 없어요.」

「그래요? 두 분은 산티아고를 거기에 그대로 놔두었죠. 그 아이에게는 지옥이나 다름없었을 학교에 말입니다. 그리고 알바로는 가족과 떼어 놓았어요. 그 어린애를 집에서, 아니 자기가 알던 유일한 세계에서 강제로 쫓아냈다고요. 위험을 무릅쓰고 그 악한으로부터 동생을 지켜 낸 대가가 고작 그것이었죠.」

그녀는 불쾌하면서도 초조한 기색을 내비치며 그가 말할 때마다 고개를 절레절레 저었다. 심지어는 잠시 고개를 돌려 방 안에 켜둔 텔레비전 화면을 보기도 했다.

「물론 어린 나이치고는 용감했죠. 하지만 한 가지 분명한 건 그때 알바로가 한 행동은 결코 열두 살짜리 아이답지 않은 짓이었다는 거예요. 아마 수도원에서 뭔가를 잘못 본 것 같아요. 아이들은 상상력이 지나칠 정도로 풍부하죠. 학교에서 그런 일이 있었으면 당연히 어른에게 먼저 알렸어야 하지 않을까요? 그런데도 알바로는 누구한테 알리기는커녕 고함을 지르거나 그 수사를 때리지도 않았어요. 그저 조용히 뒤로 다가가 그를 붙잡고 숨이 끊어질 때까지 목을 졸랐다고요. 그렇게 목을 졸라서 사람을 죽이려면 시간이 얼마나 걸릴지 생각해 본 적 있나요? 정 내 말을 믿지 못하겠다면, 다른 이야기를 하나 더 해드리죠. 그 일이 있고 나서 알바로는 일주일 동안 집에 머물렀어요. 그런데 그때 제 아버지도 죽일 뻔했다고요.」

「그거야 총으로 개를 쏴 죽이라고 한 명령을 거부했던 것뿐이죠.」 마누엘은 생각만 해도 역겨운지 인상을 찌푸리며 중얼거렸다.

「아무튼 우리가 그 아이를 집에서 내쫓은 건 사람을 죽였기 때문이에요.」 후작 부인은 더 이상 할 이야기가 없다는 듯이 기대고 있던 몸을 세우더니 문을 닫으려고 했다.

「그런데 왜 알바로를 다시 데려온 거죠?」

그러자 후작 부인은 당연한 것을 묻는다는 듯이 눈썹을 치켜세웠다.

「그것도 같은 이유 때문이죠. 우리는 앞으로 어떻게 될지 잘 알고 있었거든요. 그 아이의 아버지가 세상을 뜨자, 모든 것이 엉망진창이 되기 시작하더군요. 그래서 허물어져 가는 집안을 다시 일으켜 세우기 위해서 알바로가 필요했던 거죠. 그렇다고 단지 가산 관리 문제만을 이야기하려는 건 아니니까 오해하진 말아요. 이미 말했듯이 그 문제라면 알바로가 아주 만족스럽게 해결했으니까요.」

「그가 무슨 짓을 했다는 겁니까? 대체 뭘 보셨기에 그러는 거죠?」

그녀는 고개를 숙이면서 대답했다.

「남편의 장례식 날, 알바로가 무덤가로 다가가는 걸 봤어요. 그러곤 프란더러 같이 교회 안으로 들어가자고 설득하는 걸 내내 지켜봤어요. 알바로가 그 문제를 처리하려는구나 싶었죠.」

마누엘은 그녀의 말을 듣는 내내 고개를 흔들었다. 더 이상 그 비열한 태도를 받아들이기가 어려웠다. 그녀는 그런 끔찍한 일도 여느 집안 문제를 언급할 때처럼 아무 일도 아니라는 투로 냉정하게 말했다.

「그럼 알바로가 그를 죽였다는 거예요? 여태까지 그렇게 생각한 거냐고요? 알바로가 당신을 집안의 골칫덩어리로부터 벗어나게 해주려고 자기 동생을 죽였다 이겁니까? 정말로 그렇게 생각해요? 당신은 그를 전혀 몰라요. 알바로가 어떤 사람인지 눈곱만큼도 모른단 말입니다.」 그는 모욕적인 말을 서슴없이 쏟아 냈다.

「그러는 당신은 알바로가 어떤 사람인지 잘 알아요?」 그녀도 빈정거리는 말투로 쏘아붙였다. 「그래서 연옥에 떨어진 혼령처럼 알바로가 던져 놓은 빵 조각이나 쫓아다니는 거예요? 뭐라도 좀 알아내려고?」

마누엘은 자신이 떠올리던 〈빵 조각〉이라는 말이 그녀의 입에서 나오자 적지 않게 당황했다. 그는 나름대로 고심한 끝에 후작 부인이 지극히 자기중심적인 사람이라고 결론을 내렸다. 하지만 그보다는 루카스의 판단이 옳았다. 그녀는 인간의 약점을 예리하게 파악해 내는 직감력이 뛰어났을 뿐만 아니라, 적절하게 이용할 줄도 알았다.

그녀가 자신의 의견을 확실히 하려는 듯 한마디 덧붙였다.

「보세요, 오르티고사 씨. 나는 인간의 약점이라면 누구보다 잘 압니다. 지금껏 그런 인간들에게 둘러싸여 자랐고, 살아왔으니까요. 마누엘 씨가 객쩍은 허세로 남들을 잘 속일지는 몰라도 나한텐 안 될 겁니다. 물론 알바로가 어떤 사람인지는 당신도 잘 알고 있을 거라고 생각해요.」

마누엘은 뭐라고 대답해야 할지 몰라 잠시 머뭇거렸다. 그는 말없이 그녀의 얼굴을 빤히 쳐다보았다. 사람의 마음을 훤히 꿰뚫어 보는 그녀가 무섭기도 했지만, 그 말에 일방적으로 놀아나고 만 자신에게 화가 치밀어 올랐다. 그 여자는 언제든지 마음만 먹으면 무엇이든 할 수 있었다. 마누엘은 그녀에게 진실을 듣기로 굳게 마음먹고 위로 올라왔다. 그런데 그녀는 그를 피하기는커녕 예전과 마찬가지로 노골적이면서도 잔인하게 대했다.

그의 앞에서 문이 스르르 닫혔다. 마누엘은 잠시 꼼짝도 하지 않고 어둠에 잠긴 복도에 멍하니 서 있었다. 문에서 풍기는 은은한 나무 냄새가 코끝을 스치고 지나갔다. 그때 복도 끝에서 마음을 졸이며 지켜보고 있던 이들이 생각났다.

뒤를 돌아봤더니, 에르미니아의 품에 안긴 채 울고 있는 엘리사의 모습이 눈에 띄었다. 루카스는 그 뒤에 서 있었다. 역광 때문에 얼굴은 보이지 않았지만, 몸짓으로 보건대 까마귀가 한 말을 다 들은 모양이었다. 그들이 있는 쪽으로 천천히 걸어가는데, 수많은 문 중 하나가 벌컥 열렸다. 그 방에서 빛이 쏟아져 나오면서, 복도의 우윳빛 양탄자가 언뜻 모습을 드러냈다. 자그마한 맨발이 먼저 나오더니, 뒤이어 아이의 환한 미소가 나타났다.

「아저씨!」 아이의 말 한마디에 기쁨이 넘쳐흘렀다.

마누엘은 무릎을 꿇고 두 팔을 벌려 아이를 안아 주었다. 그사이에도 사무엘은 이런저런 이야기를 떠들어 대면서 쉴 새 없이 재잘거렸다. 무슨 소리인지 절반은 알아듣지 못했지만, 마누엘은 흐뭇한 미소를 지으며 고개를 끄덕였다. 어느새 뜨거운 눈물이 그의 얼굴을 타고 흘러내렸다.

「아저씨, 울지 말아요!」 사무엘이 울상을 지으며 말했다. 아이는 자그마한 손을 얼굴에 갖다 댄 채 당장이라도 터져 나오려는 울음을 참고 있었다.

마누엘은 자리에서 일어나 아이의 손을 잡고 복도 끝에 모여 있던 사람들 쪽으로 걸어갔다. 엘리사가 마누엘의 품에 와락 안기면서 울먹이는 목소리로 말했다.

「미안해요, 마누엘. 정말 미안해요.」

마누엘은 힘없이 그녀를 안아 주었다. 그러곤 몇 걸음 뒤에서 그를 유심히 살펴보고 있던 루카스를 멍하니 바라보았다. 루카스의 눈에서 굳은 결의가 엿보였다. 나중에는 고마워할 일이겠지만, 그 순간에는 그조차 부담스럽게만 느껴졌다. 마누엘은 결국 시선을 돌리고 말았다.

「아저씨, 갈 거예요?」사무엘이 눈을 동그랗게 뜨고 물었다.

마누엘은 아이를 바라보며 힘없는 목소리로 대답했다.

「응. 가야 해.」

「그럼 아저씨하고 같이 갈래요.」아이가 결연한 표정을 지으며 말했다. 「엄마, 나 아저씨하고 같이 갈 거예요.」

그 순간 마누엘은 알바로가 왜 이들을 내팽개칠 수 없었는지, 왜 이들을 자기가 보살펴야 한다고 생각했는지 이해할 수 있을 것 같았다. 그는 엘리사를 쳐다본 다음, 어둠에 잠겨 있는 저 안쪽을 슬쩍 돌아보았다.

「자, 이제 각자 짐을 챙기도록 해요.」마누엘이 말했다. 「나는 여러분을 여기에 남겨 놓지 않을 겁니다.」

마누엘은 여관 주차장을 가로질러 항상 차를 세워 두던 끝자리로 걸어갔다. 막 개막한 시즌 첫 축구 경기 중계를 보려고 동네 사람들이 바에 한가득 모여 있었다. 그래서 루카스가 차에서 기다리기를 원했던 것인지도 모른다.

차에 다가가자 조수석에 앉은 채 머리를 뒤로 젖히고 있는 루카스의 모습이 보였다. 피곤할 때나 좌절감에 빠질 때마다 루카스는 저런 자세를 취하곤 했다. 알바로에 대해서는 확고부동한 믿음과 신념을 지녔지만, 불길한 예감과 의심에 휩싸일 때면 어쩔 수 없이 마음이 흔들릴 터였다. 그를 보면서 마누엘은 성직자가 되는 조건이 단지 삶의 측면에만 국한되는 것이 아니라는 생각이 들었다. 그는 몸을 숙이고 차 안을 들여다보았다. 루카스는 손을 마주 잡은 채 눈을 반쯤 감고 있었다. 기도하는 중이었다. 마누엘은 더 가까이 다가갈 엄두가 나지 않아 그 자리에 멈추어 섰다. 루카스는 평소처럼 차분하고 편안한 얼굴이었지만 고통을 이기지 못하는 듯 이따금 입술이 가늘게 떨렸다.

마누엘은 그가 고뇌의 바람에 떠밀려 거센 감정의 파도 속으로 휩쓸려 들어가 버렸다는 것을 알아차렸다. 다른 이들과 같이 있어도 유독 혼자만 난파당했다고 느끼는 것도 바로 그런 이유 때문이었다. 이대로 두었다가는 다른 이들도 루카스와 함께 영영 바닷속으로 가라앉아 버리고 말 것 같았다. 어린 사무엘의 목소리에 담겨 있던 간절함이 그것을 깨닫게 해주었다. 그는 어둠 속에서 시선을 딴 데로 돌린 — 눈은 틀림없이 보이는 대로 믿어 버리기 때문이다 — 채 한 남자의 영혼이 고뇌에 빠져 몸부림치는 모습을 마음속으로 지켜보았다. 잔뜩 찡그린 눈썹과 가늘게 떨리는 입술은 그가 얼마나 고통과 치욕에 시달리고 있는지를 여실히 드러내 주었다. 세 사람 중 누구도 입 밖에 내지는 않았지만, 어린이 성폭력이라는 어두운 그림자가 교회를 뒤덮는 일이 허다했다. 정의로운 사람이라면 그 오명을 묵과할 수 없을 만큼 말이다. 심하지는 않지만 산티아고가 내성적인 성격으로 변한 것도 바로 그 그림자 때문임이 분명했다. 마누엘은 자기를 언제나 진심으로 대했던 알바로가 그토록 엄청난 비극을 가슴속에 묻고 살았다는 사실을 받아들이기가 힘들었다. 하지만 일단 인정하고 나자 알바로가 대체 어디까지 숨길 수 있었을지, 무슨 일을 할 수 있었을지 의심이 고개를 쳐들기 시작했다.

루카스가 성호를 긋고 눈을 떴다. 그는 멈춰 서 있던 마누엘을 보자 미소를 지으며 가까이 오라고 손짓했다.

「다들 어떤가?」 그는 마누엘이 옆자리에 앉자마자 물었다.

「사무엘은 마냥 즐거워하는군. 너무 좋아서 어쩔 줄 몰라 한다네. 엘리사 말로는 그 아이가 장원 밖에서 밤을 보내는 것이 처음이라는군. 오늘 밤에는 잠을 설칠 것 같아.」

「한 번도 밖에서 잔 적이 없다고? 그럼 여태까지 휴가도 안 갔다는 거야? 아니, 주말에 아로우사의 별장에서 하룻밤을 보낸 적도 없단 말인가? 듣자 하니까 알바로의 어머니는 매년 6월과 7월을 거기서 보낸다고 하던데…….」

「단 한 번도 나가서 잔 적이 없다고 하더군. 엘리사는 프란이 세상을 떠난 뒤로 장원을 떠나지 않으려고 했던 모양이야.」 마누엘은 잠시 말을 멈추었다. 그러자 프란의 묘지에 세워진 십자가를 어루만지던 그녀의 슬픈 얼굴이 아련히 떠올랐다. 「진실을 알게 될 때까지 절대로 그곳을 떠나지 않기로 다짐했다고 하더라고.」 그는 서글픈 눈빛으로 루카스를 바라보았다. 「그 말을 듣는 순간, 그녀가 그 문제에 사로잡혀 있다는 생각이 들었네. 그러니까 현실을 부정하고 싶은 욕망에 빠져서 살고 있다는 거지. 어쨌든 그녀는 그를 잘 알고 있다는, 아니 이 세상 누구도 그녀만큼 프란을 잘 알지 못한다는 생각이 들어.」〈내가 알바로를 잘 알듯이 말이야.〉 마누엘의 가슴속 깊은 곳에서 당당한 목소리가 울려 나왔다. 「다행히 지금은 많이 진정됐네. 일단 내 옆방에 짐을 풀도록 했어. 물론 장원만큼 편하지는 않겠지만, 당장은 괜찮을 거야. 날이 밝거든 저들을 어떻게 하는 게 좋을지 해결책을 찾아보겠네.」

그를 바라보던 루카스의 얼굴에 만감이 교차했다.

「자네는 애초부터 엘리사와 그 아이하고 각별한 인연이 있었던 셈이야.」

「어쩐지 엘리사를 볼 때마다 나와 처지가 비슷하다는 생각이 들어. 이곳에 와서 아무것도 모른 채 난감한 상황에 처했을 뿐만 아니라, 저들과 함께 살면서도 가족의 일원이 되지 못한 채 근근이 버틴 것도…….」 그는 생각에 잠긴 얼굴로 말했다. 문득 자기가 까마귀의 말을 되풀이하고 있다는 느낌이 들었다. 「무엇보다 사무엘 때문일 거야. 어떻게 설명해야 할지 모르겠지만, 하여간 사무엘을 보고 있으면 꼭 내 아이 같은 느낌이 들어. 저 멀리서도 나를 알아보고 먼저 손짓하는 데다, 내가 장원에 도착하면 기다렸다는 듯이 반갑게 맞아 준다네. 게다가 말하는 건 또 얼마나 의젓한지 몰라. 가끔 녀석이 말하는 걸 듣고 있으면 놀라서 입이 벌어진다니까.」

루카스는 짐짓 놀랍다는 듯 손바닥을 오목하게 만들어 마누엘의 턱 끝에 갖다 댔다.

마누엘은 미소를 지으며 그의 손을 떼어 냈다.

「무슨 말인지 알겠지? 하여간 그 아이는 눈에 넣어도 아프지 않을 만큼 사랑스럽다네.」

「맞아. 아주 귀여운 아이야. 나이에 비해 의젓하기도 하고. 하기는 아직 어린데도 제 또래들하고 놀지 못하고 어른들 틈바구니에서 자라났으니 그럴 만도 하지. 더군다나 그 어린 나이에 아버지까지 여의었으니까 말이야.」

「에르미니아도 똑같은 말을 하더군. 어린아이가 저렇게 궁전에 갇혀 자라는 건 결코 바람직하지 않다고 말이야.」

「에르미니아가 정확히 뭐라고 하던가?」 루카스가 불편한 심기를 드러내며 물었다.

「별것 아냐.」 마누엘이 퉁명스럽게 대답했다. 「아이들이 그런 환경에서 자라면 이상해질 수 있다고 했어.」

「하여간 에르미니아는 걱정이 너무 많아서 탈이야.」 루카스가 단호하게 말했다. 「좋은 의도로 한 행동이라도 엉뚱한 방향으로 흐르는 경우가 종종 있으니까.」

「그건 또 무슨 말이지?」 문득 궁금해진 마누엘이 물었다.

루카스는 대답하기 전에 깊은 한숨부터 내쉬었다.

「최근에 장원을 방문한 적이 있었는데, 그녀가 나를 보자마자 사무엘을 만나 봐달라고 하는 거야.」

마누엘은 의아한 표정을 지었다.

「사제로서 그 아이를 만나 봐달라는 말이었어.」 그가 해명했다. 「이번에는 자네의 손을 들어 주어야겠군. 자네 말마따나 그 지역의 풍습이 진정한 믿음만큼이나 강할 때가 있는 것 같아.」

「사무엘에게 무슨 일이라도 생겼다고 그러던가?」

「에르미니아는 나이도 많지만, 무엇보다 구시대적인 사고방식에 젖어 있는 사람이야. 그래서 지극히 정상적인 것을 보고도 제대로 설명할 줄 몰랐던 거지.」

마누엘은 고개를 가로저으며 생각을 정리했다.

「잠깐만. 자네의 태도에 애매한 점이 있네. 정확히 말하자면 이중적이라는 생각이 들어. 여관 주인이 내게 이런 말을 해준 적이 있네. 자기 집안에 여자아이가 하나 있는데, 그 아이에게 달갑지 않은 손님들이 자주 찾아왔다는 거야. 그런데 놀랍게도 그 아이가 성지에 갔다 온 뒤로 더 이상 기웃거리지 않았다고 하더군. 전에 내가 자네한테 그 성지에서 퇴마 의식을 행하는지 물은 적이 있지? 그때 내가 말하려고 했던 게 바로 그거라네.」

루카스는 곧장 대답하지 못하고 머뭇거렸다.

「자네와 이런 이야기를 해도 되는지 모르겠네.」 그가 조심스럽게 말했다.

「내가 신자가 아니라서 그런가?」

루카스는 아무 말도 하지 않았다.

「한동안 그랬지.」

「자네 누나가 죽기 전까지 말이야.」

마누엘은 어리둥절한 표정으로 그를 바라보았다. 그에게 누나의 죽음은 절대 입에 올려서는 안 되는 금기어였다. 그는 인터뷰를 할 때나 자신의 삶을 다룬 글을 쓸 때조차 그 말을 언급한 적이 없었다.

「자네가 그걸 어떻게 아나?」

「알바로한테 들었네. 전에도 말했지만, 그는 자네 이야기를 많이 들려주었다네.」

〈알바로.〉

「나는 무신론자와도 대화를 나눌 수 있어. 하지만 자네는 하느님께 분노하고 있단 말일세. 지금 자네의 옳고 그름을 판단하려는 게 아니야. 마누엘, 지금으로서는 하느님과 그 문제를 해결하는 것이 급선무라네.」

마누엘은 어이없다는 듯이 웃으며 고개를 가로저었다.

「루카스 신부, 지금 대체 뭘 하는 거지? 할 소리가 따로 있지. 어떻게 그런 말을 함부로 내뱉을 수 있어!」

루카스는 눈 하나 깜짝하지 않고 그를 빤히 쳐다보면서 속내를 살폈다.

「여관 주인이 자네한테 해준 말은 사실이야. 특히 연말에 그런 사례를 많이 볼 수 있지. 그리고 어떤 경우는 눈에 보이는 그대로라네.」

「그럼 정말로 그 여자아이한테 달갑지 않은 손님들이 자주 찾아왔다는 말인가?」

「그 아이에게 붙어산 셈이지.」

그 순간 마누엘은 뒷덜미가 쭈뼛 서며 등골이 오싹했지만, 애써 태연한 척했다.

「그러니까 에르미니아가 보기에 사무엘에게도 그런 일이 일어났다는 건가?」

「수많은 아이들한테 일어나는 일이라네. 특히 사무엘은 어른들하고만 붙어 지내다 보니까, 저 혼자 공상의 세계에 빠지는 경우가 많아. 더구나 그 아이는 이미 간단한 글 정도는 혼자서도 읽을 줄 안다네. 당연한 이야기지만, 또래 친구 없이 자란 아이들은 상상 속에서 함께 놀 수 있는 짝을 만들어 내기 마련이지.」

「그렇다면 눈에 보이지 않는 친구를 말하는 건가? 나도 여섯 살에서 여덟 살 사이에 그런 여자 친구가 하나 있었지.」

「그런 셈이야. 사무엘은 또래 아이들의 빈자리를 메우려고 그랬던 거고, 자네는 돌아가신 부모님의 빈자리를 덮으려고 했던 거라네. 사실 사무엘의 세계에는 채워야 할 빈자리가 아주 많아. 나도 그 아이 혼자서 중얼거리다가 웃기도 하고, 누군가의 말을 듣는 것처럼 고개를 끄덕이기도 하는 걸 본 적이 있네. 아까도 말했지만, 에르미니아는 정말 좋은 사람이야. 하지만 걱정이 너무 많은 게 탈이지. 그래서 착각한 거라네.」

마누엘은 방금 들은 말을 곰곰이 생각해 보았다.

「맙소사! 아스 그릴레이라스는 알면 알수록 더 불길한 느낌이 들어. 내가 엘리사와 아이를 더 이상 그 집에 내버려 둘 수가 없었던 것도 바로 그런 이유 때문이라네. 특히 오늘 새로운 사실을 알게 된 마당에 그들을 외면할 수는 없었어. 알바로가 어떻게 하려고 했든지 간에, 한 가지 분명한 것은 모친이 그에게 자기 동생을 죽이라고 했다는 점이네. 그리고 엘리사는 지금까지 알바로가 어머니의 요구에 따라 프란을 죽인 것으로 믿었다는 거고.」

루카스는 강하게 고개를 끄덕거렸다.

「나도 줄곧 그렇게 생각했지. 그런데 우선은 오늘 있었던 일을 정리해 봐야 할 것 같아.」

「어떤 일을 말하는 거지?」 마누엘이 흠칫하며 물었다.

루카스는 마음을 단단히 먹은 듯 크게 숨을 내쉬었다.

「전부 다. 오르투뇨가 말해 준 것과 무시무시한 그 노파가 넌지시 드러낸 것 모두…… 그러니까 우리가 알고 있는 진실과 새빨간 거짓말, 넌지시 빗대서 한 말을 정확히 구분해 내는 것이 급선무일 것 같아. 가만히 이야기를 듣다 보면, 자네는 사람들이 하는 말을 다 받아들이는 것 같다네. 이런 표현을 쓰는 걸 용서하게, 마누엘. 자네는 알바로에 관해서라면 주변에서 뭐라고 하든 그 말을 액면 그대로 받아들이려고 하는 것처럼 보여.」

「그럼 자네는 오르투뇨의 말을 믿지 않는다는 거야?」

루카스는 눈을 감고 깊은 한숨을 내쉬었다. 그러곤 다시 눈을 뜨고 말했다.

「유감스럽게도 오르투뇨가 한 말을 그대로 믿는다네.」 그는 잠시 말을 멈추었다. 「그리고 에르미니아가 한 말도……. 그렇지만 거기서 나쁜 뜻을 품고 슬쩍 흘린 말을 가려내야 한다네.」

마누엘은 말없이 그를 바라보았다. 그러면서 아랫입술을 꼭 깨문 채 어깨를 으쓱했다.

「마누엘. 절대로 그 노파의 혀끝에 놀아나서는 안 돼. 그 여자는 멀리서 자네를 계속 좌지우지하려고 할 거야. 자네의 약점을 집요하게 이용해서 치명적인 독을 주입하려 할 거라고.」

마누엘은 근심스러운 표정으로 고개를 끄덕였다.

「루카스. 그녀는 더 이상 그럴 필요가 없네. 그 독은 이미 내 몸속에 퍼져 있으니까 말이야. 처음에는 그런 줄도 몰랐어. 그런데 오늘에서야 섬뜩한 전모가 밝혀진 셈이야. 그동안 알바로가 왜 내게 모든 걸 숨기려고 했는지, 이제야 슬슬 이해가 간다네. 따지고 보면 모든 게 나 때문이야. 나는 그에게 전적으로 기대어 살아왔어. 알바로는 나를 보살펴 주며 모든 일을 처리해 주었지. 그 덕분에 나는 바보 천치가 되고 만 거야. 사실 그건 그가 꼭 짊어져야 할 일은 아니었지. 내 마음속에서 의혹의 씨앗이 자라난 것도 꼭 그 노파의 책임이라고만 할 수 없듯이 말이야. 의혹은 내가 전혀 몰랐거나 알고 싶지 않았던 것이 있다는 확신에서 비롯될 뿐이니까. 우린 그저 겁쟁이들에 불과한 셈이지. 알바로는 그것을 잘 알고 있었던 거야. 그래서 다른 이들과 마찬가지로 나를 지켜 주려고 했던 것뿐일세.」

루카스는 앞을 보기 위해 자세를 고쳐 앉으면서 고개를 절레절레 흔들었다.

「아냐, 아니라고. 마누엘, 그게 아니야. 자네더러 자학하며 괴로워하라는 게 아니야. 정말로 그런 생각을 하고 있다면 당장 버리게. 내가 자네에게 바라는 건 계단을 뛰어 올라가 문을 벌컥 열던 그 용기라네. 그리고 엘리사가 알바로를 의심했다고 털어놓았을 때 자네 눈에서 이글거리던 모멸감, 또 알바로는 총으로 개를 쏴 죽이라고 한 명령을 거부한 어린아이였을 뿐이고, 위험을 무릅쓴 채 악한으로부터 동생을 지켜 주려고 했을 뿐이라고 말하면서 그를 옹호할 때 그 분노에 찬 목소리라고.」

마누엘은 말없이 고개를 끄덕였다.

「자네에게 필요한 것은 바로 그 분노란 말일세. 그것이 어디를 향하든 상관없어. 자네와 나는 알바로가 어떤 사람인지 잘 알고 있어. 분명히 알고 있으니까. 그렇지 않은가, 마누엘?」

마누엘은 그를 쳐다보면서 깊게 숨을 들이마셨다. 루카스가 계속 말했다.

「그는 절대 살인자가 아니야. 오늘 새로이 밝혀진 사실만 봐도 내 생각이 절대 틀리지 않았다는 것을 알 수 있어. 아직 어린아이였지만, 강간범으로부터 자기 동생을 지키려고 용기를 내서 맞섰을 뿐이야. 물론 그 일로 값비싼 대가를 치르긴 했지만 말이네. 가족들한테까지 그런 멸시를 당했으니, 얼마나 마음의 상처가 컸겠나. 그가 얼마나 마음고생이 심했을지, 나로서는 상상할 수도 없다네. 그런 사람이 어떻게 자기 손으로 동생을 죽이겠나. 자기를 협박한 자도 죽이지 못하는 사람이 말이야. 그는 단지 맞섰을 뿐……」

그 순간 눈물 한 줄기가 마누엘의 뺨을 타고 소리 없이 흘러내렸다. 그는 황급히 손으로 얼굴을 문질러 눈물을 훔쳐 냈다.

「아냐.」 마누엘은 고개를 숙인 채 나직이 중얼거렸다.

「고개를 들고 나를 똑바로 쳐다봐. 그리고 내 말을 믿지 못하겠다고 말해 보란 말이야.」 루카스는 단호한 표정으로 그를 다그쳤다.

마누엘은 고개를 들고 그의 말을 따라 했다.

「아니야. 나는 자네의 말을 믿지 못하겠어.」

그때 노게이라의 BMW가 주차장으로 들어와 멈추어 섰다. 그는 차에서 내려 문을 닫은 뒤 그 자리에 섰다. 그리고 문에 기댄 채 담배 한 대를 피워 물고 그들이 나오기를 기다렸다.

「어떻게 됐어요?」 루카스가 조바심을 내며 물었다.

「기대한 것 이상이니까 안심해도 돼.」 노게이라가 마누엘을 보고 말했다. 「오늘 내가 알아보고 온 것은 지금 우리가 수사하는 것과는 관련이 없다네. 아니, 적어도 직접적으로 연관된 사건은 아니야. 그건 내가 과거에 수사했던 사건……」 그는 말을 하다 말고 담배를 한 모금 깊게 빨아들였다. 「그러니까 프란시스코 무니스 데 다빌라 사망 사건 말일세.」

「프란?」 그 말을 듣고 눈이 휘둥그레진 루카스는 곧장 마누엘을 돌아보았다.

노게이라는 서글픈 표정을 지으며 고개를 끄덕였다.

「마누엘, 전에 내가 이해가 안 간다고 했던 걸 기억할지 모르겠네. 프란이 교회를 나와 아버지의 무덤으로 갈 때, 그의 상태를 고려하면 열쇠로 문을 잠그면서 시간이 오래 걸렸을 거라고 했지. 어쨌든 그가 당연히 열쇠를 가지고 있어야 할 텐데, 정작 그의 몸에서는 아무것도 나오지 않았다고 말이야. 그렇다면 다른 누군가가 교회 문을 닫고, 실수로 그냥 가져가 버렸다는 이야기가 되지.」

마누엘은 말없이 고개를 끄덕였다.

「그 문제의 열쇠가 오늘 나타났다네.」

서서히 드러나는 진실

노게이라는 썩 내키지 않는 듯 담배를 두 모금 빨았다. 그러곤 인상을 찌푸리고 입맛을 쩝쩝 다시며 말을 계속했다.

「그 열쇠가 분명했지만, 최종적으로 확인하기 위해 나를 오라고 했더군. 그래서 열쇠의 특징을 상세하게 설명해 주었지. 길이가 12센티미터인 은제 열쇠. 열쇠 머리 가운데에 프란의 머리글자가 새겨져 있고, 그 주변으로 열한 개의 작은 에메랄드가 동그랗게 박혀 있음. 그 열쇠가 토니노의 몸에서 나왔다네. 시신을 조사하다가 발견했는데, 그걸 보는 순간 한 동료의 머릿속에 내가 했던 말이 떠오르더래. 예전에 내가 그 사건에 관해 귀띔을 해준 적이 있거든.」

「이제 그들도 그 열쇠가 프란의 것이라고 확신하는 거야?」

「물론이지. 더구나 사건 당시 내가 보험 회사로부터 받아 둔 사진도 있으니까.」

「그럼 그 열쇠가 어떻게 해서 사건의 핵심이 된 거지?」

「좋은 질문이야. 과르디아 시빌은 프란의 사망 사건을 재조사할 예정이라네. 이미 과거에 토니노가 프란에게 마약을 공급했단 사실을 알아냈어. 에르미니아는 그날 밤 토니노가 장원에서 어슬렁거리는 걸 봤다고 진술했네. 그들은 프란이 사망한 순간, 토니노가 곁에 있었을 가능성이 높은 걸로 보고 있어. 그날 그가 프란에게 마약을 주었는지 여부는 앞으로 수사를 해봐야 알겠지만 충분히 가능한 일이야. 하여간 지금까지 밝혀진 바를 토대로 했을 때, 토니노가 시신을 무덤까지 끌고 가서 내팽개친 다음, 옷에서 열쇠를 꺼내 교회 문을 잠근 것으로 보고 있네.」
노게이라는 대강 설명했다.

「누군가가 시신을 옮긴 것으로 보고 있다니…….」 마누엘이 나서며
말했다. 「자네의 생각과 다르지 않군. 노게이라, 자네 말이 맞았어.」

「그럼, 그렇고말고.」 노게이라가 천천히 담배를 피우면서 대답했지
만, 그리 자신만만한 말투는 아니었다.

「그런데 표정이 어째 만족스러워 보이지 않네요.」 루카스가 말했다.

「사실 석연치 않은 점이 있으니까요.」 그가 담배꽁초를 웅덩이에 휙
던지자 지지직거리는 소리가 났다. 「그 녀석은 왜 발각될 위험을 무릅쓰
고 시신을 무덤까지 끌고 갔을까요? 둘 다 마약을 복용한 상태였다면,
차라리 그냥 교회에 두는 편이 낫지 않았을까요?」

「내가 보기에도 앞뒤가 맞지 않아.」 마누엘이 말했다. 「물론 토니노
가 열쇠를 가져갔다는 것은 충분히 가능한 일이겠지만 말이야. 일전에
듣기로는 교회 안에 있던 고가의 물건이 사라진 적도 몇 번 있다고 하
더군.」

「성물을 도둑질해 갔단 말인가?」 노게이라가 깜짝 놀란 표정으로 말
했다. 「그런 이야기는 금시초문인데…….」

「그리냔의 말마따나 오히려 슬쩍했다고 하는 게 맞을 거야. 은촛대 몇
개를 가져갔는데, 오래된 거라서 아주 값비싸다고 하더군. 하지만 문을
부수고 들어오지는 않았다고 해.」

노게이라가 이맛살을 찌푸렸다.

「나는 아스 그릴레이라스에서 그런 사건이 있었는지 전혀 몰랐어.」
그가 기억을 더듬으며 말했다. 「아쉽군요. 루카스 신부님이 장원의 교회
안을 둘러보고 없어진 것이 더 있는지 확인할 수 있었더라면 좋았을 텐
데 말이죠.」

「그러게 말입니다. 그건 그렇고, 토니노는 그 열쇠를 가지고 뭘 하려
고 했던 걸까요? 그 일이 있고 3년이나 지난 마당에 말이죠. 한마디로
말이 안 돼요. 혹시 누군가가 토니노를 죽이고 나서 그에게 죄를 뒤집어

씌우려고 일부러 옷 속에 열쇠를 집어넣은 게 아닐까요?」루카스가 말했다.

「무슨 죄를 뒤집어씌운다는 거죠?」노게이라가 어깨를 으쓱하며 말했다. 「프란을 살해한 죄 말인가요? 그건 이미 수사가 종결된 사건이라고요. 용의자로 지목된 사람도, 그렇다고 벗어날 혐의도 없는 마당에 뭐하러 다시 들춰내겠어요? 더군다나 토니노도 죽고, 알바로도 죽었습니다. 두 사람이 죽음으로써 득을 보는 자가 대체 누굴까요? 분명히 토니노가 그 열쇠를 가지고 있었던 이유, 특히나 죽던 날 몸에 지니고 있었던 이유가 있을 거예요.」

말을 마친 노게이라는 담배 한 개비를 꺼냈다. 그러곤 하고 싶은 말을 참는 듯 잠시 그것을 물끄러미 내려다보았다. 그는 이내 생각을 떨쳐 버리려는 듯 고개를 절레절레 흔들더니 담배에 불을 붙였다.

루카스가 마누엘에게로 고개를 돌리며 말했다.

「오늘 아스 그릴레이라스에서 참 많은 일이 있었군.」

마누엘은 말없이 고개를 끄덕였다.

루카스는 산티아고가 급작스럽게 병원에 입원한 일부터 에르미니아와 나눈 대화 그리고 프란이 죽던 날 밤 엘리사와 까마귀가 창가에서 목격한 장면까지 빠르게 정리해 주었다. 시종일관 무표정한 얼굴로 듣고만 있던 노게이라는 그의 말이 끝나자마자 마누엘을 쳐다보며 물었다.

「엘리사와 아이는 자네가 데리고 있나?」

마누엘은 고개를 끄덕거렸다.

「마누엘. 나는 오랜 세월을 과르디아 시빌에 몸담았네. 사람들이 눈으로 본 것과 봤다고 믿는 것을 쉽게 구분할 수 있을 정도로 말이야. 일단 그동안 엘리사의 생각이 어떻게 바뀌었는지, 그리고 그녀의 눈에 다정하고 상냥하게 보이던 알바로의 행동이 어떻게 살인자의 책략으로 느껴지게 됐는지 잘 생각해 보라고.」

그 말을 듣자 루카스가 거들고 나섰다.

「마누엘, 내 말이 그 말이야. 어떤 경우라도 사실과 가정을 구별할 줄 알아야 한다니까.」

「지금으로서는 알바로가 수상쩍어 보이는 것도 사실이야. 하지만 수도원장도 마찬가지라네. 다들 알다시피 그런 짓을 저지르기에 너무 둔한 편이기는 하지만 말이야. 수도원에 찾아갔을 때 그에게 실종된 조카에 대해 물었더니 자기와는 아무 상관도 없다는 투였어. 차라리 그가 돌아오지 않았으면 하는 눈치였다네. 그가 사라지든 말든 아무 관심도 없는 것 같더라고. 아무튼 수도원장은 토니노의 죽음과는 관련이 없을 거야. 자기를 파멸시킬 만큼 엄청난 사실을 폭로할까 봐 전전긍긍하던 것 말고는 그에게 그다지 신경을 쓰지 않는 게 틀림없어. 여기서 여러분이 잊지 말아야 할 것이 있습니다. 그날 밤, 수도원에서 일어난 사건에 관해 오르투뇨가 작성한 보고서를 보면 원장은 최소 두 가지 중대한 범죄, 즉 살인 사건 은폐와 미성년자 성폭행에 연루되어 있다는 겁니다. 지금이라도 언론에 알려진다면 난리가 나겠죠.」 노게이라가 말했다.

「그래서 침묵을 지키고 있는지도…….」

「적어도 지금으로서는 그럴 공산이 크죠. 하지만 앞으로 수사가 어떤 방향으로 진행되느냐에 따라서 우리가 정보를 제공해야 할지도 모릅니다.」 노게이라가 덧붙여 말했다.

「우리? 아니면 자네가 말인가?」 돌연 화가 치민 마누엘은 턱 끝을 치켜들며 물었다.

「마누엘. 나는 무엇보다 과르디아 시빌이라네. 이미 말했다시피, 어떤 수사든 종국에는 전혀 달갑지 않은 사실이 알려지기 마련이야.」

「하지만 애당초 자네는 누군가가 알바로를 죽였다고 했잖아. 지금 말한…… 그런 것이 아니었단 말이야.」 마누엘은 못마땅한 투로 대꾸했다.

「그랬지. 하지만 이번 일은 우리가 생각했던 것처럼 복잡하지 않아. 아주 통속적인 방식으로 일어났다네. 나는 이 사건에 대해 경찰이 어떻게 생각할지 잘 알고 있어. 우연히 그 문서를 발견한 토니노가 알바로를 협박하기 시작했지. 알바로는 문서가 신학교에서 새어 나간 걸 알고 곧장 거기로 찾아간 거야. 그러곤 수도원장의 뒤를 밟다 토니노의 행방을 찾아내서 그와 격투를 벌인 거지. 그 과정에서 토니노가 죽었는데, 이를 자살로 위장하기 위해 나무에 매달아 놓은 거라고.」

「그럼 알바로는 누가 죽인 거지?」

「아마 싸우는 과정에서 토니노가 찔렸을지도 모르지. 그랬다면 알바로는 부상을 입은 상태에서 몇 킬로미터 정도 운전하다가 정신을 잃고 사망했을 수도…….」

「상황만 놓고 보면 알바로보단 수도원장이 그랬을 가능성이 크죠.」 루카스가 나서며 말했다. 「그는 화가 난 상태에서 조카를 찾으러 갔을 겁니다. 그리고 교차로에서 기다리다 그가 집에서 나오자 뒤따라가서 죽인 다음, 나무에 매달았을 거예요. 어쩌면 그가 살인 사건을 자살로 위장한 게 처음이 아닐지도 몰라요. 하여간 그 뒤에 알바로와 만나서 언쟁을 벌이다 그를 칼로 찌른 거죠. 그러곤 차를 도로 밖으로 밀어내 죽게 만든 거고요.」

「그럴 리는 없어.」 마누엘이 고개를 저으며 말했다. 「알바로나 수도원장이나 비밀이 밖으로 새어 나가는 걸 원치 않았네. 그런 상황에서 토니노를 죽여 봐야 일만 더 복잡해질 텐데, 무엇 하러 그러겠어? 토니노가 죽은 이상, 모든 것이 원점으로 되돌아간 셈이야.」

「그럼 열쇠는요? 그건 어떻게 되는 거죠?」 루카스가 노게이라에게 물었다.

「말했다시피, 마약 과다 복용이나 자살처럼 이미 잊히거나 종결된 문제는 더 이상 신경 쓸 필요가 없어요. 그래 봐야 아무 소용도 없을 테니까 말입니다.」 노게이라가 명확하게 말했다.

「글쎄요. 어쨌든 엘리사는 그 문제에 대해서 여전히 확신을 못 하고 있어요.」 루카스가 말했다.

「원래 가족들은 다 그래요. 사랑하는 이가 스스로 목숨을 끊었다기보다는 누군가가 자기들에게서 빼앗아 갔다고 생각하려고 하죠. 하지만 아무도 그 말을 귀담아들으려고 하지 않으니까요.」

「뭐가 뭔지 하나도 모르겠어.」 마누엘은 어둠 속으로 고개를 돌리며 말했다. 그의 얼굴에는 절망과 피로의 기운이 역력했다.

「다들 내 말 잘 들어요.」 노게이라가 말했다. 「마누엘!」 그가 고함을 치자 마누엘은 고개를 돌려 그를 쳐다보았다. 「자네는 부검 결과가 나올 때까지 그 문제에 대해 더 이상 생각하지 말게. 부검이 끝나는 대로 오펠리아가 전화해 준다고 했어. 결과가 나오면, 좀 더 확실하게 사건을 재구성할 수 있을 테니까 말이야. 지금은 아무리 따져 봐야 소용없다고.」

마누엘은 언짢은 표정으로 그를 바라보았다.

「소식이 오는 대로 나한테 연락해 주겠나?」

「그렇게 하지. 우선 방에 올라가 보게.」 노게이라가 여관을 쳐다보며 말했다. 「잠깐이라도 눈을 붙이라고. 부검 결과가 어떻게 나오든지 간에 내일 우리는 여기 있을 거야. 내일은 정말 긴 하루가 될 것 같아. 그러니까 내 말대로 잠시 쉬도록 해.」

마누엘은 고개를 끄덕였다. 여관을 향해 몇 발짝 걸어가던 그가 걸음을 멈추더니 뒤돌아보았다.

「카페를 데리러 가야겠어.」

「오늘 밤에는 그냥 우리 집에 둬.」

마누엘과 루카스는 뭔가 알겠다는 듯이 서로 얼굴을 바라보며 가볍게 웃었다.

「그 녀석을 데려가면 노게이라 중위가 서운해할 것 같은데.」 루카스가 장난기 어린 표정으로 말했다.

「서운하고말고!」 갑자기 노게이라가 목소리를 높이며 대답했다. 그러곤 곧바로 주차된 자동차들 너머를 살피면서 나직하게 말했다. 「오늘은 너무 늦었네. 지금쯤 딸아이 곁에서 자고 있을 거야.」

노게이라가 뒤에서 뭐라고 떠들었지만, 마누엘은 모른 체하고 빙긋이 웃으며 돌아섰다. 그러곤 작별 인사로 손을 들어 올린 뒤 여관으로 걸어갔다.

두 사람은 여관 입구로 들어가는 마누엘에게서 눈을 떼지 않았다. 그러곤 약속이라도 한 듯이 여관 문이 닫힐 때까지 말없이 기다렸다.

노게이라가 루카스를 향해 고개를 돌리며 말했다.

「그런데 산티아고가 자살을 시도했다는 게 무슨 소립니까?」

루카스는 깊은 한숨을 내쉬었다.

「산티아고는 언제 터질지 모르는 시한폭탄이나 다름없었지요. 특히 이번 협박 건은 정말 견디기 어려웠을 겁니다. 평생을 숨겨 왔던 비밀이 밝혀질까 봐 얼마나 조마조마했겠어요. 그는 언제나 자기를 지켜 주던 형에게 도움을 청한 거예요. 그런데 이제 그런 형마저 이 세상에 없으니 어디 한 군데 마음 놓고 기댈 곳조차 없어진 셈이죠. 마누엘 말로는 최근 들어 그가 불안한 마음을 감추지 못하더랍니다. 그래서 마누엘은 물론, 자기 아내하고도 자주 다투었다고 해요. 굉장히 의기소침한 상태였죠. 프란이 죽고 나서 고비를 겪었는데, 이제는 또 알바로까지…… 하여간 풀 죽은 모습이 안쓰러워서 못 보겠더군요. 마누엘이 그러는데, 며칠 전에는 교회 안에서 그렇게 서럽게 울더랍니다. 오늘 낮에는 에르미니아도 그가 우는 소리를 들었대요. 그러고 나서 얼마 지나지 않아 사무엘이 그를 발견한 겁니다. 더군다나 최근에 자기 어머니와 두어 차례 부딪힌 모양이더군요. 둘이서 싸우는 걸 에르미니아가 우연히 엿들었는데, 무엇 때문에 그러는지는 몰라도 어머니가 그를 마구 비웃더랍니다. 며칠 전 마누엘 앞에서도 망신을 톡톡히 당했는데, 그것도 모자라…… 이래저래 견디기 어려웠을 거예요.」

노게이라는 그의 이야기를 들으며 연신 고개를 끄덕거렸다.

「산티아고는 루카스 신부님께 고해 성사를 하죠?」 그는 생각에 잠긴 얼굴로 루카스를 바라보며 물었다.

「무슨 뜻으로 하는 말이죠?」

「저 가문 사람들은 아주 독실한 가톨릭 신자들이니까요. 그렇지 않아요? 자기들 전용 교회와 사제들까지 있을 정도로……」

「말이 지나치군요.」 루카스가 정색을 하며 따지듯 말했다.

「알았으니까 진정해요!」 신부가 의외로 강경하게 나오자, 노게이라

542

는 즐거운 듯이 소리를 질렀다. 「나는 그저 산티아고가 자살까지 시도했다니까, 하느님께 마음의 평화를 달라고 기도해야 할 거라는 뜻에서 한 말이에요. 내 생각으로는 신부님이 병원에 들러서 그와 이야기를 나누어 보는 것도 나쁘지 않을 것 같습니다. 그동안 쌓이고 쌓인 울분이 폭발한 건지, 아니면 또 충격을 받은 일이 있었는지 알고 싶거든요. 그리고 오늘 아침에 그의 어머니가 대체 무슨 말을 했기에 그런 극단적인 생각을 했는지도 알면 좋겠고요.」

「안 그래도 내일 아침에 병문안을 가려던 참이었어요. 그런데 그가 내게 고해 성사를 한다면…….」

「그건 나도 알아요.」 노게이라가 그를 경멸하는 눈초리로 쳐다보며 말했다.

「당신이 보기에는 산티아고가 그저 어리석은 인간에 불과할 겁니다.」 루카스가 계속 말했다. 「하지만 여태껏 그를 잘못 판단해 온 것 같아요. 그가 어린 시절부터 얼마나 무거운 짐을 지고 살았는지 이제야 알게 됐죠. 그는 평생 가슴을 짓누르는 공포와 차마 입 밖에 내지 못할 끔찍한 경험에 맞서 싸워 왔어요.」 루카스는 어둠 속을 멍하니 바라보며 과거를 떠올리는 듯했다. 「그는 언제나 강아지처럼 알바로 뒤만 졸졸 쫓아다녔죠. 왜 그랬는지 이제야 알 것 같아요. 어쩌면 그를 둘러싼 모든 것이 거기서 비롯되었는지도 모르죠. 그가 보여 준 자기 파괴적인 폭력성과 냉소, 그 자체가 말입니다.」 그는 노게이라 쪽으로 고개를 돌리며 말했다. 「알바로가 사고를 당했다는 소식을 듣고, 산티아고와 함께 곧장 병원으로 달려갔어요. 도착하니까 알바로가 죽었다고 하더군요. 죽은 형을 직접 확인하고 나오던 산티아고의 얼굴이 지금도 눈에 선해요. 도저히 현실을 받아들일 수 없다는 표정이었죠.」

두 사람은 한동안 말없이 어둠 속을 바라보았다.

「마누엘은 어떤 것 같아요? 저대로 내버려 둬도 괜찮을지 걱정이 되네요.」 노게이라가 말했다.

루카스도 같은 생각이었다.

「내 생각도 그래요. 마음고생이 이만저만이 아닐 텐데……. 그래도 꿋꿋이 버텨 내고 있으니 다행이에요. 그는 보기보다 훨씬 강한 것 같아요. 그렇지만 상황이 복잡해질수록 우리가 곁을 지켜야 할 겁니다. 이제 마누엘은 알바로가 진실을 숨긴 데에는 충분한 이유가 있었으리라는 사실을 서서히 받아들이고 있어요. 그런데 열두 살에 불과하던 알바로가 사람을 죽였다는 사실은 인정하면서도, 그가 또다시 그런 일을 되풀이할 수 있으리라는 건 여전히 인정하지 못하는 눈치예요.」

「맞아요. 내 생각도 그래요.」

「헷갈리면, 그의 입장에서 생각해 봐요.」

노게이라는 고개를 끄덕이면서 거북할 정도로 빤히 루카스를 쳐다보았다.

「왜 그러는 거죠?」 그 시선이 거북했는지 루카스가 물었다.

「말해 줄 게 있어요, 신부님.」

「신부님이라고요?」 루카스가 웃음을 참지 못하고 되물었다. 「지금 내가 신부 노릇을 해야 하는 건가요?」

「무슨 말인지 알겠지만, 고해 성사에서 들은 비밀처럼 지금 하는 이야기도 절대 발설해서는 안 됩니다.」 노게이라는 농담할 기분이 아니라는 듯 굳은 표정으로 말했다.

루카스도 심각한 표정으로 고개를 끄덕였다.

「과르디아 시빌이 나를 불러낸 곳은 사령부가 아니라, 시신이 발견된 사건 현장이었어요. 그들은 덤불에 반쯤 덮여 있던 토니노의 차를 발견했죠. 흰색 차 말입니다. 내가 도착할 무렵에는 과학 수사 요원들이 작업 중이어서, 가까이 가지도 못하게 하더군요. 그런데 멀리서 봐도 움푹 팬 자국이 여러 군데 눈에 띄더라고요. 시신은 이미 나무에서 내려놓은 상태로, 검시관이 차에 싣고 있었습니다. 그런데 그곳에 나만 불러낸 게 아니었어요. 놀랍게도 수도원장이 와 있더군요. 아마 시신이 그의 조카가 맞는지 확인하기 위해 오라고 한 것 같아요. 수도원장이 다가오더니 내 팔을 붙잡고 한적한 곳으로 데려가더군요. 그리고 이런 말을 했어요.

〈이럴 줄 알고 미리 조카에게 경고했다고요. 후작과 관련된 이상, 절대 조용히 넘어갈 수 없을 거라고 말이죠. 아닌 게 아니라, 알바로가 화를 참지 못하고 찾아왔더라고요. 그를 진정시키려고 애썼지만, 도무지 내 말을 들으려고 하지 않더군요.〉

루카스는 놀란 듯 눈을 홉떴다.

「수도원장이 그 이야기를 당신의 동료들한테도 했을까요?」

「그것까지는 모르겠어요. 그렇지만 사람들이 없는 데로 데려가서 이야기한 걸 보면, 더 이상 시비에 휘말리지 않도록 입을 다물겠다는 뜻인 것 같아요. 물론 정확한 건 나도 모르죠.」 그는 씁쓸하게 입맛을 다셨다. 「말했다시피, 부검 결과가 나오고 수사가 어느 정도 진척될 때까지 모든 건 추측에 지나지 않습니다. 하여간 나는 무책임한 말로 마누엘을 혼란스럽게 하고 싶지 않아요.」

「만일 토니노가 자기 차로 알바로를 도로에서 밀어낸 거라면, 대체 누가 토니노를 죽인 거죠? 사건이 어떤 순서로 일어난 건지 아무래도 이해가 되질 않아요.」

「내가 이 이야기를 마누엘한테 하지 않은 것도 바로 그 때문이에요. 그러니까 신부님도 아무 말 마세요.」

「이야기하면 나도 산으로 끌고 가서 총으로 쏴버릴 건가요?」 루카스가 웃으며 말했다.

「그런 이야기까지 하다니…….」 노게이라는 웃으며 여관 창 쪽으로 시선을 돌렸다. 「마누엘에게는 정말 힘든 하루였을 겁니다. 작가 양반이 목석이 아닌 이상, 오늘 잠자기는 글렀죠. 지금쯤 아마 우리와 같은 생각을 하고 있을 거예요. 알바로가 살인자였다는 것 말입니다. 아, 그날 밤 신학교에서 일어난 일을 말하는 게 아니에요.」 그는 담배꽁초를 웅덩이에 던지면서 말했다. 그러곤 다시 여관 쪽으로 고개를 돌렸다. 「배고프죠? 나랑 같이 갑시다.」

루카스는 얼굴을 찌푸린 채 그의 뒤를 따라갔다.

「오늘 같은 날에도 식욕이 당기는 모양이죠?」

루카스가 옆에 올 때까지 멈춰 서서 기다리던 노게이라는 그의 어깨에 팔을 두르고 말했다.

「아내가 나를 굶겨 죽이려고 한다는 이야기는 안 하던가요?」

　　루카스는 노게이라의 얼굴을 보기 전까지는 그저 농담으로 여기고 웃어넘겼다.

「그럼 저녁 먹으면서 말해 줄래요?」

　　마누엘은 방에 들어서자마자, 엘리사와 사무엘이 있는 방으로 이어진 문과 마주 보고 있는 화장실의 불부터 켰다. 그리고 수십 번도 넘게 칠한 듯한 나무 문에 손가락이 닿을 정도로 가까이 다가갔다. 그는 그 자리에 가만히 선 채 문 너머의 기척을 살피면서, 문에 비해 새것인 듯 반짝반짝 윤이 나는 빗장을 뚫어지게 바라보았다. 그러곤 천천히 손을 들어 빗장을 만지려는 순간, 몸의 중심을 다른 발로 옮기다가 그만 나무 바닥에서 삐걱하는 소리가 나고 말았다. 그는 부끄러운 짓을 하다가 들킨 사람처럼 화들짝 놀라며 뒷걸음쳤다. 그때 바닥에서 또다시 삐걱하는 소리가 났다. 그는 황급히 화장실의 불을 끄고 복도로 나가 엘리사의 방 문을 조용히 두드렸다.

　　금세 문이 열렸다. 그녀는 신발 없이 양말만 신은 채 미소 지으며 그가 안으로 들어오도록 살짝 물러섰다. 안으로 들어가니 장원에 있던 방을 그대로 옮겨 온 것 같은 착각마저 들었다. 다른 점이라면 더블 침대가 있다는 것뿐이었다. 엘리사는 불빛을 줄이기 위해 나이트 테이블의 스탠드 갓에 파란 손수건을 둘러 놓았다. 그 때문인지 방 안에 비치된 소박한 가구에 우울한 빛이 감돌았다. 텔레비전에서는 만화 영화가 흘러나오고 있었다. 소리는 줄여 놓아서 거의 들리지도 않았지만, 베개에 기댄 채 꼼짝도 않는 사무엘의 얼굴을 여러 빛깔로 물들였다.

「방금 잠들었어요.」 그녀가 나직하게 웃으며 말했다.

　　마누엘은 아이의 얼굴에서 눈을 떼지 않은 채, 천천히 침대로 다가갔다. 아이는 편안한 얼굴이었지만, 끝까지 잠과 싸우려고 한 듯 눈이 완전히 감겨 있지 않았다.

「낯선 곳에 와서 잠자리가 불편할 텐데 어쩌죠?」 그는 엘리사에게 고개를 돌리며 물었다.

「그보다 당신이 그렇게 가만히 서 있는 게 더 불편해요.」 그녀가 웃으며 말했다. 「조금 전까지 침대 위에서 폴짝폴짝 뛰고 난리도 아니었답니다. 서커스단 곡예사라도 된 것처럼 즐거워하면서 잠잘 생각도 하지 않는 거예요. 만화 영화를 틀어 주면서 겨우 자리에 눕혔는데, 5분도 안 돼서 저렇게 곯아떨어졌어요.」

마누엘은 주변을 둘러보았다.

「여기 있어도 괜찮겠어요?」

그러자 그녀가 그에게 손을 내밀었다. 마누엘은 그녀의 손을 꼭 쥐고 살며시 웃었다.

「고마워요, 마누엘. 우리는 괜찮아요. 정말이에요. 그러니까 아무 걱정 말아요. 오늘 밤에는 장원만 아니라면 어디든 괜찮을 거예요.」

그는 그녀를 와락 껴안고 싶었다. 하지만 그가 움직이기 전에 그녀가 먼저 품에 안겼다. 엘리사는 마누엘만큼이나 키가 컸다. 그럼에도 얼굴을 맞댄 채 품에 안긴 그녀의 몸은 안타까울 정도로 가녀렸다. 그 순간 그녀가 모델이었다는 그리냔의 말이 떠올랐다. 그리고 마약 중독자였다는 누군가의 목소리도 머릿속을 맴돌았다. 품에서 떨어질 때 보니, 그녀의 눈가가 촉촉이 젖어 있었다. 그녀가 애교스럽게 몸을 돌려 눈물을 훔쳤다. 그러곤 손으로 두 방을 나누고 있는 문을 가리키며 말했다.

「조금 전에 저 문의 빗장을 열어 놓았어요. 필요한 게 있으면, 굳이 복도로 나올 필요 없이 방에서 나를 불러도 돼요.」

그는 문을 바라보았다. 아까 나무 바닥에서 난 소리 때문에 그가 문 앞에 서 있던 것을 알아차린 모양이었다.

「엘리사.」 그가 심각한 표정으로 말했다. 「당신한테 말할 게 있어요.」

그녀는 침대 위에 걸터앉더니, 다리를 꼬고 그를 빤히 쳐다보았다.

「장원에서 노 후작 부인이 했던 말 말인데요.」

그녀는 꼼짝도 않고 그를 응시했다. 하지만 그 순간 마누엘은 그녀의 얼굴 위로 어두운 그림자가 스치고 지나가는 것을 보았다.

「나는 당신한테 내 말을 믿어 달라고 말할 수도, 부탁할 수도 없어요. 또 그렇게 되기를 바랄 수도 없고요. 하지만 그의 어머니가 한 말만큼은 절대 믿지 말아요. 내가 바라는 건 그것뿐이에요.」

「마누엘…….」

「아뇨. 지금은 아무 말도 하지 말아요. 이 세상 누구도 당신만큼 프란을 잘 알지 못할 거라고 했던 말 기억나요?」

그녀는 고개를 끄덕였다.

「그건 나도 마찬가지였죠. 이 세상 누구도 나만큼 알바로를 잘 알 수는 없다고 생각했으니까요. 그래서 처음 이곳에 왔을 때만 해도 아무것도 믿을 수가 없었어요. 하지만 이제는 분명히 알고 있답니다. 물론 내가 그에 관해 모든 것을 알고 있었던 건 아니지만, 그래도 여전히 나만큼 알바로를 잘 아는 사람은 없을 거라는 걸 말이죠. 부디 내 말을 명심하세요. 앞으로 며칠간 엄청난 이야기를 듣게 될 테니까 말입니다.」

「무슨 말인지, 그리고 왜 그런 말을 하는지 알아요. 어머니가 어떤 분인지도 잘 알고 있답니다. 그분은 어떤 일을 하든, 무슨 말을 하든지 간에 숨은 의도가 있어요. 하지만 당신처럼 나도 이제 더 이상 그녀의 말을 받아들일 수 없어요. 무슨 말인지 아시겠죠, 마누엘?」

「잘 알고 있습니다.」

그는 다시 곤히 잠든 아이의 얼굴을 바라보았다.

「당신에게 한 가지 물어볼 게 있어요.」

「뭐든 말해 보세요.」

「그리냔이 이 집안에는 전통이 하나 있다고 하더군요. 아들이 태어날 때마다 장원 교회의 열쇠를 하나씩 준다고요.」

그녀가 고개를 끄덕였다.

「그리고 죽으면 그 열쇠도 반드시 무덤에 함께 묻어야 한다고 하더군요.」

「그런데 말이죠.」 그녀가 입을 열었다. 「프란은 자기 것을 잃어버려서…….」

「혹시 노 후작의 장례식 날에 프란이 자기 열쇠를 가지고 있던가요?」

「네. 내가 샌드위치를 갖다주려고 교회에 갔을 때, 그이의 열쇠가 의자 위에 놓여 있었어요.」

「분명히 프란의 열쇠였나요? 혹시 복제한 열쇠였을 가능성은 없을까요?」

「물론이죠. 교회 열쇠는 다 다르니까요. 보통 열쇠 머리에 둥글게 박혀 있는 보석으로 구분하죠. 프란의 열쇠에는 에메랄드가 박혀 있었어요. 그거라면 내가 확실하게 알고 있어요.」 그녀는 잠시 고개를 숙였다. 「우리가 마약에 빠져 있을 때, 그이한테 그 열쇠를 팔자고 했던 적이 있었죠. 당장 급하게 돈이 필요했으니까요. 하지만 그이는 자기 아버지의 말이라면 무조건 복종했어요. 내가 그러자고 할 때마다 아버지가 절대 용서하지 않을 거라는 말만 하더군요.」

「하지만 프란이 죽던 날, 그의 몸에서는 열쇠가 나오지 않았어요.」

「우리가 다 찾아봤지만, 끝내 나오지 않았어요. 참 희한한 일이에요.」 그녀는 어두운 방구석으로 고개를 살짝 돌리며 말했다. 마치 그곳에서 기억을 얻어 내기라도 할 것처럼 말이다. 「그이의 장례식 날, 열쇠가 나타나지 않자 어머니가 무척 역정을 냈던 기억이 나는군요. 빌어먹을 노인네 같으니!」 그녀는 눈을 가늘게 뜨며 말했다. 그 순간 그녀의 얼굴 위로 분노에 찬 잔인한 표정이 떠오르자 마누엘은 흠칫 놀랐다. 「결국 알바로가 자기 열쇠를 내놓았죠. 알고 있었어요?」

마누엘은 고개를 저었다.

「그럼 사무엘도 열쇠를 받았나요?」

「물론 받았죠. 그들이 그런 물건을 어떻게 대하는지 잘 아실 거예요. 나로서는 전혀 달갑지 않았어요. 지금도 그것만 보면 나쁜 기억이 떠오르니까요.」

「당신이 보관하고 있겠군요.」

「보석함에 넣어 두었죠. 액자가 달려서 겉으로는 그림처럼 보이지만, 안으로 공간이 있는 함이에요. 벽에 걸어 둘 수도, 열 수도 있답니다.」

「내게 빌려줄 수 있겠어요?」

그녀는 놀라서 눈이 휘둥그레졌다. 〈뭐 하게요?〉라고 묻는 표정이었다. 실제로 물었다고 해도 그다지 큰 의미가 없었겠지만 말이다. 하지만 그 직후에 그녀가 한 말은 마누엘을 더 놀라게 했다.

「알바로 씨도 마지막으로 여기 왔을 때, 나한테 그걸 빌려 달라고 했어요.」

마누엘은 꼼짝 않고 서서 그녀를 바라보았다.

「엘리사, 그게 언제쯤이었는지 기억나요?」

「그가 여기 도착한 날이었어요. 그리고 그날 오후에 돌려주었죠.」

「나도 꼭 돌려줄 겁니다.」 그는 그녀를 안심시키기 위해 말했다.

「지금 그런 소리를 해봐야 아무 소용도 없어요.」 그녀는 짓궂게 말하면서 웃었다. 「내 방은 사무엘의 방과 통하게 되어 있어요. 이곳처럼 말이죠. 그 열쇠는 사무엘의 방에 있답니다. 서랍장 위에요. 가서 가지고 오세요.」

마누엘은 몸을 숙여 아이의 뺨에 입을 맞추고 문으로 걸어갔다. 걸음을 옮기는 동안에도 손에 와 닿던 그 가녀린 몸의 감촉이 여전히 가시지 않았다. 프란의 열쇠를 여러 번 팔려고 한 적이 있었다는 솔직한 고백도 그의 머릿속을 맴돌았다. 그는 갑자기 걸음을 멈추고 돌아보았다.

「엘리사, 물어볼 게 한 가지 더 있어요.」 그가 머뭇거리며 말했다. 「좀 미묘한 문제일 수도 있겠지만, 얼마 전까지 당신을 몰랐던 데다 내가 이 집안에 대해 알고 있는 건 대부분 이 사람 저 사람한테 들은 이야기라는 점을 감안하고 들어 주었으면 해요.」

그녀는 입술을 깨물며 고개를 끄덕였지만, 그가 무슨 말을 할지 대강 짐작하는 눈치였다.

「뭐든 물어보세요. 사실 내 삶을 정리해 본 지도 참 오래됐네요.」

「당신하고 프란은 포르투갈에 있는 요양원에 1년가량 있었다고 하던

데요.」

엘리사는 자리에 앉은 채 꼼짝도 하지 않았다.

「노 후작의 임종이 가까웠을 무렵, 장원으로 돌아왔다고 하더군요. 그 당시 당신은 아이를 가진 상태였고요. 엘리사, 당신은 정말 좋은 엄마 같아요. 평소 사무엘을 끔찍이 보살피는 것만 봐도 얼마나 자상한 엄마인지 알 수 있으니까요. 하지만 마약을 완전히 끊기가 어려운지 이따금 다시 손을 댄다고 하더군요.」

그녀는 머리를 세차게 흔들었다.

마누엘의 목소리에는 미안하고 안타까운 마음이 배어 있었다.

「안타깝지만 물어볼 수밖에 없네요. 누군가가 내게 그런 투로 귀띔하더군요. 물론 나는 그 말을 믿지 않지만 물어볼 수밖에 없어요.」

엘리사는 넋 나간 사람처럼 머리를 흔들기만 했다.

「엘리사, 지금도 가끔 약을 복용해요? 단 한 번이라도 다시 마약에 손을 댄 적이 있느냐고요?」

그녀는 갑자기 자리에서 일어나더니 그의 앞으로 갔다. 그녀의 파란 눈이 고양이처럼 거무스름하게 변해 있었다.

「아뇨. 그런 적 없어요.」 그녀가 단호하게 대답했다.

「엘리사, 미안해요.」 그는 문 쪽으로 걸어가며 말했다.

그가 문을 닫으려는 순간, 그녀가 다가왔다.

「정 의심스러우면 장원에 가서 확인해 보세요. 서랍장 위에 사무엘의 열쇠가 든 보석함이 있다고 했죠? 그 서랍장 두 번째 칸을 열어 보면 진료 기록이 나올 거예요. 자상하기 이를 데 없는 시어머니가 1년에 두 번씩 마약 복용 검사를 받게 한다고요. 나는 마약에 다시는 손을 대지 않는다는 조건으로 장원에 머물렀던 거예요. 단 한 번이라도 마약을 복용하면 내게서 사무엘을 떼어 놓겠다고 으름장을 놓더군요. 그런 기미가 조금이라도 보였다면 당장 아이를 빼앗아 갔을 거예요. 능히 그러고도 남을 분이니까요. 열쇠를 찾으러 갈 때, 진료 기록도 같이 가져오세요.」

그녀는 말을 마치자마자 문을 닫아 버렸다.

마누엘은 방에 들어가서 불을 켰다. 그러곤 아직 온기가 남아 있는 문에 기대고 선 채, 며칠 전 집에서 그랬던 것처럼 방 안을 둘러보았다.

시간이 흐를수록 점점 밝아지겠지만, 천장에 매달린 전구에서는 희미한 불빛이 흘러나왔다. 낡아 빠진 가구 위로 어슴푸레한 불빛이 비치자, 방 전체가 춥고 적막해 보였다. 그는 그 자리에 선 채, 탁탁 소리를 내면서 반갑게 맞이하는 오래된 라디에이터를 힐끗 보았다. 겹겹이 덧칠한 탓에 이 세상 모든 것을 간직하고 있는 것처럼 보이는 라디에이터가 시끄러운 소리로 금세 방 안이 훈훈해질 거라는 신호를 보내왔다. 그는 다시 두 방을 나누고 있는 문 쪽으로 고개를 돌렸다. 그리고 나무 바닥에서 삐걱거리는 소리가 나지 않도록 한 걸음 한 걸음 조심하면서 걸어갔다. 마치 폭발물을 다루듯이 조심스럽게 손을 올린 다음, 소리 나지 않게 빗장을 열었다. 그는 그 자리에 선 채 한동안 그것을 물끄러미 살펴보았다. 그러곤 다시 조심스럽게 빗장을 걸었다.

그는 무엇에 이끌리기라도 한 듯 침대로 걸어갔다. 깨끗하고 팽팽하게 펴진 초콜릿색 침대 시트 위로, 베개 위에 놓여 있던 흰 꽃이 선명하게 눈에 띄었다. 그는 미처 꽃에 손을 대지 못한 채, 방금 자기가 문의 빗장을 풀고 걸었다는 사실을 떠올리며 옆방으로 고개를 돌렸다.

「무엇 때문일까?」 그는 속삭이듯 물었다. 「이건 대체 뭘 의미하는 거지?」

그는 꽃을 집어 들었다. 방금 나무에서 꺾어 온 듯 여전히 싱싱하고 은은한 향기가 코끝을 스치고 지나갔다. 하지만 빛이 바래 있어서 무척이나 당황스러웠다. 도저히 이해할 수 없는 무엇이, 눈에 보이지 않는 무언가가 주변을 배회하고 있다는 확신이 들면서 갑자기 두려움이 엄습했다. 그의 눈에서 눈물이 왈칵 솟아올랐다. 그는 정신없이 서랍장으로 다가가 안에 있는 것을 죄다 끄집어냈다. 그 좁디좁은 침대 위에 눕고 싶지 않았다. 카페 없이는 밤이 길고 적적할 것만 같았다. 녀석의 뻣뻣하게 엉킨 털과 촉촉하게 젖은 눈 그리고 색색거리는 숨소리마저 이제 그에게는 없어선 안 될 삶의 일부분이었다. 차라리 녀석을 데리러 갔어야 한다. 카페가 갈수록 안티아 곁에 딱 달라붙어 떨어지지 않으려고 한다는 사실을 떠올리자 묘한 질투심이 일었다. 엘리사는 아직 잠들지 않았을 것이다. 그는 텔레비전을 켜고 소리를 낮추었다. 그러곤 편히 쉴 수 있는 곳을 찾다가 결국 책상 앞에 앉았다. 그는 다시 성으로 돌아갔다.

거부당한 모든 것에 관해서

그때 어디선가 웃음소리가 들려와 그를 부르는 것 같았다. 마누엘은 강쪽으로 고개를 돌렸다. 며칠 전 희한하게 생긴 배에 타고 가던 세 여자가 마치 꿈결처럼 어렴풋이 보였다. 구릿빛 다리, 단단한 팔, 대충 묶어 모자 아래로 삐져나온 머리카락 그리고 해맑은 웃음소리. 그녀들의 목소리는 작은 종이 산들바람에 흔들릴 때 나는 소리처럼 아름답게 들렸다. 강의 요정처럼 아름다운 그녀들을 다시 보자, 마누엘은 까닭 없이 즐거웠다.

죽은 이들을 불러내기

새벽 4시 반경, 마누엘은 손으로 이불을 걷어 내고 침대 위에 드러누웠다. 얼마 지나지 않아 스르르 눈이 감겼다.

그는 화들짝 놀라며 눈을 떴다. 그사이 잠이 들었던 모양이다. 그는 유리창 위쪽을 통해 스며든 빛이 희미하게 침대 발치를 비추는 걸 물끄러미 내려다보았다. 수도사들은 아이들이 놀라지 않도록 복도의 불을 켜두었다. 알바로는 자기 발을 물끄러미 쳐다보았다. 여전히 투박한 학생용 구두를 신고 있었다. 그는 밤마다 룸메이트가 자는지 확인하려고 구두를 다시 신곤 했다. 경계심을 늦추지 않으려고 옷을 입은 채 잠이든 지가 벌써 일주일째였다. 오늘도 그러다 잠이 들고 만 것이었다. 그런 생활을 지속하다 보니 시간 감각을 잃게 된다는 게 가장 곤란한 점이었다. 신학교에서는 시계 착용이 금지되어 있었다. 수도사들은 아이들이 시간에 신경 쓰다 보면 학업을 게을리하기 마련이라고 입버릇처럼 말하곤 했다. 1층에 커다란 시계가 하나 있었는데, 종소리가 얼마나 크던지 신학교 전체에 울려 퍼질 정도였다. 심지어는 모두가 잠든 한밤중에도 매시마다 종을 쳤다. 알바로는 잠들기 전에 마지막으로 종이 치는 소리를 세 번 들었다. 하지만 망할 놈의 잠 때문에 모든 게 엉망이 되고 말았다. 지금이 몇 시인지, 대체 몇 시간이나 잤는지조차 알 수가 없었다. 그는 옆 침대에서 입을 벌린 채 곤히 잠든 아이의 얼굴에 어떤 변화라도 있는지 살펴보며 침대에서 나왔다. 그러곤 살며시 문을 열고 아직 어둠에 잠겨 있는 복도로 나갔다. 걸어가면서 자기 방과 동생의 방 사이에 있는 문의 숫자를 속으로 하나씩 헤아렸다. 동생의 방에 다다르자 그는 손잡이에 손을 얹었다. 폭발물을 다루듯이 조심스럽게 손잡이를 돌리자 찰칵하는 소리가 났다. 문을 살짝 열고 고개만 들이밀어 안을 살펴보았다. 동생의 룸메이트가 콧물을 훌쩍거리며 코 고는 소리가 들렸다. 그 아이는 문 쪽의 침대에서 이불을 걷어찬 채 잠들어 있었다. 그는 고개를 돌려 동생의 침대를 보았다. 비어 있었다. 짙은 어둠 속에서 하얀 침대 시트가 홀로 빛났다. 끌려간 것이 분명했다. 그는 어둠을 헤치고 수도사들의 방이 있는 곳으로 달려갔다. 그러곤 기다리거나 문에 귀를 대고 들어 보지도, 동생의 이름을 부르지도 않았다. 곧장 문으로 돌진한 뒤 손잡이를 힘껏 돌렸다. 예상대로 문은 쉽게 열렸다. 신학교에서는 문에 빗장을 달지 못하도록 되어 있었다. 어둠 속에서 땀으로 뒤범벅된 커다란 살덩어리가 보였다. 그자는 털로 뒤덮인 허연 엉덩이를 앞으로 뒤로, 앞으로 뒤로 움직이고 있었다. 하지만 동생의 모습은 보이지 않았다. 그 순간 동생의 목소리가 들렸다. 고통을 이기지 못한 신음 소리였다. 거대한 몸뚱이에 깔려 있던 터라, 그 소리는 희미하게 들릴 뿐이었다. 마치 동생이 저 멀리 깊은 우물이나 무덤 속에서 신음하는 것 같았다.

악마 같은 놈은 호흡에 집중하면서 엉덩이를 계속 앞뒤로 능숙하게 움직였다. 그는 성욕에 사로잡혀 사람이 들어온 것도 눈치채지 못했다. 알바로는 그에게서 단 한 순간도 눈을 떼지 않은 채, 문손잡이를 놓고 교복 바지에서 허리띠를 풀어 빼냈다. 그는 허리띠를 손에 쥐고 땀에 젖은 그자의 등을 향해 덤벼들었다. 그런 다음, 가죽 허리띠로 그의 목을 감고 조르기 시작했다. 갑작스러운 공격에 놀란 수사가 휘청거리자, 아래에 깔려 있던 어린 동생이 그 틈을 타서 간신히 빠져나왔다. 수사는 발버둥이를 치면서 손을 뒷덜미에 갖다 댔다. 알바로는 젖 먹던 힘까지 다해 허리띠를 조였다. 거기서 풀려나려고 안간힘을 쓰던 악마의 손에서 서서히 힘이 풀리기 시작했다. 그는 다리에 힘이 빠졌는지 털썩 무릎을 꿇고 말았다. 알바로는 그의 목뼈가 부러진 것도 몰랐다. 얼마나 세게 조였는지 가죽 허리띠가 피부를 파고들 정도였다. 수사는 더 이상 움직이지 않았다. 하지만 알바로는 허리띠에서 손을 떼지 않았다. 손이 부르르 떨렸고, 너무나 힘을 준 나머지 손마디가 핏기 없이 창백하게 변했다. 그는 마침내 숨을 헐떡이며 수사를 놓아주었다. 그러곤 몸을 부르르 떨며 바닥에 큰대자로 뻗어 있는 수사를 바라보았다. 알바로는 그가 이미 죽었다는 것을, 그리고 자신이 그를 죽였다는 것을 알고 있었다. 하지만 그조차 대수롭지 않게 여겼다. 그는 그따위 일로 울지 않으리라 굳게 다짐했다. 그렇지만 대가를 치러야 한다는 것 또한 알고 있었다. 그는 마음속에서 이미 무언가가 허물어졌다는 걸 깨달았다. 안타깝지만 돌이킬 수 없는 일이었다. 그는 그 모든 것을 받아들였다.

어린 동생은 여전히 벽을 보며 울고 있었다. 가끔 딸꾹질을 하면서 훌쩍거리기도 했다. 신학교 사람들을 다 깨우려는 듯 갈수록 울음소리가 커졌다.

마누엘은 겁에 질린 채 침대 위에 앉아 있었다. 아이 울음소리가 한동안 귓전을 울렸다. 그는 어쩔 줄 몰라 하며 그 아이를 찾으려고 사방을 헤매다가 악몽에서 깨어났다. 정신을 차리고 보니 여관방이었다. 전화벨 소리를 아이 울음소리로 착각한 모양이었다. 노게이라의 전화였다.

「마누엘, 방금 오펠리아한테 전화가 왔어. 6시쯤 교대 근무가 끝난다고 해서 7시에 그녀의 집에서 만나기로 했다네. 거기로 곧장 오겠나, 아니면 내가 데리러 가는 게 좋겠나?」

그 아이의 모습이 여전히 눈앞에 어른거렸지만, 모든 것이 꿈이었다는 안도감에 한숨이 절로 나왔다. 그는 정신을 차리려고 졸린 눈을 쓱쓱 비볐다.

「다른 말은 없던가?」

「응. 새로운 소식이 있다고만 하더군. 직접 만나 이야기하고 싶은 눈치여서 더는 물어보지 않았네.」

「알았어. 그럼 거기서 7시에 만나세.」

방을 나가려던 순간, 그의 시선이 엘리사의 방과 통하는 문의 빗장으로 향했다. 그러자 불현듯 엘리사가 방 안을 살펴볼 수도 있겠다는 생각이 들었다. 침대에 널려 있는 옷가지, 테이블 위에 쌓여 있는 책, 알바로와 함께 찍은 사진, 그리고 자신의 성으로 들어가는 비밀이 담긴 종이. 그는 어젯밤 나무 바닥에서 나던 소리를 떠올리며 조심스럽게 문으로 다가가 귀를 대보았다. 아무 소리도 들리지 않았다. 하지만 문 틈새로 번쩍거리는 텔레비전 불빛이 새어 들었다. 어제처럼 조심스럽게 빗장을 풀고 손잡이를 돌리자 찰칵하는 소리가 났다. 둘 다 잠들어 있었다. 머리를 맞댄 채 편안한 얼굴이었다. 다만 텔레비전에서 하는 만화 영화가 그들의 얼굴을 형형색색으로 물들이고 있었다. 문득 엘리사와 사무엘뿐 아니라, 자신의 처지가 떠오르자 서글픈 생각이 들었다. 영혼 속으로 어두운 밤이 찾아올 때마다 불을 끄지 못하는 고독한 이들, 버림받은 채 절망에 빠져 있는 사람들을 떠올리자 슬픔이 복받쳐 올랐다. 그는 한동안 그 자리에 선 채 잠든 아이의 얼굴을 바라보았다. 반쯤 벌린 입, 부드럽게 구부러진 눈썹 그리고 하얀 시트 위로 나와 있는 불가사리 모양의 작고 까무잡잡한 손. 그는 조심스럽게 문을 닫았다. 이번에는 빗장을 걸지 않았다.

검시관의 차는 집 앞에 주차되어 있었다. 그리고 철문 옆 도로에는 노게이라의 BMW가 서 있었다. 마누엘은 그 옆에 차를 세운 뒤 문으로 걸어갔다. 전에 노게이라가 한 대로 철문의 쇠창살 사이로 손을 넣어 빗장을 열자 네 마리의 개가 그를 맞이했다. 옆쪽으로 차고 문이 열려 있었다. 그 사이로 땔나무를 보관하는 창고 언저리와 커버로 반쯤 덮인 알바로의 차 뒷부분이 보였다.

집 안에서 향긋한 커피와 따뜻한 빵 냄새가 풍겨 나왔다. 갑자기 배에서 꼬르륵하는 소리가 나서, 마누엘은 전날부터 아무것도 먹지 않았다는 것을 깨달았다. 식탁 위에는 이미 아침 식사가 차려져 있었다. 마누엘이 노게이라를 따라 안으로 들어가자, 오펠리아는 한 손에 커피포트를 든 채 깜짝 놀란 표정을 지었다.

「안녕하세요, 마누엘 씨. 저기 앉으세요.」 그녀가 식탁을 가리키며 말했다.

그녀는 묻지도 않고 잔마다 커피와 우유를 따랐다. 그들이 커피에 설탕을 타는 동안 그녀는 갈리시아식 토스트를 하얀 천으로 덮인 식탁 위에 올려놓았다. 토스트는 거무스름했지만 고소한 향기를 풍겼다.

세 사람은 맛있게 아침을 먹었다. 오펠리아는 그들이 식사를 마칠 때까지 기다려 주었다.

「여러 정황으로 볼 때, 시신은 사망한 지 최소 사흘은 지난 것 같아요. 그의 고모가 실종 신고를 한 날로부터 14일이 지난 셈이죠. 그런데 어제 그의 삼촌, 그러니까 수도원장이 찾아와서 자기 누나가 날짜를 착각한 것 같다고 하더군요. 자기가 토니노를 찾아간 날이 토요일이었다는 거죠. 그러면서 자기는 그저 커피나 마시러 간 거라고 했어요.」

「망할 자식 같으니!」 노게이라가 소리쳤다. 「그러니까 조카와 언쟁을 벌였다는 말은 안 한 거군. 알바로가 수도원에 찾아와서 이야기를 나눈 것에 관해서는 아예 입을 닫겠다는 꿍꿍이야. 토요일에 토니노를 만난 사실만 인정하겠다는 건, 앞으로 수사가 진행되더라도 자기에게 유리한 방향으로 이끌고 가겠다는 수작이 분명해.」

「두 사람이 모두 거짓말을 하고 있다고도 가정할 수 있어요. 우선 고모는 그의 실종에 관심을 끌기 위해서 그랬을 수 있고, 수도원장은……거짓말을 더 잘하는 것 같아요. 토요일에 누이 집에서 커피를 마셨고, 그 후로 조카에 관해 전혀 들은 바가 없다는 말만 하는 걸 보면 말이죠.」 잠시 말을 멈춘 그녀가 무언가를 덧붙이려고 하다가, 이내 고개를 흔들며 설명을 계속해 나갔다. 「토니노는 고모가 실종 신고를 할 당시 진술한 것과 같은 옷을 입고 있었어요.」 그녀는 갑자기 마누엘에게 고개를 돌리며 말했다. 「당장 사망 시간을 추정하는 것은 성급한 생각일 수 있어요. 우선 시신에서 발견된 벌레와 유충 그리고 눈에서 채취한 체액과 각종 샘플을 토대로 정밀 분석을 의뢰해 두었는데, 지금은 그 결과를 기다리고 있어요. 그런데 개인적인 생각이지만, 토니노는 14일 전에 죽은 것으로 추정됩니다. 알바로와 같은 날 사망한 셈이죠. 시신은 심하게 부패된 상태예요. 한 시간 전에 시체 안치실로 보냈는데, 밀폐 관에 넣어 가더군요. 그게 전부입니다. 시신은 거의 보름 가까이 바깥에 방치되어 있었어요. 그사이 비가 많이 내린 데다, 오후에는 날이 무더운 편이었죠. 더군다나 그 지역은 시체를 좋아하는 까마귀와 까치들이 자주 출몰하는 곳이에요. 그러니 시신이 얼마나 훼손되었을지는 쉽게 상상이 갈 거예요.」

두 사람은 고개를 끄덕였다.

「사건 현장에서 시신을 감식할 때, 몇 가지 의심스러운 점이 있었어요. 우선 얼굴에 여러 차례 가격당한 흔적이 있더군요. 부검 테이블에서 정밀 검사를 한 결과, 광대뼈가 골절되고 치아 하나가 파손되었을 뿐만 아니라, 하악골 여러 군데에서 미세 골절이 발견되었죠. 게다가 전완근 내측에서 종창(腫脹)이 관찰되기도 했고요.」 그녀가 팔을 들어 얼굴을 가리는 동작을 취했다. 「누구든 공격을 받으면 이런 방어 자세를 취하겠죠. 어떤 자들이 의도적으로 그를 가격한 게 분명합니다. 그는 죽기 일보 직전까지 두들겨 맞은 셈이죠. 몸에 난 상처 주변으로 피가 잔뜩 엉겨 붙은 걸 보면, 당시 상황이 어땠을지 쉽게 짐작할 수 있어요. 더구나 그의 차에서 물티슈 한 팩이 발견됐는데, 확인해 보니까 피를 닦기 위해 여남은 장을 썼더군요. 이상의 증거를 통해 당시 정황을 재구성해 보도록 하죠. 우선 그는 어떤 자들로부터 무차별적으로 구타를 당했지만, 그때만 해도 피를 닦을 여유가 있었던 것으로 보입니다. 나머지는 그 직후에 일어난 거죠.」

「그를 뭐로 때렸는지 알아냈습니까?」 마누엘이 물었다.

「네. 손으로 때린 게 틀림없어요. 정확히 말하자면, 주먹질이죠. 주먹을 이용해서 무차별적으로 구타한 겁니다.」

「혹시라도 내 말이 틀리면 언제든지 틀렸다고 해주세요. 정말 주먹으로 때렸다면, 그 사람의 손마디에 흔적이 남지 않겠어요?」 마누엘은 며칠 전 술집에서 나오다 싸움이 붙었을 때 손 전체로 퍼지던 심한 통증을 떠올리며 말했다.

「물론이죠. 토니노의 이가 부러질 만큼 세게 때렸으니까 당연히 흔적이 남았겠죠. 분명 손의 일부가 찢어졌든지, 아니면 손마디가 부분적으로 벗겨지거나 심하게 부었을 겁니다.」

「나는 알바로의 손을 봤어요.」 마누엘이 단호하게 말했다. 그의 목소리에서 일종의 안도감 같은 것이 묻어났다. 「적어도 한 손, 그러니까 오른손은 이 두 눈으로 똑똑히 봤다고요. 알바로는 오른손잡이니까, 그를 때렸다고 해도 당연히 오른손을 이용했을 겁니다. 그렇죠?」

「맞아요, 나도 기억나요. 알바로의 양손은 모두 깨끗했죠. 아무런 흔적도 없었고요.」

「토니노는 남창이었어.」 노게이라가 끼어들며 말했다. 「전에도 여러 번 손님한테 얻어맞았을 거라고. 대부분 그런 짓을 하고 나면 뼈저리게 후회하기 마련이니까. 그렇다면 이 사건을 완벽하게 둘로 나누어 볼 수 있을 것 같군. 먼저 토니노가 어떤 손님한테 흠씬 두들겨 맞았는데, 그 직후에 알바로와 마주친 거지. 어떤가?」

「아니면 수도원장이든지. 자네는 토니노가 실종되고 나서 수도원장을 만났잖아. 손에 무슨 흔적이나 상처가 없던가?」

「글쎄, 그건 잘 모르겠어. 토니노가 정말 토요일에 죽었다면, 내가 수도원을 찾아갔을 때는 이미 며칠이 지난 뒤였네. 그런 상처는 약만 잘 바르면 그사이 충분히 나을 수 있었을 거야.」

오펠리아는 엄숙한 표정으로 고개를 끄덕였다.

「아직 할 이야기가 많이 남아 있어요. 지금까지는 토니노의 사인이 교살에 의한 질식사로 되어 있지만, 하복부에 열상이 여덟 군데나 있어요. 길고 폭이 좁은 칼로 여덟 번이나 찔린 셈이죠. 알바로 때는 시간이 없어서 상처의 크기를 계측기[1]로 재기만 했어요. 하지만 이번에는 상처의

---

1 길이나 각도 등을 재기 위해 만들어진 표준 계기.

본을 뜰 수 있었죠. 물론 1백 퍼센트 장담할 수는 없지만, 토니노는 알바로를 공격했던 것과 매우 유사한 물체에 찔린 것으로 보입니다.」

「그렇다면 같은 사람이 둘을 공격했을 수도 있다는 이야긴가요?」 마누엘이 넌지시 물었다.

「어깃장을 놓고 싶지는 않지만, 두 사람 사이에 벌어진 일일 수도 있겠다는 생각이 드는군. 알바로가 돈을 주기로 약속하고 그를 거기로 불러내서 죽였을지도 몰라. 아니면 반대로 알바로가 돈을 주기를 거부하자 토니노가 그에게 덤벼들어 칼로 찌른 거야. 그런데 알바로가 덩치도 훨씬 크고 힘도 세기 때문에 그에게서 칼을 빼앗아 들고 여러 차례 찌른 것일 수도 있어.」 노게이라가 말했다.

마누엘은 그런 말을 아무렇지도 않게 하는 노게이라가 보기 싫은 듯 눈을 질끈 감았다.

「흉기는 나왔어?」

오펠리아는 대답을 하면서 다시 잔에 커피를 따랐다.

「아직은 발견하지 못했어. 차는 물론, 그 일대를 샅샅이 뒤졌는데도 안 나오네.」

「알바로가 가져갔다면, 가는 길에 밖으로 던져 버렸을지도 몰라. 물론 차가 도로를 이탈하기 전, 그 주변 어딘가에 말이지.」 노게이라가 말했다.

마누엘은 증오에 찬 눈길로 노게이라를 노려보았다.

두 남자 사이에 긴장이 높아지고 있었지만, 오펠리아는 별반 신경 쓰지 않은 채 말을 계속했다.

「알바로의 경우에는 주목할 만한 열상이 하나뿐이었죠. 하지만 토니노는 워낙 많아서 결과적으로 명료한 편이에요. 자세히 말하자면, 찔린 상처가 전부 왼쪽에서 오른쪽으로 나 있어요.」

그 말을 듣자 노게이라는 눈썹을 치켜세우더니, 입언저리에 보일락 말락 잔잔한 미소를 머금었다.

「그게 무슨 말이죠?」 마누엘이 물었다.

「살인자가 왼손잡이라는 뜻이지.」노게이라가 대신 설명했다.

「아직 확실한 건 아니에요.」오펠리아가 황급히 나서며 말했다.「어디까지나 가설일 뿐이니까요. 사실 알바로의 몸에 난 상처는 본도 뜨지 못해서, 두 사람이 같은 물체에 찔렸는지 여부는 확실치 않아요. 그리고 공격을 하는 순간, 범인이 어떤 장소에 있었는지도 중요한 변수가 될 수 있답니다. 가령 차 안에 있었다면, 어떤 자세를 취할 수밖에 없었겠죠. 어쨌든 지금으로서는 범인이 왼손잡이일 가능성이 높아요.」

「알바로는 오른손잡이예요.」마누엘은 노게이라를 노려보며 단호하게 말했다.「그런데 토니노는 어떤 손을 쓰죠?」

노게이라는 시계를 힐끔 보았다.

「아직 시간이 너무 일러. 조금 있다가 그의 고모에게 전화해서 물어볼 테니까 기다리게. 그렇지만 나는 왠지 수도원장이 의심스러워. 그가 교육받을 당시만 해도 왼손을 쓰면 혼쭐이 나곤 했지. 설령 왼손잡이였어도 금방 고쳤을 거라고. 그러니까 그렇게 보이지 않을 뿐이지 원래 왼손잡이였을지도 몰라.」

「그럼 구타를 당한 흔적도 그런가?」마누엘도 물러서지 않았다.「상처가 난 방향으로 범인이 오른손잡이인지, 아니면 왼손잡이인지 알 수 있다는 거야?」

그 말을 듣자 오펠리아가 움찔했다.

「이왕 말이 나왔으니 말인데, 구타당한 흔적은 그의 얼굴 전체에 퍼져 있어요. 사실 누구든 가격을 당하게 되면, 얼굴을 좌우로 움직이면서 몸을 뒤틀기 마련이죠.」그녀는 자기 얼굴을 좌우로 돌리면서 말했다.「그런데 그의 얼굴에서 가장 큰 충격, 그러니까 치아 손상, 광대뼈 골절, 하악골의 미세한 금이 생긴 곳은 왼쪽이에요. 물론 싸울 땐 양손을 다 쓰기 마련이지만, 범인은 오른손잡이일 가능성이 높다는 이야기죠. 결론적으로 토니노의 얼굴을 가격한 자는 그를 흉기로 찌른 자와 동일인이 아니라는 겁니다. 하나 더 있어요. 범인은 완력이 상당히 센 것이 틀림없어요. 사실 토니노는 60킬로그램도 안 되는 데다, 매우 여윈 편이고

키도 그리 크지 않아요. 현장에 가보니까, 운동화 한 짝이 사라지고 양말은 벗겨진 채 발끝에 걸려 있더군요. 처음에는 목이 졸리는 상태에서 발버둥이를 치다 신발이 벗겨진 것으로 생각했죠. 그런데 운동화가 시신으로부터 10여 미터 떨어진 차 부근에서 나왔어요. 부검 결과, 그의 발뒤꿈치에서 죽기 전에 난 것으로 보이는 찰과상과 긁힌 자국이 여러 군데 발견됐고요. 상처로 봐서는 범인이 그를 그곳까지 끌고 갔다는 거죠. 바닥에 쓰러진 사람을 들어 올려 나뭇가지에 매달려면 여간한 힘이 아니고서는 불가능해요. 물론 시신을 그렇게 높이 매단 건 아니지만, 그 정도로도 엄청나게 힘이 들었을 겁니다. 범인의 손에는 자국이 뚜렷하게 남아 있을 거예요. 장갑을 끼고 있었다면, 좀 덜 선명하겠지만요. 혹시 범행에 사용된 밧줄에 살갗이나 상피 세포가 남아 있는지 정밀히 조사했지만, 아무것도 나오지 않았어요.」

세 사람 사이에 잠시 침묵이 흘렀다. 그러다가 가장 먼저 입을 연 사람은 마누엘이었다.

「나는 토니노의 사망 시간을 정확히 알아내는 것이 이번 사건의 열쇠라고 생각해요. 알바로의 차가 어느 지점에서, 그리고 몇 시에 도로를 이탈했는지는 이미 알고 있으니까요.」 마누엘이 말했다.

「마누엘 씨.」 오펠리아가 한숨을 쉬며 말했다. 「영화에 나오는 것처럼 사건이 일어난 지 한참 뒤에 정확한 사망 시간을 알아내는 건 결코 쉬운 일이 아니에요. 그 순간 피해자의 시계가 멈췄거나 목격자가 있는 경우를 제외하고는 말이에요. 대부분의 경우, 각종 증거 자료를 종합적으로 판단하고 나서야 사망 시간을 파악할 수 있답니다. 하지만 사망한 지 며칠이 지나고 시신이 심하게 부패된 상태라면 문제는 더 복잡해지죠. 이미 말했다시피, 내가 의뢰한 증거 자료에 대한 정밀 분석 결과가 나오고, 차에서 발견한 물증에 대해 과학 수사 연구소에서 결론을 내릴 때까지는 모두 추정에 불과합니다.」

마누엘은 아무 말도 못 하고 고개만 끄덕였다.

「하나 더 있어요.」 그녀는 줄곧 옆에 있던 봉투를 그에게 건네며 심각한 얼굴로 말했다. 「전에 연구소로 보낸 페인트의 비교 분석 결과가 나왔어요. 일을 빨리 처리하려면 돈을 주는 것 이상이 없죠. 그 결과, 알바로의 차에 묻은 페인트와 수도원 차고에 있던 차의 페인트는 정확히 같은 것으로 밝혀졌어요.」

마누엘과 노게이라는 놀란 눈으로 서로의 얼굴을 멀뚱히 쳐다보았다. 노게이라가 먼저 입을 열었다.

「그 말을 하려고 지금까지 기다린 거야?」

「노게이라, 흥분하지 마. 이것만으로는 증거 능력은커녕, 법적 효력도 갖지 못하니까. 우선 소유주의 허락이나 법원의 정당한 명령 없이 샘플을 채취했기 때문에 증거로 제시할 수가 없어요. 더구나 이것만 가지고는 아무것도 입증할 수 없고요.」

「오펠리냐.」[2] 노게이라는 마누엘의 손에서 결과 보고서를 빼앗으며 말했다. 「불과 열흘 전까지만 해도 나는 과르디아 시빌 대원이었어. 수사 원칙이라면 지금도 훤히 꿰고 있다고. 물론 이것만으로는 아무것도 입증할 수 없을지 모르지. 하지만 이걸 구실로 수도원장을 찾아갈 순 있잖아.」

「나도 같이 가겠네.」 마누엘이 말했다.

「마누엘, 그건 안 돼. 자네는 안 가는 게 나아. 자네가 누구인지, 또 얼마나 분노에 차 있는지 수도원장이 안다고 해도 지금 당장 같이 움직이는 것은 바람직하지 않아.」

「앞으로 계속 수도원장의 고삐를 조인다면, 자네가 곤경에 빠지지 않으리라고 어떻게 장담할 수 있겠어?」 마누엘이 물었다.

「그건 그렇지. 나도 어젯밤에 그런 생각이 들더군. 하지만 수도원장이 알바로나 자네와 내가 찾아간 것에 대해 일절 밝히지 않는 것을 보면, 내 추측이 옳다는 생각이 들어. 다들 알다시피, 그에게는 입을 다물 만한 충분한 이유가 있으니까 말이야. 그러니 이제 우리는 그가 1984년 그

2 오펠리아의 애칭이다.

날 밤에 일어난 일과 며칠 전 알바로와 자기 조카가 죽은 사건을 의도적으로 숨기고 있는지 알아내야 한다고.」

「그렇지만 아직은 확실치 않잖아.」 오펠리아가 반론을 제기했다.

「지금까지 드러난 정황으로 봐서는 틀림없어. 그렇지 않아? 그를 만나서 이야기해 봐야 할 것 같아. 일단 개인 자격으로 찾아가서 조카의 죽음에 애도를 표하고 자동차 페인트 이야기를 슬쩍 꺼내 본 다음, 어떻게 나오는지 봐야겠어.」

오펠리아는 여전히 못마땅한 얼굴로 고개를 끄덕였다.

「마누엘, 자네는 어떻게 할 건가?」

「아스 그릴레이라스로 갈 걸세. 아무튼 모든 일은 거기서 시작되고 끝나는 것 같으니까 말이야.」

노게이라는 고개를 들어 수도원 건물의 2층을 쳐다보았다. 그날 아침의 잿빛 하늘이 유리창에 어른거리고 있었다. 그리고 창가에 서서 그를 몰래 엿보던 수도원장의 모습도 희미하게 보였다. 노게이라와 눈이 마주치자, 그는 황급히 몸을 숨겼다. 노게이라의 입술에 엷은 미소가 떠올랐다가 금세 사라졌다. 그는 담배에 불을 붙이고 천천히 한 모금 빨았다. 수도원장이 그가 찾아온 이유를 골똘히 궁리하다가 불안감이 결국 절망으로 바뀌기를 기다리면서 말이다.

잠시 뒤 노게이라는 담배를 껐다. 그러곤 지나가던 노 수사들과 인사를 나누고 안부를 물으면서 시간을 끌었다. 이제 수도원장이 갈팡질팡 어쩔 줄 몰라 하고 있을 것으로 추측될 무렵, 갑자기 비가 내리기 시작했다. 그는 정문으로 들어가 곧장 2층으로 올라갔다.

사무실 문은 열려 있었다. 노게이라는 수도원장이 문을 열었다 닫았다 하는 모습을 떠올리면서 천천히 다가갔다. 그가 어떤 모습으로 자기를 맞이할지 궁금했다. 그는 책상에 앉아 있었지만, 노게이라의 예상과는 달리 일하는 척하지 않았다. 안경도 쓰지 않았고, 책상 위는 서류 한 장 없이 깨끗하게 치워져 있었다.

노게이라는 인사도 건네지 않고 문을 닫았다. 그러곤 방을 가로질러 책상으로 다가갔다. 수도원장은 창백하게 질린 얼굴로 쳐다보면서 그가 먼저 입을 열기만을 기다렸다. 노게이라는 인사 따윈 건너뛰고 단도직입적으로 말했다.

「1984년 그날 밤, 여기서 무슨 일이 일어났는지 다 알고 있습니다. 그뿐만 아니라 당신이 오르투뇨 수사가 작성한 보고서를 조작 은폐했고, 토니노가 여기서 그 보고서를 발견한 뒤 알바로 무니스 데 다빌라를 협박했다는 것도 알고 있습니다. 그리고 알바로가 사망 당일, 당신에게 해명을 요구하기 위해 여기 왔다는 사실도요.」

그 말을 듣자 수도원장은 용수철에서 튕겨 올라오듯이 벌떡 일어섰다. 그 바람에 앉아 있던 의자가 뒤로 넘어가고 말았다. 그는 구토를 참으려는 듯 두 손으로 입을 막고 책장 사이에 감추어져 있던 화장실로 달려갔다. 노게이라는 그 자리에 꼼짝도 않고 서 있었다. 화장실에서 그가 토하고 기침하며 숨을 헐떡이는 소리가 들려왔다. 잠시 뒤 변기와 세면대에서 물 내려가는 소리가 났다. 수도원장은 젖은 수건을 이마에 댄 채 화장실에서 나왔다. 노게이라는 책상 뒤로 넘어간 의자는 거들떠보지도 않고, 다른 의자 두 개를 마주 놓았다. 그러곤 먼저 자리에 앉아서 수도원장에게 어서 앉으라고 손짓했다.

더 이상 진실을 듣기 위해 그를 자극할 필요가 없었다. 그를 떠받치고 있던 것이 이미 허물어져 버린 판국이라 수도원장은 속에 있던 것을 게워 내듯 마음속에 있던 말을 모두 토해 냈다.

「나는 평생 한결같이 그 아이를 대했어요. 그런데 녀석은 공부는커녕 일도 안 하려고 했죠. 어떻게든 정신을 차리게 하려고 그동안 몇 차례나 그 아이한테 일을 맡겼어요. 수도원을 수리하는 자잘한 일이었죠. 이곳처럼 큰 건물에는 늘 고칠 게 생기니까요. 그때마다 나는 다른 업자 대신 조카를 부르곤 했어요. 그런다고 내가 욕을 먹지는 않을 테니까 말입니다. 지난겨울에는 지붕 빗물받이에 문제가 생겨서 물이 안으로 새어들어왔죠. 그리 심하지는 않았지만, 천장에 얼룩이 지더군요. 천장이 완전히 마를 때까지 기다리느라 여름을 다 보냈어요. 그럼 페인트칠만 다시 하면 되니까요. 이번에도 녀석한테 일을 맡겼는데, 웬일인지 일하는 태도가 전과 딴판인 거예요. 사흘 내내 의욕과 활력이 넘쳤으니까요. 마지막 날, 녀석이 이곳에 페인트칠을 하도록 사무실을 비워 주었죠.」수도원장은 창가 위 천장에 남은 누런 얼룩을 가리키며 말했다.「그런데 녀석이 오지 않는 거예요. 그런 적이 한두 번이 아니었으니까, 으레 그러려니 했죠. 그 전날, 녀석이 퇴근하려다 말고 갑자기 돈이 좀 필요하다고 하더군요. 그래서 일부를 미리 주었습니다. 그러곤 안 나오기에 또 어디 놀러 갔나 했죠. 다음 날 아침에도 나타나지 않았어요. 좀 이상한 생각이 들어서 누나한테 전화를 걸었더니, 집에도 안 들어왔다는 거예요. 그러더니 아직 젊으니까 그럴 수도 있다면서 또 녀석을 감싸 주더라고요. 솔직히 말해서, 그날 녀석이 정말로 집에 없었는지도 잘 모르겠어요.」그는 말하다 말고 어깨를 으쓱했다.「그래서 그냥 없는 셈 치고 단념했죠. 다행히 수사들이 도와줘서 물건을 제자리에 옮겨 놓을 수 있었어요. 조카 놈을 다시는 믿지 않겠다고 속으로 다짐했어요. 그런 다짐을 한 게 스무 번도 넘을 겁니다. 알바로 무니스 데 다빌라 씨가 여기 나타난 뒤에야 무슨 일이 있었는지 알게 되었죠. 그때 여기 있는 책상을 옮기다가 서랍이 빠졌던 것 같아요. 평소에 좀 헐거웠거든요. 그 과정에서 문서를 보관해 둔 서류철이 떨어지면서 녀석의 손에 들어갔던 모양입니다. 알바로 씨가 나가자마자 나는 조카를 만나려고 누나네 집으로 달려갔죠. 하지만 아무 소용이 없었어요. 녀석이 누나 뒤에 숨어 나오려고 하질 않는 거예요. 씩씩거리면서 차에 탔는데, 급한 전화가 오는 바람에 곧장 수도원으로 돌아갔어요.」

「조카가 무슨 짓을 했는지, 그러니까 그걸로 알바로를 협박했다는 걸 알면서도 그냥 수도원으로 돌아왔다고요? 지금 그 말을 나더러 믿으라는 겁니까?」

「정말입니다. 그것만큼은 사실이에요.」

「당신은 베르다게르 수사가 죽던 날 밤에 일어난 일을 모조리 은폐하려고 했던 사람입니다. 그것도 모자라 오랜 세월 동안 사건에 연루된 사람들을 손에 쥐고 쥐락펴락했죠. 그래서 내가 알바로에 관해 몇 가지 묻고 간 다음, 곧바로 수도사였던 마리오 오르투뇨한테 달려갔어요. 내게 아무 말도 하지 말라고 경고하기 위해서 말이죠. 그런 당신이 다른 이들의 입을 다물게 한 적이 없다? 나더러 그 말을 믿으라는 거요?」

수도원장은 세차게 머리를 흔들며 부인했다.

노게이라는 손을 들어 그의 행동을 제지하면서 말했다.

「사실 매우 위태로운 상황이었죠. 어린아이를 성폭행한 자는 죽었지만, 자칫 교단은 씻지 못할 불명예를 안게 되고, 당신은 미성년자 성폭행 사건의 공동 정범으로 교도소에 갈 수도 있었으니까 말입니다. 결국 당신은 베르다게르 수사의 죽음을 자살로 위장했어요.」

수도원장은 수건으로 얼굴을 가린 채 몸을 앞으로 숙이면서 고통스러운 신음 소리를 냈다. 차가운 표정으로 그를 바라보던 노게이라는 수건 끄트머리를 잡고 손에서 휙 낚아챘다. 화들짝 놀란 수도원장은 몸을 뒤로 젖히면서 반사적으로 두 손을 들어 얼굴을 가렸다. 마치 노게이라가 자기를 때리려고 주먹이라도 들어 올린 것처럼 말이다. 노게이라는 경멸하는 눈초리로 그를 쳐다보았다. 그의 입가에 날카로운 주름이 지면서 조소가 어렸다.

「그래. 당신 같은 인간은 작살이 나야 해.」 노게이라는 반말을 퍼부어 댔다.

수도원장은 알아들을 수 없는 말을 웅얼거리더니 갑자기 울음을 터뜨렸다.

노게이라는 그의 허락도 받지 않고 담배를 꺼내 불을 붙였다. 그러곤 평소처럼 깊게 한 모금 빨아들이고 말했다.

「그럼 이번 사건이 어떻게 일어났는지, 내 생각을 말해 주지.」 그는 차분한 목소리로 말문을 뗐다. 「우선 당신은 오스 마르티뇨스 교차로에서 조카가 나올 때까지 기다렸어. 그가 나온 뒤 뒤따라갔지. 그러다 인적이 드문 곳에 이르자 길가에 차를 세우라고 그에게 신호를 한 거야.

당신은 노인이지만 화가 머리끝까지 치밀어 있던 상태였어. 더군다나 조카는 60킬로그램도 안 될 만큼 왜소한 체구야. 아마 당신은 그를 보자마자 주먹을 날렸겠지. 그것만으로도 모자라 그를 칼로 찔러 죽인 다음, 나무에 매달아 놓은 거야. 어제 우리가 봤던 그 나무 말이야. 조카가 사라졌다는데도 당신은 눈 하나 깜짝하지 않았어. 하기는 놀라고 자시고 할 이유가 없었지. 당신이 그동안 아무렇지 않게 지냈던 것도 바로 그 때문이라고.」

노게이라는 오펠리아가 추정한 잔인한 범행 수법을 진지하게 설명했다. 하지만 오펠리아는 분명 토니노를 가격한 자와 칼로 찌른 자가 동일인이 아니라고 했다. 그간의 경험으로 보아 검시관이 틀리는 경우가 거의 없다는 것도 잘 알고 있었다. 그렇지만 그 망할 영감을 괴롭히는 동안 이상야릇한 쾌감이 느껴졌다. 노게이라는 범죄자 중에서도 어린아이에게 몹쓸 짓을 하는 놈들을 가장 증오했다. 조금 더 윽박지르면, 그동안 숨기고 있었던 것을 일부라도 불 것이 분명했다.

수도원장은 여전히 고개를 가로저으면서 울고 있었다. 그리고 자기는 무고하다는 뜻으로 두 손바닥을 들어 보였다. 그런데 그의 손마디에 아무런 흔적이 남아 있지 않았다. 사건이 일어난 날로부터 수일이 지나기는 했지만, 전에 흔적이 있었는지 확인하기는 그리 어려운 일이 아니었다.

노게이라는 그 점을 머리에 담아 두고는 하던 이야기를 계속했다.

「그리고 나서 당신은 찬타다 국도 어디쯤인가에서 알바로 무니스 데 다빌라와 만나기로 했지. 더 이상 위험한 일은 없을 테니까 안심하라는 말을 하려고 말이야. 하지만 그는 오히려 당신을 더 곤란하게 만들었어. 내 생각에는 그가 그 문서를 달라고 했던 것 같아. 그런 일이 다시 일어나지 않게 하려면 그 수밖에 없었겠지. 나라도 그렇게 했을 거야. 아니면 반대로 이번 기회를 이용해서 떠올리기조차 지긋지긋한 그 기억에서 벗어나려고 했는지도 모르지. 이렇게 된 바에 차라리 폭로하는 편이 낫다고 생각했을 거야. 어쩌면 지금 그렇게 되고 있는 건지도 몰라.」 수도원장은 깜짝 놀라면서 눈을 떴다. 「결국 당신은 알바로와 언쟁을 벌이다가 그를 찔렀을 거야. 알바로는 방심한 상태에서 불의의 일격을 당한셈이지. 설마하니 수도사가 그런 짓을 저지를까 싶었을 테니까. 그래도 건장한 편인 알바로는 안간힘을 다해 차를 타고 도로로 나갈 수 있었을거야. 당신은 어떻게든 그의 입을 막아야 했을 테지. 그래서 수도원 차고에 숨겨 둔 흰색 소형 트럭을 타고 쫓아가 그의 차를 도로 밖으로 밀어낸 거야. 여태껏 그 차를 수리하지 못한 것도 바로 그 때문이겠지. 분석 결과, 그 트럭의 페인트와 알바로의 차 뒤 범퍼에 묻은 페인트가 일치하는 것으로 나타났어.」

수도원장은 움찔하면서 울음을 멈추었다. 그러더니 자리에서 벌떡일어났다. 그는 물 밖에 나온 물고기처럼 입을 뻐끔뻐끔 벌리면서 사무실 책상 위에 가지런히 정리해 놓은 문서들을 손으로 헤집기 시작했다.

「아니요. 아니라고요. 당신이 잘못 생각한 거예요. 증거가 있어요. 증거를 가지고 있다니까요.」 그가 떨리는 손으로 뒤져 대자, 문서들이 우수수 바닥으로 떨어졌다. 그는 한 장씩 집어 들어 제목을 읽고는 아니다싶으면 아무렇게나 던져 버렸다. 그러다가 그의 얼굴이 환해졌다. 「이것좀 봐요. 이것 좀 보라고요.」 그는 그 서류를 집어 들고 노게이라의 눈앞에 갖다 댄 채 마구 흔들었다. 그 바람에 노게이라는 무슨 내용인지 전혀 알아볼 수가 없었다. 노게이라는 그의 손에서 문서를 낚아채고는 제목을 힐끗 보았다. 교통사고 합의서였다.

「알바로가 이야기할 것이 있다면서 찾아왔어요. 그날 그가 몹시 화를 냈던 건 사실입니다. 자기는 절대 돈을 줄 수 없다면서 사실대로 폭로하겠다고 하더군요. 그렇게 되면 내 처지만 난처해질 테니까, 무슨 수를 써서든 조카의 입을 막으라고 하는 거예요. 그런데 그가 나가던 길에차를 후진하다가 그만 차고 앞에 세워 둔 소형 트럭을 들이받고 말았죠. 그건 우리가 장 볼 때 타는 차예요. 알바로는 당장 해결하자면서 안셀모수사와 교통사고 합의서를 작성했습니다. 이건 나중에 안셀모 수사가가져와서 보관해 둔 거예요. 이제나저제나 보험 회사에서 연락이 오기를 기다렸죠. 아직 차를 정비소에 못 맡긴 것도 바로 그 때문이라고요.」수도원장이 짜증스러운 목소리로 말했다. 「이제는 아무도 책임을 안 지려고 할 텐데…….」

「그런데 왜 여태까지 그걸 숨긴 거지?」

「당신이 뭔가를 캐고 다니는 건 분명한데, 대체 무엇을 알아내려고 하는지 도무지 알 수가 없었으니까요.」

노게이라는 한숨을 내쉬며 생각을 정리했다.

「당신은 조카를 협박했어. 네가 누구를 건드렸는지 모를 뿐만 아니라, 절대로 조용히 넘어갈 문제가 아니라고 했지.」

수도원장은 맥이 풀린 것처럼 어깨를 축 늘어뜨린 채 고개를 흔들었다.

「녀석한테 경고한 것뿐이에요. 알바로에 관해 알려 주었죠. 그가 머지않아 조카를 만나러 가리라는 것을 알고 있었으니까요. 알바로가 워낙 화가 나 있던 터라 웬만하면 주소를 알려 주지 않으려고 했죠. 온갖 평계를 다 대봤지만, 소용이 없었어요. 알려 줄 때까지 안 가겠다며 버티는데 어쩌겠어요? 하는 수 없이 전화번호를 넘겨주었죠. 토니노는 워낙 충동적이고 머리가 둔해서 그렇지 심성이 비뚤어진 아이는 아니에요. 나쁜 아이는 절대 아니라고요. 나는 그저 상황이 얼마나 심각한지 알려 주러 간 건데, 녀석이 나와야 말을 하든가 말든가 하죠. 제 고모 뒤에 숨어서 나오질 않는 거예요.」

그건 노게이라도 이미 알고 있던 사실이었다. 알바로가 그날 오후에 토니노에게 전화를 걸었으니까 말이다. 문제는 그가 왜 전화를 걸었느냐 하는 것이었다. 단지 돈을 주지 못하겠다는 말을 하려던 것일까, 아니면 그를 만나서 죽임으로써 모든 문제를 덮으려고 했던 것일까? 그때 갑자기 그의 머릿속에 뭔가가 떠올랐다.

「아까 누나 집 앞에 있을 때, 수도원에서 급한 전화가 걸려 왔다고 했는데…….」

「네, 그래요. 안 그래도 말하려던 참이었어요. 나사리오 수도사라고 있는데, 올해로 아흔세 살이니까 수도원에서 가장 나이가 많은 축에 속하죠. 그분이 갑자기 현기증을 일으켰다는 겁니다. 혈압 때문이었는데, 그렇게 심각한 상태는 아니었죠. 그런데 넘어지면서 코가 부러져 버렸어요. 물론 그것도 심하지는 않았지만, 평소 그 수사님이 신트롬이라고 발작을 예방하는 약을 복용하고 있었거든요. 그 약 때문에 피가 제대로 응고되질 않아서 출혈이 계속되었던 모양이에요. 그래서 구급차를 불러 병원으로 이송시켜야 했답니다. 나는 그분의 경과를 지켜보느라 응급실에서 밤을 새웠어요. 겨우 지혈을 시켰지만, 수혈을 계속해야 했죠. 내 말을 정 못 믿겠다면, 그분과 직접 이야기를 나눠 보세요. 사흘 전에 퇴원했으니까요.」

노게이라는 교통사고 합의서를 천천히 읽었다. 사고 시각과 장소, 상황 등이 상세하게 기재되어 있었다. 글씨체가 알바로의 것과 정확히 일치했을 뿐만 아니라, 조작하거나 고친 흔적도 전혀 없었다.

「사본이 하나 필요할 것 같은데.」 그가 요구하자 수도원장은 흔쾌히 승낙했다. 「그리고 아까 말한 그 수사의 병원 기록도 봐야겠어. 만약 거짓말이면 당장 미성년자 성폭행 죄로 감옥에 처넣을 테니까 알아서 해. 그러면 감옥이 어떤 곳인지 잘 알게 될 거야.」 노게이라는 몸을 부르르 떠는 수도원장을 보며 짜릿한 쾌감을 느꼈다.

그때 전화가 걸려 왔다. 합의서 사본을 받자마자 그는 그곳을 빠져나왔다. 물론 방을 나서기 전에 무서운 얼굴로 수도원장을 노려보는 일도 잊지 않았다.

그는 마지못해 오스 마르티뇨스로 향했다.

불면증

「안녕하세요, 대위님?」 이웃집 여인은 노게이라가 벨을 누르기도 전에 먼저 문을 열며 인사를 건넸다.

고양이처럼 창가에 서서 밖을 내다보고 있던 노파의 모습을 상상하기는 그리 어렵지 않았다.

「대위가 아니라, 중위예요.」 노게이라는 그녀의 말을 바로잡아 주었다.

「대위든 중위든 그게 뭐 그리 대수겠어요. 하여간 이 할망구가 군대의 계급에 대해서는 원체 무지해서 그러니 용서해 주시구려.」 그녀는 그가 들어오도록 옆으로 비켜서면서 말했다.

노게이라는 역겨우면서도 의심스러운 표정이었지만, 그녀가 눈치채지 못하게 고개를 약간 옆으로 비틀면서 들어갔다. 그 마녀처럼 생긴 여자의 애교스러운 말투를 알아차렸던 것일까? 그는 그녀가 한 시간 전에 전화를 건 뒤 계속 가운만 걸치고 있었을 뿐 아니라, 앞섶을 풀어헤친 채 검버섯으로 얼룩진 허연 속살을 훤히 드러내고 있었을 것으로 확신했다.

그는 마음을 진정시키기 위해 크게 심호흡을 했다. 하지만 저번에 왔을 때와 마찬가지로 비스킷과 고양이 오줌 냄새를 들이마시고는 금방 후회했다. 그는 용건만 간단히 말하고 갈 생각으로 다시 그녀를 바라보았다.

「그런데 하실 말씀이 뭐죠?」

「뭐든 기억나는 게 있으면 전화해 달라고 했지요.」

「네. 새로 기억난 것이 있다고 하셨는데, 그게 대체 뭡니까?」

그녀는 대답 없이 그를 지나친 뒤 창가의 소파에 앉았다.

「우선 내가 중위님한테 연락을 드린 이유를 밝히기 전에 왜 예전에는 그것을 기억하지 못했는지 부디 이해해 달라고 말하고 싶군요. 또 내가 절대 거짓말을 하고 있지 않다는 것도요.」 그녀는 자기 옆의 빈자리를 손으로 톡톡 치며 말했다.

노게이라는 역겨움을 꾹 참고 그녀가 시키는 대로 자리에 앉았다.

「대위님. 난 요즘 불면증으로 고생하고 있어요. 아직 나이도 그리 많지 않고 잘 움직이는 편이지만, 알약을 먹어야 잠이 온답니다. 하지만 가끔 잊어 먹을 때가 있어요. 그럴 때면 정말 힘들어요. 일단 잠자리에 들면 곧장 잠이 들기는 하지만, 한 시간도 안 돼서 눈이 떠지니까요. 약을 먹지 않으면 그때부터 뜬눈으로 밤을 지새우기 일쑤죠.」

노게이라는 그 자리에 앉아 있는 순간순간이 고문과도 같게 느껴졌다. 하지만 뭔가 건질 만한 이야기라도 나올까 싶어 인내심을 발휘해서 그녀의 말을 귀담아들었다.

「어제도 그랬어요. 약을 깜박하고 그냥 잠이 들었지 뭐예요. 그런 날이면 늘 그렇듯이 새벽 1시에 눈이 딱 떠지는 거예요. 하는 수 없이 자리에서 일어나 약을 찾으러 갔죠. 평소에 약을 저기 서랍장에 넣어 두거든요.」 그녀는 고양이가 올라앉아 있는 가구를 손으로 가리키며 말했다. 「창문 앞을 지나가다가 우연히 밖을 내다봤답니다. 그 순간 토니노가 사라진 토요일 밤에도 깜박하고 알약을 먹지 않았던 게 기억나더군요. 그때도 약을 가지러 창문 앞을 지나가다가 토니노의 차를 봤거든요.」

노게이라는 흥미로운 듯이 그녀를 바라보았다.

「토니노의 차가 분명합니까?」

그녀는 샐쭉한 표정을 지으며 고개를 끄덕였다.

「틀림없어요. 그런데 내가 그동안 왜 까맣게 잊고 있었는지, 어젯밤처럼 똑같은 상황이 반복되고서야 기억이 났는지 설명을 해야 할 것 같아요. 그때만 해도 나는 그 일을 대수롭지 않게 여겼답니다. 그 아이의 차가 집 앞에 세워져 있는 게 특별한 일은 아니었으니까요. 더군다나 그때는 어중간하게 잠이 깬 상태였고요. 그렇지만 이 두 눈으로 확실히 봤어요. 그게 다가 아니에요. 약을 먹고 침대에 다시 누웠는데, 늘 그렇듯이 금방 잠이 오지 않더군요. 그때 밖에서 자동차에 시동을 거는 소리가 들리더니 이내 출발하더라고요.」

「이번 사건을 해결하는 데에 아주 중요한 단서가 될 것 같군요.」 그는 그녀를 똑바로 바라보면서 말했다. 「시간은 분명합니까?」

그녀는 얼굴이 발갛게 상기된 채 미소를 지었다.

「대위님. 분명 새벽 1시였어요. 내가 그리 젊지는 않아도 시간만큼은 시계처럼 정확하다니까요.」

이중벽

마누엘은 차 유리창을 통해 하늘을 보려고 몸을 앞으로 숙였다. 새벽이나 마찬가지로 잿빛 하늘이 낮게 드리워져 있었다. 하늘만 봐서는 온종일 해가 나지 않을 듯싶었다. 조금 전까지 잠잠하더니 갑자기 불어닥친 돌풍으로 인해 이제 막 나뭇가지에서 돋아난 이파리들이 갈가리 나부꼈다. 장원으로 가는 도중에 비가 쏟아지기 시작했다. 비를 보니 괜히 기분이 울적해졌다. 거기에 규칙적으로 움직이는 와이퍼 소리, 그리고 카페의 빈자리까지 더해지자 공허감이 밀려와서 견딜 수가 없었다. 그 순간 돌연 마누엘의 머릿속에 안티아가 강아지를 안고 있는 모습이 떠올랐다.

장원에 도착한 마누엘은 처음 왔을 때와 마찬가지로 철책 옆에 차를 세웠다. 산티아고는 아직 병원에 있었다. 카타리나도 그의 곁을 지키고 있는 모양이었다. 마누엘은 무슨 일이 있어도 까마귀와 다시 마주치고 싶지 않았다. 그녀가 저 위에서 무엇을 하는지 생각조차 하기 싫었다. 그는 파카에 달린 후드를 뒤집어쓰고 치자나무 울타리를 가로질러 부엌으로 갔다.

검은 고양이가 여전히 부엌 앞을 지켰다. 부엌문 위쪽이 열려 있었다. 에르미니아와 사리타는 어디 갔는지, 안은 텅 비어 있었다. 아궁이에서 장작불이 타고 있는 걸 보면, 주변에서 허드렛일을 하는 모양이었다. 나무 타는 냄새가 코끝을 스치고 지나가자 다행히 마음이 편안해졌다. 그는 거기서 그들을 기다릴지, 아니면 찾으러 나갈지 고민하느라 잠시 그

자리에 멈추어 서 있었다. 그런데 위층 계단으로 이어진 문이 열려 있었다. 그는 곧장 그곳으로 갔다. 그리고 빠르게 계단을 걸어 올라갔다. 처음 왔던 날, 유리창을 통해 미끄럼틀에서 미끄러져 내리듯 입구의 포석으로 드리워지던 황홀한 빛도 해가 가려 사라져 버린 탓인지 텅 빈 집에 혼자 있는 느낌마저 들었다. 유리창을 통해 칙칙한 빛이 스며들자 평소 화려한 느낌을 주던 대리석도 주석처럼 보였다. 그날따라 누구도 그를 반기지 않는 듯했다.

2층으로 올라간 그는 실수하지 않으려고 복도 양옆에 늘어선 문을 순서대로 두 번이나 세어 보았다. 그러곤 차가운 손잡이를 움켜쥐고 돌렸다. 눈앞으로 호화스러운 방이 나타났다. 엘리사가 설명한 대로 그 방은 사무엘의 방과 연결되어 있었다. 아이의 방 문은 열려 있었는데, 격식에 맞춰 고가의 가구로 장식되어 중세 시대 왕자의 거처라도 되는 듯이 화려하고 장엄한 분위기를 풍겼다. 하지만 사무엘 같은 어린 곡예사가 살기에는 너무 무거운 분위기였다. 그런 분위기와는 반대로 침대와 그 주변에는 장난감과 인형, 소방차 등이 어지럽게 흩어져 있었다. 심지어 화장대 위에는 장난감 오토바이 세트가 늘어서 있기도 했다. 방 안을 한 번만 둘러봐도 사무엘이 요람에서 나온 후로 줄곧 엄마와 함께 잤다는 것을 어렵지 않게 짐작할 수 있었다. 아이의 방은 꼭 필요해서가 아니라, 집안의 법도에 따라 만들어 놓은 듯했다.

엘리사의 말대로 보석함은 서랍장 위에 있었다. 뚜껑을 열어 보니 파란 비단 위에 사무엘의 머리글자 주변으로 사파이어가 장식된 은열쇠가 놓여 있었다. 열쇠를 손끝으로 건드려 보자 등골이 오싹해졌다. 열쇠가 방문 손잡이만큼이나 차가웠다. 그는 그것을 손바닥 위에 올려놓고 살펴보았다. 아름답기는 했지만 주인이 죽으면 함께 땅속에 묻어야 한다는 가문의 전통을 떠올리자 두려움이 엄습했다. 그는 열쇠를 주머니에 넣었다. 그러곤 그 방을 찾을 때처럼, 엉뚱한 곳을 뒤지지 않기 위해 서랍장의 칸을 조심스럽게 세기 시작했다. 그녀가 말한 서랍에는 검은색 서류 가방뿐이었다. 그는 조심스럽게 가방의 지퍼를 열었다. 안에는 상단에 개인 병원의 이름이 인쇄된 서류가 스무여 장 들어 있었다. 그동안 엘리사 바레이로가 받은 마약 복용 검사 결과 보고서였다. 임신 말기부터 가깝게는 한 달 전의 기록까지 모두 보관되어 있었다. 노 후작 부인은 그런 일을 하는 데에 빈틈이 없었다. 다행히 결과는 모두 음성이었지만, 대마와 헤로인부터 코카인과 진정제에 이르기까지 하나도 빠짐없이 검사를 받게 한 모양이었다. 그는 눈을 감고 안도감과 미안함이 섞인 한숨을 내쉬었다. 전날 밤, 헤어지기 전 자기를 쳐다보던 엘리사의 날카로운 눈빛이 떠올랐다.

마누엘은 알바로의 파카에 달린 후드로 얼굴을 가린 채, 비를 피하기 위해 교회로 이어진 숲길을 향해 달려갔다. 거기에 있으면 감시의 눈길을 피할 수 있었다. 그는 내친김에 교회 앞 공터까지 갔다. 두꺼운 나무 문에 빗장이 걸려 있었다. 천천히 열쇠를 넣었지만 좀 헐거운 듯했다. 문득 가문의 상징과도 같은 보물을 저런 구식 자물통에 집어넣어도 되는 건지 걱정이 앞섰다. 열쇠를 깊숙이 집어넣고 천천히 돌리자, 용수철이 압력에 눌리는 느낌이 손으로 전해졌다. 문이 열리자 용수철이 다시튀어 오르면서 짤카닥하는 소리가 났다. 안으로 들어가기 전, 그는 왔던 길을 힐끗 돌아보았다. 이따금씩 묘 파는 일을 하는 늙은 정원사가 검은 장우산을 받쳐 든 채 다가오고 있었다. 그는 마누엘을 보고는 한 손을 들어 올렸다. 그 손짓은 마누엘에게 건네는 인사임과 동시에 잠깐만 기다려 달라는 표시이기도 했다. 그가 다가오는 동안 마누엘은 문을 조금 열어 둔 채 사무엘의 열쇠를 주머니에 집어넣었다.

「안녕하세요, 나리?」 그가 다가서면서 말했다.

「마누엘이라고 부르세요.」 마누엘은 악수를 청하며 말했다.

두 사람은 굳은 악수를 나누었다.

「네, 마누엘 씨. 잠시 이야기하고 싶은 게 있어서 그러는데 시간 좀 내주실 수 있나요?」 그는 말을 하면서 길을 쭉 둘러보더니, 숲에 가려 보이지도 않는 높은 창문을 쳐다보았다. 「장례식 날에도 말씀을 드릴까 했죠. 무덤 옆에 계실 때요.」

마누엘은 그날을 떠올리며 고개를 끄덕였다. 장례식 날, 그는 분명 무언가 비밀스레 할 말이 있는 눈치였다. 그 뒤로 깡그리 잊어 먹고 말았지만 말이다.

남자는 다시 창문 쪽으로 눈길을 돌렸다.

「안에 들어가서 이야기할까요?」 마누엘이 턱 끝으로 교회 문을 가리키며 말했다.

마누엘은 문을 밀친 뒤, 그에게 안으로 들어가라고 손짓했다. 자기도 들어가면 안 되는 곳에서 주인 행세를 하고 있자니 어색한 느낌이 들었다.

남자는 안에서 단단히 문을 잠갔다. 마누엘은 그에게 제일 끄트머리에 있는 신도석에 앉으라고 권했다.

교회 안에 짙게 깔린 어둠과 경건한 분위기 때문인지, 정원사는 속삭이듯 말했다. 그의 목소리는 낮지만 단호했다.

「알바로는 어릴 때부터 봐왔죠. 물론 그의 동생들도 마찬가지고요. 다만 알바로와 특히 각별한 사이였어요. 산티아고는 성격이 자기 아버지를 빼다 박았죠. 이 세상에 자기보다 잘난 사람은 없다는 식이니까요. 반면 프란은 착하기는 한데, 매사를 제 고집대로만 하려고 했고요. 알바로는 지나가다가도 나를 보면 먼저 달려와 말을 걸곤 했죠. 내가 눈코 뜰 새 없이 바쁠 때면 소매를 걷어붙이고 거들어 주기도 했어요.」

마누엘은 고개를 끄덕이면서, 정원사가 자기에게 애도의 뜻을 표하려고 한다는 것을 직감했다.

「나는 장원에서 여러 가지 일을 해요. 대부분은 즐거운데, 가장 힘든 건 역시 무덤 파는 일이죠. 안타깝지만 그 일을 해야 할 때가 종종 있어요. 물론 나 혼자 하는 건 아니고 인부들을 부르지만, 마무리 작업은 내 소관이죠. 노 후작의 장례식 날, 프란은 집에 들어가지 않았어요. 내가 한 삽 두 삽 흙으로 구덩이를 덮는데, 무덤가에 넋을 놓고 앉아 있더군요. 일단 인부들을 다 보내고 그를 집 안으로 들어가게 하려고 갖은 시도를 다 했죠. 거기 혼자 내버려 둘 수는 없으니까요. 자기가 움직이지 않으면 나도 거기 그대로 있을 수밖에 없다는 것을 눈치챘는지, 뭐라고 하지는 않더군요. 그는 더 이상 울지는 않았어요. 아마 하관을 할 무렵에 울음을 그쳤던 것 같아요. 하지만 표정이 얼마나 심하게 일그러져 있던지, 차라리 통곡이라도 하는 편이 더 낫겠다 싶을 정도였죠. 어떻게 말해야 좋을지 모르겠지만, 괴로움으로 가슴이 갈가리 찢긴 듯한 표정이었어요.

바로 그때, 알바로가 오더니 그의 옆에 앉았습니다. 한동안 아무 말도 하지 않더군요. 한참 지나고서야 천천히 입을 떼는데, 동생에게 건네는 말 한 마디 한 마디가 그렇게 가슴에 와닿을 수가 없었어요. 나처럼 말주변이 없는 놈은 언감생심 꿈도 못 꿀 일이죠. 마누엘 씨한테 그가 했던 말을 그대로 들려주고 싶은데 그럴 수가 없네요. 알바로는 동생에게 자식으로서 아버지의 손을 꼭 잡아 드리는 것이 어떤 의미인지, 그리고 무엇보다 사랑에 관해서 말하더군요. 아버지를 아끼고 사랑하는 마음을 품고 있으면 절대 그 기대에 어긋나지 않을 거라면서 말이죠. 또한 아버지가 된다는 것이 무엇인지에 대해서도 말하더군요. 프란에게는 또 다른 삶을 시작할 기회가 될 거라고 했죠. 아내의 배 속에 있는 아기가 그에게 아버지가 될 기회를, 그리고 살면서 느꼈던 사랑과 따뜻한 보살핌을 똑같이 되돌려 줄 기회를 주는 셈이라고 말했습니다. 그러면서 아이가 생겼다는 것은 앞으로 모든 일이 잘 풀릴 거라는 좋은 징조이자 기회라고 하더군요.」

마누엘은 천천히 고개를 끄덕였다. 정원사가 한 말은 그로부터 몇 시간 뒤에 루카스 신부가 프란에게 들었던 말과 똑같았다.

「형의 말을 들으면서 고개를 끄덕이던 프란은 표정이 점점 밝아졌어요. 프란이 이런 말을 하더군요. 〈듣고 보니까 형의 말이 옳은 것 같아. 형이 와주어서 얼마나 다행인지 몰라. 기분이 뒤숭숭해서 미치는 줄 알았거든. 요즘 우리 집에 무언가 무시무시한 일이 일어나고 있잖아. 물론 나야 입이 열 개라도 할 말이 없지. 우리 집에 그 악마를 끌어들인 게 바로 나니까 말이야.〉 그때 비가 부슬부슬 내리기 시작했어요. 알바로가 교회 안에 들어가서 이야기하자고 그를 설득했죠.」 정원사는 짙은 어둠에 잠긴 제단으로 고개를 돌렸다. 지붕 옆의 작은 창문을 통해 희미한 빛이 새어 들면서 제단에 입힌 금박이 반짝거렸다. 그는 다시 마누엘을 쳐다보며 말을 계속했다. 「이런 말씀을 드리는 이유는, 이제부터 마누엘 씨가 이 집안을 이끌어야 하는 처지가 되었기 때문이에요. 주변 사람들로부터 여러 이야기를 들었겠지만, 이거 하나만은 알고 계셔야 합니다. 프란은 절대 자살한 것이 아니에요. 물론 알바로도 그의 죽음과 아무런 연관이 없고요.」

마누엘은 놀라서 눈이 휘둥그레졌다. 알바로에 대한 의혹이 그렇게 널리 퍼져 있는 줄은 몰랐기 때문이다.

「알바로가 엽총으로 아버지를 겨눈 그날, 장원에 있던 이들은 모두 그 장면을 봤어요. 그런데 정말 소름 끼치는 것은 알바로가 위험한 아이라고 소문을 퍼뜨린 게 바로 그의 부모였다는 사실입니다.」 남자의 말이 계속되었다. 「다른 이들이 보고 있는 줄 빤히 알면서 자기 아들더러 살인자라고 했을 정도니…… 그 후로 그를 어떻게 대했을지는 불 보듯 뻔한 일이죠.

노 후작은 프란을 싸고돌았지만, 부인은 그를 무척이나 미워했어요. 더군다나 임신한 여자를 집에 데리고 왔을 때는 정말이지 난리도 아니었죠. 후작 부인이 자기 손자를 뭐라고 부르는지 아세요?」 마누엘은 눈을 감은 채 괴로운 표정으로 고개를 끄덕였다. 「노 후작이 돌아가신 뒤로 프란이 이상 행동을 하기 시작했죠. 부인이 머지않아 그를 집에서 쫓아낼 거라고 다들 수군거렸어요. 그런 면에서 장원은 꼭 매음굴 같다니까요. 어떤 일이든 금세 소문이 퍼지니까요. 내가 장원의 사정에 밝은 이유는 참을성이 많은 데다 귀가 밝고 기억력이 비상한 덕분이죠.」

마누엘은 교회 문 앞에서 정원사와 작별 인사를 나누었다. 그러곤 그가 검은 우산을 받쳐 들고 샛길로 걸어가는 모습을 지켜보다가 다시 교회로 들어가 문을 잠갔다.

그는 체스 판 모양의 통로를 따라 제단으로 걸어갔다. 발소리가 천장까지 울려 퍼졌다. 그때 제단 옆에 있는 빨간색 램프가 눈에 들어왔다. 그는 휴대 전화의 손전등을 켜고 클라라 성녀[1]에게 바친 장식 벽을 자세히 살펴보았다. 어쩌면 장원의 원래 이름이 여기서 비롯된 것일지도 몰랐다.[2] 그 양편에서 정교하게 세공된 은촛대 한 쌍이 오랜 연륜을 과시했다. 네 개의 발이 1미터가 넘는 촛대를 떠받치고 있었다. 그가 촛대 가운데를 살짝 밀어 보았지만, 얼마나 무거운지 꿈쩍도 하지 않았다. 중앙 제단 옆으로는 자그마한 문이 하나 있었다. 몸을 잔뜩 웅크린 채 들어가니 성구실이 나왔다. 전체가 나무로 덮여 있었다. 심지어 천장은 밤나무로 보이는 부드러운 나무 패널로 덧씌워져 있었다. 창문은 하나도 없었지만, 전기 배선함의 회색 덮개 — 덮개로는 어울리지 않지만 반투명이었다 — 뒤로 전등 스위치가 어렴풋이 보였다. 각각의 스위치 아래 라벨이 붙어 있었다. 그는 〈성구실〉이라고 쓰인 스위치를 켰다. 그러곤 혹시 다른 곳의 전등이 켜지지는 않았는지 확인하기 위해 작은 문을 통해 밖을 살짝 내다보았다. 성구실 가운데에는 단단한 나무 테이블과 빨간 천을 덧댄 의자들이 놓여 있었다. 그리고 가슴 높이의 육중한 가구들이 한쪽 벽면을 차지한 채 늘어서 있었다. 가구 위에는 소박한 제단 모형과 미사 집전 때 사용하는 각종 도구들이 가지런히 놓여 있었다. 마누엘은 가구 안을 하나씩 살펴보았다. 문 뒤에 무거운 상자가 여러 개 숨겨져 있었는데, 어떤 것은 열기도 힘들었다. 그는 파라핀 양초와 특별한 경우에 사용하는 제단 초를 발견했다. 성냥과 라이터, 오래된 촛불 77개 세트도 나왔다. 다른 가구에는 미사 카드와 기도서, 휴대용과 미사용 성경 그리고 리넨 제단포가 투명 비닐봉지 속에 차곡차곡 포개져 있었다. 옆의 가구에는 유리 용기가 가득했다. 맨 마지막에 있는 가구는 텅 비어 있는 듯

<hr>

1 Sancta Clara(1194~1253). 이탈리아의 가톨릭 성인이자 아시시의 프란치스코를 따른 초창기 일원 가운데 한 사람이다. 프란치스코회 전통을 따르는 여성들의 수도회인 〈성 클라라 수도회〉를 창설했다.
2 아스 그릴레이라스의 원래 이름은 산타클라라 장원이었다.

했다. 그런데 자세히 살펴보니, 그 가구는 다른 것들에 비해 안쪽이 깊지 않았다. 무릎을 꿇고 들여다보니, 놀랍게도 안쪽 면이 문이었다. 최근에 깎은 듯 자물쇠 구멍에서 반짝반짝 빛이 났다. 그는 문을 당겨 보았지만, 꿈쩍도 하지 않았다. 다시 커다란 옷장 쪽으로 시선을 돌렸다. 그 안에는 흰 미사복이 쌓여 있었고, 위 칸에는 다양한 색깔의 신부용 영대(領帶)가 정성스레 개어져 있었다. 그 외에는 아무것도 없었다.

그는 다시 이중벽으로 된 가구 앞에 무릎을 꿇고, 손마디로 안쪽 벽을 가볍게 두드려 보았다. 소리로 봐서는 그 뒤에 공간이 있는 것이 분명했다. 그는 자리에서 일어나 성구실 밖으로 나왔다. 그러곤 제일 뒤에 있는 신도석에서부터 바닥을 샅샅이 살펴보며 앞으로 나아갔다. 중앙 제단에 이르자 그는 장식 벽 앞에 휴대 전화를 내려놓고, 무슨 표시라도 남아 있는지 확인하기 위해 은촛대 하나를 조심스럽게 뒤집어 보았다. 은세공사들은 관례적으로 눈에 잘 안 띄는 곳에 자기만의 표식을 남겨 두곤 했는데, 그 촛대를 만든 장인은 끄트머리에 도끼날이 달린 별 모양을 서명 삼아 새겨 놓았다. 마누엘은 휴대 전화의 근접 촬영 기능을 이용해서 사진을 여러 장 찍었다. 그런 다음 나머지 촛대도 똑같은 방식으로 촬영했다. 그러곤 휴대 전화의 연락처에서 그리냔의 번호를 찾아 전화를 걸었다.

전화를 받자마자 그리냔은 특유의 상냥한 목소리로 인사를 건넸다.

「아, 오르티고사 씨군요. 안녕하세요? 이렇게 직접 연락을 주시니 몸 둘 바를 모르겠습니다.」

마누엘은 조용히 미소 지으면서도, 그의 사근사근한 목소리만 들으면 마음이 약해지는 자신이 내심 못마땅했다.

「그리냔 씨, 혹시 기억나세요? 얼마 전에 장원의 교회 안에서 도난 사건이 일어났다고 했던 것 말입니다.」

「물론 기억하죠. 그때 우리가 어디까지 이야기했는지 잘 모르겠네요. 하여간 누군가가 아무도 없는 틈을 타 안으로 들어가서 아주 오래된 고가의 촛대 두 개를 가져갔죠. 그 일이 정확히 언제 일어났는지는 모르지만, 수호성인인 클라라 성녀의 축일 미사를 준비하는 과정에서 촛대가 사라진 것을 발견했어요. 전에도 말씀드렸듯이, 장원의 교회는 특정한 행사가 있을 때만 문을 여니까요.」

「맞아요. 기억나요. 그때 비슷한 거라도 찾으려고 산티아고가 사방팔방을 다 뒤지고 다녔다고 했죠.」

「네. 최대한 빨리 촛대를 갖다 놓으려고 무진 애를 썼죠. 그러다 비슷하게 생긴 것을 찾았어요. 물론 원래 있던 것에 비하면 싸구려지만 말이에요.」

「그걸 어떻게 알죠?」

「대금 지불을 승인해 준 사람이 바로 저니까요. 두 개에 2백 유로도 안 했거든요. 역사적 가치나 예술적 가치는 차치하더라도, 원래 촛대에 사용된 은은 1킬로그램당 3백 유로가 넘고 훨씬 무거웠죠.」

「그럼 보험에 들었겠군요.」

「물론입니다. 장원에 있는 예술품은 모두 철저히 관리하고 있습니다. 그뿐만 아니라 2년에 한 번씩, 그리고 귀중품이 새로 들어올 때마다 재고 조사를 하고 있고요.」

「그렇다면 사라진 촛대 사진도 갖고 있겠네요. 보험 회사에 보험금을 청구하려면 사진이 필요할 테니 말입니다.」

「그럼요. 그런데 그 사건이 일어난 뒤 산티아고 씨는 보험료가 올라갈 테니 보험금을 청구하지 말자고 하더군요. 몇 달 전, 산티아고 씨가 시계를 잃어버렸을 때 이미 보험금을 청구했던 터라 요금이 많이 인상될까 봐 걱정스러웠던 모양입니다.」

「혹시 그 일이 있고 나서 도난 신고를 했나요?」

「글쎄요. 했던 걸로 알고 있는데…….」

마누엘은 한동안 아무 말도 하지 않았다. 자신이 생각에 잠기자 그리냔이 불안해하고 있다는 것을 느낄 수 있었다.

「그리냔 씨, 한 가지 부탁드릴 게 있어요. 이번 일은 당분간 비밀로 합시다.」 그의 마지막 말은 부탁이라기보다 경고처럼 들렸다. 대답하는 목소리로 보아 그리냔도 그의 의중을 알아차린 것이 분명했다.

「물론이죠. 그렇게 하겠습니다.」

「우선 도난당한 촛대 사진을 찾아 주세요. 그리고 산티아고가 사 왔다는 새 촛대의 영수증도요.」

그리냔은 아무 대답도 하지 않았다. 그것들이 왜 필요한지 물어보고 싶은 마음이 굴뚝같았을 것이다. 하지만 그는 꾹 참고 시원스럽게 대답했다.

「그렇게 할게요. 지금 당장 찾아보겠습니다. 어쩌면 시간이 좀 걸릴지도 모르겠네요.」

「그리냔 씨, 고마운 마음을 어떻게 표현해야 할지 모르겠어요.」 마누엘은 감사의 말을 전하고 전화를 끊었다. 그리냔도 미소를 짓고 있을 것이 분명했다.

그는 촛대를 원래 자리에 갖다 놓은 뒤, 무슨 예감에 이끌린듯 성구실로 돌아갔다. 그러곤 이중벽으로 된 가구 앞에 무릎을 꿇고, 사무엘의 열쇠를 천천히 구멍에 넣었다. 놀랍게도 딱 맞았다. 교회 문을 열 때처럼 겉도는 느낌이 전혀 없었다. 열쇠를 한 바퀴 돌리자, 용수철 소리가 들리면서 잠금이 해제되었다. 그는 왜 진작 이 생각을 못 했는지 후회스러웠다. 그토록 중요한 열쇠라면, 교회 안의 모든 자물쇠를 열 수 있는 마스터키로 사용할 수 있는 게 당연했다. 그는 열쇠를 주머니에 집어넣은 뒤, 벽에 난 홈에 손가락 끝을 집어넣고 힘껏 당겼다.

문을 열자, 비단처럼 부드러운 리넨 천이 한꺼번에 선반에서 쏟아져 내렸다. 윤이 나는 빨간 천이기에 커튼인 줄 알았다. 그런데 잡아당겨 보니 옆에 지퍼가 보였다. 그는 그제야 침낭이라는 것을 알아차렸다. 그 뒤로 아직 따지 않은 와인 두 병과 잔 두 개가 보였다. 코르크 마개의 습기를 유지하기 위해 누군가 일부러 병을 눕혀 놓은 듯했다. 그리고 물티슈 한 팩과 콘돔 한 상자, 또 정성스레 개어 놓은 천도 있었다. 처음에는 그 천이 무엇인지 알아차리지 못했지만, 손에 들자마자 금세 어떤 장면이 떠올랐다. 그것은 산티아고가 혼자 교회에서 울고 있을 때, 얼굴을 가리던 천이었다. 끈적끈적한 느낌을 주는 메시[3] 직물이 그의 손가락 사이로 미끄러져 내렸다. 다름 아닌 란제리 천이었다. 그는 그것을 다시 집어 들고 코에 갖다 댔다. 거기에는 아직 마르지 않은 산티아고의 눈물 그리고 진한 향수 냄새와 뒤섞인 남자의 땀 냄새가 배어 있었다.

마누엘은 안에 있던 물건을 모두 바닥에 늘어놓은 뒤, 여러 각도에서 사진을 찍었다. 그리고 다시 옷장에 집어넣은 다음, 천은 접어 갰다. 잠시 뭔가를 생각하던 그는 옷장을 열고 비닐봉지에서 리넨 제단포를 다 꺼냈다. 그러곤 란제리 천을 비닐 안에 집어넣고 납작해질 때까지 접었다. 그 안에 무엇이 들었는지 알아볼 수 없을 정도로 말이다.

그는 옷장 문을 닫고 외투 단추를 잠갔다. 그러곤 성구실의 불을 끄고 밖으로 나갔다.

3 망 모양으로 조밀하게 짠 옷감.

음모

비가 내린 탓에 기온이 내려가 날씨가 제법 쌀쌀했다. 그렇지만 마누엘은 여관 앞 테이블에 앉아서 기다리기로 했다. 거기 있으면 해가 뜨나 비가 오나 늘 펼쳐 놓는 낡은 파라솔과 현관 지붕 덕분에 차가운 공기를 피할 수 있었다. 그는 엘리사와 사무엘을 만날 기대로 돌아왔지만, 그들은 어디론가 떠나고 없었다. 여관 주인 말로는 젊은 남자가 찾아와 그들을 차에 태우고 떠났다고 했다. 조금 전 방에 들어갔더니, 그들이 머무는 방으로 이어진 문이 활짝 열려 있었다. 방 안을 감돌던 향긋한 비누 향기와 어린이 향수 냄새가 코끝에 스며들자, 그곳에 온 이래 처음으로 반가운 기분이 들었다. 더구나 아이의 옷가지가 담긴 가방이 열린 채 의자 위에 놓여 있었고, 작은 운동화가 창가에 가지런히 놓여 있어서 더 그런 기분이 들었다. 침대 위에는 엘리사가 쓴 쪽지가 있었다. 이따 보자는 내용이었는데, 아래쪽에 〈엘리사와 사무엘이〉라고 적힌 짧은 서명이 남아 있었다.

간이 테이블 위에는 휴대 전화 — 그는 전화벨이 켜져 있는지 세 번이나 확인했다 — 와 고기 엠파나다 그리고 빠르게 식어 버렸지만 여전히 김이 나는 커피가 놓여 있었다. 모락모락 올라오는 김 사이로 방금 도착한 노게이라와 루카스의 모습이 보였다. 루카스는 그의 옆자리에 앉았고, 노게이라는 술을 주문하기 위해 바 쪽을 기웃거렸다. 잠자코 있던 노게이라는 주문한 것이 나온 뒤에야 주머니에서 문서를 꺼내 마누엘에게 건네주었다.

「이게 뭐지?」 마누엘은 알바로의 글씨를 보고 당황했다.

「교통사고 합의서라네. 수도원장 말로는 이를 증언할 수사가 최소한 대여섯 명은 된다고 하더군. 알바로가 수도원장과 다툰 뒤 차를 후진시키다 실수로 거기 세워져 있던 트럭을 받았다네. 그러곤 합의서를 작성하고 서둘러 가버렸다는 거야. 전후 사정을 고려해 보면 거짓말은 아닌 것 같아. 하여간 알바로의 필체와 서명이 맞는지 확인해 보게. 만약 맞는다면 그렇게 해서 알바로의 차에 수도원 트럭의 페인트가 묻은 셈이지.」

마누엘은 그 문서에서 눈을 떼지 않고 고개를 끄덕였다.

「그가 쓴 것이 분명해. 그렇다고 수도원장의 혐의가 풀리는 것은 아니야. 자네가 말했듯이, 다른 식으로 사건이 일어났을 수도 있잖아. 그건 그렇고…….」

노게이라는 대답하기 전에 엠파나다 한 조각을 집어삼켰다.

「수도원장은 누나의 집 앞에서 전화를 받았다네. 그의 전화기에서 내가 직접 통화 기록을 확인했어. 한 수도사가 쓰러졌다더군. 워낙 나이가 많아서 응급실에 실려 갔는데, 수도원장이 밤새 옆에서 간호했다네. 거긴 감시 카메라가 많은 공공장소라서 알리바이를 입증하기가 쉬울 거야. 알다시피, 라우라가 그 병원에서 일하잖아. 그래서 그녀에게 확인해 달라고 부탁했더니, 간호사들이 그를 기억하더래. 오후 5시부터 다음 날 아침까지 거기에 쭉 있었다고 하더군.」

「그렇다면…….」

「새로운 증거가 나오지 않는 이상, 수도원장은 알바로뿐만 아니라 조카 살해 용의 선상에서도 벗어나는 셈이지.」 노게이라가 한숨을 내쉬며 말했다.

「아직 토니노의 정확한 사망 시간을 알아내지 못한 걸로 아는데요.」 루카스가 말했다.

「오펠리아한테 방금 전화가 왔어요. 과학 수사 요원들이 토니노의 차 안에서 버거킹 종이봉투를 발견했답니다. 이 부근에 스물네 시간 문을 여는 버거킹이 한 군데 있기는 하죠. 봉투 안에 영수증이 들어 있었는데, 거기 찍힌 시간이 새벽 2시 반이래요.」

「그 시간에 알바로는 이미 죽었어.」 갑자기 마누엘이 고함을 질렀다.

「과학 수사 요원들이 지금 CCTV이 영상을 넘겨받아 분석 중이라네. 음식을 받아 간 이가 토니노였는지, 아니면 다른 사람인지 확인하려고 말이야. 그런 곳은 언제든지 강도 사건이 일어날 수 있기 때문에 CCTV의 화질이 아주 좋은 편이지. 만약 토니노의 얼굴이 확인되면, 알바로도 용의 선상에서 벗어나게 된다네.」

「다른 사람이라고 했나요?」 루카스가 어리둥절한 표정으로 물었다.

「나는 패스트푸드 음식점이 어떤 곳인지 잘 모르지만, 동료들이 그러는데 그가 2인분을 주문했답니다. 음료수 두 개, 햄버거 두 개 그리고 감자튀김 두 개.」

「누구하고 같이 있었다는 거야?」

「그렇다고 봐야겠지. 하지만 이렇게 계속 추정만 하기보다 영상 분석 결과가 나올 때까지 기다리는 게 좋을 거야.」

루카스는 마누엘을 바라보며 미소 지었다.

「거봐, 내가 뭐랬어. 직감을 믿으라고 했잖아. 알바로는 사람을 죽이지 않았어.」

하지만 노게이라는 기뻐하는 분위기에 찬물을 끼얹듯 냉정한 목소리로 말했다.

「오늘 로사 마리아의 이웃집 여자와 다시 이야기를 하고 왔어요. 그 여자가 그날 밤 새벽 1시에 약을 먹으려고 거실로 나갔는데, 토니노의 차가 마당에 세워져 있는 걸 봤답니다. 그러곤 얼마 지나지 않아 어디론가 가버렸다고 하더군요. 그게 사실이라면 알바로는 토니노를 죽이지 않았다는 이야기가 되죠. 하지만 그 노파가 시간을 잘못 본 게 아니라면, 토니노 또한 알바로 살해 용의 선상에서 벗어나게 되는 겁니다. 한 사람이 동시에 두 군데에 있을 수는 없는 일이니까요. 더군다나 알바로가 사고를 당한 곳에서 오스 마르티뇨스에 있는 그 집까지는 50킬로미터가 넘어요. 아무래도 로사 마리아 부인을 다시 한번 찾아가 보는 게 좋을 것 같습니다. 지금은 영안실을 지키느라 집에 없다고 친절한 이웃집 여자가 알려 주더군요. 장례식이 오늘 오후에 있다는데, 같이 가보는 건 어떨까 싶네요. 그날 토니노가 새벽에 들어왔다가 다시 나간 사실을 왜 숨겼는지 물어봐야 할 것 같아요. 어쩌면 자기를 살해한 자를 만나러 갔을지도 모르니까 말입니다.」

「그런데 그 시간이면 부인은 잠들어서 전혀 몰랐을 수도 있을 텐데요.」 루카스가 말했다.

「자기 동생과 말다툼을 벌이고 나갔는데 그럴 리 없죠. 더구나 그녀는 조카 때문에 걱정이 될 때면 한숨도 못 잔다고 본인 입으로 말했고요. 하여간 내가 보기에 그 부인은 다 알고 있었어요.」

마누엘은 조용히 고개를 끄덕이며 루카스 신부에게 물었다.

「오늘 아침에 병원에 갔다 왔지? 산티아고는 어땠는가?」

「자고 있어서 아무 이야기도 못 하고 왔네. 하지만 카타리나 때문에 마음이 편치 않아. 어제 입원한 뒤로 계속 그의 곁을 지키고 있는데, 기운이 하나도 없더라고. 그녀 말로는 사무엘이 발견했을 때 그는 이미 의식이 없었다고 하더군. 그래서 응급실에 실려 오자마자 위세척부터 했는데, 아직 위 속에 알약 두 개가 그대로 남아 있더라는 거야. 의사 말로는 약을 더 많이 먹었는데, 이미 녹아서 몸속에 흡수되었다는 거지. 하기는 짧은 시간 동안 엄청난 일들이 일어났으니 견디기가 어려웠겠지. 아버지의 뒤를 따라 동생 프란이 세상을 떴지. 이제 잊을 만하니까 알바로마저 곁을 떠나고 말았어. 게다가 카타리나가 아이를 가진 뒤로는……. 아무튼 산티아고는 원래 심약한 데다 정서적으로 불안한 편이었지. 그의 상태가 얼마나 심각한지는 다들 아는 대로라네.」

「혹시 그가 자살을 기도한 게 아닐 가능성은 없어? 그냥 우발적으로 약을 먹은 건가?」 마누엘이 물었다.

「글쎄, 그렇지는 않은 것 같아. 아직 자네가 모르고 있는 게 있어. 사실은 어제 오후, 그러니까 약을 먹기 전에 산티아고가 내게 전화를 했더군. 아마 우리가 말피카와 코르메 사이를 지나가고 있을 때였던 것 같아. 거기는 휴대 전화 서비스가 안 되는 지역이라서 신호음이 몇 번 울리다가 음성 사서함으로 넘어가게 돼. 그가 메시지를 남겼더군. 고해 성사를 하고 싶다고 말이야.」

「그럼 자살을 행동으로 옮기기 전에 모든 것을 정리하려고 했던 걸까? 가톨릭 신자라면 그런 생각을 하지는 않을 텐데 말이야.」 마누엘이 말했다.

「전에 내가 프란에 대해서 했던 말 기억나? 지금도 내 생각에는 변함이 없네. 프란은 절대 자살한 것이 아니야. 하지만 산티아고는 달라. 어제 우리가 알게 된 사실을 통해 몹시 심약한 이의 전모가 드러난 셈이지.」

그 순간 테이블에 올려놓은 마누엘의 휴대 전화가 울리기 시작했다. 그리냔이었다. 마누엘은 급히 전화를 받았다. 그리고 말없이 듣다가 전화를 끊었다. 그는 바로 건네받은 사진 파일을 열어, 노게이라와 루카스가 볼 수 있도록 테이블 위에 올려놓았다.

「한 달 전쯤에 아스 그릴레이라스 교회에서 도난 사건이 일어났다고 했지?」

「그럼. 교회 열쇠가 토니노의 손에 들어갔다면, 프란의 죽음이나 도난 사건도 모두 그와 관련이 있을 수밖에 없다고 했지.」 노게이라가 말했다.

마누엘은 은세공사의 서명이 있는 부분을 확대해서 보여 주었다.

「그리냔은 그 사건이 있고 나서 산티아고가 백방으로 뛰어다니며 은촛대를 새로 구했다고 했어. 오늘 아침에 교회에 들어가서 휴대 전화 카메라로 촛대를 찍었다네. 그런데 그 촛대를 만든 세공사의 서명이 아주 특이하더라고. 이것 좀 봐.」 그는 은세공사가 작품에 남긴 별 모양의 서명을 보여 주며 말했다. 「도난당한 은촛대는 예전에 보험을 들었다고 했어. 그런 물건은 대개 가입하기 전에 보험 회사에서 사진을 찍어 두기 마련이야. 그래서 혹시 사진을 보관하고 있으면 보내 달라고 했지. 장원

591

에 있는 귀중품이나 고가의 골동품은 정기적으로 재고 조사를 한다고 들었네. 조사를 맡은 이가 은세공사의 서명을 확인도 하지 않고 그냥 넘어갔을 리는 없어. 이런 물건은 금속의 가치보다 그것을 만든 장인의 명성과 오래된 정도에 따라 가격이 결정되기 마련이니까.」 마누엘은 방금 그리냔이 보낸 사진을 손으로 가리키며 말했다. 「그리고 이건 보험 가입을 위해 찍어 둔 사진이야.」

두 사람은 고개를 숙여 사진을 보더니, 놀란 표정으로 그를 쳐다보았다. 마누엘의 전화를 집어 든 노게이라는 은세공사의 서명을 확인하기 위해 화면을 이리저리 움직였다.

「똑같군.」 노게이라는 마누엘과 루카스를 번갈아 보며 소리쳤다.

몸을 뒤로 젖힌 마누엘은 미소를 지으며 다 식은 커피를 한 모금 마셨다.

「그럴 수밖에. 둘 다 같은 촛대니까.」 그가 대답했다.

루카스는 두 손을 들어 올리며 어깨를 으쓱했다.

「정말인가?」

「석연치 않은 구석이 있었지. 원래 있던 은촛대에도 다리가 네 개 달려 있었을 수 있고, 같은 장인이 만든 다른 한 벌의 촛대를 우연히 산티아고가 찾아낸 것일 수도 있으니까 말이야. 그런데 그 사진 아래 보험 증서를 보면 분명히 나와 있어. 그 은세공사가 단 한 쌍만 만들었다고. 여기 말이야.」 마누엘은 손가락으로 화면을 가리키며 말했다.

「산티아고가 보험금을 타려고 도난 사고로 위장했다는 건가? 그러니까 보험금을 탄 다음, 촛대를 도로 갖다 놓았다는 거야? 그렇다면 전형적인 보험 사기로군.」 노게이라가 말했다.

「그렇지는 않아. 도난 사건은 실제로 있었으니까. 그리고 산티아고는 누가 훔쳐 갔는지 알고 있었네. 경찰에 신고하지 않은 것도, 또 보험금을 청구하지 않은 것도 바로 그 때문이었지.」 마누엘은 어리둥절해하는 친구들의 표정을 즐거운 듯이 바라보며 말했다. 「산티아고는 도둑놈을 잡아서 되찾았을 뿐이야. 알바로는 7월 초순 이후로 아스 그릴레이라스

에 오지 않았고, 그 촛대가 사라진 시기는 8월 중순이었지. 결국 알바로
는 산티아고가 갖다 놓은 새 촛대를 볼 기회조차 없었다는 이야기야. 그
런데 돌아오자마자 도난 사건 소식을 들은 알바로는 앞뒤가 전혀 맞지
않는다는 걸 알아차렸어. 그래서 부엌에 들어가 에르미니아가 보는 앞
에서 산티아고를 나무랐던 거야. 〈도대체 너는 그까짓 촛대로 누구를 속
이려는 거지?〉」

「산티아고가 대체 무슨 까닭으로 그런 짓을 한 거지?」 루카스가 물
었다.

「누군가를 지켜 주려고 그랬던 것이 분명해요.」 노게이라는 마누엘
을 빤히 쳐다보며 말했다. 「그에게 무척이나 중요한 이를 말이에요.」

마누엘이 고개를 끄덕였다.

「자기 연인을 지켜 주려고 했던 거라네. 오래전부터 교회 성구실에서
몰래 만났으면서도 의심하던 사람 말이야.」 마누엘은 노게이라의 손에
서 전화를 낚아채며 말했다. 그러곤 화면을 넘겨서 성구실의 옷장에 들
어 있던 물건을 찍은 사진을 찾았다.

「그럼 창녀란 말이야?」 말을 꺼내고 아차 싶었는지 노게이라는 손을
입에 갖다 댔다. 「어이쿠, 루카스 신부님. 말을 함부로 해서 미안합니다.
그곳이 둘의 밀회 장소인 것만큼은 확실하군.」

「교회 안이라…….」 루카스는 미간을 찌푸리며 중얼거렸다.

「몰래 만나기에는 더할 나위 없이 좋은 곳이지. 거기 있으면 아무도
방해하지 못할 테니까. 다들 알겠지만, 그 집안에서는 오로지 남자들만
교회 열쇠를 가지고 있지. 그리고 죽으면 그 열쇠를 주인과 함께 묻는
전통이 있다네. 노 후작은 자기 열쇠와 함께 묻혔지만, 프란은 자기 걸
잃어버렸지. 알바로가 자기 열쇠를 양보한 덕분에 프란은 형의 열쇠와
함께 묻힌 거야. 그러니까 열쇠가 세 개나 모자란 셈이지. 이제 남은 것
은 어린 사무엘의 열쇠뿐이니까. 오늘 내가 교회 안으로 들어갈 수 있었
던 것도 사무엘의 열쇠를 빌린 덕분이라네. 지금까지 보석함에 고이 모
셔 두었더군. 산티아고는 엘리사가 그 열쇠를 절대 사용하지 않으리라

는 것을 잘 알고 있었네. 그렇다면 이제 남은 열쇠는 단 하나, 산티아고의 열쇠뿐이지.」

「만약 창녀가 아니라면 말이야. 일주일에 한 번씩 푸티클럽에 가고 얼마 전에 아내를 임신시킨 것도 모자라 다른 여자와 지속적으로 관계를 맺는 것이 가능하다니, 정말 대단한 친구로군.」 노게이라의 말에 마누엘은 싱긋 웃었지만 루카스 신부는 언짢은 표정을 지었다. 「정말 존경스러워!」

「아냐, 창녀는 아니었네.」 마누엘은 웃음을 꾹 참으면서 말했다. 「그 사람이 장원을 돌아다니는 모습을 본 이들이 많아. 다미안, 에르미니아……. 프란이 교회 부근에서 봤다던 바로 그 사람 말이야. 루카스, 프란은 불안해서 견딜 수가 없었기에 자네한테 고해 성사를 한 거라네. 그때만 해도 그는 아무것도 확신하지 못했어. 하지만 무언가 엄청난 일이 일어나고 있다는 걸 직감했지. 그래서 아버지의 장례식이 끝난 다음, 무덤가에서 알바로에게 모든 걸 털어놓은 거야. 봉분 작업을 하던 정원사가 들었다네. 프란이 무언가 엄청난 일이 일어나고 있는 것 같아서 두렵다는 말을 했을 때, 알바로가 무슨 이야기인지 다 알고 있는 눈치였대. 프란이 그 사람을 보고 그런 생각을 한 것은 어찌 보면 당연한 일이야. 마약 밀매자가 집 안을 돌아다닌다는 것은 마약을 사는 사람이 있다는 것이잖아. 어쩌면 프란은 그 두 사람이 만나거나 함께 교회 안으로 들어가는 장면을 목격했을지도 몰라. 그는 집 안에 그 악마를 끌어들인 게 자기라고 알바로한테 털어놓았다더군. 저번에 리치를 만났을 때, 토니노가 장원과 이런저런 일로 엮여 있다고 했네. 그 말을 듣는 순간, 우리는 마약을 떠올렸어. 심지어 알바로가 그 일에 관련되어 있을 수도 있다는 생각까지 들더군. 하지만 토니노는 마약을 팔지 않았어. 아니, 설령 그랬다고 해도 그것만 팔았던 것은 아니야. 〈계속 젖이 나오는 소를 잡을 사람이 어디 있겠어요?〉 리치가 했던 말인데, 기억나?」

노게이라는 아무 말 없이 마누엘을 빤히 쳐다보며 생각에 잠겼다. 마누엘의 눈에서 의구심과 확신이 교차하고 있었다. 그렇지만 여전히 개

운치 않은 점들이 마음에 남는지 눈빛이 점점 어두워졌다.

「문을 따고 들어간 흔적은 없었는데…….」 노게이라가 혼잣말로 중얼거렸다.

마누엘은 고개를 끄덕였다.

「더구나 산티아고가 교회 문을 열어 두었을 리도 없어.」

「물론이지. 그랬을 리는 없어.」

「산티아고는 누가 들어왔는지 금세 알아차렸을 거야. 열쇠를 가지고 있는 사람은 자기 말고 한 명밖에 없었으니까. 그리고 그 열쇠는 산티아고한테서 받은 거고.」 노게이라가 말했다.

마누엘은 다시 고개를 끄덕였다.

「토니노. 그래서 그의 몸에서 열쇠가 나왔던 거야.」

조바심에 안절부절못하던 노게이라는 자리에서 일어나 담배를 물었다. 그러곤 피울 곳을 찾으려고 주변을 두리번거렸다. 하지만 계속해서 내리는 비 때문에 오도 가도 못하고 파라솔 가장자리에 서게 되었다. 그는 담배를 피우면서도 불안감을 떨쳐 버리려는 듯 두 다리의 무게 중심을 번갈아 가며 옮겼다.

「그렇지만 산티아고의 아내가 임신한 지 얼마 되지도 않았잖아요. 두 사람이 그간 아이를 가지려고 얼마나 노력했는데요. 그런 그가 매주 국도 변의 클럽에 간다니…….」 루카스가 나서며 말했다.

「안타깝지만 사실입니다. 산티아고는 마약을 흥분제로 사용해야 했으니까요.」 노게이라는 밀리에게 들은 이야기를 떠올리며 말했다.

루카스는 믿을 수 없다는 표정으로 고개를 흔들었다.

「마누엘, 자네 말이 사실인가?」

마누엘은 상의 단추를 끄르더니 비닐봉지를 꺼냈다. 그러곤 그가 보는 앞에서 봉지를 열었다.

「성구실 옷장을 뒤져 보니까 침낭과 와인 잔 그리고 콘돔이 나오더군. 또 이것도 찾아냈네.」 마누엘의 손에서 스르르 흘러내린 천이 테이블 위에 포개졌다.

노게이라는 그것을 집더니 자세히 보려고 들어 올렸다. 란제리 천은 그가 요모조모 확인하면서 잡아당겨 보는 동안에도 손가락 사이로 연신 흘러내렸다. 처음에는 천의 감촉이나 크기로 보아 여성용 속옷인 듯했다. 하지만 그것은 게이 바에서 일하는 웨이터들이 제복으로 입는, 속에 아무것도 받쳐 입지 않을 때 착용하는 남성용 셔츠였다.

「빌어먹을!」 노게이라는 역겹다는 듯이 그 옷을 내팽개치며 소리 질렀다. 「이건 남자 옷이잖아. 더구나 축축하기까지 해. 뭐가 묻었는지…….」

「그건 눈물일세.」 마누엘이 말했다. 「교회에서 산티아고를 봤던 날, 그는 거기에 얼굴을 묻은 채 울고 있었네. 나는 자기 형이 죽은 게 슬퍼서 우는 줄로만 알았지.」 그가 구슬피 울던 모습이 떠오르자 마누엘은 왠지 뒷맛이 씁쓸했다. 「어쩌면 그는 토니노가 사라진 뒤, 절망감과 슬픔을 달래기 위해 교회를 찾았는지도 몰라. 나는 산티아고가 은촛대를 산 곳에 연락해 계산서를 보내 달라고 했어. 산티아고데콤포스텔라에 있는 골동품 상점이야. 만약 상점 직원이 그를 알아본다면, 무슨 실마리라도 얻을 수 있겠지.」

「산티아고와 토니노라…….」 루카스는 혼란스러운 표정으로 중얼거렸다. 「둘이 그런 관계인 줄은 꿈에도 몰랐네.」

「내가 보기에 신부님은 가장 중요한 점을 잊고 있는 것 같습니다. 산티아고와 토니노가 그렇고 그런 관계이든 말든 나는 일절 신경 쓰지 않아요. 내가 알고 싶은 건 어떻게 해서 열쇠가 토니노의 손에 들어갔느냐는 겁니다. 그가 프란의 시신에서 훔쳤든지, 아니면 산티아고가 그에게 주었든지 둘 중 하나겠죠. 하지만 한 가지는 분명합니다. 프란이 죽던 날 밤, 둘이 교회 안에 있었다는 거죠. 엘리사는 그날 교회 앞에서 산티아고를 만났어요. 산티아고는 그녀가 교회 안으로 들어오지 못하도록 막았고요. 때때로 교회 안에 들어가 물건을 훔쳤다고 해서 토니노가 꼭 열쇠를 가지고 있었다고 장담하기는 어려워요. 더구나 그것이 프란의 죽음과 관련되어 있다면 더 그렇겠죠. 어쨌든 그가 왜 열쇠를 가지고 있었는지는 이제 밝혀진 셈이에요. 바로 밀회 장소의 열쇠였던 겁니다.」

「하지만 엘리사는 프란이 교회 안에서 문을 닫는 걸 봤다고 했잖아요.」 루카스가 반박했다.

「누군가를 본 것일 뿐이에요. 워낙 어두워서 자세히 확인하기는 어려웠을 겁니다. 프란이 아니라 토니뇨였을 수도 있어요. 어쩌면 둘이 같이 있다가 엘리사가 오는 소리를 듣고, 산티아고만 나가 본 것인지도 몰라요. 그녀에게서 의심을 사지 않으려고 말입니다.」

하지만 루카스는 끝내 그 말을 받아들이지 못했다.

「도저히 믿을 수가 없군요. 동생이 죽었을 때, 산티아고가 얼마나 슬퍼한 줄 알고 하는 소리예요? 실의에 빠져 한동안 폐인처럼 지냈단 말입니다.」

「그랬죠. 신부님도 동생을 죽인다면 그렇게 될 테니까요. 하지만 산티아고는 그러고도 별로 양심의 가책을 느끼지 않은 것 같군요. 한 가지 더 있어요. 그날 알바로가 프란의 죽음에 수상한 점이 없는지 내게 묻더라고요. 그때 무언가를 알아내려고 한다는 느낌을 받았어요. 어쩌면 그도 동생의 죽음과 관련이 있을지도 모른다고 여겼죠. 그런데 이제 와서 생각해 보니, 누군가가 필요에 의해 프란을 죽인 게 아닌지 의심하고 있었던 것 같아요. 가족 중에 프란을 짐 덩어리로 여기던 이들이 있었다는 점을 생각해 보세요.」 노게이라가 말했다.

마누엘과 루카스는 생각에 잠긴 표정으로 고개를 끄덕였다.

노게이라는 눈짓으로 테이블을 가리켰다.

「이미 돈을 냈다고 하니 골동품 상점에 가봅시다.」 노게이라는 마누엘과 루카스가 손도 대지 않은 엠파나다를 물끄러미 바라보았다. 「그거 안 먹을 거예요?」

차를 향해 걸어가던 루카스는 다시 돌아와 노게이라의 팔을 잡아끌었다.

「어서 가요! 그거 먹을 시간에 부인과 대화라도 나누는 편이 낫죠. 그런 음식만 먹다가 심장 마비로 죽기라도 하면 어쩌려고 그래요? 부인을 미망인으로 만들기라도 할 작정이에요?」

마누엘은 깜짝 놀란 얼굴로 노게이라를 돌아보았다. 저 부부의 갈등을 루카스도 알고 있었단 말인가?

노게이라는 어깨만 으쓱할 뿐 별다른 반응을 보이지 않았다.

「6년 동안 하고 싶은 이야기를 가슴속에 간직해 왔으니까, 마음만 먹으면 일주일 만에 그 두 배는 할 수 있다고요.」

마누엘은 웃으며 고개를 끄덕였다.

「루카스의 말이 맞아. 자네가 이야기를 나눠야 할 사람은 바로 라우라야.」

「알았어! 젠장, 알았다니까! 가서 이야기할 테니까 걱정하지 말라고. 그런데 귀중한 음식을 저렇게 남겨 놓다니, 마음이 아파서 견딜 수가 없단 말이야.」 그는 비를 맞으며 밖으로 나서면서도 여전히 아쉬움이 남는지 자꾸 엠파나다를 힐끔힐끔 돌아다보았다.

루아 도 판 거리는 대성당 가까이에 있었다. 장사가 잘되는지 상점은 밝고 화려했다. 젊은 점원 두 명이 관광객들을 상냥하게 맞이하고 있었다. 상점 앞에서는 순례자들을 대상으로 엽서와 묵주, 성수병 등을 팔았다. 순례자들은 쓰레기봉투처럼 알록달록한 싸구려 우의를 걸치고 있어 우스꽝스럽게 보였다.

관광객들을 위한 물건이 수북이 쌓여 있는 곳을 지나자, 상점 안쪽은 더 본격적이면서도 전문적인 분위기를 풍기기 시작했다. 미리 간다고 기별을 해둔 터였다. 주인이 나오기를 기다리는 동안 마누엘은 상점 안에 진열된 물건들을 쭉 둘러보았다. 이번 사건과 관련이 있어 보이는 물건은 없었다.

주인은 몸이 호리호리하고, 나이는 예순이 넘어 보였다. 그는 나오자마자 곧장 루카스에게로 갔다.

「안녕하세요, 신부님? 여기는 어쩐 일이십니까? 전례 용품 중에서 찾으시는 거라도 있는지요? 아시다시피, 여기는 그런 용품을 전문적으로

598

다루는 곳이니까요. 혹시 찾으시는 게 안 보이면 말씀하세요. 안에서 갖다드리겠습니다. 안에도 없으면 따로 주문해서 늦어도 오늘 오후까지는 갖다드릴 수 있어요.」

루카스는 화들짝 놀라며 고개를 저었다. 그는 로만 칼라도 하고 있지 않았다.

「혹시 도난당한 은촛대 한 벌을 구해 줄 수 있겠습니까?」 노게이라는 휴대 전화 화면을 그의 눈앞에 바짝 갖다 대면서 물었다.

마누엘은 살며시 웃었다. 루카스는 로만 칼라를 하지 않아도 사제로 보였다. 한편 휴대 전화를 눈앞에 갖다 대고 묻는 노게이라의 모습은 영락없는 경찰이었다.

남자는 깊은 한숨을 내쉬더니, 조용히 하라는 표시로 손가락을 입술에 갖다 댔다.

「이리 오세요.」 그는 가게 안쪽의 문을 가리키며 말했다. 모두 들어온 뒤 그는 조용히 문을 닫았다. 「그 작자를 믿은 게 잘못이지. 그에게서 은촛대를 산 것은 사실입니다. 하지만 그 후로 아무런 문제도 없었어요.」

「도난당한 물건을 사면 언젠가 문제가 생기기 마련이죠.」 노게이라가 말했다.

「그렇게 제 자존심을 짓밟지는 마세요. 제 말 좀 들어 보시라고요. 그 사람이 내게 몇 번이고 강조했어요. 그 은촛대가 자기 가문의 것이라고 말이죠. 그 말을 못 믿을 이유가 없잖아요. 더구나 전에도 다른 물건을 가져와서 판 적이 있는데, 아무 말썽 없이 지나갔고요.」

「금시계 말이군요.」 마누엘이 나서며 말하자, 모두 놀라 눈이 휘둥그레졌다. 「몇 달 전에 산티아고가 자기 금시계를 잃어버렸다고 했답니다. 그때는 보험금 청구를 한 걸 보면, 어느 정도는 의심했어도 확신까지는 아니었던 것 같아요. 그런데 은촛대가 사라졌을 때는 의심의 여지가 없었던 거죠. 결국 토니노는 그 촛대를 어디다 팔았는지 실토할 수밖에 없었을 겁니다. 산티아고가 여기 와서 그걸 다시 사 갔던 거죠. 그가 경찰에 신고하거나 보험금 청구를 하지 않은 건 바로 그 때문이었어요. 토니노를 지켜 주고 싶은 마음도 있었겠지만, 괜히 신고했다가 경찰에서 이것저것 물어보면 비밀이 탄로 날까 봐 두려웠던 거죠.」

주인은 이미 다 알고 있었다는 듯이 고개를 끄덕이며 말했다.

「나는 대개 그런 물건은 취급하지 않아요. 굳이 그 물건을 받아들인 건, 그가 다른 손님의 소개로 왔기 때문입니다. 나로서는 그를 의심할 이유가 없었던 거죠. 더구나 그때는 별문제 없이 조용히 지나가기도 했고요.」

「그가 소유권을 밝힌 걸로 알고 있겠습니다.」 노게이라가 말했다.

「분명히 그렇게 말했다니까요. 그건 그렇고 혹시 그 시계의 영수증은 가지고 계신가요?」 주인이 건방진 말투로 물었다.

노게이라가 차가운 눈빛으로 쏘아보자, 그의 얼굴에 후회하는 빛이 역력하게 나타났다.

「그를 당신한테 소개했던 손님이 누굽니까?」

「기억이 잘 나지 않는데요. 워낙 오래전 일이라……. 하여간 나는 어떤 물건이든 시간을 두고 신중하게 생각한 다음에 판매하죠.」

「자칫하면 뜨거운 맛을 볼지 모르니까요?」 노게이라가 말했다. 「경찰이 그 물건을 찾으러 오거나 도난당한 물건이라고 언론에서 떠들어 댈 수도 있으니까요. 그럴 경우에 대비해서 잠시 뜸을 들이는 거겠죠. 그게 장물아비들의 전형적인 수법이니까요.」

주인은 노게이라의 말을 들으며 언짢은 표정을 지었다.

「사실대로 말씀드리죠. 사실 그 촛대는 생각하고 말고 할 겨를도 없었어요. 자기가 주인이라고 밝힌 남자가 이틀 만에 여기 나타났으니까요. 혹시 그자가 거짓말을 하는 것일 수도 있겠다는 생각이 들어 처음에는 모른 체했죠. 그런데 그의 말을 들고 보니까 의심할 여지가 없더라고요. 은촛대뿐만 아니라, 처음에 그걸 가져왔던 청년에 대해서도 아주 상세하게 설명하는데 어떻게 안 믿을 수가 있겠어요? 그 촛대가 내 수중에 있다는 걸 알고 왔다더군요. 그 일로 괜한 문제를 일으키고 싶지 않다는 말도 덧붙였고요. 심지어는 성가시게 한 대가로 그 청년에게 준 돈에 얼마를 더 얹어 주겠다고 했어요. 그러더니 합법적으로 거래가 이루어진 셈이니까, 계산서를 발행해 달라고 하더군요.」

「이 사람입니까?」 노게이라는 휴대 전화에 저장되어 있던 산티아고 의 사진을 그에게 보여 주며 말했다.

「네. 정말 신사다운 분이었어요. 언제라도 거래하고 싶은 마음이 드는 그런 사람이었죠. 그런데 빌어먹을 촛대의 저주에서 벗어났다고 생각 하는 순간, 또 다른 남자가 찾아와서 묻더라고요.」

「또 다른 사람이요?」 노게이라가 물었다.

「네. 누가 들어오기에 그분이 다시 온 줄로만 알았어요. 나는 안경 없 이는 아무것도 보이지 않으니까요. 늘 가지고 다니긴 하는데, 글을 읽을 때만 안경을 쓰거든요. 그런데 손님이 가까이 다가왔을 때 자세히 보니 까 닮긴 했는데 다른 사람이더군요.」

이번에는 마누엘이 그에게 다가가 휴대 전화로 알바로의 사진을 보 여 주었다.

「네, 맞아요. 바로 이분이에요. 나도 궁금했거든요. 처음 그 촛대를 가 져온 사람이 누구고, 그걸 되사 간 사람이 누군지 말이에요. 그분도 내 게 사진을 보여 주더군요. 다른 신사분과 마찬가지로 그 손님도 관대했 죠. 전후 사정을 궁금해하는 것 같아서, 내가 알고 있는 그대로 알려 줬 어요.」

「그게 며칠쯤이죠?」

「토요일이었어요. 보름 전쯤이었을 겁니다.」

마누엘과 노게이라는 냉소적인 눈빛으로 주인을 쏘아보았다. 그러자 주인은 궁금한 듯이 두 사람을 번갈아 쳐다보았다.

「자네는 알고 있었나?」 노게이라가 마누엘에게 고개를 돌리며 물 었다.

「대충 짐작이 가더군. 어젯밤에 엘리사한테 열쇠를 빌려 달라고 했더 니, 알바로도 장원에 돌아온 날 자기한테 열쇠를 달라고 했다는 거야.」

「그럼 알바로도 자네처럼 성구실에서 그걸 찾아냈다는 건가?」

「틀림없어. 우리처럼 사실을 확인하려고 여기에 왔을 거라고. 그는 프란이 죽기 전에 불안에 떨며 털어놓은 이야기를 모두 들었지만, 한동안 무시했을 거야. 그렇지만 안 그래도 프란의 죽음에 무언가 석연치 않은 구석이 있다고 느끼던 차에, 자기를 협박하던 자가 교회 주변을 얼쩡거리는 모습을 보고 당연히 수상쩍게 생각했겠지.」

밖으로 나가자, 금방이라도 비가 쏟아질 듯이 하늘이 온통 먹구름으로 뒤덮여 있었다. 세 사람은 관광객들이 여기저기 무리 지어 웅성거리고 있는 대성당 주변을 걸어갔다. 노게이라는 여행 가이드북을 보며 지나가는 관광객들을 피하면서 전화를 받았다. 그 순간 굵고 차가운 빗방울이 이마로 떨어졌다. 곧 소낙비가 쏟아질 거라는 첫 번째 신호였다. 소나기가 이내 폭우로 바뀌자, 관광객들은 투덜거리며 비를 피하기 위해 산티아고데콤포스텔라 거리의 건물 현관으로 뒤뚱뒤뚱 뛰어갔다. 마누엘 일행은 우산을 펴고 걸음을 재촉했다. 얼마 가지 않아 거리가 한산해졌다. 공터에 세워 놓은 차 앞에 이르렀을 때도 비는 여전히 억수같이 퍼붓고 있었다. 그들은 물이 뚝뚝 떨어지는 우산을 트렁크에 던져 놓고, 곧장 차 안으로 뛰어들었다. 자동차 지붕을 두드리는 빗소리 때문에 귀가 먹먹할 정도였다. 마누엘은 차에 시동을 걸고, 앞 유리창의 와이퍼와 김 서림 제거 장치를 작동시켰다. 세 남자가 일제히 가쁜 숨을 몰아쉬자, 유리창은 금세 뿌옇게 변해 버렸다. 마누엘은 그 상태로 대기했다.

「마누엘, 좋은 소식이 있네.」 방금 통화를 마친 노게이라가 말했다. 「오펠리아야. CCTV 영상을 확인한 결과, 버거킹에서 주문을 한 사람은 토니노가 분명하다더군. 시간은 새벽 2시 28분이었고, 가게에 혼자 들어왔는데, 그때만 해도 구타의 흔적은 전혀 없었다고 해. 누군가가 그를 구타하고 살해했다면, 그 시간 이후에 그랬다는 이야기지. 그러니까 일단 알바로는 토니노 구타 및 살해 사건의 용의 선상에서 완전히 벗어난 셈이야. 하지만 토니노는 여전히 알바로 살인 혐의를 벗지 못한 상태가 되는 거지. 물론 녀석이 범행을 저지르고 두 시간 동안 운전을 해서 태평스럽게 햄버거를 사러 갔을 가능성은 거의 없지만 말이야. 우리는 아주 냉정하게 통제된 사건의 윤곽에 대해서 이야기를 하고 있는 거라네. 사실 토니노가 범행을 저질렀다고 보기에는 미심쩍은 점이 너무 많아. 일단 신경질적인 성격도 그렇지만, 무엇보다 CCTV 영상을 보면 살인을 저지른 자라고 보기는 어려워. 그러니까 원점으로 돌아가 보자고. 지금으로서는 정체를 알 수 없는 누군가가 우선 알바로를 살해한 뒤에 토니노마저 죽였네. 같은 무기를 사용한 것이 분명하고, 두 사건은 두 시간 간격으로 일어났어. 오펠리아의 말로는 버거킹에서 목을 매단 시신이 발견된 곳까지는 20분 가까이 걸린다고 하는군.」

심각한 표정으로 고개를 끄덕이던 마누엘은 루카스가 어깨에 손을 얹어 위로해 주자 살며시 미소 지었다. 하지만 규칙적인 와이퍼 소리에 취한 듯 아무 말도 하지 않았다.

「마누엘, 괜찮아?」 루카스가 걱정스러운 표정으로 물었다.

「아직 석연치 않은 점이 있어. 그날 밤에 관한 건데……. 그때 신부님이 그랬죠? 형이 교통사고를 당했다는 소식을 듣고, 산티아고가 병원에 같이 가자고 급하게 연락을 했다고요.」

「맞아요.」

「그때 병원에서 뭐라고 연락이 왔다고 하던가요? 알바로가 사고를 당했다던가요, 아니면 사망했다고 하던가요?」

「그냥 사고를 당했다고만 했어요. 그가 죽었다는 것은 병원에 도착하고 나서야 알게 되었으니까요. 그 소식을 들었을 때, 산티아고의 표정은 아마 영원히 잊지 못할 것 같아요.」

「산티아고한테 전화가 왔을 때가 몇 시쯤이었죠?」

「5시 반이었습니다. 6시에 그를 태우러 장원으로 갔어요. 충격이 커서 도저히 운전을 못 하겠다기에 내 차로 갔죠. 당시에는 전혀 이상하게 생각되지 않았어요.」

「그런데 병원에 갈 때, 산티아고의 손이 부어 있었다고 했죠? 당장 병원에서 치료를 받아야 할 정도로 상태가 심했다고…….」

「네, 맞아요. 산티아고는 분노를 삭이지 못할 때마다 그런 식으로 행동하니까요. 그는 오른팔과 손을 우의로 둘둘 말고 나왔어요. 자세히 보니까 심하게 다친 것 같더군요. 하지만 옷으로 칭칭 감싸고 있던 데다, 말하기를 꺼리기에 더는 물어볼 수 없었죠. 어쩌다 손이 그 지경이 됐는지 알게 된 건 그로부터 한참 뒤였어요.」

「에르미니아의 말로는 산티아고가 병원에서 돌아온 뒤, 알바로가 죽었다고 하면서 벽을 세게 내리치기 시작했다던데.」 마누엘이 넌지시 말했다.

「병원에 가기 전에 이미…….」 자신의 이야기가 앞뒤가 맞지 않는다는 것을 알아차린 루카스는 자신 없는 목소리로 중얼거렸다.

「하지만 그때는 아직 자기 형이 죽은 줄도 모르고 있었는데.」

말을 더듬거리던 루카스는 상념을 떨쳐 버리려는 듯, 미간을 찌푸리며 고개를 흔들었다. 마침내 그가 다시 입을 열었다.

「병원에 갔을 때, 그가 손에 부상을 입었던 것은 분명해요. 팔을 안 보여 주려고 칭칭 동여매고 있어서 상태가 얼마나 심했는지는 잘 모르겠지만요.」

「심지어 신부님한테 대신 운전해 달라고 부탁도 했고요. 타이밍이 절묘했죠.」 노게이라가 덧붙여 말했다.

「하느님 맙소사!」 루카스는 충격을 받은 듯 멍한 표정으로 소리쳤다.

마누엘은 그 모습을 보자 측은한 생각이 들었다.

「집에 돌아온 뒤 산티아고는 손이 그렇게 된 것에 대한 핑곗거리를 찾아야 했어. 그래서 에르미니아가 보는 앞에서 일부러 연극을 한 거야.」 마누엘은 에르미니아가 표백제로 문질러 허옇게 얼룩져 있던 핏자국과 그가 느꼈을 극심한 고통을 떠올렸다. 어쨌든 그 순간만큼은 엄살을 부린 것이 아니었을 테니까 말이다.

「그렇지..」 노게이라가 말을 이었다. 「토니노의 얼굴을 가격한 사람이 누구인지는 이제 분명해졌어. 산티아고가 깁스를 한 손이 어느 쪽이었지?」

「오른손이었어.」 마누엘은 알바로의 장례식 날 그와 인사를 나누던 순간을 떠올리며 말했다.

「그렇다면 토니노의 얼굴에 난 상처 방향과 일치하는군. 바로 그였어. 토니노를 죽인 것도 산티아고일 거야.」

「오펠리아는 토니노를 칼로 찌른 범인이 왼손잡이일 가능성이 높다고 했잖아.」

「그게 아니면, 오른손을 심하게 다쳐서 왼손을 쓸 수밖에 없는 사람이거나.」 노게이라는 산티아고가 범인이라는 심증을 굳힌 듯 말했다. 「잘 생각해 보면, 그게 산티아고의 본모습이야. 분노를 삭이지 못하고 그런 식으로 행동하니까. 며칠 전에도 자네와 언쟁을 벌이다 주먹으로 벽을 친 적이 있었잖아. 버거킹 건만 해도 그래. 토니노가 먹을 것을 사다 준 사람이 누구겠어? 자기 애인과 함께 있었던 거지.」

그 순간 마누엘의 머릿속으로 까마귀가 했던 말이 떠올랐다. 〈장난감이든 뭐든 손에 집히는 대로 집어 던지곤 했죠. 그러곤 몇 시간 동안이고 울기만 했어요.〉 교회에서 목격한 모습도 그런 것이었단 말인가? 자기 손으로 망가뜨린 장난감을 보고 울어 대는 변덕스러운 아이? 그는 죽은 애인을 떠올리며 서럽게 울었다. 그리고 죽은 형, 아니 자기가 죽인 사람들을 생각하면서 울었다.

루카스는 슬픔에 잠겨 있었다. 노게이라는 의아한 표정으로 그를 힐끗 쳐다보았다.

「그렇게 속을 감추고 평생을 살았다니, 생각만 해도 끔찍하군요.」 루카스가 눈물을 글썽거리며 말했다.

「산티아고는 협박을 받은 뒤로 흥분해서 갈팡질팡했던 것 같아. 그가 무엇 때문에 그토록 괴로워했는지는 다들 알고 있겠지만 말이야. 그는 그날 밤 신학교에서 벌어진 일을 지금까지 어떻게 해서든 비밀로 해 왔네. 알바로가 그에게 아무 일도 없을 테니까 걱정하지 말라고 했겠지. 설령 그 사건이 밖으로 알려진다고 해도 전혀 문제 될 것이 없다면서 말이야. 자기는 동생을 강간하던 놈을 죽인 것뿐이니까 전혀 부끄러울 게 없다고 생각했겠지. 하지만 산티아고는 생각이 달랐다네. 그는 평생 자기 아버지와 어머니의 마음에 들려고, 나무랄 데 없는 자식이 되려고 애를 쓰면서 살았으니까. 다시 말해, 알바로처럼 되지 않으려고 말이야. 하지만 그럴수록 그날 밤의 악몽이, 자기를 덮치던 그자의 모습이 선명히 떠올라 견딜 수가 없었던 거지. 그래서 알바로를 죽인 다음, 입을 다물게 할 작정으로 토니노와 만난 거야. 이제 그 비밀을 떠들어 댈 사람은 토니노밖에 없었으니까. 하지만 녀석이 거절하자, 그만 이성을 잃고 그를 죽이고 만 거야.」

「그럴지도 모르죠.」 루카스가 말했다. 「그렇지만 내 생각에 토니노도 비밀을 폭로할 생각은 없었던 것 같아요. 물론 돈을 뜯어내려고 협박했을 수는 있지만, 오히려 협박 그 자체가 목적이었던 겁니다. 그런 사실은 비밀로 해둘 때만 가치가 있다는 것을 토니노도 잘 알고 있었을 테니까요. 만약 그 사실이 밖으로 새어 나가면, 삼촌은 감옥에 가게 될 거고 고모 또한 화병으로 몸져눕게 되겠죠. 그뿐만 아니라 자기도 협박죄로 갇힐 게 뻔한데 뭐 하러 그런 짓을 하겠어요? 그리고 산티아고가 애당초 그를 해칠 마음이 있었다면, 토니노가 돈을 요구했을 때 죽였을 겁니다. 그래야 그 소식이 알바로한테 들어가지 않을 테니까요. 오, 하느님! 그런데 이제 와서 그를 죽이려고 했다니……. 오죽 힘들었으면 그런 짓까지 했을까요.」

「신부님. 자살이나 고해 성사에 대해서는 나도 잘 알고 있어요. 자살은 고해 성사와 다름이 없다는 것을 경험으로 안다고요.」 노게이라가 말했다.

「아무리 그래도 그렇지, 프란을 죽이고 나서 3년이 흘렀어요. 더구나 알바로와 토니노를 죽이고 보름이나 지난 마당에 갑자기 고해 성사를 하겠다니, 그게 말이나 돼요?」

노게이라는 다시 짜증스러운 목소리로 말했다.

「왜 안 된다고만 생각하는 거죠? 프란은 이미 알바로와 신부님한테 미심쩍은 점을 털어놓았죠. 그가 산티아고에게 직접 물어봤을 거라는 생각은 안 해봤어요? 그랬다면 마약을 팔고 남창 노릇이나 하는 녀석이 성구실에 몰래 드나드는 걸 봤다고 이야기하지 않았겠어요? 산티아고와 이야기를 나눈 뒤에도 프란이 사태의 진실을 전혀 눈치채지 못했을까요? 프란은 편견에 얽매이지 않으면서 열린 마음을 지닌 친구였다고요. 스스로 마약을 끊을 만큼 의지도 강했고요. 그런 점으로 봐서는 산티아고가 그에게 하고 싶은 말을 모두 털어놓으라고 재촉했을 가능성이 높아요. 산티아고는 평생 자기 속을 숨기고 살아온 사람입니다. 가족에게라도 필요하다 싶으면 언제든지 거짓말을 꾸며 낼 수 있는 친구라고요. 어디 그뿐인 줄 알아요? 사랑할 수 없는 여자와 결혼을 하고, 창녀들을 찾아가 마초인 척하려고 일부러 마약까지 하는 자란 말입니다. 자기가 동성애자라는 것을 아무도 눈치채지 못하게 하려고, 자기 형을 푸티클럽으로 끌고 가서 여자와 함께 방에 넣어 버리곤 했어요. 하여간 산티아고는 누구라도 자기에 대해 의심을 품을까 봐 전전긍긍했죠. 그렇게 철저하게 숨길 정도라면, 비밀이 탄로 나지 않게 하려고 무슨 짓인들 못 하겠어요? 애당초 내가 그랬죠. 저들은 우리와 전혀 다른 부류의 사람들이라고요. 수백 년 전부터 저 가문 사람들은 자기들 내키는 대로 살았죠. 지금도 다를 바가 없어요. 저들에게 중요한 것은 단 한 가지, 어떤 대가를 치르더라도 가문의 이름만큼은 더럽히지 않아야 한다는 겁니다.」

마누엘은 전에 루카스에게 들었던 이야기를 떠올렸다. 노 후작이 알바로에게 내걸었다던 악마의 계약 말이다. 과연 다른 아들들에게도 같은 제안을 했을까? 〈누구나 결점은 있기 마련이야. 다만 남의 눈에 띄지 않도록 조심스럽게 행동하기만 하면 되겠지. 그러니 이제 집으로 돌아와서 명문가 자제와 결혼해 체통을 지켜야 하지 않겠니.〉

그럴 리는 없었다. 산티아고는 부모의 말이라면 조건 없이 따를 만큼 순종적인 성향이 강했다. 늘 아버지 뒤만 졸졸 쫓아다니기 바빴다. 앞에서는 비굴한 모습을 보이면서, 자나 깨나 그의 마음에 들 궁리만 했다. 물론 그의 노력은 매번 수포로 돌아갔다. 그렇다면 산티아고가 자신의 조건이나 상황을 받아들이지 못한 것이 혹시 신학교 시절의 악몽이 남긴 트라우마 때문은 아니었을까? 일반적으로 어린 시절에 경험한 성폭력이나 성적 학대는 건전한 성적 발달을 막기 마련이다. 그가 토니노와의 관계를 아무도 알아차리지 못하도록 최대한 노력을 기울인 것은 틀림없는 사실이었다. 그는 자신의 실제 모습을 받아들이지 않으려고 그랬던 걸까, 아니면 가족으로 당당하게 받아들여지고 싶은 욕심 때문에 그랬던 걸까? 알바로의 경우에서 알 수 있듯이 그가 만약 자신의 성향을 드러냈다면 집에서 당장 쫓겨났으리라는 것은 불 보듯 뻔한 일이었다.

노게이라는 여전히 충격에서 헤어 나오지 못한 채 고개를 푹 숙이고 있는 루카스를 바라보았다. 그는 자기도 모르게 목청을 돋우다가 고함을 지르다시피 했다는 것을 깨달았다. 때때로 이야기에 취하면 상대가 누구인지 잊어버리곤 했다. 그는 마음을 가라앉히려고 숨을 크게 들이마시고 말을 계속했다.

「아무튼 증거가 없는 한 추측일 뿐, 아무것도 확신할 수 없어요. 나는 산티아고가 고해 성사를 하려 한다는 것이 좀 미심쩍어요.」

「그럼 내가 오늘 오후에 찾아가서 한번 물어보겠네.」 마누엘이 단호하게 말했다.

그 말을 듣자 루카스가 흠칫하며 놀랐다.

「그래도 되겠어?」

「당사자에게 직접 물어보는 것 외에는 달리 방법이 없어.」

루카스는 애원하는 눈빛으로 노게이라를 쳐다보며 말했다.

「노게이라 씨, 왜 아무 말도 안 하는 거죠?」

「먼저 토니노의 고모한테 들러 봐야 합니다. 이런 말을 하기는 싫지만, 그녀는 마음이 굉장히 흔들리고 있을 거예요. 무언가를 알아내려면 지금이 적기라고 할 수 있죠. 그러고 나서 산티아고를 찾아가는 것도 나쁘지는 않겠군요. 하지만 마누엘, 우리가 간다고 미리 연락하지는 말게.」

그 순간 차 안에 노게이라의 전화벨 소리가 크게 울렸다.

「아, 오펠리아군.」 그는 그녀한테 전화가 왔다는 걸 알려 주려는 듯 일부러 큰 소리로 말했다.

「응. 지금 나하고 같이 있는데…….」

그는 한동안 그녀의 말을 듣고만 있었다.

「알았어. 그럼 내가 말해 볼게. 오펠리아, 당신은 천재라니까!」 그는 전화를 끊고 다시 말했다. 「마누엘, 오펠리아는 이미 감을 잡고 있었어. 우리가 알바로의 통화 기록을 철저히 살펴봤다는 건 자네도 알고 있을 거야. 전화기에 남아 있던 통화 기록은 자네한테 말해 준 대로였네. 그 런데 그가 몰래 사용하던 전화기만 신경 썼지, 정작 평상시에 사용하던 전화기는 거들떠보지도 않았지 뭐야. 마지막으로 확인된 건 새벽 12시 57분에 자네와 한 통화였네. 그때 알바로는 차량용 핸즈프리 장치로 통화했고, 루고 국도 35킬로미터 지점에 있었어.」

「거기에 뭐가 있지?」

「푸티클룹 라 로사가 있는 곳이야.」

「거기서 내게 전화를 했다고?」 마누엘은 대답을 기대하지는 않았지만 일단 물었다.

「자네한테 무슨 말을 하던가?」

「굉장히 피곤하다고 했어. 내 기억으로는 그랬던 것 같아. 아, 기분이 울적하다고도 했는데……. 하여간 그때 나도 기분이 이상했어. 그가 다시는 돌아오지 않을 것 같은 예감이 들었으니까.」

노게이라는 생각에 잠긴 표정으로 고개를 끄덕였다.

「집사람이 그러는데, 사람은 자기가 언제 죽을지 안다고 하더군. 암이나 심장 마비로 죽든, 아니면 지진이나 기차 사고로 깔려 죽든 간에 말이야. 하여간 죽기 직전에는 평소에 안 하던 행동을 한다는 거지. 전에 한 번도 경험해 보지 못한 슬픔이 마음으로 밀려오는데, 그건 앞으로 닥칠 운명을 순순히 받아들이겠다는 표시라고 하더군. 부득이하게 먼 여행을 떠나야 하는 것처럼 말이지. 알다시피 간호사들은 사람이 죽는 모습을 자주 보니까.」

「부인의 말이 옳아요. 나도 그런 생각이 들 때가 종종 있거든요.」 루카스가 말했다.

노게이라는 다시 마누엘을 쳐다보며 말했다.

「마누엘. 이런 말을 해서 미안하지만, 지금 중요한 건 알바로가 푸티클럽 앞에 세워 둔 차에서 전화를 했다는 사실이라네. 그가 거기에 갔다면 산티아고와 함께였을 가능성이 높으니까 말이야. 그렇다면 산티아고는 알바로를 생전에 마지막으로 본 사람일 뿐만 아니라, 결국 유력 용의자가 되는 셈이지.」

「그럼 니에비냐스가 했던 말과 시간이 맞지 않잖아. 산티아고가 마지막으로 온 게 언제냐고 물어봤을 때, 그녀가 말한 날은 알바로가 갈리시아에 오기 한 주 전이었어. 그녀가 그런 걸 착각했을 리는 없다고.」

「두 사람이 안에 들어갔다면 그럴 리 없겠지. 하지만 들어가지 않고 밖에만 있었다면?」

「밖에서 뭘 하려고?」

「협박범과 만나는 데 푸티클럽 주차장만큼 좋은 곳이 있을 것 같아?」

「그럼 돈을 주고받으려고 거기를 택했단 말이야?」

「그만한 곳이 없으니까. 조용한 데다 사람들 눈에 띄지도 않지, 경비도 삼엄하지. 더구나 밖으로 나가면 곧장 국도와 연결되기도 하잖아. 지금까지 정황으로 봐서는 산티아고가 그곳을 고른 것이 분명해.」

그때 여자들이 손님과 몰래 거래라도 할까 봐 카우보이 차림의 마무트가 주차장 일대를 철저하게 감시한다던 니냐의 말이 떠올랐다. 그리고 노게이라를 기다리는 동안 자기를 감시하던 마무트의 날카로운 눈초리도 떠올랐다.

「그들이 정말 거기에 있었다면, 그 사실을 알고 있을 사람이 누군지는 뻔하군.」

「마무트라네.」 노게이라가 루카스를 돌아보며 말했다. 「아쉽지만 신부님은 이쯤에서 집으로 돌아가시는 게 좋겠어요. 우린 푸티클룹으로 가야 하니까 말입니다.」

「푸티클룹들이겠지.」 마누엘이 나서며 말했다. 「아무래도 리치를 다시 만나 봐야 할 것 같거든. 그 친구에게 물어볼 게 있어서 말이야.」

「그럼 나는 차에 있으면 되잖아.」 루카스가 심각하게 말했다.

마누엘과 노게이라는 서로의 얼굴을 멀뚱히 쳐다보다가 갑자기 폭소를 터뜨렸다. 그 덕분에 그사이 쌓였던 긴장감이 풀어졌다. 결국 루카스는 그들을 따라갔다. 저들이 저렇게 왁자지껄하게 웃지만 속으로는 울고 있을 게 분명하다고 생각하면서 말이다.

악어의 마음

동네 진입로에는 여러 대의 자동차가 서 있었다. 이웃집 마당 일부와 타일이 깔린 입구를 차지한 차들도 있었다. 하지만 약속이라도 한 듯이 좁은 차고 앞은 비어 있었다. 이 집에 처음 왔던 날, 토니노가 차를 세워두던 곳에서 발견한 기름 얼룩은 무지개 뜬 하늘에서 쓸쓸하게 내리던 비에 의해 다소 희미해지기는 했지만, 아벨의 피처럼 바닥에 들러붙은 채 그들을 향해 큰 소리로 울부짖고 있었다.

그곳에 처음 갔던 날에는 보슬비가 내렸지만, 지금은 폭우가 쏟아졌다. 입구에 처마도 없는데 문이 활짝 열려 있었다. 그들은 초인종을 누르지도 않고 안으로 들어갔다. 집 안에는 스무여 명이나 되는 사람들이 주방과 식당 여기저기에 흩어져 있었다. 대부분이 여자에 남자는 한 명뿐이었다. 사람들이 빼곡히 들어차자 그날만큼은 거실 한가운데의 커다란 테이블과 그 위에 덮인 테이블보도 평소에는 보이지 않던 존재감을 드러냈다. 테이블 위에는 파스타와 엠파나다, 집에서 만든 두어 종류의 케이크 그리고 흰 도자기 찻잔 세트 등이 놓여 있었다. 손님들은 중요한 행사가 있을 때만 찬장에서 꺼내 놓는 흰 찻잔을 저마다 손에 들고 있었다. 윤이 나는 육중한 서랍장 위에서 여러 개의 기름 램프가 성녀상을 비추었다. 제단 속의 성녀는 슬픔에 젖은 인간들을 차분한 표정으로 굽어보았다.

로사 마리아는 상복을 입은 채, 자기 또래 여자들 사이에 앉아 있었다. 그들은 대부분 여위고 무거운 표정이었다. 집 안에 들어온 세 사람을 보고 그녀는 몸을 일으켰다. 주변에 있던 여인들이 도와주려고 했지만, 로사 마리아는 그들의 손길을 뿌리치고 혼자 자리에서 일어섰다. 그녀는 그들에게 가볍게 고개를 숙여 인사를 건넨 뒤, 여자들 사이를 빠져나와 자기를 따라오라고 손짓하며 거실 한구석으로 갔다.

그들이 들어간 방은 아주 좁았다. 벽 가까이에 석륫빛 시트를 씌운 더블 침대가 놓여 있었고, 그 옆에는 짙은 빛깔의 나이트 테이블이 자리했다. 노파는 침대 위에 앉으라고 손짓하고는 문을 닫았다. 문 안쪽으로 옷걸이에 걸린 옷가지들이 주렁주렁 매달려 있어서, 문을 닫자 사람을 닮은 인형이 매달려 있는 듯 을씨년스러운 느낌을 주었다.

그녀는 문에 걸려 있는 옷을 쳐다보며 말했다.

「조금 있으면 사회 복지사가 올 거예요. 그녀가 내 눈에 약을 넣어 주는데, 옷을 어디다 두는지 몰라서 여기 다 걸어 둔답니다. 듣자 하니까 요즘 오는 여자는 임시직이래요. 나중에 더 오래 일할 직원을 보내 준답니다. 아무튼 고맙습니다.」 그녀가 노게이라를 쳐다보며 말했다. 「그쪽 분들 이야기로는 선생님이 저를 위해 특별히 부탁했다고 하더군요.」

노게이라는 아무 일도 아니라는 듯이 눈을 찡그렸다.

그녀가 다시 손으로 침대를 가리켰지만, 아무도 앉으려고 하지 않았다. 그들은 그저 멀뚱히 서 있기만 했다.

「두 분이 저번에 여기 들렀을 때, 나가면서 이웃집 여자의 집으로 들어가는 걸 봤어요. 그녀가 무슨 말을 했을 것 같더군요. 그 여자는 창가에 서서 이웃 사람들을 몰래 살펴보며 시간을 보내거든요. 따지고 보면 불쌍한 여자죠. 남편과 사별한 뒤로 혼자뿐이니 그렇게라도 하지 않으면 무슨 낙으로 살겠어요. 8년쯤 됐을 거예요. 내가 보기에 그때부터 상태가 좋지 않은 것 같아요.」 그녀는 이웃집 여자가 측은하게 느껴지는 듯, 떨리는 손을 입에 갖다 대면서 말했다.

그녀는 그동안 많이 울었는지 얼굴이 한층 야위어 보였다. 그러면서도 조카가 생각날 때마다 눈물을 왈칵 쏟는 통에 한시도 손에서 손수건을 놓지 못했다. 그 때문에 눈가가 충혈되어 있기는 했지만, 눈은 예전보다 맑아진 듯했다. 벌겋게 짓물러 있던 예전에 비하면 상태가 한결 나아 보였다.

「맞아요. 그 아이는 나갔다 다시 돌아왔어요. 동생이 찾아와서 토니노에게 한바탕 퍼붓고 간 뒤, 나는 걱정이 되어서 한숨도 못 잤답니다. 나는 동생을 아주 아끼고 사랑해요. 그건 동생도 마찬가지고요. 하지만 우리는 조카 때문에 자주 말다툼을 벌이곤 했어요. 동생은 내가 그 아이를 싸고돈다고 나무랐죠. 그렇지만 얼마나 가엾어요. 어릴 때 아버지를 잃고 엄마마저 달아나 버렸다고요. 그 생각만 하면 나는 그 아이한테 뭐든 다 해주고 싶었어요. 내 목숨이 붙어 있는 한 남부럽지 않게 키우려고 무진 애를 썼죠. 내가 그 아이를 얼마나 사랑했는지, 하느님은 아실 거예요. 토니노도 나를 사랑했죠. 다른 사람들이 뭐라고 하든 토니노는 정말 착한 아이였답니다.」 그녀가 말을 멈추더니 그들의 얼굴을 쳐다보았다. 자기 말을 부정하는 건 용납하지 않겠다는 눈빛이었다.

노게이라가 그녀의 말에 맞장구를 쳤다.

「지당한 말씀입니다, 부인.」

그녀는 사양하듯 고개를 흔들었다. 몹시 지쳐 보였다.

「그 아이가 어서 돌아와 자초지종을 설명해 주었으면 했죠. 하지만 기다리는 동안 언짢기도 하고 불안하기도 해서 견딜 수가 없었어요. 동생은 토니노 이야기만 나오면 무조건 화부터 내곤 했지만, 그날만큼 불안해한 적은 없었거든요. 그러니 걱정이 되어 미치겠더라고요. 새벽 1시쯤 집 앞에 차가 멈춰 서는 소리가 들리더군요. 나는 거실에 선 채로 발만 동동 구르며 기다렸어요. 무섭고 심란해서 저녁 지을 생각조차 하지 못했어요. 원래는 아이가 들어오면 너 때문에 제명에 못 살 것 같다, 삼촌이 한 말이 사실이냐고 당장 따져 물을 생각이었죠. 그런데 아무 말도 할 수가 없었어요. 무슨 일인지 녀석이 제정신이 아니었거든요. 평소에 알던 토니노가 아니었어요. 이 세상에 나만큼 그 아이를 잘 아는 사람도 없다고요. 집에 들어올 때 모습만 봐도 기분이 어떤지 훤히 알 정도니까요. 그날 밤에는 완전히 풀이 죽어 있었어요. 뭐가 어떻게 된 건지 물

614

어볼 틈조차 없었죠. 집에 들어오자마자 나를 껴안더니, 그 아이는 어릴 때부터 나갔다 들어오면 꼭 그렇게 하거든요. 하여간 나를 꼭 안으면서 이렇게 말하더군요. 〈고모, 내가 또 사고를 쳤어요. 이번에는 엄청나게 큰 사고라고요.〉 그 말을 듣는 순간, 갑자기 온몸에서 힘이 쭉 빠져 버렸어요.」

잠시 이야기를 멈춘 그녀는 노게이라의 발 주변을 물끄러미 내려다보았다. 그들은 조용히 기다렸다. 방문이 꼭 닫혀 있었지만, 식당에서 들려오는 중얼거림은 점점 더 커졌다. 이웃집 여자의 목소리였다. 로사 마리아는 그 자리에서 꼼짝도 하지 않았다. 차라리 울음을 터뜨리거나 얼굴이라도 가렸더라면, 슬픔을 견뎌 낼 수 있었을지 모른다. 그녀가 미동도 없이 약한 모습을 드러내자, 보는 사람도 견디기 어려울 정도로 괴로웠다. 마누엘은 노게이라에게 눈짓을 보냈다. 노게이라는 좀 더 기다려 보라고 손짓했다.

부인이 한숨을 내쉬었다. 그러더니 꿈에서 깨어난 듯 지친 눈빛으로 주변을 둘러보았다. 노게이라는 저번과 마찬가지로 그녀를 부축해서 침대로 데려갔다. 그녀가 침대 위에 걸터앉자, 예전 방식을 따라 수숫잎으로 만든 매트리스에서 부스럭거리는 소리가 났다.

「〈고모.〉 그 아이가 그러더군요. 〈어떤 사람, 아니 친구가 있어요. 신학교에서 일을 하다 그 친구에 관한 무언가를 발견했어요. 그걸 내밀면 친구가 당장 돈을 줄 거라고 생각했어요. 고모, 그 친군 돈이 아주 많다고요. 솔직히 말해, 그렇게 많은지 상상도 못 했어요. 일이 생각한 대로 잘 풀릴 것 같았죠. 원래 오늘 밤, 그가 나한테 돈을 주기로 했어요. 아주 큰돈을 말이죠. 그런데 갑자기 일이 꼬이고 말았어요. 다른 사람이 끼어들었는데, 만만치 않아요. 절대 물러설 것 같지도 않고요. 아주 영리한 사람이라 어디서 문제가 생겼는지 바로 알아채더군요. 수도원에 찾아와 삼촌에게 경고했다는 게 바로 그 사람이에요. 삼촌이 그에게 내 전화번호를 알려 주었다고 하더군요. 그래도 나는 여전히 일이 잘 풀릴 거라고 생각했죠. 그때 그 사람한테서 전화가 온 거예요. 좀 걱정이 되기는 했지만, 겁을 먹지는 않았어요. 그런데 그 사람이 나한테 막 으름장을 놓는 바람에, 전혀 예상치 못했던 터라 놀라서 아무 말도 못 하고 전화를 끊었죠. 곰곰이 생각해 보니까 내가 바보 같은 짓을 한 거예요. 그 사람한테 다시 전화를 걸었어요. 말만 잘하면 그와 합의를 볼 수 있을 것 같았거든요. 돈만 주면 그 사실을 절대 알리지 않겠다고 설득했죠. 그런데 고모, 그 사람이 그렇게 나올 줄은 상상도 못 했다고요. 그 사실을 세상에 알리고 싶으면 알리라는 거예요. 하지만 그러면 나와 삼촌은 감옥에 가게 될 거고, 고모는 화병으로 돌아가실지도 모른다고 했어요. 우리 가족에 대해, 특히 나에 관해 훤히 알고 있는 것처럼 말하더라고요. 고모, 그러고 나니까 할 말이 없는 거예요. 그래서 아무 대답도 못 하고 그냥 전화를 끊어 버렸어요.〉

나는 울고 있던 아이의 머리를 쓰다듬어 주었어요.

〈일이 이렇게 커질 줄은 몰랐어요. 정말이에요, 고모.〉 그 아이가 계속 하소연을 하더군요. 〈일이 내 예상대로 될 줄 알았다고요. 한몫 잡아서 우리도 남부럽지 않게 살아 보고 싶었단 말이에요. 나는 나 때문에 고모가 이렇게 사는 게 너무 마음이 아파요. 하지만 이제 일이 엉망이 되고 말았어요. 나는 그저 돈만 갖고 싶었을 뿐이지, 그 사실을 폭로할 생각은 전혀 없었어요. 그 친구는 좋은 사람이에요. 애당초 그에게 해가 되는 짓을 하려던 건 절대 아니었다고요.〉」

말을 마친 로사 마리아는 깊게 한숨을 내쉬었다. 그러곤 고개를 들어 앞에 있던 이들을 쳐다보았다.

「그런 상황에서 내가 무슨 말을 할 수 있었겠어요? 녀석을 진정시키는 것 외에 달리 방도가 없더라고요. 그 사람과 직접 말하고 나니까 대체 뭘 해야 할지, 어디로 가야 할지 아무 생각도 나지 않더랍니다. 약속 장소로 나가자니 덜컥 겁이 났던 거죠. 그래서 연옥에서 방황하는 영혼처럼 안절부절못하며 그 주변만 빙빙 돌다 왔다고 하더군요. 어떻게 해서든 용기를 내보려고 그랬던 것 같아요.」 그녀는 지친 듯 입을 다물었다.

「그런데 뭐 하러 다시 나간 걸까요? 약속 장소에는 안 나가기로 마음 먹었던 것 같은데요.」

「어떤 남자한테서 전화가 걸려 왔어요. 둘이 이야기하는데 굵고 낮은 목소리가 들려서 상대가 남자인 줄 알았죠. 무슨 말이 오갔는지는 잘 몰라요. 토니노는 그 전화를 받고 무척 좋아했어요. 그때 이런 소리를 얼핏 들은 것 같아요. 〈집이야…… 나도 보고 싶어…… 그래, 알았어.〉 그러곤 전화를 끊더라고요. 하여간 전화를 받고 나서는 그 애의 얼굴에 혈기가 도는 것 같았죠. 그러더니 다시 나가겠다는 거예요. 나는 그 아이를 붙잡고 집에 있으라고 설득했어요. 그날 밤은 왠지 불길한 예감이 들었거든요. 하지만 아무 소용이 없었어요. 금세 옷을 갈아입고 단장을 하더니 이런 말을 남기고 나가 버렸죠. 〈고모, 어쩌면 일이 잘 풀릴지도 모르겠어요.〉 그러면서 싱긋 웃더라고요. 그게 그 아이의 마지막 모습일지 누가 알았겠어요.」

무대

산타키테리아 병원은 화려한 외관을 과시했다. 5층 건물은 아름다운 정원과 숲 그리고 작은 인공 호수로 둘러싸인 평지 한복판에 서 있었다. 마누엘은 직원용 주차장과 경사로로 이어진 우아한 입구를 허리띠처럼 둘러싸고 있는 공용 주차장에 차를 세웠다. 한가운데에 정원으로 꾸며진 원형 광장이 자리 잡고 있어서, 병원이라기보다 왕궁이나 대사관 같은 인상을 주었다. 게다가 입구 앞에 세워져 있는 검은색 메르세데스 벤츠가 강렬한 첫인상을 남겼다.

마누엘이 차에서 내리려고 할 때, 주랑 현관[1]에서 여자 둘이 나왔다. 그들은 머리를 맞대고 팔짱을 긴 채 걸어갔다. 카타리나와 후작 부인이었다. 그는 자리에서 꼼짝 않고 두 여인의 일거일동을 유심히 지켜보았다. 후작 부인이 차를 향해 기다리라는 손짓을 하는 걸 보면, 그녀의 차인 것이 분명했다. 더구나 차 안에 다미안이 모자를 쓴 채 앉아 있었다. 설령 아무 소리도 안 들릴 정도로 세차게 비가 내리지 않았다 할지라도 그들이 무슨 이야기를 하는지 알아듣기는 어려웠을 것이다. 하지만 손짓과 태도 그리고 표정을 보면 그들이 서로를 존중할 뿐만 아니라 한통속이라는 것을 쉽게 알 수 있었다. 두 여자는 팔짱을 풀고 마주 보며 이야기를 나누었다. 여전히 손을 꼭 잡은 채 미소 지으며 고개를 끄덕거리는 걸로 봐서는 서로 마음이 잘 통하는 사이 같았다. 그런데 그때 오른

---

1 줄지어 선 여러 개의 기둥과 통로 위를 덮은 지붕이 건물 입구로 이어지는 현관으로, 고대 그리스에서 처음으로 나타났으며 서양 건축물에 많이 보인다.

편의 커다란 아까시나무 옆에 주차된 흰색 트럭 안에서 이상한 움직임이 마누엘의 눈길을 끌었다. 차는 나무에 살짝 가려진 데다 외관에 아무 표시도 없었다. 누구인지 잘 보이지는 않았지만 차 안에 타고 있던 남자도 마누엘처럼 두 여자의 일거일동을 주의 깊게 관찰하고 있었다.

마누엘은 두 여자와 트럭 안의 남자를 번갈아 살펴보았다. 마침내 두 여자는 따뜻한 포옹을 나누고 헤어졌다. 그러자 메르세데스 벤츠의 뒷문이 열리더니 후작 부인의 간호사가 나왔다. 그녀는 계단을 올라가 노인을 향해 팔을 뻗었다. 그러곤 카타리나를 대신해 후작 부인을 옆에서 부축해 내려온 뒤 차에 탔다. 검은색 메르세데스는 빠르게 그곳을 빠져나갔다.

마누엘은 그제야 차에서 내렸다. 그는 트럭 안의 남자가 눈치채지 못하도록 살며시 차 문을 닫고 우산을 폈다. 그러곤 차 뒤로 돌아가 나무 옆에 주차된 트럭을 향해 다가갔다. 조수석에 다다른 마누엘은 문을 확 열어젖혔다. 카타리나의 조수인 비센테가 깜짝 놀라며 고개를 돌렸다. 눈이 벌겋게 충혈되어 있었고, 얼굴은 온통 눈물범벅이었다. 거기서 오랫동안 울고 있었던 게 분명했다. 마누엘은 우산을 접은 다음, 조수석에 있던 티슈 박스 — 휴지가 여기저기 흩어져 있었다 — 와 우의를 옆으로 밀쳤다. 그런데 우의를 밀치다가 권총의 손잡이 부분이 눈에 들어왔다. 비센테는 아무렇지 않게 총을 우의로 돌돌 말아서 뒷좌석으로 휙 집어 던졌다. 그러곤 핸들 위에 엎드린 채 부끄러운 줄도 모르고 다시 울기 시작했다.

「비센테 씨. 여기서 뭘 하는 거죠?」

그는 고개를 들더니 어깨를 으쓱하면서 턱 끝으로 병원 입구를 가리켰다.

「그녀와 이야기하려고 왔어요.」

「카타리나와 말이에요?」

그러자 그를 돌아보는 비센테의 얼굴에 당황하는 빛이 역력했다.

「아직 모르고 있었어요? 나를 해고했단 말이에요.」

트럭에 묘목장 마크가 없었던 것은 바로 그 때문이었다. 하지만 뒤에는 여러 연장과 화분 그리고 나무 울타리를 엮는 데 쓰는 도구와 랜싯[2] 등이 한가득 실려 있었다.

온실에서 카타리나와 비센테가 나누던 이야기가 그의 머릿속에 또렷하게 떠올랐다.

「비센테 씨. 지금은 때가 좋지 않아요. 장소도 그렇고요.」

「그녀가 나와 이야기를 안 하려고 그래요. 우리가 함께 일한 지가 5년이나 됐는데, 어제 아침에 마녀 같은 간호사가 온실에 오더니 이걸 주고 가더라고요.」 비센테는 계기판 위에 있던 구겨진 봉투를 마누엘에게 건네주면서 말했다.

마누엘은 너무 많이 봐서 봉투만큼이나 구겨진 종이를 조심스럽게 꺼냈다. 해고 통지서였다. 이 시간부로 업무에서 손을 떼고 당장 온실을 떠나라는 내용이었다. 또한 휴가비 및 급여 등 지급 금액은 정산해서 수표로 동봉한다는 내용도 있었다. 거기에는 퇴직금과 그간의 노고에 감사하는 뜻에서 준다는 금일봉도 포함되어 있었다. 마누엘은 봉투 안을 들여다보았다. 회색빛의 은행 수표가 들어 있었다. 수표 아래쪽에 있는 도도하면서도 단호한 느낌을 주는 필체는 후작 부인의 서명이 분명했다. 그리고 금액란에는 5만 유로가 숫자로 적혀 있었다.

「나를 해고했다고요. 마치 하인을 쫓아내듯이 말이에요.」

그 순간 무니스 데 다빌라 가문 사람들한테 다른 사람은 모두 자기들을 섬기는 하인에 불과할 뿐이라던 그리냔의 말이 마누엘의 머릿속에 떠올랐다.

「그래도 나는 우리 사이에 무언가 특별한 것이 있다고 여겼어요.」

마누엘은 카타리나가 온실에서 했던 말을 곰곰이 생각해 보았다. 〈당신의 소원은 절대 이루어질 수 없어요. 나는 산티아고의 아내이고, 영원히 그의 곁에 있고 싶으니까요.〉

2 메스처럼 양날이 달린 도구로, 나무 끝을 잘라 내거나 다듬는 데 사용한다.

「그건 어쩌면 당신만의 생각이었을지도 몰라요.」

「아니에요, 마누엘 씨.」 그가 화가 나서 따지듯 말했다. 「나 혼자 상상한 게 아니라고요. 모두 사실이에요.」

그를 설득하려고 해봐야 아무 소용도 없을 듯했다.

「당신 말이 맞아요. 어쩌면 둘 사이에 무언가가 있었을지도 모르죠. 설령 그렇다고 해도 카타리나가 이렇게 하기로 마음먹은 것 같은데 어쩌겠어요?」

심각한 눈빛으로 그를 바라보던 비센테의 얼굴이 울상으로 일그러졌다. 당장이라도 울음이 터질 듯한 아이처럼 입을 삐죽거리던 그의 눈에서 눈물이 주르륵 흘러내렸다. 그는 손으로 얼굴을 감싼 채, 다시 핸들 위에 엎드려 울기 시작했다.

마누엘은 한숨을 쉬었다.

「비센테 씨. 이러지 말고 집으로 가세요.」

비센테는 갑자기 울음을 그쳤다. 그러곤 휴지를 뽑아 눈물을 닦고 코를 풀더니 바닥에 아무렇게나 던져 버렸다.

「알았어요. 그만 집에 가야겠어요.」 그는 결국 고집을 꺾었다.

마누엘은 문을 열고 천천히 차에서 내렸다. 하지만 곧 비센테를 돌아보면서 말했다.

「그런데…… 무엇에 쓰려고 총을 들고 다니는지 모르겠지만, 어리석은 생각은 하지 말아요.」

둘둘 말린 우의를 침울한 표정으로 바라보던 비센테가 마누엘을 쳐다보았다. 그는 자동차에 시동을 걸면서 천천히 고개를 끄덕였다.

마누엘은 엘리베이터를 타고 4층에서 내렸다. 이른 오후여서 그런지 간호실은 물론 복도에도 사람 그림자 하나 보이지 않았다. 마누엘은 루카스가 알려 준 병실을 찾기 위해 벽에 붙은 안내판을 따라갔다. 산티아고가 있는 병실은 커다란 유리창이 달린 복도 끝에 있었다. 전면이 유리로 덮인 창은 비상계단으로 이어졌다. 쉴 새 없이 내리는 비와 밖에서 새어 들어오는 희미한 빛으로 인해 유리창에 비친 마누엘의 그림자는 점점 더 절망의 심연으로 빠져드는 듯 보였다. 그는 깊이 생각에 잠겨 있다가 방에서 흘러나오는 목소리에 번쩍 깨어났다. 문은 반쯤 열려 있었다. 고함까지는 아니더라도 밖에서 충분히 알아들을 수 있을 정도로 목소리가 컸다. 문 앞으로 천천히 다가간 그는 혹시라도 누가 오는지 보기 위해, 그리고 수상한 사람으로 오해받지 않기 위해 몸을 복도 쪽으로 돌린 채 벽에 바짝 붙었다.

「이제 힘내서 다시 일어나야죠. 언제까지 이러고 있을 거예요.」 카타리나가 애원하는 목소리가 들렸다.

「나를 좀 내버려 둬! 가만히 내버려 두란 말이야!」 산티아고가 맞받아쳤다.

「안 돼요. 절대 그냥 내버려 두지 않을 거예요. 당신은 내 남편이잖아요.」

산티아고가 말을 심하게 더듬는 통에 마누엘은 무슨 소리인지 알아들을 수가 없었다.

「나는 당신 아내예요. 그리고 가족이기도 하고요. 산티아고, 내 말 좀 들어요. 그렇게 힘들면 내게 의지하라고요. 내가 보살펴 줄 테니까 아무 걱정 말아요.」

「카타리나, 난 살고 싶지 않아. 더 이상 이렇게 살기 싫단 말이야.」

「조용히 해요. 더는 그런 말 듣고 싶지 않으니까.」

「정말이야. 이렇게는 못 살겠어. 이젠 살아갈 힘조차 없다고.」

「내가 당신의 힘이 될게요. 나하고 우리 아이가 말이에요. 벌써 잊었어요? 산티아고, 우리가 그토록 바라던 아이가 생겼잖아요. 우린 행복하게 살 수 있어요. 정말이에요.」

「나가!」 그가 소리쳤다. 「당장 나가! 날 좀 내버려 둬!」

「산티아고!」

「날 좀 내버려 두라니까!」

그녀가 문으로 다가왔다. 마누엘은 황급히 몸을 돌리려고 하다가 아무엇도 못 들은 척하는 게 더 우스꽝스러울 것 같아 가만있었다.

카타리나는 얇고 가벼운 파란색 옷을 입고 있었다. 그 때문인지 그날따라 더 젊어 보였다. 그녀는 우의와 비닐봉지를 손에 들고 있었는데, 그를 보자 깜짝 놀라며 입을 벌렸다. 무슨 말인가를 하려는 눈치였지만, 끝내 아무 말도 하지 않았다. 그녀가 문을 닫지도 않고 멍하게 서 있자, 손에서 우의와 비닐봉지가 미끄러지듯 떨어졌다. 그녀는 갑자기 그의 품에 안기면서 울음을 터뜨렸다. 마누엘은 구슬피 우느라 힘이 빠진 그녀의 단단하면서도 가녀린 몸을 꼭 안아 주었다. 그녀는 그의 가슴에서 무언가를 찾기라도 하는 것처럼 이마를 가슴속에 파묻었다. 그러면서 두 손으로는 무언가에 놀란 어린 짐승처럼 그의 등을 꽉 붙잡으려고 했다. 마누엘은 머리카락에서 풍기는 샴푸 향기를 들이마시며 그녀를 안아 주었다. 그는 그녀가 울도록 내버려 두면서도 그녀의 강인함에 가슴 찡한 감동을 느꼈다. 그 집에서 자기 분수를 아는 사람은 카타리나밖에 없다던 말이 무슨 뜻인지 그제야 알 것 같았다.

그녀는 조금씩 진정하는 듯했다. 마누엘이 건넨 휴지를 받으면서도 추한 모습을 보여 미안하다는 둥 구차한 변명은 하지 않았다. 다만 눈물을 닦은 뒤 다시 마누엘을 안았다. 이번에는 발을 들어 그의 뺨에 입을 맞추었다. 그러곤 몸을 숙여 바닥에 떨어진 우의와 봉지를 집은 뒤, 복도 반대쪽에 있던 커피 자판기를 손으로 가리키고는 걸어가기 시작했다.

그녀는 자판기 옆에 있는 플라스틱 의자에 앉았다. 마누엘이 커피를 뽑아 주겠다고 하자, 그녀가 손을 배에 갖다 대면서 사양했다.

「아, 그렇죠! 정말이군요! 축하합니다.」

그녀의 얼굴에 살짝 미소가 피어올랐다.

그 모습을 보자 가슴이 아려서 그는 곧장 위로를 전했다.

「이렇게 경사스러운 시기에 하필 이런 일을 겪게 되어서 안타깝기만 하네요.」

「오, 마누엘 씨! 그렇게까지 나를 생각해 주다니 너무 고맙네요. 사실

오늘은 아무나 붙잡고 이야기하고 싶은 심정이었거든요. 정말이지 악몽 같은 하루였답니다.」

그때 병원 입구에서 나오던 카타리나와 까마귀의 모습이 눈앞에 떠올랐다. 두 사람은 고부 관계인데도 무척이나 사이가 좋아 보였다. 마누엘은 그녀가 자기를 다르게 대하는 것은 아닌지, 그리고 누군가로부터 위로를 받았다는 것을 의도적으로 숨기는 것은 아닌지 자문해 보았다.

「그랬을 겁니다. 그런데 괜찮으세요?」

그녀가 조용히 미소 지었다.

「네, 괜찮아요. 고맙습니다. 그냥 걱정이 될 뿐이에요. 그나저나 이렇게 와주셔서 너무나 기뻐요. 예전부터 마누엘 씨와 단둘이 이야기를 나누고 싶었거든요. 에르미니아 말로는 어젯밤에 엘리사와 사무엘이 마누엘 씨와 함께 떠났다고 하던데…….」

「네.」

「마누엘 씨를 탓하려고 한 말은 아니니까 오해하지는 마세요. 아무쪼록 일이 잘 풀리기를 바랄게요. 나는 사무엘이라면 사족을 못 쓰거든요. 이제 곧 사촌이 생길 텐데, 둘이 함께 자랄 수만 있다면 얼마나 좋을까요.」

마누엘은 아무 대답도 하지 않았다. 그녀가 무슨 말을 하려는 것인지 알고 싶지도 않았다. 다만 그녀가 사무엘을 예뻐할 뿐, 엘리사는 거들떠 보지도 않는다는 것을 잘 알고 있었다.

「산티아고는 어떻습니까?」

그녀의 얼굴이 금세 어두워졌다.

「상태가 심각해요. 저런 모습은 처음 봐요.」 그녀는 손으로 입을 막았다.

「에르미니아는 그가 동생이 죽었을 때도 심각한 우울증 증세를 보였다고 하던데요.」

「네, 맞아요. 상태는 지금이나 마찬가지였지만, 그래도 그때는 나를 믿었죠. 그래서 어려움을 이겨 낼 수 있도록 옆에서 도와줄 수 있었답니다. 하지만 일이 이렇게 되었다고 해서 그이만을 탓할 수는 없어요. 그이가 저 지경이 되기 전에 알아차렸어야 하는데…… 그이는 마음이 너무 약해요. 심할 정도로요.」 그녀는 말을 하면서 머리를 세차게 흔들었다. 그 순간 분노에 가까울 정도의 짜증이, 어쩌면 그보다 더 잔혹한 무언가가 그녀의 얼굴에 어렸다. 마누엘은 그 얼굴을 바라보면서 당황한 척했지만, 속으로는 까마귀가 산티아고를 두고 했던 혹독한 말을 떠올렸다.

「산티아고와 잠시 이야기를 나누고 싶은데 괜찮을까요? 몇 가지 물어볼 게 있어서요.」

그 말을 듣자 그녀는 화들짝 놀라면서 경계하는 눈빛으로 그를 바라보았다. 그러곤 억지웃음을 지으려고 했지만 마음대로 되지 않았다.

「아쉽지만 어려울 거예요. 지금 산티아고는 세심한 관찰이 요구되는 상태예요. 지난번에 그가 어떤 행동을 하는지 다 보셨잖아요. 어떻게 생각하실지 모르겠지만, 지금으로서는 허락할 수가 없네요. 마누엘 씨, 나는 그이를 지켜 줘야 해요. 그를 보살펴 줘야 한다고요.」

마누엘은 떠나기 전에 다시 카타리나를 안아 주었다. 이번에는 왠지 씁쓸한 기분이 들었다. 그런 기분을 느낀 게 자기가 괜히 그렇게 생각한 탓인지, 아니면 그녀의 몸이 뻣뻣하게만 느껴진 탓인지 정확히 알 수가 없었다. 카타리나는 내심 미안했는지 그의 손을 꼭 쥔 채 엘리베이터 앞까지 바래다주었다. 하지만 마누엘은 여전히 찜찜하기만 했다. 그녀의 손 위로 까마귀의 손이 유령처럼 스르르 나타난 느낌이었다. 그러다가 이내 그런 생각을 한 자신이 부끄럽게만 느껴졌다. 그는 어떤 식으로든 그녀의 호의에 보답해야겠다는 생각이 들었다.

「참, 카타리나. 아까 여기서 우연히 비센테를 만났어요. 트럭 안에 있더군요.」

「맙소사!」 그녀는 자기도 모르게 외마디 소리를 질렀다.

「지금 이런 말을 해도 괜찮을지 모르겠네요. 하여간 그와 몇 마디 말을 나눠 봤는데, 심적으로 아주 불안한 상태더군요. 같이 있는 내내 울더라고요. 일단 설득해서 집에 보내기는 했지만, 무슨 일이 있어도 당신과 이야기하려는 눈치예요. 아무래도 다시 찾아올 것 같아요.」

그 말을 듣자 그녀의 표정이 금세 굳어졌다. 마누엘이 절망에 빠진 어떤 남자가 아니라, 화초와 나무를 갉아 먹는 해충에 대해서 말하기라도 한 것처럼 불쾌하고 역겨운 표정이었다.

「마누엘 씨는 며칠 전에 우리가 하던 이야기를 다 들었으니까 사정이 어떤지 대충 짐작하실 거예요. 나로서는 그를 내보낼 수밖에 없었어요. 물론 그는 나를 괘씸하게 여기고 있겠죠. 사실 비센테는 나를 참 많이 도와주었어요. 게다가 그는 장소에 구애받지 않고 스스로 일을 찾아서 하는 편이었고요.」

마누엘은 적잖이 실망스러웠다. 그는 자기도 모르게 그녀의 손을 놓아 버렸다. 어쩌면 그녀에게서 일말의 동정심을, 아니 무니스 데 다빌라 가문의 다른 이들과 달리 조금이라도 인정스러운 면을 기대했는지도 모른다. 노게이라의 말이 옳은 듯했다. 이 가문 사람들은 너 나 할 것 없이 인간미를 찾아보기 어려웠다.

엘리베이터 문이 열렸다. 문을 사이에 두고 작별 인사를 나누다가 문득 마누엘의 눈에서 여태껏 볼 수 없던 불길이 일었다.

「권총을 지니고 있었어요.」 그가 말했다.

그녀는 흠칫 놀라는가 싶더니, 이내 차분한 표정을 지었다.

「너무 걱정하지는 마세요, 마누엘 씨. 남자들은 본래 과장된 행동을 많이 하잖아요. 하지만 나는 비센테가 어떤 사람인지 잘 알아요. 절대 나를 해칠 사람은 아니에요.」

「어쩌면 자기 자신을 해칠지도 모르죠.」

문이 닫히는 동안 그녀는 어깨를 으쓱할 뿐이었다.

온종일 쉬지 않고 비가 내렸다. 보름 넘게 갈리시아에 있다 보니, 이곳 날씨는 절대 믿으면 안 된다는 것을 알게 되었다. 하늘에 구름 한 점 없이 맑다가도 몇 시간 뒤면 갑자기 세상이 어두워지면서 날이 갤 기미가 전혀 보이지 않았다. 마누엘은 이제 이곳 사람들처럼 하늘만 봐도 종일 비가 내릴지 알 수 있었다. 마드리드에서는 비가 한번 내렸다 하면 짧은 시간에 폭우가 쏟아지는 경우가 많았다. 그러다 보니 거리에 뒹굴던 온갖 쓰레기들이 빗물에 휩쓸려 빠르게 하수구로 흘러들곤 했다. 하지만 일단 비가 그치면 언제 그랬냐는 듯이 땅은 바짝 말라 버렸다. 반면 갈리시아에서는 땅이 늘 빗물을 마셨다. 아니, 기다리던 이가 온 것처럼 반갑게 맞아들인다고 하는 편이 더 정확할 것 같았다. 비가 그치면 물기는 유령처럼 공기 중에 둥둥 떠다니며 언제라도 다시 땅으로 내려올 준비를 했다.

마누엘은 그 집 앞에 차를 세웠다. 이미 노게이라의 차와 라우라의 소형 승용차가 나란히 서 있었다. 차 소리에 놀라 창밖으로 고개를 내민 아이들을 보자 절로 미소가 나왔다. 그는 시동을 끈 채 차 안에 머물렀다.

카타리나를 만나고 난 뒤 그는 계속 마음이 어수선하고 우울했다. 종일 보슬비가 오락가락하는 바람에 더 그런 것 같았다. 그는 차 안에서 노게이라의 집을 물끄러미 바라보았다. 부슬부슬 내리는 비 때문에 집이 서서히 형체를 잃어버리기라도 한 것처럼 흐릿하게만 보였다. 또다시 마음속에서 의혹이 뭉게구름처럼 일어나기 시작했다. 당장이라도 시동을 걸고 그곳을 벗어나고 싶었다.

「빌어먹을!」 그는 조바심을 치며 중얼거렸다.

카페 때문이었다. 그가 그 털북숭이 녀석한테 보름 만에 정이 들었다고 털어놓는다면, 다들 배꼽을 잡고 웃어 댈 것이었다. 하지만 사실이었다. 그의 기분이 울적한 것은 산티아고나 가랑비 때문이 아니었다. 녀석이 자기를 따라가지 않을 것 같은 예감 때문이었다. 언젠가 동물들은 스스로 주인을 택한다는 골자의 글을 읽은 적이 있었다. 카페한테 여덟 살짜리 놀이 친구와 따분하기 이를 데 없는 작가 중에서 주인을 고르라고 한다면, 결과는 불 보듯 뻔한 일이었다.

노게이라가 문밖으로 나오면서 두 손을 흔들었다. 보나 마나 빨리 들어오라는 신호였다. 천천히 차에서 내린 마누엘은 비를 피하기 위해, 그리고 늘 남의 눈치를 살피는 노게이라의 시선을 피하기 위해 고개를 푹 숙인 채 문으로 걸어갔다.

카페는 사람들의 다리와 열린 문 사이를 이리저리 맴돌더니, 꼬리를 살랑살랑 흔들고 짖으면서 그에게 달려왔다. 마누엘은 놀랍기도 했지만, 한편으로는 마음이 놓여 한동안 꼼짝 않고 서 있었다. 그러다가 몸을 숙여 녀석을 반갑게 맞았다. 녀석은 마누엘의 얼굴을 핥으려고 뒷발로 일어섰다. 그는 흐뭇한 미소를 지으며 강아지를 진정시키려고 했지만, 동시에 너무 기뻐 어쩔 줄 몰라 했다. 그사이 라우라와 술리아가 나와 노게이라 옆에서 그 장면을 지켜보았다. 잠시 뒤에는 막내 안티아도 나왔다. 안티아는 빙긋 웃었지만, 속으로는 서운한 마음이 들었을 것이다. 마누엘은 그 기분을 누구보다 더 잘 알았다.

마누엘은 노게이라와 단둘이 남을 때까지 기다렸다. 비센테 그리고 카타리나와 이야기를 나누고 난 다음, 그는 무언가를 놓친 듯한 느낌을 지울 수가 없었다. 마치 몇 가지 악기를 빼고 교향곡을 연주하는 듯한 느낌이었다. 카타리나를 보면서 그는 대견한 마음과 까마귀를 각별하게 대하는 데 따른 거부감을 동시에 느꼈다. 상반된 두 감정이 마음속에서 맞부딪치고 있었다. 그는 여태껏 카타리나를 보면서 느낀 무수한 예감들 그리고 편견들에 관해 자문해 보았다. 물론 처음 만난 순간부터 그녀가 좋았고, 지금도 그 마음에는 변함이 없었다. 카타리나는 자연스러운 매력을 지니고 있어서, 누구나 그녀를 좋아할 수밖에 없었다. 마누엘만 그런 것이 아니었다. 그녀는 온갖 장점을 지닌 이상적인 여자로 보였다. 실제로는 카타리나 역시 인간의 감정과 욕망을 지닌 평범한 여인에 지나지 않을 테지만 말이다. 그녀가 만일 곁에서 일하는 남자에게 마음이 끌려 연모의 감정을 조금이라도 내비쳤다면? 실은 얼마 전까지 아이를 갖지 못해서 엘리사에게 남몰래 질투를 느꼈다면? 그토록 심약하고 변덕스러운 남편을 둔 탓에 엄마 노릇까지 하느라 지쳐 진절머리가 났다면? 그럼에도 그녀가 자기 삶을 있는 그대로 받아들이지 못했다면 어

628

떻게 됐을까?

노게이라는 흥미로운 얼굴로 그를 바라보았다. 그의 마음을 훤히 읽고 있는 듯했다. 하지만 그의 말을 들어 보니 그런 것 같지는 않았다.

「작가 양반, 무슨 생각을 그렇게 골똘히 하는 거지?」

마누엘은 싱긋 웃으며 대답했다.

「여기 오는 길에 갑자기 미심쩍은 점을 한 가지 발견했다네. 처음 만났을 때 오펠리아가 이런 말을 했거든. 자기가 알바로의 교통사고 현장에 도착했을 때, 그가 무니스 데 다빌라 가문의 사람이라는 소문이 이미 쫙 퍼져 있더라고 말이야. 그래서 사람들이 동요하더라고 했지.」

노게이라는 고개를 끄덕였다.

「나도 현장에 있었으니까. 이 두 눈으로 확실히 봤지.」

「그런데 말이야, 저 가문 사람들이 이 동네에서 가지고 있는 영향력과 중요성을 생각하면…….」

「대체 무슨 이야기를 하려는 건가?」

「좀 이상하지 않아? 새벽 1시 반에 무니스 데 다빌라 가문의 사람이 교통사고로 사망했는데, 아무도 가족에게 그 사실을 알릴 생각을 안 했다는 게 말이야. 가족들은 동틀 무렵이 되어서야 병원에서 연락을 받았다고 했잖아.」

노게이라는 무언가 확신한 듯 고개를 끄덕거리며 휴대 전화를 꺼냈다.

「듣고 보니 자네 말이 맞네.」

방으로 이어진 여관 복도는 늘 조용하고 어둡게 그를 맞이했다. 복도를 따라 걸어가면 자동으로 불이 켜졌다. 이제는 직접 스위치를 찾아서 불을 켠다는 것이 생소하게 느껴졌다. 그는 층계에서부터 엘리사의 방에서 와자지껄하게 흘러나오는 만화 영화 소리를 들을 수 있었다.

카페는 그를 앞질러 방으로 냅다 달려갔다. 하지만 문 앞에 다다르기도 전에 복도 쪽으로 고개를 내밀고 있던 사무엘이 먼저 그를 발견하고는 소리를 질렀다.

「아저씨다! 마누엘 아저씨가 왔어요!」 방 안으로 들어갔던 아이가 다시 복도로 쪼르르 달려 나와 그의 품에 안겼다.

마누엘은 아이를 들어 올렸다. 그러자 미끈거리고 힘이 센 커다란 물고기를 부둥켜안고 있는 것 같은 느낌이 들었다. 아이는 작은 팔로 그의 목을 꼭 껴안았다. 먼저 아이의 부드러운 피부가 그리고 축축한 입술이 볼에 와 닿았다.

「안녕, 사무엘? 오늘 잘 보냈어?」

「잘 보냈어요.」 아이가 대답했다. 「오늘 이사벨하고 카르멘을 만났어요. 모두 내 사촌이에요. 나는 여태 사촌이 있는 줄도 몰랐어요.」

「그래, 만나서 재미있게 놀았니?」

아이는 환하게 웃으며 고개를 크게 끄덕거렸다.

엘리사가 미소를 지으며 문 앞으로 나왔다.

「안녕하세요, 마누엘.」 그녀가 인사를 건넸다.

마누엘은 아이를 내려놓고, 안으로 데리고 들어가기 위해 손을 내밀었다. 그때 아이가 조막만 한 손을 그의 외투 주머니에 넣었다. 그러자 손끝에 부드러운 꽃잎의 감촉이 느껴졌다. 마누엘은 무릎을 꿇고 미소 짓는 아이를 바라보았다. 그는 주머니에서 치자 꽃잎을 꺼내 아이에게 보여 주었다. 그 순간 엘리사의 얼굴에 놀란 표정이 떠올랐다. 그녀는 꽃잎을 자세히 보기 위해 가까이 다가왔다.

「네가 여기 넣어 둔 거니?」

사무엘은 흡족한 미소를 지으며 고개를 끄덕였다.

「선물이에요.」

「아주 예쁘구나.」 마누엘이 고마운 마음을 전했다. 「사무엘, 한 가지만 말해다오. 내 주머니에 매일 꽃잎을 넣어 두었던 게 바로 너니?」

사무엘은 손가락을 입에 갖다 대면서 수줍은 듯이 고개를 끄덕였다.

마누엘은 조용히 웃었다. 안 그래도 매일같이 주머니에 새 꽃잎이 들어 있어서 궁금했는데, 어린아이가 준 선물이었다니.

「엄마도 모르게 매일 아저씨한테 꽃잎을 선물했던 거야?」엘리사가 재미있다는 듯이 웃으며 말했다.

「그러니까 그게…… 아저씨한테 비밀로 하라고 해서요.」아이가 더듬거리며 대답했다.

「비밀이라고?」엄마가 흥미로운 듯이 되물었다.

「거기에 꽃잎을 집어넣고 아무한테도 말하지 말라고 했거든요.」

엘리사는 놀란 표정으로 마누엘을 쳐다보다가 아들에게로 고개를 돌렸다.

「누가 그러라고 하던? 사무엘, 이제 괜찮으니까 이야기해 봐.」

사무엘은 갑자기 어른들이 눈을 동그랗게 뜨고 쳐다보자 부담스러웠는지, 마누엘의 품에서 빠져나와 열린 문으로 뛰어가며 대답했다.

「삼촌이 그랬어요. 삼촌이 나한테 그러라고 했다고요.」

「그럼 산티아고 삼촌이 내 주머니에 매일 꽃잎을 넣어 두라고 했다는 거니?」마누엘이 물었다.

「아니에요.」아이가 소리를 지르며 말했다. 「알바로 삼촌이 그랬어요.」

마누엘은 얼어붙은 듯 그 자리에서 꼼짝도 하지 않았다. 그 순간 루카스와 나눈 대화가 머릿속에 떠올랐다. 오, 사무엘! 마누엘은 불안감을 감추려고 애썼다. 그러곤 고개를 들어 어쩔 줄 몰라 하는 엘리사를 쳐다보았다.

「오, 마누엘. 너무 미안해요. 이를 어쩌면 좋아…….」

「별거 아니니까 걱정하지 말아요.」그는 그녀의 팔을 잡으며 말했다. 「좀 놀랐을 뿐이에요. 매일 주머니 속에 꽃잎이 있기에…….」

「정말 미안해요, 마누엘. 무슨 말을 해야 좋을지 모르겠네요. 아무래도 알바로가 그렇게 하는 걸 사무엘이 본 적이 있나 봐요. 알바로에게 그런 습관이 있었거든요.」

「네.」그는 짧게 대답했다.

마누엘은 여관 식당에서 엘리사, 사무엘과 함께 저녁을 먹었다. 식사하는 내내 사무엘은 엉뚱한 말로 사람들을 웃겼을 뿐만 아니라, 이야기하는 도중에 자기 음식을 슬쩍 떼어 내 테이블 아래에 있던 카페에게 주었다. 마누엘은 모처럼 그들과 자리를 함께해서 기분이 좋았다. 그사이 엘리사는 달라져 있었다. 아스 그릴레이라스를 나온 뒤로 그녀는 얼굴을 가리고 있던 베일을 벗어 던진 것 같았다. 마치 흑백 사진처럼 얼굴을 뒤덮고 있던 먹물빛 슬픔도 말끔히 사라진 듯했다. 얼굴에 웃음기가 돌았고, 말수도 부쩍 많아졌다. 장난으로 사무엘을 꾸짖으면서 웃기도 했다. 그토록 활기가 넘치는 모습은 처음이었다. 마누엘은 그녀가 이제야 자기 삶의 어엿한 주인이 된 듯한 느낌을 받았다.

아이가 우스운 말을 할 때마다 두 사람은 즐겁게 웃었다. 모처럼 사랑과 행복을 만끽하면서도 마누엘의 마음 한구석으로 그들을 다시 볼 수 없을지도 모른다는 두려움이 밀려왔다. 그는 자신이 엘리사를 얼마나 소중하게 여기는지, 또한 사무엘을 얼마나 사랑하는지 잘 알고 있었다. 하지만 그저 조용히 미소 지었다.

「얼마 전에 남동생한테 전화했어요. 전에 말씀드린 적이 있는데, 기억나세요? 지금은 결혼해서 딸이 둘이죠.」 엘리사의 말을 듣고 그는 깊은 생각에서 깨어났다.

「아까 사무엘이 그러더군요. 사촌이 둘이나 생겨서 기쁘다고요.」

「네, 맞아요.」 그녀가 조용히 웃으며 말했다. 「명색이 사촌 간인데 서로 모르고 지냈다는 게 말이 안 되더라고요. 내가 아이한테 큰 실수를 저질렀던 거죠.」 그녀는 장원을 벗어나고서야 자신의 잘못을 깨달은 눈치였다. 「오늘 마누엘 씨와 이야기를 나누고 보니까, 앞으로 일이 잘 풀릴 것 같은 느낌이 드네요.」 그녀는 살며시 마누엘의 손을 잡았다. 「마누엘 씨 덕분이에요. 먼저 손을 내밀어 주지 않았더라면, 거기서 나올 생각도 못 했을 거예요.」

그는 고개를 가로저었다.

「우리는 생각보다 더 강해요. 힘들었지만 이제 첫걸음을 뗀 겁니다.

돈은 어느 정도 있으니까, 혼자 힘으로 살 수 있을 거예요.」

「그렇지 않아요, 마누엘. 사실 내가 거기를 떠나지 못했던 건 프란 때문이었죠. 그이가 날 못 가게 막는 것 같았거든요. 한편으로는 가족 때문이기도 했고요. 내 말을 이해할지 모르겠지만, 장원에서 지내는 것이 여러모로 편했어요. 그들과 한 식구라는 것이 그리 나쁘지만은 않았으니까요. 물론 그들이 사무엘 때문에 나를 내쫓지 않았다는 건 잘 알고 있지만요.」 그녀는 카페와 노느라 여념이 없는 아이를 바라보며 말했다. 마누엘은 카타리나가 동서와 조카를 얼마나 다르게 대하는지 떠올려 보았다. 「그 집에는 무언가 독특한 점이 있어요. 소름 끼치면서도 동시에 매력적인 뭔가가 있다고요. 장원에서는 모든 것이 물 흐르듯 지나가요. 그곳에서의 생활은 조용하면서도 평온하게 흘러간답니다. 한때는 그게 꼭 필요하다고, 적어도 한동안은 꼭 필요하다고 생각했죠.」

「지금은요?」

「그런데 마누엘 씨가 장원을 떠나 보라고 했잖아요. 그때부터 그 문제를 진지하게 생각하기 시작했죠. 남동생도 그게 좋을 것 같다고 하고요. 사무엘이야 장원을 떠나도 다른 가족과 만날 수 있을 거고, 또 내년엔 학교에 들어가니까…….」

「잘됐네요.」 마누엘은 한 손으로 그녀의 손을 잡으며 말했다. 「엘리사, 그게 내가 며칠 전 묘지에서 하고 싶었던 말이에요. 그렇게 해야 당신과 사무엘의 삶을 되찾을 수 있다는 이야기였죠. 앞으로 무엇을 하면 좋을지 시간을 두고 생각해 봐요. 하고 싶은 일이 생기면, 미력이나마 내가 도움을 줄 수 있을 거예요. 그렇지만 지금 이 순간부터는 모든 걸 당신 스스로 결정해야 해요. 무니스 데 다빌라 가문은 물론, 당신 동생이나 나 또한 간섭하지 못하도록 해야 합니다. 모든 것은 엘리사, 당신 손에 달렸어요.」

그녀는 조용히 웃으며 고개를 끄덕였다.

폭풍우 공포증

노게이라가 차에 시동을 거는 소리가 들리자, 라우라는 읽던 책을 덮었다.

그녀는 등 뒤로 반쯤 열린 창문을 통해 남편과 큰아이가 현관에 앉아 나누는 대화를 엿들었다. 15분 넘게 귀를 쫑긋 세우고 있었지만, 무슨 말을 하는지 알아들을 수가 없었다. 다만 도란도란한 말소리 가운데, 간간이 웃음소리가 섞여 들렸다. 그가 떠나기 전에 작별 인사를 하러 들어올 것이라고는 기대하지 않았다. 사실 두 사람은 오래전부터 작별 인사조차 나누지 않던 터였다. 보름 전이었다면 별로 대수롭지 않게 여겼을 테지만, 그날 밤에는 그 침묵이 마음속 깊이 잠들어 있던 슬픔과 괴로움을 다시 깨우고 말았다. 밖에 나가 보기로 마음먹은 그녀는 자리에서 일어나 책을 의자에 올려놓았다. 그러곤 방에 들어가 자라고 몇 번이고 말했건만 소파에서 곯아떨어진 안티아를 보며 조용히 미소 지었다.

큰딸은 현관에 걸어 놓은 그네에 몸을 기댄 채 책을 읽고 있었다. 술리아가 네 살이 되었을 때 아버지가 거기 매달아 놓았는데, 아이가 집에서 제일 좋아하는 곳이었다.

「아빠는 가셨니?」 라우라는 그의 차가 없는 것을 보았으면서도 물었다. 집 앞 공터에 자신의 경차만 덩그러니 서 있었다.

술리아는 책에서 눈을 떼더니 한동안 엄마의 얼굴을 유심히 살펴보았다.

「네.」 술리아는 엄마가 갑자기 왜 저럴까 생각하면서 대답했다. 「아빠한테 하고 싶은 말이라도 있었어요?」

라우라는 현관 난간에 몸을 기댄 채 지평선을 바라보았다. 그녀는 굳이 대답할 필요성을 못 느껴서 아무 말도 하지 않았다. 그에게 하고 싶은 말이 있었느냐고? 그 순간 세상 끝에서 희미한 섬광이 이는 것 같았다. 그녀는 고개를 들어 저 먼 곳을 자세히 살펴보기 시작했다. 정말 그에게 하고 싶은 말이 있었던 건 아닐까?

「별것 아니야.」 그녀는 지평선에서 눈을 떼지 않은 채 대답했다.

「아닌 것 같은데.」 술리아는 나이에 어울리지 않게 진지한 목소리로 대답했다.

심상치 않은 목소리에 놀란 라우라가 아이를 힐끗 돌아보았다. 그러다가 이번에는 분명히 하늘에서 무언가를 보았다.

「조금 전에 네가 아빠하고 이야기하는 걸 들었어.」 그녀는 여전히 하늘에서 눈을 떼지 않은 채 말했다. 「아무래도 폭풍우가 몰아칠 것 같구나.」

술리아가 미소를 지으며 고개를 끄덕였다. 그녀는 자기 엄마가 어떤 사람인지 잘 알고 있었다. 똑똑하면서 유능하고 논리적이면서 차분하지만, 폭풍우를 유난히 두려워했다.

「엄마, 폭풍이 온다는 예보는 없어요.」 그녀는 구글의 일기 예보를 확인한 뒤 말했다.

「인터넷에서 뭐라고 하든 상관없어.」 라우라가 단호하게 말했다. 「안으로 들어가는 게 좋겠다.」

술리아는 별이 반짝이는 밤하늘을 조용히 바라보았다. 그녀는 엄마의 말에 대꾸하지 않았다. 폭풍우에 관해서라면 엄마와 말씨름해 봐야 시간 낭비라는 것을 잘 알고 있었다.

라우라는 폭풍우를 끔찍이 싫어했다. 특히나 그것이 몰아닥칠 때의 기분이 너무나 싫었다. 폭풍우는 그녀를 영혼 가장 깊숙한 곳까지 두려움에 떨게 만들었다. 터무니없는 공포로 인해 그녀는 끓어오르는 증오심을 품게 되었다. 그리하여 폭풍우를 살아 있는 존재, 즉 의식을 지닌 채 미쳐 날뛰는 짐승이자 적으로 여기게 되었다. 그녀는 예감이나 징조 따윈 믿지 않았다. 노게이라와 결혼한 뒤, 라우라는 그가 야근을 할 때마다 두려움에 사로잡힌 채 뜬눈으로 밤을 지새우기 일쑤였다. 그러면서 그가 트럭 바퀴에 질질 끌려가거나 경찰 검문을 피해 달아나는 차량에 깔리는 모습 혹은 범죄자 서넛이나 하룻밤 사이에 갈리시아 이곳저곳으로 수 톤의 코카인을 운반하는 마약 중개상이 쏜 총에 맞는 모습을 상상하곤 했다.

물론 남편은 조심스럽게 행동하는 편이고, 이제는 현역도 아니다. 어쩌면 마누엘과 한잔하러 간 건지도 모른다. 아무리 그래도 말 한마디 하지 않고 가버리다니……. 서서히 몰려오는 저 폭풍우 때문에 한동안 잠잠하던 두려움이 그녀의 마음속에서 다시 요동치기 시작했다. 번쩍이는 섬광으로 인해 저 먼 곳의 언덕이 윤곽을 드러냈다. 그녀는 하늘에서 눈을 떼지 못하다가 오븐에 불을 켰다.

라우라는 남편이 그토록 좋아하는 카스텔라를 만들려고, 주방 안을 부지런히 돌아다니며 테이블 위에 재료를 올려놓았다.

「카스텔라 만드시려고요?」 술리아가 주방의 시계를 쳐다보며 물었다. 어느새 11시를 가리키고 있었다.

라우라는 다가오는 폭풍우를 지켜보기 위해 창문을 활짝 열어 놓았다. 그 순간 저 멀리 지평선에 새파란 불빛이 번쩍했다.

술리아는 놀라지 않았다. 폭풍우에 관해서라면 엄마는 신기할 정도로 정확했다. 그런 육감이 생긴 것은 어릴 때, 그러니까 라우라의 아버지가 엄청난 폭풍우가 몰아치던 해안에서 돌아가셨을 때였다. 그녀는 아무 대답도 하지 않고 재료를 섞기 시작했다. 문득 그날 밤 어머니의 모습이 눈앞에 떠올랐다.

그녀의 어머니는 몇 시간째 항구에 서서 배가 돌아오기만을 기다렸다. 하지만 날이 저물면서 바람이 거세지자, 동네 여인들이 나와 그녀를 간신히 집으로 데리고 갔다. 집 안에 들어서자마자 그녀는 울음을 터뜨리며 바닥에 쓰러졌다. 〈다시는 돌아오지 않을 거야.〉 그녀가 울음을 삼키며 말했다.

여든 살이 넘은 어머니는 지금도 항구 옆 작은 집에 혼자 살고 있었다. 혼자서 장을 보고 미사를 드리러 갈 뿐만 아니라, 끝내 돌아오지 않은 남편의 사진 앞에 늘 촛불을 켜두었다. 라우라는 기억조차 나지 않지만, 그녀의 어머니는 남편의 얼굴을 한시도 잊지 않았다.

언젠가 라우라는 어머니에게 이렇게 물은 적이 있었다. 〈엄마는 도대체 어떻게 알았어요? 아빠가 다시는 돌아오지 않으리라는 걸 어떻게 안 거예요?〉〈항구를 떠나 혼자 집으로 돌아오면서 직감했단다. 그 후로 나를 설득하러 왔던 그 망할 놈의 여편네들을 속으로 저주했지. 그만 단념하고 집으로 가자며 내 팔을 끌어당기던 그 여자들 말이다. 나는 버티지 못하고 집으로 갔지. 결국 굴복하고 만 거야. 더 이상 기다리지 못하고 말이다. 그래서 네 아버지가 돌아오지 않은 거란다.〉

술리아는 엄마가 재료를 섞어 빵을 반죽한 뒤 오븐에 집어넣는 모습을 말없이 지켜보았다. 깨끗한 행주로 손을 닦는 엄마의 얼굴에 불안의 그림자가 어른거렸다. 겉으로는 아무렇지 않은 척했지만, 조바심이 나는 눈치였다. 엄마는 멍하니 허공을 바라보다가도, 지평선을 넘어 사납게 몰려오는 폭풍우를 창문으로 힐끔힐끔 엿보았다. 술리아는 이제 엄마의 눈빛만 봐도 마음을 읽을 수 있었다.

저 멀리서 천둥소리가 나자 술리아는 밖을 내다보았다.

「나 좀 도와줄래?」 라우라가 딸에게 말했다. 「안티아가 소파에서 잠들었단다.」

「쟤 만날 그러잖아요.」 그녀가 대답했다.

「침대에 누이게 이불 좀 펴주렴.」

라우라는 안티아를 팔에 안고 미소를 지었다. 늘 어리다고만 생각했는데, 막상 안아 보니 키도 많이 컸고 무거웠다. 이제 조금 더 있으면 안을 수도 없을 것 같았다.

그녀는 아이의 발이 문에 부딪히지 않도록 조심하면서 거실을 빠져나와 가구를 피하며 지난 6년 동안 둘이 함께 지낸 방으로 다가갔다. 라우라는 방 앞에 멈추어 선 채 잠시 생각에 잠겼다. 그러곤 자꾸 팔에서 빠지려고 하는 아이를 다시 들쳐 안았다. 두 팔로 안기에도 너무 무거웠다. 라우라는 복도 쪽으로 몸을 돌려 술리아에게 말했다.

「이제 안티아의 침대에서 재우는 게 좋을 것 같구나.」

술리아는 아무 말도 하지 않고 안티아의 방으로 조르르 달려가 미니마우스 이불을 걷었다. 그러곤 엄마의 볼에 입을 맞추고 곧장 자기 방으로 갔다. 엄마는 자기에게 입을 맞추지 않을 테니까. 술리아는 알고 있었다. 오늘 밤, 엄마는 자지 않고 아버지를 기다릴 거라는 걸 말이다. 술리아도 항구와 폭풍우 이야기는 이미 들어 알고 있었다. 그녀는 열일곱 살에 불과했지만, 자기를 기다리는 이가 있다면 그에게 돌아가는 것이 옳다고 생각했다.

푸티클룹의 환한 네온 불빛이 차 안에 있던 두 사람의 얼굴을 장밋빛으로 물들였다. 마누엘이 고개를 돌려 카페를 바라보았다. 녀석은 뒷좌석에 앉아 고개를 반쯤 돌린 채 그를 바라보고 있었다.

「루카스는 아마 고민 끝에 집에 간다고 했을 거야. 푸티클룹에 안 가려고 말이야.」 마누엘이 말했다.

「혹시 그가 자네한테 전화했어?」 노게이라가 의아한 표정을 지으며 물었다.

「아니.」 마누엘은 휴대 전화를 꺼내 통화 기록을 살펴보며 말했다.

아직 이른 시간이어서 그런지 주차장에는 차가 두어 대밖에 없었다. 현관 아래 경비원이 앉던 벤치는 그대로 있었지만, 마무트의 모습은 보이지 않았다.

「오펠리아하고 그날 밤 사고 현장에 있었던 사람들의 명단을 만들었어. 순서대로 전화를 해봤는데, 대부분 오펠리아처럼 야간 근무 중이더군. 그녀가 시간이 나는 대로 전화해서, 병원에 가기 전 아스 그릴레이라스에 연락한 사람이 있는지 확인할 거야.」

그때 건물 옆에서 건장한 체격의 마무트가 나타났다. 그는 바지 지퍼를 올리면서 자기 자리로 향했다. 그사이 화장실에 갔던 모양이었다. 그는 습관적으로 주차장을 휙 둘러보았다. 그러다가 조금 전까지 없던 차한 대가 눈에 띄자 걸음을 멈추었다. 비를 맞으면서 그쪽을 노려보던 그는 차 안에 사람이 있다는 것을 알아차렸다. 하지만 마누엘과 노게이라가 먼저 차에서 내리자, 그쪽으로 가려다 말고 자기 자리로 돌아갔다.

너무 심심했던 탓인지, 아니면 이른 시간이라 분위기가 적적해서 그랬는지 모르겠지만, 마무트는 그들이 묻지도 않은 말까지 술술 털어놓았다.

「물론 기억나죠. 주차장을 관리하는 게 내 일인데요. 나는 비가 오나눈이 오나 이 자리를 지키고 있죠. 하여간 니에비냐스 때문에 오줌 누러갈 시간도 없다니까요. 산티아고 씨는 우리 고객 중 단연 최고죠. 선심도 잘 쓰고요. 주차장에 자리가 없으면 자기 차를 잘 살펴보라고 당부하곤 했어요. 술 취한 자가 나가다 차를 긁는 일이 없도록 하라고 말이죠.」

「그럼 그들을 기억하겠군.」

「그럼요. 그날은 토요일이었어요. 우리 같은 사람은 정신 바짝 차려야하는 날이죠. 알다시피 〈불타는 토요일〉이었으니까요. 주차장은 만원이었죠. 일요일하고는 완전 딴판이에요. 하기야 일요일은 가족과 지내는날이니까요.」 그가 씩 웃자, 문에 달린 네온 불빛을 받은 의치가 반짝거렸다. 「차 두 대가 들어왔는데, 도로변에 있는 주차장에 세우지 않고 중간에 멈추는 거예요. 좀 이상하더군요. 길목을 막으려는 게 아니고서야보통은 주차장에 세우니까요. 하여간 누구인지 보려고 그쪽으로 갔죠.마약쟁이들이 여기 차를 세우고 거래하는 경우가 종종 있어서 쫓아내야 하거든요. 니에비냐스는 우리 클럽에서 마약을 한다는 소문이 도는것을 원치 않아요.」

마누엘이 소리 없이 웃었지만, 마무트는 영문도 모른 채 이야기를 계속했다.

「가서 보니까 산티아고 씨더군요. 그래서 마음을 놓았죠. 다른 차에선어떤 남자가 내렸는데, 전에 산티아고 씨와 같이 온 적이 있는 분이었어요. 그들은 차에서 내린 뒤 잠시 이야기를 나누었는데, 서로 소리를 질러 대더라고요. 음악 소리가 너무 커서 무슨 말을 하는지 알아들을 수는 없었지만, 산티아고 씨가 기분이 몹시 상했던 것은 분명해요. 그는 차에 올라타더니 쾅 소리가 나게 문을 닫고 그대로 떠나 버렸죠. 다른 남자의 말은 다 듣지도 않고 말이에요.」

「그게 다야?」

「아뇨. 그 남자는 자리에 선 채 멍하니 도로를 바라보고 있더라고요. 그때 다른 차가 들어왔어요. 그런데 이상한 점이 있었어요. 그 차가 국도에서 들어온 게 아니라 옆에 있는 소나무 숲에서 나왔거든요.」 그는 주차장과 맞닿아 있는 숲을 가리키며 말했다. 「아시겠지만 커플들이 와서 저곳에 차를 세워 두는 경우가 종종 있어요.」 그는 뭔가 알 만하지 않냐는 눈초리로 그들을 보면서 말했다. 「소형 트럭이었는데, 도로를 따라 왼쪽으로 들어온 뒤 거기 서 있던 남자 앞에 멈추더군요. 어떤 여자가 차에서 내리더니, 그와 잠시 이야기를 나누더라고요.」

노게이라는 고개를 돌려 주차장 끝 쪽을 바라보았다.

「이 정도면 상당히 먼 거리인데, 차에서 내린 사람이 여자가 확실해?」

「키는 작은 편이었고, 머리는 여기까지 왔어요.」 그는 오른손을 목에 갖다 대면서 말했다. 「그리고 혼자였어요. 문을 열어 둔 덕에 실내등이 켜져 있었거든요. 그래서 차 안에 아무도 없다는 걸 확인할 수 있었죠. 두 사람은 잠시 이야기를 나눈 뒤 포옹을 하고 헤어졌어요. 남자는 곧장 차를 타고 도로로 나갔고, 여자도 뒤따라 나갔어요.」

「두 사람이 포옹을 했다고?」

「네, 작별 인사로 한 거죠. 아주 잠깐 동안……. 사실 그때 어떤 손님이 말을 거는 바람에 자세히 보지는 못했어요. 그 손님이 들어가고 그쪽을 쳐다보았을 때는 이미 두 사람 다 차를 타고 떠나는 길이었으니까요.」

「그때가 몇 시쯤이었지?」

「1시쯤인가…….」

「그 트럭은 제대로 봤어?」

「웬걸요. 번호판 같은 건 볼 수 없었죠. 흰색 화물 트럭이었던 건 확실해요. 그리고 옆에 그림이 하나 그려져 있었어요. 꽃바구니같이 생겼는데…… 맞아요! 꽃바구니 그림이었어요.」 그는 기억이 나서 기쁜지 싱글벙글댔다. 「이미 말씀드렸듯이 이곳을 통과하려면 모두 나를 거쳐야하죠.」 그가 으스대며 말했다.

「옆에 꽃바구니 그림이 그려진 흰색 트럭이라…….」 차에 돌아오자마자 마누엘이 말했다. 「그건 카타리나의 조수가 타고 다니는 차야. 그리고 저 친구가 말한 대로라면 그 여자는 카타리나가 분명해.」

「말다툼을 벌인 두 남자가 누구인지는 분명해졌군. 알바로가 절대 돈을 줄 수 없다고 호통을 쳤을 테고, 그 때문에 산티아고는 기분이 상했던 거지.」

「맞아. 그리고 나서 산티아고는 곧장 여기를 떠났네. 그러니까 그때까지만 해도 알바로가 살아 있었다는 이야기로군.」

「그런데 그 순간 카타리나가 등장했네. 그녀가 무엇 때문에 여기에 왔던 걸까?」

「그거야 모르지. 어쨌든 카타리나는 늘 산티아고를 감싸 주려고 했으니까.」 그는 병원에서 그녀와 나눈 이야기를 떠올리며, 그리고 그런 무능한 인간을 보살피는 게 얼마나 지긋지긋한 일일지 생각하며 말했다. 「어쩌면 남편의 태도가 심상치 않다는 걸 눈치채고 여기까지 따라온 건지도 몰라.」

「음.」 노게이라는 대답 대신 입을 굳게 다문 채 소리를 냈다.

「뭐라고?」 마누엘이 물었다.

자동차에 시동을 거는 순간, 노게이라의 전화벨이 울렸다. 오펠리아였다. 노게이라는 마누엘도 같이 들을 수 있도록 스피커를 켰다.

「나야.」 그녀가 말했다. 「예상했던 대로 누군가가 무니스 데 다빌라쪽에 사고 소식을 알렸더라고.」

「그게 누구지?」

「교통순경이야. 페레이라라고……. 그렇게 해도 전혀 문제가 없을 거라고 생각했다네. 그가 2시쯤에 산티아고와 이야기를 나누었대.」

「새벽 2시라고? 그땐 사고가 일어난 직후인데.」

「그렇지. 그가 산티아고한테 전화를 걸어, 알바로가 교통사고로 사망했는데 승용차가 도로를 이탈해서 사고가 났다고 알려 주었대. 그리고 알바로의 차량 범퍼에 흰색 페인트가 묻어 있다는 것도 말해 주었다네. 과르디아 시빌 측에서 그 사고에 흰색 차량이 연관되었을 가능성도 배제하지 않고 있다는 말까지 했고. 물론 유족을 도와주려고 한 의도는 알겠는데, 너무 서둘렀던 것 같아. 그런데 이게 다가 아니야.」 그녀는 극적 긴장감을 높이려는 듯 잠시 말을 멈추었다.

「오펠리냐! 오늘 밤새울 참이냐고!」 노게이라가 갈리시아 말로 소리 질렀다.

「알았어! 이틀 뒤, 산티아고가 감사의 뜻을 전하기 위해 그에게 전화를 했대. 물론 그가 직접 밝힌 건 아니지만, 그 대가로 산티아고에게 무슨 부탁을 하지 않았을까 싶어. 그런데 산티아고가 어떤 노파 이야기를 꺼내더래. 그 노파한테 장원에서 일하는 조카가 하나 있는데, 어느 날 갑자기 사라졌다고 말이야. 그래서 노심초사하던 끝에 노파가 실종 신고까지 했다면서, 혹시 그 아이나 그의 차를 찾는 대로 알려 주면 정말 고맙겠다고 하더래. 심지어 자동차 번호까지 알려 주었다고 해.」

「토니노의 번호로군.」 노게이라가 말했다.

「그에게 알려 주었답니까?」 마누엘이 궁금증을 참지 못하고 물었다.

「네. 어제 오후 5시쯤 산티아고에게 전화를 걸어 그 청년이 변사체로 발견되었다고 했답니다. 그리고 자살한 것으로 보인다는 말도 했대요.」

마누엘은 두 손으로 머리를 감싸 쥐었다.

「그렇다면 산티아고가 그를 죽인 게 아니네요. 그는 전혀 몰랐다는 이야기잖아요. 토니노가 죽었는지도 모르고 있었다는 거로군요. 그 사실을 알고 나서 괴로움을 이기지 못한 나머지 스스로 목숨을 끊으려고 했던 거고요.」

「지금으로서는 그렇게 보고 있어요.」 오펠리아가 말했다.

「그렇다면 왜 교회에 들어가 그의 셔츠를 붙잡고 울었던 거지? 죄책감 때문에 그랬던 게 아닐까? 혹시 알고 있었던 게 아니냐고?」

「아마 사랑하는 이가 자기 곁을 떠났다고 생각했기 때문일 거야.」 마누엘이 차분하게 말했다. 「토니노의 고모가 그랬잖아. 친구 하나가 매일 전화를 걸어 그의 안부를 묻더라고. 그건 리치가 아니야. 조금만 더 생각해 보면 그게 누구인지 쉽게 알 수 있다네. 내 생각에는 산티아고가 분명해. 그가 교회에서 그렇게 슬피 운 것은 다른 이유 때문이야. 자기한테 두들겨 맞고 난 뒤에 토니노가 분해서 연락을 끊었다고 생각한 거지. 산티아고가 그를 무지막지하게 두드려 팬 것은 맞지만 죽이지는 않았어. 더군다나 그는 어제까지 토니노가 죽은 것조차 까맣게 모르고 있었네. 그가 토니노의 고모한테 매일 전화를 걸어 그의 안부를 물어본 것도 바로 그 때문이었지. 그는 고모한테 더 이상 미루지 말고 경찰에 신고하라고 설득한 것도 모자라, 새로운 소식이 있으면 알려 달라고 순경한테 신신당부할 정도로 다급했던 거야. 만일 토니노가 죽은 걸 알고 있었다면, 그런 짓까지 하지는 않았겠지. 그러다가 결국 어제 경찰한테 연락을 받고 토니노가 자살했다는 사실을 알게 된 거야. 그것도 하필 자기한테 맞은 그날 밤에 그랬으니 얼마나 충격이 컸겠어. 그로서는 죄책감을 이겨 내기가 어려웠을 거야.」

노게이라는 잠시 아무 말도 하지 않고 머릿속으로 생각을 정리했다.

「그럼 처음부터 차근차근 따져 보자고. 우선 산티아고는 여기서 알바로와 만나 토니노에게 돈을 줘야 할지를 두고 언쟁을 벌이다 먼저 가버렸어. 그런데 새벽에 난데없이 경찰한테 연락이 와서 형이 교통사고로 죽었다는 소식을 듣게 된 거야. 게다가 사고에 흰색 차량이 연관되어 있다는 것도 알게 됐고. 그러고 나서 그는 토니노를 만난 거지. 그때까지만 해도 토니노는 무슨 일이 일어났는지 까맣게 모르고 있었어. 가던 길에 버거킹에 들러 둘이서 먹을 음식까지 산 걸 보면, 그냥 만나서 이야기나 나누는지 알고 있었던 게 분명해. 하지만 화가 머리끝까지 나서 약속 장소에 나타난 산티아고는 그를 보자마자 끌고 가서 주먹으로 면상을 갈겨 버렸지. 녀석이 자기 형을 죽인 걸로 믿었으니까. 산티아고는 힘이 다 빠질 때까지 그를 두드려 팼어. 모질게 맞으면서도 토니노는 자기가 그런 게 아니라고 끝까지 버틴 거야. 산티아고가 그곳을 빠져나갈 때까지도 그는 여전히 살아 있었어. 빌어먹을! 여기까지는 모든 게 딱 맞아떨어진다고. 녀석의 차 안에서 피 묻은 물티슈도 발견됐으니까. 이때까지 토니노는 살아 있었어. 어떤 자들이 녀석을 살해할 때까지 최소한 물티슈로 피를 닦아 낼 만큼 시간이 있었다는 이야기야.」

「한 가지 더 있어.」 오펠리아가 끼어들며 말했다. 「방금 연락이 왔는데, 사망 당시 토니노는 휴대 전화를 몸에 지니고 있었대. 그를 발견했을 때, 배터리는 이미 방전된 상태였고 전화기는 시신이 부패하면서 여러 가지 체액으로 인해 심하게 오염되어 있었다네. 어쨌든 그의 휴대 전화를 간신히 복구했는데, 부재중 전화가 여러 통 와 있더래. 친구인 리치로부터 세 통, 고모한테서 열다섯 통이 와 있었는데, 산티아고한테 온 전화는 2백 통이 넘는대. 애절하고 처절한 목소리가 담긴 음성 메시지도 있었고. 산티아고가 하도 많이 전화를 걸어 대는 통에 배터리가 나가 버린 거지.」

부탁

엘리사는 욕실 문에 기댄 채 아이를 지켜보았다. 아이는 다리를 꼬고 침대 위에 걸터앉은 채 텔레비전에서 하는 만화 영화 시리즈를 말없이 보고 있었다. 그들은 조금 전 마누엘과 작별 인사를 나누고 방으로 돌아왔다. 그런데 그 순간부터 왠지 이상했다. 전날만 해도 방에 돌아오면 운동화를 벗어 던지고 침대 위에서 신나게 뛰어놀던 사무엘이 입을 꼭 다문 채 텔레비전만 바라보았다. 사무엘은 방 안에 들어서기가 무섭게 전화가 어디 있느냐고 물으며 성화를 부렸다. 그녀가 핸드백 안에 있다고 했더니 아이는 이렇게 말했다. 「그거 말고요. 여기 전화 말이에요.」 그때까지만 해도 엘리사는 아이가 나이트 테이블 위에 있는 유선 전화기를 말한다는 걸 전혀 눈치채지 못했다. 정작 그녀가 가장 크게 놀란 건, 아이가 전화가 되는지 확인해 달라고 졸랐을 때였다. 그 말에 놀란 그녀가 수화기를 들자 신호음이 났다. 그녀는 아이가 직접 확인할 수 있도록 수화기를 귀에 대주기까지 했다. 며칠 지나니 장원이 그리운 모양이라고 생각한 엘리사는 아이 앞에 무릎을 꿇고 물었다.

「전화하고 싶은 데라도 있니? 에르미니아 아줌마가 보고 싶어? 장원에 전화를 걸어 줄까?」

그러자 사무엘은 심각한 표정을 지으며 그녀를 바라보았다. 아이는 말없이 오른손을 들어 올리더니, 엄마의 머리카락을 부드럽게 쓸어내렸다. 당황스러웠지만 그녀는 인내심을 가지고 아이가 하는 대로 내버려 두었다. 어쩐지 한순간에 아이와 역할이 바뀌어 버린 것 같았다. 마

치 사무엘이 어린아이가 되어 버린 그녀를 이해할 수 없는 무언가로부
터 지켜 주려고 하는 것 같은 느낌이었다.

「아저씨한테 전화 올 때까지 기다려야 해요.」

「아저씨가 너한테 전화한다고 했니? 너무 늦었는데…… 내일 전화한
다는 말일 거야.」 그녀는 어떻게 해서든 아이를 설득하려고 했다.

하지만 아이는 아주 조심스레 다시 엄마의 머리를 쓸어내렸다.

「엄마, 부탁받은 게 있어요.」

「부탁이라고? 무슨 부탁을 받았는데?」

「아저씨를 위해 해야 할 일이 있어요. 그래서 아저씨한테 전화가 올
때까지 자면 안 된다고요.」

엘리사는 어리둥절해하다가 다시 엄마의 역할로 돌아와야겠다는 생
각이 들었다. 그녀는 미소 지으면서 아이의 마음을 이해하려고 했다. 전
에는 마누엘의 주머니에 치자 꽃잎을 집어넣더니, 이제는…….

「하지만 얘야, 시간이 너무 늦었어. 우선 자야 하지 않겠어?」

아이는 전에 한 번도 못 본 표정, 어른같이 지긋한 표정을 지으며 고
개를 흔들었다. 〈엄마는 내 마음을 전혀 모른다고요〉라고 말하는 표정
이었다. 그러곤 곧장 운동화를 벗어 던지더니 텔레비전을 보기 위해 침
대 위에 걸터앉았다. 엘리사는 욕실 문까지 물러섰다. 그녀는 화장을 지
우고 양치질하는 척하면서, 실은 문에 기댄 채 아이의 낯선 표정을 주의
깊게 살펴보았다.

아이는 여느 때와 마찬가지로 「스펀지 밥」을 보면서 웃고 있었다. 하
지만 시간이 흐르면서 몸이 노곤해지는지 베개에 등을 기대고 앉았다.
눈을 껌벅껌벅하고 자주 하품을 하는 걸 보면, 아저씨의 전화는 까맣게
잊어버리고 곧 잠에 곯아떨어질 것 같았다. 드디어 아이의 눈이 스르르
감겼다. 생각해 보면 아이한테는 정말 힘들고 만감이 교차한 하루였을
것이다. 처음으로 장원을 벗어나 사촌들을 만났다. 온종일 한순간도 가
만있지 못했으니 피곤할 만했다. 그녀는 잠든 아이를 사랑스러운 눈길
로 바라보았다. 그러곤 늘 그랬던 것처럼 속으로 숫자를 세며 조심스럽

게 침대로 다가갔다. 보통 열부터 시작해서 걸음을 옮길 때마다 거꾸로 세었는데, 영을 셀 때까지 아이가 눈을 뜨지 않는다면 깊이 잠들었다는 뜻이었다. 아홉, 여덟, 일곱, 여섯, 다섯, 넷, 셋⋯⋯. 그 순간 사무엘이 눈을 번쩍 뜨더니 몸을 일으켜 앉았다. 마치 울리지도 않은 전화벨 소리를 듣기라도 한 것처럼 말이다. 엘리사는 화들짝 놀라며 뒷걸음쳤다. 그녀는 아이의 시선을 쫓아 전화기를 바라보았다. 사무엘은 이제야 기억이 난다는 듯, 아니면 누군가가 자신이 해야 할 일을 새로 상기시켜 주기라도 한 듯 말없이 고개를 끄덕였다. 아이는 유혹을 물리치기라도 하듯이 베개를 치우고 자세를 고쳐 앉았다. 그리고 방 안을 색색으로 물들이던 텔레비전의 만화 영화로 눈을 돌렸다.

탄식

불카노는 푸티클룹만큼 북적거리지는 않았다. 안으로 들어가자 리치의 모습이 눈에 띄었다. 그는 플로어에서 엉덩이를 흔들어 대던 몇 안 되는 손님들에게 눈길 한번 주지 않은 채 스탠드에 혼자 앉아 술을 마시고 있었다.

그쪽으로 다가간 노게이라는 솥뚜껑만큼이나 크고 두꺼운 손을 그의 등에 얹었다. 그러자 순간적으로 그의 뼈가 모래성처럼 와르르 무너지는 것 같았다.

그는 천천히 몸을 돌리더니 힘없이 인사를 건넸다. 얼굴에 살이 쪽 빠져서 그런지 무기력해 보였다. 마누엘은 그 모습이 몹시 측은하게 느껴졌다. 리치는 친구의 죽음에 넋이 나가 있었다. 노게이라도 지난번처럼 그를 윽박지르는 대신 등을 토닥여 주면서 웨이터에게 한 잔씩 돌리라고 손짓했다.

셋은 아무 말도 하지 않고 맥주를 두어 번 들이켰다.

「리치, 부탁이 있어서 왔네. 자네가 전에 우리한테 해준 말 중에서 한 가지만 분명하게 밝혀 주면 좋겠어.」 마누엘이 먼저 말을 꺼냈다.

청년은 허공을 바라보면서 급하게 맥주를 들이켰다. 마누엘은 그가 어디를 쳐다보는지 알고 있었다. 조금 전까지도 그는 벽의 갈라진 틈새를 뚫어지게 쳐다보았다.

「두 분 덕분에 토니노를 찾은 거죠. 녀석을 걱정해 주셨으니까요. 만약 두 분이 아니었더라면 토니노는 지금도 거기…… 산에 있었을 거라고요.」

마누엘은 그의 어깨에 손을 얹고 고개를 끄덕였다.

「그럼 토니노를 그 꼴로 만든 놈을 잡을 수 있는 단서가 내 말속에 있다는 건가요?」 그는 허공에서 눈을 떼지 않은 채 말했다.

「내 생각에는 그런데, 어떻게 될는지는 두고 봐야겠지.」

리치는 다시 몸을 돌려 정면을 응시했다. 그는 마음속으로 결심을 굳힌 듯했다.

「뭘 알고 싶은 거죠?」

「저번에 만났을 때, 토니노가 장원과 이런저런 일로 엮여 있다고 했지. 분명히 그렇게 말했어. 그리고 〈계속 젖이 나오는 소를 잡을 사람이 어디 있겠어요?〉라는 말도 했어. 그가 엮여 있다던 이런저런 일이 대체 뭔지 말해 줄 수 있겠나?」

리치는 심각한 표정으로 그를 쳐다보았다. 마누엘은 그가 순순히 대답하리라곤 기대하지 않았다. 하지만 리치는 어깨를 으쓱하고 깊은 한숨을 내쉬더니 입을 열었다.

「토니노가 죽은 마당에 그게 뭐 그리 중요한가요? 이제 누구도 더 이상 그를 괴롭힐 수 없어요. 그리고 그 빌어먹을 놈의 자식들이 개망신을 당하든 말든 난 상관하지 않을 거예요. 장원에는 늘 토니노의 밥이 있었어요. 처음에는 프란이, 그 뒤로는 산티아고가 그의 밥줄이 된 셈이죠. 토니노는 산티아고가 자기한테 푹 빠졌다고 하더라고요. 물론 토니노가 그에게 아무런 감정이 없었다는 건 아니에요. 녀석도 그를 은근슬쩍 좋아했으니까요. 산티아고처럼 잘생기고 돈 많은 이를 마다할 리가 있겠어요? 산티아고는 이따금 마약을 했어요. 특히 코카인을요. 그런데 그런 걸 왜 묻는 거죠? 그게 토니노가 죽은 것하고 무슨 상관이라도 있다는 이야긴가요?」 리치는 증오와 냉소가 한데 뒤섞인 표정을 지으며 말했다.

「아니야. 그럴 리는 없을 걸세.」

리치는 머리를 세차게 흔들더니 또다시 허공을 멍하니 바라보았다.

다행히 그의 표정이 다소 누그러진 것 같았다. 그런데 그때 노게이라의 얼굴이 눈에 들어왔다. 그는 초조한 기색이 역력했다. 단순히 화가 났다기보다 무언가 다른 이유가 있는 듯했다.

「리치, 한 가지만 더 물어보겠네.」 마누엘이 리치를 똑바로 바라보며 단호하게 말했다. 「전에 만났을 때, 토니노가 〈장원에서 가장 고상한 여자한테까지 검은손을 뻗쳤다〉고 했어. 나는 그때 자네가 엘리사 이야기를 하는 줄 알았어. 프란의 애인 말일세. 그런데 확인해 보니까, 그녀는 오래전에 마약을 끊었더군. 그렇다면 장원에서 마약을 산 사람이 누구인지 말해 줄 수 있겠나?」

「엘리사요? 아, 누구를 말하는지 알겠어요. 그런데 그 여자는 아니에요. 언젠가 프란이 우리하고 있는 걸 보자 그녀의 얼굴이 파랗게 질리더라고요. 사람들이 그렇잖아요? 담배와 마찬가지로 마약도 전에 많이 해본 이들이 더 난리 치는 법이라고요. 그렇지만 프란은 마약에 또 손을 대다가 결국 인생 종 치고 말았죠.」

「그럼 누구지?」

「엘리사 말고 다른 여잔데……. 이름은 모르겠지만, 아주 친절하고 상냥했어요. 그녀의 친정 부모도 역시 후작인가 뭔가라고 했어요. 루고 국도에 장원을 가지고 있다고…….」

「카타리나 말인가?」 노게이라가 그의 등 뒤에서 말했다.

「맞아요.」

마누엘은 리치의 어깨 너머로 노게이라를 쳐다보았다.

「그럴 리 없어. 카타리나는 아이를 가지려고 몇 년 동안이나 애를 썼다고. 심지어 커피도 안 마셨는데…….」

「흥!」 리치가 콧방귀를 뀌었다. 「그 여자가 마약을 안 했다고요? 웬걸요. 그 집에서 가장 심했는데요. 내 눈으로 똑똑히 봤으니까 하는 말이에요. 예전에 토니노와 함께 장원에 간 적이 있었죠. 녀석은 일부러 뒷길을 통해 들어가더군요. 한참 가니까 그녀가 교회 부근에서 우리를 기다리고 있더라고요. 우리는 물건을 건네고 돈을 받자마자 곧장 자리를 뗐어요.」

「그때 카타리나가 산 게 뭐지?」

「헤로인이요.」

노게이라는 자리에서 일어나 마누엘을 바라보았다. 마누엘은 방금 리치가 한 말을 듣고 어안이 벙벙한 표정이었다. 노게이라는 리치 옆에 앉았다.

「리치, 내 말 잘 들어. 그리고 잘 생각하고 대답해.」

리치는 일이 돌아가는 낌새가 심상치 않자 심각한 표정으로 고개를 끄덕였다.

「그게 언제쯤이었지?」

「2년…… 아니, 3년 전이었어요. 날짜는 정확히 기억나요. 9월 15일이었어요. 우리 엄마하고 할머니의 이름이 돌로레스인데, 본명 축일[1]이 9월 15일이라서 잊지 않았죠. 그날 토니노가 장원에 같이 가자고 우리 집으로 찾아왔거든요. 그땐 아직 차도 없었어요. 그리고 엄마가 토니노더러 들어와서 케이크라도 먹고 가라고 했던 기억이 나요. 매년 9월 15일을 잊어버리면 엄마한테 혼쭐난다고요.」

---

1 영세 및 견진 성사 때에 받은 세례명을 기념하는 날로, 그 이름을 가진 성인이나 복자(福者)들의 축일이다.

메아리

루카스는 간호사 한 명과 함께 엘리베이터에 탔다. 그녀는 루카스가 들고 있던 우산에서 물이 뚝뚝 떨어져 리놀륨 바닥에 웅덩이가 생기자 못마땅한 듯이 내려다보았다.

「비가 너무 와서⋯⋯.」 그는 변명조로 말했다.

그가 입은 우의도 비에 흠뻑 젖은 탓에 안 그래도 좁은 엘리베이터 안에 습기가 가득 찼다. 당장이라도 비가 쏟아질 것 같은 느낌마저 들었다. 하지만 그녀는 아무 대답도 하지 않았다.

마침내 엘리베이터 문이 열리자 간호실이 보였다. 그곳에 앉아 있던 간호사가 그를 보고 가볍게 인사하면서 손으로 사무실을 가리켰다. 그녀는 두 번 노크하고 곧장 문을 열어 주었다.

사무실 한가운데에 회의용 테이블과 열두 개의 의자가 놓여 있었다. 의사 세 명과 남자 하나 그리고 두 여자가 테이블 끝에 자리했다. 그 옆으로 카타리나가 커다란 유리창을 등지고 앉아 있었다. 비가 쏟아지면서 창에 매달려 있던 수천 개의 물방울이 거울처럼 모든 것을 반사해 냈다.

「안녕하세요, 루카스 신부님이시죠? 저는 멘데스라고, 이 병원 의사예요. 전에 전화로 말씀을 나눈 적이 있죠.」 그를 맞이하러 나온 여자가 그 자리에 있던 사람들을 하나씩 소개했다. 「이분들은 제 동료인 로페스와 니에바스 박사고요. 카타리나 씨는 이미 알고 계시죠?」

카타리나는 자리에서 일어나 루카스의 뺨에 두 번 볼을 맞추었다. 그녀는 무슨 걱정이라도 있는지 얼굴이 창백했다. 그리고 손에는 상표를 떼어 낸 물병을 들고 있었는데, 찢긴 상표 조각이 테이블 위에 널려 있었다.

루카스가 자리에 앉자마자, 여의사가 말을 시작했다.

「카타리나 씨를 통해 신부님도 최근 몇 시간 동안 무슨 일이 있었는지 잘 알고 계신다고 들었습니다. 산티아고 씨는 어제저녁, 평소 자기 전에 먹던 수면제를 과다 복용했습니다. 다행히 빨리 발견된 데다 복용량도 많지 않아서 생명이 위독하지는 않았어요. 그런데 의식을 회복하자마자 신부님과의 면담을 요청하고 있습니다.」

「루카스 신부님, 저는 그이의 요청을 허락할 수가 없어요.」 그때 카타리나가 나서며 말했다. 「그이가 약을 먹기 직전에 신부님께 전화를 걸었더군요. 제가 무슨 말을 하려는지 신부님도 잘 아시리라 믿어요. 신부님, 그이가 무슨 일이라도 저지를까 봐 무섭다고요. 신부님하고 이야기한다는 건 세상하고 작별을 하겠다는 뜻이잖아요?」

루카스는 무거운 표정으로 고개를 끄덕였다. 그 순간 의사가 나서며 말했다.

「저희도 카타리나 씨의 심정을 충분히 이해합니다. 하지만 저나 동료들은 신부님과의 면담을 허용하는 것이 산티아고 씨가 안정을 되찾는 데에 더 큰 도움이 될 걸로 믿고 있어요. 더구나 산티아고 씨가 독실한 신자라는 점을 고려할 때, 마음 편하게 이야기를 나누려면 우리보다 고해 신부님이 훨씬 더 나을 것 같기도 하고요. 오늘 종일 환자의 상태를 체크한 결과, 산티아고 씨는 슬픔에 젖어 있으면서도 비장한 심정입니다. 이는 자살을 시도하는 이들에게서 공통적으로 나타나는 현상이죠. 하지만 판단력과 사고 능력은 손상되지 않은 것으로 나타났습니다.」

「판단력이 정상이라니요? 그런 사람이 어떻게 자살을 시도할 수 있다는 거죠? 더구나 이번이 처음도 아니란 말이에요.」 카타리나가 따지듯 말했다.

「물론 자살하려는 사람들은 판단 능력을 상실했다고 보기가 쉽죠. 하지만 사실은 그렇지 않아요. 적어도 대부분은 그렇지 않습니다. 우울증이 사람에게 어떤 영향을 미치는지에 관해 아직 정확하게 밝혀진 바가 없으니까요.」의사의 말이 계속되었다. 「현재 산티아고 씨가 심신이 미약한 상태라는 건 분명합니다만, 환자가 현 상황을 극복하지 못할 거라는 말은 아니에요. 이미 확인된 바와 같이, 환자는 한 차례 그런 의지를 드러냈으니까 말입니다. 물론 우울증이라는 건, 새로운 증세가 나타날 때마다 기존 증세에 더해지기 마련입니다. 의료진의 입장에서는 환자가 고립 상태를 벗어나 자신의 고통과 슬픔을 스스로 밝힐 수 있는지 여부가 가장 중요한 셈이죠. 아직 의학계는 이 문제에 대해 명확한 해답을 내놓지 못하고 있는 실정입니다. 다만 환자가 고해 신부님과 말할 용의가 있다는 사실만으로도 충분히 기대를 걸어 볼 만합니다.」

하지만 카타리나는 막무가내였다.

「이미 그이와 이야기를 해보았어요. 나는 그이의 아내라고요. 이 세상에 나보다 그이를 잘 아는 사람은 없어요. 산티아고는…… 어린아이나 다름없어요. 일이 제대로 안 되거나 화가 나면, 닥치는 대로 아무 말이나 내뱉고 몹쓸 짓도 한다고요. 그러곤 얼마 안 가 후회를 하죠. 어릴 때부터 그랬다더군요. 나는 그이가 어떤 사람인지 잘 알아요. 살다 보니까 그이가 언제 감정이 폭발할지, 또 언제 사실대로 말하는지 구별이 되더군요. 그이가 어떻게 나오든 적당히 모른 체하는 방법도 알게 됐고요. 산티아고가 오늘 종일 나한테 어떻게 했는지 알기나 하세요? 내 얼굴만 보면 고래고래 소리를 지르고, 할 말 안 할 말 가리지 않고 퍼부어 대다가, 급기야는 꺼지라는 말까지 했다고요. 하지만 지금 얼마나 견디기 힘들면 저럴까 싶어 측은한 마음이 들기도 해요. 나는 그이가 어떤 상태인지 잘 알아요. 그래서 드리는 말인데, 오늘은 너무 일러요. 며칠 지나서 그이가 안정을 되찾았을 때 해도 되잖아요? 산티아고가 무슨 말을 할지는 모르겠지만, 오늘은 여러분에게 그릇된 인상을 심어 줄 게 분명해요. 내게는 그이를 보호해야 할 의무가 있어요. 다들 아시겠지만 지난번에 동생이 죽었을 때도 저랬어요. 그나마 내가 한시도 곁을 떠나지 않고 지켜 준 덕분에 간신히 제정신을 차릴 수 있었죠.」

의사들은 그녀의 말을 듣고 고개를 끄덕였다.

「네. 카타리나 씨가 우려하는 바에 대해서는 충분히 공감하고 있습니다. 게다가 어떻게든 환자를 지키려는 노력은 칭찬받아 마땅한 일이고요. 하지만 현재로서는 산티아고 씨가 정신적 고립 상태에서 벗어나는 것이 가장 중요한 일입니다. 그러기 위해서는 그가 자신이 처한 상황에서 벗어날 수 있도록 도움을 받는 것이 급선무라는 점을 스스로 깨달아야 하고요. 우리는 이런 일에 루카스 신부님이 적합하다고 믿어요. 환자가 누구에게든 마음을 열 수만 있다면, 회복을 위한 첫걸음을 떼는 셈입니다. 지금으로서는 그것이 가장 중요한 일이에요.」

「난 절대 허락할 수 없어요.」 카타리나가 단호하게 잘라 말했다. 「그건 산티아고가 어떤 사람인지 잘 모르고 하는 이야기예요. 그랬다간 모든 것이 물거품이 되고 말 거라고요.」

세 의사는 아무 말도 하지 못한 채 서로의 얼굴만 멀뚱히 쳐다보았다. 그때 남자 의사가 나서며 말했다.

「카타리나 씨의 입장이 어떤지는 충분히 이해합니다. 하지만 저는 이 병원 이사회의 임원 자격으로 우리 법률 자문단과 숙의를 거듭한 끝에 루카스 신부님을 모셔 오기로 결정을 내렸습니다. 의료인으로서 우리는 환자 본인이 요구하는 것이라면 어떤 종류의 종교적인 도움도 거부할 수 없습니다. 게다가 이곳은 종교 재단에서 설립한 병원이기도 하고요. 설령 이 병원이 종교와 아무런 관련이 없다고 할지라도, 우리 신경정신과 의사들은 종교적인 도움이나 의식이 환자에게 도움이 된다고 믿고 있습니다.」

「정 그러시다면, 나도 같이 가겠어요. 어떤 일이 있어도 그이를 혼자 두지는 않을 겁니다. 그동안 속으로 수없이 한 다짐을 이제 와서 깰 수는 없으니까요. 남편과 나 사이에는 어떤 비밀도 없답니다. 지금 그이는 많이 힘들어요. 진료 시에도 마찬가지겠지만, 내가 없는 상태에서는 누구도 그이와 단둘이 이야기를 나누게 하지는 않을 거예요. 오늘 아침에도 분명히 말씀드렸지만, 만약 내 의사와 상관없이 결정을 내린다면 당장 그이를 집으로 데려가겠습니다.」

루카스가 헛기침을 하자, 모두가 그를 쳐다보았다.

「나는 가톨릭 사제입니다. 내게 고해를 하고자 하는 형제자매가 있다면, 어떤 일이 있어도 그들의 말을 들어 주는 것이 나의 의무입니다. 여기 계신 분들이 가톨릭 신자인지 아닌지 잘 모르겠지만, 이것만큼은 알아주시기 바랍니다. 산티아고가 내게 무슨 말을 하든지 간에 고해한 내용에 대해서는 비밀을 유지해야 하고, 절대로 발설해서는 안 됩니다.」 루카스는 카타리나를 돌아보며 말했다. 「카타리나 씨. 나는 아주 어릴 때부터 산티아고와 함께 자라 온 사이일 뿐만 아니라, 사제 서품을 받은 뒤로는 그의 고해 신부가 되었죠. 이 집안과는 어릴 적부터 허물없이 지내 온 사이이기도 합니다. 그런 인연으로 카타리나 씨가 산티아고와 결혼식을 할 때, 혼례 미사를 집전하기도 했죠. 지금 나는 친구가 아니라 사제의 자격으로 이 자리에 와 있는 겁니다. 산티아고는 어제 약을 먹기 직전에 내게 전화를 했어요. 어제 그와 만날 수만 있었더라도 그런 극단적인 생각을 하지 못하도록 설득할 수 있었을 텐데, 그게 아쉽고 후회스러울 뿐입니다.」

「루카스 신부님. 지금 그이는 제정신이 아니라고요. 그가 무슨 말을 하고 있는지 신부님은 상상도 못 할 겁니다. 여전히 약에 취한 상태라서 헛소리만 지껄이고 있단 말이에요. 나는 절대로 그이를 혼자 둘 수 없어요.」 카타리나가 안절부절못하며 소리쳤다.

하지만 여자 의사는 그녀의 말을 반박했다.

「현재까지 산티아고 씨의 판단력이나 사고 능력이 손상되었다고 판단할 만한 증상은 전연 나타나지 않았습니다. 더구나 환자가 평소에 복용하던 미량의 수면제를 제외하면 장기에 약물의 잔여물도 전혀 남아 있지 않고요. 따라서 산티아고 씨의 경우, 약물로 인해 판단력이 손상되지 않았다는 것이 우리 의사들의 소견입니다.」

카타리나는 무엇에 쫓기는 사람처럼 가쁜 숨을 몰아쉬었다. 그러자 루카스가 자리에서 일어나 그녀 곁에 앉았다.

「나는 고해 성사를 요청받았습니다. 잘 알다시피, 고해 성사는 우리의 믿음에서 가장 중요한 성사(聖事) 가운데 하나예요. 따라서 산티아고와 나 말고는 아무도 그 자리에 있어서는 안 됩니다. 그가 고해한 내용을 녹음하거나 다른 이에게 발설해서도 안 되고요.」

「아무것도요? 그가 무슨 말을 하든 말이에요? 의사들한테도요?」 카타리나가 못 믿겠다는 표정으로 물었다.

「아무것도 말해서는 안 됩니다.」 루카스는 그녀를 진정시키기 위해 덧붙였다. 「사제에게는 고해 성사의 비밀을 유지할 의무가 있어요. 그가 무슨 말을 하든지 간에 나는 비밀을 지켜야 합니다. 카타리나 씨, 자기 죄를 뉘우치고 고하면 영혼의 안식을 얻을 수 있어요. 이는 온갖 고뇌와 슬픔으로부터 우리를 해방시켜 주는 즐거움의 성사죠. 하지만 의학적 치료도, 법적 선고도 아닙니다.」 그녀가 손을 바르르 떨었다. 루카스는 그 작지만 강한 손을 잡은 채, 실망스러운 표정으로 자기를 바라보는 의사들을 향해 말했다.

여자 의사는 깊은 한숨을 내쉬며 동료들을 바라본 뒤 루카스에게 말했다.

「무슨 말씀인지 알겠습니다. 지금 가장 큰 문제는 환자가 너무 위축된 상태라 외부와의 접촉을 피하려 한다는 겁니다. 신부님께서 굳게 닫혀 있는 환자의 마음만 열어 주신다면, 일단은 성공이라고 볼 수 있을 거예요. 또 고해한 내용을 밝힐 수 없다는 건 충분히 이해합니다만, 혹시라도 그가 다시 자살을 결심했다는 뜻을 밝히면 어떻게든 만류해 주시고, 그의 생각이나 의도를 우리에게 알려 주셨으면 합니다.」

「고해한 내용은 무엇이든 간에 절대 발설해선 안 된다고 방금 말했잖아요.」 카타리나는 의사의 말에 신경질적인 반응을 보였다.

하지만 의사는 아랑곳하지 않고 루카스를 빤히 쳐다보며 말했다.

「고해 성사를 마치고 나서, 그를 어떻게 치료하는 것이 가장 좋을지 신부님께 개인적으로 여쭤 본다면, 간단히 말씀해 주실 수는 있겠죠?

가령 안심해도 괜찮을 것 같다든지, 아니면 더 주의 깊게 관찰해야 하겠다든지 말이죠. 그건 의사인 저한테 솔직한 조언을 주는 정도지, 뭐든 비밀을 발설하는 게 아닐 테니까요.」

루카스는 그녀의 말에 동의했다.

「알겠습니다. 솔직하게 조언해 드리죠.」 그가 자리에서 일어서며 말했다.

루카스는 의사들을 따라 병실로 가면서, 마지막으로 휴대 전화를 확인하고 껐다. 안으로 들어가기 전, 그는 그들을 돌아보았다.

「다시 한번 정중히 부탁드립니다. 성사가 끝날 때까지 그 누구도 함부로 들어오거나 대화를 중단시켜서는 안 됩니다.」

루카스는 겁에 질린 눈으로 우두커니 서 있는 카타리나를 힐끗 쳐다보고 문을 닫았다.

치자 꽃잎

마누엘은 서둘러 계단을 뛰어 올라갔다. 불카노는 지하에 있어서 휴대 전화가 연결되지 않는 데다, 음악 소리가 너무 커서 통화하기가 불가능했다. 더군다나 그런 불결한 곳에서 전화를 한다는 것이 왠지 꺼림칙하게 느껴졌다.

밤이 되자 빗줄기가 약해져서 보슬비로 변해 있었다. 바의 문 앞을 살짝 가리고 있는 좁은 차양 아래에는 담배를 피우러 나온 사람들이 바글바글했다.

마누엘은 문 앞에 모여 있던 남자들을 헤치면서, 그리고 그의 관심을 끌려고 하는 그들의 말과 시선을 외면하면서 밤거리로 나갔다. 어느 정도 멀어지자 그는 엘리사에게 전화를 걸었다. 그사이 외투 주머니에 손을 집어넣었다. 떨리는 손끝으로 사무엘이 선물한 꽃잎의 부드러운 감촉이 느껴졌다.

엘리사가 곧장 전화를 받았다.

「마누엘, 무슨 일이에요?」 전화기에서 그녀의 놀란 목소리가 흘러나왔다.

「엘리사, 너무 늦게 전화해서 미안해요. 혹시 자고 있던 건 아닌지 모르겠군요.」 그는 용건을 말하기 전에 사과부터 했다.

「아니에요, 마누엘. 우리 둘 다 안 자고 있었어요. 그런데 무슨 일이죠?」 그녀가 불안한 듯 물었다.

「그건 무슨 소리죠?」

「사무엘이 자려고 하질 않아요. 뭘 기다린다고 벌써 두 시간째 침대 위에 저렇게 앉아 있네요. 아저씨가 자기한테 전화하기로 했다면서 연락이 올 때까지 잘 수가 없다는 거예요. 정말 저 아이하고 약속했나요? 사무엘 말로는 자기 전에 꼭 전화하기로 했다더군요.」

「아뇨.」 그가 대답했다.

「그럼 웬일이에요, 마누엘? 무슨 일로 전화하신 거죠?」

「엘리사, 사무엘과 잠깐 통화해도 괜찮을까요?」

그녀는 잠시 아무 말도 하지 않았다.

「네.」 그녀가 전화기를 건네는 소리를 들으면서, 그는 침대에 앉은 아이의 모습을 머릿속으로 그려 보았다.

「안녕하세요, 마누엘 아저씨?」 아이의 사랑스러운 목소리가 전화기를 통해 들려왔다.

「잘 있었니?」 그는 조용히 미소 지으며 말했다. 「사무엘. 아까 너하고 이야기할 때, 한 가지 물어볼 게 있었는데 잊어버리고 말았구나.」 그는 보드라운 꽃잎을 어루만지면서 말했다.

「뭔데요?」

「알바로 삼촌이 내 외투 주머니에 치자 꽃잎을 넣어 달라고 했다며…….」

「네, 맞아요.」

「혹시 삼촌이 그 이유에 대해서 말해 주지 않았니?」 그가 조심스럽게 물었다.

「네, 했어요.」

「너한테 물어본다는 걸 깜박 잊었구나. 미안한데 지금 말해 줄 수 있겠니?」

「물론이죠.」

「무엇 때문에 그러라고 하던?」

「마누엘 아저씨가 진실을 알도록 하기 위해서라고 했어요.」

그 순간 마누엘은 창백하리만큼 하얀 치자 꽃잎을 내려다보았다. 그

야성적인 향취가 코로 스며들자 온실 속의 풍경이 눈앞에 떠올랐다. 수천 송이의 치자꽃이 뿜어내는 향기가 음악과 뒤섞였다. 그 느낌과 인상이 너무 강렬한 나머지 정말 온실에 있는 것 같았다.

「고마워.」

사무엘이 전화기를 내려놓으면서 엄마한테 하는 말이 들렸다.

「엄마, 베개 주세요. 이제 자도 되니까요.」

마누엘이 전화를 끊으려는 순간, 휴대 전화 화면에서 음성 메시지가 있다는 표시가 깜박거렸다. 아직도 음성 메시지를 남기는 자가 있다니 대체 누구일까? 그때 불카노의 가파른 계단을 올라오고 있는 노게이라의 모습이 보였다. 그는 정문 앞에 빽빽이 모여 있던 젊은이들을 헤치면서 거리로 나왔다. 마누엘이 음성 메시지를 여는 동안 그가 곁으로 다가왔다. 마누엘은 그도 들을 수 있도록 스피커를 켰다. 〈마누엘, 내 말 잘 듣게. 통화를 하려고 했는데, 자네 전화가 꺼져 있더군. 오늘 밤에는 자네들한테 갈 수가 없을 것 같네. 방금 산티아고가 입원해 있는 병원에서 연락이 왔어. 그가 내게 고해 성사를 하겠다고 한 모양이야. 그곳 의사들은 문제 될 것이 없다고 생각하는 것 같아. 지금 거기로 가는 중이야. 다 마치고 너무 늦지 않으면 전화하겠네.〉 녹음된 메시지가 끝나자 삐 하는 소리가 들렸다.

「몇 시에 보낸 거지?」 노게이라가 물었다.

「10시 반에 보냈어. 아까 저녁을 먹으면서 방에 있는 충전기에 꽂아 두었거든.」 마누엘이 아쉬워하며 말했다. 「그때 전화를 했던 모양이야. 여태껏 메시지가 온 것도 모르고 있었어.」

마누엘은 자리에 선 채로 루카스의 번호를 누르고 전화기를 귀에 갖다 댔다. 그러나 수신인의 전화기가 꺼져 있거나 서비스 구역이 아닌 곳에 있어서 전화를 연결할 수 없다는 기계음이 흘러나왔다.

「그녀는 내가 산티아고와 단둘이 있지 못하게 했어.」 마누엘은 산티아고를 병문안하기 위해 병원에 갔던 일을 떠올리며 말했다. 「남편을 보호해야 한다면서 만나지도 못하게 했다고. 내가 보기에는 자기를 지키

661

려고 했던 것 같아. 모두 그녀가 한 짓이야. 프란이 다시 마약에 손을 대게 만든 것도, 그리고 점점 더 양을 늘려 그를 죽게 만든 것도 바로 카타리나였어. 3년 뒤, 알바로를 죽인 것도 그녀였다고. 가만히 두었다가는 그동안 공들여 쌓아 온 노력이 한순간에 물거품이 되어 버리게 생겼거든.」 마누엘은 눈에 눈물이 그렁그렁 맺히고 목이 메어 말이 잘 나오지 않았다. 그는 입술을 깨물어 울음을 삼키면서 말을 계속했다. 「그날 밤, 그녀는 남편의 뒤를 밟다 알바로가 절대 돈을 줄 수 없다며 화를 내는 모습을 본 거야. 그래서 직접 나서서 끝장을 낸 거지. 그때 상황을 다시 한번 생각해 보게.」 그가 쓴웃음을 지으며 말했다. 「그녀가 헤어지기 전에 알바로와 포옹을 했다고 했지? 그때 그녀는 알바로가 방심한 틈을 타서 칼로 찌른 거라네. 그런 자세라면 남의 눈에 띄지 않게 하복부를 찌르기에 딱 좋으니까 말이야. 사실 알바로는 그 순간 무슨 일이 일어났는지도 몰랐을 거야. 자기가 칼에 찔렸다는 걸 알았을 때는 너무 늦었던 거지. 결국 카타리나는 남편의 형제들을 모두 죽이고, 자기가 원하던 것을 얻게 된 걸세. 산티아고는 심약해서 형제가 죽을 때마다 정신을 잃고 말았어. 하지만 그녀는 남편을 어떻게 다루어야 하는지 잘 알고 있던 거야. 제정신이 돌아올 때까지 남편을 세상과 격리시키는 수법을 썼다네. 그런데 이번에는 사정이 달랐어. 산티아고가 토니노를 사랑할 줄 누가 알았겠나?」

「결국 이야기가 그렇게 되는군.」 노게이라는 그의 설명에 적극적으로 공감했다. 「산티아고는 자살하기로 결심했어. 이제는 삶에 아무런 의미도 없으니까 말이야. 그는 자살하기 전에 모든 걸 털어놓으려고 하지만, 아내가 절대 허용하지 않으려고 한다네. 이런 상황에서 진실을 알릴 수 있는 유일한 방법이 바로 고해 성사라는 거야. 그러니까 카타리나를 제외하고 누군가와 단둘이 있어야만 진실을 밝힐 수 있을 테니까 말이네.」 노게이라는 차를 향해 달려가는 마누엘을 뒤따라가면서 말했다.

어두운 하늘을 가르는 번갯불과 함께 폭풍우가 거세게 밀려오고 있었다.

이제 그만

너무 많이 울었던 탓인지 얼굴이 몹시 뻣뻣해진 느낌이 들었다. 비센테는 땀에 젖은 딱딱한 손가락 끝으로 얼굴을 쓰다듬어 보았다. 눈물로 범벅이 된 피부는 땅기고 지친 듯했지만, 여전히 부드러웠다. 그는 룸미러로 눈을 살펴보기 위해 고개를 들었다. 거기에 얼마나 있었는지 생각이 나지 않았다. 다만 이곳에 도착했을 때는 아직 환하던 사방이 어느새 짙은 어둠 속에 잠겨 버렸다. 폭풍우가 점점 더 가까이 다가오는지 섬광이 번쩍이며 어두운 하늘을 가르자 정신이 퍼뜩 들었다. 너무 많이 운 탓에 가슴이 욱신거렸다. 가슴 한복판에 찢어진 북처럼 커다란 구멍이 난 듯했다. 하지만 위장이 오그라든 채 벽에 딱 달라붙은 느낌이라 아무것도 삼킬 수 없을 것 같았다. 어떤지 확인할 겸 그는 입안에 고인 찐득한 침을 꿀꺽 삼켜 보았다. 뜨거운 침이 내려가자 식도가 따끔거렸다. 침이 명치에 이르자 갑자기 구역질이 왈칵 올라왔다. 그는 고개를 들어 당장이라도 비가 쏟아질 듯 을씨년스러운 하늘을 쳐다보았다. 그러다가 시선을 내려 희미하면서도 은은한 불빛을 비추어 주는 장원 외곽의 조명등을 바라보았다.

트럭에서 내리자 후텁지근한 바람이 불어왔다. 폭풍우가 몰아닥치기에 앞서 번갯불이 번쩍하면서 깜깜한 하늘을 환히 밝혀 주었다. 그 순간 그의 남루한 차림새가 드러났다. 그는 자신의 옷을 물끄러미 내려다보다가 별로 나아 보이지도 않는 우의를 차에서 꺼내 입었다. 그가 장원으로 걸어가는 동안 허리에 차고 있던 주머니가 휘날릴 정도로 바람이 강하게 휘몰아쳤다.

작은 창문으로 핏기 없이 창백한 얼굴이 보이자, 에르미니아는 온몸을 부르르 떨었다. 그녀는 가슴에 손을 얹고 은근히 웃으면서도 그를 나무라는 투로 말했다.

「어이쿠, 간 떨어질 뻔했잖아! 이게 누구야, 비센테 아닌가! 자네가 이 시간에 웬일이야.」

식탁에서 조용히 밥을 먹고 있던 다미안도 놀란 표정으로 그를 쳐다보았다. 에르미니아는 재빨리 그의 행색을 살펴보았다. 잔뜩 구겨진 옷하며 드문드문 자란 턱수염 때문에 얼굴이 지저분해 보이는 데다, 퉁퉁 부은 눈에 손은 바르르 떨고 있었다. 무슨 일이 있었던 게 분명했다. 안 그래도 산티아고 때문에 예민해질 대로 예민해진 에르미니아는 무슨 일인지 알아차리려고 재빨리 그를 훑어보았다. 그러자 문득 불길한 예감이 들었다.

「무슨 일이 있었던 모양이네.」 그녀가 단정하듯 말했다.

「아니에요.」 그는 잔뜩 쉰 목소리로 대답하더니 자기 목소리를 듣고 화들짝 놀라는 눈치였다. 그가 곧 목을 가다듬고 말했다. 「에르미니아 아주머니. 지금 후작 부인을 만나고 싶은데, 말씀드려 줄 수 있어요?」

그 말을 듣자 다미안은 숟가락을 든 채 멍한 표정을 지었고, 에르미니아는 놀라 벌어진 입을 다물지 못했다.

「무슨 일인데 그래?」 에르미니아는 이 집에 또 불운이 몰아닥칠 것 같은 예감에 몸서리가 났다.

비센테는 마음을 추스르면서 고개를 흔들었다. 에르미니아와 다미안은 그가 해고되었다는 사실을 아직 모르고 있는 것이 분명했다. 하기야 그들이 그런 사실까지 알 리는 없었다. 주인들이 내린 결정인데 굳이 그들한테 알려 줄 필요가 있었겠는가? 그의 얼굴에 씁쓸한 미소가 번지기 시작했다. 하지만 그는 에르미니아를 안심시키기 위해 차분한 태도를 잃지 않았다.

후작 부인을 만나러 갔던 다미안이 잠시 후 돌아왔다.

「부인이 올라오라고 하시네.」

어두운 계단을 올라간 비센테는 열린 방문을 통해 퍼져 나오면서 짙은 빛깔의 나무를 진홍빛으로 물들인 온기에 이끌려 복도를 따라갔다. 그는 문 앞에서 걸음을 멈추고, 안을 들여다보았다. 후작 부인은 소파에 비스듬히 누워 있었다. 방 안 온도는 적당한 편이었지만, 부인은 터틀넥 스웨터를 입은 것도 모자라 담요로 다리를 덮고 있었다. 부인 앞에서 간호사가 몸을 웅크린 채 벽난로에 땔감을 넣고 있었다. 그 때문인지 위층 전체에 숲의 향기가 풍겼다.

앞에서 잠시 머뭇거리던 그는 이미 열려 있는 단단한 나무 문을 두드렸다.

간호사는 눈도 깜짝하지 않았지만, 후작 부인은 시체처럼 창백하고 마른 손을 흔들면서 들어오라고 했다. 안으로 들어서자 이번에는 문을 닫아야 할지, 아니면 그대로 열어 두어야 할지 판단이 서지 않았다. 그는 또다시 구역질이 치밀어 오르면서 불안하고 부끄러워졌다. 간호사라도 나가 주면 좋겠는데, 표정으로 봐서는 부인을 혼자 남겨 두지 않을 것 같았다. 그는 조바심이 나고 애가 타서 숨을 쉴 수가 없었다. 과연 울지 않고 말을 끝낼 수 있을지 자신이 없었다. 장원에서는 소문이 금세 퍼지기에 언젠가는 다 알려지고 말겠지만, 그는 자신이 처참하게 무너지는 모습을 되도록 보여 주지 않기로 마음먹었다. 그러곤 문을 닫고 고개를 숙인 채 앞으로 걸어갔다. 한 걸음씩 발을 내디딜 때마다 푹신한 양탄자의 감촉과 자리에 앉은 채 미동도 하지 않는 부인의 시선이 느껴졌다.

짧은 순간이었지만 비센테는 영겁이 지난 것만 같았다. 그들은 제자리에서 꼼짝도 하지 않았다. 간호사는 여전히 벽난로 앞에서 장작을 살폈고, 그는 교수대 앞으로 끌려 나온 사람처럼 온몸이 얼어붙은 듯 꼼짝도 하지 않았다. 반면 후작 부인은 피곤하고 창백해 보였지만, 엄숙한 몸가짐을 잃지 않은 채 그를 쳐다보고 있었다.

「안녕하십니까, 부인? 늦은 시간에 귀찮게 해드려 죄송합니다만, 꼭 드릴 말씀이 있어서 염치 불고하고 이렇게 찾아왔습니다.」

하지만 그녀는 아무 말도 못 들은 것처럼 미동조차 하지 않았다. 비센테가 다시 인사를 하려는 순간, 후작 부인은 손을 들어 하던 이야기를 계속하라고 재촉했다.

「아…… 네. 제가 이렇게 찾아뵌 것은 그 일 때문입니다. 이미 알고 계시겠지만, 제가 또 해고되고 말았습니다.」

「이름이 어떻게 되죠?」 그녀가 갑자기 그의 말을 가로막고 나섰다.

「네?」 그는 어안이 벙벙해 있다가 간신히 말을 꺼냈다.

「이름이 뭔가요?」 그녀는 조바심을 내며 같은 질문을 되풀이했다. 그러곤 손가락을 튕겨 간호사를 불렀다.

「비센테라고 합니다.」 그가 중얼거렸다.

그와 동시에 간호사가 끼어들며 말했다.

「피녜이로, 비센테 피녜이로예요.」

「오늘 먹은 알약 있잖아. 상당히 독한 모양이야.」 그녀는 간호사에게 고개를 돌리며 말했다. 「그 약을 먹은 뒤로 머리가 멍하다고.」 그녀가 짜증스러운 목소리로 말했다. 그러곤 다시 근엄하고 엄숙한 표정으로 그를 쳐다보았다. 「용건이 뭔지 간단히 말해 봐요.」 그녀는 다시 손가락을 튕겼다.

「피녜이로.」 간호사가 다시 일러 주었다.

그녀는 눈치 빠른 간호사가 만족스러운지 천천히 고개를 끄덕였다.

비센테는 입에 고인 침을 꿀꺽 삼켰다. 그러자 불덩이 같은 것이 명치에 닿는 듯한 느낌이 들어 자기도 모르게 움찔했다.

「제가 이 장원에서 일한 지 5년째입니다. 카타리나 씨가 하는 일을 도와주고 있어요.」 그녀의 이름이 입 밖에 나오자 갑자기 눈앞이 어찔하면서 자신의 목소리가 애절한 신음처럼 귓전을 울렸다. 「지금까지는 아주 행복했습니다. 하는 일도 굉장히 즐겁고요. 그래서 맡은 일에 전심전력을 다했을 뿐만 아니라, 없는 일도 찾아서 할 정도로 열심히 노력했습니다.」 그는 고개를 들어 부인을 바라보았다. 그녀는 꼼짝도 않고 그를

666

빤히 쳐다보고 있었다. 그 표정만으로는 그의 말을 제대로 듣고 있는지, 아니면 혼자 딴생각을 하는지 도무지 알 도리가 없었다. 그가 잠시 말을 멈추자, 부인은 그 틈을 이용해 그를 재촉했다.

「이름이…….」

「피녜이로.」 간호사가 특유의 무덤덤한 목소리로 말했다.

「조금 전에 간단하게 말하라고 했을 텐데요. 무슨 말을 하고 싶은 거죠?」

그는 다시 침을 꿀꺽 삼켰다. 이번에는 가벼운 현기증이 일어났다.

「제가 드리고자 하는 말씀은…….」 갑자기 얼굴이 화끈거리고 숨이 가빠지기 시작했다. 「하던 일을 다시 할 수 있게 해주십사 하는 겁니다. 장원에서 다시 일하고 싶어요.」 그는 부인에게 한 걸음 다가갔다. 하지만 부인은 무섭게 눈을 치켜뜨며 그를 막아 세웠다. 자기한테 다가오는 것만큼은 절대 허용할 수 없다는 표시가 분명했다.

「유감스럽지만, 그 부탁은 들어줄 수가 없군요.」 그녀의 목소리에는 전혀 안타까워하는 기색이 없었다.

비센테는 고개를 설레설레 흔들었다.

「간곡히 부탁드립니다, 부인. 제가 무슨 잘못을 했는지, 어떤 점이 마음에 들지 않았는지는 잘 모르겠지만, 한 번만 용서해 주세요. 다시 일할 수 있도록 해주세요.」 그는 떨리는 목소리로 애원했다.

그러나 후작 부인은 손을 들어 그의 말을 막았다. 그녀는 그가 더 이상 말을 하지 않으리라는 것을 확인하고서야 비로소 손을 내렸다. 그러곤 무릎을 덮고 있던 담요를 살짝 들어 올리더니 소파 옆으로 우아하게 치웠다.

「피녜이로 씨, 맞죠? 당신이 왜 그런 말을 하는지 나로서는 이해하기가 어렵군요. 지난 5년 동안 여기서 일했다고 했죠. 자세한 계약 조건에 관해서는 모르겠지만, 이곳의 정규직 근로자가 아니었던 건 확실하군요. 그러니까 당신은 임시직이었던 거예요. 그렇죠?」 그녀는 간호사를 보면서 말했다. 그러자 간호사가 고개를 끄덕거렸다. 「더 이상 당신이 필요 없어서 해고한 것뿐이니까, 괜한 일로 소란을 피울 생각은 하지 말아요.」

비센테는 온몸을 부들부들 떨었다. 하지만 무슨 말이라도 해보려고 용기를 냈다.

「그렇지만…….」

부인은 더는 참을 수가 없었던지 손을 번쩍 들어 올렸다.

「아무리 그래도 소용없어요. 당신 때문에 내 귀중한 시간만 낭비하고 있잖아요. 도무지 남을 생각할 줄 모르는군요. 어제오늘 이 집에서 어떤 일이 있었는지 모르고 그러는 거예요? 당신한테 그런 것까지 일일이 설명할 필요는 없지만, 이런저런 사건 때문에 당신을 해고하기로 결정한 거라고요.」

「하지만 카타리나 씨는 앞으로도 제 도움이 필요할 거예요. 다음 달만 해도 여러 건의 꽃 관련 행사가 예정되어 있어요. 제가 도와드리기로 이미 약속을…….」

「솔직히 말해, 이런 상황에서 카타리나가 무슨 정신으로 그런 데까지 참석하겠어요? 앞으로 몇 달 동안은 매인 몸이나 마찬가지일 거예요. 남편 병 시중해야지, 게다가 이제 본인도 홑몸이 아니니 건강 관리를 해야 할 테고 말이죠.」

울상으로 일그러지던 비센테의 얼굴이 그 말을 듣고 갑자기 돌덩이처럼 굳어 버렸다.

「카타리나 씨가 임신을 했다고요?」

「그건 당신이 참견할 일이 아닐 텐데요. 하여간 카타리나는 아이를 가졌어요.」

「얼마나 됐죠?」

후작 부인은 속으로 숫자를 헤아리며 흐뭇한 미소를 지었다.

「4개월이 다 되어 가는 모양이네요. 이번만큼은 경거망동하지 않으려고 진득하게 기다리고 있답니다.」

「4개월이라…….」 그가 혼잣말하듯 중얼거렸다.

마치 방 안에 공기가 모자라기라도 한 것처럼 숨이 턱 막혔다. 그가 숨을 헐떡이는 동안 끈적끈적한 땀이 이마에서 주르륵 흘러내렸다. 어지러운 듯 비틀거리던 그는 몸을 가눌 곳을 찾느라 사방을 두리번거렸다. 그러곤 간신히 의자 등받이를 짚었다. 그는 그녀의 허락도 구하지 않고 앞으로 돌아가 의자에 앉았다. 온몸에서 힘이 다 빠져나간 듯 정신이 혼미했다.

「카타리나 씨를 만나야겠어요.」 그는 간신히 말을 꺼냈다.

후작 부인은 경멸스러운 눈초리로 그를 쏘아보았다.

「지금 그 아이가 당신을 만나야 할 이유가 뭐죠?」

비센테의 얼굴에 알 듯 모를 듯한 미소가 흘렀다.

「부인께서는 잘 모르시겠지만, 정말 경천동지할 일이에요.」

「피녜이로 씨. 뭔가 착각한 것 같은데, 나는 다 알고 있어요. 경천동지할 일 따윈 없다고요.」

그의 얼굴에 피어오르던 희미한 미소마저 싹 사라지고 말았다.

「하지만…….」

「이미 말했다시피, 당신은 더 이상 우리 장원의 식구가 아니에요. 특히 카타리나는 이제 당신의 도움이 필요 없으니까요. 당신이 할 일은 이미 끝났습니다. 더는 당신의 도움이 필요 없을 거예요.」

「아닙니다, 부인.」 그는 고개를 치켜들고 처음으로 부인의 얼굴을 바라보며 말했다. 「부인은 아무것도 모르고 계십니다. 카타리나 씨는 나를 소중하게 여기고…….」

후작 부인은 그 자리에서 미동도 없이 그를 빤히 쳐다보았다. 그러다 간호사와 눈길이 마주치자 지겨워 죽겠다는 표정을 지었다. 그렇지만 비센테의 말을 막지는 않았다.

「카타리나 씨는 여러분에 비해 마음이 너무 고운 분이에요. 지금 산티아고 씨를 간호하느라 병원에 있다는 건 저도 알고 있습니다. 하지만 장원에 돌아와서 제가 또다시 해고된 걸 알면 사정은 달라질 거예요. 카타리나 씨는 저를 다시 받아들일 겁니다. 전에 부인께서 저를 해고했을 때처럼 이번에도 카타리나 씨는 저를 찾으러 오실 거라고요.」

더 이상 못 참겠다는 듯이 후작 부인은 간호사에게 손짓을 했다.

「안 되겠어. 자네가 이야기해 주게.」그녀는 화난 목소리로 간호사에게 말했다.

간호사는 먹을 걸 얻은 강아지처럼 웃으며 어깨를 으쓱했다.

「피녜이로 씨, 내 말 잘 들어요. 당신을 해고한 것은 바로 카타리나 씨라고요.」

「절대 그럴 리 없어요. 저번에도 당신들이 나를 쫓아내고 나서 카타리나 씨가 찾으러 왔었잖아요.」

「원래 그렇게 둔해요? 아, 정말 답답해 죽겠네!」후작 부인이 진절머리를 치며 말했다. 그러고 나서 손을 내밀자, 간호사가 재빨리 달려와 그녀의 팔을 부축했다. 후작 부인은 대답을 기다리기라도 하는 듯 그를 물끄러미 쳐다보았다. 「안됐지만 이제 그만 단념해요, 피녜이로 씨. 카타리나가 당신을 다시 찾을 일은 없을 테니까 말이죠. 당신이 도와주지 않아도 다 잘될 테니까 아무 걱정 말아요.」

「그건 또 무슨 말씀이죠?」그는 두려움에 사로잡혀 가슴이 울렁거렸지만 용기를 내어 물었다.

「첫 임신은 실패하는 경우가 종종 있죠. 카타리나는 2월에도 유산을 했어요. 아직 제대로 착상도 되지 않은 상태였는데, 그 아이가 너무 기쁜 나머지 성탄절에 서둘러 임신 소식을 알린 거죠.」그녀는 잔인한 미소를 흘리며 말했다. 「성모 마리아처럼 말이에요.」

「여러분이 저를 해고했을 때…….」

다시 심한 현기증이 밀려오자 눈앞이 어질어질했다. 비센테는 술 취한 피아니스트처럼 손가락으로 무릎을 쳐가면서 날짜를 계산했다. 그럴 리가. 정말 엄청난 일이었다. 정말이지 천지가 개벽할 일이었다.

「어쨌든 그녀는 다시 나를 찾았어요. 그렇다면 그건 무언가가 있다는 이야기잖아요. 틀림없이 무언가가 있다는 말이라고요.」

후작 부인도 그 점에 대해서는 인정했다.

「물론이죠. 그 아이가 병원에서 퇴원한 뒤로 우리는 당장 당신의 도움이 필요했으니까요.」

비센테의 손가락이 곡에 심취한 연주자의 손처럼 무릎 위에서 빠르게 움직였다. 그는 입안이 바싹 말라서 입을 벌렸다. 조금 전 속을 타들어 가게 만들던 뜨거운 침마저 못내 아쉬웠다.

「그녀는 그때 충수염 수술을 받았다고 했어요.」 그는 믿을 수 없다는 듯 눈을 치켜뜨며 말했다.

「피녜이로 씨. 남이 하는 말을 액면 그대로 다 믿으면 안 되죠. 나처럼 숫자만 믿으라고요.」 후작 부인은 빠르게 계산하듯이 엄지로 손가락을 하나씩 치면서 말했다. 「다른 건 몰라도 숫자만큼은 사람을 절대 속이지 않으니까요.」

비센테는 술에 취한 듯 비틀거리며 자리에서 일어나 문으로 가려고 했다. 당장 거기서 나가야만 했다. 그는 비칠비칠 걸음을 떼다가 앉아 있던 의자를 넘어뜨리고 말았다. 그 바람에 하마터면 바닥에 쓰러질 뻔했다. 갑자기 위경련이 일어났다. 지금까지 속으로 꾸역꾸역 삼켰던 뜨거운 위산이 목구멍으로 치밀어 올랐다. 그는 털썩 무릎을 꿇더니 독을 먹은 짐승처럼 경련을 일으키며 온몸을 바들바들 떨었다. 그러자 살아 꿈틀대는 짐승이, 그동안 속에 똬리를 틀고 앉아 호흡이 어려울 만큼 숨통을 조이던 굵은 뱀이 용암처럼 쏟아져 나왔다. 위장에서 올라온 괴물이 입과 콧구멍을 통해 쏟아져 나왔다. 비센테는 붉은색과 금색이 어우러진 양탄자 위를 기면서 그때까지 조금씩 삼켜 왔던 지옥을 모두 토해 냈다.

그러자 그의 영혼을 어지럽히던 혼란과 무질서가 사라지고, 그 자리에 맑은 정신이 깃들었다. 조금 전까지만 해도 수많은 생각이 뒤엉켜 뒤죽박죽이던 머릿속이 일순간 맑아진 기분이었다. 계산된 날짜와 냉정한 해고, 달콤한 화해와 적당한 육체적 쾌락 그리고 약간의 사랑. 도무지 이해할 수 없던 이유와 한순간의 열정 그리고 그를 얼어붙게 만들던 냉정한 태도. 여태 그는 카타리나에게 이용당한 셈이었다. 그는 단지 번

671

식을 위한 수컷, 바보 얼간이에 불과했던 것이다.

그가 토해 놓은 오물이 양탄자 위에 웅덩이를 이루었다. 그는 그것을 피해 일어난 뒤 뒤도 돌아보지 않고 걸어갔다. 문 앞에 이르러서야 뒤를 돌아보았다. 유리 조각이라도 삼킨 듯 식도가 타는 듯했고, 입술은 퉁퉁 부어 있었다. 코로 쏟아져 나온 오물과 눈물이 범벅이 되어 얼굴은 차마 눈 뜨고 볼 수 없을 정도로 더러웠다. 그의 얼굴이 수치심으로 벌겋게 달아올랐다. 그는 손수건을 찾으려고 우의 주머니를 뒤적거렸다. 그 순간 손에 단단한 감촉이 느껴지자 갑자기 기운이 솟았다. 권총이었다. 마치 특효약이라도 먹은 것처럼 새로운 힘이 그의 혈관과 피부 그리고 핏속으로 퍼져 나가면서 이미 죽은 육신, 아니 좀비와도 같은 육체가 되살아났다. 다시 한번 정신이 번쩍 들면서 멍한 상태에서 완전히 벗어났다. 이제 무엇을 해야 할지가 분명해졌다. 단단한 촉감 덕분에 기운이 솟구치자 그는 총을 놓을 수가 없었다. 그가 우의 소매로 얼굴을 닦으면서 말했다.

「카타리나의 배 속에 있는 아이는 제 아이입니다. 이제 다 알게 될 거예요.」

후작 부인은 흥미로운 구경거리라도 생긴 듯 고개를 옆으로 기울이면서 콧방귀를 뀌었다. 물론 예상은 했지만 그런 그녀의 태도가 그의 마음에 들 리 없었다. 하지만 그는 그녀를 굴복시킬 수 있다고, 아니면 적어도 놀라게 할 수 있다고 확신했다.

「웃기지 말아요. 그 아이는 이 집안 아이라고요. 이제 당신이 할 일은 끝났어요. 당신 역할은 이걸로 끝이라고요. 더 이상 당신이 필요할 일은 없어요. 그래도 옛정을 생각해서 사례비를 두둑이 쥐여 준 겁니다. 당신이 사리에 밝은 사람인 줄 알고 그랬던 거예요. 계속 이런 식으로 나오면, 끝장내 버리는 수가 있어요.」

비센테는 권총의 차가운 감촉을 느끼며 자신만만하고 담담한 표정으로 그녀를 바라보았다. 조금 전까지만 해도 머리에 열이 심해 제대로 된 생각을 할 수 없었지만, 총 덕분에 제정신이 돌아왔다.

「아직도 당신들이 특별한 존재인 줄 알아요?」 문 앞에 서 있던 그는 그녀들에게 다가서며 말했다. 「지금도 당신들 마음대로 할 수 있는 시대에 사는 줄 아느냐고요? 우리 같은 사람들을 아무렇게나 대해도 괜찮고, 당신들이 지나가면 고개를 숙이던 그런 세상에 살고 있는 줄 알아요? 당신들이 밟고 지나가면 영광으로 여기기라도 할 줄 아느냐고요? 대체 무슨 수로 나를 끝장내겠다는 거죠? 다시는 갈리시아에 발을 못 붙이게 하겠다는 건가요? 내가 하는 일마다 망하게 할 작정인가요?」 그는 껄껄대고 웃었다. 「무슨 수로 나를 매장시키겠다는 거죠? 대체 당신의 영향력이 어디까지 미치는 겁니까? 아스투리아스까지? 아니면 레온까지?[1] 정 그렇다면 반대 방향으로 가면 되겠죠. 필요하면 나라 밖으로 나가면 되고요. 하지만 배 속의 아이는 내 자식인 만큼 내 성을 따르게 할 겁니다. 정 안 되면 헤이그 국제 재판소에 친자 확인 소송이라도 제기할 거예요.」

그 말을 듣고 후작 부인은 상당히 놀란 눈치였다. 그녀는 잠시 눈을 감았다. 비센테는 그녀의 눈꺼풀 아래로 눈동자가 정신없이 움직이는 것을 보았다. 악마의 눈이나 다름이 없었다. 잠시 뒤 그녀는 눈을 뜨고 그를 노려보았다. 그 순간 비센테는 사악하기 짝이 없는 그녀의 영혼을 보았다.

「그렇다면 카타리나는 당신한테 강간당했다고 말할 거예요.」

그는 너무 어이가 없어 멍하니 있기만 했다. 아무 말도 나오지 않았다.

「그때는 당신이 하도 성가시게 굴어서 성탄절인데도 해고할 수밖에 없었어요. 하지만 카타리나가 선처해 달라고 청한 데다, 당신이 하도 애원하는 바람에 다시 받아들이기로 한 겁니다. 그런데도 당신은 내 며느리를 쉽게 단념하지 못했죠. 그 후로 몇 차례나 카타리나가 당신의 요구를 단호하게 거절해야만 했을 정도로 말이에요. 우리 장원에서 그 장면

1 아스투리아스는 스페인 북부, 그리고 레온은 스페인 북서부에 위치하며 모두 갈리시아와 인접해 있다.

을 목격한 사람이 여럿 있더군요. 그 애는 너무 착해 빠져서 큰일이에요. 혹시 나중에 당신이 무슨 해코지라도 할까 봐 망설이다가 결국 이 꼴이 나고 만 거죠.」

그는 고개를 세차게 흔들었다.

「당신은 그 아이를 강간하려고 급하게 브래지어를 풀다가 그만 고리에 걸려 살갗이 벗겨졌더군요. 우리는 그걸 증거로 가지고 있어요.」

「단연코 그런 일은 없었습니다.」 그가 그녀의 말을 즉각 되받아쳤다. 그러자 손가락 사이로 흘러내리던 부드러운 속옷이 눈앞에 어른거렸다.

「여기 있는 간호사가 가엾은 카타리나한테 가서 성폭행 여부를 검사했죠. 그리고 그 검사 결과를 지금도 소중히 간직하고 있어요. 만일 당신 말대로 법정에 선다면, 간호사하고 나는 분명히 진술할 겁니다. 어느 날, 우연히 온실 앞을 지나가다가 내 며느리의 비명을 듣고 놀라 안으로 들어갔더니, 당신이 그 아이를 덮치고 있었다고요.」

「그건 사실이 아니에요.」 그가 목소리를 높이며 말했다. 그러곤 권총 손잡이를 손으로 꽉 쥐었다.

「당신은 그 아이를 협박했죠. 그 사실을 알리면 당장 돌아와서 죽여버리겠다고 말이에요. 결국 카타리나는 이러지도 저러지도 못하는 처지가 되고 만 거예요. 당신이 입을 닫고 있는 동안에는 두려움에 떨어야 할 테고, 당신이 입이라도 뻥긋하는 날에는 한순간에 모든 걸 잃고 말 테니까요. 그리고 그 끔찍한 기억을 자기 입으로 말해야 할 테죠. 어떤가요? 당신이 판사라면 누구의 말을 믿겠어요?」

그는 머리를 세차게 흔들었다. 그의 온몸이 부들부들 떨리기 시작했다.

「아니에요, 아니라고요.」

그녀는 흡족한 듯 벌건 잇몸을 훤히 드러내며 미소 지었다. 하지만 이내 입을 꽉 다물고 근엄한 표정을 지었다.

「그 아이는 잊어버려요. 이제 다 끝났으니까 어서 가라고요! 이름이…….」 그녀는 다시 간호사를 바라보았다.

674

그도 살며시 미소 지으며 주머니에서 권총을 꺼냈다. 그는 여전히 간호사를 향하던 그녀의 얼굴에 총을 겨누었다.

「맞아, 피녜이로. 피녜이로 씨, 물론 당신은 그 아이를 절대로 잊을 수 없겠지만 말이에요.」

　그 순간 그는 권총의 방아쇠를 당겼다.

　후작 부인은 놀라서 눈이 휘둥그레진 채, 그 자리에 얼어붙은 듯 꼼짝도 하지 않았다. 일순간 그녀의 얼굴에 두려운 빛이 스치고 지나간 뒤 다시 희미한 미소가 떠올랐다. 깊은 체념과 극도의 공포 사이에서 비롯된 표정이었다. 그녀가 한숨을 내쉬며 비명을 지르자 매캐한 화약 냄새가 콧속으로 스며들었다. 그 순간 어리석게도 간호사는 총격을 막으려고 오른손을 치켜들며 부인 쪽으로 몸을 날렸다. 총알은 간호사의 가슴을, 정확히 말해 쇄골과 유방 사이를 관통하고 말았다. 간호복에 검붉은 구멍이 나면서, 그녀는 후작 부인 위로 쓰러졌다. 하지만 간호사는 독일 탱크만큼이나 강했고, 끝까지 자기 임무에 충실했다. 비센테가 총을 드는 순간, 그녀는 재빨리 왼손으로 총구를 잡았다. 만일 그가 권총을 꽉 쥐고 있지 않았더라면, 그녀에게 빼앗겼을지도 모른다.

　간호사가 재빨리 대응한 덕분에 후작 부인은 총알을 피할 수 있었다. 하지만 그녀가 갑자기 총구를 잡자, 이미 방아쇠에 손가락을 걸고 있던 비센테는 자기도 모르는 사이에 다시 총을 쏘고 말았다. 총알은 간호사의 엄지를 뚫고 지나가 후작 부인의 배에 박혔다. 두 여자의 고함이 한데 어우러졌다. 후작 부인은 고통스러운지 비명을 질렀지만, 간호사는 그저 끙끙 신음하며 참았다. 결국 간호사는 티 테이블과 활활 타고 있던 벽난로 사이에 쓰러져 숨을 거두고 말았다. 후작 부인은 고통스러운 표정을 지으며 두 손을 배에 갖다 대더니, 비센테가 다가가자 앉아 있던 소파 위로 털썩 쓰러지며 가쁜 숨을 몰아쉬었다.

　그녀는 더 이상 소리를 지르지 않고 힘겹게 고개를 들어 배에 난 상처를 물끄러미 바라보았다. 상처에서 피가 천천히 흘러나왔다. 수도꼭지에서 나온 물이 컵 밖으로 넘치면서 소리 없이 졸졸 흘러내리는 것처럼 불길한 느낌을 주었다. 비센테는 가쁜 숨을 몰아쉬는 부인을 말없이 내려다보았다. 그녀는 시간이 갈수록 점점 진통이 심해지는 산모처럼 얼굴이 백지장처럼 하얗게 질리다가 악마 같은 모습 ─ 사실 평소 그녀의 모습이었다 ─ 으로 변하기도 했다. 그러면서 극심한 고통이 온몸으로 파고드는 바람에 신음조차 내지 못하고 몸부림쳤다. 그때 그녀가 무언가를 말하려는 듯 입술을 움직이기 시작했다. 그러곤 눈을 감은 채 중얼거렸다.

비센테는 그녀가 무슨 말을 하는지 알아들을 수 없었다. 그는 이미 피로 붉게 물든 소파 쪽으로 천천히 다가간 뒤, 그녀의 얼굴 위로 고개를 숙였다.

그러지 말았어야 했다. 그 순간 그녀가 갑자기 눈을 번쩍 떴다. 그제야 비센테는 이 악마 같은 여자가 정신을 잃기는커녕 여전히 깨어 있었다는 것을 알았다. 그녀가 미소 지으며 말했다.

「당신은 해고야. 참, 이름이…… 이름이 뭐였지?」

그 순간 비센테는 그녀 위에 올라탔다. 그러자 허벅지 부근이 미지근하게 젖어 들더니 이내 바지가 벌겋게 물들고 말았다. 그는 권총을 들어 올렸다. 총으로 그 악마 같은 얼굴을 수차례 가격하자 마침내 기분 나쁜 미소가 사라졌다.

잠시 뒤 그는 총으로 자신의 머리를 쏘았다. 너무 미끄러워서 두 손으로 권총을 잡아야 했다.

폭풍우

노게이라가 시동을 걸고 출발하자마자 전화벨이 울리기 시작했다. 노게이라는 마누엘에게 전화기를 건네면서 받으라고 했다. 마누엘은 둘 다 들을 수 있도록 스피커를 켰다. 오펠리아였다.

「노게이라. 조금 전에 라디오 뉴스를 들었는데, 아스 그릴레이라스에서 총소리가 났대. 그래서 이미 현장으로 출동을 한 상태인가 봐. 무장 괴한이 집 안으로 들어가 총격을 가한 모양이야. 아무래도 사상자가 발생한 것 같아.」

「그럼 어디로 가지? 아스 그릴레이라스로 가야 할까? 아니면 병원으로?」 노게이라가 마누엘에게 고개를 돌리며 물었다.

「일단 병원으로 가는 게 좋겠네.」 마누엘이 대답했다. 문득 비센테의 우의 사이에서 반짝거리던 권총 손잡이가 머릿속에 떠올랐다. 손만 뻗으면 만질 수 있을 것처럼 눈앞에 어른거렸다.

마누엘은 전화기를 꺼내 에르미니아의 번호를 찾았다. 전화를 걸었지만, 아무도 받지 않다가 꺼졌다. 별 기대를 하지 않고 다시 걸었는데, 이번에는 전화기에서 에르미니아의 울먹이는 목소리가 흘러나왔다.

「비센테예요. 이 늦은 밤에 유령처럼 창백한 몰골로 나타나서는 후작 부인을 뵙게 해달라고 하더라고요. 하는 수 없이 부인께 알렸는데, 웬일인지 올라오라고 했어요. 마누엘, 그가 무슨 말을 하려고 왔는지 잘 모르겠어요. 그런데 좀 있다가 총소리가 들리는 거예요.」

「지금도 집 안에 있나요?」

「위층에 있어요. 부인하고 간호사와 함께요. 그런데 마누엘, 아무 소리도 들리지 않으니 이를 어쩌면 좋아요? 하여간 총소리가 여러 번 났답니다. 아무래도 죽은 사람이 있는 것 같아요.」

「에르미니아, 경찰이 도착할 때까지 주방 문을 꼭 잠그고 있어요.」

「알았어요.」 에르미니아가 고분고분하게 대답했다.

그동안 미심쩍던 것들이 하나씩 확신으로 변해 가고 있었다. 산티아고의 자살 시도, 비센테의 극심한 심경 변화, 카타리나를 감싸 주던 까마귀의 날개.

「그런데 에르미니아, 어제 산티아고가 자기 어머니와 다툰 이유가 뭐죠? 내가 보기에 카타리나가 임신 소식을 밝히고 난 직후였던 것 같은데……. 그렇지 않아요?」

그러자 에르미니아가 더 크게 울부짖기 시작했다.

「오, 하느님!」

「말해 봐요, 에르미니아. 당신은 알고 있잖아요. 어서요.」

「사실 몇 달 전 산티아고가 다시 그 말을 꺼낼 때까지 나도 까맣게 잊어버리고 있었다고요.」

그녀의 이야기를 듣자, 모든 것이 서서히 윤곽을 드러내기 시작했다.

기쁨의 성사

 침대 머리맡에서 형광등 불빛이 머리 위로 쏟아지자, 산티아고의 눈과 입이 검은 우물처럼 움푹 들어가 보였다. 그는 곧바른 자세로 앉아 있었다. 루카스는 그의 얼굴에 희미한 미소가 감돌고 있는 것을 보았다. 그의 거친 숨소리를 들으면서 신부는 성사에 쓸 도구를 가방에서 하나씩 꺼냈다. 그러곤 영대를 펴서 입을 맞춘 뒤 목에 걸치고 성사가 제대로 이루어질 수 있도록 힘과 도움을 청하는 기도를 올렸다.

 루카스는 침대로 다가가 산티아고 곁에서 성호를 그으며 성사를 시작했다. 그 순간 어두운 하늘에 번개가 번쩍하면서 유리창에 달아 놓은 철창의 그림자가 병실 바닥에 드리워졌다. 산타키테리아 병원이 아무리 멋지다 해도 그들은 신경 정신과 병동에 갇혀 있었다.

 산티아고는 기도문을 따라 외웠다.

 「그러므로 간절히 바라오니 평생 동정이신 성모 마리아와……」

 「신부님, 제가 지은 죄를 용서해 주십시오. 루카스 신부님, 저는 스스로 목숨을 끊으려고 합니다.」 산티아고는 차분하면서도 단호한 목소리로 말했다.

 루카스 신부는 천천히 고개를 저었다.

 「산티아고, 그런 말을 함부로 해서는 안 돼. 우선 뭐가 그리도 견디기 힘든지 말해 보게. 나는 분명히 자네를 도와줄 수 있어.」

 「아무도 나를 도와줄 수 없어요.」 그가 침착하게 말했다.

 「하느님이 도와주실 걸세.」 루카스는 어떻게 해서든 그의 마음을 돌리려고 했다.

「그렇다면 하느님은 내가 죽도록 도와주시겠죠.」

루카스는 아무 말도 하지 않았다.

「루카스 신부님, 어렸을 때 기억나세요?」

루카스는 고개를 끄덕였다.

「신학교에 다닐 때, 알바로 형과 나한테 아주 끔찍한 일이 있었죠.」 말을 마친 산티아고는 한동안 침묵을 지켰다. 루카스는 그가 눈물을 흘리고 있다는 것을 알아차렸다.

굵은 눈물이 그의 얼굴을 타고 흘러내리다 이불 위로 떨어졌다. 하지만 그는 자기가 울고 있다는 사실조차 모르는 듯했다.

방에 들어온 지 족히 몇백 년은 흐른 것 같았다. 피로가 한꺼번에 몰려들었다. 동시에 한시도 그의 마음을 떠난 적이 없는 슬픔이 복받쳐 올랐다. 루카스는 방문을 닫고 나와 발 가는 대로 걸었다. 그러다가 커피 자판기 옆에 있는 의자에 다다랐다. 새벽이라 복도에는 인적이 없었지만, 낮 시간 동안 북적대던 사람들의 활기와 열기가 조금은 남아 있는 듯했다. 휴지통에는 종이컵이 수북이 쌓여 있었고, 벽이며 바닥에 커피가 흘러내린 자국과 얼룩이 지저분하게 남아 있었다. 그는 따뜻하고 안전하던 엄마 배 속에 대한 기억을 떠올리면서 커피 자판기 옆자리에 털썩 주저앉았다. 옆으로 살짝 몸을 기울이자, 자판기에서 온기와 부드러운 소리가 느껴졌다. 그는 팔꿈치를 무릎 위에 얹고 두 손으로 머리를 감싸 쥔 채 기도하려고 했다. 그 순간 그에게 도움의 손길을 내미는 이가 있다면, 그건 바로 하느님뿐이었다. 이 세상 그 누구도 자신을 도와줄 수 없다는 것을 루카스는 잘 알고 있었다. 하지만 방금 산티아고가 했던 말이 메아리처럼 그의 머릿속에 울려 퍼졌다. 마치 벽을 향해 던진 공이 완벽한 궤도를 그리면서 튕겨 나올 때처럼 일정한 간격으로 똑같은 소리가 나는 것 같았다. 탁, 탁, 탁…… 무질서하게 움직이는 듯하지만 일정한 궤도를 그리는 공처럼 지금까지 일어난 충격적이고 불행한 사건들 중 우연에서 비롯된 것은 단 하나도 없었다. 사건이 일어난 궤도는 철저히 계산된 것이었다. 더 큰 승리를 거두기 위해 사소한 불행과 고통을 감내하는 차원에서 말이다.

여전히 돌이 날아와 살에 부딪히는 소리가 그의 귓전을 울렸다. 탁, 탁, 탁……. 그는 천천히 눈을 뜨며 고개를 들었다. 카타리나가 바로 앞에 선 채, 경멸하는 눈초리로 그를 내려다보고 있었다.

그는 무슨 말이라도 하고 싶었지만, 피로와 패배감이 뒤섞인 한숨만 새어 나왔다.

「그래서 내가 말렸던 거예요.」

그는 힘없이 고개를 끄덕였다.

「그이가 지금 제정신이 아니라고 몇 번이나 말했는데, 끝까지 고집을 피우시더니…….」

그는 다시 고개를 끄덕였다.

「방금 그이를 보고 오는 길이에요. 잠든 모습이 꼭 천사 같더군요. 그래도 마음의 짐을 많이 던 모양이에요.」 그녀는 미소 띤 얼굴로 말하면서 그의 옆자리에 앉았다.

그때 부드러운 종소리와 함께 엘리베이터 문이 열리더니 다급한 발소리와 바람 소리가 연이어 들려왔다. 엘리베이터를 타고 올라온 바람이 열린 문을 통해 쏟아져 나오면서 복도에 한동안 울부짖는 소리가 울려 퍼졌을 뿐만 아니라, 유리창이 깨져 벽에 부딪히면서 와장창하는 소리가 났다. 루카스와 카타리나는 깜짝 놀라 자리에서 벌떡 일어났지만, 어디서 나는 소리인지 몰라 주변을 두리번거렸다. 복도 저 끝에서 마누엘과 노게이라가 뛰어오고 있었다. 그 반대편에 비상계단으로 이어지는 커다란 유리창이 있었는데, 마치 활짝 열린 것 같았다. 간신히 그 자리에 붙어 있던 이중 유리가 번개를 맞아 상처라도 입은 듯 위에서 아래로 금이 쫙 가 있었다. 멀리서 보면 번개가 유리창에 새겨 놓은 예술 작품 같았다. 엘리베이터를 타고 올라온 공기가 바람을 빨아들이면서 비가 복도 안으로 쏟아지기 시작했다. 산티아고의 병실에 이르렀을 때, 그들은 머리에 물을 한 바가지 뒤집어쓴 몰골이었다. 머리맡에서 창백한 형광등 불빛이 침대를 비추었다. 조금 전까지 산티아고의 손을 묶어 두었던 가죽끈이 풀린 채 침대 옆에 대롱대롱 매달려 있었다.

마누엘과 노게이라는 산티아고를 찾으러 밖으로 뛰쳐나갔다. 루카스는 잠시 머뭇거렸다. 그는 몸을 제대로 가누지 못해 문지방에 기대고 서 있어야 했다. 침대 옆에 대롱대롱 매달린 가죽끈을 보자, 손과 팔이 축 늘어진 채 죽어 있는 이의 모습이 떠올랐다. 어느 틈엔가 카타리나가 옆에 와 있었다. 루카스는 그녀를 돌아보았다.

「당신이 끈을 풀었군.」 루카스는 역겨운 눈초리로 그녀를 바라보며 말했다. 얼마나 나직하게 말했는지, 바람 소리에 묻혀 들리지도 않을 정도였다.

카타리나는 손가락 두 개를 들어 올려 입술에 갖다 댔다. 진정하라는 표시였다. 보통의 남녀 사이라면 음란한 의미로 받아들일 수 있는 손짓이었다. 루카스는 얼굴이 화끈 달아올랐지만, 음탕한 마음을 품었기 때문은 아니었다. 그녀가 가까이 다가오자 빗물 냄새와 치자 꽃향기가 강하게 풍겼다.

「그이가 너무 지쳐서 잠시라도 눈을 붙여야 하겠더라고요. 그런데 손이 그렇게 묶인 상태로는 돌아누울 수도 없잖아요. 끈을 좀 느슨하게 풀어 주어도 별문제 없을 줄 알았죠.」 그녀가 루카스의 귀에 대고 속삭였다. 「고해 성사를 했으니까 신부님 말마따나 마음도 편안해졌을 것 같고요. 또 기쁨도 되찾았을 테고……. 하지만 당신은 사제로서 침묵을 지켜야겠죠.」

루카스는 끓어오르는 분노로 인해 눈앞이 흐릿해졌다. 그는 그녀를 벽으로 밀치고, 서둘러 비상계단 쪽으로 갔다. 조금 전 유리 깨지는 소리에 놀란 간호사들과 경비원 두 명이 복도를 따라 달려오고 있었다. 그 순간 경보음이 울리기 시작했다. 비상계단으로 이어지는 유리창이 열리면서 작동된 것이 분명했다.

거센 비바람이 그의 얼굴과 몸에 몰아쳤다. 금세 물을 뒤집어쓰기라도 한 것처럼 옷이 다 젖고 말았다. 루카스는 어둠 속에서 무언가를 찾아내려고 눈을 가늘게 떴다. 연이어 천둥소리가 울려서 아무것도 들리지 않았다. 그는 목청껏 노게이라와 마누엘의 이름을 불렀지만, 그 소리도 멀리서 불어오는 바람에 휩쓸려 사라지고 말았다. 그는 연신 미끄러지면서도 앞으로 걸어갔다. 어디에 부딪혔는지 무릎에 심한 통증이 느껴졌다. 그래도 있는 힘을 다해 난간을 잡고 일어났다. 그 순간 위쪽에서 진동이 전해졌다. 속이 비어 있는 철제 구조물을 통해 진동이 아래로 전달되고 있는 듯했다. 그는 난간을 따라 위로 올라갔다. 어두워서 앞이 제대로 보이지 않았지만, 몸을 조금씩 돌려가면서 한 계단씩 올라가자 마침내 옥상이 나타났다. 그곳은 건물 측면이라 짙은 어둠에 묻혀 있었다. 파란색으로 쓰인 병원 이름을 환하게 비추고 있는 조명등이 선명한 대조를 이루었다. 루카스는 손차양을 하고 주변을 두리번거렸다. 간판 뒤쪽으로 사람의 모습이 어렴풋이 보이자 곧장 그곳으로 달려갔다.

조명등 불빛이 활주로처럼 옥상을 환하게 비추고 있었다. 강한 불빛은 거센 비바람을 뚫고 산티아고의 모습을 환히 드러냈다. 그는 비에 흠뻑 젖어 수의처럼 몸에 달라붙은 환자복 차림으로 옥상을 빙 둘러싼 콘크리트 벽 위에 올라서 있었다. 그가 자기를 쫓아온 사람들을 보기 위해 뒤를 돌아보았다.

「가까이 오지 마!」 여전히 천둥소리가 났지만, 산티아고는 모두가 들을 수 있을 만큼 큰 소리로 외쳤다.

그에게 가장 가까이 다가간 마누엘이 걸음을 멈추었다. 그는 노게이라를 찾으려고 뒤를 돌아보았지만, 등 뒤에 있는 조명등 불빛 때문에 눈이 부셔 알아볼 수가 없었다. 얼굴까지 분간하기는 어려웠지만, 남자 둘과 여자 한 명이 어렴풋하게 보였다.

「내 말 잘 들어요, 산티아고. 그러지 말고 내려와서 나하고 이야기합시다.」 마누엘은 시간을 끌 작정으로 말했다. 하지만 기대하지 않던 대답이 또렷이 들려오자 흠칫 놀랐다.

「더 이상 할 말 없어요.」

「산티아고. 쓸데없는 생각 하지 말아요. 충분히 좋은 해결책들이 있단 말이에요.」

이번에는 산티아고의 웃음소리가 또렷하게 들렸다.

「당신은 아무것도 모르면서 웬 참견이요.」그가 슬픈 목소리로 말했다.

다급해진 마누엘은 친구들의 도움을 얻으려고 다시 뒤를 돌아보았다. 어느 틈엔가 그들이 옆에 와 있었다. 노게이라는 냉정을 잃지 않으려는 듯 입을 꽉 다물고 있었다. 그를 알게 된 뒤로 처음 보는 표정이었다. 반면 루카스는 장대 같은 비를 맞으면서 울고 있었다. 설움이 복받쳐 흐느끼는 게 분명했다. 그런데 카타리나는…… 카타리나는 미소 짓고 있었다. 마누엘은 도저히 믿을 수 없다는 듯이 멍한 표정으로 그녀를 바라보았다. 물론 그녀는 남의 눈에 띄지 않게 조용히 웃었다. 그러면서 모든 일이 자신의 계획대로 완벽하게 이루어지기를, 그리하여 곧이어 막이 내리기를 간절히 기다리고 있었다.

마누엘이 산티아고에게 한 걸음 다가섰다.

「산티아고. 모두 카타리나가 저지른 일이에요. 그녀가 프란을 죽일 계획으로 마약을 샀어요. 그녀에게 약을 판 친구를 증인으로 확보해 두었어요. 경찰에 사실대로 진술하기로 약속까지 했다고요.」

「프란에게 약을 준 건 나예요.」그가 차분하게 대답했다.

「산티아고, 그건 사실이 아니에요. 프란이 죽었다는 소식을 듣고 당신은 슬픔을 이기지 못해 잠시 실성한 것뿐이에요. 카타리나가 그런 거예요. 알바로를 죽인 것도 그녀란 말입니다. 그날 밤, 그녀는 비센테한테 트럭을 빌려서 계속 당신의 뒤를 밟은 거라고요.」

「아니에요. 그건 나였어요.」그가 또다시 같은 대답을 했다. 「어떻게 해서든 우리의 비밀을 지켜야 하는데, 알바로 형이 돈을 주지 않으려고 했거든요.」

마누엘이 한 걸음 더 다가가자, 산티아고는 한 걸음 물러났다. 이제 그는 콘크리트 벽 가장자리에 서 있었다.

「당신이 왜 그러는지 잘 알아요.」

「당신은 아무것도 모른다니까.」 그가 신경질적으로 응수했다.

「토니노 때문에 그러는 거죠.」

말이 끝나기가 무섭게 산티아고의 얼굴이 고통으로 심하게 일그러졌다. 그는 배라도 한 대 맞은 것처럼 몸을 웅크렸다.

「산티아고, 토니노는 자살하지 않았어요.」

그의 얼굴에 고통스러운 기색이 역력했다.

「산티아고, 내 말 들었어요?」 마누엘은 다시 큰 소리로 말했다. 「토니노는 자살하지 않았다고요.」

산티아고는 마음이 흔들리는지 몸을 펴고 일어났다. 그의 얼굴에 어두운 그림자가 스쳐 지나갔다.

「거짓말하지 말라고요! 경찰이 나한테 그랬어요. 토니노는 실의에 빠진 나머지 나무에 목을 매고 자살한 거라고요.」

「그건 그 경찰이 잘못 안 거예요. 시신이 며칠씩이나 방치되어 있었기 때문에 처음에는 그렇게 판단했던 거라고요. 정 의심스러우면 여기 노게이라 중위도 와 있으니까 물어봐요.」 마누엘은 노게이라를 가리키며 말했다. 「부검 결과, 알바로와 마찬가지로 토니노의 복부에서도 칼에 찔린 흔적이 발견됐단 말입니다.」

그 순간 산티아고는 카타리나를 뚫어지게 쳐다보았다. 마누엘이 보기에 그의 마음속에 의심이 싹트고 있는 것이 분명했다.

「여보, 저 사람들의 말은 귀담아듣지 말아요. 괜히 당신을 혼란스럽게 하려고 저러는 거니까요.」 카타리나가 달콤한 목소리로 말했다.

「카타리나는 그날 밤에 당신을 미행했어요. 당신이 알바로와 헤어지고 나서도 마찬가지였죠. 경찰이 사고 소식을 알려 준 새벽에도 그녀는 당신이 토니노와 만난 곳까지 쭉 따라갔던 거예요. 당신이 그를 때리는 걸 나무 뒤에 숨어서 지켜보다가, 당신이 자리를 떠난 뒤에 그를 처치한 거죠.」

「거짓말이에요.」 그녀가 소리쳤다.

마누엘의 두 눈에서 증오와 분노가 이글이글 타올랐다. 차가운 비가 그의 머리를 때리고 얼굴을 따라 연신 흘러내렸다. 하지만 이 세상 그 어떤 물로도 그의 마음속에서 불타오르는 분노와 증오를 끌 수는 없었다. 그는 하얀 조명등 불빛을 받아 창백해진 두 손을 물끄러미 내려다보았다. 손에서 허연 김이 무럭무럭 올라오고 있었다. 그는 자신의 마음속에서 사물을 꿰뚫어 보는 능력이 횃불처럼 활활 타오르는 것을 느꼈다. 그가 사건의 전모를 분명하게 밝혀낼 수 있었던 것도 바로 그 능력 덕분이었다. 그는 다시 산티아고를 쳐다보았다. 산티아고의 마음속에서도 그런 불꽃이 타고 있을 터였다. 그러나 그것은 다른 종류의 불꽃이었다. 의심과 의문 그리고 배신으로 이루어진 불꽃이자, 오로지 그만이 알 수 있는 불꽃이었다.

「알바로는 교통사고로 죽은 게 아니에요. 그의 차가 도로 밖으로 이탈한 건 출혈로 의식을 잃었기 때문이죠. 당신이 떠난 뒤, 그녀가 푸티클룹의 주차장에서 그를 칼로 찌른 겁니다. 여태껏 당신은 카타리나한테 짐짝이나 마찬가지였죠. 그녀가 나서서 모든 일을 해결해 주어야만 하는 바보나 마찬가지였다고요. 그날 밤, 그녀가 한 일도 바로 그런 겁니다. 당신이 토니노를 만나는 곳까지 따라갔다가, 당신을 위해 그를 처치한 거니까요.」

산티아고는 어린아이처럼 엉엉 울면서 그의 이야기를 들었다. 심지어는 버려진 아이처럼 두 손으로 눈을 비비며 통곡했다.

그 모습을 보자 마누엘은 절망의 구렁텅이에서 허우적거리던 비센테가 떠올랐다. 그가 울던 모습, 우의, 그 속에 감추어져 있던 권총, 트럭 뒷좌석에 아무렇게나 어질러져 있던 연장들, 양동이, 삽…… 마누엘은 주머니에 손을 넣어 치자 꽃잎을 꺼냈다. 그에게 진실을 알려 주려고 한 누군가로부터 부탁을 받은 사무엘이 선물로 준 꽃잎이었다. 조명등 불빛을 받자 꽃잎은 안에서부터 환한 빛을 내는 것처럼 보였다. 억수같이 퍼붓는 비 때문인지 꽃향기가 사방으로 진하게 퍼져 나갔다. 그러자 온실에서 정신을 잃고 쓰러졌을 때처럼 눈앞이 빙빙 돌며 현기증이 일어났다. 그는 카타리나를 돌아봤다. 그녀는 멍한 표정으로 꽃을 바라보고 있었다. 그날 오후, 그녀의 모습이 떠올랐다. 그를 보자 상냥한 미소를 지으며 손을 내밀던 모습. 아이를 다른 팔로 옮겨 안으며 왼손을 내밀던 모습.

마누엘은 손에 쥐고 있던 꽃을 들어 올리며 산티아고가 들을 수 있도록 큰 소리로 외쳤다.

「그녀는 토니노를 여덟 번이나 찔렀어요. 치자나무를 다듬는 데에 사용하는 날카로운 랜싯으로 말이에요.」

진실은 언제나 과도하고 과격하기 때문에 거짓된 확신이 일시적으로 위안을 줄 때가 있다. 진실이 조금씩 천천히 다가오면, 그것을 자연스럽게 받아들일 수 있게 된다. 마치 갈리시아의 대지가 하늘에서 내리는 비를 받아들이듯이 말이다. 하지만 거대한 해일처럼 한꺼번에 몰아닥치면, 아무리 진실이라 해도 악의적인 거짓만큼이나 커다란 고통을 안겨 줄 뿐이다.

산티아고는 더 이상 마누엘을 보지 않았다. 그의 시선은 카타리나에게 머물러 있었지만, 그렇다고 그녀를 보고 있지도 않았다. 오히려 죽기 직전의 사람들이 그러하듯이 이승과 저승을 구분하는 경계선을 넘어, 두 세계를 모두 알아볼 수 있는 순간을 응시하고 있었다고 하는 편이 옳을 것이다.

그녀가 크게 놀라거나 당황하지 않았던 것도 그런 이유 때문이었는지 모른다. 그녀는 그를 지나칠 정도로 잘 알았다. 산티아고가 치욕을 당하기 전에 죽기를 원한다는 것을, 그리고 늘 자신과 다른 존재가 되거나 최소한 그렇게 보이려고 평생 속을 숨긴 채 살아왔다는 것을 훤히 알 정도로 말이다. 산티아고는 너무 심약했다. 그녀는 그런 그를 너무나 잘 알았다. 그녀가 그를 보면서 마지막으로 미소 지었던 것도 바로 그런 이유 때문이었으리라.

산티아고는 허공을 향해 몸을 돌렸다. 아직 어둠에 싸인 지평선을 바라보며, 아니면 오직 그만이 볼 수 있는 어떤 것을 바라보며 희망을 품 있는지도 모른다. 그가 갑자기 고개를 돌려 어깨 너머로 소리쳤다.

「루카스 신부님! 루카스 신부님! 내 말 들려요?」

그제야 울음을 그친 루카스가 큰 소리로 대답했다.

「산티아고, 나 여기 있네!」 그의 목소리가 빗줄기 사이로 낭랑하게 울려 퍼졌다.

「루카스 신부님, 내가 고해한 죄를 사람들에게 알려 주세요!」

「안 돼요!」 카타리나가 소리쳤다.

「신부님, 내 말 들었나요? 모두 내 말 들었어요? 내가 고해한 죄를 밝히세요! 하나도 빠짐없이 다 말해 주세요.」 말을 마치자마자 그는 아래로 뛰어내렸다.

인사, 그리고 막

〈이곳의 날씨에 관해서라면 이제 도사가 다 됐어.〉 마누엘은 하늘을 쳐다보며 생각했다. 그날 밤, 비는 여간해서 그칠 것 같지 않았다. 하지만 온통 구름으로 뒤덮였던 하늘에서 일시적으로 구름층이 얇아졌다. 그는 그 사이로 모습을 드러낸 달을, 평소보다 작고 화가 난 듯 시무룩해 보이는 달을 언뜻 본 것 같았다. 사납게 몰아치던 폭풍우는 이미 지나갔다. 저 먼 지평선 근처에는 아직도 천둥소리의 메아리와 번쩍거리는 번개가 어슴푸레하게 보였지만, 서슬 퍼렇던 기세는 한풀 꺾인 듯했다. 이제 폭풍우는 병원 옥상에서 투신한 산티아고와 더불어 희미한 옛 추억이 되고 말았다.

순찰차 그리고 명멸하는 파란 불빛. 오펠리아는 판사와 거의 동시에 도착했다. 마누엘은 젊은 경관이 건네준 커피를 받아 들고, 입구의 주랑 현관으로 몸을 피했다. 거기서 전 상관들과 떠들썩하게 이야기를 나누고 있던 노게이라를 지켜보았다. 그는 뜻하지 않게 사건에 휘말린 것이 어떤 결과를 불러올지를 생각하며 잠시나마 마음이 무거웠다. 하지만 많은 이들이 자신의 이야기를 귀담아들으면서 어깨를 툭툭 쳐주기도 하고, 또 노게이라가 특유의 미소를 지어 주자 걱정이 사라졌다.

사실 그는 루카스가 더 걱정스러웠다. 산티아고가 뛰어내리던 순간, 누군가가 어마어마하게 큰 도끼로 다리를 내리찍기라도 한 것처럼 루카스는 배수구로 빠지지 못한 빗물이 흥건하게 괴어 있던 옥상 바닥에 털썩 무릎을 꿇고 말았다. 그러곤 두 손으로 얼굴을 감싸 쥐더니 목 놓아 울기 시작했다. 그는 상처 입은 짐승이 밖으로 나오려고 꿈틀거리기라도 하는 것처럼 어깨를 들썩거리며 울었다. 노게이라와 마누엘이 그를 간신히 부축해 계단으로 데리고 갔다. 그리고 깨진 유리창을 통해 나왔던 장소로 돌아왔다. 다행히 병원이라는 문명화되고 억제된 공간으로 들어오자, 그는 점차 안정을 되찾는 듯 보이더니 마침내 울음을 그쳤다. 하지만 노게이라의 만류를 뿌리치고 기어이 그들과 함께 시체 안치소로 가겠다고 고집을 피웠다. 산티아고의 사망을 직접 확인하고, 종부성사를 해야 한다는 이유 때문이었다. 그러곤 옷을 갈아입거나 물을 마시는 것조차 거부한 채, 경찰이 올 때까지 병원 예배당에서 기도하겠다고 했다.

그가 선 자리에서 루카스를 볼 수 있었다. 루카스는 초동 수사를 철저히 할 수 있도록 병원 측에서 사용을 허가한 병원장 사무실의 의자에 앉아 있었다. 무슨 말을 하는지는 들리지 않았지만, 이따금 앞에 놓인 찻잔을 들고 한 모금씩 차를 마셨다. 비교적 차분해 보였고, 평소와 마찬가지로 침착하게 말했다. 그 정도는 아무것도 아니라는 듯이…….

카타리나의 모습도 보였다. 그녀는 수갑을 찬 채, 과르디아 시빌 순찰차 뒷좌석에 경관 한 명과 함께 앉아 있었다. 비에 젖은 머리가 마르면서 곱슬곱슬해진 머리카락이 자연스럽게 얼굴을 가리자 훨씬 더 젊어 보였다. 그사이 그녀는 옷을 갈아입었다. 누구의 옷인지 모르겠지만, 하얀 셔츠를 입고 어깨 위로 담요를 두르고 있었다. 그럼에도 아름다웠다. 마누엘이 그녀를 보고 있는 사이, 노게이라가 옆으로 다가왔다.

「그녀와 이야기해도 좋다는 허락을 받았네. 하지만 딱 5분 만이야. 어떤 경우라도 그녀를 만져서는 안 돼. 내가 따라갈 테니까 그렇게 알고 있어.」 순찰차로 다가가기 전에 노게이라는 어깨를 치더니 마누엘을 똑바로 쳐다보았다. 「수사 규칙이야. 솔직히 말하면 나는 지금이라도 자네가 마음을 바꾸었으면 해. 하지만 굳이 하겠다면 내 말 명심하게. 내가 모든 걸 책임지기로 하고 간신히 허락을 받은 거라네. 그러니까 나를 엿먹이지 말라고!」

노게이라는 차 문을 열더니, 카타리나를 지키고 있던 경관과 몇 마디 이야기를 나눈 뒤 옆으로 물러섰다.

　막상 그녀와 마주하니 아무 생각도 떠오르지 않았다. 무슨 말을 어떻게 해야 할지 막막하기만 했다. 그녀와 이야기할 수 있게 해달라고 부탁했을 때, 그는 결코 이루지 못할 욕망에 사로잡혀 있었다. 하지만 차분하면서도 평온하기 그지없는 눈동자, 괴롭고 슬픈 기색이라고는 전혀 찾아볼 수도 없는 눈동자와 마주하자 무어라 형언하기 어려운 느낌이 들었다. 전혀 예상하지도, 상상하지도 못한 느낌이었다. 그녀가 놀라는 모습을 볼 수만 있다면, 한결같이 고상하기만 한 그 표정을 무너뜨릴 수만 있다면 무슨 짓이라도 할 것 같았다.

　그는 그녀를 빤히 바라보았다. 그녀도 무심한 눈길로 그를 바라보고 있었다. 장원에서 자기 분수를 가장 잘 아는 이라고 모두 입을 모아 말하던 여인, 카타리나.

　마누엘은 필요 이상으로 차분한 그녀의 모습을 보자 짜증이 치밀었다. 늘 고상한 척만 하는 그녀의 탈을 벗기고 싶었다.

　「혹시 누구한테 들었는지 모르겠는데, 오늘 후작 부인이 죽었어요. 몇 시간 전에 비센테가 아스 그릴레이라스에 불쑥 찾아와 후작 부인을 만나게 해달라고 하더랍니다. 한동안 이야기를 나누다가 그녀에게 총을 쏘았다고 하더군요. 그러곤 자기도 스스로 목숨을 끊었고요.」

　카타리나는 아직 그 소식을 모르고 있었다. 마누엘의 이야기를 듣더니 그녀는 잠시 놀라는 듯했다. 그러곤 숨을 깊이 들이마셨다가 천천히 내쉬었다.

　「시어머님은 우리 집안의 어른이셨죠. 최근에 관절염 때문에 고생하셨지만, 그래도 평생 호강하면서 사신 편이에요. 그런데 비센테는…… 한마디로 자기 분수를 모르는 사람이라고요. 그가 어떤 사람인지는 오래전부터 알고 있었죠. 이럴 줄 알았으면 예전에 내보내는 건데.」

　그녀의 말을 듣고 마누엘은 고개를 절레절레 흔들었다. 누군가 카타리나의 말을 들었다면, 그녀의 시어머니가 천수를 다하고 편안하게 돌아가신 줄 알았을 것이다. 그리고 부하 직원이 쓸데없는 말을 해서 문제를 일으킨 정도로 여겼을 것이다.

「그럼 알바로는요?」

그녀는 다시 그의 눈을 빤히 쳐다보았다. 그러곤 답하기 어려운 문제라는 듯 잠시 눈을 감았다. 하지만 그녀의 목소리에서는 아무런 감정을 느낄 수가 없었다.

「이제 와서 미안하다고 해봐야 무슨 소용이 있겠어요? 마누엘 씨, 그건 나도 어쩔 수 없었어요. 처음부터 알바로 씨를 죽일 생각은 전혀 없었으니까요. 상황이 갑자기 예상치 못한 방향으로 흘러가는 바람에 서두르다 그만…….. 애당초 산티아고가 내게 귀띔만 해주었더라도 알바로 씨가 전혀 눈치채지 못하도록 했을 거예요. 그런데 산티아고는 바보같이 그런 멍청이한테 푹 빠져 있었어요. 그자가 협박을 하는 것조차 감상적으로 여길 정도로요.」 그녀가 짐짓 놀란 표정으로 미소 지으며 말했다. 「그걸로도 모자라 그런 못된 인간을 두둔하기까지 하더라고요. 〈알고 보면 불쌍한 친구야. 어려서 아버지가 돌아가셨는데, 어머니는 그 어린것을 내팽개치고 도망갔다더군. 그래서 지금은 병든 고모와 함께 살고 있어.〉」 카타리나는 마치 고집이 센 아이에 대해 말하는 것처럼 고개를 휘휘 저었다. 「그래서 그이를 설득하려고 애를 썼답니다. 협박에 굴복해서 돈을 주면, 나중에 더 많이 요구하기 마련이라고 말이죠. 그런 몹쓸 인간에게 30만 유로를 준다고 해서 얼마나 가겠어요? 하지만 때는 이미 늦었죠. 산티아고는 그새를 못 참고 알바로 씨에게 그 사실을 알렸답니다. 형이 돈을 줄 거라고 확신한 거죠. 알바로 씨가 여기로 내려온 것도 바로 그 일 때문이었어요. 그런데 와서 보니까 두 사람 사이가 수상했던 거죠. 협박범과 피해자의 관계라고 보기에는 미심쩍은 구석이 너무 많았으니까요. 그날 밤, 나는 그들이 만나기로 한 클럽 주차장까지 그를 따라갔어요. 그 자리에서 알바로 씨가 그이에게 뭐라고 했는지 다 들었어요. 절대 돈을 줄 수 없다, 네 거짓말이라면 이젠 진절머리가 난다, 그럴 바에는 차라리 모든 걸 알리는 편이 나을 것 같다고 하더군요.

그러자 산티아고는 울면서 곧장 집으로 가버렸죠. 늘 그랬듯이 말이에요. 그 순간 트럭 뒷좌석을 돌아보았더니 랜싯이 여러 개 보이더군요. 나는 하나를 집어 들고 트럭에서 내린 뒤 그에게 다가갔죠. 알바로 씨는 나를 보자 흠칫 놀라기는 했지만, 이내 가볍게 안아 주더군요.」

그런 상황에서 달리 방법이 있었겠느냐는 듯 카타리나는 어깨를 으쓱했다.

마누엘은 고개를 저었다. 갑자기 얼굴 근육이 두려움에 휩싸인 듯 경련을 일으켰다. 그는 급기야 울음을 터뜨렸다.

「알바로 씨가 떠난 다음, 주차장 옆 소나무 숲으로 가서 토니노를 기다렸지만 끝내 나타나지 않더군요. 더 기다려 봐야 안 올 것 같아서 결국 장원으로 돌아갔죠.」

「알바로가 죽었다고 경찰로부터 연락을 받았을 때, 산티아고는 토니노가 형의 죽음과 관련이 있을 거라고 생각했던 겁니다. 그래서 그를 추궁하기 위해 만난 거죠. 당신은 그런 그의 뒤를 밟은 거고요.」

「토니노 문제는 알바로 씨의 죽음과 아무런 관련이 없어요. 사정이 전혀 달랐죠. 그리고 정말 힘들었고요. 산티아고가 자리를 떠났을 때, 토니노는 얼굴이 온통 상처투성이인 데다 반쯤 얼이 빠진 상태여서 제대로 저항도 하지 못했어요. 그의 차로 다가가 창문을 두드렸더니, 문을 열고 내리더군요. 그래서 아시는 대로 그를 칼로 찔렀죠.」

「그것도 여덟 번이나.」 마누엘이 끼어들며 말했다.

카타리나는 얼굴빛 하나 변하지 않고 말을 계속했다.

「그리고 나무에 목매달았죠. 금수만도 못한 놈이라 그런 꼴을 당해도 싸다고요. 산티아고는 자꾸 외면하려고 했지만, 그런 놈은 절대 한 번으로 끝나지 않아요. 그냥 놔두면 우리 가문에 큰 위협이 될 게 분명했으니까요.」

「그렇지 않아요. 산티아고의 말마따나 토니노는 정신이 나간 녀석이에요. 자신의 행동이 어떤 결과를 가져올지 전혀 생각하지 않고 제멋대로 구는 녀석이죠. 더구나 알바로가 녀석을 간신히 설득해 놓은 상태였고요. 녀석이 푸티클룹 주차장에 나타나지 않았던 건 바로 그 때문입니다.」

그 말을 듣고 놀랐는지 카타리나는 눈을 치켜떴다. 하지만 그것도 잠시, 속으로 요모조모를 따지는 눈치였다.

「그건 중요하지 않아요. 설령 당신의 말이 옳다고 해도 그런 상태가 얼마나 가겠어요? 더구나 그자가 우리 돈을 갈취한 건 그때가 처음이 아니었다고요. 몇 달 지나면 또 문제를 일으킬 놈이었어요. 무언가 조치를 취해야 했죠. 하지만 산티아고는 그다지 대수롭지 않게 여기는 눈치더군요. 그이는 너무 약해 빠져서 탈이에요. 지나치게 심약해서 어떨 땐 구역질이 날 정도였으니까요. 그런데 누군가가 그에게 토니노가 죽었다는 소식을 알려 주었어요. 그랬더니 자살을 하겠다고 생난리를 치더군요. 그 와중에 다른 장애물이 나타났죠. 에르미니아가 내게 알리지도 않고 구급차를 부른 거예요. 나한테 먼저 알려 주었더라면 어떻게 해서든 병원으로 이송되는 것만큼은 막았을 겁니다. 하지만 그이의 상태가 심각했던 데다, 집 안에 의료진이 들이닥치는 바람에 막을 길이 없더군요.」

「당신이 프란을 죽였을 때도 산티아고는 심각한 우울증 증세를 보였죠. 당신은 그를 간호한답시고 방에 가두어 버렸어요. 그렇게 하는 것만이 둘뿐 아니라 모두를 위한 최선의 방법이라고 설득하면서 말이죠.」

그녀는 놀란 표정으로 마누엘을 쳐다보았다.

「마누엘, 뚱딴지같은 소리 좀 작작 해요! 산티아고는 나와 같은 생각을 하고 있었다고요. 그이와 내가 지금까지 어떻게 같이 산 줄 알아요? 사랑으로요? 산티아고는 평생 후작 부인의 치마폭에 싸여 살았다고요. 어떻게 하면 부모에게 잘 보일까 노심초사했지만, 돌아오는 것은 언제나 무시와 모욕뿐이었죠. 그런 그에게 부모는 자그마한 회사 하나도 물려주지 않았어요. 프란이 장원에 돌아왔을 때, 그가 어땠는지 알기나 해요? 온종일 프란만 멍하니 바라보고 있었다니까요. 그러다 노 후작이 드러누우시고, 프란은 다시 재활 병원에 입원했죠. 그때 우리는 산티아고

694

를 상속자로 삼을 게 확실하다고 믿었어요. 그런데 노 후작이 돌아가시고 나서 보니까, 모두 알바로 씨에게 물려주었더라고요. 부모의 눈 밖에 난 자식한테 말이에요. 그러니까 선량하고 우직한 아들은 제쳐 두고 집안의 애물단지를 택하신 거죠.

그런데 곰곰이 생각해 보니까 그리 나쁘지 않을 것 같더군요. 어차피 알바로 씨는 집안 문제에 별 관심도 없는 데다, 여기 살지도 않았으니까요. 물론 작위는 그가 물려받았지만 말이죠. 결국 산티아고는 후작의 동생이 되는 것에 만족해야 했어요. 그런데 프란은요, 마누엘 씨는 그가 어떤 사람인지 전혀 모른다고요! 하여간 그는 아버지가 돌아가시자 정신 나간 사람처럼 굴기 시작했어요. 프란은 마약쟁이에 소심하기 이를 데 없었죠. 완전히 인간쓰레기나 다름없었어요. 얼마 지나지 않아 결국 약물 과다 복용으로 죽었으니까요. 게다가 그는 장원에 무언가 무시무시한 일이 일어나고 있다고 여기기 시작했어요. 다 산티아고가 모자라서 생긴 일이에요. 프란한테 그 말을 듣고 난 뒤, 그 모자란 인간이 앞에서 다 동의해 버린 거예요. 그러곤 늘 그랬듯이 질질 짜면서 방으로 올라왔어요. 〈이를 어쩌면 좋아? 속상해 죽겠네! 쟤가 사람들한테 다 말해 버릴 텐데. 이대로 가다가는 큰일 나게 생겼다고!〉」 그녀가 남편을 조롱하는 투로 말했다.

「설마 산티아고가 자기 동생인 프란을 죽였다고 말하려는 건 아니겠죠? 우리는 당신이 마약을 구입했다는 증거를 확보했어요.」

「아! 물론 그건 내가 샀죠. 프란이 교회 신도석에서 무릎을 꿇고 기도하고 있을 때, 그의 머리를 의자에 내리찧었어요. 그러곤 입에 약을 털어 넣었더니 의식을 잃더군요. 산티아고는 내 곁에서 내내 훌쩍거리며 울기만 했죠. 그런데 그이가 돌연 프란을 아버지의 무덤가로 옮겨 놓아야 한다고 우기더군요. 그이 때문에 하마터면 일을 다 망칠 뻔했다니까요. 그는 동생을 교회 안에 두고 가는 게 영 마땅치 않은 눈치였죠. 자기는 교회에서 아무렇지도 않게 애인을 만나 놓고 말이에요. 바보 같은 인간이 그 몹쓸 놈한테 빠지지만 않았더라도 일이 이렇게 틀어지지는 않았을 거예요. 내가 알아서 다 처리했어야 하는데…… 하지만 산티아고는 늘 그렇게 정신이 왔다 갔다 했으니까요. 어찌 보면 그이는 이 막장 드라마의 여왕[1]이나 마찬가지였죠. 그의 어머니에 의하면 어려서부터…… 하지만 마누엘 씨, 그이는 나와 생각이 같았다고요. 차이가 있다면, 배짱이 없어서 무슨 일이든 하고 나면 늘 죄책감에 시달린다는 점뿐이었어요. 물론 조금 지나면 괜찮아졌지만 말이죠. 얼마간 가슴을 치면서 울고불고하고 나면 언제 그랬냐는 듯이 금세 밝아졌어요. 그러곤 완전히 새사람이 되어 내가 우리 둘을 위해 얻어 놓은 것을 마음껏 즐겼답니다. 마누엘, 내가 이제 와서 죄책감을 느낄 거라고는 바라지 말아요. 나는 그런 감정 따위와는 무관한 사람이니까요. 가톨릭 신자들이 참회하는 모습을 봐도 그저 무덤덤할 뿐이에요. 내가 한 행동을 뉘우치지 못한다고 해서 그이보다 못한 인간인가요? 그나마 후회라도 할 줄 아는 그이가 나보다 나은 인간이냐고요?」

　마누엘은 놀란 표정으로 그녀를 바라보았다. 카타리나가 그 누구보다 자기 분수를 잘 알았고, 또한 그것을 지키기 위해 엄청나게 노력했다는 건 분명한 사실이었다. 노게이라의 말마따나, 그녀는 어떤 썩어 빠진 세상이라도 늠름하게 헤쳐 나갈 수 있는 몇 안 되는 인물 중의 하나였다. 어떤 면에서 그녀는 타고난 배우였다. 마누엘이 처음으로 인사를 건넨 날 남편과 말다툼을 벌인 뒤에 혼자서 눈물을 훔치던 카타리나의 쓸쓸한 표정이, 그리고 온실에 갔다가 우연히 엿들었던 비센테와의 대화가 머릿속에 아련히 떠올랐다. 최근 며칠 사이에 벌어진 일련의 사건은 그녀가 바라던 효과를 얻기 위해 최대한 치밀하게 준비한 연극이었다. 심지어 그녀는 마누엘이 그들의 대화를 엿들었다는 사실을 인정하게 만들 만큼 침착한 일면도 가지고 있었다. 그녀는 후회나 반성의 기미는 커녕, 슬퍼하는 기색조차 보이지 않았다. 흡사 여왕이라도 된 것처럼 고개를 빳빳이 든 채, 평온하면서도 차분한 표정이었다. 그녀를 놀라게 할

---

1 산티아고가 토니노와 동성 연인 관계였음을 비꼬는 말이다.

수만 있다면, 그녀의 눈빛에서 두려움을 찾아낼 수만 있다면 그는 무슨 일이든 다 할 것 같았다.

마누엘은 차에서 내려 문을 닫으려다가 불쑥 그녀에게 물었다.

「꼭 그렇게까지 할 필요가 있었나요?」

그녀는 고개를 살짝 돌린 채 또박또박하게 대답했다.

「물론이죠. 난 평생 감옥에서 썩지는 않을 거예요. 더구나 내 배 속에는 장차 산토 토메 후작이 될 아이가 무럭무럭 자라고 있고요.」 그녀는 셔츠 아래로 약간 솟아오른 배를 내려다보며 말했다. 그러곤 다시 거만하게 고개를 들었다.

마치 신경성 안면 장애라도 일어난 듯 마누엘의 입가에 경련이 일었다. 그녀는 실망과 슬픔에 젖은 그를 신기한 듯이 쳐다보았다. 그러다가 어느 틈에 자신이 미소 짓고 있었다는 것을 알아차리고는 이내 정색했다.

「당신 같은 사람하고 여태 잠자리를 같이했다니, 산티아고도 참 마음 고생이 심했겠군요.」

「그래도 아이를 만들었으니까요.」 그녀가 경멸 조로 대답했다.

「산티아고의 아이가 아니잖아요.」 마누엘은 그녀의 배를 보며 말했다.

「문서상으로는 산티아고의 자식이에요.」

「산티아고도 그 사실을 알고 있었죠. 그래서 당신이 가족들에게 임신 소식을 알렸을 때, 화가 나서 어머니한테 따지러 갔던 거고요.」

하지만 그녀의 표정에는 아무런 변화가 없었다.

「그러니까 당신은 그를 한 번 더 농락한 꼴이라고요.」

그녀는 마누엘을 빤히 쳐다보면서 말했다.

「그래도 우리 시어머니는 당장 무엇이 더 중요한지 아는 분이셨어요. 이 가문을 지켜 낸 여장부였죠.」

마누엘은 안타까우면서도 서글픈 눈빛으로 그녀를 바라보았다.

「산티아고는 아이를 바랐죠. 진심으로요. 하지만 아무리 노력해도 아이가 생기지 않자 크게 상심했죠. 그러다가 몇 달 전, 당신이 유산했을 때부터 의심을 품기 시작했어요. 곰곰이 생각하다 보니, 당신이 왜 그렇게 열심히 일을 하려는 건지 수상쩍었던 거죠. 의혹이 점점 커지던 차에 그동안 까맣게 잊고 있던 사실이 갑자기 떠올랐던 겁니다. 그는 당장 유모를 찾아가 물어보았죠. 난감한 표정을 지으며 잠시 머뭇거리던 에르미니아는 결국 사실대로 말해 줄 수밖에 없었어요. 열여섯 살 때, 산티아고는 볼거리를 앓았답니다. 원래는 소아 질병이지만, 나이가 들 때까지 방치해 두면 병세가 악화될 수도 있죠. 청소년기에는 보통 고열과 함께 고환 염증이 일어나는데, 경우에 따라 남성 불임의 원인이 되기도 합니다. 산티아고는 그때까지 그 사실을 까맣게 잊은 채 속만 태운 셈이에요. 그런데 당신이 임신하고 곧 유산을 하자, 그는 곧장 병원에 가서 불임 검사를 받았던 겁니다.」

그러자 그녀의 눈에 두려움이 차오르기 시작했다.

「거짓말하지 말아요.」 그녀는 당황한 기색을 감추지 못했다. 「그이가 정말로 병원에서 검사를 받았다면 내가 모를 리 없다고요.」

「그거야 병원에서 검사 결과가 나오면 그가 집에서 유일하게 믿을 수 있는 사람, 에르미니아 앞으로 보내도록 미리 조치를 취해 놓았으니까요.」

마누엘은 차 문을 닫고 그녀에게로 고개를 돌렸다. 유리창 너머로 겁에 잔뜩 질린 그녀의 모습이 보였다.

집으로

저 아래에서 강물이 햇빛을 받아 반짝였다. 그는 품에서 내려놓은 사무엘이 산등성이를 따라 엄마가 있는 곳으로 올라가는 모습을 조마조마하게 지켜보았다. 엘리사는 다니엘이 하는 말에 정신이 팔린 채 웃고 있었다. 그녀의 얼굴에 모처럼 환한 웃음꽃이 피어났다. 세상에 저만큼 잘 어울리는 한 쌍도 드물 것 같았다. 마누엘은 돌담에 앉아 있던 루카스 옆으로 가서 자리를 잡았다. 한낮의 햇빛을 받아서 그런지 엉덩이가 뜨거웠다. 그는 주변을 둘러보았다. 다니엘을 처음 만난 날, 그가 했던 말이 귓가에 생생했다. 〈믿기지 않겠지만, 처음 여기 왔을 때는 이곳이 끔찍이도 싫었어요.〉 그는 숨을 깊게 들이마시고 자신의 무지함을 탓하면서 조용히 미소 지었다.

「이제 장원을 어떻게 할지 생각해 봤나?」 루카스가 물었다.

「아직 어떻게 해야 할지 잘 모르겠어. 지금으로서는 그곳을 관광지로 개발하는 게 어떨까 싶다네. 그러면 거기서 일하는 사람들이 떠나지 않아도 될 테니까 말이야. 에르미니아와 다미안도 계속 일할 수 있을 테니 특별히 반대할 이유가 없을 것 같고. 어떻게 하든 급격하게 바꾸지는 않을 거야. 새 후작이 된 사무엘이 크면, 거기서 살고 싶어 할지도 모르잖아. 그의 가문이 대대로 살던 집이니까.」

「그럼 자네는? 거기서 살 생각이 전혀 없다는 말인가?」

「응.」 그가 웃으며 대답했다. 「거긴 알바로가 살던 집이 아니잖아. 정원을 제외하고는 그의 손길이 묻어 있지 않으니까 말일세. 알바로는 왠지 아스 그릴레이라스에서 마음 편히 살지 못했던 것 같아. 그건 나도 마찬가지고. 안에 틀어박혀 소설을 끝맺으려면 좀 더 작고 조용한 곳이 필요하다네. 얼마 전에 노게이라가 자기 집 근처에 작은 빌라가 하나 나왔다면서 같이 보러 가자고 하더라고.」

「잠깐만, 말 돌리지 말게. 자네 방금 소설이 끝나 가고 있다고 했지?」

마누엘은 겸연쩍은 듯 웃으며 고개를 끄덕였다.

「응, 끝나 가고 있다네. 사실 예전에 어떤 작가들이 몇 주 만에 소설을 썼다는 이야기를 들을 때면 아마도 과학 소설이거나 작가들이 자신의 명성을 드높이기 위해 꾸며 낸 걸로 여겼다네. 하지만 이번에 그럴 수 있다는 것을 알게 됐어.」 그는 정확한 말을 찾으려고 애쓰며 말했다. 「이번 소설은…… 마치 몸에서 피가 쏟아져 나오는 것 같았으니까.」

마누엘은 한동안 생각에 잠긴 듯 아무 말도 하지 않았다. 루카스는 그가 우울해한다는 걸 알아차리고는 전에 하던 말로 화제를 돌렸다.

「집을 알아본다니! 그럼 여기서 계속 살 생각인 거야?」

「얼마나 살게 될지는 잘 모르겠어. 하지만 이곳의 어떤 점이 알바로의 마음을 끌어당겼는지 생각해 볼 때마다 여기 머무르고 싶은 마음이 더 강해지더군. 당장 내가 머물고 싶고, 또 머물러야 할 곳은 바로 여기라는 생각이 들어.」 그는 잔을 높이 들며 말했다. 그러자 햇빛이 반사되어 그의 얼굴이 와인처럼 붉게 물들었다.

한 달 전만 해도 포도밭에는 검은 열매가 주렁주렁 열려 있었건만, 지금은 흔적도 없이 사라져 버렸다. 포도를 둘러싸고 있던 무성한 이파리만이 와인처럼 검붉은 빛깔로 물들어 있었다. 그래서 어디선가 산들바람이 불어오면 리베이라 사크라 전체가 붉게 타오르는 듯했다. 드넓은 대지가 품고 있던 불이 거무스레한 포도나무의 뒤틀린 나뭇가지를 타고 마지막 숨을 토해 내듯 밖으로 뿜어져 나오는 것 같았다. 내년 수확기가 오면 또다시 그 아름다운 풍경을 볼 수 있을 터였다.

다니엘이 흰색 상표에 은빛으로 〈에로이카〉라는 글자가 새겨진 와인병을 손에 들고 다가왔다. 무엇보다 자신감 넘치고 당당한 알바로의 필체가 눈에 띄었다. 두 남자는 다시 레드 와인을 가득 채운 잔을 들고 건배를 외쳤다. 그때 양조장 입구 쪽에서 차 소리가 들려오자, 뜨거운 돌담 위에 앉아 있던 그들은 동시에 고개를 돌렸다. 노게이라였다. 그는 두 딸 그리고 아내와 함께 들어서다가 바비큐를 굽고 있던 남자들과 이야기를 나누기 위해 입구에 멈추어 섰다. 카페는 막내딸 안티아를 보자마자 마누엘의 다리 사이로 뛰쳐나갔다. 아이는 기뻐서 소리를 지르며 녀석을 맞이했다. 슐리아는 입구 옆 공터에서 손을 흔들며 그들에게 인사했다. 멀리 떨어져 있었지만, 노게이라와 라우라가 다정하게 손을 잡고 있는 모습이 눈에 띄었다.

「결국 둘이 이야기를 나눈 모양인데⋯⋯.」 루카스가 미소 띤 얼굴로 잔을 높이 들며 말했다.

「그러게.」 마누엘은 다시 두 사람을 보려고 고개를 돌렸다. 그러곤 루카스와 잔을 부딪쳤다. 「그런 것 같아.」

노게이라는 다니엘이 채워 준 잔을 들고 그들에게 다가왔다. 옆에 앉은 그는 점퍼 안주머니에서 포장지에 싸인 작은 상자를 꺼냈다. 두 사람이 상자를 뚫어져라 처다봤지만 노게이라는 평소 스타일대로 무시한 채 저 아래, 강 위에서 살랑살랑 흔들리고 있는 배를 가리켰다.

「저 배 말인데, 앞으로 몇 번 빌려야겠어. 배로 강을 유람하니까 옛 생각이 나는지 아내가 로맨틱해지더라고.」

「필요하면 언제든지 빌려 가게.」 웃으며 대답한 마누엘이 상자를 손으로 가리켰다. 「답답해 죽겠네. 이 안에 뭐가 들었는지 말해 주면 안 되겠어?」

노게이라가 상자를 건네자, 마누엘은 테이프를 떼고 포장지를 벗기기 시작했다.

「그것 때문에 무진 애를 먹었네.」 노게이라는 궁금해하는 둘의 표정이 우스워 죽겠다는 듯이 웃으며 말했다. 「그리고 자네 말이 부분적으로나마 옳았다는 걸 인정하느라 애 좀 먹었지.」

포장지를 다 벗기자, 그의 눈앞에 한 뼘 크기의 상자가 나타났다. 조

701

심스럽게 상자를 여니, 알바로의 차에서 감쪽같이 사라졌던 내비게이션이 들어 있었다.

「이걸 찾느라 사령부 안을 샅샅이 뒤졌다네. 또 만나는 동료마다 붙들고 찾아 달라고 부탁도 했지. 조금 전에 말했듯이, 자네 말이 부분적으로 맞았어. 누군가가 알바로의 차에서 내비게이션을 가져간 거야.」

마누엘은 놀라서 눈을 치켜떴다.

「하지만 과르디아 시빌 경관은 아니야.」 그가 서둘러 해명했다. 「사고 현장에 왔던 견인차 운전사의 조수였는데, 일한 지 보름밖에 안 되었다고 하더군. 그자는 괜히 남의 물건을 슬쩍했다가 결국 해고되고 말았다네.」

마누엘은 조용히 미소 지었다.

「찾아 줘서 고맙네.」

「하지만 내 말도 맞았어. 과르디아 시빌 경관이 가져갔을 리는 없다고 했잖아. 우리 과르디아 시빌은 절대 남의 물건에 손을 대지 않는다고.」

세 남자는 모처럼 즐겁게 웃었다. 그때 공터에서 다니엘이 그들을 불렀다. 바비큐 파티 준비가 다 된 모양이었다.

마누엘이 일어나려는 순간, 노게이라가 그를 붙잡았다.

「잠깐. 자네가 직접 켜볼 수 있도록 어제 밤새 충전했거든. 이걸 보면 차가 도로를 이탈했을 때, 알바로가 어디로 가고 있었는지 알 수 있다네.」

마누엘은 말없이 화면을 응시했다. 최근에 간신히 밀어냈던 우울한 감정이 다시 먹구름처럼 밀려와 마음을 들쑤시기 시작했다.

「글쎄…….」

「당장 켜보게.」 노게이라가 단호하게 말했다.

마누엘은 기기 위쪽에 있는 시작 버튼을 눌렀다. 그러자 여러 기능을 가진 아이콘들이 눈앞에 나타났다. 최근에 선택한 경로를 손가락으로 가볍게 누르자 지도와 함께 〈집으로〉라는 명령어가 화면에 나타났다.

마누엘은 갑자기 눈앞이 뿌옇게 흐려지는 것을 느꼈다. 루카스가 그의 어깨 위에 살며시 손을 얹었다. 옆에서 노게이라의 목소리가 아련하게 들렸다.

「마누엘, 그는 집으로 돌아가던 길이었네. 자네 곁으로 말이야. 자신이 죽어 가고 있다는 것을 알았지만, 알바로는 그 어느 곳에도 갈 생각이 없었어. 그는 자네한테 돌아가고 있었으니까.」

감사의 말

이 책이 나오기까지 자신의 능력과 지식을 아낌없이 나누어 준 분들에게 이 자리를 빌려 깊은 감사의 뜻을 전하고 싶다. 그들의 도움과 협조 덕분에 여러 해 동안 머릿속을 맴돌던 이야기가 지금 우리가 손에 들고 있는 이 책으로 태어날 수 있었다. 그 과정에서 일어난 어떤 오류와 누락도 모두 나의 책임이라는 것을 분명히 밝히고자 한다.

나바라의 신트루에니고시에서 수의사로 일하고 있는 엘레나 히메네스 포르카다는 이 소설에 등장하는 개와 말에 관해 전문적인 조언을 해 주었다.

장 라르세르는 내가 힘들 때마다 전화로 따뜻한 격려와 응원을 아끼지 않았던 친구다. 내가 포기하지 않고 끝까지 글을 쓸 수 있었던 것은 이 친구 덕분이다.

나바라의 투델라시에서 일하는 J. 미겔 히메네스 아르코스는 마약이 미치는 영향에 대해 전문적인 조언을 아끼지 않았다. 그 내용은 소설에 그대로 담아 두었으니까 잘 읽고 생각해 보시길.

과르디아 시빌, 특히 오렌세의 오 카르바이뇨에 있는 과르디아 시빌 지역 본부와 소설을 쓰는 내내 큰 도움을 준 하비에르 로드리게스 하사에게 깊은 감사를 표하고 싶다.

오래전부터 휴가철마다 나와 가족을 따뜻하게 맞아 준 폰테베드라의 로데이로시의 주민들에게도 고마움을 전하고 싶다.

리베이라 사크라의 비아 로마나 양조장은 〈에로이카〉 와인을 떠올리는 데 큰 도움을 주었다.

루고의 몬포르테 데 레모스에 있는 리베이라 사크라 와인 연구소에서는 2천 년의 역사를 가진 와인을 생산하고 있다는 자부심을 충분히 느낄 수 있었다. 그리고 유람선 안내인들 덕분에 구불구불하게 흐르는 실 강과 물 아래 가라앉은 일곱 개의 마을에 흠뻑 빠지게 되었다.

갈리시아의 든든한 수호자인 내 동생 에스테르에게도 깊은 고마움을 전하고 싶다. 그가 아니었더라면 이처럼 멋지고 장엄할 뿐만 아니라 무자비하기까지 한 곳을 발견하지 못했을 것이다.

그리고 마땅히 노사 세뇨라 도 코르피뇨*에도 깊은 감사의 뜻을 표하는 바이다.

---

* 갈리시아의 폰테베드라주 랄린시에 있는 성지로, 순례자들이 자주 찾는 곳으로 유명하다. 소설에서는 루카스 신부가 있는 곳으로 나온다.

옮긴이의 말

두 얼굴의 이야기: 거부당한 모든 것을 위해서

우리는 지금 스페인의 돌로레스 레돈도라는 작가가 쓴 낯선 작품과 마주하고 있다. 이 소설을 읽은 독자라면 누구라도 다소나마 당혹감을 느꼈을 것이다. 우선 멜로드라마에 추리 소설을 가미한 듯한 내용, 느린 전개와 감상적이면서도 섬세한 묘사 그리고 동성애를 중심으로 한 인물 관계 등이 가장 먼저 눈에 띄었을 것이다. 하지만 책을 덮고 나면 묘한 여운이 밀려온다. 무엇일까? 색다른 뒷맛의 원인은 주제나 인물, 그렇다고 묘사에 있지 않다. 그 비밀은 오히려 이 작품의 얼개, 즉 이야기의 이중적 구성에 있다. 다소 상투적으로 느껴지는 주제와 감상적인 분위기 그리고 한 편의 풍경화를 보는 듯한 섬세한 필치는 어떤 〈비밀〉 혹은 〈비밀 이야기〉를 교묘하게 은폐하기 위한 도구에 불과하다. 다시 말해 이 작품에는 애당초 두 가지 이야기가 공존한다. 그 비밀, 또는 비밀 이야기가 무엇인지 본격적으로 논의하기에 앞서 텍스트의 외피를 이루는 이야기부터 살펴보자.

주인공은 50대 초반의 마누엘 오르티고사로, 역사학자이자 소설가이다. 원래는 대학에서 역사를 강의했지만, 우연한 기회에 출간한 소설 ── 그 작품은 그의 유일한 혈육이자 젊은 나이에 세상을 뜬 누나를 위한 진혼곡이며, 더 이상 울지 않기로 한 약속의 산물이었다 ── 이 베스트셀러가 되면서 일약 주목받는 작가로 발돋움한다. 어느 날 집에서 소설을 쓰고 있던 그에게 뜻밖의 손님이 찾아온다. 과르디아 시빌 대원 두 명이 동성 배우자인 알바로 무니스 데 다빌라의 사망 소식을 전하기 위해 들이닥친 것이다. 사업가인 알바로는 회의 참석차 바르셀로나로 갔지만, 엉뚱하게도 스페인 서북부의 갈리시아에서 교통사고로 세상을 떠나고 만다. 충격을 받은 마누엘은 곧장 짐을 싸서 그곳으로 향한다. 갈리시아에서 그를 맞이한 것은 구름으로 뒤덮인 우중충한 날씨와 무언가를 숨기고 있는 듯한 분위기, 또 이방인을 향한 의구심과 적대감이었다. 마누엘은 그곳에 도착하자마자 그 사망 사건을 담당하던 노게이라 중위를 만난다. 땅딸막한 체구의 노게이라는 마누엘을 퉁명스럽게 대하지만, 이 의심스러운 사건의 실마리를 풀어 가는 데 결정적인 역할을 한다.

마누엘이 갈리시아에서 알게 된 가장 충격적인 사실은 알바로의 집안과 관련된 비밀이었다. 알바로가 그간 가족과 관련된 이야기는 일절 하지 않았기에 마누엘이 느끼던 충격과 슬픔은 곧장 배신감과 분노로 변하게 된다. 사실 알바로는 갈리시아뿐만 아니라 스페인에서도 몇 손가락 안에 꼽히는 후작 가문의 상속자였다. 이를 철저히 숨긴 채 무니스 데 다빌라 가문의 재산을 관리하면서 무너져 가던 집안을 일으켜 세우고 있었던 것이다. 알바로의 〈이중생활〉에 실망한 마누엘은 곧장 마드리드로 돌아가려 하다가, 노게이라의 설득 혹은 위협으로 그곳에 얼마간 머물기로 한다. 노게이라는 알바로의 사고 직후 과르디아 시빌에서 전역했지만, 이를 단순 교통사고가 아니라 살인 사건으로 확신하고 있었다. 그 후 알바로의 신학교 동창인 루카스 신부가 합류하면서 세 사람은 본격적으로 사건을 추적하게 된다. 탐정이 된 소설가! 마누엘-노게이라-루카스가 따로 또 같이 움직이면서 새로운 사실들이 하나둘 밝혀진다. 그러면서 무니스 데 다빌라 가문에 연이어 몰아닥친 비극적인 죽음들과 그에 얽힌 수상쩍은 정황들이 드러난다.

이 작품은 탐정 역할을 하는 인물이 소설가라는 점 그리고 동성 결혼 관계를 주된 설정으로 한다는 점이 다소 특이하기는 하지만 전형적인 추리 소설의 양식을 두루 갖추고 있다. 그렇기에 이중 구조를 지니고 있다는 점 또한 그리 새로울 게 없다. 츠베탄 토도로프가 「탐정 소설의 유형학」에서 이미 밝혔듯 탐정 소설은 두 가지 이야기, 즉 〈범죄 이야기〉와 〈수사 이야기〉로 이루어지기 때문이다. 토도로프에 따르면, 첫 번째 이야기(범죄 이야기)는 〈무엇이 일이 일어났는가〉에 관한 것인 반면, 두 번째 이야기(수사 이야기)는 〈독자(혹은 서술자)가 어떻게 그 범죄에 대해서 알게 되었는가〉를 설명한다.*

결국 탐정 소설에서 첫 번째 이야기는 두 번째 이야기가 전개됨에 따라 전체적으로 재구성된다. 하지만 이 작품이 두 가지 이야기로 이루어져 있다는 말은 그런 의미가 아니다. 하물며 독자의 해석 능력에 따라 비밀 이야기가 온전히 드러날 수 있다는 뜻은 더더욱 아니다. 이미 말한 바와 같이 이 작품에는 말 그대로 두 가지 이야기가 공존한다. 좀 더 자세히 말하자면, 상속권을 둘러싼 살인 사건 이야기와 알바로라는 텅 빈 기표를 중심으로 소용돌이치는 이야기인데 이 두 이야기가 갈라지는 분기점이 텍스트 어딘가에 숨어 있으며, 그 지점을 따라 비밀 이야기가 눈에 보이지 않을 정도로 은밀하게 전개되고 있다. 따라서 비밀 이야기는 텍스트의 침묵 혹은 부재의 자리로, 또 대단원에 이르러서야 드러나는 불연속적 플롯으로 기능한다. 두 번째 이야기는 텍스트의 〈비밀〉로 기능하면서 동시에, 작품 전체에 무언가가 숨어 있다는 느낌, 즉 보이지 않는 검은손이 누군가를 노리는, 음험한 음모가 도사린다는 느낌을 준다.

여기서 우리가 주목해야 할 점은 이야기를 이끌어 가는 인물들이다. 주인공인 마누엘은 어린 시절 부모를 여의고 외롭게 성장했으며, 성인이 되어서는 동성애자로서 사회 중심부에서 밀려난 채 살고 있다. 노게

* Tzvetan Todorov, "The typology of detective fiction", *Poetics of prose*, trans. by Richard Howard(Ithaca: Cornell UP, 1977), pp.44~45. 토도로프의 견해는 러시아 형식주의자들의 서사 이론에서 비롯된 것으로 보인다. 〈러시아 형식주의자들은 실제로 파불라(스토리)를 이야기의 수제트(플롯)와 구분했다. 즉 파불라는 삶에서 무엇이 일어났는가를 다루는 반면, 수제트는 작가가 그것을 어떻게 드러내는가와 관련된다.〉

이라는 과르디아 시빌에서 전역하며 공적 영역에서 물러났을 뿐만 아니라, 부인이나 딸들과 관계가 단절된 채 무기력한 가장으로 살고 있다. 루카스 신부도 교회 권력의 중심부에서 멀어져 힘없는 이들의 마음을 치유하는 사제에 머물고 있다. 이 사건을 추적하는 마누엘-노게이라-루카스는 외견상 전혀 어울리지 않지만 사회의 중심에서 배제된, 즉 거부당한 인물들이라는 공통점을 지닌다. 이들이 〈차이〉를 통해 빚어내는 이야기(수사 이야기)는 19세기 부르주아 사회의 탐정 형식을 벗어나, 새로운 — 아직 정의되지 않은 — 영역으로 꾸준히 밀고 올라가고 있다. 우선 그 담론은 오늘날 사회의 기초와 본질을 범죄로 인식한다. 따라서 지금은 형해만 남았지만 지방 토착민들에게 여전히 영향력을 행사하는 귀족 가문과 종교의 존재 그리고 이를 통해 온존하는 계급 질서 등이 살인 사건의 본질로 제기된다. 이와 동시에 여태껏 사회와 권력으로부터 거부되고 배제된 이들이 기존 관계를 전복시키는 힘으로, 그리고 새로운 세계와 삶에 대한 욕망으로 작품 전면에 떠오르고 있다. 앞서 말한 〈비밀〉 혹은 〈비밀 이야기〉는 이러한 텍스트의 무의식, 즉 거부당한 이들의 삶이 어우러지면서 만들어 내지만 곧 사라지는 다양한 무늬와 다름없다. 따라서 비밀 이야기는 텍스트 안에서 언제나 일어나고 있지만, 그 어디에도 구체적인 형태로 존재하지 않는다.

하지만 이 작품에서 가장 주목해야 할 부분은 주제나 내용이 아니라 그것이 전개되는 양태이다. 단적으로 말해 그 두 가지 이야기가 작품 속에서 〈동시에〉 전개되고 있다는 점이다. 어떻게 두 가지 이야기를 동시에 풀어 나갈 수 있을까? 바로 여기에 이 작품의 매력과 비밀이 숨어 있다. 두 가지 이야기가 있다고 해서 서로 다른 두 가지 사건이 일어나고 있다는 것은 아니다. 오히려 두 가지 이야기 속에서 동일한 사건이 서로 다른 서술 방식과 인과 논리에 따라 전개되고 있다는 뜻이다. 다시 말해 동일한 사건이 상호 모순적인, 더 나아가 상호 적대적인 서사 논리로 들어가 전혀 다른 세계를 창조해 낸다는 것이다. 이는 텍스트의 시간 구조와 관련된 문제이기도 하다. 이 소설은 보기와 달리 단일한 시간으로 구조화되어 있지 않다. 오히려 질적으로 서로 다른 시간(들)이 텍스트 안에 복잡하게 뒤얽혀 있다. 우선 이 작품에서 가장 지배적인 힘을 발휘하는 시간은 과거이다. 무니스 데 다빌라 가문에 내려오는 운명이라는 그림자, 숨 막힐 듯한 아스 그릴레이라스의 분위기, 늘 주변을 감시하는 〈까마귀〉의 눈빛. 이 모든 것은 끈질기게 죽음의 세계를 욕망한다. 모든 것을 부정하고 파괴하는 욕망의 그림자. 반면 마누엘과 사무엘 그리고 에르미니아 등을 통해 드러나는 생명에의 욕망 또는 힘도 존재한다. 이들은 과거를 거슬러 올라가면서 새로운 세계와 삶의 방식을 끈질기게 추구한다. 모든 것을 긍정하고 생성하는 욕망의 빛. 이러한 두 세계, 두 시간은 끊임없이 서로 뒤엉키고 섞이면서 매번 새로운 무늬와 빛깔을 만들어 내는 근원적인 힘이다. 이처럼 두 가지 이야기는 상반된 시간의 흐름을 타고 〈동시에〉 진행되면서 독특한 서사 구조를 이룬다.

이 서사 구조가 바로 작품의 비밀을 푸는 열쇠가 된다. 그렇다면 이 구조의 핵심은 무엇일까? 그것은 두 번째 이야기 즉 비밀 이야기가 첫 번째 이야기를 〈반복〉하고 있다는 사실이다. 두 번째 이야기는 작품 속에서 첫 번째 이야기와 동일한 사건을 다루면서 〈동시에〉, 그렇지만 상호 적대적인 서사 논리와 인과 관계에 따라 전개된다. 마치 에드거 앨런 포의 「윌리엄 윌슨」에 나오는 도플갱어처럼 말이다. 따라서 작품 속에는 늘 무언가 미묘한 일, 이해할 수 없는 일이 일어나지만 철저하게 가려진 듯한 느낌, 즉 이중적 움직임-이중적 현실이 내포되었으며, 마누엘-노게이라-루카스 같은 인물들도 두 회로 속에서 서로 다른 두 역할을 동시에 행하고 있다(그런 의미에서 작품 중반의 「이중벽」이라는 소제목이나 아스 그릴레이라스 건물에서 두 갈래로 나뉘는 계단의 이미지가 암시하는 바가 크다). 비밀 이야기는 두 이야기가 교차하는 지점에서, 즉 작품이 대단원의 막을 내리면서 그 모습을 드러내게 되지만, 결말이 아닌 다른 곳에 존재한다. 이 작품의 비밀 이야기는 마누엘이 쓰고 있던 「거부당한 모든 것에 관해서」라는 소설이다. 가끔 단편적으로 드러나던 이 작품에는 마누엘이 알바로의 죽음을 통해 경험했던, 또는 생각했던 내용이 거울상처럼 그대로 반영되어 있다. 얼핏 무의미한 동어 반복처럼 보일 수도 있는 이 단편(斷片)들 — 거부당한 것들의 파편들 — 은 첫 번째 이야기, 즉 현실의 담론을 지속적으로 절단하고 전복시킬 뿐만 아니라, 이를 통해 새로운 담론을 생산해 내는 역할**을 한다.

　　결국 우리가 지금까지 읽은 소설은 세 개의 지층으로 이루어진다. 제일 먼저 마누엘이 자신의 불우했던 어린 시절의 경험을 〈진실〉되게 풀어 낸 『부인의 대가』가 있다. 『부인의 대가』는 알바로와 마누엘의 사랑이 결실을 맺게 된 매개체 — 소설의 출발점 — 였을 뿐만 아니라, 문학에서의 〈진실〉이라는 근원적인 문제를 제기한다. (문제는 〈경험〉과 〈진실〉의 관계다!) 마누엘은 이를 토대로 두 번째 소설인 「테베의 태양」을 쓴다. 하지만 알바로는 이 작품이 첫 번째 소설에 비해 진실성이 떨어진다는 이유로 비판한다. 그래서 알바로가 죽은 뒤, 마누엘은 출판을 포기하기로 결심한다. 대신 마누엘은 아스 그릴레이라스 장원에서 알바로의 죽음에 얽힌 비밀을 헤쳐 나가면서 깨달은 점 — 경험 — 을 토대로 사건의 그리고 삶의 〈진실〉을 드러내는 글을 쓰기 시작한다. 미완의 작품, 여전히 진행 중이고, 무한히 연기되는 그 작품이 바로 「거부당한 모든 것들에 관해서」이다. 따라서 과거의 경험이 응축된 『부인의 대가』(과거-기억-잠재성)와 과거가 현재의 경험 속으로 발산되는 「테베의 태양」(현재), 그리고 진실의 희미한 그림자로서 저 멀리서 어른거리는 「거부당한 모든 것에 관해서」(미래-욕망-잠재성), 이 세 가지가 이 작품을 이루는 지층들이다. 그렇지만 이 지층들은 서로 단절된 것이 아니라, 서로 뒤섞이고 갈라지고 다시 뒤엉키면서 쉴 새 없이 새로운 경험을 그리고 새로운 진실을 빚어낸다. 우리가 읽은 이 소설 『테베의 태양』

** 따라서 두 이야기, 즉 첫 번째-사건 이야기(A)와 두 번째-수사 이야기(B)는 약간의 시차(時差)를 두고 전개된다. 즉, 「거부당한 모든 것에 관해서」는 「테베의 태양」의 지연된 소설이다. 이를 그림으로 표현하자면 다음과 같다.

(A)　—　—　—　—　—　—　—　—　—
(B)　　…　…　…　…　…　…　…　…　…

은 유동하는 시간의 지층이다. (그렇다면 왜 제목을 〈테베의 태양〉이라
고 했을까? 이는 현재 속으로 과거와 미래가 밀려들어 서로 투쟁하면서
새로운 삶, 즉 서사의 장(場)이 펼쳐지는 곳이 「테베의 태양」이기 때문
이 아닐까?)

　이를 제대로 이해하려면, 우선 이 작품의 모티브가 된 바스크 지방의
전설이자, 마누엘이 쓴 첫 소설의 제목이기도 한 『부인(否認)의 대가』에
대해서 살펴볼 필요가 있다.

　　마누엘은 바스크 지방에 전해 내려오던 전설에서 그 책의 제목을 따왔
다. 잿빛 물질에서 불행이 싹튼다는 전설이었다. 그에 따르면, 사실을 아
니라고 부인하면 그것은 서서히 녹아서 투명해지다가 자취를 감추고, 결
국에는 불행을 키우는 양분이 된다고 한다. 가령 어떤 농부가 풍년이 들
었음에도 아니라고 거짓말을 하면, 그가 부인한 몫만큼 불행으로 바뀐다
는 것이다. 송아지가 열 마리 태어났는데 주변에는 네 마리밖에 없다고
하면, 나머지 여섯 마리는 불운이 닥쳐 결국 죽게 된다고 한다. 이런 현상
은 비단 곡식이나 가축에게만 일어나는 것은 아니다. 예를 들어 사랑하는
사람이나 숨겨 놓은 자식이나 재산이 없다고 발뺌해도 똑같은 일이 일어
난다. 이처럼 부인의 대가는 불행의 씨앗으로 돌아왔다. 진짜 임자가 포기
했다는 뜻이기에 모두 사라져 우주의 검은 기운이 차지해 버린 것이다.

　　이 전설은 작품의 주요 인물들 — 마누엘과 노게이라 그리고 루카스
— 의 역할뿐만 아니라, 두 가지 이야기의 구조적 관계, 즉 첫 번째 이야
기에 의해 부인되고 거부당한 두 번째 이야기가 서사 구조 속에서 오히
려 〈불행의 씨앗〉으로, 즉 첫 번째 이야기 — 권력의 담론 — 를 부정하
고 전복하는 힘으로 작용하면서, 〈거부당한 모든 것〉의 세계로 등장하
는 메커니즘을 잘 설명해 준다. 이는 이야기가 사라진 시대에 소설이 어
떻게 가능할 수 있는지에 대해, 그리고 문학이 어떻게 현실을 넘어설 수
있는지에 대해 주요한 시사점을 제공한다(가족과 겉돌면서 자기 세계

속에만 갇혀 있던 노게이라의 큰딸 술리아가 마누엘 그리고 문학-이야기를 통해 바깥세상으로 나오게 되는 과정도 이러한 의미에서 이해할 수 있다).

마누엘은 자신의 손을 꼭 잡고 있는 이들을 바라보았다. 그들과 함께 울면서 괴로움을 나누는 동안만큼은 버텨 낼 수 있을 것 같았다. 타인의 슬픔에 함께 가슴 아파하는 사람들. 마누엘은 그들에게, 타인의 처참한 경험과 부당한 행위마저 자신의 책임으로 여기는 그 사람들에게 마음속 깊이 고마움을 느꼈다. 하지만 그는 울음을 멈출 수 없었다. 마치 그동안 쌓이고 쌓인 슬픔이 한꺼번에 폭발이라도 한 것처럼 목이 멜 정도로 눈물이 하염없이 흘러나왔다. 그렇지만 그는 이제 혼자가 아니었다. 그의 곁에는 저들이 있었다.

이제 알바로라는 텅 빈 기표는 죽음 혹은 부재가 아니라 〈타인의 슬픔에 함께 가슴 아파하는 사람들〉로, 즉 우정과 연대의 힘으로 넘쳐흐르기 시작한다. 마누엘을 위시한 모든 인물들이 알바로가 되고, 알바로는 모든 인물이 된다. 〈나〉라는 좁은 감옥을 벗어나 〈우리〉라는 바다로 향해 가면서, 작품 전반에 흐르던 외롭고 슬픈 분위기는 갑자기 활기찬 축제의 분위기로 바뀌기 시작한다. 모든 인물들뿐만 아니라, 독자들 또한 우리에게 강요된 자아-정체성을 과감하게 벗어던지고 함께 어우러져 기쁨의 난장을 펼치게 된다.

두 이야기가 교차하는 지점마다 〈야성적이고 강인하면서도 비현실적인 아름다움〉을 지닌 치자꽃이 피어난다. 그리고 『테베의 태양』, 아니 「거부당한 모든 것들에 관해서」를 덮는 순간 우리 눈앞에는 〈창백한 꽃잎 속에 움츠리고 있는 연약한 존재〉가 언뜻 모습을 드러낸다.

우리 모두가 〈진실을 알도록 하기 위해서〉······.

그리고 작가에 관해서……

돌로레스 레돈도 메이라Dolores Redondo Meira는 스페인에서 태어났다. 데우스토 대학에서 법학을 전공하다가 중도에 포기하고, 요리를 공부해 여러 식당에서 요리사로 일하기도 했다. 그녀의 작품에 유독 음식이 많이 등장하는 것도, 마치 요리하듯이 글을 쓰는 방식도 이 시기의 경험에서 비롯되었는지도 모른다. 그러다가 문학에 입문한 그녀는 주로 아동 문학과 단편소설을 쓰다가 2009년 장편소설『천사의 특권*Priv-ilegios del ángel*』을 발표하면서 소설가로 등단했다.

2013년 1월『보이지 않는 수호자*El guardián invisible*』가 스페인의 4개 언어로 출간되면서 독자들로부터 뜨거운 반응을 얻었을 뿐만 아니라, 국내외 주요 문학상을 휩쓸면서 일약 세계적인 베스트셀러 작가로 부상했다. 이 작품은 바스크 지방에 전해 내려오는 전설을 소설화한「바스탄」3부작의 제1부로, 〈아마이아 살라사르〉라는 탁월한 여성 캐릭터를 등장시켰다. 그리고 2013년 11월에는 제2부『유골이 남긴 유산*Legado en los huesos*』을, 2014년 11월에는『폭풍우에 바치는 공물*Ofrenda a la tormenta*』을 출간함으로써 3부작을 완성했다. 특히『보이지 않는 수호자』는 출간되자마자 스티그 라르손의『밀레니엄』3부작을 영화화한 세계적인 영화사 콘스탄틴 필름에서 판권을 살 만큼 큰 관심을 끌었다. 또한 2017년 스페인 감독 페르난도 곤살레스 몰리나에 의해 영화화되기도 했다.

2016년에는 미출간 상태의 이 소설로 스페인 최대 문학상 중의 하나인 〈플라네타〉를 받는 기염을 토했다. 이때 그녀는 자신의 본명이 아닌 〈짐 호킨스Jim Hawkins〉라는 필명으로 원고를 제출했다.

돌로레스 레돈도는 주로 스페인의 북부 지방에서 전해지는 신화와 전설을 토대로 한 미스터리, 누아르 양식의 작품으로 호평을 받았고, 치밀하면서도 긴장을 잃지 않는 구성과 시적이면서도 섬세한 묘사로 스페인 문학의 대표 작가로 떠오르고 있다.

번역 대본으로는 Dolores Redondo, *Todo esto te daré*(Barcelona: Editorial Planeta, 2016)을 사용했다.

2019년 8월
엄지영

옮긴이 **엄지영** 한국외국어대학교 스페인어과를 졸업하고, 동 대학원과 스페인 콤플루텐세 대학교에서 라틴 아메리카 소설을 전공했다. 옮긴 책으로 알베르토 푸껫의 『말라 온다』, 리카르도 피글리아의 『인공호흡』, 루이스 세풀베다의 『자신의 이름을 지킨 개 이야기』, 『느림의 중요성을 깨달은 달팽이』, 로베르토 아를트의 『7인의 미치광이』, 페데리코 가르시아 로르카의 『인상과 풍경』, 마세도니오 페르난데스의 『계속되는 무』 등이 있다.

테베의 태양

발행일 2019년 8월 10일 초판 1쇄
        2019년 11월 20일 초판 4쇄

지은이 돌로레스 레돈도
옮긴이 엄지영
발행인 홍지웅·홍예빈
발행처 주식회사 열린책들

경기도 파주시 문발로 253 파주출판도시
전화 031-955-4000 팩스 031-955-4004
www.openbooks.co.kr

Copyright (C) 주식회사 열린책들, 2019, *Printed in Korea.*
ISBN 978-89-329-1965-2 03870

이 도서의 국립중앙도서관 출판예정도서목록(CIP)은 서지정보유통지원시스템 홈페이지(http://seoji.nl.go.kr)와 국가자료공동목록시스템(http://www.nl.go.kr/kolisnet)에서 이용하실 수 있습니다.(CIP제어번호: CIP2019028476)